RICHARD BACHMAN

DER FLUCH

Für meine Frau
Claudia Inez Bachman

1. Kapitel: 246

»Dünner«, raunt der alte Zigeuner mit der abfaulenden Nase William Halleck zu, als Halleck und seine Frau Heidi aus dem Gerichtsgebäude treten. Nur dieses eine Wort, ausgestoßen mit einem süßlich riechenden Atem. Und bevor Halleck zurückweichen kann, streckt der alte Zigeuner seine Hand aus und fährt ihm mit seinem gekrümmten Finger über die Wange. Sine Lippen öffnen sich wie eine Wunde und geben ein paar Zahnstummeln preis, die aus seinen Kiefern herausragen. Sie sind schwarzgrün. Die Zunge schlängelt sich dazwischen hindurch und gleitet nach außen, um über seine grinsend verzogenen Lippen zu schlüpfen.

Dünner.

Billy Halleck mußte gerade in dem äußerst passenden Augenblick daran denken, als er um sieben Uhr morgens, ein Handtuch um seine Taille geschlungen, auf der Waage stand. Aus dem Erdgeschoß zog der Duft von Eiern und gebratenem Speck herauf. Er mußte den Hals leicht vorrecken, um die Zahlen auf der Skala lesen zu können. Nein... er mußte sich etwas mehr als nur leicht vorbeugen. Er mußte sich ganz schön strecken. Er war ein dicker Mann. Zu dick, wie Dr. Houston ihm in munterem Ton gesagt hatte. *Falls es Ihnen noch niemand gesagt haben sollte, setze ich Sie davon in Kenntnis,* hatte er ihn nach der letzten Routineuntersuchung gewarnt. *Ein Mann in Ihrem Alter, mit Ihrem Einkommen und Ihren Gewohnheiten nähert sich grob gerechnet – mit 38 dem Herzinfarkt, Billy. Sie sollten etwas abnehmen.*

Aber dieser Morgen brachte Erfreuliches. Er hatte drei Pfund abgenommen, von 249 auf 246. Eigentlich hatte die Waage das letztemal, als er den Mut aufgebracht hatte, sich auf sie zu stellen und genau hinzusehen, 251 Pfund angezeigt, aber da hatte er seine Hose angehabt mit dem Kleingeld in den Taschen, ganz zu schweigen von dem Schlüsselbund und seinem Schweizer Taschenmesser. Und die Waage im oberen Badezimmer zeigte immer etwas zuviel an. Das sagte ihm ein sicheres Gefühl.

Als Kind in New York hatte er gehört, daß Zigeuner die Gabe der Prophezeiung besitzen. Vielleicht war dies der Beweis dafür. Er versuchte zu lachen, brachte aber nur ein klägliches und nicht gerade strahlendes Lächeln zustande; es war noch zu früh, um über Zigeuner zu lachen. Die Zeit würde vergehen, und man würde die Dinge wieder in nüchternem Licht sehen. Er war alt genug, um das zu wissen. Doch im Augenblick wurde ihm beim Gedanken an Zigeuner in seinem viel zu großen Bauch speiübel und er hoffte von ganzem Herzen, daß er nie wieder einen zu Gesicht bekäme. Von nun an würde er bei den Handleseübungen auf den Partys passen und sich aufs Ouija-Brett beschränken, wenn überhaupt das.

»Billy?« Das kam von unten.

»Ich komme!«

Er zog sich an und stellte dabei mit unterschwelliger Verzweiflung fest, daß seine Hose um die Taille wieder enger saß, obwohl er doch drei Pfund abgenommen hatte Er hatte genau um 12 Uhr 01 am Neujahrsmorgen mit dem Rauchen aufgehört, aber er hatte dafür bezahlt. O ja, er hatte bezahlt. Mit offenem Hemdkragen, die Krawatte lose um den Hals geschlungen, ging er nach unten. Linda, seine vierzehnjährige Tochter, huschte gerade mit wippendem Röckchen und ihrem sexy mit einem Samtband hochgebundenen Pferdeschwanz zur Haustür hinaus. Unter einem Arm trug sie ihre Schulbücher. In der anderen Hand raschelten fröhlich zwei lila-weiße Cheerleader-Pompons.

»Wiedersehn, Dad!«

»Schönen Tag, Lin.«

Er setzte sich an den Tisch und griff zum *Wall Street Journal*.

»Liebling«, mahnte Heidi.

»Meine Liebe«, antwortete er feierlich und legte die Zeitung mit der Titelseite nach unten neben das Frühstückstablett.

Sie trug das Frühstück auf: einen dampfenden Berg Rührei, ein Rosinenbrötchen und fünf Scheiben knusprig gebratenen Bauernspeck. Gutes Essen. Sie kuschelte sich ihm gegenüber auf den anderen Stuhl in der Frühstücksecke und zündete sich eine Zigarette an. Im Januar und Februar hatte es Spannungen gegeben – zu viele ›Diskussionen‹, die nichts anderes als verkleidete Streitereien gewesen waren, zu viele Nächte, in denen sie schließlich Rücken an Rücken eingeschlafen waren. Doch sie hatten einen *modus vivendi* gefunden: Sie hatte damit aufgehört, ihn ständig wegen seines Gewichts zu kritisieren, und er hatte es sein lassen, ihre anderthalb Packungen Zigaretten pro Tag zu bemängeln. Es hatte für einen angenehmen Frühling gereicht. Und außerdem hatten sich weitere angenehme Dinge ereignet. Zunächst einmal war Halleck befördert worden. Die Firma *Greely, Penschley und Kinder* hieß nun *Greely, Penschley, Kinder und Halleck.* Heidis Mutter hatte endlich ihre schon lange im Raum schwebende Drohung wahrgemacht und war zurück nach Virginia gezogen. Linda war zu guter Letzt doch noch in das Jugendteam der Cheerleaders aufgenommen worden, und das war für Billy der größte Segen; es hatte Zeiten gegeben, in denen er fürchtete, daß Lindas theatralische Auftritte ihn in einen Nervenzusammenbruch treiben würden. Alles war großartig gelaufen.

Dann waren die Zigeuner in die Stadt gekommen.

»Dünner«, hatte der alte Zigeuner gesagt, und was, zum Teufel, war mit seiner Nase los gewesen? Syphilis? Krebs? Oder etwas viel Schlimmeres – wie Lepra? Und überhaupt, warum kannst du nicht einfach damit aufhören? Warum läßt du es nicht einfach auf sich beruhen?

»Du mußt immer daran denken, nicht wahr?« fragte Heidi plötzlich – so plötzlich, daß Halleck zusammenzuckte. »*Billy, es war nicht deine Schuld.* Das hat der Richter gesagt.«

»Ich habe gar nicht darüber nachgedacht.«

»Und worüber *hast* du nachgedacht?«

»Das *Journal*«, antwortete er. »Hier steht, daß das Baugeschäft sich wieder belebt.«

Richtig, nicht seine Schuld; so hatte es der Richter gesagt. Richter Rossington. Cary, für seine Freunde.

Freunde wie mich, dachte Halleck. *Habe manche Runde Golf mit dem alten Cary Rossington zusammen gespielt, wie du sehr wohl weißt, Heidi. Bei unserer Silvesterparty vor zwei Jahren, das Jahr, in dem ich eigentlich vorhatte, das Rauchen aufzugeben, und es dann doch nicht getan habe, wer hat dich denn da beim traditionellen Neujahrskuß an deinen ach-so-grapschigen Busen gegrapscht? Na rate mal, wer? Bei meiner Seele, es war der gute alte Cary Rossington, so wahr ich atme und lebe!*

Ja. Der gute alte Cary Rossington, vor dem Billy schon mehr als ein Dutzend kommunale Rechtsfälle verteidigt hatte. Der gute alte Cary Rossington, mit dem Billy manchmal unten im Club Poker gespielt hatte. Der gute alte Cary Rossington, der sich nicht von allein für befangen erklärt hatte, als sein guter, alter Golf-und-Poker-Kumpel Billy Halleck (Cary pflegte ihn manchmal auf den Rücken zu klopfen und zu rufen: ›Na, wie läuft's denn so, Big Bill?‹) vor ihm im Gericht erschien, diesmal nicht, um einen bestimmten Punkt des Kommunalrechts auszuführen, sondern unter Anklage wegen fahrlässiger Tötung.

Und als Cary Rossington nicht von sich aus den Fall jemand anderem übergeben hatte, wer hat da buh geschrien, meine Lieben? Wer in dieser ganzen fairen Stadt Fairview war der Buh-Schreier? Wieso? Niemand! So war's nämlich! Niemand hat buh geschrien! Was waren das schließlich für Leute? Doch nur eine Bande dreckiger Zigeuner! Je eher sie aus Fairview abhauten und sich in ihren großen Kombiwagen mit den ›Nationale Wiedergutmachung‹-Aufklebern auf den hinteren Stoßstangen auf den Weg machten, je eher man die Rückwände ihrer selbstgezimmerten Wohnmobile und Campingwagen sah, desto besser. Je eher, desto ...

... dünner.

Heidi drückte ihre Zigarette aus und sagte: »Scheiß auf dein Baugeschäft. Ich kenne dich besser.«

Das war anzunehmen. Und Billy vermutete, daß auch sie darüber nachgedacht hatte. Sie sah so alt aus, wie sie war: fünfunddreißig –, und das war selten. Sie hatten sehr, sehr jung geheiratet, und er konnte sich immer noch an den Vertreter erinnern, der eines Tages, nachdem sie drei Jahre verheiratet waren, an die Tür kam, um Staubsauger zu verkaufen. Er hatte auf die zweiundzwanzigjährige Heidi hinabgeblickt und sie höflich gefragt: »Ist deine Mutter zu Hause, Schätzchen?«

»Es schadet meinem Appetit nicht«, sagte er, und das war zweifellos wahr. Angst oder keine Angst, er hatte die Rühreier vertilgt, und von dem Speck war nichts mehr zu sehen. Er trank die Hälfte seines Orangensafts und schenkte ihr sein gewohntes breites Billy-Halleck-Lächeln. Sie versuchte zurückzulächeln, aber irgendwie gelang ihr das nicht ganz. Er stellte sich vor, daß sie ein Schild trüge: MEIN LÄCHLER IST VORÜBERGEHEND AUSSER BETRIEB.

Er langte über den Tisch und nahm ihre Hand. »Heidi, es ist alles in Ordnung. Und selbst wenn nicht, es ist vorbei.«

»Ich weiß. Ich weiß.«

»Wird Linda ...?«

»Nein. Nicht mehr. Sie sagt ... sie sagt, ihre Freundinnen würden sehr loyal sein.«

Ungefähr eine Woche, nachdem es passiert war, hatte ihre Tochter schwere Zeiten durchmachen müssen. Sie war entweder in Tränen aufgelöst oder den Tränen sehr nahe aus der Schule nach Hause gekommen. Sie hatte aufgehört zu essen. Ihr Gesicht war aufgequollen. Halleck, entschlossen, nicht übertrieben zu reagieren, hatte ihre Klassenlehrerin, den Vizedirektor und Lindas geliebte Miß Nearing, ihre Turn- und Cheerleading-Lehrerin, aufgesucht. Er hatte angenommen, daß es sich hauptsächlich um Teenagerhänseleien handelte – so grob und wenig komisch, wie solche Neckereien in der Junior Highschool nun eben waren, nicht sehr geschmackvoll, wenn man die Umstände bedachte, aber was konnte man von einer Altersgruppe erwarten, für die Witze, in denen tote Babys die Pointe waren, der geistreiche Höhepunkt?

Er hatte Linda zu einem Spaziergang auf dem Lantern Drive überredet. Am Lantern Drive standen geschmackvolle, weitab von der Straße liegende Häuser, Villen, die am Straßenanfang grob geschätzt 75 000 Dollar wert waren und langsam auf 200 000 Dollar stiegen, wenn man ans Ende der Straße kam, wo der Country Club lag. Letztere waren mit Schwimmbad und Sauna ausgestattet.

Linda hatte ihre alten Madrasshorts angehabt, die an einem Saum mittlerweile ausgefranst waren... und Halleck war aufgefallen, daß ihre fohlengleichen Beine jetzt so lang waren, daß der Gummizug ihres gelben Baumwollhöschens darunter hervorlugte. Er hatte ganz plötzlich eine Mischung aus Bedauern und Schrecken verspürt. Sie wurde erwachsen. Er nahm an, sie wußte, daß die Shorts ihr zu klein waren, zudem völlig abgetragen, aber er vermutete, daß sie sie angezogen hatte, weil sie die Verbindung zu einer tröstlicheren Kindheit herstellten, einer Kindheit, in der Daddies sich nicht vor Gericht verantworten und eine Verhandlung über sich ergehen lassen mußten (egal, wie abgekartet diese Verhandlung auch gewesen sein mochte, wenn der gute, alte Golfpartner, dieser betrunkene Busengrapscher, der sich an der eigenen Frau vergriffen hatte, den Hammer führte), eine Kindheit, in der die Schulkameraden während der vierten Stunde, wenn man gerade am Fußballfeld Lunch aß, nicht auf einen zugeschossen kamen, um zu fragen, wie viele Punkte der Daddy denn nun dafür gekriegt hätte, daß er die alte Lady überfahren hatte.

Du verstehst doch, daß es ein Unfall war, nicht wahr, Linda?

Sie nickt, ohne ihn anzusehen. Ja, Daddy.

Sie kam zwischen zwei Autos hervorgerannt. Sie hat sich überhaupt nicht umgeguckt. Ich hatte keine Zeit mehr zu bremsen. Absolut keine Zeit mehr.

Daddy, ich will das nicht hören.

Ich weiß. Und ich will nicht darüber reden. Aber du hörst es doch. In der Schule.

Sie sieht ihn ängstlich an. Daddy, du bist doch nicht...

In die Schule gegangen? Doch. Aber nicht vor halb vier Uhr nachmittags. Gestern nachmittag. Es waren überhaupt keine Kinder mehr da, wenigstens das konnte ich sehen. Es wird niemand erfahren.

Sie entspannt sich. Ein wenig.

Ich habe gehört, daß die anderen Kinder dich ganz schön hart angefaßt haben. Es tut mir leid.

Es war gar nicht so schlimm, sagt sie und faßt nach seiner Hand.

Doch ihr Gesicht – die neuen, böse wirkenden Pickel auf ihrer Stirn – erzählt ihm eine andere Geschichte. Die Pickel verraten ihm, daß sie im Grunde ganz schön darunter leidet. Ein Elternteil im Gefängnis zu haben ist eine Situation, die nicht gerade in Judy Blumes Teenager-Zeitschrift behandelt wird (obwohl auch das bald geschehen wird).

Ich habe auch gehört, daß du dich sehr gut gehalten hättest, sagt Billy Halleck. Du hast dir nicht viel draus gemacht. Denn wenn sie einmal merken, daß sie deinen wunden Punkt gefunden haben...

Ja, ich weiß, sagt sie niedergeschlagen.

Miß Nearing hat gesagt, sie wäre ganz besonders stolz auf dich, sagt er. Das ist eine kleine Lüge. Miß Nearing hatte nicht genau das gesagt, aber sie hatte ganz sicher gut von Linda gesprochen, was Billy Halleck fast genausoviel bedeutet wie seiner Tochter. Und es wirkt. Ihre Augen leuchten auf, und sie sieht Halleck zum erstenmal ins Gesicht.

Hat sie das gesagt?

Das hat sie gesagt, bestätigt Halleck. Die Lüge flutscht ihm leicht und überzeugend über die Lippen. Warum nicht? Er hat in letzter Zeit eine Menge Lügen erzählt.

Sie drückt seine Hand und lächelt ihn dankbar an.

Sie werden ziemlich bald damit aufhören, Lin. Sie werden einen anderen Knochen finden, auf dem sie rumkauen können. Ein Mädchen wird schwanger werden, oder ein Lehrer bekommt einen Nervenzusammenbruch, oder irgendein Junge wird dabei erwischt, wenn er Haschisch oder Kokain verkauft. Dann wird das Interesse an dir erlahmen. Klar?

Sie wirft plötzlich die Arme um ihn und drückt sich ganz fest an ihn. Er stellt fest, daß sie wohl doch noch nicht so schnell erwachsen wird und daß nicht alle Lügen schlecht sind. Ich hab dich lieb, Daddy, sagt sie.

Ich habe dich auch lieb, Lin.

Er nimmt sie jetzt fest in die Arme, und plötzlich dreht jemand den großen Stereoverstärker hinter seiner Stirn ganz laut auf. Und wieder hört er den doppelten Knall: den ersten, als die vordere Stoßstange seines Wagens die alte Zigeunerin mit dem knallroten Taschentuch über den dünnen Haaren streift, den zweiten, als die schweren Vorderreifen über ihren Körper rollen.

Heidi schreit.

Und sie nimmt ihre Hände ruckartig von seinem Schoß.

Halleck preßt seine Tochter noch fester an sich. Er spürt eine Gänsehaut am ganzen Körper.

»Noch Rührei?« fragte Heidi, seine Träumerei unterbrechend.

»Nein. Nein, danke.« Etwas schuldbewußt blickte er auf seinen sauberen Teller hinunter: Egal, wie schlecht die Dinge auch standen, es wurde niemals so schlimm, daß er deswegen seinen guten Schlaf oder seinen Appetit verloren hätte.

»Bist du sicher, daß du...?«

»Okay?« Er lächelte. »Ich bin okay, du bist okay, Linda ist okay. Wie heißt es so schön in den Seifenopern? Der Alptraum ist vorüber – können wir jetzt bitte unser normales Leben wieder aufnehmen?«

»Das ist eine nette Idee.« Diesesmal erwiderte sie sein Lächeln mit einem echten – und plötzlich war sie wieder unter dreißig. Sie strahlte. »Möchtest du noch den Rest Speck? Es sind noch zwei Scheiben übrig.«

»Nein«, wiederholte er und dachte daran, wie sein Hosengürtel ihn in der Taille kniff *(ha, ha, welche Taille denn?* meldete sich ein kleiner, nicht gerade komischer Don Rickles in seinem Kopf – *das letztemal, daß du eine Taille aufzuweisen hattest, muß so um 1978 gewesen sein, du Eishockeypuck),* wie er morgens den Bauch hatte einziehen müssen, als er den Reißverschluß zumachen wollte. Dann fiel ihm die Waage wieder ein und er sagte: »Ich werde eine nehmen. Ich habe drei Pfund abgenommen.«

Sie war schon – trotz seines ursprünglichen Neins – an den Herd getreten – *manchmal kennt sie mich so gut, daß es mich schon fast deprimiert,* dachte er.

Jetzt drehte sie sich um. »Du denkst immer noch darüber nach.«

»Nein, tue ich *nicht*«, antwortete er wütend. »Darf ein Mann nicht mal in Frieden drei Pfund abnehmen? Du hast doch dauernd gesagt, du hättest mich gern ein bißchen...«

dünner

»... ein bißchen weniger dick.« Jetzt hatte sie ihn wieder dazu gebracht, an den Zigeuner zu denken. *Verdammt noch mal!* An die zerfressene Nase des Zigeuners und an das Gefühl, als dieser hornhäutige Finger seine Wange gestriffen hatte, an den Augenblick, bevor er reagieren konnte und zurückgewichen war – so, wie man vor einer Spinne zurückweicht oder vor ekligen Käfern unter einem feuchten, verrotteten Holzblock.

Sie brachte ihm den Speck und küßte ihn auf die Schläfe. »Entschuldige bitte. Mach du nur weiter und nimm ab. Aber solltest du's nicht tun, denk dran, was Mr. Rogers sagt...«

»... ich mag dich genauso, wie du bist«, beendeten sie den Satz gemeinsam.

Er tippte mit dem Finger auf das *Journal*, aber das war im Augenblick einfach zu deprimierend. Er stand auf, ging nach draußen und fand die *New York Times* im Blumenbeet. Dieser Zeitungsjunge warf sie immer ins Blumenbeet, hatte seine Rechnung am Wochenende niemals in Ordnung und vergaß dauernd Billys Nachnamen. Billy hatte sich mehr als einmal gefragt, ob es möglich wäre, daß ein zwölfjähriges Kind ein Opfer des Alzheimer Syndroms wurde.

Er sammelte die Zeitung auf, nahm sie mit hinein und schlug die Sportseite auf. Er war ganz in die Boxergebnisse vertieft, als Heidi ihm noch ein Rosinenbrötchen mit golden geschmolzener Butter brachte.

Halleck aß es auf, fast ohne sich dessen bewußt zu sein.

2. Kapitel: 245

Am Vormittag in der Stadt endete ein Schadensersatzprozeß, der sich schon über drei Jahre hingezogen hatte – und Billy hatte eigentlich erwartet, daß er sich in der einen oder anderen Form gut und gerne noch über die nächsten drei oder vier Jahre hinziehen würde –, auf recht unerwartete und sehr erfreuliche Weise, indem der Kläger sich in einer Sitzungspause des Gerichts zu einem Vergleich in einer verblüffenden Höhe bereit erklärte. Halleck verlor keine Zeit, besagten Kläger, einen Farbfabrikanten aus Schenectady, und seinen Klienten ins Richterzimmer zu führen, um die Vergleichspapiere unterzeichnen zu lassen. Der Anwalt des Klägers beobachtete mit offensichtlicher Bestürzung und Unglauben, wie sein Klient, der Präsident der *Good Luck Paint Company,* seinen Namen auf die sechs Kopien kritzelte, und seine runde Glatze glänzte matt, während der Gerichtsnotar Kopie für Kopie beglaubigte. Billy saß ganz ruhig da, die Hände im Schoß gefaltet, und hatte das Gefühl, in der Lotterie gewonnen zu haben. Beim Lunch war, bis auf das übliche Gerede, alles vorüber.

Billy führte seinen Klienten zum Essen zu *O'Lunney's,* bestellte ihm ein Wasserglas voll Chivas und für sich selbst einen Martini und rief Heidi zu Hause an.

»Mohonk«, sagte er, als sie sich meldete. Mohonk war ein weitläufiges Feriengebiet im Norden des Staates New York, in dem sie vor langer Zeit ihre Flitterwochen – ein Geschenk von Heidis Eltern – verbracht hatten. Sie hatten sich auf Anhieb in diesen Ort verliebt und inzwischen zweimal ihren Urlaub dort verbracht.

»Was?«

»Mohonk«, wiederholte er. »Wenn du nicht mitkommen willst, frage ich Jillian im Büro.«

»*Das wirst du nicht tun!* Billy, was hat das zu bedeuten?«

»Willst du nun hinfahren oder nicht?«

»*Natürlich* will ich! Dieses Wochenende?«

»Morgen, falls du Mrs. Bean dazu kriegst, ab und zu nach Linda zu sehen und dafür zu sorgen, daß der Abwasch erledigt wird und keine Fernsehorgien in unserem Wohnzimmer veranstaltet werden. Und falls...«

Doch erst einmal übertönte Heidis Aufschrei seine Erklärungen. »Dein Prozeß, Billy! Was ist mit den Farbdämpfen und den Nervenzusammenbrüchen und den psychotischen Anfällen und...«

»Canley ist zu einem Vergleich bereit. Das heißt, der Vergleich *ist* schon abgeschlossen. Nach zirka vierzehn Jahren sinnlosem Gerichtsverhandlungsgewäsch und ewig langen Auseinandesetzungen über juristische Anschauungen, die praktisch nichts zu bedeuten hatten, hat dein Mann endlich mal einen Fall für den Guten gewonnen. Klar und eindeutig. Der Canley-Prozeß ist abgeschlossen, und ich fühle mich wie der Kaiser von China.«

»Billy! Wahnsinn!« Wieder ein Aufschrei, diesmal so laut, daß die Stimme im Hörer ganz verzerrt klang. Billy hielt ihn lächelnd vom Ohr weg. »Wieviel kriegt dein Typ?«

Billy nannte ihr die Summe, und jetzt mußte er den Hörer beinahe fünf Sekunden lang vom Ohr weghalten.

»Glaubst du, Linda würde es uns übelnehmen, wenn wir mal fünf Tage blau machten?«

»Wenn sie bis ein Uhr aufbleiben und den Spätfilm ansehen und Georgia Deever einladen darf, damit sie sich die ganze Nacht über Jungs unterhalten und sich mit meinen Schokoladenkeksen vollstopfen können? Willst du mich auf den Arm nehmen? Wird es um diese Jahreszeit kalt dort oben sein, Billy? Soll ich deine grüne Strickjacke einpacken? Willst du lieber deinen Parka oder deine Jeansjacke mitnehmen? Oder beides? Glaubst du...?«

Er sagte ihr, daß sie das selbst entscheiden solle, und ging zu seinem Klienten zurück. Dieser hatte seinen Chivas zur Hälfte geleert und war jetzt in der Stimmung, polnische Witze zu erzählen. Er sah aus, als hätte er einen Schlag mit dem Hammer auf den Kopf bekommen. Halleck trank seinen Martini und lauschte mit halbem Ohr den Standardwitzen über polnische Tischlermeister und polnische Restaurants, während seine Gedanken fröhlich zu anderen Themen wanderten. Dieser Prozeß könnte weitreichende Konsequenzen haben; es war noch zu früh zu sagen, daß er seine Karriere beeinflussen würde, aber es könnte immerhin der Fall sein. Durchaus sogar. Nicht schlecht für diese Art von Fällen, die große Firmen später für sich als Wohltätigkeitsarbeit reklamierten. Es könnte bedeuten, daß...

... der erste Schlag schleudert Heidi nach vorn. Einen Moment lang liegt sie auf ihm. Er spürt einen schwachen Schmerz in seinen Geschlechtsteilen. Der Stoß ist hart genug, daß Heidis Sitzgurt blockiert. Blut spritzt hoch – drei pfenniggroße Tropfen – und klatscht wie roter Regen an die Windschutzscheibe. Sie hat nicht einmal mehr Zeit zu schreien; sie wird später schreien. Er hat nicht mehr die Zeit, sich auch nur andeutungsweise über den Unfall klar zu werden. Das setzt erst mit dem zweiten Stoß ein. Und er...

... trank den Rest seines Martinis in einem Schluck aus. Tränen traten ihm in die Augen.

»Alles in Ordnung?« fragte der Klient – sein Name war David Duganfield – ihn.

»Mir geht es so gut, daß Sie es nicht glauben würden«, sagte Billy und langte über den Tisch, um Duganfields Hand zu drücken. »Herzlichen Glückwunsch, David.« Er wollte nicht mehr an den Unfall denken, wollte nicht mehr an den alten Zigeuner mit der abfaulenden Nase denken. Er gehörte zu den Guten; diese Tatsache kam deutlich in Duganfields kräftigem Händedruck und seinem müden, leicht sabbernden Lächeln zum Ausdruck.

»Vielen Dank, Mann«, sagte Duganfield. »Vielen herzlichen Dank.« Plötzlich beugte er sich über den Tisch und umarmte Billy Halleck ungeschickt. Billy erwiderte die Umarmung. Doch als Dunganfields Arme sich um seinen Hals schlangen, streifte eine Hand leicht über seine Wange, und er mußte sofort wieder an das eigenartige Streicheln des alten Zigeuners denken.

Er hat mich angefaßt, dachte Halleck, und trotz der herzlichen Umarmung seines Klienten fing er an zu zittern.

Auf dem Heimweg versuchte er, an Duganfield zu denken – Duganfield war eine gute Sache, um jetzt darüber nachzudenken –, aber als er über die Triborough Bridge fuhr, ertappte er sich dabei, daß er gar nicht an Duganfield, sondern an Ginelli dachte.

Duganfield und er hatten fast den ganzen Nachmittag bei *O'Lunney's* verbracht, aber eigentlich hätte Billy seinen Klienten lieber zu den *Three Brothers* geführt. Es war das Restaurant, an dem Richard Ginelli eine informelle, stille Teilhaberschaft hielt. Es war jetzt schon Jahre her, daß er zum letztenmal bei den *Three Brothers* gegessen hatte – angesichts Ginellis Reputation war das nämlich nicht sehr klug –, aber immer noch dachte er zuerst an die Brüder. Billy hatte dort manche gute Mahlzeit eingenommen und immer viel Spaß dabei gehabt, obwohl Heidi sich nie viel aus Ginelli gemacht hatte. Er hatte den Verdacht, daß Ginelli ihr Angst einflößte.

Er fuhr gerade auf der New Yorker Umgehungsstraße an der Gun-Hill-Road-Ausfahrt vorbei, als seine Gedanken wie zwangsläufig wieder zu dem alten Zigeuner zurückkehrten.

Ginelli war's, an den du als erstes gedacht hast. Nachdem du an jenem Tag nach Hause gekommen warst und Heidi heulend am Küchentisch saß, da hast du als erstes an Ginelli gedacht. »He, Rich, ich habe heute eine alte Lady umgebracht. Kann ich mal kurz in die Stadt kommen, um mit dir darüber zu reden?«

Aber Heidi war nebenan in der Küche, und Heidi hätte das nicht verstanden. Billys Hand hatte eine Weile über dem Hörer gehangen und war dann runtergefallen. Ihm war mit plötzlicher Klarheit bewußt geworden, daß er ein angesehener Anwalt aus Connecticut war, dem, wenn die Dinge haarig wurden, nur ein Mensch einfiel, den er anrufen könnte: einen New Yorker Gangster, der es sich offensichtlich im Laufe der Jahre angewöhnt hatte, die Konkurrenz über den Haufen zu schießen.

Ginelli war ein großgewachsener Mann, sah nicht umwerfend gut aus, hatte aber eine natürliche Art, so daß er in jeder Kleidung irgendwie elegant wirkte. Er hatte eine kräftige, freundliche Stimme – nicht die Art von Stimme, mit der man sofort Drogenhandel, Gewalttätigkeit und Mord assoziierte. Aber er hatte mit allen drei zu tun, wenn man seiner Polizeiakte Glauben schenkte. Und es war Ginellis Stimme gewesen, die Billy an diesem schrecklichen Nachmittag, nachdem Duncan Hopley, der Polizeichef von Fairview, ihn hatte laufen lassen, sehr gerne gehört hätte.

»... oder den ganzen Tag da rumsitzen?«

»Häh!« Billy zuckte zusammen. Ihm wurde plötzlich klar, daß er vor einer der wenigen Mautkabinen am Rye-Platz stand, die tatsächlich mit einem Beamten besetzt war.

»Ich habe gesagt, wollen Sie nun bezahlen oder...?«

»Schon gut«, sagte Billy und gab dem Mann eine Dollarnote. Er nahm das Wechselgeld in Empfang und fuhr weiter. Schon fast in Connecticut, noch neunzehn Ausfahrten bis zu Heidi. Dann ab nach Mohonk. Duganfield funktionierte nicht so recht als Ablenkung; versuchen wir's also mal mit Mohonk. Vergessen wir die alte Zigeunerin und den alten Zigeuner mal für 'ne Weile, wie wär das?

Aber seine Gedanken wanderten unweigerlich zu Ginelli zurück.

Billy hatte ihn durch die Firma kennengelernt, die vor sieben Jahren eine Rechtsangelegenheit für Ginelli erledigt hatte – eine Firmengründungssache. Billy, damals noch ein sehr junger Junioranwalt der Firma, hatte den Auftrag bekommen. Keiner der Seniorpartner hätte sich diesen Fall auch nur durchgesehen. Schon damals war Ginellis Reputation ziemlich schlecht. Billy hatte Kirk Penschley nie gefragt, warum die Firma Rich Ginelli überhaupt als Klienten angenommen hatte; man hätte ihm ja doch nur gesagt, daß er seine Arbeit machen und die politischen Entscheidungen den Älteren überlassen solle. Deshalb hatte er vermutet, daß Ginelli wohl etwas über eine Leiche im Schrank von irgend jemandem wußte; er war ein Mann, der seine Ohren aufsperrte.

Billy hatte seine dreimonatige Arbeit im Auftrag der *Three Brothers Associates, Inc.*, mit der Einstellung begonnen, daß er den Mann, für den er arbeiten sollte, sicher nicht mögen, vielleicht sogar fürchten würde. Statt dessen fühlte er sich zu ihm hingezogen. Ginelli war ein Charismatiker. Es machte Spaß, mit ihm zusammenzusein. Mehr noch, er behandelte Billy mit einem Respekt und einer Zuvorkommenheit, die ihm in der eigenen Firma während der nächsten vier Jahre sicher nicht zuteil werden würden.

Billy hielt an der Norwalk-Mautstelle und warf seine fünfunddreißig Cent ein. Dann reihte er sich wieder in den Verkehr ein. Ohne darüber nachzudenken, beugte er sich vor und öffnete das Handschuhfach. Unter den Landkarten und dem Handbuch für den Wagenbesitzer fand er zwei Yes-Torties. Er riß die Verpackung von dem einen auf und aß es gierig. Dabei fielen einige Krümel auf seine Weste.

Seine Arbeit für Ginelli war schon lange erledigt gewesen, als das Große Geschworenengericht in New York diesen beschuldigte, eine Reihe von Exekutionen im Stil des organisierten Verbrechens angestiftet zu haben, die das Ausmaß eines Drogenkrieges angenommen hätte. Die Anklage des Obersten New Yorker Gerichtshofs war im Herbst 1980 auf dem Schreibtisch ihrer Kanzlei gelandet. Im Frühjahr 1981 war sie, weil sich unter den Hauptbelastungszeugen plötzlich eine Sterblichkeitsrate von fünfzig Prozent eingestellt hatte, verschwunden. Einer war zusammen mit zwei von drei Polizeibeamten, die zu seiner Bewachung eingeteilt waren, mitsamt dem Wagen in die Luft geflogen. Ein anderer war mit einem abgebrochenen Regenschirmgriff durch den Hals gestochen worden, als er sich in einem der Schuhputzerstühle im Grand-Central-Bahnhof die Schuhe wichsen ließ. Die beiden anderen hatten dann gar nicht so überraschend beschlossen, daß sie sich nicht mehr länger darauf versteifen könnten, ob es nun wirklich Richard ›Der Hammer‹ Ginelli gewesen war, den sie dabei belauscht hatten, als er den Auftrag, einen Brooklyner Drogenbaron namens Richovsky abzuknallen, gegeben hatte.

Westport. Southport. Bald zu Hause. Er beugte sich wieder vor und wühlte im Handschuhfach... Aha! Da war noch eine halbvolle Erdnußschachtel von der letzten Flugreise übriggeblieben. Die Nüsse schmeckten zwar fad, aber sie waren noch genießbar. Billy Halleck mampfte sie weg, ohne von ihnen mehr zu schmecken als von den beiden Yes-Torties.

Im Laufe der Jahre hatten Ginelli und er sich regelmäßig Weihnachtskarten geschrieben und sich gelegentlich aus alter Gewohnheit bei den *Three Brothers* zum Essen getroffen. Infolge dessen, was Ginelly beharrlich als ›meine Probleme mit der Legalität‹ bezeichnete, waren die Essen weniger geworden, bis sie ganz aufhörten. Dran war zum Teil Heidi schuld gewesen – in bezug auf Ginelli hatte sie sich mittlerweile in eine Weltklasse-Meckerziege verwandelt – aber zum Teil hatte es auch an Ginelli selbst gelegen.

»Du solltest lieber eine Zeitlang nicht mehr herkommen«, hatte er zu Billy gesagt.

»Was? Wieso?« hatte Billy unschuldig darauf erwidert, als hätten er und Heidi sich nicht gerade in der Nacht davor genau darüber gestritten.

»Weil ich, was die öffentliche Meinung betrifft, ein Gangster bin«, hatte Ginelli geantwortet. »Junge Anwälte, die sich mit Gangstern anfreunden, kommen nicht voran, William, doch das ist's, worauf es wirklich ankommt – halte deine Weste rein und mach Karriere!«

»So, das ist also alles, worauf's ankommt, häh?«

Ginelli hatte daraufhin eigenartig gelächelt. »Nun... es gibt noch ein paar andere Sachen.«

»Zum Beispiel?«

»William, ich hoffe, du wirst es nie herausfinden müssen. Komm ab und zu mal auf einen *Espresso* vorbei. Wir werden miteinander plaudern und lachen. Was ich sagen will ist, wir bleiben in Verbindung!«

Und so war es auch geschehen. Er hatte gelegentlich mal bei den *Three Brothers* reingeschaut (wobei er allerdings, während er auf die Ausfahrtsrampe von Fairview bog, zugeben mußte, daß die Intervalle länger und länger geworden waren). Und als er sich in der Situation befand, sich wegen fahrlässiger Tötung vor Gericht verantworten zu müssen, war ihm als allererstes Ginelli eingefallen.

Aber der gute, alte, busengrapschende Cary Rossington hatte diese Sache ja für ihn in die Hand genommen, flüsterte eine Stimme in seinem Kopf. *Warum denkst du also jetzt an Ginelli? Mohonk – du solltest an Mohonk denken. Und an David Duganfield, den Beweis dafür, daß der Gute nicht immer als Verlierer aus der Sache hervorgeht. Und darüber, daß du noch ein paar Pfund abnehmen könntest.*

Doch als er in die Hausauffahrt einbog, stellte er fest, daß er wieder über Ginelli nachdachte, über etwas, das er ihm einmal gesagt hatte: *William, ich hoffe, du wirst es nie herausfinden müssen.*

Was herausfinden? fragte Billy sich, und dann stürmte Heidi ihm aus der Haustür entgegen, um ihm einen Kuß zu geben, und er vergaß alles für eine Weile.

3. Kapitel: Mohonk

Es war ihre dritte Nacht in Mohonk, und sie hatten sich gerade geliebt. Es war das sechste Mal innerhalb von drei Tagen gewesen, eine schwindelerregende Abwechslung gegenüber ihrem normalen, ruhigen Zwei-mal-die-Woche-Rhythmus. Billy lag neben ihr und genoß es, ihren Herzschlag zu hören, genoß den Duft ihres Parfüms – Anaïs Anaïs – gemischt mit dem sauberen Geruch ihres Schweißes und ihres Geschlechts. Einen Moment lang nahmen seine Gedanken eine grauenhafte Wendung, und er sah die alte Zigeunerin vor sich, genau in dem Augenblick, bevor der Olds sie erwischt hatte. Einen Moment lang hörte er, wie eine Flasche Mineralwasser auf dem Asphalt zerschellte. Dann war die Vision vorüber.

Er drehte sich zu seiner Frau um und zog sie fest an sich. Sie umfaßte ihn mit einem Arm und ihre freie Hand glitt seinen Oberschenkel hinauf. »Weißt du was«, sagte sie, »Wenn ich noch einmal so komme, daß meine Gehirnzellen rausfliegen, dann werde ich bald nicht mehr viel übrig haben.«

»Das ist ein Mythos«, antwortete Billy lachend.

»Daß einem beim Kommen die Gehirnzellen absterben?«

»Nee, das ist wahr. Der Mythos besteht darin, daß man diese Zellen für immer *verlieren* würde. Diejenigen, die absterben, wachsen wieder nach.«

»Ja... das sagt man, das *sagt* man.«

Sie kuschelte sich näher an ihn. Ihre Hand wanderte von seinem Schenkel herauf, berührte seinen Penis sanft, liebevoll, spielte mit einem Büschel seiner Schamhaare (letztes Jahr war er traurig überrascht gewesen, als er feststellte, daß er dort unten an der Stelle, die sein Vater immer ›Adamsdikkicht‹ genannt hatte, schon die ersten grauen Fäden bekommen hatte), und glitt dann den Hügel seines unteren Bauches herauf.

Sie stützte sich plötzlich auf ihren Ellenbogen, wodurch sie ihn leicht erschreckte. Er war noch nicht eingeschlafen, aber er war gerade am Wegdösen gewesen.

»Du *hast* wirklich abgenommen!«

»Häh?«

»Billy Halleck, du *bist* magerer geworden!«

Er klopfte sich auf den Bauch, den er manchmal scherzhaft das Haus nannte, das Budweiser ihm gebaut hatte, und lachte. »Nicht gerade viel. Ich sehe immer noch wie der einzige Mann der Welt aus, der im siebten Monat schwanger ist.«

»Du bist immer noch dick, aber nicht so dick, wie du vorher warst. Ich *weiß* es. Ich kann es doch sehen. Wann hast du dich das letztemal gewogen?«

Er dachte nach. Es war an dem Morgen gewesen, an dem der Canley-Prozeß zu Ende gegangen war. Damals war er auf 221 Pfund runtergewesen. »Ich habe dir doch erzählt, daß ich drei Pfund verloren hätte, erinnerst du dich?«

»Na gut. Du wirst dich morgen früh als erstes wieder wiegen«, sagte sie.

»Keine Waage im Badezimmer«, erwiderte Billy genüßlich.

»Mach keine Witze.«

»Nein. Mohonk ist ein *zivilisierter* Ort.«

»Wir werden eine finden.«

Billy döste langsam ein. »Klar, wenn du willst.«

»Ich will.«

Sie ist eine gute Frau, dachte er. Während der letzten fünf Jahre, in denen sein ständiges Zunehmen immer auffälliger geworden war, hatte er an schlimmen Tagen eine Diät und/oder ein Fitnessprogramm angekündigt. Die Diäten zeichneten sich hauptsächlich durch Selbstbetrug aus. Ein oder zwei Hot Dogs am Nachmittag, um das Yoghurtlunch aufzubessern, oder vielleicht ein oder zwei hastig hinuntergeschlungene Hamburger am Sonnabendnachmittag, während Heidi an irgendeiner Auktion oder einem Flohmarkt teilnahm. Ein oder zweimal hatte er sich gar zu einem der gräßlichen heißen Sandwiches herabgelassen, die in einer kleinen Imbißstube eine Meile die Straße runter erhältlich waren. Das Fleisch in diesen Sandwiches sah aus wie gegrillte Haut, wenn es erst einmal in den Mikrowellenherd geraten war, und doch konnte er sich nicht daran erinnern, daß er irgendwann einmal eine Portion dieser Scheußlichkeiten ungegessen weggeworfen hätte. Er mochte sein Bier gern, klar, zugegeben, aber viel mehr noch mochte er sein Essen. Eine Dover-Seezunge in einem der besseren New Yorker Restaurants war eine feine Sache, aber wenn er nachts länger aufblieb und sich die Sportsendungen im Fernsehen ansah, reichte ihm auch eine Tüte Maischips mit etwas Krabbensoße auf dem Beistelltisch.

Seine körperlichen Ertüchtigungsprogramme dauerten meistens eine Woche, dann kam ihm sein Arbeitsplan dazwischen, oder er verlor schlichtweg das Interesse daran. Ein Satz Hanteln brütete still im Keller vor sich hin und setzte allmählich Rost an. Jedesmal, wenn er hinunterging, schienen sie ihn vorwurfsvoll anzusehen. Er versuchte immer, gar nicht auf sie zu achten.

Dann zog er seinen Bauch noch stärker ein als sonst und erklärte Heidi rund heraus, daß er zwölf Pfund abgenommen habe und jetzt nur noch 236 wog. Sie nickte beifällig, sagte ihm, wie sehr sie sich freue und, *natürlich*, sie könne den Unterschied sogar sehen; doch während der ganzen Zeit wußte sie selbstverständlich, was los war. Schließlich fand sie die leeren Maischipstüten im Mülleimer. Und seit in Connecticut ein Recyclinggesetz für Flaschen und Konservendosen verabschiedet worden war, wurden die leeren Dosen in der Speisekammer ebenso zur Quelle für Schuldgefühle wie die unbenutzten Hanteln im Keller.

Sie sah ihn, wenn er schlief; ja schlimmer noch, sie sah ihn, wenn er pinkelte. Man konnte beim Pinkeln einfach nicht den Bauch einziehen. Er hatte es mal probiert, es war schlicht unmöglich. Sie wußte, daß er nur drei, im Höchstfalle vier Pfund abgenommen hatte. Man konnte seine Frau in bezug auf eine andere Frau an der Nase herumführen – jedenfalls eine Zeitlang –, aber man konnte nicht sein Gewicht vor ihr verbergen. Eine Frau, die dieses gesamte Gewicht von Zeit zu Zeit nachts auf sich spürte, wußte, wie schwer man war. Aber sie lächelte und sagte: »*Aber natürlich, du siehst schon viel besser aus, Liebling.*« Zum Teil war das vielleicht gar nicht bewundernswert – es hielt ihn davon ab, ihre Zigaretten zu kritisieren –, aber er ließ sich nicht soweit narren, zu glauben, daß es allein das wäre. Das war auch nicht das Entscheidende. Es war ihre Art, ihm seine Selbstachtung zu erhalten.

»Billy?«

»Was ist?« Zum zweitenmal aus dem Schlaf geschreckt, blickte er leicht belustigt und leicht irritiert zu ihr hinüber.

»Fühlst du dich ganz wohl?«

»Mir geht es gut. Was soll dieser ›Fühlst-du-dich-ganz-wohl‹-Unsinn?«

»Hmm... manchmal... es heißt, daß ein nicht geplanter Gewichtsverlust ein Symptom für etwas sein kann.«

»Ich fühle mich *großartig*. Und wenn du mich jetzt nicht schlafen läßt, werde ich es dir beweisen, indem ich mir dich gleich noch mal vornehme.«

»Nur zu.«

Er stöhnte auf. Sie lachte. Kurz darauf waren sie eingeschlafen. In seinem Traum kamen Heidi und er gerade aus dem Supermarkt, nur diesmal *wußte* er, daß er sich in einem Traum befand, er *wußte*, was gleich passieren würde, und er wollte ihr sagen, daß sie mit dem, was sie gerade tat, aufhören solle, daß er seine volle Aufmerksamkeit auf das Fahren konzentrieren müsse, denn gleich würde eine alte Zigeunerin zwischen zwei geparkten Wagen hervorgeschossen kommen – zwischen einem gelben Subaru und einem dunkelgrünen Firebird, um genau zu sein –, und diese alte Frau würde eine Zehnpfennig-Kinderhaarspange aus Plastik in ihrem dünnen, grauen Haar tragen, und sie würde keine Anstalten machen, sich umzusehen, sondern nur geradeausstarren. Er wollte Heidi sagen, daß dies seine Chance wäre, alles rückgängig zu machen, sich anders zu verhalten, es wiedergutzumachen.

Aber er konnte nicht sprechen. Die angenehme Erregung erwachte wieder bei der anfangs nur verspielten Berührung ihrer Finger. Dann wurden sie fordernder (sein Penis versteifte sich im Schlaf, und er wendete den Kopf leicht, während er im Traum das metallische Klicken hörte, als sein Reißverschluß langsam geöffnet wurde); die Erregung vermischte sich mit dem unangenehmen Gefühl von furchtbarer Unausweichlichkeit. Jetzt sah er wieder den gelben Subaru vor sich, der hinter dem dunkelgrünen Firebird mit den weißen Rennstreifen geparkt war. Und zwischen ihnen einen Augenblick lang eine Erscheinung, viel farbenfroher und lebendiger in ihrer heidnischen Buntheit als sämtliche Graffitiwände, die je in Detroit oder Toyota Village besprayt worden waren. Er versuchte zu schreien *Hör auf, Heidi! Da ist sie! Ich werde sie wieder töten, wenn du nicht damit aufhörst! Bitte, o Gott, nein! Guter Gott, bitte, nein!*

Doch die Gestalt trat zwischen den beiden Wagen hervor. Halleck versuchte, den Fuß vom Gaspedal zu nehmen und auf die Bremse zu treten, aber der Fuß schien wie durch eine entsetzliche, unwiderstehliche Kraft am Pedal festzukleben. *Diese furchtbare Unausweichlichkeit,* dachte er in panischer Angst und versuchte, das Steuer herumzureißen, aber das Lenkrad bewegte sich auch nicht. Es war total blockiert. So machte er sich innerlich auf den Zusammenprall gefaßt, als der Kopf der Zigeunerin sich verwandelte. Sie war nicht mehr die alte Dame, o nein, es war der alte Zigeuner mit der abfaulenden Nase. Nur hatte er jetzt keine Augen mehr. Genau in dem Moment, als der Olds ihn erfaßte und unter sich begrub, sah Halleck die leeren, starrenden Augenhöhlen. Die Lippen des alten Zigeuners öffneten sich nun zu einem obszönen Grinsen – ein uralter Halbmond unter dem Horroranblick seiner verrotteten Nase.

Dann: *Peng.*

Eine alte, ungeheuer faltige Hand, die Finger mit heidnischen Ringen aus geschlagenem Metall geschmückt, wedelte schlaff auf der Motorhaube. Drei Blutstropfen spritzten an die Windschutzscheibe. Halleck war sich vage bewußt, daß Heidis Hand sich schmerzhaft um sein erigiertes Glied krampfte und den Orgasmus zurückhielt, der durch den Schock ausgelöst worden war. Er spürte einen plötzlichen, panisch-freudigen Schmerz...

Und unter sich hörte er das Flüstern des alten Zigeuners

durch den Teppichboden seines teuren Wagens aufsteigen, gedämpft, aber deutlich: »*Dünner.*«

Er richtete sich mit einem Ruck auf, drehte sich zum Fenster und schrie fast. Der Mond stand als helle Sichel über den Adirondacks, und einen Augenblick lang glaubte er, er sähe den alten Zigeuner, der mit leicht geneigtem Kopf durch ihr Schlafzimmerfenster spähte, die Augen zwei schillernde Sterne im schwarzen Nachthimmel über dem Staat New York. Das Lächeln kam von innen. Der Mond streute sein kaltes Licht über die Flur, so kalt wie das Licht, das von einem Weckglas voller Glühwürmchen ausgeht, kalt wie die Frösche, die er als Kind in North Carolina gefangen hatte – altes, kaltes Licht, ein Mond in der Form eines uralten Grinsens, eines Grinsens, das auf Rache sinnt.

Billy holte zitternd Luft, preßte die Augen ganz fest zu und machte sie wieder auf. Jetzt war der Mond wieder nur der Mond. Er legte sich auf den Rücken und war drei Minuten später eingeschlafen.

Der nächste Tag war hell und klar, und Billy gab endlich nach und versprach Heidi, den Labyrinthpfad mit ihr hinaufzuklettern. Die Umgebung von Mohonk war mit Kletterpfaden gespickt, die in den Schwierigkeitsgraden von leicht bis extrem schwer rangierten. Der Labyrinthpfad wurde mit ›gemäßigt‹ bewertet, und Heidi und er waren in ihren Flitterwochen zweimal hinaufgestiegen. Er erinnerte sich, wieviel Spaß es ihm gemacht hatte, die steilen Hänge hinaufzuklettern, während Heidi direkt hinter ihm ständig gelacht und ihn geneckt hatte, er, Faulenzer, solle sich doch etwas beeilen. Er erinnerte sich daran, wie er mit seiner jungen Frau durch die engen, höhlenartigen Stellen im felsigen Teil gekrochen war und an der schmalsten Stelle geheimnisvoll in ihr Ohr geflüstert hatte: »Spürst du's? Der Boden schwankt.« Es war dort sehr eng gewesen, aber sie hatte es trotzdem fertiggebracht, ihn kräftig auf den Hintern zu schlagen.

Halleck konnte vor sich selbst (aber niemals vor Heidi) zugeben, daß es gerade diese engen Felsenpassagen waren, die ihn heute ängstigten. In seinen Flitterwochen war er ein schlanker junger Mann gewesen, ein Kind noch, und er hatte eine gute Kondition gehabt, da er gerade von einem Holzfällercamp in Westmassachusetts zurückgekehrt war. Heute war er sechzehn Jahre älter und *sehr viel* schwerer. Und außerdem, wie der muntere Dr. Houston ihn freundlicherweise informiert hatte, auf dem besten Weg zu einem Herzinfarkt. Die Vorstellung, auf halber Höhe des Berges einen Herzinfarkt zu bekommen, war zwar unangenehm, aber im Augenblick nicht vorrangig; es schien ihm wahrscheinlicher, in einem der engen Felsnadelöhre stecken zu bleiben, durch die der Pfad sich zum Gipfel hinaufschlängelte. Er wußte noch, daß sie damals mindestens an vier Stellen auf allen vieren kriechen mußten.

Er wollte nicht in einem solchen Engpaß steckenbleiben.

Oder... wie wäre das, Leute? Der alte Billy Halleck verklemmt sich in einer von diesen dunklen Kriechstellen und kriegt *dann* seinen Herzanfall! Heee! Zwei auf einen Streich!

Doch schließlich versprach er, es zu versuchen, unter der Bedingung, daß *sie* allein weiterklettern solle, wenn sich herausstellen sollte, daß er für den Gipfel einfach nicht genug Kondition hätte, und daß sie vorher nach New Paltz führen, um ihm ein Paar Leinenschuhe zu kaufen. Heidi stimmte beiden Bedingungen bereitwillig zu.

In New Paltz mußte Halleck feststellen, daß ›Leinenschuhe‹ inzwischen *passé* waren. Man konnte sich nicht einmal mehr an das Wort erinnern. Also kaufte er ein Paar modische silber-grüne Berg- und Wanderschuhe und freute sich im stillen, wie bequem sie sich an seinen Füßen anfühlten. Das veranlaßte ihn zu der Feststellung, daß er seit... wie lange?... fünf? sechs?... Jahren keine bequemen Freizeitschuhe mehr besessen hatte. Klang unwahrscheinlich, aber es war wahr.

Heidi bewunderte die Schuhe und sagte ihm nochmals, daß er tatsächlich so aussähe, als hätte er abgenommen. Vor dem Schuhgeschäft stand eine Waage, eine von den ganz alten, die einem gleichzeitig das Gewicht anzeigten und das Schicksal prophezeiten. Halleck hatte so eine seit seiner Kindheit nicht mehr gesehen.

»Spring rauf, mein Held«, ermunterte Heidi ihn. »Ich habe einen Penny.«

Halleck zögerte einen Augenblick, er war irgendwie nervös.

»Nun mach schon. Ich möchte sehen, wieviel du abgenommen hast!«

»Heidi, diese Dinger zeigen doch nie das genaue Gewicht an, das weißt du.«

»Ich will es ja nur so ungefähr wissen. Komm, Billy – sei kein Frosch.«

Er gab ihr zögernd das Päckchen mit den neuen Schuhen und stieg auf die Waage. Sie warf den Penny in den Schlitz. Er hörte ein Klicken, und dann zogen sich zwei gebogene, silbern schimmernde Metallplatten zurück. Hinter der oberen war sein Gewicht angezeigt; hinter der unteren gab die Maschine ihre Vorstellung von seinem Schicksal preis. Halleck holte überrascht Luft.

»Ich *hab's* gewußt!« sagte Heidi neben ihm. In ihrer Stimme lag eine Spur Zweifel, so als wüßte sie nicht so recht, ob sie sich freuen oder wundern sollte. »Ich hab doch gewußt, daß du dünner geworden bist!«

Wenn sie gehört hatte, wie er den Atem ausstieß, dachte Halleck später, hatte sie das gewiß auf die Zahl bezogen, auf der der rote Zeiger stehen geblieben war – trotz seiner vollständigen Bekleidung mit dem Schweizer Taschenmesser in der Kordhose, trotz des herzhaften Mohonk-Frühstücks, das seinen Bauch füllte, deutete dieser Zeiger exakt auf 232. Er hatte seit dem Tag, an dem der Canley-Prozeß so erfreulich abgeschlossen worden war, vierzehn Pfund abgenommen.

Aber es war nicht das Gewicht, das ihn hatte nach Luft schnappen lassen, es war die Prophezeiung gewesen. Die untere Metallplatte war nicht zurückgewichen, um ihm ein gewöhnliches IHRE FINANZEN WERDEN SICH BALD VERBESSERN oder ein ALTE FREUNDE MELDEN SICH BALD ZUM BESUCH AN oder ein TREFFEN SIE IM AUGENBLICK KEINE ÜBERSTÜRZTEN ENTSCHEIDUNGEN zu offenbaren.

Sie hatte nur ein einziges, schwarzes Wort preisgegeben: »DÜNNER«

4. Kapitel: 227

Auf dem Heimweg nach Fairview schwiegen sie die meiste Zeit. Heidi fuhr bis ungefähr fünfzehn Meilen vor New York, wo der Verkehr stärker wurde. Dann bog sie auf einen Raststättenparkplatz und überließ Billy das Steuer für den Rest des Weges. Es gab keinen Grund, warum er nicht fahren sollte; es stimmte, die alte Dame war getötet worden, ein Arm fast vom Körper abgerissen, der Unterleib zerquetscht, der Schädel zersplittert wie eine Ming-Vase, die auf einen Marmorfußboden geworfen worden war, aber Billy Halleck hatte keinen Vermerk in seinem Connecticut-Führerschein. Dafür hatte der gute alte Cary Rossington schon gesorgt.

»Hast du mich gehört, Billy?«

Er warf ihr einen kurzen Blick zu und richtete die Augen dann wieder auf die Straße. Er fuhr jetzt besser. Obwohl er seine Hupe nicht häufiger benutzte als vorher, obwohl er nicht öfter schrie oder heftiger mit den Armen wedelte als sonst, fielen ihm seine eigenen Fahrfehler und die der anderen viel mehr auf als vorher. Und er hatte für beides wenig Nachsicht übrig. Eine alte Frau zu töten, das wirkte wahre Wunder, was die eigene Konzentration betraf. Es zerstörte die Selbstachtung, es verursachte grauenvolle Träume, aber es erhöhte die Konzentrationsfähigkeit gewaltig.

»Entschuldige, ich hab' gerade geträumt.«

»Ich habe gesagt, ich danke dir für die herrlichen Tage.«

Sie lächelte und berührte kurz seinen Arm. Es *waren* herrliche Tage gewesen – zumindest für Heidi. Zweifellos hatte Heidi das alles hinter sich gelassen – die Zigeunerin, die Anhörung vor Gericht, auf Grund derer die Anklage fallengelassen wurde, den alten Zigeuner mit der abfaulenden Nase. Für Heidi war das alles nur noch eine unangenehme Erinnerung, so wie Billys Freundschaft mit dem spaghettifressenden Gauner aus New York. Aber sie hatte etwas anderes auf der Seele; ein kurzer Seitenblick bestätigte das. Das Lächeln war verschwunden, sie sah ihn jetzt ernst an. Um die Augen zeigten sich winzige Fältchen.

»Bitte«, sagte er herzlich. »Mit dir immer, Liebling.«

»Und wenn wir nach Hause kommen...«

»Werde ich mich wieder auf dich stürzen!« rief er mit falscher Begeisterung, brachte sogar ein lüsternes Lachen zustande. Aber er glaubte nicht, daß er ihn hochkriegen würde, nicht einmal, wenn die Dallas Cowgirls in von *Frederick's* in Hollywood entworfener Reizwäsche an ihm vorbeimarschierten. Das hatte nichts damit zu tun, wie oft sie sich in Mohonk geliebt hatten; es war diese verdammte Weissagung. DÜNNER. Selbstverständlich hatte die Waage das überhaupt nicht angezeigt – es war seine Einbildung. Aber es war ihm nicht wie eine Einbildung *vorgekommen*, Scheiße; es war so real gewesen wie die Schlagzeile der *New York Times*. Und eben dieses Gefühl von Wirklichkeit war das Schreckliche daran, denn DÜNNER war nicht *irgend jemandes* Vorstellung von seinem Schicksal. Selbst IHR SCHICKSAL IST ES, BALD GEWICHT ZU VERLIEREN änderte nichts an diesem Gefühl. Die Autoren dieser Schicksalssprüche befaßten sich mehr mit langen Reisen oder Besuchen von alten Freunden.

Ergo, er hatte eine Halluzination gehabt.

Ja, so ist es.

Ergo, er war vermutlich dabei, den Verstand zu verlieren.

Na hör mal, ist das fair?

Fair genug. Die Kontrolle über die eigene Einbildungskraft zu verlieren, war keine gute Sache.

»Wenn du willst, kannst du dich auf mich stürzen«, sagte Heidi, »aber mir ist es erst mal wichtiger, daß du dich auf *unserer* Badezimmerwaage wiegst...«

»Hör auf, Heidi! Ich habe ein bißchen abgenommen, keine große Sache!«

»Ich bin sehr stolz darauf, daß du abgenommen hast, Billy, aber wir sind die letzten fünf Tage immer zusammengewesen, und ich will verdammt sein, wenn ich weiß, *wie* du das machst.«

Diesmal blickte er sie länger an, aber sie weigerte sich zurückzublicken; sie starrte mit über der Brust verschränkten Armen geradeaus durch die Windschutzscheibe.

»Heidi...«

»Du ißt genausoviel wie immer. Vielleicht sogar mehr. Die Bergluft muß deinen Motor richtig in Schwung gebracht haben.«

»Warum drumherumreden?« fragte er, und bremste ab, um vierzig Cents in den Schlitz an der Rye-Mautstelle zu werfen. Er hatte die Lippen zu dünnen, weißen Linien zusammengepreßt, sein Herz schlug zu schnell, und plötzlich war er wütend auf sie. »Du willst mir doch eigentlich sagen, daß ich ein dickes, fettes Mastschwein sei. Sag es doch geradeheraus, wenn du willst, Heidi. Ich kann es schon ertragen. Was soll der Quatsch?«

»*Das* habe ich nicht gemeint!« rief sie. »Warum willst du mir weh tun, Billy? Warum, nach all den schönen Tagen, die wir da oben verbracht haben?«

Diesmal mußte er nicht zur Seite sehen, um zu wissen, daß sie den Tränen nahe war. Ihre zitternde Stimme sagte genug. Sie tat ihm leid, aber das änderte nichts an seiner Wut. Und an der Angst, die dahinterstand.

»Ich wollte dich nicht kränken«, sagte er und umfaßte das Lenkrad so fest, daß seine Knöchel weiß hervortraten. »Das will ich nie. Aber es ist doch eine *gute* Sache, wenn ich an Gewicht verliere, Heidi, warum willst du immer weiter auf dem Thema herumreiten?«

»Es ist nicht immer eine gute Sache!« schrie sie so laut, daß er aufschreckte und der Wagen leicht schlingerte. *»Es ist nicht immer eine gute Sache, und das weißt du genau*!«

Jetzt weinte sie wirklich und durchwühlte ihre Handtasche in ihrer halb ärgerlich machenden, halb gewinnenden Art auf der Suche nach einem Tempotuch. Er reichte ihr sein Taschentuch, und sie betupfte sich damit die Augen.

»Du kannst sagen, was du willst, du kannst gemein zu mir sein, du kannst mich auch ins Kreuzverhör nehmen, wenn du willst, Billy, du kannst alles Schöne verderben, das wir gerade zusammen erlebt haben, aber ich liebe dich, und ich werde das sagen, was ich sagen muß. Wenn jemand abnimmt, obwohl er keine Diät hält, kann das bedeuten, daß er krank ist. Es ist eines der sieben Warnzeichen für Krebs.« Sie warf das Taschentuch zurück in seine Richtung. Seine Finger berührten ihre Hand, als er es auffing. Sie war sehr kalt.

Nun, jetzt war's heraus. Das Wort Krebs. Reimt sich auf *leb's* und *Gott geb's*. Gott wußte, daß dieses Wort mehr als einmal in seinen Gedanken aufgetaucht war, seit er auf der Jahrmarktswaage vor dem Schuhgeschäft gestanden hatte. Es war vor ihm aufgeschossen, wie das hämische Gesicht eines Kastenteufels, und er hatte sich davon abgewandt, wie man sich von den alten Bettelweibern abwandte, die, sich langsam vor und zurückwiegend, in ihren eigenartigen kleinen, verdreckten Ecken vor dem Grand-Central-Bahnhof saßen... oder wie man sich von den herumtollenden Zigeunerkindern abwandte, die zusammen mit der anderen Zigeunerbagage gekommen waren. Die Zigeunerkinder sangen mit hellen Stimmen, die zugleich monoton und auf seltsame Weise lieblich klangen. Die Zigeunerkinder liefen auf ihren Händen und brachten es irgendwie fertig, mit ihren nackten, schmutzigen Zehen Tambourine zu halten. Die Zigeunerkinder jonglierten. Die Zigeunerkinder stellten die Frisbee-Champions der Stadt in den Schatten, indem sie zwei oder drei dieser rotierenden Plastikscheiben gleichzeitig auf ihren Fingern, Daumen, ja, auf ihren Nasen tanzen ließen. Und während sie all diese Dinge taten, lachten sie. Alle schienen sie Hautkrankheiten oder schielende Augen oder Hasenscharten zu haben. Wenn man sich plötzlich so einer komischen Kombination von Geschicktheit und Häßlichkeit gegenübersah, was konnte man da anderes tun, als sich abwenden? Bettelweiber, Zigeunerkinder und Krebs. Selbst der verwirrende Lauf seiner Gedanken machten ihm angst.

Trotzdem, es war vielleicht besser, das Wort jetzt ausgesprochen zu haben.

»Ich fühle mich wohl«, wiederholte er nun wohl zum sechstenmal, seit Heidi ihn in jener Nacht gefragt hatte, ob es ihm gut ginge. Und verdammt noch mal, es stimmte auch! »Außerdem habe ich mich in letzter Zeit viel bewegt.«

Auch das stimmte... zumindest für die letzten fünf Tage. Sie hatten den Labyrinthpfad gemeinsam bestiegen, und obwohl er den ganzen Weg über tief durchatmen und an den engsten Stellen den Bauch einziehen mußte, war er niemals ernsthaft in Gefahr gewesen steckenzubleiben. Heidi war es, der langsam die Puste ausgegangen war und die zweimal um eine Rast hatte bitten müssen. Diplomatisch freundlich hatte er ihre Zigaretten nicht erwähnt.

»Ich bin sicher, daß du dich wohl fühlst«, sagte sie jetzt, »und das ist ausgezeichnet. Aber eine Untersuchung würde dir nicht schaden. Du hast dich seit über achtzehn Monaten nicht mehr untersuchen lassen, und ich bin sicher, Dr. Houston wird dich schon vermissen.«

»Ich glaube, er ist ein kleiner Drogenfreak«, murmelte Halleck.

»Wie bitte?«

»Ach, nichts.«

»Ich sag' dir was, Billy, du kannst nicht einfach durch etwas sportliche Betätigung beinahe zwanzig Pfund in zwei Wochen abnehmen.«

»Ich bin nicht krank!«

»Dann tu mir einfach einen Gefallen.«

Den Rest des Weges schwiegen sie. Billy hätte Heidi gern an sich gezogen und sie beruhigt, klar, in Ordnung, er würde tun, was sie wünschte. Doch ihm war ein Gedanke gekommen. Ein entsetzlich absurder Gedanke. Absurd, aber nichtsdestoweniger gruselig.

Vielleicht haben die Zigeuner einen neuen Stil bei ihren Flüchen – wie steht's denn mit dieser *Möglichkeit, Freunde? Früher haben sie einen in einen Werwolf verwandelt oder nachts einen Dämonen geschickt, der einem den Kopf abriß oder irgendwas in der Richtung, aber alles verändert sich, nicht wahr? Was, wenn der Alte mich angefaßt und mir Krebs verpaßt hat? Sie hat recht, es ist eines der Anzeichen – zwanzig Pfund einfach, so, ohne Grund, abzunehmen ist genauso ein Vorzeichen kommenden Unheils, wie der Spiegel, der einfach von der Wand fällt. Lungenkrebs... Leukämie... Tumore.*

Es war verrückt, aber der Gedanke ließ sich nicht mehr

verdrängen: *Was, wenn er mich angefaßt und mir Krebs verpaßt hat?*

Linda begrüßte sie mit überschwenglichen Umarmungen und holte zu beider Erstaunen eine wohlgeratene Lasagne aus dem Backofen, die sie ihnen auf Papptellern servierte, wobei sie den Lasagnespezialisten *par exellence*, den Kater Garfield, der auf ihnen abgebildet war, unter den Nudeln begrub. Sie erkundigte sich, wie die zweiten Flitterwochen gewesen wären (ein Ausdruck, der gleich neben der ›zweiten Kindheit‹ rangiere, wie Billy später beim Abwasch trokken zu Heidi bemerkte, nachdem Linda mit fliegenden Haaren aus dem Haus gerannt war, um mit zwei Freundinnen zu spielen), doch bevor sie mit der Erzählung über den Ausflug beginnen konnten, rief sie plötzlich: »Oh, dabei fällt mir ein!« und berichtete während der übrigen Mahlzeit Horror- und Wundergeschichten aus der Fairview Junior Highschool, die für sie von größerem Interesse waren als für Billy und Heidi. Trotzdem versuchten die beiden, aufmerksam zuzuhören. Schließlich waren sie fast eine Woche weggewesen.

Als sie hinausrannte, gab sie Billy einen schmatzenden Kuß und rief: »Wiedersehen, Bohnenstange!«

Billy sah ihr nach, als sie aufs Fahrrad stieg und mit wehendem Pferdeschwanz die Auffahrt hinunterfuhr. Dann drehte er sich verblüfft zu Heidi um.

»Wirst du jetzt bitte auf mich hören?« fragte sie.

»Du hast es ihr erzählt. Du hast sie vorher angerufen und ihr aufgetragen, das zu sagen. Eine weibliche Verschwörung.«

»Nein.«

Er musterte ihr Gesicht und nickte müde. »Nein, wohl doch nicht.«

Heidi zerrte ihn die Treppe hinauf, bis er schließlich nackt bis auf das Handtuch um seine Hüfte im Badezimmer stand. Plötzlich hatte er eine starke Eingebung von *déjà vue* – die zeitliche Zurückversetzung war so total, daß ihm leicht übel wurde. Die Szene war eine fast genaue Wiederholung des

Morgens, an dem er mit eben diesem taubenblauen Handtuch um die Hüfte auf genau dieser Waage gestanden hatte. Es fehlte nur der Duft von gebratenem Speck und Eiern, der aus dem Erdgeschoß heraufzog. Ansonsten war alles gleich.

Nein. Nein, das stimmte nicht. Ein Sachverhalt hatte sich merklich verändert.

An jenem Morgen hatte er sich vorbeugen müssen, um die schlechte Nachricht auf dem Digitalanzeiger lesen zu können. An jenem Morgen war ihm sein Bauch im Wege gewesen.

Der Bauch war zwar immer noch da, aber er war kleiner. Es war gar keine Frage, er konnte jetzt gerade an sich heruntersehen und die Zahlen ablesen.

Die Digitalanzeige stand auf 229.

»Jetzt reicht's«, sagte Heidi gepreßt. »Ich werde dir einen Termin bei Dr. Houston besorgen.«

»Die Waage ist falsch eingestellt«, wandte Billy schwach ein. »Sie hat schon immer zu wenig angezeigt. Deshalb mag ich sie ja so gerne.«

Sie sah ihm kalt in die Augen. »Genug ist genug, mein Freund. Die ganzen letzten fünf Jahre hast du dich darüber beklagt, daß sie zuviel anzeigt, und wir wissen es beide.« Im grellen Badezimmerlicht sah er deutlich, wie ängstlich sie war. Die Haut über ihren Wangenknochen schimmerte durchsichtig.

»Bleib, wo du bist«, sagte sie schließlich und ging aus dem Bad.

»Heidi?«

»Rühr dich nicht von der Stelle!« rief sie zurück und lief die Treppe hinunter.

Ein paar Minuten später kehrte sie mit einem ungeöffneten Zuckerpaket zurück. ›Nettogewicht: 10 Pfund‹, besagte die Aufschrift. Sie stellte es auf die Waage. Die Digitalanzeige schwankte einen Augenblick hin und her und entschied sich dann für ein klares rotes 012.

»Genau, wie ich's mir vorgestellt hatte«, bemerkte Heidi grimmig. »Ich wiege mich doch auch hier, Billy. Sie zeigt nicht zuwenig an und hat das auch nie getan. Es ist genauso, wie du immer gesagt hast, sie zeigt zuviel an. Es war keine bloße Meckerei, und wir haben es beide gewußt. Jemand, der an Übergewicht leidet, *mag* eine ungenaue Waage, weil sie die unangenehmen Tatsachen verschleiert. Wenn...«

»Heidi...«

»Wenn diese Waage bei dir 229 Pfund anzeigt heißt das, daß du in Wirklichkeit nur 227 wiegst. Jetzt laß mich...«

»Heidi...«

»Laß mich einen Termin für dich ausmachen.«

Er zögerte, blickte auf seine bloßen Füße hinunter und schüttelte den Kopf.

»*Billy!*«

»Ich werde es selbst tun«, sagte er.

»Wann?«

»Mittwoch. Ich werde es am Mittwoch tun. Houston geht jeden Mittwochnachmittag in den Golfclub und spielt neun Löcher.« *Manchmal spielt er mit dem unnachahmlichen, busengrapschenden, ehefrauenküssenden Cary Rossington.* »Ich werde es pesönlich mit ihm ausmachen.«

»Warum rufst du ihn nicht heute abend an? Warum nicht gleich?«

»Heidi«, sagte er bestimmt. »Jetzt ist es genug.« Etwas in seinem Gesicht mußte sie überzeugt haben, denn sie drang nicht weiter in ihn und erwähnte das Thema den ganzen Abend nicht mehr.

5. Kapitel: 221

Sonntag, Montag, Dienstag.

Billy hielt sich absichtlich von der Waage im oberen Bad fern. Er aß seine Mahlzeiten mit herzhaftem Appetit, obwohl er keinen großen Hunger mehr hatte, was in seinem Erwachsenenleben nur selten vorgekommen war. Er versteckte seine Kräcker- und Kekstüten nicht mehr hinter den Konservendosen in der Speisekammer. Am Sonntag, während der beiden hintereinandergesendeten Spiele der *Yankees* und der *Red Socks,* verspeiste er eine ganze Packung Ritz-Kräcker mit Käse und Pepperoni. Am Montagvormittag, während der Arbeit, kaute er eine Tüte Karamelbonbons und am Nachmittag eine Tüte Kartoffelchips – eines von beiden oder vielleicht auch die Kombination führte zu entsetzlichen Blähungen, die von nachmittags um vier bis neun Uhr abends anhielten. Noch ehe die Nachrichten vorbei waren, marschierte Linda aus dem Fernsehzimmer und verkündete, daß sie erst zurückkäme, wenn Gasmasken ausgeteilt würden. Billy lächelte schuldbewußt, verließ aber seinen Platz nicht. Seine Erfahrung mit Blähungen hatte ihn gelehrt, daß es überhaupt nichts nützte, zum Furzen hinauszugehen. Der Geruch hing einem trotzdem an. Es war so, als wären unangenehme Dinge mit unsichtbaren Händen an einem befestigt. Sie folgten einem überallhin.

Später am Abend, als sie sich übers Kabelfernsehen *And Justice for All* ansahen, aßen Heidi und er fast eine ganze Quarktorte auf.

Am Dienstag bog er auf dem Heimweg bei Norwalk vom Connecticut Turnpike ab, um beim *Burger King* ein paar Cheeseburger mitzunehmen. Er fing an, sie genauso runterzuessen, wie er alles verzehrte, wenn er fuhr, gedankenlos mampfend, Bissen für Bissen hinunterschlingend...

Als er Westport hinter sich gelassen hatte, kam er zur Besinnung.

Sein Gesicht schien sich für einen Augenblick lang von seinem Körper zu trennen – es war kein *Denken*, kein *Reflektieren*, sondern eine Bewußtseinsspaltung. Plötzlich fiel ihm seine Übelkeit wieder ein, die er in der Nacht, in der er und Heidi aus Mohonk zurückgekommen waren, auf der Waage im Badezimmer verspürt hatte. Er stellte fest, daß sich eine völlig neue Dimension seines Bewußtseins ihm eröffnet hatte. Es fühlte sich so an, als hätte er eine Art Astralpräsenz hinzugewonnen – einen kognitiven Begleiter, der ihn eingehend studierte. Und was konnte dieser Begleiter sehen? Wohl eher etwas Groteskes als etwas Schreckliches. Einen beinahe siebenunddreißigjährigen Mann mit Bally-Schuhen an den Füßen und weichen Bausch-&-Lomb-Kontaktlinsen in den Augen, einen Mann in einem dreiteiligen Anzug, der gute sechshundert Dollar gekostet hatte. Einen übergewichtigen, sechsunddreißigjährigen Durchschnittsamerikaner, kaukasischer Typ, hinter dem Steuer seines Oldsmobile Ninety-Eight, Baujahr 1981, der einen riesigen Hamburger verschlang, während die Mayonnaise und lapperige Salatblätter auf seine anthrazitfarbene Anzugweste tropften. Man konnte darüber lachen, bis man in Tränen ausbrach. Oder bis man schrie.

Er warf den Rest des zweiten Hamburgers aus dem Fenster und betrachtete angeekelt und leicht verzweifelt die Mischung aus schleimiger Sauce und Bratensaft an seinen Fingern. Und dann tat er das unter diesen Umständen einzig Vernünftige: Er lachte. Und er versprach sich: Nie wieder. Die Fresserei hat ein Ende.

Als er an diesem Abend vor dem Kamin saß und das *Wall Street Journal* las, kam Linda zu ihm, um ihm einen Gutenachtkuß zu geben. Sie lehnte sich ein bißchen zurück und sagte plötzlich: »Daddy, langsam siehst du aus wie Silvester Stallone.«

»Oh, Himmel«, antwortete Halleck und verdrehte die Augen. Beide lachten.

Billy Halleck entdeckte, daß seine Wiegeprozedur allmählich die Form eines primitiven Rituals angenommen hatte. Wann das passiert war? Er wußte es nicht mehr. Als Kind war er einfach ab und zu mal auf die Waage gesprungen, hatte einen beiläufigen Blick auf den Zeiger geworfen und war wieder heruntergestiegen. Aber zu irgendeinem Zeitpunkt in der Periode, als er sich von 190 Pfund zu seinem jetzigen Gewicht hinaufgearbeitet hatte, das, so unwahrscheinlich das auch klang, fast ein Zehntel einer Tonne ausmachte, hatte er mit diesem Ritual begonnen.

Ritual, so ein Quatsch, sagte er sich. *Eine Gewohnheit. Ja, eine Gewohnheit, das ist alles. Basta.*

Ritual, antwortete eine Stimme in einer tieferen Bewußtseinsschicht flüsternd, unwiderruflich. Er war Agnostiker und hatte seit seinem neunzehnten Lebensjahr keine Kirche mehr von innen gesehen, aber er erkannte ein Ritual, wenn er es sah, und seine Wiegeprozedur hatte fast die Form eines Kniefalls. *Sieh her, Gott, ich mache es jedesmal genau gleich, also halte diesen jungen Anwalt mit Aufstiegschancen gesund, bewahre ihn vor einem Herzinfarkt oder Herzschlag, der ihn, wie jede Versicherungsstatistik in der Welt besagt, im Alter von siebenundvierzig erwarten wird. Wir bitten dich im Namen des Cholesterins und der vielfach gesättigten Fettsäuren. Amen.*

Das Ritual beginnt im Schlafzimmer. Kleider ausziehen. Den dunkelgrünen Frotteebademantel überziehen. Die schmutzige Wäsche in den Wäscheschacht werfen. Wenn man den Anzug nur einen oder zwei Tage getragen hat und er keine sichtbaren Flecken aufweist, hängt man ihn ordentlich in den Schrank zurück.

Den Flur bis zum Badezimmer hinuntergehen. Das Bad mit Achtung, Ehrfurcht, Zögern betreten. Dies ist der Beichtstuhl, in dem man sich seinem Gewicht und demzufolge auch seinem Schicksal stellen muß. Den Bademantel abstreifen. Ihn auf den Haken neben der Dusche hängen. Die Blase entleeren. Wenn eine Darmentleerung möglich erscheint – auch bei der *geringsten* Möglichkeit –, sein Glück versuchen. Er hatte überhaupt keine Vorstellung davon, wieviel so eine Darmentleerung wog, aber das Prinzip hatte eine unerschütterliche Logik: Soviel Ballast über Bord werfen, wie's nur geht.

Heidi hatte ihn bei diesem Ritual beobachtet und hinterher sarkastisch gefragt, ob sie ihm zum nächsten Geburtstag einen Gänsekiel schenken sollte. Damit könne er sich dann im Hals kitzeln und sich ein- bis zweimal übergeben, bevor er sich wog. Er hatte sie gebeten, nicht so vorlaut zu sein... aber später hatte er im Bett gelegen und tatsächlich darüber nachgedacht, daß dieser Vorschlag eine gewisse Anziehungskraft besaß.

Am Mittwochmorgen warf Billy sein Ritual zum erstenmal seit Jahren über Bord. Am Mittwochmorgen wurde Billy Halleck zum Häretiker. Vielleicht auch noch etwas Extremeres, denn er stellte seine gesamte Prozedur auf den Kopf wie ein Teufelsanbeter, der eine religiöse Zeremonie absichtlich verdreht, indem er die Kreuze verkehrt herum aufhängt und die Gebete rückwärts spricht.

Er zog sich an, füllte seine Taschen mit sämtlichem Kleingeld, das er finden konnte (und mit seinem Schweizer Taschenmesser), stieg in seine klobigsten, schwersten Schuhe und aß ein gigantisches Frühstück, wobei er seine drückende Blase heroisch ignorierte. Er verschlang zwei Spiegeleier, vier Scheiben gebratenen Speck, Toast und zwei Hörnchen. Dazu trank er Orangensaft und eine Tasse Kaffee (drei Stückchen Zucker).

Mit diesem gesamten im Magen herumschwappenden Zeug machte er sich grimmig auf den Weg ins Badezimmer. Er blieb einen Augenblick stehen und betrachtete die Waage. Ihr Anblick war schon früher keine Freude gewesen, jetzt war er scheußlich.

Er stählte sich innerlich und stieg hinauf.

221.

Das kann doch nicht stimmen! Sein Herz raste. *Verdammt noch mal, nein! Da muß etwas verdammt schieflaufen! Etwas...*

»Aufhören!« flüsterte Halleck heiser. Er wich vor der Waage zurück wie jemand vor einem Hund, der möglicherweise gleich zubeißen wird. Er legte seinen Handrücken an die Lippen und rieb ihn langsam hin und her.

»Billy?« rief Heidi die Treppe herauf.

Halleck wandte sich nach links. Aus dem Spiegel starrte ihm sein weißes Gesicht entgegen. Er hatte jetzt dunkelrote Flecken unter den Augen, die er noch nie gesehen hatte, und die Falten auf seiner Stirn wirkten viel tiefer.

Krebs, dachte er wieder und vermischte das Wort mit dem, das er den alten Zigeuner wieder sagen hörte.

»Billy? Bist du da oben?«

Klar, Krebs. Wetten, daß es das ist? Er hat mich irgendwie verflucht. Diese alte Dame war seine Frau... oder seine Schwester vielleicht... und er hat mich verflucht. Ob das möglich ist? Kann es so etwas geben? Könnte es möglich sein, daß der Krebs gerade meine Eingeweide zerfrißt, mich von innen her auffrißt, genauso wie seine Nase...?

Er stieß einen kleinen, entsetzten Schrei aus. Das Gesicht des Mannes im Spiegel war krank vor Angst. Es war das Gesicht eines hageren Invaliden. In diesem Augenblick war Halleck fest davon überzeugt: Er hatte Krebs, er war davon zerfressen.

»*Bil-liiie!*«

»Ja, hier bin ich.« Seine Stimme klang ruhig. Fast.

»Gott, ich rufe dich schon eine Ewigkeit!«

»Entschuldige.« *Komm ja nicht rauf, Heidi. Du darfst mich nicht so sehen, sonst wirst du mich noch vor dem Zwölfuhrläuten in diese beschissene Mayo-Klinik stecken. Bleib da unten, wo du hingehörst. Bitte.*

»Du wirst doch nicht vergessen, den Termin mit Dr. Houston abzumachen, nicht wahr?«

»Nein«, rief er. »Ich werde es heute nachmittag tun.«

»Danke, Liebling«, rief sie leise herauf und zog sich Gott sei Dank wieder zurück.

Halleck pinkelte und wusch sich Gesicht und Hände. Als er das Gefühl hatte, daß er – mehr oder weniger – wieder wie er selbst aussah, ging er die Treppe hinunter. Er versuchte zu pfeifen.

Er hatte noch nie in seinem Leben soviel Angst gehabt.

6. Kapitel: 217

»*Wieviel* Gewicht?« fragte Dr. Houston. Halleck, entschlossen, nun, da er dem Mann direkt gegenüber saß, ehrlich zu sein, berichtete, daß er innerhalb von drei Wochen knapp dreißig Pfund abgenommen hätte. »*Donnerwetter!*« sagte Houston.

»Heidi macht sich ein wenig Sorgen. Sie wissen ja, wie Frauen...«

»Sie hat verdammt recht, sich Sorgen zu machen«, erwiderte Houston.

Michael Houston war der Prototyp eines Bewohners von Fairview: der gutaussehende Doktor mit weißem Haar und Malibu-Sonnenbräune. Wenn man ihn so an einem der sonnenbeschirmten Tische sitzen sah, die die äußere Bar des Country Clubs umsäumten, wirkte er wie eine jüngere Version von Marcus Welby, Doktor der Medizin. Im Augenblick saßen Halleck und er in dieser Bar am Swimmingpool, die auch das Wasserloch genannt wurde. Houston hatte eine rote Golfhose an, die von einem glänzend weißen Gürtel gehalten wurde. An den Füßen trug er weiße Golfschuhe. Sein Hemd war von Lacoste, die Uhr eine Rolex. Er trank eine *piña colada*. Einer seiner Standardwitze war es, dieses Getränk als ›Penis Colada‹ zu bezeichnen. Seine Frau und er hatten zwei unverschämt hübsche Mädchen und wohnten in einer der größeren Villen am Lantern Drive, nur einen Sprung vom Country Club entfernt. Wenn Jenny Houston betrunken war, pflegte sie damit anzugeben, bedeutete es doch, daß das Haus weit über hundertfünfzigtausend Dollar gekostet haben mußte. Houston fuhr einen viertürigen braunen Mercedes, sie einen Cadillac Cimarron, der aussah wie ein Rolls-Royce mit Hämorrhoiden. Ihre Kinder gingen auf eine Privatschule in Westport. Laut Fairview-Klatsch – der der Wahrheit meistens ziemlich nahe kam – hatten Michael und Jenny Houston sich auf einen *modus vivendi* geeinigt: Er war ein Frauenheld, sie fing schon nachmittags um drei mit ihren Whiskycocktails an. *Eben eine typische Fairview-Familie,* dachte Halleck, und plötzlich erfaßte ihn eine tiefe Müdigkeit und furchtbare Angst. Er kannte diese Leute zu gut oder glaubte es wenigstens, was auf dasselbe herauskam.

Er blickte auf seine glänzend weißen Schuhe hinunter: *Wem willst du eigentlich was vormachen? Du gehörst schließlich auch dazu.*

»Ich möchte Sie morgen in meiner Praxis sehen«, sagte Houston.

»Ich habe eine Verhandlung...«

»Vergessen Sie Ihre Verhandlung. Das hier ist wichtiger. Inzwischen erzählen Sie mir mal, ob Sie irgendwelche Blutungen haben. Im Mund? Im Darm?«

»Nein.«

»Sind Ihnen irgendwelche Blutungen am Schädel aufgefallen, wenn Sie sich gekämmt haben?«

»Nein.«

»Wie steht es mit Kratzern, die nicht heilen wollen? Oder Schorf, der einfach abfällt und sich dann nachbildet?«

»Nichts.«

»Großartig«, schloß Houston. »Übrigens habe ich heute achtundvierzig Schläge gespielt. Wie finden Sie das?«

»Ich finde, Sie werden wohl noch ein paar Jährchen brauchen, bis Sie sich zum Masters Turnier anmelden können«, antwortete Billy.

Houston lachte. Der Kellner trat an ihren Tisch. Houston bestellte sich noch eine ›Penis Colada‹ und Halleck ein Bier. Fast hätte er dem Kellner ein Diätbier aufgetragen – die Macht der Gewohnheit –, aber er biß sich auf die Zunge. Er brauchte das Diätbier jetzt genausowenig wie... wie Darmblutungen.

Houston beugte sich vor. Seine Augen waren trüb, und Halleck spürte diese Furcht wieder wie eine glatte, sehr dünne Stahlnadel, die mit vorsichtigen Stichen den Umfang seines Magens ausmaß. Ihm wurde elend bei dem Gefühl, daß etwas in seinem Leben sich verändert hatte, und zwar nicht zum Guten. Nein, ganz und gar nicht zum Guten. Er hatte jetzt unheimliche Angst. Die Rache des Zigeuners.

Houston hielt Billys Blick mit seinen trüben Augen fest, und Billy hörte ihn innerlich sagen: *Deine Chancen für Krebs stehen fünf zu sechs, Billy. Ich brauch nicht mal eine Röntgenuntersuchung, um das zu sehen. Ist dein Testament in Ordnung? Sind Linda und Heidi gut versorgt? Als verhältnismäßig junger Mann denkt man nie daran, daß einem das passieren könne, aber es ist nun mal so. Es kann einem passieren.*

Mit der ruhigen Stimme, mit der ein Mann wesentliche Informationen weitergibt, fragte Houston ihn: »Wie viele Sargträger braucht man, um einen Neger aus Harlem zu beerdigen?«

Billy schüttelte den Kopf und täuschte ein Lächeln vor.

»Sechs«, sagte Houston. »Vier, um den Sarg zu tragen, und zwei für sein Radio.«

Er lachte, und Billy tat so, als lachte er auch. Vor seinem inneren Auge sah er deutlich den Zigeuner vor sich, der draußen vor dem Gerichtsgebäude auf ihn gewartet hatte. Hinter ihm, am Bordstein, hatte ein großer, alter, zum Wohnwagen umgebauter Laster im Parkverbot gestanden. Die Wand des Aufbaus war mit seltsamen Zeichnungen bemalt, die sich um ein zentrales Bild rankten: eine nicht sehr gute Wiedergabe eines knienden Einhorns mit geneigtem Kopf. Vor ihm stand eine Zigeunerin mit einer Blumengirlande in den Händen. Der alte Mann trug eine grüngewebte Weste mit Knöpfen aus Silbermünzen. Als Billy jetzt beobachtete, wie Houston über seinen Witz lachte, wie der auf dem Hemd aufgedruckte Alligator an seiner Brust auf und ab sprang, dachte er: *Du kannst dich ja an viel mehr Einzelheiten von diesem Zigeuner erinnern, als du angenommen hattest. Du dachtest, du könntest dich nur an seine Nase erinnern, aber das stimmt ja gar nicht. Du erinnerst dich an fast jede verdammte Kleinigkeit.*

Kinder. Im Führerhaus des alten Lastwagens hatten Kinder gesessen und ihn mit ihren hohlen braunen Augen angesehen, Augen, die fast schwarz waren. »Dünner«, hatte der alte Mann zu ihm gesagt, und trotz seiner hornigen Haut war sein Streicheln fast so zärtlich gewesen wie das eines Liebhabers.

Ein Delaware-Nummernschild, dachte Billy plötzlich. *Sein Wagen hatte ein Delaware-Nummernschild. Und so einen Aufkleber, irgendwas über...*

Billy hatte eine Gänsehaut auf den Armen und glaubte einen Augenblick lang, schreien zu müssen, so laut zu schreien, wie eine Frau, die er an diesem Pool hatte kreischen hören, weil sie glaubte, daß ihr Kind am Ertrinken sei.

Billy mußte daran denken, wie sie die Zigeuner das erstemal gesehen hatten. Es war an dem Tag gewesen, an dem sie nach Fairview gekommen waren.

Sie hatten am Rande des Fairview-Stadtparks ihre Wagen abgestellt, und eine Horde Kinder war gleich zum Spielen auf die große Wiese gerannt. Die Zigeunerfrauen standen herum und tratschten und behielten dabei die Kinder im Auge. Sie waren bunt gekleidet, aber nicht in alte Bauernlumpen, wie man es sich nach den Hollywoodproduktionen der dreißiger und vierziger Jahre vorstellte, sondern in farbenfrohe Sommerkleider. Einige der Frauen trugen wadenlange Leinenhosen, die jüngeren Jordache- oder Calvin-Klein-Jeans. Sie sahen intelligent aus, vital und irgendwie gefährlich.

Ein junger Mann sprang aus einem VW-Minibus und fing mit einigen übergroßen Kegeln zu jonglieren an. JEDER BRAUCHT ETWAS, WORAN ER GLAUBEN KANN stand auf seinem T-Shirt geschrieben, UND ICH GLAUBE, ICH BRAUCHE JETZT NOCH EIN BIER. Unter seinem T-Shirt spielten die Muskeln, und auf seiner Brust hüpfte ein riesiges Kruzifix auf und ab. Wie von einem Magneten angezogen rannten die Fairview-Kinder auf ihn zu. Sie schrien aufgeregt durcheinander. Fairview-Mütter scheuchten ihre Kinder fort. Notfalls trugen sie sie. Andere waren nicht so schnell. Die älteren Stadtkinder näherten sich vorsichtig den Zigeunerkindern, die ihr Spiel unterbrachen und sie beobachteten. *Städter,* sagten ihre dunklen Augen. *Wir sehen euch Stadtkinder überall, wohin wir kommen.*

Wir kennen eure Augen und eure Haarschnitte; wir wissen, wie eure Zahnspangen in der Sonne blinken. Wir wissen nicht, wo wir morgen sein werden, aber wir wissen immer, wo ihr seid. Langweilen euch diese ewig gleichen Orte und ewig gleichen Gesichter nicht? Wir finden sie langweilig. Wir glauben, aus diesem Grund haßt ihr uns auch so.

Billy, Heidi und Linda Halleck waren an jenem Tag dort gewesen, zwei Tage, bevor Halleck weniger als eine Viertelmeile von dem Ort entfernt die alte Zigeunerin getötet hatte. Sie hatten ein Picknick gemacht und auf die Band gewartet, die das erste Open-Air-Frühjahrskonzert eröffnen sollte. Die meisten der auf dem Rasen verstreuten Leute waren aus demselben Grund in den Park gekommen, was die Zigeuner zweifellos wußten.

Linda war aufgestanden und hatte sich versonnen den Hintern ihrer Jeans abgewischt, um zu dem jungen Mann hinüberzugehen, der mit den Kegeln jonglierte.

»Linda, bleib hier!« hatte Heidi scharf befohlen. Sie zupfte am Kragen ihrer Strickjacke, ein Zeichen, daß sie nervös war. Billy nahm an, daß sie es gar nicht bemerkte.

»Warum, Mam? Es ist ein Jahrmarkt... wenigstens *glaube* ich, daß es so was ist.«

»Das sind Zigeuner«, hatte Heidi erwidert. »Geh nicht in ihre Nähe. Sie sind alle Betrüger.«

Linda hatte zuerst ihre Mutter, dann ihren Vater angesehen. Billy zuckte mit den Achseln. Sie stand da und blickte zu den Zigeunern hinüber, sich ihres verdrossenen Gesichtsausdrucks wohl ebenso unbewußt, dachte Billy, wie Heidi sich ihrer Hand, die den Kragen jetzt unablässig an ihren Hals rieb.

Der junge Mann warf die Kegel jetzt einen nach dem anderen durch die offene Seitentür in den Minibus zurück. Ein dunkelhaariges, lächelndes Mädchen fing sie auf und warf ihm jetzt einzeln fünf Gymnastikkeulen zu. Ihre Schönheit war fast überirdisch. Der junge Mann warf nun die Keulen durch die Luft, wobei er sich eine ab und zu grinsend unter den Arm steckte und laut: »*Hoi*!« rief.

Ein älterer Mann in einem Oshkosh-Latzoverall und einem karierten Hemd teilte Spielzeugflieger aus. Die schöne junge Frau, die die Kegel aufgefangen und die Keulen rausgeworfen hatten, sprang nun leichtfüßig aus dem VW-Bus. Sie hatte eine Staffelei unterm Arm. Als sie sie aufstellte, dachte Billy: *Jetzt wird sie ein paar billige Seestücke ausstellen, oder einige alte Bilder von Präsident Kennedy.* Doch statt eines Bildes befestigte sie eine Zielscheibe an der Staffelei. Jemand warf ihr aus dem Inneren des Busses eine Schleuder zu.

»Gina!« rief der jonglierende Jüngling und grinste breit. Dabei zeigte sich, daß seine Zahnreihen erhebliche Lücken aufwiesen. Linda setzte sich abrupt wieder hin. Ihre Vorstellung von Männerschönheit war durch lebenslange Fernseherziehung geprägt worden, und der Junge übte keinerlei Anziehungskraft mehr auf sie aus. Heidi hörte auf, an ihrem Kragen herumzufummeln.

Das Mädchen warf dem Jongleur die Schleuder zu, und er ließ eine der Keulen fallen und jonglierte statt dessen mit der Schleuder weiter. Halleck erinnerte sich daran, daß er das für unmöglich gehalten hätte. Der Junge jonglierte sie drei oder viermal durch die Luft, warf sie zu dem Mädchen zurück und brachte es irgendwie fertig, die fünfte Keule wieder aufzuheben, ohne die anderen vier dabei fallen zu lassen. Er erntete vereinzelten Applaus. Einige der Städter lächelten – einschließlich Billy –, aber die meisten blickten gelangweilt und abweisend.

Das Mädchen trat in einiger Entfernung vor die Zielscheibe, holte ein paar Stahlkugeln aus seiner Hemdtasche und schoß dreimal kurz hintereinander ins Ziel – *plop, plop, plop.* Sofort war sie von kleinen Jungen (und einigen Mädchen) umringt, die lauthals bettelten, auch mal schießen zu dürfen. Sie stellte sie geschwind und geschickt in einer Reihe auf wie eine gelernte Kindergärtnerin, die ihre Gruppe für die Pinkelpause organisierte. Zwei Zigeunerjungen in Lindas Alter hüpften aus einem alten Kombiwagen und machten sich daran, die verschossene Munition aus dem Gras aufzusammeln. Sie sahen sich ähnlich wie ein Ei dem anderen, offenbar Zwillinge. Einer von ihnen trug einen goldenen Ring im rechten Ohr, sein Bruder hatte das Gegenstück dazu im linken stecken. *Ob ihre Mutter sie wohl auf diese Weise auseinanderhält?* dachte Billy.

Es wurde nichts verkauft. Es war eindeutig niemand da, der etwas verkaufte. Keine Madame Azonka, die die Karten legte.

Trotzdem tauchte sehr bald ein Polizeiwagen auf, aus dem zwei Beamte stiegen. Einer von ihnen war Hopley, Fairviews Polizeichef, ein auf seine Weise gutaussehender Mann um die vierzig. Einige Aktivitäten wurden unterbrochen, und weitere Mütter benutzten diese Pause, um ihre faszinierten Kinder am Arm zu fassen und wegzuzerren. Die älteren protestierten, und Halleck sah, daß die Kleinen Tränen in den Augen hatten.

Hopley begann, mit dem Jongleur (dessen leuchtend rot und blau geringelte Keulen jetzt um seine Füße verstreut lagen) und dem alten Zigeuner in der Oshkosh-Latzhose den Ernst der Lage zu diskutieren. Oshkosh sagte etwas. Hopley schüttelte den Kopf. Dann sagte der Jongleur etwas und fing wild zu gestikulieren an. Dabei bewegte er sich drohend auf den Streifenbeamten zu, der Hopley begleitete. Die Szene erinnerte Billy an etwas, und einen Augenblick später fiel's ihm ein. Es war, als beobachtete er ein paar Baseballspieler, die mit dem Schiedsrichter über eine angebliche Fehlentscheidung stritten.

Oshkosh legte dem Jungen die Hand auf den Arm und zog ihn zwei, drei Schritte zurück – wodurch er den Eindruck noch verstärkte: Der Manager versuchte, die jungen Hitzköpfe davor zu bewahren, eine rote Karte einzukassieren. Der Junge sagte wieder etwas. Hopley schüttelte wieder den Kopf. Der junge Mann fing an zu brüllen, aber leider stand der Wind schlecht, so daß Billy nur Laute, aber keine Worte unterscheiden konnte.

»Was ist denn da los, Mam?« fragte Linda fasziniert.

»Nichts, Liebling«, antwortete Heidi. Sie war plötzlich eifrig damit beschäftigt, die Reste des Picknicks einzupacken. »Seid ihr mit dem Essen fertig?«

»Ja, danke. Daddy, was geschieht da?«

Einen Moment lag es auf seiner Zunge: *Was du da siehst, ist eine klassische Szene, Linda. Sie steht in einer Reihe mit dem* Raub der Sabinerinnen. *Diese hier wird* Die Vertreibung der Unerwünschten aus der Stadt *genannt.* Aber er spürte Heidis Augen auf seinem Gesicht. Sie hatte die Lippen zusammengepreßt. Offensichtlich meinte sie, daß dies nicht der richtige Augenblick für deplazierte Scherze war. »Nicht viel«, antwortete er deshalb. »Nur eine kleine Meinungsverschiedenheit.«

Im Grunde entsprach das der Wahrheit – es wurden keine Hunde losgelassen, keine Schlagstöcke sausten auf die Zigeuner nieder, und am Rande des Stadtparks stand keine grüne Minna. In einem dramatischen Trotzakt schüttelte der junge Zigeuner die Hand des Alten ab, sammelte seine Keulen wieder auf und fing von neuem zu jonglieren an. Aber seine Wut mußte seine Reflexe durcheinandergebracht haben, denn jetzt lieferte er eine erbärmliche Vorstellung. Zwei Keulen fielen fast gleichzeitig auf den Boden, eine auf seinen Fuß. Ein Kind lachte.

Hopleys Partner trat ungeduldig vor. Hopley, der sich durch all das nicht aus der Ruhe bringen ließ, zog ihn mit fast derselben Gebärde zurück, wie der Alte vorher den jungen Hitzkopf. Dann lehnte er sich gegen eine Ulme, klemmte die Daumen hinter seinen weiten Gürtel und schaute desinteressiert in die Gegend. Er gab dem anderen Polizisten eine Anweisung, woraufhin dieser ein Notizbuch aus seiner hinteren Hosentasche zog, seinen Daumen befeuchtete, das Buch öffnete und auf den nächsten Wagen zuschlenderte. Es war ein Cadillac Hearse, der vermutlich aus den frühen Sechzigern stammte. Er schrieb sich die Nummer auf. Er tat es mit großer Konzentration und wichtigtuerischer Miene. Als er mit dem Cadillac fertig war, ging er zu dem VW-Bus hinüber.

Oshkosh trat an Hopley heran und sprach eindringlich auf ihn ein. Hopley zuckte die Achseln und blickte zur anderen Seite. Der Streifenbeamte bewegte sich auf den Ford Sedan zu. Oshkosh ließ Hopley stehen und lief zu dem Jongleur. Er wechselte ein paar eindringliche Worte mit ihm, wobei seine alten Hände durch die warme Frühlingsluft wirbelten. Billy Halleck verlor jetzt auch das letzte Interesse an dieser Szene. Nichts als ein paar Zigeuner, die den Fehler gemacht hatten, auf ihrem ziellosen Weg in Fairview anzuhalten.

Der Jongleur drehte sich abrupt zum VW-Bus um und ließ die bunten Keulen einfach auf den Rasen fallen. (Der Bus stand übrigens genau hinter dem alten Wohnlaster, an dessen Wände das Einhorn mit der girlandehaltenden Zigeunerin gemalt waren.) Oshkosh beugte sich hinunter, um sie einzusammeln, wobei er ärgerlich auf Hopley einredete. Hopley zuckte wieder die Achseln, und Billy wußte, obwohl er keine telepathischen Fähigkeiten besaß, daß Hopley jede Sekunde dieser Vorstellung genoß. Das war so sicher wie das Amen in der Kirche.

Die junge Frau, die die Stahlkugeln mit der Schleuder auf die Zielscheibe geschossen hatte, versuchte den jungen Mann zu beruhigen, aber er stieß sie ärgerlich fort und kletterte in den VW-Bus. Einen Augenblick stand sie da und sah Oshkosh ratlos an, der mit den Armen voller Keulen auf sie zu kam. Dann stieg auch sie in den Bus. Halleck hatte zwar sein Interesse an den Zigeunern verloren, aber im Augenblick war er unfähig, den Blick von ihr abzuwenden. Ihr langes, schwarzes, naturgelocktes Haar trug sie offen. In ungebändigter Fülle floß es auf ihrem Rücken hinunter bis unter die Schulterblätter. Ihre bunt bedruckte Bluse und der gebügelte Rock mit der Kellerfalte mochten von *Sears* oder *J.C. Penny's* stammten, aber ihr Körper war so exotisch, als gehöre er einer Wildkatze – einem Panther, einem Geparden, einem Schneeleoparden. Als sie in den Bus stieg, teilte sich die hintere Falte für einen Augenblick, und er konnte die geschwungene Linie ihres inneren Schenkels sehen. In diesem Augenblick hatte er ein unbeschreibliches Verlangen nach ihr und sah sich in der schwärzesten Stunde der Nacht auf ihr liegen. Es war ein Urverlangen, das ganz aus der Tiefe kam. Er blickte zu Heidi hinüber. Sie hatte die Lippen jetzt so fest zusammengepreßt, daß sie dünne, weiße Linien bildeten. Ihre Augen waren ausdruckslos wie abgegriffene Münzen. Sie hatte seinen Blick nicht mitbekommen, aber sie hatte den Spalt in der Kellerfalte gesehen und vollkommen verstanden, was sich da offenbart hatte.

Der Bulle mit dem Notizbuch sah dem Mädchen nach, bis es im Bus verschwunden war. Dann klappte er das Buch zu, steckte es wieder in seine Hosentasche und gesellte sich zu Hopley. Die Zigeunerfrauen scheuchten ihre Kinder zu den Wohnwagen. Oshkosh, immer noch die Keulen auf den Armen, ging noch einmal auf Hopley zu, um etwas zu ihm zu sagen. Hopley schüttelte entschieden den Kopf.

Und das war's dann.

Ein zweiter Polizeiwagen kam langsam mit lahm blinkendem Blaulicht herangefahren. Oshkosh warf ihm einen Blick zu und sah sich dann noch einmal auf dem Fairview-Stadtparkgelände mit den teuren, sicherheitsgeprüften Spielplätzen und der Konzertbühne um. Von den knospenden Bäumen flatterten noch fröhliche Streifen von Kreppapiergirlanden; die Reste vom großen Ostereiersuchen am Wochende zuvor.

Oshkosh schlurfte zu seinem Wagen, der am Kopf der Autoschlange stand. Als der Motor dröhnend ansprang, heulten die anderen fast gleichzeitig auf. Die meisten husteten und röhrten. Halleck hörte eine stattliche Anzahl von Fehlzündungen und sah eine Menge neblig blauer Abgaswolken. Heulend und furzend setzte Oshkoshs Lastwagen sich in Bewegung. Die anderen folgten ihm in einer Reihe. Ohne Rücksicht auf den Stadtverkehr krochen sie auf dem Weg zur Innenstadt am Parkgelände entlang.

»Sie haben alle Lichter an«, rief Linda aufgeregt. »Meine Güte, es sieht aus wie eine Beerdigung!«

»Es sind noch zwei Schokoladentörtchen übrig«, sagte Heidi brüsk. »Nimm eins.«

»Ich will keins, ich bin satt. Daddy, werden diese Leute...«

»Du wirst nie 95 Zentimeter Busenumfang kriegen, wenn du nichts ißt«, bemerkte Heidi.

»Ich habe beschlossen, daß ich keinen 95 Zentimeter Busenumfang brauche«, antwortete Linda, die Große Dame markierend. Halleck verlor fast die Fassung, wenn sie das tat. »Heutzutage sind Hintern in.«

»Linda Joan *Halleck*!«

»Ich nehme eins«, warf Billy ein.

Heidi bedachte ihn mit einem kurzen, geringschätzigen Blick – *Oh, ist es wirklich das, was du willst?* – und warf ihm ein Törtchen in den Schoß. Dann zündete sie sich eine Zigarette an. Schließlich aß Billy beide Kuchen auf. Heidi rauchte während des Konzerts eine halbe Packung Zigaretten und ignorierte Billys ungeschickte Versuche, sie aufzuheitern, geflissentlich. Aber auf dem Heimweg wurde sie wieder freundlicher, und bald waren die Zigeuner vergessen. Wenigstens bis zur Nacht.

Als er in Lindas Schlafzimmer kam, um ihr einen Gutenachtkuß zu geben, fragte sie ihn: »Hat die Polizei diese Leute aus der Stadt verjagt, Dad?«

Billy dachte daran, wie er ihr vorsichtig ins Gesicht gesehen hatte. Ihre Frage hatte ihn geärgert und trotzdem hatte er sich geschmeichelt gefühlt. Sie rannte zu Heidi, um sie zu fragen, wie viele Kalorien in einem Stück Schokoladentorte seien; aber um etwas über die wesentlichen Dinge des Lebens zu erfahren, kam sie zu ihm. Er hatte manchmal das Gefühl, das sei nicht ganz fair.

Er hatte sich auf ihr Bett gesetzt und gedacht, daß sie immer noch sehr jung war und den sicheren Glauben hatte, immer auf der Seite der Guten zu stehen. Sie könnte verletzt werden. Eine Lüge könnte das vermeiden. Aber Lügen über solche Dinge wie die, die am Nachmittag im Fairview-Stadtpark passiert waren, hatten so eine Art, wieder auf die Eltern zurückzuschlagen und sie zu verfolgen – Billy konnte sich noch sehr deutlich daran erinnern, daß sein Vater ihm erzählt hatte, er würde vom Masturbieren zu stottern anfangen. Sein Vater war in fast jeder Hinsicht ein guter Mann gewesen, aber diese Lüge hatte Billy ihm nie verziehen. Und Linda hatte ihn schon über einen schweren Parcours geschickt – sie hatten die Homosexuellen, oralen Sex, Geschlechtskrankheiten und die Möglichkeit durchdiskutiert, daß es eventuell keinen Gott gäbe. Dieses Kind hatte ihn gelehrt, wie ermüdend Ehrlichkeit manchmal sein kann.

Plötzlich mußte er an Ginelli denken. Was hätte Ginelli seiner Tochter wohl gesagt, wenn er jetzt hier wäre? *Man muß die unerwünschten Leute aus der Stadt heraushalten, Liebes. Denn das ist das einzige, worauf es ankommt – »Haltet die Stadt sauber«.*

Aber das war mehr Ehrlichkeit, als er aufbringen konnte.

»Ja, ich glaube, das hat sie getan, Schatz. Es waren Zigeuner. Vagabunden.«

»Mam hat gesagt, sie wären Betrüger.«

»Eine Menge von ihnen verdienen sich Geld mit betrügerischen Spielen und falschen Zukunftsvorhersagen. Wenn sie in eine Stadt wie Fairview kommen, fordert die Polizei sie auf weiterzufahren. Normalerweise spielen sie sich dann auf und tun so, als wären sie beleidigt, aber im Grunde macht es ihnen nichts aus.«

Bäng! In seinem Kopf sprang eine kleine Signalflagge in die Höhe. Das war Lüge Nr. 1.

»Sie verteilen Zettel oder hängen Plakate auf, auf denen steht, wo sie zu finden sind – gewöhnlich handeln sie mit einem Farmer oder jemandem, der ein freies Feld außerhalb der Stadt besitzt, einen Preis aus und bleiben ein paar Tage dort. Danach ziehen sie weiter.«

»Warum kommen sie überhaupt hierher? Was tun sie?«

»Hmm... es gibt immer Leute, die sich gern die Zukunft vorhersagen lassen. Und es gibt gewisse Spiele. Glücksspiele. Normalerweise *sind* sie Betrüger.«

Vielleicht auch eine schnelle, exotische Bettnummer, dachte Billy. Er sah wieder die aufspringende Kellerfalte vor sich, als das Mädchen in den VW-Bus gestiegen war. *Wie würde sie sich bewegen?* Seine innere Stimme wußte die Antwort darauf: *Wie ein Ozean kurz vor dem Ausbruch eines Sturms, genau so.*

»Kaufen die Leute auch Drogen bei ihnen?«

Heutzutage braucht man keine Zigeuner mehr, um an Drogen heranzukommen, Kind, man kauft sie auf dem Schulhof.

»Haschisch vielleicht«, antwortete er. »Oder Opium.«

Er war als Teenager in diese Gegend von Connecticut gekommen und seitdem die ganze Zeit über dort geblieben –

in Fairview und in der Nachbarstadt Northport. Er hatte seit beinahe fünfundzwanzig Jahren keine Zigeuner mehr gesehen... nicht, seit er als Kind in North Carolina am Glücksrad fünf Dollar verloren hatte. Es war sein mühsam erspartes Taschengeld gewesen, von dem er eigentlich ein Geburtstagsgeschenk für seine Mutter kaufen wollte. Sie durften Kinder unter sechzehn eigentlich nicht bei sich spielen lassen, aber wenn man eine Münze oder einen großen Grünen bei sich hatte, konnte man jederzeit vortreten und ihn einsetzen. Einige Dinge veränderten sich wohl doch nie, und dazu gehörte vor allem die alte Binsenweisheit: Bei Geld hört die Freundschaft auf. Wenn man ihn am Tag zuvor danach gefragt hätte, hätte er wohl die Achseln gezuckt und die Meinung vertreten, daß es vermutlich gar keine herumziehenden Zigeuner mehr gäbe. Doch die streunende Rasse starb natürlich nie aus. Als Heimatlose kamen sie in die Stadt und verließen sie genauso wieder, Steppenläufer, die alle möglichen Geschäfte machten und sofort wieder Leine zogen, wenn sie ihre schmierigen Portemonnaies mit Dollars gefüllt hatten, die sie auf eine Weise verdienten, welche sie selbst verachteten. Sie hatten überlebt. Hitler hatte versucht, sie zusammen mit den Juden und den Homosexuellen auszurotten, aber er vermutete, daß sie auch tausend Hitlers überleben würden.

»Ich dachte, der Stadtpark wäre öffentlicher Allgemeinbesitz«, sagte Linda. »Das haben wir wenigstens in der Schule gelernt.«

»In gewisser Weise ist er das«, bestätigte Halleck. »Allgemein bedeutet, daß er sich im Besitz der Stadtbewohner befindet. Der Steuerzahler.«

Bong! Lüge Nr. 2. Die Steuern hatten in New England überhaupt nichts mit öffentlichen Grundstücken, deren Gebrauch oder Besitz zu tun. *Siehe die Fälle Richards gegen Jerram, New Hampshire, oder Baker gegen Olins (der ins Jahr 1835 zurückreichte) oder...*

»Die Steuerzahler«, wiederholte sie nachdenklich.

»Man braucht eine Genehmigung, um den Gemeindepark benutzen zu dürfen.«

Pling! Lüge Nr. 3. Diese Idee war schon 1931 über den Haufen geworfen worden, als eine Gruppe armer Kartoffelbauern während der Depression im Herzen von Lewistown, Maine, eine Zeltstadt errichtet hatte. Die Stadt hatte sich sofort an Roosevelts Oberstes Gericht gewandt und ohne Verhandlung ihr Recht erhalten. Denn die Kartoffelbauern hatten sich den Pettingill Park als Lagerplatz ausgesucht, und der war nun mal öffentlicher Gemeindebesitz.

»Es ist genauso, wenn der Zirkus kommt«, führte er aus.

»Warum haben die Zigeuner keine Genehmigung bekommen, Dad?« Sie klang jetzt schläfrig. Gott sei Dank.

»Nun, vielleicht haben sie's vergessen.«

Keine Chance, Lin. Nicht die geringste. Nicht, wenn es sich um den Gemeindeplatz vor dem Lantern Drive und dem Country Club handelt; nicht, wenn man für dieses Gelände bezahlt hat, genauso wie für die Privatschulen, die Computerprogramme auf brandneuen Apple- oder TRS-80-Geräten unterrichten, wie für die relativ saubere Luft und die Nachtruhe. Der Zirkus ist in Ordnung. Das Ostereiersuchen sogar noch besser. Aber Zigeuner? Laßt euch Zeit, aber beeilt euch. Wir erkennen Dreck, wenn wir ihn sehen. Nicht, daß wir ihn anfassen würden, Himmel, nein! Wir haben ja Reinmachefrauen und Hausmädchen, die ihn aus unseren Häusern entfernen. Und wenn er sich auf unserem Gemeindegelände zeigt, haben wir Sheriff Hopley.

Doch diese Wahrheiten waren nicht für ein Mädchen in der Unterstufe geeignet, dachte Halleck. Diese Wahrheiten lernte man in der Oberstufe oder im College. Vielleicht erfuhr man sie von den Freundinnen aus der Schülerinnenvereinigung, oder man wußte sie eben eines Tages einfach. *Diese Leute gehören nicht zu uns, Liebes. Bleib ihnen fern.*

»Gute Nacht, Daddy.«

»Gute Nacht, Lin.«

Er gab ihr noch einen Kuß und ging hinaus.

Regen schlug, von einer starken Windbö getrieben, an die Scheibe seines Bürofensters, und Halleck fuhr auf, als wäre er aus dem Schlaf hochgeschreckt. *Die gehören nicht zu uns,*

Liebes, dachte er noch einmal und lachte laut in die Stille hinein. Das Geräusch machte ihm Angst. Nur Verrückte lachen in einem leeren Zimmer. Verrückte machen das die ganze Zeit. Das macht sie ja gerade verrückt.

Gehören nicht zu uns.

Falls er es nie geglaubt haben sollte, jetzt tat er's.

Jetzt, wo er dünner wurde.

Halleck beobachtete Houstons Assistentin, die ihm drei Ampullen Blut aus dem linken Arm abnahm und sie dann der Reihe nach in einen Karton stellte. Einen Augenblick vorher hatte Houston ihm drei Stuhlpäckchen in die Hand gedrückt und ihm aufgetragen, sie mit der Post zu schicken. Halleck hatte sie brummend eingesteckt und sich dann über den Untersuchungsstuhl gebeugt. Jedesmal störte ihn an einer Darmuntersuchung die Demütigung, die in dieser Haltung lag, wesentlich mehr als das unangenehme Gefühl.

»Ganz ruhig«, sagte Houston und zog sich den Gummihandschuh über. »Solange Sie meine *beiden* Hände auf Ihren Schultern spüren, ist alles in Ordnung.«

Er lachte herzlich.

Halleck schloß die Augen.

Houston empfing ihn zwei Tage später – er hätte, so sagte er, darauf gedrungen, daß seine Blutproben vorrangig untersucht würden. Halleck setzte sich in den wie ein Wohnzimmer eingerichteten Raum (Bilder von Ozeanklippern an den Wänden, tiefe Ledersessel, dicker, grauer Wollteppich), in dem Houston seine Beratungen abhielt. Sein Herz schlug heftig, und er fühlte kalte Schweißtropfen an seinen Schläfen. *Ich werde nicht vor einem Mann weinen, der Negerwitze erzählt*, riß er sich grimmig zusammen, und das nicht zum erstenmal. *Wenn ich weinen muß, werde ich aus der Stadt herausfahren, den Wagen irgendwo parken und es da tun.*

»Es sieht alles ganz gut aus«, erklärte Houston sehr milde.

Halleck blinzelte. Seine Angst saß inzwischen so tief, daß er sicher war, sich verhört zu haben. »Wie bitte?«

»Es sieht alles gut aus«, wiederholte Houston. »Wenn Sie wollen, können wir noch mehr Tests machen, Billy, aber ich sehe im Augenblick nicht, wozu das gut sein sollte. Ihr Blut sieht sogar besser aus als bei den letzten beiden Untersuchungen. Der Cholesterinspiegel ist gesunken, das Triglycerin ebenso. Sie haben wieder abgenommen – die Schwester hatte heute morgen 217 Pfund gewogen – aber, was soll ich sagen? Sie sind immer noch fast dreißig Pfund zu schwer, das sollten Sie nicht vergessen. Hmm...« Er grinste. »Ich würde Ihr Geheimnis zu gern erfahren.«

»Es gibt keins«, antwortete Halleck. Er war verwirrt und zugleich unendlich erleichtert – so hatte er sich manchmal im College gefühlt, wenn er einen Test bestanden hatte, auf den er sich nicht vorbereitet hatte.

»Wir wollen uns mit einem endgültigen Urteil noch etwas zurückhalten, bis wir Ihre Hayman-Reichling-Serie gesehen haben.«

»Meine was?«

»Die Scheißpäckchen«, erklärte Houston und lachte herzlich. »Es könnte sich da noch etwas zeigen, aber ganz ehrlich, Billy, das Labor hat dreiundzwanzig verschiedene Tests mit Ihrem Blut durchgeführt, und alle waren positiv. Das ist schon überzeugend.«

Halleck seufzte zitternd und tief. »Junge, hab ich eine Angst ausgestanden«, sagte er.

»Es sind die Leute, welche keine Angst haben, die jung sterben«, erwiderte Houston. Er öffnete eine Schreibtischschublade und holte ein kleines Fläschchen daraus hervor, an dessen Kappe ein winziger Löffel an einem Kettchen baumelte. Halleck sah, daß der Löffelgriff wie die Freiheitsstatue geformt war. »Auch was?«

Halleck schüttelte den Kopf. Er war ganz zufrieden, da zu sitzen, wo er war, die Hände auf dem Bauch – auf seinem *reduzierten* Bauch – gefaltet, und zuzusehen, wie Fairviews erfolgreichster Familienarzt erst durchs linke, dann durchs rechte Nasenloch Kokain schnupfte. Er stellte das Fläschchen in die Schublade zurück und holte ein weiteres samt einem Päckchen Q-Tips daraus hervor. Dann stippte er ein

Q-Tip in das Fläschchen und benetzte damit beide Nasenlöcher.

»Destilliertes Wasser«, erklärte er. »Muß ein bißchen auf meine Stirnhöhlen aufpassen.« Er warf Billy einen verschwörerischen Blick zu.

Mit dem Zeug im Hirn hat er vermutlich schon Babys auf Lungenentzündung behandelt, dachte Halleck, aber der Gedanke hatte im Augenblick nichts Abstoßendes. Im Augenblick konnte er nicht umhin, Houston ein bißchen zu mögen. Houston hatte ihm die gute Nachricht mitgeteilt. Im Augenblick wollte er nichts weiter, als hier mit den Händen über dem kleiner gewordenen Bauch gefaltet sitzen und seine Erleichterung auskosten. Er probierte sie aus wie ein neues Fahrrad oder einen neuen Wagen. Es kam ihm vor, als würde er wie neugeboren aus Houstons Praxis heraustreten. Wenn ein Regisseur diese Szene verfilmen würde, würde er sie wohl musikalisch mit Strauß, *Also sprach Zarathustra* untermalen. Bei dem Gedanken mußte er zuerst lächeln, dann lachte er laut heraus.

»Lassen Sie mich mitlachen«, sagte Houston. »In dieser traurigen Welt brauchen wir jeden Witz, den wir kriegen können, Billy-Boy.« Er schniefte laut und befeuchtete sich die Nasenlöcher mit einem frischen Q-Tip.

»Ach nichts«, sagte Halleck. »Es ist nur ... wissen Sie, ich hatte solche Angst. Ich war schon drauf und dran, mich mit dem Krebs abzufinden. Hab's wenigstens versucht.«

»Nun, vielleicht werden Sie das noch mal tun müssen«, erwiderte Houston, »aber nicht dieses Jahr. Ich brauche die Laborergebnisse Ihrer Hayman-Reichling-Serie nicht erst zu sehen, um Ihnen das zu versichern. Bei Krebs gibt es bestimmte Anzeichen. Besonders, wenn er schon dreißig Pfund von Ihnen verzehrt hat, läßt er sich nicht mehr übersehen.«

»Aber ich habe genausoviel gegessen wie vorher. Heidi habe ich gesagt, daß ich mehr trainiert hätte, und das stimmt auch, ein bißchen wenigstens. Aber sie hat darauf geantwortet, daß man nicht einfach dreißig Pfund verlieren könne, indem man sein Trainingsprogramm aufstockt. Sie sagte, das Fett würde dann nur fester, nicht mehr so schwabbelig sein.«

»Das stimmt nun ganz und gar nicht. Die neuesten Versuche haben gezeigt, daß sportliche Betätigung wesentlich wichtiger ist als eine Diät. Aber in Ihrem Fall, bei einem Mann, der ein so großes Übergewicht hat – eh, hatte – wie Sie, hat sie wohl nicht ganz unrecht. Man stelle sich einen richtig fetten Mann vor, der seine sportlichen Übungen radikal verdoppelt, und was kriegt er dafür? Den Idiotenpreis.– eine gute, solide, zweitklassige Thrombose. Nicht ausreichend, um ihn umzubringen; gerade schlimm genug, daß er nie wieder alle achtzehn Löcher auf einmal spielen oder auf der großen Achterbahn drüben in *Seven Flags Over Georgia* fahren kann.«

Halleck dachte, daß das Kokain ihn sehr gesprächig machte.

»*Sie* verstehen es nicht«, fuhr er fort, »und *ich* verstehe es auch nicht. Aber in meinem Beruf sehe ich eine Menge Dinge, die ich nicht verstehen kann. Ein Freund von mir ist Neurochirug in New York. Er rief mich vor drei Jahren mal an mit der Bitte, mir einige außergewöhnliche Röntgenaufnahmen anzusehen. Ein Student der George-Washington-Universität war mit wahnsinnigen Kopfschmerzen zu ihm gekommen. Mein Kollege dachte, daß das alles sehr nach typischer Migräne klänge – der Kerl entsprach genau dem Migränetyp –, aber man will mit solchen Kopfschmerzen nicht herumpfuschen, schließlich können sie ein Symptom für irgendeine Art von Hirntumor sein, auch wenn der Patient keine üblen Gerüche ausstößt – das stinkt dann wie Scheiße oder vergammelte Früchte oder ranziges Popcorn oder was Sie wollen. Also machte mein Freund eine ganze Röntgenserie und ein EEG von dem Jungen und schickte ihn dann ins Krankenhaus, um eine Gehirnaxialtomographie anfertigen zu lassen. Wissen Sie, was sie herausgefunden haben?«

Halleck schüttelte den Kopf.

»Sie fanden heraus, daß dieser Knabe, der das drittbeste

Abitur gemacht hatte, der jedes Semester an der George-Washington-Universität auf der Bestenliste stand, fast überhaupt kein Gehirn hatte. Im Zentrum seines Schädels hing eine einzige, gedrehte Kordel von etwas festerer Hirnmasse – mein Kollege hat es mir auf den Röntgenaufnahmen gezeigt, sah aus wie eine Vorhangkordel aus Makramee –, das war schon alles. Diese Kordel hat vermutlich alle seine vegetativen Funktionen gesteuert, alles von der Atmung über den Herzschlagrhythmus bis hin zum Orgasmus. Nur ein winziges Seil aus Gehirnmasse. Der Rest des Schädels war mit einer cerebrospinalen Flüssigkeit gefüllt. Irgendwie können wir nicht begreifen, wie der Junge damit denken kann. Wie dem auch sei, er ist immer noch einer der besten an der Uni, hat immer noch seine Migräne und entspricht weiterhin genau dem Migränetyp. Wenn er nicht in seinen Zwanzigern, Dreißigern an einem Herzinfarkt stirbt, werden die Kopfschmerzen ab vierzig langsam aufhören.«

Houston zog die Schublade wieder auf, holte das Kokain heraus, nahm etwas davon und bot auch Halleck welches an. Halleck schüttelte den Kopf.

»Dann, vor ungefähr fünf Jahren«, setzte Houston seine Erzählung fort, »kam eine alte Dame in meine Praxis, die an Kieferschmerzen litt. Inzwischen ist sie gestorben. Wenn ich Ihnen den Namen der alten Hexe sagen würde, würden Sie sofort wissen, wen ich meine. Ich warf einen Blick in ihren Mund, und, Gott, der Allmächtige, ich konnte es nicht glauben. Sie hatte vor fast zehn Jahren ihre zweiten Zähne verloren – ich meine, das Baby marschierte sachte auf die neunzig zu –, und was sah ich? Einen dritten Satz Zähne, der da nachwuchs... insgesamt fünf. Kein Wunder, daß sie Kieferschmerzen hatte, Billy! Sie bekam tatsächlich einen dritten Satz Zähne. Und das im Alter von achtundachtzig Jahren!«

»Was haben Sie mit ihr gemacht?« fragte Halleck. Er hörte nur mit halbem Ohr zu – die Worte rauschten an ihm vorbei, beruhigend – wie sanfte Geräusche, wie die einlullende Musik, die einen von der Decke eines Supermarktes berieselt. Er beschäftigte sich immer noch mit seiner Erleichterung – Houstons Kokain war gewiß nur eine armselige Droge im Vergleich zum Erleichterungsrausch, den er empfand. Er dachte kurz an den alten Zigeuner mit der abfaulenden Nase, aber das Bild hatte seine dunkle, geheimnisvolle Macht verloren.

»Was ich mit ihr gemacht habe?« wiederholte Houston. »Jesus, was konnte ich denn schon machen? Ich habe ihr ein Mittel verschrieben, das nichts weiter war als eine verstärkte, puderige Form von *Num-Zit*, das Zeug, das man Babys auf den Keifer schmiert, wenn sie ihre Zähne kriegen. Bevor sie starb, hat sie noch drei weitere gekriegt – einen Schneidezahn und zwei Backenzähne.

Ich habe auch noch anderes gesehen, eine Menge. Jedem Arzt begegnen so komische Sachen, die er sich nicht erklären kann. Aber genug von Ripleys *Glaub's oder Glaub's nicht*. Es ist nämlich so, daß wir gottverdammt wenig über den menschlichen Stoffwechsel wissen. Es gibt Typen wie diesen Duncan Hopley... Kennen Sie Dunc?«

Halleck nickte. Fairviews Polizeichef, Zigeunerjäger, der aussah wie eine Dschungelversion von Clint Eastwood.

»Der frißt, als ob jede Mahlzeit seine letzte wäre«, erzählte Houston. »Heiliger Moses, ich habe noch nie einen Mann gesehen, der so wie ein Bär frißt. Aber er bleibt konstant auf hundertsiebzig Pfund, und da er gut eins fünfundachtzig groß ist, ist sein Gewicht genau richtig. Er hat einen hochfrisierten Stoffwechsel. Er verbrennt seine Kalorien zweimal so schnell wie zum Beispiel, sagen wir mal, Yard Stevens.«

Halleck nickte wieder. Yard Stevens war Besitzer und zugleich sein eigener Angestellter des *Heads Up*, Fairviews einzigem Friseurladen. Er wog um die dreihundert Pfund. Wenn man ihn sah, fragte man sich, ob seine Frau ihm wohl die Schuhe zuband.

»Yard ist ungefähr genauso groß wie Hopley«, sprach Houston weiter, »aber wenn ich ihm beim Lunch zusehe, bemerke ich nur, wie er in seinem Essen herumstochert. Vielleicht ist er einer von den heimlichen Essern. Könnte sein. Aber ich glaube nicht. Er hat ein hungriges Gesicht, wenn Sie wissen, was ich meine.«

Billy lächelte leicht und nickte. Er verstand. Yard Stevens

sah aus als ›würde Essen ihm nicht gut tun‹, wie seine Mutter immer zu sagen pflegte.

»Ich sage Ihnen noch was – aber das sind wahrscheinlich alte Schulweisheiten. Beide Männer rauchen. Yard Stevens behauptet, bei ihm wäre es eine Packung leichte Marlboro am Tag, was vermutlich eineinhalb oder zwei Packungen bedeutet. Duncan gibt pro Tag zwei Schachteln Camel an, was bedeutet, daß er aller Wahrscheinlichkeit nach drei oder dreieinhalb raucht. Ich meine, haben Sie Duncan schon mal ohne eine Zigarette in der Hand oder im Mundwinkel gesehen?«

Billy dachte nach und schüttelte den Kopf. Houston hatte sich inzwischen wieder mit Kokain bedient. »So, das reicht«, bemerkte er und schob die Schublade mit entschlossener Geste zu.

»Jedenfalls haben wir auf der einen Seite Yard, der pro Tag eineinhalb Schachteln teerarme, leichte Zigaretten raucht, und auf der anderen Seite Duncan, der pro Tag drei Packungen schwarze Sargnägel in sich hineinzieht – vielleicht auch mehr. Aber wer ist derjenige, der den Lungenkrebs zu sich einlädt, so daß er ihn von innen her zerfressen kann? Yard Stevens. Warum? Weil sein Stoffwechsel alles in sich aufsaugt. Und der Stoffwechselspiegel steht irgendwie mit dem Krebs in Zusammenhang.

Es gibt Ärzte, die behaupten, daß man Krebs heilen könne, wenn man den genetischen Code knacken könnte. Für einige Krebsarten mag das zutreffen. Aber wir werden ihn nie richtig heilen können, solange wir den Stoffwechsel nicht ganz kapiert haben. Was uns zu Billy Halleck, dem unglaublich schrumpfenden Mann, zurückführt. Oder vielleicht besser: dem unglaublich massenreduzierenden Mann. Nicht massen*produzierend*, sondern massen*reduzierend*.« Houston stieß ein einzigartiges, wieherndes Gelächter aus, und Billy dachte: *Wenn es das ist, was Kokain einem antut, bleibe ich vielleicht doch lieber bei meinen Schokoladentörtchen.*

»Sie wissen also nicht, warum ich abnehme?«

»Nein.« Houston schien diese Tatsache Vergnügen zu bereiten. »Aber ich vermute, daß Sie sich selbst dünn denken.

Das *gibt* es. Es kommt sogar ziemlich häufig vor. Jemand kommt in meine Praxis, weil er ernsthaft abnehmen möchte. Normalerweise ist etwas geschehen, das ihm Angst eingeflößt hat – Herzrhythmusstörungen oder ein kleiner Ohnmachtsanfall beim Tennisspielen oder beim Feder- oder Volleyball, irgendwas in der Art. Also verschreibe ich ihm eine sanfte, beruhigende Diät, mit der er über mehrere Monate hinweg zwei bis fünf Pfund pro Woche abnehmen kann. Auf diese Art kann man ohne Streß und Anstrengung zwischen sechzehn und vierzig Pfund verlieren. Soweit so gut. Doch die meisten nehmen viel mehr ab. Sie halten sich strikt an die Diät, aber sie verlieren wesentlich mehr Gewicht, als die Diät allein bewirken könnte. Es ist so, als stünde im Gehirn plötzlich ein Wachposten auf, der dort jahrelang geschlafen hat, und finge an, so etwas Ähnliches wie ›Feuer!‹ zu brüllen. Der Stoffwechsel wird schneller... weil dieser Wachposten ihm klar gemacht hat, er müsse noch fünf Pfund rausschaffen, bevor das ganze Haus abbrennt.«

»Na gut«, sagte Billy. Er wollte sich überzeugen lassen. Er hatte sich extra einen Tag freigenommen, und jetzt hatte er keinen sehnlicheren Wunsch, als so schnell wie möglich nach Hause zu fahren, um Heidi zu sagen, daß alles in Ordnung wäre, und sie dann die Treppe hinaufzuführen, um im Nachmittagssonnenlicht, das durch die Schlafzimmerfenster fallen würde, mit ihr Liebe zu machen. »Ich kauf's Ihnen ab.«

Houston stand auf, um ihn hinauszubegleiten. Halleck bemerkte amüsiert, daß er weißen Puderstaub unter der Nase hatte.

»Wenn Sie weiterhin abnehmen, werden wir eine totale Stoffwechselanalyse machen lassen«, sagte Houston. »Ich mag Ihnen den Eindruck vermittelt haben, daß diese Tests alle nichts taugten, aber im Grunde geben sie uns eine Menge Anhaltspunkte. Doch glaube ich kaum, daß es nötig sein wird. Meine Vermutung geht eher dahin,daß der Gewichtsverlust langsam von selbst aufhören wird – diese Woche fünf Pfund, drei Pfund die nächste, die Woche darauf noch eines –, und dann werden Sie auf die Waage steigen und feststellen, daß Sie wieder ein oder zwei Pfund zugenommen haben.«

»Sie haben mir einen Stein von der Seele genommen«, sagte Billy und drückte Houston fest die Hand.

Houston lächelte selbstgefällig, obwohl er eigentlich nichts getan hatte, als Halleck mit Phrasen abzuspeisen: Nein, er wüßte nicht, was mit Halleck los sei, aber nein, es sei kein Krebs. Puh! »Dafür sind wir ja da, Billy-Boy.«

Billy-Boy fuhr nach Hause zu seiner Frau.

»Er hat gesagt, daß alles in Ordnung ist?«

Halleck nickte.

Sie legte die Arme um ihn und drückte ihn fest an sich. Er spürte, wie ihre Brüste sich verführerisch an seinen Körper preßten.

»Willst du mit nach oben kommen?«

Sie sah ihn prüfend an. Das Licht in ihren Augen tanzte. »He, du bist wirklich gesund, nicht wahr?«

»Das kannst du glauben.«

Sie gingen nach oben und hatten fantastischen Sex. Eines der letzten Male.

Danach schlief Billy ein. Und er träumte.

7. Kapitel: Der Vogeltraum

Der Zigeuner hatte sich in einen riesigen Vogel verwandelt. Einen Geier mit abfaulendem Schnabel. Er zog seine Kreise über Fairview und ließ grobkörnigen, aschengrauen Staub und Schornsteinruß über die Stadt fallen, der unter seinen dunklen Fittichen hervorsprühte... oder waren es seine Flügelspitzen?

»Dünner«, krächzte der Zigeuner-Geier, während er über den Gemeindepark hinwegsegelte, über das Village Pub, Waldenbooks Buchhandlung an der Ecke Main und Devon Street, das Esta-Esta, Fairviews bescheidenes italienisches Restaurant, über die Post, den Bahnhof und Fairviews moderne öffentliche Bibliothek mit den gläsernen Wänden, um schließlich über die Salzmarschen auf die Bucht hinauszufliegen.

Dünner, *nur dieses eine Wort, aber Halleck begriff, daß es ein mächtiger Fluch war, denn jeder Mensch in diesem reichen Oberklassen-in-New-ork-arbeitenden-und-auf-dem-Heimweg-noch-schnell-ein-paar-Drinks-im-Club-einnehmenden-Vorort, jeder Mensch in dieser hübschen, kleinen New-England-Stadt im Herzen des John-Cheever-Landes, jeder Mensch in Fairview war am Verhungern.*

Er ging die Hauptstraße entlang, schneller und schneller, und offenbar war er unsichtbar – die Logik von Träumen richtet sich letztendlich danach, was der Traum verlangt – und furchtbar entsetzt von dem, was der Zigeunerfluch angerichtet hatte. Aus Fairview war eine Stadt geworden, in der nur noch Überlebende aus einem Konzentrationslager wohnten. Aus teuren Kinderwagen schrien ihm Babys mit verfallenen Körpern und riesigen Köpfen entgegen. Zwei Damen in exklusiven Modellkleidern taumelten und torkelten aus dem Cherry on Top heraus, Fairviews Version des guten alten Eissalons. Ihre Gesichter waren nur noch Haut und Knochen, und ihre hervorspringenden Augenbrauen spannten sich über bleicher, pergamentener Haut; die Kragen ihrer Kleider schlotterten um vorstehende, nur noch von Haut bedeckte Halsknochen und tief eingefallene Schulterblätter: eine grauenhafte Parodie jeglicher Verführungskunst.

Und da kam ihm Michael Houston entgegen, auf vogelscheuchenähnlichen Beinen torkelnd, den Saville-Row-Anzug um das unwahrscheinlich ausgemergelte Skelett flatternd, eine Kokainphiole in einer Skeletthand vor sich hertragend. »Auch was?« kreischte er Halleck zu mit der Stimme einer in der Falle gefangenen Ratte, die das letzte bißchen ihres miserablen Lebens mit diesem Gekreisch aushaucht. »Auch was? Es wird deinen Stoffwechsel ankurbeln, Billy-Boy! Auch was? Auch ...«

Mit tiefem Grauen sah Halleck, daß die Hand, in der er die Phiole hielt, überhaupt keine Hand mehr war, sondern nur noch klappernde Knochen. Dieser Mann war ein aufgezogenes und leierndes Skelett.

Halleck drehte sich um und wollte wegrennen, aber, wie das in Alpträumen so ist, er konnte seinen Schritt nicht beschleunigen. Obwohl er sich auf dem Bürgersteig der Hauptstraße befand, hatte er das Gefühl, durch dicken, klebrigen Schlamm zu waten. Jeden Augenblick würde das Skelett, das einst Michael Houston gewesen war, nach ihm langen und ihn an der Schulter berühren. Vielleicht würde die knochige Hand ihn auch am Nacken fassen und sich festkrallen.

»Auch was! Auch was! Auch was!« quietschte Houstons durchdringende Rattenstimme. Sie kam näher und näher. Halleck wußte, würde er jetzt den Kopf umdrehen, stünde die furchtbare Erscheinung hinter ihm, nahe, sehr nahe – funkelnde Augen, die aus tiefen, nackten Knochenhöhlen hervorstachen, freigelegte Kieferknochen, die klappernd nach ihm schnappten.

Er sah, wie Yard Stevens aus seinem Heads Up herausstolperte. Sein beiger Barbierkittel schlackerte lose über seinem inzwischen nicht mehr existenten Bauch und Brustkasten. Yard krächzte mit einer grauenerregenden Krähenstimme vor sich hin, und als er sich zu Halleck umwandte, sah dieser, daß er überhaupt nicht Yard, sondern Ronald Reagan vor sich hatte. »Wo ist der Rest von mir?« kreischte er. »Wo ist der Rest von mir? WO IST DER REST VON MIR?«

»Dünner«, flüsterte Michael Houston in Hallecks Ohr, und jetzt geschah das, was er die ganze Zeit befürchtet hatte: Diese Fingerknochen berührten ihn. Sie zupften und zerrten an seinem Ärmel, und Halleck glaubte, daß ihm dieses Gefühl den Verstand rauben

würde. »Dünner, viel dünner, sofort, toute suite, toot-de-sweet, dünn-de-dünn, sie war seine Frau, Billy-Boy, und du steckst ganz schön in Schwierigkeiten, Baby. Oh, Mann, steckst du in der Scheiße ...«

8. Kapitel: Billys Hose

Billy fuhr aus dem Schlaf hoch. Er atmete heftig und hatte eine Hand auf den Mund gepreßt. Heidi lag tief unter der Bettdecke vergraben neben ihm und schlief friedlich. Draußen wehte ein warmer Frühlingswind um die Dachsparren.

Halleck sah sich schnell und ängstlich im Zimmer um, um sicherzugehen, daß Michael Houston – oder etwa eine Vogelscheuchenversion seiner Person – nicht in einer Ecke auf ihn wartete. Es war nur sein Schlafzimmer, in dem er jeden Winkel kannte. Der Alptraum begann, sich zu verflüchtigen... aber der Eindruck war noch immer stark genug, daß er zu Heidi hinüberrutschte. Er berührte sie nicht – sie wachte sehr leicht auf –, aber er kam so in ihre Wärmezone und stahl sich einen Teil ihrer Bettdecke.

Nur ein Traum.

Dünner, erwiderte eine Stimme in seinem Unterbewußtsein unerbittlich.

Der Schlaf hüllte ihn wieder ein. Endlich.

Am Morgen nach diesem Alptraum zeigte die Badezimmerwaage 215 Pfund an, und Billy fühlte sich ganz hoffnungsvoll. Nur zwei Pfund. Kokain oder nicht, Houston hatte recht behalten. Der Prozeß verlangsamte sich. Er ging pfeifend die Treppe hinunter und aß drei Spiegeleier und ein halbes Dutzend Bratwürstchen zum Frühstück.

Auf der Fahrt zum Bahnhof tauchte der Alptraum vage wieder aus seinem Unterbewußtsein auf. Es war mehr ein Gefühl des *déjà vue* als eine eigentliche Erinnerung. Als er am *Heads Up* vorbeifuhr (das von Franks Delikatessenladen und dem Spielwarengeschäft *Toys Are Joys* eingerahmt war), blickte er aus dem Fenster und erwartete einen Augenblick lang, eine Ansammlung von torkelnden und stolpernden Skeletten auf der Straße zu sehen, so als ob das wohlhabende, vornehme Fairview sich über Nacht in Biafra verwandelt hätte. Aber die Leute auf den Bürgersteigen sahen alle ausgezeichnet aus, ja, viel besser als das. Yard Stevens winkte ihm in seiner vollen Körpermasse grüßend zu. Halleck winkte zurück und dachte bei sich: *Dein Stoffwechsel mahnt dich, mit dem Rauchen aufzuhören, Yard!* Er mußte darüber lächeln, und als der Zug in den Grand-Central-Bahnhof einfuhr, hatte er die letzten Erinnerungsfetzen an den Alptraum vergessen.

Da seine Sorge über den rapiden Gewichtsverlust sich gelegt hatte, wog Billy sich die nächsten vier Tage nicht und dachte auch nicht länger über die Angelegenheit nach... und dann wäre er beinahe der Lächerlichkeit preisgegeben gewesen, eine Situation, an der er nur haarscharf vorbeikam. Ausgerechnet im Gericht vor Richter Hilmer Boynton, der nicht mehr Sinn für Humor besaß als ein durchschnittlicher Landtruthahn. Es war dämlich; eins von diesen peinlichen Dingen, von denen man als Schulkind träumt, wenn man vor Angst nicht richtig schlafen kann.

Er wollte aufstehen, um Einspruch zu erheben, und da rutschte ihm langsam die Hose runter.

Er hatte sich schon halb erhoben, da spürte er, wie sie unaufhaltsam über seine Hüfte und die Pobacken glitt und an den Knien hängenblieb. Sofort setzte er sich wieder hin. In einem Anfall von nahezu totaler Klarsicht – einer dieser Augenblicke, die einen unaufgefordert überfallen und fast genauso schnell wieder vergessen sind – wurde Halleck klar, daß seine Bewegung wie ein bizarrer Hopser ausgesehen haben mußte. William Halleck, Rechtsanwalt vor Gericht, gab eine Bugs-Bunny-Einlage. Er fühlte, wie die Röte in seine Wangen stieg.

»Mr. Halleck, war das ein Einspruch oder eine Blähung?«

Die Zuschauer – Gott sei Dank nur sehr wenige – kicherten.

»Es ist nichts, Euer Ehren«, murmelte Halleck. »Ich... ich habe meine Meinung geändert.«

Boynton grunzte. Die Verhandlung schleppte sich dahin,

und Halleck schwitzte auf seinem Stuhl und fragte sich, wie um alles in der Welt er später aufstehen sollte.

Zehn Minuten später zog das Gericht sich zurück. Halleck blieb an seinem Verteidigertisch sitzen und tat so, als müsse er noch einen Stapel Papiere sortieren. Als der Saal so gut wie leer war, stand er, die Hände tief in den Taschen der Anzugjacke vergraben, auf und hoffte, daß diese Geste leger aussähe. In Wirklichkeit hielt er durch die Taschen seine Hose fest.

Allein in der Herrentoilette, zog er das Jackett aus und hängte es an einen Haken. Dann blickte er auf seine Hose hinab und zog den Gürtel heraus. Mit geschlossenem Reißverschluß rutschte sie bis zu den Knöcheln hinunter. Sein Kleingeld klirrte gedämpft, als die Taschen auf den Kacheln aufschlugen. Er setzte sich auf die Toilette und hielt den Gürtel hoch wie eine Schriftrolle. Es war, als könne er in ihm lesen. Der Gürtel erzählte ihm eine Geschichte, die alles andere als beruhigend war. Er hatte ihn vor zwei Jahren von Linda zum Vatertag geschenkt bekommen. Er hielt sich den Gürtel vor die Nase und spürte, wie sein Herz vor Angst schneller und schneller schlug.

Die tiefste Einkerbung dieses Ledergürtels lag genau hinter dem ersten Loch. Seine Tochter hatte ihn etwas zu klein gekauft, und Halleck erinnerte sich, daß er damals – reuevoll – gedacht hatte, daß dies ein verzeihlicher Optimismus ihrerseits gewesen war. Eine lange Zeit war der Gürtel jedoch ganz angenehm zu tragen gewesen. Erst nachdem er zu rauchen aufgehört hatte, war es immer schwieriger geworden, ihn zu schließen, selbst wenn er, zum Schluß, das erste Loch benutzte.

Nachdem er mit dem Rauchen aufgehört... aber bevor er die Zigeunerin überfahren hatte.

Jetzt zeigte der Gürtel weitere Einkerbungen auf: nach dem zweiten Loch... dem vierten... und dem fünften... schließlich nach dem sechsten, dem letzten.

Mit wachsendem Entsetzen stellte Halleck fest, daß die Einkerbungen hinter den letzten Löchern immer undeutlicher wurden. Sein Gürtel erzählte ihm eine kürzere und wahrere Geschichte, als es Michael Houston gelungen war. Der Gewichtsverlust dauerte immer noch an – und verlangsamte sich ganz und gar nicht; er wurde immer schneller. Er glaubte, sich zu erinnern, daß er erst vor zwei Monaten zum ersten Loch des Gürtels hatte Zuflucht nehmen müssen. Damals hatte er überlegt, daß er ihn bald als zu klein ablegen müßte. Und jetzt brauchte er ein siebtes Loch, eines, das nicht vorhanden war.

Er sah auf die Uhr und bemerkte, daß er bald in den Gerichtssaal zurückmußte. Aber es gab Wichtigeres auf der Welt als Richter Boyntons Entscheidung, ob ein letzter Wille nun in ein gerichtlich beglaubigtes Testament umgeschrieben wurde oder nicht.

Halleck lauschte aufmerksam. In der Herrentoilette war es ganz still. Er hielt die Hose mit einer Hand und trat aus der Zelle. Dann ließ er sie wieder fallen und betrachtete sich dabei in einem der Spiegel, die über den Waschbecken hingen. Er schlug die Hemdzipfel hoch, um einen besseren Blick auf den Bauch werfen zu können, der bis vor kurzem noch sein ganzer Kummer gewesen war.

Ein leiser Laut entschlüpfte seiner Kehle. Das war alles, aber es war genug. Die selektive Wahrnehmung war nicht mehr aufrechtzuerhalten; mit einem Schlag war alles zerstört. Er sah, daß der kleine Spitzbauch, der seinen Wanst ersetzt hatte, nun auch verschwunden war. Die Hose um die Knöchel, das Hemd und die aufgeknöpfte Weste weit über den Brustkorb hinaufgezogen, stand er vor dem Spiegel und konnte trotz dieser mehr als lächerlichen Pose den Tatsachen nicht mehr ausweichen. Sie waren mehr als deutlich. Daß man sich selbst über reale Fakten noch streiten kann, lernte man schnell im Anwaltsberuf – aber das, was ihm hier über das Faktische hinaus sinnbildlich aus dem Spiegel entgegentrat, war unwiderlegbar. Er sah aus wie ein Kind, das die Kleider seines Vaters angezogen hat. Halleck stand völlig aufgelöst vor dem Waschbecken und dachte hysterisch: *Hat jemand hier Uhu? Ich muß mir unbedingt einen falschen Schnurrbart ins Gesicht kleben!*

Er blickte wieder auf seine Hose hinunter, die sich um seine Schuhe bauschte, sah die schwarzen Nylonsocken, die halbwegs seine behaarten Waden bedeckten, und in seiner Kehle stieg ein würgendes, rauhes Gelächter auf. In diesem Augenblick glaubte er schlicht und einfach... alles. Der Zigeuner hatte ihn tatsächlich verflucht, aber es war kein Krebs. Krebs wäre viel zu schnell, viel zu freundlich gewesen. Es handelte sich um etwas anderes, und die Entfaltung der Krankheit hatte erst begonnen.

Im Geiste hörte er eine Zugführerstimme: *Nächster Halt, Anorexia Nervosa! Bitte alles aussteigen! Anorexia Nervosa!*

Geräusche drangen aus seinem Hals, ein Gelächter, das wie Schreien klang. Vielleicht waren es auch Schreie, die wie Gelächter klangen, war das so wichtig?

Mit wem kann ich darüber reden? Heidi? Sie wird mich für verrückt erklären.

Aber Billy Halleck war in seinem Leben nie bei klarerem Verstand gewesen.

Die Außentür der Herrentoilette wurde aufgerissen.

Halleck zog sich erschrocken in die Zelle zurück und verriegelte die Tür.

»Billy?« Sein Assistent John Parker.

»Ich bin hier drinnen.«

»Boynton kommt gleich zurück. Alles in Ordnung?«

Halleck hatte die Augen geschlossen. »Mir geht's gut.«

»Haben Sie wirklich Blähungen? Ist etwas mit Ihrem Magen?«

Schon gut, schon gut, es ist mein Magen.

»Ich geh kurz mal weg, um ein Paket aufzugeben. Bin in einer Minute wieder zurück.«

»Ist gut.«

Parker ging weg. Hallecks Aufmerksamkeit war ganz und gar von seinem Gürtel in Anspruch genommen. Er konnte nicht in Boyntons Gerichtsverhandlung zurückgehen und die Hose immer noch durch die Taschen festhalten. Was, um Himmels willen, sollte er tun?

Plötzlich fiel ihm sein Schweizer Taschenmesser ein – das gute alte Taschenmesser, das er, bevor er sich wog, immer aus der Hose genommen hatte. In der guten alten Zeit, bevor die Zigeuner nach Fairview gekommen waren.

Keiner hat euch Arschlöcher gebeten, zu uns zu kommen – hättet ihr nicht statt dessen nach Westport oder Stratford fahren können?

Er holte sein Messer aus der Tasche und bohrte ein siebtes Loch in den Gürtel. Es war zerfranst und unschön, aber es funktionierte. Dann zog er den Gürtel durch die Schlaufen, schnallte ihn fest und streifte das Jackett über. So verließ er die Zelle. Zum erstenmal wurde ihm bewußt, wie sehr ihm die Hose um die Beine – seine dünnen Beine – schlackerte. *Ob das auch schon anderen aufgefallen ist?* Eine neue, bohrende Verlegenheit befiel ihn. *Haben sie gesehen, wie schlecht meine Kleidung sitzt? Haben sie es gesehen und so getan, als wäre nichts? Haben sie darüber geredet...?*

Er spritzte sich kaltes Wasser ins Gesicht und verließ die Herrentoilette.

Als er den Gerichtssaal betrat, rauschte Richter Boynton gerade mit einem Rascheln seiner schwarzen Robe herein. Er blickte Billy strafend an, der eine matte Entschuldigungsgeste andeutete. Boyntons Gesichtsausdruck blieb unverändert, die Entschuldigung wurde eindeutig abgelehnt. Die Monotonie begann von vorn. Irgendwie schaffte Billy es, den Tag zu überstehen.

In der folgenden Nacht, als Heidi und Linda fest schliefen, stellte er sich auf die Waage, sah hinunter, und konnte es nicht glauben. Er blickte die Zahlen lange, sehr lange an.

195.

9. Kapitel: 188

Am nächsten Tag fuhr er in die Stadt und kleidete sich neu ein. Den Einkauf erledigte er in fieberhafter Eile, so als ob neue Hosen, Hosen, die ihm richtig paßten, die Lösung aller Probleme wären. Er kaufte sich auch einen engeren Ledergürtel. Ihm fiel auf, daß die Leute ihn nicht mehr zu seiner Gewichtsabnahme beglückwünschten. Wann hatte *das* angefangen? Er wußte es nicht.

Er zog sich die neuen Sachen an. Er fuhr zur Arbeit und kam wieder nach Hause. Er trank zuviel, bediente sich beim Essen zweimal und verzehrte Nahrungsmengen, die er eigentlich gar nicht wollte und die ihm schwer im Magen lagen. Eine Woche verging, und dann saßen die Kleider nicht mehr so passend und glatt an seinem Körper, sondern fingen an zu beulen.

Er schlich sich zur Badezimmerwaage. Sein Herz pochte, seine Augen brannten, und der Kopf schmerzte. Später entdeckte er, daß er sich so stark auf die Unterlippe gebissen hatte, daß sie blutete. Der Anblick der Waage löste einen kindischen Schrecken aus – sie war zu einem Kobold in seinem Leben geworden. Er stand vielleicht volle drei Minuten vor ihr, kaute auf seiner Unterlippe und spürte weder den Schmerz noch den salzigen Blutgeschmack im Mund. Es war am Abend. Unten saß Linda vor dem Fernseher und sah sich *Three's Company* an. Heidi ging am Commodore-Computer in seinem Büro die wöchentlichen Haushaltsrechnungen durch.

Mit einem kleinen Satz hüpfte er auf die Waage.

188.

Er spürte, wie sein Magen sich in einer einzigen, schwindelerregenden Wendung umdrehte. Einen verzweifelten Augenblick lang schien es fast unmöglich, sich nicht zu übergeben. Er kämpfte verbissen dagegen an, um das

Abendessen bei sich zu behalten – jetzt brauchte er jede Nahrung, brauchte diese lebenswichtigen, gesunden Kalorien.

Schließlich ging die Übelkeit vorüber. Er sah auf die geeichte Skala hinunter und mußte dumpf daran denken, was Heidi damals gesagt hatte – *Sie zeigt nicht zuviel, sie zeigt eher zuwenig an.* Er mußte daran denken, daß Michael Houston ihm gesagt hatte, 217 wären immerhin noch dreißig Pfund über seinem Höchstgewicht.

Jetzt nicht mehr, Mikey, dachte er müde. *Jetzt bin ich ... dünner.*

Er trat von der Waage herunter und empfand nun eine gewisse Erleichterung – die Art von Erleichterung, die ein zu Tode Verurteilter empfinden mochte, wenn er um zwei Minuten vor zwölf den Henker und den Priester vor seiner Zelle stehen sieht, wissend, daß das Ende gekommen ist und daß der Gouverneur das Urteil nicht widerrufen wird. Natürlich gab es noch einige Formalitäten zu erledigen, ja, gewiß, aber das war auch alles. Jetzt wurde es ernst. Wenn er mit den Leuten darüber reden würde, hielten sie ihn sicher für verrückt oder glaubten, er würde sich einen Scherz mit ihnen erlauben – heutzutage glaubte doch keiner mehr an Zigeunerflüche, und vielleicht hatte man es nie getan. Sie waren uninteressant geworden in einer Welt, die Hunderte von Marinesoldaten in Särgen aus dem Libanon hatte zurückkehren sehen, in einer Welt, die fünf IRA-Gefangenen dabei zugesehen hatte, wie sie sich zu Tode hungerten, ganz zu schweigen von anderen Grauenhaftigkeiten. Aber nichtsdestotrotz war es wahr. Er hatte die Frau des alten Zigeuners mit der abfaulenden Nase getötet, und sein zeitweiliger Golfpartner, der gute alte busengrapschende Richter Cary Rossington hatte ihn damit durchkommen lassen, ohne ihm auch nur auf die Finger zu klopfen. Folglich hatte der alte Zigeuner beschlossen, seine eigene Art von Gerechtigkeit an einem fetten weißen Rechtsanwalt aus Fairview und seiner Frau zu üben, die den falschen Tag dafür gewählt hatte, ihren Mann zum erstenmal im fahrenden Wagen zu wichsen. Es war eine Art von Gerechtigkeit, die ein

Mann wie sein zeitweiliger Freund Richard Ginelli vermutlich zu schätzen wüßte.

Halleck schaltete das Badezimmerlicht aus und ging die Treppe hinunter, wobei er sich wie ein Todeskandidat vorkam, der seine letzte Meile zurücklegte. *Keine Augenbinde, Pater... aber hat vielleicht jemand 'ne Zigarette für mich?* Er lächelte trübe.

Heidi saß an seinem Schreibtisch. Die Rechnungen hatte sie links von sich gestapelt, vor ihr leuchtete der grüne Bildschirm, das Kontobuch klemmte wie ein Notenblatt hinter der Tastatur. Ein ganz normaler Anblick an wenigstens einem der normalen Abende in der ersten Woche eines neuen Monats. Aber sie schrieb keine Schecks aus und rechnete auch keine Zahlenkolonnen zusammen. Sie saß einfach da, eine Zigarette zwischen den Fingern, und als sie sich zu ihm umdrehte, sah Billy soviel Kummer in ihren Augen, daß es ihm einen beinahe körperlichen Schlag versetzte.

Er mußte wieder an die selektive Wahrnehmung denken, diese seltsame Fähigkeit, die Dinge, die man nicht sehen wollte, einfach nicht zu sehen... zum Beispiel die Tatsache, daß man seinen Gürtel enger und enger schnallte, um die viel zu weite Hose noch über der schmaler werdenden Taille halten zu können, oder die dunklen Ringe unter den Augen der eigenen Frau... oder die verzweifelte Frage, die in diesen Augen lag.

»Ja, ich nehme noch ab«, sagte er.

»Oh, Billy.« Sie atmete mit einem langen, zitternden Seufzer aus. Aber sie sah schon ein wenig besser aus, und Halleck nahm an, daß sie froh war, daß es jetzt ausgesprochen war. Sie hatte nicht gewagt, es anzusprechen, genauso wie keiner aus seinem Büro den Mut aufgebracht hatte, ihm offen ins Gesicht zu sagen: *Deiner Kleider sehen langsam so aus, als ließest du sie bei Omar, dem Zeltmacher, schneidern, Billy-Boy. Sag mal... du hast doch nicht irgendein Geschwür oder so was! Hat jemand dich mit dem Krebsstab berührt, Billy? Wurdest du angesteckt? Du hast einen großen, schwarzen, saftigen Tumor in dir, nicht wahr? So eine Art verrottender, menschlicher Giftpilz tief unten in deinen Eingeweiden, der dich langsam, aber sicher auf-*

frißt? O nein, so was sagte niemand zu ihm; das ließen sie einen lieber selbst herausfinden. Eines Tages vor Gericht springt man auf, um in der besten Perry-Mason-Manier ›Einspruch, Euer Ehren!‹ zu rufen, und dann verliert man die Hose, und keiner hatte es nötig, auch nur ein gottverdammtes Wort darüber zu verlieren.

»Tja«, sagte er und lachte ein wenig, wohl um die Scham zu überdecken.

»Wieviel?«

»Die Waage oben zeigt an, daß ich auf 188 runter bin.«

»Oh, *Himmel*!«

Er nickte zu ihrer Zigarette hin. »Kann ich eine davon haben?«

»Klar, wenn du willst. Billy, du wirst Linda nichts davon sagen – nicht ein Wort!«

»Ist gar nicht nötig«, antwortete er und zündete sich die Zigarette an. Beim ersten Zug wurde ihm schwindelig. Das war ganz gut so; der Schwindel war ein angenehmes Gefühl. Jedenfalls war er besser als das dumpfe Entsetzen, das sich mit dem Ende der selektiven Wahrnehmung eingestellt hatte. »Sie weiß, daß ich immer noch abnehme. Ich sehe es ihrem Gesicht an. Mir ist bis heute abend gar nicht richtig bewußt geworden, was ich die ganze Zeit gesehen habe.«

»Du mußt noch einmal zu Houston gehen«, sagte sie. Sie blickte immer noch furchtbar verängstigt, aber der verwirrte Ausdruck von Zweifel und Trauer war jetzt aus ihren Augen gewichen. »Diese Stoffwechseluntersuchungen...«

»Heidi, hör mir mal zu«, unterbrach er sie... und schwieg dann.

»Was?« fragte sie. »Was ist, Billy?«

Einen Augenblick lang war er versucht es ihr zu sagen, ihr alles zu erzählen. Etwas hielt ihn davon ab, und später war er sich nie mehr sicher, was es eigentlich gewesen war... nur, daß er in genau dem Augenblick, während er auf der Kante seines Schreibtisches saß und ihr ins Gesicht sah, während ihre Tochter im Nebenraum fernsah, während er eine von ihren Zigaretten in der Hand hielt, plötzlich einen Anfall von bestialischem Haß auf sie verspürte.

Die Erinnerung an das, was passiert war – was gerade in dem Augenblick passierte –, als die alte Zigeunerin vor ihnen auf der Straße auftauchte, stand blitzartig wieder vor seinen Augen. Heidi war zu seinem Sitz herübergerutscht und hatte ihren linken Arm um seine Schulter gelegt... und dann, als ihm noch gar nicht klar war, was da geschah, hatte sie den Reißverschluß seiner Hose heruntergezogen. Er hatte gespürt, wie ihre sanften und ach so geschickten Finger durch den Spalt und kurz darauf durch die Öffnung in seiner Unterhose geschlüpft waren.

In seiner Teenagerzeit hatte Billy Halleck gelegentlich (mit schwitzenden Händen und gierigen Augen) die Journale verschlungen, die seine Klassenkameraden als ›Streichelbücher‹ bezeichnet hatten. Und in diesen ›Streichelbüchern‹ war es bisweilen vorgekommen, daß eine ›heiße Biene‹ ihre ›wohl ausgebildeten Finger‹ um das ›ersteifende Glied‹ eines Mannes legte. Nichts weiter als gedruckte erotische Träume, natürlich... nur jetzt saß seine eigene Frau Heidi neben ihm und spielte mit seinem steifwerdendem Glied.

Und, bei Gott, sie fing tatsächlich an, ihn zu befriedigen. Er hatte ihr einen verwunderten Seitenblick zugeworfen und ihr leichtes Lächeln auf den Lippen gesehen.

»Heidi, was hast du...«

»Schhh. Sag jetzt nichts.«

Was war in sie gefahren? Sie hatte so etwas noch nie zuvor gemacht, und er hätte schwören können, daß ihr so ein Gedanke vorher nie in den Sinn gekommen wäre. Aber jetzt tat sie es, und die alte Zigeunerin war ihnen direkt vor den Wagen...:

Oh, komm, sag doch die Wahrheit! Wenn dir schon die Schuppen von den Augen fallen, kannst du dich auch gleich den Tatsachen stellen, findest du nicht? Es hat doch keinen Sinn, sich weiter zu belügen; dazu ist es jetzt zu spät. Bitte nur die Fakten, Madame.

Na gut, die Fakten. *Tatsache* war, daß Heidis unerwartetes Handeln ihn wahnsinnig, über alle Maßen erregt hatte, vermutlich, weil sie so unerwartet kam. Er hatte mit der rechten Hand zu ihr hinübergelangt, und sie hatte ihren Rock hochgezogen und einen vollkommen normalen, gelben Nylonslip freigelegt. Dieser Slip hatte ihn vorher noch nie erregt, aber jetzt tat er es... vielleicht war es auch die Geste, mit der sie den Rock hochgezogen hatte. Auch das hatte sie noch nie zuvor getan. *Tatsache* war, daß fünfundachtzig Prozent seiner Aufmerksamkeit von der Straße abgelenkt waren. In neun von zehn solcher Situationen wäre die Sache wahrscheinlich trotzdem gut ausgegangen. Unter der Woche waren Fairviews Geschäftsstraßen nicht nur ausgesprochen ruhig, sie schliefen geradezu. Doch lassen wir das mal beiseite. *Tatsache* war, daß er sich eben nicht in einer von neun anderen Situationen, sondern in dieser befunden hatte. *Tatsache* war, daß die alte Zigeunerin nicht zwischen dem gelben Subaru und dem grünen Firebird mit den Rennstreifen *hervorgeschossen* gekommen war; *Tatsache* war eher, daß sie einfach zwischen den beiden Wagen hervor auf die Straße *gegangen* war. In ihrer arthritischen Hand mit den Leberflecken hatte sie ein volles Einkaufsnetz gehalten. Es war so ein Einkaufsnetz gewesen, wie es die neuenglischen Hausfrauen zusätzlich in die Tasche steckten, wenn sie an der Hauptstraße einkaufen gingen. In diesem Einkaufsnetz hatte eine große Packung Waschpulver gesteckt, daran konnte Halleck sich noch gut erinnern. Sie hatte sich nicht umgesehen, das stimmte schon; aber die wichtigste *Tatsache* war, daß Halleck in dem Augenblick nicht schneller als fünfunddreißig Meilen in der Stunde gefahren war, und in dem Augenblick, als die alte Zigeunerin vor dem Olds aufgetaucht war, war er noch gute fünfzig Meter von ihr entfernt gewesen. Zeit genug, um zu bremsen, wenn man Herr der Lage gewesen wäre. Aber eine weitere *Tatsache* war leider, daß er sich in dem Moment kurz vor einem explosiven Orgasmus befunden hatte und daß seine gesamte Konzentration bis auf einen winzigen Bruchteil auf seinen Unterleib gerichtet gewesen war, wo Heidis Hand sich entspannte und wieder zusammenzog, wo sie in einem langsamen, köstlichen Rhythmus auf- und abglitt, innehielt, zudrückte, losließ und das Ganze von vorne. Seine Reaktion war hoffnungslos langsam gewesen und hoffnungslos spät. Und Heidis Hand hatte sich um seinen Penis verkrampft, hatte den durch den Schock hervorgerufenen Orgasmus erstickt, der sich dann doch in einer endlos langen Sekunde des Schmerzes und der Wollust entladen hatte, was zwar unvermeidlich, aber trotzdem grauenvoll gewesen war.

Dies waren die *Fakten*. Halt, Moment mal, Leute! Wartet noch mal einen Augenblick, Freunde! Es gab da noch zwei weitere Tatsachen, oder etwa nicht? Die erste *Tatsache* war, daß er, wenn Heidi sich nicht ausgerechnet diesen Tag ausgesucht hätte, um ein bißchen Autoerotik zu üben, Herr der Situation geblieben wäre und seine Verantwortung als Autofahrer voll erfüllt hätte. Dann hätte der Olds gute drei Meter vor der alten Dame gehalten. Die Reifen hätten zwar so laut gequietscht, daß die Mütter die Kinderwagen ganz schnell an den Straßenrand geschoben hätten, um nachzusehen, was da los wäre. Und er hätte wahrscheinlich die Scheibe runtergekurbelt und sie angeschnauzt: ›Warum passen Sie nicht auf, wo sie hinlaufen?‹, und die Alte hätte ihn wohl mit dieser besonderen Mischung von Unverständnis und Angst angesehen. Heidi und er hätten ihr wohl nachgeblickt, wie sie über die Straße gewatschelt wäre, beide mit klopfendem Herzen, und Heidi hätte vermutlich über die durcheinandergeratenen Einkäufe gemeckert, die einen fürchterlichen Dreck auf dem Teppichboden im Wagenfond verursacht hätten.

Aber es wäre alles gut gegangen. Es hätte keine Anhörung vor Gericht gegeben, und der alte Zigeuner mit der abfaulenden Nase hätte nicht vor dem Gerichtsgebäude auf ihn gewartet, um ihm über die Wange zu streicheln und ihm einen furchtbaren Fluch ins Ohr zu flüstern. Das war die erste nebensächliche *Tatsache* und die zweite, ebenso untergeordnete *Tatsache*, welche aus der ersten hervorging, war, daß eigentlich Heidi an allem schuld war. Es war alles ihre Schuld gewesen, wirklich alles! Er hatte sie schließlich nicht darum gebeten, das mit ihm zu machen, was sie getan hatte; er hatte nicht zu ihr gesagt: ›Sag mal, hast du nicht Lust, mich ein bißchen zu befriedigen, während wir so nach Hause fahren, Heidi? Es sind noch drei Meilen, also hast du Zeit genug.‹ Nein... sic hatte es einfach getan... und, was Wunder, ihr Timing war schauderhaft gewesen.

Ja, es war ihre Schuld gewesen, aber das hatte der alte Zigeuner nicht gewußt, und deshalb hatte Halleck den Fluch abbekommen und mittlerweile insgesamt einundsechzig Pfund in kürzester Zeit abgenommen. Und sie saß da und hatte dunkle Ringe unter den Augen und ihre Haut war viel zu bleich, aber diese dunklen Ringe würden sie nicht *töten*, nicht wahr? Nein. Und auch die bleiche Haut nicht. Der alte Zigeuner hatte nicht sie angefaßt.

Und so ging der Augenblick, in dem er ihr eigentlich seine Ängste eingestehen wollte, in dem er einfach zu ihr hatte sagen wollen: *Ich glaube, ich nehme soviel ab, weil ich verflucht worden bin* – so ging dieser Augenblick vorüber. Und im selben Moment schoß ein gewaltsamer, ungezügelter Haß aus seinem Unterbewußtsein hervor – ein emotionaler Felsblock, der bei einer Explosion in der Tiefe in die Höhe geschleudert worden war. Aber auch das verging.

Hör mir mal zu, hatte er gesagt, und wie eine gute Frau hatte sie ihm darauf geantwortet: *Was ist, Billy?*

»Ich werde Houston noch einmal aufsuchen«, sagte er, was nun überhaupt nicht das war, was er ursprünglich hatte sagen wollen. »Ich werde ihm sagen, er soll mich für die Stoffwechseluntersuchungen anmelden. Wie soll Einstein immer so schön gesagt haben: ›Scheiße, was soll's?‹«

»Oh, Billy«, sagte sie und streckte ihre Arme nach ihm aus. Er lehnte sich an sie, und weil ihm ihre Wärme Trost bot, schämte er sich über den flammenden Haß, den er einen Augenblick vorher noch gespürt hatte... doch während der folgenden Tage, als der Fairview-Frühling in seiner gemächlichen und zögernden Art in den Fairview-Sommer überging, kam dieser Haß immer wieder in ihm auf, obwohl er tat, was er konnte, um ihn abzuschalten oder zu unterdrücken.

10. Kapitel: 179

Er ließ sich von Houston einen Termin für die Stoffwechseluntersuchungen geben. Houston klang weit weniger optimistisch, als er hörte, daß Halleck ständig weiter abgenommen und seit der letzten Untersuchung vor einem Monat neunundzwanzig Pfund verloren hatte.

»Es ist immer noch möglich, daß sich eine ganz normale Erklärung für das alles findet«, sagte er, als er drei Stunden später wieder anrief, um den Termin zu bestätigen und Billy die Informationen durchzugeben. Da wußte Billy alles, was er zu wissen brauchte. Die ›ganz normale Erklärung‹, der Houston sich so gut wie sicher gewesen war, war nun zur unbekannten Größe geworden.

»Aha«, sagte er und guckte auf die Stelle hinunter, an der einst sein Bauch gewesen war. Er hätte nie geglaubt, daß er diesen hervortretenden Wanst einmal vermissen würde, diesen Ballon, der schließlich so dick geworden war, daß er seine eigenen Schuhspitzen nicht mehr sehen konnte. Er hatte sich vorbeugen müssen, um nachzusehen, ob die Schuhe geputzt werden mußten. Er hätte es vor allem nicht geglaubt, wenn man es ihm an dem Tag gesagt hätte, an dem er, nach ein paar Drinks zuviel in der Nacht zuvor, die Treppe zum Gerichtssaal hinaufgekrochen war. Er hatte sich verbissen an seine Aktentasche geklammert, kalten Schweiß auf der Stirn gefühlt und sich gefragt, ob der Tag des Herzinfarkts nun gekommen sei, denn ein stechender Schmerz war ihm durch die linke Brusthälfte gefahren, hatte sich schließlich gelöst und war prickelnd den linken Arm hinuntergelaufen. Aber es war tatsächlich wahr, er *vermißte* seinen verdammten Bauch. Auch jetzt hatte er noch nicht so ganz begriffen, daß der Wanst auf gewisse Art sein *Freund* gewesen war.

»Wenn es eine ganz normale Erklärung dafür gibt«, sagte er zu Houston, »wie lautet die?«

»Das werden die Leute von der Klinik dir sagen«, antwortete Houston. »Wir hoffen es.«

Die Untersuchungen sollten in der Henry-Glassman-Klinik, einem kleinen Privatkrankenhaus in New Jersey, stattfinden. Man wollte ihn für drei Tage dabehalten. Der Kostenvoranschlag für Aufenthalt, Verpflegung und die Testserien, die man mit ihm vorhatte, ließ Billy innerlich drei Kreuze schlagen, daß er eine vollständige Krankenversicherung abgeschlossen hatte.

»Schick mir eine Gute-Besserungs-Karte«, sagte er frostig und legte auf.

Sein Krankenhaustermin war am 12. Mai – also in einer Woche. In der Zwischenzeit beobachtete er, wie er langsam immer mehr abbaute und versuchte, der Panik, die seine coole Haltung allmählich zerstört, Herr zu werden.

»Daddy, du verlierst zuviel Gewicht«, sagte Linda eines Abends beklommen beim Dinner. Halleck, wild entschlossen, nicht nachzugeben, hatte drei fette Koteletts mit Apfelsauce verdrückt. Und er hatte sich zwei Berge Kartoffelbrei genommen. Mit Sahnesauce. »Ich finde, wenn das eine Diät ist, solltest du damit aufhören.«

»Sieht das so aus, als ob ich eine Diät machte?« fragte Halleck und deutete mit der Gabel, von der noch Sauce tropfte, auf seinen Teller.

Er hatte es sehr sanft gesagt, aber in Lindas Gesicht fing es an zu zucken, und einen Augenblick später floh sie schluchzend, die Serviette vor die Augen gedrückt, vom Tisch.

Halleck blickte seine Frau ratlos an, und sie blickte ebenso ratlos zurück.

Auf diese Art geht die Welt unter, dachte er betroffen. *Nicht mit einem Knall, sondern mit einem ›Dünner‹.*

»Ich werde mit ihr reden«, sagte er und machte Anstalten aufzustehen.

»Wenn du so, wie du jetzt aussiehst, zu ihr gehst, wirst du sie zu Tode erschrecken«, sagte Heidi, und er spürte wieder eine Woge dieses grellen Hasses in sich aufsteigen.

186. 183. 181. 180. Es war, als radiere ihn jemand – der alte Zigeuner mit der abfaulenden Nase, zum Beispiel – mit einem seltsamen, übernatürlichen Radiergummi aus. Pfund für Pfund. Wann hatte er zum letztenmal 180 Pfund gewogen? Im College? Nein... wahrscheinlich seit seinem Abschluß an der Highschool nicht mehr.

In einer seiner schlaflosen Nächte zwischen dem fünften und dem zwölften Mai fiel ihm plötzlich eine Beschreibung des Voodoo-Zaubers wieder ein, die er einmal gelesen hatte – er funktionierte, weil das Opfer glaubte, daß er funktionierte. Kein großes, übernatürliches Geheimnis; nur die simple Kraft der Suggestion.

Vielleicht, dachte er, *vielleicht hat Houston recht. Ich denke mich selbst dünn... weil der alte Zigeuner will, daß ich das tue. Nur, ich kann jetzt nicht mehr damit aufhören. Ich könnte eine Million machen, wenn ich eine Antwort auf dieses Buch von Norman Vincent Peale schriebe...* Die Kraft des negativen Denkens.

Doch eine innere Stimme in ihm gab zu bedenken, daß die Idee der Suggestion, zumindest in diesem Fall, ein großer Unsinn sei. *Alles, was der Zigeuner zu dir gesagt hat, war ›Dünner‹. Er hat nicht etwa gesagt: ›Mit Hilfe der Kraft, die mir innewohnt, verfluche ich dich. Du wirst jede Woche zwischen sechs und neun Pfund abnehmen, bis du stirbst.‹ Er hat auch nicht gesagt: ›Ene-mene-mink-mank-pink-pank, bald wirst du einen neuen Ledergürtel brauchen, sonst wirst du deinen Einspruch vor Gericht in Unterhosen erheben.‹ Teufel, Billy, du hast dich ja nicht mal an das, was er gesagt hat, erinnert, bis das mit dem Abnehmen angefangen hat.*

Vielleicht war das der Augenblick, in dem es mir richtig klar geworden ist, bestritt Halleck dieses Argument, *aber...*

Und so tobte der Streit in ihm weiter.

Wenn die Gründe aber im Psychischen lägen, wenn es tatsächlich die Suggestionskraft *wäre*, dann blieb die Frage, was er dagegen tun konnte. Wie sollte er dagegen ankämpfen? Mal angenommen, er ginge zu einem Hypnotiseur – Quatsch, zu einem Psychiater! – und erklärte ihm sein Problem. Der Seelendoktor könnte ihn hypnotisieren und ihm einsuggerieren, daß der Fluch des Zigeuners wirkungslos war. Das könnte klappen.

Oder auch nicht.

Zwei Abende, bevor er sich in der Glassman-Klinik einfinden sollte, wog Billy sich noch einmal und blickte trübsinnig auf die Skala hinab – 179 Pfund. Und während er so auf der Waage stand und auf die schreckliche Zahl hinuntersah, kam ihm plötzlich eine vollkommen natürliche Einsicht – so, wie die Dinge oft ganz selbstverständlich auf der Bewußtseinsoberfläche auftauchen, wenn das Unterbewußtsein sie tage- und wochenlang durchgekaut hat – der Mensch, mit dem er wirklich über seine Ängste reden sollte, war Richter Cary Rossington.

Rossington war ein Busengrapscher, wenn er betrunken war, doch nüchtern war er ein verhältnismäßig sympathischer und verständnisvoller Kerl... bis zu einem gewissen Grad wenigstens. (Und zusammen mit allen anderen Konstanten des Universums – dem Sonnenaufgang im Osten, dem Sonnenuntergang im Westen, der Wiederkehr des Halleyschen Kometen – konnte man sicher sein, daß nach einundzwanzig Uhr *irgendwo* in New York Männer an einer Bartheke standen, Cocktails schlürften, grüne Oliven aus ihren Gläsern fischten und, mit größter Wahrscheinlichkeit, irgendwelchen Frauen von anderen Männern an den Busen faßten.) Außerdem war Rossington einigermaßen verschwiegen. Halleck nahm an, daß er möglicherweise in einem besoffenen Augenblick auf der einen oder anderen Party seine Diskretion über Billy Hallecks paranoid-schizoide Ängste in bezug auf Zigeuner und deren Flüche vergessen würde. Aber er glaubte ebenfalls, daß er, selbst in angetrunkenem Zustand, zweimal darüber nachdenken würde, ob er Billys Geschichte wirklich verbreiten sollte. Nicht, daß bei der Verhandlung irgend etwas Illegales geschehen war, es war ein hartes, kompromißloses Schulbuchverfahren gewesen, keine Zeugen waren beeinflußt, keine Beweisführung war auf den Kopf gestellt worden. Trotzdem, diese Geschichte war wie ein schlafender Hund, und so gewitzte

Kerle wie Cary Rossington pflegten solche Tiere nicht mit einem Fußtritt zu wecken. Es bestand jederzeit die Chance – unwahrscheinlich aber immerhin möglich –, daß die Frage nach Rossingtons Versäumnis, sich rechtzeitig für befangen zu erklären, wieder gestellt wurde. Oder die Tatsache, daß der den Unfall untersuchende Polizeibeamte sich nicht die Mühe gemacht hatte, Halleck ins Röhrchen blasen zu lassen, nachdem er gesehen hatte, wer der Fahrer (und wer das Unfallopfer) war. Und Rossington hatte vor seinem Richterstuhl aus nicht danach gefragt, warum dieser fundamentale Teil einer Unfallaufnahme unterlassen worden wäre. Es gab noch andere Nachforschungen, die er hätte anstellen können, aber er hatte es unterlassen.

Nein, Halleck glaubte seine Geschichte bei Rossington einigermaßen gut aufgehoben; jedenfalls, bis etwas Gras über die Zigeunersache gewachsen war... in fünf, vielleicht auch sieben Jahren. Doch im Augenblick war es dieses Jahr, worüber er sich Sorgen machte. Wenn er in diesem Tempo weitermachte, würde er, noch bevor der Sommer vorüber war, wie ein Flüchtling aus einem Konzentrationslager aussehen.

Er zog sich schnell wieder an, ging nach unten und holte sich seinen Anorak aus der Garderobe.

»Wohin gehst du?« fragte Heidi aus der Küche.

»Weg«, antwortete Billy. »Ich bin bald wieder zurück.«

Leda Rossington öffnete die Tür und sah Billy an, als ob sie ihn noch nie gesehen hätte. Das Deckenlicht im Flur hinter ihr betonte ihre hageren, aristokratischen Wangenknochen. Es fiel auf ihr schwarzes, streng zurückgekämmtes Haar, das die allerersten weißen Fäden aufwies (*Nein*, dachte Halleck, *nicht weiß, sondern silbern... Leda wird niemals etwas so Plebejisches wie weißes Haar haben*), und auf das rasengrüne Dior-Kleid, ein simples kleines Etwas, das vermutlich nicht unter fünfzehnhundert Dollar zu haben gewesen war.

Unter ihrem Blick fühlte er sich ausgesprochen unbehaglich. *Habe ich soviel abgenommen, daß sie mich nicht mehr erkennt?* Aber selbst bei seinem Verfolgungswahn in bezug auf seine neue Erscheinung fand er das recht unwahrscheinlich. Sein Gesicht war hagerer geworden, ein paar neue Kummerfalten hatten sich um seinen Mund gegraben, die Ringe unter seinen Augen waren aufgrund seiner Schlaflosigkeit noch dunkler geworden, aber ansonsten trug er immer noch dasselbe alte Billy-Halleck-Gesicht. Die Ornamentlampe am Gartentor (ein schmiedeeisernes Faksimile der New Yorker Straßenlaternen von 1880, Horchow Collection, 687 Dollar plus Versandkosten) warf nur einen schwachen Schimmer bis zur Haustür, vor der er stand. Und er hatte seinen Anorak an. Sie konnte gar nicht sehen, wieviel er abgenommen hatte... oder doch?

»Leda. Ich bin's. Billy Halleck.«

»Ja, natürlich. Hallo, Billy.« Ihre Hand schwebte, halb zur Faust geballt, immer noch unter ihrem Kinn und strich in einer fragenden, nachdenklichen Geste über ihren Kehlkopf. Ihr Gesicht war für eine Frau von neunundfünfzig bemerkenswert glatt, aber für ihren Hals hatten die Liftingoperationen nicht viel tun können. Dort war die Haut locker und faltig.

Vielleicht ist sie betrunken. Oder... Er mußte daran denken, wie Dr. Houston sorgfältig seine winzigen bolivianischen Schneewehen durch die Nase hochzog. *Drogen? Leda Rossington? Kaum anzunehmen bei jemandem, der in einem Spiel mit zwei fehlenden Haupttrümpfen und einem ansonsten miserablen Blatt hoch reizen konnte... und dabei noch gewann.* Und infolgedessen: *Sie hat Angst. Sie ist verzweifelt. Was ist hier los? Kann es irgendwie in Zusammenhang stehen mit dem, was ich erlebe?*

Das war doch verrückt, na klar... und trotzdem spürte er ein beinahe wahnsinniges Verlangen zu erfahren, warum Leda Rossington ihre Lippen so zusammenpreßte, warum die Ringe unter ihren Augen trotz der schwachen Beleuchtung und der besten Kosmetika, die man für Geld kaufen konnte, genauso dunkel und ausgehöhlt wirkten wie die unter seinen, warum die Hand, die jetzt am Kragen ihres Diorkleides herumnestelte, leicht zitterte.

Billy und Leda Rossington sahen sich etwa fünfzehn Sekunden lang an. Es herrschte furchtbare Stille... Dann sagten sie genau gleichzeitig:

»Leda, ist Cary...« – »Cary ist nicht da, Billy. Er ist...«

Sie unterbrach sich. Er bedeutete ihr weiterzusprechen.

»Er wurde nach Minnesota gerufen. Seine Schwester ist sehr krank.«

»Das ist interessant«, meinte Billy. »Cary hat nämlich gar keine Schwester.«

Sie lächelte. Es war der Versuch, das wohlerzogene, schmerzliche Lächeln aufzusetzen, das höfliche Menschen für diejenigen parat haben, die sich unabsichtlich danebenbenehmen. Es gelang ihr nicht. Sie zog nur die Lippen etwas hoch – kein Lächeln, sondern eine Grimasse.

»Habe ich Schwester gesagt? Ach, es ist alles so ermüdend für mich – für *uns*. Ich meinte seinen Bruder. Sein...«

»Leda, Cary ist ein Einzelkind«, unterbrach Halleck sie freundlich. »Wir sind an einem versoffenen Nachmittag in der *Hastur Lounge* unsere gesamte Verwandtschaft durchgegangen. Muß so... hm, vier Jahre her sein. Kurz darauf ist das *Hastur* abgebrannt. Heute steht dort ein Kleiderladen. *King in Yellow*. Meine Tochter kauft ihre Jeans immer dort.«

Er wußte nicht, warum er weiterquasselte. Ganz vage hatte er das Gefühl, daß sein Gerede sie beruhigen könnte. Doch plötzlich sah er im Flurlicht und im schwachen Lichtschimmer, der von der schmiedeeisernen Straßenlaterne auf sie fiel, daß eine einzelne Träne eine schimmernd nasse Spur von ihrem rechten Auge bis zum Mundwinkel auf ihre Wange malte. Und auf dem unteren linken Augenlid glänzte es schon. Als Billy sie ansah, während seine Worte sich verhedderten, als er dann verwirrt aufhörte, blinzelte sie zweimal schnell hintereinander, und die Träne floß über. Auf ihrer linken Wange erschien eine zweite helle Spur.

»Geh weg«, sagte sie. »Bitte, Billy, geh weg. Stell mir keine Fragen. Ich will sie nicht beantworten. In Ordnung?«

Bill sah sie forschend an und entdeckte in ihren in Tränen schwimmenden Augen eine bestimmte Unerbittlichkeit. Sie hatte nicht die Absicht, ihm zu sagen, wo Cary war. Aus einem Impuls heraus, den er weder damals noch später begriff, ohne eine Überlegung oder die Hoffnung, etwas für sich dabei zu gewinnen, riß er den Reißverschluß seines Anoraks herunter und hielt die Jacke auf, so als wolle er sich nackt vor ihr präsentieren. Er hörte, wie sie überrascht Luft holte.

»Sieh mich an, Leda«, forderte er sie auf. »Ich habe siebzig Pfund abgenommen. Hörst du mich? *Siebzig Pfund*!«

»Das hat nichts mit mir zu tun!« rief sie mit leiser, rauher Stimme. Ihr Gesicht zeigte eine kränkliche, lehmartige Färbung. Das Rouge stach auf ihren Wangen hervor wie die grellroten Farbkleckse eines Clowns. Ihre Augen waren gerötet. Ihre Lippen gaben die perfekten weißen Zähne frei und bildeten ein erschrecktes, höhnisches Grinsen.

»Nein, aber ich muß mit Cary darüber sprechen«, bedrängte Billy sie hartnäckig. Er ging, den Anorak immer noch offen, die Verandatreppe bis zur obersten Stufe hinauf. *Ich muß*, dachte er. *Bisher war ich noch unsicher, aber jetzt weiß ich's.* »Bitte, Leda, sag mir, wo er ist. Ist er hier?«

Sie antwortete ihm mit einer Frage, und einen Augenblick lang konnte er daraufhin nicht mehr atmen. Mit einer tauben Hand klammerte er sich ans Verandageländer.

»Waren das die Zigeuner, Billy?«

Schließlich konnte er wieder einatmen. Er keuchte.

»Wo ist er, Leda?«

»Beantworte zuerst meine Frage. Waren es die Zigeuner?«

Jetzt, da sie da war – die Gelegenheit, es tatsächlich laut auszusprechen –, stellte er fest, daß er um die Worte ringen mußte. Er schluckte – schluckte kräftig – und nickte. »Ja. Ich glaube es. Ein Fluch. So etwas wie ein Fluch.« Er unterbrach sich. »Nein, nicht *so etwas wie ein Fluch*. Diese beschissenen Ausflüchte. Ich glaube, daß ein Zigeunerfluch auf mir liegt.«

Er wartete darauf, daß sie in hämisches Gelächter ausbräche – er hatte diese Reaktion in seinen Träumen schon so oft heraufbeschworen –, aber sie ließ nur den Kopf fallen und die Schultern sinken. Sie bildete ein solch erschütterndes Bild von Niedergeschlagenheit und Trauer, daß er trotz seines neuerlichen Schreckens ein beinahe schmerzliches

Mitleid für sie empfand – für ihre Verwirrung und ihre Angst. Er stieg die letzte Stufe zu ihr hinauf und berührte sie leicht am Arm ... und fuhr dann entsetzt zurück, als er den lodernden, haßerfüllten Blick in ihren Augen sah, als sie den Kopf hob. Er trat sofort einen Schritt zurück, blinzelte ... und mußte sich wieder am Verandageländer festhalten, sonst wäre er die Treppe hinuntergestürzt und auf seinem Hintern gelandet. Ihr Gesichtsausdruck war die vollkommene Entsprechung zu dem Haß, den er erst vor ein paar Nächten sekundenlang Heidi gegenüber verspürt hatte. Es schien ihm unerklärlich, ja beängstigend, daß jemand einen solchen Haß gegen ihn richten konnte.

»Du bist schuld!« fauchte sie ihn an. »Es ist alles deine Schuld. Warum mußtest du auch diese verdammte Zigeunerfotze überfahren! *Es ist alles deine Schuld*!«

Er sah sie an, unfähig zu sprechen. *Fotze*? dachte er verwirrt. *Habe ich Leda Rossington gerade das Wort Fotze sagen hören? Kaum zu glauben, daß sie so einen Ausdruck überhaupt kennt*. Und sein zweiter Gedanke: *Du siehst das ganz falsch, Leda. Es ist Heidis Schuld, nicht meine ... und ihr geht es glänzend. Für sie ist alles in bester Ordnung. Sie hat der Hafer gestochen. Sie war ganz groß in Fahrt. Sie hat der Teufel geritten. Sie hat ...*

Da veränderte sich Ledas Gesicht: sie sah ihn mit ruhiger, höflicher Ausdruckslosigkeit an.

»Komm rein«, sagte sie.

Sie brachte ihm den gewünschten Cocktail in einem übergroßen Glas. Auf das Cocktailstäbchen, ein winziges, vergoldetes Schwert – vielleicht war es auch massiv Gold – waren zwei grüne Oliven und zwei Silberzwiebelchen gespießt. Der Cocktail war sehr stark, aber im Augenblick hatte Halleck nichts dagegen ... obwohl er von seinen Trinkgewohnheiten der letzten drei Wochen her wußte, daß er langsamer machen mußte, wenn er nicht bald ausrutschen wollte. Seine Alkoholverträglichkeit war parallel zu seinem Gewicht gesunken.

Trotzdem nahm er einen großen Schluck und schloß

dankbar die Augen, als der Schnaps in seinem Magen explodierte und Wärme durch seinen ganzen Körper strömte. *Gin. Wunderbarer, kalorienreicher Gin.*

»Er *ist* in Minnesota«, sagte sie mürrisch, als sie sich mit ihrem Cocktail hinsetzte. Er war, wenn überhaupt möglich, noch größer als seiner. »Aber er besucht keine Verwandten. Er ist in der Mayo-Klinik.«

»Der Mayo...«

»Er ist davon überzeugt, daß er Krebs hat«, fuhr sie fort. »Michael Houston konnte nicht herausfinden, was mit ihm los ist, und auch die New Yorker Dermatologen haben es nicht gekonnt, aber er ist immer noch davon überzeugt, daß er Krebs hat. Kannst du dir vorstellen, daß er zuerst geglaubt hat, es wäre Herpes? Er hat mir vorgeworfen, daß ich mir bei irgend jemandem einen Herpes aufgegabelt hätte.«

Billy sah verlegen zu Boden, aber das wäre gar nicht nötig gewesen. Sie sah stur über seine rechte Schulter hinweg, so als erzähle sie ihre Geschichte der Wand. Dabei nippte sie mit schnellen, vogelartigen Schlucken an ihrem Glas. Der Inhalt sank langsam, aber stetig.

»Als er damit kam, habe ich ihn ausgelacht. Ich habe gelacht und gesagt: ›Cary, wenn du *das* für einen Herpes hältst, dann weißt du weniger über Geschlechtskrankheiten als ich von der Thermodynamik‹. Ich hätte nicht lachen dürfen, aber es war eine Möglickeit... den Druck loszuwerden. Verstehst du das? Den Druck und die Anspannung. Ach was, Anspannung, den *Terror*.

Mike Houston verschrieb ihm Salben, die nicht halfen; dann gaben sie ihm Spritzen, die nichts bewirkten. Ich war diejenige, die an den alten Zigeuner denken mußte. Diesen Alten mit der halb zerfressenen Nase. Mir fiel wieder ein, wie er sich am Wochenende nach deiner Verhandlung auf dem Flohmarkt in Raintree plötzlich aus der Menge gelöst hatte, Billy. Er kam aus der Menge direkt auf uns zu und berührte ihn... er hat Cary angefaßt. Er hat ihm die Hand ans Gesicht gelegt und etwas zu ihm gesagt. Ich habe Cary damals gleich danach gefragt, ich habe ihn später, nachdem es sich ausgebreitet hatte, danach gefragt, doch er wollte es mir nicht sagen. Er schüttelte nur immer den Kopf.«

Halleck trank gerade seinen zweiten Schluck, als Leda ihr leeres Glas auf dem Tischchen neben sich abstellte.

»Hautkrebs«, sagte sie lakonisch. »Er ist davon überzeugt, daß es Hautkrebs ist, denn der läßt sich in neunzig von hundert Fällen heilen. Ich kenne seine Gedankengänge – wäre ja auch komisch, wenn es nicht so wäre, nicht wahr? Nachdem ich fünfundzwanzig Jahre mit ihm zusammengelebt habe, nachdem ich fünfundzwanzig Jahre lang mitangesehen habe, wie er auf dem Richterstuhl sitzt und Immobiliengeschäfte abwickelt und säuft und Immobiliengeschäfte abwickelt und den Frauen anderer Männer nachstellt und Immobiliengeschäfte abwickelt und ... ach, Scheiße. Und ich sitze hier und überlege mir, was ich wohl zu seiner Beerdigung sagen würde, vorausgesetzt, jemand verpaßte mir eine Stunde vor dem Gottesdienst eine Dosis Pentothal. Ich glaube, dabei würde etwas herauskommen wie: ›Er hat eine Masse Grundbesitz in Connecticut aufgekauft, auf dem heute Einkaufszentren stehen, und er hat nach einer Menge BHs gegriffen und elendig viele *Wild Turkeys* gesoffen und mich als reiche Witwe zurückgelassen, und ich habe die besten Jahre meines Lebens mit ihm verbracht und besitze wesentlich mehr beschissene Blackglama-Nerze als ich je einen beschissenen Orgasmus gehabt hätte, also laßt uns endlich hier abhauen und in irgendein Rasthaus verschwinden, wo wir tanzen können, und nach einer Weile wird vielleicht jemand besoffen genug sein, um zu vergessen, daß mein Scheißdoppelkinn schon zigmal hinter meinen Scheißohren festgenäht worden ist – zweimal im bescheuerten Mexiko und einmal im beschissenen Deutschland, um genau zu sein – und endlich mal in *meinen* Scheiß-BH greifen. Oh, Scheiße! Warum erzähl ich dir eigentlich den ganzen Quatsch? Das einzige, wovon Männer wie du etwas verstehen, ist doch nur Ficken und Straferlaß und die Baseballergebnisse.«

Jetzt weinte sie wieder. Billy Halleck wußte nun, daß der Drink, den sie gerade genommen hatte, bei weitem nicht der erste an diesem Abend gewesen war. Er rutschte unangenehm berührt auf seinem großen Sessel hin und her und nahm einen kräftigen Schluck aus seinem Glas. Der Alkohol explodierte mit trügerischer Wärme in seinem Magen.

»Er ist deshalb so sehr davon überzeugt, daß er Hautkrebs hat, weil er es nicht zulassen kann, so lächerliche, altmodische, abergläubische Dinge aus Dreigroschenromanen wie Zigeunerflüche für wahr zu halten. Aber ganz tief in seinen Augen habe ich es gesehen, Billy. Im letzten Monat habe ich eine Menge Dinge gesehen. Besonders nachts. Jede Nacht wurde es ein kleines bißchen deutlicher. Ich glaube, das ist einer der Gründe, warum er gegangen ist. Er hat gesehen, daß ich es gesehen habe.

Nachfüllen?«

Billy schüttelte wie betäubt den Kopf und sah ihr nach, als sie an die Bar ging und sich einen neuen Cocktail mixte. Ihre Drinks waren extrem einfach. Sie goß das Glas einfach voll Gin und ließ ein paar Oliven hineinplumpsen. Während sie hinuntersanken, bildeten sich zwei aufsteigende Bläschenspiralen. Selbst von seinem Platz am anderen Ende des Zimmers aus konnte er den Gin riechen.

Was war mit Rossington los? Was war mit ihm geschehen? Einen Teil davon wollte Billy lieber nicht wissen. Houston hatte offenbar keine Verbindung zwischen dem, was mit Cary Rossington los war, und dem, was mit ihm passierte, hergestellt. Warum sollte er auch? Er wußte ja nichts von den Zigeunern. Außerdem bombardierte Houston sein Gehirn regelmäßig mit großen weißen Torpedos.

Leda kam zurück und setzte sich wieder.

»Wenn er anruft und sagt, daß er zurückkommt«, erklärte sie Billy ruhig, »dann fahre ich in unser Haus nach Captiva. Es wird dort zu dieser Jahreszeit bestialisch heiß sein, aber ich habe genug Gin, also werde ich die Temperaturen kaum wahrnehmen. Ich glaube nicht, daß ich es aushalten würde, noch einmal mit ihm allein zu sein. Ich liebe ihn immer noch – ja, auf meine Art tue ich das –, aber ich glaube, ich würde vergehen. Wenn ich mir vorstelle, daß er im Bett neben mir läge... mir vorstelle, daß er mich... mich *anfassen* könnte...« Sie zitterte. Ein paar Tropfen Gin fielen auf ihr Kleid. Sie trank den Rest in einem Zug aus und schnaubte danach wie ein durstiges Pferd, das gerade gierig seinen Trog leergesoffen hat.

»Leda, was ist los mit ihm? Was ist passiert?«

»Passiert? *Passiert*? Aber, mein lieber Billy, ich dachte, daß ich dir das schon längst gesagt hätte, oder daß du es irgendwie wüßtest.«

Billy schüttelte den Kopf. Er bekam langsam das Gefühl, daß er *überhaupt* nichts mehr wußte.

»An seinem Körper wachsen Schuppen. Cary kriegt am ganzen Körper Schuppen.«

Billy starrte sie mit offenem Mund an.

Leda erwiderte seinen Blick mit einem entsetzt amüsierten, trockenen Lächeln und schüttelte leicht mit dem Kopf.

»Nein – nein, das ist nicht ganz richtig. Seine Haut *verwandelt sich in* Schuppen. Er ist zu einem Fall von umgekehrter Evolution geworden. Ein Jahrmarktsmonster. Er verwandelt sich in einen Fisch... oder in ein Reptil.«

Plötzlich lachte sie, ein heiseres, kreischendes Gekrächze, das ihm das Blut in den Adern gerinnen ließ: *Sie taumelt am Abgrund des Wahnsinns entlang,* dachte er – und diese Entdeckung ließ ihn noch mehr frieren. *Sie wird auf jeden Fall nach Captiva fahren, egal, was passiert. Sie muß Fairview verlassen, wenn sie bei Verstand bleiben will. Ja.*

Leda schlug sich die Hand vor den Mund und entschuldigte sich, als ob sie gerülpst – oder gekotzt – hätte, anstatt zu lachen. Billy, im Augenblick unfähig, etwas zu sagen, nickte nur und stand auf, um sich nun doch an der Bar einen frischen Drink zu mixen.

Das Sprechen schien ihr nun, da er sie nicht mehr ansah, da er ihr den Rücken zukehrte, leichter zu fallen. Er hielt sich absichtlich länger dort auf.

11. Kapitel: Die Schuppen der Gerechtigkeit

Cary war sehr verärgert gewesen, als der Zigeuner ihn angefaßt hatte. Stinksauer. Am nächsten Tag war er gleich zu Allen Chalker, Raintrees Polizeichef, gegangen. Chalker, ein alter Pokerkumpel, hatte Verständnis für seinen Unmut gezeigt.

Die Zigeuner wären direkt aus Fairview nach Raintree gekommen, hatte er Cary erzählt. Er hätte erwartet, berichtete er, daß sie von selbst wieder abhauen würden. Sie hätten sich schon seit fünf Tagen in Raintree aufgehalten. Normalerweise reichten ihnen drei Tage – Zeit genug für alle Teenager, sich die Zukunft voraussagen zu lassen, und für einige verzweifelte impotente Männer sowie der gleichen Anzahl ebenso verzweifelter frigider Frauen in den Wechseljahren, in der Geborgenheit der Finsternis ins Lager zu schleichen und sich ihre Kräutersäfte, Mixturen und seltsam öligen Salben zu besorgen. Gewöhnlich erlahmte das Interesse der Städter an den Zigeunern nach drei Tagen. Schließlich hatte Chalker vermutet, daß sie noch den Flohmarkt am Sonntag abwarten wollten. Dieses Ereignis fand nur einmal im Jahr statt und zog eine Menge Leute aus allen vier umliegenden Städten an. Anstatt ihnen Vorhaltungen wegen ihres verlängerten Aufenthalts zu machen – Zigeuner, erklärte er, könnten so gemein und häßlich werden wie Wespen, wenn man in ihr Nest stach –, hatte er beschlossen, sie noch die vom Flohmarkt heimfahrenden Kunden bedienen zu lassen. Doch wenn sie am folgenden Montag nicht verschwunden wären, würde er ihnen Beine machen.

Das war aber nicht mehr nötig gewesen. Am folgenden Montagmorgen war die Bauernkoppel, auf der sie gelagert hatten, leergefegt bis auf ein paar Reifenspuren, leere Bier- und Limonadedosen (offenbar hielten die Zigeuner nichts von Connecticuts neuem Leergut-Recycling-Gesetz), die verkohlten Überreste mehrerer kleiner Feuerstellen und drei oder vier zerlumpte Decken, die so verlaust waren, daß der Deputy, den Chalker geschickt hatte, um nach dem Rechten zu sehen, nur mit einem Stock hineingepiekst hätte – einem *langen* Stock. Irgendwann zwischen Sonnenunter- und Sonnenaufgang hatten die Zigeuner das Feld geräumt, hatten Raintree den Rücken gekehrt, Patchin County hinter sich gelassen, waren, wie Chalker seinem Pokerkumpel anvertraute, soweit er wußte und wenn's nach ihm ginge, vom Erdboden verschwunden. Ein Glück, daß sie sie los waren.

Am Sonntagnachmittag hatte der alte Zigeuner Carys Gesicht berührt; am Montagvormittag war Cary zu Chalker gegangen, um den Alten anzuzeigen (welche rechtliche Grundlage er dafür gehabt haben könnte, war Leda Rossington nicht ganz klar); am Dienstagmorgen hatte der Kummer begonnen. Nach dem Duschen war Cary nur mit dem Bademantel bekleidet an den Frühstückstisch gekommen und hatte zu ihr gesagt: ›Sieh dir das mal an.‹

›Das‹ stellte sich als ein Flecken aufgerauhter Haut ein kleines Stückchen über seinem Solarplexus heraus. Er war eine Spur heller als die Haut in seiner Umgebung, die einen milchkaffeebraunen Ton aufwies. (Golf, Tennis, Schwimmen und regelmäßige UV-Bestrahlung im Winter hielten Carys Bräune ständig unverändert.) Sie fand, daß der rauhe Fleck gelblich aussähe. Wie die Hornhaut an den Füßen und Fersen, wenn sie bei heißem Wetter etwas austrocknete. Sie hatte die Stelle mit den Fingerspitzen berührt (hier schwankte ihre Stimme etwas) und die Hand schnell wieder zurückgezogen. Die Struktur war aufgerauht, beinahe wie Schiefer, und erstaunlich hart gewesen. *Gepanzert* – das war das Wort gewesen, das ihr damals ganz unwillkürlich in den Sinn gekommen war.

»Du glaubst doch nicht, daß dieser verdammte Zigeuner mir etwas verpaßt hat, oder?« hatte Cary sie besorgt gefragt. »Scherpilzflechte oder Blasengrind oder sonst eine vermaledeite Krankheit?«

»Liebling, er hat dich im Gesicht berührt und nicht an der

Brust«, hatte sie darauf erwidert. »Jetzt zieh dich schnell an, es gibt *brioches* zum Frühstück. Nimm den dunkelgrauen Anzug und den roten Schlips. Sei ein Schatz und zieh deine Dienstagssachen für mich an, ja? Wie lieb du bist.«

Zwei Abende später hatte er sie zu sich ins Badezimmer gerufen. Er hatte fast gekreischt, so daß sie ins Bad gerannt war. (*Unsere schlimmsten Offenbarungen erfahren wir alle im Badezimmer*, mußte Billy denken.) Cary hatte mit bloßem Oberkörper vor dem Spiegel gestanden und mit weitaufgerissenen Augen hineingestarrt. Sein Rasierapparat summte vergessen in einer Hand weiter.

Der harte gelbliche Hautflecken hatte sich ausgebreitet – er hatte jetzt ungefähr die Form eines Baumes angenommen, der seine Äste bis zu den Brustwarzen und seine Wurzeln nach unten bis zum Bauchnabel ausstreckte. Die veränderte Hautstruktur hob sich beinahe zwei Zentimeter über die normale Haut auf seinem Bauch. Sie hatte gesehen, daß sich tiefe Risse hindurchzogen. Manche wirkten tief genug, daß man den Rand eines Centstücks hätte hineinschieben können. Da hatte sie zum erstenmal gedacht, daß er langsam anfinge... schuppig auszusehen. Und dann hatte sie das Gefühl gehabt, daß ihr die Galle hochkäme.

»Was ist das?« hatte er sie fast angeschrien. »Leda, was *ist* das?«

»Ich weiß es nicht«, hatte sie ihm geantwortet und sich dabei gezwungen, ruhig zu wirken. »Aber soviel ist klar, du mußt Michael Houston aufsuchen. Morgen, Cary.«

»Nein, nicht morgen«, hatte er sich gewehrt und dabei weiterhin in den Spiegel auf die rauhe, gelbliche, wie Pfeilspitzen verformte Haut gestarrt. »Vielleicht ist es morgen schon wieder besser. Übermorgen, falls es sich nicht gebessert hat, aber nicht morgen.«

»Cary...«

»Gib mir die Niveacreme, Leda.«

Sie hatte ihm die Creme gereicht und war noch eine Weile neben ihm stehengeblieben – aber der Anblick, wie er die weiße, pappige Masse auf die verhornte gelbe Haut geschmiert hatte, das Kratzen, als er mit den Fingernägeln darüberfuhr, das war mehr gewesen, als sie ertragen konnte. Sie war ins Schlafzimmer geflohen. Das wäre das erstemal gewesen, berichtete sie Billy, das erstemal, daß sie aufrichtig froh über ihre getrennten Einzelbetten gewesen wäre, himmelfroh, daß er jetzt keine Möglichkeit hätte, sich im Schlaf umzudrehen und sie zu... zu berühren. Sie hatte stundenlang wach gelegen und immer wieder das Ritsch-Ratsch seiner Fingernägel gehört, wenn sie auf dieser seltsamen Haut auf- und abfuhren.

Am nächsten Abend hatte er ihr erzählt, daß es besser geworden sei; und in der Nacht darauf hatte er sogar behauptet, daß es sich wesentlich gebessert hätte. Sie hätte die Lüge in seinen Augen wohl bemerken müssen... sie hätte erkennen müssen, daß er sich selbst damit noch viel mehr belog als sie. Selbst in dieser extremen Situation war Cary derselbe selbstsüchtige Hurensohn geblieben, der er ihrer Meinung nach schon immer gewesen war. Aber es hätte nicht nur an Cary gelegen, fügte sie bitter hinzu, sich immer noch nicht von der Bar abwendend, an der sie schon seit einiger Zeit ziellos mit ihrem Glas herumhantierte. Über die Jahre hätte sie ihre eigene, hochspezialisierte Sorte von Selbstsucht entwickelt. Sie hatte sich fast genauso stark an diese Illusion geklammert, hatte sie ebenso gebraucht wie er.

In der dritten Nacht war er nur in seinen Pyjamahosen ins Schlafzimmer getreten. Sein Blick war sanft gewesen, verletzt und verblüfft. Sie hatte gerade einen Dorothy Sayers Mysteryroman noch einmal gelesen – das waren und blieben wohl für immer ihre Lieblingsbücher –, und er war ihr, als sie ihn gesehen hatte, einfach aus der Hand gefallen. Sie hätte laut geschrien, erklärte sie Billy, wenn sie nicht das Gefühl gehabt hätte, ihr wäre aller Atem genommen gewesen. Und Billy hatte Zeit, sich zu überlegen, daß keine menschliche Regung wahrhaft einzigartig ist, auch wenn man gerne dazu neigte, das zu glauben: Cary Rossington hatte offensichtlich dasselbe Selbsttäuschungsmanöver und das darauffolgende schreckliche Erwachen hinter sich, das er, Billy Halleck, selbst durchgemacht hatte.

Leda hatte gesehen, daß die harte gelbe Hautstruktur (die

Schuppen – als etwas anderes konnte man sie nun nicht mehr bezeichnen) jetzt Carys gesamte Brust und fast den ganzen Bauch bedeckte. Sie war so dick und häßlich wie Brandnarben. Die Risse zogen sich kreuz und quer hindurch. Sie waren tief und schwarz, in den Spalten in ein zartes Rosarot übergehend, aber sie hatte absolut nicht den Wunsch verspürt, genauer hinzusehen. Wollte man anfangs noch glauben, sie wären so zufällig verstreut wie die Risse eines Bombenkraters, so erzählten die Augen einem beim zweiten Hinsehen eine ganz andere Geschichte. Über jedem Rand hob sich die hornige, gelbe Haut ein Stückchen höher. Schuppen. Keine Fischschuppen, sondern große geriffelte Reptilienschuppen. Wie bei einer Eidechse oder einem Alligator oder einem Leguan.

Der braune, obere Bogen seiner linken Brustwarze war noch zu sehen. Der Rest lag unter der gelbschwarzen Schale begraben. Die rechte Brustwarze war völlig verschwunden. Ein gebogener Zweig dieses furchtbaren Baumes kroch unter seiner Achsel hindurch auf seinen Rücken zu wie die ausgreifende, unheilvolle Klaue eines unvorstellbaren Ungeheuers. Sein Bauchnabel war vergraben und...

»Er schob seine Pyjamahose ein Stück hinunter«, erzählte sie. Sie war jetzt bei ihrem dritten Cocktail angelangt und trank ihn mit den gleichen, vogelartig schnellen Schlückchen wie den ersten. Erneut rannen ihr Tränen übers Gesicht. »In dem Augenblick fand ich meine Stimme wieder. Ich schrie ihn an, er solle damit aufhören, und er hat es auch getan... aber nicht, bevor ich sehen konnte, daß die Baumwurzeln sich in seinen Geschlechtsbereich gegraben hatten. Sie hatten den Penis noch nicht erreicht... doch da, wo sie angekommen waren, hatte er seine Schamhaare verloren. Dort waren nur noch diese gelben Schuppen zu sehen. ›Ich dachte, du hättest gesagt, es wäre schon viel besser‹, sagte ich.

›Das habe ich auch ehrlich geglaubt‹, antwortete er kläglich. Am nächsten Tag hat er sich dann bei Houston angemeldet.«

Der ihm vermutlich von dem Collegestudenten ohne Gehirn und der alten Lady erzählt hat, die den dritten Satz Zähne kriegte, dachte Halleck. *Und der ihm etwas von seinen fantastischen Hirnputzern angeboten hat.*

Eine Woche später hatte Rossington das beste New Yorker Dermatologenteam aufgesucht. Sie erklärten ihm, daß sie sofort erkannt hätten, was mit ihm los sei, und darauf war eine Kur mit Gammabestrahlungen gefolgt. Die Schuppenhaut breitete sich unterdessen weiter und weiter aus. Es tue nicht weh, hatte Cary ihr berichtet. Er spüre zwar ein leichtes Jucken an der Grenze zwischen seiner alten, normalen Haut und dem abscheulichen Eindringling, aber das wäre auch alles. Die neue Haut wäre absolut gefühllos. Mit dem erschrockenen, schauerlichen Lächeln auf den Lippen, das mittlerweile sein einziger Gesichtsausdruck geworden war, erzählte er ihr, wie er sich einmal eine Zigarette angezündet und sie dann auf seinem Bauch ausgedrückt hätte. Langsam. Er hätte nichts dabei gespürt, keinen Schmerz, gar nichts.

Da hätte sie sich die Ohren zugehalten und geschrien, er solle endlich den Mund halten.

Die Dermatologen hatten Cary informiert, daß sie ein bißchen unsicher wären. »Was soll das heißen?« hatte er sie gefragt. »Ihr Kerle habt mir doch erzählt, daß ihr genau wüßtet, was mit mir los ist. Ihr habt gesagt, ihr wärt euch *sicher*!«

»Nun«, hatten sie darauf erwidert, »solche Dinge geschehen nun mal. Selten genug, ha, ha, sehr selten sogar, aber *jetzt* haben wir die Sache im Griff.« Alle neuerlichen Tests, erklärten sie, hätten ihre neuen Schlußfolgerungen bestätigt. Eine Hipovit-Kur – hochwirksame Vitamine für diejenigen, denen das hochdotierte Ärztelatein nicht so geläufig ist – und Hormoninjektionen wären genau das Richtige. Und während diese Behandlung im Gange war, zeigten sich die ersten Schuppen an Carys Hals ... unter seinem Kinn ... und schließlich in seinem Gesicht. Da gaben die Dermatologen endlich zu, daß sie am Ende ihrer Weisheit angelangt waren. Natürlich nur für den Augenblick. Keine Krankheit wie diese sei unheilbar. Moderne Medizin ... Diätkuren ... und murmel, murmel und so weiter ... blah, blah, blah ...

Cary war nicht mehr bereit, ihr zuzuhören, wenn sie mit ihm über den alten Zigeuner reden wollte. Einmal hatte er sogar die Hand gehoben, als ob er sie schlagen wolle... und dabei hatte sie die ersten hornigen Hautausbuchtungen auf dem zarten Gewebe zwischen seinem rechten Daumen und Zeigefinger entdeckt.

»*Hautkrebs*!« hatte er sie angeschrien. »Es ist *Hautkrebs, Hautkrebs, Hautkrebs*! Halt, um Himmels willen, endlich das Maul und red mir nicht mehr von diesem alten Scheusal!«

Selbstverständlich war er es, der wenigstens vernünftig dachte. Sie war natürlich die Dumme, die ständig von dämlichen Absurditäten aus dem vierzehnten Jahrhundert faselte... und doch hatte sie *gewußt*, daß all das von dem alten Zigeuner herrührte, der auf dem Raintree-Flohmarkt plötzlich aus der Menge getreten war und Carys Gesicht berührt hatte. Sie hatte es gewußt, und in seinen Augen hatte sie gesehen, selbst in dem Augenblick, in der er seine Hand gegen sie erhoben hatte, daß *er es ebenfalls wußte*.

Er hatte mit Glenn Petrie ausgemacht, daß dieser ihn während seiner Abwesenheit vertreten sollte. Petrie war entsetzt gewesen, daß sein alter Freund, sein Kollege und Golfpartner, Cary Rossington, plötzlich an Hautkrebs erkrankt war.

Danach, so berichtete Leda Rossington Billy Halleck, wären zwei Wochen gefolgt, die sie am liebsten vergessen hätte. Sie könne nur mit Mühe darüber sprechen. Cary hatte die meiste Zeit geschlafen wie ein Toter. Meistens oben im Schlafzimmer, manchmal in seinem großen, dick gepolsterten Sessel im Arbeitszimmer, manchmal auch einfach mit dem Kopf auf den Armen am Küchentisch. Jeden Nachmittag um vier hatte er zu trinken angefangen. Er hatte stundenlang mit einer offenen Whiskyflasche vor dem Fernseher gesessen, die er mit einer Hand hielt, welche sich allmählich immer mehr mit Schuppen überzog. Er hatte sich dämliche Komödien wie *Hogan's Heroes* und *The Beverly Hillbillies* angesehen, danach die regionalen und nationalen Nachrichten, hatte die noch blöderen Familienserien *The Jocker's Wild* und *Family Feud* angeglotzt, dann das dreistündige Hauptprogramm, gefolgt von noch mehr Nachrichten und den Spätfilmen, einen nach dem anderen. Das war bis drei, vier Uhr morgens so gegangen, und während der ganzen Zeit hatte er den Whisky wie Pepsicola direkt aus der Flasche getrunken.

Manchmal hatte er geweint. Sie war ins Wohnzimmer gegangen und hatte mitangesehen, wie er vor dem Fernseher saß und weinte, während der in dem großen Farbkasten eingefangene Warner Anderson so begeistert: ›Auf geht's ins Videoland!‹ rief, als würde er damit alle seine kleinen Freundinnen zu einer gemeinsamen Kreuzfahrt nach Aruba einladen. An anderen Abenden – Gott sei Dank nur sehr wenigen – hatte er Tobsuchtsanfälle gekriegt. Dann war er durchs Haus gerast wie General Custer in *Wounded knee*. Er war durch die Räume getorkelt, die Whiskyflasche ständig in der Hand, die nun keine richtige Hand mehr war, und hatte rumgebrüllt, daß er Hautkrebs habe, ob sie ihn verstehe, er habe, *verdammte Scheiße noch mal, Hautkrebs*, und den hätte er von dieser gottverdammten UV-Lampe gekriegt, und er würde diese Quacksalber, die ihm das angetan hätten, verklagen, in Grund und Boden würde er sie stampfen, diese Bastarde, würde sie gerichtlich verfolgen und fertigmachen, bis sie nur noch in vollgeschissenen Unterhosen vor dem Richterstuhl stehen könnten. Manchmal, wenn er in dieser Stimmung war, hatte er auch etwas zerschlagen.

»Schließlich fand ich heraus, daß er diese... diese Anfälle... immer an den Tagen bekam, an denen Mrs. Marley zu uns kam, um das Haus sauberzumachen«, sagte sie leise. »Weißt du, er ist immer auf den Dachboden gekrochen, wenn sie kam. Wenn sie ihn gesehen hätte, wäre die Geschichte in null komma nix in der Stadt herumgewesen. Ich glaube, in den Nächten nach diesen Tagen, die er allein im Dunkeln auf dem Dachboden verbracht hatte, hat er sich am meisten wie ein Ausgestoßener gefühlt. Dann muß er sich wie ein Monster vorgekommen sein.«

»Dann ist er also in die Mayo-Klinik gegangen«, folgerte Billy.

»Ja«, antwortete sie und sah ihn nach langer Zeit wieder

an. Sie wirkte betrunken und entsetzt. »Was wird aus ihm werden, Billy? Was *kann* aus ihm werden?«

Halleck schüttelte den Kopf. Er hatte nicht die geringste Ahnung und außerdem keine Lust, sich über diese Frage mehr Gedanken zu machen, als über das weltberühmte Pressefoto, auf dem ein südvietnamesischer General einem angeblichen Vietkongkollaborateur in den Kopf schießt. Komischerweise konnte er nicht begreifen, daß diese beiden Sachen etwas miteinander zu tun haben könnten.

»Hab ich dir schon erzählt, daß er einen Privatjet gechartert hat, um nach Minnesota zu fliegen? Er konnte es nicht mehr ertragen, daß Menschen ihn ansehen. Habe ich dir das erzählt, Billy?«

Er schüttelte wieder seinen Kopf.

»Was wird nun aus ihm werden?«

»Ich weiß es nicht«, antwortete Billy und dachte: *Und, nebenbei bemerkt, was soll nun aus mir werden, Leda?*

»Ganz zum Schluß, bevor er endlich aufgegeben hat und weggegangen ist, waren seine beiden Hände zu Klauen geworden. Seine Augen waren zwei... zwei kleine, sprühende, dunkelblaue Funken in zwei spitzen, schuppigen Hornlöchern. Seine Nase...« Sie stand auf und torkelte auf ihn zu. Dabei stieß sie an die eine Ecke des Beistelltisches. Sie traf ihn hart genug, daß er ein Stück zur Seite rutschte. *Jetzt spürt sie es nicht*, dachte Halleck, *aber morgen wird sie einen höllisch schmerzenden blauen Fleck am Oberschenkel haben, und wenn sie Glück hat, wird sie sich fragen, woher der kommen könnte.*

Sie grapschte nach seiner Hand. Ihre Augen waren zwei große, schimmernde Teiche, in denen sich das blanke Entsetzen spiegelte. Sie sprach mit einer grauenhaften, heiser atmenden Zuversicht, die ihm einen Schauer über den Nakken jagte. Ihr Atem roch nach Gin.

»Er sieht jetzt wie ein Alligator aus«, flüsterte sie an seinem Ohr. Ein beinahe intimes Geflüster. »Ja, genauso sieht er jetzt aus, Billy. Wie ein Untier, das gerade aus dem Schlamm an Land gekrochen ist und Menschenkleidung angezogen hat. Es war wirklich so, als würde er sich in ein

Krokodil verwandeln, und ich bin heilfroh, daß er weggegangen ist. *Froh.* Ich glaube, wenn er nicht gegangen wäre, wäre ich abgehauen. Ja. Ich hätte mir einfach eine Tasche vollgestopft und wäre... und wäre...«

Sie beugte sich immer weiter über ihn, und Billy, der diese Szene nicht mehr aushalten konnte, stand abrupt auf. Leda Rossington wankte auf ihren hohen Absätzen zurück, und er schaffte es gerade noch, sie an den Schultern zu pakken und aufzufangen... offenbar hatte auch er zuviel getrunken. Wenn er sie nicht erwischt hätte, wäre sie vermutlich mit dem Kopf an die Ecke der bronzegefaßten Glasplatte des Beistelltisches (*Trifles*, 587 Dollar plus Versandkosten) geschlagen, dieselbe Ecke, an der sie sich soeben den Oberschenkel gestoßen hatte... nur wäre sie dann anstatt mit einem großen blauen Flecken auf dem Oberschenkel gar nicht mehr aufgewacht. Als er in ihre halb wahnsinnigen Augen blickte, fragte er sich allerdings, ob Leda Rossington den Tod nicht sogar suchte.

»Leda, ich muß gehen.«

»Natürlich«, höhnte sie. »Bist nur gekommen, um die Sensationen zu hören, nicht wahr, mein lieber Billy?«

»Es tut mir leid«, sagte er. »Es tut mir wirklich leid, daß das alles passiert ist. Bitte glaube mir.« Und dann hörte er sich noch dämlicherweise hinzufügen: »Wenn du mit Cary sprichst, dann wünsch ihm gute Besserung von mir.«

»Es ist ziemlich schwierig, mit ihm zu sprechen«, sagte sie abwesend. »Es geht jetzt nämlich in seinem Mund los. Seine Gaumen werden immer dicker. Auf seiner Zunge wächst eine Platte. Ich kann zwar zu ihm sprechen, aber alles, was er zu mir sagt, alle seine Antworten, kommen wie ein – wie ein Grunzen heraus.«

Er ging rückwärts in den Flur, entfernte sich unauffällig von ihr, wollte sie endlich los sein, wollte ihre weiche, erbarmungslos kultivierte Stimme nicht mehr hören, mußte endlich ihren grauenhaft glitzernden Augen entkommen.

»Er wird wirklich einer«, sagte sie. »Ich meine, ein Alligator. Ich nehme an, daß sie ihn bald in ein Bassin stecken werden... sie werden darauf achten müssen, daß seine

Haut immer feucht bleibt.« Tränen standen in ihren geröteten Augen, und Billy beobachtete, wie der Gin aus ihrem Glas langsam auf ihren Schuh tropfte.

»Gute Nacht, Leda«, flüsterte er.

»Warum, Billy? Warum hast du diese alte Zigeunerin überfahren? Warum hast du dieses Unheil über Cary und mich gebracht? Warum?«

»Leda...«

»Komm doch in ein paar Wochen mal vorbei«, sagte sie. Billy fummelte hinter seinem Rücken wild nach dem Türknopf, während sie immer noch auf ihn zu kam und mit gewaltiger Willensanstrengung das höfliche Lächeln beibehielt. »Komm doch mal vorbei und laß mich sehen, wie du aussiehst, wenn du weitere vierzig, fünfzig Pfund abgenommen hast. Damit ich was zu lachen habe. Und ich werde lachen, Billy, lachen... und lachen... und lachen.«

Endlich fand er den Türknopf. Er drehte ihn. Die kühle Nachtluft strich lindernd über sein erhitztes, gerötetes Gesicht.

»Es tut mir leid, Leda. Gute Nacht...«

»Behalt dein Es-Tut-mir-leid für dich!« kreischte sie und warf ihm das Glas nach. Es zerschellte am rechten Türpfosten. »Warum mußtest du sie auch überfahren, du Mistkerl? Warum hast du all dies über uns gebracht? Warum? Warum? *Warum?«*

Halleck rannte bis zur Ecke Lantern Drive Park Lane und brach erschöpft auf der Bank im Wartehäuschen der Bushaltestelle zusammen. Schüttelfrost überfiel ihn, und sein Hals und Magen schmerzten von aufgestoßener, beißender Magensäure. Sein Herz raste wie wild vom Gin.

Ich habe sie überfahren und getötet, dachte er, *und jetzt nehme ich ständig ab und es hört einfach nicht auf. Cary Rossington, der die Anhörung geleitet hat, hat mich, ohne mir auch nur auf die Finger zu klopfen, damit durchkommen lassen, und er ist jetzt in der Mayo-Klinik. Er ist in der Mayo-Klinik, und wenn man seiner Frau Glauben schenken darf, sieht er aus wie jemand, der aus Maurice Sendaks* Alligators All Around *entflohen ist. Wer ist noch daran beteiligt gewesen? Wer hat noch in irgendeiner Weise mit dieser Sache zu tun gehabt, die in den Augen des Zigeuners nach Rache verlangt?*

Er dachte an die beiden Polizisten, die die Zigeuner rausgescheucht hatten, als sie in die Stadt gekommen waren... als sie sich erdreistet hatten, ihre Kunststücke auf dem öffentlichen Stadtparkgelände vorzuführen. Einer von ihnen war ein Streifenbeamter im Dienst gewesen, der nur...

Nur die Anordnungen befolgt hatte.

Wessen Anordnungen? Aber natürlich, die Anordnungen von Fairviews Polizeichef. Duncan Hopleys Anordnungen.

Die Zigeuner waren abgeschoben worden, weil sie keine Erlaubnis hatten, auf dem Gemeindegelände zu lagern. Sie hatten sehr wohl verstanden, daß die Motive für ihre Ausweisung tiefer lagen. Wollte man das Zigeunerpack aus der Stadt haben, gab es eine Fülle von Verordnungen, die man zu diesem Zweck einsetzen konnte. Landstreicherei. Öffentliches Ärgernis. Spucken auf den Bürgersteig und was sonst noch alles.

Die Zigeuner hatten mit einem Farmer verhandelt, der ein Stückchen westlich außerhalb der Stadt wohnte. Ein verbitterter, alter Mann namens Arncaster. Solche abgelegenen Farmen gab es überall, und überall gab es verbitterte alte Farmer. Die Zigeuner fanden immer welche. *Ihre Nasen sind darauf trainiert, Typen wie Arncaster schon sieben Meilen gegen den Wind zu riechen,* dachte Halleck, als er auf der Bank im Wartehäuschen kauerte, und die ersten Tropfen eines Frühlingsregens vereinzelt aufs Dach fielen. *Lediglich eine Frage der Evolution. Dazu braucht man nur zwei Jahrtausende lang immer wieder vertrieben zu werden. Man spricht hier ein paar Leute an, dort liest Madame Azonka vielleicht ein- oder zweimal umsonst die Karten. Man schnüffelt herum und findet bald den Namen des Mannes heraus, der ein Grundstück außerhalb der Stadt besitzt, ansonsten aber ziemliche Schulden hat. Des Mannes, der keine große Vorliebe für die Stadt und ihre öffentlichen Verordnungen hegt, des Mannes, der seine Obstgärten während der Jagdsaison nicht umzäunt, weil er den Rehen lieber seine Äpfel, als den Jägern die Rehe gönnt. Man kriegt den Namen heraus und findet den Mann immer, denn auch in der reichsten Stadt wohnt zumindest ein solcher Arncaster, manchmal gibt es auch zwei oder drei zur Auswahl.*

Sie stellten ihre Autos und Wohnwagen im Kreis auf, genauso wie ihre Vorfahren vor zweihundert, vierhundert, achthundert Jahren ihre Planwagen und Handkarren im Kreis aufgebaut hatten. Sie erhielten eine Lagerfeuererlaubnis, und nachts gab es viel Gerede und Gelächter, und zweifellos wanderten eine oder zwei offene Flaschen im Kreis herum.

Das wäre für Hopley alles noch akzeptabel gewesen, dachte Halleck. So liefen die Dinge nun mal. Diejenigen, die sich für das, was die Zigeuner anzubieten hatten, interessierten, konnten auf der West Fairview Road zu Arncasters Hof hinausfahren, der war wenigstens außer Sichtweite. Der Arncaster-Hof war nun mal ein Schandfleck – wie alle Farmen, die von den Zigeunern aufgesucht wurden. Bald darauf zogen sie dann nach Raintree oder nach Westport weiter, und von dort aus den Augen und aus dem Sinn.

Nur, daß in diesem Fall, nach seinem Unfall also und nachdem der alte Zigeuner lästig geworden und auf den Stufen des Gerichtsgebäudes erschienen war, um Billy Halleck im Gesicht zu berühren, die Art, ›wie die Dinge nun mal liefen‹, gar nicht mehr gut war.

Hopley hatte ihnen zwei Tage Zeit gegeben, wie Halleck sich jetzt erinnerte, und als sie keine Anstalten zum Aufbruch machten, hatte er sie in *Bewegung* gesetzt. Zuerst hatte Jim Roberts ihnen die Feuerlizenz entzogen. Obwohl in der Woche vorher fast jeden Tag einige kräftige Regenschauer niedergegangen waren, hatte Roberts ihnen weisgemacht, daß die Brandgefahr sich verdoppelt und verdreifacht hätte. Täte ihm leid. Und, übrigens, sie sollten doch bitte daran denken, daß die Lagerfeuerbestimmungen genauso für Propangasherde, Grill- und Kohlenfeuer gälten.

Als nächstes machte Hopley einen Stadtspaziergang und besuchte unterwegs die Geschäfte, in denen Lars Arncaster auf Kredit einkaufte – und in denen sein Kredit meistens beträchtlich überzogen war. Dazu gehörten die Eisenwarenhandlung, der Lebensmittelladen an der Raintree Road, der Farmer Coop in Fairview Village und Normies Tankstelle. Ganz nebenbei hat er sicher auch bei Zachary Marchant in der Connecticut Union Bank reingeschaut... die Bank, bei der Arncasters eine Hypothek auf sein Grundstück aufgenommen hatte.

Gehörte alles zum Job. Mit dem einen trank man eine Tasse Kaffee, mit dem anderen aß man einen Happen zu Mittag – vielleicht etwas Einfaches wie ein paar Würstchen und Limonade an *Dave's Hot Dog Wagen* –, mit dem nächsten traf man sich auf ein Bier. Und bei Sonnenuntergang am nächsten Abend konnte man sicher sein, daß all diejenigen, die auf Grund eines Schuldscheines ein Stück von Arncasters Hintern beanspruchen durften, bei ihm angerufen und nebenbei erwähnt hätten, daß es wirklich *gut* wäre, wenn dieses verdammte Zigeunerpack endlich aus der Stadt verschwände... daß jeder aufrichtig *dankbar* dafür wäre.

Der Rest lief dann genauso ab, wie Hopley es erwartet hatte. Arncaster stiefelte zu den Zigeunern hinaus, zahlte ihnen den Rest des Betrages zurück, den sie für die Platzmiete ausgehandelt hatten, und stellte sich allen Protesten gegenüber, die von ihnen kamen, unerschütterlich taub. (Halleck dachte besonders an den jungen Jongleur mit seinen Bowlingkegeln, der die Unveränderbarkeit ihrer Lebenssituation offenbar noch nicht begriffen hatte.) Es war ja nicht etwa so, daß die Zigeuner einen unterzeichneten, rechtsgültigen Vertrag gehabt hätten, mit dem sie vor Gericht hätten gehen können.

Nüchtern mochte Arncaster ihnen wohl gesagt haben, sie sollten froh sein, daß er ihnen überhaupt den noch nicht in Anspruch genommenen Rest der Platzmiete zurückgezahlt hatte. Betrunken – Arncaster soff gut drei Sechserpack Bierdosen pro Abend – mochte er wohl ein bißchen mitteilsamer gewesen sein. Es gäbe einflußreiche Leute in der Stadt, die die Zigeuner los sein wollten. Auf ihn sei Druck ausgeübt worden, Druck, dem ein armer Dreckschlucker wie er, Lars Arncaster, einfach nicht gewachsen sei. Wenn schon die Hälfte der ›anständigen Bürger‹ in der Stadt das Messer gegen ihn zöge, dann könne er nun mal nichts dagegen machen. Nicht, daß einer dieser Zigeuner (von dem jungen Jongleur vielleicht abgesehen) diesen ausführlichen Vortrag gebraucht hätte.

Halleck stand auf und machte sich langsam durch den kalten, strömenden Regen auf den Heimweg. Im Schlafzimmer brannte noch Licht. Heidi wartete auf ihn.

Der Streifenbeamte wohl nicht, der bot keinen Anlaß zur Rache. Arncaster auch nicht. Der hatte die Chance gesehen, fünfhundert Dollar bar auf die Hand zu verdienen, und hatte sie weggeschickt, weil er nicht anders konnte.

Duncan Hopley?

Vielleicht. Ein sehr *großes* Vielleicht sogar. In gewisser Weise war Hopley ja nichts weiter als ein abgerichteter Hund, dessen wichtigste Befehle dahin gingen, Fairviews gut geölten *status quo* aufrechtzuerhalten. Aber Billy bezweifelte, daß der alte Zigeuner die Dinge mit einer einfallslosen, soziologischen Weltsicht betrachten würde, und das nicht nur, weil Hopley sie nach der Verhandlung so wirksam aus der Stadt gescheucht hatte. Das war er gewohnt. Aber Hopleys Unvermögen, einen Unfall ordentlich aufzunehmen, der eine Frau das Leben gekostet hatte...

Das war etwas ganz anderes, nicht wahr?

Unvermögen, einen Unfall ordentlich aufzunehmen? Daß ich nicht lache, Billy Halleck. Dieses Unvermögen war wohl eher eine Unterlassungssünde. Hopley hat nichts anderes getan, als die Sache zu verschleiern. Das fängt mit dem verdächtigen Versäumen des Alkoholtests an. Es war in jeder Hinsicht eine Vertuschung. Das weißt du, und Cary Rossington hat das auch gewußt.

Der Wind hatte aufgefrischt, und der Regen wurde stärker. Er sah, daß sich die Wasseroberfläche auf den Pfützen kräuselte. Unter den amberfarbenen Leuchtstoffröhren der Straßenlampen am Lantern Drive wirkte das Wasser seltsam blankgeputzt. Über ihm ächzten und knarrten Baumäste im Wind. Halleck blickte beunruhigt zum Himmel hinauf.

Ich sollte Duncan Hopley besuchen.

Etwas blitzte vor seinem inneren Auge auf, der Funke einer Idee. Er mußte wieder an Leda Rossingtons entsetztes, betrunkenes Gesicht denken... mußte daran denken, was sie gesagt hatte... *Es ist ziemlich schwierig, mit ihm zu sprechen, weißt du... es geht nämlich in seinem Mund los... alles, was er zu mir sagt, kommt wie ein Grunzen heraus...*

Schluß damit. Er hatte genug für heute.

»Wo warst du, Billy?«

Sie lag im Bett. Ein warmer Lichtstrahl fiel aus ihrer Leselampe auf sie. Jetzt legte sie ihr Buch auf die Bettdecke und sah ihn aufmerksam an, und Billy bemerkte wieder die dunkelbraunen Ringe unter ihren Augen.

Einen kurzen Augenblick dachte er daran, ihr rundheraus zu sagen: *Ich wollte Cary Rossington besuchen, aber da er nicht zu Hause war, lief es darauf hinaus, daß ich ein paar Drinks mit seiner Frau getrunken habe – ein paar furchtbare Drinks, wenn du's genau wissen willst. Du wirst nie erraten, was sie mir erzählt hat, meine liebe Heidi. Cary Rossington, der dir einmal um Schlag zwölf Uhr an einem Neujahrsabend an den Busen gegriffen hat, dieser Cary Rossington verwandelt sich langsam in ein Krokodil. Wenn er tot ist, kann man ihn als brandneues Produkt verwerten. He, Leute, kauft die neuartigen Richterlederhandtaschen.*

»Nirgendwo«, antwortete er. »Einfach draußen. Bin ein wenig rumgelaufen. Habe nachgedacht.«

»Du riechst, als wärst du auf dem Heimweg in die Wacholderbüsche gefallen.«

»Bin ich auch, im übertragenen Sinn. Aber es war *Andy's Pub*, in den ich hineingefallen bin.«

»Wie viele hast du gehabt?«

»Ein paar.«

»Riecht eher nach fünf.«

»Heidi, ist das ein Kreuzverhör?«

»Nein, Liebling. Aber ich wünschte, du würdest dir nicht soviel Sorgen machen. Die Ärzte werden schon herausfinden, was mit dir los ist, wenn sie die Stoffwechseltests gemacht haben.«

Sie wandte ihm ihr allzu ernstes, verängstigtes Gesicht zu. »Ich danke Gott dafür, daß es kein Krebs ist.«

Er dachte – und hätte es fast laut ausgesprochen –, daß es ganz nett für sie sein müßte, nicht betroffen zu sein. Es müßte doch ganz nett sein, die verschiedenen Abstufungen des Horrors zu beobachten. Er sagte es zwar nicht, aber seine Gefühle mußten ihm im Gesicht gestanden haben, denn ihr müder, jammervoller Ausdruck verstärkte sich.

»Es tut mir leid«, entschuldigte sie sich. »Es ist nur... weißt du, es ist sehr schwierig, etwas zu sagen, das du nicht gleich in den falschen Hals kriegst.«

Du weißt es, Baby, dachte er, und wieder blitzte der Haß in ihm auf. Heiß und ätzend. Zusätzlich zum Gin deprimierte er ihn und erzeugte ein körperliches Unwohlsein. Gleich darauf legte er sich wieder, und eine Art Scham erfüllte ihn. Carys Haut verwandelte sich in Gott weiß was. Offenbar etwas, das nur noch für die Raritätenshow in einem Zirkus geeignet schien. Duncan Hopley ging es vielleicht ausgezeichnet, aber möglicherweise erwartete ihn dort noch etwas viel, viel Schlimmeres. Himmel noch mal, abzunehmen war doch gar nicht so schlecht, oder?

Er zog sich aus und schaltete vorsorglich zuerst ihre Leselampe aus. Dann zog er sie in seine Arme. Sie versteifte sich. Als er schon glaubte, daß es heute wohl keinen Zweck hätte, wurde sie plötzlich weich. Er hörte ihre unterdrückten Schluchzer und dachte unglücklich: Falls es, wie die Sprichwörter sagen, doch wahr wäre, daß in der Not der Edelmut zu finden sei und der Charakter durch Kummer und Elend gebildet würde, leistete er in beidem schlechte Arbeit. »Heidi, es tut mir leid«, sagte er.

»Wenn ich doch nur etwas *tun* könnte«, schluchzte sie. »Wenn ich doch nur etwas für dich *tun* könnte, Billy.«

»Das kannst du«, beruhigte er sie.

Sie liebten sich. Er nahm sich innerlich vor: *Diesmal ist es nur für sie,* und mußte dann hinterher feststellen, daß es doch wieder für ihn gewesen war. Anstatt Leda Rossingtons geisterhaftes Gesicht und ihre entsetzten, in der Dunkelheit funkelnden Augen vor sich zu sehen, konnte er ruhig einschlafen.

Am nächsten Morgen registrierte die Waage 176 Pfund.

12. Kapitel: Duncan Hopley

Er hatte sich für den Klinikaufenthalt ein paar Tage freigeben lassen – Kirk Penschley war nur allzu bereit gewesen, seiner Bitte entgegenzukommen. Damit hatte er Billy auf eine Tatsache gestoßen, mit der er so bald nicht gerechnet hätte: Man wollte ihn los sein. Jetzt, da er statt eines Dreifachkinns nur noch eins aufwies, da seine Jochbeine zum erstenmal seit Jahren wieder zu sehen waren und auch seine anderen Gesichtsknochen mittlerweile deutlich hervortraten, war er zum Schreckgespenst der Firma geworden.

»Aber natürlich, ja, sofort«, hatte Penschley auf seine Frage geantwortet, noch bevor sie richtig ausgesprochen war. Er hatte die herzliche Tonart angeschlagen, in die Leute sich flüchten, wenn sie genau wissen, daß jemand in ernsthaften Schwierigkeiten steckt, und nichts damit zu tun haben wollen. Er hatte den Blick gesenkt und auf die Stelle gestarrt, an der früher Billys Bauch gesessen hatte. »Nimm dir soviel Zeit, wie du willst, Bill.«

»Drei Tage dürften genügen«, hatte Halleck darauf erwidert. Und jetzt rief er Penschley von einem Münzfernsprecher in *Barker's Coffee Shop* aus an und erklärte ihm, daß er noch ein paar Tage länger freihaben wolle. Ja, länger als drei Tage, richtig – aber vermutlich nicht nur für die Stoffwechseluntersuchungen. Wieder war dieser Funke einer Idee in ihm aufgeblitzt. Er war noch kein Hoffnungsschimmer, das nicht, aber immerhin *etwas*.

»Wie lange?« fragte Penschley ihn.

»Ich weiß nicht genau«, antwortete Halleck. »Zwei Wochen, einen Monat vielleicht.«

Einen Augenblick wurde es still am anderen Ende, und Halleck wußte, daß Penschley jetzt heraushörte, was er nicht sagte: *Was ich dir eigentlich sagen will, Kirk, ich komme nie mehr zurück. Sie haben schließlich doch Krebs bei mir diagnosti-*

ziert. Jetzt kommt das Kobalt, kommen die Drogen gegen die Schmerzen, das Interferon, wenn sie es kriegen können, das Laetril, wenn wir uns entschließen können, nach Mexiko abzuhauen. Das nächstemal, wenn du mich siehst, Kirk, werde ich mit einem Seidenkissen unterm Kopf in einer langen Kiste liegen.

Billy, der in den letzten sechs Wochen vor Angst kaum mehr richtig denken konnte, spürte einen Anflug von Zorn. *Verdammt noch mal, das ist nicht das, was ich sage. Jedenfalls jetzt noch nicht.*

»Kein Problem, Bill. Wir werden Ron Baker die Hood-Sache übergeben, und alles andere kann noch eine Weile liegenbleiben.«

Einen Dreck wirst du tun. Gleich heute nachmittag wirst du dem Stab alle anderen Fälle übergeben, und was die Hood-Sache betrifft, die hast du Ron Baker schon letzte Woche übertragen. Ron hat mich am Donnerstagnachmittag angerufen und gefragt, wohin Sally die verdammte Connecticut-Gaswerke-Akte gesteckt hat. Deine Vorstellung von ›herumliegen‹, Kirk, hat nur etwas mit sonnigen Sonntagnachmittagen und Grillhähnchen in deinem Ferienhaus in Vermont zu tun. Verarschen kann ich mich selber.

»Ich sehe zu, daß er die Akte bekommt«, sagte Halleck und konnte nicht widerstehen, noch hinzuzufügen: »Ich glaube, die Con-Gas-Aussagen hat er schon gekriegt.«

Nachdenkliche Stille in der Leitung, während Kirk Penschley dies verdaute. Dann: »Also... wenn ich irgendwas für dich tun kann...«

»Ja, das kannst du«, sagte Halleck. »Aber es hört sich ein bißchen bekloppt an.«

»Worum geht's?« Penschleys Stimme klang jetzt vorsichtig.

»Erinnerst du dich an meine Schwierigkeiten Anfang dieses Fühlings? An den Unfall?«

»Eh, ja...«

»Die Frau, die ich überfahren habe, war eine Zigeunerin. Hast du das gewußt?«

»Es stand in der Zeitung«, antwortete Penschley zögernd.

»Sie gehörte zu einer... hm, wie nennt man das? Truppe,

glaube ich. Sie gehörte zu einer Zigeunertruppe. Sie haben hier außerhalb von Fairview gelagert. Sie hatten mit einem orstansässigen Farmer einen Preis ausgehandelt...«

»Moment mal, wart einen Augenblick«, unterbrach ihn Kirk Penschley. Seine Stimme war jetzt eine Spur aufgeregter, ganz im Gegensatz zu dem vorherigen, offiziellen Trauerton. Billy lächelte. Diese Tonart kannte er, und sie gefiel ihm wesentlich besser. Er sah Penschley vor sich, fünfundvierzig Jahre alt, Glatze, knapp einen Meter sechzig groß, wie er eifrig nach dem gelben Notizblock und seinem geliebten, ganz fein schreibenden Filzstift griff. Wenn er auf Touren lief, war Penschley einer der hellsten, hartnäckigsten Köpfe, die er kannte.

»In Ordnung, weiter. Wie hieß dieser Farmer?«

»Arncaster. Lars Arncaster. Nachdem ich die Frau überfahren hatte...«

»Ihr Name?«

Halleck schloß die Augen und versuchte, sich daran zu erinnern. Es war komisch, die ganze Zeit hatte er nichts anderes im Kopf als diese Geschichte, aber an ihren Namen hatte er seit der Anhörung nicht einmal gedacht.

»Lemke«, sagte er schließlich. »Sie hieß Susanna Lemke.«

»L-e-m-p-k-e?«

»Ohne P.«

»Gut.«

»Nach dem Unfall mußten die Zigeuner feststellen, daß sie in Fairview nicht mehr allzu willkommen waren. Ich habe guten Grund zu glauben, daß sie von hier nach Raintree weitergefahren sind. Ich möchte wissen, ob du ihre Spur von da aus weiterverfolgen kannst. Ich möchte herausfinden, wo sie jetzt sind. Die Nachforschungen bezahle ich natürlich aus eigener Tasche.«

»Verdammt richtig, daß du das tun wirst«, sagte Penschley fröhlich. »Hm, wenn sie nach Norden, nach New England, weitergezogen sind, werden wir sie wahrscheinlich finden. Aber wenn sie nach Süden über New York nach New Jersey gefahren sind, dann weiß ich es nicht. Denkst du an eine Zivilklage, Billy?«

»Nein«, antwortete Halleck. »Aber ich muß mit dem Mann von dieser Frau reden. Falls er das überhaupt ist.«

»Oh«, sagte Penschley, und wieder konnte Billy seine Gedanken so deutlich lesen, als hätte er sie laut ausgesprochen: *Billy Halleck regelt seine Angelegenheiten. Er bringt seine Bücher in Ordnung. Vielleicht möchte er dem alten Zigeuner einen Scheck geben; vielleicht will er ihm auch nur noch einmal gegenüberstehen, will sich entschuldigen, und gibt dem Mann damit Gelegenheit, ihm eins aufs Auge zu hauen.*

»Vielen Dank, Kirk«, sagte Halleck.

»Nicht der Rede wert«, antwortete Penschley. »Sieh du nur zu, daß du wieder gesund wirst.«

»Ist gut.« Billy legte auf. Sein Kaffee war inzwischen kalt geworden.

Es überraschte ihn nicht besonders, Rand Foxworth, Fairviews stellvertretenden Polizeichef, in Hopleys Büro vorzufinden, von wo aus er die Angelegenheiten der Polizeiwache regelte. Er begrüßte Halleck einigermaßen herzlich, aber in seinen Augen war ein gehetzter Ausdruck. Hallecks geübtes Auge sah sofort, daß viel zu viele Papiere im Eingangskorb auf Foxworths Schreibtisch lagen, und im Ausgangskorb dementsprechend viel zu wenige. Foxworths Uniform war tadellos... aber seine Augen waren blutunterlaufen.

»Dunc hat eine kleine Grippe«, beantwortete er Billys Frage – doch diese Antwort hatte einen seltsamen Klang, so als wäre sie schon viele Male wiederholt worden. »Er ist schon ein paar Tage nicht mehr hier gewesen.«

»Oh«, sagte Halleck. »Eine Grippe.«

»Ja, eine Grippe«, bestätigte Foxworth und sein Blick forderte Billy auf, sich selbst einen Reim darauf zu machen.

Die Sprechstundenhilfe erklärte ihm, daß Dr. Houston gerade einen Patienten bei sich habe.

»Es ist dringend. Sagen Sie ihm bitte, daß ich nur eine Frage an ihn habe.«

Es wäre einfacher gewesen, ihn persönlich aufzusuchen,

aber Halleck hatte keine Lust, quer durch die ganze Stadt zu fahren. Jetzt saß er auf der Telefonbuchablage (etwas, das vor noch gar nicht so langer Zeit undenkbar gewesen wäre) in der Telefonzelle auf der der Polizeiwache gegenüberliegenden Straßenseite. Endlich kam Houston an den Apparat.

Seine Stimme war kühl, distanziert und mehr als nur verärgert. Halleck, der entweder fantastische Fähigkeiten entwickelt hatte, zwischen den Zeilen zu lesen, oder in der Tat in den letzten Wochen paranoid geworden war, hörte die Botschaft in dem unterkühlten Ton deutlich heraus: *Du bist nicht mehr mein Patient, Billy. Ich spüre da eine Art nicht mehr rückgängig machende Degeneration bei dir, die mich sehr nervös macht. Gib mir etwas, das ich diagnostizieren kann, etwas, wogegen ich dir etwas verschreiben kann, das ist alles, worum ich dich bitte. Wenn du mir das nicht bieten kannst, dann sehe ich keine weitere Geschäftsbasis mehr zwischen uns. Wir haben manch gute Golfpartie zusammen gespielt, aber ich glaube kaum, daß einer von uns beiden sagen würde, wir wären je miteinander befreundet gewesen. Ich besitze einen Sony-Piepser und eine Laborausrüstung im Werte von 200 000 Dollar, dazu eine Auswahl an Medikamenten, abrufbereit, eine Liste, die so lang ist... wenn mein Computer sie ausdrucken würde, würde sie sich vom Eingangstor des Country Clubs bis hin zur Ecke Lantern Drive Park Lane erstrecken. Mit diesen Hilfen im Rücken fühle ich mich chic. Damit fühle ich mich nützlich. Und dann kommst du daher und machst aus mir so etwas wie einen alten Landdoktor aus dem siebzehnten Jahrhundert, der nur ein paar Flaschen voller Blutegel gegen zu hohen Blutdruck und einen Schädelbohrer gegen Kopfschmerzen besitzt. Es gefällt mir aber nicht, mich so zu fühlen, mein lieber Bill. Darüber brauchen wir gar nicht lange zu reden. Hau ab. Ich will mit dir nichts mehr zu tun haben. Ich komme auf deiner Beerdigung vorbei, um dich im Sarg zu sehen... das heißt, wenn mein Piepser mich nicht gerade wegruft.*

»Moderne Medizin«, murmelte Halleck.

»Wie bitte? Sie müssen schon ein wenig lauter sprechen, Billy. Ich will Sie ja nicht zu kurz abfertigen, aber meine Assistentin hat sich krank gemeldet, und ich weiß heute gar nicht, wo mir der Kopf steht.«

»Nur eine Frage, Mike«, sagte Halleck. »Was ist mit Duncan Hopley los?«

Vollkommene Stille am anderen Ende der Leitung. Fast zehn Sekunden lang. Dann: »Wie kommen Sie auf die Idee, daß etwas mit ihm los sein könnte?«

»Er war nicht in seinem Büro. Rand Foxworth hat mir erzählt, er hätte eine Grippe, aber Foxworth lügt so schlecht, wie Impotente ficken.«

Eine weitere lange Pause. »Ihnen als Anwalt sollte ich eigentlich nicht erst sagen müssen, daß Sie mich dazu auffordern, meine Schweigepflicht zu verletzen, Billy. Ich könnte meinen Hals damit ganz schön in die Schlinge stecken.«

»Wenn zufällig jemand über das kleine Fläschchen stolpern sollte, das Sie in Ihrer Schreibtischschublade aufbewahren, könnten Sie Ihren Hals ebenfalls in die Schlinge bekommen. Eine Schlinge, die so hoch hängt, daß selbst ein Trapezkünstler Höhenangst bekäme.«

Schweigen. Als Houston wieder sprach, war seine Stimme eisig vor Zorn... aber es schwang auch ein Unterton von Furcht darin mit. »Ist das eine Drohung?«

»Nein«, antwortete Halleck müde. »Sie sollen sich nur nicht so blöd stellen, Mike. Sagen Sie mir, was mit Hopley los ist, und Sie haben Ihre Ruhe.«

»Warum wollen Sie das wissen?«

»Himmeldonnerwetter! Sie sind der lebende Beweis dafür, daß ein Mensch genauso blöd ist, wie er sein will, wissen Sie das, Mike?«

»Ich habe nicht die geringste Ahnung, was...«

»Während des letzten Monats haben Sie drei sehr seltsame Krankheiten hier in Fairview erlebt. Sie haben zwischen ihnen keinen Zusammenhang hergestellt. Irgendwie ist das ganz verständlich, schließlich sind alle drei ja auch sehr verschieden. Aber eines haben sie wiederum gemeinsam: ihre Absonderlichkeit nämlich. Ich muß mich doch fragen, ob nicht ein anderer Arzt – einer, der noch nicht in den Genuß von einer täglichen Kokaindosis im Werte von fünfzig Dollar gekommen ist, um sich damit das Gehirn zu vernageln –, ob dieser Arzt nicht trotz der unterschiedlichen

Symptome einen Zusammenhang zwischen ihnen gesehen hätte.«

»Jetzt machen Sie, verdammt noch mal, einen Punkt!«

»Nein, tue ich nicht. Sie haben danach gefragt, warum ich das wissen will, und, bei Gott, ich werde es Ihnen sagen. Ich nehme ständig weiter ab – selbst dann, wenn ich mir jeden Tag über achttausend Kalorien in den Hals stopfe. Cary Rossington hat irgend eine bizarre Hautkrankheit. Seine Frau sagt, daß er sich in eine Art Raritätenshowmonster verwandle. Er ist in der Mayo-Klinik. Jetzt will ich erstens wissen, was mit Duncan Hopley los ist, und zweitens, ob Sie in letzter Zeit noch weitere unerklärliche Fälle in Ihrer Praxis hatten.«

»Billy, es ist überhaupt nicht so, wie Sie denken. Sie scheinen da irgendeine verrückte Idee im Kopf zu haben. Ich weiß nicht, was es ist...«

»Nein, aber das macht nichts. Ich will eine Antwort. Wenn ich sie nicht von Ihnen bekomme, besorg' ich sie mir woanders.«

»Warten Sie einen Augenblick. Wenn wir schon darüber reden müssen, möchte ich lieber ins Büro gehen. Da bin ich ungestörter.«

Ein Klicken in der Leitung, während Houston den Apparat umschaltete. Halleck saß in der Telefonzelle, schwitzte und fragte sich, ob Houston ihn nicht einfach austrickste. Dann ein erneutes Klicken.

»Sind Sie noch da, Billy?«

»Ja.«

»Na gut.« Die Enttäuschung in seiner Stimme war nicht zu überhören. Irgendwie war er komisch. Er seufzte. »Duncan Hopley hat eine eitrige Akne.«

Halleck stand auf und öffnete die Zellentür. Plötzlich war ihm da drin zu heiß geworden. »*Akne*!«

»Pickel, Mitesser, Gerstenkörner. Das ist alles. Sind Sie nun zufrieden?«

»Sonst noch jemand?«

»Nein. Und, Billy, ich betrachte Pickel nicht gerade als etwas Absonderliches. Sie haben sich da ein wenig in etwas verrannt, was mir sehr nach einem Steven-King-Roman klingt, aber es ist ganz und gar nicht so. Duncan Hopley hat nur eine vorübergehende Hormonstörung. Und es ist für ihn auch nicht gerade etwas Neues. Seine Hautproblemgeschichte geht bis in die Zeit zurück, als er in der vierten Klasse war.«

»Sehr vernünftig gedacht. Aber wenn man Cary Rossington mit seiner Krokodilhaut und William J. Halleck mit seiner unfreiwilligen Anorexie wieder in die Gleichung mit hineinnimmt, hört es sich doch ein bißchen wie ein Steven-King-Roman an, finden Sie nicht?«

Geduldig antwortete Houston: »Sie haben ein Stoffwechselproblem, Bill. Und Cary... ich weiß nicht... ich habe schon eine Menge...«

»Seltsamer Dinge gesehen, ich weiß«, unterbrach Halleck ihn. War diese Kokain schnupfende Quasselstrippe wirklich zehn Jahre lang sein Hausarzt gewesen? Lieber Gott, war das tatsächlich wahr? »Haben Sie Arncaster in letzter Zeit gesehen?«

»Nein«, antwortete Houston unwillig. »Er gehört nicht zu meinen Patienten. Ich dachte, Sie hätten nur *eine* Frage?«

Natürlich ist er nicht dein Patient, dachte Billy genervt. *Er bezahlt seine Rechnungen nicht pünktlich, nicht wahr? Ein schicker Mann wie du, einer mit teurem Geschmack, kann es sich nicht leisten, auf Geld zu warten, nicht wahr?*

»Das ist wirklich die *letzte* Frage«, sagte er. »Wann haben Sie Duncan Hopley zum letztenmal gesehen?«

»Vor zwei Wochen.«

»Danke.«

»Das nächstemal melden Sie sich vorher an, Bill«, sagte Houston unfreundlich und legte auf.

Hopley wohnte selbstverständlich nicht am Lantern Drive, aber als Polizeichef verdiente er ganz gut. Er besaß einen adretten New-England-Holzbungalow in der Ribbonmaker Lane.

Billy parkte seinen Wagen in der Abenddämmerung in der Auffahrt, ging zur Tür und klingelte. Keine Antwort. Er klingelte wieder. Keine Antwort. Er lehnte sich gegen die Klingel. Keine Reaktion. Er lief zur Garage hinüber, schirmte mit beiden Händen das Gesicht ab und spähte durch das Garagentorfenster. Hopleys Wagen, ein konservativer, korduan-brauner Volvo war drinnen geparkt. FVW 1 stand auf dem Nummernschild. Daneben stand kein Zweitwagen. Hopley war Junggeselle. Halleck ging zur Haustür zurück und fing an, mit der Faust dagegenzudonnern. Er hämmerte ungefähr drei Minuten lang, und der Arm wurde ihm schon lahm, als er drinnen eine heisere Stimme brüllen hörte:

»Haun Sie ab! Ziehn Sie Leine!«

»Lassen Sie mich rein!« rief Halleck zurück. »Ich muß mit Ihnen reden!«

Keine Antwort. Nach einer Minute fing Halleck wieder an, gegen die Tür zu hämmern. Jetzt hörte er gar keine Reaktion mehr... doch als er abrupt innehielt, vernahm er ein raschelndes Geräusch, als ob sich hinter der Tür jemand bewegte. Er sah Hopley förmlich vor sich, wie er da hinter der Tür stand – wie er sich zusammen*kauerte* und darauf wartete, daß der hartnäckige, ungebetene Besucher endlich wegginge und ihn in Frieden ließe. Frieden, oder was immer in Hopleys Welt jetzt dafür gelten mochte.

Hallck öffnete seine hämmernde Faust. »Hopley, ich glaube, daß Sie da hinter der Tür stehen«, sagte er ruhig. »Sie brauchen nichts zu sagen. Hören Sie mir bitte nur zu. Hier ist Billy Halleck. Vor zwei Monaten war ich in einen Unfall verwickelt. Eine alte Zigeunerin lief einfach über die Straße, und...«

Bewegung hinter der Tür, ganz eindeutig jetzt. Ein Scharren und Rascheln.

»Ich habe sie überfahren und dabei getötet. Und jetzt verliere ich Gewicht. Ich mache keine Diät oder so was; ich nehme einfach ab. Bisher ungefähr siebzig Pfund. Wenn das nicht bald aufhört, werde ich als menschliches Skelett in einer Geisterbahn auftreten können.

Cary Rossington – Richter Rossington – hatte bei der vorläufigen Anhörung den Vorsitz. Er hat erklärt, daß es keinen Grund für einen Prozeß gäbe. Jetzt hat er eine ganz seltsame Hautkrankheit...«

Halleck glaubte, ein leises, überraschtes Aufatmen zu hören.

»... und er ist jetzt in der Mayo-Klinik. Die Ärzte haben ihm gesagt, daß er keinen Krebs habe, aber sie wüßten auch nicht, *was* es wäre. Rossington will lieber glauben, daß er Krebs hat, anstatt zu wissen, was es *wirklich* ist.«

Halleck schluckte. Er spürte ein schmerzendes Kratzen im Hals.

»Es ist ein Zigeunerfluch, Hopley. Ich weiß, wie abwegig das klingt, aber es ist die Wahrheit. Da war ein alter Mann dabei. Er hat mich angefaßt, als ich aus dem Gerichtsgebäude herausgekommen bin. Er hat auch Rossington angefaßt, als er mit seiner Frau den Flohmarkt in Raintree besucht hat. Hat er Sie auch angefaßt, Hopley?«

Ein langes, langes Schweigen... und dann drang ein einziges Wort an Hallecks Ohr. Es kam durch den Briefkastenschlitz wie ein Brief von zu Hause, der voller schlechter Nachrichten steckte:

»Ja...«

»Wann? Wo?«

Keine Antwort.

»Ich muß mit Ihnen darüber reden«, drängte Halleck verzweifelt. »Hopley, ich habe eine Idee. Ich glaube...«

»Sie können überhaupt nichts tun«, flüsterte Hopley. »Es ist alles schon viel zu weit fortgeschritten. Verstehen Sie mich, Halleck? Viel... zu... weit.«

Ein Seufzer – pergamenten, entsetzlich.

»Es wäre eine Chance!« rief Halleck wütend. »Sind Sie schon so weit hinüber, daß es Ihnen gar nichts mehr ausmacht?«

Keine Antwort. Halleck wartete. Er suchte nach noch mehr Worten, nach neuen Argumenten. Er fand keine. Hopley hatte schlichtweg nicht vor, ihn einzulassen. Er hatte sich schon abgewandt, als die Tür geöffnet wurde.

Er blickte auf den schwarzen Spalt zwischen Tür und Rahmen. Wieder hörte er die scharrenden Geräusche, die sich jetzt entfernten. Sie zogen sich in die Dunkelheit der Eingangshalle zurück. Seine Arme, sein Rücken, seine Schenkel überzogen sich mit einer Gänsehaut. Einen Augenblick lang wollte er am liebsten wegrennen – *Vergiß Hopley. Wenn jemand diesen Zigeuner finden kann, dann ist es Kirk Penschley. Laß Hopley in Frieden, du brauchst ihn nicht. Du brauchst dir nicht anzusehen, was aus ihm geworden ist.*

Halleck unterdrückte diese innere Stimme, langte nach dem Knopf an der Haustür des Fairview Polizeichefs, schob die Tür auf und trat ein.

Am anderen Ende der Halle sah er eine undeutliche Silhouette. Auf ihrer linken Seite öffnete sich eine Tür, und die Silhouette ging hindurch. Aus dem Zimmer schimmerte ein trübes Licht auf den Gang und warf für einen Augenblick einen langen, geisterhaften Schatten über den Boden. Der Schatten krümmte sich und kroch halb die Wand hoch. An dieser Wand hing eine eingerahmte Fotografie von Hopley, die aufgenommen worden war, als der Rotary Club in Fairview ihm einen Pokal überreicht hatte. Jetzt lag der mißgestaltete Kopf des Schattens wie ein böses Omen über der Fotografie.

Halleck ging die Halle entlang. Ihm war unheimlich zumute, da brauchte er sich gar nichts vorzumachen. Halb erwartete er schon, daß jeden Augenblick die Haustür hinter ihm zufallen und von außen abgeschlossen werden würde... *und dann wird der alte Zigeuner mich von hinten aus der Dunkelheit anspringen und mich packen, genau wie in den großen Horrorszenen in den schlechten Horrorfilmen. Sicher. Komm raus, du Arschloch! Zeig, was du kannst!*

Aber sein rasendes Herzklopfen hörte dadurch keineswegs auf.

Er bemerkte einen unangenehmen Geruch in Hopleys Haus – faulig, abgestanden, wie langsam vor sich hin gammelndes Fleisch.

Einen Augenblick blieb er vor der offenen Tür stehen. Das Zimmer sah aus wie ein Büro oder ein Wohnzimmer, aber das Licht war so schwach, daß er es nicht mit Sicherheit erkennen konnte.

»Hopley?«

»Kommen Sie rein«, flüsterte die Pergamentstimme.

Halleck betrat das Zimmer.

Es war Hopleys Wohnzimmer. Er entdeckte mehr Bücher in den Regalen, als er erwartet hätte. Auf dem Boden lag ein anheimelnder türkischer Teppich. Das Zimmer war klein und, unter anderen Umständen, sicherlich recht gemütlich. In der Mitte stand ein heller Holztisch mit einer Schreibunterlage, darauf eine Schreibtischlampe, deren Schirm so weit nach unten gezogen war, daß er nur einen Zentimeter über der Unterlage schwebte. So entstand ein brutal konzentrierter Lichtkreis. Der Rest des Raumes war eine kalte Schattenlandschaft.

Hopley selbst bildete einen menschlichen Haufen in etwas, das ein Ohrensessel hätte sein können.

Halleck schritt über die Schwelle. In der nächsten Ecke sah er einen Stuhl und setzte sich darauf. Sofort wurde ihm bewußt, daß er sich genau den Sitzplatz ausgesicht hatte, der am weitesten von Hopley entfernt war. Er strengte seine Augen an, um ihn deutlicher erkennen zu können. Es war unmöglich. Der Mann war eine bloße Silhouette. Halleck rechnete schon damit, daß Hopley den Lampenschirm so drehte, daß das Licht seine, Hallecks, Augen blendete. Und dann würde Hopley sich in bester Bullenmanier wie in den *serie-noire*-Filmen der vierziger Jahre über ihn beugen und ihn anbrüllen: *»Wir wissen, daß Sie es getan haben, McGonigal! Hören Sie auf zu leugnen! Gestehen Sie! Gestehen Sie, und wir werden Sie eine rauchen lassen! Gestehen Sie, und Sie kriegen das Glas Wasser von uns! Gestehen Sie, und wir lassen Sie aufs Klo gehen!«*

Aber Hopley saß nur zurückgelehnt in seinem Ohrensessel. Als er seine Beine übereinanderschlug, ertönte ein leises Rascheln.

»Also? Sie wollten unbedingt reinkommen. Jetzt sind Sie da. Erzählen Sie mir Ihre Geschichte, Halleck, und sehen Sie zu, daß Sie dann wegkommen. Sie sind im Augenblick nicht gerade der Mensch, den ich am liebsten auf dieser Welt sehen möchte.«

»Ich bin auch nicht Leda Rossingtons Lieblingsmensch«, erwiderte Billy. »Aber, ehrlich gesagt, mich schert es einen Dreck, was sie von mir hält. Und auch, was Sie von mir denken. Sie glaubt, daß alles meine Schuld wäre. Vermutlich denken Sie dasselbe.«

»Wieviel hatten Sie denn intus, als Sie sie überfahren haben, Halleck? Ich wette, wenn Tom Rangely Sie in die Tüte hätte blasen lassen, wäre der kleine Ballon direkt zum Himmel hinaufgestiegen.«

»Nichts. Kein Alkohol, keine Drogen«, antwortete Billy. Sein Herz raste immer noch, aber jetzt mehr vor Zorn als vor Angst. Jeder Herzschlag jagte ihm einen stechenden Schmerz durch den Schädel. »Wollen Sie wissen, wie es wirklich passiert ist? Meine Frau, mit der ich seit sechzehn Jahren verheiratet bin, hat sich ausgerechnet diesen Tag ausgesucht, mich im fahrenden Auto zu wichsen. So was hat sie vorher noch *nie* getan. Ich habe keinen blassen Schimmer, warum sie es gerade an dem Tag tun mußte. Während Sie und Leda Rossington – und höchstwahrscheinlich auch Cary Rossington – so sehr damit beschäftigt sind, mir alle Schuld in die Schuhe zu schieben – denn schließlich bin ich ja hinterm Steuer gesessen –, habe ich mich die ganze Zeit damit befaßt, meine Frau zu beschuldigen. Denn sie hatte ja ihre Hand in meiner Hose. Vielleicht sollten wir alle einfach damit aufhören und es dem Schicksal oder der Bestimmung zuschreiben. Wir sollten es endlich sein lassen, uns mit der Schuldfrage zu beschäftigen.«

Hopley grunzte.

»Oder wollen Sie, daß ich Ihnen schildere, wie ich Tom Rangely auf den Knien angebettelt habe, mich keinen Alkoholtest, keine Blutprobe machen zu lassen? Wie ich an Ihrer Schulter geweint habe, daß Sie die Untersuchung vertuschen und diese Zigeuner endlich aus der Stadt schmeißen sollten?«

Jetzt grunzte Hopley nicht mal mehr. Er war nur ein schweigender, in sich zusammengesunkener Haufen in seinem Ohrensessel.

»Ist es für solche Spielchen nicht schon ein bißchen zu

spät?« fragte Billy. Seine Stimme war ganz heiser geworden. Überrascht stellte er fest, daß er den Tränen nahe war. »Meine Frau hat mir einen runtergeholt, richtig. Ich habe die alte Frau überfahren und getötet, richtig. Sie war mindestens fünfzig Meter vom nächsten Zebrastreifen entfernt und kam zwischen zwei geparkten Wagen hervor auf die Straße gerannt, richtig. Sie haben die Untersuchung vertuscht und die Zigeuner aus der Stadt verjagt, nachdem Cary Rossington mir schnell die Weste wieder reingewaschen hatte, auch richtig. Alles ganz große Scheiße! Wenn Sie sich schon da im Dunkeln verbergen und mir die Schuld zuschieben wollen, mein Freund, dann vergessen Sie bitte nicht, sich selbst eine Scheibe davon abzuschneiden.«

»Ein großartiges Plädoyer, Halleck. Wirklich großartig. Haben Sie Spencer Tracy in diesem Film über den Affenprozeß gesehen? Den müssen Sie gesehen haben!«

»Fahr zur Hölle!« sagte Billy und stand auf.

Hopley seufzte. »Setzen Sie sich!«

Billy Halleck blieb unsicher stehen. Zum Teil hätte er seine Wut am liebsten für seine eigenen, nicht so noblen Zwekke ausgenutzt. Dieser Teil drängte ihn, so schnell wie möglich aus dem Haus zu rennen, sein von ihm selbst provoziertes Eingeschnapptsein als Anlaß zu nehmen wegzukommen. Denn der dunkle, plumpe Menschenhaufen im Ohrensessel jagte ihm eine solche Angst ein, daß er sich fast in die Hosen machte.

»Spielen Sie sich hier nicht als frömmelnder Scheißkerl auf«, sagte Hopley. »Setzen Sie sich, um Himmels willen, wieder hin.«

Billy setzte sich. Sein Mund war ausgetrocknet, und in seinen Oberschenkeln zitterten unkontrolliert Muskeln.

»Sie sollen Ihren Willen haben, Halleck. Ich bin Ihnen ähnlicher, als Sie glauben. Auch ich gebe keinen blassen Furz auf ein *post mortem*. Sie haben recht. Ich habe mir dabei keine großen Gedanken gemacht. Ich hab's einfach getan. Es war nicht die erste Gammlerhorde, die ich aus der Stadt geschmissen habe. Und ich habe auch schon andere kleine Kosmetikeingriffe erledigt, wenn einer unserer hochangesehenen Bürger in der Scheiße steckte. Natürlich konnte ich nichts machen, wenn der Betreffende außerhalb der Stadtgrenzen in Schwierigkeiten geraten war... aber Sie wären überrascht zu hören, wie viele unserer großartigen Führungskräfte es immer noch nicht gelernt haben, daß man nicht da scheißt, wo man ißt.

Aber vielleicht überrascht Sie das gar nicht.«

Hopley stieß ein pfeifendes, keuchendes Gelächter aus, das Billy eine Gänsehaut über die Arme jagte.

»Gehört alles zum Dienst. Wenn nichts weiter geschehen wäre, dann würden weder Sie, noch Cary Rossington noch ich – keiner von uns würde sich noch daran erinnern, daß diese Zigeuner überhaupt existieren.«

Billy öffnete den Mund, um heftigst zu protestieren. Er wollte Hopley erklären, daß er diesen doppelten Schlag, den er gehört hatte, in seinem ganzen Leben nicht vergessen würde... und dann fielen ihm die vier Tage wieder ein, die er mit Heidi in Mohonk verbracht hatte. Wie hatten sie beide gelacht und gefressen wie die Scheunendrescher, was waren sie gewandert, hatten sich jede Nacht geliebt. Manchmal auch nachmittags. Wie lange nach dem Unfall war das gewesen? Zwei Wochen?

Er klappte den Mund wieder zu.

»Was geschehen ist, ist geschehen. Ich glaube, der einzige Grund, warum ich Sie reingelassen habe, ist, es ist gut zu wissen, daß man nicht der einzige ist, der an das glaubt, was hier passiert, egal wie irrsinnig es auch ist. Aber vielleicht habe ich Sie auch nur reingelassen, weil ich mich einsam fühle. Und ich habe Schiß, Halleck. Eine Menge Schiß. *Extrem* viel Schiß. Geht es Ihnen auch so?«

»Ja«, sagte Billy schlicht.

»Wissen Sie, wovor ich am meisten Angst habe? Ich kann hier ganz schön lange so weiterleben. Das macht mir Angst. Mrs. Callaghee kauft meine Lebensmittel ein und kommt zweimal die Woche, um das Haus zu reinigen und meine Wäsche zu waschen. Ich hab' den Fernseher und lese gerne. Meine Investitionen haben sich im Laufe der Zeit ganz gut amortisiert. Wenn ich mich ein bißchen einschränke, kann ich vermutlich ewig so weitermachen. Und wie viele Gelegenheiten hat ein Mann in meiner Situation schließlich, Geld auszugeben? Soll ich mir 'ne Yacht kaufen, Halleck? Mir vielleicht 'nen Jet chartern und mit meiner Tussie nach Monte Carlo fliegen, um mir dort im nächsten Monat die Grand-Prix-Rennen anzusehen? Was meinen Sie, Halleck? Auf wie vielen Partys werde ich noch willkommen sein, jetzt, da mir das ganze Gesicht wegrutscht?«

Billy schüttelte benommen den Kopf.

»Ja... ich könnte hier so weiter vor mich hin leben, und es würde... würde einfach immer weitergehen. So, wie das Gesicht jetzt schon ausläuft. Tag und Nacht. Und das macht mir Angst. Denn es ist falsch, so zu leben. Jeden Tag, an dem ich mich nicht umbringe, jeden Tag, an dem ich hier im Dunklen sitze und mir die blöden Shows und Komödien ansehe, lacht dieser alte Zigeunerarsch mich aus.«

»Wann... wann hat er...?«

»Mich berührt? Vor knapp fünf Wochen. Als ob es darauf noch ankäme! Ich war nach Milford raufgefahren, um meine Mutter und meinen Vater zu besuchen. Ich hab' sie zum Mittagessen ausgeführt. Weil ich vorher schon ein paar Bier getrunken hatte und dann noch ein oder zwei zum Essen, wollte ich noch kurz aufs Klo, bevor wir wieder gingen. Die Tür war verriegelt. Ich habe gewartet. Dann öffnete sie sich, und *er* kam heraus. Ein sonderbarer alter Mann mit einer verfaulten Nase. Er berührte mich an der Wange und sagte irgendwas.«

»Was?«

»Ich hab's nicht gehört«, antwortete Hopley. »Gerade in dem Augenblick hat jemand in der Küche einen ganzen Stapel Teller fallen lassen. Aber ich muß es gar nicht wissen. Ich brauche ja bloß in den Spiegel zu gucken.«

»Sie wissen wohl nicht, ob die Zigeuner gerade in Milford gelagert haben?«

»Zufällig doch. Am nächsten Tag habe ich mich bei der Milforder Polizei danach erkundigt«, antwortete Hopley. »Nennen Sie es professionelle Neugier – ich hatte den alten

Zigeuner wiedererkannt; so ein Gesicht kann man einfach nicht vergessen, wenn Sie verstehen, was ich meine.«

»Ja«, bestätigte Billy.

»Sie hatten sich für vier Tage auf einer Farm im Osten von Milford niedergelassen. Dieselbe Art von Handel, wie sie ihn hier mit diesem schwindsüchtigen Arncaster abgeschlossen hatten. Der Beamte, mit dem ich gesprochen habe, hat mir gesagt, daß er sie sehr genau im Auge behalten hätte. Offenbar waren sie genau an dem Morgen wieder abgezogen.«

»An dem Morgen, nachdem der Alte Sie angefaßt hatte?«

»Genau.«

»Glauben Sie, der Alte hat irgendwie gewußt, daß Sie dort sein würden? Ich meine, in diesem speziellen Restaurant?«

»Ich bin mit meiner Familie noch nie dort gewesen«, sagte Hopley. »Es ist ein altes Haus, das gerade renoviert worden ist. Normalerweise gehen wir immer zu einem Südländer, der ganz am anderen Ende der Stadt liegt. Meine Mutter hatte die Idee. Sie wollte mal sehen, was man mit den Teppichen gemacht hatte, mit der Holzvertäfelung und was weiß ich. Sie wissen ja, wie Frauen sind.«

»Sie haben meine Frage nicht beantwortet. Glauben Sie, der Alte hat irgendwie gewußt, daß er Sie dort antreffen würde?«

Die im Ohrensessel zusammengesunkene Gestalt schwieg lange, nachdenklich. »Ja«, sagte Hopley schließlich. »Ja, das glaube ich. Noch irrsinniger, was, Halleck? Wie gut, daß niemand uns zuhört, nicht wahr?«

»Ja«, antwortete Billy. »Ist wohl so.« Ein leises, merkwürdiges Kichern entfuhr ihm. Es klang wie ein winziger Schrei.

»Also, was ist das für eine Idee, die Sie im Kopf haben, Halleck? Ich schlafe in letzter Zeit nicht viel, aber gewöhnlich fange ich um diese Zeit immer an, mich im Bett herumzuwälzen.«

Als er jetzt aufgefordert wurde, das, was er sich bisher nur im stillen zurechtgelegt hatte, in Worte zu fassen, kam es Billy plötzlich absurd vor – seine Idee war töricht. Eigentlich war es gar keine richtige Idee, sondern nur ein Wunschtraum.

»Die Firma, für die ich arbeite, beauftragt eine Privatdetektei«, sagte er. »Barton Detective Services, Inc.«

»Hab' schon von denen gehört.«

»Sie sollen die besten in dem Geschäft sein. Ich... Das heißt...«

Er spürte, wie Ungeduld von Hopley ausstrahlte, obwohl der Mann sich überhaupt nicht bewegte. Er raffte seinen ganzen Mut zusammen, was an Würde noch in ihm war, und sagte sich, daß er ebensogut wie Hopley darüber Bescheid wußte, was mit ihnen passierte. Warum sollte er nicht reden? Schließlich geschah mit ihm das gleiche.

»Ich will ihn finden«, sagte er fest. »Ich will ihn zur Rede stellen. Ich will ihm sagen, wie es passiert ist. Ich... ich glaube, ich möchte reinen Tisch machen. Obwohl... ich nehme an, wenn er schon in der Lage ist, uns das hier anzutun, dann weiß er es vielleicht sowieso schon.«

»Ja.«

Etwas ermutigt fuhr Billy fort: »Aber ich möchte ihm trotzdem meine Sicht der Dinge erklären. Daß es meine Schuld gewesen sei, ja, ich hätte in der Lage sein müssen, rechtzeitig zu bremsen. Und wenn die Dinge so gelaufen wären, wie es sein sollte, hätte ich auch rechtzeitig angehalten. Daß es die Schuld meiner Frau gewesen sei, weil sie mit mir das gemacht hat, was sie eben gemacht hat. Daß es Rossingtons Schuld sei, weil er mich reingewaschen hat, und Ihre Schuld, weil sie die Untersuchung vertuscht und die Zigeuner aus der Stadt geschmissen haben.«

Billy schluckte.

»Und dann werde ich ihm sagen, daß es auch *ihre* Schuld gewesen sei. Ja. Sie ist *einfach so auf die Straße gelaufen*, Hopley. Na gut, das ist nicht gerade ein Verbrechen, für das man mit der Gaskammer bestraft wird, aber der Grund, warum es gesetzeswidrig ist, ist ja gerade der, daß man dabei getötet werden kann, so wie sie getötet worden ist.«

»*Das* wollen Sie ihm sagen?«

»Ich *will* es nicht, aber ich werde es tun. Sie kam zwischen zwei geparkten Wagen hervor und hat sich in keiner Richtung umgesehen. In der ersten Schulklasse schon werden die Kinder eines besseren belehrt.«

»Irgendwie kann ich mir nicht vorstellen, daß diese Dame die ›Wachtmeister-Freundlich-Ausbildung‹ in ihrer ersten Klasse genossen hat«, entgegnete Hopley. »Irgendwie glaube ich nicht, daß sie überhaupt je in einer ersten Klasse *gewesen* ist, wissen Sie.«

»Dennoch«, sagte Billy widerspenstig. »Der gesunde Menschenverstand sagt einem doch...«

»Halleck, Sie müssen ganz versessen auf Bestrafung sein«, unterbrach ihn der Schatten, der Hopley war. »Im Augenblick nehmen Sie rapide ab. Wollen Sie sich auch noch den Grand Prix holen? Vielleicht wird er Ihnen das nächstemal den Darm verstopfen, oder Ihr Blut auf fünfzig Grad aufheizen, oder...«

»Ich werde nicht einfach in Fairview rumsitzen und zugucken, was passiert!« rief Billy böse. »Vielleicht kann er es wieder rückgängig machen. Haben Sie daran schon mal gedacht, Hopley?«

»Ich hab' eine Menge über das Zeug gelesen«, erwiderte Hopley. »Ich glaube, mir war fast vom ersten Augenblick an klar, was los ist. Von dem Augenblick an, als der erste Pickel sich über meinen Augenbrauen zeigte – dort haben alle meine Akneanfälle angefangen, als ich noch zur Schule ging, und damals hatte ich einige ganz hundsgemeine Anfälle, das kann ich Ihnen sagen. Also, ich hab's nachgelesen. Wie ich schon sagte, ich lese gern. Und ich muß Ihnen sagen, Halleck, es gibt zwar Hunderte von Büchern darüber, wie man einen Fluch oder eine Verwünschung über einen Menschen *ausspricht*, aber nur sehr wenige darüber, wie man sie wieder rückgängig macht.«

»Na gut. Vielleicht kann er's nicht. Möglich. *Höchstwahrscheinlich* sogar. Aber ich kann trotzdem zu ihm gehen, verdammt noch mal. Ich kann ihm gerade in die Augen sehen und zu ihm sagen: ›Du hast zu wenig Stücke aus der Torte herausgeschnitten, mein Lieber. Es fehlt noch eines für meine Frau und eines für *deine* Frau, und wenn wir schon dabei sind, wie wär's mit einem Stück für dich selbst? Wo warst du, als sie einfach so auf die Straße rannte, ohne sich umzugucken, wohin sie lief? Falls sie den Stadtverkehr nicht gewohnt war, dann mußt du das doch gewußt haben! Also, wo warst du? Warum warst du nicht zur Stelle, um sie an die Hand zu nehmen und zur nächsten Ampel an der Kreuzung zu führen? Warum...‹«

»Es reicht«, unterbrach ihn Hopley. »Säße ich in der Jury, Sie hätten mich überzeugt, Halleck. Aber Sie vergessen dabei den wichtigsten Faktor.«

»Und welcher wäre das?« fragte Billy steif.

»Die Natur des Menschen. Wir mögen zwar die Opfer von übernatürlichen Kräften geworden sein, aber womit wir es hier eigentlich zu tun haben, das ist die Natur des Menschen. Als Polizist – Verzeihung, ehemaliger Polizist – könnte ich Ihnen nicht eifriger zustimmen. Es gibt nur verschiedene Grautöne, die ineinander übergehen. Ein grauer Schatten in den nächsthelleren oder nächstdunkleren. Aber Sie glauben doch nicht ernsthaft, daß ihr *Ehemann* Ihnen diesen Mist abkaufen wird, oder?«

»Ich weiß es nicht.«

»Aber *ich* weiß es, Halleck«, sagte Hopley scharf. »*Ich* weiß es. Ich kann die Gedanken des Kerls so gut lesen, daß es mir manchmal so vorkommt, als hätte ich genau die richtige Antenne dafür. Sein ganzes Leben war ein einziges Herumziehen. Jedesmal ist er aus einer Stadt vertrieben worden, sobald die ›anständigen Bürger‹ sich soviel Haschisch und Marihuana beschafft hatten, wie sie wollten, sobald sie alle Zehner, die sie verschwenden wollten, am Glücksrad verspielt hatten. Sein ganzes Leben lang hat er sich mitanhören müssen, daß ein Schuft ›dreckiger Zigeuner‹ genannt wird. Die ›anständigen Bürger‹ leben in ihrer Heimat verwurzelt; er hat keine Heimat. Dieser Kerl, Halleck, mußte mitansehen, wie damals, in den dreißiger und vierziger Jahren, aus Jux seine Zelte angezündet wurden, und vielleicht sind dabei auch alte Leute und Babys mitverbrannt. Er hat mitangesehen, wie seine Töchter oder die Töchter seiner Freunde einfach genommen und vergewaltigt worden sind, denn wie alle ›anständigen Bürger‹ wissen, ficken die Zigeuner wie die Kaninchen, und auf ein paar Babys mehr oder weniger kommt es dabei ja wohl nicht an, und selbst wenn, wen kümmert das schon? – um mal eine Phrase zu dreschen. Er hat mitangesehen, wie seine Söhne oder die Söhne seiner Freunde so zusammengeschlagen worden sind, daß kaum noch ein Funken Leben in ihnen steckte... und warum? Weil die Väter dieser Großschnauzen, die sie zusammenschlugen, ein bißchen Geld bei den Glücksspielen verloren hatten. Es ist immer dasselbe: Man kommt in die Stadt, das ›anständige Volk‹ nimmt sich, was es braucht, und dann wird man wieder verjagt. Manchmal bekommt man eine Woche Zwangsarbeit auf der ortsansässigen Erbsenfarm oder einen Monat beim Straßenbau aufgebrummt. Und dann, Halleck, zusätzlich zu all dem anderen Mist, kommt der letzte Peitschenhieb: Dieser erstklassige Rechtsanwalt, dieser angesehene Mann mit dem Dreifachkinn und den Kiefern einer Bulldogge überfährt deine Frau auf offener Straße. Sie ist siebzig, vielleicht fünfundsiebzig Jahre alt, und vielleicht ist sie nur so schnell auf die Straße gerannt, um möglichst bald nach Hause zu kommen, weil sie dringend mal aufs Klo mußte und sich sonst in die Hose gemacht hätte. Alte Knochen splittern wie Glas. Und du lungerst herum und denkst dir, vielleicht diesmal, nur *dieses eine Mal*, muß es doch ein wenig Gerechtigkeit geben... ein winziges bißchen Gerechtigkeit, das ein Leben voller Gemeinheiten wieder gutmachen soll...«

»Hören Sie auf«, bat Billy heiser. »Bitte, hören Sie auf damit, ja?« Er strich sich besorgt über die Wange, weil er annahm, daß er fürchterlich schwitzte. Aber er hatte keine Schweißtropfen auf den Wangen; es waren Tränen.

»Nein«, widersprach Hopley mit bösartiger Herzlichkeit. »Sie haben das alles verdient, und sie sollen es hören. Ich sage Ihnen ja nicht, daß sie nicht weitermachen sollten, Halleck – Daniel Webster hat die Jury für den Satan überreden können –, also, was zum Teufel, ich glaube, es ist alles möglich. Aber ich glaube auch, daß Sie sich da ein bißchen zu sehr an zu viele Illusionen klammern. Dieser Kerl ist *wahnsinnig* vor Wut, Halleck. Der *rast*! Vielleicht liegt er mittlerweile sogar schon unter der Erde, was weiß ich, aber falls nicht, würde ich Ihnen raten, machen Sie sich lieber gleich auf den Weg in die Bridgewater Nervenheilanstalt. Der Kerl ist auf Rache aus, und wenn einer Rache will, dann schert er sich nicht um die verschiedenen Grautöne. Wenn Ihre Frau und Ihre Kinder bei einem Flugzeugabsturz ums Leben gekommen sind, dann wollen Sie sich auch nicht lange anhören, wie auf Grund von Schaltplan A der Schalter B falsch eingestellt worden ist und der Navigator C gerade von einer Fliege D gestört wurde, während Fluglotse E den falschen Augenblick gewählt hat, um aufs Scheißhaus F zu gehen. Sie werden nur noch den Wunsch haben, die gesamte Fluglinie auf Schadenersatz zu verklagen... oder einfach jemanden mit ihrem Gewehr abzuknallen. Sie werden einen *Sündenbock* haben wollen, Halleck. Sie werden jemandem ganz gewaltig weh tun wollen. Und jetzt tut man uns weh. Schlecht für uns. Gut für ihn. Vielleicht kapiere ich die ganze Sache doch ein bißchen besser als Sie, Halleck.«

Langsam, sehr langsam kroch seine Hand über den Tisch auf den Lampenschirm zu. Er drehte ihn so, daß das Licht auf sein Gesicht fiel. Haleck hörte ein dumpfes, nach Luft schnappendes Geräusch, und merkte erst einen Augenblick später, daß es von ihm gekommen war.

Er hörte Hopleys Stimme wieder: *Was meinen Sie, Halleck? Auf wie vielen Partys werde ich noch willkommen sein, jetzt, da mir das ganze Gesicht wegrutscht?*

Hopleys Gesichtshaut war eine rauhe, fremdartige Landschaft. Bösartig rote Geschwüre in der Größe von Teetassen wuchsen an seinem Kinn, seinem Hals, auf seinen Armen und auf den Handrücken. Auf seinen Wangen und seiner Stirn brachen kleinere Vulkane von Eiterpusteln auf, und seine Nase war eine fantastische Seuchenzone für Mitesser geworden. Gelblicher Eiter quoll hervor und floß in krummen Kanälen zwischen den stolz hervorragenden Hügeln seines Fleisches dahin. Hier und da tropfte Blut.

Grobe, schwarze Haare, Barthaare, wuchsen in Büscheln in ganz verrückten Nestern an seinem Hals und Kinn. Hallecks überforderter, schockierter Verstand machte sich erst nach einer Weile klar, daß in diesem Gesicht, in dem so ein verheerender Aufruhr herrschte, das Rasieren schon seit einiger Zeit unmöglich sein mußte.

Und hilflos eingebettet in der Mitte dieser roten, tröpfelnden Kraterlandschaft glühten Hopleys starrende Augen.

Sie sahen Billy an. Eine endlose Zeit lang, wie es ihm vorkam. Sie lasen seinen Abscheu und sein stummes Entsetzen.

Endlich nickte Hopley, so als wäre er befriedigt, und drehte den Lampenschirm wieder nach unten.

»O Gott, Hopley, das tut mir leid.«

»Das braucht's nicht«, antwortete Hopley, und wieder lag diese bösartige Herzlichkeit in seiner Stimme. »Bei Ihnen geht es nur langsamer, aber Sie kommen schon noch dahin. Meine Dienstpistole liegt in der dritten Schreibtischschublade von unten. Wenn es zu schlimm wird, werde ich sie gebrauchen, egal, wie es dann auf meinen Kontobüchern aussieht. Gott haßt die Feiglinge, hat mein Vater immer gesagt. Ich wollte, daß Sie mich sehen, Halleck, damit Sie verstehen. Ich weiß, wie er sich jetzt fühlt, der alte Scheißkerl. Und ich würde ihm nicht erst lange, hübsche Verteidigungsreden halten. Ich würde mir nicht erst die Mühe machen, die süße Vernunft walten zu lassen. Ich würde ihn umbringen für das, was er mir angetan hat, Halleck.«

Die entsetzliche Silhouette rutschte auf dem Sessel hin und her. Billy hörte, wie Hopley sich mit dem Finger über die Wange kratzte, und dann hörte er das unsagbare, Übelkeit verursachende Geräusch von aufbrechenden Eiterpusteln. *Rossington kriegt Schildpattschuppen am ganzen Körper, Hopley ist am Verrotten, und ich schwinde langsam dahin*, dachte er. *Lieber Gott, laß dies ein Traum sein, laß mich meinetwegen auch verrückt sein, wenn's sein muß... aber laß dies nicht geschehen.*

»Ich würde ihn ganz langsam umbringen«, sagte Hopley. »Ich will Ihnen die Details ersparen.«

Billy versuchte, etwas zu sagen. Es kam nur ein trockenes Krächzen heraus.

»Ich verstehe, warum Sie so denken, aber ich habe für Ihre Mission nur sehr wenig Hoffnung, Halleck«, sagte Hopley dumpf. »Warum denken Sie nicht daran, ihn umzubringen? Warum nicht, Halleck?«

Billy hatte genug. Er floh aus Hopleys dunklem Wohnzimmer und stieß sich die Hüfte an seinem Schreibtisch. Er hatte wahnsinnige Angst, daß Hopley seine Hand ausstrekken und er mit dieser entsetzlichen Monstrosität in Berührung kommen würde.

Hopley blieb sitzen.

Halleck rannte in die klare Nachtluft hinaus und atmete tief durch. Er hatte den Kopf gesenkt. Seine Knie zitterten.

13. Kapitel: 172

Während der restlichen Woche dachte er öfter nervös daran, Ginelli bei den *Three Brothers* anzurufen. Ginelli schien ihm eine Art von Antwort auf alles zu sein – *was* für eine Art von Antwort, das wußte er allerdings nicht. Aber schließlich ließ er es bleiben und fuhr für seine Stoffwechseluntersuchungen in die Glassman-Klinik. Wäre er, wie Hopley, unverheiratet und allein gewesen (Hopley hatte ihn in den letzten Nächten übrigens öfter in seinen Träumen besucht), hätte er die ganze Sache abgeblasen. Aber er mußte an Heidi denken... und an Linda – Linda war nun wirklich eine unbeteiligte Zuschauerin, die von alledem nichts verstand. Also fand er sich brav in der Klinik ein und verbarg sein unheimliches Wissen vor den anderen, wie ein Mann eine Drogensucht versteckt.

Schließlich war die Klinik ja kein so unangenehmer Ort, und während er sich dort aufhielt, kümmerten sich Kirk Penschley und Barton Detective Services, Inc. um seine Angelegenheiten. Er hoffte es wenigstens.

Er wurde also untersucht und getestet. Er trank eine fürchterliche, nach Kreide schmeckende Barium-Lösung. Er wurde geröntgt. Man fertigte eine Gehirnaxialtomographie von ihm an, machte ein EEG, ein EKG und eine vollständige Stoffwechselanalyse. Ärzte, die die Klinik besuchten, wurden an ihm vorbeigeführt, als wäre er ein seltenes Tierexemplar in einem Zoo. *Ein Riesenpanda oder vielleicht der letzte der Drontenvögel*, dachte er, während er mit einem ungelesenen *National Geographic* im Solarium saß. Er hatte große Pflaster auf den Handrücken, denn man hatte unzählige Nadeln in ihn hineingestochen.

Am zweiten Morgen in der Klinik, während er die zweite Testrunde über sich ergehen ließ, fiel ihm plötzlich auf, daß er seine Rippen sehen konnte. Zum erstenmal seit... seit der Highschool? Nein, überhaupt. Seine Knochen stellten sich ihm jetzt vor. Sie zeichneten sich unter seiner Haut ab, traten triumphierend in Erscheinung. Nicht nur die Rettungsringe über seinen Hüften waren verschwunden, die Schaufeln seiner Beckenknochen waren jetzt ganz deutlich zu sehen. Er legte die Hand auf die Hüfte und fand, daß der Knochen sich wie die Gangschaltung seines allerersten Wagens, eines Pontica Jahrgang 1957, anfühlte. Er lachte ein bißchen, und dann stachen ihm die Tränen in die Augen. Das war jetzt alle Tage so. Mal auf, mal ab, heiter bis wolkig, gelegentliche Regenschauer möglich.

Ich würde ihn ganz langsam umbringen, hörte er Hopley wieder sagen. *Ich will Ihnen die Details ersparen.*

Warum eigentlich? fragte Billy sich, als er sich schlaflos in einem Klinikbett mit den Stützen für Körperbehinderte an den Seiten wälzte. *Sonst hast du mir ja auch nichts erspart.*

Während seines drei Tage Aufenthaltes in der Klinik nahm er sieben Pfund ab. *Nicht viel*, dachte er nun lakonisch mit seiner eigenen Art von Galgenhumor. *Nicht viel. Weniger als das Gewicht einer mittelgroßen Zuckertüte. Bei diesem Tempo werde ich erst... Donnerwetter!... erst Anfang Oktober zu einem Nichts zusammengeschrumpft sein.*

172, sang er in Gedanken. *172 heute. Wenn du ein Boxer wärst, hättest du damit die Schwergewichtsklasse verlassen und wärst zum Mittelgewicht übergetreten... Magst du dich nicht mal im Weltergewicht versuchen, Billy? Im Leichtgewicht? Bantamgewicht? Wie wär's mit dem Fliegengewicht?*

Blumen kamen. Von Heidi. Aus der Firma. Linda schickte ihm ein kleines Biedermeiersträußchen. Auf die Karte hatte sie mit ihrer runden, ausladenden Handschrift geschrieben: *Bitte, werde bald gesund, Daddy – ich hab dich lieb, Lin.* Halleck weinte, als er das las.

Am dritten Tag durfte er sich wieder anziehen. Er traf sich mit den drei Ärzten, die für seinen Fall zuständig waren. In seinen Jeans und einem MEET-ME-IN-FAIRVIEW-T-Shirt fühlte er sich gleich viel weniger verletzlich. Es war erstaunlich, wieviel es ihm bedeutete, aus den gottverdammten Krankenhausklamotten heraus zu sein. Er hörte ihnen aufmerksam zu, dachte an Leda Rossington und verkniff sich ein grimmiges Lächeln.

Sie wußten genau, was ihm fehlte; sie standen ganz und gar nicht vor einem Rätsel. *Au contraire*, sie waren so aufgeregt, daß sie sich fast in die Hosen machten. Nun ja, ein wenig Vorsicht wäre schon angebracht. Sie wüßten vielleicht noch nicht *ganz* genau, was ihm fehlte, noch nicht, aber es handelte sich mit Gewißheit um eine von zwei (eventuell auch drei) Möglichkeiten. Eine davon wäre eine seltene Auszehrungskrankheit, die man noch niemals außerhalb von Mikronesien gesehen hätte. Die zweite wäre eine seltene Stoffwechselkrankheit, die bisher noch nicht richtig erforscht wäre. Die dritte – allerdings nur eine Möglichkeit! – wäre eine psychologische Form der nervösen Anorexie, aber diese letzte wäre so selten, daß man sie bisher nur vermutet hätte, aber noch nicht tatsächlich beweisen könnte. An dem aufflackernden Licht in ihren Augen merkte er, daß sie für diese Möglichkeit optierten. Sie würden ihre Namen danach in der medizinischen Fachpresse lesen können. In jedem Fall handelte es sich bei Billy Halleck um ein *rara avis*, und die Ärzte benahmen sich wie kleine Kinder am Weihnachtsabend.

Letzten Endes lief es darauf hinaus, daß sie ihn noch ein oder zwei (vielleicht auch drei) Wochen dabehalten wollten. Sie würden ihm seine Krankheit schon austreiben, und zwar gründlich. Sie dächten zuerst an eine Serie von Megavitaminen, (sicherlich!) plus einer Serie Proteininjektionen (selbstverständlich!) und an eine große Anzahl weiterer Tests (zweifelsohne!).

Er hörte ein professionelles Äquivalent von bestürztem Geheule – und sie heulten *buchstäblich* auf –, als Billy ihnen in aller Ruhe erklärte, daß er ihnen zwar herzlich danke, aber leider die Klinik verlassen müsse. Sie protestierten. Sie diskutierten. Sie hielten ihm Vorträge. Und Billy, der in letzter Zeit immer öfter das Gefühl hatte, er hätte doch den Verstand verloren, kam dieses Ärztetrio langsam so vor wie die drei Stooges. Unheimlich. Halb erwartete er schon, daß sie sich gegenseitig puffen und in die Seiten knuffen, daß sie in dem kostbar ausgestatteten Büro, ihre weißen Kittel hinter ihnen herflatternd, herumtoben und die teure Einrichtung zerschlagen würden, daß sie sich im Brooklyn-Akzent anschreien würden.

»Zweifellos fühlen Sie sich im Augenblick ganz wohl, Mr. Halleck«, gab einer von ihnen zu bedenken, »schließlich hatten Sie ja, wie man Ihrer Akte entnehmen kann, ein bedenkliches Übergewicht. Aber ich muß Sie warnen. Das, was Sie jetzt fühlen, kann täuschen. Wenn Sie weiterhin so abnehmen, werden Sie bald mit der Entwicklung von Mundblutungen rechnen müssen, mit ernsthaften Hautproblemen...«

Wenn Sie wirklich ernsthafte Hautprobleme sehen wollen, sollten Sie sich mal Fairviews Polizeichef ansehen, dachte Halleck. *Entschuldigung, Expolizeichef.*

Er beschloß, ganz spontan und ohne besonderen Anlaß, wieder mit dem Rauchen anzufangen.

»... mit ähnlichen Krankheiten wie Skorbut und Beriberi«, fuhr der Arzt mit gewichtiger Miene fort. »Sie werden außerordentlich anfällig für alle Arten von Infektionen sein, von einer simplen Erkältung über Bronchitis bis zur Tuberkulose. *Tuberkulose*, Mr. Halleck«, betonte er eindrücklich. »Wenn Sie aber hierbleiben...«

»Nein«, unterbrach Billy. »Bitte, verstehen Sie, ich habe nicht einmal die Wahl.«

Einer der beiden anderen Ärzte massierte sich behutsam die Schläfen, als hätte er plötzlich rasende Kopfschmerzen bekommen. Konnte schon sein – es war der Arzt, der die Idee von der psychologischen Anorexie in die Diskussion gebracht hatte.

»Was können wir sagen, um Sie zu überzeugen, Mr. Halleck?«

»Nichts.« Unaufgefordert tauchte das Bild des alten Zigeuners wieder vor ihm auf – er spürte die sanfte, streichelnde Berührung seiner Hand, das leichte Kratzen seiner rauhen Hornhaut an den Fingerknöcheln.

Ja, dachte er. *Ich werde wieder rauchen. Etwas echt Teuflisches. Camel oder Pall Malls oder diese Teufelsdinger, die Chester-*

fields. Warum nicht? Wenn diese gottverdammten Doktoren schon so aussehen wie Larry, Curly und Moe, dann wird's Zeit, etwas *zu unternehmen.*

Sie baten ihn, einen Augenblick zu warten, und verließen gemeinsam das Büro. Billy war's ganz recht, auf sie zu warten. Er spürte, daß er in seinem verrückten Theaterstück eine Zäsur erreicht hatte, das Auge des Hurrikans, und auch damit war er ganz zufrieden... damit, und mit dem Gedanken an die vielen Zigaretten, die er von nun an rauchen würde, vielleicht gleich zwei auf einmal.

Sie kamen zurück, mit grimmigen Gesichtern aber in gewisser Weise auch exaltiert – Männer, die entschlossen waren, ihr letztes Opfer zu bringen. Sie würden ihn umsonst dabehalten, sagten sie: Er bräuchte nur die Laborkosten zu übernehmen.

»Nein«, antwortete Billy geduldig. »Sie verstehen nicht. Meine Krankenversicherung übernimmt sowieso alle Kosten, ich habe das nachgeprüft. Die Sache ist die, ich gehe. Ich haue ganz einfach ab. Verdufte.«

Sie starrten ihn verständnislos an. Dann wurden sie wütend. Billy lag es schon auf der Zunge, ihnen vorzuhalten, wie sehr sie ihn an die drei Stooges erinnerten, aber das wäre eine ausgesprochen schlechte Idee. Es hätte die Sache nur noch komplizierter gemacht. Diese Typen waren es nicht gewohnt, daß man sich ihnen widersetzte, daß man gegen ihre Beschwörungsgesänge immun war. Er hielt es nicht für ausgeschlossen, daß sie Heidi anrufen und ihr klarmachen würden, daß nun eine Diskussion über seine Zurechnungsfähigkeit an der Tagesordnung wäre. Und Heidi könnte auf sie eingehen.

»Wir würden Ihnen auch die Laborkosten noch bezahlen«, sagte einer von ihnen in unmißverständlichem Dies-ist-unser-letztes-Angebot-Ton.

»Ich gehe«, sagte Billy. Seine Stimme war sehr ruhig, aber er sah, daß sie ihm endlich glaubten. Vielleicht war es gerade diese Ruhe, die sie davon überzeugte, daß die Sache nicht am Geld scheiterte, sondern daß er echt wahnsinnig geworden war.

»Aber, *warum*? *Warum*, Mr. Halleck?«

»Weil...«, antwortete Billy, »... Sie glauben zwar, daß Sie mir helfen können, aber... äh... meine Herren, Sie können es nicht.«

Als er in ihre ungläubigen, verständnislosen Gesichter blickte, dachte Billy, daß er sich noch nie im Leben so einsam gefühlt hätte.

Auf dem Heimweg hielt er vor einem Tabakladen und kaufte sich eine Schachtel Chesterfield Kings. Nach den ersten drei Zügen wurde ihm so schwindelig und übel, daß er die ganze Packung wegschmiß.

»Soweit also dieses Experiment«, sagte er laut zu sich selbst im Auto und weinte und lachte gleichzeitig. »Also gut, Kinder. Zurück ans alte Zeichenbrett.«

14. Kapitel: 156

Linda war nicht zu Hause.

Die vertrauten winzigen Fältchen um Heidis Mund und Augen hatten sich unter der Anspannung der letzten Woche vertieft. (*Sie* raucht wie eine Dampflok, stellte Billy fest, eine Vantage 100 nach der anderen.) Heidi erzählte ihm, daß sie Linda zu ihrer Tante Rhoda ins Westchester County geschickt hätte.

»Ich habe das aus mehreren Gründen getan«, erklärte sie. »Zunächst einmal, weil... weil sie Ruhe vor dir brauchte... vor dem, was mit dir passiert. Sie muß sich erholen. Sie war schon halb wahnsinnig. Es ging soweit, daß ich ihr nicht mehr klarmachen konnte, daß du keinen Krebs hast.«

»Sie sollte sich mit Cary Rossington zusammentun«, murmelte Billy und ging in die Küche, um die Kaffeemaschine einzuschalten. Er brauchte dringend eine Tasse – stark, schwarz und ohne Zucker. »Es scheint da eine Seelenverwandtschaft zwischen ihnen zu geben.«

»Was? Ich kann dich nicht hören.«

»Schon gut. Laß mich erst mal den Kaffee aufsetzen.«

»Sie schläft nicht mehr«, fuhr Heidi fort, als er aus der Küche zurückkam. Sie rang nervös die Hände. »Verstehst du das denn nicht?«

»Doch«, antwortete Billy, und er verstand es auch... aber trotzdem hatte er das Gefühl, als bohre sich ein kleiner Stachel in sein Herz. Er fragte sich, ob Heidi dann auch verstehen könnte, daß er Linda jetzt genausosehr brauchte wie sie; ob sie dann auch verstehen könnte, daß auch Linda jetzt einen großen Anteil daran haben könnte, ihn zu trösten und zu unterstützen. Aber, Trost hin oder her, er hatte kein Recht, Lindas Selbstvertrauen und seelisches Gleichgewicht zu zerstören. In diesem Punkt hatte Heidi recht. Egal, wieviel ihn das auch kosten mochte.

Er fühlte wieder diesen lodernden Haß in sich aufsteigen. Mammi hatte die Tochter aus dem Haus geschickt, sobald Daddy angerufen und seine Rückkehr angekündigt hatte. Und warum das? Weil Daddy, das Schreckgespenst, wieder nach Hause kam! Renn doch nicht weg, mein Kind, und schrei nicht! Es ist doch bloß der *Dünne Mann*...

Warum gerade an diesem *Tag, Heidi? Warum mußtest du dir ausgerechnet* diesen *Tag aussuchen?*

»Billy? Ist alles in Ordnung mit dir?« Heidis Stimme klang merkwürdig zurückhaltend.

Himmelherrgott, du blöde Gans! Du bist mit dem unglaublich zusammenschrumpfenden Mann verheiratet, und alles, was dir dazu einfällt, ist, mich zu fragen, ob mit mir alles in Ordnung ist!

»Mir geht es den Umständen entsprechend gut. Warum?«

»Weil du gerade... Du hast einen Augenblick lang ganz komisch ausgesehen.«

So, habe ich das? Habe ich das wirklich? Warum gerade an dem *Tag, Heidi? Warum hast du dir gerade* den *Tag ausgesucht, um deine Finger in meine Hose zu stecken? Nach all den Jahren der Prüderie, nach all diesem Immer-nur-im-Dunkeln-Herumfummeln?*

»Ich glaube, ich fühle mich jetzt die ganzen Tage über immer ein bißchen komisch«, sagte er und wies sich im stillen zurecht: *Du mußt damit aufhören, mein Freund. Es hat keinen Sinn. Was geschehen ist, ist geschehen.*

Aber das war gar nicht so leicht. Besonders dann nicht, wenn sie so wie jetzt vor ihm stand, eine Zigarette nach der anderen rauchte und dabei vollkommen gesund und munter wirkte, und wenn...

Aber du mußt damit aufhören, Billy! Hilfe!

Heidi wandte sich von ihm ab und drückte ihre Zigarette in einem Kristallaschenbecher aus.

»Und die zweite Sache ist die, daß du mir etwas verheimlichst, Billy. Etwas, das mit dieser Geschichte zu tun hat. Du redest manchmal im Schlaf. Und die letzten Nächte bist du lange unterwegs gewesen. Ich will es jetzt wissen. Ich habe ein *Recht* darauf, daß du mit mir darüber sprichst.« Sie fing an zu weinen.

»Du willst es wissen?« fragte Billy. »Du willst es wirklich wissen?« Er spürte, wie sich ein hämisches Grinsen über sein Gesicht ausbreitete.

»Ja! Ja!«

Also erzählte Billy es ihr.

Am nächsten Tag rief Houston ihn an. Nach einem langen, nichtssagenden Prolog kam er endlich zur Sache. Heidi sei bei ihm. Er und sie hätten sich ausführlich miteinander unterhalten. (Halleck wollte ihn schon danach fragen, ob er auch ihr ein Löffelchen voll weißen Schnees angeboten habe, unterließ es dann aber lieber.) Im Grunde lief der Monolog darauf hinaus: Beide hielten ihn für total verrückt.

»Mike«, antwortete Billy ruhig. »Der alte Zigeuner ist *real*! Er hat uns alle drei angefaßt: Cary Rossington, Duncan Hopley und mich. Klar, ein Mann wie Sie glaubt natürlich nicht an das Übernatürliche, das verstehe ich – aber Sie werden an induktive und deduktive Schlußfolgerungen glauben, das ist so sicher wie das Amen in der Kirche. Also müssen Sie auch diese Möglichkeit in Betracht ziehen: Alle drei sind wir von ihm angefaßt worden, und jetzt haben wir alle drei eine mysteriöse, ganz üble Krankheit. Bevor Sie also davon ausgehen, daß ich verrückt sei, sollten Sie wenigstens mal den logischen Zusammenhang ins Auge fassen.«

»Billy. Es *gibt* keinen Zusammenhang.«

»Ich habe nur...«

»Ich habe mit Leda Rossington gesprochen. Und sie hat mir erzählt, daß Cary sich in der Mayo-Klinik befindet und dort auf Hautkrebs behandelt würde. Sie meinte, daß der Krebs zwar schon ziemlich weit fortgeschritten wäre, die Ärzte aber sicher wären, daß sie Cary bald wieder hinkriegen würden. Außerdem hat sie mir noch gesagt, daß sie Sie seit der Weihnachtsparty bei den Gordons nicht mehr gesehen hätte.«

»Sie lügt.«

Houston schwieg... und dieses Geräusch im Hintergrund? War das etwa Heidi, die da weinte? Billys Hand krallte sich um den Hörer, bis seine Fingerknöchel weiß wurden.

»Haben Sie sie persönlich oder bloß am Telefon gesprochen?«

»Am Telefon. Aber ich sehe nicht, welchen Unterschied das machen sollte.«

»Wenn Sie sie gesehen hätten, würden Sie's wissen. Sie sieht aus wie eine Frau, die zu Tode erschreckt worden ist.«

»Hören Sie, wenn sie gerade erfahren hat, daß ihr Mann an Hautkrebs leidet und daß der Krebs schon ein gefährliches Stadium erreicht hat?!«

»Haben Sie mit Cary gesprochen?«

»Cary liegt auf der Intensivstation. Leute, die auf der Intensivstation liegen, dürfen nur unter extremen Umständen Anrufe entgegennehmen.«

»Mein Gewicht beträgt nur noch einhundertundsiebzig Pfund«, sagte Billy. »Das ist ein Nettoverlust von dreiundachtzig Pfund. Ich würde das schon ziemlich extrem nennen.«

Schweigen am anderen Ende, abgesehen von dem Geräusch, das sich wie Heidis Weinen anhörte.

»Werden Sie mit ihm sprechen? Wollen Sie es versuchen?«

»Wenn seine Ärzte ihm einen Anruf erlauben, und wenn er sich bereit erklärt, mit mir zu sprechen, dann ja. Aber, Billy, Ihre Halluzination da...«

»DAS IST KEINE HALLUZINATION!« *Schrei nicht, um Gottes willen, tu bloß das nicht.*

Billy schloß die Augen.

»Also gut, also gut«, sagte Houston besänftigend. »Ihre *Idee*. Gefällt Ihnen dieses Wort besser? Ich wollte Ihnen ja nur sagen, daß Ihnen Ihre Idee da nicht viel weiterhelfen wird. Im Gegenteil, sie kann sogar die Ursache für Ihre Psycho-Anorexie sein, falls das die Krankheit ist, an der Sie leiden – und Dr. Yount scheint mir davon überzeugt zu sein. Sie...«

»Hopley«, sagte Billy leise. Auf seinem Gesicht brach plötzlich Schweiß aus. Er wischte sich mit dem Taschentuch über die Stirn. Blitzartig tauchte Hopleys Gestalt wieder vor ihm auf: dieses Gesicht, das kein Gesicht mehr, sondern eine Reliefkarte der Hölle war; absurd wuchernde Entzündungen, tröpfelnde Nässe, und dann dieses unsagbare *Geräusch*, als Hopley sich mit dem Fingernagel über die Wange gekratzt hatte...

Houston schwieg jetzt sehr lange.

»Reden Sie mit Duncan Hopley. Er kann Ihnen bestätigen, daß...«

»Das geht nicht mehr, Billy. Duncan Hopley hat sich vor zwei Tagen umgebracht. Während Sie in der Glassman-Klinik waren. Er hat sich mit seiner Dienstpistole erschossen.«

Halleck drückte die Augen ganz fest zu. Er schwankte. Er fühlte sich wie nach den ersten drei Zügen an der Chesterfield. Er kniff sich ganz fest in die Wange, damit er nicht in Ohnmacht fiel.

»Dann wissen Sie es also«, sagte er mit immer noch geschlossenen Augen. »Sie wissen es... oder irgend jemand muß es wissen. Jemand muß ihn gesehen haben.«

»Grand Lawlor hat ihn gesehen«, berichtete Houston. »Ich habe gerade vor ein paar Minuten mit ihm telefoniert.«

Grand Lawlor. Billys verwirrter, gehetzter Verstand begriff einen Moment lang überhaupt nichts – er glaubte, daß Houston sich etwas verhaspelt und das Wort *Grand Jury** falsch ausgesprochen hätte. Dann fiel der Groschen. Grand Lawlor war der Beamte, der in diesem Bezirk ungeklärte Todesfälle zu untersuchen hatte. Und jetzt fiel's ihm auch wieder ein. Ja, Grand Lawlor hatte ein- oder zweimal vor dem Großen Geschworenengericht ausgesagt, als er, Billy, dabeigewesen war.

Bei solchen Gedanken kriegte er fast einen Lachkrampf. Er legte seine Hand ganz fest, über die Sprechmuschel und hoffte, daß Houston sein Gekicher nicht hören konnte. Wenn er es nämlich hörte, hielt er ihn mit Sicherheit für bekloppt.

* Großes Geschworenengericht, A.d.Ü.

Und das käme dir sehr gelegen, mich für bekloppt zu halten, nicht wahr, Mike? Denn wenn ich nun doch beschlösse, über dein winziges Fläschchen und das Elfenbeinlöffelchen zu plaudern, während alle mich für verrückt hielten, na, dann würde mir ja niemand mehr glauben, nicht wahr? Um Himmels willen, nein...

Das wirkte. Sein Kichern verging.

»Sie haben ihn nicht gefragt, ob...«

»Ob ich nach Einzelheiten im Zusammenhang mit seinem Tod gefragt habe? Nach dieser Horrorgeschichte, die Ihre Frau mir da erzählt hat? Darauf können Sie Gift nehmen!« Houstons Stimme wurde einen Moment lang ganz etepetete. »Sie sollten verdammt froh darüber sein, daß ich dichtgehalten habe, als er mich fragte, warum ich das wissen wollte.«

»Was hat er Ihnen gesagt?«

»Daß Hopleys Gesicht zwar in einem chaotischen Zustand gewesen war, aber nicht im Ansatz so schlimm wie die Horrorvision, die Sie Heidi da aufgetischt haben. Aufgrund von Grands Beschreibung nehme ich an, daß es sich bei Hopley um einen bösartigen Ausbruch von Akne gehandelt hat, was ja gerade im Erwachsenenalter besonders schlimm ist. Eine Krankheit übrigens, die ich bei ihm seit eh und je behandelt habe, seit er im Jahre 1974 zum erstenmal in meine Praxis gekommen ist. Dieser Ausbruch muß ihn ziemlich deprimiert haben, was mich nicht wundert – ich muß sagen, daß eine Akne im Erwachsenenalter, zumal, wenn sie so bösartig ausbricht, eines der psychologisch schädlichsten, aber nicht tödlichen Übel ist, die ich kenne.«

»Sie glauben also, daß sein Aussehen ihn deprimiert und daß er sich deshalb umgebracht hätte?«

»Im wesentlichen, ja.«

»Lassen Sie mich das mal festhalten«, sagte Billy. »Sie behaupten also, daß dies ein mehr oder weniger normaler Ausbruch von Akne im Erwachsenenalter gewesen ist, womit er sich schon seit Jahren herumgeschlagen hat... aber gleichzeitig nehmen Sie an, daß er sich auf Grund seines unerträglichen eigenen Spiegelbildes erschossen hat. Das ist eine *merkwürdige* Diagnose, Mike.«

»Ich habe nie behauptet, daß es die Akne allein gewesen

ist«, widersprach Houston. Er klang verärgert. »Das Schlimme an diesen Problemen ist, daß sie immer paarweise auftreten, in Trios, ja in ganzen Scharen. Es kommt niemals eines nach dem anderen. Die Psychiater haben die höchste Selbstmordrate pro zehntausend Angehörigen ihres Berufsstandes, Billy, aber die Polizisten stehen ihnen darin nicht sehr nach. Vermutlich hat sich eine Kombination von mehreren Faktoren ergeben – und der Akneausbruch könnte dabei der Tropfen gewesen sein, der das Faß um Überlaufen gebracht hat.«

»Sie hätten ihn sehen sollen«, erwiderte Billy grimmig. »Das war kein Tropfen. Das war der ganze verdammte Ozean.«

»Da er uns keinen Abschiedsbrief hinterlassen hat, werden wir es wohl niemals erfahren, nicht wahr?«

»Jesus«, sagte Billy und fuhr sich mit der freien Hand nervös durch die Haare. »Jesus Christus.«

»Außerdem tun die Gründe für Duncan Hopleys Selbstmord hier nichts zur Sache.«

»Für mich schon«, widersprach Billy. »Und ob.«

»Es kommt mir aber eher so vor, als ob es hier in Wirklichkeit um etwas anderes geht. Ihre Psyche spielt Ihnen einen bösen Streich, Billy. Sie sind in eine Schuldfalle getappt. Sie haben da eine Meise, eine, die Ihnen etwas über Zigeunerflüche einflüstert... und als Sie in jener Nacht zu Duncan Hopley gegangen sind, da haben Sie einfach etwas gesehen, was gar nicht existierte.« Er hatte jetzt einen warmherzigen Mir-können-Sie-alles-sagen-Ton angeschlagen. »Haben Sie vorher zufällig noch mal kurz in *Andy's Pub* hineingesehen, um noch ein paar Gläser zu trinken? Sie wissen schon, nur, um sich für die Begegnung ein wenig Mut zu machen?«

»Nein.«

»Sind Sie sicher? Heidi hat mir gesagt, daß Sie sich in letzter Zeit sehr häufig bei Andy aufgehalten und dort einige Stunden verbracht hätten.«

»Wenn das wahr wäre«, konterte Billy kaltschnäuzig, »dann müßte Ihre Frau mich ja wohl dort gesehen haben, glauben Sie nicht?«

Es folgte ein langes Schweigen. Dann sagte Houston tonlos: »Das war verdammt tief unter der Gürtellinie, Billy. Aber, das ist, ehrlich gesagt, genau der Kommentar, den ich von einem Mann erwarte, der unter äußerster psychischer Belastung steht.«

»Äußerste psychische Belastung, psychische Anorexie, ihr Typen habt wohl für alles euren Fachausdruck. Aber Sie hätten ihn sehen sollen! Sie hätten sehen sollen, wie er...« Billy unterbrach sich. Er mußte wieder an die entzündeten Pusteln auf Hopleys Wangen denken, an die Nase, die in dieser grausamen Landschaft, in diesem zerstörten Gesicht fast nicht mehr zu erkennen gewesen war.

»Billy, verstehen Sie denn nicht, daß Ihre Psyche krampfhaft nach einer logischen Erklärung für das sucht, was mit Ihnen geschieht? Sie fühlt sich schuldig wegen dieser Zigeunerin, und deshalb...«

»Der Fluch war vorbei, nachdem er tot war«, hörte Billy sich plötzlich sagen. »Vielleicht hat es deshalb nicht mehr so schlimm ausgesehen. Es ist genauso wie in den Werwolffilmen, die wir uns als Kinder angesehen haben, Mike. Wenn der Werwolf schließlich getötet ist, wird er wieder ganz zum Menschen!«

Aufregung ersetzte die Verwirrung, die ihn befallen hatte, als er die Nachricht von Duncan Hopleys Tod und seiner mehr oder weniger ganz normalen Hautkrankheit gehört hatte. Seine Gedanken überschlugen sich jetzt auf ganz neuen Wegen, erforschten sie eilig, wägten die Möglichkeiten und Wahrscheinlichkeiten gegeneinander ab.

Wohin geht so ein Fluch, wenn der Verfluchte schließlich ins Gras beißt? Scheiße. Ebensogut könnte man danach fragen, wohin der letzte Atemzug eines sterbenden Menschen geht. Oder seine Seele. Weg, natürlich. Er geht einfach weg. Weg, weg, weg. Gibt es da vielleicht auch einen Weg, ihn weggehen *zu lassen?*

Rossington – der war der erste. Rossington da draußen in der Mayo-Klinik, der sich verzweifelt an den Gedanken klammerte, daß er Krebs hatte, weil die Alternative um so vieles schrecklicher war. Würde er sich, wenn er starb, auch wieder zurückverwandeln, wieder normal werden...?

Ihm wurde bewußt, daß Houston schon eine Weile schwieg. Und wieder hörte er das Geräusch im Hintergrund, unangenehm vertraut... ein Schluchzen. Schluchzte Heidi etwa so?

»Warum heult sie?« fragte er grob.

»Billy...«

»Geben Sie sie mir mal!«

»Billy, wenn Sie sich *hören* könnten...«

»*Verflucht noch mal, geben Sie sie mir!*«

»Nein, das werde ich nicht tun. Nicht, solange Sie sich so aufführen.«

»Hören Sie mal, Sie lächerlicher, kleiner Kokain schnupfender...«

»*Billy! Schluß jetzt!*«

Houston brüllte so laut, daß Billy den Hörer einen Augenblick lang vom Ohr weghielt. Als er ihn wieder ansetzte, hatte das Schluchzen aufgehört.

»Jetzt hören Sie mir mal gut zu«, sagte Houston. »Es gibt keine Werwölfe und Zigeunerflüche! Ich komme mir schon ganz dämlich vor, daß ich Ihnen das überhaupt sagen muß, Bill!«

»Mann, können Sie denn nicht verstehen, daß gerade das ein Teil des Problems ist?« fragte Billy sanft. »Verstehen Sie denn nicht, daß genau dies der Grund ist, warum die Kerle die ganzen letzten zwanzig Jahrhunderte damit durchkommen konnten?«

»Billy. *Wenn* irgendein Fluch auf Ihnen liegt, dann hat Ihr eigenes Unterbewußtsein Ihnen den auferlegt! Alte Zigeuner können überhaupt niemanden verfluchen. *Aber Ihr eigenes Unterbewußtes, in der Gestalt eines alten Zigeuners, kann es.*«

»Mich, Hopley und Rossington«, ergänzte Billy lakonisch. »Und das auch noch zur gleichen Zeit. Mike, Sie sind derjenige, der hier einen blinden Fleck hat. Zählen Sie doch mal eins und eins zusammen.«

»Wenn man es zusammenzählt, kommt ein Zufall dabei heraus, mehr nicht. Wie oft sollen wir noch um den heißen Brei herumreden, Billy? Lassen Sie sich von den Ärzten helfen. Hören Sie damit auf, Ihre Frau in den Wahnsinn zu treiben.«

Einen Augenblick war er fast versucht, einfach nachzugeben und Houston zu glauben – es lag soviel Vernunft und gesunder Menschenverstand in seiner Stimme, so wütend sie auch klang, daß sie irgendwie tröstlich auf ihn wirkte.

Doch dann fiel ihm wieder ein, wie Hopley den Schirm der Schreibtischlampe so gedreht hatte, daß das Licht ihm direkt aufs Gesicht gefallen war. Und er hörte Hopley wieder sagen: *Ich würde ihn ganz langsam umbringen. Ich will Ihnen die Details ersparen.*

»Nein«, sagte er deshalb. »In der Glassman-Klinik können sie mir nicht helfen, Mike.«

Houston seufzte schwer. »Wer kann es denn, Bill? Der alte Zigeuner etwa?«

»Wenn ich ihn finden kann, vielleicht«, antwortete Billy. »Und da ist noch jemand, der mir vielleicht helfen kann. Ein Pragmatiker, genau wie Sie.«

Ginelli. Der Name war ihm plötzlich, während des Sprechens, gekommen.

»Aber ich glaube, in erster Linie muß ich mir selber helfen.«

»Das *erzähle* ich Ihnen ja die ganze Zeit!«

»Oh? Ich hatte den Eindruck, Sie hätten mir gerade eben geraten, in die Glassman-Klinik zurückzugehen.«

Houston seufzte wieder. »Ich glaube, Ihr Gehirn hat auch ganz schön an Gewicht verloren. Haben Sie eigentlich mal daran gedacht, was Sie Ihrer Frau und Ihrer Tochter alles zumuten? Haben Sie daran schon mal gedacht, Billy?«

Hat Heidi Ihnen eigentlich erzählt, was sie mit mir *gemacht hat, als der Unfall passierte?*, wäre Billy fast herausgeplatzt. *Hat sie Ihnen das noch nicht erzählt, Mike? Sie sollten sie mal danach fragen. Aber ja!*

»Billy?«

»Heidi und ich, wir werden darüber reden«, sagte Halleck ruhig.

»Aber, versuchen Sie ja nicht...«

»Ich finde, wenigstens in einem Punkt haben Sie recht, Mike.«

»Ja? Schön für mich. Und das wäre?«

»Wir sind schon zu lange um den heißen Brei herumgeschlichen«, antwortete Billy und legte auf.

Sie sprachen nicht darüber.

Billy versuchte es zwar ein paarmal, aber Heidi schüttelte nur mit blassem, gefaßtem Gesicht den Kopf und sah ihn vorwurfsvoll an. Sie antwortete ihm nur einmal.

Und zwar drei Tage nach dem Telefongespräch, das er mit Houston geführt hatte, das Gespräch, das Heidis Schluchzen als Hintergrundmusik begleitet hatte.

Sie hatten gerade ihr Abendessen beendet.

Halleck hatte wieder seine gewöhnliche Holzfällerportion verdrückt – drei Hamburger mit Brötchen, Gurken, Ketchup und allem Drum und Dran, vier Maiskolben (mit Butter), einen Berg Pommes frites und zwei Pfirsichtörtchen mit Vanillesoße zum Nachtisch. Sein Appetit war nicht besonders groß, aber er hatte eine alarmierende Entdeckung gemacht – wenn er nichts aß, nahm er noch schneller ab.

Heidi war nach seinem Gespräch – Streit – mit Houston blaß und still nach Hause gekommen. Ihr Gesicht war von den Tränen, die sie in Houstons Sprechzimmer vergossen hatte, noch ganz verquollen gewesen. Da er selbst ganz nervös und unglücklich gewesen war, hatte er weder zu Mittag noch zu Abend etwas gegessen... und als er sich dann am anderen Morgen gewogen hatte, war er um fünf Pfund auf 167 herunter.

Er hatte die Zahl angestarrt und plötzlich einen Schwarm Motten gefühlt, die in seinem Magen herumzuflattern schienen.

Fünf Pfund, hatte er gedacht. *Mein Gott, fünf Pfund an einem einzigen Tag!*

Seitdem hatte er keine Mahlzeit mehr ausgelassen.

Im Augenblick deutete er auf seinen leergeputzten Teller mit den säuberlich abgenagten Maiskolben und den Soßenresten von Hamburgern, Salat und Pommes frites, sowie auf die Vanillesauce des Nachtischs.

»Sieht das nach einer *Anorexia nervosa* aus, Heidi?« fragte er sie. »Sag mir's, sieht das danach aus?«

»Nein«, antwortete sie widerwillig. »Nein, aber...«

»Ich habe den ganzen letzten *Monat* soviel gegessen«, fuhr er fort. »Und während dieses Monats habe ich an die siebzig Pfund abgenommen. Würdest du mir bitte mal erklären, wie mein Unterbewußtsein diesen Trick zustande bringt? Zwei Pfund pro Tag abzunehmen bei einer täglichen Zufuhr von gut und gerne sechstausend Kalorien?«

»Ich... ich weiß es nicht... aber Mike... Mike sagt...«

»Du weißt es nicht, und ich weiß es nicht«, sagte Billy und warf ärgerlich seine Serviette auf den Teller. Sein Magen ächzte und stöhnte unter dem Gewicht der Speisen, die er gerade in sich hineingestopft hatte. »Und Michael Houston weiß es genausowenig.«

»*Aber, wenn es ein Fluch ist, warum geschieht mir denn nichts*?« schrie sie ihn unvermittelt an. Obwohl ihre Augen vor Wut funkelten, sah er schon die Tränen, die dahinter standen.

Betroffen, erschrocken und für einen Augenblick nicht fähig, sich zu beherrschen, schrie er zurück: »*Weil er es nicht gewußt hat, deshalb! Das ist der einzige Grund! Er hat es nicht gewußt*!«

Heulend stieß sie den Stuhl zurück, fiel fast darüber und floh aus dem Zimmer, die Hände gegen die Stirn gepreßt, als hätte sie soeben hämmernde Kopfschmerzen bekommen.

»Heidi!« rief er ihr nach und sprang so schnell auf, daß sein Stuhl nach hinten überkippte. »Heidi, komm zurück!«

Ihre Schritte hielten nicht auf der Treppe. Er hörte eine Tür zuschlagen – nicht ihre Schlafzimmertür. Es war viel zu weit hinten auf dem Flur. Lindas oder das Gästezimmer.

Er tippte sofort auf das Gästezimmer und behielt recht. In der Woche, bevor er fortfuhr, schlief sie nicht mehr bei ihm.

Diese Woche – die letzte, bevor er fuhr – war in seiner Erinnerung ein einziger verworrener Alptraum. Das blieb auch so, als er später versuchte, darüber nachzudenken. Das Wetter war heiß und drückend schwül geworden, so als hätten die Hundstage sie in diesem Jahr früher heimgesucht. Selbst die Bäume am frischen, kühlen Lantern Drive mit seinen sündhaft teuren Villen schienen zu welken. Billy Halleck aß und schwitzte, schwitzte und aß...

Und sein Gewicht sank langsam aber sicher weiter, und das ließ sich durch nichts aufhalten. Am Ende dieser Woche, als er sich bei Avis einen Wagen mietete, um die Interstate 95 nach Maine und New Hampshire hinaufzufahren, hatte er wieder elf Pfund abgenommen. Jetzt wog er nur noch 156.

Während dieser Woche riefen ihn immer wieder die Ärzte aus der Glassman-Klinik an. Und auch Michael Houston versuchte es ununterbrochen. Heidi sah ihn nur mit anklagenden, dunkel umringten Augen an und sagte nichts. Als er davon sprach, Linda anzurufen, erwiderte sie bloß mit dünner, müder Stimme: »Mir wäre es lieber, wenn du das nicht tätest.«

Am Freitag, einen Tag, bevor er losfuhr, rief Houston ihn noch einmal an.

»Michael«, sagte er und schloß die Augen. »Ich nehme schon keine Anrufe aus der Glassman-Klinik mehr entgegen. Ich werde auch von Ihnen keinen Anruf mehr annehmen, wenn Sie nicht mit diesem Mist aufhören!«

»Das würde ich gerade jetzt nicht tun«, sagte Houston eindringlich. »Ich möchte, daß Sie mir jetzt ganz genau zuhören, Billy. Es ist äußerst wichtig.«

Billy hörte sich Houstons neuen Quatsch ohne große Überraschung an. Er empfand nur Zorn und eine tiefe Enttäuschung darüber, von allen verraten zu sein. Aber das hatte er ja schließlich kommen sehen.

Heidi hatte Houston noch einmal aufgesucht. Sie hatten eine sehr gründliche Unterredung miteinander gehabt, die wohl mit noch mehr Tränen geendet hatte. Danach hatte Houston ein langes Gespräch mit den drei Stooges in der

Glassman-Klinik geführt (»Keine Sorge, Billy, läuft alles unter Dienstgespräch!«). Houston hatte Heidi dann wieder zu sich gebeten. Sie waren alle der Meinung, daß Billy vielleicht von einer Serie psychologischer Tests profitieren könnte.

»Und ich möchte Sie dringendst bitten, sich diesen Tests aus eigenem freien Willen zu unterziehen«, schloß Houston.

»Darauf verwette ich meinen Arsch. Und ich wette *auch*, daß ich schon weiß, wo diese Tests stattfinden sollen. In der Glassman-Klinik. Na, hab ich den Blumentopf gewonnen?«

»Nun, wir dachten, das wäre der logische –«

»Ah, ja, ich verstehe. Und während sie in meinem Gehirn rumwühlen, werden die Barium-Spritzen selbstverständlich fortgesetzt, stimmt's?«

Houston schwieg vielsagend.

»Und wenn ich nein sage?«

»Heidi hat eine Rechtsgrundlage«, antwortete Houston vorsichtig. »Sie verstehen, was ich meine?«

»Ich verstehe«, sagte Billy. »Sie reden davon, daß Sie und Heidi und die drei Stooges sich zusammensetzen werden, um mich nach Sunnyvale Acres, Korbflechten-ist-unsere-Spezialität, einweisen zu können.«

»Das hört sich ziemlich melodramatisch an, Billy. Sie macht sich sehr große Sorgen um Linda, ebenso wie um Sie.«

»Wir machen uns beide Sorgen um Linda«, erwiderte Billy. »Und ich mache mir auch um Heidi Sorgen. Es gibt Augenblicke, da bin ich so stinksauer auf sie, daß es mich ganz krank macht, aber hauptsächlich liebe ich sie immer noch, also mache ich mir auch Sorgen um sie. Sehen Sie, Mike, sie hat Sie in gewisser Weise irregeführt.«

»Ich weiß nicht, wovon Sie sprechen.«

»Ich weiß, daß Sie das nicht wissen. Und ich habe auch nicht vor, es Ihnen zu sagen. Sie wird es vielleicht tun – aber ich glaube eher, daß sie es unterlassen wird. Sie will nur eines: So schnell wie möglich vergessen, daß die ganze Sache überhaupt geschehen ist. Und wenn sie Sie in bestimmte Details einweihen würde, wäre ihre Ruhe wieder empfindlich gestört. Sagen wir's mal so, Heidi hat ihre eigene Schuldfalle, mit der sie zurechtkommen muß. Ihr Zigarettenkonsum ist von einer Schachtel auf zweieinhalb pro Tag gestiegen.«

Eine lange Pause am anderen Ende – und dann kehrte Houston wieder zu seinem ursprünglichen Thema zurück: »Wie dem auch sei, Billy, Sie müssen einsehen, daß diese Tests im Interesse aller Betei...«

»Leben Sie wohl, Mike«, sagte Billy und legte leise den Hörer auf.

15. Kapitel: Zwei Telefonate

Billy rannte den Rest des Nachmittags aufgeregt im voll klimatisierten Haus herum und warf in jedem Spiegel und jeder polierten Oberfläche einen Blick auf sein neues Selbst. *Die Art, wie wir uns selbst wahrnehmen, hängt mehr von der Wahrnehmung unserer Körperausmaße ab, als wir gemeinhin annehmen.*

Der Gedanke hatte für ihn durchaus nichts Tröstliches.

Mein eigenes Wertgefühl hängt davon ab, wieviel Luft ich beim Herumlaufen verdränge. Himmel, welch ein erniedrigender Gedanke. Dieser Mr. T. könnte sich einen Einstein unter den Arm klemmen und den ganzen Tag damit herumwandern wie mit einem ... mit einem Schulbuch. Aber macht das diesen Mr. T. in irgendeiner Form besser, macht es ihn gewichtiger?

Ein quälendes T.S.-Eliot-Echo hallte leise wie eine weit entfernte Kirchenglocke am Sonntagmorgen in seinem Kopf nach: *Das habe ich nicht gemeint. Das habe ich ganz und gar nicht gemeint.* Was ja wohl auch stimmte. Die Vorstellung von Körpergröße als Ausdruck von Würde, Intelligenz oder auch als Beweis für Gottes Fürsorge war spätestens, als der fettleibig umherwatschelnde William Howard Taft das Präsidentenamt dem schlanken beinahe hageren – Woodrow Wilson überlassen mußte, ausgestorben.

Die Art, wie wir die Realität *wahrnehmen, hängt in einem größeren Maß von der Wahrnehmung unserer Körpermasse ab, als wir gemeinhin glauben.*

Ja – die Realität. Das kam dem Kern der Sache schon näher. Wenn man mitansah, wie man selbst Pfund für Pfund wie eine komplizierte Mathematikaufgabe von der Tafel weggewischt wurde, Strich für Strich, Rechenschritt für Rechenschritt, dann hatte das einigen Einfluß auf die eigene Realitätswahrnehmung.

Er war fett gewesen – nein, nicht nur massig, keine paar

Pfund Übergewicht, sondern fett wie eine Sau. Dann war er eine Zeitlang untersetzt gewesen, beinahe ganz normal, (falls es so etwas überhaupt gab – doch die drei Stooges von der Glassman-Klinik schienen ja davon auszugehen) und danach dünn. Jetzt fing das Dünnsein langsam an, in ein weiteres Stadium überzugehen: Dürrsein. Und was kam danach? Auszehrung, vermutlich. Und danach etwas, das noch außerhalb seiner Vorstellungskraft lag.

Er machte sich keine ernsthaften Sorgen, daß man ihn bald in eine Irrenanstalt einweisen würde. Solche Prozeduren dauerten. Aber das letzte Gespräch mit Houston hatte ihm deutlich gezeigt, wie weit die Dinge schon fortgeschritten waren und wie undenkbar es war, daß ihm auch nur ein Mensch glauben würde – weder jetzt noch irgendwann. Er hätte gern Kirk Penschley angerufen – ein fast nicht zu bezähmender Drang trieb ihn dazu, obwohl er genau wußte, daß Kirk ihn sofort anrufen würde, sobald eine der drei Agenturen, die die Firma unter Vertrag hatte, etwas herausgefunden hatte.

Statt dessen wählte er eine andere New Yorker Nummer, eine, für die er in seinem Adreßbuch bis auf die letzte Seite zurückblättern mußte, um sie zu finden. Seit den ersten Augenblicken dieser Geschichte war Richard Ginellis Name immer wieder in seinen Gedanken aufgetaucht und dann wieder verschwunden – jetzt war der Zeitpunkt gekommen, ihn anzurufen.

Nur für alle Fälle.

»Three Brothers«, meldete sich eine Stimme am anderen Ende. »Unsere Spezialitäten sind heute abend Kalbfleisch in Marsalasauce und Fettuccine Alfredo nach Art des Hauses.«

»Mein Name ist William Halleck. Ich hätte gern mit Mr. Ginelli gesprochen, wenn er im Augenblick zu erreichen ist.«

Die Stimme schien einen Moment zu zögern und wiederholte dann: »Halleck?«

»Ja.«

Der Hörer wurde hingelegt. Billy hörte in weiter Ferne Töpfe und Pfannen klappern. Jemand fluchte auf italienisch. Jemand anderer lachte. Wie alles in letzter Zeit drangen auch diese Geräusche wie aus weiter Ferne zu ihm.

Schließlich wurde der Hörer wieder aufgenommen.

»William!« Wie so oft mußte Billy denken, daß Ginelli der einzige Mensch auf dieser Welt war, der ihn William nannte. »Wie geht es dir, *paisan*?«

»Ich habe abgenommen.«

»Na, das ist ja großartig«, sagte Ginelli. »Du warst zu dick, William. Das muß ich dir schon mal sagen; viel zu dick. Wieviel hast du abgenommen?«

»Zwanzig Pfund.«

»He! Gratuliere! Dein Herz wird es dir danken. Ganz schön hart, soviel abzunehmen, nicht wahr? Brauchst mir gar nichts zu erzählen, ich kenne das. Diese miesen Kalorien klammern sich ganz gemein fest. Bei Kerlen wie dir hängen sie irgendwann mal vorn über den Gürtel. Bei Südländern wie mir reißt einem eines Tages der Hosenboden auf, wenn man sich nach vorn beugt, um die Schuhe zuzuschnüren.«

»Eigentlich war's gar nicht so schlimm.«

»Auch gut. Du kommst zu uns, zu den *Three Brothers*, William. Ich werde dir mein ganz persönliches Spezialgericht kochen. Neapolitanisches Hühnchen. Dadurch wirst du alles Gewicht, das du verloren hast, bei einer Mahlzeit wieder zunehmen.«

»Könnte gut sein, daß ich mal darauf zurückkomme«, sagte Halleck mit dem Anflug eines Lächelns. Er betrachtete sich im Spiegel an seiner Bürowand, und plötzlich kam es ihm so vor, als zeigte er beim Lächeln zu viele Zähne, als säßen diese Zähne viel zu weit vorne. Das Lächeln verschwand sofort.

»Ja, gut, ich meine es nämlich ernst. Du fehlst mir, William. Wir haben uns zu lange nicht gesehen. Und das Leben ist kurz, *paisan*. Ich meine, es ist *kurz*, hab ich recht?«

»Ja, ist wohl so.«

Ginellis Stimme wurde eine Spur tiefer. »Ich habe gehört, daß du da oben in Connecticut Schwierigkeiten gehabt hast.« Er betonte Connecticut so, als wäre es ein gottverlassener Ort irgendwo in Grönland. »Hat mir sehr leid getan.«

»Wie hast du das herausgefunden?« fragte Billy verblüfft. Soweit er wußte, hatte nur eine knappe, beiläufige Meldung über den Unfall im *Fairview Reporter* gestanden, ohne Namensnennung. Die New Yorker Zeitungen hatten jedenfalls nichts davon berichtet.

»Ich halte eben meine Ohren offen«, antwortete Ginelli. *Denn die Ohren offenzuhalten ist das, worauf es wirklich ankommt,* dachte Halleck und fröstelte.

»Genau damit habe ich im Augenblick Probleme.« Er wählte seine Worte ganz vorsichtig. »Sie sind... es sind keine Schwierigkeiten mit dem Gesetz... diese Frau – weißt du von dieser Frau?«

»Ja. Ich hab' gehört, sie soll eine Zigeunerin gewesen sein.«

»Ja, stimmt. Sie hatte einen Mann. Er hat... er bereitet mir einige Probleme.«

»Wie heißt er?«

»Lemke, glaube ich. Ich will versuchen, allein damit fertig zu werden, aber ich dachte... vielleicht könnte ich...«

»Klar. Sicher. Jederzeit. Ruf mich an. Vielleicht kann ich was für dich tun. Vielleicht auch nicht. Vielleicht entscheide ich auch, daß ich dir überhaupt nicht helfen möchte. Ich meine, Freunde sind eben Freunde, und Geschäft bleibt nun mal Geschäft. Du verstehst doch, wie ich das meine?«

»Ja, das verstehe ich.«

»Manchmal gehen Freundschaft und Geschäft ganz gut zusammen, aber manchmal auch nicht, hab' ich recht?«

»Ja.«

»Versucht dieser Kerl, dir was anzutun?«

Halleck zögerte. »Ich möchte im Augenblick lieber noch nicht soviel darüber reden, Richard. Diese Sache ist ziemlich eigenartig. Aber, ja, er setzt mir ganz schön zu. Ziemlich hart sogar.«

»Ach, Scheiße, William, wir sollten jetzt darüber reden!« Die Betroffenheit in Ginellis Stimme war spontan und echt. Halleck spürte warme Tränen auf seinen Lidern und rieb sich mit einer Hand kräftig über die Wange.

»Ich ... ich weiß das zu schätzen – wirklich. Aber ich möchte zunächst einmal versuchen, das alleine durchzustehen. Mir ist noch gar nicht richtig klar, welche Hilfe ich mir von dir erhoffe.«

»Wenn du mich anrufen willst, ich bin immer zu erreichen, William. In Ordnung?«

»In Ordnung. Und danke.« Er zögerte wieder. »Richard, sag mal – bist du abergläubisch?«

»Ich? Du fragst einen alten Spaghettifresser wie mich, ob ich abergläubisch sei? Mich, der ich in einer Familie aufgewachsen bin, in der die Mutter und die Großmutter und sämtliche Tanten ständig die Heilige Maria gepriesen und alle Heiligen angebetet haben, von denen man je gehört hat, und dazu noch eine ganze Horde, von denen man noch nie was gehört hat, die jedesmal, wenn einer starb, den Spiegel verhängt und das Zeichen zur Abwendung des Bösen Blicks gemacht haben, sobald ihnen eine Krähe oder eine schwarze Katze über den Weg gelaufen ist? Mir? *Mir* stellst du so eine Frage?«

»Ja«, sagte Halleck und mußte trotz der Tränen lachen. »Ich stelle dir so eine Frage.«

Richard Ginellis Stimme klang bei der Antwort hart, gepreßt und gänzlich humorlos: »Ich glaube nur an zwei Dinge, William: Geld und Gewehre. Daran glaube ich. Du darfst mich da gerne zitieren. Abergläubisch? Ich nicht, *paisan*. Du mußt dich da in der Person geirrt haben.«

»Das ist gut«, sagte Billy, und plötzlich strahlte er über das ganze Gesicht. Es war das erste richtige Lächeln, das er seit fast einem Monat spürte, und es tat gut – es tat *verdammt* gut.

Am selben Abend, kurz nachdem Heidi nach Hause gekommen war, rief Penschley an.

»Deine Zigeuner haben uns ein fröhliches Jagen bereitet«, leitete er munter seinen Bericht ein. »Deine Gebühren haben sich bisher schon auf fast zehntausend Dollar angehäuft, Bill. Zeit, das Ganze fallen zu lassen, findest du nicht?«

»Sag mir erst mal, was ihr rausgefunden habt«, antwortete Halleck. Seine Hände schwitzten.

Penschley fing in seiner trockenen ›erfahrener-Staatsmann‹-Manier zu berichten an.

Die Zigeunergruppe war zuerst in Greno, einer Stadt, in Connecticut, zirka dreißig Meilen nördlich von Milford, gesichtet worden. Nach einer Woche war sie aus Greno verjagt worden und hatte sich danach nach Pawtucket in der Nähe von Providence, Rhode Island, begeben. Nach Pawtucket kam Attleboro, Massachusetts.

In Attleboro war einer von ihnen wegen Ruhestörung verhaftet, kurz darauf aber auf Grund einer lächerlichen Kaution wieder freigelassen worden.

»Folgendes muß passiert sein«, sagte Penschley. »Da war ein Kerl aus der Stadt, ein ziemlich bulliger Typ, der vierteldollarweise über zehn Dollar am Glücksrad verloren hatte. Er hat dem Mann, der das Rad bediente, erzählt, daß das Rad getürkt sei und daß er es ihnen heimzahlen würde. Zwei Tage später sah er zufällig, wie der Zigeuner aus einem Tag und Nacht geöffneten Geschäft auf die Straße trat. Erst wurden ein paar böse Worte gewechselt, und dann folgte eine Schlägerei auf einem nahegelegenen Parkplatz. Unter den Stadtleuten gab es ein paar Zeugen, die aussagten, daß der Stadtkerl den Streit angefangen hätte. Aber es gab noch ein paar Zeugen mehr, die sich dafür verbürgten, daß es der Zigeuner gewesen wäre. Auf jeden Fall wurde der Zigeuner festgenommen. Als er die Kaution vorlegte, war die städtische Polizei erleichtert. Das ersparte ihnen eine Menge Prozeßkosten und veranlaßte vor allem die Zigeuner, schleunigst die Stadt zu verlassen.«

»So läuft das immer, nicht wahr?«, sagte Billy. Sein Gesicht war plötzlich brennend heiß geworden. Er war ziemlich sicher, daß der Mann, der in Attleboro verhaftet worden war, der junge Jongleur mit seinen Bowlingkegeln gewesen war, der schon im Fairview-Stadtpark eine ähnliche Vorstellung gegeben hatte.

»Ja, so ziemlich«, bestätigte Penschley. »Die Zigeuner kennen das schon. Die Bullen sind heilfroh, wenn der Kerl erst mal weg ist. Dann brauchen sie keinen großen Bericht zu schreiben und keine Fahndung einzuleiten. Es ist wie mit dem Staubkorn, das einem ins Auge fliegt. In dem Augenblick ist das Staubkorn das einzige, woran man denken kann. Dann fängt das Auge an zu tränen und spült es wieder heraus. Und wenn der Schmerz erst einmal vorbei ist, dann achtet man nicht mehr darauf, wohin das Staubkorn gekommen ist, oder?«

»Ein Staubkorn? Ist es das, was er für die Welt darstellt?«

»Für die Attleboro-Polizei war er genau das und nicht mehr. Willst du jetzt den Rest hören, Bill, oder sollen wir vorher erst noch eine Weile über die Notstände bei den diversen Minderheitsgruppen moralisieren?«

»Gib mir bitte den Rest durch.«

»Danach ließen die Zigeuner sich in Lincoln, Massachusetts, nieder. Dort blieben sie drei Tage, bevor sie wieder rausgeschmissen wurden.«

»War es die ganze Zeit über dieselbe Gruppe? Seid ihr da sicher?«

»Ja. Immer dieselben Fahrzeuge. Ich habe hier eine Liste mit den polizeilichen Kennzeichen – hauptsächlich Texas- und Delaware-Nummernschilder. Willst du sie haben?«

»Später. Wie geht's weiter?«

Es gab nicht mehr viel zu erzählen. Die Zigeuner waren in Revere, nördlich von Boston, aufgetaucht, zehn Tage dort geblieben und dann aus freien Stücken weitergezogen. Vier Tage in Portsmouth, New Hampshire... danach waren sie einfach aus dem Blickfeld verschwunden.

»Wir können ihre Fährte wieder aufnehmen, wenn du willst«, sagte Penschley. »Im Augenblick sind wir erst weniger als eine Woche hinter ihnen her. Es sind drei erstklassige Detektive von Barton Detective Services auf sie angesetzt, und alle drei glauben, daß die Zigeuner sich mit Sicherheit noch irgendwo in Maine herumtreiben. Sie sind immer parallel zur Interstate – 95 die gesamte Küste von Connecticut hinaufgezogen – sagenhaft! Sie kommen schon den ganzen Weg die Küste herauf. Mindestens von Carolinas. Das hat der Greely-Mann herausgefunden, der ihre Spur zurückverfolgt hat. Fast wie ein Wanderzirkus. Sie werden vermutlich die Haupttouristenorte von Südmaine abklappern. Ogunquit und Kennebunkport, sich dann nach Boothbay Harbor hocharbeiten und in Bar Harbor wahrscheinlich aufhören. Wenn die Touristensaison zu Ende geht, werden sie nach Florida oder an die Golfküste von Texas zurückkehren, um dort zu überwintern.«

»Ist ein alter Mann bei ihnen?« fragte Halleck, der den Hörer jetzt fest umklammerte. »So um die achtzig? Mit einer fürchterlichen Nase – sie ist ganz wund. Krebs oder so was!«

Ein Blättergeraschel, das ewig zu dauern schien.

»Taduz Lemke«, sagte Penschley ruhig. »Der Vater von der Frau, die du überfahren hast. Ja, er ist bei ihnen.«

»*Vater*?« keuchte Halleck. »Das kann nicht sein, Kirk! Sie war schon *alt*. Mindestens siebzig, wenn nicht fünfundsiebzig –«

»Taduz Lemke ist einhundertundsechs Jahre alt.«

Halleck verschlug es für einen Moment die Sprache. Seine Lippen bewegten sich, aber das war auch alles. Er sah aus wie ein Mann, der gerade von einem Gespenst geküßt worden ist. Dann konnte er nur seine eigenen Worte wiederholen: »Das kann nicht sein!«

»Ein Alter, um das wir ihn zweifellos alle beneiden können«, sagte Penschley, »aber durchaus nicht unmöglich. Sie sind heute alle registriert, mußt du wissen. Sie ziehen nicht mehr so wie früher in Karawanen durch Osteuropa – obwohl ich mir gut vorstellen kann, daß die Älteren unter ihnen wie dieser Lemke sich manchmal danach sehen, daß es noch so wäre. Ich habe hier einige Fotos für dich... Sozialversicherungsnummern... Fingerabdrücke, wenn du sie haben willst. Lemke hat verschiedentlich behauptet, daß er einhundertundsechs Jahre alt wäre, manchmal auch hundertacht und gelegentlich mal hundertzwanzig. Ich nahme an, daß einhundertsechs so ungefähr stimmen muß, denn das paßt auch mit den Informationen auf seiner Sozialversicherungskarte zusammen, die die Barton-Agenten uns beschaffen konnten.

Susanna Lemke ist seine Tochter gewesen, daran besteht kein Zweifel. Und er selbst ist als ›Präsident der Taduz Company‹ eingetragen, aber frag mich nicht, was das heißen soll. Vermutlich ist das die Firma, die die verschiedenen Glücksspiellizenzen besitzt, die sie erwerben mußten... was wiederum heißt, daß Lemke das Oberhaupt des Stammes oder der Bande – oder wie immer sie sich nennen mögen – ist.«

Seine *Tochter*? Lemkes *Tochter*? Das veränderte in Billys Augen alles. Angenommen, jemand hätte Linda auf offener Straße wie einen herumstreunenden Köter überfahren? Angenommen, es wäre Linda gewesen, die da...?

»... ihn lieber abschließen?«

»Häh?« Er versuchte, sich wieder auf Kirk Penschley zu konzentrieren.

»Ich habe gefragt, ob du sicher bist, daß du noch weitermachen willst, oder ob wir den Fall nicht lieber abschließen sollten. Er kommt dich teuer zu stehen, Bill.«

»Bitte, laß sie noch ein wenig dranbleiben«, sagte Halleck. »Ich rufe dich in vier Tagen an – nein, lieber drei –, um nachzufragen, ob ihr bis dahin den Ort gefunden habt, an dem sie sich gerade aufhalten.«

»Das brauchst du nicht«, antwortete Penschley. »Falls – *wenn* – die Barton-Leute sie finden sollten, wirst du der erste sein, der es erfährt.«

»Ich werde nicht mehr hier sein«, sagte Halleck langsam.

»Oh?« Penschleys Antwort klang absichtlich unverbindlich. »Wo wirst du dann sein?«

»Unterwegs«, erklärte Halleck leise und legte den Hörer auf. Er saß vollkommen still. Seine Gedanken schwirrten wie verwirrte Hummeln durch seinen Kopf. Seine Finger – seine sehr *dünnen* Finger – trommelten ruhelos auf die Schreibtischplatte.

16. Kapitel: Billys Brief

Heidi ging am nächsten Vormittag kurz nach zehn aus dem Haus. Sie schaute nicht kurz in Billys Zimmer rein, um ihm zu sagen, wohin sie ging und wann sie zurückkäme – diese liebenswerte, vertraute Gewohnheit gab es zwischen ihnen nicht mehr.

Billy saß an seinem Schreibtisch und beobachtete, wie der Olds rückwärts aus der Einfahrt setzte und langsam auf die Straße fuhr. Einen winzigen Augenblick lang wandte Heidi den Kopf, und ihre Blicke schienen sich zu begegnen: seiner verstört und verängstigt, ihrer vorwurfsvoll anklagend: *Du hast mich dazu gebracht, unsere Tochter aus dem Haus zu schicken. Du lehnst die professionelle Hilfe, die du brauchst, einfach ab. Unsere Freunde fangen an, hinter unserem Rücken über uns zu reden. Du scheinst jemanden zu suchen, der dich als Copilot ins Ha-ha-Land manövriert – und ich bin dazu auserkoren... ich scheiß auf dich, Billy Halleck, mach deinen Kram allein und laß mich zufrieden! Brenn in der Hölle, wenn du Lust dazu hast, aber du hast kein Recht, mich darum zu bitten, mit dir gemeinsam in dieses Inferno zu steigen.*

Es war natürlich nur Einbildung. Sie konnte ihn so weit im Schatten des Zimmers ja gar nicht sehen.

Alles nur Einbildung, aber es tat weh.

Nachdem der Olds nicht mehr zu sehen war, spannte Billy einen Briefbogen in seine Olivetti und schrieb ›Liebe Heidi‹ auf die oberste Zeile. Es war der einzige Teil des Briefes, der ihm keine Schwierigkeiten bereitete. Alle anderen Sätze tippte er, einen nach dem anderen, mit langen Pausen, und tief im Innersten hoffte er, daß sie noch rechtzeitig zurückkäme, während er seine Sachen packte. Aber sie kam nicht. Schließlich zog er den Bogen aus der Maschine und las den Brief noch einmal durch:

Liebe Heidi,
wenn Du diese Zeilen liest, bin ich schon fort. Ich weiß noch nicht genau, wohin und auch nicht für wie lange. Aber ich hoffe, daß, wenn ich zurückkomme, alles vorüber ist. Dieser ganze Alptraum der letzten Zeit.

Heidi, Michael Houston hat in allem unrecht. Leda Rossington hat mir *wirklich* erzählt, daß der alte Zigeuner – er heißt übrigens Taduz Lemke – Cary angefaßt hat, und sie hat mir auch *wirklich* erzählt, daß auf Carys Haut jetzt Schuppen wachsen. Und Duncan Hopley war *wirklich* über und über mit Pickeln und Pusteln bedeckt...

Houston weigert sich konstant, eine ernsthafte Untersuchung dieser logischen Kette, die ich ihm zur Untermauerung meiner Vermutungen vorgelegt habe, anzustellen. Und er weigert sich noch standhafter, diese logische Kette mit den unerklärlichen Dingen in Zusammenhang zu bringen, die jetzt mit mir geschehen (155 heute morgen; jetzt sind's beinahe hundert Pfund). Er kann sich das nicht leisten – es würde bei ihm alles über den Haufen werfen, wenn er das machen würde. Er sähe mich lieber für den Rest meines Lebens in irgendeiner Irrenanstalt eingesperrt, als auch nur die *Möglichkeit in Erwägung zu ziehen*, daß dies alles auf Grund des Zigeunerfluchs geschehen konnte. Die Vorstellung, daß es so etwas Absonderliches wie Zigeunerflüche gibt – irgendwo auf dieser Welt, besonders aber hier in Fairview, Connecticut –, ist ein schreiender Widerspruch zu alledem, woran Houston bis jetzt geglaubt hat. Seine Götter kommen aus kleinen Fläschchen, nicht aus der Luft.

Aber ich glaube, irgendwo ganz tief in Deinem Innersten bist auch Du fähig, an diese Möglichkeit zu glauben. Ich glaube, daß ein Teil Deines Zornes, den Du in der letzten Woche auf mich verspürt hast, daher kommt, daß ich auf einer Meinung bestanden habe, *von der Dein eigenes Herz Dir sagt, daß sie der Wahrheit entspricht*. Du darfst mir gerne vorwerfen, ich würde hier den Amateurpsychologen spielen, aber ich habe mir folgendes dabei gedacht: Die Tatsache, daß nur einer von uns beiden für etwas bestraft wird, an dem wir gemeinsam beteiligt waren, führt mich dazu, an diesen Fluch zu glauben. Ich will damit sagen, daß Du Deinerseits Deinen Teil der Schuld verdrängst... und, weiß Gott, Heidi, der feige Teil in meiner Seele hat den Wunsch, daß Du, wenn ich schon durch diesen höllischen Verfall untergehen muß, eigentlich genau so etwas durchmachen solltest... das Unglück liebt nun mal Gesellschaft. Ich nehme an, daß wir alle so einen hundertprozentig durchtriebenen, mit Gold übertünchten Bastard in uns stecken haben, der so sehr mit unserem guten Teil verwoben ist, daß wir uns niemals ganz davon werden befreien können.

Aber es gibt auch noch eine andere Seite in mir, und diese andere Seite liebt Dich, Heidi. Sie würde niemals wünschen, daß Dir auch nur das geringste Leid geschieht. Dieser gute Teil hat eine intellektuelle, logisch denkende Seite, und das ist der Grund, warum ich wegfahre. Ich muß den Zigeuner finden. Ich muß Taduz Lemke finden und ihm sagen, was ich mir während der letzten Wochen ausgedacht habe. Es ist sehr leicht, jemanden zu beschuldigen, und es ist sehr leicht, sich rächen zu wollen. Aber wenn man die Dinge einmal etwas näher betrachtet, stellt man allmählich fest, daß jedes Ereignis immer ganz eng mit dem nächsten Ereignis verknüpft ist. Manche Dinge geschehen einfach, weil sie geschehen. Dieser Gedanke gefällt uns allen wohl nicht so gut, weil wir dann nicht mehr so leicht einen anderen schlagen können, um uns dadurch Erleichterung zu verschaffen. Wir müssen einen anderen Weg suchen; aber keiner dieser anderen Wege wird so einfach sein.

Ich will ihm sagen, daß gewiß keine böse Absicht hinter alledem gesteckt hat. Ich möchte ihn bitten, das, was er mit mir getan hat, rückgängig zu machen... vorausgesetzt, daß es überhaupt in seiner Macht liegt. Aber ich habe herausgefunden, daß mir vor allem eines am Herzen liegt: Ich möchte mich bei ihm entschuldigen. Für mich... für dich... und für ganz Fairview. Ich weiß heute eine ganze Menge mehr über Zigeuner als vorher, verstehst Du? Man könnte es wohl so ausdrücken, daß mir die Augen geöffnet worden sind. Ich halte es nur für fair, wenn ich Dir auch gleich noch eine andere Sache mitteile, Heidi – falls er den Fluch rückgängig machen kann, falls ich herausfinden sollte, daß ich nach alledem doch noch eine Zukunft habe, auf die ich mich freuen kann – dann werde ich diese Zukunft nicht in Fairview verbringen. Ich habe die Nase voll von Andy's Pub, vom Lantern Drive, dem Country Club und dieser gesamten dreckigen, scheinheiligen Stadt. Wenn ich diese Zukunft tatsächlich habe, dann hoffe ich, daß Linda und Du, daß ihr beide mich an einen anderen, saubereren Ort begleiten und dort mit mir zusammenleben werdet. Wenn Du nicht willst oder nicht kannst, werde ich trotzdem gehen. Wenn Lemke nichts für mich tun kann oder will, habe ich wenigstens das beruhigende Gefühl, alles versucht zu haben, was in meiner Macht steht. Dann komme ich wieder nach Hause und werde mich bereitwillig in die Glassman-Klinik begeben, wenn Du es dann immer noch wünschst.

Wenn Du möchtest, kannst Du diesen Brief gerne Mike Houston oder den Glassman-Ärzten zeigen. Ich glaube, sie werden mir zustimmen, daß das, was ich jetzt unternehme, eine sehr gute Therapie sein kann. Na ja, werden sie sagen, schließlich könnte die Gegenüberstellung mit Lemke genau die Buße sein, die er braucht, um seine Selbstbestrafung, wenn es denn so etwas ist, auszumerzen (sie reden doch dauernd von der psychologischen Anorexie, wobei sie offenbar davon ausgehen, daß man sich so schuldig fühlen kann, daß man selbst seinen Stoffwechselzyklus hochtreibt, bis er zigtausend Kalorien pro Tag verbrennt). Oder, werden sie sagen, es gibt noch zwei andere Möglichkeiten: Entweder wird dieser Lemke ihn auslachen und ihm klarmachen, daß er noch nie in seinem Leben einen Fluch über jemanden ausgesprochen hat. Dadurch wird er den psychischen Angelpunkt zerstören, um den meine ›fixe Idee‹ sich dreht. Oder aber, dieser Lemke wird seine Chance sehen, daraus Kapital zu schlagen, mir etwas vorlügen und mir versichern, daß er mich tatsächlich verflucht hat. Dann wird er mir für eine ›Wunderkur‹ Geld abknöpfen – was, so mögen sie denken, genau das Richtige für mich sein könnte. Eine Wunderkur gegen einen wundersamen Fluch kann äußerst wirkungsvoll sein!

Ich habe durch Kirk Penschley ein paar Detektive engagiert, die für mich herausgefunden haben, daß die Zigeuner immer an der Interstate-95 entlang nach Norden weitergezogen sind. Ich hoffe, daß ich sie in Maine erwischen werde. Sollte sich etwas Entscheidendes ereignen, werde ich Dich sofort benachrichtigen. In der Zwischenzeit werde ich versuchen, Dich nicht weiter in Versuchung zu führen. Aber glaube mir bitte, daß ich Dich von ganzem Herzen liebe.

Billy

Er steckte den Brief in einen Umschlag, schrieb Heidis Namen auf die Vorderseite und lehnte ihn gegen das Frühstückstablett auf dem Küchentisch. Danach bestellte er ein Taxi, das ihn zum Hertz-Autovermietungsbüro nach Westport brachte. Als er auf den Haustürstufen stand und auf das Taxi wartete, hoffte er immer noch im stillen, daß Heidi nach Hause käme, damit sie noch einmal über die Dinge, die er ihr im Brief geschrieben hatte, reden könnten.

Erst, nachdem das Taxi in die Auffahrt eingebogen war und er endlich auf dem Rücksitz saß, gestand er sich ein, daß ein Gespräch mit Heidi zu diesem Zeitpunkt sicher nicht sehr gut verlaufen wäre – seine Fähigkeit, mit Heidi zu reden, gehörte jetzt der Vergangenheit an, gehörte zu der Zeit, in der er in dieser *fetten* Stadt gelebt hatte... und das in mehr als einer Hinsicht, und ohne sich dessen bewußt zu sein. All das gehörte jetzt der Vergangenheit an. Wenn es für ihn eine Zukunft gab, dann lag diese im Norden, eine ganze Strecke die Autobahn hinauf irgendwo in Maine, und er sollte sich lieber beeilen, die Zigeuner noch zu erwischen, bevor er zu einem Nichts zusammengeschrumpft war.

17. Kapitel: 137

Er übernachtete in Providence. Vom Hotel aus rief er im Büro an, erreichte aber nur den Auftragsdienst und hinterließ eine Nachricht für Kirk Penschley: Ob Penschley ihm bitte alle erhältlichen Unterlagen einschließlich aller Fotografien der Zigeuner und der Zulassungsnummern ihrer Fahrzeuge ins Sheraton Hotel nach South Portland, Maine, schicken könne.

Der Auftragsdienst wiederholte die Nachricht korrekt – für Billy ein kleines Wunder. Danach ging er auf sein Zimmer. Die Fahrt von Fairview nach Providence hatte zwar weniger als hundert Meilen gedauert, aber er war doch ziemlich erschöpft. Zum erstenmal seit Wochen schlief er eine Nacht tief und traumlos. Am nächsten Morgen bemerkte er als erstes, daß im Hotelbadezimmer keine Waage stand. Gott sei gedankt, dachte er, für die kleinen Dinge.

Er zog sich rasch an und unterbrach sich nur einmal erstaunt, als er feststellte, daß er beim Schuhezubinden fröhlich vor sich hinpfiff. Um halb neun befand er sich schon wieder auf der I-95, und abends gegen halb sieben betrat er das Sheraton, das einem riesigen Einkaufszentrum gegenüberlag.

Dort erwartete ihn eine Nachricht von Penschley: *Informationen unterwegs, aber es ist etwas schwierig. Kann noch ein oder zwei Tage dauern.*

Na großartig, dachte er. *Zwei Pfund pro Tag, Kirk, was, zum Teufel, soll's? Innerhalb von drei Tagen kann ich das Gewicht eines normalen Bierkastens verlieren. Gib mir fünf Tage, und ich bin um das Gewicht eines mittelgroßen Mehlsacks erleichtert. Laß dir ruhig Zeit, mein Freund, warum auch nicht?*

Das South Portland Sheraton war rund gebaut, und Billys Zimmer hatte die Form eines Tortenstücks. Seinem überstrapazierten Geist, der soweit mit allem ganz gut fertig geworden war, war es plötzlich unmöglich, sich in einem abgerundeten, spitz zulaufenden Schlafzimmer zurechtzufinden. Er war autobahnmüde und hatte Kopfschmerzen. Ein Restaurant war im Augenblick mehr, als er ertragen konnte... besonders, wenn es spitz zulief. Er bestellte sich also sein Dinner beim Zimmerservice.

Er war gerade aus der Dusche getreten, als der Kellner an die Tür klopfte. Schnell warf er sich den Bademantel über, den das Hotelmanagement rücksichtsvollerweise zur Verfügung stellte (in der Tasche steckte eine Karte mit der Aufschrift: DU SOLLST NICHT STEHLEN!) und rief: »Einen Augenblick!«, während er das Zimmer durchquerte.

Dann öffnete er die Tür... und mußte zum erstenmal die unangenehme Empfindung durchmachen, die ein echtes Raritätenshowmonster haben mochte. Der Kellner war ein Junge von knapp neunzehn Jahren mit strubbeligen Haaren und hohlen Wangen, eine Art Imitation der britischen Punkrocker. Selbst kein Preis-Bodybuilder. Er blickte Billy kurz mit dem abwesenden Blick an, mit dem er wohl bei jeder Schicht Hunderte von Männern in Hotelbademänteln taxierte. Das Desinteresse würde sich etwas aufhellen, wenn er die Höhe des Trinkgeldes in Augenschein nähme, aber das wäre auch alles. Doch seine Augen weiteten sich plötzlich in einem Ausdruck von Überraschung und dem Anflug von Entsetzen. Sofort kehrte der desinteressierte Blick zurück. Aber Billy hatte es gesehen.

Entsetzen. Es war fast Entsetzen gewesen.

Und die Überraschung war immer noch vorhanden – versteckt zwar, aber sie war immer noch da. Billy glaubte, sie gerade deshalb erkennen zu können, weil sich noch eine andere Komponente eingeschlichen hatte – Faszination.

Die beiden erstarrten einen Augenblick lang gefangen in der unbehaglichen, unerwünschten Partnerschaft zwischen Gaffer und Begafftwerdendem. Billy wurde schwindelig. Er mußte daran denken, wie Duncan Hopley in seinem gemütlichen, fast völlig verdunkelten Haus in der Ribbonmaker Lane gesessen hatte.

»Na, nun bringen Sie's schon rein«, sagte er brüsk und

brach damit den Bann etwas übertrieben heftig. »Oder wollen Sie die ganze Nacht da draußen stehenbleiben?«

»Oh, nein, Sir«, sagte der Zimmerkellner hastig, »entschuldigen Sie bitte.« Heiße Röte war ihm ins Gesicht geschossen. Billy hatte Mitleid mit ihm. Schließlich war er kein Punkrocker und auch kein reichlich pflichtvergessener Jugendlicher, der in den Zirkus gekommen war, um mal echte Krokodile zu sehen, sondern nur ein Collegestudent mit einem Sommerjob, der von einem ungewöhnlich hageren Mann überrascht war, welcher an irgendeiner Krankheit leiden mochte oder auch nicht.

Der alte Kerl hat mich auf mehr als eine Weise verflucht, dachte Billy.

Dieses Kind hatte keine Schuld daran, daß er, Billy Halleck, ehemals Einwohner von Fairview, Connecticut, so viel Gewicht verloren hatte, daß er jetzt die Qualifikation zum Jahrmarktsmonster hatte. Er gab ihm einen Dollar extra Trinkgeld und sah zu, daß er ihn so schnell wie möglich los wurde. Dann ging er ins Bad zurück und betrachtete sich im Spiegel. Langsam, wie ein Exhibitionist in seinen eigenen vier Wänden, schlug er den Bademantel auseinander. Er hatte den Mantelgürtel ganz locker gebunden gehabt, so daß seine ganze Brust und der halbe Bauch zu sehen gewesen waren. Ganz verständlich, daß der Kellner, schon als er nur soviel wahrgenommen hatte, geschockt gewesen war. Hätte er ihn ganz gesehen, wäre der Schock wohl noch verständlicher gewesen.

Jede einzelne Rippe stand deutlich hervor. Seine Schlüsselbeine waren nur mehr exquisit gezeichnete, von dünner Haut überzogene Erhebungen. Seine Jochbeine wölbten sich hervor. Das Brustbein bildete einen dicken Knoten, der Bauch darunter ein hohles Loch. Die Beckenknochen sahen aus wie eine umgekehrt in der Luft hängende Wünschelrute. Grausam. Seine Beine waren noch so, wie er sie in Erinnerung hatte, lang und gut mit Muskeln bepackt. Die Knochen waren noch vergraben. Dort hatte er ja sowieso nie viel Fett angesetzt. Doch oberhalb der Gürtellinie entwickelte er sich tatsächlich zu einem Schreckgespenst – ein *lebendes Skelett*.

Hundert Pfund, dachte er. *Mehr braucht es nicht, um den versteckten Elfenbeinmann aus dem Keller zu locken. Jetzt weißt du, wie schmal der Pfad zwischen dem ist, was du immer für selbstverständlich gehalten und von dem du stillschweigend angenommen hast, daß es dir immer erhalten bleibt, und diesem Wahnsinn hier. Wenn du dich das jemals gefragt haben solltest, jetzt weißt du's. Du siehst immer noch normal aus – na ja, ziemlich normal – jedenfalls solange du deine Kleider anhast. Aber wie lange wird es noch dauern, bis du solche Blicke wie den, den der Kellner dir vorhin zugeworfen hat, auf dich ziehst, obwohl du angezogen bist? Eine Woche? Zwei Wochen?*

Seine Kopfschmerzen waren schlimmer geworden, und obwohl er vorhin einen Riesenhunger gehabt hatte, pickte er jetzt nur im Essen herum. Er schlief schlecht und stand früh auf. Diesmal pfiff er nicht beim Anziehen.

Billy war der gleichen Ansicht wie Kirk Penschley und die Barton-Detektive, die Zigeuner würden sich immer an der Küste halten. Während des Sommers war die Küste *der* Ort in Maine, wo *action* war, weil dort die Touristen waren. Sie kamen, um hier im Wasser zu schwimmen, da es meistens zu kalt war, um sich in der Sonne zu baden, die kaum zu sehen war (an vielen Tagen blieb das Wetter kalt und regnerisch, aber die Touristen schienen sich irgendwie nie daran erinnern zu können), um Hummer und Krabben zu essen, um Aschenbecher mit aufgemalten Seemöwen zu kaufen, um die Sommertheater in Ogunquit und Brunswick zu besuchen, die Leuchttürme von Portland und Pemaquid zu fotografieren oder einfach auch nur so in Städten wie Rockport, Camden und, natürlich, Bar Harbor, die gerade in Mode waren, herumzuhängen.

Die Touristen hielten sich an der Küste auf und somit auch die Dollars, die nur darauf warteten, aus ihren Brieftaschen zu flattern. Dort würden auch die Zigeuner zu finden sein – aber wo genau?

Billy stellte eine Liste von etwas mehr als fünfzig Seebadeorten zusammen und ging nach unten in die Hotelhalle. Der Barmann kam aus New Jersey und kannte sich nur in Ashbury Park gut aus. Aber er fand eine Kellnerin, die ihr ganzes Leben in Maine verbracht hatte, die Küste wie ihre Westentasche kannte und gern bereit war, etwas darüber zu erzählen.

»Ich bin auf der Suche nach ein paar Leuten und bin mir auch ziemlich sicher, daß sie sich irgendwo in einem Badeort aufhalten – aber in keinem so protzigen. Mehr so was wie... wie...«

»Sie meinen eine Art *honky-tonk*-Stadt?« fragte sie.

Billy nickte.

Sie beugte sich über die Liste. »Old Orchard Beach«, sagte sie sofort. »Das ist die *honky-tonkieste* Stadt von allen. So, wie es da bis zum Labor Day zugeht, werden Ihre Freunde überhaupt nicht auffallen, es sei denn, jeder hat drei Köpfe auf den Schultern.«

»Noch andere?«

»Hm... im Sommer sind alle Küstenstädte ein bißchen flippig«, antwortete sie. »Nehmen Sie zum Beispiel mal Bar Harbor. Jeder, der mal von Bar Harbor gehört hat, glaubt, daß es eine wirklich fetzige, vornehme Stadt ist... anspruchsvoll... voller reicher Leute, die nur im Rolls-Royce herumfahren.«

»Aber es ist nicht so?«

»Nein. Frenchman's Bay vielleicht, aber nicht Bar Harbor. Im Winter ist es einfach eine verschlafene kleine Stadt, in der die tägliche Zehn-Uhr-fünfundzwanzig-Fähre das Aufregendste ist, was passiert. Aber im Sommer ist Bar Harbor eine verrückte Stadt. Wie Fort Lauderdale zu Frühlingsanfang – voller Punks und Skinheads und pensionierter Hippies. Wenn man in Northeast Harbor auf der Anhöhe steht und der Wind in die richtige Richtung bläst, braucht man nur tief einzuatmen und schon ist man bekifft von dem ganzen Dope, das in Bar Harbor in der Luft hängt. Die Hauptattraktion ist – bis zum Labor Day – der große Straßenkarneval. Die meisten Städte, die Sie auf Ihrer Liste haben, sind so, Mister. Aber Bar Harbor steht ganz oben, verstehen Sie?«

»Ich hab's gehört«, antwortete Billy lächelnd.

»Früher habe ich mich im Juli, August öfters dort rumgetrieben, aber heute nicht mehr. Jetzt bin ich zu alt dafür.«

Billys Lächeln wurde wehmütig. Die Kellnerin sah höchstens wie dreiundzwanzig aus.

Er gab ihr fünf Dollar; und sie wünschte ihm schöne Ferien und viel Glück bei der Suche nach seinen Freunden. Billy nickte, aber zum erstenmal war er in diesem Punkt nicht mehr so optimistisch.

»Hätten Sie was gegen einen kleinen Rat einzuwenden, Mister?«

»Ganz und gar nicht«, antwortete Billy in der Annahme, sie hätte eine gute Idee, in welcher Stadt er am besten anfangen sollte – obwohl er *das* schon für sich selbst entschieden hatte.

»Sie sollten mal 'n bißchen Fett ansetzen«, sagte sie. »Essen Sie Mehlspeisen. Das ist das, was meine Mutter Ihnen raten würde. Essen Sie eine Menge Mehlspeisen. Nehmen Sie mal wieder ein paar Pfund zu.«

An seinem dritten Tag in South Portland erhielt er einen dicken, braunen Umschlag voller Fotografien und den Informationen über die Fahrzeuge. Er blätterte die Fotos langsam durch und betrachtete jedes einzeln. Da war der junge Mann, der mit den Bowlingkegeln jongliert hatte; er hieß ebenfalls Lemke, Samuel Lemke. Er blickte mit einer kompromißlosen Offenheit in die Kamera, einer Offenheit, die Bereitschaft zu Freundschaft und Lebensfreude wie zu Zorn und Mißmut verriet. Und dort das junge Mädchen, das so zielsicher mit der Kugelschleuder ins Schwarze getroffen hatte, als die Polizeibeamten aufgekreuzt waren – ja, sie war genauso schön, wie er es damals vermutet hatte. Sie hieß Angelina Lemke. Er legte ihr Foto neben das von Samuel Lemke. Bruder und Schwester. Die Enkelkinder von Susanna Lemke? Die Urenkel von Taduz Lemke?

Hier der ältere Mann, der die Spielzeugflieger ausgeteilt hatte – Richard Crosskill. Es gab auch noch andere Crosskills. Stanchfields. Starbirds. Und noch mehr Lemkes. Und dann … fast ganz zuletzt …

Das war er. Seine Augen, eingebettet in ein Netz winziger Fältchen, waren dunkel und ausgeglichen. Sie blickten ihn voll klarer Intelligenz an. Er hatte ein Taschentuch über den Kopf gebunden, das über der linken Wange geknotet war. Im Winkel seines eingefallenen Mundes klemmte eine Zigarette. Die Nase: eine einzige, offene, schwärende Wunde. Der Horror.

Billy starrte das Bild wie hypnotisiert an. Etwas an dem alten Mann schien ihm altvertraut, irgendeine Verbindung, die er aber nicht ganz festmachen konnte. Dann kam's. Taduz Lemke erinnerte ihn an die alten Männer in den Kefir-Reklamen, die im russischen Georgien lebten, starke, filterlose Zigaretten rauchten, siebzigprozentigen Wodka soffen und ein atemberaubendes Alter von hundertdreißig, hundertfünfzig, ja, hundertsiebzig Jahren erreichten. Und dann fiel ihm eine Zeile aus Jerry Jeff Walkers Schlager *Mr. Bojangles* ein: cEr sah mich an mit Augen, aus denen das Alter sprach...

Ja. Genau das fand er im Gesicht von Taduz Lemke – er hatte die Weisheit des Alters in seinen Augen. Ein Hauch von Ewigkeit. In diesen Augen entdeckte Billy ein tiefes Wissen, das die gesamten Erkenntnisse des zwanzigsten Jahrhunderts in den Schatten stellte. Er zitterte plötzlich.

Als er an diesem Abend auf die Waage im Bad seines spitz zulaufenden Zimmers stieg, wog er noch 117 Pfund.

18. Kapitel: Die Suche

Old Orchard Beach hatte die Kellnerin gesagt. *Das ist die honky-tonkieste Stadt von allen.* Der Angestellte an der Rezeption hatte ihre Aussage bestätigt. So auch das Mädchen in der Touristeninformationsstelle am Highway vier Meilen hinter der Stadt, obwohl sie sich dagegen verwahrt hatte, es so unverblümt auszudrücken. Billy lenkte seinen Mietwagen also Richtung Old Orchard Beach, das achtzehn Meilen weiter südlich lag.

Schon eine Meile vor dem Strand schlich der Verkehr nur noch langsam, Stoßstange an Stoßstange, die Straße entlang. Die meisten Autos in dieser Parade hatten kanadische Nummernschilder. Darunter waren viele asthmatische Veteranen, groß genug, ganze Footballteams zu transportieren. Die meisten Menschen, die Billy sah, egal ob im kriechenden Verkehr oder auf den Bürgersteigen, waren so spärlich bekleidet, wie das Gesetz es gerade noch erlaubte, manche stellten auch – in Mini-Bikinis und winzigen Badehosen – eine Unmenge von vor Sonnenöl glänzendem Fleisch zur Schau.

Billy hatte seine Blue-Jeans, ein weißes Hemd mit offenem Kragen und sein Sportjackett an, und obwohl die Klimaanlage auf Volltouren lief, schwitzte er hinter dem Steuer wie ein Berserker. Aber er hatte nicht vergessen, wie der Zimmerkellner ihn angestarrt hatte. Er würde kein Kleidungsstück mehr ablegen, und wenn seine Turnschuhe abends voller Schweißlachen stünden.

Der Verkehr kroch durch die Salzmarschen, schlich an gut zwei Dutzend Hummer- und Krabbenverkaufsbuden vorbei und wand sich dann durch ein Gebiet, das dicht mit Sommerhäuschen bebaut war. Sie standen eng zusammengedrängt. In den Vorgärten saßen ähnlich spärlich bekleidete Leute auf ihren Gartenstühlen und aßen, lasen in irgendwelchen Taschenbüchern oder schauten nur dem endlos fließenden Verkehr zu.

Himmel, dachte Billy, *wie halten die bloß den ganzen Abgasgestank aus*? Doch dann fiel ihm ein, daß sie es vielleicht ganz gern so mochten. Vielleicht war das sogar der Grund, warum sie lieber hier als am Strand saßen. Es erinnerte sie an zu Hause.

Die Sommerhäuser wichen Motels mit Reklameschildern: ON PARLE FRANCAIS ICI und TAUSCHE KANADISCHE DOLLAR ZUM NENNWERT AB 250 DOLLAR und MITTERNACHTSPORNOS IM KABELFERNSEHEN und NUR DREI MINUTEN ZUM STRAND BON JOUR À NOS AMIS DE LA BELLE PROVENCE!

Dann wurden die Motels seltener; es folgte eine Hauptstraße, an der größtenteils Andenkenläden standen, Geschäfte, in denen verbilligte Fotoapparate zu kriegen waren, und natürlich die Warenhäuser für schmutzige Literatur. Jugendliche in abgeschnittenen Jeans und Bikinioberteilen schlenderten den Bürgersteig auf und ab. Manche hielten sich an den Händen, andere blickten völlig gelangweilt durch dreckige Fensterscheiben auf die Auslagen. Einige bahnten sich mit lahmem Schwung auf ihren Skateboards einen Weg durch die Menge der Spaziergänger. Halleck stellte fasziniert und bestürzt zugleich fest, daß jeder in dieser Menge Übergewicht hatte, und jeder – selbst die Kinder auf den Skateboards – schien etwas zu essen: hier eine Ecke Pizza, dort ein Sandwich, eine Tüte Kekse oder Popcorn, ein Eis oder Zuckerwatte. Er sah einen fetten Mann, dem das Hemd aus seiner ausgebeulten grünen Bermudahose hing. Er hatte schlapperige Ledersandalen an und kaute schmatzend an einem fast vierzig Zentimeter langen Hotdog. In seinem Mundwinkel hing ein Rest, der von einer Zwiebel oder vom Sauerkraut stammte. In den Wurstfingern seiner linken Hand hielt er noch zwei weitere Hotdogs, und Billy hatte die Vision, es handele sich hierbei um einen Zauberkünstler, der dem Publikum rote Gummibälle präsentierte, um sie kurz darauf verschwinden zu lassen.

Als nächstes kam der Midway. Gegen den Himmel türmte sich eine Riesenachterbahn. Eine gigantische Nachbildung eines Wikingerboots schwang in steiler werdenden Halbkreisen auf und ab, und die im Inneren angeschnallten Passagiere kreischten und quietschten. Zu Hallecks Linken dröhnten Glocken und blitzten in großem Bogen Lichter auf, zu seiner Rechten bumsten Teenager in gestreiften T-Shirts mit ihren Autoscootern gegeneinander. Direkt unter dem großen Lichterbogen stand ein junges Paar, das sich küßte. Sie hatte die Arme um seinen Hals geschlungen. Er hatte eine Hand auf ihren Po gelegt. In der anderen hielt er eine Budweiserdose.

Tja, dachte Billy. *Genau hier ist es. Hier muß es sein.*

Er parkte den Wagen auf einem brütend heißen Schotterparkplatz, bezahlte dem Wächter siebzehn Dollar für einen halben Tag, steckte sein Portemonnaie von der Hosen- in die innere Jackentasche und begann mit der Suche.

Zuerst kam es ihm so vor, als ob der Gewichtsverlust sich in den letzten Tagen gesteigert hätte. Alle starrten ihn an. Aber seine Vernunft machte ihm sofort klar, daß es wohl eher an seiner Kleidung lag als daran, wie er *unter* diesen Kleidern aussah.

Die Leute würden dich genauso anstarren, wenn du Mitte Oktober in Badehose und T-Shirt auf dem Boulevard auftauchen würdest, Billy. Nimm's nicht so tragisch. Du bist einfach jemand, der die Blicke auf sich zieht, und hier gibt es eine ganze Menge zu sehen.

Und das stimmte. Er sah eine dicke, ja fette Frau in einem schwarzen Bikini. Ihre tief gebräunte Haut glänzte vor Sonnenöl. Ihr Unterkörper war sehr üppig, das Spiel ihrer kräftigen Oberschenkelmuskeln fast mythisch zu nennen. Und irgendwie erregend. Sie stampfte wie ein Ozeandampfer auf den weitgestreckten weißen Strand zu, und ihre Pobacken wackelten dabei wie aufgewühlte Wogen. Er sah einen schon grotesk fetten Pudel, dessen Locken für den Sommer kurzgeschoren waren. Seine hechelnde Zunge – mehr grau als rot – hing ihm weit aus dem Hals. Er saß im Schatten einer Pizzabude. Er sah zwei Faustkämpfe. Er sah eine riesige Seemöwe mit fleckigen grauen Schwingen und ausdruckslsen, schwarzen Augen, die sich in die Menge stürzte und einem kleinen Jungen in einer Sportkarre den fettigen Hamburger aus der Hand schnappte.

Und hinter all dem lag der elfenbeinweiße, sichelförmige Old Orchard Strand, von dem jetzt so gut wie nichts zu sehen war. Er war fast vollständig mit erholungsbedürftigen Sonnenbadern bedeckt, die die Mittagssonne eines Frühsommertages ausnutzten. Doch sowohl der Strand als auch der Atlantik, der sich dahinter erstreckte, wurden irgendwie durch das erotisch pulsierende Leben auf dem Midway überdeckt und entwürdigt. Ein Gewirr von Menschen mit Nahrungsmitteln in den Händen, die rasch in der Sonne austrockneten, das Geschrei der Straßenhändler (»Ich rate Ihr Gewicht!« hörte Billy zu seiner Linken. »Wenn ich es um fünf Pfund verfehle, gewinnen Sie einen Dollar!«), die heiseren Schreie der Achterbahnfahrer, die plärrende Rockmusik, die aus den Bars auf die Straßen drang.

Billy fühlte sich plötzlich der Wirklichkeit enthoben – außerhalb seiner selbst, als erlebte er gerade einen dieser Augenblicke von Astralprojektion, wie sie in den billigen Schicksalsmagazinen beschrieben werden. Namen wie Heidi, Penschley, Linda, Houston hatten plötzlich einen falschen, blechernen Klang, so als hätte jemand sie aus dem Stegreif für eine miese Geschichte erfunden. Er hatte das Gefühl, als könnte er hinter die Kulissen schauen, könnte dort die Scheinwerfer, Kameras und Bühnenbildner, ja, eine unvorstellbare ›reale Welt‹ entdecken. Der Seeduft schien von all den menschlichen Gerüchen erstickt zu werden. Die Geräusche kamen von ganz weit her, so als strömten sie durch einen sehr langen Korridor.

Astralprojektion, so'n Quatsch, meldete sich eine gedämpfte Stimme. *Du stehst kurz vor einem Sonnenstich, mein Freund.*

Das ist lächerlich. Ich habe noch nie im Leben einen Sonnenstich gehabt.

Na, ich glaube, wenn man so schnell hundertzwanzig Pfund verliert, wird der innere Thermostat ganz schön durcheinandergebracht. Du wirst jetzt sofort aus der Sonne verschwinden, sonst landest du noch irgendwo in einer Notaufnahmestation und mußt deine Blutgruppe und deine Versicherungsnummer angeben.

»Na gut, du hast mich überredet«, murmelte Billy laut, und ein kleiner Junge, der sich gerade ein Stück Schokolade nach dem anderen in den Mund stopfte, drehte sich um und warf ihm einen scharfen Blick zu.

Vor ihm lag eine Bar mit dem Namen *The Seven Seas*. An der Tür klebten zwei Schilder: VOLLKLIMATISIERT, ANGENEHM KÜHL stand auf dem einen und WIR SCHLIESSEN ZUR HAPPY HOUR auf dem anderen. Billy ging hinein.

The Seven Seas war nicht nur angenehm kühl, es herrschte hier auch eine gesegnete Ruhe. Ein Schild an der Jukebox besagte: IRGEND SO EIN ARSCHLOCH HAT MIR LETZTE NACHT EINEN TRITT VERPASST, UND JETZT SPIELE ICH NICHT MEHR. Darunter drückte eine französische Übersetzung dasselbe Gefühl aus. Allerdings waren beide Zettel so alt und vergilbt, daß die fragliche ›letzte Nacht‹ durchaus schon einige Jahre her sein konnte. Ein paar Kunden saßen an den Tischen, hauptsächlich ältere Männer, die so ähnlich wie Billy angezogen waren – mehr für die Straße als für den Strand. Einige spielten Dame oder Backgammon. Fast alle trugen einen Hut.

»Kann ich Ihnen helfen«, fragte der Barkeeper, der auf ihn zukam.

»Ein Bier, bitte.«

»Sofort.«

Das Bier kam. Billy trank es langsam und beobachtete das Gedränge auf dem Bürgersteig durch die Barfenster. Ruhig lauschte er dem Gemurmel der alten Männer. Er spürte, wie ein Teil seiner Kraft – ein Teil seines *Realitätsbewußtseins* wieder zurückkehrte.

Der Barkeeper kam wieder. »Noch eins?«

»Ja, bitte. Und ich hätte gern ein Wort mit Ihnen gesprochen, wenn Sie einen Augenblick Zeit hätten.«

»Worüber?«

»Über ein paar Leute, die vielleicht hier durchgekommen sind.«

»Was meinen Sie mit hier? Die *Seven Seas*?«

»Old Orchard.«

Der Keeper lachte. »Soweit ich das überblicke, kommt hier im Sommer halb Maine und ganz Kanada durch, mein Sohn.«

»Es handelt sich um Zigeuner.«

Der Keeper grunzte und brachte Billy eine neue Flasche Bier.

»Sie meinen das Treibgut. Jeder, der im Sommer nach Old Orchard kommt, ist einer von ihnen. Diese Bar hier ist ein bißchen anders. Die meisten, die hierherkommen, leben das ganze Jahr über in Old Orchard. Aber die Leute da draußen...« Er tat sie mit einer Bewegung aus dem Handgelenk ab. »Treibgut. Genau wie Sie, Mister.«

Billy hielt das Glas schräg und ließ das Bier langsam hineinlaufen. Dann legte er eine Zehn-Dollar-Note auf die Theke. »Ich weiß nicht, ob wir uns richtig verstehen. Ich spreche von wirklichen, echten Zigeunern, nicht von Touristen oder Sommerfrischlern.«

»Echte... oh, das müssen die Leute sein, die draußen bei dem alten Salzschuppen gecampt haben.«

Billys Herz schlug schneller. »Darf ich Ihnen mal ein paar Fotos zeigen?«

»Hat keinen Zweck. Ich habe sie nicht gesehen.« Er blickte einen Augenblick auf den Zehner, dann rief er: »Lon! Lonnie! Kommst du mal einen Augenblick rüber?«

Einer der alten Männer, die an den Fenstern saßen, stand auf und schlurfte zur Theke. Er hatte eine graue Baumwollhose und ein weißes Hemd an. Beides war ihm viel zu groß. Auf seinem Kopf saß ein Strohhut mit einem schmalen Rand. Sein Gesicht wirkte sehr müde. Nur die Augen waren lebendig. Er erinnerte Billy an jemanden, und nach einer Weile kam er drauf. Der alte Mann sah genau so aus wie der Schauspieler und Lehrer Lee Strasberg.

»Das ist Lon Enders!« stellte der Barkeeper ihn vor. »Er hat ein kleines Haus außerhalb der Stadt, ganz in der Nähe des alten Salzschuppens. Lon kriegt alles mit, was in Old Orchard vor sich geht.«

»Ich bin Billy Halleck.«

»Angenehm.« Enders' Stimme klang trocken wie Papier.

Er setzte sich auf den Barhocker neben Billy, das heißt, er schien gar nicht richtig zu sitzen. Seine Knie knickten nur irgendwie ein, als sein Hintern sich über dem Sitzpolster postierte.

»Möchten Sie ein Bier?« fragte Billy.

»Kann nicht«, raschelte die Papierstimme, und Billy drehte unmerklich den Kopf etwas zur Seite, um dem Schwall seines süßlichen Atems auszuweichen. »Hatte meins für heute schon. Der Doktor sagt, mehr darf ich nicht. Magen kaputt. Wenn ich 'n Auto wäre, wäre ich reif für den Schrotthaufen.«

»Oh«, murmelte Billy.

Der Barkeeper wandte sich von ihnen ab und fing an, den Geschirrspüler mit Biergläsern zu beladen. Enders betrachtete die Zehn-Dollar-Note. Dann sah er Billy an.

Halleck erklärte seine Geschichte nochmals, während Enders verträumt in die hinteren Schatten des Lokals blinzelte. Leise, wie ein im Traum vernommener Klang, klingelten die Glöckchen an der Eingangstür des Ladens nebenan.

»Sie waren hier«, sagte er, als Billy ausgeredet hatte. »Ja, ja, sie waren hier. Ich hatte schon seit sieben Jahren keine Zigeuner mehr gesehen. Und diesen Haufen vielleicht schon zwanzig Jahre nicht mehr.«

Billys rechte Hand umfaßte das Bierglas immer fester. Er mußte sich dazu zwingen, den Griff zu lockern, sonst hätte er es zerbrochen. Langsam, vorsichtig stellte er es auf der Theke ab.

»Wann? Sind Sie sicher? Haben Sie eine Ahnung, wohin sie gefahren sein könnten? Können Sie...?«

Enders hob seine Hand – sie war so weiß wie die eines Mannes, der eben ertrunken aus einem Brunnen gezogen wurde, und Billy kam sie fast durchsichtig vor.

»Langsam, mein Freund«, sagte er mit seiner Flüsterstimme. »Ich werde Ihnen sagen, was ich weiß.«

Mit derselben bewußten Anstrengung zwang Billy sich, zu schweigen und einfach zu warten.

»Ich werde den Zehner nehmen, denn Sie sehen so aus, als ob Sie ihn entbehren könnten, mein Freund«, flüsterte

Enders. Er steckte ihn in die Hemdtasche und schob dann den Daumen und Zeigefinger seiner linken Hand in den Mund, um seine obere Zahnplatte zurechtzuschieben. »Ich hätte auch umsonst geredet. Teufel, wenn man feststellt, daß man alt wird, würde man manchmal gern jemand dafür bezahlen, daß er einem zuhört... würden Sie Timmy bitte fragen, ob er mir ein Glas Eiswasser bringt? Ich schätze, selbst das eine Bier war schon zuviel – es brennt verdammt im Magen, das, was davon noch übriggeblieben ist –, aber es ist hart für einen alten Mann, auf all seine Vergnügungen zu verzichten, selbst wenn sie ihm gar kein Vergnügen mehr bereiten.«

Billy rief den Barkeeper zu sich, und er brachte Enders das Eiswasser.

»Alles in Ordnung, Lon?« fragte er, als er es hinstellte.

»Es ist mir schon besser, aber auch schon schlechter gegangen«, antwortete Enders und nahm das Glas in die Hand. Einen Augenblick lang dachte Billy, es wäre zu schwer für ihn. Aber der Alte schaffte es bis zum Mund, obwohl er dabei ein paar Tropfen verschüttete.

»Wollen Sie mit dem Kerl reden?« fragte Timmy ihn.

Das kalte Wasser schien Enders wieder zu beleben. Er setzte das Glas ab, warf Billy einen kurzen Blick zu und sah dann den Barkeeper an. »Ich finde, jemand sollte es tun«, sagte er. »Er sieht zwar noch nicht ganz so schlimm aus wie ich... aber er ist auf dem besten Weg dahin.«

Enders wohnte in einer kleinen Rentnersiedlung an der Cove Road. Die Cove Road gehörte, wie er sagte, ›zum echten Kern von Old Orchard – zu dem Teil, für den die Gauner sich nicht interessierten‹.

»Gauner?« fragte Billy.

»Die Menge, mein Freund, die Menge. Meine Frau und ich sind 1946 in diese Stadt gekommen, gleich nach dem Krieg. Habe seitdem hier gelebt. Hab' es gelernt, einen Betrüger von einem Meister zu unterscheiden – armer, einsamer Tommy McGhee, bist nun auch schon viele Jahre tot. Hab' mir damals die Stimme aus dem Leib geschrien. Ja, ja.

Was Sie jetzt noch davon hörn, ist alles, was von ihr übrig ist.«

Und wieder dieses leise Lachen, sanft und mild wie der Hauch einer kühlen Morgenbrise.

Wie es schien, hatte Enders so ziemlich alle Leute kennengelernt, die in irgendeiner Weise mit dem Sommerkarneval in Old Orchard zu tun hatten – die Händler, die Straßenverkäufer, die Zeltaufbauer, die Glashinauswerfer (Andenkenhändler), die Mädchen für alles (nicht fest angestellte Automechaniker), die Jahrmarktsleute, Rausschmeißer, Kuppler und Zuhälter. Manche waren Leute, die das ganze Jahr über dort lebten und die er seit Jahrzehnten kannte, oder solche, die jeden Sommer wie Zugvögel wiederkehrten. Sie waren eine stabile, fast liebevolle Gemeinschaft, welche die Sommertouristen nie zu Gesicht bekam.

Er kannte auch einen Großteil der Leute, die der Barkeeper als ›Treibgut‹ abgestempelt hatte. Das waren die echten Nichtseßhaften, diejenigen, die für eine oder zwei Wochen auftauchten, um in der fieberhaften Feierlaune der Stadt einige Geschäfte zu machen und dann schnell weiterziehen.

»Und Sie können sich an *alle* erinnern?« fragte Billy zweifelnd.

»Oh, ich könnte es nicht, wenn es jedes Jahr andere Leute wären«, flüsterte Enders. »Aber so ist der fahrende Handel nicht beschaffen. Sie erscheinen nicht so regelmäßig wie die Hafenarbeiter oder die Geldmacher, aber auch sie haben ein bestimmtes Muster. Du siehst 1957 einen Typen auf dem Bürgersteig auf und ab wandern und Hula-Hoop-Reifen verkaufen, die er über dem Arm hängen hat. 1960 siehst du ihn wieder, nur daß er jetzt teure Armbanduhren für drei Dollar das Stück an den Mann bringt. Sein Haar ist jetzt vielleicht schwarz statt blond, weil er glaubt, daß die Leute ihn so nicht wiedererkennen. Und ich glaube, sie tun's auch nicht, selbst wenn sie 1957 schon dagewesen sind, denn sie gehen sofort wieder auf ihn zu und lassen sich reinlegen. Aber wir kennen ihn. Wir kennen diese Sorte. Nichts ändert sich, abgesehen von den Waren, die sie verhökern, und das, was sie verkaufen, ist immer ein bißchen außerhalb des Gesetzes.

Die Dealer, ja, die sind anders. Es gibt zu viele von ihnen, und sie landen immer im Gefängnis oder sterben weg. Auch die Huren. Sie werden zu schnell alt, als daß man sich gern an sie erinnert. Aber Sie wollten ja über die Zigeuner reden. Ich glaube, wenn man mal so drüber nachdenkt, dann sind sie das älteste Treibgutvolk, das es gibt.«

Billy zog den Umschlag mit den Fotos aus der Brusttasche seines Sportjacketts und breitete sie sorgsam wie ein Pokerblatt auf der Theke aus: Angelina Lemke. Samuel Lemke. Richard Crosskill. Maura Starbird.

Taduz Lemke.

»Ah!« Der alte Mann auf dem Barhocker sog scharf den Atem ein, als Billy das letzte Foto hinlegte. Und dann sprach er das Bild direkt an, so daß Billy ein kühler Schauer über den Rücken lief: »Teddy, du alter Hurenmeister!«

Er blickte zu Billy auf und lächelte, aber Billy Halleck ließ sich nicht narren – der alte Mann hatte Angst.

»Hab' ich mir doch gedacht, daß er es war«, raunte der Alte. »Ich habe nichts weiter gesehen als einen Schatten in der Dunkelheit – das war vor drei Wochen. Nichts als einen Schatten in der Dunkelheit, aber ich dachte... nein... ich habe es *gewußt*...«

Wieder hob er zittrig das Eiswasser an den Mund und verschüttete dabei noch mehr davon. Diesmal auf seine Hemdbrust. Die plötzliche Kälte ließ ihn nach Luft schnappen.

Der Barkeeper kam herüber und bedachte Billy mit einem feindseligen Blick. Enders hob zerstreut die Hand, um anzuzeigen, daß mit ihm alles in Ordnung wäre. Timmy zog sich wieder zu seinem Geschirrspüler zurück. Enders drehte das Foto von Taduz Lemke um. Auf der Rückseite stand: *Aufgenommen in Attleboro, Mass., Mitte Mai 1983.*

»Und er ist nicht einen Tag älter geworden, seit ich ihn und seine Freunde hier getroffen habe. Das war im Sommer 1963.«

Sie hatten ihr Lager hinter Herks Salzlager und Hummerschuppen an der Route 27 aufgeschlagen. Sie waren vier Tage und vier Nächte geblieben. Am fünften Morgen waren sie einfach verschwunden. Die Cove Road lag ganz in der Nähe. Enders erzählte, er wäre am zweiten Abend nach ihrer Ankunft die halbe Meile zum Lager hinausgewandert, weil er sie sehen wollte. (Billy konnte sich kaum vorstellen, wie dieser klapperige Mann es einmal um den Block schaffen wollte, aber er ließ es sich nicht anmerken.) Er hätte sie sehen wollen, berichtete Enders, weil sie ihn an die gute alte Zeit erinnerten, als ein Mann sein Geschäft noch in Ruhe führen konnte, wenn er eins hatte, als *John Law** sich noch aus der Sache raushielt und ihn allein wirtschaften ließ.

»Ich habe eine ganze Weile am Straßenrand gestanden«, fuhr er fort. »Es war ein ganz gewöhnliches Zirkus- oder Zigeunerlager – je mehr die Dinge sich verändern, desto mehr bleiben sie sich gleich. Früher waren es mal Zelte, heute sind es eben Laster, Campingwagen und solches Zeug. Aber was da drinnen vor sich geht, das ist immer das gleiche. Eine Frau, die die Zukunft vorhersagt. Zwei, drei Frauen, die den Damen Spezialpülverchen verkaufen... zwei, drei Männer, die den Herren ihre Salben andrehen. Ich vermute, daß sie länger bleiben wollten, aber ich hab' gehört, daß sie für einige reiche Kanadier einen Hundekampf arrangiert hatten und daß der Staat Wind davon bekommen hat.«

»Einen *Hunde*kampf!«

»Die Leute wollen Wetten abschließen, mein Freund, und die Fahrenden sind immer bereit, die Kämpfe zu arrangieren, bei denen gewettet werden soll – das ist ja eins der Dinge, wofür diese Branche geschaffen ist. Hunde oder Hähne mit Stahlsporen oder vielleicht sogar zwei Männer. Dazu benutzen sie diese klitzekleinen Messerchen, die fast wie Spikes aussehen. Jeder beißt in das eine Ende eines Schals, und wer seins als erster fallen läßt, hat verloren. Die Zigeuner nennen das den ›fairen Kampf‹.«

* ›law‹ = Gesetz, hier durch den Vornamen personifiziert, A.d.Ü.

Enders starrte auf sein Spiegelbild an der Rückwand der Bar – auf sich und durch sich hindurch.

»Ja, ja, es war genau wie in den alten Zeiten«, sagte er träumerisch. »Ich konnte ihr Fleisch riechen. Sie haben eine bestimmte Art, es zu räuchern. Den grünen Pfeffer und das Olivenöl, das sie so lieben. Es riecht ranzig, wenn es aus dem Kanister fließt, und süß, sobald es kocht. Ich konnte sie in ihrer komischen Sprache reden hören, und ich hörte dieses *Tak, Tak, Tak* von Messern, die auf eine Zielscheibe geworfen wurden. Jemand buk auf die ganz alte Art Brot. Auf heißen Steinen.

Es war genauso wie in den alten Zeiten, aber ich war's nicht mehr. Ich hab' mich gefürchtet. Nun ja, die Zigeuner haben mir *immer* ein bißchen Angst eingejagt – aber der Unterschied zu heute: Damals wäre ich trotzdem zu ihnen gegangen. Teufel, schließlich war ich ein Weißer oder etwa nicht? Früher wäre ich einfach breitbeinig ans Lagerfeuer getreten, nach dem Motto ›ihr könnt mich mal‹, und hätte ihnen ein Bier oder ein paar Glimmstengel abgekauft, nur, um mich mal umsehen zu können. Aber die alten Zeiten haben mich zum alten Mann gemacht, mein Freund, und wenn ein alter Mann Angst hat, dann geht er nicht einfach so mir nichts dir nichts auf eine Sache los. Nicht mehr so wie in den Zeiten, als er gerade das Rasieren gelernt hatte.

Ich stand also im Dunkeln mit dem Salzschuppen auf der einen und dem Lager mit all diesen Lastwagen und Campingwagen und Kombiwagen auf der anderen Seite und beobachtete, wie sie vor dem Feuer auf und ab gingen, hörte sie reden und lachen, roch ihr Essen. Und dann ging plötzlich die hintere Tür von einem Lastwagen auf – auf der Seite war eine Frau aufgemalt und ein weißes Pferd, das ein Horn an der Stirn stecken hatte, so ein, wie nennt man die noch...«

»Einhorn«, half Billy nach, und seine Stimme klang fremd, als käme sie von woanders, von jemand anderem. Diesen Laster kannte er gut; er hatte ihn zum erstenmal an dem Tag gesehen, an dem die Zigeuner sich im Fairview-Stadtpark niedergelassen hatten.

»Jemand stieg aus«, fuhr Enders fort. »Ich sah nur einen Schatten und eine glimmende Zigarettenkippe, aber ich wußte, wer es war.« Er tippte mit seinem bleichen Finger auf die Fotografie, auf der der Mann mit dem Taschentuch um den Kopf abgebildet war. »Er. Ihr Kumpel.«

»Sind Sie sicher?«

»In dem Augenblick zog er kräftig an der Kippe, und ich konnte... das da sehen.« Er deutete auf die Überreste von Taduz Lemkes Nase, aber er berührte die matte Bildoberfläche nicht ganz, so als ober eine Ansteckung fürchtete.

»Haben Sie mit ihm gesprochen?«

»Nein«, antwortete Enders. »Aber er hat mit mir gesprochen. Ich stand da im Dunkel und ich schwöre zu Gott, daß er nicht mal in meine *Richtung* geblickt hat. Aber er hat gesagt: ›Du vermißt deine Frau ganz schön, Flash, eh? Es wird alles gut, du bist jetzt bald bei ihr‹. Dann schnippte er die Kippe aus den Fingern und marschierte aufs Feuer zu. Ich sah den Ring in seinem rechten Ohr einmal kurz im Widerschein der Flammen aufblitzen. Das war alles.«

Er wischte sich mit einer Hand ein paar kleine Wassertropfen vom Kinn und sah Billy an.

»Flash haben sie mich früher genannt, als ich damals, in den fünfziger Jahren, an der Pier gearbeitet habe, mein Freund. Seit Jahren hat mich schon niemand mehr so genannt. Ich stand total im Schatten, aber er hat mich gesehen und mich bei meinem alten Namen gerufen – ich glaube, die Zigeuner nennen das meinen Geheimnamen. Sie legen verdammt viel Wert darauf, den Geheimnamen eines Mannes zu kennen.«

»So, tun sie das?« fragte Billy mehr sich selber.

Timmy, der Barkeeper, schlenderte wieder zu ihnen herüber. Jetzt sprach er Billy offen an, freundlich aber bestimmt... auf Enders achtete er gar nicht. »Er hat sich den Zehner redlich verdient, Mister. Lassen Sie ihn in Ruhe. Es geht ihm nicht besonders, und diese kleine Unterhaltung hier tut ihm nicht gerade gut.«

»Ich bin in Ordnung, Timmy«, sagte Enders.

Timmy sah ihn gar nicht an, sondern blickte Halleck unverwandt in die Augen. »Ich möchte, daß Sie die Bar verlassen«, sagte er immer noch in seiner sachlich-freundlichen Art. »Ihr Aussehen gefällt mir nicht. Sie sehen so aus, als brächten Sie Unglück über diesen Ort. Das Bier ist umsonst. Nur gehen Sie.«

Billy sah den Barkeeper an. Er fühlte sich ein wenig ängstlich und auch ein bißchen gedemütigt. »In Ordnung«, sagte er. »Nur noch eine Frage, dann werde ich gehen.« Er wandte sich an Enders. »Wohin sind sie gefahren?«

»Ich weiß es nicht«, antwortete der Alte, ohne zu zögern. »Zigeuner hinterlassen keine Nachsendeadressen, mein Freund.«

Billys Schultern sackten nach vorn.

»Aber ich war wach an jenem Morgen, als sie abgefahren sind. Ich habe nur noch einen sehr leichten Schlaf, und ihre Laster und Autos sind nicht gerade mit Schalldämpfern ausgestattet. Ich habe gesehen, wie sie vom Highway 27 auf die Route 1 Richtung Norden abgebogen sind. Mein Tip wäre... Rockland.« Der Alte seufzte tief und zitternd, und Billy beugte sich besorgt vor. »Rockland oder vielleicht auch Boothbay Harbor. Ja. Und mehr weiß ich nicht, mein Freund, außer, daß ich vor Schiß den ganzen Weg hinunter in meinen linken Tennisschuh gepinkelt habe, weil er mich mit meinem Geheimnamen angesprochen hat.« Lon Enders fing unvermittelt zu weinen an.

»Mister, würden Sie *bitte* gehen?« forderte Timmy ihn auf.

»Bin schon weg«, sagte Billy. Er blieb nur noch kurz stehen, um dem Alten die schmale, beinahe ätherische Schulter zu drücken.

Draußen traf die Sonne ihn wie ein Hammer. Es war jetzt mitten am Nachmittag, und sie neigte sich schon gen Westen. Nach links blickend entdeckte er seinen Schatten. Er war so dürr wie ein von Kindern gezeichnetes Strichmännchen, ausgegossen wie blaue Tinte auf dem heißen weißen Sand.

Er wählte die Vorwahl 203.

Sie legen verdammt viel Wert darauf, den Geheimnamen eines Mannes zu kennen.

Dann wählte er 555.

Ich möchte, daß Sie die Bar verlassen. Ihr Aussehen gefällt mir nicht.

Er wählte 9231 und hörte zu, wie das Telefon in der *fetten Stadt* zu läuten anfing.

Sie sehen so aus, als brächten Sie Unglück...

»Hallo?« Die erwartungsvolle, etwas atemlose Stimme gehörte nicht Heidi sondern Linda. Billy lag auf seinem Bett in dem tortenstückförmigen Hotelzimmer und schloß die Augen. Plötzlich kamen ihm die Tränen. Er sah sie vor sich, wie sie mit ihm den Lantern Drive entlanggegangen war und aufmerksam zugehört hatte, während er mit ihr über den Unfall gesprochen hatte – ihre alten Shorts, die langen, fohlengleichen Beine.

Was wirst du ihr sagen, Billy-Boy? Daß du den ganzen Tag am Strand verbracht und ungeheuer geschwitzt hast? Daß du zwei Bier zum Lunch getrunken und ein riesiges Abendessen, bestehend nicht aus einem sondern zwei Sirloin-Steaks, gegessen hast? Und daß du trotzdem statt der gewöhnlichen zwei Pfund drei pro Tag abgenommen hast?

«Hallo?«

Daß du Unglück über den Ort bringen würdest? Daß es dir leid tat, daß du gelogen hast, aber alle Eltern würden mal lügen?

»Hallo? Ist da jemand? Bobby, bist du's?«

Immer noch mit geschlossenen Augen sagte er: »Hier ist Dad, Linda.«

»*Daddy*?«

»Liebling, ich kann jetzt nicht sprechen.« *Weil ich weinen muß.* »Ich nehme immer noch ab, aber ich glaube, ich habe Lemkes Spur gefunden. Sag das bitte deiner Mutter. Ich glaube, ich habe Lemkes Spur gefunden. Kannst du das behalten?«

»Daddy, *bitte* komm nach Hause!« Sie weinte. Billys Hand um den Hörer wurde weiß. »Du fehlst mir, und ich werde mich nicht noch mal von *ihr* wegschicken lassen.«

Jetzt hörte er dumpf Heidis Stimme im Hintergrund: »Lin? Ist das Dad?«

»Ich liebe dich, Schatz«, sagte er. »Und ich liebe deine Mutter.«

»*Daddy*...«

Ein kurzes Stimmengewirr. Dann war Heidi am Telefon. »Billy? Billy, bitte, hör jetzt damit auf und komm zu uns nach Hause.«

Billy legte sanft den Hörer auf, rollte sich auf den Bauch und verbarg das Gesicht in der Armbeuge.

Am nächsten Morgen bezahlte er seine Rechnung im South Portland Sheraton und machte sich auf der U.S. 1 auf den Weg nach Norden. Diese lange Küstenautobahn fängt in Fort Kent, Maine, an und endet in Key West, Florida. Rockland oder vielleicht auch Boothbay Harbot hatte der alte Mann im *Seven Seas* ihm gesagt, aber Billy ging kein Risiko ein. Er hielt an jeder zweiten oder dritten Tankstelle am rechten Straßenrand; er hielt an Supermärkten, vor denen alte Männer auf Campingstühlen saßen und auf Zahnstochern oder Streichhölzern herumkauten. Er zeigte seine Fotos jedem, der sie sehen wollte. Er wechselte zweihundert Dollar Travellerschecks in Zweidollarnoten um und verteilte diese wie ein Mann, der für eine schlecht gehende Radiosendung wirbt. Hauptsächlich zeigte er vier Fotos vor. Eins von Angelina, dem Mädchen mit der olivbraunen Haut und den vielversprechenden Augen, eins vom umgebauten Cadillac Hearse, eins vom VW-Bus, auf dem das Mädchen mit dem Einhorn gemalt war, und das von Taduz Lemke.

Wie Lon Enders hatten die Leute Schwierigkeiten, mit diesem umzugehen. Sie wollten es nicht anfassen.

Aber sie waren sehr hilfsbereit, und Billy hatte keine Schwierigkeiten, den Zigeunern die Küste hinauf zu folgen. Es lag nicht an den außerstaatlichen Nummernschildern. Im Sommer gab es in Maine eine Unmenge von fremden Nummernschildern zu sehen. Es war eher die Art, wie die Lastwagen und Autos in der Kolonne fuhren, immer Stoßstange an Stoßstange; die farbenfrohen Bilder auf den Seitenwänden; und natürlich die Zigeuner selbst. Die meisten Leute, mit denen Billy sprach, behaupteten, daß die Kinder oder

Frauen etwas gestohlen hätten, aber niemand schien so recht zu wissen, was eigentlich abhanden gekommen war, und soweit Billy feststellte, hatte auch niemand wegen dieser angeblichen Diebstähle die Polizei gerufen.

Hauptsächlich erinnerten sie sich an den alten Zigeuner mit der abfaulenden Nase – wer ihn einmal gesehen hatte, vergaß ihn nicht mehr.

Als er mit Lon Enders im *Seven Seas* gesessen hatte, war er noch drei Wochen hinter den Zigeunern gewesen. Der Besitzer von Bobs Selbstbedienungstankstelle konnte sich nicht mehr erinnern, an welchem Tag er all ihre Lastwagen und Kombiwagen und Campingbusse einen nach dem anderen aufgetankt hatte, er wußte nur noch, daß sie ›stanken wie die Indianer‹. Billy dachte, daß Bob selbst mal ein Bad gebrauchen könnte, behielt das aber lieber für sich. Der Collegestudent, der im Falmouth-Getränke-Shop auf der anderen Straßenseite arbeitete, konnte sich noch ganz genau an das Datum erinnern – es war der zweite Juni gewesen, sein Geburtstag, und er hatte schlechte Laune gehabt, weil er an dem Tag hatte arbeiten müssen. Billy sprach am zwanzigsten Juni mit ihm, also lag er jetzt nur noch achtzehn Tage hinter ihnen. Die Zigeuner hatten versucht, nördlich von Brunswick einen geeigneten Lagerplatz zu finden, waren aber von dort vertrieben worden. Am 4. Juni hatten sie sich in Boothbay Harbor niedergelassen. Natürlich nicht am Strand, aber sie hatten einen Farmer gefunden, der bereit war, ihnen ein Heufeld auf dem Kenniston Hill für zwanzig Dollar pro Nacht zu vermieten.

Sie waren nur drei Tage in der Gegend geblieben – die Sommersaison hatte noch nicht so richtig angefangen, und die Geschäfte gingen schlecht. Dieser Farmer hieß Washburn. Als Billy ihm Taduz Lemkes Foto zeigte, nickte er und bekreuzigte sich schnell und (Billy war ziemlich sicher) unbewußt.

»Ich habe noch nie einen alten Mann gesehen, der sich so schnell bewegte wie er. Ich habe gesehen, daß er mehr Holzscheite auf den ausgestreckten Armen tragen konnte als einer meiner Söhne.« Washburn zögerte und fügte dann hinzu: »Ich mochte ihn nicht. Es war nicht nur die Nase. Himmel, mein Großvater hatte Hautkrebs, und bevor der ihn umgebracht hat, hatte er ein Loch so groß wie ein Aschenbecher in seine Wange gefressen. Man konnte direkt hineingucken und zusehen, wie er sein Essen kaute. Na ja, *das* hat uns nicht gerade gefallen, aber wir mochten unseren *Opa,* wenn Sie verstehen, was ich meine.« Billy nickte. »Aber dieser Kerl... ich konnte ihn nicht leiden. Ich fand, daß er wie ein Scheißkerl aussah.«

Billy wollte schon fragen, was der Farmer mit diesem Ausdruck meinte, aber dann fand er es unnötig. Er konnte es an Farmer Washburns Augen ablesen. Ein Scheißkerl, ein Buhmann, ein Schreckgespenst.

»Ja, das ist er«, sagte er sehr ernst.

»Ich habe also beschlossen, sie weiterzuschicken«, erzählte Washburn Billy. »Zwanzig Mäuse pro Nacht, nur, um ein bißchen Abfall und Unrat wieder wegzuräumen, ist ein ganz guter Verdienst, aber meine Frau hatte Angst vor ihnen, und ich hatte auch ein wenig Schiß. Also ging ich am nächsten Morgen raus zu ihnen, um ihnen die Nachricht mitzuteilen, bevor ich den Mut verlor, aber da waren sie schon im Aufbruch. Ich war ganz schön erleichtert.«

»Und sie sind wieder nach Norden gefahren.«

»Ja, Sir, das sind sie. Ich habe genau dort auf dem Hügel gestanden...« er deutete mit dem Finger in die Richtung, »... und habe gesehen, wie sie auf die U.S.1 bogen. Ich habe ihnen nachgesehen, bis ich sie aus den Augen verlor. Und ich war froh, als sie endlich weg waren.«

»Ja. Kann ich mir vorstellen.«

Washburn warf Billy einen kritischen, leicht besorgten Blick zu. »Möchten Sie nicht einen Augenblick ins Haus kommen und ein Glas Buttermilch trinken, Mister? Sie sehen ziemlich blaß aus.«

»Vielen Dank. Aber ich möchte noch vor Sonnenuntergang in der Gegend von Owls Head sein.«

»Suchen Sie nach ihm?«

»Ja.«

»Hm, ich hoffe, daß er Sie nicht auffrißt, wenn Sie ihn finden, Mister. Ich fand, daß er ziemlich hungrig ausgesehen hat.«

Billy hatte am einundzwanzigsten Juni mit Washburn gesprochen – der erste offizielle Sommertag, aber die Straßen waren gestopft voll mit Touristen und er mußte weit ins Land hineinfahren, bis nach Sheepscott, um noch ein Motel mit freien Zimmern zu finden. Die Zigeuner waren am Morgen des achten aus Boothbay Harbor abgefahren.

Nur noch dreizehn Tage hinter ihnen.

Er hatte zwei schlechte Tage, an denen es so schien, als wären sie über den Rand der Welt gefallen. Weder in Owl's Head noch in Rockland waren sie gesehen worden, obwohl beides Haupttouristenorte waren. Tankwarte und Kellnerinnen schüttelten den Kopf, als sie sich die Fotos ansahen.

Grimmig den Drang bekämpfend, seine kostbaren Kalorien über die Reling zu kotzen – er war noch nie ein guter Seemann gewesen –, nahm Billy die Inselfähre von Owl's Head nach Vinalhaven, aber auch dort waren die Zigeuner nicht gewesen.

Am Abend des dreiundzwanzigsten rief er Kirk Penschley an und hoffte, von ihm neue Informationen zu erhalten. Doch als Penschley sich meldete, hörte er einen eigenartigen Doppelklick in der Leitung, gerade als Penschley ihn fragte: »Wie geht es dir, Billy-Boy? Und vor allem, *wo* bist du?«

Billy hängte schnell wieder auf. Er schwitzte. Er hatte gerade noch das letzte freie Zimmer in Rocklands Harborview Motel erwischt und er wußte, daß es zwischen Rockland und Bangor sicher kein anderes Zimmer mehr geben würde, aber kurzentschlossen meldete er sich wieder ab und fuhr weiter, auch auf die Gefahr hin, daß er die Nacht in irgendeiner Seitenstraße im Auto schlafen mußte. Dieser Doppelklick. Der hatte ihm ganz und gar nicht gefallen. Dieses Geräusch hörte man manchmal, wenn die Leitung abgehört wurde oder wenn jemand versuchte, den Anruf zurückzuverfolgen.

Heidi hat deine Papiere unterzeichnet, Billy.

Das ist doch das Blödeste, was ich je gehört habe.

Sie hat sie unterzeichnet, und Houston hat seinen Kaiser Wilhelm darunter gesetzt.

Gebt mir verdammt noch mal ein bißchen Zeit.

Los, Billy, bloß weg von hier.

Er fuhr. Abgesehen von Heidi, Houston und dem Abhörgerät war es sowieso das Beste, was er hatte tun können. Als er sich morgens um zwei im Bangor Ramada Inn eintrug, zeigte er dem Angestellten an der Rezeption seine Fotos – das war ihm mittlerweile zur Gewohnheit geworden –, und der junge Mann nickte sofort.

»Ja, ja. Ich habe mein Mädchen zu ihnen gebracht, damit sie ihr die Zukunft vorhersagen«, erzählte er. Er nahm das Bild von Angelina Lemke zur Hand und verdrehte die Augen. »Mann, die konnte wirklich gut mit ihrer Schleuder umgehen. Und sie sieht so aus, als ob sie auch noch ganz andere Dinge recht gut beherrscht, Sie wissen schon, was ich meine.« Er wedelte mit seiner Hand, als wollte er Wassertropfen von seinen Fingerspitzen abschütteln. »Mein Mädchen hat nur einmal gesehen, wie ich sie angesehen habe, und hat mich sofort aus dem Lager weggezogen.« Er lachte.

Noch vor einem Augenblick war Billy so müde gewesen, daß er nur ans Bett denken konnte, doch jetzt war er wieder hellwach. Sein Magen verkrampfte sich vor Nervosität.

»Wo? Wo sind sie gewesen? Oder sind sie immer noch...?«

»Nein, nein, sie sind nicht mehr da. Sie haben bei Parsons' ihr Lager aufgeschlagen, aber jetzt sind sie wieder weg. Ich habe vor ein paar Tagen mal nachgesehen.«

»Ist das eine Farm?«

»Nein – es ist der Stall, in dem immer der Flohmarkt abgehalten wurde, bis er abgebrannt ist.« Er warf Billy einen komischen Blick zu. Billys Sweatshirt hing eingefallen über seinen Bauch, die Wangenknochen bildeten scharfe Kontruen in seinem Gesicht, in dem die Augen wie Kerzenflammen brannten. »Eh... möchten Sie ein Zimmer?«

Am nächsten Morgen fand er Parsons' Flohmarkthalle – es war ein ausgebranntes Ziegelgebäude in der Mitte eines riesigen, verlassenen Parkplatzes, der sich über gut zehn Quadratkilometer zu erstrecken schien. Langsam schlenderte er über den krümeligen Schotter. Seine Absätze machten ein klickendes Geräusch. Hier sah er einige leere Bierdosen, dort ein paar Sodaflaschen. Da eine Käserinde voller Ameisen. Und dazwischen eine einzige glänzende Stahlkugel. (»Hoi, Gina!«, hörte er eine geisterhafte Stimme in seinem Kopf rufen.) Er sah einige zusammengerollte Überreste von geplatzten Luftballons und zwei Pariser, die den Luftballons erstaunlich ähnlich sahen.

Ja, sie waren hier gewesen.

»Alter Mann, ich rieche dich«, flüsterte Billy in den leeren Rumpf der Halle hinein. Die hohlen Löcher, die früher wohl mal die Fenster gewesen waren, starrten den dürren Vogelscheuchenmann mit milder Verachtung an. Der Ort sah gespenstisch aus, aber Billy hatte keine Angst. Sein Zorn war zurückgekehrt – und er trug ihn jetzt wie einen Mantel. Zorn auf Heidi, Zorn auf Taduz Lemke und Zorn auf sogenannte Freunde wie Kirk Penschley, die eigentlich auf seiner Seite stehen sollten, sich aber gegen ihn stellten. Es entweder schon getan hatten oder bald tun würden.

Aber das machte nichts. Er war auch allein dazu in der Lage, selbst wenn er nur noch hundertdreißig Pfund wog, den alten Zigeuner zu finden. Dafür reichte es allemal.

Und was würde dann passieren?

Wir werden es ja sehen, oder?

»Alter Mann, ich rieche dich«, sagte Billy nochmals und ging an der Seite der Halle entlang. An der Tür hing ein Maklerschild. Billy holte sein Notizbuch aus der Hosentasche und schrieb sich die Adresse auf.

Der Makler hieß Frank Quigley, aber er bestand darauf, daß Billy ihn Biff nannte. An seinen Bürowänden hingen Fotos von ihm aus seiner Highschoolzeit. Auf den meisten trug er einen Footballhelm. Auf Biffs Schreibtisch lag ein Haufen bronzener Hundekacke. Am Sockel war ein winziges Schild angebracht: DER FRANZÖSISCHE FÜHRERSCHEIN.

Ja, bestätigte Biff, er hatte Parsons' Halle mit Mr. Parsons Genehmigung an die Zigeuner vermietet. »Er hat wohl gedacht, daß es hinterher dort auch nicht schlimmer aussehen könne als vorher«, sagte Biff Quigley. »Und ich glaube, da hatte er gar nicht so unrecht.«

Er lehnte sich in seinem Drehstuhl zurück. Seine Augen musterten Billys Gesicht unablässig, maßen den Abstand zwischen seinem Hals und seinem Hemdkragen. Über der Taille hing das Hemd wie eine schlaffe Flagge an einem windstillen Tag. Biff verschränkte die Hände hinter dem Kopf, kippte den Stuhl zurück und legte die Füße auf den Schreibtisch, direkt neben die bronzene Hundescheiße.

»Nicht, daß sie nicht zum Verkauf ausgeschrieben wäre, wissen Sie. Das da draußen ist ausgezeichnetes Industriegelände. Früher oder später wird mal einer mit genügend Fantasie hier aufkreuzen und dort ein verdammt gutes Geschäft machen. Yessir, ein verdammt gutes ...«

»Wann haben die Zigeuner die Gegend verlassen, Biff?«

Biff Quigley nahm die Hände vom Kopf und beugte sich vor. Der Stuhl machte ein quietschendes Geräusch... *Squoink!* »Würde es Ihnen was ausmachen, mir zu sagen, warum Sie das wissen wollen?«

Billys Lippen – sie waren jetzt dünner und straffer geworden – verzogen sich zu einem scheußlich knöchernen, beinahe totenkopfähnlichen Grinsen. »Ja, Biff, das würde mir etwas ausmachen.«

Biff zuckte einen Moment zusammen, nickte dann aber und lehnte sich wieder in seinen Stuhl zurück. Seine staubigen Mokassins landeten wieder auf dem Tisch. Er schlug die Beine übereinander und tippte mit einer Fußspitze nachdenklich auf den Hundehaufen.

»Gut so, Bill. Ein Mann sollte seine Angelegenheiten für sich behalten. Vor allem sollte er seine *Gründe* für sich behalten.«

»Gut«, sagte Billy. Er spürte den Zorn erneut in sich aufsteigen, bekämpfte ihn aber. Es hatte keinen Sinn, auf diesen widerwärtigen Mann mit seinen staubigen Mokassins, seinem ungehobelten Slang und seinem föhngetrockneten Jay-Cees-Haarschnitt wütend zu sein. »Da wir einer Meinung sind...«

»Aber es kostet Sie trotzdem zweihundert Mäuse.«

»Was?« Billy klappte der Unterkiefer herunter. Einen Augenblick lang war seine Wut so groß, daß er sich nicht rühren, geschweige denn etwas sagen konnte. Das war für Biff Quigley nur von Vorteil, denn wenn Billy sich jetzt hätte bewegen können, wäre er ihm sicher an die Kehle gesprungen. Mit seinem Gewicht hatte er in den letzten zwei Monaten eine große Portion seiner Selbstbeherrschung verloren.

»Nicht für die Informationen, die ich Ihnen gebe«, sagte Quigley eilig, »die kriegen Sie umsonst. Die zweihundert sind für die Information, die ich denen *nicht* gebe.«

»Die Sie wem... nicht... geben?« konnte Billy gerade noch herausbringen.

»Ihrer Frau«, antwortete Biff. »Und Ihrem Arzt, und einem Mann, der behauptet, daß er für ein Detektivbüro namens Barton Detective Services arbeitet.«

Wie ein Blitz zog alles klar und deutlich an Billy vorbei. Die Dinge standen nicht nur so schlecht, wie er es sich in seinem paranoiden Kopf eingebildet hatte; es war noch viel schlimmer. Heidi und Mike Houston waren zu Kirk Penschley gegangen und hatten ihn davon überzeugt, daß Billy Halleck tatsächlich wahnsinnig sei. Penschley hatte die Barton-Agentur immer noch engagiert, um die Zigeuner zu suchen, aber sie arbeitete jetzt wie Astronauten auf der Suche nach Saturn, damit sie den Titan untersuchen – oder ihn in die Glassman-Klinik zurückbringen konnten.

Er sah den Barton-Detektiv förmlich vor sich, wie er vor ein paar Tagen genau auf diesem Stuhl gesessen und mit Quigley geredet hatte. Er hatte ihn wohl gewarnt, daß bald ein zaundürrer Mann namens Billy Halleck bei ihm auftauchen würde. Wenn dies geschähe, sollte er bitte diese Nummer anrufen.

Darauf folgte eine noch klarere Vision: Halleck sah sich selbst, wie er über Biffs Schreibtisch sprang, im Springen nach dem bronzenen Hundehaufen griff und ihm damit den Schädel einschlug. Er sah es mit grausamer, bestialischer Deutlichkeit: Wie die Haut aufriß, das Blut in fein sprühenden Tröpfchen nach oben schoß (und dabei einige der gerahmten Fotos befleckte), wie der weiße Schädelknochen einbrach und dadurch die physikalische Struktur dieses kriecherischen Gehirns preisgab; und dann sah er noch, wie er diese Hundescheiße dahin zurückwarf, wohin sie gehörte – und woher sie im übertragenen Sinne ja auch gekommen war.

Quigley mußte ihm seine Gedanken – jedenfalls einen Teil davon – vom hageren Gesicht abgelesen haben, denn er machte eine besorgte Miene. Eilig verschwanden seine Füße vom Tisch, und seine Hände fielen vom Nacken. Der Stuhl stieß wieder sein Ferkelgequietsche aus.

»Nun, nun... wir können ja noch mal darüber reden...« fing er an, und Billy sah, wie die sauber manikürte Hand über dem Knopf der Haussprechanlage schwebte.

Sein Ärger verpuffte abrupt. Er war nur noch erschüttert und kaltblütig. Eben noch hatte er die Vison gehabt, wie er diesem Ekel den Schädel zertrümmerte und das nicht etwa auf irgendeine verschwommene Art, sondern mit der hautnahen Realität eines Technicolorfilms mit Dolby-Sound. Und der gute alte Biff hatte genau mitgekriegt, was in ihm vorgegangen war.

Was ist bloß aus dem alten Billy geworden, der für Brot für die Welt gespendet und den Weihnachtspunsch am Heiligen Abend zubereitet hat?

Sein Verstand kehrte zurück: *Tja, das war eben der alte Billy Halleck, der in der* fetten Stadt *gelebt hat. Er ist weggezogen. Auf und davon. Ohne eine Nachsendeadresse zu hinterlassen.*

»Das ist wohl nicht nötig«, sagte er und nickte zur Haussprechanlage.

Die Hand schwankte etwas, bewegte sich dann aber zur Schreibtischschublade, als wäre das von Anfang an ihr Ziel gewesen. Biff brachte eine Schachtel Zigaretten zum Vorschein.

»Hab' nicht mal dran gedacht, ha, ha... rauchen Sie, Mr. Halleck?«

Billy nahm eine Zigarette, betrachtete sie einen Augenblick und beugte sich dann vor, um sich Feuer geben zu lassen. Nach dem ersten Zug fühlte er sich benebelt. »Danke.«

»Und was die zweihundert angeht, vielleicht hatte ich da unrecht.«

»Nein – Sie haben recht«, sagte Billy entschieden. Er hatte auf dem Weg hierher Travellerschecks im Wert von dreihundert Dollar eingetauscht, weil er sich schon gedacht hatte, daß er Schmiergelder bräuchte – aber es wäre ihm nie in den Sinn gekommen, daß er jemanden aus solchen absurden Gründen schmieren müßte. Er holte seine Brieftasche heraus, zählte vier Fünfzigdollarnoten ab und warf sie neben den Hundehaufen auf Biffs Schreibtisch. »Und Sie werden den Mund halten, wenn Penschley Sie anruft?«

»Oh, ja, Sir!« Biff nahm das Geld und legte es mit der Zigarettenschachtel in die Schublade. »Das wissen Sie doch!«

»Ich hoffe es«, sagte Billy. »Aber jetzt erzählen Sie mir von den Zigeunern.«

Es war eine kurze Geschichte, der er leicht folgen konnte. Das Komplizierte waren hier nur die Präliminarien gewesen. Die Zigeuner waren am zehnten Juli in Bangor eingetroffen. Samuel Lemke, der junge Jongleur, und ein Mann, dessen Beschreibung auf Richard Crosskill paßte, waren zu Biff ins Büro gekommen. Nach einem Telefongespräch mit Parsons und einem weiteren mit dem Polizeichef hatte Richard Crosskill ein normales Standardformular für eine kurzfristig zu erneuernde Aufenthaltserlaubnis unterzeichnet – die Frist betrug in diesem Fall vierundzwanzig Stunden. Crosskill hatte als Sekretär der Taduz Corporation unterschrieben, während der junge Lemke die ganze Zeit mit verschränkten Armen im Türrahmen von Biffs Büro gestanden hatte.

»Und wieviel Silber haben die Ihnen heimlich zugesteckt?« fragte Billy.

Biff zog die Augenbrauen hoch. »Wie bitte?«

»Ich meine, Sie haben zweihundert von mir kassiert. Dazu kommen vermutlich noch hundert von meiner besorgten Frau und meinen Freunden, die Ihnen der Barton-Detektiv übergeben haben dürfte, als er Sie neulich besucht hat – ich frage mich nun, wieviel die Zigeuner ausgespuckt haben. Sie sind bei dem Ganzen ziemlich gut weggekommen, egal, von welcher Seite man es betrachtet, nicht wahr, Biff?«

Biff sagte einen Augenblick lang nichts. Dann fuhr er mit seinem Bericht fort, ohne auf Billys Frage einzugehen.

Crosskill war zwei Tage später wiedergekommen, um die Erlaubnis neu zu unterzeichnen. Am dreizehnten kam er nochmals, doch inzwischen hatte Biff einen Anruf vom Polizeichef und von Parsons erhalten. Die Beschwerden der anliegenden Einwohner waren allmählich eingetrudelt. Der Polizeichef fand, daß es für die Zigeuner langsam an der Zeit wäre zu verschwinden. Parsons dachte genauso, war aber bereit, sie noch ein paar Tage bleiben zu lassen, wenn sie einwilligten, eine höhere Platzmiete zu bezahlen – zum Beispiel fünfzig Dollar pro Nacht anstelle von dreißig.

Crosskill hörte sich den Vorschlag aufmerksam an und schüttelte den Kopf. Wortlos verließ er das Büro. Aus einer Laune heraus war Biff noch am selben Nachmittag zur ausgebrannten Halle hinausgefahren. Er war gerade noch rechtzeitig gekommen, um die Zigeunerkarawane abfahren zu sehen.

»Sie haben die Richtung zur Chamberlain-Brücke eingeschlagen«, sagte er, »und das ist alles, was ich weiß. Wie wär's, wenn Sie jetzt endlich verschwinden würden, Bill? Um ehrlich zu sein, Sie sehen aus wie eine Reklame für einen Ferienaufenthalt in Biafra. Wenn ich Sie ansehe, kriege ich das kalte Grausen.«

Billy hielt immer noch die Zigarette zwischen den Fingern, obwohl er nicht noch einmal daran gezogen hatte. Jetzt lehnte er sich vor und drückte sie auf dem Hundekakkehaufen aus. Der Stummel fiel qualmend auf Biffs Schreibtisch. »Um ehrlich zu sein«, sagte er zu Biff, »mir geht es mit Ihnen ganz genau so.«

Die Wut war wieder da. Er marschierte hastig aus Quigleys Büro, bevor etwas ihn in die falsche Richtung trieb und er seine Hände doch noch eine fürchterliche Sprache sprechen ließ, die sie irgendwie zu kennen schienen.

Das war am vierundzwanzigsten Juni gewesen. Am dreizehnten hatten die Zigeuner Bangor in Richtung Chamberlain-Brücke verlassen. Er lag nur noch elf Tage hinter ihnen. Näher... immer näher... aber immer noch viel zu weit weg.

Er entdeckte, daß die Route 15, die auf der Brewer Seite der Brücke begann, auch Bar-Harbour-Straße genannt wurde. Sah so aus, als ob er nun doch noch dorthinkäme. Aber er würde unterwegs mit keinem Makler mehr sprechen und in keinem Erste-Klasse-Motel mehr absteigen. Falls die Barton-Leute ihm immer noch voraus waren, konnte es gut sein, daß Kirk noch ein paar weitere Agenten eingesetzt hatte, die nach ihm Ausschau hielten.

Am dreizehnten waren die Zigeuner die vierundvierzig Meilen rauf nach Ellsworth gefahren und hatten dort eine Lagererlaubnis für drei Tage erhalten. Danach hatten sie den Penobscott River überquert und waren in Bucksport gelandet, wo sie sich ebenfalls drei Tage aufgehalten hatten, bevor sie weiter die Küste hinauffuhren.

All das erfuhr Billy am fünfundzwanzigsten. Am Abend des neunzehnten hatten die Zigeuner Bucksport verlassen.

Jetzt war er nur noch eine Woche hinter ihnen.

Bar Harbor war genau die verrückte, in Saus und Braus lebende Stadt, als welche die Kellnerin sie beschrieben hatte, und Billy fand, daß sie ihm auch schon den Hauptmakel dieses Ferienortes angedeutet hatte: *Die Hauptattraktion ist – bis zum Labor Day – der große Straßenkarneval. Die meisten der Städte, die Sie auf Ihrer Liste haben, sind so, Mister, aber Bar Habor steht ganz oben, verstehen Sie? ... Früher habe ich mich im Juli, August öfters dort rumgetrieben, aber heute nicht mehr. Jetzt bin ich zu alt dafür.*

Ich auch, dachte Billy, auf einer Parkbank sitzend. Er hatte eine leichte Baumwollhose und ein T-Shirt mit dem Aufdruck BANGOR HAT SEELE an. Darüber trug er sein Sportjackett, das von seinen knochigen Schultern über den Rücken hing. Er schleckte ein Eis und zog zu viele Blicke auf sich.

Er war müde – besorgt hatte er festgestellt, daß er in letzter Zeit *immer* müde war, es sei denn, die Wut hatte ihn gerade mal wieder gepackt. Als er am Vormittag den Wagen abgestellt hatte, hatte er beim Aussteigen wieder so einen Augenblick von alptraumhaftem *déjà vue* erlebt. Seine Hose war ihm wieder über die Hüften nach unten gerutscht – *excusez-moi*, dachte er, wegen meiner nicht mehr vorhandenen Hüften. Die Cordhose hatte er sich in einem Armee/Marine-Secondhandshop in Rockland gekauft. Die Taille war Größe achtundzwanzig. Der Verkäufer hatte ihm (leicht nervös) erklärt, daß er bald Schwierigkeiten bekommen würde, Hosen von der Stange zu kaufen. Er hätte schon jetzt um die Taille eine Jungengröße, aber für seine Beine bräuchte er immer noch Größe zweiunddreißig. Es gäbe allerdings nicht viele Dreizehnjährige, die die stolze Höhe von ein Meter achtundachtzig erreichten.

Jetzt saß er also auf der Parkbank, schleckte erschöpft ein Pistazieneis und wartete darauf, daß seine Kräfte zurückkehrten. Unterdessen versuchte er herauszufinden, was ihm an dieser netten kleinen Stadt mißfiel, in der man keinen Parkplatz fand und kaum auf dem Bürgersteig gehen konnte.

Old Orchard war eine vulgäre Stadt; aber dieses Vulgäre war direkt und irgendwie aufregend gewesen; man wußte, daß die Preise, die man in den Wurfbuden gewann, Tinnef waren und sofort auseinanderfielen, wenn man sie in die Hand nahm. Man wußte, daß die Souvenirs, die man sich kaufte, in dem Augenblick kaputtgehen würden, wenn man sich weit genug vom Laden entfernt hatte, um nicht mehr zurückzurennen und dem Verkäufer die Hölle heiß zu machen, bis er das Geld wieder rausrückte. In Orchard gab es viele alte Frauen, und die meisten waren fett. Einige von ihnen trugen extrem knappe Bikinis, aber die meisten hatten Badeanzüge an, die wohl noch aus den fünfziger Jahren stammten. Wenn diese Frauen an einem vorübergingen, hatte man das Gefühl, daß sie genauso unter Druck standen, wie ein U-Boot, das weit unter seiner Tiefengrenze über den Meeresboden kreuzte. Wenn nur eine Naht von diesem schillernden, wundersamen Material risse, würde das Fett nur so fließen.

Der Geruch, der die Luft erfüllt hatte, stammte von Pizza, Eiscreme, gebratenen Zwiebeln, und ab und zu hatte sich ein Kind übergeben, das zu lange auf dem Karussell geblieben war. Die meisten der Wagen, die langsam durch die Hauptstraße geschlichen waren, hatten Rostflecken an den Türen, waren alt und alle ein bißchen zu groß gewesen. Einige hatten Öl verloren.

Old Orchard war ein vulgärer Ort gewesen, aber es hatte eine gewisse abblätternde Unschuld gehabt, die er an Bar Harbor vermißte.

Hier standen so viele Dinge ganz im Gegensatz zu Old Orchard, daß Billy das Gefühl hatte, er wäre durch einen Spiegel getreten – es gab nur ganz wenige alte Frauen und schon gar keine dicken. Kaum eine Frau trug einen Badeanzug. Die Bar-Harbor-Uniform schien aus Tenniskleidung und weißen Turnschuhen oder verblichenen Jeans, Rugbyhemden und modernen Bootsschuhen zu bestehen. Billy sah nur wenige alte Wagen und darunter kaum amerikanische Marken. Statt dessen viele Saabs, Volvos, BMW's, Hondas. Alle hatten ihre Aufkleber: SPALTET HOLZ STATT ATOME oder U.S. RAUS AUS EL SALVADOR oder LEGALISIERT DIE DROGEN. Und auch das Fahrradvolk war anwesend – man schlängelte sich elegant auf teuren Zehngangrädern durch den kriechenden Stadtverkehr, trug entspiegelte Sonnenbrillen und Sonnenvisiere, lächelte breit mit strahlend weißen, künstlichen Zähnen und lauschte seinem Sony-Walkman. Unterhalb der Stadt, im Hafen, stand ein Wald von Masten – nicht die dicken, farblosen Masten von Arbeitsbooten, sondern schlanke weiße Segelmasten von teuren Jachten, die am Labor Day wohl aufs Trockendock gelegt wurden.

Die Menschen, die sich in Bar Harbor rumtrieben, waren jung, intelligent, der Mode entsprechend liberal und reich. Sie schienen die Nächte durchzufeiern. Billy hatte sich telefonisch im Frenchman's Bay Motel ein Zimmer reserviert und hatte die ganze Nacht bis auf die wenigen Morgenstunden wach gelegen und auf die Rockmusik gelauscht, die aus sieben oder acht Bars auf die Straße gedröhnt war. Die Zeitungsmeldungen über zusammengefahrene Autos und Verkehrsübertretungen – hauptsächlich Geschwindigkeitsüberschreitungen – im Lokalanzeiger waren beeindruckend und auch ein bißchen entmutigend.

Billy beobachtete ein Frisbee, das über die wie Studenten gekleidete Menge flog und dachte: *Willst du wissen, warum diese Stadt und diese Leute dich so deprimieren? Ich werd's dir sagen. Sie studieren, um mal in solchen Städten wie Fairview zu leben, darum. Sie beenden das College und heiraten Frauen, die ungefähr bis zu dem Zeitpunkt ihre ersten Erfahrungen und ihre ersten Analyserunden hinter sich haben, und lassen sich dann an den Lantern Drives Amerikas nieder. Sie werden beim Golfspielen rote Hosen tragen, und an jedem Neujahrsabend wird es eine Menge Gelegenheiten geben, den Frauen an den Busen zu grapschen.*

»Ja, ja, das ist schon deprimierend«, murmelte er laut, und ein vorbeigehendes Pärchen warf ihm einen komischen Blick zu.

Sie sind noch hier.

Ja. Sie waren noch hier. Der Gedanke war so natürlich, so hundertprozentig überzeugend, daß er ihn weder überraschte noch sonderlich aufregte. Er hatte eine Woche hinter ihnen gelegen – unterdessen konnten sie bis hinauf in die Arktis gefahren sein oder den halben Rückweg schon wieder hinter sich haben. Ihren üblichen Verhaltensweisen nach zu schließen, müßten sie schon lange weg sein. Wenigstens nicht mehr in Bar Harbor, wo sogar die Andenkenläden wie exklusive Auktionshäuser an der Ostküste aussahen. Diese Stadt war zu stilbetont, um eine lumpige Zigeunerbande so lange zu dulden. Stimmte alles. Aber – sie waren immer noch hier, und er wußte es.

»Alter Mann, ich rieche dich«, flüsterte er.

Natürlich riechst du ihn. Das sollst *du ja gerade.*

Der Gedanke erzeugte einen Augenblick Unbehagen. Halleck stand auf, warf den Rest seiner Eiscreme in den Papierkorb und ging noch einmal zum Eisverkäufer zurück. Der Mann schien nicht sonderlich erfreut, Billy wiederzusehen.

»Ich frage mich, ob Sie mir wohl helfen könnten«, fing Billy an.

»Nein, Mann, das glaube ich ganz und gar nicht«, antwortete der Verkäufer prompt, und Billy entdeckte Ablehnung in seinen Augen.

»Sie wären vielleicht überrascht.« Billy spürte eine tiefe Ruhe in sich und ein Gefühl von Vorherbestimmung – kein *déjà vue*, nein, echte Prädestination. Der Eisverkäufer wollte sich abwenden, aber Halleck nagelte ihn mit seinem Blick fest. Plötzlich fühlte er, daß ihm das jetzt möglich war, so als wäre er selbst ein Teil dieser übernatürlichen Kraft geworden. Er zog seine Fotografien aus der Tasche – sie waren jetzt zerknittert und schweißfleckig. Dann breitete er sein gewöhnliches Pokerblatt aus, ein Bild neben dem anderen.

Der Verkäufer sah sich die Fotos an, und Billy spürte weder Überraschung noch Freude, als der Blick des Mannes Erkennen verriet – nur eine schwache Furcht, so wie vor dem Schmerz, der einen erwartet, sobald die örtliche Betäubung ihre Wirkung verliert. Die Luft roch deutlich nach salzigem Seetang. Über dem Hafenbecken kreischten Möwen.

»*Dieser* Typ«, sagte der Eisverkäufer und starrte fasziniert auf das Foto von Taduz Lemke. »*Dieser* Typ – was für ein Spuk!«

»Sind sie noch in der Gegend?«

»Jaaa«, antwortete der Verkäufer. »Ja, ich glaube, sie sind noch hier. Die Bullen haben sie zwar am zweiten Tag rausgeschmissen, aber sie konnten ein Feld von einem Farmer in Tecknor mieten – das ist die nächste Stadt im Inland. Ich habe sie öfters gesehen. Die Bullen sind jetzt soweit, daß sie sie wegen eingeschlagener Rücklichter und solchen Sachen aufschreiben. Man sollte meinen, daß sie den Hinweis kapieren.«

»Danke.« Billy sammelte seine Fotos wieder ein.

»Möchten Sie noch ein Eis?«

»Nein danke.« Die Furcht hatte sich verstärkt – aber auch der Zorn war immer noch da, ein summender, pulsierender Ton, der alle anderen Gefühle untermalte.

»Würde es Ihnen dann etwas ausmachen weiterzugehen,

Mister? Sie sind nicht gerade eine gute Reklame fürs Geschäft.«

»Nein«, antwortete Billy. »Das bin ich wohl nicht.«

Um viertel nach neun an diesem Abend parkte Billy seinen Mietwagen auf der leicht ansteigenden Route 37-A, die nach Nordwesten aus Bar Harbor hinausführt. Er stand auf einem Hügel. Der Seewind zerwühlte sein Haar und ließ seine losen Kleider um den Körper flattern. Hinter sich hörte er, vom Wind herübergetragen, die Klänge der soeben beginnenden nächtlichen Rock-'n'-Roll-Party in Bar Harbor.

Unter sich zu seiner Rechten konnte er das große Lagerfeuer sehen. Es war von Lastwagen, Personenwagen und kleineren Bussen umgeben. Im inneren Kreis saßen Menschen – ab und zu trat jemand ans Feuer – ein Schattenriß. Er hörte ihre Unterhaltung, gelegentliches Lachen.

Er hatte sie eingeholt.

Der alte Mann sitzt da unten und wartet auf dich, Billy – er weiß, daß du da bist.

Ja. Selbstverständlich. Der alte Mann hätte seinen Stamm auch über den Rand der Erde führen können – das traute Halleck ihm ohne weiteres zu –, wenn er es gewollt hätte. Aber das hätte ihm keinen Spaß gemacht. Statt dessen hatte er Billy von Old Orchard hierhergezogen. *Das* war es, was er gewollt hatte.

Wieder die Furcht – sie trieb durch ihn hindurch und füllte seine hohlen Stellen wie dunkler Rauch – es schien, daß es jetzt lauter hohle Stellen in ihm gab. Aber seine Wut war immer noch da.

Es ist ja auch genau das, was ich gewollt habe – und vielleicht gelingt es mir, ihn zu überraschen. Die Angst erwartet er bestimmt. Aber der Zorn... der könnte eine Überraschung für ihn sein.

Billy blickte noch mal kurz zu seinem Wagen zurück. Dann schüttelte er den Kopf. Er kletterte den grasbewachsenen Abhang hinunter und machte sich auf den Weg zum Feuer.

19. Kapitel: Im Zigeunerlager

Er blieb einen Augenblick hinter dem Laster mit dem an der Seite aufgemalten Einhorn und dem Zigeunermädchen stehen. Ein dunkler Schatten unter anderen, aber doch unbeweglicher als die, welche von den unbeständigen Flammen geworfen wurden. Er stand ganz still und lauschte auf ihre gedämpfte Unterhaltung. Jemand lachte laut. Ab und zu krachte explodierend ein Zapfen im Feuer.

Ich kann nicht da hinausgehen, sagte eine beharrliche Stimme in ihm mit endgültiger Gewißheit. Furcht lag in dieser Gewißheit, Furcht vermischt mit unklaren Regungen von Scham und Anstand – er konnte jetzt nicht mehr in ihre Kreise einbrechen, konnte ihre Unterhaltung und ihre Privatatmosphäre am Feuer nicht stören und wollte es genausowenig, wie er seine Hose in Hilmer Boyntons Gerichtssaal verlieren wollte. Letztendlich war er der Übeltäter. Er war...

Dann tauchte Lindas Gesicht vor ihm auf. Er hörte, wie sie ihn bat, nach Hause zu kommen, wie sie dabei weinte.

Ja, er war wohl der Übeltäter, aber er war bei weitem nicht der einzige.

Und wieder stieg der Zorn in ihm hoch. Er versuchte, ihn unter Kontrolle zu bringen, etwas Nützliches daraus zu machen, was ihm helfen würde – schlichter Ernst wäre genug, dachte er. Da trat er zwischen dem Laster und dem Kombiwagen, der dahinter geparkt war, hervor. Unter seinen Gucci-Schuhen raschelte leise das trockene Timothy-Gras. Er stellte sich in ihre Mitte.

Sie bildeten tatsächlich konzentrische Kreise: zuerst der äußere Kreis ihrer Autos und Lastwagen, darinnen die Runde der Frauen und Männer, die um das Feuer saßen, welches wiederum in einem rund gegrabenen Loch brannte, das von einem Kreis aus Steinen umgeben war. Daneben steckte ein zirka anderthalb Meter hoher, abgeschnittener Ast, auf dessen Spitze ein gelbes Blatt Papier aufgespießt war – die Lagerfeuererlaubnis, vermutete Billy.

Die jüngeren Frauen und Männer lagerten auf dem flach getretenen Gras oder auf Luftmatratzen. Viele ältere Leute saßen auf Aluminiumcampingstühlen, die mit Plastikstreifen bezogen waren. Eine alte Frau lehnte sich, auf viele Kissen gestützt, in einem Liegestuhl zurück. Um ihre Beine war eine Decke gewickelt. Sie rauchte eine selbstgedrehte Zigarette und klebte grüne S&H-Rabattmarken in ein Heft.

Drei neben dem Feuer liegende Hunde richteten sich halb auf und fingen zu knurren an. Ein junger Mann sah böse zu Billy hinauf und schob das rechte Vorderteil seiner Weste zur Seite, um einen mit Nickel verzierten Revolver in einem Schulterhalfter preiszugeben.

»*Enkelt*!« befahl einer der älteren Männer scharf und legte dem Jungen die Hand auf den Arm.

»*Bodde har?*«

»*Just det – han och Taduz*!«

Der junge Mann betrachtete Billy eingehend, der jetzt in ihren Kreis getreten war, – völlig fehl am Platz mit seinem viel zu weiten Sportjackett und seinen Stadtschuhen. Der Junge zeigte keine Furcht, nur einen Ausdruck vorübergehender Überraschung und – Billy hätte es schwören können – Mitleid. Dann ging er weg und blieb nur unterwegs einmal kurz stehen, um einem der Hunde einen Tritt zu verpassen und kurz »*Enkelt*!« zu brummen. Der Hund fiepte einmal, und dann waren alle drei still.

Jetzt holt er den alten Mann, dachte Billy.

Er blickte in die Runde. Die Unterhaltung war verstummt. Sie musterten ihn mit ihren dunklen Zigeuneraugen, und keiner sagte ein Wort. *So muß es sein, wenn du wirklich deine Hose im Gerichtssaal verlierst,* dachte er, aber das stimmte natürlich überhaupt nicht. Jetzt, da er tatsächlich vor ihnen stand, war seine Gefühlsverwirrung verschwunden. Die Angst war noch da und auch der Zorn, aber beide schlummerten irgendwo tief in seinem Innern.

Und da ist noch etwas. Sie sind nicht überrascht, dich hier zu sehen... und es wundert sie auch gar nicht, wie du jetzt aussiehst.

Dann stimmte es also; dann entsprach alles der Wahrheit. Keine psychische Anorexie; keine exotische Krebsart. Billy glaubte, daß diese ruhigen, dunklen Augen selbst Michael Houston überzeugt hätten. Sie wußten, was mit ihm geschehen war. Und sie wußten, wie es enden würde.

Sie starrten sich gegenseitig an, die Zigeuner und der dünne Mann aus Fairview, Connecticut. Und plötzlich, völlig ohne Grund, fing Billy an zu lächeln.

Die alte Frau im Liegestuhl stöhnte auf und machte schnell das Zeichen gegen den bösen Blick in seine Richtung.

Schritte näherten sich, und die Stimme einr jungen Frau war zu hören. Sie sprach hastig und zornig. »*Vad sa han! Och plotsligt brast han dybbuk, Papa! Alskling, grat inte! Snalla dybbuk! Ta mig Mamma*!«

Taduz Lemke trat barfüßig und in einem grauen Nachthemd, das bis an seine knochigen Knie reichte, in den hellen Schein des Feuers. Neben ihm, in einem weichen Baumwollnachthemd, das sich bei jedem Schritt sanft um ihre runden Hüften schmiegte, lief Angelina Lemke.

»*Ta mig Mamma! Ta mig...*« Da entdeckte sie Billy mitten im Kreis, musterte seine schlackernde Sportjacke, seine ausgebeulten Hosen, deren hintere Taschen schon unter dem Jackensaum heraushingen. Sie schleuderte ihre Hand in seine Richtung und drehte sich dann wieder zu dem alten Mann um mit einer Geste, als wolle sie ihn angreifen. Die anderen sahen passiv und gelassen zu. Im Feuer explodierte ein Kiefernzapfen. In winzigen Spiralen sprühten Funken auf.

»*Ta mig Mamma! Va Dybbuk! Ta mig inte till mormor! Ordo! Vu'derlak*!«

»*Sa hon lagt, Gina*«, erwiderte der alte Mann. Seine Stimme und sein Gesicht strahlten gelassene Ruhe aus. Mit seiner gekrümmten Hand strich er ihr über das glatte, fließende Haar, das jetzt bis zur Hüfte hinabfiel. Bisher hatte Taduz Lemke Billy nicht einmal angesehen. »*Vi ska stanna.*«

Einen Augenblick lang sanken ihre Schultern ein, und in dem Moment kam sie Billy trotz ihrer üppigen Rundungen sehr jung vor. Dann fuhr sie wieder auf ihn los, und die Wut in ihrem Gesicht flammte auf, als hätte jemand Benzin in Feuer gegossen.

»*Du verstehst unsere lingo nicht, Mister?*« fauchte sie ihn an. »Ich habe zu altem Papa gesagt, daß du die alte Mamma getötet hast. Ich habe gesagt, du bist ein Teufel und wir sollten dich töten!«

Der Alte legte ihr die Hand auf den Arm. Sie schüttelte ihn ab und rannte auf Billy los. Ihre nackten Füße huschten haarscharf am Feuer vorbei. Ihr Haar flatterte hinter ihr her.

»*Gina, verkligen glad*!« rief jemand besorgt, aber sonst sagte niemand etwas. Der gelassene Ausdruck auf dem Gesicht des Alten blieb unverändert. Er beobachtete sie wie ein nachsichtiger Vater sein eigenwilliges Kind.

Sie spuckte Billy ins Gesicht – eine enorme Menge warmen weißen Speichels, als ob sie den ganzen Mund vollgehabt hätte. Billy spürte ihn auf seinen Lippen. Er schmeckte nach Tränen. Sie blickte mit ihren riesigen schwarzen Augen zu ihm hoch, und trotz allem, was inzwischen passiert war, trotz allem, was er inzwischen verloren hatte, merkte er, daß er sie immer noch begehrte. Und sie merkte es auch, das spürte er –ihre dunklen Augen blickten fast befriedigt.

»Wenn es sie zurückbringen würde«, sagte er zu ihr, »dann dürften Sie mich so lange anspucken, bis ich darin ertrinke.« Seine Stimme kam überraschend klar und deutlich. »Aber ich bin kein *dybbuk*. Weder ein *dybbuk*, noch ein Dämon, noch ein Ungeheuer. Was Sie hier sehen...« er hob beide Arme, so daß der Feuerschein einen Augenblick durch seine ausgebreitete Jacke leuchtete, wodurch er wie eine übergroße, aber ausgesprochen unterernährte Fledermaus wirkte »... ist alles, was ich bin.«

Einen Augenblick lang sah sie verunsichert, beinahe ängstlich aus. Auch wenn ihre Spucke immer noch seine Wange herunterlief, war die Zufriedenheit aus ihrem Blick gewichen, und dafür war Billy recht dankbar.

»Gina!« Es war Samuel Lemke, der Jongleur. Er stand

plötzlich neben dem Alten und schnallte den Gürtel seiner Jeans zu. Dazu hatte er sich ein T-Shirt mit einer aufgedruckten Fotografie von Bruce Springsteen übergeworfen. »*Enkelt men tillrackligt*!«

»Du bist ein Mörder, ein Bastard!« schrie sie Billy an und ging den Weg zurück, den sie gekommen war. Ihr Bruder versuchte, den Arm um sie zu legen, doch sie schüttelte ihn ab und marschierte in die Dunkelheit. Der Alte drehte sich um und blickte ihr nach. Dann endlich richtete er seine Augen auf Billy Halleck.

Einen Moment lang starrte Billy nur auf das eitrige Loch in seinem Gesicht, doch dann wurden seine Augen unwillkürlich von den Augen des Alten angezogen. Hatte er mal gedacht, daß dies die Augen des Alters wären? Sie waren noch etwas mehr als das... und auch etwas weniger. Er entdeckte Leere in ihnen, und diese Leere offenbarte ihre fundamentale Wahrheit. Nicht das oberflächliche Wissen, das auf ihnen glänzte wie Mondschein auf einem dunklen Teich. Sondern Leere, so steif und vollkommen, wie es der Raum zwischen den Galaxien sein mochte.

Lemke winkte Halleck mit dem krummen Zeigefinger, und wie im Traum ging Billy langsam um das Lagerfeuer herum auf den alten Mann in seinem dunkelgrauen Nachthemd zu.

»Kannst du *Rom* verstehen?« fragte der Alte ihn, als Billy direkt vor ihm stand. Sein Ton war fast intim, doch seine Stimme hallte deutlich durch das stille Lager, in dem sonst nur das Knacken des trockenen Holzes im Feuer zu hören war.

Billy schüttelte den Kopf.

»In Romani nennen wir einen wie dich *skummade igenom*, was soviel wie ›weißer Mann aus der Stadt‹ bedeutet.«

Er lächelte und zeigte dabei nikotingelbe Zahnstümpfe. Das dunkle Loch, das einst seine Nase gewesen war, dehnte und spannte sich.

»Aber es hat auch die Bedeutung seines Klanges – *ignoranter Abschaum*.« Endlich ließen seine Augen Billy los; er schien jegliches Interesse an ihm verloren zu haben. »Geh jetzt wieder fort, weißer Mann aus der Stadt. Du hast hier nichts zu suchen. Wir haben nichts mit dir zu tun. Wenn wir etwas miteinander gehabt haben, dann ist es erledigt. Geh dahin zurück, woher du gekommen bist.«

Er drehte sich um und wollte weggehen.

Einen Augenblick stand Billy mit offenem Mund da und merkte undeutlich, daß der Alte ihn hypnotisiert haben mußte – er hatte das so leicht fertiggebracht wie ein Farmer seine Hühner zum Einschlafen bringt, indem er ihnen den Kopf unter die Flügel steckt.

ERLEDIGT? schrie eine Stimme plötzlich in ihm auf. *Die ganze Fahrerei, die ganze Herumsucherei, all die Fragen, die nächtlichen Alpträume, all diese Tage und Nächte, das sollte damit* ERLEDIGT *sein? Und du willst einfach hier rumstehen und kein Wort dazu sagen? Willst dich einfach einen ignoranten Abschaum nennen und ihn dann ruhig zu Bett gehen lassen*?

»Nein, es ist nicht erledigt«, rief er mit lauter, rauher Stimme.

Jemand schnappte überrascht nach Luft. Samuel Lemke, der den Alten auf dem Weg zum Campingbus stützte, blickte erstaunt zurück. Nach einer Weile drehte auch Taduz Lemke sich um. Sein Gesicht zeigte Überdruß und ein wenig Belustigung. Aber für einen winzigen Moment glaubte Billy auch einen Anflug von Staunen darin gelesen zu haben.

In seiner Nähe griff der Junge, der Billy zuerst entdeckt hatte, wieder unter die Weste nach seinem Revolver.

»Sie ist sehr schön«, rief Billy. »Gina.«

»Halt's Maul, weißer Mann aus der Stadt!« zischte Samuel Lemke. »Ich dulde nicht, daß du den Namen meiner Schwester in den Mund nimmst!«

Billy beachtete ihn gar nicht. Er sah nur Taduz Lemke an. »Ist sie deine Enkelin? Deine Urenkelin?«

Der Alte musterte ihn aufmerksam, als wüßte er noch nicht, ob etwas dahintersteckte oder nicht – etwas mehr als das Geheul des Windes in einer leeren Höhle. Dann wandte er sich wieder ab und ging ein paar Schritte weiter.

»Vielleicht hast du noch eine Minute Zeit, damit ich dir

die Adresse von *meiner* Tochter aufschreiben kann«, sagte Billy mit erhobener Stimme. Er brauchte sich nicht allzusehr anzustrengen dabei. Das war gar nicht nötig, um ihr die genügende Schärfe eines Befehls zu verleihen. Diese Schärfe, die er in vielen Jahren im Gerichtssaal eingeübt hatte. »Sie ist zwar nicht so schön wie eure Gina, aber wir finden sie recht hübsch. Vielleicht könnten die beiden sich über das Thema Gerechtigkeit Briefe schreiben. Was hältst du davon, Lemke? Werden sie sich darüber unterhalten können, nachdem ich so tot bin wie deine Tochter? Wer wird denn nun herausfinden können, bei wem die Schuld wirklich lag? Unsere Kinder? Unsere Enkelkinder? Nur noch einen Augenblick, ich schreib' mal schnell ihre Adresse auf. Es dauert nicht lange. Ich werde sie auf die Rückseite deiner Fotografie schreiben, die habe ich zufällig bei mir. Wenn sie sich in diesem Chaos nicht zurechtfinden, können sie sich ja eines Tages gegenüberstellen und sich gegenseitig erschießen, und dann haben *ihre* Kinder den nächsten Versuch frei. Was denkst du, alter Mann... hat das vielleicht mehr Sinn als diese Scheiße hier?«

Samuel legte dem Alten seinen Arm um die Schulter. Lemke befreite sich und schritt wieder langsam auf Halleck zu. In seinen Augen standen jetzt Tränen der Wut. Seine gichtigen Hände ballten und öffneten sich. Alle anderen beobachteten sie schweigend und furchtsam.

»Du hast meine Tochter auf offener Straße überfahren«, sagte er. »Du hast meine Tochter auf offener Straße überfahren, und jetzt hast du... du hast *borjade rulla* genug, hierher zu mir ins Lager zu kommen und zu mir zu sprechen. Ich weiß, wer es getan hat. Ich habe ihn bestraft. Meistens drehen wir uns um und verlassen die Stadt. Ja, meistens machen wir es so. Aber manchmal bekommen auch wir unsere Gerechtigkeit.« Er hob seine knorrige Hand direkt vor Hallecks Augen. Plötzlich schnappte sie zur Faust zusammen. Einen Augenblick später tropfte daraus Blut hervor. Die anderen fingen an zu murmeln, aber es war weder Furcht noch Überraschung noch Zustimmung herauszuhören.

»*Romani* Gerechtigkeit, *skummade igenom*. Die beiden anderen habe ich schon erledigt. Dieser Richter, er ist vor zwei Tagen aus dem Fenster gesprungen. Er ist...« Taduz Lemke schnippte mit den Fingern und blies dann über seinen Daumenballen, als läge eine winzige Feder darauf.

»Hat Ihnen das Ihre Tochter zurückgegeben, Mister Lemke? Ist sie zu Ihnen zurückgekehrt, als Cary Rossington da oben in Minnesota auf dem Boden aufgeschlagen ist?«

Lemkes Lippen zitterten. »Ich brauche sie nicht zurück. Gerechtigkeit bringt die Toten nicht zu uns zurück, weißer Mann. Gerechtigkeit ist einfach Gerechtigkeit. Du solltest lieber von hier verschwinden, bevor ich dir etwas anderes antue. Ich weiß, was deine Frau mit dir im Auto gemacht hat. Glaubst du etwa, ich hätte das Zweite Gesicht nicht? Ich habe das Zweite Gesicht. Da kannst du jeden hier fragen. Ich habe das Gesicht von einhundert Jahren.«

Die um das Feuer Sitzenden murmelten bestätigend.

»Es ist mir egal, wie lange du dieses Gesicht schon hast«, sagte Halleck. Er langte bewußt nach der Schulter des Alten und griff fest zu. Von irgendwoher hörte er wütendes Gemurmel. Samuel Lemke rannte vorwärts. Taduz Lemke wandte den Kopf und spuckte ein einziges Wort in Romani aus. Der junge Mann blieb verwirrt und unsicher stehen. Auf den meisten Gesichtern um das Lagerfeuer breitete sich Verwirrung und Unsicherheit aus, aber das sah Halleck nicht. Er sah nur Taduz Lemke. Er beugte sich hinunter, näher, immer näher zu seinem Gesicht, bis seine Nase fast das schwammige, verschrumpelte Gewucher berührte, das von Lemkes Nase übriggeblieben war.

»Ich scheiß' auf deine Gerechtigkeit«, sagte er. »Du hast von Gerechtigkeit soviel Ahnung wie ich von Düsenturbinen. Nimm es von mir.«

Lemke starrte ihm in die Augen – diese schreckliche Leere. »Laß mich los, oder ich mache es noch schlimmer«, sagte er ruhig. »So viel schlimmer, daß du denkst, ich hätte dich das erstemal gesegnet.«

Plötzlich breitete sich wieder das Lächeln auf Billys Gesicht aus – ein knöchernes, breites Grinsen, das aussah wie eine auf den Rücken gekippte Mondsichel. »Nur zu«, höhnte er. »Versuch's. Aber weißt du, ich glaube nicht, daß du das kannst.«

Der alte Mann starrte ihn wortlos an.

»Denn das erstemal habe ich dir dabei geholfen«, fuhr Halleck fort. »In dem Punkt hatten die anderen nämlich recht – es besteht eine Art Partnerschaft zwischen uns, nicht wahr? Zwischen dem Verflucher und dem Verfluchten. Wir waren alle drei mit dir daran beteiligt. Hopley, Rossington und ich. Aber ich steige jetzt aus, mein Alter. Meine Frau hat mir in meinem großen, teuren Wagen einen runtergeholt, das stimmt. Aber deine Tochter ist wie ein ganz gewöhnlicher, unachtsamer Fußgänger einfach so, ohne auf eine Ampel oder einen Zebrastreifen zu achten, auf die Straße gerannt, das stimmt nämlich auch. Wenn sie bei der Ampel rübergegangen wäre, würde sie heute noch leben. Auf beiden Seiten sind Fehler gemacht worden. Sie ist tot, und ich kann niemals zu dem alten Leben zurückkehren, das ich vorher geführt habe. Es gleicht sich also aus. Sicher, es ist nicht der beste Ausgleich, den diese Welt je gesehen hat, aber es gleicht sich aus. In Las Vegas haben sie dafür einen Spezialausdruck – sie nennen das einen *Push*. Das hier ist ein Push, alter Mann. Laß es damit gut sein.«

Als Halleck zu lächeln angefangen hatte, war zunächst eine eigenartige, fremde Furcht in Lemkes Augen gestiegen, aber jetzt hatte sein unerbittlicher Zorn sie wieder verdrängt. »Ich werde den Fluch *niemals* von dir nehmen, weißer Mann aus der Stadt«, schimpfte er. »Ich werde mit ihm auf den Lippen sterben.«

Halleck beugte sich noch weiter zu seinem Gesicht hinunter, so daß ihre Stirnen sich fast berührten. Er konnte die Ausdünstung des Mannes riechen – eine Mischung von Spinnweben, Tabak und abgestandenem Urin. »Dann mach's schlimmer! Na los! Mach es – wie hast du vorhin gesagt? –, mach es so, daß ich mich das erstemal gesegnet gefühlt hätte!«

Lemke starrte ihn immer noch an, doch jetzt spürte Halleck, daß Lemke der Unterlegene war. Plötzlich drehte der Alte sich zu Samuel um.

»*Enkelt av lakan och kanske alskade! Just det*!«

Samuel Lemke und der junge Mann mit der Pistole zogen Halleck von ihm weg. Taduz Lemkes eingefallene Brust hob und senkte sich heftig; sein spärliches Haar war zerzaust.

Er ist es nicht gewohnt, daß man ihn anfaßt – und er ist es nicht gewohnt, daß man im Zorn zu ihm spricht.

»Es ist ein Push«, rief Halleck, während man ihn wegzog. »Hast du mich gehört?«

Lemkes Gesicht verzerrte sich. Plötzlich, es war schrecklich anzusehen, war er dreihundert Jahre alt. Ein entsetzlicher Lazarus.

»*Kein Puuusch*!« schrie er Billy nach und schüttelte die Faust. »*Kein Puuusch! Niemals! Du stirbst dünn, Stadtmensch! Du wirst genauso sterben*!« Er legte beide Fäuste zusammen, und Halleck spürte fürchterliche Seitenstiche, als ob er zwischen diesen Fäusten zerquetscht würde. Einen Augenblick lang bekam er keine Luft. Es fühlte sich an, als würden seine Eingeweide zusammengepreßt. »*Du stirbst dünn*!«

»Es ist ein Push!« wiederholte Halleck darum kämpfend, nicht nach Luft zu schnappen.

»*Kein Puuusch*!« brüllte der Alte. In seiner Wut über den fortgesetzten Widerspruch hatte sich ein Netz von roten Adern über sein Gesicht gezogen. »Schmeißt ihn hinaus!«

Sie zogen ihn durch den Kreis. Taduz Lemke stand aufrecht da und sah ihnen zu. Die Hände hatte er in die Seiten gestemmt, das Gesicht war eine versteinerte Maske.

»Bevor sie mich von hier wegschleppen, Alter, sollst du wissen, daß mein Fluch über deine Familie kommen wird«, rief Halleck, und trotz der Schmerzen in seiner Brust war seine Stimme laut, ruhig, ja fast fröhlich. »Der Fluch des weißen Mannes aus der Stadt.«

Er hatte den Eindruck, daß Lemkes Augen sich eine Spur weiteten. Aus den Augenwinkeln sah er, daß die alte Frau mit der Decke um die Beine und den Rabattmarken im Schoß wieder das Zeichen gegen den bösen Blick machte.

Die beiden jungen Männer blieben einen Augenblick stehen; Samuel Lemke stieß ein kurzes, verwirrtes Lachen aus. Vermutlich belustigte ihn die Idee, daß ein weißer, Obere-Mittelklasse-Anwalt aus Fairview, Connecticut, den Mann verfluchen wollte, der vermutlich der älteste Zigeuner in ganz Amerika war. Noch vor zwei Monaten hätte Halleck selbst darüber gelacht.

Aber Taduz Lemke lachte nicht.

»Denkst du etwa, daß Männer wie ich keine Macht hätten zu verfluchen?« fragte Halleck. Er hob seine Hände – seine dünnen, ausgezehrten Hände – in Kopfhöhe und spreizte langsam die Finger. Er sah aus wie der Direktor eines Varietés, der das Publikum aufforder, doch endlich mit dem Applaus aufzuhören. »Wir haben die Macht. Wenn wir mal damit anfangen, sind wir ganz gut im Verfluchen. Laß mich nicht erst damit anfangen!«

Hinter dem alten Mann bewegte sich etwas – ein weißer Blitz, Nachthemd und schwarze Haare.

»Gina!« rief Samuel Lemke überrascht.

Billy sah sie ins Licht treten. Er sah, wie sie die Schleuder hob, den Gummi zurückzog und ihn dann losließ – es war eine einzige, fließende Bewegung, wie ein Maler, der eine Linie auf einer weißen Leinwand zieht. Er glaubte, den flüssigen silbrigen Flug der Stahlkugel zu erkennen, als sie über den Kreis schoß, aber das war mit Sicherheit bloß Einbildung.

Dann spürte er einen heißen, stechenden Schmerz in seiner linken Hand. Er war so schnell wieder fort wie er gekommen war. Er hörte, wie die Stahlkugel am Lastwagen hinter ihm abprallte. Fast im selben Moment bemerkte er, daß er das wutverzerrte Gesicht des Mädchens sehen konnte, aber nicht etwa durch seine gespreizten Finger, sondern durch seine Handfläche hindurch. Dort war ein sauberes, rundes Loch.

Sie hat mit der Schleuder auf mich geschossen, dachte er. *Heiliger Himmel, das hat sie wirklich getan*! Blut, im Feuerschein fast so schwarz wie Teer, rann an seinem Handgelenk hinunter und durchtränkte den Saum seines Jackenärmels.

»*Enkelt*!« kreischte sie. »Hau ab, *eyelak*! Hau ab, du Mörder, du *Bastard*!«

Dann warf sie die Schleuder nach ihm. Sie landete direkt neben dem Feuer. Eine kleine Wünschelrute mit einem Gummistück so groß wie eine Augenklappe an der Stelle, an der sie sich gabelte. Danach floh sie hysterisch schreiend zu den Wagen.

Niemand rührte sich. Die Leute am Feuer, die beiden Jungen, der alte Mann und Halleck selbst – sie standen wie versteinert. Man hörte ein Türenknallen. Dann kamen ihre Schreie nur noch gedämpft. Und Halleck spürte immer noch keinen Schmerz.

Auf einmal, ohne sich dessen bewußt zu sein, hielt Halleck dem Alten seine blutende Hand vors Gesicht. Der Alte wich zurück und machte das Zeichen gegen den bösen Blick. Halleck schloß die Hand zur Faust, wie der Alte es vorher getan hatte. Blut tropfte daraus hervor, wie sie es vorher bei Taduz gesehen hatten.

»Der Fluch des weißen Mannes wird Sie ereilen, Mr. Lemke! Darüber steht nichts in den Büchern geschrieben, aber ich sage Ihnen, daß es wahr ist – und *Sie* glauben *mir*.«

Der Mann stieß kreischend eine Flut von Romaniwörtern aus. Halleck fühlte sich so gewaltsam zurückgezerrt, daß sein Kopf nach hinten flog. Seine Füße hoben vom Boden ab.

Sie werfen mich ins Feuer. Himmel, sie werden mich darin rösten...

Statt dessen wurde er den Weg, den er gekommen war, zurückgetragen. Zuerst durch den Kreis (die Leute überschlugen sich fast, um ihm auszuweichen), dann zwischen den beiden Wohnlastern hindurch. In einem hörte er das konservierte Gelächter einer Fernsehsendung.

Der Mann mit dem Revolver grunzte. Halleck wurde wie ein Mehlsack (ein sehr leichter Mehlsack) hin und her geschaukelt und flog dann ein Stück durch die Luft. Er landete unsanft im trockenen Timothy-Gras hinter den geparkten Lastwagen. Das tat weit mehr weh als das Loch in seiner Hand; er hatte überhaupt keine Fettpolster mehr. Beim Sturz fühlte es sich so an, als klapperten seine Knochen im Körper durcheinander wie lose Stangen in einem alten

Transporter. Er versuchte aufzustehen, aber zunächst einmal gelang ihm das nicht. Er stöhnte.

Samuel Lemke kam noch einmal auf ihn zu. Das glatte, junge Gesicht war völlig ungerührt. Er langte in seine Hosentasche und zog etwas daraus hervor. Halleck hielt es für einen kurzen Stock und erkannte es erst, als Lemke die Klinge aufspringen ließ.

Er streckte seine blutende Hand aus, und Lemke zögerte. Sein Gesicht hatte jetzt einen Ausdruck, den Billy von seinem Badezimmerspiegel her kannte: Angst.

Sein Begleiter murmelte ihm etwas zu.

Lemke zögerte immer noch. Er blickte auf Halleck herab. Dann klemmte er die Klinge wieder in den dunklen Holzgriff zurück. Er spuckte in Hallecks Richtung. Einen Augenblick später waren beide verschwunden.

Billy blieb eine Weile liegen und versuchte, das Ganze zu rekonstruieren, sich einen Reim darauf zu machen... aber das war nur ein Juristentrick und nützte ihm hier, an diesem dunklen Ort, überhaupt nichts. Dafür fing seine Hand ihm nun unmißverständlich zu erzählen an, was passiert war. Sehr bald würde sie noch viel mehr schmerzen. Es sei denn, sie änderten ihre Meinung doch noch und kamen noch einmal zurück. Sie könnten alle Schmerzen mit einem Schlag beenden, und das für immer.

Das brachte ihn auf die Beine. Er rollte vornüber und zog die Knie an seinen ehemaligen Bauch. Dann ruhte er einen Augenblick aus, die linke Wange fest ins Gras gepreßt, den Hintern steil in der Luft, während ihn eine Woge von Übelkeit überspülte. Fast wäre er ohnmächtig geworden. Als es vorüber war, gelang es ihm, auf die Füße zu kommen und in die Richtung zu stolpern, in der sein Wagen stand. Zweimal fiel er hin. Beim zweitenmal dachte er schon, es wäre unmöglich, daß er jemals wieder aufstehen würde. Aber irgendwie – hauptsächlich, indem er an Linda dachte, die jetzt wohl ruhig und unschuldig in ihrem Bett schlief – schaffte er es dann doch. Jetzt spürte er das Brennen in seiner Hand. Ein rotes, heißes Brennen, das sich über seinen Unterarm zum Ellenbogen ausbreitete.

Eine Ewigkeit später hatte er den Mietwagen erreicht und fummelte nach dem Schlüssel. Er hatte ihn in die linke Tasche gesteckt, so daß er jetzt mit der Rechten quer über seinen Unterleib langen mußte, um an ihn heranzukommen.

Er startete den Wagen und blieb dann einen Moment ruhig sitzen. Seine blutende Hand lag mit der Innenfläche nach oben auf seinem linken Oberschenkel wie ein toter Vogel. Er blickte auf den Kreis von Last- und Campingwagen hinunter, auf das flackernde Feuer. Ein uraltes Lied fiel ihm ein: *Um das Feuer ein Tanz, nach einer Zigeunermelodie; es hat verzaubert mich ganz, deine Bewegung, du Süße, wie nie...*

Langsam hob er die linke Hand vor seine Augen. Durch das runde Loch in der Mitte fiel geisterhaftes grünes Licht vom Armaturenbrett.

Ja, wirklich, sie hat mich verzaubert, dachte er und fuhr los. Mit beinahe klinischer Ungerührtheit fragte er sich, ob er es wohl bis zum Frenchman's Bay Motel schaffen würde.

Irgendwie klappte es.

20. Kapitel: 118

»William? Was ist los?«

Ginellis Stimme, die zuerst ganz verschlafen und beinahe wütend geklungen hatte, war plötzlich hellwach und besorgt. Billy hatte seine Privatnummer unter der von den *Three Brothers* in seinem Adreßbuch gefunden. Er hatte einfach gewählt, ohne sich viel davon zu erhoffen, fast sicher, daß sie im Laufe der Jahre irgendwann mal ausgetauscht worden wäre.

Seine linke Hand lag mit einem Taschentuch umwickelt in seinem Schoß. Sie hatte sich in eine Art Radiosender verwandelt, der jetzt pausenlos fünfzigtausend Watt Schmerzsignale pro Sekunde ausstrahlte – bei der geringsen Armbewegung war die Hölle los. Schweißperlen standen auf seiner Stirn. Und immer wieder tauchten Kreuzigungsvisionen vor ihm auf.

»Es tut mir leid, daß ich dich in deiner Wohnung störe, Richard«, sagte er. »Und das noch so spät.«

»Ach, Scheiß drauf, was ist passiert?«

»Tja, also das Wichtigste ist im Augenblick, daß man mir durch die Hand geschossen hat. Mit einer...« Er bewegte sich unruhig, die Hand brannte lodernd, seine Lippen verzerrten sich. »... mit einer Stahlkugel.«

Schweigen am anderen Ende.

»Ich weiß, wie blöde das klingt; aber es ist wahr. Die Frau hat mit einer Schleuder geschossen.«

»Jesus! Was...?« Eine Frauenstimme im Hintergrund. Ginelli redete kurz auf italienisch mit ihr und kam dann wieder an den Hörer. »Und das ist kein Scherz, William? Dir hat tatsächlich so eine Hure mit einer Schleuder eine Stahlkugel durch die Hand geschossen?«

»Ich rufe normalerweise keine Leute um...« Er sah auf seine Uhr und wurde wieder vom Schmerz geschüttelt.

...»Um drei Uhr in der Frühe an, um ihnen Witze zu erzählen. Ich habe die letzten drei Stunden hier gesessen und gehofft, daß ich es bis zu einer menschlicheren Uhrzeit aushalte. Aber die Schmerzen...« Er lachte. Verletzt. Hilflos. Verwirrt. »Die Schmerzen sind sehr, sehr schlimm.«

»Hat das mit der Sache zu tun, wegen der du mich schon mal angerufen hast?«

»Ja.«

»Waren es die Zigeuner?«

»Ja. Richard...«

»Ja? Na, dann kann ich dir eins versprechen. Nach dieser Sache werden sie mit dir keine Fisimatenten mehr machen.«

»Richard. Ich kann nicht allein zum Arzt gehen und ich bin... ich habe starke Schmerzen.« *Billy Halleck, großer Meister im Untertreiben.* »Kannst du mir etwas schicken? Vielleicht mit dem Bundesexpress? Irgendein schmerzstillendes Mittel?«

»Wo bist du?«

Billy zögerte einen kurzen Augenblick. Dann schüttelte er den Kopf. Jeder Mensch, dem er bisher vertraut hatte, hielt ihn für verrückt. Es war mehr als wahrscheinlich, daß seine Frau und sein Chef inzwischen schon alle Hebel in Bewegung gesetzt hatten, die im Staate Connecticut erforderlich waren, um einen Mann gegen seinen Willen in eine Anstalt einzuweisen. Zumindest würden sie es bald tun. Jetzt hatte er einfach nur noch zwei Möglichkeiten. Darin lag eine gewisse Ironie. Entweder er vertraute diesem mit Drogen handelnden Schurken, den er fast sechs Jahre lang nicht gesehen hatte, oder er gab vollständig auf.

Er schloß seine Augen und sagte: »Ich bin in Bar Harbor, Maine. Frenchman's Bay Motel, Zimmer siebenunddreißig.«

»Eine Sekunde.«

Ginellis Stimme entfernte sich wieder vom Hörer. Billy hörte ihn gedämpft Italienisch sprechen. Er hielt die Augen geschlossen. Schließlich war Ginelli wieder dran.

»Meine Frau erledigt ein paar Anrufe für mich«, erklärte er. »Du weckst jetzt gerade einige Leute in Norwalk, *paisan*. Ich hoffe, du bist zufrieden.«

»Richard, du bist ein Gentleman«, sagte Billy. Seine Stimme war heiser, die Worte klangen verzerrt. Er räusperte sich. Ihm war es zu kalt. Seine Lippen waren zu trocken. Er versuchte, sie mit der Zunge zu benetzen, aber auch seine Zunge war wie ausgetrocknet.

»Du bleibst ganz still sitzen, mein Freund.« Wieder war sein Ton sehr besorgt. »Hast du mich verstanden? Ganz still. Wenn du willst, kannst du dir eine Decke umwickeln, aber mehr auch nicht. Du bist angeschossen worden. Du hast einen Schock.«

»Mach keine Witze«, sagte Billy und lachte wieder. »Ich stehe jetzt seit gut zwei Monaten unter Schock.«

»Wovon redest du?«

»Vergiß es.«

»Na gut. Aber wir müssen miteinander reden, William.«

»Ja.«

»Ich... wart mal 'nen Augenblick.« Italienisch, leise, entfernt. Halleck schloß wieder die Augen und lauschte auf die Schmerzsendung aus seiner Radiohand. Nach einer Weile kam Ginelli wieder ans Telefon. »Ein Mann wird dir ein Schmerzmittel vorbeibringen. Er...«

»He, Richard, das ist nicht...«

»Sag mir nicht, wie ich meinen Job zu erledigen habe, William, du hörst jetzt einfach zu. Der Mann heißt Fander. Er ist kein Arzt, wenigstens nicht mehr, aber er wird dich mal unter die Lupe nehmen und feststellen, ob du nicht auch Antibiotika brauchst. Er wird noch vor Tagesanbruch bei dir sein.«

»Richard, ich weiß nicht, wie ich dir danken soll.« Tränen liefen ihm über die Wangen. Er wischte sie zerstreut mit der rechten Hand weg.

»Ich weiß, daß du das nicht weißt«, antwortete Ginelli. »Du bist schließlich kein Spaghettifresser. Denk bloß immer an den lieben Onkel Richard: schön brav sitzen bleiben.«

Fander traf kurz vor sechs ein. Er war ein kleiner Mann, dessen Haar frühzeitig weiß geworden war. In einer Hand trug er einen ledernen Landarztkoffer. Er musterte Billys dürren, ausgemergelten Körper lange und schweigend, dann wikkelte er vorsichtig das Taschentuch von seiner Hand. Billy mußte sich mit der Rechten den Mund zuhalten, um einen Schrei zu ersticken.

»Heben Sie sie bitte mal hoch«, forderte Fander ihn auf, und Billy gehorchte. Die Hand war gräßlich angeschwollen. Die Haut spannte sich straff und durchscheinend. Einen Augenblick lang sahen Fander und Billy sich durch das Loch in der Handfläche an. Ein dunkler Ring aus verkrustetem Blut hatte sich darum gebildet. Fander nahm eine Stablampe aus der Tasche und leuchtete damit hindurch. Dann schaltete er sie wieder aus.

»Sauber und ordentlich«, sagte er. »Wenn es wirklich eine Stahlkugel war, ist die Gefahr einer Infektion wesentlich geringer, als wenn es eine Schrotkugel gewesen wäre.«

Er schwieg einen Augenblick nachdenklich.

»Es sei denn, das Mädchen hat was draufgeschmiert, bevor es geschossen hat.«

»Tröstlicher Gedanke«, krächzte Billy.

»Ich werde nicht dafür bezahlt, Leute zu trösten«, erwiderte Fander kühl. »Besonders dann nicht, wenn ich nachts um halb vier aus dem Bett geschmissen werde und meinen Schlafanzug in einem leichten Flugzeug, das in elftausend Fuß Höhe auf und ab hüpft, mit dem Anzug wechseln darf. Sie sagten, es wäre eine Stahlkugel gewesen?«

»Ja.«

»Dann ist vermutlich alles in Ordnung. Man kann eine Stahlkugel nicht gut in Gift tränken, wie die Jivaro-Indianer es bei ihren Holzpfeilspitzen mit Curare tun. Und es ist auch nicht sehr wahrscheinlich, daß die Frau noch etwas hinaufgepinselt hat, wenn tatsächlich alles so spontan geschehen ist, wie Sie sagen. Die Wunde sollte gut verheilen. Ohne Komplikationen.« Er holte ein Desinfektionsmittel, Gazestreifen und eine elastische Bandage aus seinem Koffer. »Ich werde sie jetzt zustopfen und danach verbinden. Das Zustopfen wird brennen wie die Hölle, aber glauben Sie mir, auf lange Sicht werden Sie noch viel schlimmere Schmerzen bekommen, wenn ich sie offen lasse.«

Er warf Billy wieder einen prüfenden Blick zu – nicht so sehr den mitfühlenden Blick eines Doktors, dachte Billy, eher den kalten, abschätzigen eines Engelmachers. »Die Hand wird nur das geringste Ihrer Probleme sein, wenn Sie nicht wieder zu essen anfangen.«

Billy sagte nichts.

Fander hielt seine Augen noch einen Moment fest und fing dann an, die Wunde zu behandeln. Ab diesem Punkt war das Sprechen für Billy sowieso unmöglich. Sein Schmerzsender war mit einem Schlag von fünfzigtausend Watt pro Sekunde auf zweihundertfünfzigtausend hochgeschnellt. Er schloß die Augen, biß die Zähne zusammen und wartete darauf, daß es vorbei wäre.

Schließlich war es geschafft. Er saß mit der pochenden, frisch verbundenen Hand im Schoß und sah zu, wie Fander noch einmal in seinem Koffer wühlte.

»Mal alle anderen Betrachtungen beiseite lassend, muß ich sagen, daß Ihre radikale Abmagerung uns einige ernsthafte Probleme bereitet, wenn's darum geht, etwas gegen Ihre Schmerzen zu unternehmen. Sie spüren schon jetzt ein größeres Maß an Beschwerden, als es der Fall wäre, wenn Sie Ihr normales Gewicht hätten. Leider kann ich Ihnen kein Darvon oder Darvocet geben, denn beides könnte Sie sofort in ein Koma stürzen oder zumindest schlimme Herzrhythmusstörungen hervorrufen. Wieviel *wiegen* Sie, Mr. Halleck? Hundertfünfundzwanzig?«

»So ungefähr«, murmelte Billy. Im Bad stand eine Waage, und er hatte sich, kurz bevor er zu den Zigeunern gefahren war, noch einmal draufgestellt. Das war wohl seine ganz private Art von Wettkampf geworden. Die Nadel war genau auf 118 stehen geblieben. Das anstrengende Herumlaufen in der heißen Sonne hatte die Sache ungemein beschleunigt.

Fander nickte und machte ein mißbilligendes Gesicht. »Ich werde Ihnen ziemlich starkes Empirin geben. Sie nehmen davon nur eine einzige Tablette. Wenn Sie innerhalb von einer halben Stunde noch nicht eingeschlafen sind, und nur wenn die Hand dann ganz fürchterlich weh tut, nehmen Sie noch eine halbe. Die nächsten drei, vier Tage machen Sie so weiter.« Er schüttelte den Kopf. »Da bin ich nun sechshundert Meilen hier raufgeflogen, um einem Mann eine Flasche Empirin zu verpassen. Kaum zu glauben. Das Leben ist manchmal schon pervers. Aber in Anbetracht Ihres Gewichts ist sogar Empirin schon gefährlich. Sie sollten Baby-Aspirin nehmen.«

Fander kramte ein weiteres Fläschchen aus seinem Landarztkoffer hervor. Dieses hatte keine Aufschrift.

»Aureomycin«, erklärte er. »Nehmen Sie alle sechs Stunden eine. Aber – merken Sie sich dies gut, Mr. Halleck –, sobald Sie anfangen, Durchfall zu bekommen, *hören Sie sofort* mit den Antibiotika auf! In Ihrem Zustand wird eine Diarrhö Sie viel eher umbringen als die Infektion an Ihrer Hand.«

Er klappte den Koffer zu und stand auf.

»Und noch ein Rat, der nichts mit Ihren Abenteuern auf dem Lande hier zu tun hat. Besorgen Sie sich so bald wie möglich Kalziumtabletten und nehmen Sie täglich zwei davon – eine, wenn Sie aufstehen und eine, wenn Sie zu Bett gehen. Sie kriegen sie in jedem Drugstore.«

»Wozu?«

»Wenn Sie weiterhin so abnehmen, werden Sie sehr bald Herzrhythmusstörungen bekommen, egal, ob Sie Darvon oder andere Drogen nehmen oder nicht. Das kommt von dem radikalen Kaliumabbau in Ihrem Körper. Es könnte sogar das sein, woran Karen Carpenter gestorben ist. Guten Tag, Mr. Halleck.«

Fander öffnete die Tür und ließ das erste milde Tageslicht herein. Einen Augenblick lang blieb er stehen und lauschte auf die Brandung des Ozeans, die in der morgendlichen Stille deutlich zu hören war.

»Sie sollten wirklich mit Ihrem Hungerstreik – oder was immer es auch sein mag – aufhören, Mr. Halleck«, sagte er, ohne sich umzudrehen. »In vielerlei Hinsicht ist die Welt nichts als ein Haufen Mist. Aber sie kann auch ganz schön sein.«

Er ging zu einem blauen Chevrolet hinüber, der an der

Seite des Motels parkte, und stieg hinten ein. Der Wagen fuhr los.

»Ich versuche ja die ganze Zeit, damit aufzuhören«, rief Billy dem wegfahrenden Wagen nach. »Ich tue ja nichts anderes.«

Er schloß die Tür und schlenderte langsam zu dem kleinen Tisch und seinem Stuhl zurück. Nachdenklich betrachtete er die Medizinfläschchen und fragte sich, wie er sie mit einer Hand öffnen sollte.

21. Kapitel: Ginelli

Billy bestellte sich ein großes Lunch aufs Zimmer. Er hatte im Leben noch nie weniger Appetit gehabt, aber er aß alles auf. Nachdem er fertig war, riskierte er drei Empirin und beruhigte sich mit dem Gedanken, daß er sie ja zusätzlich zu einem dicken Truthahnsandwich, einer großen Portion Pommes frites und einem beträchtlichen Stück Apfelkuchen, der ziemlich fad geschmeckt hatte, einnahm.

Das Mittel wirkte sofort. Er spürte, wie der Schmerzsender in seiner Hand auf bloße fünftausend Watt pro Sekunde sank. Danach durchtobte ihn eine Serie fieberhafter Träume. Durch einen tanzte Gina, nackt bis auf zwei große Goldreifen in den Ohren. Er kroch durch einen langen, dunklen Abwasserkanal auf ein kleines rundes Loch zu, durch welches Tageslicht schimmerte. Aber es war zum Verrücktwerden. Das Licht blieb immer in gleicher Entfernung. Etwas verfolgte ihn. Er hatte die furchtbare Vorstellung, daß es eine Ratte war. Eine *sehr* große Ratte. Dann war er aus dem Kanal heraus. Aber wenn er sich einbildete, daß er dadurch entkommen wäre, dann hatte er sich getäuscht. Jetzt war er wieder im ausgehungerten Fairview. Überall lagen Leichen aufeinandergestapelt. Yard Stevens lag mitten auf dem Marktplatz ausgestreckt. Seine Rasiermesser staken in seinem Hals, als hätte jemand sie mit Gewalt hineingestopft. Besser gesagt, in dem, was von seinem Hals noch übrig war. Billys Tochter hockte an einen Laternenpfahl gelehnt auf dem Boden. Sie war nur noch ein Haufen durch ihr purpurweißes Cheerleader-Trikot zusammengehaltener Knochen. Er konnte nicht feststellen, ob sie schon tot wie die anderen war oder nur bewußtlos. Ein Geier flatterte zu ihr herab und ließ sich auf ihrer Schulter nieder. Er spielte mit seinen Krallen, und plötzlich schnellte der Kopf vor. Mit seinem abfaulenden Schnabel riß er ihr ein Büschel Haare aus. An den

Enden hingen noch blutige Fetzen ihrer Kopfhaut wie Erde an Unkrautstengeln, die man zu grob aus dem Boden gezerrt hatte. Und sie war *nicht* tot; er hörte sie stöhnen und sah, wie ihre Hände sich schwach im Schoß bewegten. *Nein*! brüllte er im Traum. Auf einmal bemerkte er Ginas Schleuder in seiner Hand. In ihrer Schlinge lag allerdings keine ihrer Stahlkugeln, sondern der gläserne Briefbeschwerer, der auf dem Spiegeltisch im Flur seines Hauses in Fairview stand. In massivem Glas lag etwas eingebettet – irgendein Materialfehler –, das wie eine blauschwarze Gewitterwolke aussah. Als Kind war Linda von dem Muster ganz fasziniert gewesen. Billy schoß den Briefbeschwerer auf den Geier, aber er verfehlte ihn. Auf einmal verwandelte der Vogel sich in Taduz Lemke.

Ein lautes Klopfen von irgendwoher – er fragte sich im Traum, ob er jetzt einem tödlichen Anfall von Herzrhythmusstörungen erläge. *Ich werde den Fluch niemals von dir nehmen, weißer Mann aus der Stadt*, sagte Lemke; und dann befand Billy sich an einem völlig anderen Ort. Das Klopfen hatte immer noch nicht aufgehört.

Er sah verwirrt ins Motelzimmer und glaubte zunächst, daß er einen neuen Ort des Schreckens in seinem Alptraum erreicht hätte.

»William!« rief jemand draußen vor der Tür. »William, bist du da drinnen? Mach auf, oder ich breche die Tür ein! William! William!«

Schon gut, wollte er antworten, aber es kam kein Laut aus seinem Mund. Seine Lippen waren völlig trocken und der Mund wie mit Gummi verklebt. Doch er spürte eine überwältigende Erleichterung. Es war Ginelli.

»William? Wirst du jetzt... ach, Scheiße!« Das letzte war leise, mehr zu sich selbst gesprochen. Darauf folgte ein gehöriger Krach, als seine Schulter gegen die Tür prallte.

Billy stand auf. Einen Augenblick lang drehte sich alles vor seinen Augen. Er sah sie zuerst ganz scharf und dann nur noch verschwommen. Endlich konnte er den Mund aufmachen. Seine Lippen schnalzten, was er mehr spürte als hörte.

»Ist schon in Ordnung«, krächzte er. »Ich komme, Richard. Ich bin da. Jetzt bin ich wach.«

Er ging durchs Zimmer und öffnete die Tür.

»Verdammt noch mal, William, ich dachte schon, du wärest...«

Ginelli schwieg mitten im Satz und starrte ihn an. Seine braunen Augen weiteten und weiteten sich, und Halleck dachte: *Jetzt wird er rennen. Man kann nichts und niemanden mit so großen Augen ansehen und dann nicht Hals über Kopf wegrennen, wenn der erste Schock einmal überwunden ist.*

Ginelli küßte sich auf den rechten Daumen, bekreuzigte sich und sagte: »Darf ich reinkommen, William?«

Ginelli hatte eine bessere Medizin mitgebracht als Fander. Chivas. Er zog die Flasche aus seinem kalbsledernen Aktenkoffer und goß ihnen beiden erst mal einen steifen Drink ein. Dann stieß er den Rand seines vom Motel gestifteten Plastikbechers kurz gegen den Rand von Billys.

»Auf glücklichere Tage als diese«, sagte er. »Wie klingt das?«

»Gar nicht schlecht«, lachte Billy und trank den Becher in einem Zug leer. Als die warme Explosion in seinem Magen nur noch weiche Nachwehen hinterließ, entschuldigte er sich und ging kurz ins Bad. Er mußte nicht aufs Klo, aber er wollte nicht, daß Ginelli ihn weinen sah.

»Was hat er mit dir gemacht?« fragte Ginelli. »Hat er dir das Essen vergiftet?«

Billy fing an zu lachen. Es war das erste richtige, herzhafte Lachen seit langem. Er setzte sich wieder auf seinen Stuhl und lachte, bis ihm die Tränen über die Wangen kullerten.

»Richard, du bist herrlich«, sagte er, als er sich wieder etwas beruhigt hatte. Jetzt schmunzelte und kicherte er nur noch ab und zu. »Alle anderen Menschen, einschließlich meiner Frau, halten mich für wahnsinnig. Und du? Als du mich zum letztenmal gesehen hast, hatte ich an die vierzig Pfund Übergewicht. Und heute sehe ich aus, als wollte ich mich um die Rolle der Vogelscheuche für ein Remake von

The Wizzard of Oz bewerben. Aber das erste, was ich aus deinem Mund höre, ist: ›Hat er dir das Essen vergiftet?‹«

Ungeduldig tat Ginelli beides, das hysterische Gelächter und das Kompliment, mit einer abfälligen Handbewegung ab. *Ike und Mike, die denken gleich*, dachte Billy. *Lemke und Ginelli genauso. Wenn es um Rache und Gegenrache geht, haben sie überhaupt keinen Sinn für Humor.*

»Also. Hat er?«

»Ich nehme an, ja. Auf gewisse Weise tut er das, ja.«

»Wieviel Pfund hast du verloren?«

Billys Blick wanderte zum großen Spiegel an der gegenüberliegenden Zimmerwand. Es erinnerte ihn an eine Stelle, die er irgendwo mal gelesen hatte – er glaubte, in einem Roman von John D. MacDonald. Alle amerikanischen Motelzimmer schienen mit Spiegeln überladen zu sein, und das, obwohl sie doch hauptsächlich von übergewichtigen Geschäftsreisenden benutzt wurden, die keinerlei Interesse daran haben konnten, sich nackt zu sehen. Er war zwar das genaue Gegenteil von übergewichtig, aber die Ressentiments gegen Spiegel konnte er gut nachempfinden. Er vermutete, daß es sein Gesicht gewesen war – nein, nicht nur das Gesicht, sein ganzer Kopf –, was Ginelli vorhin solche Angst eingejagt hatte. Sein Schädelumfang war ja gleich geblieben, während der Rest seines Körpers immer mehr verschwunden war, und als Ergebnis hing der Kopf jetzt über dem Rumpf wie die entsetzlich übergroße Blüte einer herbstreifen Sonnenblume.

Ich werde den Fluch niemals von dir nehmen, weißer Mann aus der Stadt.

»Wieviel Pfund, William?« wiederholte Ginelli seine Frage. Seine Stimme war ruhig, beinahe sanft, aber in seinen Augen funkelte ein seltsames, klares Licht. Billy hatte noch nie die Augen eines Menschen so funkeln sehen. Es machte ihn nervös.

»Als es angefangen hat – das heißt, als ich aus dem Gericht kam und der Alte mich angefaßt hat –, da habe ich zweihundertfünfzig Pfund gewogen. Heute vormittag war ich kurz vor dem Essen auf der Waage. Da waren es noch fünfundneunzig. Das macht... hundertfünfundfünfzig Pfund, nicht wahr?«

»Jesusmariaundjosephduheiligerstrohsack«, flüsterte Ginelli und bekreuzigte sich nochmals. »Er hat dich angefaßt?«

Jetzt kommt der Punkt, an dem er geht – an diesem Punkt machen sie sich alle aus dem Staub, dachte Halleck. Eine winzige Sekunde lang hatte er den Gedanken, einfach zu lügen, sich irgendeine Geschichte von vergiftetem Essen auszudenken. Aber wenn es je einen richtigen Zeitpunkt für Lügen gegeben hätte, war er vorbei. Und wenn Ginelli wegginge, dann würde er, Billy, höflich mit ihm gehen, wenigstens bis zu seinem Wagen. Er würde ihm die Tür öffnen und sich für sein Kommen bedanken. Er würde das tun, denn Ginelli hatte ihm zugehört, als er ihn mitten in der Nacht angerufen hatte. Er hatte ihm dieses besondere Exemplar eines Arztes vorbeigeschickt. Und nun war er selbst gekommen. Aber vor allem würde er diese Form der Höflichkeit wahren, weil Ginellis Augen sich so geweitet hatten, als er ihm die Tür geöffnet hatte, und weil er trotzdem nicht da schon weggerannt war.

Sag ihm die Wahrheit. Er behauptet zwar, das einzige, woran er glauben würde, wären Geld und Gewehre, und das stimmt vermutlich auch, aber du wirst ihm jetzt trotzdem die Wahrheit sagen, denn das ist die einzige Möglichkeit, wie du so einem Kerl seine Freundlichkeit vergelten kannst.

Er hat dich angefaßt? hatte Ginelli ihn gefragt, und das war sicher erst eine Sekunde her, aber Billy, der völlig verwirrt und erschüttert war, kam es viel länger vor. »Er hat mich nicht nur angefaßt, Richard, er hat mich verflucht.«

Er wartete darauf, daß das irre Funkeln in Ginellis Augen erlösche, er wartete, daß er auf seine Armbanduhr schauen, auf die Füße springen, nach seinem Aktenkoffer greifen und entschuldigend sagen würde: *Zeit hat schon eine seltsame Art zu verfliegen, nicht wahr? Ich würde zu gerne bleiben, um diese ganze Fluchgeschichte einmal mit dir durchzusprechen, William, aber, du verstehst, ich habe eine Pfanne Kalbfleisch in Marsalasauce auf dem Herd, die in den* Three Brothers *auf mich wartet, und...*

Das Funkeln erlosch nicht, und Ginelli blieb sitzen. Er schlug die Beine übereinander, strich eine Hosenfalte glatt, zog eine Schachtel Camel aus der Tasche und zündete sich eine an.

»Erzähl mir alles«, sagte er.

Billy Halleck erzählte Richard Ginelli alles. Als er mit seiner Geschichte fertig war, lagen vier Zigarettenstummel im Aschenbecher. Ginelli musterte ihn mit starrem Blick, als wäre er hypnotisiert. Das Schweigen zog sich in die Länge. Billy war es unangenehm, und er hätte es gern gebrochen, aber er wußte nicht, wie. Er schien all seine Worte verbraucht zu haben.

»Das hat er dir angetan«, sagte Ginelli endlich. »Das hier…« und er machte eine Handbewegung, die Billys Körper umfaßte.

»Ja. Ich erwarte nicht von dir, daß du mir glaubst, aber, ja, das hat er getan.«

»Ich glaube dir«, sagte Ginelli beinahe abwesend.

»Echt? Was ist mit dem Kerl, der nur an Geld und Gewehre glaubt?«

Ginelli lächelte, dann lachte er. »Das hab ich dir gesagt, als du das erstemal angerufen hast, nicht wahr?«

»Ja.«

Das Lächeln verschwand. »So, so. Es gibt noch etwas anderes, das ich glaube, William. Ich glaube, was ich sehe. Aus dem Grunde bin ich ein relativ reicher Mann. Vor allem aber bin ich deshalb ein *lebender* Mann. Die meisten Menschen glauben einfach nicht, was sie sehen.«

»Nein?«

»Nein. Nicht, wenn es nicht mit dem übereinstimmt, was sie sowieso schon glauben. Weißt du, was ich neulich im Drugstore erlebt habe, in den ich immer gehe? Das war erst letzte Woche.«

»Was?«

»Da steht so ein Blutdruckmeßgerät herum. Ich glaube, die gibt es manchmal auch in den großen Einkaufszentren, aber im Durgstore ist es umsonst. Man steckt seinen Arm durch eine Schlinge und drückt auf einen Knopf. Dann schließt die Schlinge sich um den Arm. Man sitzt einen Augenblick da und macht sich schöne Gedanken, und dann läßt sie einen wieder frei. Oben auf der Sichtskala tauchen große rote Leuchtnummern auf. Man guckt auf eine Tabelle, die einem sagt, was die Zahlen zu bedeuten haben. Da steht dann ›hoch‹, ›niedrig‹ oder ›normal‹. Man kann es sich also selbst ausrechnen. Hast du das Bild vor Augen?«

Halleck nickte.

»Gut. Ich stehe also da und warte, daß mir der Typ eine Flasche von dieser Medizin verkauft, die meine Mutter gegen ihr Magengeschwür nehmen muß, und plötzlich kommt da so ein fetter Kerl in den Laden gewatschelt. Ich sage dir, der hat gut zweihundertfünfzig Pfund drauf, und seine Arschbacken wackelten beim Gehen, daß du denkst, da kämpfen zwei Hunde unter einer Decke. Er hat eine ganze Säuferlandkarte auf der Nase und den Wangen, und ich sehe eine Schachtel Marlboro in seiner Hemdtasche stecken. Er sammelt sich ein paar Dr.-Scholls-Hühneraugenpflaster aus dem Regal und latscht zur Kasse, da fällt sein Blick auf das Meßgerät. Er setzt sich davor, und die Maschine macht ihre Arbeit. Und da tauchen auch schon die Zahlen auf der Skala auf. Zweihundertzwanzig zu einhundertdreißig sagen sie. Nun habe ich keinen Furz Ahnung von dieser ganzen wunderbaren Welt der Medizin, aber ich weiß doch, daß zweihundertzwanzig zu einhundertdreißig schon zu der unheimlichen Kategorie gehört. Ich meine, ebensogut könnte man doch mit einem vollgeladenen Revolverlauf im Ohr rumlaufen – oder etwa nicht?«

»Richtig.«

»Und was tut dieser Vollidiot? Er glotzt mich ganz groß an und sagt: Dieser ganze Digitalquatsch taugt doch sowieso nichts!‹ Dann bezahlt er seine Verdauungsriegel und marschiert hinaus. Du kapierst die Moral von der Geschichte, nicht wahr. William? Manche Leute – sehr *viele* Leute – glauben nicht, was sie sehen, besonders, wenn es damit zu tun hat, was sie essen und trinken, denken und glauben wollen. Ich, also ich glaube nicht an Gott. Aber wenn ich ihn sähe, dann würde ich es tun. Ich würde nicht einfach nur davon schwärmen, was für ein toller Spezialeffekt das nun mal wieder wäre! Die Definition für Arschloch ist ein Mensch, der nicht glaubt, was er sieht. Da darfst du dich gern auf mich berufen.«

Billy betrachtete ihn einen Augenblick abwägend und brach dann wieder in Lachen aus. Nach einer Weile lachte Ginelli mit.

»Schön«, sagte er. »Wenn du lachst, klingst du jedenfalls immer noch wie der alte William. Die Frage ist jetzt die, William: Was wollen wir gegen den alten Scheißkerl unternehmen?«

»Ich weiß es nicht.« Billy lachte noch mal, jetzt kurz, unsicher. »Aber ich fürchte, ich werde etwas tun müssen. Schließlich habe ich ihn verflucht.«

»Ja, hast du schon gesagt. Mit dem Fluch des weißen Mannes aus der Stadt. Wenn man bedenkt, was all die weißen Druiden aus all den Städten während der letzten Jahrhunderte so alles angerichtet haben, dann könnte das ein ziemlicher Hammer werden.« Ginelli unterbrach sich, um sich eine neue Zigarette anzuzünden. Dann erklärte er nüchtern: »Du weißt, daß ich ihn erledigen kann.«

»Nein, das würde nichts nütz...«, fing Billy an und klappte plötzlich den Mund zu. Er hatte sich vorgestellt, wie Ginelli einfach auf Lemke losging und ihm eins aufs Auge knallte. Und dann war ihm schlagartig bewußt geworden, daß Ginelli etwas viel Endgültigeres im Sinn hatte. »Nein, das kannst du nicht tun«, sagte er.

Entweder verstand Ginelli ihn nicht, oder er gab einfach vor, es nicht zu tun. »Natürlich kann ich. Und ich kann mir keinen anderen denken, der es für mich erledigen könnte. Jedenfalls keinen vertrauenswürdigen, soviel ist mal klar. Aber ich bin heute genauso dazu in der Lage wie damals mit zwanzig. Es gehört zwar nicht zum Geschäft, aber glaube mir, es *wäre* mir ein Vergnügen.«

»Nein. Ich will nicht, daß du ihn oder irgend jemand anderen tötest«, erklärte Billy. »Das hatte ich damit gemeint.«

»Warum nicht?« fragte Ginelli, immer noch sachlich –

aber Billy sah immer noch dieses irrsinnige, zornige Licht in seinen Augen tanzen. »Hast du Angst, daß man dich wegen Beihilfe zum Mord verklagen könnte? Das wäre kein Mord, sondern reine Selbstverteidigung. William, er bringt *dich* um. Noch eine Woche so weiter, und die Leute können die Reklameschilder am Supermarkt lesen, ohne dich zu bitten, zur Seite zu treten. Noch zwei Wochen, und du darfst dich nicht mehr ins Freie wagen aus Angst, daß der Wind dich wegblasen könnte.«

»Dein Doktorfreund hat angedeutet, daß ich vermutlich an Herzrhythmusstörungen sterben werde, bevor es soweit kommt. Wahrscheinlich verliert mein Herz genauso an Gewicht wie mein Körper.« Er schluckte. »Weißt du was? Mir kommt gerade eine komische Idee. Daran habe ich noch nie gedacht. Irgendwie wünsche ich mir, daß ich gar kein Herz mehr hätte.«

»Siehst du? Er bringt dich um... aber lassen wir das mal beiseite. Du willst nicht, daß ich ihn töte, also tu ich's nicht. Ist wahrscheinlich sowieso keine gute Idee. Es würde den Fluch nicht ungeschehen machen.«

Halleck nickte. Das hatte er auch gerade gedacht. *Nimm's von mir,* hatte er Lemke aufgefordert – offenbar hatte selbst der weiße Mann aus der Stadt begriffen, daß etwas in der Art zu geschehen hätte. Wenn Lemke nicht mehr am Leben wäre, würde der Fluch wohl von allein zu seinem Ende führen.

»Das Problem dabei ist«, fuhr Ginelli nachdenklich fort, »man kann einen Mord nicht zurücknehmen.«

»Eben.«

Ginelli drückte seine Zigarette aus und stand auf. »Ich muß darüber nachdenken, William. Ich muß eine Menge nachdenken. Und dazu brauch' ich erst mal einen klaren Kopf, verstehst du? Man kriegt keine guten Ideen, wie man mit so einem komplizierten Mist wie diesem fertig wird, wenn man sich so furchtbar darüber aufregt. Und jedesmal, wenn ich dich ansehe, *paisan,* kriege ich Lust, dem Scheißkerl den Schwanz rauszureißen und ihn in das Loch zu stopfen, das früher mal seine Nase gewesen ist.«

Billy stand ebenfalls auf und fiel fast vornüber. Ginelli fing ihn auf, und Billy umarmte ihn unbeholfen mit seinem gesunden Arm. Er hatte wohl noch nie in seinem Leben einen erwachsenen Mann umarmt.

»Danke, daß du gekommen bist«, sagte er leise. »Und danke, daß du mir glaubst.«

»Du bist ein guter Kerl«, erwiderte Ginelli und löste sich aus der Umarmung. »Du steckst ganz schön im Schlamassel, aber vielleicht kriegen wir dich da wieder raus. So oder so, wir werden dem Alten ein paar dicke Ziegelsteine in den Weg werfen. Ich gehe jetzt erst mal ein paar Stunden spazieren. Um meinen Kopf klar zu kriegen. Ich werde mir etwas ausdenken. Außerdem muß ich noch ein paar Anrufe nach New York erledigen.«

»Was für Anrufe?«

»Erzähl' ich dir später. Erst will ich nachdenken. Schaffst du's so lange allein?«

»Ja.«

»Leg dich hin. Du hast überhaupt keine Farbe im Gesicht.«

»Ja, mach' ich.« Er fühlte sich wieder müde, müde und vollkommen erschöpft.

»Das Mädchen, das auf dich geschossen hat«, fragte Ginelli noch. »Schön?«

»Sehr.«

»Ja?« Und wieder tanzte das irre Licht in seinen Augen, diesmal heller als vorher. Billy wurde unruhig.

»Ja.«

»Leg dich hin, William. Schlaf ein paar Runden. Ich sehe später nach dir. Ist es dir recht, wenn ich deinen Zimmerschlüssel mitnehme?«

»Klar.«

Ginelli ging. Billy streckte sich auf dem Bett aus und legte die verbundene Hand ganz vorsichtig neben sich. Es war vollkommen klar, daß er sich, sobald er eingeschlafen war, genau auf diese Seite drehen und daß der Schmerz ihn unweigerlich wecken würde.

Er will mich nur aufmuntern, dachte er. *Wahrscheinlich hängt er jetzt schon am Telefon und redet mit Heidi. Und wenn ich aufwache, sitzen schon die weißen Männer mit ihren Schmetterlingsnetzen auf meinem Bett. Sie...*

Weiter kam er nicht. Er war tief eingeschlafen und brachte es irgendwie fertig, sich nicht auf seine kranke Hand zu legen.

Und jetzt hatte er auch keine Alpträume mehr.

Als er aufwachte, saßen keine weiß gekleideten Männer mit Schmetterlingsnetzen auf seinem Bett. Nur Ginelli schaukelte am anderen Ende des Zimmers auf einem Stuhl und las ein Buch mit dem Titel: *Das wilde Entzücken*. Neben ihm stand eine offene Bierdose. Draußen war es inzwischen dunkel geworden.

In einem angebrochenen Sechserpack standen vier volle Bierdosen auf dem Fernseher. Billy leckte sich über die Lippen. »Kann ich eine davon haben?« krächzte er.

Ginelli sah von dem Buch auf. »Sieh an. Rip Van Winkle ist von den Toten auferstanden. Na klar, sofort. Warte, ich mach' dir eine auf.«

Er brachte Billy die Dose ans Bett, und der trank sie mit einem Schluck halbleer. Das Bier war kalt und gut. Er hatte die Empirin in einen Aschenbecher ausgeschüttet (Motelzimmer schienen zwar nicht ganz so viele Aschenbecher zu haben wie Spiegel, aber immerhin annähernd). Jetzt fischte er sich eine heraus und spülte sie mit einem weiteren Schluck runter.

»Wie geht's der Hand?« erkundigte Ginelli sich.

»Besser.« In gewisser Weise war das gelogen, denn die Hand tat furchtbar weh. Aber in gewissem Sinne war es wiederum wahr, denn Ginelli war bei ihm, und das bewirkte viel mehr ein Nachlassen des Schmerzes als die Empirin oder selbst der Chivas. Schmerzen sind immer schlimmer zu ertragen, wenn man allein ist. Er mußte an Heidi denken, denn eigentlich hätte sie ja jetzt bei ihm sitzen sollen und nicht dieser Ganove. Und sie war nicht da. Nein, sie saß immer noch in der *fetten Stadt* und versuchte, die ganze Sache zu ignorieren. Wenn sie auch nur einen Funken

Wahrheit an sich heranließe, müßte sie das Ausmaß ihrer eigenen Schuld erkennen, und genau das wollte Heidi um jeden Preis vermeiden. Billy spürte einen dumpfen Groll. Was hatte Ginelli gesagt? *Die Definition für ein Arschloch ist ein Mensch, der nicht glaubt, was er sieht.* Er versuchte, seinen Ärger zu unterdrücken – schließlich war sie doch seine Frau. Aber sie tat ja nur, was sie für richtig hielt, was in ihren Augen das Beste für ihn war... oder nicht? Der Groll verschwand, aber nicht ganz.

»Was ist in der Einkaufstüte?« fragte er. Die Tüte stand neben dem Tisch auf dem Fußboden.

»Oh, allerlei gute Sachen«, antwortete Ginelli. Er warf noch einen abschätzigen Blick auf sein Buch und warf es in den Papierkorb. »Zieht einem die Löcher in den Socken zusammen«, bemerkte er. »Konnte leider keinen Louis L'Amour finden.«

»Was für gute Sachen?«

»Für nachher. Wenn ich rausfahre, um deinen Zigeunerfreunden mal einen Besuch abzustatten.«

»Sei nicht blöd«, sagte Billy scharf. »Willst du hinterher etwa genauso aussehen wie ich? Oder vielleicht lieber wie ein menschlicher Schirmständer?«

»Langsam, langsam«, besänftigte Ginelli ihn. Seine Stimme war ruhig, aber das eigenartige Licht in seinen Augen sprühte und glühte. Billy wurde schlagartig bewußt, daß das alles gar keine spontane Schnapsidee gewesen war: Er *hatte* Tadus Lemke verflucht. Und das Mittel, mit dem er es getan hatte, saß ihm jetzt gegenüber auf einem lederbezogenen Motelzimmerstuhl und trank ein *Miller-Lite*-Bier. Sowohl belustigt als auch entsetzt stellte er fest, daß zwar Tadus Lemke dazu in der Lage sein mochte, *seinen* Fluch von ihm zu nehmen; er dagegen hatte nicht die blasseste Ahnung, wie er den Fluch des weißen Mannes aus der Stadt wieder zurücknehmen sollte. Ginelli amüsierte sich prächtig. Es sah so aus, als machte die Sache ihm mehr Spaß, als er in den letzten zwanzig Jahren gehabt hatte. Er wirkte wie ein Profi-Bowlingspieler, der sich jahrelang zurückgezogen hatte, jetzt aber eifrig am Start stand, um für eine Wohltätigkeitsveranstaltung zu kegeln. Er würde mit ihm darüber reden, aber das würde gar nichts ändern. Ginelli war sein Freund. Er war der einzig höfliche und sogar überaus buchstabentreue Mensch, der ihn William und nicht Bill oder Billy nannte. Aber er war auch ein sehr großer, äußerst fähiger Jagdhund, der gerade seine Kette abgestreift hatte.

»Sag mir bloß nicht, daß ich mich nicht aufregen soll«, schimpfte Billy. »Erklär mir lieber, was du vorhast.«

»Niemand wird verletzt«, beschwichtigte Ginelli ihn. »Halte dich immer daran, William. Ich weiß, wie wichtig das für dich ist. Ich fürchte, du klammerst dich da noch an ein paar, na, du weißt schon, so uralte Prinzipien, die du dir eigentlich nicht mehr leisten kannst. Aber ich beuge mich deinen Wünschen. Schließlich bist du die angegriffene Partei. Niemand wird verletzt werden. Ist das in Ordnung so?«

»In Ordnung«, sagte Billy ein wenig erleichtert... aber nicht sehr.

»Jedenfalls nicht, solange du deine Meinung nicht änderst«, fügte Ginelli hinzu.

»Werd' ich nicht.«

»Könnte aber doch sein.«

»Was ist in der Tüte?«

»Steaks«, sagte Ginelli und zog eins daraus hervor. Es war ein Porterhouse, eingewickelt in Klarsichtfolie mit einem Sampson's-Supermarkt-Zeichen. »Sieht lecker aus, nicht wahr? Ich habe vier davon gekauft.«

»Wozu?«

»Nun mal schön der Reihe nach. Ich bin von hier weggegangen und zunächst mal in die Stadt hinuntergeschlendert. Was für ein widerlicher Anblick! Man kann nicht mal auf dem Bürgersteig gehen. Jeder trägt hier anscheinend Ferrari-Sonnenbrillen und diese blöden Hemden mit den Alligatoren über den Titten. Und jeder hat offenbar seine Zähne aufs teuerste richten lassen und die meisten haben auch schon ihre erste Nasenoperation hinter sich.«

»Ich weiß.«

»Hör dir das an, William. Seh' ich doch glatt ein junges Mädchen mit einem jungen Mann über die Straße schlendern, und der Junge hat doch tatsächlich seine Hand in ihrer hinteren Shortstasche. Ich meine, schließlich befinden sie sich in der Öffentlichkeit, und der Junge fühlt in der Tasche nach ihrem Hintern! Mann, wenn das meine Tochter wäre, dann könnte sie jetzt anderthalb Wochen nicht mehr drauf sitzen, auf dem, was der Junge da betatscht hat...

Ich merke also, daß ich hier keinen klaren Gedanken fassen kann und gebe es auf. Finde eine Telefonzelle und erledige ein paar Anrufe. Oh, das hätte ich fast vergessen. Die Zelle stand vor einem Drugstore, also bin ich schnell hinein und hab' dir das hier besorgt.« Er holte eine Tablettendose aus der Jackentasche und warf sie Billy zu, der sie mit der Rechten auffing. Es waren Kaliumkapseln.

»Danke, Richard.« Billys Stimme zitterte ein bißchen.

»Nicht der Rede wert, nimm eine. Wir können jetzt nicht zu den anderen Katastrophen auch noch einen Herzinfarkt gebrauchen.«

Billy steckte eine Kapsel in den Mund und schluckte sie mit Bier hinunter. Sein Kopf fing schon leicht zu schwirren an.

»Ich hab ein paar Leute losgeschickt. Sie sollen mal ein bißchen rumschnüffeln. Danach bin ich zum Hafen runtergegangen«, setzte Ginelli seinen Bericht fort. »Habe mir eine Weile die Boote angesehen. William, da müssen Schiffe im Werte von zwanzig... dreißig... vielleicht sogar vierzig Millionen Dollar rumliegen! Jollen,Schaluppen und diese beschissenen Fregatten, soweit ich das sehen konnte. Ich habe von Booten natürlich keinen blassen Schimmer, aber ich sehe sie mir eben gern an. Sie...«

Er schwieg und sah Billy einen Augenblick nachdenklich in die Augen.

»Glaubst du, daß ein paar von diesen Herren mit ihren Ferrari-Brillen und Alligatorhemden auf diesen Edeljollen Dope vertreiben?«

»Hm. Letzten Winter habe ich in der *Times* gelesen, daß ein Hummerfischer von einer dieser Inseln hier in der Gegend etwa zwanzig Ballen voller weißem Stoff unter dem Hafendock herausgezogen hat. Hat sich dann als ziemlich reines Marihuana erwiesen.«

»Ja. Ja, das hab ich mir schon gedacht. Diese ganze Stadt riecht danach. Scheißamateure! Sie sollten lieber mit ihren tollen Booten rumsegeln und das Geschäft den Könnern überlassen. Kannst du das verstehen? Ich meine, manchmal stehen sie einem eben im Weg und müssen ausgeschaltet werden. Und dann treiben ein paar Leichen im Wasser, die so ein Fischer dann anstelle von ein paar Ballen voller Gras rausziehen kann. Zu schade.«

Billy trank wieder einen großen Schluck Bier und mußte husten.

»Aber das gehört nicht hierher. Ich habe einen langen Spaziergang gemacht und mir alle Boote angesehen, und dabei habe ich dann einen klaren Kopf gekriegt. Mir sind ein paar Dinge eingefallen, die wir tun könnten... das heißt, mir ist klar, wie wir anfangen können. Ich weiß auch schon, wie es dann weitergehen soll, aber ich habe noch keine Einzelheiten ausgearbeitet. Doch das kommt dann ganz von allein.

Ich bin zurück zur Hauptstraße und habe nochmal telefoniert – ein paar Folgeanrufe. Es ist noch kein Haftbefehl gegen dich unterzeichnet, William, aber deine Frau und dieser komische, schnupfende Doktor, den du da hast, haben ein paar Papiere unterschrieben. Wart mal, ich hab's mir notiert.« Er zog einen Zettel aus seiner Brusttasche. ›Entmündigung *in absentia*‹. Heißt das so?«

Billy klappte der Unterkiefer herunter und aus seinem Mund schlüpfte ein klagender, verletzter Laut. Zuerst war er total verblüfft, dann überspülte ihn die Wut, die jetzt zu einem ständigen, sich immer wieder mal in den Vordergrund schiebenden Begleiter geworden war. Er hatte ja schon *gedacht*, daß dies passieren würde, hatte *gedacht*, daß Houston es ihr vorschlagen und daß Heidi ihm zustimmen würde. Aber *denken*, und dann *hören*, daß es tatsächlich geschehen war – daß seine *Frau* vor den Richter getreten ist und öffentlich bezeugt hat, daß ihr Mann durchgedreht habe, daß sie daraufhin ein Eingreifen vom Staat garantiert bekommen hat, einen Einweisungsbefehl in die Nervenheilanstalt, den sie selbst unterschrieben hat – das waren zwei völlig verschiedene Dinge.

»Dieses feige Miststück«, stieß er mit rauher Stimme hervor. Dann sah er nur noch rot. Unbewußt ballte er die Hände zu Fäusten und stöhnte auf. Als er auf den Verband hinunter sah, hatten sich dort rote Flecken gebildet.

Ich kann einfach nicht glauben, daß du das da gerade eben von Heidi gesagt hast, meldete sich eine Stimme in ihm vernehmlich.

Es ist nur, weil ich keinen klaren Kopf habe, beruhigte er sich. Dann war die Welt einen Moment lang nur grau und kurz darauf ganz verschwunden.

Er war nicht ganz in Ohnmacht gefallen und kam schnell wieder zu sich. Ginelli war inzwischen dabei, den Verband zu wechseln und die Wunde neu zu desinfizieren. Er stellte sich etwas ungeschickt an, aber es klappte einigermaßen. Während er arbeitete, redete er.

»Mein Mann hat gesagt, daß es völlig bedeutungslos für dich ist, solange du nicht nach Connecticut zurückgehst, William.«

»Ja, das stimmt. Aber, verstehst du denn nicht? Meine *Frau*...«

»Vergiß es einfach, William. Das hat jetzt auch keine Bedeutung. Wenn wir die Sache mit dem Alten hinkriegen, wirst du wieder zunehmen, und damit ist der Fall erledigt. Wenn es wirklich so läuft, wirst du noch eine Menge Zeit haben zu entscheiden, was du mit deiner Frau machen willst. Vielleicht gehört sie mal richtig übers Knie gelegt, um sie ein bißchen zur Raison zu bringen, du verstehst? Aber vielleicht wirst du sie auch verlassen müssen. Das kannst du dir alles noch überlegen, wenn wir erst mal mit dem Zigeuner fertig sind – du kannst von mir aus auch einen Brief an: ›Liebe, bescheuerte Frau Irene‹ schreiben, wenn du Lust dazu hast. Wenn wir mit dem Alten nicht ins reine kommen, stirbst du. Egal wie, wir müssen uns zuerst um diese Geschichte kümmern. Warum also soviel Geschiß darum, daß deine Frau so ein blödes Blatt Papier unterzeichnet hat?«

Billys Lippen waren weiß. Aber er brachte ein Lächeln zustande. »Du gäbst einen großartigen Anwalt ab, Richard.

Du besitzt dieses seltene Talent, die Dinge in die richtige Perspektive zu rücken.«

»Ja? Findest du?«

»Das finde ich.«

»Na ja, danke. Als nächstes habe ich Kirk Penschley angerufen.«

»*Du* hast mit Kirk gesprochen?«

»Ja.«

»Jesus, Richard!«

»Was ist? Denkst du etwa, daß Penschley mit so einem billigen Gauner wie mir nicht reden würde?« Ginelli brachte es fertig, gleichzeitig eine beleidigte und amüsierte Miene zu machen. »Glaub mir, er hat mit mir geredet. Selbstverständlich habe ich ihn auf meine Kreditkarte angerufen – er hätte es sicher nicht gern, wenn mein Name in seiner Telefonrechnung auftauchte, das ist klar. Ich habe im Laufe der Jahre eine Menge mit deiner Firma zu tun gehabt, William.«

»Das ist mir neu«, sagte Billy überrascht. »Ich dachte, es wäre nur das eine Mal gewesen.«

»Dieses eine Mal konnte alles in der Öffentlichkeit ablaufen, und du warst genau der richtige Mann dafür«, erklärte Ginelli. »Penschley und seine angesehenen Staranwälte hätten dich nie an eine krumme Sache herangelassen, William – du warst ein Neuling. Andrerseits haben sie sich wahrscheinlich gedacht, daß du mir früher oder später sowieso begegnen würdest, wenn du lange genug in der Firma bliebest, und diese erste Arbeit wäre eine gute Einführung. Was sie dann ja auch war – für dich genauso wie für mich, das kannst du mir glauben. Und falls etwas schief gegangen wäre, das heißt, wenn die Sache sich in die falsche Richtung entwickelt hätte, nun, dann hätten sie dich wohl geopfert. Sicher hätten sie es nicht gern getan, aber in ihren Augen ist es immer noch besser, einen Neuling aufs Spiel zu setzen als einen ausgefuchsten, erstklassigen Staranwalt. Diese Typen sind alle gleich – absolut berechenbar.«

»Welche anderen Geschäfte hast du noch mit meiner Firma erleidgt?« fragte Billy fasziniert – dies war fast so, als ob man lange nach der Scheidung, die aus völlig anderen

Gründen gelaufen war, herausfand, daß man schon jahrelang von seiner Frau betrogen worden war.

»Na ja, so allerlei – und, um genau zu sein, nicht nur mit deiner Firma. Sagen wir mal, sie hat für mich und eine Anzahl meiner Freunde ein paar geschäftliche Sachen ausgetüftelt, und lassen wir's dabei. Jedenfalls kenne ich Kirk Penschley gut genug, um ihn anzurufen und um einen Gefallen zu bitten. Den er mir dann auch zugesagt hat.«

»Was für einen Gefallen?«

»Ich habe ihn gebeten, in der Barton-Agentur anzurufen und denen zu sagen, daß sie uns eine Woche lang in Ruhe lassen sollen. Sie sollen dich, aber vor allem die Zigeuner jetzt nicht belästigen. Mir geht es dabei in erster Linie um die Zigeuner, wenn du's genau wissen willst. Wir können die Sache in die Hand nehmen, William, aber es wäre wesentlich einfacher, wenn wir ihnen nicht von Pontius bis Pilatus und dann wieder zurück zum verdammten Pontius hinterherjagen müssen.«

»Du hast also Kirk Penschley angerufen und ihm gesagt, er solle damit aufhören«, sagte Billy verwirrt.

»Nein. Ich habe Kirk Penschley angerufen und ihm gesagt, daß er die Burton-Leute anrufen solle, um denen zu sagen, daß sie mal 'ne Woche lang 'ne ruhige Kugel schieben sollen«, korrigierte Ginelli. »Und ich habe es auch nicht gerade mit diesen Worten gesagt. Wenn's sein muß, kann ich schon ein wenig diplomatisch sein, William. Schenk mir wenigstens ein *bißchen* Vertrauen.«

»Mann, ich vertraue dir doch, sehr sogar. Und jede Minute mehr.«

»So? Dann dank' ich dir. Danke, William, ich weiß das zu schätzen.« Er zündete sich eine Zigarette an. »Jedenfalls erhalten deine Frau und ihr Artfreund auch weiterhin Berichte, die aber ein wenig neben der Wahrheit stehen werden. Ich meine, sie werden ein bißchen so die *National Enquirer*- und *Reader's Digest*-Version der Wahrheit wiedergeben – begreifst du, was ich damit sagen will?«

Billy lachte. »Klar. Schon kapiert.«

»Jetzt haben wir also eine Woche. Und diese eine Woche sollte uns reichen.«

»Was wirst du tun?«

»Alles, was du mich tun läßt, nehme ich an. Ich werde *ihm* Angst einjagen, William. Ich werde ihm solche Angst einjagen, daß er sich eine Delco-Traktorenbatterie für seinen Herzschrittmacher besorgen muß. Und ich werde den Grad des Schreckens allmählich steigern, bis eine von zwei Möglichkeiten eintritt: Entweder er gibt klein bei und nimmt das, womit er dich geschlagen hat, zurück, oder aber wir finden heraus, daß er sich nicht erschrecken läßt, der alte Knacker. Wenn das der Fall ist, komme ich zu dir zurück und frage dich, ob du deine Meinung in bezug auf das Verletzen von Menschen geändert hast. Aber vielleicht kommt es ja nicht soweit.«

»Wie willst du ihm Angst einjagen?«

Ginelli tippte mit der Stiefelspitze an die Einkaufstüte und erzählte Billy, wie er anfangen wollte. Billy war entsetzt. Er stritt sich mit ihm, wie er es vorausgesehen hatte. Dann versuchte er, vernünftig mit ihm zu reden, wie er es ebenfalls vorausgesehen hatte. Ginelli hob seine Stimme nicht einmal, aber das irre Licht sprühte aus seinen Augen, und Billy hätte ebensogut mit dem Mann im Mond sprechen können.

Als die erneuten Schmerzen sich gelegt und nur noch das gewohnte Pochen in der Hand geblieben waren, wurde Billy wieder schläfrig.

»Wann willst du fahren?« fragte er aufgebend.

Ginelli sah kurz auf die Uhr.»Zehn nach zehn. Ich gebe ihnen noch vier, fünf Stunden. Die haben da draußen schon ganz gute Geschäfte gemacht, nach allem, was ich so in der Stadt gehört habe. Haben eine Menge Zukunft vorhergesagt. Und die Hunde! Gott der Allmächtige – ihre Pit-Bulls! Die Hunde, die du gesehen hast, waren keine Pit-Bulls, oder?«

»Ich habe noch nie einen Pit-Bull gesehen«, antwortete Billy gähnend. »Die, die ich gesehen habe, waren wohl ganz gewöhnliche Jagdhunde.«

»Pit-Bulls sehen wie eine Kreuzung zwischen Terrier und

Bulldogge aus. Sie kosten einen Haufen Geld. Wenn du einen Pit-Bull-Kampf sehen willst, mußt du dich vorher einverstanden erklären, einen toten Hund zu bezahlen, bevor die Wetten überhaupt abgeschlossen werden. Ein widerliches Geschäft.

Die Leute in dieser Stadt stehen auf ganz schön exklusive Dinge, was, William? Ferrari-Sonnenbrillen, Drogenboote, Hundekämpfe. Oh, pardon – und Tarockkarten und *I Ging*.«

»Sei vorsichtig«, mahnte Billy.

»Ich bin vorsichtig«, erwiderte Ginelli. »Mach dir keine Sorgen.«

Kurz darauf war Billy eingeschlafen. Es war zehn vor vier, als er aufwachte. Ginelli war weg. Ihn quälte die Gewißheit, daß Ginelli inzwischen tot sei. Doch um viertel vor sechs trat Ginelli ins Zimmer, fröhlich, voller Leben, so daß er den Raum zu sprengen schien. Gesicht, Hände und Kleider waren mit Schlamm verschmiert, der nach fauligem Meersalz stank. Er lächelte verschmitzt. Das irre Licht tanzte lustig in seinen Augen.

»William«, begrüßte er ihn. »Wir werden jetzt unsere Sachen packen und aus Bar Harbor wegziehen. Genau wie ein Kronzeuge, der an einen sicheren Ort gebracht wird.«

Beunruhigt fragte Billy: »Was hast du gemacht?«

»Immer langsam mit den jungen Pferden! Nur das, was ich dir vorher erzählt hatte – nicht mehr und nicht weniger. Aber wenn man einen Stock ins Hornissennest gestochen hat, ist es normalerweise auch das beste, seine Hunde zusammenzupfeifen und sie so schnell wie nur möglich die Straße hinunterzutreiben, William, findest du nicht auch?«

»Ja, aber...«

»Wir haben jetzt keine Zeit. Ich kann nicht deine Sachen packen und gleichzeitig erzählen.«

»Wohin?« Billy heulte fast.

»Nicht weit. Ich sag's dir unterwegs. Jetzt komm auf die Füße, Junge. Vielleicht fängst du am besten damit an, zuerst mal dein Hemd zu wechseln. Ich mag dich ja recht gern, William, aber du fängst an, unangenehm zu riechen.«

Billy nahm die Zimmerschlüssel und wollte damit zur Anmeldung gehen, da tippte Ginelli ihm auf die Schulter und nahm sie ihm sanft wieder aus der Hand.

»Ich werde sie auf den Nachttisch legen. Du hast dich doch auf Kreditkarte angemeldet, oder?«

»Ja, aber...«

»Sehr gut. Dann werden wir einen schlichten, informellen Abgang machen. Schadet niemandem, aber wir lenken möglichst wenig Aufmerksamkeit auf uns, richtig?«

Eine Frau, die die Straßenböschung entlangjoggte, warf ihnen im Vorbeirennen einen Blick zu... plötzlich fuhr ihr Kopf noch einmal herum, und sie starrte Billy mit weit aufgerissenen Augen an, was Ginelli zwar bemerkte, Billy aber barmherzigerweise nicht sah.

»Ich werde dem Zimmermädchen zehn Dollar dalassen«, sagte Ginelli rasch. »Wir nehmen deinen Wagen. Ich fahre.«

»Wo ist deiner?« Er wußte, daß Ginelli einen gemietet hatte. Jetzt fiel ihm erst auf, daß er vorhin kein Motorengeräusch gehört hatte, bevor Ginelli ins Zimmer gekommen war. Es ging ihm alles viel zu schnell – er kam nicht mehr mit.

»Alles in Ordnung. Ich habe ihn etwa drei Meilen von hier auf einem Feldweg abgestellt und bin den Rest gelaufen. Hab' die Verteilerkappe rausgeschraubt und einen Zettel unter den Scheibenwischer geklemmt, auf dem steht, daß ich Schwierigkeiten mit dem Motor gehabt hätte und in ein paar Stunden zurückkäme. Nur für den Fall, daß jemand neugierig werden sollte. Aber ich glaube kaum. Der Weg ist mit Gras fast zugewachsen.«

Ein Auto fuhr vorbei. Der Fahrer entdeckte Billy, bremste, und Ginelli sah, wie er sich zurückdrehte und den Hals verrenkte.

»Nun mach schon, William, die Leute drehen sich nach dir um. Der nächste, der vorbeikommt, könnte der Falsche sein.«

Eine knappe Stunde später saß Billy in einem anderen Motel vor dem Fernseher. Es war das Wohnzimmer einer schäbigen, kleinen Suite im *Blue Moon Motor Court and Lodge* in Northeast Harbor. Sie waren weniger als fünfzehn Meilen von Bar Harbor entfernt, aber Ginelli schien damit zufrieden. Im Fernseher versuchte Woody Woodpecker gerade, einem sprechenden Bären eine Versicherung anzudrehen.

»Wunderbar«, lobte Ginelli sein Werk. »Ruh deine Hand aus, William. Ich werde den ganzen Tag unterwegs sein.«

»Du fährst *noch mal* dahin?«

»Was? Zurück zum Hornissennest, wenn die Hornissen noch fliegen? Nicht ich, mein Freund. Nein, heute werde ich mal ein ein bißchen mit Autos rumspielen. Heute nacht ist immer noch früh genug für Phase zwei. Vielleicht habe ich noch Zeit, nach dir zu sehen, aber rechne nicht damit.«

Billy sah Richard nicht vor dem nächsten Vormittag um neun wieder, als dieser mit einem dunkelblauen Chevy Nova aufkreuzte, den er ganz gewiß nicht bei Hertz oder Avis gefunden hatte. Der Lack war stumpf und fleckig. Durch das Fenster neben dem Beifahrersitz zog sich ein hauchdünner Riß, und der Kofferraumdeckel wies eine tiefe Beule auf. Aber die Reifen waren hinten hochgestellt, und die Motorhaube zog sich lang und tief nach unten.

Diesmal hatte er Ginelli schon seit sechs Stunden aufgegeben gehabt. Er begrüßte ihn zitternd und versuchte, nicht vor Freude und Erleichterung zu weinen. Er schien gemeinsam mit seinem Gewicht auch die Kontrolle über seine Gefühle verloren zu haben... und an diesem Morgen hatte er bei Sonnenaufgang die ersten unregelmäßig rasenden Herzschläge verspürt. Er hatte tief Luft geholt und sich mit der Faust auf den Brustkasten geschlagen. Der Herzschlag hatte sich nach einer Weile wieder beruhigt, aber das war er gewesen, der erste Anfall von Herzrhythmusstörungen.

»Ich dachte schon, du bist tot«, begrüßte er Ginelli, als dieser zur Tür hereinkam.

»Das sagst du mir jedesmal, und ich komme doch jedesmal wieder. Ich wünsche, du würdest dir weniger Sorgen um mich machen, William. Ich kann schon auf mich aufpassen, ich bin ein großer Junge. Wenn du glaubst, daß ich den alten Mistkerl unterschätzen würde, kann ich dich beruhigen. Ich tu's nicht. Der Alte ist schlau, und er ist gefährlich.«

»Was willst du damit sagen?«

»Nichts. Ich erzähl's dir später.«

»Nein, jetzt!«

»Nein.«

»Warum nicht?«

»Aus zwei Gründen«, antwortete Ginelli geduldig. »Erstens, weil du mich bitten würdest, sofort damit aufzuhören. Und zweitens bin ich schon seit zwölf Jahren nicht mehr so müde gewesen. Ich werde mich jetzt in das Schlafzimmer begeben und volle acht Stunden durchknacken. Danach werde ich aufstehen und drei Pfund von dem ersten Essen verputzen, das ich zu fassen kriege. Und danach werde ich wieder hinausfahren und in den Wind schießen.«

Ginelli sah tatsächlich unheimlich müde aus – er war völlig erschöpft. *Nur die Augen nicht*, dachte Billy, *die Augen leuchten und sprühen immer noch wie Wunderkerzen.*

»Und wenn ich dich nun tatsächlich darum bäte aufzuhören«, fragte Billy ruhig. »Würdest du es dann tun, Richard?«

Richard sah ihn lange an und dachte nach. Dann gab er Billy genau die Antwort, die dieser seit dem Augenblick kannte, als er zum erstenmal dieses irre Licht in seinen Augen bemerkt hatte.

»Ich könnte es jetzt nicht mehr«, sagte er mit derselben Ruhe. »Du bist krank, William. Ich kann nicht darauf bauen, daß du weißt, wo im Augenblick deine Interessen liegen.«

Mit anderen Worten, du hast deine eigene Art von Entmündigungspapieren für mich mitgebracht.

Halleck öffnete den Mund, um den Gedanken laut zu äußern, klappte ihn aber sofort wieder zu. Ginelli meinte es nicht so, wie er es sagte; er hatte nur ausgesprochen, was er für vernünftig hielt.

»Und weil es inzwischen eine persönliche Fehde geworden ist?« fragte Billy statt dessen.

»Ja«, bestätigte Ginelli. »Inzwischen ist die Sache persönlich.«

Er ging ins Schlafzimmer, streifte Hemd und Jeans ab, legte sich aufs Bett und war fünf Minuten später auf der Überdecke fest eingeschlafen.

Billy holte sich ein Glas Wasser und nahm eine Empirin. Dann stand er in der Schlafzimmertür und trank das übrige Wasser in kleinen Schlucken aus. Seine Augen wanderten von Ginelli zu seiner zusammengeknüllten Hose auf dem Stuhl neben dem Bett. Er war in einer tadellosen Baumwollhose hier eingetroffen, aber irgendwie hatte er wohl unterwegs eine Jeans aufgegabelt. Zweifellos steckten die Schlüssel für den Nova, der draußen parkte, in der Hosentasche. Er brauchte sie nur herauszuziehen und wegzufahren... nur wußte er allzugut, daß er das nicht tun würde. Dabei spielte die Tatsache, daß er damit sein eigenes Todesurteil unterschriebe, wirklich nur eine sekundäre Rolle. Im Augenblick war es ihm das Wichtigste zu sehen, wie und wo das alles enden würde.

Gegen Mittag, während Ginelli immer noch schlief, hatte er seinen zweiten Herzanfall. Kurz darauf döste auch er ein und hatte einen seltsamen Traum. Es war ein kurzer, vollkommen profaner Traum, aber er erfüllte ihn mit einer komischen Mischung von Entsetzen und haßerfüllter Freude.

Heidi und er saßen in ihrer Frühstücksecke im Haus in Fairview. Zwischen ihnen stand eine Torte. Heid schnitt ein großes Stück heraus und reichte es ihm herüber. Es war Apfeltorte. »Das wird dich wieder etwas dicker machen«, sagte sie. »Ich will nicht mehr dick sein«, erwiderte Billy daraufhin. »Ich habe festgestellt, daß es mir ganz gut gefällt, dünn zu sein. Iß du es.« Er gab ihr das Tortenstück zurück, und sein Arm, den er dabei über den Tisch streckte, war nicht dicker als ein Knochen. Er sah ihr zu, wie sie aß, und bei jedem Bissen, den sie in den Mund steckte, wuchsen sein Entsetzen und seine hämische Freude.

Ein weiteres Herzrasen riß ihn aus dem Schlaf. Er schnappte nach Luft, blieb ruhig sitzen und wartete, daß der Herzrhythmus sich wieder normalisierte. Ein seltsames Gefühl hatte ihn gepackt – dies war nicht nur ein Traum gewesen. Er hatte soeben eine Art prophetischer Vision erlebt. Doch viele lebensnahe Träume werden von solchen Visionen begleitet. Wenn der Traum langsam verblaßt, schwindet das Gefühl mit ihm. So war es auch bei Billy Halleck, obwohl er bald Grund genug dazu haben sollte, sich an diesen Traum zu erinnern.

Ginelli stand um sechs Uhr abends auf, duschte sich, zog die Jeans wieder an und streifte sich einen dunkelblauen Rollkragenpullover über.

»In Ordnung«, verabschiedete er sich von Billy. »Wir sehen uns morgen früh, William. Dann wissen wir Bescheid.«

Billy fragte ihn noch einmal, was er vorhabe, was denn bisher geschehen war, aber er weigerte sich, darüber zu reden.

»Morgen«, vertröstete er ihn. »Inzwischen werde ich sie von dir grüßen.«

»Wen willst du grüßen?«

Ginelli lächelte. »Die bezaubernde Gina. Die Hure, die dir eine Stahlkugel durch die Hand geschossen hat.«

»Laß sie in Ruhe«, schimpfte Billy. Wenn er an ihre großen dunklen Augen dachte, kam es ihm unmöglich vor, etwas anderes zu sagen, egal, was sie ihm angetan hatte.

»Niemand wird verletzt«, beruhigte Ginelli ihn zum x-ten Mal und machte sich aus dem Staub.

Billy hörte den Nova starten, lauschte dem dröhnenden Motor nach – das Röhren würde erst bei sechzig Meilen pro Stunde aufhören –, als Ginelli den Wagen rückwärts aus dem Parkplatz setzte, und dachte unwillig, daß *Niemand wird verletzt* bei weitem nicht dasselbe war wie ein Versprechen, das Mädchen in Ruhe zu lassen. Nein, weiß Gott nicht.

Es wurde Mittag, bevor Ginelli zurückkam. Er hatte eine bös aussehende Schramme an der Stirn und einen tiefen Schnitt im rechten Arm – der Ärmel des Rollkragenpullovers hing in Fetzen.

»Du hast schon wieder Gewicht verloren«, begrüßte er ihn. »Ißt du eigentlich?«

»Ich versuch's«, gestand Billy. »Diese ewige Angst regt nicht gerade meinen Appetit an. Du siehst aus, als hättest du Blut verloren.«

»Ein bißchen. Aber mir geht's gut.«

»Wirst du mir jetzt endlich erzählen, was, zum Teufel, du die ganze Zeit getrieben hast?«

»Gleich. Ich werde dir alles ganz genau berichten, sobald ich geduscht und mich verbunden habe. Du wirst dich heute abend mit ihm treffen, William. Das ist erst mal das Wichtigste. Du solltest dich innerlich darauf vorbereiten.«

Billy spürte einen Stich in der Magengrube, so als führe ein scharfer Glassplitter durch seine Eingeweide. Vor Angst und Aufregung war ihm ganz übel.

»Wen? Lemke?«

»Lemke«, bestätigte Ginelli. »Nun laß mich aber erst duschen, William. Bin wohl doch nicht mehr so jung, wie ich dachte – die ganze Aufregung hat ganz schön Nerven gekostet.« Und über die Schulter zurückrufend: »Bestell bitte Kaffee. Eine Menge Kaffee. Sag dem Kellner, er soll das Tablett einfach draußen abstellen und die Rechnung unter der Tür durchschieben, damit du sie unterschreiben kannst.«

Billy stand da und sah ihm mit offenem Mund nach. Als er die Dusche rauschen hörte, klappte er den Mund zu und ging zum Telefon, um den Kaffee zu bestellen.

22. Kapitel: Ginellis Geschichte

Er erzählte zu Anfang hastig und unterbrach sich dann öfters, um zu überlegen, was als nächstes drankäme. Zum erstenmal, seit er am Montagnachmittag im Bar Harbor Motor Inn aufgetaucht war, wirkte er wirklich total erschöpft. Die Verletzungen waren nicht allzu schlimm, eigentlich nur ein paar tiefere Kratzer, aber Billy merkte, daß er regelrecht erschüttert war.

Und trotzdem begann das irre Funkeln in seinen Augen wieder zu tanzen. Zuerst flackerte es wie eine Neonröhre, die man bei einbrechender Dunkelheit anschaltet. Dann leuchtete es beständig. Er zog einen Flachmann aus der Tasche und schüttete eine Kappe voll Chivas in seinen Kaffee. Dann bot er Billy die Flasche an. Billy lehnte ab – er wußte nicht, wie der Alkohol sich auf sein Herz auswirken würde.

Ginelli richtete sich in seinem Stuhl auf, strich mit beiden Händen die Haare zurück und fing in normalem Tempo zu erzählen an.

Am Dienstagmorgen um drei Uhr hatte er den Wagen in einem Waldweg geparkt, der in der Nähe des Zigeunerlagers von der Route 37-A abzweigte. Er hatte sich eine Weile mit den Steaks beschäftigt, die Einkaufstüte unter den Arm geklemmt und war zum Highway zurückgegangen. Große Wolken hingen wie Vorhänge vor dem Halbmond. Er hatte gewartet, bis sie weiterzogen, und als der Himmel für einen Augenblick klar war, hatte er die im Kreis aufgestellten Fahrzeuge ausmachen können. Er war über die Straße gegangen und dann querfeldein auf das Lager zugelaufen.

»Ich bin zwar ein Stadtmensch, aber mein Orientierungssinn ist nicht ganz so schlecht, wie er sein könnte«, sagte er. »Notfalls kann ich mich auf ihn verlassen. Und ich wollte nicht so ins Lager spazieren, wie du es getan hast, William.«

Er war also über die Felder gelaufen und dabei durch ein kleines Gehölz gekommen. Kurz darauf war er durch eine kleine Sumpfwiese gewatet, die, wie er sagte, nach zwanzig Pfund Scheiße in einem Zehnpfundsack gestunken hatte. Außerdem hatte er sich mit dem Hosenboden in einem Stacheldrahtzaun verfangen, der in der mondlosen Dunkelheit schlichtweg nicht zu sehen gewesen war.

»Wenn das alles die Freuden des Landlebens sind, William, dann dürfen die Trottel es von mir aus geschenkt haben.«

Von den Hunden im Lager hatte er sich keine Schwierigkeiten erwartet. In diesem Fall war Billy ein guter Beweis; sie hatten nicht einen Laut von sich gegeben, bis er direkt ans Lagerfeuer getreten war. Aber sie mußten ihn hundertprozentig schon lange vorher gewittert haben.

»Man sollte glauben, Zigeuner hätten bessere Wachhunde«, kommentierte Billy. »Wenigstens entspricht das ihrem Image.«

»Nee«, widersprach Ginelli. »Die Leute finden schon genug Gründe, Zigeuner aus der Stadt zu jagen, ohne daß sie ihnen noch mehr Anlässe bieten müssen.«

»Wie Hunde, die die ganze Nacht lang bellen?«

»Genau. Du bist schon viel klüger geworden, William. Bald wird man dich für einen Italiener halten.«

Ginelli war aber trotzdem kein Risiko eingegangen. Leise hatte er sich an den Wagen vorbeigeschlichen. Die Laster und Campingwagen, in denen Leute schlafen konnten, hatte er übergangen und nur in die Kombi- und Personenwagen hineingespäht. Er hatte nur zwei, drei Wagen untersuchen müssen, bis er gefunden hatte, was er wollte: eine alte Anzugjacke, die zusammengeknüllt auf dem Vordersitz eines Pontiac-Kombi lag.

»Der Wagen war nicht abgeschlossen«, erzählte er. »Die Jacke paßte gar nicht mal so schlecht, aber sie roch, als ob in jeder Tasche ein Wiesel gestorben wäre. Auf dem Boden im Fond fand ich noch ein Paar Turnschuhe. *Die* waren ein bißchen sehr eng, aber ich habe mich trotzdem hineingezwängt. Zwei Autos weiter fand ich einen Hut, der aussah wie etwas, das von einer Nierentransplantation übriggeblieben ist. Den habe ich mir aufgesetzt.«

Er hätte wie einer der Zigeuner riechen wollen, erklärte er Billy, aber nicht, um sich gegen einen Haufen wertloser, an der Glut des Lagerfeuers vor sich hindösender Deppen abzusichern, nein, ihn interessierte eine ganz andere Meute. Die wertvollen Hunde. Die Pit-Bulls.

Als er zu dreiviertel um den Kreis herumgeschlichen war, hatte er einen Laster entdeckt, dessen hinteres Rückfenster nicht mit Glas, sondern mit Maschendraht verschlossen war. Er hatte hineingespäht aber so gut wie nichts gesehen – der Laster war leer gewesen.

»Aber es hat nach Hund gerochen, William. Ich ging um den Wagen herum und riskierte einen kurzen Strahl mit der Stablampe, die ich mitgebracht hatte. Das hohe Gras war zusammengedrückt und zu einem Pfad zertrampelt, welcher von der Rückseite des Lasters wegführte. Man muß nicht Daniel Boone sein, um den zu finden. Sie hatten die Kampfhunde aus ihrem rollenden Käfig geholt und irgendwo versteckt, wo der Jagdaufseher oder die Leute vom Tierschutzverein sie nicht finden können. Könnte ja sein, daß jemand den Mund nicht halten kann. Nur, daß sie dabei einen Pfad getrampelt hatten, den sogar ein Stadtjunge durch ein sekundenschnelles Aufblitzen seiner Taschenlampe entdecken kann. Dämlich. In *diesem* Augenblick habe ich wirklich angefangen zu glauben, daß wir ihm tatsächlich einige massive Steine in den Weg legen können.«

Ginelli war dem Pfad über einen Hügel bis zum Rand eines weiteren Gehölzes gefolgt.

»Und da habe ich mich verlaufen«, gestand er. »Ich habe ein, zwei Minuten blöd dagestanden und mir überlegt, was ich jetzt tun soll, und dann hab ich's gehört, William. Manchmal geben die Götter dir einen Hinweis.«

»Was hast du gehört?«

»Einen Hundefurz. Klang, wie wenn jemand Trompete mit Dämpfer bläst.«

Knapp zwanzig Meter weiter im Gehölz hatte er das Hundegehege gefunden. Es lag auf einer Lichtung. Einfach ein Kreis aus abgeholzten Ästen, die in den Boden gerammt und mit Stacheldraht verbunden worden waren. Drinnen lagen sieben Pit-Bulls. Fünf schliefen. Die beiden anderen blickten wie bekifft zu Ginelli hoch.

Sie sahen bekifft aus, weil sie bekifft *waren*.

»Ich hatte mir schon gedacht, daß sie gedopt sind, aber es wäre ein zu großes Risiko gewesen, sich darauf zu verlassen. Wenn so ein Hund mal auf den Kampf abgerichtet ist, dann sucht er jede Gelegenheit, sich zu balgen. Sie sind die reine Pest und können deine ganzen Bemühungen zunichte machen, wenn du nicht aufpaßt. Du steckst sie entweder in Einzelkäfige, oder du setzt sie unter Drogen. Drogen sind billiger und leichter zu verbergen. Abgesehen davon, wenn *die* voll da gewesen wären, hätte so ein lächerlicher Drahtzaun sie nicht aufhalten können. Diejenigen, denen es im Kampf an den Kragen gegangen war, wären sofort durchgebrochen, selbst wenn sie damit in Kauf nehmen müßten, daß die Hälfte ihres Fells im Draht hängenbleibt. Man läßt sie nur vor dem Kampf ausnüchtern, und auch das nur, wenn die Wettliste lang genug ist, um das Risiko zu rechtfertigen. Erst die Drogen, dann die Show, dann wieder Drogen.« Ginelli lachte. »Siehst du? Pit-Bulls führen das aufreibende Leben eines Rockstars. Sie gehen ziemlich schnell daran kaputt, aber wenn du im Verborgenen arbeiten kannst, findest du überall wieder neue. Es hat nicht mal 'ne Wache bei ihnen gestanden.«

Ginelli hatte die Einkaufstüte aufgemacht und die Steaks herausgeholt. Schon vorher im Wagen auf dem Waldweg hatte er sie aus der Folie gewickelt und in jedes eine Dosis von einer Mixtur hineingespritzt, die er Ginellis Pit-Bull-Spezialcocktail nannte: braunes, mexikanisches Heroin und Strychnin. Er wedelte sie jetzt durch die Luft und beobachtete, wie langsam Leben in die schlafenden Hunde kam. Einer bellte heiser. Es klang wie das Schnarchen eines Mannes mit ernsthaften Nasenproblemen.

»Willst du wohl still sein!« hatte Ginelli ihn leise aufgefordert. »Sonst kriegst du kein Abendessen.« Der Hund setzte sich ruhig auf die Hinterpfoten, bekam plötzlich Schlagseite nach Steuerbord und schlief wieder ein.

Ginelli warf ein Steak in die Absperrung. Das zweite. Das dritte. Und das letzte. Die Hunde zankten sich um die Leckerbissen. Es gab noch mehr Gebell, aber auch das war so heiser und grunzend, daß Ginelli fand, er könne damit leben. Außerdem – wenn jemand vom Lager gekommen wäre, um nach dem Rechten zu sehen, hätte er sicher eine Taschenlampe vor sich hergetragen, so daß er Zeit genug gehabt hätte, sich im Wäldchen zu verdünnisieren. Es kam auch niemand.

Billy hörte mit fasziniertem Entsetzen zu, als Ginelli ihm in aller Ruhe schilderte, wie er sich neben den Zaun gesetzt, sich eine Camel in den Mund gesteckt und den Hunden beim Sterben zugesehen hatte. Die meisten waren ganz ruhig dahingeschieden, berichtete er. (Billy fragte sich beklommen, ob er etwa einen Anflug von Bedauern in Richards Stimme gehört hatte.) Es hätte wohl an der Menge Drogen gelegen, die sie vorher schon intus gehabt hätten. Zwei hätten leichte Krämpfe gehabt. Das wäre alles gewesen. Im großen und ganzen hatte er das Gefühl gehabt, daß die Hunde dabei gar nicht mal so schlecht weggekommen waren. Die Zigeuner hatten Schlimmeres mit ihnen vor. Es hatte eine knappe Stunde gedauert, dann war alles vorbei gewesen.

Als er sicher sein konnte, daß sie alle tot oder wenigstens völlig besinnungslos waren, hatte er eine Dollarnote aus seinem Portemonnaie und einen Füller aus seiner Hemdtasche gezogen. Auf die Dollarnote hatte er geschrieben: NÄCHSTES MAL KÖNNTEN ES DEINE ENKELKINDER SEIN, ALTER MANN! WILLIAM HALLECK SAGT: NIMM ES VON MIR. Die Pit-Bulls hatten aus Lumpen zusammengedrehte Kordeln um den Hals, und Ginelli hatte den Dollar unter ein solches Halsband gesteckt. Danach hatte er die stinkende Anzugjacke über einen Pfosten gehängt und den Hut oben draufgesetzt. Er hatte seine Schuhe aus den eigenen Jackentaschen hervorgezogen und die Turnschuhe abgestreift, hatte die Schuhe wieder angezogen und war abgehauen.

Auf dem Rückweg, erzählte er, hätte er sich dann tatsächlich verlaufen und eine Weile überhaupt nicht mehr gewußt, wohin er sich wenden sollte. So war es auch passiert, daß er kopfüber in der stinkenden Sumpfwiese gelandet war. Aber schließlich hätte er die Lichter von ein paar Bauernhöfen entdeckt und die Orientierung wiedergefunden. Kurz darauf hatte er den Waldweg erreicht, war in den Wagen gestiegen und nach Bar Harbor zurückgefahren.

Als er den halben Weg schon zurückgelegt hatte, hatte er plötzlich so 'ne Ahnung gekriegt, daß mit dem Wagen etwas nicht in Ordnung sei. Er reagierte einfach nicht mehr richtig. Er konnte es nicht anders ausdrücken, konnte es nicht deutlicher sagen – es schien nur einfach etwas nicht in Ordnung zu sein. Nicht, daß er jetzt anders ausgesehen oder gerochen hätte – etwas stimmte eben einfach nicht mehr. Er hatte solche Ahnungen öfters, und in den meisten Fällen hatten sie nichts zu bedeuten. Aber manchmal...

»Ich beschloß, es nicht darauf ankommen zu lassen. Ich wollte nicht das geringste Risiko eingehen. Vielleicht litt einer der Kerle an Schlaflosigkeit, war nachts herumgewandert und hatte ihn gesehen. Ich will nicht, daß sie meinen Wagen kennen. Sie könnten mich ausfindig machen, sich auf die Lauer legen, mich zu fassen kriegen. Und dann dich kriegen. Du siehst also, ich *nehme* sie ernst. Wenn ich dich ansehe, William, dann kann ich gar nicht anders.«

Er hatte den Wagen also auf einem verlassenen Feldweg abgestellt, die Verteilerkappe abgeschraubt und war den Rest des Weges zu Fuß gegangen. Als er im Motel angekommen war, dämmerte es gerade.

Nachdem er Billy in seinem neuen Northeast-Harbor-Quartier untergebracht hatte, war er mit einem Taxi nach Bar Harbor zurückgefahren. Dem Fahrer hatte er gesagt, er solle langsam fahren, er würde unterwegs nach etwas Ausschau halten.

»Was ist es denn?« hatte der Fahrer ihn gefragt. »Vielleicht weiß ich, wo es ist?«

»Schon in Ordnung«, hatte Ginelli geantwortet. »Ich weiß es erst, wenn ich es sehe.«

Und so war's auch – er hatte zirka zwei Meilen außerhalb von Northeast Harbor einen dunkelblauen Nova mit einem Verkaufsschild in der Windschhutzscheibe entdeckt. Er stand neben einem kleinen Bauernhof. Ginelli stieg aus dem Taxi, sah nach, ob der Besitzer zu Hause war, ging zurück und bezahlte den Fahrer. Er kaufte den Wagen bar vom Fleck weg. Für zwanzig Dollar extra war der frühere Besitzer – Ginelli beschrieb ihn als jungen Kerl, der mehr Läuse auf, als Intelligenz im Kopf zu haben schien – bereit, ihm die Maine-Nummernschilder zu überlassen. Ginelli versprach ihm, sie in einer Woche zurückzuschicken.

»Vielleicht tue ich das sogar«, sagte er nachdenklich. »Das heißt, wenn wir beide dann noch leben.«

Billy warf ihm einen scharfen Blick zu, aber Ginelli setzte seinen Bericht ungerührt fort.

Er war wieder Richtung Bar Harbor gefahren, hatte die Stadt aber links liegenlassen und war gleich auf die 37-A abgebogen und zum Lager hinausgefahren. Unterwegs hatte er nur ganz kurz gehalten, um einen Mann anzurufen, den er Billy gegenüber nur als ›Geschäftsfreund‹ bezeichnen wollte. Diesem ›Geschäftsfreund‹ hatte er gesagt, daß er sich um halb zwölf an einer bestimmten Telefonzelle neben einem Kiosk in New Yorks Innenstadt einfinden sollte – dies war eine Zelle, die Ginelli häufig benutzte und die auf Grund seines Einflusses nur selten kaputt war. Eine der ganz wenigen in New York.

Er fuhr am Lager vorbei, entdeckte Anzeichen von fieberhafter Aktivität, kehrte zirka eine Meile hinter dem Lager um und fuhr noch mal zurück. Ein provisorischer Weg führte von der 37-A durch ein Heufeld zum Lager hinunter. Von dort kam ein Wagen heraufgefahren.

»Ein Porsche Turbo«, sagte Ginelli. »Spielzeug für reicher Leute Kinder. Der Aufkleber in der Heckscheibe sagt: Brown University. Zwei Kinder auf den Vordersitzen, drei weitere hinten. Ich warte, bis der Wagen auf der Straße ist und frage den Jungen, der fährt, ob das da unten wirklich Zigeuner seien, wie ich es gehört hätte. Er sagt, ja, es seien welche, aber wenn ich meine Zukunft wissen wolle, hätte ich kein Glück. Sie wären hinuntergefahren, um sich die Karten lesen zu lassen, wären aber ziemlich schnell abgewimmelt worden. Die Zigeuner waren am Packen. Nach den Pitt-Bulls hat mich das nicht sonderlich überrascht.

Ich bin zurück nach Bar Harbor und zunächst mal zu einer Tankstelle gefahren – der Nova frißt Benzin, William, unglaublich! Aber er marschiert los, wenn man das Gaspedal bis zur Matte durchtritt. Dort hab ich mir erst mal 'ne Cola und ein paar Amphetamintabletten reingezogen, denn ich fing langsam an, mich etwas erschöpft zu fühlen.«

Ginelli hatte mit seinem ›Geschäftsfreund‹ vereinbart, sich abends um fünf auf dem Bar-Harbor-Flugplatz mit ihm zu treffen. Danach war er in die Innenstadt gefahren, hatte den Wagen auf einem öffentlichen Parkplatz abgestellt und war ein wenig durch die Stadt geschlendert. Er hatte den Mann gesucht.

»Welchen Mann?« fragte Billy.

»*Den* Mann«, wiederholte Ginelli mit geduldiger Miene, als spräche er zu einem Idioten. »Diesen Mann eben, William. Du erkennst ihn sofort, wenn du ihn siehst. Er sieht aus wie alle anderen Sommerfrischler, so, als ob er dich im nächsten Augenblick zu einer Ausfahrt auf Daddys Jacht einladen oder dir zehn Gramm reinstes Kokain zustecken würde; oder als ob er ganz spontan beschließen könnte, der Bar-Harbor-Szene den Rücken zu kehren und mit dem nächsten Jet nach Aspen zu den Sommerfestspielen zu düsen. Aber er ist nicht so wie sie. Es gibt zwei Möglichkeiten, das ganz schnell herauszufinden. Die eine ist, dir seine Schuhe anzuschauen. Dieser Kerl trägt billige Schuhe. Sie sind auf Hochglanz geputzt, aber sie sind billig. Sie haben einfach keine Klasse, und wenn er geht, kannst du sehen, daß sie ihm an den Füßen weh tun. Dann siehst du ihm in die Augen. Das ist die zweite Möglichkeit. Diese Kerle scheinen niemals Ferrari-Sonnenbrillen zu tragen, und man kann ihre Augen immer sehen. Es sind die Typen, die immer vor sich hertragen müssen, wer sie sind. Sie erledigen krumme Jobs und rennen hinterher zu den Bullen und legen ein Geständnis ab. Ihre Augen sagen dir: ›Wo kriege ich meine nächste Mahlzeit her?‹ – ›Wo kriege ich den nächsten Joint her?‹ – ›Und wo ist der Kerl, mit dem ich hier Kontakt aufnehmen sollte?‹ Verstehst du, was ich meine?«

»Ja, ich glaube.«

»Aber vor allem stellen diese Augen dir eine Frage: ›Wie schneide ich ab?‹ Wie, sagtest du, hat der Barkeeper in Old Orchard die Dealer und die Typen, die schneller mal einen Dollar verdienen wollen, genannt?«

»Treibgut«, antwortete Billy.

»Jaaa!« freute Ginelli sich. Das Licht in seinen Augen sprühte. »Treibgut. Das ist gut. Das ist sehr gut! Dieser Mann, den ich gesucht habe, ist Erste-Klassetreibgut. Er treibt sich in Ferienorten herum wie eine Hure auf der Suche nach einem festen Kunden. Ihm fällt selten was Großes in die Hände. Er ist ständig in Bewegung und ziemlich chic angezogen... bis auf die Schuhe. Er trägt ein J.-Press-Oberhemd, ein Paul-Stuart-Sportjackett und modische Jeans. Aber dann guckst du auf seine Füße, und seine Schuhe sagen dir: Caldor's, neunzehn Dollar fünfundneunzig. Du kannst mich haben. Für ein paar Dollar erledige ich jeden Job für dich. Bei den Huren sind's die Blusen. Immer Kunstseidenblusen. Man muß sie ihnen richtig abgewöhnen.

Schließlich habe ich ihn gefunden. Hab' ihn in ein Gespräch verwickelt und mich mit ihm auf eine Bank vor der Stadtbibliothek gesetzt. Hübscher Platz übrigens. Wir haben die ganze Sache durchgesprochen. Ich hab ihn etwas überbezahlt, weil, du weißt schon, ich hatte nicht viel Zeit, ihn runterzuhandeln. Aber er war ziemlich hungrig, und ich hielt ihn für vertrauenswürdig. Für die kurze Zeit allemal. Die lange existiert für diese Art von Mistkerlen sowieso nicht. Die glauben, die lange Distanz wäre schon der Weg gewesen, den sie von amerikanischer Geschichte bis Algebra II hinter sich gebracht haben.«

»Wieviel hast du ihm gegeben?«

Ginelli winkte ab.

»Ich koste dich Geld«, beharrte Billy. Unwillkürlich war er in Ginellis Sprachstil verfallen.

»Du bist mein Freund«, sagte Ginelli. Es war ihm peinlich. »Wir können das später regeln, aber nur, wenn du willst. Ich habe meinen Spaß. Das ist eine *wilde* Tour, William. ›Wie ich meine Sommerferien verbracht habe.‹ Vielleicht kannst du dich dieses eine Mal damit abfinden. Darf ich jetzt weitererzählen? Mein Mund wird langsam fusselig, und ich hab noch eine Menge zu sagen, und danach haben wir eine Menge zu erledigen.«

»Nur zu.«

Der Typ, den Ginelli aufgegabelt hatte, hieß Frank Spurton. Er sagte, daß er Studienanfänger an der University of Colorado sei, doch Ginelli meinte, daß er mindestens wie fünfundzwanzig ausgesehen habe – für einen Studienanfänger schon etwas alt. Nicht, daß ihm das etwas ausmachte. Er wollte, daß Spurton zum Feldweg hinausfährt, in dem er den Ford abgestellt hatte. Er sollte den Zigeunern folgen, wenn sie loszogen. Ginelli glaubte sowieso nicht, daß sie weit fahren würden. Spurton sollte ihn im Bar-Harbor-*Motor-Inn* anrufen, wenn er sicher war, daß sie sich für die Nacht niedergelassen hatten. Der Name, den er im Motor Inn verlangen sollte, wäre John Tree. Spurton schrieb ihn sich auf. Geld wechselte den Besitzer – sechzig Prozent von der ausgemachten Gesamtsumme. Auch der Zündschlüssel und die Verteilerkappe des Ford gingen in Spurtons Hände über. Ginelli fragte ihn, ob er die Verteilerkappe richtig einzuschrauben wisse, und Spurton antwortete mit einem Autodieblächeln, er glaube schon, daß er damit zurechtkäme.

»Hast du ihn rausgefahren?« fragte Billy.

»Für all das Geld, das ich ihm gezahlt hatte, konnte er trampen.«

Statt dessen war Ginelli zum Bar-Harbor-*Motor-Inn* gefahren und hatte sich unter dem Namen John Tree angemeldet. Obwohl es erst zwei Uhr mittags war, hatte er gerade noch das letzte Zimmer für die Nacht erwischt. Der Angestellte reichte ihm den Schlüssel mit einer Miene, als täte er ihm einen großen Gefallen. Die Hochsaison war jetzt so richtig in Gang gekommen. Ginelli ging auf sein Zimmer, stellte den Wecker auf dem Nachttisch auf halb fünf und schlief, bis er klingelte. Dann stand er auf und fuhr zum Flughafen.

Um zehn nach fünf landete eine kleine Privatmaschine – vermutlich dieselbe, die Fander von Connecticut raufgebracht hatte. Der ›Geschäftsfreund‹ stieg aus und beide überwachten, wie vier Koffer aus dem Laderaum ausgeladen wurden, ein großer und drei kleinere. Ginelli und sein ›Geschäftsfreund‹ stellten den großen Koffer auf den Rücksitz des Nova und verstauten die drei kleinen im Kofferraum. Dann kletterte der ›Geschäftsfreund wieder ins Flugzeug. Ginelli wartete nicht, bis er abgeflogen war, sondern kehrte sofort ins Motel zurück, wo er bis acht Uhr schlief. Das Telefon weckte ihn.

Es war Frank Spurton. Er rief aus einer Texaco-Tankstelle in Bankerton, ungefähr vierzig Meilen nordöstlich von Bar Harbor, an. Gegen sieben, erzählte er, sei die Karawane von der Straße auf ein Feld eingebogen – es schien alles im voraus arrangiert gewesen zu sein.

»Starbird«, vermutete Billy. »Er ist ihr Vormann.«

Spurton hatte nervös geklungen – ängstlich. »Er glaubte, daß sie ihn entdeckt hätten«, erklärte Ginelli. »Er war zu weit hinter ihnen zurückgeblieben, und das war ein Fehler. Einige Wagen hatten wohl getankt oder so was, und er hatte es nicht bemerkt. Er fuhr ganz gemütliche vierzig Meilen pro Stunde und dachte sich nichts Böses, als er plötzlich von einem Laster und einem Kombiwagen überholt wurde. Bingo. Auf einmal befand er sich mitten in der Karawane, anstatt hinter ihr herzufahren. Scheiße. Als der Laster an ihm vorbeifuhr, hat er aus dem Seitenfenster gesehen. Auf dem Beifahrersitz saß der alte Mann ohne Nase. Er starrte ihn an und schüttelte den Zeigefinger – nicht so, als ob er ihm winkte, sondern als ob er ihn verfluchte. Ehrlich, William, ich lege dem Jungen keine Worte in den Mund. Genau das hat er am Telefon gesagt: ›Er schüttelte den Zeigefinger, als ob er mich verfluchte.‹.«

»Jesus«, stammelte Billy.

»Möchtest du einen Schuß in deinen Kaffee?«

»Nein... ja.«

Ginelli schüttete eine Kappe voll Whisky in Billys Tasse und fuhr fort. Er hatte Spurton gefragt, ob der Laster auf der

Seite bemalt gewesen wäre. Er war's. Ein Mädchen mit einem Einhorn.

»Jesus«, sagte Billy wieder. »Glaubst du wirklich, daß sie den Wagen wiedererkannt haben? Daß sie die Umgebung abgesucht und ihn auf dem Feldweg gefunden haben, nachdem sie das mit den Hunden herausgefunden hatten?«

»Ich weiß, daß es so ist«, antwortete Ginelli grimmig. »Spurton hat mir den Namen von der Straße gegeben, neben der sie ihr Lager aufgeschlagen haben – Finson Road. Und die Nummer der Staatsstraße, von der sie in die Finson Road abgebogen waren. Dann hat er mich gebeten, den Rest des Geldes in einem Umschlag mit seinem Namen im Motelsafe zu deponieren. ›Ich mach mich lieber aus dem Staub‹, sagte er, und ich konnte es ihm nicht verdenken.«

Ginelli hatte das Motel um viertel nach acht verlassen und war mit dem Nova losgefahren. Um halb zehn hatte er den Grenzstein zwischen Bucksport und Bankerton passiert. Zehn Minuten später hatte er die Texaco-Tankstelle gefunden. Sie war schon geschlossen. Eine Reihe Autos stand auf einem Schrottplatz neben der Garage. Einige warteten auf ihre Reparatur, andere waren zu verkaufen. Am Ende dieser Reihe stand der Ford. Ginelli fuhr vorbei und kehrte den Nova ein Stück oberhalb der Tankstelle. Dann fuhr er wieder zurück.

»Das Manöver habe ich zweimal wiederholt«, sagte er. »Ich hatte noch nie zuvor so ein komisches Gefühl gehabt. Ich bin ein gutes Stück die Straße hinaufgefahren und habe den Wagen auf dem Seitenstreifen geparkt. Dann bin ich zurückgegangen.«

»Und?«

»Spurton war im Ford. Hinter dem Lenkrad. Tot. Ein Loch in der Stirn direkt über dem rechten Auge. Kaum Blut. Könnte eine Fünfundvierzig gewesen sein, aber das glaube ich nicht. Auf dem Sitz hinter seinem Kopf war kein Blut zu sehen. Was immer ihn getötet hatte, es hat nicht ganz durchgeschlagen. Ein Schuß aus einer Fünfundvierziger schlägt voll durch. Er hätte davon ein Loch am Hinterkopf gekriegt so groß wie eine Campbell-Suppendose. Ich nehme an, daß ihn jemand mit einer Schleuder und einer Stahlkugel erledigt hat. Genau wie das Mädchen, das auf dich geschossen hat, William. Vielleicht war sie es ja sogar selber.«

Er schwieg einen Augenblick nachdenklich.

»Er hatte ein totes Küken im Schoß. Kehle durchgeschnitten. Auf Spurtons Stirn stand ein Wort geschrieben. Mit Blut. Hühnerblut, nehme ich an, aber ich hatte nicht die Zeit, die vollständige Kriminallaboranalyse durchzuführen. Dafür hast du wohl Verständnis.«

»Welches Wort?« fragte Billy, aber er wußte es schon, bevor Ginelli es ihm sagte.

»›NIEMALS‹.«

»Himmel«, stöhnte Billy und griff zu seinem Whiskykaffee. Er hatte die Tasse schon an den Lippen, da setzte er sie wieder ab. Wenn er einen Schluck davon getrunken hätte, hätte er sich sofort übergeben müssen. Das konnte er sich nicht leisten. Er sah Spurton vor sich, wie er hinter dem Lenkrad saß, den Kopf im Nacken, ein dunkles, rundes Loch auf der Stirn, einen weißen Federball im Schoß. Die Vision war so deutlich, daß er sogar den gelben Kükenschnabel sah, halb aufgerissen, und die starren, toten Augen...

Die Welt verschwamm in Grautönen... dann hörte er ein flaches, hartes Schlagen. Langsam wurde seine Wange heiß. Er machte die Augen auf und sah Ginelli, der ihn wieder auf den Stuhl setzte.

»Tut mir leid, William, aber – wie heißt es so schön in der Aftershave-Reklame? – das war nötig. Ich fürchte, du machst dir Vorwürfe wegen Spurton. Ich will, daß du das sofort bleiben läßt, hörst du?« Seine Stimme war sanft, aber seine Augen blitzten wütend. »Du kannst es einfach nicht lassen, die Tatsachen zu verdrehen. Genau wie diese ›Blutenden-Herzens‹-Richter, die es fertigbringen, jeden im Staate bis hinauf zum Präsidenten zu beschuldigen, um einen jungen Drogensüchtigen zu entlasten, der eine alte Dame niedergestochen und ihr den Versicherungsscheck geklaut hat. Jeden – außer dem verdammten Drogenschlukker, der es getan hat und nun schuldbewußt vor dem Richter steht und erwartet, daß ihm die Strafe erlassen wird, damit er sofort wieder losziehen und es noch mal machen kann.«

»Das stimmt überhaupt nicht!« fing Billy an, aber Ginelli schnitt ihm das Wort ab.

»Scheiße, William«, sagte er energisch. »Du hast Spurton nicht getötet! Das hat einer dieser Zigeuner getan, und wer immer es gewesen ist, der Alte steht hinter ihm, das weißt du genausogut wie ich. Und es hat auch niemand Spurton den Arm auf den Rücken gedreht. Er hat einen gut bezahlten Auftrag ausgeführt, das war alles. Ein simpler Job, William. Er ist zu weit zurückgefallen, und dadurch hat er sich selbst ausgetrickst. Jetzt sag mir ehrlich – willst du, daß der Fluch von dir genommen wird oder nicht?«

Billy seufzte schwer. Auf der Wange spürte er immer noch das Prickeln von Ginellis Ohrfeige.

»Ja«, antwortete er leise. »Ich will immer noch, daß er ihn von mir nimmt.«

»Gut. Dann laß uns mit dem Streit aufhören.«

»In Ordnung.« Er ließ Ginelli zu Ende erzählen, ohne ihn noch einmal zu unterbrechen. Er war auch viel zu fasziniert, als daß es ihm eingefallen wäre, ihn noch mal zu stören.

Ginelli war hinter die Garage gegangen und hatte sich auf einen Stapel Autoreifen gesetzt, um, wie er sagte, den Kopf wieder klar zu kriegen. Zwanzig, dreißig Minuten hatte er einfach dagesessen, in den Abendhimmel geschaut – im Westen war gerade das letzte Tageslicht verloschen – und hatte ernsthaft nachgedacht. Als er das Gefühl hatte, daß sein Kopf wieder richtig arbeitete, war er zum Nova gegangen. Er hatte ihn, ohne die Scheinwerfer einzuschalten, zurückgesetzt und neben dem Ford gehalten. Dann hatte er Spurtons Leiche herausgezogen und sie im Kofferraum des Nova verstaut.

»Vielleicht wollten sie mir nur eine Botschaft zukommen lassen, aber vielleicht wollten sie mich auch hängen sehen; für den Fall, daß der Tankstellenwärter eine Leiche im Ford entdeckt hätte, der den von mir unterzeichneten Mietvertrag im Handschuhfach liegen hat. Aber das war wieder mal dämlich, William, denn *wenn* Spurton tatsächlich mit einer Stahlkugel erschossen worden ist und nicht mit einer Pistolenkugel, hätten die Bullen einmal kurz in meine Richtung geschnüffelt und sich dann sofort an sie gewendet – verdammt noch mal, das Mädchen ist für seine Vorstellung mit der Schleuder berühmt.

Unter anderen Umständen hätte ich nur zu gern miterlebt, wie sie sich auf diese Weise selbst in die Enge treiben, aber ich war in einer komischen Situation – diese Sache müssen wir ganz allein hinter uns bringen. Außerdem habe ich erwartet, daß die Bullen am nächsten Tag sowieso im Zigeunerlager vorsprechen würden, allerdings aus völlig anderen Gründen, wenn die Dinge so liefen, wie ich es mir vorstellte. Spurton hätte die Sache nur komplizierter gemacht. Deshalb holte ich die Leiche. Gott sei Dank lag die Tankstelle völlig abseits und verlassen, sonst hätte ich es kaum schaffen können.«

Mit Spurtons Leiche im Kofferraum zwischen den drei Koffern, die der ›Geschäftsfreund‹ am frühen Abend abgeliefert hatte, war Ginelli weitergefahren. Eine knappe halbe Meile hinter der Tankstelle zweigte die Finson Road ab. Die Route 37-A, an der die Zigeuner vorher gelagert hatten, war eine gut befahrene Straße, die nach Westen aus Bar Harbor herausführte. Dort waren die Zigeuner an einer günstigen Stelle gewesen, an der sie offen ihr Geschäft betreiben konnten. Aber das Feld an der Finson Road – nicht asphaltiert, voller Schlaglöcher und mit Gras zugewachsen – war ein reichlich unangenehmer Lagerplatz. Ihnen ging der Hintern auf Grundeis.

»Es machte die Sache schwieriger, genauso wie der Umstand, daß ich zuerst die Tankstelle hinter ihnen aufräumen mußte, aber andererseits war ich auch hocherfreut, William. Ich wollte ihnen Angst einjagen, und sie verhielten sich genauso wie Leute, die Angst *haben*. Und wenn jemand erst mal Angst hat, wird es immer leichter, ihn in diesem Zustand zu halten.«

Ginelli schaltete die Scheinwerfer aus und fuhr noch eine

Viertelmeile die Finson Road hinauf. Dort entdeckte er eine Einfahrt, die zu einer verlassenen Kiesgrube führte. »Hätte nicht perfekter sein können, wenn ich sie bestellt hätte«, kommentierte er.

Er öffnete den Kofferraum, zog die Leiche heraus und vergrub sie im Kies. Als er das erledigt hatte, ging er zum Nova zurück und öffnete den großen Koffer, der auf dem Rücksitz lag. Auf dem Deckel war ein Stempelaufdruck: *World Book Encyclopedia*. Drinnen befand sich eine Kalashnikov AK-47, vierhundert Munitionseinheiten, ein Springmesser, eine lederne Damenhandtasche, elegant für den Abend, mit einem Schnappverschluß, die mit Blei gefüllt war, eine Rolle Klebeband und ein Behälter voller Ruß.

Er färbte sich Gesicht und Hände schwarz, klebte das Messer mit einem Streifen Klebeband an der Wade fest, steckte die Rolle in die Jackentasche und machte sich auf den Weg.

»Den Schlagbeutel habe ich zurückgelassen«, erklärte er. »Bin mir sowieso schon wie der Superheld in einem billigen Comicstreifen vorgekommen.«

Spurton hatte gesagt, daß die Zigeuner zirka zwei Meilen unterhalb der Straße auf einer Wiese lagerten. Ginelli nahm den Weg durch den Wald, behielt aber immer die Straße im Auge. Er wollte sich nicht schon wieder verlaufen.

»Ich kam nur langsam voran. Immer wieder bin ich auf Zweige getreten oder in irgendwelches Gestrüpp gerannt. Ich hoffe bloß, daß ich nicht durch diesen scheißgiftigen Efeu getrampelt bin. Gegen den bin ich nämlich allergisch.«

Nachdem er sich etwa zwei Stunden lang durch das schier undurchdringliche Unterholz gekämpft hatte, immer an der Straße entlang, sah er plötzlich oben auf der Straße einen dunklen Schatten. Zuerst hielt er ihn für ein Straßenschild oder einen Pfosten. Eine Sekunde später merkte er, daß ein Mann dort stand.

»Er stand ganz cool da rum wie ein Schlachter in seinem Kühlhaus, aber ich glaube, er sollte mich abschrecken, William. Ich meine, ich *habe* versucht, leise zu sein, aber ich lebe normalerweise in New York. Ich bin kein Hiawatha, verdammt noch mal. Ich nehme also an, der Kerl tut so, als ob er mich nicht hört, um genau zu wissen, wo ich mich befinde, und sich im rechten Moment blitzschnell umzudrehen und auf mich zu stürzen. Ich könnte ihn da, wo er steht, sofort aus den Latschen blasen, aber das würde im Umkreis von anderthalb Meilen die gesamte Nachbarschaft wecken. Außerdem hatte ich dir ja versprochen, niemanden zu verletzen.

Ich stehe also da und warte und warte, ganz starr, ungefähr fünfzehn Minuten lang, und denke mir, wenn ich mich bewege, trete ich wieder auf so einen dämlichen Zweig, und der Spaß geht los. Auf einmal geht der Kerl an die Böschung, um zu pissen, und was sehe ich? Es ist kaum zu glauben. Ich weiß nicht, wo der Kerl seinen Wachunterricht absolviert hat, aber es war ganz bestimmt nicht in Fort Bragg. Er trägt das älteste Gewehr bei sich, das ich in den letzten zwanzig Jahren gesehen habe – die Korsen nennen es den *loup*. Und – William! – er hat Walkman-Kopfhörer auf den Ohren sitzen! Ich hätte mich direkt hinter ihn stellen, furzen und ›Heil, Kolumbia!‹ brüllen können, und er hätte sich nicht einmal bewegt.« Ginelli kicherte. »Eins kann ich dir sagen – der Alte hat mit Sicherheit nicht gewußt, daß der Typ rock'n'rollte, während er eigentlich auf mich aufpassen sollte.«

Als der Wachtposten seine vorherige Stellung wieder bezogen hatte, schlich Ginelli sich von hinten an, wobei er sich allerdings keine große Mühe mehr gab, leise zu sein. Im Gehen zog er seinen Gürtel aus den Schlaufen. Etwas hatte den Wächter noch im letzten Augenblick gewarnt – ein Blick aus den Augenwinkeln. Der letzte Augenblick ist nicht immer zu spät, doch diesmal war er's. Ginelli schlang ihm blitzschnell den Gürtel um den Hals und zog fest zu. Es gab einen kurzen Kampf. Der junge Zigeuner ließ sein Gewehr fallen und krallte die Finger in den Gürtel. Der Kopfhörer rutschte ihm von den Ohren auf die Wangen, und Ginelli hörte, wie die Rolling-Stones-Klänge »*Under My Thumb*« sich im sternenklaren Nachthimmel verloren.

Der Junge stieß kurze, gurgelnde Laute aus. Sein Widerstand wurde schwächer und hörte schließlich ganz auf. Ginelli hielt ihn noch zirka zwanzig Sekunden lang im Würgegriff, dann ließ er los. (»Ich wollte ihn nicht zum Idioten machen«, erklärte er Billy ernsthaft.) Danach schleppte er ihn ins Gebüsch. Er war ein gutaussehender, muskulöser Junge von ungefähr zweiundzwanzig Jahren. Nach Billys Beschreibung nahm er an, daß es sich um Samuel Lemke handelte. Billy nickte bestätigend. Ginelli fand einen Baum in der richtigen Größe und band den Jungen mit dem Klebestreifen daran fest.

»Klingt blöd, wenn man sagt, man hätte jemanden mit Tesa an einen Baum geklebt, aber nur, solange es noch niemand mit dir selbst gemacht hat. Wenn du genug von dem Scheißzeug um dich rumgewickelt kriegst, kannst du gleich aufgeben. Du wirst solange bleiben, wo du bist, bis jemand kommt und dich losschneidet. Klebeband ist *zäh*. Du kannst es nicht zerreißen und erst recht nicht aufknoten.«

Ginelli schnitt ihm ein Stück von seinem T-Shirt ab und stopfte es in seinen Mund. Darüber klebte er noch einen Streifen.

»Und dann habe ich die Kassette im Walkman umgedreht und ihm die Kopfhörer wieder aufgesetzt. Ich wollte nicht, daß er Langeweile kriegt, wenn er aufwacht.«

Ginelli lief jetzt auf der Straße weiter. Samuel Lemke und er waren ungefähr gleich groß, und er war bereit, das Risiko einzugehen, in die nächste Wache zu rennen, bevor er sie selbst bemerkte. Schließlich wurde es langsam spät, und er hatte in den letzten achtundvierzig Stunden bis auf zwei kurze Nickerchen keinen Schlaf gekriegt.

»Wenn du nicht genug Schlaf hast, vermasselst du alles«, erklärte er. »Wenn du Monopoly spielst, mag das ja noch gehen, aber wenn du mit Scheißkerlen zu tun hast, die Leute erschießen und ihnen mit Hühnerblut bösartige Worte auf die Stirn schreiben, bist du auf dem besten Weg ins Jenseits. Wie es so kommt – ich habe einen Fehler gemacht. Mit viel Glück bin ich gerade noch mal davongekommen. Manchmal haben die Götter ein Einsehen.«

Der Fehler war, daß er die zweite Wache nicht gesehen

hatte, bis er beinahe neben ihr stand. Es lag daran, daß der zweite Mann sich in den tiefen Schatten der Bäume zurückgezogen hatte, anstatt, wie Lemke, offen auf der Straße zu stehen. Zum Glück für Ginelli tat er das nicht, weil er sich verbergen wollte, sondern aus reiner Bequemlichkeit. »Dieser hat nicht nur einem Walkman gelauscht«, erzählte Ginelli, »er hat tief und fest geschlafen. Lausige Wachen, aber was kann man von Zivilisten anderes erwarten? Sie hatten wohl noch nicht ganz begriffen, daß ich ein langwieriges, ernst zu nehmendes Problem für sie darstellen würde. Wenn man davon überzeugt ist, daß jemand einem ernsthaft an den Kragen will, bleibt man wach. Mann, das hält einen selbst dann wach, wenn man einschlafen möchte.«

Ginelli ging zu dem schlafenden Wachposten hinüber, suchte sich eine passende Stelle an dessen Kopf aus, hielt den Gewehrgriff dagegen und schlug mit ziemlicher Gewalt zu. Es erzeugte ein Geräusch wie der schlaffe Schlag einer Hand auf eine Mahagonitischplatte. Der Wachposten, der bequem an einem Baumstamm gelehnt hatte, rutschte ins Gras. Ginelli beugte sich über ihn, um seinen Puls zu fühlen. Er war noch da, schwach zwar, aber nicht unregelmäßig.

Fünf Minuten später erreichte er die Kuppe eines kleinen Hügels. Zu seiner Linken senkte sich ein flacher Hang aufs offene Feld hinunter. Etwa zweihundert Meter von der Straße entfernt entdeckte er die im Kreis abgestellten Fahrzeuge. Kein Lagerfeuer heute nacht. Nur schwaches, durch Vorhänge gedämpftes Licht, das aus den Fenstern einiger der Campingwagen fiel.

Ginelli robbte, die Kalashnikov vor sich herschiebend, den Hügel bis zur Hälfte hinunter. Er fand eine Felsnase, die ihm sowohl erlaubte, das MG fest aufzulegen, als auch den ganzen Hang hinunter bis ins Lager ins Visier zu nehmen.

»Der Mond ging gerade auf, aber ich hatte nicht vor, auf ihn zu warten. Für das, was ich mir vorgenommen hatte, konnte ich genug sehen – ich war jetzt nur noch etwa fünfundsiebzig Meter von ihnen entfernt. Und es war ja nicht so, daß ich saubere Arbeit leisten mußte. Dafür eignet die Kalashnikov sich sowieso nicht. Ebensogut könnte man versuchen, jemandem den Blinddarm mit einer Kreissäge herauszuschneiden. Die Kalashnikov ist ein gutes Gewehr, um Leute zu erschrecken, und das ist mir auch gelungen. Ich wette, sie haben jetzt alle gelbe Limonade in ihrer Bettwäsche. Allerdings nicht der Alte. Der ist so zäh, wie's nur geht.«

Als er das Gewehr sicher aufgelegt hatte, atmete Ginelli tief durch und nahm den Einhornlaster aufs Korn. Er hörte Grillen zirpen und irgendwo in der Nähe einen Bach plätschern. Über das dunkle Feld klagte ein Ziegenmelker sein Lied. Bei der Hälfte seiner zweiten Strophe eröffnete Ginelli das Feuer.

Kalshnikovdonner zerriß die Nachtruhe. Feuer hing wie eine leuchtende Krone vor der Mündungsöffnung, als der erste Ladestreifen – dreißig 30-Kaliber-Patronen, alle in einer Hülse so lang wie eine Kingsize-Zigarette und alle mit zehn Gramm Pulver geladen – durchlief. Der Vorderreifen des Einhornlasters platzte nicht bloß, er explodierte. Ginelli bestrich mit dem bellenden Gewehr die gesamte Seitenlänge des Lasters – aber tief. »Hab ihm nicht ein einziges Loch ins Blech gebrannt«, bedauerte er. »Aber dafür habe ich den Boden darunter zur Hölle gemacht. Und dabei hab ich nicht mal nah gezielt wegen des Benzintanks. Hast du schon mal 'nen Laster in die Luft fliegen sehen? Ist genauso schlimm wie ein Knallfrosch, der in einer Konservendose explodiert. Ich hab das schon einmal auf dem New-Jersey-Turnpike erlebt.«

Der hintere Reifen des Lasters zerbarst. Ginelli zog den ersten Ladestreifen raus und schob den nächsten rein. Unten hatte der Aufruhr begonnen. Stimmen brüllten durcheinander, einige wütend, andere nur ängstlich. Eine Frau kreischte.

Einige – Ginelli konnte beim besten Willen nicht feststellen, wie viele – krochen aus ihren Campingwagen und den hinteren Ladeklappen der Laster. Die meisten in Pyjamas und Nachthemden. Sie blickten erschrocken und verwirrt nach allen Seiten. Und dann sah Ginelli zum erstenmal Taduz Lemke. In seinem wehenden Nachthemd wirkte der Alte fast komisch. Unter seiner Zipfelmütze sahen ein paar vereinzelte, wirre Haarsträhnen hervor. Er kam vorne um den Einhornlaster herum, warf einen kurzen Blick auf den flachen, zerfetzten Vorderreifen und blickte dann direkt zu der Stelle hinauf, an der Ginelli lag. Dieser brennende Blick, erzählte Ginelli Billy, hätte dann gar nichts Komisches mehr gehabt.

»Ich wußte, daß er mich nicht sehen konnte. Der Mond war noch nicht draußen, und mein Gesicht und meine Hände waren mit Ruß geschwärzt. Ich war nichts als ein schwarzer Schatten. Aber... ich glaube, er *hat* mich gesehen, William. Mir ist fast das Herz stehengeblieben.«

Der Alte wandte sich zu seinen Leuten um, die sich jetzt langsam, immer noch brabbelnd und die Hände ringend, um ihn versammelten. Er brüllte sie auf Romani an und deutete mit dem Arm auf die Lastwagen. Ginelli konnte die Sprache zwar nicht verstehen, aber die Geste war deutlich genug: *Geht in Deckung, ihr Idioten!*

»Zu spät, William«, sagte Ginelli genüßlich. Die zweite Ladung ließ er genau über ihre Köpfe streichen. Jetzt kreischten nicht nur die Frauen, sondern auch die Männer. Einige ließen sich zu Boden fallen und versuchten wegzukriechen, den Kopf tief unten, den Hintern hoch in die Luft gestreckt. Der Rest rannte in alle Himmelsrichtungen, nur nicht in die, aus der die Schüsse kamen. Lemke wich nicht von der Stelle. Er brüllte sie mit Bullenstimme an. Seine Troddelmütze fiel ihm vom Kopf. Die Läufer rannten, die Kriecher krochen weiter. Lemke mochte sie ja unter normalen Umständen mit eiserner Hand regieren, jetzt hatte Ginelli sie in Panik versetzt.

Hinter dem Einhornlaster parkte der Pontiac-Kombi, aus dem er sich in der Nacht vorher die stinkende Anzugjacke und die Turnschuhe geholt hatte. Ginelli schob den dritten Ladestreifen in die AK-47 und eröffnete das Feuer von neuem.

»In der Nacht vorher war niemand drin gewesen, und so, wie der stank, konnte ich annehmen, daß auch heute keiner drin schlafen würde. Ich habe den Wagen zerschossen – will sagen, ich habe ihn *zerstört*.

Leute, die sich bloß Kriegsfilme angesehen haben, glauben, daß man mit einem Maschinengewehr oder einer Automatikpistole eine ordentliche Linie von sauberen, kleinen Löchern schießt, aber das ist nicht so. Sie schießen ungenau. Sie schießen hart. Und es geht *schnell*: die Windschutzscheibe des alten Bonneville zersplittert. Die Motorhaube wölbt sich etwas nach oben, wird von den Kugeln erfaßt und glatt weggerissen. Die Scheinwerfer zerbersten. Die Reifen explodieren. Der Kühlergrill fällt herunter. Ich konnte das Kühlwasser nicht aus dem Tank fließen sehen, dazu war's zu dunkel, aber nachdem der Streifen durchgelaufen war, konnte ich es deutlich hören. Der Karren sah aus, als wäre er mit Karacho gegen eine Mauer gerast. Und während der ganzen Zeit, während die Chrom- und Glassplitter nur so durch die Luft gesaust waren, hat der Alte sich nicht gerührt. Er hat nur immer ins Mündungsfeuer gespäht, um mir seine Truppen hinterherschicken zu können, wenn ich blöd genug gewesen wäre, solange zu warten, bis er sie wieder eingesammelt hatte. Ich machte mich lieber aus dem Staub, bevor er Gelegenheit dazu hatte.«

Gebückt, wie ein Soldat im Zweiten Weltkrieg, der sich ins Angriffsfeuer vorwagen mußte, rannte Ginelli den Hügel hinauf. Auf der Straße richtete er sich auf und sprintete los. Er kam am zweiten Wachposten, den er mit dem Gewehrgriff zum Schweigen gebracht hatte, vorbei, ohne ihn eines Blickes zu würdigen. Aber als er die Stelle erreichte, an der er Mr. Walkman einkassiert hatte, blieb er stehen und holte Luft.

»Selbst in der Dunkelheit war es nicht schwer, ihn zu finden«, berichtete er. »Ich hörte das Gebüsch knacken und rascheln. Und als ich näherkam, konnte ich ihn selbst hören – *umpf, umpf, uuuh, uuuh, glubsch, glubsch.*«

Lemke hatte es tatsächlich fertiggebracht, sich ein Viertel um den Baum herumzuarbeiten, an dem er festgeklebt war – mit dem Ergebnis, daß er sich noch mehr verheddert hatte als vorher. Die Kopfhörer waren ihm dabei heruntergerutscht und hingen jetzt an den Kabeln um seinen Hals. Als er Ginelli erblickte, hörte er auf, sich zu winden, und glotzte ihn nur blöd an.

»An seinen Augen sah ich, daß er fest damit rechnete, daß ich ihn umbringen würde. Er hatte verdammt Schiß. Das war mir nur recht. Dem Alten war keine Angst einzujagen, aber dieses *Kind* hier bedauerte aufrichtig, sich je mit dir eingelassen zu haben, William. Leider konnte ich ihn nicht schwitzen lassen, dazu reichte die Zeit nicht.«

Er kniete sich neben Lemke und hielt das MG so, daß er sehen konnte, um welche Waffe es sich handelte. Lemkes Augen gaben zu erkennen, daß er genau Bescheid wußte.

»Ich hab nicht viel Zeit, Arschloch, also hör mir gut zu«, fuhr Ginelli ihn an. »Du sagst deinem Alten, daß ich das nächstemal weder hoch noch tief noch auf leere Wagen zielen werde. Richte ihm aus, William Halleck sagt: Nimm es von mir! Hast du mich verstanden?«

Der Junge nickte, soweit das Klebeband es ihm erlaubte. Ginelli riß ihm den Streifen vom Mund und zog den T-Shirt Lumpen heraus.

»Bald wird es hier ziemlich unruhig werden«, erklärte er. »Rufe, und sie werden dich finden. Und vergiß die Nachricht nicht!«

Er wandte sich ab.

»Sie verstehen nicht«, rief Lemke ihm heiser hinterher. »Er wird es *niemals* von ihm nehmen. Er ist der letzte der großen Magyaren-Häuptlinge – sein Herz ist aus Stein. Bitte, Mister, ich werde es ihm ausrichten, aber er wird es *niemals* von ihm nehmen.«

Auf der Straße zuckelte ein kleiner Lieferwagen in Richtung Zigeunerlager vorbei. Ginelli sah ihm nach und dann wieder zu Lemke hinunter.

»Steine kann man zertrümmern – sag ihm das auch noch!«

Ginelli brach wieder aus dem Unterholz hervor, überquerte die Straße und rannte zur Kiesgrube zurück. Ein weiterer Lieferwagen fuhr an ihm vorbei. Ihm folgten drei Autos in einer Reihe. Diese Leute, die verständlicherweise neugierig waren, wer mitten in der Nacht in ihrer verschlafenen Kleinstadt mit einem Maschinengewehr um sich schoß, stellten kein Problem für ihn dar. Ihre Scheinwerferstrahlen kündigten ihr Kommen frühzeitig genug an, so daß er jedesmal schnell im Gebüsch untertauchen konnte. Als er gerade die Kiesgrube erreicht hatte, hörte er die Sirene. Er startete den Nova und ließ ihn ohne Licht bis zur Straße vorrollen. Ein Chevrolet mit einem Blaulicht am Armaturenbrett raste vorüber.

»Als er vorbei war, habe ich mir den Dreck aus dem Gesicht und von den Händen gewischt und bin hinter ihm her.«

»*Hinterher*?!« unterbrach Billy.

»War sicherer. Wenn irgendwo geschossen wird, brechen unschuldige Leute sich fast die Beine, damit sie noch ein bißchen Blut zu sehen kriegen, bevor die Bullen kommen und es von der Straße spülen. Leute, die in die entgegengesetzte Richtung laufen, machen sich verdächtig. In den meisten Fällen wählen sie diese Richtung, weil sie Pistolen in den Taschen haben.«

Als er das Feld wieder erreicht hatte, stand mittlerweile gut ein halbes Dutzend Autos am Straßenrand. Scheinwerferstrahlen überkreuzten sich. Leute liefen aufgeregt hin und her und riefen sich etwas zu. Der Polizeiwagen parkte nahe an der Stelle, an der Ginelli den zweiten Wachmann ausgeschaltet hatte. Das Blaulicht flackerte hell über die Bäume. Ginelli kurbelte das Seitenfenster des Nova herunter: »Was ist passiert, Officer?«

»Nichts, worüber Sie sich Sorgen machen müßten. Fahren Sie weiter!« Und für den Fall, daß der Wageninsasse zwar Englisch spräche aber nur Russisch verstünde, schwenkte er seine Taschenlampe in die Richtung, in die die Finson Road weiterführte.

Ginelli schlängelte sich durch die parkenden Autos, die vermutlich Ortsansässigen gehörten. Es war vielleicht schwerer, die Gaffer zu verjagen, wenn es sich dabei um Nachbarn handelte. Vor dem Pontiac-Kombi, den er zusammengeschossen hatte, standen zwei streng voneinander getrennte Gruppen. Die eine bestand aus Zigeunern in Pyjamas und Nachthemden, die sich wild gestikulierend unterhielten. Die andere bestand aus Männern, die von der Stadt hergefahren waren. Sie standen schweigend da, die Hände tief in den Hosentaschen, und betrachteten verwundert das Wrack des Kombiwagens. Die beiden Gruppen ignorierten sich gegenseitig.

Die Finson Road führte noch sechs Meilen ins Land hinein. Ginelli hätte den Wagen nicht nur ein- sondern zweimal beinahe in den Graben gefahren, weil ihm die Leute mit Volldampf auf der schmalen Straße, die kaum mehr als ein ausgefahrener Feldweg zu sein schien, entgegenbretterten.

»Bloß einfache Leute«, sagte er, »die mitten in der Nacht aufgestanden waren, um noch ein bißchen Blut zu sehen zu kriegen, bevor die Polizei es von der Straße, oder, wie in diesem Fall, vom Rasen spült.«

Er fand einen Wirtschaftsweg, der ihn bis nach Bucksport brachte. Von dort wandte er sich nach Norden. Um zwei Uhr in der Früh befand er sich wieder in seinem John-Tree-Motelzimmer. Er stellte den Wecker auf halb acht und schlief ein.

Billy starrte ihn fassungslos an. »Willst du damit sagen, daß du die ganze Zeit, in der ich mir Sorgen gemacht habe, daß du schon längst tot seist, friedlich in demselben Motel geschlafen hast, aus dem wir ausgezogen waren?«

»Eh, ja.« Ginelli guckte einen Augenblick beschämt. Dann zuckte er die Achseln und lachte. »Schreib es meiner Unerfahrenheit zu, William. Ich bin es nicht gewohnt, daß sich jemand Sorgen um mich macht. Außer meiner Mamma natürlich, aber das ist etwas anderes.«

»Du mußt verschlafen haben – du bist erst um neun oder so hier gewesen.«

»Nein, nein – ich bin aufgestanden, sobald der Wecker geklingelt hat. Dann habe ich kurz telefoniert und bin in die Stadt hinuntergelaufen. Hab' mir einen neuen Wagen gemietet. Diesmal bei Avis. Mit Hertz habe ich irgendwie kein Glück.«

»Du wirst mit diesem Hertz-Wagen noch ganz schön Schwierigkeiten kriegen, nicht wahr?«

»Nee. Ist schon alles erledigt. Aber es hätte ganz schön haarig werden können. Darum ging es auch in dem Anruf –

um den Hertz-Wagen. Ich habe meinen ›Geschäftsfreund‹ gebeten, noch mal von New York raufzufliegen. In Ellsworth gibt es einen kleinen Flughafen, dort ist er gelandet. Der Pilot ist sofort nach Bangor weitergeflogen, um dort auf ihn zu warten. Mein ›Geschäftsfreund‹ ist nach Bankerton getrampt und hat...«

»Die Sache eskaliert allmählich«, rief Billy. »Ist dir das klar? Das wird ja langsam zu einem zweiten Vietnam.«

»Scheiße, nein – sei nicht blöd, William!«

»Nur, daß dein Hausverwalter noch mal extra von New York herfliegen mußte.«

»Na ja, ich kenne eben niemanden hier oben in Maine. Der einzige Kontakt, den ich hier hatte, hat sich erschießen lassen. Auf jeden Fall hat es keine Probleme gegeben. Gestern abend habe ich einen vollständigen Bericht erhalten. Mein ›Geschäftsfreund‹ ist gegen zwei Uhr mittags in Bankerton eingetroffen. An der Tankstelle hat er nur einen Jungen vorgefunden, dem nur noch ein paar Milligramm fehlten, um völlig high zu sein. Wenn ein Wagen kam, ging der Knabe raus, um ihn aufzutanken, danach verzog er sich wieder in eine der Garagenboxen und werkelte an irgendeinem Auto rum. Während er sich da drin aufhielt, schloß mein ›Geschäftsfreund‹ den Ford kurz und fuhr ihn weg. Direkt an der Garage vorbei, aber der Kleine hat sich nicht mal umgedreht. Mein ›Bekannter‹ fuhr zum Bangor International Flughafen und stellte den Wagen auf dem Hertz Parkplatz ab. Ich hatte ihn gebeten, ihn auf Blutflecken hin zu untersuchen. Am Telefon hat er mir dann gesagt, daß er mitten auf dem Vordersitz ein paar Blutspritzer gefunden hat – ich bin mir fast sicher, daß es Hühnerblut war. Er hat sie mit einem von diesen Erfrischungstüchern rausgerieben. Dann hat er seine Angaben in den Mietvertrag eingetragen und den Vertrag in den Expreßbriefkasten geworfen. Danach ist er zurückgeflogen.«

»Was war mit den Schlüsseln? Du hast gerade gesagt, er hätte ihn kurzgeschlossen.«

»Tja«, sagte Ginelli, »die Schlüssel sind die ganze Zeit schon das größte Problem gewesen. Das war mal wieder mein Fehler. Ich schiebe das auf meinen Mangel an Schlaf, genauso wie den anderen, aber vielleicht ist es tatsächlich schleichende Senilität. Sie waren immer noch in Spurtons Jackentasche. Ich hatte vergessen, sie rauszunehmen, bevor ich ihn zur Ruhe gebettet habe. Aber jetzt...« Er griff in seine Jacke, holte ein Schlüsselbund mit dem knallgelben Hertz-Anhänger hervor und ließ es vor Billys Nase klingeln. »*Ta-da*!«

»Du bist zurückgefahren«, sagte Billy. Seine Stimme war etwas heiser. »Großer Gott, du bist zurückgefahren und hast ihn wieder ausgegraben, um an die Schlüssel heranzukommen.«

»Also, früher oder später hätten die Murmeltiere oder die Bären ihn sowieso ausgebuddelt und in der Gegend herumgeschleift«, erklärte Ginelli sachlich. »Oder die Jäger hätten ihn gefunden. Höchstwahrscheinlich bei der Vogeljagd, wenn sie mit ihren Hunden unterwegs sind. Für die Hertz-Leute ist es jedenfalls nur ein kleineres Ärgernis, wenn sie einen Expreßbrief ohne die Schlüssel erhalten. Wie oft vergessen Leute, ihre Hotel- oder Mietwagenschlüssel abzugeben. Manchmal schicken sie sie zurück, meistens kümmern sie sich nicht drum. Dann wählt der Manager einfach eine achthunderter Nummer, liest die Seriennummer des betreffenden Wagens vor, und der Typ am anderen Ende – bei Ford oder GM oder Chrysler – gibt ihm das Muster des Schlüsselbartes durch. Presto! Schon hat er neue. Aber wenn jemand eine Leiche in eine Kiesgrube mit einer Stahlkugel im Kopf und einem Bund Hertz-Mietwagenschlüssel in der Jackentasche gefunden hätte, hätte die Spur leicht zu mir führen können... nicht so gut. Im Gegenteil, sehr schlecht. Hast du kapiert?«

»Ja.«

»Übrigens mußte ich sowieso noch mal rausfahren«, sagte er leise. »Und diesmal konnte ich nicht den Nova nehmen.«

»Wieso nicht? Den hatten sie doch nicht gesehen.«

»Ich muß alles der Reihe nach erzählen, William. Magst du noch 'n Schuß?«

Billy schüttelte den Kopf. Ginelli bediente sich.

»In Ordnung. Dienstag früh die Hunde. Dienstag vormittag der Nova. Dienstag nacht der Großangriff. Mittwoch morgen, auch ziemlich früh, der zweite Mietwagen. Hast du alles mitgekriegt?«

»Ich glaub' schon.«

»Jetzt sprechen wir von einem Buick Sedan. Der Blödmann von Avis wollte mir einen Aries K andrehen. Hat behauptet, das wäre der einzige Wagen, den er noch übrig hätte; ich könne von Glück sagen, daß ich ihn überhaupt noch bekäme. Aber ein Aries K war nicht das richtige. Es mußte ein Sedan sein. Unauffällig, aber einigermaßen groß. Brauchte zwanzig Piepen, um seine Meinung zu ändern, aber schließlich habe ich den Wagen bekommen, den ich wollte. Ich fuhr zum *Bar Harbor Motor Inn* zurück, stellte ihn ab und telefonierte in der Gegend rum, um festzustellen, ob alles so lief, wie ich angekurbelt hatte. Hierher bin ich dann im Nova gefahren. Der gefällt mir einfach, William – sieht aus wie eine Promenadenmischung und stinkt innen nach Kuhscheiße, aber er hat *Rückgrat*.

Ich bin also hierhergekommen und habe dich endlich beruhigen können. Doch war ich kurz vorm Zusammenbrechen, viel zu müde, um überhaupt nur daran zu denken, nach Bar Harbor zurückzufahren. Deshalb habe ich den ganzen Tag in deinem Bett verbracht.«

»Du hättest ja mal anrufen können. Das hätte dir mindestens eine Fahrt erspart.«

Ginelli lächelte ihn an. »Ich weiß, ich hätte dich anrufen können, aber scheiß drauf! Ein Telefonanruf hätte mir nicht gezeigt, wie's dir geht. Du warst nicht der einzige, der sich Sorgen gemacht hat, William.«

Billy senkte den Kopf und schluckte. Er hatte schon wieder einen Kloß im Hals. In letzter Zeit hatte er, wie es schien, ständig sehr nah am Wasser gebaut.

»So! Ginelli steht auf, erfrischt und ohne einen allzu großen Amphetaminkater. Er duscht, springt in den Nova, der nach einem Tag in der Sonne mehr denn je nach Kuhscheiße stinkt und fährt nach Bar Harbor zurück. Dort holt er die kleineren Koffer aus dem Nova und öffnet sie in seinem

Zimmer. In einem befindet sich ein achtunddreißiger Woodsman-Colt mit Schulterhalfter. Was die beiden anderen enthalten, paßt gut in seine Jackentaschen. Er verläßt das Motel und tauscht den Nova gegen den Sedan ein. Eine Sekunde lang denkt er sich, wenn er zwei Personen wäre, bräuchte er nicht soviel Zeit damit zu verschwenden, ständig wie der Parkplatzwächter eines protzigen Los-Angeles-Restaurants mit verschiedenen Wagen rumzufahren. Dann fährt er los in das malerische Bankerton, wie er hofft, zum allerletzten Mal. Unterwegs hält er nur einmal vor einem Supermarkt. Er geht hinein und besorgt sich zwei Dinge: ein großes Weckglas, in dem die Frauen Obst einmachen, und eine Zweiliterflasche Pepsi-Cola. Als er in Bankerton ankommt, bricht gerade die Dämmerung herein. Er fährt zur Kiesgrube und marschiert einfach rein. Er weiß, jetzt hat es keinen Sinn mehr, schüchtern zu sein – wenn man in der Aufregung der letzten Nacht die Leiche gefunden hat, sitzt er sowieso in der Tinte. Aber es ist niemand da. Und er findet auch keine Anzeichen, daß jemand dagewesen *wäre*. Also gräbt er nach Spurton, tastet ein bißchen herum und zieht den großen Preis heraus. Genauso wie bei der Wundertüte.«

Ginelli erzählte vollkommen ausdruckslos, aber Billy sah vor seinem geistigen Auge einen Film ablaufen – keinen besonders angenehmen: Ginelli geht in die Knie, schiebt den Kies mit beiden Händen zur Seite, ertastet Spurtons Hemd... den Gürtel... schließlich die Hosentasche. Greift hinein. Wühlt sich durch sandiges Kleingeld, das wohl nie wieder ausgegeben wird. Und darunter... kaltes Fleisch, bei dem schon die Totenstarre eingesetzt hat. Endlich – die Schlüssel. Und schnell wird das Loch wieder zugescharrt.

»*Brrr*«, sagte Billy und schüttelte sich.

»Es ist alles eine Frage der Perspektive, William«, beruhigte Ginelli ihn. »Glaub mir, es ist so.«

Ich glaube, das macht mir dabei gerade am meisten Angst, dachte Billy und hörte mit wachsendem Staunen zu, wie Ginelli das Ende seiner bemerkenswerten Abenteuergeschichte erzählte.

Mit den Hertz-Schlüsseln in der Tasche ging er zu Avis-Buick-Sedan zurück. Er schraubte die Cola auf und goß sie in das Weckglas, das er hinterher sorgfältig verschloß. Dann machte er sich auf den Weg ins Zigeunerlager.

»Ich wußte, daß sie noch da sein würden«, sagte er. »Nicht, weil sie den Wunsch hatten, noch zu bleiben, sondern weil die Staatsbullen ihnen mit aller Deutlichkeit erklärt haben würden, daß sie solange an Ort und Stelle zu bleiben hätten, bis die Untersuchungen abgeschlossen seien. Was lag vor? Auf der einen Seite eine Gruppe von Nomaden – ich glaube, man kann sie sehr wohl so nennen –, jedenfalls eine Horde Fremder in der gemütlichen Kleinstadt Bankerton, und auf der anderen Seite ein Fremder oder eine Gruppe von Fremden, die mitten in der Nacht rauskommen und den Platz zusammenschießen. Die Bullen neigen dazu, sich für diese Art von Geschichten zu interessieren.«

Selbstverständlich hatte es die Bullen interessiert. Am Feldrand parkten ein Maine-Staatspolizeiwagen und zwei nicht gekennzeichnete Plymouths. Ginelli stellte den Sedan zwischen den beiden Plymouths ab und ging den Hügel hinunter auf das Lager zu. Das Pontiac-Wrack war schon abgeschleppt worden. Vermutlich in das nächste Kriminalamt, wo die Laborleute sich darüber hermachen konnten.

Als er den Hügel halb hinuntergeschlendert war, kam ihm einer der Staatspolizisten entgegen, der wohl auf dem Rückweg zu seinem Wagen war.

»Sie haben hier wohl kaum etwas zu suchen, Sir«, sagte der Beamte. »Ich muß Sie leider bitten weiterzufahren.«

»Ich habe ihn davon überzeugt, daß ich doch etwas in dem Lager zu suchen hätte«, erzählte Ginelli schmunzelnd.

»Wie hast du das geschafft?«

»Hab' ihm das hier gezeigt.«

Ginelli langte in seine Brusttasche und warf Billy ein kleines Ledermäppchen zu. Billy fing es auf und öffnete es. Er wußte sofort, was er da in den Händen hielt; im Laufe seiner Anwaltskarriere waren ihm einige von diesen Dingern unter die Finger gekommen. Er hätte noch eine Menge mehr davon gesehen, wenn er sich auf Kriminalfälle spezialisiert hätte. Es war ein FBI-Ausweis mit Ginellis Foto. Ginelli wirkte darauf fünf Jahre jünger. Sein Haar war ganz kurz geschnitten, beinahe ein Bürstenhaarschnitt. Der Ausweis identifizierte ihn als Spezialagent Ellis Stoner.

Plötzlich ratterte es in Billys Kopf, und es ging ihm ein Licht auf.

Er blickte von dem Ausweis hoch. »Du hast den Sedan also gebraucht, weil er mehr wie ein...«

»Wie eine Staatskarosse aussieht, klar. Ein großer, unauffälliger Wagen. Ich wollte nicht in einer rollenden Thunfischdose daherkommen, wie der Avis-Kerl sie mir anbieten wollte. Aber vor allem wollte ich nicht in Farmer Johns Roll- und Fickmaschine dort aufkreuzen.«

»Das hier – ist das eins von den Dingen, die dein ›Bekannter‹ auf seiner zweiten Reise mitgebracht hat?«

»Jap.«

Billy warf den Ausweis zurück. »Sieht fast echt aus.«

»Abgesehen vom Bild«, bemerkte Ginelli leise, »ist er's.«

Einen Augenblick herrschte Schweigen, während Billy versuchte, sich diesmal keine Gedanken darüber zu machen, was Spezialagent Stoner passiert sein könnte und ob er Kinder gehabt hätte.

Schließlich sagte er: »Du hast also zwischen den beiden Plymouths geparkt und dem Bullen deinen FBI Ausweis unter die Nase gehalten, und das alles, nachdem du erst fünf Minuten vorher in einer Kiesgrube nach einer Leiche gegraben hattest, um ihr den Wagenschlüssel aus der Tasche zu ziehen.«

»Nee«, sagte Ginelli, »es waren wohl eher zehn Minuten.«

Auf seinem Weg ins Lager hinunter entdeckte er zwei Männer, die hinter dem Einhornlaster am Boden knieten. Sie waren leger gekleidet, aber ganz offensichtlich Polizisten. Beide hatten eine kleine Gartenkelle in der Hand. Ein dritter Beamter stand über ihnen und beleuchtete mit einer starken Taschenlampe die Stelle, an der sie die Erde umgruben.

»Halt, Moment, hier ist wieder eine«, sagte einer der beiden. Er holte mit der Kelle eine Kugel aus der Erde und ließ sie in einen Eimer fallen. *Pling*! Zwei Zigeunerjungen, offensichtlich Brüder, standen daneben und beobachteten sie.

Ginelli war eigentlich ganz froh, daß die Bullen da waren. Niemand hier wußte, wie er aussah, und auch Taduz Lemke hatte nichts als einen dunklen Rußflecken gesehen. Außerdem war es völlig plausibel, daß ein FBI-Agent an einem Ort auftauchte, an dem eine Schießerei stattgefunden hatte, in der eine russische Automatikwaffe die Hauptrolle spielte.

Aber Ginelli hatte großen Respekt vor Taduz Lemke bekommen. Und dahinter steckte mehr, als nur das Wort, das man Spurton auf die Stirn geschrieben hatte; es war die Art, wie der Alte nicht von der Stelle gewichen war, als die 30-Kaliberkugeln aus der Dunkelheit auf ihn zugeflogen waren. Und dann war da natürlich noch das, was mit William geschah. Er spürte, daß es durchaus im Bereich des Möglichen lag, daß der alte Mann ihn erkennen würde. Er könnte es an seinen Augen ablesen oder auf seiner Haut riechen oder was auch immer.

Unter keinen Umständen hatte er die Absicht, sich von dem alten Zigeuner mit der abfaulenden Nase anfassen zu lassen.

Es war das Mädchen, auf das er es abgesehen hatte.

Er durchquerte den inneren Kreis und klopfte an die Tür eines abseits stehenden Wohnwagens. Er mußte zweimal anklopfen, bevor die Tür von einer etwa vierzigjährigen Frau mit ängstlichem, mißtrauischem Blick geöffnet wurde.

»Was immer Sie wünschen, wir haben es nicht«, sagte sie. »Bei uns gibt es große Probleme, Mister. Tut mir leid, wir haben geschlossen.«

Ginelli zeigte ihr seinen Ausweis. »Spezialagent Stoner, Ma'am, FBI.«

Ihre Augen weiteten sich. Sie bekreuzigte sich schnell und sagte etwas auf romani, dann wieder auf englisch: »O Gott, was kommt als nächstes? Hier stimmt überhaupt nichts mehr. Seit Susanna tot ist, scheint ein Fluch auf uns zu liegen. Oder...«

Sie wurde von ihrem Mann zur Seite gestoßen, der sie anraunzte, sie solle das Maul halten.

»Spezialagent Stoner«, fing Ginelli von vorne an.

»Ja, ich hab' gehört, was Sie gesagt haben.« Er kletterte schwerfällig aus dem Wagen. Ginelli schätzte ihn auf fünfundvierzig, aber er sah älter aus. Er war ein extrem großer Mann, der aber seinen Rücken so krumm hielt, daß er beinahe mißgestaltet wirkte. Über grellfarbigen, ausgebeulten Bermudas trug er ein Disneyworld-T-Shirt. Er roch nach billigem Rotwein und Erbrochenem. Er sah ganz so aus wie die Art von Männern, denen so etwas häufiger passiert. So dreiviermal die Woche. Ginelli glaubte, ihn von der vorherigen Nacht wiederzuerkennen – es sei denn, es gäbe noch mehr ein Meter neunzig bis ein Meter fünfundneunzig große Kerle unter den Zigeunern. Billy erzählte er, daß der Mann mit der Grazie eines blinden Epileptikers, der gerade einen Herzanfall erlitt, aus der Schußlinie gesprungen war.

»Was wollen Sie? Wir haben die Bullen schon den ganzen Tag auf dem Hals. Wir haben die Scheißbullen *immer* am Hals, aber das hier ist... einfach... *lächerlich*!« Er sprach mit häßlich lauter Stentorstimme, und seine Frau redete eifrig in Romani auf ihn ein.

Er wandte den Kopf zu ihr um: »*Det krigiska jag-haller*!« Und als ob er sein gutes Benehmen unter Beweis stellen wollte, übersetzte er: »Halt's Maul, du alte Hexe!«

Dann wandte er sich wieder dem Agenten zu. »Was wollen Sie? Warum gehen Sie nicht zu Ihren Kumpels da drüben, wenn Sie was wissen wollen?« Er nickte zu den Kriminallaboranten hinüber.

»Dürfte ich bitte Ihren Namen erfahren?« fragte Ginelli mit gleichbleibender, ausdrucksloser Höflichkeit.

»Warum fragen Sie nicht die da?« Trotzig verschränkte er seine dicken, schwammigen Arme. Unter dem Disneyworld-T-Shirt wackelten seine enormen Brustansätze. »Wir haben denen unsere Namen gegeben. Wir haben schon alles gesagt. Einige haben sogar mitten in der Nacht ein paar Fotos von uns geschossen. Mehr wissen wir auch nicht. Wir wollen einfach nur freigelassen werden. Wollen endlich weg aus Maine, weg aus New-England, weg von dieser beschissenen Ostküste.« Und etwas leiser fügte er hinzu: »Und nie mehr wiederkommen!« Der Zeige- und Mittelfinger seiner linken Hand hatten sich unwillkürlich zu einem Zeichen formiert, das Ginelli schon von seiner Mutter und Großmutter kannte – es war das Zeichen gegen den bösen Blick. Er glaubte nicht, daß der Mann sich dieser Geste bewußt war.

»Es gibt zwei Möglichkeiten, wie unser Gespräch verlaufen kann«, sagte Ginelli, immer noch von Kopf bis Fuß der höfliche Staatsbeamte. »Entweder, Sie beantworten meine Fragen, Sir, oder es besteht die Möglichkeit, daß sie zur Untersuchungshaft in einer staatlichen Strafanstalt in Gewahrsam genommen werden, während ein Verfahren wegen Widerstandes gegen die Staatsgewalt gegen Sie läuft. Sollten Sie für schuldig befunden werden, müssen Sie mit fünf Jahren Gefängnis und fünftausend Dollar Geldbuße rechnen.«

Eine neue Flut von Romaniwörtern schwappte aus dem Wohnwagen, die fast schon hysterisch zu nennen war.

»*Enkelt*!« schrie der Mann grob über seine Schulter, aber als er sich zu Ginelli umwandte, war sein Gesicht merklich blasser geworden. »Sie sind verrückt.«

»Nicht unbedingt, Sir«, erwiderte Ginelli. »Was gestern nacht hier passiert ist, ist nicht nur eine Angelegenheit von ein paar Schüssen. Es sind mindestens drei volle Ladungen aus einem Maschinengewehr abgefeuert worden. Der Privatbesitz jeglicher Art von Maschinengewehren und automatischen Schnellfeuerwaffen ist in den Vereinigten Staaten illegal. In diesem Fall ist also das FBI zuständig, und ich muß Sie darauf hinweisen, daß Sie sich im Augenblick hüfttief in der Scheiße befinden, und daß der Sumpf mit jeder Minute tiefer wird. Ich nehme nicht an, daß Sie schwimmen können.«

Einen Moment lang sah der Mann ihn noch mürrisch an und sagte dann: »Ich heiße Heilig. Trey Heilig. Das hätten Ihnen die da auch sagen können.« Wieder nickte er zum Einhornlaster.

»Sie haben Ihre Arbeit, ich hab meine. Also, wollen Sie jetzt mit mir reden?«

Der große Kerl nickte resigniert.

Ginelli ließ sich von Heilig berichten, was in der letzten Nacht alles geschehen war. Als Heilig mit seiner Erzählung fast fertig war, kam ein Staatspolizist auf sie zu, um festzustellen, wer Ginelli sei. Er warf nur einen kurzen Blick auf Ginellis Ausweis und trottete mit besorgter und zugleich beeindruckter Miene schnell wieder davon.

Heilig behauptete, daß er schon bei den ersten Schüssen aus dem Wagen gesprungen wäre, den Schützen anhand des aufblitzenden Mündungsfeuers lokalisiert hätte und den Hügel an der linken Seite hinaufgerannt wäre, um ihm von der Flanke her in den Rücken zu fallen. Aber in der Dunkelheit wäre er über einen Baumstumpf oder so was ähnliches gefallen, mit dem Kopf auf einem Stein aufgeschlagen und eine Weile bewußtlos gewesen. Zur Unterstreichung seiner Geschichte deutete er auf einen blauen Fleck an seiner linken Schläfe, der ermutlich schon drei Tage alt war und den er sich wohl bei einem Sturz im Suff zugezogen hatte. *Aha*, dachte Ginelli und blätterte die Seite in seinem Notizbuch um. Er hatte genug von dem Hokuspokus. Es wurde langsam Zeit, daß er zur Sache kam.

»Vielen Dank, Mr. Heilig, Sie sind mir eine große Hilfe gewesen.«

Das Reden schien den Riesen beschwichtigt zu haben. »Nun ja... das ist schon in Ordnung. Tut mir leid, daß ich Sie vorhin so angefahren habe. Aber wenn Sie an unserer Stelle wären...« Er zuckte die Achseln.

»Bullen«, sagte seine Frau hinter ihm. Sie lugte aus der Tür heraus, wie ein sehr alter, sehr müder Dachs, der nachsehen wollte, wie viele Hunde um ihn herumwimmeln und wie bösartig sie aussahen. »Überall Bullen, wohin wir auch kommen. Das ist normal. Aber das hier ist anders. Die Leute haben Angst.«

»Enkelt, Mamma«, warnte Heilig sie jetzt etwas freundlicher.

»Ich muß noch mit einigen anderen Leuten hier reden«,

sagte Ginelli. »Vielleicht könnten Sie mir zeigen, wo sie sind.« Er betrachtete suchend eine leere Seite in seinem Notizbuch. »Einen Mr. Taduz Lemke und eine Mrs. Angelina Lemke.«

»Taduz schläft da drinnen«, antwortete Heilig und deutete auf den Einhornlaster. Das, fand Ginelli, war nun wirklich mal 'ne gute Nachricht, wenn es stimmte. »Er ist schon ein uralter Mann, und die ganze Aufregung hat ihn doch sehr ermüdet. Ich glaube, Gina ist in ihrem Wohnwagen da drüben – aber sie ist noch keine *Missus*.«

Er zeigte mit seinem schmutzigen Zeigefinger auf einen kleinen grünen Toyota mit einem netten, kleinen Holzaufbau auf dem Heck.

»Nochmals vielen Dank.« Ginelli klappte sein Notizbuch zu und steckte es in seine hintere Hosentasche.

Heilig zog sich erleichtert in seinen Wohnwagen (und zu seiner Flasche) zurück.

Im dämmernden Abendrot ging Ginelli noch einmal durch den inneren Kreis, diesmal zum Wohnwagen des Mädchens. Sein Herz schlug, wie er Billy gestand, schnell und heftig. Er atmete tief durch und klopfte an die Tür.

Es kam nicht gleich eine Antwort, und er hatte die Hand schon zum zweiten Klopfen erhoben, als plötzlich die Tür geöffnet wurde. William hatte ihm zwar gesagt, daß sie schön sei, aber auf das Ausmaß ihrer Schönheit war er nicht vorbereitet gewesen – diese dunklen, offen blickenden Augen, deren Hornhaut so weiß war, daß sie andeutungsweise ins bläuliche überging, ihre olivbraune Haut, die rosig schimmerte. Er blickte kurz auf ihre Hände und sah, daß sie sehnig und kräftig waren. Die Nägel waren nicht lackiert, sauber und so kurz geschnitten wie bei einem Bauern. In einer dieser Hände hielt sie ein Buch über statistische Soziologie.

»Ja?«

»Spezialagent Stoner, Miß Lemke«, stellte er sich vor, und sofort verdunkelte sich das klare, helle Leuchten ihrer Augen, als wäre ein Vorhang darüber gefallen. »FBI.«

»Ja?« fragte sie nochmals, aber jetzt war nicht mehr Leben in ihrer Stimme als in einem Telefonanrufbeantworter.

»Wir untersuchen den gestrigen nächtlichen Vorfall. Hier hat es eine Schießerei gegeben.«

»Sie und die halbe Welt«, sagte sie lakonisch. »Na, meinetwegen, untersuchen Sie, aber wenn ich meine Fernstudiumslektion nicht bis morgen früh im Briefkasten habe, werden mir wegen Verspätung Punkte abgezogen. Wenn Sie mich also entschuldigen wollen...«

»Wir haben Gründe zu vermuten, daß ein Mann namens William Halleck hinter der Sache stecken könnte«, fiel Ginelli ein. »Sagt Ihnen der Name etwas?« Selbstverständlich sagte ihr der Name etwas. Ihre Augen weiteten sich für einen Moment und funkelten dann nur noch. Ginelli hatte sie für unglaublich schön gehalten. Das tat er immer noch, aber jetzt glaubte er auch, daß dieses Mädchen tatsächlich Frank Spurton getötet haben konnte.

»Dieses *Schwein*!« Sie spuckte auf den Boden. »*Han satte sig pa en av stolarna! Han sneglade pa nytt mot hyllorna i vild! Vild*!«

»Ich habe ein paar Fotos von dem Mann, den wir für William Halleck halten«, sagte Ginelli sanft. »Sie sind von einem unserer Agenten mit einem Teleobjektiv in Bar Harbor aufgenommen worden, und...«

»*Natürlich* ist es Halleck!« sagte sie. »Dieses Schwein hat meine *tantenyjad* – meine Großmutter – umgebracht! Aber er wird uns nicht mehr lange belästigen. Er...« Sie biß sich auf die volle Unterlippe, um ihre Worte bei sich zu behalten. Wäre Ginelli wirklich der Mann gewesen, für den er sich ausgab, hätte sie sich jetzt schon ein ausgiebiges, detailliertes Verhör dafür eingehandelt. Er tat jedoch so, als hätte er es überhört.

»Auf einer der Fotografien scheint Halleck einem anderen Mann Geld zu geben. Wenn Sie ihn tatsächlich als Halleck identifizieren können, dann ist der andere vermutlich der Schütze, der Sie gestern nacht hier aufgesucht hat. Ich hätte gern, daß Sie und Ihr Großvater sich die Bilder ansehen, um mir, wenn Sie können, mit Bestimmtheit zu sagen, ob der Mann wirklich Halleck ist.«

»Er ist mein Urgroßvater«, sagte sie zerstreut. »Ich glaube, er schläft gerade. Mein Bruder ist bei ihm. Ich würde ihn nur ungern wecken.« Sie schwieg einen Augenblick. »Nein, ich würde ihn lieber in Ruhe lassen. Es würde ihn nur aufregen. Die letzten Tage sind sehr anstrengend für ihn gewesen.«

»Dann schlage ich folgendes vor«, sagte Ginelli. »Sehen Sie sich die Bilder an, und wenn Sie sicher sind, daß Sie Halleck erkannt haben, brauchen wir den alten Herrn nicht weiter zu belästigen.«

»Ja, das wäre gut. Wenn Sie dieses Schwein Halleck zu fassen kriegen, werden Sie ihn dann einsperren?«

»O ja. Ich habe einen Haftbefehl bei mir.«

Das überzeugte sie. Als sie aus dem Wohnwagen hüpfte, wobei ihr Rock einen atemberaubenden Blick auf ihre braunen Beine preisgab, sagte sie etwas, das Ginelli eine Gänsehaut über den Rücken jagte. »Ich glaube kaum, daß es von ihm noch viel einzusperren gibt.«

Sie kamen an den Laborleuten vorbei, die in der tiefer werdenden Abenddämmerung immer noch den Sand nach Kugeln durchwühlten. Sie kamen an mehreren Zigeunern vorbei, einschließlich der beiden Zwillinge, die schon identische Flanellpyjamas anhatten. Gina nickte ihnen zu und sie grüßten zurück. Offenbar hegten sie keinen Verdacht – der große, italienisch aussehende Mann war vom FBI, und es war das beste, wenn man sich in solche Dinge nicht einmischte.

Sie ließen das Lager hinter sich und kletterten den Hügel hinauf zu Ginellis Auto. Die Dunkelheit hatte sie verschluckt.

»Es war so einfach wie nur was, William. Die dritte Nacht hintereinander, und es war so einfach... warum auch nicht? Das Lager wimmelte nur so von Polizisten. Wäre der Kerl, der auf sie geschossen hatte, etwa gleich am nächsten Tag zurückgekommen, um wieder zuzuschlagen, während die Polizei noch den Tatort untersuchte? Das glaubten sie nicht, aber sie sind dumm, William. Von den anderen hatte ich das erwartet, aber nicht vom Alten – du lernst nicht dein ganzes Leben lang, den Bullen zu mißtrauen und sie zu hassen, um dann plötzlich zu glauben, daß sie dich gegen den Mann beschützen werden, der dir an den Kragen will. Aber der Alte schlief. Er ist erschöpft, und das ist gut so. Wir könnten ihn kriegen, William. Es könnte vielleicht klappen.«

Sie gingen zum Buick. Ginelli öffnete die Fahrertür, während das Mädchen neben ihm wartete. Als er sich hineinbeugte und mit einer Hand den 38er Colt aus dem Schulterhalfter zog, während er mit der anderen gleichzeitig den Deckel des Weckglases öffnete, spürte er, wie ihre Stimmung abrupt von haßerfülltem Jubel in Argwohn umschlug. Er selbst lief auf Hochtouren. Seine Emotionen und Intuition vibrierten regelrecht, so daß seine Sinne sich förmlich nach außen kehrten. Er schien direkt zu spüren, wie ihr plötzlich das Zirpen der Grillen bewußt wurde. Dazu die Dunkelheit, die sie umgab, die Leichtigkeit, mit der sie sich von den anderen hatte weglocken lassen. Und das von einem Mann, den sie noch nie zuvor gesehen hatte, zu einem Zeitpunkt, in dem sie es besser hätte wissen müssen, in dem sie keinem Mann hätte vertrauen dürfen, den sie noch nie gesehen hatte. Jetzt kam ihr zum erstenmal der Gedanke, warum dieser ›Ellis Stoner‹ die Fotos nicht mit ins Lager genommen hatte, wenn er schon so scharf darauf war, sie identifizieren zu lassen. Aber da war es schon zu spät. Er hatte den Namen ausgesprochen, der sie vor Wut und Eifer in die Knie gehen ließ und mit Haß verblendete.

»Da sind sie ja«, sagte Ginelli und drehte sich, den Colt in der einen, das Weckglas in der anderen Hand, zu ihr um.

Wieder weiteten ihre Augen sich. Ihre Brust bebte, als sie tief Luft holte.

»Du kannst schreien«, drohte Ginelli, »aber ich garantiere dir, das wird der letzte Laut sein, den du je von dir gegeben hast, Gina.«

Eine Sekunde lang dachte er, sie würde es trotzdem tun... doch dann atmete sie mit einem langgezogenen Seufzen aus.

»Du bist also der Mistkerl, der für das Schwein arbeitet«, rief sie. »*Hans satte sig pa-*«

»Sprich Englisch mit mir, du Nutte«, sagte er fast gleichgültig. Sie zuckte zusammen, als hätte er sie geschlagen.

»*Du* nennst mich nicht Nutte«, zischte sie. »Niemand wird mich je eine Nutte nennen.« Ihre Hände – diese kräftigen Hände – verkrallten sich zu Klauen.

»Du nennst meinen Freund ein Schwein, also nenne ich dich eine Nutte, deine Mutter eine Hure, deinen Vater ein Scheißhaus ausleckendes Hundearschloch«, antwortete Ginelli ungerührt. Er sah, wie sie die Zähne bleckte und knurrte – und lächelte. Etwas in diesem Lächeln ließ sie stocken. Sie wirkte nicht ängstlich – Ginelli erzählte Billy später, daß er damals nicht so recht gewußt hätte, ob sie zu Angstgefühlen überhaupt fähig war – aber auf die heißen Wellen ihrer Wut schien sich dämpfende Vernunft zu legen. Ein Gespür dafür, mit wem und womit sie es zu tun hatte.

»Was denkst du eigentlich, was das hier ist?« fragte er sie. »Ein Spiel? Ihr verflucht einfach einen Mann mit Frau und Kind und haltet das dann für ein Spiel? Denkst du etwa, daß er diese Frau – deine Großmutter – mit Absicht überfahren hat? Daß er sie auf seiner Abschußliste stehen hatte? Glaubst du etwa, daß ihm die Mafia den Auftrag gegeben hatte, deine Großmutter zu töten? Scheiße!«

Sie weinte jetzt vor Haß und Zorn. »Er hat sich von seiner Frau wichsen lassen, als er sie auf offener Straße überfahren hat! Und dann haben sie ihn ... sie *han tog in pojken*, haben ihn freigesprochen. Aber wir haben ihn bestraft. Und du wirst der nächste sein, du Freund eines Schweins. Es ist egal, was ...«

Er schob den Deckel des Weckglases mit dem Daumen zurück, und ihr Blick fiel zum erstenmal auf dieses Gefäß. Und genau da wollte er ihn haben.

»Säure, du Nutte«, rief er und schüttete sie ihr ins Gesicht. »Jetzt wirst du sehen, wie viele Menschen du noch mit deiner Schleuder erschießen kannst, wenn du ganz blind bist.«

Sie stieß einen hohen, schrillen Schrei aus und schlug die

Hände vors Gesicht. Zu spät. Sie fiel zu Boden. Ginelli drückte ihr den Fuß auf den Nacken.

»Schrei, und ich bringe dich um. Dich und die ersten drei deiner Freunde, die hergerannt kommen.« Er nahm den Fuß weg. »Es war nur Pepsicola.«

Sie setzte sich auf die Knie und funkelte ihn durch ihre gespreizten Finger hindurch an. Seine außerordentlich feinnervigen, beinahe telepathischen Sinne sagten ihm, daß er ihr das nicht erst hätte erklären müssen. Sie wußte es schon, hatte es in dem Augenblick begriffen, als das ätzende Beißen ausgeblieben war. Und einen winzigen Augenblick später – gerade noch rechtzeitig genug – spürte er, daß sie ihm an die Hoden springen wollte.

Ihrem Sprung – geschmeidig wie der einer Raubkatze – wich er aus und trat ihr voll in die Seite. Ihr Hinterkopf knallte an die Chromverzierung der offenstehenden Wagentür. Ein lautes Krachen, und sie fiel in sich zusammen. Blut lief ihre Wange hinunter.

Ginelli beugte sich in der Gewißheit, daß sie bewußtlos sei, über sie, da warf sie sich fauchend auf ihn. Mit einer Hand zerkratzte sie seine Stirn, die Fingernägel der anderen rissen den Ärmel seines Pullovers auf und schnitten ihm tief ins Fleisch.

Ginelli knurrte und stieß sie wieder zu Boden. Er preßte ihr die Pistole unter die Nase: »Na los! Du willst auf mich losgehen? Willst du das? Nur zu, du Nutte! Mach schon! Worauf wartest du noch? Du hast mir das Gesicht zerkratzt! Es wird mir ein Vergnügen sein, wenn du mir an den Hals gehst!«

Sie lag ganz still, ihre dunklen Augen starr wie der Tod.

»Du würdest es tun«, stellte er fest. »Wenn es allein um dich ginge, würdest du es tun. Aber das würde ihn töten, nicht wahr? Den alten Mann?«

Sie schwieg, aber ein mattes Leuchten flackerte kurz durch ihre dunklen Augen.

»Du denkst daran, was ich dem Alten angetan hätte, wenn im Weckglas wirklich Säure gewesen wäre. Dann denk erst recht mal darüber nach, wie er darunter leiden würde, wenn ich sie nicht dir, sondern den beiden Zwillingen in ihren GI-Joe-Pyjamas ins Gesicht schütten würde. Ich wäre dazu imstande, Nutte. Ich könnte es tun, nach Hause fahren und mir in aller Ruhe ein gutes Abendessen gönnen. Du siehst mir ins Gesicht, und du weißt, daß ich dazu fähig wäre.«

Endlich sah er Unsicherheit und etwas, das Ähnlichkeit mit Angst hatte, in ihren Augen aufdämmern – aber nicht Angst um sich selbst.

»Er hat euch verflucht«, sagte Ginelli. »Der Fluch bin ich.«

»Scheiß auf seinen Fluch!« fauchte sie und wischte sich mit verächtlicher Geste das Blut von der Wange.

»Er hat mir aufgetragen, niemanden zu verletzen«, fuhr er fort, als ob sie nichts gesagt hätte. »Das habe ich auch nicht. Aber mit heute abend ist das vorbei. Ich weiß nicht, wie oft dein alter Opa mit solchen Sachen bisher unbehelligt davon gekommen ist, aber diesmal wird es ihm nicht gelingen. Sag ihm das. Sag ihm, er soll es wegnehmen. Ich frage heute zum letztenmal! Hier, nimm das.«

Er drückte ihr einen Zettel in die Hand, auf den er die Nummer der ›sicheren‹ Telefonzelle in New York City geschrieben hatte.

»Du wirst diese Nummer heute um Mitternacht anrufen und mir erzählen, was der alte Mann dazu zu sagen hat. Wenn du eine Antwort von mir brauchst, rufe zwei Stunden später noch mal dieselbe Nummer an. Dann kannst du deine Nachricht in Empfang nehmen... wenn es eine geben sollte. Jetzt wird's ernst. So oder so wird die Tür ins Schloß fallen. Niemand, der sich nach zwei Uhr unter dieser Nummer meldet, wird auch nur einen blassen Schimmer davon haben, wovon du redest.«

»Er wird es niemals wegnehmen.«

»Kann schon sein«, sagte Ginelli. »Das hat mir dein Bruder letzte Nacht auch schon gesagt. Aber das geht dich nichts an. Du wirst offen und ehrlich mit ihm reden und es ihm dann selbst überlassen, welche Entscheidung er treffen wird – aber achte darauf, ihm klarzumachen, daß der Boogie-Woogie erst *richtig* losgeht, wenn er nein sagt. Du bist als erste dran. Dann die Zwillinge. Und danach jeder weitere Zigeuner, den ich zwischen die Finger kriege. Sag ihm das. Jetzt steig in den Wagen.«

»Nein.«

Ginelli verdrehte die Augen. »Wirst du endlich vernünftig werden! Ich will ja nur Zeit genug haben, ohne zwölf Bullen im Schlepptau hier rauszukommen. Wenn ich dich umbringen wollte, hätte ich dir dann eine Nachricht aufgetragen?«

Sie stand auf, ein wenig zittrig, aber sie schaffte es allein. Sie setzte sich hinters Lenkrad und rutschte auf den Beifahrersitz hinüber.

»Nicht weit genug.« Ginelli wischte sich etwas Blut von der Stirn und zeigte es ihr auf seinen Fingerspitzen. »Nach dieser Erfahrung will ich, daß du dich ganz nah an die Tür kauerst wie ein Mauerblümchen bei seiner ersten Verabredung.« Sie preßte sich an die Tür. »Gut«, sagte er und stieg ein. »Da bleibst du jetzt!«

Er fuhr die Finson Road rückwärts hinauf, ohne die Scheinwerfer einzuschalten. Die Reifen des Buick drehten einen Augenblick im trocknen Timothy-Gras durch. Er wechselte den Colt von der Rechten in die Linke, um den Wagen lenken zu können, sah, daß sie sich bewegte, und richtete den Lauf sofort auf sie. »Falsch. Beweg dich ja nicht. Du darfst nicht mal blinzeln. Hast du mich verstanden?«

»Ja.«

»Gut.«

Er fuhr den Weg zurück, den er gekommen war, den Colt ständig auf sie gerichtet.

»So ist das immer«, sagte sie erbittert. »Für nur ein winziges bißchen Gerechtigkeit, müssen wir *so* viel bezahlen. Ist er dein Freund, dieses Schwein Halleck?«

»Ich hab dir gesagt, daß du ihn nicht so nennen sollst. Er ist kein Schwein.«

»Er hat uns verflucht«, sagte sie mit verwunderter Zufriedenheit in der Stimme. »Sag ihm von mir, Mister, daß *Gott* uns schon verflucht hat, lange bevor er oder irgend jemand seines Stammes überhaupt existiert hat.«

»Spar dir das für deinen Sozialarbeiter auf, Baby.«

Sie schwieg.

Eine Viertelmeile vor der Kiesgrube, in der Frank Spurton ruhte, hielt Ginelli den Wagen an.

»Okay, das ist weit genug. Steig aus.«

»Sicher.« Sie sah ihn mit ihren unergründlichen Augen fest an. »Eins solltest du noch wissen, Mister – unsere Wege werden sich wieder kreuzen, und wenn das geschieht, werde ich dich töten.«

»Nein«, antwortete er. »Das wirst du nicht tun. Weil du mir nämlich heute nacht dein Leben verdankst. Und wenn dir das nicht reicht, du undankbare Hexe, dann zähl das Leben deines Bruders von gestern nacht mit dazu. Du redest und redest, aber im Grunde hast du von solchen Dingen keine Ahnung. Du begreifst einfach nicht, warum du in diesem Fall keine freie Hand hast, warum du nie freie Hand haben wirst, solange du nicht aufgibst. Ich habe einen Freund, den man wie einen Drachen steigen lassen kann, wenn man eine Leine an seinem Hosengürtel festbindet. Und was hast du? Ich werde dir sagen, was du hast. Einen alten Urgroßvater, der meinen Freund verflucht hat und sich dann wie eine Hyäne in der Nacht weggeschlichen hat.«

Jetzt weinte sie bitterlich. Die Tränen liefen ihr in Strömen über die Wangen.

»Willst du damit sagen, daß Gott auf deiner Seite steht?« fragte sie ihn. Ihre Stimme war so belegt, daß er die Worte kaum verstehen konnte. »Ist es das, was du meinst? Für diese Gotteslästerung sollst du in der Hölle brennen. Sind wir Hyänen? Wenn wir es sind, dann haben uns Menschen wie dein Freund dazu gemacht. Mein Urgroßvater sagt, es *gibt* keine Flüche. Es gibt nur Spiegel, die man den Seelen der Männer und Frauen vorhält.«

»Raus«, sagte er. »Wir können nicht miteinander reden. Wir können uns ja nicht einmal hören.«

»Das stimmt.«

Sie machte die Tür auf und stieg aus. Als er losfuhr, schrie sie ihm nach: »*Dein Freund ist ein Schwein, und er wird dünn sterben*!«

»Aber ich glaube nicht, daß du das wirst«, sagte Ginelli.

»Wie meinst du das?«

Ginelli blickte auf seine Uhr. Es war schon nach drei. »Das erzähl ich dir im Wagen. Du hast um sieben eine Verabredung.«

Wieder spürte Billy die scharf stechende Stahlnadel der Angst im Bauch. »Mit ihm?«

»Genau. Laß uns losfahren.«

Als Billy aufstand, bekam er plötzlich wieder Herzrhythmusstörungen – den schlimmsten Anfall, den er bisher gehabt hatte. Er schloß die Augen und faßte sich an die Brust – was von ihr noch übrig war. Ginelli griff ihm unter die Arme.

»Alles in Ordnung, William?«

Billy blickte in den Spiegel und sah Ginelli, der ein groteskes Monster in schlotternden Kleidern im Arm hielt. Sein Herzschlag beruhigte sich wieder. Jetzt spürte er nur noch ein anderes, ebenso vertrautes Gefühl – der geronnene, milchige Zorn, der sich gegen den alten Mann richtete... und gegen Heidi.

»Geht schon wieder«, sagte er. »Wohin fahren wir?«

»Bangor«, antwortete Ginelli.

23. Kapitel: Das Tonband

Sie nahmen den Nova. Beides, was Ginelli über ihn gesagt hatte, stimmte: Er roch ziemlich streng nach Kuhdung und er fraß die Strecke zwischen Northeast Harbor und Bangor mit riesigen Happen. Gegen vier hielt Ginelli und kaufte eine große Tüte Jakobsmuscheln. Sie parkten auf einem Rastplatz und teilten sich die Muscheln zusammen mit einem Sechserpack Bierdosen. Die zwei oder drei Familien, die an den Picknicktischen saßen, warfen Billy einen verstohlenen Blick zu und verzogen sich dann ans äußerste Ende des Platzes.

Beim Essen erzählte Ginelli seine Geschichte zu Ende. Er brauchte nicht lange.

»Gestern nacht gegen elf Uhr war ich wieder in meinem John-Tree-Motelzimmer«, sagte er. »Ich hätte vielleicht früher wieder da sein können, aber ich habe ein paar Schleifen gedreht, Umwege gemacht, bin mal wieder zurückgefahren, um sicherzugehen, daß niemand mich verfolgt. Sobald ich im Zimmer war, rief ich in New York an und schickte jemanden zur Telefonzelle, von der ich dem Mädchen die Nummer gegeben hatte. Ich sagte ihm, er solle einen Kassettenrekorder und einen Anzapfstecker mitnehmen – eben diese Apparatur, die Reporter gebrauchen, wenn sie Telefoninterviews durchführen. Ich wollte mich hier nicht aufs Hörensagen verlassen, William, das wirst du wohl verstehen. Er sollte mich anrufen und mir das Band vorspielen, sobald das Mädchen aufgelegt hatte.

Während ich auf den Rückruf wartete, habe ich meine Kratzer desinfiziert. Ich will nicht sagen, daß sie Tollwut hat oder so was, William, aber es steckt soviel Haß in ihr...«

»Ich weiß«, sagte William und dachte grimmig: *Ich weiß es wirklich. Denn ich nehme zu. In dieser einen Hinsicht nehme ich wirklich zu.*

Der Anruf kam um viertel nach zwölf. Mit geschlossenen Augen und die Finger der linken Hand an die Schläfe gepreßt, war Ginelli dazu in der Lage, Billy beinahe den exakten Wortlaut des Tonbandes wiederzugeben.

Ginellis Mann: Hallo?

Gina Lemke: Arbeiten Sie für den Mann, den ich heute abend getroffen habe?

Ginellis Mann: Ja, das könnte man sagen.

Gina: Sagen Sie ihm, mein Urgroßvater sagt...

Ginellis Mann: Ich habe ein Tonband ans Telefon angeschlossen. Ich meine damit, was Sie sagen, wird aufgenommen. Ich werde es dem betreffenden Mann nachher vorspielen.

Gina: So etwas können Sie machen?

Ginellis Man: Ja. Sie sprechen jetzt sozusagen direkt mit ihm.

Gina: Na gut. Mein Urgroßvater sagt, er wird es wegnehmen. Ich sage zu ihm, er ist verrückt, schlimmer noch, er hat unrecht, aber er bleibt fest. Er sagt, es darf keine weitere Furcht und keine weiteren Verletzungen mehr für sein Volk geben – er wird es wegnehmen. Aber dazu muß er sich mit Halleck treffen. Er kann es nicht wegnehmen, wenn er ihn nicht sieht. Morgen abend wird mein Urgroßvater um sieben Uhr in Bangor sein. Es gibt dort einen Park. Er liegt zwischen zwei Straßen: Union und Hammond Street. Er wird auf einer Bank sitzen und er wird allein sein. Du hast also gewonnen, großer Mann, du hast gewonnen. *Mi hela po klockan.* Sieh zu, daß du deinen Freund, dieses Schwein, morgen abend um sieben in den Fairmont Park in Bangor bringst.«

Ginellis Mann: Ist das alles?

Gina: Ja. Außer – sagen Sie ihm noch, daß ich ihm wünsche, sein Schwanz möge schwarz werden und ihm abfallen.

Ginellis Mann: Sie sagen es ihm gerade selbst, Schwester, aber Sie würden das nicht tun, wenn Sie wüßten, mit wem Sie sprechen.

Gina: Sie können mich auch mal am Arsch lecken!

Ginellis Mann: Sie sollten um zwei noch mal hier anrufen, um zu hören, ob eine Nachricht für Sie vorliegt.

Gina: Ich werde anrufen.

»Sie hat aufgelegt«, berichtete Ginelli weiter. Er stand auf, warf die leeren Muschelschalen in den Abfalleimer, kam an den Tisch zurück und sagte ohne jegliches Mitleid: »Mein Mann hat gesagt, es hätte sich so angehört, als ob sie das ganze Gespräch hindurch geweint hätte.«

»Jesus Christus«, murmelte Billy.

»Jedenfalls ließ ich den Mann das Tonband wieder ans Telefon anschließen und meine Nachricht aufnehmen. Sie lautete folgendermaßen: »Hallo, Gina. Hier ist Spezialagent Stoner. Ich habe deine Nachricht erhalten. Sie klingt, als ob sie ernst gemeint wäre. Mein Freund William wird heute abend um sieben im Park sein. Er wird allein sein, aber ich werde ihn beobachten. Ich nehme an, daß deine Leute ebenfalls da sein werden. Das ist in Ordnung. Laß uns beide nur zusehen und uns nicht in das einmischen, was die beiden untereinander auszumachen haben. Wenn meinem Freund irgend etwas passieren sollte, werdet ihr einen hohen Preis dafür bezahlen.«

»Und das war's?«

»Das war's.«

»Der Alte hat kapituliert.«

»Ich *glaube*, daß er kapituliert hat. Es kann ja immer noch eine Falle sein.« Ginelli sah ihm nüchtern in die Augen. »Sie wissen jetzt, daß ich dabei sein werde. Sie könnten noch beschließen, daß sie dich vor meinen Augen töten, um sich an mir zu rächen, und es dann darauf ankommen zu lassen, was als nächstes geschieht.«

»Sie töten mich sowieso schon.«

»Das Mädchen könnte es sogar auf seine eigene Kappe nehmen und die Sache ganz allein durchführen. Sie ist wahnsinnig, William. Wenn Leute vor Wut wahnsinnig sind, tun sie nicht immer das, was man ihnen sagt.«

Billy sah ihn nachdenklich an. »Nein, das tun sie wohl nicht. Egal wie es läuft, ich habe keine andere Wahl, oder?«

»Nein... ich glaube nicht. Bist du bereit?«

Billy blickte kurz zu den Leuten hinüber, die ihn anstarrten, und nickte. Er war seit langem auf diesen Augenblick vorbereitet.

Auf dem halben Weg zurück zum Auto fragte er plötzlich: »Hast du eigentlich irgendwas bei dieser Sache für *mich* getan, Richard?«

Ginelli blieb stehen, sah ihn an und lächelte. Das Lächeln war vage ... aber das Funkeln und Sprühen in seinen Augen war so scharf wie noch nie – zu scharf für Billy. Er mußte den Blick abwenden.

»Ist das so wichtig, William?«

24. Kapitel: Purpurfargade Ansiktet

Sie erreichten Bangor am späten Nachmittag. Ginelli lenkte den Nova in eine Tankstelle, ließ ihn volltanken und sich vom Tankwart den Weg beschreiben. Billy saß erschöpft auf dem Beifahrersitz. Als Ginelli zurückkam, musterte er ihn mit einem besorgten Blick.

»William, ist wirklich alles in Ordnung mit dir?«

»Ich weiß es nicht«, antwortete Billy und besann sich dann anders. »Nein.«

»Ist es wieder deine Pumpe?«

»Ja.« Er mußte an die Worte von Ginellis Mitternachtsarzt denken – Kaliumelektrozyten... irgend etwas, woran Karen Carpenter gestorben sein könnte. »Ich müßte etwas essen, das Kalium enthält. Ananas. Bananen. Oder Apfelsinen.« Sein Herzschlag brach in einen gewaltigen Galopp aus. Billy lehnte sich zurück, schloß die Augen und wartete darauf, zusehen zu können, wie er stürbe. Doch der Aufruhr legte sich wieder. »Einen ganzen Sack voller Orangen.«

Ein Stück oberhalb der Tankstelle war ein Supermarkt. Ginelli parkte auf dem Bürgersteig. »Bin gleich wieder da. Halt durch, William.«

»Na klar«, antwortete Billy schwach. Sobald Ginelli den Wagen verlassen hatte, döste er ein. Er träumte. Im Traum sah er sein Haus in Fairview. Ein Geier mit abfaulendem Schnabel ließ sich außen auf der Fensterbank nieder und spähte ins Haus hinein. Drinnen fing jemand fürchterlich zu schreien an.

Jemand anderes schüttelte ihn unsanft. Billy wurde nur langsam wach. »Häh?«

Ginelli lehnte sich zurück und atmete erleichtert auf. »Mein Gott, William, jag mir nie wieder so einen Schreck ein!«

»Was quasselst du?«

»Ich hab gedacht, du bist tot, Mann. Hier.« Er legte ihm ein Netz voller Apfelsinen auf den Schoß. Billy zog mit seinen dünnen Fingern am Verschluß – Finger, die nur noch wie spindeldürre, weiße Spinnenbeine aussahen –, aber der Verschluß gab nicht nach. Ginelli schlitzte das Netz mit seinem Taschenmesser auf, und zerlegte ihm eine Apfelsine in vier Teile. Billy aß zuerst langsam, wie jemand, der nur seine Pflicht tut, doch dann bekam er plötzlich Heißhunger. Zum erstenmal seit mehr als einer Woche schien er wieder so etwas wie Appetit zu haben. Sein aufgeregtes Herz schien sich auch wieder zu beruhigen und seinen alten, normalen Rhythmus wiederzufinden ... aber das konnte auch nur seine Einbildung sein, die ihm etwas vorgaukelte.

»Besser?« fragte Ginelli.

»Viel. Wann kommen wir zum Park?«

Ginelli fuhr den Wagen an den Randstein. Am Straßenschild erkannte Billy, daß sie sich an der Ecke Union Street West Broadway befanden. Im vollen Sommerlaub der Bäume raschelte eine milde Abendbrise. Gesprenkelte Schatten bewegten sich lässig über den Asphalt.

»Wir sind da«, antwortete Ginelli schlicht. Billy spürte, wie ihm ein eiskalter Finger über die Wirbelsäule fuhr. »Jedenfalls sind wir so nahe dran wie ich es will. Ich hätte dich ja lieber in der Stadt abgesetzt, aber du hättest eine Wahnsinnsaufregung verursacht, wenn du hergelaufen wärst.«

»Ja, ja«, sagte Billy. »All die Kinder, die in Ohnmacht gefallen wären, und all die Frauen, die sofort eine Fehlgeburt gekriegt hätten.«

»Du hättest es sowieso nicht geschafft«, beschwichtigte Ginelli ihn freundlich. »Ist ja auch egal. Der Park ist gleich da unten am Fuß des Hügels. Nur eine Viertelmeile. Such dir eine Bank im Schatten und warte dort.«

»Und wo wirst du sein?«

»Ich werde da sein.« Ginelli lächelte. »Ich werde dich beobachten, aber vor allem werde ich nach dem Mädchen Ausschau halten. Wenn sie mich noch einmal sieht, bevor ich sie entdeckt habe, William, brauche ich mir nie wieder das Hemd zu wechseln, verstehst du?«

»Ja.«

»Ich werde dich im Auge behalten.«

»Danke«, sagte Billy, wobei er nicht sicher war, wie oder wie sehr er es meinte. Er *empfand* Dankbarkeit für Ginelli, aber es war ein kompliziertes, seltsames Gefühl, wie der Haß, den er auf Michael Houston und auf seine Frau in sich trug.

»*Por nada*«, antwortete Ginelli und zuckte die Achseln. Er beugte sich über den Sitz, umarmte Billy und küßte ihn fest auf beide Wangen. »Bleib hart mit dem alten Bastard, William.«

Billy lächelte. »Das werde ich«, versprach er und stieg aus dem Wagen. Der zerbeulte Nova fuhr los, und Billy sah ihm nach, bis er um die nächste Häuserecke gebogen war. Dann ging er langsam den Hügel hinunter, das Apfelsinennetz in einer Hand hin und her schwingend.

Er bemerkte den kleinen Jungen kaum, der ihm auf halbem Weg entgegengekommen war, sich abrupt umdrehte, über den nächsten Gartenzaun sprang und durch den Hinterhof des Häuserblocks davonschoß. Dieser kleine Kerl sollte in dieser Nacht schreiend aus einem Alptraum hochfahren, in welchem sich eine über die Straße schlurfende Vogelscheuche mit stumpfen Haaren auf dem Totenschädel über ihn gebeugt hatte. Seine den Flur zu seinem Zimmer entlanghastende Mutter hörte ihn weinen: »*Er wollte, daß ich die Apfelsinen esse bis ich sterbe! Apfelsinen esse, bis ich sterbe! Essen, bis ich sterbe*!«

Der Park war weitläufig, schattig und schön. Eine Horde Kinder spielte auf einem Abenteuerspielplatz, wippte auf den Wippen, rutschte die Rutschen hinunter, ließ sich von den Klettergerüsten herunterbaumeln. Weiter hinten auf einer Wiese war ein Softballspiel im Gange – Jungen gegen Mädchen, wie es aussah. Dazwischen spazierten die Leute in der Abendsonne, ließen Drachen steigen, Frisbees durch die Luft segeln, aßen Kartoffelchips, tranken Cola, schlürften Milkshakes. Es war eine typisch amerikanische Mittsommerfeierabend-Szenerie in der zweiten Hälfte des zwanzigsten Jahrhunderts, und einen Augenblick lang erwärmte sich Billys Herz dafür – für *sie*.

Alles, was hier noch fehlt, sind die Zigeuner, flüsterte eine innere Stimme ihm zu, und wieder lief ihm ein kalter Schauer über den Rücken, kalt genug, um ihm eine Gänsehaut auf die Arme zu jagen. Abrupt verschränkte er sie über seiner spindeldürren Brust. *Die Zigeuner sollten hier sein, nicht wahr? Ihre alten Kombiwagen mit den Wiedergutmachungsaufklebern an den rostigen Stoßstangen, ihre Wohnwagen, ihre Lastwagen mit den Wandbildern an den Seiten – und dann Samuel Lemke mit seinen Jonglierkegeln und Gina mit ihrer Schleuder. Alle kamen sie angerannt. Sie kamen* immer *angerannt, wenn die Zigeuner da waren. Um ihnen beim Jonglieren zuzusehen, die Schleuder selbst mal auszuprobieren, ihre Zukunft zu hören, eine Salbe oder ein Pülverchen zu kaufen, um ein Mädchen aufs Kreuz zu legen – oder wenigstens davon zu träumen –, um zu beobachten, wie die Hunde sich gegenseitig zerfleischten. Sie kamen immer angerannt. Weil das alles so fremdartig war. Klar, wir brauchen die Zigeuner. Wir haben sie immer gebraucht. Denn wenn man niemanden hat, der immer mal wieder aus der Stadt verjagt werden kann, wie soll man dann wissen, daß man selbst dorthin gehört? Nun ja, sie werden ja bald kommen, die Zigeuner, nicht wahr?*

»Wie wahr«, krächzte Billy und setzte sich auf eine Bank, die schon fast im Schatten stand. Seine Knie hatten plötzlich zu zittern angefangen. Er fühlte sich schwach. Er holte eine Apfelsine aus dem Netz, und mit einiger Anstrengung gelang es ihm, sie zu schälen. Aber der Appetit war ihm vergangen. Er konnte nur sehr wenig davon essen.

Die Bank stand ein gutes Stück von den anderen entfernt, so daß Billy – soweit er sehen konnte – keine übertriebene Aufmerksamkeit auf sich zog. Aus der Entfernung konnte er gut als ein sehr dünner alter Mann gelten, der die letzten Strahlen der Abendsonne genoß.

Er saß einfach da. Als der Schatten langsam über seine Schuhe kroch, dann die Knie hinauf bis zu seinem Schoß, erfaßte ihn eine fast fantastische Verzweiflung – ein Gefühl von Vergeblichkeit, viel, viel dunkler als der unschuldige Abendschatten. Die Dinge waren zu weit gegangen. Nichts konnte mehr zurückgenommen werden. Nicht einmal Ginelli mit seiner schon fast psychotischen Energie konnte das, was geschehen war, noch verändern. Er konnte es nur noch verschlimmern...

Ich hätte niemals... dachte Billy, aber dann versickerte das, was er niemals hätte tun sollen, leise, wie ein schlecht empfangenes Radiosignal, im Äther. Er nickte wieder ein. Und war wieder in Fairview, dem Fairview der Lebenden Toten. Überall lagen Leichen – verhungerte Menschen... und etwas pickte an seiner Schulter.

Nein.

Pick.

Nein.

Aber es kam wieder. *Pick* und *pick* und *pick*. Es war der Geier mit dem verrotteten Schnabel. Natürlich, wer sonst? Er wollte den Kopf nicht umwenden aus Angst, daß der Geier ihm mit den schwarzen Überresten seines Schnabels die Augen aushackte. Aber

(*pick*)

der Geier pickte beharrlich weiter, und er

(*pick*! *pick*!)

wandte doch langsam den Kopf, allmählich aus dem Traum erwachend, und sah...

... ohne eigentlich überrascht zu sein, daß Taduz Lemke neben ihm auf der Bank saß.

»Wach auf, weißer Mann aus der Stadt«, sagte er und zupfte ihn mit seinen gekrümmten, nikotingelben Fingern kräftig am Ärmel. *Pick*! »Deine Träume sind schlecht. Ich rieche es am Gestank deines Atems.«

»Ich bin wach«, sagte Billy mit rauher Stimme.

»Bist du sicher?« fragte Lemke mit einigem Interesse.

»Ja.«

Der Alte trug einen grauen Serge-Zweireiher und an den Füßen schwarze, hochgeschnürte Schuhe. Das wenige Haar, das ihm noch geblieben war, war zu einem ordentlichen Mittelscheitel gezogen und weit aus der Stirn zurückgekämmt, die genauso faltig war wie das Leder seiner Schuhe. Ein goldener Reifen funkelte in seinem Ohrläppchen.

Billy sah, daß die Fäulnis sich weiter ausgedehnt hatte – dunkle Linien breiteten sich strahlenförmig von der Ruine seiner Nase aus und bedeckten den größten Teil seiner ausgefurchten linken Wange.

»Krebs«, sagte Lemke. Seine leuchtend schwarzen Augen – wahrlich die Augen eines Vogels – ließen keinen Augenblick von Billys Gesicht ab. »Freut dich das? Macht dich das glücklich?« ›Glücklich‹ kam heraus wie ›gluicklich‹.

»Nein«, antwortete Billy. Er versuchte immer noch, die restlichen Traumfetzen wegzuschieben, um sich an diese Realität hier zu klammern. »Selbstverständlich nicht.«

»Lüg nicht«, tadelte der Alte. »Das hast du nicht nötig. Es freut dich. Natürlich freut es dich.«

»Nein, nichts davon freut mich«, widersprach Billy. »Glaube mir, ich habe die Nase voll davon.«

»Ich glaube nie etwas, das ein weißer Mann aus der Stadt mir erzählt«, sagte der Alte. In seiner Stimme lag eine scheußliche Art von Genialität. »Aber du bist krank. O ja! Du bist krank. Du *nastan farsk* – du, der du daran stirbst, dünn zu sein. Ich habe dir also etwas mitgebracht. Es wird dich wieder etwas dicker machen. Du wirst dich bald wohler fühlen.« Seine Lippen legten in einem abscheulichen Grinsen seine schwarzen Zahnstümpfe frei. »Aber nur, wenn jemand *anderer* es ißt.«

Billy sah nach, was der Alte im Schoß hielt, und stellte mit einer aufflammenden Art von *déjà vue* fest, daß es sich um eine Torte in einer Wegwerfverpackung aus Aluminiumfolie handelte. Im Geiste hörte er wieder sein Traum-Ich zur Traum-Heidi sagen: *Ich will nicht mehr dick sein. Ich habe festgestellt, daß es mir gefällt, dünn zu sein. Iß du es.*

»Du hast Angst«, stellte Lemke fest. »Es ist zu spät für dich, Angst zu haben, weißer Mann aus der Stadt.«

Er holte ein Taschenmesser aus seiner Hosentasche und klappte es mit der schwerfälligen, erfahrenen Bedächtigkeit des Alters auf. Die Klinge war kürzer als die an Ginellis Messer, aber sie sah schärfer aus.

Der alte Mann stach sie in die Tortenkruste und schlitzte einen ungefähr acht Zentimeter langen Spalt hinein. Dann zog er sie wieder heraus. Rote Tröpfchen fielen von ihr auf die Kruste. Er wischte sie an seinem Anzugärmel ab, was dort einen dunkelroten Streifen hinterließ. Danach klappte er das Messer wieder zusammen und steckte es weg. Er legte seine krummen Daumen jeweils über den entgegengesetzten Rand der Aluminiumtortenplatte und zog sanft daran. Der Schlitz spaltete sich auf und gab eine grauenhafte Flüssigkeit preis, in der dunkle Klumpen – Erdbeeren vielleicht – schwammen. Seine Daumen ließen die Platte los, und der Spalt schloß sich. Darauf spannte er die Daumen wieder und öffnete den Spalt. So fuhr er fort – spannen, loslassen, spannen, loslassen –, während er sprach. Billy war unfähig wegzusehen.

»So... du hast dich also davon überzeugt, daß es ein... wie hast du es genannt?... ein Puush wäre. Daß das, was mit meiner Susanna geschehen ist, deine Schuld nicht mehr gewesen sein soll als meine, ihre oder Gottes Schuld. Du redest dir ein, man dürfe von dir nicht verlangen, dafür zu bezahlen – es gibt keine Schuld, sagst du. Das redest und redest und redest du dir ein. Aber es gibt keinen Puush, weißer Mann aus der Stadt. Jeder bezahlt, sogar für Dinge, die er gar nicht getan hat. Kein Puush.«

Lemke fiel einen Augenblick in nachdenkliches Schweigen. Seine Daumen spannten und entspannten sich, spannten und entspannten sich. Der Spalt in der Torte öffnete und schloß sich.

»Weil du deine Schuld nicht auf dich nehmen wolltest – weder du noch deine Freunde –, habe ich euch dazu *gezwungen*. Ich habe sie euch angeheftet wie ein Mal. Für meine liebe Tochter, die du getötet hast, habe ich das getan, und für ihre Mutter und für ihre Kinder. Dann kommt dein Freund. Er vergiftet meine Hunde, schießt mitten in der Nacht mit seinem Gewehr um sich, legt Hand an eine Frau, droht damit, den Kindern Säure ins Gesicht zu schütten.

›Nimm's weg‹, sagt er – ›nimm's weg‹ und ›nimm's weg‹ und ›nimm's weg‹. Und schließlich sage ich: ›In Ordnung, wenn du nur *podol enkelt* – wenn du von hier verschwindest‹. Nicht wegen der Dinge, die er getan hat, sondern wegen der Dinge, die er tun *wird* – er ist wahnsinnig, dein Freund. Er wird niemals aufhören. Sogar meine Gelina sagt, sie sieht es an seinen Augen, daß er niemals aufhören wird. ›Aber wir werden auch niemals aufhören‹, sagt sie. Und ich sage: ›Doch, das werden wir. Ja, wir werden aufhören. Denn wenn wir das nicht tun, dann sind wir genauso wahnsinnig wie der Freund des Stadtmenschen. Wenn wir nicht damit aufhören, müssen wir glauben, daß das, was der weiße Mann aus der Stadt sagt, richtig ist – Gott zahlt zurück, es gibt einen Puush‹.«

Spannen, entspannen. Spannen, entspannen. Auf und zu.

»›Nimm's weg‹, sagt er und wenigstens sagt er nicht: ›Laß es verschwinden‹ oder ›Mach, daß es aufhört‹. Denn ein Fluch ist in gewisser Weise wie ein Kind.«

Seine krummen, alten Daumen spannten die Folie. Der Spalt dehnte sich.

»Niemand kann diese Dinge verstehen. Auch ich nicht, aber ich weiß ein bißchen. ›Fluch‹. Das ist euer Wort. Aber unser Romaniwort ist besser. Hör zu: *Purpurfargade ansiktet*. Kennst du das?«

Billy schüttelte langsam den Kopf und fand, daß das Wort dunkel und bedeutsam klang.

»Es bedeutet so etwas wie ›Kind der Nachtblumen‹. Es ist genauso, als ob man ein Kind bekommt, das ein *varsel* – ein Wechselbalg – ist. Wir Zigeuner sagen, *varsels* werden immer unter Lilien oder Nachtschattengewächsen gefunden. Diese Art, es zu sagen, ist besser, denn ein *Fluch* ist ein *Ding*. Was du hast, ist aber kein *Ding*. Was du hast, lebt.«

»Ja«, sagte Billy. »Es ist in mir, nicht wahr? Es ist in mir und frißt mich von innen her auf.«

»Drinnen? Draußen?« Der Alte zuckte die Achseln. »Überall. Dieses Ding – *purpurfargade ansiktet* –, man bringt es auf die Welt wie ein Kind. Es wächst nur schneller und kräftiger als ein

Kind. Und man kann es nicht töten, denn man kann es nicht sehen – man kann nur sehen, was es *tut*.«

Die Daumen entspannten sich. Der Spalt schloß sich. Ein dunkelroter Bach rieselte über die leicht gewellte Tortenoberfläche.

»Dieser Fluch... du *dekent felt o gard da borg*. Sei zu ihm wie ein Vater. Willst du ihn immer noch loswerden?«

Halleck nickte.

»Glaubst du immer noch an den Puush?«

»Ja.« Es war nur ein Krächzen.

Der alte Zigeuner mit der abfaulenden Nase lächelte. Die dunklen Linien der Fäulnis dehnten sich und zitterten auf seiner Wange. Der Park hatte sich geleert. Die Sonne neigte sich zum Horizont. Die Schatten bedeckten sie jetzt ganz. Plötzlich hielt er wieder das Taschenmesser mit offener Klinge in seiner Hand.

Er wird mich erstechen, dachte Billy verträumt. *Er wird mir ins Herz stechen und dann mit der Torte unterm Arm wegrennen.*

»Nimm den Verband ab«, forderte Lemke ihn auf.

Billy sah auf seine Hand hinunter.

»Ja – da, wo sie dich durchschossen hat.«

Billy entfernte die Klammern von der elastischen Binde und wickelte sie langsam ab. Seine Haut darunter war viel zu weiß – wie Fischfleisch. Im Kontrast dazu waren die Wundränder tiefrot. Die Farbe einer Leber. *Dieselbe Farbe wie diese Dinger da in der Torte*, dachte er verwundert. *Die Erdbeeren, oder was immer es ist.* Die Wunde hatte ihre fast vollendete Kreisform verloren. Die Ränder hatten sich zusammengezogen. Es sah jetzt fast genau so aus, wie...

Wie der Spalt, dachte Billy und ließ den Blick wieder zur Torte schweifen.

Lemke reichte ihm das Messer.

Wie soll ich wissen, ob du die Klinge nicht mit Kurare oder Zyanid oder Rattengift behandelt hast? wollte er ihn schon fragen, aber dann unterließ er es. Der Grund war Ginelli. Ginelli und der Fluch des weißen Mannes aus der Stadt.

Der abgegriffene Handgriff des Messers paßte genau in seine Handfläche.

»Wenn du das *purpurfargade ansiktet* los sein willst, mußt du es zuerst in diese Torte stecken... und dann mußt du die Torte mit dem Fluchkind jemand anderem zu essen geben. Aber das muß bald geschehen, sonst kommt es doppelt auf dich zurück. Verstehst du mich?«

»Ja«, sagte Billy.

»Dann tu's, wenn du's willst.« Lemkes Daumen spannten sich wieder. Der dunkle Spalt in der Tortenkruste öffnete sich.

Billy zögerte, aber nur eine Sekunde lang. Dann sah er das Bild seiner Tochter vor sich, sah sie mit aller Deutlichkeit wie eine Fotografie, auf der sie ihm über die Schulter zulächelte, ihre lila-weißen Cheerleader-Pompons in den Händen wie große, dämliche Früchte.

Du hast unrecht mit dem Push, alter Mann, dachte er. *Heidi für Linda. Meine Frau für meine Tochter. Das ist der eigentliche Push.*

Er stieß die Klinge von Taduz Lemkes Taschenmesser in die Wunde in seiner Handfläche. Der Schorf brach ganz leicht auf. Blut lief in den Spalt der Torte. Dumpf bemerkte er, daß Lemke sehr schnell in Romani sprach. Seine schwarzen Augen verließen Billys weißes, mageres Gesicht keine Sekunde.

Billy drehte das Messer in der Wunde und beobachtete, wie die geschwollenen Ränder sich teilten und ihre frühere Kreisform wieder annahmen. Das Blut floß jetzt schneller. Er spürte keinen Schmerz.

»*Enkelt*! Es ist genug.«

Lemke nahm ihm das Messer aus der Hand. Plötzlich spürte Billy überhaupt keine Kraft mehr. Er fiel rückwärts an die Lehne der Parkbank. Eine Welle von Übelkeit überspülte ihn. Er glaubte, er würde das Bewußtsein verlieren. Er fühlte sich vollkommen leer, erbärmlich – *so muß eine Frau sich fühlen, die gerade ein Kind geboren hat,* dachte er. Er blickte auf seine Hand hinunter und stellte fest, daß das Bluten aufgehört hatte.

Nein – das ist doch nicht möglich.

Dann sah er auf die Torte in Lemkes Schoß und entdeckte

noch etwas, das unmöglich war – nur, daß es direkt unter seinen Augen geschah. Der alte Mann ließ die Platte los, und der Spalt schloß sich wieder... und dann gab es einfach keinen Spalt mehr. Die Kruste war völlig unversehrt bis auf zwei winzige Luftlöcher genau in der Mitte. Da, wo vorher der Spalt gewesen war, zeichnete sich eine fast unsichtbare Zickzacklinie auf der Kruste ab.

Wieder sah er auf seine Hand, und das Blut, der Schorf, das offene Fleisch waren verschwunden. Die Wunde war vollkommen verheilt und hatte nur eine Narbe zurückgelassen – eine kleine, weiße Zickzacklinie, die sich mit seiner Herz- und seiner Lebenslinie überkreuzte.

»Das gehört dir, weißer Mann aus der Stadt«, sagte Lemke und stellte ihm die Torte auf den Schoß. Sein erster, beinahe unkontrollierbarer Impuls war, aufzuspringen und sie von sich zu stoßen, wie man sich einer großen Spinne entledigt, die einem jemand in den Schoß hat fallen lassen. Die Torte war abscheulich und pulsierte auf ihrer billigen Aluminiumplatte, als wäre sie lebendig.

Der Alte stand auf und blickte auf ihn hinab. »Fühlst du dich wohler?« fragte er.

Billy merkte, daß es ihm, abgesehen vom Ekel, den er vor dem widerlichen Ding auf seinem Schoß empfand, tatsächlich besser ging.

»Ein bißchen«, sagte er vorsichtig.

Der Alte nickte. »Ab jetzt wirst du wieder zunehmen. Aber in einer Woche, spätestens in zwei, wird es auf dich zurückfallen. Und dieses Mal wird es kein Halten mehr geben. Es sei denn, du findest jemanden, der das da ißt.«

»Ja.«

Lemkes Augen wichen nicht von seinem Gesicht. »Bist du dir sicher?«

»Ja, ja«, rief Billy ungeduldig.

»Ich empfinde ein wenig Mitleid für dich«, sagte der Alte. »Nicht viel, aber ein bißchen. Vielleicht warst du einmal *pokol* – stark. Aber jetzt sind deine Schultern gebrochen. Es ist nicht dein Fehler... es gibt Gründe... du hast Freunde.« Er lächelte freudlos. »Warum ißt du deinen Kuchen nicht selbst, weißer Mann aus der Stadt? Du wirst daran sterben, aber du stirbst stark.«

»Geh weg«, sagte Billy. »Ich habe nicht die geringste Ahnung, wovon du sprichst. Unser Geschäft ist erledigt. Ich habe nichts mehr mit dir zu tun.«

»Ja. Unser Geschäft ist erledigt.« Sein Blick schweifte kurz zur Torte hinunter, dann wieder in Billys Gesicht zurück.

»Sei vorsichtig, wem du das Mahl zu essen gibst, das für dich bereitet war«, warnte er ihn und ging davon. Als er einen der Joggingpfade zur Hälfte hinter sich gebracht hatte, drehte er sich noch einmal um. Es war das letztemal, daß Billy dieses unglaublich alte, unglaublich müde Gesicht sah. »Kein Puush, weißer Mann aus der Stadt«, rief er zurück. »*Niemals.*« Damit wandte er sich um und verschwand in der Nacht.

Billy blieb sitzen und wartete, bis die Dämmerung ihn verschluckt hatte. Dann stand er auf und ging den Weg zurück, den er gekommen war. Er war schon zwanzig Schritte gegangen, als er plötzlich das Gefühl hatte, etwas vergessen zu haben. Er ging mit ernstem Gesicht und glasigen Augen zur Bank zurück, und holte seine Torte. Sie war immer noch warm und pulsierte noch, aber davon wurde ihm jetzt nicht mehr schlecht. Ein Mensch kann sich wohl an alles gewöhnen, wenn man ihm genügend Anreiz bietet.

Er machte sich auf den Weg zur Union Street.

Auf halbem Weg zu der Stelle, an der Ginelli ihn abgesetzt hatte, sah er den Nova schon am Randstein stehen. Zu diesem Zeitpunkt wußte er, daß der Fluch wirklich verschwunden war.

Er fühlte sich immer noch furchtbar schwach, und sein Herz zitterte in seiner Brust (wie bei einem Mann, der gerade auf einem Ölfleck ausgerutscht ist, dachte er), aber der Fluch war weg. Und jetzt, da er nicht mehr da war, verstand er genau, was Lemke gemeint hatte: Ein Fluch ist etwas Lebendiges, ist wie ein blindes, unvernünftiges Kind. Ein Kind, das in ihm gesteckt und ihn von innen her zerfressen hatte. *Purpurfargade ansiktet*. Damit war es nun vorbei.

Er konnte die Torte, die er in den Händen trug, immer noch langsam, gleichmäßig pulsieren fühlen, und wenn er auf sie hinunterblickte, erkannte er ein rhythmisches Pochen auf der Kruste. Und die billige Aluminiumpackung bewahrte ihre schwache Wärme. *Es schläft*, dachte er und erschauerte. Er kam sich vor wie jemand, der einen schlafenden Teufel mit sich trägt.

Der Nova stand mit hochgestellten Hinterreifen und lang vorgezogener Schnauze auf der Straße. Das Standlicht war eingeschaltet.

»Es ist vorbei«, sagte Billy, als er die Beifahrertür aufmachte und einstieg. »Es ist vo...«

Das war, als er bemerkte, daß Ginelli gar nicht im Wagen saß. Jedenfalls nicht sehr viel von ihm. In der tiefer werdenden Dunkelheit hatte er nicht gesehen, daß er sich nur wenige Zentimeter neben Ginellis schwerverletzte Hand gesetzt hatte. Das sah er erst jetzt. Sie war eine Faust ohne Körper, die am ausgefransten Handgelenk Spuren von Blut und Fleischfetzen auf dem durchgescheuerten Sitz des Nova hinterließ. Eine vom Körper losgelöste Faust voller Stahlkugeln.

25. Kapitel: 122

»Wo bist du?« Heidis Stimme klang ärgerlich, ängstlich und entnervt. Billy war nicht sonderlich überrascht, daß er für diese Stimme überhaupt nichts mehr empfand – nicht einmal Neugier.

»Das tut nichts zur Sache«, antwortete er. »Ich komme nach Hause.«

»Er ist vernünftig geworden! Gott sei Dank! Er ist endlich vernünftig geworden! Landest du in La Guardia oder auf dem Kennedy-Flughafen? Ich hol' dich ab.«

»Ich werde fahren.« Billy zögerte einen Moment. »Heidi, ich möchte, daß du Mike Houston anrufst und ihm sagst, du hättest deine Meinung in bezug auf die *res gestae* geändert.«

»Die was? Billy, wovon...?« Aber er erkannte an der plötzlichen Veränderung ihres Tons, daß sie genau wußte, wovon er sprach. Es war der schuldbewußte Tonfall eines Kindes, das beim Marmeladenaschen erwischt worden war. Auf einmal verlor er die Geduld mit ihr.

»Die Entmündigungspapiere«, sagte er scharf. »In unserer Branche auch als Beklopptenschein bekannt. Ich habe hier alles, was ich mir vorgenommen hatte, erledigt und werde mich gern in jede Klinik einweisen lassen, in der du mich haben willst – die Glassman-Klinik, das New-Jersey-Goat-Gland-Zentrum, das Midwestern-College für Akupunktur. Aber wenn mich ein Bulle schnappt, sobald ich die Grenze nach Connecticut überschreite, und mich in Newark in die staatliche Irrenanstalt steckt, dann wird dir das sehr, sehr leid tun, Heidi.«

Sie weinte. »Wir haben doch nur getan, was wir für das beste hielten... für dich, Billy. Eines Tages wirst du das einsehen.«

In seinem Kopf meldete sich Taduz Lemke zu Wort: *Es ist nicht dein Fehler... es gibt Gründe... du hast Freunde.* Er verdrängte die Stimme, aber sie hatte ihm doch eine Gänsehaut über den Nacken gejagt. Langsam kroch sie ihm über den Hals ins Gesicht.

»Laß nur...« Diesmal unterbrach Ginellis Stimme ihn: *Nimm's weg. Nimm's weg. William Halleck sagt, nimm es von ihm.*

Die Hand. Die Hand auf dem Sitz. Ein Weißgoldring mit einem roten Stein am Ringfinger – ein Rubin vielleicht. Feine schwarze Härchen auf den Fingerknöcheln. Ginellis Hand.

Billy schluckte schwer. Er hörte fast ein Klicken in seiner Kehle.

»Laß nur das Papier für null und nichtig erklären«, sagte er.

»In Ordnung«, antwortete sie hastig und kam dann zwangsläufig auf ihre Selbstrechtfertigung zurück. »Wir haben nur... ich habe doch bloß... ich dachte... du bist auf einmal *so* dünn geworden, Billy. Und du hast so verrücktes Zeug geredet.«

»Ist ja gut.«

»Das klingt, als ob du mich haßt.« Sie fing wieder an zu weinen.

»Sei nicht dumm« – was nicht gerade ein Dementi war. Er wurde ruhiger. »Wo ist Linda? Ist sie zu Hause?«

»Nein. Sie ist für ein paar Tage zurück zu Tante Rhoda gefahren. Sie ist... all das hat sie sehr aufgeregt, Billy.«

Und ob! dachte er. Sie war inzwischen schon einmal von ihrer Tante nach Hause gekommen. Das wußte er, denn er hatte am Telefon mit ihr gesprochen. Und jetzt war sie wieder gefahren. Heidis Stimme verriet ihm, daß es diesmal aus eigenem Antrieb geschehen sein mußte. *Hat sie etwa herausgefunden, daß du und der gute alte Mike Houston dabei wart, ihren Vater für verrückt erklären zu lassen, Heidi? Ist es das, was passiert ist*? Aber das war jetzt nicht so wichtig. Wichtig war einzig und allein, daß Linda nicht zu Hause war.

Seine Augen streiften die Torte, die er in seinem Northeast Harbor Motel auf seinem Fernseher abgestellt hatte. Die Kruste bewegte sich immer noch ganz langsam auf und ab.

Ein abscheuliches Herz. Es war wichtig, daß seine Tochter keinesfalls mit diesem entsetzlichen Etwas in Berührung kam. Es war gefährlich.

»Ich fände es das beste, wenn sie solange da bliebe, bis wir beide uns ausgesprochen haben«, sagte er.

Heidi brach in lautes Schluchzen aus. Er fragte sie, was sie denn habe.

»*Du*«, kreischte sie. »Du bist auf einmal so kalt.«

»Ich werde schon wieder warm werden«, sagte er. »Mach dir keine Sorgen.«

Er hörte, wie sie die Tränen hinunterschluckte, wie sie sich bemühte, sich wieder in die Gewalt zu bekommen. Er wartete – weder geduldig noch ungeduldig. Er fühlte buchstäblich überhaupt nichts mehr. Das blanke Entsetzen, das ihn gepackt hatte, als ihm klar geworden war, daß das scheußliche Ding auf dem Sitz Ginellis Hand war, das war die letzte, starke Emotion gewesen, zu der er in dieser Nacht noch fähig war. Abgesehen von einem idiotischen Lachanfall, der ihn dann ein bißchen später überfallen hatte.

»In welcher Verfassung bist du jetzt?« fragte sie schließlich.

»Es ist ein bißchen besser geworden. Ich wiege schon wieder hundertzweiundzwanzig Pfund.«

Sie atmete hörbar ein. »Das sind sechs Pfund weniger als zu dem Zeitpunkt, an dem du weggefahren bist.«

»Aber es sind sechsundzwanzig Pfund mehr als gestern morgen, als ich mich hier gewogen habe«, erwiderte er sanft.

»Billy ... wir können das gemeinsam wieder in Ordnung bringen. Ich möchte, daß du das weißt. Ehrlich, das können wir. Das Wichtigste ist jetzt erst mal, daß du wieder gesund wirst, und danach können wir miteinander reden. Wir können auch einen Eheberater zuziehen, wenn du willst... ich mache mit, wenn du mitmachst. Es ist nur... wir... wir...«

O Gott, sie fängt schon wieder an zu heulen, dachte er gleichzeitig belustigt und schockiert von seiner eigenen Bosheit. Aber diese Gefühle waren nur sehr gedämpft. Dann sagte sie etwas, das ihn eigenartig berührte. Für einen kurzen Augenblick gab ihm das ein Gefühl für die alte Heidi wieder zurück... und damit auch für den alten Billy Halleck.

»Ich gebe auch das Rauchen auf, wenn du möchtest«, sagte sie wie ein kleines Kind.

Billy blickte zur Torte auf dem Fernseher hinüber. Die Kruste hob und senkte sich gleichmäßig. Auf und ab, auf und ab. Er mußte daran denken, wie dunkel es in dem Spalt gewesen war, den der alte Zigeuner hineingeschlitzt hatte; und an die unklar zu erkennenden Klumpen, die allen physischen Jammer dieser Welt darstellen konnten – oder auch einfach nur Erdbeeren. Er dachte an sein Blut, das aus der Wunde in diesen Spalt geflossen war. Und er dachte an Ginelli.

Der Augenblick der Wärme, die er kurz für sie empfunden hatte, war vorüber.

»Lieber nicht«, sagte er. »Wenn du das Rauchen aufgibst, wirst du bloß fett.«

Später lag er, die Hände hinter dem Kopf verschränkt, auf dem Motelbett und blickte ins Dunkel.

Er hörte ein Geräusch.

Nein.

Doch, da war eins. Es klang wie Atmen.

Nein. Das ist pure Einbildung.

Aber es war keine Einbildung; das war Heidis Religion, nicht seine. Er war inzwischen eines Besseren belehrt worden, als zu glauben, daß solche Dinge nur in der Einbildung existierten. Wenn er früher auch daran gezweifelt hatte, dieser Zweifel war jetzt behoben. Die Kruste bewegte sich wie helle Haut über lebendem Fleisch. Und er wußte, wenn er jetzt hinüberginge und die Aluminiumplatte berührte, würde sie auch jetzt noch, sechs Stunden, nachdem er sie in Empfang genommen hatte, warm sein.

»*Purpurfargade ansiktet*«, murmelte er in die Dunkelheit, und es klang wie eine Beschwörungsformel.

Als er die Hand entdeckte, sah er sie nur. Erst eine halbe Sekunde später realisierte er, was er da sah, und er fuhr zurück und schrie laut auf. Durch die heftige Bewegung wippte die Hand zuerst nach links und dann nach rechts – es sah so aus, als ob Billy sie gefragt hätte, wie es ihr ginge, und sie darauf mit einer *comme-ci-comme-ça*-Geste antwortete. Zwei Stahlkugeln schlüpften heraus und rollten bis zum Spalt zwischen Sitz und Rückenlehne.

Billy schrie noch einmal. Er hatte die Hände ans Kinn geschlagen und grub die Fingernägel in den Unterkiefer. Seine Augen waren riesig und naß. Sein Herz begann ein jammervolles, lautes Klagen in seiner Brust. Die Torte rutschte gefährlich auf den Sitzrand zu. Um ein Haar wäre sie auf den Boden gefallen.

Er griff schnell zu und stellte sie wieder richtig hin. Das Herzklopfen legte sich allmählich; er konnte wieder durchatmen. In dem Augenblick legte sich die Kälte, die Heidi später in ihrem Telefongespräch fühlen sollte, wie ein Stahlpanzer um ihn. Ginelli war vermutlich tot – nein, beim zweiten Nachdenken, *streich das ›vermutlich‹*. Was hatte er zuletzt zu ihm gesagt?

Wenn sie mich noch einmal sieht, ohne daß ich sie vorher entdekke, brauche ich nie wieder das Hemd zu wechseln, William.

Dann sag es laut!

Nein, das wollte er nicht. Das nicht, und er wollte auch die Hand nie wieder ansehen. Also tat er beides.

»Ginelli ist tot«, sagte er laut und deutlich. Er schwieg einen Augenblick, und dann, weil es zu helfen schien: »Ginelli ist tot, und es gibt nichts mehr, was ich dagegen tun kann. Außer, so schnell wie möglich von hier abhauen, bevor die Bullen…«

Er schaute zum Lenkrad und fand den Schlüssel im Zündschloß. Der Anhänger – ein Foto von Olivia Newton John im Aerobictrikot – baumelte an einen Stück Rohleder. Es konnte sehr wohl das Mädchen – Gina – gewesen sein, das den Schlüssel ins Zündschloß zurückgesteckt hatte, als es die Hand im Wagen deponierte. Sie hatte Ginelli zwar erledigt, aber sie hätte sich niemals erdreistet, ein Versprechen zu brechen, das ihr Urgroßvater Ginellis Freund, dem berühmten weißen Mann aus der Stadt, gegeben hatte. Der

Schlüssel war für ihn bestimmt. Plötzlich mußte er daran denken, daß ja auch Ginelli schon einmal einem Toten die Autoschlüssel aus der Tasche gezogen hatte. Höchstwahrscheinlich hatte das Mädchen bei ihm jetzt genau dasselbe getan. Doch dieser Gedanke ließ ihn nicht einmal mehr erschauern.

Er war zu einem Eisblock geworden, und er war froh über diese Kälte.

Er stieg wieder aus dem Wagen, stellte die Torte zur Sicherheit auf den Boden vor dem Beifahrersitz, ging um den Wagen herum und setzte sich hinters Steuer. Und wieder wippte Ginellis Hand in dieser grauenhaften Geste. Er öffnete das Handschuhfach und fand eine zerfledderte Landkarte von Maine. Er faltete sie auf und legte sie über die Hand. Dann endlich startete er den Nova und fuhr die Union Street hinunter.

Er war schon fünf Minuten gefahren, als er merkte, daß er die falsche Richtung eingeschlagen hatte. Anstatt nach Osten fuhr er nach Westen. Doch sah er gerade in dem Augenblick McDonalds goldene Rundbögen im Zwielicht aufflackern, und sein Magen knurrte.

Er bog sofort ab und fuhr vor die Drive-in-Lautsprecheranlage.

»Herzlich willkommen bei McDonalds«, begrüßte ihn die Stimme aus dem Lautsprecher. »Darf ich Ihre Bestellung entgegennehmen?«

»Ja, bitte. Ich hätte gerne drei Big Macs, zwei Riesenportionen Pommes frites und ein Kaffeemilkshake.«

Wie in den guten alten Zeiten, dachte er. *Schling alles im Auto runter, wirf den Abfall weg und erzähl's ja Heidi nicht, wenn du nach Hause kommst.*

»Möchten Sie vielleicht noch einen Nachtisch dazu?«

»Klar. Einen Kirschkuchen bitte.« Er sah auf die ausgebreitete Landkarte. Bestimmt war die kleine Ausbuchtung westlich von Augusta Ginellis Ring. Ihm wurde schwarz vor Augen. »Und noch eine Schachtel McDonaldland-Kekse für meinen Freund hier«, sagte er und lachte.

Die Stimme las ihm die Bestellung noch einmal vor und

sagte dann: »Sie werden an Schalter sechshundertneunzig bedient, Sir. Fahren Sie bitte durch.«

»Und ob ich durchfahren werde!« sagte Billy. »Das ist das einzige, worauf es ankommt, nicht wahr? Einfach nur immer durchfahren und das Bestellte entgegennehmen.« Und wieder lachte er. Er fühlte sich gleichzeitig sauwohl und zum Kotzen.

Das Mädchen am Schalter reichte ihm zwei warme weiße Tücher heraus. Er bezahlte, wartete auf sein Wechselgeld und fuhr weiter. An der Ecke des Gebäudes hielt er und sammelte die alte Landkarte mit Ginellis Hand auf. Er faltete die Ränder zusammen, langte durchs offene Fenster und warf sie in die Mülltonne. Auf der Tonne tanzte ein Plastik-Ronald-McDonald mit einer Plastikgrimasse. Auf der Schwingklappe stand mit großen Buchstaben: WERFT DEN ABFALL DAHIN, WOHIN ER GEHÖRT.

»*Das* ist es, worauf es eigentlich ankommt«, sagte Billy. Er rieb seine Hand am Oberschenkel und lachte. »Den Abfall immer dahin werfen, wohin er gehört... und dann dafür sorgen, daß er da auch bleibt.«

Diesmal bog er auf der Union Street in die richtige Richtung ein. Nach Osten. Nach Bar Harbor. Er lachte immer noch. Eine Zeitlang glaubte er, er würde nie mehr damit aufhören – würde einfach weiterlachen bis zu dem Tag, an dem er sterben würde.

Weil ihn jemand dabei hätte beobachten können, wie er dem Nova das gab, was einer seiner Kollegen mal eine ›Fingerabdruckmassage‹ genannt hatte, wenn er dies auf einem verhältnismäßig öffentlichen Platz machte – wie zum Beispiel der Parkplatz des *Bar-Harbor Motor Inn* –, fuhr er den Nova auf einen verlassenen Rastplatz zirka vierzig Meilen hinter Bangor und machte sich an die Arbeit. Er hatte nicht die Absicht, in irgendeiner Weise mit diesem Wagen in Verbindung gebracht zu werden, wenn er es verhindern konnte. Er zog sein Jackett aus, drehte die Knöpfe nach innen und wischte sorgfältig jede Fläche ab, die er berührt hatte oder berührt haben könnte.

Vor dem Anmeldebüro des *Motor Inn* leuchtete das *Alles-belegt*-Schild, und Billy fand auch nur eine einzige freie Parklücke. Sie lag vor einer dunklen Wohneinheit, und Billy hatte keine Zweifel, daß dies Ginellis John-Tree-Zimmer war.

Er ließ den Nova in die Lücke rollen, nahm die Torte, holte sein Taschentuch heraus, wischte Lenkrad und Gangschaltung damit ab und machte die Tür auf. Er wischte über den inneren Türgriff und steckte das Tuch wieder ein. Nachdem er ausgestiegen war, stieß er die Tür mit der Hüfte zu.

Er blickte sich um. Eine sehr müde aussehende Mutter zankte mit ihrem noch müder aussehenden Kind. Zwei alte Männer standen vor dem Anmeldebüro und unterhielten sich. Sonst entdeckte er niemanden. Er hatte auch nicht das Gefühl, beobachtet zu werden. Aus den Motelzimmern plärrten die Fernseher, und unten in der Stadt ging das Rock 'n Roll-Theater in den Bars wieder los, während Bar Harbors Sommergäste sich auf die nächtliche Party vorbereiteten.

Billy ging über den Vorplatz und in die Stadt hinunter. Er folgte seinen Ohren zu der Bar mit den lautesten Rockklängen. Sie nannte sich *Sandy Dog*, und es standen, wie Billy gehofft hatte, Taxis vor der Tür, die auf die Lahmen, die Krummen und die Betrunkenen warteten. Er verhandelte mit einem der Fahrer, und für fünfzehn Dollar pries dieser sich glücklich, ihn nach Northeast Harbor fahren zu dürfen.

»Ich sehe, Sie haben Ihren Lunch mitgebracht«, scherzte er, als Billy einstieg.

»Oder den für einen anderen«, antwortete Billy und lachte. »Denn das ist es doch, worauf es wirklich ankommt, oder? Immer dafür sorgen, daß jemand anderer seinen Lunch bekommt.«

Der Fahrer warf ihm einen stirnrunzelnden Blick im Rückspiegel zu. »Was immer Sie sagen, Mann – Sie bezahlen das Taxi.«

Eine halbe Stunde später telefonierte er schon mit Heidi.

Und jetzt lag er hier und lauschte auf etwas, das im Dunkeln atmete – etwas, das wie eine Torte aussah, in Wirklichkeit aber ein Kind war, das er und der Alte zusammen geschaffen hatten.

Gina, dachte er fast beiläufig. *Wo ist sie*? »Tu ihr nichts«, hatte er zu Ginelli gesagt. *Aber wenn ich jetzt Hand an sie legen könnte, dann würd ich ihr etwas tun ... ich würde sie sehr schwer verletzen für das, was sie mit Richard gemacht hat. Ihre Hand? Nein – ich würde dem Alten ihren Kopf übriglassen. Ich würde ihr den Mund mit Stahlkugeln vollstopfen und ihm den Kopf zurückgeben. Und deshalb ist es auch sehr gut, daß ich nicht weiß, wo ich sie finden könnte, um mich an ihr zu vergehen. Niemand weiß genau, wie diese Dinge anfangen. Man streitet sich darüber und verliert schließlich die Wahrheit aus den Augen, weil sie unangenehm ist. Aber jeder weiß genau, wie er es anstellt weiterzumachen: Erst steckt der eine einen Schlag ein, dann der andere, der eine bekommt daraufhin zwei, und teilt drei wieder aus ... der eine schießt einen Flughafen zusammen, der andere jagt eine Schule in die Luft ... und das Blut fließt in die Gosse. Denn* das *ist es, worauf es* wirklich *ankommt, nicht wahr? Blut in der Gosse. Blut ...*

Billy schlief ein, ohne es zu merken. Seine Gedanken gingen in eine Reihe von grauenhaften, verzerrten Träumen über. In einigen mordete er, in anderen wurde er ermordet. Und in allen atmete und pochte etwas, doch er konnte es nie erkennen. Es steckte in ihm drin.

26. Kapitel: 127

MYSTERIÖSER MORDFALL – MÖGLICHERWEISE BANDENKRIEG

Ein Mann, der gestern nacht tot im Keller eines Apartmenthauses in der Union Street aufgefunden wurde, wurde als New-York-City-Bandenführer identifiziert. Richard Ginelli, in Unterweltkreisen auch als ›Richie, der Hammer‹ bekannt, wurde dreimal – wegen Erpressung, illegalen Drogenhandels und Mordes – strafrechtlich verfolgt. Eine gemeinsam vom Staat New York und vom Bundesgerichtshof durchgeführte Untersuchung von Ginellis Machenschaften wurde 1981 infolge des gewaltsamen Todes mehrerer Hauptbelastungszeugen fallengelassen. Aus einer dem Büro des Generalstaatsanwaltes sehr nahestehenden Quelle verlautete gestern nacht, daß der Gedanke an einen sogenannten ›Bandenmord‹ aufgrund der besonderen Todesumstände schon aufgetaucht sei, bevor das Opfer identifiziert worden war. Nach Aussage dieser Quelle sei Ginelli eine Hand entfernt und auf seine Stirn mit Blut das Wort ›Schwein‹ geschrieben worden.

Ginelli wurde vermutlich mit einer großkalibrigen Waffe erschossen, doch haben die Ballistiker der Staatspolizei es bisher abgelehnt, ihre Untersuchungsergebnisse zu veröffentlichen; ein Vorgang, den der Staatspolizeisprecher als ›etwas ungewöhnlich‹ charakterisierte.

Die Nachricht stand auf der ersten Seite der *Bangor Daily News*, die Billy Halleck sich am Morgen gekauft hatte. Er überflog die Zeilen noch einmal, warf einen letzten Blick auf das Foto des Apartmenthauses, in dessen Keller sein Freund gefunden worden war, knüllte die Zeitung zusammen und stopfte sie in eine Mülltonne, die das Siegel des Staates Connecticut trug und die unvermeidlichen Buchstaben auf der Schwingklappe stehen hatte. WERFT DEN ABFALL DAHIN, WOHIN ER GEHÖRT.

»Denn das ist es ja, worauf es ankommt«, sagte er.

»Wie bitte, Mister?« Es war ein kleines, ungefähr sechsjähriges Mädchen mit rosa Bändern im Haar und einem schokoladeverschmierten Mund. Sie führte ihren Hund spazieren.

»Ach, nichts«, antwortete Billy und lächelte zu ihr hinunter.

»Marcy!« rief ihre Mutter aufgeregt. »Marcy, komm sofort hierher!«

»Tschüß«, piepste die Kleine.

»Tschüß«, sagte Billy und sah ihr nach, wie sie zu ihrer Mutter lief. Der kleine weiße Pudel hüpfte ihr, an der Leine zerrend, voraus. Seine Krallen kratzten auf dem Asphalt. Das Mädchen hatte die Mutter noch nicht erreicht, da ging das Geschimpfe schon los. Sie tat Billy leid, denn sie hatte ihn an Linda erinnert, als Linda sechs Jahre alt gewesen war. Aber die Begegnung hatte ihn auch ermutigt. Auf der Waage zu stehen und zu sehen, daß man elf Pfund zugenommen hat, war eine Sache; eine ganz andere – und wesentlich bessere – Sache war es, wieder wie ein normaler Mensch behandelt zu werden, auch wenn das nur durch ein kleines Mädchen geschah, das den Familienhund auf dem Rastplatz spazieren führte und offenbar in dem Glauben lebte, daß es unzählige Menschen auf dieser Erde gäbe, die wie ein wandelnder Leuchtturm durch die Gegend liefen.

Er hatte den gestrigen Tag in Northeast Harbor verbracht, nicht einmal so sehr, um sich auszuruhen, sondern eher, um seinen Verstand wiederzufinden. Er spürte ihn kommen... doch dann blickte er wieder zur Torte, die immer noch in ihrer billigen Aluminiumverpackung auf dem Fernseher stand – und schon war er ihm wieder entschlüpft.

Gegen Abend hatte er die Torte in den Kofferraum seines Mietwagens gestellt, was seine Stimmung erheblich besser gemacht hatte.

In der Dunkelheit, als sein Verstand und zugleich ein abgrundtiefes Gefühl von Verlassenheit am stärksten gewesen waren, hatte er sein altes, zerfleddertes Adreßbuch herausgesucht und Rhoda Simonson in Westchester County angerufen. Wenige Augenblicke später hatte er schon Linda am Telefon, die sich vor Freude kaum fassen konnte, als sie seine Stimme hörte.

Sie hatte in der Tat die Sache mit der *res gestae* herausgefunden. Die Kette der Ereignisse, die dazu geführt hatte, war – soweit Billy dem folgen konnte oder wollte – ebenso ekelhaft wie vorhersehbar gewesen. Michael Houston hatte es seiner Frau berichtet, die es, vermutlich betrunken, sofort ihrer ältesten Tochter weitererzählt hatte. Linda und das Houston-Mädchen hatten im letzten Winter einen fürchterlichen Streit gehabt, also hatte Samantha Houston nichts Besseres zu tun gehabt, als Hals über Kopf zur verhaßten Feindin zu rennen und ihr brühwarm zu berichten, daß ihre liebe alte Mama gerade dabei wäre, ihren lieben alten Papa für verrückt erklären und in die Korbflechterfabrik einweisen zu lassen.

»Was hast du ihr gesagt?« fragte Billy.

»Ich hab ihr gesagt, sie solle sich ins Knie ficken«, antwortete Linda, und Billy lachte, bis ihm die Tränen kamen... aber es machte ihn auch traurig. Er war nur knapp drei Wochen von zu Hause weggewesen, doch seine Tochter hörte sich an, als wäre sie inzwischen drei Jahre älter geworden.

Linda war direkt nach Hause gegangen, um Heidi zu fragen, ob das, was Samantha Houston ihr erzählt hätte, tatsächlich wahr sei.

»Und?« fragte Billy.

»Wir hatten einen riesigen Krach. Danach habe ich gesagt, ich würde lieber wieder zu Tante Rhoda ziehen, und sie hat gemeint, daß das vielleicht gar keine so schlechte Idee wäre.«

Billy zögerte einen Augenblick. Dann sagte er: »Ich weiß nicht, ob ich dir das erst zu sagen brauche, Lin, aber ich bin nicht verrückt.«

»Aber Daddy, das weiß ich doch«, antwortete sie fast vorwurfsvoll.

»Und mir geht es wieder besser. Ich habe zugenommen.«

Sie jauchzte so laut, daß er den Hörer vom Ohr weghalten mußte. »Ehrlich? Stimmt das wirklich?«

»Es stimmt. Wirklich.«

»Oh, Daddy, das ist ja *fantastisch*! Das ist... sagst du mir auch die Wahrheit? Nimmst du wirklich zu?«

»Bei meiner Pfadfinderehre!«

»Wann kommst du nach Hause?«

Und Billy, der Northeast Habor am nächsten Morgen in aller Frühe verlassen wollte, um spätestens abends um zehn durch seine Haustür in Fairview zu treten, log: »Es wird wohl noch ein oder zwei Wochen dauern, Liebling. Ich will erst noch ein paar Pfund ansetzen. Ich sehe immer noch ziemlich abscheulich aus.«

»Oh.« Das klang enttäuscht. »Na ja, ist schon gut.«

»Aber wenn ich komme, rufe ich dich früh genug an, daß du mindestens sechs Stunden vor mir da sein kannst«, tröstete er sie. »Du kannst mir eine Lasagne kochen, so wie damals, als wir aus Mohonk zurückgekommen sind, und mich wieder ein bißchen aufpäppeln.«

»Ach, Scheiße«, sagte sie lustlos, und dann lachend: »Uups! Entschuldige, Daddy.«

»Schon vergessen. Bleib du solange bei deiner Tante, Kätzchen. Ich will nicht, daß du dich noch weiter mit deiner Mutter zankst.«

»Ich hab' sowieso keine Lust, nach Hause zu fahren, solange du nicht da bist.« Er hörte eine neue Festigkeit in ihrer Stimme. Hatte Heidi diese erwachsene Bestimmtheit an ihrer Tochter auch gespürt? Er nahm es an – das erklärte zum Teil ihre Verzweiflung beim gestrigen Telefongespräch.

Er sagte Linda noch, daß er sie lieb habe, und legte auf. Der Schlaf kam in dieser Nacht leichter, aber seine Träume blieben schlecht. In einem hörte er Ginelli im Kofferraum des Nova brüllen, man solle ihn endlich rauslassen. Doch als er den Deckel öffnete, fand er nicht Ginelli, sondern einen blutigen nackten Säugling, einen Jungen, mit den alterslosen Augen von Taduz Lemke und einem funkelnden Goldreifen im Ohrläppchen. Der Junge streckte seine blutbefleckten Hände nach ihm aus und lächelte. Seine Zähne waren silberne Stahlnadeln.

»Purpurfargade ansiktet«, wieherte er mit unmenschlicher Stimme, und Billy war zitternd in der kühlen, grauen Morgendämmerung der Atlantikküste aus dem Schlaf hochgefahren.

Zwanzig Minuten später hatte er seine Motelrechnung bezahlt und befand sich in Richtung Süden auf der Autobahn. Um viertel vor acht hatte er angehalten, um ein riesiges Bauernfrühstück zu sich zu nehmen, hatte dann aber kaum etwas davon essen können, nachdem er die Zeitung aufgeschlagen hatte, die er kurz vorher am Kiosk vor dem Restaurant gekauft hatte.

Hat mir jedoch nicht den Appetit aufs Mittagessen verdorben, dachte er jetzt, als er zum Wagen zurückging. *Denn wieder zuzunehmen, ist* auch *etwas, worauf es wirklich ankommt.*

Die Torte stand neben ihm auf dem Beifahrersitz, warm und atmend. Er schenkte ihr keinen Blick, sondern steckte umgehend den Schlüssel ins Zündschloß und fuhr rückwärts aus der schrägen Parklücke heraus. Als ihm klar wurde, daß er in weniger als einer Stunde zu Hause sein würde, überfiel ihn eine seltsame Anspannung. Er war schon zwanzig Meilen gefahren, bis er herausfand, was der Grund war: Aufregung.

27. Kapitel: Zigeunertorte

Er parkte den Wagen in der Auffahrt hinter seinem eigenen Buick, langte nach seiner Reisetasche, das einzige Gepäckstück, das er mitgenommen hatte, und ging über den Rasen. Das weiße Haus mit den hellgrünen Fensterläden, das für ihn bis jetzt immer ein Symbol für Gemütlichkeit, Geborgenheit und Sicherheit gewesen war, kam ihm jetzt fremd vor – so fremd, daß es nichts Vertrautes mehr an sich hatte.

Hier hat der weiße Mann aus der Stadt gewohnt, dachte er. *Aber ich bin mir nicht sicher, ob es wirklich der ist, der jetzt endlich nach Hause kommt – der Kerl, der hier gerade über den Rasen geht, scheint mir eher ein Zigeuner zu sein – ein sehr dünner Zigeuner.*

Die von zwei schlanken elektrischen Fackeln eingerahmte Haustür öffnete sich, und Heidi trat auf die Veranda. Sie hatte einen roten Rock und eine ärmellose Bluse an, die Billy noch nie zuvor an ihr gesehen hatte. Außerdem hatte sie sich die Haare ganz kurz schneiden lassen, und eine Schocksekunde lang glaubte er, daß es gar nicht Heidi sei, sondern eine fremde Frau, die ihr nur außerordentlich ähnlich sah.

Sie blickte ihm mit blassem Gesicht und verschatteten Augen entgegen. Ihre Lippen zitterten.

»Billy?«

»Ja. Ich bin's«, sagte er und blieb stehen.

Sie standen sich gegenüber und sahen sich an. Heidis Gesicht strahlte eine Art jammervolle Hoffnung aus. Billy hatte keinen Funken von Gefühl, aber sein Gesicht mußte doch etwas ausgedrückt haben, denn sie brach sofort in Schluchzen aus.

»Um Himmels willen, Billy, sieh mich nicht so an! Das kann ich nicht ertragen!«

Er spürte, wie ein Lächeln sich auf seinem Gesicht breit

machte – innerlich fühlte es sich an wie etwas Totes, das auf der Oberfläche eines stillen, dunklen Sees trieb. Doch mußte es nach außen hin ganz passabel gewirkt haben, denn sie reagierte mit einem probeweisen, zitternden Lächeln. Ihre Augen füllten sich schon wieder mit Tränen.

Oh, na ja, du hast schon immer sehr nahe am Wasser gebaut, Heidi, dachte er grob.

Sie kam die Treppe herunter. Billy stellte die Tasche ab und ging ihr entgegen. Das tote Lächeln blieb auf seinem Gesicht.

»Was gibt es zum Abendessen?« fragte er. »Ich bin am Verhungern.«

Sie hatte ihm eine gigantische Mahlzeit zubereitet – Steak, Salat, eine gebackene Kartoffel, die annähernd so groß wie ein Torpedo war, frische grüne Bohnen und zum Nachtisch Heidelbeeren mit Schlagsahne. Billy aß alles auf. Obwohl sie nicht damit herausrückte, obwohl sie ihm nichts sagte, spürte er doch an jeder ihrer Gesten, in jedem Blick, den sie ihm zuwarf, ihre große Bitte. *Gib mir eine zweite Chance, Billy – bitte, bitte, gib mir eine zweite Chance.* In gewisser Weise fand er das ausgesprochen komisch, auf eine Weise, die dem alten Zigeuner wahrscheinlich gefallen hätte. Sie war von rigoroser Ablehnung aller Schuld um hundertachtzig Grad umgeschwenkt. Im Augenblick war sie bereit, alles zu akzeptieren.

Ganz allmählich, als Mitternacht näherrückte, spürte er etwas Neues in ihren Gesten: Erleichterung. Sie hatte nun das Gefühl, daß er ihr vergeben hätte. Das kam ihm gerade recht. Denn eine Heidi, die sich in der Sicherheit wiegte, daß er ihr vergeben hätte, war genau das, worauf es ihm jetzt ankam.

Sie saß ihm gegenüber, schaute ihm beim Essen zu und rauchte eine Vantage 100 nach der anderen, während er erzählte. Er berichtete von seiner Suche nach den Zigeunern, wie er ihnen die Küste hinauf gefolgt war, wie er die Fotos und Informationen von Kirk Penschley erhalten hatte, wie er sie dann schließlich in Bar Harbor aufgespürt hatte.

Und an dieser Stelle trennten Billy Halleck und die Wahrheit sich.

Die dramatische Konfrontation, die er zugleich erhofft und gefürchtet hätte, sei ausgeblieben, erzählte er Heidi. Es wäre überhaupt nicht so verlaufen, wie er es sich vorgestellt hätte. Zunächst mal hätte der Alte ihn ausgelacht. Alle hätten ihn ausgelacht. »Wenn ich dich wirklich verfluchen könnte, dann lägest du schon längst unter der Erde«, hätte der alte Zigeuner ihn verspottet. »Ihr glaubt immer, daß wir zaubern können – alle weißen Leute aus der Stadt glauben, wir wären der Magie mächtig. Wenn das wahr wäre, würden wir dann in alten, verrosteten Karren und Lastwagen, bei denen die Auspüffe mit Draht festgebunden sind, über die Landstraßen ziehen? Wenn wir wirklich zaubern könnten, würden wir die Nächte dann in Heufeldern verbringen? Dies ist keine Zauberei, weißer Mann aus der Stadt, dies ist ein ganz normaler, herumziehender Jahrmarkt. Wir machen unsere Geschäfte mit weißen Trotteln, denen das Geld zu locker in der Tasche sitzt. Danach ziehen wir weiter. Sieh zu, daß du von hier wegkommst, sonst hetze ich ein paar von diesen Männern auf dich, und die kennen einen Fluch! Es ist der Fluch der Bleifäuste.«

»Hat er dich wirklich so genannt? Weißer Mann aus der Stadt?«

Er lächelte. »Ja, so hat er mich genannt.«

Er sei also in sein Motelzimmer zurückgefahren, erzählte er Heidi weiter, und hätte zwei Tage und zwei Nächte nichts weiter getan als rumzuliegen. Er sei viel zu deprimiert gewesen, um etwas anderes tun zu können, außer ein bißchen zu essen. Am dritten Tag – vor drei Tagen also – sei er auf die Waage gestiegen und hätte plötzlich überrascht festgestellt, daß er trotz des geringen Essens drei Pfund zugenommen hätte.

»Doch als ich genauer darüber nachdachte, fand ich es nicht seltsamer, als damals herauszufinden, daß ich schon wieder drei Pfund abgenommen hatte, obwohl ich alles, was auf dem Tisch stand, verputzt hatte«, sagte er. »Und dieser Gedanke hat mich schließlich aus dem psychischen

Chaos herausgerissen, in dem ich mich die ganze Zeit befunden hatte. Ich bin noch einen Tag im Motel geblieben und habe so intensiv nachgedacht wie noch nie in meinem Leben. Ganz allmählich bin ich mir darüber klar geworden, daß die drei Ärzte von der Glassman-Klinik doch nicht so ganz unrecht hatten. Und auch Michael Houston konnte zumindest teilweise recht haben, wenn ich ihn auch nicht ausstehen kann, diesen Stinkstiefel!«

»Billy...« Sie faßte ihn am Arm.

»Vergiß es«, sagte er. »Ich werde ihn nicht zusammenschlagen, wenn ich ihn sehe.«

Könnte ihm allerdings ein Stück von der Torte anbieten, dachte er insgeheim und lachte.

»Darf ich mitlachen?« Sie lächelte ihm unsicher zu.

»Ach, es ist nichts. Das Problem war jedenfalls, daß Houston und die drei Typen aus der Glassman-Klinik – und auch du, Heidi –, daß ihr versucht habt, mir die Wahrheit aufzuzwingen. Ich mußte ganz von allein darauf kommen. Eine simple Schuldreaktion plus – wie ich annehme – eine Kombination aus Verfolgungswahn und grandioser Selbsttäuschung. Aber letzten Endes hatte *ich* auch recht, Heidi! Ich hatte gesagt, daß ich ihn wiedersehen müsse, und das hat dann letztendlich den Umschwung bewirkt. Nur eben nicht auf die Weise, die ich erwartet hatte. Er war kleiner, als ich ihn in Erinnerung hatte. Er hatte eine billige Timex am Handgelenk und einen entsetzlichen Brooklyn-Akzent. Er sagte zum Beispiel ›Fluich‹ statt ›Fluch‹. Das war's, glaube ich, was mich mehr als alles andere enttäuscht hat. Es hörte sich so an wie Tony Curtis in diesem Film über das arabische Empire: ›Yondah ist mein Vater sein Palast.‹ Ja, und danach bin ich gleich ans Telefon und...«

Die Uhr auf dem Kaminsims im Wohnzimmer schlug klangvoll.

»Oh, es ist schon zwölf«, unterbrach er sich. »Laß uns zu Bett gehen. Ich helf' dir noch schnell, das Geschirr in die Spüle zu stellen.«

»Laß nur, das mach ich schon allein.« Sie stand auf und legte die Arme um ihn. »Ich bin *so* froh, daß du wieder zu

Hause bist, Billy. Geh schon mal rauf. Du mußt ja hundemüde sein.«

»Mir geht's gut«, sagte er. »Ich will nur...«

Plötzlich schnippte er mit den Fingern und setzte die Miene eines Mannes auf, dem gerade etwas Wichtiges eingefallen war.

»Fast hätt ich's vergessen. Ich hab noch was im Wagen liegen.«

»Was ist es denn? Kann das nicht bis morgen warten?«

»Klar, aber ich möchte es trotzdem noch schnell reinholen.« Er lächelte ihr aufmunternd zu. »Es ist für dich.«

Als er über den Rasen ging, klopfte sein Herz stürmisch. In der Aufregung ließ er die Schlüssel fallen und stieß sich den Kopf am Kotflügel, als er sich hastig bückte, um sie aufzuheben. Seine Hände zitterten so sehr, daß er erst beim dritten Versuch das Schlüsselloch traf.

Was, wenn sie sich immer noch so schrecklich auf- und abbewegt? dachte er verzweifelt. *Wenn sie das sieht, wird sie schreiend wegrennen.*

Er schlug den Kofferraumdeckel hoch und schrie nun selbst fast, als er nur den Wagenheber und das Reserverad fand. Dann fiel es ihm wieder ein – er hatte sie ja auf dem Beifahrersitz abgestellt. Er knallte den Deckel zu und ging eilig um den Wagen herum. Die Torte war noch da, und ihre Krustenoberfläche war vollkommen still. Im Grunde hatte er gewußt, daß es so sein würde.

Heidi stand wieder auf der Veranda und beobachtete ihn. Er lief über den Rasen und legte ihr das Geschenk in die Hände. Jetzt lächelte er wieder. *Ich liefere die Ware ab*, dachte er. Denn die Ware abzuliefern, war eins von den vielen Dingen, worauf es auch ankam. Sein Lächeln wurde breiter.

»*Voilà*«, sagte er.

»Billy!« Sie beugte sich mit der Nase über die Torte und roch daran. »Erdbeeren... meine Lieblingstorte!«

»Ich weiß.« Billy lächelte weiter.

»Und noch warm! Vielen Dank!«

»Ich bin in Stratford vom Turnpike abgebogen, um zu tanken«, erklärte er. »Die Tankstelle lag gleich neben der Kirche, und der städtische Frauenverein oder was weiß ich hatte da gerade einen großen Kuchenverkauf... und da dachte ich mir... ich meine, falls du mich mit dem Nudelholz an der Haustür empfangen hättest... bringe ihr doch ein Friedensangebot mit.«

»Oh, Billy...« Sie fing schon wieder an zu heulen. Impulsiv umarmte sie ihn mit einem Arm, während sie die Torte gewandt wie ein Kellner in der anderen balancierte. Als sie ihn küßte, rutschte die Torte gefährlich zum Rand der Platte. Billys Herz machte einen Satz und begann, rasend zu schlagen.

»Vorsicht!« rief er und erwischte sie gerade noch, bevor sie runterfiel.

»Gott, was bin ich ungeschickt«, lachte sie und wischte sich mit dem Zipfel ihrer Schürze, die sie zum Abspülen umgebunden hatte, die Augen aus. »Du bringst mir meine Lieblingstorte mit, und ich lasse sie auch noch fa... fa... fa...«

Sie verlor völlig die Fassung und lehnte sich schluchzend an ihn. Mit einer Hand strich er ihr über das kurzgeschnittene Haar, mit der anderen hielt er die Tortenplatte in sicherem Abstand, für den Fall, daß sie noch einmal irgendwelche unberechenbaren Bewegungen machte.

»Billy, ich bin *so* froh, daß du wieder da bist. Versprich mir, daß du mich für das, was ich dir angetan habe, nicht mehr hassen wirst. Versprichst du mir das?«

»Ich versprech's dir«, sagte er freundlich, und strich ihr wieder übers Haar. *Sie hat recht*, dachte er. *Die Torte ist immer noch warm*. »Jetzt laß uns aber reingehen.«

Sie stellte die Platte auf der Küchentheke ab und fing an, das Geschirr abzuspülen.

»Willst du nicht gleich ein Stückchen essen?« fragte Billy.

»Vielleicht nachher, wenn ich das hier fertig habe«, antwortete sie. »Aber nimm du dir ruhig eins, wenn du magst.«

»Nach der Mahlzeit, die ich vorhin weggeputzt habe?« Er lachte.

»Du wirst in nächster Zeit alle Kalorien brauchen, die du nur kriegen kannst.«

»Ja, aber im Augenblick ist es einfach ein Fall von: Kein Platz mehr frei. Soll ich dir beim Abtrocknen helfen?«

»Ich möchte, daß du schon mal vorgehst und dich gleich ins Bett legst. Ich komm gleich nach.«

»Na gut.«

Er ging hinauf, ohne sich noch mal umzusehen. Es war viel wahrscheinlicher, daß sie noch an der Torte naschen würde, wenn er nicht dabei war. Aber vielleicht würde sie heute nacht doch nichts mehr davon essen. Heute nacht wollte sie zu ihm ins Bett – vielleicht sogar mit ihm schlafen. Nun, da gab es ein gutes Abschreckungsmittel. Er brauchte sich nur nackt ins Bett zu legen. Wenn sie ihn so sah...

Und was die Torte betraf...

»›Fiedel-didel-die‹, sagte Scarlet. ›Ich esse meinen Kuchen nicht. Morgen ist auch noch ein Tag‹.« Er lachte über die Bosheit in seiner Stimme. Jetzt stand er im Bad auf der Waage. Als er in den Spiegel blickte, sah er Ginellis Augen.

Er wog schon wieder hunderteinunddreißig Pfund, aber das machte ihm keine rechte Freude. Immer noch empfand er überhaupt keine Gefühle, nur Müdigkeit. Er war unglaublich müde. Er ging den Flur, der ihm jetzt auch völlig fremd war, entlang ins Schlafzimmer und stolperte in der Dunkelheit. Fast wäre er gefallen. Heidi hatte die Möbel umgestellt. Sie hatte sich die Haare schneiden lassen, eine neue Bluse gekauft und den kleinen Schreibtisch mit dem Stuhl im Schlafzimmer umgestellt – aber das war nur der Anfang von Fremdheit in diesem Haus. Sie mußte, während er weggewesen war, irgendwie darin gewachsen sein. Ob Heidi nicht doch auch verflucht worden war, nur eben auf viel subtilere Weise? So lächerlich war der Gedanke gar nicht. Linda hatte die Fremdheit im Hause jedenfalls erkannt und war vor ihr geflohen.

Langsam zog er sich aus.

Er lag im Bett und wartete, daß sie heraufkam. Doch statt

dessen hörte er gedämpfte Geräusche, die ihm eine bekannte Geschichte erzählten. Das Quietschen einer der oberen Schranktüren – die linke, hinter der sie ihre Dessertteller aufbewahrten. Heidi hatte sie offenbar geöffnet. Dann das Rasseln der Schublade und das Scheppern von Besteck, als sie ein Messer herausnahm.

Mit klopfendem Herzen starrte Billy ins Dunkel.

Ihre Schritte durchquerten die Küche – sie ging zur Theke, auf der sie die Torte abgestellt hatte. Er hörte es an einem der mittleren Bodenbretter, das schon seit Jahren knarrte.

Was wird es aus ihr machen? Mich hat es dünn gemacht. Cary Rossington ist zu einer Art Tier geworden, aus dessen Haut man nach dem Tode Leder macht. Und Duncan Hopley hat es zu einer menschlichen Pizza werden lassen. Was wird es aus ihr machen?

Das Bodenbrett knarrte nochmals, als sie durch die Küche zurückging. Er sah sie vor sich, den Dessertteller mit der Torte in der rechten, Zigaretten und Streichhölzer in der linken Hand. Er sah das Tortenstück mit den dunkelroten Erdbeeren, dem blutroten Saft, der auf dem Teller zu einer Pfütze zusammenlief.

Er wartete auf das leise Quietschen der Schwingtür, die ins Eßzimmer führte, aber es blieb aus. Nun, das überraschte ihn nicht. Vermutlich stand sie an der Theke, schaute in den Garten und aß die Torte mit kleinen, sparsamen Bissen. Eine alte Gewohnheit von ihr. Fast konnte er die Gabel auf dem Teller kratzen hören.

Er merkte, daß er langsam einschlief.

Einschlafen? Nein, unmöglich. Doch nicht, während man gerade einen Mord begeht.

Doch er schlief trotzdem ein. Er wartete wieder auf das Knarren des Bodenbretts. Sie mußte noch einmal drauftreten, wenn sie zur Spüle hinüberging. Wartete auf das Rauschen des Wasserhahnes, wenn sie den Teller und das Besteck spülte. Die vertrauten Geräusche, wenn sie noch einmal vor dem Zubettgehen die Runde durchs Haus machte, alle Lichter ausschaltete, die Thermostate herunterdrehte und nachsah, ob die Lichter der Alarmanlage neben den Türen brannten – eben all die Rituale der weißen Menschen aus der Stadt.

Er lag im Bett und lauschte auf das Knarren des Bodenbretts... und dann saß er an seinem Schreibtisch in seinem neuen Haus in Big Jubilee, Arizona, der Stadt, in der er seit sechs Jahren als Anwalt praktizierte.

Es war ganz einfach. Er lebte dort mit seiner Tochter und arbeitete gerade genug in diesem bescheuerten Geschäft, das er insgeheim ›Gemeinderechtsscheiße‹ nannte, um das Essen auf den Tisch zu kriegen. Seine übrige Zeit widmete er öffentlichen Hilfsorganisationen. Sie führten ein einfaches Leben. Die alten Zeiten – zwei Wagen in der Garage, dreimal wöchentlich der Besuch des Gärtners, über fünfundzwanzigtausend Dollar Grundstückssteuer im Jahr – waren endgültig vorbei. Er vermißte all das nicht, und er glaubte, Linda ebenfalls nicht. Er arbeitete in der Stadt, manchmal auch in Yuma oder Phoenix – allerdings selten genug –, und sie wohnten weit genug vom Zentrum entfernt, um das Land um sie herum zu genießen. Linda würde ab nächsten Jahres aufs College gehen, und er würde dann vielleicht doch in die Stadt ziehen – aber nur, wenn die Leere des Hauses ihm auf die Nerven ginge, und er glaubte kaum, daß das der Fall sein würde.

Sie hatten sich ein schönes Leben gemacht, und das war gut so. Denn darauf kam es ja schließlich an: Sich und seinen Lieben ein schönes Leben zu machen.

Es klopfte an der Bürotür. Er schob den Schreibtischstuhl zurück, wandte sich um und sah Linda. Linda hatte keine Nase mehr. Das heißt, die Nase war nicht fort, sie hielt sie in der Hand.

Blut floß aus dem dunklen Loch in der Mitte ihres Gesichts.

»Ich verstehe das nicht, Daddy«, sagte sie mit der nasalen, dröhnenden Stimme eines Nebelhorns. *»Sie ist mir einfach abgefallen.«*

Er wachte mit einem Ruck auf und schlug wild mit den Armen um sich, als könne er dadurch die Vision verjagen. Heidi stöhnte neben ihm im Schlaf. Sie lag auf ihrer linken Seite und hatte die Decke bis über die Ohren gezogen. Er sah auf die Digitaluhr, die Heidi auf ihrem Spiegeltisch am anderen Ende des Zimmers stehen hatte. Es war fünf nach halb sieben.

Billy stieg aus dem Bett, ging durchs Zimmer, nahm seinen Bademantel vom Haken und lief den Flur hinunter ins Badezimmer. Er drehte die Dusche an und wollte den Mantel gerade an die Tür hängen, als er bemerkte, daß Heidi sich offenbar auch einen neuen Bademantel gekauft hatte. *Aha. Ein neuer Haarschnitt, eine neue Bluse und ein neuer Morgenrock. Ein hübsches Blau.*

Er stieg auf die Waage und stellte fest, daß er weiter zugenommen hatte. Danach ging er unter die Dusche und wusch sich mit einer Gründlichkeit, die schon zwanghaft zu nennen war. Er seifte jede Stelle an seinem Körper ein, spülte sich ab und fing noch mal von vorne an. *Ab jetzt werde ich auf mein Gewicht achten,* versprach er sich. *Wenn sie erst mal weg ist, werde ich auf mein Gewicht aufpassen. Ich will nie wieder so fett werden, wie ich es war.*

Er trocknete sich ab, zog sich seinen Bademantel wieder über und ertappte sich dabei, daß er vor der geschlossenen Tür stand und Heidis neuen Morgenmantel anstarrte. Er griff in eine Falte und rieb den Nylonstoff zwischen den Fingern. Er war weich und glatt. Der Mantel sah zwar neu aus, aber irgendwie kam er ihm bekannt vor.

Stimmt. Sie hatte schon mal einen Mantel, der so ähnlich war, dachte er. *Sie hat sich einen Mantel gekauft, der sie an früher erinnert. Die menschliche Kreativität geht eben nicht sehr weit, Kumpel – irgendwann fangen wir alle an, uns zu wiederholen. Letztendlich handeln wir alle zwanghaft.*

Houstons Stimme meldete sich: *Es sind die Leute, welche keine Angst haben, die jung sterben.*

Heidis Stimme: *Um Himmels willen, Billy, sieh mich nicht so an! Das kann ich nicht ertragen!*

Leda Rossington: *Er sieht jetzt wie ein Alligator aus – wie etwas, das gerade aus dem Schlamm gekrochen ist und menschliche Kleidung angezogen hat.*

Hopley: *Du treibst dich in der Gegend rum und denkst dir, dieses eine Mal, vielleicht wird es dieses eine Mal wenigstens ein bißchen Gerechtigkeit geben... einen winzigen Augenblick Gerechtigkeit, der ein ganzes Leben voller Scheiße wiedergutmachen soll.*

Während er den blauen Nylonstoff befühlte, schlich plötzlich ein fürchterlicher Gedanke durch seinen Kopf. Der Traum fiel ihm wieder ein. Linda in seiner Bürotür. Das blutende Loch mitten in ihrem Gesicht. Der Mantel... er gehörte gar nicht Heidi. Er war ihm nicht bekannt vorgekommen, weil sie früher einmal so einen gehabt hatte, sondern weil Linda *heute* so einen besaß.

Er wirbelte herum und öffnete die obere Schublade rechts neben dem Waschbecken. Da war ihre Haarbürste. Auf dem roten Plastikgriff war ihr Name eingraviert: LINDA. Schwarze Haare hingen zwischen den Borsten.

Benommen rannte er den Flur entlang zu ihrem Zimmer.

Das Herumtreibervolk ist immer bereit, diese Dinge zu arrangieren, mein Freund... dazu ist es ja schließlich da.

Ein Arschloch, William, ist ein Mensch, der nicht glaubt, was er sieht.

Billy stieß die Tür zu ihrem Zimmer auf, und fand seine Tochter friedlich schlafend im Bett. Den einen Arm hatte sie quer übers Gesicht gelegt, im anderen hielt sie ihren Teddy Amos.

Nein. O Gott, nein. Nein.

Er hielt die Tür an, die hin und her schwang. Was immer er auch sein mochte, er war bestimmt kein Arschloch. Er sah und glaubte alles. Ihre graue Wildlederjacke hing über der Rückenlehne ihres Schreibtischstuhls. Der Samsonitekoffer stand mit offenem Deckel mitten im Zimmer. Jeans, Unterwäsche, Blusen und Shorts quollen in völliger Unordnung aus ihm hervor. Am Griff klebte ein Greyhoundbus-Aufkleber. Er sah sogar noch mehr. Die Rosen neben der Uhr auf Heidis Spiegeltisch. Als er sich zu Bett gelegt hatte, waren sie noch nicht dagewesen. Nein... Linda hatte sie mitgebracht als Friedensangebot für ihre Mutter. Sie war extra früher nach Hause gekommen, um mit ihr ins reine zu kommen, bevor Billy hier eintraf.

Der alte Zigeuner mit der abfaulenden Nase: *Keine Schuld, sagst du, keine Schuld. Das redest und redest und redest du dir ein. Aber es gibt keinen Puush, weißer Mann aus der Stadt. Jeder zahlt, sogar für Dinge, die er gar nicht getan hat. Kein Puush.*

Er wandte sich um und rannte die Treppe hinunter.

Nicht Linda, mein Gott, bitte nicht Linda!

Jeder zahlt, weißer Mann aus der Stadt... sogar...

Denn das ist's, worauf es wirklich ankommt.

Die Tortenreste standen auf der Theke. Heidi hatte sie sorgfältig mit Klarsichtfolie zugedeckt. Etwa ein Viertel war aufgegessen. Auf dem Küchentisch stand Lindas Handtasche – eine Reihe von Rockstar-Buttons steckte am Riemen: Bruce Springsteen, John Cougar Mellancamp, Pat Benater, Lionel Richie, Sting, Michael Jackson.

Er ging zur Spüle. Zwei Teller.

Sie haben hier gesessen, die Torte gegessen und sich miteinander versöhnt, dachte er. *Wann? Gleich nachdem ich eingeschlafen bin? Muß wohl so gewesen sein.*

Er hörte den Zigeuner lachen, und ihm knickten die Knie ein. Er mußte sich an die Theke klammern, um nicht umzufallen.

Als er wieder Kraft gewonnen hatte, ging er durch die Küche und trat dabei auf das knarrende Bodenbrett.

Die Torte atmete wieder – auf und ab, auf und ab. Ihre obszöne Wärme hatte die Folie von innen beschlagen lassen. Er hörte ein leises, glucksendes Geräusch.

Billy Halleck öffnete die quietschende Schranktür und holte sich einen Dessertteller heraus. Dann zog er rasselnd die Schublade auf und nahm sich Messer und Gabel.

»Warum nicht?« flüsterte er zu sich selbst und schlug die Folie zurück. Die Torte lag wieder ganz still. Nur eine harmlose Erdbeertorte, die selbst zu dieser frühen Morgenstunde sehr verlockend aussah.

Und, wie Heidi schon gesagt hatte, zur Zeit brauchte er alle Kalorien, die er essen konnte.

»Guten Appetit«, sagte er in die sonnige, morgendliche Stille seiner Küche und schnitt sich ein Stück von der Zigeunertorte ab.

RICHARD BACHMAN

MENSCHENJAGD

...Minus 100 ... und der Countdown läuft...

Sie blinzelte mit zusammengekniffenen Augen auf das Fieberthermometer. Fahles Licht fiel durchs Fenster. Dahinter im Nieselregen die Hochhäuser von Co-Op City, bedrohlich wie die grauen Wachtürme einer Strafanstalt. Unten, im sogenannten Lichthof, flatterte zerlumpte Wäsche auf der Leine. Ratten und fette streunende Katzen durchwühlten den Abfall.

Sie blickte zu ihrem Mann hinüber. Er saß am Küchentisch und starrte mit stumpfer, beharrlicher Konzentration auf den Free-Vee-Bildschirm. Seit Wochen schon schaute er sich diese Sendungen an. Das sah ihm gar nicht ähnlich. Er haßte sie, hatte sie immer gehaßt. Natürlich war in jeder Sozialwohnung der Siedlung so ein kostenloser Fernseher installiert – das war gesetzlich vorgeschrieben –, aber es war immer noch legal, ihn abzuschalten. Die Gesetzesvorlage zur Einführung des Zwangsfernsehens hatte im Jahr 2021 die erforderliche Zweidrittelmehrheit um sechs Stimmen verfehlt. Normalerweise sahen sie nie fern. Doch seit Cathy krank war, hatte er sich jedes der Riesengewinnspiele angesehen. Das erfüllte sie mit fast krankhafter Furcht.

Cathys heiseres Keuchen übertönte das neurotische Gekreisch des Kommentators, der während der Halbzeit die Nachrichten verlas.

»Ist es schlimm?« fragte Richards.

»Nicht sehr schlimm.«

»Verarsch mich nicht.«

»Sie hat 39 Fieber.«

Er knallte beide Fäuste auf den Tisch. Ein Plastikteller sprang in die Luft und fiel scheppernd auf die Tischplatte zurück.

»Wir holen einen Arzt. Jetzt mach dir doch nicht solche Sorgen«, fing sie aufgeregt zu plappern an, um ihn zu beruhigen. Er hatte sich abgewandt und starrte wieder auf den Bildschirm. Die Pause war vorüber, und das Spiel ging weiter. Es war keine der großen Sensationsshows, nur billiges Tagesprogramm. *Tretmühle zum Reichtum*. Für diese Sendung wurden nur chronisch Herz-, Leber- oder Lungenkranke angenommen und ab und zu mal, zur Erheiterung, ein Krüppel. Für jede Minute, die der Kandidat auf der Tretmühle durchhielt (wobei er sich ständig mit dem Conferencier unterhalten mußte), erhielt er zehn Dollar. Alle zwei Minuten stellte der Conferencier ihm eine Bonusfrage aus seinem Fachgebiet; dabei konnte der Kandidat jeweils fünfzig Dollar gewinnen. Der Mann, der gerade an der Reihe war, ein Patient mit Herzrhythmusstörungen aus Hackensack, war ein As in amerikanischer Geschichte. Wenn dieser keuchende, erschöpfte Mann, dessen Herz phantastische akrobatische Sprünnge in seiner Brust absolvierte, die Frage nicht richtig beantwortete, würde man ihm fünfzig Dollar von seinem bisherigen Gewinn abziehen und das Tretband auf eine höhere Geschwindigkeit einstellen.

»Wir werden schon zurechtkommen, Ben. Wirklich, wir werden es schon schaffen. Ich... ich werde...«

»Du wirst was?!« Er starrte sie wütend an. »Wieder auf den Strich gehen? Nein, das nicht mehr, Sheila. Sie muß einen richtigen Arzt haben. Nicht so eine blöde Hebamme aus der Nachbarschaft mit dreckigen Händen und stinkender Whiskyfahne. Dafür werde ich sorgen.«

Er ging nervös in der Küche auf und ab. Seine Augen wanderten wie hypnotisch angezogen zum Bildschirm hinüber, der über dem Spülstein in die abblätternde Wand eingelassen war. Er nahm seine Jeansjacke vom Haken und streifte sie mit der ungeduldigen Geste eines Kindes über.

»Nein! Nein, das... das lasse ich nicht zu! Du wirst dich nicht...«

»Warum nicht? Das Schlimmste, was passieren kann, sind ein paar alte Dollar als Kopfgeld für eine Familie ohne Vater. So oder so, du wirst in jedem Fall genug Geld haben, um sie durchzubringen.«

Sie war nie eine wirklich hübsche Frau gewesen, und die Jahre, in denen ihr Mann arbeitslos gewesen war, hatten tiefe Falten in ihr Gesicht gegraben, aber in diesem Augenblick war sie plötzlich wunderschön... gebieterisch. »Ich werde es nicht annehmen. Lieber blase ich dem Kerl vom Fernsehen für zwei Dollar den Schwanz und schicke ihn mit seinem dreckigen Blutgeld in der Tasche wieder nach Hause. Soll ich etwa ein Kopfgeld auf meinen Mann annehmen?«

Er fuhr zu ihr herum, grimmig, wild entschlossen, als klammere er sich krampfhaft an etwas, das ihn zum Außenseiter machte. Ein unsichtbares Etwas, das die Fernsehanstalt schonungslos einkalkulierte. In dieser Zeit galt er als Dinosaurier. Kein großer zwar, aber ein urzeitliches Relikt, ein öffentliches Ärgernis. Vielleicht sogar eine Gefahr. Große Wolken verdichten sich um kleine Partikel.

Er deutete zum Schlafzimmer hinüber. »Und was ist mit ihr? Soll sie in einem anonymen Armengrab liegen? Gefällt dir diese Vorstellung?«

Seine Worte stürzten sie in tiefe, kalte Trauer. Ihr stolzer Gesichtsausdruck löste sich in Tränen auf.

»Ben, das ist doch genau das, was sie von uns wollen... was sie mit den kleinen Leuten wie dir und mir vorhaben. Du...«

»Vielleicht nehmen sie mich gar nicht«, sagte er und öffnete die Tür. »Kann ja sein, daß ich das, was sie suchen, gar nicht habe. Was immer das auch sein mag.«

»Wenn du jetzt gehst, werden sie dich töten. Und ich sitze hier und muß dabei zusehen. Willst du wirklich, daß ich mir das ansehe, während sie krank nebenan im Bett liegt?« Ihre Worte wurden von Schluchzern unterbrochen.

»Ich will, daß sie lebt.« Er versuchte, die Tür hinter sich zuzuziehen, aber sie drängte sich dazwischen.

»Dann gibt mir wenigstens einen Kuß, bevor du gehst.«

Er küßte sie. Am anderen Ende des Flures öffnete Mrs. Jenner ihre Wohnungstür und spähte auf den Gang. Köstliche Duftschwaden von Corned Beef und Kohl zogen an ihnen vorüber, quälend, aufreizend. Mrs. Jenner ging es nicht schlecht – sie half im benachbarten Drugstore aus und hatte einen fast unfehlbaren Blick für Leute mit gefälschten Papieren.

»Wirst du das Geld annehmen?« fragte Richards mit gedämpfter Stimme. »Du wirst keine Dummheiten machen?«

»Ich werde es nehmen«, flüsterte sie zurück. »Du weißt, daß ich es nehmen werde.«

Er umarmte sie unbeholfen, wandte sich hastig um und polterte die steile, miserabel beleuchtete Treppe hinunter.

Sie stand, von lautlosem Schluchzen geschüttelt, in der Tür und wartete, bis sie fünf Stockwerke tiefer die Haustür ins Schloß fallen hörte. Ein hohler Klang. Dann hob sie die Schürze vors Gesicht. Mit einer Hand umklammerte sie immer noch das Thermometer, mit dem sie eben die Temperatur des Babys gemessen hatte.

Mrs. Jenner schlich leise heran und zupfte an der Schürze. »Meine Liebe«, wisperte sie. »Ich kann Ihnen Penizillin besorgen... wirklich billig... auf dem Schwarzmarkt... wenn das Geld kommt... gute Qualität.«

»Raus hier!« kreischte sie.

Mrs. Jenner zuckte zusammen. Ihre Oberlippe zog sich instinktiv von ihren geschwärzten Zahnstümpfen zurück. »Hab' ja nur versucht zu helfen«, murmelte sie und beeilte sich, wieder in ihre Wohnung zu kommen.

Kaum gedämpft durch die dünne Gipswand hörte sie Cathys ununterbrochenes Stöhnen. Mrs. Jenners Fernseher plärrte und dröhnte vor schallendem Gelächter. Der Tretmühlenkandidat hatte eine Bonusfrage falsch beantwortet und war soeben mit einem Herzinfarkt zusammengebrochen. Jetzt wurde er unter tosendem Beifall der Zuschauer auf einer Bahre aus dem Studio getragen.

Mrs. Jenners Oberlippe hob und senkte sich wie ein Metronom im Takt des Beifalls, als sie sich Sheila Richards Namen in ihrem Büchlein notierte. »Wir werden ja sehen«, sagte sie vor sich hin. »Wir werden es ja sehen, Mrs. Tausendschön.«

Mit einem bösartigen Klappen ließ sie das Notizbüchlein zuschnappen. Dann setzte sie sich vor den Free-Vee-Schirm und sah sich das nächste Spiel an.

...Minus 099 ... und der Countdown läuft...

Das Nieseln war in Dauerregen übergegangen, als Richards auf die Straße trat. Das große Rauschgiftreklamethermometer auf der gegenüberliegenden Straßenseite zeigte zehn Grad an. *(Genau die richtige Temperatur, um sich einen Joint reinzuziehen – bringt dich in null Komma nix hoch bis zum n-ten Grad.)* Dann dürfte es jetzt in ihrer Wohnung so fünfzehn Grad haben. Und Cathy hatte Grippe.

Eine Ratte trottete faul über den rissigen, aufgeborstenen Asphalt der Straße. Am Randstein stand das rostige Skelett eines 2013 Humber auf schräg auseinandergespreizten Achsen. Der Wagen war vollständig ausgeweidet, selbst die Lenkradhalterung und der Motorsockel waren gestohlen worden, aber die Polizei schleppte ihn nicht ab. Die Bullen wagten sich überhaupt nur noch selten auf die südliche Seite des Kanals. Co-Op City war ein strahlenförmig angelegtes, von Ratten beherrschtes Labyrinth, bestehend aus öden Parkplätzen, verlassenen Einkaufszentren, leeren Stadtparks und asphaltierten Kinderspielplätzen. Hier galt das Gesetz der Rockerbanden, und all die Nachrichtensendungen über die unerschrockene Polizei des Südblocks war nichts als ein Haufen warmer Scheiße. Die Straßen waren ausgestorben und gespenstisch still. Wenn man ausging, nahm man entweder den Pneumobus oder man trug eine Gaspistole bei sich.

Er lief schnell, ohne nachzudenken, ohne sich umzudrehen. Die Luft war stickig von Schwefel. Vier Motorräder donnerten an ihm vorbei, und jemand warf ihm ein herausgerissenes Stück Asphalt nach. Richards duckte sich behende. Zwei Pneumobusse überholten ihn: Ihre ausströmende Preßluft schüttelte ihn durch, aber er ließ sich nicht anhalten. Seine wöchentliche Arbeitslosenunterstützung von zwanzig Dollar (alte Dollar) pro Woche war schon ausgegeben, und er hatte kein Geld mehr, um sich eine Wertmarke zu kaufen. Die Rockerbanden spürten wohl seine Armut. Jedenfalls wurde er nicht überfallen.

Hochhäuser, Siedlungen, Maschendrahtzäune, Parkplätze – leer bis auf ein paar ausgeschlachtete Autowracks –, Obszönitäten, die mit weicher Kreide auf den Asphalt gekritzelt und nun vom Regen verschmiert waren. Eingeschlagene Fensterscheiben, Ratten, nasse, geplatzte Abfalltüten, deren Inhalt auf dem Bürgersteig und in der Gosse verstreut war. Graffiti, in ungelenken Buchstaben auf graue, zerbröckelnde Mauern gekritzelt: Laß die Sonne ja nicht über dir untergehen, Honky, hörst du? Leute vom Südblock rauchen Dope. Deine Mammi ist geil. Schäl dir eine Banane. Tommy will's mit Gewalt. Hitler war cool. Mary. Sid. Tötet alle Juden. Die alten, in den siebziger Jahren von General Atomics aufgestellten Straßenlampen waren mit Steinen oder Asphaltbrocken zerschmissen worden. Kein Techniker würde herkommen, um sie zu reparieren. Techniker arbeiten nur für die neuen Kreditdollars. Techniker bleiben lieber in der Oberstadt, Baby. Die Oberstadt ist cool. Alles still bis auf das rasch anschwellende und ebenso schnell abklingende Wusch der Pneumobusse und das hallende Echo von Richards Schritten. Dieses Schlachtfeld erwacht nur nachts zum Leben. Tagsüber herrscht hier eine graue, einsame Stille, von keiner Bewegung unterbrochen; nur die Katzen sind immer da, die Katzen und die Ratten und die fetten weißen Maden, die sich durch den Unrat wühlen. Keine Gerüche, nur der Verwesungsgestank dieses herrlichen Jahres 2025. Die Free-Vee-Kabel verlaufen unter der Straße, und nur ein Idiot oder ein Revolutionär würde es wagen, sie zu zerstören. Free-Vee, das ist der Stoff, aus dem die Träume sind, das ist das Brot des Lebens. Heroin kostet zwölf Dollar das Tütchen, San Francisco Push zwanzig Dollar das Gramm, aber Free-Vee, das macht dich ganz umsonst high. Da hinten, auf der anderen Seite des Kanals, da läuft die Traummaschine, vierundzwanzig Stunden am Tag... aber sie wird mit neuen Dollars betrieben, und neue Dollars besitzen nur Leute, die Arbeit haben. Es gibt vier Millionen andere, fast alle arbeitslos, und die wohnen südlich des Kanals, in Co-Op City.

Richards ging noch drei Meilen; die Tabakwaren- und Getränkeläden, deren Türen und Fenster vergittert waren, wurden allmählich zahlreicher. Dann folgten die Pornoläden

(!! 24 Perversionen – Zählt nach, 24 !!), die Spielhöllen und die riesigen Warenhäuser. An jeder Straßenecke saßen Greaser auf ihren Motorrädern, und der Rinnstein lag unter den Schneewehen ihrer Marihuanazigarettenstummel begraben. REICHE LEUTE VOM NORDBLOCK RAUCHEN DOPE.

Er konnte jetzt die Wolkenkratzer erkennen, die sich sauber und klar in den Himmel erhoben. Der höchste war das Gebäude der Fernsehanstalt, in dem die Spiele aufgezeichnet wurden. Die Hälfte der einhundert Stockwerke lag im wolken- und smogverhangenen Himmel verborgen. Er fixierte ihn mit seinen Augen und lief noch eine Meile weiter, vorbei an den teureren Kinos und Läden, die jetzt nicht mehr vergittert waren (doch vor jeder Tür stand ein gemieteter Bulle mit einem elektrischen Schlagstock in seinem Sam-Browne-Gürtel). An jeder Straßenecke ein Polizist. Der Volkspark: Eintritt 75 Cents. Elegant gekleidete Mütter, die ihren Kindern beim Spielen auf den Astrotorf-Plätzen zusahen. Und das hinter Maschendrahtzäunen. An jedem Tor wiederum ein Polizist. Ein verstohlener, wehmütiger Blick auf die Fontäne.

Er überquerte den Kanal.

Das Gebäude der Fernsehanstalt wuchs immer höher, je näher er kam, und es wirkte immer irrealer mit seinen ins Unendliche übereinandergetürmten Büroetagen, unpersönlichen Fensterreihen und dem polierten Mauerwerk. Die Bullen beobachteten ihn, bereit, ihn sofort zu verscheuchen oder ihm eins überzubraten, sollte er den Anschein erwekken, dort nur herumzulungern. Für einen Mann mit ausgebeulten grauen Hosen, einem billigen Standardhaarschnitt und eingefallenen Wangen gab es nur einen Grund, in die Oberstadt zu kommen. Und dieser Grund waren die Spiele.

Die Qualifikationstests begannen pünktlich um zwölf Uhr mittags. Als Richards sich hinter den letzten Mann in die Reihe stellte, stand er noch im Schatten des Wolkenkratzers. Und dieser war noch neun Häuserblocks, über eine Meile, entfernt. Die Reihe der wartenden Männer streckte sich vor ihm aus wie eine unendliche Schlange. Bald stellten sich weitere Aspiranten hinter ihm an. Die Polizisten behielten sie im Auge, die Hände an ihren Pistolen- oder Schlagstockgriffen. Ein unpersönliches, verächtliches Lächeln lag auf ihrem Gesicht.

– Findest du nicht, daß der Kerl da ein wenig schwachsinnig aussieht, Frank? Ich finde schon.

– So 'n Typ da hinten hat mich gefragt, ob man hier irgendwo aufs Klo gehen könnte. Kannst du dir das vorstellen?

– Diese Hurensöhne können doch nicht...

– Würden die eigene Mutter töten, nur um ein paar...

– Der stinkt, als hätte er nicht mehr gebadet, seit...

– Gibt doch nichts Schöneres, als so eine Freakshow, wie ich immer sage...

Den Kopf tief zwischen die Schultern gezogen, um sich gegen den Regen zu schützen, traten sie ziellos auf der Stelle, bis die Schlange sich nach geraumer Zeit in Bewegung setzte.

...Minus 098 ... und der Countdown läuft...

Es war schon nach vier, als Richards den Hauptschalter erreichte und sofort an Schalter 9 (Q–R) verwiesen wurde. Die Frau an dem ratternden Plastikterminal sah müde und abweisend aus. Sie blickte auf und sah durch ihn hindurch.

»Name. Nach- Vor- Mittel-«

»Richards, Benjamin Stuart.«

Ihre Finger flogen über die Tasten. *Ratter, ratter, ratter* rasselte der Computer.

»Alter-Größe-Gewicht.«

»Achtundzwanzig-einsachtundachtzig-einhundertfünfundsechzig.«

Ratter, ratter, ratter.

»Beglaubigter I. Q. nach dem Welscher-Test, falls Sie ihn wissen, und das Alter, in dem Sie getestet wurden.«

»Hundertsechsundzwanzig. Im Alter von vierzehn.«

Ratter, ratter, ratter.

Die Eingangshalle wirkte wie eine riesige, mit widerhallenden Geräuschen erfüllte Gruft. Fragen wurden gestellt und beantwortet. Leute wurden weinend hinausgeführt, andere buchstäblich hinausgeworfen. Heisere Stimmen protestierten. Ein- oder zweimal schrie jemand. Fragen, Fragen und nochmals Fragen.

»In welcher Schule sind Sie zuletzt gewesen?«

»Handelsschule.«

»Haben Sie einen Abschluß gemacht?«

»Nein.«

»Wie viele Jahre, und in welchem Alter sind Sie abgegangen?«

»Zwei Jahre. Sechzehn.«

»Grund?«

»Ich habe geheiratet.«

Ratter, ratter, ratter.

»Name und Alter der Ehefrau, falls vorhanden.«

»Sheila Catherine Richards, sechsundzwanzig.«

»Name und Alter der Kinder, falls vorhanden.«

»Catherine Sarah Richards, achtzehn Monate.«

Ratter, ratter, ratter.

»Letzte Frage, Mister, und versuchen Sie gar nicht erst zu lügen. Wir werden Ihnen spätestens bei der medizinischen Untersuchung auf die Schliche kommen und Sie gegebenenfalls disqualifizieren. Haben Sie jemals Heroin oder das synthetische Amphetamin-Halluzinogen, genannt San Francisco Push, genommen?«

»Nein.«

Eine Plastikkarte sprang aus der Maschine, und sie reichte sie ihm. »Verlieren Sie die nicht, großer Junge, denn wenn Sie es tun, müssen Sie nächste Woche wiederkommen und ganz von vorn anfangen.« Jetzt sah sie ihm zum ersten Mal ins Gesicht und nahm ihn wahr. Wütender Blick, schlanker Körper. Sah gar nicht mal schlecht aus. Wenigstens ein bißchen intelligent. Guter Durchschnitt.

Mit einer fahrigen Bewegung riß sie ihm die Karte aus der Hand und knickte die obere rechte Ecke ab, so daß sie eigenartig gezackt aussah.

»Was soll denn das?«

»Nicht so wichtig. Sie werden es später erfahren. Vielleicht.« Sie deutete über seine Schulter auf einen langen Gang, der zu einer Reihe von Fahrstühlen führte. Dutzende von Männern, die gerade von den Schaltern kamen, wurden angehalten, zeigten ihre Plastikausweise vor und durften weitergehen. Gerade in dem Augenblick, als Richards hinübersah, wurde ein zitternder Drogensüchtiger mit traurigem Gesicht von einem Ordnungsbeamten ausgesondert und zur Tür geführt. Er fing an zu heulen, aber er ging.

»Verlotterte alte Welt«, sagte die Frau hinterm Schalter mitleidslos. »Gehen Sie weiter.«

Richards ging. Hinter ihm fing die Litanei wieder von vorne an.

... Minus 097 ... und der Countdown läuft ...

Eine schwielige Hand schlug hart auf seine Schulter, als er den Gang hinter den Schaltern erreichte. »Ausweis, Freundchen.«

Richards zeigte seinen Ausweis. Der Polizist entspannte sich. Sein verschlagenes Gesicht zeigte Enttäuschung.

»Das gefällt dir wohl so richtig, die Leute zurückzuschikken, nicht wahr?« fragte Richards. »Das macht dich richtig an, hm?«

»Willst du zurück in die Unterstadt, du Made?«

Richards ging einfach an ihm vorbei, und der Beamte rührte sich nicht vom Fleck.

Auf halbem Weg zu den Fahrstühlen drehte Richards sich noch einmal um. »He, Bulle!«

Der Polizist sah trotzig auf.

»Hast du Familie? Nächste Woche könntest nämlich du dran sein.«

»Sieh zu, daß du verschwindest!« kreischte der Bulle wütend.

Richards ging lächelnd weiter.

Vor den Fahrstühlen wartete eine Schlange von circa zwanzig Bewerbern. Richards zeigte einem weiteren Beamten seinen Ausweis, und der nahm ihn genauer unter die Lupe. »Bist wohl ein ganz Zäher, Sonnyboy?«

»Zäh genug«, antwortete Richards lächelnd.

Der Beamte gab ihm den Ausweis zurück. »Sie werden dich schon noch weichklopfen. Wie klug wirst du wohl daherreden, wenn du lauter Löcher im Kopf hast, Sonnyboy?«

»Genauso klug wie du, wenn du keine Pistole am Gürtel hängen hast und deine Hose dir bis zu den Knöcheln runtergerutscht ist«, erwiderte Richards immer noch lächelnd. »Willst du es mal versuchen?«

Einen Augenblick lang dachte er, der Bulle würde auf ihn losgehen. »Sie kriegen dich!« knurrte er. »Du wirst noch ganz schön auf den Knien rutschen, bevor sie mit dir fertig sind.«

Er stolzierte auf drei Neuankömmlinge zu und wollte ihre Ausweise sehen.

Der Mann, der vor Richards in der Schlange stand, drehte sich zu ihm um. Er hatte ein unglückliches, nervöses Gesicht, lockige Haare und über der Stirn Geheimratsecken. »Sag mal, du wirst dich doch nicht mit denen anlegen, Freund. Die haben einen Nachrichtendienst.«

»So, haben sie das?« antwortete Richards milde und sah ihm in die Augen.

Der Mann wandte sich wieder nach vorn.

Plötzlich öffneten sich die Fahrstuhltüren. Ein schwarzer Polizist mit riesigem Bauch stand vor der Tafel mit den Schaltknöpfen. Ein weiterer Polizist saß auf einem kleinen Stuhl in einer kugelsicheren Kabine von der Größe einer Telefonzelle, die im hinteren Teil des Fahrstuhls eingebaut war. Er las in einem 3-D-Pornoheft. Zwischen den Knien hielt er ein Gewehr mit abgesägtem Lauf. Die Munition lag sauber aufgereiht neben ihm, bequem zu erreichen.

»Nach hinten durchgehen!« rief der dicke Schwarze mit gelangweilter Wichtigtuerei. »Nach hinten durchgehen! Nach hinten durchgehen!«

Sie zwängten sich in die Kabine und standen schließlich so eingepfercht, daß es unmöglich war, tief durchzuatmen. Richards war auf allen Seiten von schlaffen Körpern umgeben. Der Fahrstuhl brachte sie in den zweiten Stock. Die Türen glitten wieder auf. Richards, der alle Anwesenden um gut einen Kopf überragte, konnte einen riesigen Wartesaal mit einer Unmenge von Stühlen sehen, der von einem überdimensionalen Free-Vee-Bildschirm beherrscht wurde. In einer Ecke stand ein Zigarettenautomat.

»Aussteigen! Aussteigen! Nehmen Sie Ihre Ausweise in die linke Hand!«

Beim Aussteigen hielten sie ihre Ausweise vor die unpersönliche Linse einer automatischen Kamera. Neben den Ausgängen standen drei Polizisten. Aus irgendeinem Grund wurde bei einigen Dutzend Ausweisen ein Summton ausgelöst. Die Besitzer wurden aus den Reihen ausgesondert und zu den Ausgängen gedrängt.

Richards zeigte seine Plastikkarte und wurde weitergewiesen. Er ging direkt zum Zigarettenautomaten, zog sich eine Packung Blams und setzte sich so weit weg vom Free-Vee wie nur möglich. Er hatte seit fast sechs Monaten keine Zigarette mehr geraucht.

...Minus 096 ... und der Countdown läuft...

Die Leute, deren Name mit A begann, wurden sofort zur ärztlichen Untersuchung aufgerufen. Gut zwei Dutzend Männer standen auf und gingen nacheinander durch eine Tür hinter dem Free-Vee-Schirm. Über der Tür hing ein großes Schild: HIER ENTLANG, und unter die Buchstaben war ein Pfeil gezeichnet, der auf die Tür deutete. Es war allgemein bekannt, daß unter den Bewerbern für die Spiele erschrekkend viele Analphabeten waren.

Circa alle fünfzehn Minuten wurde der jeweils nächste Buchstabe aufgerufen. Ben Richards hatte sich gegen siebzehn Uhr auf seinem Stuhl niedergelassen. Er schätzte, daß es mindestens Viertel vor neun werden würde, bevor er drankäme. Wenn er sich doch bloß ein Buch mitgenommen hätte, aber vermutlich war es ohne besser. Bücher machten die Leute mißtrauisch, besonders, wenn sie bei jemandem von der Südseite gesehen wurden. Als ungebildete Made war man sicherer.

Nervös sah er sich die Sechs-Uhr-Nachrichten an (die Kämpfe in Ecuador waren heftiger geworden; in Indiana hatte es neue Aufstände und sogar Fälle von Kannibalismus gegeben; die Detroit Tigers hatten die Harding Catamounts am Nachmittag 6 zu 2 geschlagen). Als um halb sieben das erste Riesengewinnspiel des Abends begann, ging er unruhig ans Fenster und sah hinaus. Jetzt, da er sich entschlossen hatte, langweilten die Spiele ihn wieder. Die meisten seiner Genossen saßen jedoch mit furchtsamer Faszination vor dem Bildschirm und sahen sich *Fun Guns* an. Vielleicht waren nächste Woche sie dran.

Draußen ging das gedämpfte Tageslicht langsam in Dämmerung über. Die Hochbahnen rasten mit voller Geschwindigkeit über Gleise, die etwa in Höhe des Fensters im zweiten Stock verliefen. Ihre Scheinwerfer bohrten sich in das graue Abendlicht. Unten auf den Bürgersteigen flanierten die Leute, die jetzt Feierabend hatten, auf der Suche nach nächtlicher Unterhaltung. Die meisten dieser Männer und Frauen arbeiteten als Techniker oder Büroangestellte bei der Fernsehanstalt. Ein offizieller Drogenhändler verhökerte seine Ware an der gegenüberliegenden Straßenecke. Ein Mann, an jedem Arm eine Puppe im Zobelpelz, ging an ihm vorüber. Die drei lachten über irgend etwas.

Plötzlich durchflutete ihn eine Woge von Sehnsucht nach Sheila und Cathy, und er wünschte, er hätte sie anrufen können. Aber er glaubte nicht, daß das erlaubt wär. Natürlich konnte er immer noch abhauen. Ein paar hatten das schon getan. Sie hatten den Raum durchquert, ein verkniffenes Grinsen auf den Lippen, und waren durch die Tür mit der Aufschrift ZUR STRAẞE verschwunden. Aber zurück in die kalte Wohnung, in der Cathy glühend vor Fieber im Bett lag? Nein. Das ging nicht. Das konnte er nicht.

Er blieb noch eine Weile am Fenster stehen und setzte sich dann vor den Bildschirm. Das nächste Spiel *Grab dir dein Grab* fing gerade an.

Der Mann neben ihn zupfte ihn ängstlich am Ärmel. »Stimmt es, daß sie schon dreißig Prozent bei der ärztlichen Untersuchung aussieben?«

»Ich weiß es nicht«, antwortete Richards.

»Jesus«, murmelte sein Nachbar. »Ich habe eine Bronchitis. Vielleicht *Tretmühle zum Reichtum*...«

Richards wußte nicht, was er dazu sagen sollte. Das Atmen des Mannes klang wie ein weit entfernter Diesellaster, der einen steilen Hügel hinaufkriecht.

»Ich habe Familie«, sagte der Mann leise, verzweifelt.

Richards blickte auf den Bildschirm, als würde ihn das Spiel interessieren.

Der Mann schwieg. Um halb acht, als das Programm sich änderte, hörte Richards, wie er sich zu seinem anderen Nachbarn hinüberbeugte und diesen nach der ärztlichen Untersuchung fragte.

Draußen war es inzwischen dunkel geworden. Richards fragte sich, ob es noch immer regnete. Der Abend kam ihm unendlich lang vor.

... Minus 095 ... und der Countdown läuft...

Als die *R's* durch die Tür unter dem roten Pfeil in den Untersuchungsraum gingen, war es ein paar Minuten nach halb zehn. Die anfängliche Aufregung hatte sich längst gelegt. Einige der Wartenden sahen sich eifrig die Spiele an, wobei sie ihre Furcht vergessen zu haben schienen; andere waren einfach eingedöst. Der Nachname des Mannes mit dem heiseren Rasseln in der Brust fing mit *L* an. Er war schon vor mehr als einer Stunde aufgerufen worden. Richards fragte sich ohne besonderes Interesse, ob er wohl schon ausgeschieden sei.

Der Untersuchungsraum war ein langer gekachelter Gang, der von Neonröhren beleuchtet wurde. Richards erinnerte er an ein Fließband, an dessen verschiedenen Stationen Ärzte standen und gelangweilt ihre Arbeit verrichteten.

Würde einer von euch wohl mal mein kleines Mädchen untersuchen? dachte er bitter.

Die Bewerber hielten ihre Ausweise wiederum vor eine in die Wand eingelassene Kamera und wurden angewiesen, sich vor einer Reihe Kleiderhaken aufzustellen. Ein Arzt in einem langen weißen Labormantel kam auf sie zu. Er hatte einen Notizblock unter den Arm geklemmt.

»Ziehen Sie sich aus«, ordnete er an. »Hängen Sie ihre Kleidung auf die Haken dort. Merken Sie sich die Nummer Ihres Hakens und geben Sie sie dem Sanitäter am anderen Ende des Ganges an. Machen Sie sich keine Sorgen um Ihre Wertsachen. Hier interessiert sich niemand dafür.«

Wertsachen. Sehr witzig, dachte Richards, als er sein Hemd aufknöpfte. Alles, was er besaß, war ein leeres Portemonnaie mit ein paar Fotos von Sheila und Cathy sowie einer Rechnung für eine Schuhsohle, die er sich vor sechs Monaten vom Schuster hatte anfertigen lassen, einem Schlüsselbund, an dem nur der Haustürschlüssel befestigt war, und einer Babysocke. Er konnte sich nicht erinnern, wann er sie in seine Tasche gesteckt hatte. Und die Packung Blams, die er sich aus dem Automaten gezogen hatte.

Unter seiner Hose trug er ausgefranste lange Unterhosen. Sheila bestand darauf, daß er nicht ohne aus dem Haus ging. Viele Männer waren jedoch unter ihrer Oberbekleidung nackt. Bald standen sie ausgezogen, anonym in einer Reihe. Ihre Penisse baumelten wie vergessene Kriegskeulen zwischen ihren Beinen. Jeder hielt seine Plastikkarte in der Hand. Einige scharrten mit den nackten Füßen, als ob der Kachelfußboden zu kalt wäre, aber er war gar nicht kalt. Ein schwacher, nostalgischer Alkoholdunst zog durch den Raum.

»Bleiben Sie so in einer Reihe«, befahl der Arzt mit dem Notizblock unterm Arm. »Zeigen Sie immer Ihren Ausweis vor. Befolgen Sie alle Instruktionen.«

Die Schlange setzte sich in Bewegung. Richards entdeckte, daß neben jedem Arzt ein Polizist stand. Er senkte den Blick und wartete geduldig.

»Ausweis.«

Er zeigte seinen Ausweis vor. Der erste Arzt notierte seine Nummer. Dann sagte er: »Öffnen Sie den Mund.«

Richards machte den Mund weit auf. Seine Zunge wurde niedergedrückt.

Der nächste Arzt leuchtete ihm mit einer winzigen, grellen Stablampe in die Pupillen und untersuchte anschließend seine Ohren.

Der nächste drückte den kalten Ring eines Stethoskops auf seine Brust. »Husten.«

Richards hustete. Etwas weiter vorne wurde ein Mann weggezerrt. Er brauche das Geld, das könnten sie ihm nicht antun, er werde seine Anwälte auf sie hetzen.

Der Arzt setzte das Stethoskop auf eine andere Stelle. »Husten.«

Richards hustete. Der Arzt drehte ihn um und plazierte das Stethoskop auf seinem Rücken.

»Tief einatmen und den Atem anhalten.« Das Stethoskop bewegte sich.

»Ausatmen.«

Richards atmete aus.

»Weitergehen.«

Sein Blutdruck wurde von einem grinsenden Arzt mit einer Augenklappe gemessen. Ein glatzköpfiger Arzt mit unzähligen Sommersprossen in der Größe von Leberflecken auf der Glatze legte ihm seine kalte Hand zwischen die Hoden und den Oberschenkel.

»Husten.«

Richards hustete.

»Weitergehen.«

Seine Temperatur wurde gemessen. Er mußte in einen Napf spucken. Die Hälfte hatte er jetzt hinter sich. Die andere Hälfte lag noch vor ihm. Zwei oder drei Männer waren schon fertig. Ein Sanitäter mit bleichem Gesicht und Kaninchenzähnen brachte ihnen in Drahtkörben ihre Kleider. Gut ein halbes Dutzend waren inzwischen aus der Reihe geholt und zum Ausgang geführt worden.

»Vorbeugen und die Pobacken auseinanderspreizen.«

Richards beugte sich vor und zog die Pobacken auseinander. Ein mit einer Plastikhülle überzogener Finger bohrte sich in seinen Anus, untersuchte ihn und zog sich zurück.

»Weitergehen.«

Er betrat eine auf drei Seiten mit einem Vorhang abgeteilte Zelle – ähnlich den alten Wahlkabinen, doch waren diese schon vor elf Jahren durch das Computerwahlsystem ersetzt worden – und pinkelte in einen blauen Becher. Der Arzt nahm den Becher und verwahrte ihn in einem Drahtgestell.

An der nächsten Station kam der Sehtest. »Lesen«, forderte der Arzt ihn auf.

»E – A, L – D, M, F – S, P, M, Z – K, L, A, C, D – U, S, G, A – «

»Das genügt. Weitergehen.«

Er schlüpfte in die nächste Pseudowahlkabine und setzte sich einen Kopfhörer auf. Man wies ihn an, auf einen weißen Knopf zu drücken, wenn er etwas hören könne. Wenn er nichts hörte, solle er den roten Knopf betätigen. Der Ton war sehr hoch und nur schwach zu hören. Es klang wie eine Hundepfeife, deren Klang so gedämpft war, daß das menschliche Ohr ihn gerade noch wahrnehmen konnte. Richards drückte auf den jeweiligen Knopf, bis man ihm sagte, er könne aufhören.

Er wurde gewogen. Man untersuchte ihn auf Plattfüße. Dann stand er vor einem Röntgenschirm und band sich eine Bleischürze um. Ein kaugummikauender, eine tonlose Melodie summender Arzt machte mehrere Aufnahmen von ihm und notierte seine Ausweisnummer.

Richards war mit circa dreißig Leuten zur Untersuchung gekommen. Zwölf hatten es bisher geschafft. Sie standen vor den Fahrstühlen und warteten. Gut zwölf andere waren ausgesondert und aus dem Raum gezerrt worden. Einer hatte versucht, den Arzt, der ihn zur Seite geschoben hatte, anzugreifen. Der Polizist hatte ihm mit voller Wucht den Schlagstock über den Kopf gezogen. Der Kerl war zu Boden gefallen, als wäre er abgeschlachtet worden.

Richards stand vor einem niedrigen Schreibtisch und wurde nach gut fünfzig Krankheiten gefragt, die er gehabt haben könnte. Die meisten davon bezogen sich auf die Atemwege. Der Arzt blickte ihn scharf an, als Richards erwähnte, daß jemand aus seiner Familie Grippe habe.

»Ihre Frau?«

»Nein, meine Tochter.«

»Wie alt?«

»Anderthalb Jahre.«

»Sind Sie geimpft? Versuchen Sie ja nicht zu lügen!« rief der Arzt plötzlich, als ob Richards schon den Versuch gemacht hätte. »Wir werden Ihren Impfpaß überprüfen.«

»Geimpft im Juli 2023. Booster. Ortskrankenhaus.«

»Weitergehen.«

Richards hatte plötzlich das Verlangen, über den Tisch zu langen und dem Mistkerl den Hals umzudrehen. Statt dessen ging er weiter.

An der letzten Station stand eine ernst dreinblickende Ärztin mit kurzgeschnittenen Haaren und einem winzigen Hörgerät im Ohr. Sie fragte ihn, ob er homosexuell sei.

»Nein.«

»Sind Sie jemals wegen eines schweren Verbrechens verhaftet worden?«

»Nein.«

»Leiden Sie an schwerwiegenden Phobien. Damit meine ich...«

»Nein.«

»Hören Sie sich lieber erst mal die Definition an«, erklärte sie mit sanfter Herablassung. »Ich meine...«

»... ob ich an ungewöhnlichen, zwanghaften Ängsten wie Höhen- oder Platzangst leide. Nein, das ist nicht der Fall.«

Sie kniff den Mund zusammen, und einen Augenblick sah es so aus, als hätte sie eine scharfe Bemerkung auf den Lippen.

»Haben Sie je Halluzinogene oder andere süchtig machende Drogen genommen oder nehmen Sie noch welche?«

»Nein.«

»Ist ein Mitglied Ihrer Verwandtschaft jemals wegen eines Verbrechens gegen die Regierung oder die Fernsehanstalt verhaftet worden?«

»Nein.«

»Unterzeichnen Sie diesen Loyalitätseid und das Verzichtformular der Spielekommission, Mr., eh, Richards.«

Er kritzelte seine Unterschrift hin.

»Zeigen Sie dem Sanitäter Ihren Ausweis und sagen Sie ihm Ihre Nummer...«

Er ließ sie mitten im Satz stehen und zeigte mit dem Daumen auf den Drahtkorb mit seinen Kleidern. »Nummer sechsundzwanzig.« Der Sanitäter brachte ihm seine Sachen. Richards zog sich langsam an und schlenderte zum Fahrstuhl hinüber. Sein Anus fühlte sich heiß und verletzt an. Beleidigt. Er spürte noch die schleimige Flüssigkeit, die der Arzt eingeführt hatte.

Als sie alle versammelt waren, glitten die Fahrstuhltüren auf. Die kugelsichere Judaszelle war diesmal leer. Der Polizist war ein magerer Hüne mit einem großen Geschwür an der Nase. »Nach hinten durchgehen«, sang er. »Bitte, gehen Sie nach hinten durch.«

Bevor die Türen sich schlossen, konnte Richards die *S'* am anderen Ende des Raumes eintreten sehen. Der Arzt mit dem Notizblock unter dem Arm eilte auf sie zu. Dann schnappten die Türen zu und schnitten ihm die Sicht ab.

Sie fuhren in den dritten Stock, und der Fahrstuhl entließ sie in einen riesigen, dämmrigen Schlafsaal. Die Reihen von schmalen eisernen Feldbettgestellen schienen sich bis in die Unendlichkeit zu erstrecken.

Zwei Polizisten neben dem Fahrstuhlausgang überprüften ihre Ausweise und gaben ihnen die Nummer des ihnen zugewiesenen Feldbetts. Richards' war 940. Auf dem Bett lagen eine dünne braune Decke und ein sehr flaches Kopfkissen. Richards legte sich hin und ließ seine Schuhe auf den Boden fallen. Seine Füße baumelten über die Bettkante, aber das war nun mal nicht zu ändern.

Er verschränkte die Arme unter seinem Kopf und starrte an die Decke.

...Minus 094 ... und der Countdown läuft...

Am nächsten Morgen wurde er von einem durchdringenden Summton geweckt. Einen Augenblick lang war er verwirrt und wußte nicht, wo er sich befand. Er fragte sich, ob Sheila einen Wecker gekauft hätte. Doch dann fiel ihm alles wieder ein, und er setzte sich auf.

Sie wurden in Gruppen zu fünfzig in einen riesigen, fabrikähnlichen Waschsaal geführt. Beim Eintreten hielten sie ihren Ausweis vor ein Kameraauge, das von einem Polizisten bewacht wurde. Richards trat in eine blau gekachelte Kabine, die mit einem Spiegel, einem Waschbecken, einer Dusche und einer Toilette ausgestattet war. Auf dem Porzellanbord über dem Waschbecken lagen eine Reihe in Zellophan gewikkelter Zahnbürsten, ein elektrischer Rasierapparat, ein Stück Seife und eine angebrochene Zahnpastatube. In einer Ecke des Spiegels klebte ein Schild: RESPEKTIEREN SIE DIESES EIGENTUM! Darunter hatte irgendein Witzbold gekritzelt: ICH RESPEKTIERE NUR MEINEN ARSCH!

Richards duschte, nahm sich das oberste Handtuch von dem Stapel neben der Toilette und trocknete sich ab. Dann rasierte er sich und putzte sich die Zähne.

Danach wurden sie in eine Cafeteria geführt, in der sie wiederum ihre Ausweise vorzeigen mußten. Richards schob sein Tablett über die Theke aus rostfreiem Stahl. Er bekam eine Packung Cornflakes, einen Teller fettiger Bratkartoffeln, einen Schlag Rührei und ein kaltes Stück Toast, hart wie ein marmorner Grabstein. Dazu ein Glas Milch, eine Tasse Kaffee (ohne Milch), ein paar Gramm Salz und Zucker, jeweils in Tütchen abgepackt, und einen Klacks Buttterersatz, der auf einem fettigen Papierstückchen lag.

Er schlang das Frühstück in sich hinein; alle machten das so. Es war das erste richtige Essen, das er seit Gott weiß wie lange zu Gesicht bekam. Sheila und er ernährten sich von öligen Pizzaecken und den Ernährungspillen, die von der Regierung ausgeteilt wurden. Doch es schmeckte ekelhaft fad, so als hätte ein Vampir allen Geschmack herausgesaugt und nur noch die Nährstoffe übriggelassen.

Was hatten *sie* heute morgen zu essen? Seetangpillen. Und Pulvermilch für das Baby. Auf einmal überkam ihn Verzweiflung. Himmel, wann würden sie endlich Geld sehen? Heute? Morgen? Nächste Woche?

Aber vielleicht war auch das nur ein schlechter Scherz, ein Reinfall. Vielleicht gab es gar keinen Regenbogen und schon gar keinen Topf mit Gold an seinem Ende.

Er starrte trübsinnig auf seinen leeren Teller, bis der Sieben-Uhr-Summer ertönte und sie zu den Fahrstühlen getrieben wurden.

... Minus 093 ... und der Countdown läuft ...

Im vierten Stock wurde Richards' Fünfzigergruppe als erste in einen großen, unmöblierten Raum geführt. An den Wänden standen Boxen, die wie riesige Briefkästen aussahen. Sie zeigten ihre Ausweise vor, und die Fahrstuhltüren schlossen sich hinter ihnen.

Ein hagerer Mann mit Stirnglatze und dem Spieleemblem (die Silhouette eines Männerkopfes über einer brennenden Fackel) auf seinem Labormantel kam in den Raum geeilt.

»Ziehen Sie sich bitte aus und nehmen Sie alle Wertsachen aus Ihren Kleidern«, sagte er. »Werfen Sie Ihre Kleider danach durch die Müllverbrennungsschlitze. Sie werden Spieleoveralls bekommen.« Er lächelte großmütig. »Diese Overalls dürfen Sie anschließend behalten, egal, wie Sie bei den Tests abschließen.«

Einige murrten unwillig, doch alle fügten sich.

»Bitte beeilen Sie sich«, trieb der Hagere sie an und klatschte dabei zweimal in die Hände wie ein Lehrer, der seinen ABC-Schützen das Ende der Spielpause verkündet. »Wir haben noch eine Menge vor uns.«

»Wollen Sie sich auch bewerben?« fragte Richards trocken.

Der Hagere sah ihn verständnislos an. In der hinteren Reihe kicherte jemand.

»Ach, nicht so wichtig«, winkte Richards ab und stieg aus seiner Hose.

Er nahm seine wertlosen Wertsachen an sich und warf das Hemd, die Hose und die Unterwäsche durch den riesigen Briefkastenschlitz. Aus der unergründlichen Tiefe schlug plötzlich eine grelle, gierige Stichflamme empor.

Die Tür am anderen Ende öffnete sich (es gab immer eine Tür am anderen Ende; sie waren Ratten in einem überdimensionalen, aufwärts geneigten Labyrinth: einem amerikanischen Labyrinth, dachte Richards), und herein kam ein junger Angestellter, der große Körbe auf Rädern vor sich herschob. Die Körbe hatten die Aufschrift *S, M, L* und *XL*. Richards angelte wegen seiner Länge einen Overall aus dem XL-Korb und rechnete damit, daß er ihm am Leibe schlottern würde, aber er paßte ganz gut. Der Stoff war weich und elastisch, fast wie Seide, aber wesentlich strapazierfähiger. Den Verschluß bildete ein langer Nylonreißverschluß auf der Vorderseite. Alle Overalls waren dunkelblau und hatten das Spiele-Emblem auf der rechten Brusttasche. Als die ganze Gruppe eingekleidet war, fühlte Richards sich, als hätte er sein Gesicht verloren.

»Hier entlang, bitte«, sagte der hagere Mann und brachte sie in einen weiteren Wartesaal. Wieder der unvermeidliche, plärrende Free-Vee-Schirm. »Sie werden in Zehnergruppen aufgerufen werden.«

Über der Tür hinter dem Free-Vee hing wieder das HIER-ENTLANG-Schild, ergänzt durch einen roten Pfeil.

Sie setzten sich. Nach einer Weile stand Richards auf und ging ans Fenster. Draußen regnete es immer noch. Die Straßen glänzten naß und schwarz. Er fragte sich, was Sheila wohl gerade machte.

...Minus 092 ... und der Countdown läuft...

Um Viertel nach zehn ging er zusammen mit neun anderen durch die Tür. Sie wurden einzeln durchgelassen, und ihre Ausweise wurden nochmals überprüft. Richards sah zehn abgeteilte Kabinen, doch diese hatten stabilere Wände aus gerippten, schalldichten Korkplatten. Die Deckenbeleuchtung verbreitete ein weiches, indirektes Licht. Aus verborgenen Lautsprechern erklang gedämpfte Musik. Ein dicker Plüschteppich bedeckte den Boden. Es verwirrte Richards, etwas anderes als Zement unter den Füßen zu spüren.

Der hagere Mann hatte etwas zu ihm gesagt.

Er blinzelte ihm zu. »Häh?«

»Kabine 6«, wiederholte der Mann tadelnd.

»Oh.«

Er ging zur Kabine 6. Drinnen stand ein Schreibtisch, und an der Wand dahinter hing eine große Bahnhofsuhr genau auf Augenhöhe. Ein gespitzter G. A./IBM-Bleistift und ein Stapel unliniertes Papier lagen auf dem Tisch bereit. Billige Qualität, wie Richards bemerkte.

Neben dem Schreibtisch stand eine Göttin des Computerzeitalters. Eine Juno, groß, schlank, mit einer hinreißenden blonden Mähne. Sie trug winzige Minishorts aus seidigem Stoff, der so eng anlag, daß das Delta ihrer Schamhaare sich deutlich abzeichnete. Ihre rosa Brustwarzen schimmerten durch die Maschen einer seidenen Netzbluse.

»Setzen Sie sich bitte«, forderte sie ihn auf. »Ich bin Rinda Ward, Ihre Prüferin.« Sie streckte ihm ihre Hand entgegen.

Verwirrt schüttelte Richards sie. »Benjamin Richards.«

»Darf ich Sie Ben nennen?« Ihr Lächeln war verführerisch, doch unpersönlich. Er verspürte genau den Grad von Erregung, den diese Frau mit ihrem zur Schau gestellten, wohlgenährten Körper auslösen sollte, und das ärgerte ihn. Er fragte sich, ob sie sich auf diese Art befriedigte, ob es sie anmachte, die armen Schweine auf dem Weg zum Fleischwolf aus der Fassung zu bringen.

»Klar«, antwortete er. »Hübsche Titten übrigens.«

»Danke«, erwiderte sie gelassen. Er hatte sich mittlerweile gesetzt und mußte zu ihr aufblicken, während sie auf ihn herabsah. Das machte ihn noch verlegener. »Der heutige Test bezieht sich auf Ihre geistigen Fähigkeiten; bei dem gestrigen ging es nur um Ihren Körper. Es wird ziemlich lange dauern. Sie bekommen gegen drei Uhr Ihr Mittagessen – das heißt, wenn Sie darauf bestehen.« Das Lächeln schaltete sich an und aus.

»Wir beginnen mit dem sprachlichen Teil. Sie haben genau eine Stunde Zeit von dem Augenblick an, in dem ich Ihnen die Testunterlagen gebe. Sie dürfen während der Prüfung Fragen stellen, und ich werde sie, soweit es mir erlaubt ist, beantworten. Ich werde mich jedoch nicht zu den Antworten auf die Testfragen äußern. Haben Sie verstanden?«

»Ja.«

Sie reichte ihm ein Heft. Auf dem Einband war eine rote Hand abgebildet, die mit ausgestrecktem Zeigefinger auf große rot geschriebene Buchstaben wies:

STOP!

Und darunter: *Schlagen Sie das Heft erst auf, wenn Ihr Prüfer es Ihnen erlaubt.*

»Donnerwetter!« murmelte Richards.

»Wie bitte?« Ihre perfekt geschwungenen Augenbrauen zogen sich einen Millimeter in die Höhe.

»Nichts.«

»Wenn Sie das Heft öffnen, werden Sie einen Fragebogen finden. Kreuzen Sie Ihre Antworten bitte klar und deutlich an. Wenn Sie eine Antwort nachträglich ändern wollen, radieren Sie die vorherigen Angaben bitte sorgfältig aus. Sollten Sie eine Antwort nicht wissen, *raten Sie nicht*. Haben Sie mich verstanden?«

»Ja.«

»Dann blättern Sie bitte Seite eins auf und fangen Sie an. Wenn ich ›Stop‹ sage, legen Sie den Bleistift hin. Sie dürfen anfangen.«

Er rührte sich nicht, sondern betrachtete nur ihren Körper. Offen, unverschämt.

Nach einer Weile wurde sie rot. »Die Zeit läuft, Ben. Es wäre besser, wenn Sie...«

»Warum glaubt bloß jeder von euch, daß ihr es mit lauter gehirnamputierten Idioten zu tun habt, wenn ihr mal Leuten von der Südseite des Kanals begegnet?« fragte er.

Ihr Gesicht nahm jetzt eine dunkelrote Farbe an. »Ich... ich habe nie...«

»Nein. Sie nicht.« Er lächelte und nahm den Bleistift zur Hand. »Mein Gott, was seid ihr doch alle dumm.«

Dann beugte er sich über das Heft, während sie immer noch eine Antwort auf (oder wenigstens einen Grund für) seine Ausfälligkeiten suchte. Wahrscheinlich verstand sie ihn wirklich nicht.

Bei der ersten Aufgabe mußte er den richtigen Begriff in einen Satz einfügen.

1. Ein(e) __________ macht noch keinen Sommer.
   a) Gedanke
   b) Bier
   c) Schwalbe
   d) Verbrechen
   e) nichts von allem

Er füllte den Bogen rasch aus und hielt sich bei keiner Frage länger auf, um die Antwort noch einmal zu überdenken. Dann folgte ein Vokabeltest, und anschließend sollte er jeweils das Gegenteil eines bestimmten Begriffs angeben. Als er fertig war, hatte er von der vorgeschriebenen Stunde noch fünfzehn Minuten übrig. Sie nahm seinen Testbogen noch nicht entgegen – es war verboten, den Bogen vor der abgelaufenen Stunde anzunehmen –, also lehnte Richards sich wortlos zurück und musterte ihren fast nackten Körper. Das Schweigen wurde immer schwerer und bedrückender. Spannungsgeladen. Er konnte sehen, daß sie sich jetzt etwas zum Überziehen wünschte. Das tat ihm gut.

Als die Viertelstunde um war, ließ sie ihn den nächsten Testbogen aufschlagen. Auf der Vorderseite war ein Autovergaser abgebildet.

Dieses Gerät baut man ein in __________

a) Rasenmäher
b) Free-Vee-Geräte
c) Elektrische Motorsägen
d) Automobile
e) nichts von allem

Der dritte Teil war mathematisch. Er war nicht sehr gut im Rechnen und kam langsam ins Schwitzen, als die Zeit ihm buchstäblich davonrannte. Gegen Ende kam er arg in Bedrängnis. Die letzte Aufgabe mußte er ungelöst lassen. Linda Ward lächelte eine Spur zu strahlend, als sie ihm den Bogen unter dem Bleistift wegzog. »Bei diesem ging's wohl nicht so schnell, was, Ben?«

»Dafür sind alle anderen Aufgaben richtig«, erwiderte er und lächelte ebenfalls strahlend. Dann lehnte er sich vor und gab ihr einen leichten Klaps auf den Po. »Gehn Sie duschen, Kind. Sie haben Ihre Sache gut gemacht.«

Sie wurde fuchsteufelswild. »Ich könnte Sie disqualifizieren lassen.«

»Quatsch. Sie könnten gefeuert werden, das ist alles.«

»Raus hier! Sehen Sie zu, daß Sie wieder zu Ihren Genossen kommen!« Sie war den Tränen nahe.

Er hatte fast Mitleid mit ihr, aber er unterdrückte dieses Gefühl. »Sie werden heute einen angenehmen Abend verbringen«, sagte er. »Und wenn Sie mit dem Kerl, mit dem Sie diese Woche schlafen, ausgehen und ein Abendessen mit sechs Gängen genießen, dann denken Sie doch bitte mal an mein kleines Kind, das in einer kalten Sozialwohnung an Grippe stirbt.«

Er ließ sie einfach stehen. Sie sah ihm mit bleichem Gesicht nach.

Seine Zehnergruppe war auf sechs Mann geschrumpft, die in den nächsten Raum geführt wurden. Es war inzwischen halb zwei.

... Minus 091 ... und der Countdown läuft ...

Der Arzt, der ihm in der kleinen Kabine an einem Tisch gegenübersaß, trug eine kleine runde Brille mit dicken Gläsern. Er hatte ein selbstgefälliges, widerliches Lächeln, das Richards an einen schwachsinnigen Jungen erinnerte, den er während seiner Schulzeit gekannt hatte. Der Junge war ständig unter den Sitzreihen im Sportstadion herumgekrochen, um den Mädchen unter die Röcke zu sehen und sich dabei einen runterzuholen. Richards fing an zu lachen.

»Was ist denn so lustig?« fragte der Arzt und legte ihm den ersten Tintenklecks vor. Das widerliche Lächeln vertiefte sich.

»Sie erinnern mich an jemanden, den ich mal gekannt habe.«

»Oh? An wen denn?«

»Unwichtig.«

»Wie Sie wollen. Was sehen Sie hier?«

Richards betrachtete den Klecks. Er hatte eine Manschette zum Blutdruckmessen um seinen rechten Oberarm, und an seinem Kopf waren mehrere Elektroden angebracht worden. Drähte führten von seinem Kopf und dem Arm zu einem elektrischen Meßpult, das neben dem Arzt stand. Über den Computerbildschirm liefen gleichmäßig gezackte Linien.

»Zwei Negerinnen, die sich küssen.«

Der Arzt zeigte ihm das nächste Bild. »Und hier?«

»Ein Sportwagen. Sieht wie ein Jaguar aus.«

»Gefallen Ihnen die alten Benziner?«

Richards zuckte die Achseln. »Ich hatte als Kind eine Sammlung von Spielmodellen.«

Der Arzt machte sich eine Notiz und legte ihm das nächste Blatt vor.

»Ein kranker Mensch. Er liegt auf der Seite. Die Schatten auf seinem Gesicht sehen wie die Gitterstäbe einer Gefängniszelle aus.«

»Und dieses hier? Es ist das letzte.«

Richards lachte plötzlich schallend. »Sieht aus wie ein Scheißhaufen.« Er stellte sich vor, wie der Doktor, so wie er war, komplett mit Brille und langem weißen Kittel, unter den Sitzbänken im Stadion herumlungerte, den Mädchen unter die Röcke guckte und sich dabei einen runterholte, und mußte noch mehr lachen. Der Arzt grinste breit und vervollständigte dadurch das Bild, machte es noch komischer. Richards konnte einfach nicht aufhören zu kichern. Ein Schluckauf beendete schließlich seinen Lachanfall. Er rülpste zweimal und war still.

»Ich nehme nicht an, daß Sie mir erklären würden...«

»Nein«, antwortete Richards, »das würde ich nicht.«

»Gut, dann machen wir weiter. Wortassoziationen.« Er hielt sich nicht damit auf, den Test zu erklären. Richards nahm an, daß man den Arzt über ihn informiert hatte. Das war gut so; es sparte Zeit.

»Fertig?«

»Ja.«

Der Arzt holte eine Stoppuhr aus seiner inneren Brusttasche, drückte auf die Mine seines Kugelschreibers und betrachtete die Liste, die vor ihm lag.

»Arzt.«

»Nigger«, antwortete Richards prompt.

»Penis.«

»Schwanz.«

»Rot.«

»Schwarz.«

»Silber.«

»Dolch.«

»Gewehr.«

»Mord.«

»Gewinn.«
»Geld.«
»Sex.«
»Tests.«
»Streichen.«
»Aus.«

Sie gingen eine Liste von ungefähr fünfzig Begriffen durch, bis der Arzt auf die Stoppuhr drückte und den Kugelschreiber fallen ließ. »Gut«, sagte er und faltete die Hände. Er sah Richards ernsthaft in die Augen. »Jetzt habe ich noch eine letzte Frage an Sie, Ben. Ich kann nicht behaupten, daß ich eine Lüge auf Anhieb durchschauen würde, aber diese Maschine da, an die Sie angeschlossen sind, wird sofort mit einem großen Ausschlag reagieren. Also, haben Sie beschlossen, sich für die Spiele zu qualifizieren, weil Sie sich mit Selbstmordgedanken tragen?«

»Nein.«

»Aus welchem Grund tun Sie's?«

»Meine kleine Tochter ist krank. Sie braucht einen Arzt, Medikamente, muß vielleicht ins Krankenhaus.«

Der Kugelschreiber kratzte über das Papier. »Noch andere Gründe?«

Fast hätte er nein gesagt (das ging sie schließlich nichts an), aber dann besann er sich eines Besseren. Sie sollten alles wissen. Vielleicht lag es daran, daß der Arzt ihn an den beinahe vergessenen schwachsinnigen Knaben aus seiner Kindheit erinnerte. Vielleicht auch daran, daß es einmal gesagt werden mußte. Damit die Dinge zusammenpaßten, Gestalt annahmen, so wie es der Fall ist, wenn ein Mann sich dazu zwingt, seine vagen emotionalen Reaktionen in Worte zu fassen und auszusprechen.

»Ich habe schon lange keine Arbeit mehr. Ich möchte wieder arbeiten, auch wenn es nur der miese Job ist, den Trottel in einem abgekarteten Spiel zu spielen. Ich will wieder arbeiten und meine Familie ernähren. Ich habe meinen Stolz. Sind Sie auch stolz, Doktor?«

»Stolz kommt bekanntlich vor dem Fall«, antwortete der Arzt und drückte die Mine seines Kugelschreibers wieder hinein. »Wenn Sie nichts mehr zu sagen haben, Mr. Richards…« Er stand auf. Damit und mit dem Gebrauch seines Nachnamens signalisierte er, daß die Unterhaltung beendet war, egal ob Richards noch etwas zu sagen hatte oder nicht.

»Nein.«

»Die Tür ist am Ende des Ganges rechts. Viel Glück.«

»Aber sicher«, sagte Richards.

…Minus 090 … und der Countdown läuft…

Richards Gruppe war mittlerweile auf vier zusammengeschrumpft. Der nächste Wartesaal war dementsprechend kleiner, denn auch alle weiteren Zehnergruppen waren im Schnitt um sechzig Prozent reduziert worden. Gegen halb fünf trudelten die letzten Ypsilons und Zetts herein. Um vier war ein Angestellter mit Tabletts herumgegangen und hatte ihnen Sandwiches angeboten. Richards hatte sich zwei genommen und sie hinuntergeschlungen, während er einem jungen Kerl namens Rettenmund zuhörte, der ihn und ein paar andere mit einem schier unergründlichen Schatz schmutziger Witze unterhielt. Die Sandwiches schmeckten ausgesprochen fade.

Als die Gruppe vollständig versammelt war, wurden sie wieder in einen Fahrstuhl geschoben und in den fünften Stock hinaufgebracht. Ihr Nachtquartier bestand aus einem großen Gemeinschaftsraum, einem gemeinsamen Waschsaal und der üblichen Schlaffabrik mit den unendlich langen Feldbettreihen. Man sagte ihnen, daß sie um sieben ein warmes Abendessen in der Cafeteria am Ende des Flures einnehmen könnten.

Richards setzte sich ein paar Minuten hin. Dann stand er wieder auf und ging zu dem Polizisten, der an der Tür, durch die sie gekommen waren, Wache hielt. »Gibt es hier irgendwo ein Telefon, Kumpel?« Er hatte eigentlich nicht erwartet, daß sie nach draußen telefonieren dürften, doch der Polizist deutete bloß mit dem Daumen hinter sich.

Richards schob die Tür einen Spalt breit auf und spähte auf den Gang. Tatsächlich, da hing ein Münzfernsprecher.

Er sah wieder zu dem Polizisten hinüber. »Hör mal, wenn du mir fünfzig Cents leihst, werde ich...«

»Verpiß dich, Junge.«

Richards unterdrückte seine Wut. »Ich möchte meine Frau anrufen. Unsere Tochter ist sehr krank. Versetz dich doch mal in meine Lage, Mensch!«

Der Bulle lachte: ein unangenehmes, krächzendes Geräusch. »Ihr seid doch alle gleich. Jeden Tag erfindet ihr was Neues. Und am Muttertag und zu Weihnachten serviert ihr eure Geschichten auch noch in Technicolor und 3 D.«

»Scheißkerl!« fauchte Richards, und irgend etwas in seinem Blick und in der Art, wie seine Schultern sich spannten, schüchterte den Beamten ein. Er blickte verlegen an die Wand. »Bist du nicht auch verheiratet? Warst du noch niemals in einer Notlage und mußtest dir Geld borgen, auch wenn es dir gewaltig gestunken hat?«

Der Bulle stieß plötzlich seine Hand in die Hosentasche und holte eine Faust voll Plastikmünzen hervor. Er warf Richards zwei neue Vierteldollar zu und stopfte den Rest wieder weg. Dann packte er Richards am Kragen und drohte: »Wenn du auch nur einem erzählst, daß Charlie Grady ein weiches Herz hat, schlag' ich dir dein verdammtes Hirn aus dem Schädel, du Wanze.«

»Danke«, erwiderte Richards ruhig. »Fürs Leihen.«

Charlie Grady lachte und ließ ihn los. Richards ging auf den Flur hinaus, nahm den Hörer vom Telefon und warf die beiden Münzen in den Schlitz. Er hörte sie klappernd hinunterfallen. Eine Zeitlang passierte gar nichts – *oh, Jesus, alles umsonst* –, doch dann hörte er das Freizeichen. Langsam wählte er die Nummer ihres Sammeltelefons auf dem Flur des fünften Stocks und betete, daß nicht diese Jenner-Hexe rangehen würde. Sie wäre dazu imstande, sofort wieder aufzulegen, wenn sie seine Stimme erkannte, und dann wäre das Geld im Eimer.

Es läutete sechsmal, und dann antwortete eine unbekannte Stimme: »Hallo?«

»Ich möchte Mrs. Richards sprechen. Wohnung 5 C.«

»Ich glaube, sie ist gerade ausgegangen«, sagte die Stimme. Sie klang jetzt anzüglich. »Sie spaziert immer um den Block, müssen Sie wissen. Sie haben ein krankes Kind. Der Mann taugt nicht viel.«

»Klopfen Sie einfach an die Tür«, sagte Richards einschmeichelnd.

»Einen Augenblick.« Der Hörer am anderen Ende baumelte gegen die Wand. Ganz weit weg, wie im Traum, hörte er jemanden gegen eine Tür klopfen und die fremde Stimme: »Missus Richards!« rufen. »Telefon für Sie, Missus Richards!«

Eine halbe Minute später war die Stimme wieder am Hörer. »Sie ist nicht da. Ich kann das Kind schreien hören, aber sie ist nicht zu Hause. Wie ich schon sagte, sie hält Ausschau nach Kundschaft.« Die Stimme kicherte.

Richards wünschte, er hätte durch die Telefonschnur kriechen und am anderen Ende blitzschnell wie ein böser Flaschengeist aus dem Hörer quellen können, um die Person so lange zu würgen, bis ihr die Augen aus den Höhlen traten und auf den Boden kugelten.

»Schreiben Sie ihr eine Nachricht auf«, befahl er in scharfem Ton. »Schreiben Sie sie an die Wand, wenn's sein muß.«

»Ich habe nichts zum Schreiben bei mir. Ich lege jetzt auf. Wiedersehen.«

»Warten Sie!« brüllte Richards in Panik.

»Ich bin... oh, einen Moment«, sagte die Stimme widerwillig. »Sie kommt gerade die Treppe herauf.«

Richards lehnte sich schwitzend an die Wand. Einen Augenblick später hörte er Sheilas Stimme in der Leitung. Fragend, müde und ein wenig ängstlich piepste sie: »Hallo?«

»Sheila.« Er schloß die Augen und lehnte sich nun vollends gegen die Wand.

»Ben. Ben? Bist du das? Geht es dir gut?«

»Ja, alles in Ordnung. Und Cathy? Ist sie...«

»Es geht ihr so einigermaßen. Das Fieber ist gar nicht so schlimm, aber sie röchelt so sehr. Ben, ich glaube, sie hat Wasser in der Lunge. Wenn sie nun eine Lungenentzündung hat?«

»Es kommt alles in Ordnung. Es wird alles wieder gut werden.«

»Ich...« Sie schwieg. Lange. »Ich lasse sie nicht gern allein, aber ich muß es tun. Ben, ich habe heute morgen etwas Geld verdient. Dafür habe ich ihr Medizin gekauft. Gute Medizin, im Drugstore.« In ihrer Stimme schwang jetzt der fiebernde Eifer einer Predigerin.

»Das Zeug ist doch alles Scheiße«, antwortete er. »Hör mal: Laß das bleiben, Sheila. Hör auf damit. Bitte. Ich glaube, ich habe es hier geschafft. Wirklich. Viel mehr können sie nicht ausscheiden lassen. Sie haben zu viele Shows und brauchen uns als Kanonenfutter. Und sie bezahlen Vorschuß, glaube ich. Mrs. Upshaw...«

»Sie sah fürchterlich aus in Schwarz«, unterbrach Sheila tonlos.

»Das ist jetzt nicht so wichtig. Bleib bei Cathy, Sheila. Keine Kunden mehr.«

»Ist gut. Ich werde nicht mehr rausgehen.« Aber er glaubte ihr nicht. Ihre Stimme klang nicht sehr überzeugend. *Hand aufs Herz, Sheila?* »Ich liebe dich, Ben.«

»Und ich lie...«

»Die drei Minuten sind um«, schaltete die Vermittlung sich ein. »Wenn Sie das Gespräch fortsetzen möchten, müssen Sie noch einen neuen Quarter oder drei alte einwerfen.«

»Warten Sie noch einen Augenblick!« rief Richards. »Gehen Sie aus der Leitung, Sie gottverdammte Hexe. Sie...«

Aber er hörte nur ein leeres Summen. Die Verbindung war unterbrochen.

Er knallte den Hörer an die Wand. Er flog so weit, wie seine silberne Schnur reichte, schnellte wieder zurück und baumelte dann langsam vor und zurück wie eine verendende Schlange.

Jemand muß mir das bezahlen, dachte Richards betäubt, als er langsam zurückging. Jemand *muß* zahlen.

... Minus 089 ... und der Countdown läuft ...

Sie blieben bis zum nächsten Vormittag um zehn Uhr im fünften Stock, und Richards war schon halb wahnsinnig vor Angst, Ärger und Frustration, als endlich ein junger, wahrscheinlich schwuler Kerl in einem hautengen Spieleanzug eintrat und sie zu den Fahrstühlen bat. Jetzt waren sie vielleicht noch insgesamt dreihundert Mann: In der Nacht waren nochmals sechzig aus ihrer Gruppe unbemerkt entfernt worden. Unter ihnen auch der Junge mit dem unerschöpflichen Schatz an dreckigen Witzen.

Im sechsten Stock wurden sie in Fünfzigergruppen in eine kleine, luxuriös eingerichtete Aula geführt. Richards sah eine Menge roten Plüsch, und jeder Sitz hatte Armlehnen aus echtem Holz, in die Aschenbecher eingebaut waren. Er zog seine zusammengeknautschte Schachtel Blams aus der Hosentasche und schnippte die Asche später auf den Fußboden.

Vorne befand sich ein kleines Podium mit einem Rednerpult in der Mitte. Auf dem Pult stand ein Krug mit Wasser.

Gegen Viertel nach zehn ging der schwul aussehende Junge ans Rednerpult und sagte: »Ich möchte Ihnen den Vizedirektor der Spielekommission vorstellen. Mr. Arthur M. Burns.«

»Hurra«, spottete jemand hinter Richards mit säuerlicher Stimme.

Ein korpulenter Mann mit einem Kranz grauer Haare um eine tonsurförmige Glatze schritt auf das Rednerpult zu und blieb eine Weile davor stehen, das Haupt angemessen beugend, so als nähme er einen Applaus entgegen, den nur er hörte. Dann strahlte er sie alle an und zwinkerte ihnen zu; er sah dabei aus wie ein pummeliger, alternder Cupido in einem Geschäftsanzug.

»Ich gratuliere Ihnen«, sagte er. »Sie haben es geschafft.«

Man hörte einen erleichterten kollektiven Seufzer und kameradschaftliches Schulterklopfen. Mehrere Zigaretten wurden angezündet.

»Hurra«, wiederholte die säuerliche Stimme hinter Richards.

»In Kürze werden Sie Ihre Zimmernummern im siebten Stock erhalten und erfahren, für welches Programm Sie vorgesehen sind. Die Programmdirektoren werden Ihnen dann mitteilen, was im einzelnen von Ihnen erwartet wird. Aber vorher möchte ich Ihnen noch einmal herzlich gratulieren und Ihnen sagen, daß ich Sie für großartige, mutige Kerle halte. Sie weigern sich, von der Sozialfürsorge zu leben, wenn Sie die Möglichkeit haben, sich als Mann zu beweisen und, wenn ich das persönlich hinzufügen darf, zu Helden unserer Zeit zu werden.«

»Blödsinn«, kommentierte die säuerliche Stimme.

»Darüber hinaus möchte ich Ihnen im Namen der Fernsehanstalt viel Glück und Erfolg wünschen.« Er rieb sich die Hände und lächelte wie ein rosa Schweinchen. »Ich weiß, daß Sie gespannt auf Ihre Aufgaben warten, deshalb will ich Ihnen weiteres Gerede ersparen.«

Eine Seitentür öffnete sich, und zwölf Angestellte der Spiele in weiten roten Gewändern schritten in den Saal. Sie begannen, Namen aufzurufen und weiße Umschläge zu verteilen, die bald wie Riesenkonfetti den Boden bedeckten. Plastikkarten mit den aufgestanzten Aufgaben wurden gelesen und neu gewonnenen Freunden gezeigt. Unterdrückte Freudenschreie, Seufzer und Buhrufe füllten den Raum. Arthur M. Burns stand über dem Geschehen auf seinem Podium und lächelte wohltätig.

– Oh, dieses verdammte *Wie lange hältst du's in der Hitze aus*. Mein Gott, ich kann keine Hitze vertragen.

– das ist eine ganz miese, unwichtige Show. Kommt gleich nach dem blöden Cartoon, verdammt noch mal.

– *Tretmühle zum Reichtum*, Himmel, ich wußte nicht, daß mein Herz schon so –

– Ich hatte ja gehofft, daß ich es kriegen würde, aber so richtig geglaubt –

– He, Jake, hast du je dieses *Schwimm mit den Krokodilen* gesehen? Ich dachte –

– hätte ich ja nie erwartet –

– ich glaube nicht, daß du –

– so ein gemeines, biestiges –

– dieses *Lauf zu deinen Gewehren* ist –

»Benjamin Richards! Ben Richards?«

»Hier!«

Er bekam einen weißen Umschlag und riß ihn auf. Seine Hände zitterten, und er brauchte zwei Anläufe, bis es ihm gelang, die Plastikkarte herauszuziehen. Er betrachtete sie stirnrunzelnd und verstand gar nichts mehr. Keine Aufgabe, kein Programm war auf die Karte gestanzt. Da stand nur: FAHRSTUHL SECHS.

Er steckte sie zu seinem Ausweis in die Brusttasche und verließ die Aula. Die ersten fünf Fahrstühle auf dem Gang waren voll damit ausgelastet, die Spiele-Teilnehmer der nächsten Sendewoche in den siebten Stock hinaufzubringen. Vor der geschlossenen Tür von Fahrstuhl sechs standen vier Männer und warteten. Richards erkannte einen von ihnen. Es war der Mann mit der säuerlichen Stimme.

»Was hat das zu bedeuten?« fragte Richards. »Werden wir jetzt auf die Straße gesetzt?«

Der Mann mit der säuerlichen Stimme war um die fünfundzwanzig und sah eigentlich recht gut aus. Einer seiner Arme war etwas verkrüppelt, vermutlich von der Kinderlähmung, die im Jahr 2005 wieder ausgebrochen war. Besonders in Co-Op City hatte sie sich damals schnell verbreitet.

»Das Glück werden wir wohl kaum haben«, antwortete er und lachte hohl. »Ich glaube, daß wir für die Riesengewinnspiele vorgesehen sind. Die ganz große Sache, bei der man nicht einfach mit einem Herzinfarkt im Krankenhaus landet oder nur ein Auge oder einen Arm verliert. Die Spiele, bei denen sie dich umbringen. Zur Hauptsendezeit, Baby.«

Ein junger, gutaussehender Bursche, der alles um sich herum mit einem verwunderten, großäugigen Zwinkern betrachtete, gesellte sich zu ihnen.

»Hallo, Dummchen«, begrüßte der Säuerliche ihn.

Um elf Uhr, als alle anderen abtransportiert worden waren, glitten die Türen von Fahrstuhl sechs auf. In der kugelsicheren Judaszelle saß wiederum ein Polizist.

»Siehst du?« sagte der Säuerliche. »Sie halten uns für gefährliche Subjekte. Wir sind Staatsfeinde. Sie werden uns alle ausradieren.« Er zog eine fiese Gangstergrimasse und beballerte die kugelsichere Kabine mit einem eingebildeten Maschinengewehr. Der Polizist starrte ihn ausdruckslos an.

...Minus 088 ... und der Countdown läuft...

Das Wartezimmer im achten Stock war sehr klein. Eine Menge Plüsch sorgte für eine intime Atmosphäre. Richards hatte den Raum ganz für sich allein.

Als sie aus dem Fahrstuhl getreten waren, waren drei von ihnen sofort von drei Polizisten in Empfang genommen und über den mit Plüschteppichboden ausgelegten Flur abgeführt worden. Richards, den Mann mit der säuerlichen Stimme und den Jungen, der ständig blinzelte, hatte man hierhergebracht.

Als sie eingetreten waren, hatte eine Empfangsdame sie begrüßt, deren strahlendes Lächeln Richards an die Sexstars des guten alten Fernsehens, das er mit drei Jahren noch gesehen hatte (Liz Kelly? Grace Taylor?), erinnerte. Sie saß, von unzähligen Topfpflanzen umgeben, in einer Art Alkoven wie in einem ecuadorianischen Fuchsloch. »Mr. Jansky«, hatte sie mit ihrem umwerfenden Lächeln gesagt. »Sie können gleich hineingehen.«

Der Junge, der ständig blinzelte, war daraufhin ins innere Heiligtum eingetreten. Richards und der Mann mit der säuerlichen Stimme – er hieß Jimmy Laughlin – hatten sich ein wenig miteinander unterhalten. Richards hatte herausgefunden, daß Laughlin nur drei Häuserblocks von ihm entfernt in der Dock Street wohnte. Bis zum vorigen Jahr hatte er noch einen Halbtagsjob als Maschinenputzer bei General Atomics gehabt. Dann war er gefeuert worden, weil er an einem Sitzstreik gegen die undichten Strahlenschutzschirme teilgenommen hatte.

»Na ja, jedenfalls lebe ich noch«, hatte er gesagt. »Und für diese Mistkerle ist dies das einzige, worauf es ankommt. Natürlich bin ich steril. Aber *das* macht ja nichts. Das gehört eben zu den Risiken, wenn du für die fürstliche Summe von sieben neuen Dollar pro Tag arbeiten darfst.«

Nachdem G. A. ihm die Tür gezeigt hatte, war es mit dem verkrüppelten Arm noch schwieriger gewesen, eine neue Arbeit zu finden. Zwei Jahre vorher hatte seine Frau plötzlich Asthma bekommen. Jetzt war sie ständig bettlägerig. »Also habe ich beschlossen, mich für das ganz große Ding zu bewerben«, sagte Laughlin mit einem bitteren Lächeln. »Vielleicht habe ich wenigstens Gelegenheit, ein paar von diesen Idioten aus dem Fenster zu schmeißen, bevor McCones Jungs mich kriegen.«

»Glaubst du wirklich, daß wir für...«

»Menschenjagd?« Aber sicher. Da kannst du deinen Arsch drauf wetten. Gib mir eine von diesen fürchterlichen Zigaretten, Freund.«

Richards reichte ihm eine Blams.

Die Tür ging auf und der blinzelnde Junge erschien, den Arm um eine hübsche Puppe gelegt, die zwei Taschentücher und ein Gebetbuch in der Hand hielt. Der Junge schenkte ihnen ein ängstliches Lächeln, als sie an ihnen vorbeigingen.

»Mr. Laughlin, würden Sie jetzt bitte hineingehen?«

Jetzt war Richards allein, abgesehen von der Empfangsdame, die sich wieder in ihr Fuchsloch zurückgezogen hatte.

Er stand auf und ging zum Zigarettenautomaten in der Ecke. Der Automat enthielt auch Joints. Laughlin hat recht, dachte er. Sie hatten wohl das große Los gezogen. Er zog sich eine Schachtel Blams, setzte sich wieder und zündete eine an.

Zwanzig Minuten später kam Laughlin mit einer Aschblonden am Arm wieder heraus. »Eine alte Freundin von mir aus unserer Fahrgemeinschaft«, sagte er und deutete auf das Mädchen. Sie errötete, wie es sich gehört. Laughlin lächelte gequält.

»Jedenfalls redet der Mistkerl offen mit einem«, sagte er zu Richards. »Bis später.«

Er verschwand, und die Empfangsdame reckte ihren Kopf aus dem Fuchsloch und säuselte. »Mr. Richards? Würden Sie jetzt bitte hineingehen?«

Richards ging hinein.

...Minus 087 ... und der Countdown läuft...

Das Büro war groß genug, um darin Killer-Ball zu spielen. Eine riesige Fensterwand hinter dem Schreibtisch gab den Blick auf die Mittelklasseviertel im Westen von Harding frei. Richards sah den Hafen, die großen Lagerhallen und die Öltanker. Der Himmel und das Wasser waren perlgrau. Es regnete immer noch. In der Ferne tuckerte ein riesiger Tanker von rechts nach links über den Horizont.

Der Mann hinter dem Schreibtisch war mittelgroß und sehr schwarz. Er war so schwarz, daß Richards einen Augenblick glaubte, er träume. Der Kerl schien geradewegs aus einer Minstrelshow zu kommen.

»Mr. Richards.« Er stand auf und streckte seine Hand über den Tisch. Als Richards sie ignorierte, schien er nicht sonderlich beeindruckt. Er zog sie einfach zurück und setzte sich wieder.

»Mr. Richards, ich bin Dan Killian. Inzwischen werden Sie wohl erraten haben, warum man Sie hierhergebracht hat. Unsere Akten und Ihre Testergebnisse lassen darauf schließen, daß Sie ein heller Kopf sind.«

Vor dem Schreibtisch stand ein Drehsessel. Richards setzte sich und drückte seinen Zigarettenstummel in einen Aschenbecher mit dem Spiegelemblem aus.

Dann faltete er die Hände und wartete.

»Sie sind als Kandidat für *Menschenjagd* ausgewählt worden, Mr. Richards. Es ist unsere größte Show. Für unsere Kandidaten ist es die lukrativste – aber auch gefährlichste. Ich habe hier das Formular, mit dem Sie Ihre definitive Einwilligung geben. Ich bezweifle nicht, daß Sie unterschreiben werden, aber vorher will ich Ihnen noch sagen, warum wir Sie ausgewählt haben, und vor allem möchte ich, daß Sie genau wissen, worauf Sie sich da einlassen.«

Richards sagte nichts.

Killian legte einen Aktenordner auf seinen tadellos aufgeräumten Schreibtisch. Richards sah, daß vorne sein Name aufgedruckt war. Killian schlug den Ordner auf.

»Benjamin Stuart Richards«, las er vor. »Achtundzwanzig

Jahre alt, geboren am 8. August 1997 in Harding. Besuch der South-City-Handelsschule vom September 2011 bis zum Dezember 2013. Wurde zweimal beschuldigt, seine Vorgesetzten nicht zu respektieren. Ich glaube, Sie haben damals Ihren Vizedirektor an den Oberschenkel getreten, als er Ihnen einmal den Rücken zuwandte.«

»Quatsch«, sagte Richards. »Ich habe ihn in den Hintern getreten.«

Killian nickte. »Wie Sie meinen, Mr. Richards. Im Alter von sechzehn Jahren haben Sie Sheila Richards, geborene Gordon, geheiratet. Ein altmodischer Kontrakt auf Lebenszeit. Durch und durch rebellisch, was? Nicht organisiert, weil Sie sich geweigert haben, den Treueeid auf die Gewerkschaft zu leisten und die Verpflichtung zur freiwilligen Lohnkontrolle zu unterschreiben. Soweit ich weiß, haben Sie den Distriktgouverneur einen ›Blödsinn quasselnden Hurensohn‹ genannt.«

»Ja«, bestätigte Richards.

»Ihr Bericht weist Lücken auf. Sie sind... lassen Sie mich mal sehen... insgesamt sechsmal wegen Aufsässigkeit, Beleidigung von Vorgesetzten und beleidigender Kritik an den Autoritäten gefeuert worden.«

Richards zuckte die Achseln.

»Um es kurz zu machen, wir halten Sie für ein antiautoritäres und antisoziales Subjekt. Sie sind ein Abweichler, der intelligent genug ist, nicht im Gefängnis zu landen oder ernsthafte Schwierigkeiten mit der Regierung zu bekommen. Und Sie sind nicht süchtig. Ein Psychologe aus unserem Stab berichtet, daß Sie bei dem Rorschachtest Lesbierinnen, Exkremente und die Umwelt verunreinigende Benzinfahrzeuge gesehen hätten. Außerdem beschreibt er einen hohen, ihm unerklärlichen Grad an Heiterkeit...«

»Er hat mich an einen Jungen erinnert, den ich mal gekannt habe. Er war ein wenig schwachsinnig. Versteckte sich immer unter den Bänken im Sportstadion und holte sich einen runter. Der Junge, meine ich. Was Ihr Doktor macht, weiß ich natürlich nicht.«

»Ich verstehe.« Killian lächelte flüchtig. Seine weißen Zähne blinkten in seinem dunklen Gesicht. Sofort beugte er sich wieder über den Ordner. »Sie haben rassistische Äußerungen von sich gegeben, die seit dem Antirassismusgesetz von 2004 verboten sind. Darunter auch einige ziemlich brutale Äußerungen bei Ihrem Wortassoziationstest.«

»Ich habe es auch hier mit brutaler Gewalt zu tun«, erwiderte Richards gelassen.

»Das stimmt. Und trotzdem, wir – und damit meine ich nicht nur die Spieleverwaltung, ich meine die gesamte Nation – wir halten diese Äußerungen für äußerst beunruhigend.«

»Haben Sie Angst, daß Ihnen einer eines Nachts eine Bombe in Ihre Zündung einbaut?« fragte Richards lächelnd.

Killian befeuchtete nachdenklich seinen Daumen und blätterte die Seite um. »Glücklicherweise – für uns – sind Sie eine Art Geisel des Schicksals, Mr. Richards. Sie haben eine achtzehn Monate alte Tochter namens Catherine. War das ein Versehen?« Er lächelte frostig.

»Sie war geplant«, antwortete Richards ohne Bitterkeit. »Ich habe damals bei General Atomics gearbeitet. Irgendwie haben meine Spermien das überlebt. Muß wohl ein Scherz Gottes gewesen sein. Wenn ich mir die Welt heute angucke, kommt es mir so vor, als wären wir alle wahnsinnig geworden.«

»Jedenfalls sind Sie hier«, sagte Killian, immer noch mit unterkühltem Lächeln. »Und ab nächsten Dienstag werden Sie in *Menschenjagd* auftreten. Haben Sie die Sendung schon mal gesehen?«

»Ja.«

»Dann wissen Sie ja, daß es die größte Sendung ist, die wir im Free-Vee laufen haben. Sie bietet eine Menge Möglichkeiten für die Zuschauer, sich sowohl aktiv als auch indirekt daran zu beteiligen. Ich bin der Produzent dieser Show.«

»Das ist wirklich wundervoll«, bemerkte Richards.

»Diese Show ist eine der sichersten Methoden für unsere Fernsehanstalt, solche pubertären Unruhestifter wie Sie loszuwerden, Mr. Richards. Sie läuft jetzt schon seit sechs Jahren. Bisher hatten wir noch keine Überlebenden, und, um schonungslos offen zu sein, wir erwarten auch keine.«

»Dann führen Sie eine gefälschte Statistik«, erwiderte Richards.

Killian reagierte eher amüsiert als erschrocken. »Nein, das tun wir nicht. Vergessen Sie nicht, daß Sie ein Anachronismus sind, Mr. Richards. Die Leute werden sich nicht in Bars und Hotels versammeln oder sich draußen in der Kälte vor den Kiosken zusammenrotten, um Ihnen die Daumen zu drücken. Mein Gott, nein! Sie wollen Sie krepieren sehen und werden alles dransetzen, uns dabei zu helfen, wo sie nur können. Je mehr Aufregung, desto besser. Und dann werden Sie noch gegen McCone kämpfen müssen. Evan McCone und seine Jagdhunde.«

»Klingt wie eine Neo-Gruppe«, sagte Richards.

»McCone verliert niemals«, warnte Killian.

Richards grunzte.

»Sie werden am Dienstag abend life auftreten. Alle folgenden Sendungen werden aus Videoaufzeichnungenn, Filmen und, wenn möglich, Direktübertragungen zusammengeschnitten. Wir sind dafür bekannt, daß wir uns in das reguläre Programm einschalten, wenn ein besonders einfallsreicher Kandidat sein ... sagen wir mal ›persönliches Waterloo‹ erreicht hat.

Die Regeln sind denkbar einfach. Sie – oder Ihre hinterbliebene Familie – gewinnen für jede Stunde, die Sie in Freiheit verbringen, hundert neue Dollar. Wir haben viertausendachthundert Dollar für Sie veranschlagt, da wir davon ausgehen, daß Sie es schaffen werden, die Spürhunde achtundvierzig Stunden lang an der Nase herumzuführen. Sollten Sie vorher in ihre Hände fallen, geht der restliche Betrag an uns zurück. Sie erhalten zwölf Stunden Vorsprung. Wenn Sie dreißig Tage durchhalten, gewinnen Sie den Großen Preis. Eine Billion neue Dollar.«

Richards warf den Kopf in den Nacken und lachte.

»Ich bin ganz Ihrer Meinung«, bemerkte Killian mit einem trockenen Lachen. »Haben Sie noch irgendwelche Fragen?«

»Nur eine«, antwortete Richards und beugte sich vor. Jede Spur von Humor war aus seinem Gesicht gewichen. »Wie würde es Ihnen gefallen, da draußen um Ihr Leben zu rennen?«

Killian fing schallend zu lachen an. Er hielt sich den Bauch, und sein Mahagonigelächter erfüllte den Raum. »Oh ... Mr. Richards ... Sie müssen schon ent ... entschuldigen ...« Und wieder brach er in unbändiges Lachen aus.

Endlich tupfte er sich die Augen mit einem großen weißen Taschentuch ab und schien die Beherrschung über sich wiederzugewinnen. »Sie sehen es selbst, Mr. Richards. Nicht genug, daß Sie Sinn für Humor haben, Sie ... ich ...« Er unterdrückte einen erneuten Lachanfall. »Sie müssen mir verzeihen. Sie haben selbst meine Lachmuskeln gereizt.«

»Das sehe ich.«

»Haben Sie noch Fragen?«

»Nein.«

»Sehr gut. Vor der Sendung werden wir uns noch mal bei der Teambesprechung sehen. Sollte Ihr faszinierender Kopf noch weitere Fragen ausbrüten, halten Sie sie bitte bis dahin zurück.« Damit drückte er auf einen Knopf an seinem Schreibtisch.

»Sparen Sie sich die billige Hure«, sagte Richards. »Ich bin verheiratet.«

Killian zog die Augenbrauen hoch. »Sind Sie sicher? Ihre Treue ist bewundernswert, Mr. Richards, aber von Freitag bis Dienstag ist eine lange Zeit. Und wenn Sie bedenken, daß Sie Ihre Frau vielleicht nie wiedersehen ...«

»Ich bin verheiratet.«

»Wie Sie wollen.« Er nickte dem Mädchen, das schon in der Tür stand, zu, und es verschwand wieder. »Gibt es sonst noch etwas, das wir für Sie tun können, Mr. Richards? Sie wohnen in der Suite im neunten Stock, und man wird Ihre Essenswünsche erfüllen, soweit sie im Bereich des Vernünftigen liegen.«

»Eine Flasche guten Bourbon. Und ein Telefon, damit ich meiner Frau sagen kann ...«

»Eh, nein, tut mir leid, Mr. Richards. Das mit dem Bourbon wird erledigt, aber sobald Sie dieses Formular unterschrieben haben ...« Er schob es zusammen mit einem Füller zu ihm hinüber »... sind Sie bis Dienstag für niemanden mehr zu sprechen. Wollen Sie sich das mit dem Mädchen noch einmal überlegen?«

»Nein«, sagte Richards und kritzelte seine Unterschrift auf die gestrichelte Linie. »Aber schicken Sie mir lieber zwei Flaschen Bourbon.«

»Selbstverständlich.« Killian stand auf und reichte ihm wieder die Hand.

Richards übersah sie wiederum und marschierte hinaus.

Killian sah ihm nachdenklich hinterher. Er lächelte nicht mehr.

...Minus 086 ... und der Countdown läuft...

Die Empfangsdame schlüpfte eilig aus ihrem Fuchsloch, als er das Vorzimmer durchquerte, und reichte ihm einen Umschlag. Auf der Vorderseite stand geschrieben:

> Mr. Richards,
> Ich vermute, daß Sie eine Sache während unserer nächsten Unterhaltung nicht erwähnen werden. Sie brauchen dringend Geld. Das stimmt doch, nicht wahr?
> Entgegen allen Gerüchten zahlt die Spiele-Verwaltung *keine* Vorschüsse. Sie dürfen sich nicht als Fernsehstar mit all dem Glanz und Gloria betrachten, den dieses Wort beinhaltet. Sie sind nichts weiter als ein einfacher Arbeiter, der für einen gefährlichen Job extrem gut bezahlt wird.
> Aber die Spiele-Verwaltung hat auch keine Regel aufgestellt, die mir verbietet, Ihnen eine persönliche Anleihe zukommen zu lassen. In diesem Umschlag finden Sie eine Vorauszahlung von zehn Prozent Ihrer Spesen – jedoch nicht in neuen Dollar, sondern in Spielnoten, die jederzeit gegen neue Dollars eingelöst werden können. Sollten Sie Ihrer Frau diese Scheine schicken, was Sie mit Sicherheit tun werden, wird Sie feststellen, daß sie gegenüber den neuen Dollar einen großen Vorteil haben: Ein seriöser Arzt wird sie jederzeit als legales Zahlungsmittel akzeptieren, während ein Quacksalber dies ablehnen wird.
> Ihr *Dan Killian*

Richards öffnete den Umschlag und zog ein dickes Couponheft mit dem Spieleemblem auf dem Pergamentdeckel heraus. Es enthielt achtundvierzig Spielescheine im Werte von jeweils zehn neuen Dollars. Er spürte, wie ihn eine heiße Welle von Dankbarkeit für Killian erfaßte, und unterdrückte dieses Gefühl ärgerlich. Es war völlig klar, daß Killian ihm die vierhundertachtzig Dollar von seinem Spesengeld abziehen würde, und abgesehen davon waren sie ein verdammt niedriger Lohn dafür, daß er den Ablauf der Show garantierte, so daß die Kunden weiterhin zufriedengestellt wurden und Killian seinen phantastisch bezahlten Job ausführen konnte. Sie brauchten ihn.

»Scheiße«, sagte er.

Die Empfangsdame spähte fragend aus ihrem Fuchsloch. »Haben Sie etwas gesagt, Mr. Richards?«

»Nein. Wo geht's hier zu den Fahrstühlen?«

...Minus 085 ... und der Countdown läuft...

Die Suite war der reinste Luxus.

Alle drei Räume – Wohnzimmer, Schlafzimmer und Bad – waren mit dicken Teppichböden ausgelegt, tief genug, um darin zu versinken. Das Free-Vee war nicht eingeschaltet, und es herrschte eine himmlische Stille. Blumen füllten mehrere Vasen, und an der Wand neben der Tür befand sich ein diskreter Schalter mit der Aufschrift: SERVICE. Der Service würde sehr schnell da sein, dachte Richards zynisch, denn draußen vor seiner Tür standen zwei Polizisten, um darauf zu achten, daß er nicht im Haus herumwanderte.

Er drückte auf den Serviceknopf, und sofort öffnete sich die Tür. »Ja, bitte, Mr. Richards?« fragte einer der Bullen, und Richards glaubte, ihm regelrecht ansehen zu können, wie schwer dieses *Mister* ihm über die Lippen kam. »Der Bourbon, um den Sie gebeten haben, wird gleich...«

»Darum geht es jetzt nicht«, unterbrach Richards ihn. Er zeigte ihm das Couponheft, das Killian ihm geschickt hatte. »Ich möchte, daß Sie dies für mich abgeben.«

»Schreiben Sie mir den Namen und die Adresse auf, Mr. Richards. Ich werde dafür sorgen, daß es abgeliefert wird.«

Richards fand die alte Rechnung von seinem Schuster und schrieb Sheilas Namen und Adresse auf die Rückseite. Dann händigte er dem Polizisten den zerknitterten Zettel und das Couponheft aus. Er ging schon ins Zimmer zurück, als ihm plötzlich etwas einfiel. »He, warten Sie einen Moment!«

Der Polizist drehte sich um, und Richards nahm ihm das Heft noch einmal aus der Hand. Er blätterte den ersten Coupon auf und riß entlang einer perforierten Linie ein Zehntel davon ab. Entsprechender Geldwert: ein neuer Dollar.

»Kennen Sie einen Polizisten namens Charlie Grady?«

»Charlie?« Der Bulle sah ihn argwöhnisch an. »Ja, ich kenne ihn. Er hat im fünften Stock Dienst.«

»Geben Sie ihm das.« Richards überreichte ihm den Couponabschnitt. »Sagen Sie ihm, die restlichen fünfzig Cents sind seine Wucherzinsen.«

Der Polizist wandte sich schon zum Gehen, da rief Richards ihn nochmals zurück.

»Sie werden mir doch eine schriftliche Quittung von meiner Frau und von Charlie bringen, nicht wahr?«

Jetzt ließ der Bulle seine Verachtung deutlich erkennen. »Was sind Sie doch für eine vertrauensvolle Seele!«

»Klar«, sagte Richards und lächelte spitz. »Das habt ihr mir gründlich beigebracht. Auf der Südseite des Kanals, da habe ich das alles von euch gelernt.«

»Es wird mir ein ungeheurer Spaß sein zu sehen, wie sie hinter dir her sind«, sagte der Bulle. »Ich werde mit einem Bier in jeder Hand vor dem Free-Vee kleben.«

»Bringen Sie mir nur die Quittungen«, antwortete Richards und schloß dem Mann freundlich die Tür vor der Nase.

Zwanzig Minuten später wurde der Bourbon gebracht, und Richards überraschte den Kellner mit der Bitte, ihm ein paar dicke Romane heraufzuschicken.

»Romane?«

»Bücher. Lesen. Worte. Gedruckte Buchstaben, verstehen Sie?« Er tat so, als blättere er die Seiten eines Buches um.

»Ja, Sir«, antwortete der Kellner zweifelnd. »Haben Sie einen besonderen Wunsch fürs Abendessen?«

Himmel, die Scheiße stieg ihm langsam bis zum Hals. Er ertrank allmählich darin. Plötzlich hatte er eine Cartoon-Fantasie: Ein Mann fällt in eine Mistgrube und ertrinkt in rosafarbener Scheiße, die nach Chanel Nr. 5 duftet. Der Witz: Sie schmeckt trotzdem nach Scheiße.

»Steak. Erbsen. Kartoffelpüree.« Gott, was hatte Sheila heute abend auf dem Tisch? Eine Proteinpille und eine Tasse Kaffee-Ersatz. »Milch. Apfelkuchen mit Sahne. Haben Sie alles?«

»Ja, Sir. Möchten Sie...«

»Nein«, rief Richards plötzlich verzweifelt. »Nein. Gehen Sie.«

Er hatte keinen Appetit. Ganz und gar keinen.

...Minus 084 ... und der Countdown läuft...

Mit bitterer Belustigung dachte Richards, daß der Kellner seine Bücherbestellung wörtlich genommen haben mußte: Ein Lineal hatte ihm dabei wohl als einziger Maßstab gedient. Alles über vier Zentimeter kam in Betracht. So hatte er ihm drei Bücher gebracht, von denen Richards noch nie etwas gehört hatte: zwei goldene Oldies, *Gott ist ein Engländer* und *Nicht als Fremder,* und einen dicken Wälzer, der vor drei Jahren erschienen war: *Die Freuden des Dienens.* Richards warf einen Blick in das letztere und rümpfte die Nase. Armer Junge macht sein Glück bei General Atomics. Steigt vom Maschinenputzer zum Ersatzteilehändler auf. Besucht die Abendschule (wovon? fragte Richards sich, Monopolygeld?). Verliebt sich bei einer Orgie in seinem Häuserblock in ein wunderschönes Mädchen. Wird aufgrund seiner überragenden Leistungen an der Technischen Hochschule aufgenommen, dann dreijähriger Ehevertrag und so weiter...

Richards warf das Buch quer durchs Zimmer. *Gott ist ein Engländer* war schon ein bißchen besser. Er goß sich einen

Bourbon on the rocks ein und ließ sich von der Geschichte einlullen.

Als es diskret an der Tür klopfte, hatte er schon dreihundert Seiten gelesen und sich einen angeduselt. Eine Flasche Bourbon war leer. Mit der anderen in der Hand ging er zur Tür. Draußen stand der Polizist. »Ihre Quittungen, Mr. Richards«, sagte er und zog die Tür hinter sich zu.

Sheila hatte ihm nichts geschrieben, sondern ein Foto von Cathy geschickt. Als er es betrachtete, stiegen ihm Tränen in die Augen. Kein Wunder, wenn man angetrunken ist. Er steckte es in die Brusttasche und besah sich die andere Quittung. Charlie Grady hatte ihm kurz auf die Rückseite einer Fahrkarte gekritzelt:

Danke, Mistkerl. Du kannst mich mal!
Charlie Grady

Richards kicherte und ließ den Zettel auf den Teppich flattern. »Danke, Charlie«, sagte er in das leere Zimmer. »Das war notwendig.«

Er sah sich noch einmal Cathys Foto an. Ein winziges Baby mit zornrotem Gesicht. Sie war vier Tage alt gewesen, als das Bild aufgenommen worden war. Sie kreischte sich die Lunge aus dem Hals und schwamm in einem weißen Nachthemd, das Sheila damals selbst genäht hatte. Wieder spürte er Tränen in seinen Augen und dachte schnell an den Zettel vom guten alten Charlie Grady. Ob er wohl auch die zweite Flasche Bourbon schaffte, bevor er bewußtlos wurde? Er beschloß, es auszuprobieren.

Und schaffte es beinahe.

... Minus 083 ... und der Countdown läuft ...

Den ganzen Samstag versuchte Richards, mit einem riesigen Kater fertigzuwerden. Gegen Abend hatte er ihn fast überwunden und bestellte sich zum Abendessen zwei weitere Flaschen. Wiederum machte er beide nieder. Am Sonntag wachte er in aller Frühe auf und sah im blassen Morgenlicht große Raupen mit flachen, mörderischen Augen langsam über die gegenüberliegende Wand kriechen. Er machte sich klar, daß es nicht gerade in seinem Interesse läge, seine Reaktionsfähigkeit bis Dienstag ganz und gar zu ruinieren, und ließ den Alkohol bleiben.

Dieser Kater verzog sich langsamer. Er mußte sich häufig übergeben, und als sein Magen leer war, stieß er ständig trokken auf. Der Schluckauf hörte gegen sechs Uhr abends allmählich auf, und er bestellte sich eine Suppe zum Abendessen. Keinen Bourbon. Er bat um ein Dutzend Neorockplatten, die er auf der Stereoanlage im Zimmer spielte, aber sie wurden ihm bald zu langweilig.

Er ging früh zu Bett und schlief schlecht.

Am Montag verbrachte er die meiste Zeit auf dem verglasten Balkon vor seinem Schlafzimmer. Er befand sich nun sehr hoch über der Küste. Das Wetter war sonnig, hin und wieder kurze Regenschauer, also recht angenehm. Er las zwei Romane, ging wieder früh zu Bett und schlief diesmal etwas besser. Aber er hatte einen unangenehmen Traum.

Sheila war tot, und er war auf ihrer Beerdigung. Jemand hatte sie in einem Sarg aufgebahrt und ihr einen grotesken Knebel aus neuen Dollars in den Mund gestopft. Er versuchte, hinzurennen und dieses obszöne Ding aus ihrem Mund zu reißen, da packten ihn von hinten Hände, und zwölf Polizisten hielten ihn fest. Einer davon war Charlie Grady. Er grinste ihn an und sagte: »So was passiert nun mal den Verlierern, du Mistkerl!« Sie setzten ihm gerade ihre Pistolen an den Kopf, als er aufwachte.

»Dienstag«, murmelte er und wälzte sich aus dem Bett. Auf die modische G.A-Uhr an der gegenüberliegenden Wand zielte ein Sonnenstrahl. Es war neun Minuten nach sieben. In weniger als elf Stunden würde die 3-D-Lifeübertragung von *Menschenjagd* im gesamten nordamerikanischen Raum ausgestrahlt werden. Er spürte ein brennendes Stechen in seiner Magengegend. Angst. In dreiundzwanzig Stunden war er vogelfrei.

Er duschte sich ausgiebig, zog den Overall an und bestellte sich Eier mit Schinken zum Frühstück. Außerdem bat er den Kellner, ihm eine Stange Blams heraufzuschicken.

Den Vormittag und den frühen Nachmittag saß er ruhig da und las. Es war genau zwei Uhr, als er ein kurzes, förmliches Klopfen an der Tür hörte. Drei Polizisten und Arthur M. Burns, der in seinem Spieletrikot plump und mehr als nur ein wenig lächerlich wirkte, betraten das Zimmer. Alle drei Polizisten waren mit Schlagstöcken bewaffnet.

»Es ist Zeit für Ihre letzte Einsatzbesprechung, Mr. Richards«, sagte Burns. »Würden Sie bitte...«

»Klar«, antwortete Richards. Er steckte ein Lesezeichen in sein Buch und legte es auf den Couchtisch. Plötzlich empfand er ungeheure Angst, fast Panik, und er war sehr froh, daß seine Hände nicht zitterten.

...Minus 082 ... und der Countdown läuft...

Die zehnte Etage des Spielegebäudes unterschied sich gewaltig von den unteren, und Richards wußte, daß er nie weiter hinaufkommen würde. Die Vorstellung, immer höher steigen zu können, die durch seinen Kopf gegeistert war, als er die schmutzige Eingangshalle im Erdgeschoß betreten hatte, wurde im zehnten Stock endgültig zunichte gemacht. Hier befanden sich die Aufnahmestudios.

Die Gänge waren breit, weiß und kahl. Kleine gelbe Gokarts, die von G.A.-Solarzellenmotoren angetrieben wurden, zuckelten hierhin und dorthin und transportierten Massen von Free-Vee-Technikern in die Studios oder die Kontrollräume.

Vor dem Fahrstuhl wartete ein solcher Wagen auf sie, und alle fünf – Richards, Burns und die drei Polizisten – stiegen ein. Als sie durch die Flure fuhren, reckten sich mehrere Hälse nach ihnen, und manchmal wurde mit Fingern auf Richards gedeutet. Eine Frau in gelben Shorts und einem Bikinioberteil zwinkerte Richards zu und warf ihm eine Kußhand nach. Er zeigte ihr seinen Mittelfinger, womit er ihr bedeutete, daß sie ihn mal könne.

Es kam ihm so vor, als reisten sie kilometerweit durch die miteinander verbundenen Flure. Richards konnte unterwegs einen Blick in wenigstens ein Dutzend Studios werfen. In einem stand das berüchtigte Tretwerk aus *Tretmühle zum Reichtum.* Eine Gruppe Touristen aus der Oberstadt kletterte kichernd darauf herum.

Schließlich hielten sie vor einer Tür mit der Aufschrift: MENSCHENJAGD. KEIN ZUTRITT. Burns winkte dem Mann in der kugelsicheren Kabine neben dem Eingang zu und blickte dann zu Richards hinüber.

»Stecken Sie Ihren Ausweis in den Schlitz zwischen der Kabine und der Tür«, forderte er ihn auf.

Richards befolgte seine Anweisung. Der Ausweis verschwand, und kurz darauf leuchtete in der Kabine eine kleine Lampe auf. Der Wächter drückte auf einen Knopf, und die Tür glitt auf. Richards stieg wieder auf den Wagen, und sie wurden in das Studio gefahren.

»Was ist mit meinem Ausweis?« fragte Richards.

»Den brauchen Sie jetzt nicht mehr.«

Sie befanden sich nun in einem Regieraum. Am Mischpult saß ein Techniker vor einem flimmernden Monitor und sprach Zahlen in ein Mikrofon.

Links von ihm saßen Dan Killian und zwei weitere Männer, die er bisher noch nicht gesehen hatte, an einem Tisch. Vor ihnen standen vereiste Gläser. Einer der Männer kam Richards irgendwie bekannt vor. Er sah viel zu gut aus, um ein Techniker zu sein.

»Hallo, Mr. Richards. Hallo, Arthur. Möchten Sie etwas zu trinken, Mr. Richards?«

Richards stellte fest, daß er durstig war. Trotz der vielen Klimaanlagen, die er unterwegs gesehen hatte, war es im zehnten Stock ziemlich heiß. »Ich nehme ein Malzbier«, sagte er.

Killian stand auf, ging zu einem Kühlschrank und entkapselte eine Plastikflasche. Richards setzte sich hin und nahm die Flasche mit einem Kopfnicken entgegen.

»Mr. Richards, dieser Herr hier zu meiner Rechten ist Fred Victor, der Regisseur von MENSCHENJAGD. Der andere ist, wie Sie sicher schon wissen, Bobby Thompson.«

Thompson, natürlich. Gastgeber und Conferencier der Sendung. Er hatte einen schmucken grünen Kittel an, der im

Licht etwas irisierte, und protzte mit einer attraktiven silbernen Mähne, die verdächtig perfekt wirkte.

»Lassen Sie es färben?« fragte Richards ihn.

Thompsons tadellose Augenbrauen zogen sich ein wenig in die Höhe. »Wie bitte?«

»Ach nichts«, winkte Richards ab.

»Sie müssen etwas Nachsicht mit Mr. Richards üben«, entschuldigte Killian ihn lächelnd. »Er scheint einen krankhaften Hang zur Unhöflichkeit zu haben.«

»Durchaus verständlich«, antwortete Thompson und zündete sich eine Zigarette an. Richards hatte plötzlich das Gefühl, alles um ihn herum sei völlig irreal. »Unter diesen Umständen.«

»Mr. Richards, kommen Sie bitte zu mir herüber«, schaltete Victor sich ein und übernahm damit die Führung. Er begleitete ihn zu einer Reihe von Monitorschirmen auf der andere Seite des Raumes. Der Techniker hatte inzwischen seine Probeaufnahmen beendet und war gegangen.

Victor drückte auf zwei Knöpfe, und auf zwei Monitoren erschienen jeweils eine rechte und eine linke Einstellung vom Aufnahmestudio.

»Wir werden nicht die ganze Sendung durchgehen«, informierte Victor ihn. »Wir glauben, daß das viel von der Spontaneität nimmt. Bobby macht seine Show immer aus dem Stegreif, und er kann das verdammt gut. Wir fangen um sechs Uhr abends an. Harding-Zeit. Bobby steht auf der kleinen blauen Bühne im Zentrum des Studios. Von dort beginnt er mit seiner Einführung, indem er Sie kurz vorstellt. Auf dem Bildschirm werden ein paar Fotos von Ihnen zu sehen sein. Sie stehen zu diesem Zeitpunkt rechts hinten in der Kulisse und werden von zwei Polizisten bewacht. Sie werden mit Ihnen die Bühne betreten. Beide sind mit Gewehren bewaffnet. Natürlich wären elektrische Schlagstöcke wesentlich effektiver, wenn Sie wirklich Schwierigkeiten machen sollten, aber die Gewehre machen einen stärkeren Eindruck aufs Publikum.«

»Klar«, sagte Richards.

»Aus dem Publikum werden eine Menge Buhrufe kommen. Wir blenden sie mit ein, denn das verstärkt den theatralischen Effekt. Genau wie bei den Killer-Ball-Spielen.«

»Werden sie auch mit falschen Kugeln auf mich schießen?« fragte Richards. »Ich könnte ein paar Blutbeutel am Körper tragen und sie im rechten Moment platzen lassen. Das verstärkt den theatralischen Effekt.«

»Bleiben Sie bitte bei der Sache«, mahnte Victor. »Sie kommen mit den Wachen ins Studio, wenn Ihr Name aufgerufen wird. Bobby wird Sie, eh... interviewen. Es steht Ihnen frei, sich so fantasievoll auszudrücken, wie es Ihnen beliebt. All das gehört zu gutem Theater. So gegen zehn nach sechs werden Sie Ihre Spesen ausbezahlt bekommen, und dann verlassen Sie – *sans gardes* – das Studio nach links. Haben Sie verstanden?«

»Ja. Was ist mit Laughlin?«

Victor runzelte die Stirn und zündete sich eine Zigarette an. »Er kommt unmittelbar nach Ihnen, um Viertel nach sechs. Wir lassen immer zwei Männer gleichzeitig laufen, denn es kommt oft vor, daß ein Kandidat nicht sehr, eh, begabt dafür ist, Verfolger abzuschütteln.«

»Und der Junge dann als Sicherheit im Rücken?«

»Mr. Jansky? Ja. Das geht Sie nichts an, Mr. Richards. Wenn Sie die Bühne verlassen haben, wird man Ihnen eine Videokamera in der Größe einer Popkornpackung übergeben. Sie wiegt sechs Pfund. Dazu erhalten Sie sechzig Aufnahmekassetten, die alle auch nur circa zehn Zentimeter lang sind. Die gesamte Ausrüstung paßt problemlos in eine Jackentasche. Ein Triumph unserer modernen Technologie.«

»Super.«

Victor preßte die Lippen zusammen. »Wie Dan Ihnen wohl schon klargemacht hat, Mr. Richards, sind Sie nur in den Augen der Massen der große Kandidat. In Wirklichkeit sind Sie ein einfacher Arbeiter, und Sie sollten Ihre Rolle vor allem unter diesem Aspekt betrachten. Die Videokassetten passen durch jeden Briefschlitz und werden sofort per Expreß zu uns geschickt, so daß wir sie gleich für die Abendsendung schneiden können. Sollten Sie es versäumen, zwei Filme pro Tag an uns abzusenden, werden wir sofort die Zahlungen einstellen.«

»Aber ich werde trotzdem weiterhin gejagt.«

»Richtig. Also geben Sie die Bänder immer auf. Sie werden

Ihren Aufenthaltsort nicht verraten. Die Jäger arbeiten unabhängig von der Fernsehanstalt.«

In diesem Punkt hatte Richards so seine Zweifel, aber er sagte nichts.

»Wenn Sie Ihre Ausrüstung erhalten haben, wird man Sie zu dem Aufzug eskortieren. Der bringt Sie direkt auf die Rampart Street. Wenn Sie dort angelangt sind, sind Sie völlig auf sich gestellt.« Er schwieg einen Augenblick. »Haben Sie noch Fragen?«

»Nein.«

Sie gingen zum Tisch zurück, an dem Killian sich angeregt mit Burns unterhielt. Richards fragte, ob er noch ein Malzbier haben könne, und bekam es.

»Mr. Richards«, sprach Killian ihn an und bleckte seine weißen Zähne. »Wie Sie wissen, werden Sie das Studio unbewaffnet verlassen. Aber das soll nicht heißen, daß Sie sich nicht – auf legale oder illegale Weise – Waffen beschaffen können. Mein Gott, nein! Sie – oder Ihre Familie – erhalten jeweils hundert Dollar extra für jeden Jäger oder Repräsentanten der Staatsgewalt, den Sie zufällig töten.«

»Sie brauchen nicht weiterzureden«, unterbrach Richards ihn. »Das verstärkt den theatralischen Effekt.«

Killian lächelte amüsiert. »Wie scharfsinnig Sie doch sind. Ja. Aber versuchen Sie nicht, irgendwelche unschuldigen Zuschauer in die Sache hineinzuziehen. Das wäre nicht koscher.«

Richards sagte nichts.

»Und der andere Aspekt des Wettbewerbs ...«

»Die Spitzel und die freiwilligen Kameramänner, ich weiß schon.«

»Ich würde sie nicht als Spitzel bezeichnen; es sind brave nordamerikanische Bürger.« Es war nicht leicht zu sagen, ob Killians verletzter Ton ernst oder ironisch gemeint war. »Jedenfalls erhält jeder, der Sie irgendwo gesehen hat, eine Nummer. Wenn seine Anzeige sich verifizieren läßt, bekommt er einhundert neue Dollar. Eine Anzeige, die zu Ihrem Tod führt, ist tausend neue Dollar wert. Wir bezahlen den freiwilligen Kameramännern zehn Dollar pro Szene, bis ...«

»Gehen Sie in Rente mit Ihrem Blutgeld! Verbringen Sie Ihren Lebensabend auf dem herrlichen Jamaica!« rief Richards plötzlich und breitete die Arme aus. »Betrachten Sie sich hundertmal in der 3-D-Wochenschau. Werden Sie zum Idol von Millionen. Sie brauchen nur einen Menschen zu jagen.«

»Das genügt«, sagte Killian ruhig. Bobby Thompson feilte seine Fingernägel. Victor hatte schon vor einiger Zeit den Raum verlassen, und man konnte ihn irgendwo etwas wegen verschiedenen Kameraeinstellungen rufen hören.

Killian drückte auf den Knopf einer Sprechanlage. »Miß Jones? Er gehört jetzt Ihnen.« Dann stand er auf und reichte Richards wieder die Hand. »Als nächstes kommt Ihr Make-up, Mr. Richards. Danach die Beleuchtungsproben. Sie werden sich den ganzen Tag hinter der Bühne befinden, so daß wir uns vor Ihrem Auftritt nicht mehr sehen werden. Also...«

»Es war großartig, Sie kennenzulernen«, sagte Richards kurz angebunden und ignorierte die Hand.

Miß Jones führte ihn hinaus. Es war halb drei.

...Minus 081 ... und der Countdown läuft...

Richards stand mit einem Polizisten an jeder Seite hinter den Kulissen und hörte den frenetischen Beifall, mit dem das Publikum Bobby Thompson begrüßte. Er war nervös. Er verspottete sich selbst deswegen, aber seine Nervosität war eine Tatsache. Er konnte sie nicht einfach abschütteln. Es war eine Minute vor sechs.

»Unser erster Kandidat heute abend ist ein gewitzter, einfallsreicher Mann von der Südseite des Kanals. Er kommt also aus Ihrer Heimatstadt«, begann Thompson seine Einführung. Auf dem Bildschirm erschien ein schmuckloses Portrait von Richards. Es zeigte ihn in seinem ausgefransten grauen Arbeitshemd und mußte ein paar Tage vorher mit einer versteckten Kamera aufgenommen worden sein. Der Hintergrund sah aus wie der Wartesaal im fünften Stock. Das Photo ist retuschiert, dachte Richards. Seine Augen lagen tiefer, die Stirn sah etwas flacher aus, und die Wangen wirkten noch eingefallener. Sein Mund hatte unter dem Pinsel des Retuschierers ein höhnisches Grinsen angenommen. Alles in allem wirkte der Richards auf dem Monitor furchterregend – der Todesengel der Stadt, brutal, nicht übermäßig intelligent, dabei aber von einer gewissen primitiven, ja animalischen Schlauheit. Das Schreckgespenst der vornehmen Bewohner der Oberstadt.

»Dieser Mann heißt Benjamin Richards und ist achtundzwanzig Jahre alt. Merken Sie sich dieses Gesicht gut! In einer halben Stunde wird dieser Mann seinen nächtlichen Streifzug antreten. Wenn Sie ihn nachweislich gesehen haben, können Sie hundert neue Dollar verdienen! Eine Anzeige, die zu seinem Tod führt, bringt Ihnen *tausend* neue Dollar ein!«

Richards Gedanken waren abgeschweift, doch er wurde ruckartig in die brutale Gegenwart zurückgerufen.

»... und *dies* ist die Frau, die Benjamin Richards Belohnung erhält, wenn er – falls er! – gefaßt werden sollte!«

Auf dem Bildschirm tauchte eine Fotografie von Sheila auf... aber auch diesmal war der Retuschierpinsel am Werk gewesen, und zwar noch grausamer als bei seinem Foto. Das Ergebnis war gemein. Ihr liebes, wenn auch nicht besonders hübsches Gesicht war zur Fratze einer jämmerlichen Schlampe deformiert worden. Volle, schmollende Lippen, habgierig glitzernde Augen, ein Doppelkinnansatz und flach hängende Brüste sorgten für den Effekt.

»Ihr *Hunde!*« knurrte Richards und wollte nach vorne stürzen, aber er wurden von kräftigen Händen zurückgehalten.

»Reg dich ab, Junge! Das ist doch bloß ein Bild.«

Einen Augenblick später wurde er auf die Bühne geführt, von einem Polizisten gezogen, vom anderen gestoßen.

Das Publikum reagierte sofort. Kreischende Schreie füllten das Studio. »Buh! Penner!« – »Hau bloß ab!« – »Hau ab, du fieser Kerl!« – »Bringt ihn um! Tötet den Bastard!« – »Raus hier!« – »Verpiß dich!«

Bobby Thompson streckte die Arme hoch und bat mit gutmütiger Stimme um Ruhe. »Wir wollen hören, was er uns zu sagen hat.« Das Publikum beruhigte sich, aber nur zögernd.

Richards stand wie ein Bulle im heißen Scheinwerferlicht, den Kopf aggressiv gesenkt. Er wußte, daß er dadurch genau die Aura von Haß und Verachtung um sich verbreitete, die von ihm erwartet wurde, aber er konnte nichts dagegen tun.

Er starrte Thompson mit wütenden, blutunterlaufenen Augen an.

»Das werdet ihr noch büßen, dieses Foto von meiner Frau!« fauchte er.

»Sprechen Sie lauter, Mr. Richards! Lauter!« rief Thompson. In seiner Stimme lag genau das richtige Quantum Geringschätzung. »Niemand wird Ihnen etwas tun... jedenfalls *jetzt* noch nicht.«

Weitere Schmähungen und hysterisches Gekreische aus dem Publikum.

Richards fuhr plötzlich herum und sah in die Menge. Die Leute verstummten abrupt, als wären sie geschlagen worden. Frauen starrten mit einer Mischung aus Angst und erotischer Erregung zu ihm hoch. Männer grinsten ihn haßerfüllt an.

»Ihr Schweinehunde!« brüllte er. »Wenn ihr so gern jemanden sterben seht, warum bringt ihr euch dann nicht gegenseitig um?«

Die letzten Worte gingen in neuerlichem Wutgeheul unter. Einige Leute (vielleicht bezahlte Claqueure) sprangen auf und wollten die Bühne stürmen. Die Polizei hielt sie zurück. Richards musterte sie verächtlich. Er wußte genau, wie er auszusehen hatte.

»Wir danken Ihnen für diese weisen Worte, Mr. Richards.« Thompsons Geringschätzigkeit war jetzt deutlich zu spüren, und die Menge, die wieder ruhiger geworden war, sog dieses Gefühl gierig in sich ein. »Würden Sie bitte den Zuschauern im Studio und denen zu Hause sagen, wie lange Sie Ihrer Meinung nach durchhalten werden?«

»Ich möchte den Zuschauern hier im Studio und draußen vor den Bildschirmen sagen, daß das nicht meine Frau gewesen ist! Das war eine ganz billige, gemeine...«

Die Meute grölte. Ihr haßerfülltes Gekreisch steigerte sich jetzt bis zur Raserei. Thompson wartete fast eine ganze Minute, bis wieder etwas Ruhe einkehrte, und wiederholte dann seine Frage: »Wie lange werden Sie Ihrer Meinung nach durchhalten, *Mister* Richards?«

»Ich werde die ganzen dreißig Tage durchhalten«, antwortete Richards gelassen. »Ich glaube nicht, daß Sie jemanden haben, der mich kriegt.«

Noch mehr Geschrei. Drohend geballte Fäuste. Jemand warf eine Tomate.

Bobby Thompson wandte sich wieder ans Publikum und rief: »Nach diesen tapferen, rührenden Worten wird Mr. Richards nun die Bühne verlassen. Morgen mittag beginnt die Jagd. *Merken Sie sich sein Gesicht!* Es könnte plötzlich neben Ihnen auftauchen... in einem Pneumobus... in einem Flugzeug... in einem 3-D-Kino... in Ihrem Killer-Ball-Stadion. Heute nacht wird er in Harding sein. Und morgen? In New York? Boise? Albuquerque? Columbus? Schleicht er vielleicht übermorgen nacht um *Ihr* Haus? *Werden Sie ihn anzeigen?«*

»Jaaa!!!« johlte die Menge.

Richards zeigte ihnen plötzlich den Mittelfinger – beide Mittelfinger. Diesmal war der Sturm auf die Bühne keineswegs simuliert. Richards wurde schnell zum linken Bühnenausgang hinausgeführt, damit die Meute ihn nicht schon vor der Kamera in Stücke reißen konnte, noch ehe die Fernsehanstalt ihr lukratives Geschäft mit ihm und seinen Videos gemacht hatte.

...Minus 080 ... und der Countdown läuft...

Killian stand hinter den Kulissen und bog sich vor Lachen. »Eine sehr gute Vorstellung, Mr. Richards, sehr gut! Gott, ich wünschte, ich könnte Ihnen einen Bonus dafür geben. Diese Geste mit dem Finger... ausgezeichnet!«

»Wir bemühen uns, die Kunden zufriedenzustellen«, antwortete Richards trocken. »Geben Sie mir die Kamera und ficken Sie sich ins Knie.«

»Letzteres ist leider technisch unmöglich«, erwiderte Killian, immer noch schmunzelnd, »aber hier ist die Kamera.« Er nahm sie einem Techniker ab, der sie liebevoll an sich gedrückt hielt. »Mit eingelegter Kassette und sofort einsatzbereit. Und das hier sind die Kassetten.« Er überreichte ihm einen kleinen, in Wachstuch eingewickelten Karton, der überraschend schwer war.

Richards ließ die Kamera in die eine, die Kassetten in die andere Tasche seines Mantels gleiten und fragte: »Also? Wo ist der Fahrstuhl?«

»Nicht so schnell«, sagte Killian. »Sie haben noch ein paar Minuten... zwölf Minuten, um genau zu sein. Ihr Zwölf-Stunden-Vorsprung beginnt erst um halb sieben.«

Das Wutgeheul des Publikums setzte wieder ein. Richards blickte über seine Schulter zurück und sah, daß Laughlin jetzt auf der Bühne stand. Seine Sympathien waren bei ihm.

»Ich mag Sie, Mr. Richards, und ich glaube, daß Sie sich gut machen werden«, fuhr Killian fort. »Sie haben eine ziemlich ungehobelte Art, die mir immens Spaß macht. Wissen Sie, ich bin Sammler. Ich habe mich auf Höhlenmalerei und altägyptische Kunstwerke spezialisiert. Sie scheinen mir eher eine Analogie zu den Höhlenmalereien als zu meinen ägyptischen Urnen zu bilden, aber das ist egal. Ich wünschte, man könnte Sie präservieren – ein Sammelstück aus Ihnen machen, wenn Sie so wollen –, genauso wie die asiatischen Höhlenmalereien präserviert und gesammelt worden sind.«

»Reißen Sie sich doch die Aufzeichnungen von meinen Gehirnströmen unter den Nagel, Sie Mistkerl! Es ist ja alles festgehalten worden.«

»Deshalb möchte ich Ihnen gern einen Rat mit auf den Weg geben«, fuhr Killian ungerührt fort. »Sie haben wirklich keine Chance; die hat niemand, wenn eine ganze Nation auf ihn Jagd macht. Außerdem sind die Jäger unglaublich gut ausgerüstet und ausgebildet. Aber wenn Sie unten auf dem Boden bleiben, halten Sie länger durch. Gebrauchen Sie lieber Ihre Füße als die Waffen, die Sie unterwegs aufgabeln werden. Bleiben Sie in der Nähe Ihrer Leute.« Er hob den Zeigefinger, um seinen Worten mehr Nachdruck zu verleihen. »Vergessen Sie diese anständigen Mittelklassebürger da draußen. Die hassen Sie abgrundtief. Für die sind Sie ein Symbol für all ihre Ängste in dieser dunklen, unsicheren Zeit. Es war nicht alles nur Show und Getue, was Sie vorhin erlebt haben, Richards. *Die hassen Sie durch und durch.* Haben Sie das nicht gespürt?«

»Doch, das habe ich«, antwortete Richards. »Und ich hasse sie ebenfalls.«

Killian lächelte. »Deshalb werden sie Sie töten.« Er faßte ihn am Arm. Sein Griff war erstaunlich fest. »Hier entlang.«

Hinter ihnen machte Thompson gerade Laughlin zur Sau, zur vollen Befriedigung des Publikums.

Sie gingen einen kahlen weißen Gang entlang. Ihre Schritte erzeugten ein hohles Echo. Dann waren sie allein. Ganz allein. Nur ein Fahrstuhl am Ende des Ganges.

»An dieser Stelle trennen sich unsere Wege«, verabschiedete Killian sich. »Der Fahrstuhl führt direkt auf die Straße. Neun Sekunden.«

Er bot ihm zum vierten Mal die Hand, und Richards ignorierte sie wiederum. Doch diesmal zögerte er einen Moment.

»Und wenn ich nun hinauffahre?« fragte er und deutete mit dem Kopf auf die Decke und die achtzig darüberliegenden Stockwerke. »Wen könnte ich da oben umbringen? Wer würde dabei draufgehen, wenn ich ganz nach oben fahre?«

Killian lachte leise und drückte auf einen Knopf neben dem Fahrstuhl. Die Türen glitten auf. »Das mag ich besonders an Ihnen«, sagte er. »Sie denken in großen Dimensionen.«

Richards betrat den Fahrstuhl. Die Türen schlossen sich langsam.

»Bleiben Sie auf dem Boden«, rief Killian noch, dann war er allein.

Er hatte das Gefühl, als rutsche sein Magen nach oben, während der Fahrstuhl nach unten raste.

...Minus 079 ... und der Countdown läuft...

Die Fahrstuhltüren führten direkt auf die Straße. Ein Polizist stand auf der anderen Straßenseite vor dem Nixon Memorial Park. Er rührte sich nicht, als Richards das Gebäude verließ, sondern tippte nur nachdenklich mit den Fingern auf seinen elektrischen Schlagstock und spähte in den sanft fallenden Nieselregen.

Der Regen hatte die Stadt in eine frühe Dämmerung gehüllt. Die Lampen glommen geheimnisvoll im Nebel, und die Menschen auf dem Bürgersteig der Rampart Street bewegten sich wie körperlose Schatten in der Dunkelheit. Richards wußte, daß er selbst jetzt ein solcher Schatten war. Er sog die feuchte, nach Schwefel stinkende Luft tief in seine Lungen. Trotz des üblen Beigeschmacks tat ihm das gut. Es kam ihm vor, als wäre er gerade aus dem Gefängnis und nicht aus dem Gebäude der Fernsehanstalt entlassen worden. Die Luft war wohltuend. Die Luft war köstlich.

Bleiben Sie in der Nähe Ihrer Leute, hatte Killian gesagt. Selbstverständlich hatte er recht. Er brauchte Killians Rat nicht erst, um das zu wissen. Aber gleichzeitig wußte er auch, daß die Luft morgen mittag, wenn die Nachricht sich verbreitete, in Co-Op City am dicksten sein würde. Doch bis dahin war er ja längst über alle Berge.

Er ging drei Häuserblocks weiter und nahm sich ein Taxi. Insgeheim hoffte er, daß das Taxi-Free-Vee kaputt sei – das kam des öfteren vor –, aber der Bildschirm in diesem Wagen war tipptopp in Ordnung. Der Fahrer sah sich gerade den Nachspann von *Menschenjagd* an. Scheiße.

»Wohin?«

»Robard Street.« Das war fünf Häuserblocks von seinem Ziel entfernt. Sobald das Taxi ihn abgesetzt hatte, würde er den Weg über die Hinterhöfe zu Molies Wohnung nehmen.

Der Fahrer beschleunigte. Der antike Benzinmotor qualmte und spuckte eine Kakophonie von Fehlzündungen und mannigfachen Tönen aus. Richards lehnte sich tief in den Vinylsitz zurück und hoffte auf den Schutz der Dunkelheit.

»He, Sie habe ich doch gerade im Free-Vee gesehen!« rief der Fahrer plötzlich. »Sie sind doch dieser Kerl Pritchard!«

»Ja, genau, Pritchard«, antwortete Richards resigniert. Das Spiele-Gebäude verschwand langsam aus seiner Sicht. Mit ihm löste sich proportional dazu ein Schatten in seinem Gehirn auf, auch wenn er mit dem Taxifahrer kein Glück gehabt hatte.

»Mannomann, Sie haben vielleicht Mut. Das muß ich Ihnen lassen. Sie haben verdammt Mut. Himmel, die werden Sie umbringen. Wissen Sie das? Die werden Sie ratzekahl niedermähen. Sie müssen wirklich was in den Eiern haben.«

»Das ist richtig. Hoden, genau wie Sie.«

»Hoden«, johlte der Taxifahrer. »Das ist gut! Ein toller Witz! Was dagegen, wenn ich meiner Alten erzähle, daß ich Sie heut' abend gefahren habe? Sie ist ganz wild auf die Spiele. Ich müßte Sie anzeigen, aber Scheiße, ich werd' bestimmt keine hundert dafür kassieren. Taxifahrer brauchen nämlich mindestens einen Zeugen, der das bestätigt, müssen Sie wissen. Wie ich mein Glück kenne, hat Sie wieder keine Sau bei mir einsteigen sehen.«

»Das ist wirklich bitter«, sagte Richards. »Tut mir leid, daß Sie nicht dabei helfen können, mich umzubringen. Soll ich Ihnen einen Zettel schreiben, daß ich hier war?«

»Jesus, würden Sie das tun? Das wär ja...«

Sie waren gerade über den Kanal gefahren. »Lassen Sie mich hier raus«, sagte Richards plötzlich. Er zog einen neuen Dollar aus dem Packen, den Thompson ihm überreicht hatte, und warf ihn auf den Vordersitz.

»Himmel, ich hab' doch nichts Falsches gesagt, oder? Ich wollte doch nicht...«

»Schon gut«, sagte Richards.

»Und was ist mit meinem Zettel...?«

»Leck mich am Arsch, du Ratte.«

Er sprang aus dem Wagen und marschierte zur Drummond Street. Co-Op City lag wie ein abgenagtes Skelett in der Dämmerung vor ihm. Das Rufen des Taxifahrers verfolgte ihn: *»Ich hoffe, daß sie dich ganz schnell kriegen, du gemeines Mistschwein!«*

... Minus 078 ... und der Countdown läuft...

Über einen Hinterhof; durch das zerfetzte Loch in einem Wellblechzaun, der eine öde Asphaltwüste von der anderen trennte; durch ein geisterhaftes, verlassenes Gebäude; Verschnaufpause in einem düsteren Versteck, als eine Rockerbande auf Motorrädern vorbeiraste. Die Scheinwerfer bohrten sich in die Dunkelheit wie die wahnsinnigen Augen eines nächtlich umherstreifenden Werwolfes. Dann über den letzten Zaun (wobei er sich die Hand aufriß), und schließlich klopfte er an Molie Jernigans Hintertür, die zugleich auch der Haupteingang war.

Molie hatte ein Pfandleihgeschäft in der Dock Street, in welchem man, wenn man mit genügend Geld um sich warf, so gut wie alles kaufen konnte: einen elektrischen Polizeischlagstock, ein voll geladenes Gewehr der Bereitschaftspolizei, eine Maschinenpistole, Heroin, Push, Kokain, Männer- beziehungsweise Frauenverkleidungen, eine Pseudofrau aus Styroflex oder eine richtige Hure, wenn das Geld für die Styroflexfrau nicht reichte, Adressen von gerade stattfindenden Würfelspielen, die Adressen von lustigen Pervertiertenklubs und hundert weitere illegale Sachen. Wenn Molie nicht vorrätig hatte, was man gerade brauchte, konnte er es beschaffen.

Auch falsche Papiere.

Als er sein Guckloch öffnete und sah, wer draußen stand, lächelte er freundlich und sagte: »Warum haust Du nicht gleich wieder ab, Freundchen? Ich habe dich nicht gesehen.«

»Neue Dollars«, bemerkte Richards so beiläufig, als spräche er in die Luft. Es entstand eine kleine Pause. Richards betrachtete die Stulpe seines Mantelärmels, als hätte er sie noch nie gesehen.

Dann wurden die Schlösser und Riegel schnell geöffnet, als hätte Molie Angst, daß Richards es sich anders überlegen könnte. Richards trat ein. Sie befanden sich in Molies Wohnzimmer hinter dem Laden. Ein Rattenparadies, vollgestopft mit alten Zeitungen, gestohlenen Musikinstrumenten, geklauten Kameras und Kartons voller Lebensmittel, die nur noch auf dem Schwarzmarkt zu kriegen waren. Molie war notgedrungen zum Robin Hood der Südstadt geworden. Ein Pfandleiher blieb auf der Südseite des Kanals nicht lange im Geschäft, wenn er zu habgierig wurde. Molie nahm die reichen Oberstadtleute aus, so gut es ging, und verkaufte die Sachen zum Selbstkostenpreis in der Nachbarschaft – manchmal auch darunter, wenn es gar nicht anders zu machen war. Deshalb hatte er in der Südstadt einen exzellenten Ruf, und man beschützte ihn wie ein kostbares Juwel. Wenn ein Polizist einen Spitzel aus der Südstadt (und davon gab es Hunderte) nach Molie Jernigan fragte, bekam er als Antwort zu hören, daß Molie ein liebenswerter, leicht seniler Mann sei, der sich ab und zu an Schiebereien beteiligte und ein bißchen Schwarzmarkthandel betriebe. Jeder seiner Oberstadtkunden, die aufgrund bestimmter sexueller Interessen zu ihm kamen, hätte der Polizei etwas ganz anderes sagen können, aber es gab keine Lasterhöhlenrazzien mehr. Jedermann wußte, daß Lasterhöhlen jedem wirklich revolutionären Klima durchaus abträglich waren. Daß Molie ein recht einträgliches Geschäft mit gefälschten Papieren (allerdings nur mit Kunden aus seinem Viertel) machte, war in der Oberstadt nicht bekannt. Trotzdem wußte Richards, daß es extrem gefährlich war, Papiere für einen Mann zu beschaffen, der so heiß war wie er.

»Welche Papiere«, fragte Molie seufzend und schaltete eine altertümliche Schreibtischlampe an, die seine Arbeitsplatte mit grellweißem Licht überflutete. Er war schon ein alter Mann, bald fünfundsiebzig, und sein graues Haar wirkte in dem starken Lichtstrahl wie gesponnenes Silber.

»Führerschein. Wehrmachtspaß. Personalausweis. Scheckkarte. Sozialversicherungsausweis.«

»Leicht zu machen. Sechzig Dollar pro Stück, aber nur für dich, Bennie.«

»Du machst es also?«

»Ich tu's für deine Frau. Nicht für dich. Ich werde meinen Kopf doch nicht für so einen hergelaufenen Bastard wie Bennie Richards in die Schlinge stecken.«

»Wie lange wird es dauern, Molie?«

Molies Augen blitzten süffisant auf. »Da ich deine Situation kenne, werde ich mich beeilen. Eine Stunde pro Ausweis.«

»Fünf Stunden, Jesus... ob ich mal...«

»Nein, Bennie, kannst du nicht. Bist du wahnsinnig? Neulich ist ein Polizeiwagen vor eurem Haus vorgefahren. Der Bulle hatte einen Umschlag für deine alte Dame. Er kam in einer schwarzen Karre. Hatte sechs Kumpel bei sich. Flapper Donnigan stand gerade an der Ecke und knobelte mit Gerry Hanrahan, als er vorbeiflitzte. Flapper erzählt mir alles. Der Bursche ist weich, weißt du.«

»Das weiß ich«, antwortete Richards ungeduldig. »Das Geld habe ich ihr geschickt. Ist sie...«

»Wer weiß? Wer sieht das schon?« Molie zuckte die Achseln und verdrehte die Augen. Dann legte er sich seine Füller und die Blankoformulare so auf der Arbeitsplatte zurecht, daß sie direkt im Lichtkegel lagen. »Sie bewachen dein Haus, Bennie. Sie stehen an jeder Straßenecke. Jeder, der vorbeikommt, um ihr sein Beileid auszusprechen, landet sofort in irgendeinem Keller und wird mit Gummiknüppeln bearbeitet. Das können nicht einmal deine guten Freunde gebrauchen, Ben, auch nicht deiner Frau zuliebe. Möchtest du einen speziellen Namen auf diesen Papieren?«

»Ist nicht so wichtig, solange es ein englischer ist. Jesus, Molie, sie muß doch mal einkaufen. Muß zum Doktor...«

»Sie hat Budgie O'Sanchez' Jungen geschickt. Wie heißt er noch mal...«

»Walt.«

»Ja, genau. Ich kann diese gottverdammten Spicks und Micks nicht mehr auseinanderhalten. Ich werde alt, Bennie. Gebe langsam meinen Geist auf.« Plötzlich strahlte er Richards an: »Ich kann mich noch an die Zeit erinnern, als Mick Jagger ein großer Star war. Du kennst nicht einmal mehr seinen Namen, nicht wahr?«

»Natürlich weiß ich, wer das war«, antwortete Richards verärgert. Ängstlich schlich er zu Molies Hinterzimmerfenster, das auf den Bürgersteig hinausging. Es war noch schlimmer, als er angenommen hatte. Sheila und Cathy saßen jetzt also auch im Käfig. Jedenfalls so lange, bis...

»Es geht ihnen gut, Bennie«, beruhigte Molie ihn leise.

»Nur – geh nicht zu ihnen. Im Augenblick bist du Gift für sie. Begreifst du das?«

»Ja«, sagte Richards. Auf einmal wurde er von Verzweiflung überwältigt, dunkel und furchtbar. *Ich habe Heimweh,* dachte er erstaunt, aber es war mehr, es war viel schlimmer. Alles schien aus den Fugen geraten, unwirklich. Irgend etwas schüttelte an den Grundfesten seiner Existenz. Gesichter wirbelten an ihm vorbei: Laughlin, Burns, Killian, Jansky, Molie, Cathy, Sheila –

Er blickte in die Dunkelheit hinaus, und ein Zittern überlief ihn. Molie hatte sich mittlerweile an die Arbeit gemacht und summte dabei einen alten Schlager aus seiner Vergangenheit, etwas über Bette Davis' Augen. Wer, zum Teufel, war das nun schon wieder?

»Er war Drummer«, sagte Richards plötzlich. »Bei dieser englischen Gruppe, den Beatles. Mick McCartney.«

»Ja, ja, diese Kinder«, murmelte Molie über seine Arbeit gebeugt. »Das ist alles, was ihr noch wißt.«

... Minus 077 ... und der Countdown läuft ...

Zehn Minuten nach Mitternacht verließ er, um zwölfhundert Dollar leichter, Molies Haus. Der Pfandleiher hatte ihm zusätzlich noch eine kleine, aber wirkungsvolle Verkleidung verkauft: eine graue Perücke, eine Brille und ein paar Backenzähne aus Plastik, die seine Wangen auspolsterten und die Form seines Mundes etwas veränderten. »Du solltest ein wenig hinken«, hatte Molie ihm noch geraten. »Nicht zu auffällig, nur ein kleines bißchen. Denk dran, du hast die Macht, den Blick der Menschen zu umnebeln. Wirst du das auch nicht vergessen?«

Richards vergaß es nicht.

Laut seinen neuen Papieren hieß er jetzt John Griffen Springer und war ein Handlungsreisender aus Harding. Ein dreiundvierzig Jahre alter Witwer ohne Technikerstatus, aber das war auch ganz gut so. Techniker hatten ihre eigene Sprache.

Um 12.30 Uhr stand er wieder auf der Robard Street. Es war genau die Stunde, in der man hier überfallen, ausgeraubt oder gar getötet werden konnte, aber es war ein schlechter Zeitpunkt, um unbemerkt von hier zu verschwinden. Trotzdem, er hatte ja schließlich sein ganzes Leben auf der Südseite des Kanals verbracht.

Er überquerte den Kanal zwei Meilen westlich von dieser Stelle. Eine Gruppe betrunkener Pennbrüder hatte sich gemütlich um ein Lagerfeuer versammelt. Ansonsten sah er nur noch ein paar Ratten. Keine Polizisten. Gegen 1.15 Uhr rannte er durch die Randbezirke des Hafenviertels, ein Niemandsland mit Lagerhallen, billigen Restaurants und Reedereien auf der Nordseite des Kanals. Um 1.30 Uhr fühlte er sich von genug Oberstadtleuten umgeben, um sich von einem schäbigen Hauseingang zum anderen zu schleichen und endlich sicher in einem Taxi zu sitzen.

Diesmal fiel er dem Taxifahrer nicht besonders auf.

»Zum Flughafen«, sagte er.

»Geht in Ordnung.«

Der Pneumoantrieb des Wagens schob sie in den Verkehr hinauf. Um 1.50 Uhr hatten sie den Flughafen erreicht. Richards ging, einen Fuß nach sich ziehend, an mehreren Polizisten und Aufsichtsbeamten vorbei, ohne sonderlich beachtet zu werden. Er kaufte sich ein Ticket nach New York, weil es ihm gerade einfiel. Die Paßkontrolle verlief routinemäßig und ohne besondere Vorkommnisse. Um 2.30 Uhr befand er sich auf dem Flug nach New York. Mit ihm saßen nur vierzig Passagiere in der Maschine, hauptsächlich vor sich hin dösende Geschäftsleute und Studenten. Der Polizist in der Judaszelle schlief den ganzen Flug über. Nach einer Weile schlief auch Richards ein.

Um 3.06 Uhr landeten sie. Richards stieg aus dem Flugzeug und verließ den Flughafen ohne Zwischenfall.

Um 3.15 Uhr saß er wieder in einem Taxi, das den Lindsay Overway entlangsauste. Sie durchquerten den Central Park auf einer Diagonalstraße, und um 3.20 Uhr tauchte Ben Richards in der größten Stadt der Welt unter.

...Minus 076 ... und der Countdown läuft...

Er nahm sich ein Zimmer im Brant Hotel, einem Mittelklasse-Etablissement auf der East Side. Dieser Stadtteil hatte sich allmählich einen neuen Schickeria-Stil zugelegt, aber das Brant lag weniger als eine Meile von Manhattans verdorbener Innenstadt entfernt – ebenfalls der größten auf dieser Welt. Als er sich anmeldete, mußte er wieder an Killians Rat denken: *Bleiben Sie in der Nähe Ihrer eigenen Leute.*

Nachdem er aus dem Taxi gestiegen war, war er zunächst zum Times Square geschlendert. Er hatte sich nicht in den frühen Morgenstunden schon in einem Hotel zeigen wollen. So hatte er die fünfeinhalb Stunden von halb vier bis neun Uhr in einer durchgehenden Pornoshow verbracht. Er hätte gerne geschlafen, doch beide Male, als er eingenickt war, hatten ihn diebische, an seinem inneren Oberschenkel entlangkriechende Finger wieder geweckt.

»Wie lange werden Sie bleiben, Sir?« fragte der Portier ihn und warf einen Blick auf seinen Eintrag als John G. Springer.

»Ich weiß es noch nicht«, antwortete er, um einen umgänglichen, leicht devoten Tonfall bemüht. »Das hängt von meinen Kunden ab, wissen Sie.« Er bezahlte sechzig Dollar im voraus und buchte das Zimmer für zwei Tage. Danach fuhr er mit dem Fahrstuhl in den dreiundzwanzigsten Stock. Sein Zimmer lag auf der East-River-Seite. Er warf einen Blick auf den schmutzigen Fluß. Auch in New York regnete es.

Der Raum war zwar sauber, aber trist; die Toilette im angrenzenden Badezimmer gab ständig ominöse Geräusche von sich, die er auch durch Rütteln an dem Schwimmer im Wasserbehälter nicht abstellen konnte.

Er bestellte sich ein Frühstück aufs Zimmer – pochierte Eier, Orangensaft, Kaffee. Als der Kellner das Tablett brachte, gab er ihm ein kleines, unauffälliges Trinkgeld.

Nach dem Essen räumte er das Frühstück beiseite, holte die Videokamera aus seinem Mantel und untersuchte sie. Auf einem Metallschild unter dem Objektiv fand er die Gebrauchsanweisung. Er las sie durch:

1. Kassette in den mit A markierten Schlitz schieben, bis sie einrastet.
2. Den Sucher mit Hilfe des Fadenkreuzes richtig einstellen.
3. Auf Knopf B drücken, so daß Bild und Ton gleichzeitig aufgenommen werden.
4. Wenn der Summer ertönt, springt die Kassette von selbst wieder heraus. Aufnahmedauer: 10 Minuten.

Gut, dachte Richards. Sie können mir beim Schlafen zusehen.

Er stellte die Kamera neben die Gideonbibel auf den Schreibtisch und richtete das Fadenkreuz aufs Bett. Die Wand dahinter war kahl, keine Bilder, keine Schrift; weder das Bett noch der Hintergrund würden seinen Aufenthaltsort verraten. Der Straßenlärm war in dieser Höhe sicher unerheblich, aber er würde für alle Fälle die Dusche laufen lassen.

Obwohl er vorher daran gedacht hatte, hätte er beinahe die Kamera eingeschaltet und wäre in seiner neuen Verkleidung vor sie getreten. Die Brille und die falschen Zähne konnte er ja entfernen, aber die grauen Haare mußten bleiben. Er zog sich den Kissenbezug über den Kopf. Dann drückte er auf Knopf B, ging zum Bett, setzte sich und blickte in die Kamera.

»Kuckuck!« begrüßte er die ungeheuer vielen Zuschauer, die ihn noch an diesem Abend voller Abscheu und Entsetzen betrachten würden. »Ihr könnt es zwar nicht sehen, aber ich lache mich halbtot über euch Scheißefresser.«

Dann legte er sich ins Bett, schloß die Augen und versuchte, an gar nichts zu denken. Als die Kassette zehn Minuten später heraussprang, war er fest eingeschlafen.

... Minus 075 ... und der Countdown läuft ...

Als er aufwachte, war es kurz nach vier Uhr nachmittags – die Jagd hatte also mittlerweile begonnen. Schon vor drei Stunden, wenn man den Zeitunterschied berücksichtigte. Der Gedanke jagte ihm einen eiskalten Schauer über den Rücken.

Er legte eine neue Kassette in die Kamera, nahm die Gideonbibel und las zehn Minuten lang, den Kissenbezug wieder über den Kopf gestülpt, die zehn Gebote vor.

In der Schreibtischschublade fand er Briefumschläge, aber sie hatten den Namen und die Adresse des Hotels aufgedruckt. Er zögerte einen Augenblick, sagte sich dann aber, daß es sowieso egal sei. Er mußte sich einfach auf Killians Versicherung verlassen, daß die Angaben über seinen Aufenthaltsort – Poststempel oder Adresse – von der Spieleverwaltung nicht an McCone und seine Spürhunde weitergegeben wurden. Er mußte den Postweg gebrauchen. Schließlich hatten sie ihm keine Brieftauben mitgegeben.

Neben den Fahrstühlen befand sich ein Briefkasten, und Richards warf die beiden Kassetten hinein. Ganz wohl war ihm nicht dabei. Zwar war die Post nicht teilnahmeberechtigt und bekam demzufolge kein Geld für die Preisgabe eines Kandidaten, aber es kam ihm immer noch wie ein fürchterliches Risiko vor. Wenn er jedoch die Kassetten nicht einwarf, würden sie die Zahlungen einstellen, und das konnte er sich erst recht nicht leisten.

Er fuhr wieder in sein Zimmer hinauf und stellte die Dusche ab. Im Badezimmer herrschte mittlerweile ein Klima wie im tropischen Regenwald. Er legte sich auf das Bett und dachte nach.

Wie sollte er es anstellen? Was sollte er jetzt tun?

Er versuchte, sich in die Lage eines Durchschnittskandidaten zu versetzen. Der erste Impuls war rein instinktiv: sich auf dem Boden verstecken. Sich ein Nest bauen und darin verkriechen.

Das hatte er ja auch getan. Im Brant Hotel.

Würden seine Jäger das von ihm erwarten? Ja. Sie würden

überhaupt nicht nach einem Flüchtenden suchen. Sie suchten einen Mann, der sich versteckte.

Konnten sie ihn hier in seinem Zimmer aufspüren?

Er wünschte sich verzweifelt, die Frage mit nein beantworten zu können, aber das ging nicht. Seine Verkleidung war zwar nicht schlecht, aber schnell und stümperhaft zusammengeschustert. Nicht viele Menschen hatten eine gute Beobachtungsgabe, aber es fanden sich immer welche. Vielleicht war er sogar schon gesichtet worden. Der Portier unten. Der Zimmerkellner, der ihm das Frühstück gebracht hatte. Vielleicht hatte ihn sogar einer der gesichtslosen Männer in der nächtlichen Pornoshow in der zweiundvierzigsten Straße erkannt und angezeigt.

Nicht sehr wahrscheinlich, aber immerhin möglich.

Und wie stand es mit seinem größten Schutz, den gefälschten Ausweisen? Wie lange waren sie zu gebrauchen? Der Taxifahrer, der ihn vom Spielegebäude in die Südstadt gefahren hatte, belegte seine Spur bis dorthin. Die Jäger waren verdammt gut. Grauenvoll. Sie würden sich jeden seiner Bekannten vorknöpfen, angefangen von Jack Crager bis hin zu dieser Hexe auf ihrem Stockwerk, dieser Mrs. Jenner. Und sie würden nicht zimperlich sein. Wie lange wird es dauern, bis einer der Weichlinge, Flapper Donnigan vielleicht, das Maul aufmachte und durchblicken ließ, daß Molie bisweilen Papiere fälschte? Und wenn sie Molie fanden, war er aufgeflogen. Der Pfandleiher würde schon ein paar Schläge aushalten; er war raffiniert genug, sich ein paar Narben einzuhandeln, um damit in der Nachbarschaft anzugeben. Gerade so viele, daß er sein Geschäft davor schützen konnte, eines Nachts in die Luft gejagt zu werden. Und danach? Eine simple Überprüfung der drei Flughäfen in Harding würde sofort ergeben, daß John G. Springer kurz nach Mitternacht in die große Stadt der Verrückten abgehauen war.

Falls sie Molie fanden.

Geh mal davon aus, daß sie es schaffen. Du mußt davon ausgehen.

Dann mußte er weg. Wohin?

Er wußte es nicht. Er hatte sein ganzes Leben in Harding verbracht, war nie über den mittleren Westen hinausgekommen. Er kannte die Ostküste nicht; hier gab es keinen Ort, wohin er flüchten konnte und wo er das Gefühl hätte, sich auf vertrautem Boden zu befinden. Wohin also? Wohin?

Seine unglückliche, gequälte Fantasie trieb ihn in einen düsteren Tagtraum. Sie hatten Molie ohne Schwierigkeiten gefunden und ihm den Namen schon nach fünf Minuten entlockt, indem sie ihm einfach zwei Fingernägel ausgerissen und ihm eine brennbare Flüssigkeit auf den Bauchnabel geschüttet hatten. Sie brauchten ihm nur noch drohend ein Streichholz vor die Augen zu halten. Die Nummer des Fluges hatten sie ohne weiteres am Schalter der Fluggesellschaft erfahren (gutaussehende, unscheinbare Männer in identischen Gabardinemänteln) und waren noch nachts um 2.30 Uhr Ortszeit in New York gelandet. Ein paar Männer waren schon vorausgeflogen und hatten per Telex seine Adresse im Brant Hotel ausfindig gemacht. Schließlich wurden sämtliche New Yorker Hotelregistrationen täglich im Computer gespeichert. Jetzt standen sie draußen und bewachten das Gebäude. Liftboys und Kofferträger, Barkeeper und Angestellte waren durch Jäger ersetzt worden. Ein halbes Dutzend Männer krochen gerade die Feuerleiter herauf. Weitere fünfzig hielten die drei Fahrstühle besetzt. Es wurden mehr und mehr, die in Pneumoautos das Haus umschwirrten. Jetzt hatten sie die Empfangshalle gestürmt. Gleich würde die Tür aufbrechen, und sie würden hereinströmen. Eine Kamera auf einem Dreifuß würde munter schnurren und für die Nachwelt festhalten, wie diese Männer mit ihren muskulösen Schultern Frikassee aus ihm machten.

Richards setzte sich schweißüberströmt auf. Er hatte nicht einmal ein Gewehr. Noch nicht.

Lauf, aber schnell!

Boston wäre vielleicht ganz gut. Für den Anfang.

...Minus 074 ... und der Countdown läuft...

Um fünf Uhr ging er in die Hotelhalle hinunter. Der Portier lächelte ihm zu; vermutlich freute er sich auf seinen Feierabend.

»Guten Abend, Mr., eh...«

»Springer«, half Richards ihm und lächelte ebenfalls. »Ich bin hier anscheinend auf eine Goldgrube gestoßen... drei Kunden, die außerordentlich... interessiert scheinen. Ich werde Ihr ausgezeichnetes Haus also noch zwei weitere Tage in Anspruch nehmen. Darf ich im voraus zahlen?«

»Aber selbstverständlich, Sir.«

Geld wechselte den Besitzer. Immer noch strahlend ging Richards in sein Zimmer zurück. Niemand befand sich auf dem Gang. Er hängte sein BITTE-NICHT-STÖREN-Schild vor die Tür und ging schnell auf die Feuertreppe zu.

Das Glück war auf seiner Seite. Er traf unterwegs niemanden. Er lief alle dreiundzwanzig Stockwerke zum Erdgeschoß hinunter und schlüpfte unbemerkt durch den Seiteneingang auf die Straße.

Der Regen hatte aufgehört, aber die Wolken hingen immer noch grau und tief über Manhattan. Die Luft roch nach ranzigem Maschinenöl. Er ging schnell – diesmal ohne zu hinken – zum Zentralomnibusbahnhof. Man konnte heutzutage immer noch eine Karte für einen Greyhound-Bus kaufen, ohne unterschreiben zu müssen.

»Boston«, sagte er zum bärtigen Fahrkartenverkäufer.

»Macht dreiundzwanzig Mäuse. Der Bus fährt pünktlich um Viertel nach sechs los.«

Richards bezahlte; er hatte jetzt noch ungefähr dreitausend neue Dollar. Bis der Bus fuhr, mußte er noch eine ganze Stunde totschlagen. Der Bahnhof war gesteckt voll mit Leuten, hauptsächlich Soldaten der freiwilligen Armee mit ihren blauen Baretts und den brutalen, nichtssagenden Jungengesichtern. Er kaufte sich ein Pornomagazin, ließ sich auf eine Wartebank fallen und hielt sich die Zeitschrift vors Gesicht. Die ganze nächste Stunde starrte er darauf und blätterte nur ab und zu eine Seite um, um nicht wie eine Statue dazusitzen.

Als der Bus vorfuhr, schlenderte er unauffällig inmitten der Menge auf den Ausgang zu.

»He! He, du da!«

Er fuhr herum. Ein Aufsichtsbeamter rannte auf ihn zu. Er erstarrte auf der Stelle, unfähig wegzurennen. Eine Stimme in seinem Kopf schrie laut auf. Er würde also schon hier zugrunde gehen, genau hier, in diesem beschissenen Bahnhof mit den ausgespuckten Kaugummis auf dem dreckigen Fußboden und den obszönen Kritzeleien an den bekackten Wänden. Er würde also zur Jagdtrophäe dieser dämlichen, plattfüßigen Flunder von einem Wachbeamten werden.

»Haltet ihn! Haltet den Kerl!«

Der Bulle scherte zur Seite aus. Richards merkte, daß gar nicht er gemeint war, sondern ein gammeliger Knabe, der gerade, eine Damenhandtasche über dem Kopf schwingend, die Treppe hinaufraste und die Leute dabei wie Bowlingkegel aus dem Weg räumte.

Sein Verfolger und er verschwanden, beide jeweils drei Treppenstufen auf einmal nehmend, aus dem Blickfeld. Der Pulk aus Reisenden und deren Angehörigen blickte den beiden noch einen Augenblick mit vagem Interesse nach, dann kümmerte sich wieder jeder um seine eigenen Angelegenheiten, als sei nichts geschehen.

Richards stand zitternd in der Warteschlange. Ihm war kalt.

Er warf sich auf einen Sitz in der Nähe des Fahrers, und bald darauf kroch der Bus leise summend die Fahrrampe hinauf, hielt einen Augenblick und fädelte sich dann in den Verkehr ein. Der Bahnhofspolizist und sein Opfer waren wieder in der anonymen Masse verschwunden.

Wenn ich eine Pistole gehabt hätte, hätte ich ihn auf der Stelle umgebracht, dachte Richards. O Gott. O mein Gott.

Und gleich darauf: *Nächstes Mal wird es kein Handtaschendieb sein. Nächstes Mal bist du dran.*

Er würde sich auf jeden Fall in Boston eine Schußwaffe besorgen. Irgendwie.

Er dachte an Laughlin. Der hatte gesagt, daß er wenigstens ein paar von denen aus dem Fenster schmeißen wollte, bevor sie ihn erledigten.

Der Bus fuhr in der tiefer werdenden Dämmerung nach Norden.

... Minus 073 ... und der Countdown läuft ...

Der Bostoner CVJM befand sich in der oberen Huntington Avenue. Es war ein riesiges, altmodisches Gebäude, mit den Jahren schwarz geworden, und wirkte wie ein großer Kasten. Es stand in einem Stadtviertel, das früher einmal, Mitte des letzten Jahrhunderts, zu den besseren Bezirken Bostons gezählt hatte. Es stand da wie ein Mahnmal an vergangene Zeiten, an bessere Tage, und seine kaputte, altertümliche Neonschrift blinkte in das nächtliche Sündenbabel. Es sah aus wie das Skelett einer gemeuchelten Idee.

Als Richards die Eingangshalle betrat, stritt sich der Empfangschef gerade mit einem schmutzigen schwarzen Jungen in einem Killer-Ball-Jerseyhemd, das weit über seine Jeans bis zu den Knien hinunterreichte. Das Streitobjekt schien ein Kaugummiautomat zu sein, der sich neben der Eingangstür befand.

»Ich hab' meinen Nickel verlor'n, du weißer Mistkerl. Ich hab' meinen gottverdammten Nickel verlor'n.«

»Wenn du nicht sofort von hier verschwindest, ruf' ich den Hausdetektiv. Hau ab. Keine Widerrede!«

»Aber diese gottverdammte Maschine hat meinen Nickel gefressen!«

»Hör auf zu fluchen, du kleiner Hosenscheißer!« Der Mann, der knapp dreißig Jahre zählte und dennoch sehr alt wirkte, langte nach unten und schüttelte das Jerseyhemd durch. Es war einfach zu groß, um den Jungen darin mitzuschütteln. »Jetzt hau endlich ab! Ich habe genug von dir!«

Als der Junge merkte, daß er es ernst meinte, löste sich die komische Maske aus Trotz und Haß unter dem Afrohaar des Kindes auf, und es stellte einen beleidigten, ungläubigen Ausdruck zur Schau. »Hör mal, das war der einzige Scheißnickel, den ich hatte. Die Kaugummimaschine hat mir meinen Nickel geklaut! Das ...«

»Ich rufe jetzt den Hausdetektiv.« Der Empfangschef ging zu seinem Schalter zurück. Sein Jackett, ein Veteran aus einem Billigladen, schlotterte müde um seine dünnen Pobakken.

Der Junge verpaßte dem Kaugummiautomaten einen wütenden Tritt und rannte weg. »Bescheuerter, verdammter weißer Hurenbock!«

Der Mann blickte ihm nach. Den vorgetäuschten oder echten Serviceknopf ließ er unbetätigt. Dann lächelte er Richards entgegen, wobei er eine Klaviertastatur preisgab, der einige Tasten fehlten. »Man kann heutzutage nicht mehr mit den Niggern reden. Ich würde sie in Käfigen halten, wenn ich bei der Fernsehanstalt etwas zu sagen hätte.«

»Hat er wirklich einen Nickel verloren?« erkundigte Richards sich, während er sich als John Deegan aus Michigan ins Gästebuch eintrug.

»Wenn es tatsächlich stimmt, dann war es mit Sicherheit ein gestohlener«, antwortete der Empfangschef. »Oh, ich glaube, es stimmt schon. Aber wenn ich ihm einen Nickel zurückgegeben hätte, hätte ich am Abend die Bude voller kleiner Negerkinder, die alle dasselbe behaupten würden. Wo lernen die bloß diese fürchterlichen Ausdrücke? Das würde ich gern mal wissen. Kümmern ihre Eltern sich denn überhaupt nicht um sie? Wie lange werden Sie bleiben, Mr. Deegan?«

»Ich weiß es noch nicht. Ich bin geschäftlich in der Stadt.« Er probierte ein schmieriges Lächeln, und als er merkte, daß es ankam, verstärkte er es noch. Der Empfangschef erkannte die Art zu lächeln sofort (vermutlich von seinem eigenen Spiegelbild, das ihm die von unzähligen Ärmeln polierte Marmorplatte auf dem Schalter zeigte) und lächelte zurück.

»Das macht 15,50 Dollar, Mr. Deegan.« Er schob einen Schlüssel, der an einer abgegriffenen Holzplakette befestigt war, über die Marmorplatte. »Zimmer 512.«

»Danke.« Richards bezahlte bar. Auch jetzt brauchte er sich nicht auszuweisen. Gott sei bedankt für den CVJM.

Er ging durch die Halle zum Fahrstuhl und warf unterwegs einen Blick in die christliche Leihbibliothek zu seiner Linken. Sie war nur schwach von gelben, mit Fliegendreck bedeckten

Glühbirnen beleuchtet; drinnen saß ein alter Mann in einem abgetragenen Mantel und Galoschen, der ein Typoskript durchforschte. Methodisch blätterte er mit nassen, zitternden Fingern eine Seite nach der anderen um. Richards konnte seinen pfeifenden Atem bis zum Fahrstuhl hören und empfand dabei eine Mischung aus Mitleid und Entsetzen.

Der Fahrstuhl hielt mit einem Ruck, und die Türen öffneten sich quietschend und nur zögernd. Als er hineinging, hörte er den Empfangschef nochmals mit lauter Stimme sagen: »Es ist doch eine Sünde und Schande. Ich würde sie alle in Käfige stecken.«

Richards drehte sich um, weil er glaubte, daß der Mann mit ihm spräche, aber der blickte nur in die Luft.

Die Empfangshalle war leer und sehr ruhig.

...Minus 072 ... und der Countdown läuft...

Der Flur im fünften Stock stank nach Urin.

Der Korridor war so schmal, daß Richards beinahe klaustrophobische Anwandlungen bekam, und der Teppich, der einmal rot gewesen sein mochte, war in der Mitte bis auf die Webschnüre durchgetreten. Die Türen waren einheitlich grau, und viele zeigten Spuren von Tritten, Schlägen oder Brecheisen. Alle zwanzig Schritte verkündete ein Schild: RAUCHEN FEUERPOLIZEILICH VERBOTEN. In der Mitte des Flures, wo sich das gemeinsame Badezimmer befand, wurde der Uringestank beißend. Ein Geruch, den Richards mit Verzweiflung assoziierte. Die Leute hinter den Türen bewegten sich unruhig wie Tiere in ihren Käfigen – wilde, furchteinflößende Tiere, zu gefährlich, um herausgelassen zu werden. Jemand johlte betrunken ein Lied, das wie *Holy Mary* klang, vor sich hin. Er wiederholte es wieder und wieder. Hinter einer anderen Tür hörte er seltsame schmatzende Geräusche. Aus dem nächsten Zimmer tönte ein Country-Western-Song *(Ich bin so allein und hab' kein Geld fürs Telefon ...).* Schlurfende Schritte. Das einsame Quieken einer Bettfeder ließ darauf schließen, daß ein Mann sich hinter dieser Tür selbst befriedigte. Weinen. Gelächter. Das hysterische Gekreisch eines betrunkenen Streites. Und hinter alledem abgrundtiefe Stille. Ein Mann mit grauenhaft eingesunkener Brust ging an ihm vorbei, ohne ihn anzusehen. In einer Hand trug er ein Handtuch und ein Stück Seife. Er hatte eine graue Schlafanzughose an, die mit einer Schnur um die Hüfte gebunden war, und an den Füßen Papp-Pantoffeln.

Richards sperrte sein Zimmer auf und ging hinein. An der Innenseite der Tür befand sich ein Riegel, und er schob ihn vor. Drinnen stand ein Bett mit fast weißer Bettwäsche und einer Armeedecke. Außerdem ein Schreibtisch, in dem eine Schublade fehlte. An der Wand hing ein Jesusbild. In einer Zimmerecke fand er einen metallenen Kleiderständer mit zwei Bügeln. Ansonsten war da nur noch das Fenster, durch das er ins nächtliche Dunkel sah. Es war Viertel nach zehn.

Er hängte sein Jackett auf einen der Kleiderbügel, streifte die Schuhe ab und legte sich auf das Bett. Ihm wurde bewußt, wie armselig und verletzlich und allein er auf dieser Welt war. Das Universum um ihn herum schien zu brüllen und zu kreischen wie ein riesiger alter Klapperkasten, der mit Karacho einen Hügel hinunter auf einen bodenlosen Abgrund zurast. Seine Lippen zitterten, und er hatte plötzlich Tränen in den Augen.

Das nahm er nicht auf Kassette auf. Er lag auf dem Rükken und betrachtete die rissige Zimmerdecke mit ihrem bizarren Muster, das an die gesplissene Glasur eines alten Keramiktopfes erinnerte. Sie waren jetzt seit acht Stunden hinter ihm her. Er hatte sich mittlerweile achthundert Dollar von seinem Spesengeld verdient. Gott, er war noch nicht mal aus dem Loch heraus.

Und er hatte es versäumt, sich selbst im Free-Vee anzusehen. Himmel, ja. Die spektakuläre Kopfkissenbezug-Vorstellung.

Wo waren sie jetzt? Noch in Harding? In New York? Oder schon auf dem Weg nach Boston? Nein, so weit konnten sie doch noch nicht sein, oder? Der Bus war an keiner Straßensperre vorbeigekommen. Er hatte die größte Stadt der Welt anonym verlassen und wohnte hier unter einem anderen

Namen. Sie konnten ihn noch nicht ausfindig gemacht haben. Unter gar keinen Umständen.

Im Bostoner CVJM war er bestimmt zwei Tage lang sicher. Danach konnte er sich nach Norden absetzen, nach Vermont oder New Hampshire. Oder er würde nach Süden gehen, Hartford oder Philadelphia, vielleicht sogar Atlanta. Im Osten gab es nur den Ozean, aber dahinter lagen England und Europa. Eine verführerische Idee, aber wahrscheinlich nicht im Bereich seiner Möglichkeiten. Bei Überseeflügen mußte man sich ausweisen. Was war mit Frankreich, in dem gerade Kriegsrecht herrschte? Er könnte sich zwar als blinder Passagier wegschleichen, aber wenn er dabei entdeckt würde, bedeutete das sein schnelles und unwiderrufliches Ende. Der Westen kam nicht in Frage. Dort war der Boden für ihn am heißesten.

Wenn du die Hitze nicht verträgst, verschwinde aus der Küche. Wer hatte das noch gesagt? Molie wüßte es bestimmt. Er kicherte und fühlte sich ein bißchen wohler.

Radioklänge drangen in sein Zimmer.

Jetzt wäre der richtige Zeitpunkt, rauszugehen und sich eine Waffe zu besorgen. Heute nacht. Aber er war zu müde. Die Busfahrt hatte ihn ermüdet. Auf der Flucht zu sein, machte ihn müde. Und ein Instinkt, der viel tiefer lag als sein rationales Bewußtsein, sagte ihm, daß er die kalten Oktobernächte wohl sehr bald in einem Abwasserkanal oder in einem mit Blättern und Unrat verstopften Gully verbringen würde.

Das Gewehr also erst morgen abend.

Er schaltete das Licht aus und schlief ein.

...Minus 071 ... und der Countdown läuft...

Es war wieder Showtime.

Richards zeigte der Kamera seinen nackten Hintern und summte die Titelmelodie von *Menschenjagd*. Er hatte sich diesmal den CVJM-Kissenbezug über den Kopf gezogen, den er vorher umgekrempelt hatte, damit das Namensschild nicht zu sehen war..

Die Kamera hatte in ihm eine Art kreativen Humor geweckt, den er bei sich nie für möglich gehalten hätte. Bisher hatte er sich immer für einen ziemlich mürrischen jungen Mann gehalten, der das Leben mehr oder weniger humorlos betrachtete. Die Aussicht auf seinen baldigen Tod hatte eine verborgene komödiantische Ader in ihm freigelegt.

Als die Kassette heraussprang, beschloß er, sich die zweite für den Nachmittag aufzusparen. Dieses einsame Zimmer war langweilig, und vielleicht fiel ihm noch was Besseres ein.

Er zog sich langsam an, schlenderte zum Fenster und blickte hinaus.

Der Donnerstagvormittagsverkehr rauschte die Huntington Avenue hinauf und hinunter. Beide Bürgersteige waren von Fußgängern bevölkert. Einige trugen hellgelbe Ich-brauche-Hilfe-Schilder vor sich her. Andere liefen schnell vorbei. Die meisten schlenderten einfach so dahin. Anscheinend stand an jeder Straßenecke ein Polizist. Richards konnte sich vorstellen, was sie sagten: *Weitergehen. Hast du nichts Wichtigeres zu tun, als hier rumzustehen? Sieh zu, daß du weiterkommst, du Rumtreiber.*

So ging man dann weiter zur nächsten Straßenecke, die genauso war wie die erste und von der man ebenfalls verjagt wurde. Man konnte versuchen, sich darüber zu ärgern, aber meistens taten einem dafür die Füße zu weh.

Richards wog das Risiko ab, den Flur hinunterzugehen und zu duschen. Er beschloß, daß es nicht allzu gefährlich sei, und ging mit dem Handtuch über der Schulter den Korridor entlang, begegnete niemandem und betrat das Badezimmer.

Der Gestank nach Urin, Scheiße und Erbrochenem mischte sich mit dem penetranten Geruch von Desinfektionsmitteln. Die Toilettentüren waren natürlich alle herausgerissen. Jemand hatte in handgroßen Buchstaben Ich scheiße auf die Fernsehanstalt über ein Pißbecken geschrieben. Sah so aus, als sei der dabei ziemlich wütend gewesen. Ein Urinbecken war voller Kot. Da mußte jemand wirklich betrunken gewesen sein. Ein paar träge Oktoberfliegen krochen über den Dreck. Richards fühlte sich nicht einmal angeekelt; diesen Anblick war er gewohnt. Aber trotzdem war er froh, daß er Schuhe angezogen hatte.

Auch die Dusche hatte er für sich allein. Die Porzellanwanne hatte einen Riß, und die Kacheln waren entweder ganz oder halb herausgebrochen. Er nahm den rostigen Duschkopf, drehte den Heißwasserhahn ganz auf und wartete fünf Minuten lang geduldig, bis das Wasser lauwarm kam. Dann duschte er sich schnell und klaubte zu diesem Zweck ein Seifenstück vom Boden auf. Die Leute vom CVJM hatten entweder vergessen, Seife in sein Zimmer zu legen, oder aber das Zimmermädchen hatte sie mitgehen lassen.

Auf dem Weg zurück ins Zimmer überreichte ihm ein Mann mit einer Hasenscharte ein Traktat.

Er stopfte sich das Hemd in die Hose, setzte sich aufs Bett und zündete sich eine Zigarette an. Er war hungrig, aber er wollte bis zur Dämmerung warten, bevor er essen ging.

Langeweile trieb ihn wieder ans Fenster. Um sich die Zeit zu vertreiben, zählte er die Automarken – Fords, Chevies, VWs, Wints, Plymouths, Studebakers, Rambler-Supremes. Die erste, die auf hundert kam, gewann. Ein dummes Spiel, aber besser als gar nichts.

Weiter oben in der Huntington Avenue war die Northeastern University, und dem CVJM direkt gegenüber befand sich die große, automatisierte Universitätsbuchhandlung. Während er Autos zählte, beobachtete er, wie die Studenten dort ein und aus gingen. Sie bildeten einen scharfen Kontrast zu den Bettlern mit ihren HILFE-Schildern. Ihre Haare waren kürzer, und alle schienen Pullover mit kariertem Schottenmuster zu tragen, der letzte Schrei auf dem Campus. Richards sah ihnen amüsiert zu, wie sie sich plump-vertraulich durch die Menge am Eingang schlängelten und drinnen mit überheblichen Mienen ihre Einkäufe erledigten. Doch es hinterließ einen bitteren Nachgeschmack in seinem Mund. Die Fünf-Minuten-Parkplätze vor dem Laden füllten und leerten sich mit auffälligen, oftmals exotischen Sportwagen. Die meisten hatten ein College-Abziehbild im Rückfenster kleben: Northeastern, M. I. T., Boston, Harvard... Die meisten der Bettler ignorierten die teuren Wagen einfach, aber einige verschlangen sie förmlich mit neidischen, sehnsuchtsvollen Blicken.

Ein Wint fuhr gerade aus der Parklücke direkt vor dem Laden, und sofort parkte ein Ford dort ein. Der Fahrer, ein junger Mann mit Bürstenhaarschnitt und einer langen, dünnen Zigarre im Mund, ließ den Wagen mit dem Vorderrad auf dem Bürgersteig stehen. Das Auto neigte sich ein wenig zur Seite, als der Mann ausstieg und in den Laden eilte. Es war ein feiner Pinkel in einem weiß-braunem Sportjackett.

Richards seufzte. Autozählen war wirklich ein dämliches Spiel. Die Fords waren ihrem größten Konkurrenten mit 78 zu 40 weit voraus. Das Ergebnis war schon so offensichtlich wie der Ausgang der nächsten Wahlen.

Jemand klopfte an die Tür, und Richards erstarrte wie vom Blitz getroffen.

»Frankie? Bist du da drinnen, Frankie?«

Er antwortete nicht. Vor Angst gelähmt, saß er da wie eine Statue.

»Du bist ein Scheißkerl, Frankie-Baby.« Er hörte ein glucksendes, betrunkenes Lachen, und dann entfernten die Schritte sich. Jetzt klopfte es an die Nachbartür. »Bist du da drinnen, Frankie?«

Richards Herz kehrte langsam wieder an seinen Platz zurück.

Der Ford fuhr aus der Parklücke und machte somit Platz für den nächsten Ford. Nummer 79. Scheiße.

Der Vormittag ging in den Mittag über, und dann war es ein Uhr. Er hörte es an den diversen Glockenschlägen der umliegenden Kirchen. Ironischerweise besaß der Mann, der unter dem Diktat der Uhr lebte, keine eigene.

Inzwischen probierte er es mit einer Variation des Autospiels. Fords zählten zwei Punkte, Studebakers drei, Wints vier. Der erste, der fünfhundert erreichte, gewann.

Es war vielleicht eine Viertelstunde vergangen, als er den Mann in dem weiß-braunen Jackett wieder bemerkte. Er stand an einen Laternenpfahl gelehnt vor der Buchhandlung und las ein Konzertplakat. Er wurde nicht weggejagt. Im Gegenteil, die Polizei schien ihn einfach zu ignorieren.

Du siehst schon weiße Elefanten, du Angsthase. Als nächstes bildest du dir ein, daß sie in deinen Zimmerecken rumkriechen.

Er zählte einen Wint mit eingebeulter Motorhaube. Einen gelben Ford. Dann einen Studebaker mit pfeifendem Luftzylinder – er trudelte in kleinen Kreisen durch die Luft. Einen VW – aber die waren schon längst aus dem Rennen. Noch einen Wint. Und einen Studebaker.

Ein Mann mit einer langen, dünnen Zigarre stand lässig an der Bushaltestelle. Er war der einzige Fahrgast. Aus gutem Grund. Richards hatte die Busse halten und wieder abfahren sehen. Er wußte, daß innerhalb der nächsten fünfundvierzig Minuten kein Bus mehr zu erwarten war.

Kalte Furcht kroch in seine Eingeweide.

Ein alter Mann in einem dunklen, verschlissenen Mantel schlenderte die Straße entlang und interessierte sich plötzlich sehr für die Speisekarte des Stockholm-Restaurants.

Einer der Polizisten ging auf den Mann an der Bushaltestelle zu und unterhielt sich mit ihm. Danach ging er wieder weg.

Richards fiel auf, daß ein Gutteil der Zeitungsverkäufer jetzt viel langsamer am Haus vorbeiging. Ihre Kleider und ihre Gangart kamen ihm plötzlich merkwürdig vertraut vor. Er hatte das Gefühl, sie schon viele Male auf der Straße gesehen zu haben, was ihm in diesem Augenblick bewußt wurde – langsam, vorsichtig tastend, so wie im Traum die Stimmen der Toten langsam ins Bewußtsein sickern. Entsetzen packte ihn.

Jetzt standen auch mehr Bullen vor dem Haus.

Ich werde umzingelt, dachte er. Der Gedanke erfüllte ihn mit hilfloser, lähmender Furcht.

Falsch, korrigierte sein Verstand ihn. *Du bist schon lange umzingelt.*

...Minus 070 ... und der Countdown läuft...

Richards lief rasch ins Badezimmer. Er war völlig ruhig und ignorierte seine Angst wie ein Mann auf einem hohen Felsvorsprung, der nicht an den Abgrund denkt, der sich vor ihm auftut. Wenn er überhaupt einen Ausweg finden sollte, dann nur, indem er einen klaren Kopf behielt. Wenn er in Panik geriet, würde er bald sterben.

In der Dusche sang jemand mit brüchiger Stimme einen Gassenhauer. Bei den Toiletten und den Waschbecken war jedoch niemand zu sehen.

Der Trick war ihm plötzlich durch den Kopf geschossen, als er am Fenster gestanden und beobachtet hatte, wie sie sich in ihrer lässig-bedrohlichen Art ums Haus versammelt hatten. Wenn er ihm nicht eingefallen wäre, säße er vermutlich immer noch auf der Fensterbank und starrte sie an wie Aladin den Rauch aus seiner Wunderlampe, der sich zu dem allmächtigen Riesen verdichtete. Sie hatten diesen Trick als Jungen benutzt, um aus den Kellern im Wohnblock Zeitungen zu stehlen. Molie hatte sie ihnen für zwei Cents das Pfund abgekauft.

Mit einem heftigen Ruck riß er einen der Zahnbürstenhalter aus der Wand. Der Draht war ein wenig rostig, aber es würde schon gehen. Auf dem Weg zum Fahrstuhl bog er ihn gerade.

Er drückte auf den Knopf, um den Fahrstuhl zu holen. Der Käfig brauchte eine halbe Ewigkeit, um langsam vom achten Stockwerk herunterzuzuckeln. Er war leer. Gott sei Dank, der Fahrstuhl war leer.

Er schlüpfte hinein, guckte noch einmal vorsichtig den Flur hinunter und konzentrierte sich dann auf die Schalttafel. Neben dem Knopf für den Keller befand sich ein kleines Schloß. Der Hausmeister besaß eine passende Scheckkarte, die er dort hineinschob, wenn er in den Keller wollte. Ein elektrisches Auge würde die Karte prüfen und den Schacht entriegeln, so daß er, wenn er auf den Knopf drückte, in den Keller hinunterfahren konnte.

Wenn es nun nicht klappt?

Denk nicht dran. Mach dir jetzt bloß keine Sorgen.

Das Gesicht in Erwartung eines möglichen Elektroschocks zur Grimasse verzogen, steckte er den Zahnbürstenhalter in das Schloß und drückte gleichzeitig auf den Kellerknopf.

Hinter der Schalttafel hörte er ein Geräusch, das sich wie ein kurzer elektrischer Fluch anhörte. Ein leichter, zitternder Schlag fuhr ihm durch den Arm. Sonst passierte einen Moment lang nichts. Doch dann schob sich das gefaltete Messinggitter vor den Eingang, die Türen schlossen sich und der Fahrstuhl machte sich ruckend auf den Weg nach unten. Als auf der Anzeigetafel das *E* aufleuchtete, gab der Motor seltsame, röhrende Geräusche von sich, und es sah so aus, als würde er trotz allem hier halten. Einen Augenblick später (es hatte gerade lange genug gedauert, um Richards einen gehörigen Schrecken einzujagen) sank er weiter hinab. Zwanzig Sekunden später öffneten die Türen sich, und Richards trat in das riesige, schwach erleuchtete Untergeschoß. Er hörte von irgendwoher Wasser tropfen und das aufgeregte Scharren einer aufgescheuchten Ratte. Aber ansonsten gehörte der Keller ihm. Vorläufig.

... Minus 069 ... und der Countdown läuft ...

Riesige rostige Heizungsrohre, über und über mit Spinnweben bedeckt, wanden sich in verrückten Mustern die Decke entlang. Als die Heizung sich plötzlich automatisch einschaltete, hätte er vor Schreck beinahe geschrien. Der Adrenalinstoß löste einen lähmenden Schmerz in seinen Gliedern aus. Er konnte sich eine Zeitlang nicht bewegen.

Er sah, daß auch hier alte Zeitungen herumlagen. Tausende. Sie waren mit Schnüren zusammengebunden und an der Wand aufgestapelt. Die Ratten hatten sich dort ihre Nester gebaut. Ganze Familien starrten den Eindringling mit mißtrauischen rubinroten Augen an.

Er ging über den rissigen Zementboden und blieb nach einer Weile stehen, um etwas zu verschnaufen. An einem Pfeiler entdeckte er einen großen Sicherungskasten, und dahinter lagen einige Werkzeuge unordentlich verstreut. Er hob ein Brecheisen auf und ging weiter, den Blick immer auf den Boden gerichtet.

Kurz vor der hinteren Wand entdeckte er zu seiner Linken das Hauptlüftungsrohr. Er ging hin und betrachtete es sich näher, wobei er sich fragte, ob sie wohl schon wußten, daß er sich hier unten befand.

Der Rohrdeckel bestand aus einem Stahlgitter und hatte einen Durchmesser von circa neunzig Zentimetern; an der hinteren Seite fand er eine Kerbe für das Brecheisen. Er setzte es an, stemmte den Deckel hoch und stellte einen Fuß auf das Eisen, um den Deckel zu halten. Dann faßte er mit den Händen in den Spalt und schob den Deckel zur Seite. Er fiel krachend zu Boden, was die Ratten wütend aufkreischen ließ.

Das Rohr neigte sich in einem Winkel von fünfundvierzig Grad nach unten, und Richards schätzte, daß der Innenraum nicht mehr als fünfundsiebzig Zentimeter im Durchmesser betragen würde. Es war sehr, sehr dunkel. Plötzliche Platzangst ließ seinen Mund ganz trocken und filzig werden. Es war viel zu eng, um sich darin zu bewegen, eigentlich zu eng, um darin zu atmen. Aber es mußte sein.

Er drehte den Deckel wieder um und lehnte ihn so gegen das Rohr, daß er ihn, wenn er einmal hineingeklettert war, von unten über die Öffnung ziehen konnte. Dann ging er zum Sicherungskasten zurück, schlug mit dem Brecheisen das Vorhängeschloß herunter und öffnete ihn. Er war gerade dabei, einige Sicherungen herauszunehmen, als ihm eine bessere Idee kam.

Er tastete sich zu den Zeitungen hinüber, die in vergilbten Stapeln fast die ganze Längsseite der Ostwand bedeckten. Dort zog er das zerknitterte, eselsohrige Streichholzheftchen aus seiner Hosentasche. Es waren noch drei Streichhölzer übrig. Er riß eine Zeitung aus einem Packen und zerknüllte sie zu einer Art Fackel, die er sich unter den Arm klemmte, während er ein Streichholz anzündete. Die Zugluft blies es sofort wieder aus. Das zweite fiel ihm aus den zitternden Händen und verlosch auf dem feuchten Boden.

Beim dritten klappte es. Er hielt es an die Zeitung, und gleich darauf züngelte eine gelbe Flamme hoch. Eine Ratte, die vielleicht gespürt hatte, was auf sie zukam, huschte über seine Füße und verschwand in der Dunkelheit.

Eine fürchterliche Ungeduld erfaßte ihn, aber er wartete, bis die Zeitung richtig brannte. Er hatte keine Streichhölzer mehr. Vorsichtig steckte er die Fackel in einen Spalt in der brusthohen Zeitungswand und beobachtete, wie das Feuer sich ausbreitete.

An der angrenzenden Wand stand der große Öltank, der das gesamte CVJM-Gebäude versorgte. Vielleicht würde er in die Luft fliegen. Richards nahm an, daß das geschehen würde.

Er lief zum Sicherungskasten zurück und riß nun die langen, zylinderförmigen Sicherungen heraus. Die meisten schaffte er, bevor das Licht im Keller ausging. Dann bahnte er sich vorsichtig den Weg zum Belüftungsrohr, wobei das hell flackernde Feuer ihm leuchtete.

Er setzte sich auf den Rand, so daß seine Füße im Schacht baumelten, und schob sich langsam hinunter. Als sein Kopf sich in Fußbodenhöhe befand, stemmte er die Knie gegen die Rohrwand, damit er einen festen Halt hatte, und zwängte die Arme nach oben über seinen Kopf. Er brauchte sehr lange dafür, weil er fast keine Bewegungsfreiheit hatte. Das Feuer loderte jetzt hell, und das Knistern des brennenden Papiers dröhnte förmlich in seinen Ohren. Er tastete mit den Fingern den oberen Rand des Rohres ab, bis er den Deckel fand, den er langsam über die Öffnung zog, bis er ihn mit dem Nacken abstützen mußte. Als er glaubte, daß die Rillen des Deckels sich genau über dem Rohrrand befanden, gab er ihm einen letzten, kräftigen Ruck.

Der Deckel fiel klappernd an seinen Platz, wobei er Richards Handgelenke gewaltsam verrenkte. Richards streckte die Beine aus und schoß das Rohr hinunter wie ein Junge auf einer Rutsche. Die Innenwände waren so verschmiert, daß es die vier Meter bis zur Biegung reibungslos ging. Seine Füße standen plötzlich auf festem Grund, und er stand da wie ein Betrunkener, der sich an einen Laternenpfahl lehnt.

Er konnte nicht in die Horizontale rutschen. Das Knie war zu stark gebogen.

Platzangst würgte ihn. *Ich sitze in der Falle,* dachte er gehetzt, *mein Gott, hier in diesem Rohr, das ist eine Falle... eine Falle...*

Ein Verzweiflungsschrei saß ihm in der Kehle, aber er schluckte ihn runter.

Ganz ruhig. Klar, das ist abgedroschen, ausgesprochen trivial, aber wir müssen hier unten ganz ruhig bleiben. Sehr ruhig. Denn wir sitzen hier am Boden eines Rohres fest und können uns weder nach oben noch nach unten bewegen, und wenn der vermaledeite Tank da oben in die Luft fliegt, werden wir hier unten ganz sauber durchgebraten und...

Er versuchte, sich langsam hin und her zu winden, bis er sich allmählich umdrehen konnte und mit dem Bauch und Gesicht an der Wand des Rohres lehnte, die vorher seinen Rücken gestützt hatte. Der Schleimbelag diente ihm dabei als Gleitmittel. Es war jetzt sehr hell hier unten, und es wurde immer wärmer. Das Gitter des Deckels warf dunkle Gefängniszellenschatten auf sein vor Anstrengung verzerrtes Gesicht.

Jetzt, da er mit dem Brustkorb und Unterleib gegen die Wand lehnte und die Knie in der richtigen Position waren, konnte er ein Stück weiterrutschen. Seine Füße und Unterschenkel glitten in den horizontalen Kanal, bis er in Betstellung in der Biegung kniete. Das war immer noch nicht gut. Sein Hintern preßte sich gegen die feste Keramikoberfläche der oberen Rohrbiegung.

Er glaubte oben im prasselnden Feuer entfernte Kommandorufe zu hören, aber das konnte auch Einbildung sein. Seinem fiebernden, überanstrengten Verstand konnte er nicht mehr trauen.

Er begann, seine Waden- und Oberschenkelmuskeln in einer ermüdenden Wellenbewegung spielen zu lassen, und nach und nach rutschten seine Knie unter ihm weg. Wieder zwängte er die Arme hoch, um sich etwas mehr Freiraum zu verschaffen, und nun lag er mit dem Gesicht direkt in dem schmierigen Schlamm. Es sah jetzt fast so aus, als würde er hindurchpassen. Er bewegte, so gut er konnte, seinen Rükken hin und her und preßte sich mit dem Kopf und den Armen nach unten; das waren die einzigen Körperteile, die er noch einsetzen konnte.

Er dachte schon, daß gar nichts mehr ginge, daß er einfach unbeweglich dort hängenbleiben würde, da schlüpften seine Hüften ganz plötzlich durch die Öffnung wie ein Sektkorken aus einem engen Flaschenhals. Er scheuerte sich den Rücken an der Rohrwand auf, als die Knie plötzlich unter ihm nachgaben, und sein Hemd rutschte ihm hoch bis an den Hals. Dann lag er im Querrohr – bis auf den Kopf und die Arme, die schmerzhaft in einem überdehnten Winkel zurückgebogen waren. Er schlängelte sich ganz in das Rohr hinein und ruhte sich einen Augenblick lang keuchend aus. Sein Gesicht war mit Rattendreck und Schleim beschmiert, und die blutende, aufgescheuerte Haut auf seinem Rücken schmerzte.

Das Rohr war hier noch enger. Seine Schultern berührten jedesmal, wenn sein Brustkorb sich hob, die Wände.

Gott sei Dank bin ich unterernährt.

Keuchend fing er an, rückwärts in die unbekannte Dunkelheit zu kriechen.

... Minus 068 ... und der Countdown läuft ...

Er schob sich gut fünfzig Meter weit, blind wie ein Maulwurf, durch die horizontale Leitung. Dann explodierte der Öltank oben im Keller mit donnerndem Getöse. Der Knall jagte Vibrationen durch das Belüftungsrohr, die ihm fast das Trommelfell zerrissen. Er sah einen weißgelben Blitz wie die Stichflamme eines in Brand gesteckten Phosphorhaufens, der allmählich zu einem rosigen Schimmer verblaßte. Dann schlug ihm eine Hitzewelle ins Gesicht, so daß er eine schmerzvolle Grimasse zog.

Die Videokamera in seiner Jackentasche hüpfte und tanzte über den Boden, als er versuchte, sich schneller zu bewegen. Das Rohr erhitzte sich durch die Explosion und das prasselnde Feuer wie der Stahlgriff einer Bratpfanne über einer Gasflamme. Er hatte kein Verlangen danach, hier unten wie eine Kartoffel im Backofen gebacken zu werden.

Schweiß lief ihm über die Wangen und zog helle Spuren in sein dunkles, dreckverschmiertes Gesicht. Im flackernden

Feuerschein sah er aus wie ein Indianer in voller Kriegsbemalung. Die Rohrwände waren jetzt fast zu heiß, um sie zu berühren.

Im Krebsgang robbte er auf den Vorderarmen und Knien nach hinten, wobei sein Hintern bei jeder Bewegung an die obere Rohrwölbung stieß. Er atmete hechelnd wie ein Hund, in kurzen, scharfen Zügen. Die Luft war heiß und voller Ölgestank. Es war unangenehm, sie einzuatmen. Er hatte rasende Kopfschmerzen. Dolche schienen sich von hinten in seine Augen zu bohren.

Ich werde hier drinnen braten. Bald werde ich gar sein.

Auf einmal baumelten seine Füße in der Luft. Er versuchte, zwischen seinen Beinen hindurchzuspähen, um festzustellen, was sich da hinten befand, aber es war zu dunkel, und seine Augen waren von dem hellen Feuerschein vor ihm geblendet. Er mußte es darauf ankommen lassen. Er rutschte weiter, bis seine Knie den Rand erreichten, und ließ sie dann langsam hinübergleiten.

Plötzlich stand er mit den Schuhen in kaltem Wasser, ein kleiner Schock nach der Hitze im Belüftungsrohr.

Der Abwasserkanal verlief im rechten Winkel zu dem Rohr, aus dem er gerade entkommen war. Er war hoch genug, um in gebückter Haltung darin stehen zu können. Das ölige, träge dahinfließende Wasser reichte ihm bis an die Knöchel. Er blieb einen Augenblick stehen und spähte noch einmal in die schmale, vom Feuerschein erhellte Rohröffnung hinauf. Daß er selbst aus dieser Entfernung noch etwas vom Feuer sehen konnte, bedeutete, daß die Explosion tatsächlich enorm gewesen sein mußte.

Richards rang sich zögernd zu dem Gedanken durch, daß sie ihn hier unten vermuten mußten. Es gehörte zu ihrem Job, ihn nicht als im Inferno des Kellers verbrannte Leiche abzuhaken. Aber vielleicht mußten sie erst das Feuer unter Kontrolle bringen, bevor sie seinen Fluchtweg entdeckten. Das schien eine zulässige Annahme zu sein. Aber war er nicht auch sicher gewesen, daß sie ihn nicht bis nach Boston verfolgt haben könnten?

Vielleicht hatten sie das gar nicht? Was hatte er denn schließlich gesehen?

Nein, sie waren es gewesen. Er wußte es. Es waren die Jäger gewesen. Sie hatten einen bösen Geruch um sich verbreitet. Er war auf unsichtbaren Wellen bis zu seinem Fenster im fünften Stock hinaufgetragen worden.

Eine Ratte paddelte an ihm vorbei und betrachtete ihn einen Augenblick lang mit glitzernden Augen.

Richards folgte ihr platschend in die Richtung, in die das Wasser floß.

... Minus 067 ... und der Countdown läuft ...

Richards stand unter der Leiter und blickte verblüfft ins Licht hinauf. Kein regulärer Straßenverkehr, das war schon mal was, aber das Licht –

Das Licht hatte ihn überrascht, denn es war ihm vorgekommen, als wäre er Stunden und Stunden durch den Abwasserkanal gelaufen. Ständig war er im Dunkeln gewesen; kein einziger Lichtstrahl und kein Geräusch, abgesehen vom ständigen Gurgeln des Wassers und dem gelegentlichen Planschen einer Ratte; das hatte ihm den Weg gewiesen. Ab und zu hatte er ein geisterhaftes Rauschen in den anderen Abwasserrohren gehört und sich dabei deprimiert gefragt, was passieren würde, wenn jemand seine Kacke direkt über seinen Kopf hinunterspülte. Er hatte sein Zeitgefühl dort unten vollständig verloren.

Als er jetzt zu dem gut vier Meter über ihm liegenden Gullydeckel hinaufblickte, mußte er feststellen, daß das Tageslicht noch keineswegs verschwunden war. Im Deckel befanden sich kleine, runde Luftlöcher, durch die das Licht bleistiftdick fiel und kleine, kreisrunde Sonnenflecke auf seine Brust und seine Schultern malte.

Seit er hier stand, waren noch keine Pneumoautos über die Straße gefahren; nur ein schwerer Lastwagen und die Hondas einer Rockerbande. Er vermutete, daß er mehr mit Glück und aufgrund des Wahrscheinlichkeitsgesetzes als mit Hilfe seines Orientierungssinnes den Weg zum Herzen der Stadt gefunden hatte – zu seinen Leuten.

Trotzdem wagte er es nicht hinaufzusteigen, bevor es ganz dunkel war. Um sich die Zeit zu vertreiben, holte er die Kamera hervor, legte eine Kassette ein und filmte seinen Brustkasten. Er wußte, daß die Filme außerordentlich lichtempfindlich waren und selbst in der Dämmerung noch deutliche Aufnahmen zustande brachten, und er wollte nicht, daß zuviel von seiner gegenwärtigen Umgebung zu sehen war. Diesmal sagte er nichts und machte auch keine Witze. Er war einfach zu müde.

Als die Kassette durchgelaufen war, steckte er sie zu der anderen, schon belichteten. Er wünschte, er hätte den nagenden Zweifel – der fast schon eine Gewißheit war – loswerden können, daß die Bänder seinen Aufenthaltsort verrieten. Es mußte doch einen Weg geben, das zu vermeiden. Er *mußte* einen finden.

Er setzte sich ungelenk auf die dritte Sprosse und wartete auf die Dunkelheit. Er war jetzt seit dreißig Stunden auf der Flucht.

...Minus 066 ... und der Countdown läuft...

Der Junge war sieben Jahre alt, schwarz und rauchte eine Zigarette. Er beugte sich noch etwas weiter aus der Gasse hervor und spähte auf die Straße.

Er hatte eine plötzliche, leichte Bewegung auf dem Boden entdeckt, an einer Stelle, an der vorher alles ruhig gewesen war. Schatten bewegten sich, blieben einen Augenblick ruhig und bewegten sich dann wieder. Der Gullydeckel hob sich langsam. Er blieb in der Luft hängen, und darunter schimmerte etwas – Augen? Auf einmal glitt der Deckel scheppernd zur Seite.

Jemand – oder vielleicht auch etwas, dachte der Junge mit wachsender Angst – stieg da aus dem Untergrund. Vielleicht war es der Teufel, der jetzt kam, um Cassie zu holen. Ma sagte zwar immer, daß Cassie zu Dick und zu den anderen Engeln in den Himmel kommen würde, aber er wußte natürlich genau, daß das Quatsch war. Jeder kam, wenn er mal starb, in die Hölle, wo er vom Teufel mit einem Dreizack in den Hintern gestochen wurde. Er hatte schon mal ein Bild vom Teufel gesehen. Das war in einem der Bücher gewesen, die Bradley aus der Bostoner Stadtbibliothek geklaut hatte. Der Himmel war nur für die Push-Freaks. Ihr Mann war der Teufel.

Doch, es könnte der Teufel sein, dachte der Junge, als Richards aus dem Loch kroch und einen Augenblick über den rissigen Asphalt gebeugt dastand, um wieder zu Atem zu kommen. Kein Schwanz, keine Hörner und auch keine rote Farbe, aber der Kerl sah trotzdem ziemlich seltsam aus.

Jetzt schob er den Deckel über den Gully und jetzt – heiliger Bimbam, jetzt rannte er genau auf die Gasse zu.

Der Junge stöhnte auf und wollte wegrennen, aber er stolperte über seine eigenen Füße.

Er versuchte, sich wieder aufzurappeln, griff aber mit den Händen in die Luft und ließ seine Zigarette fallen, als der Teufel ihn plötzlich am Schlafittchen packte.

»Schlag mich nicht!« stieß er mühsam hervor. »Stich mich nicht mit deinem Ding da, du gemeiner...«

»Schhh! Sei still! Wirst du wohl endlich still sein!« Der Teufel schüttelte ihn, daß ihm die Zähne im Mund klapperten. Der Junge verstummte. Der Teufel sah sich ängstlich um. Sein Gesichtsausdruck wirkte fast grotesk, solche Angst schien er zu haben. Der Junge mußte an die komischen Figuren in der Sendung *Schwimm mit den Krokodilen* denken. Beinahe hätte er gelacht, wenn er nicht selbst solche Furcht gehabt hätte.

»Du bist nicht der Teufel«, sagte er.

»Du wirst mich gleich für den Teufel halten, wenn du nicht endlich still bist!«

»Ich werde nichts mehr sagen«, erwiderte der Junge verächtlich. »Glaubst du etwa, ich will kastriert werden? Jesus, ich bin ja noch nicht mal groß genug, um zu kommen.«

»Kennst du ein ruhiges Plätzchen, wohin wir gehen können?«

»Bring mich nicht um. Ich habe nichts.« Der Junge rollte mit den Augen, die in seinem dunklen Gesicht sehr weiß wirkten.

»Ich werde dich nicht umbringen.«

Der Junge führte Richards an der Hand die gewundene, mit Abfall übersäte Gasse entlang und von dort in einen weiteren Seitenweg. Kurz bevor der Weg in einen Lichthof zwischen zwei fensterlosen Hochhäusern mündete, zeigte der Kleine ihm eine aus geklauten Brettern und Ziegelsteinen zusammengezimmerte Bretterbude. Sie war nur circa einen Meter zwanzig hoch, und Richards stieß sich den Kopf, als er hineinkroch.

Der Junge zog einen dreckigen Lappen vor den Eingang und fummelte in der Dunkelheit an irgend etwas rum. Einen Augenblick später fiel ein schwacher Lichtschein auf ihre Gesichter. Der Junge hatte eine Glühbirne an eine alte ausgediente Autobatterie angeschlossen.

»Die Batterie hab' ich selbst geklaut«, verkündete er stolz. »Bradley hat mir gezeigt, wie man sie repariert. Er hat Bücher. Ich hab' auch noch eine Geldbörse. Die geb' ich dir, wenn du mich nicht umbringst. Aber das läßt du besser bleiben. Bradley gehört nämlich zu der Messerstecherbande. Wenn du mich umbringst, läßt er dich in deinen Stiefel scheißen und die Scheiße auffressen.«

»Ich bringe niemanden um«, sagte Richards ungeduldig. »Jedenfalls keine kleinen Kinder.«

»Ich bin kein kleines Kind! Ich hab' mir diese verdammte Batterie selbst geklaut!«

Sein beleidigtes Gesicht ließ Richards nun doch etwas lächeln. »Na gut. Wie heißt du denn, Kind?«

»Ich bin kein Kind!« Und dann, maulend: »Stacey.«

»In Ordnung, Stacey. Hör zu, ich bin auf der Flucht. Glaubst du mir das?«

»Klar, du bist auf der Flucht. Du bist ja nicht aus dem Gully gestiegen, um dir Pornopostkarten zu kaufen.« Er musterte Richards abschätzig. »Bist du ein Weißer? Is 'n bißchen schwierig zu erkennen bei all dem Dreck.«

»Stacey, ich...« Er schwieg und fuhr sich mit der Hand durch die Haare. Als er weitersprach, schien er eher mit sich selbst zu reden. »Ich muß mich jemandem anvertrauen, auch wenn es nur ein Kind ist. *Ein Kind.* Junge, du bist ja noch nicht einmal sechs.«

»Ich werde im März acht«, rief der Kleine wütend. »Meine Schwester Cassie hat Krebs«, fügte er noch hinzu. »Sie schreit ganz viel. Deshalb bin ich gerne hier. Und die Batterie hab' ich mir selbst geklaut. Willst du eine Zigarette, Mister?«

»Nein, und du rauchst jetzt auch keine. Willst du dir zwei Dollar verdienen, Stacey?«

»Au ja!« Mißtrauen schlich in seine Augen. »Aber du bist doch nicht mit zwei Dollar in der Tasche aus dem Gully gekommen. So 'n Quatsch kannst du mir nicht erzählen.«

Richards zog einen neuen Dollar hervor und gab ihn dem Jungen. Er starrte ihn verwundert, beinahe entsetzt an.

»Du bekommst noch einen, wenn du deinen Bruder herholst«, sagte Richards und fügte, den Gesichtsausdruck des Jungen richtig deutend, schnell hinzu: »Ich geb' ihn dir unauffällig, so daß er es nicht sehen kann. Aber bring ihn allein her.«

»Es hilft dir nichts, wenn du versuchst, Bradley umzubringen. Er wird dich in deinen Stiefel scheißen...«

»Und die Scheiße auffressen lassen, ja, ich weiß. Lauf los und hol ihn. Wart solange, bis er allein ist.«

»Drei Dollar.«

»Nein.«

»Hör mal, Mann, für drei Dollar kann ich das Zeug für Cassie im Drugstore kaufen. Dann schreit sie nicht mehr so verdammt viel.«

Das Gesicht des Mannes verzog sich plötzlich, als hätte jemand, den der Junge nicht sehen konnte, ihn geschlagen. »Also gut. Drei.«

»Neue Dollars.« Der Kleine war nicht leicht zufriedenzustellen.

»Ja, verdammt noch mal, *ja!* Hol ihn. Und wenn du die Bullen mitbringst, kriegst du gar nichts.«

Der Junge stand schon halb außerhalb seines Kabäuschens. »Du bist ganz schön dumm, wenn du glaubst, daß ich das tun würde. Ich hasse diese blöden Schweine mehr als sonst jemanden. Sogar mehr als den Teufel.«

Damit verschwand er, ein siebenjähriges Kind, das jetzt Richards Leben in seinen schmuddeligen Händen hielt. Richards war zu müde, um wirklich Angst zu haben. Er schaltete das Licht aus, legte sich hin und war kurz darauf eingeschlafen.

...Minus 065 ... und der Countdown läuft...

Er hatte gerade angefangen zu träumen, als seine überspannten Nerven ihn mit einem Ruck weckten. In der Dunkelheit wußte er nicht gleich, wo er sich befand. Noch in den Fängen eines Alptraums, glaubte er, einen riesigen Polizeihund auf sich zuspringen zu sehen. Eine zweieinhalb Meter große, lebendige Waffe. Er hätte fast laut aufgeschrien, wenn Staceys Stimme ihn nicht in die Wirklichkeit zurückgeholt hätte:

»Wenn er meine Lampe kaputtgemacht hat, breche ich ihm sein verdammtes...«

Der Junge wurde abrupt zum Schweigen gebracht. Der Lumpen vor dem Eingang wurde zur Seite gezogen, und Richards schaltete die Glühbirne ein. Er sah Stacey und einen weiteren Schwarzen. Richards schätzte ihn auf vielleicht achtzehn Jahre. Er hatte eine Motorradjacke an und musterte ihn mit einer Mischung aus Haß und Neugierde.

Richards hörte ein Messer aufschnappen. Die Klinge blitzte in Bradleys Hand auf. »Wenn du eine Waffe hast, laß sie fallen.«

»Ich habe keine.«

»Das soll ich dir auch noch glau...« Er unterbrach sich plötzlich, und seine Augen weiteten sich. »He! Du bist doch der Typ vom Free-Vee. Du hast den CVJM in der Huntington Avenue in die Luft gejagt.« Sein düsteres Gesicht leuchtete in einem unfreiwilligen Lächeln auf. »Es heißt, du hättest fünf Bullen da drin gebraten. Das bedeutet wahrscheinlich fünfzehn.«

»Er ist aus dem Gully gekommen«, berichtete Stacey mit wichtigtuerischer Miene. »Ich hab' gleich gewußt, daß es nicht der Teufel ist. Ich hab' gewußt, daß es so 'n weißes Schwein ist. Wirst du ihn erstechen, Bradley?«

»Sei still und laß uns Männer reden.« Bradley schlüpfte in den Verschlag und hockte sich Richards gegenüber auf eine zersplitterte Apfelsinenkiste. Er betrachtete das Messer in seiner Hand, als sei er verwundert, es immer noch dort zu sehen, und klappte es wieder zu.

»Mannomann, du bist heißer als die Sonne«, sagte er schießlich.

»Das ist wahr.«

»Wohin willst du jetzt?«

»Ich weiß es nicht. Ich muß aus Boston verschwinden.«

Bradley schwieg einen Augenblick nachdenklich. »Am besten kommst du erst einmal mit zu uns. Wir müssen miteinander reden, und hier geht das nicht. Viel zu hellhörig.«

»In Ordnung«, antwortete Richards müde. »Mir ist es egal.«

»Wir gehen hintenrum. Die Bullen sind heute nacht unterwegs. Jetzt weiß ich auch, warum.«

Als Bradley hinausging, trat Stacey Richards heftig gegen das Schienbein. Richards starrte ihn einen Moment verständnislos an, dann erinnerte er sich. Er steckte dem Jungen drei neue Dollar zu, und der Kleine ließ sie schnell verschwinden.

...Minus 064 ... und der Countdown läuft...

Die Frau war sehr alt; Richards hatte den Eindruck, noch nie einen so alten Menschen gesehen zu haben. Sie hatte ein bunt gemustertes Baumwollkleid an, das unter dem einen Arm einen großen Riß hatte. Er konnte ihre alte, faltige Brust hin und her schwingen sehen, während sie das Essen zubereitete, das sie für seine neuen Dollars gekauft hatte. Ihre nikotingelben Finger schnitten und pulten und schälten. Ihre vom jahrelangen Stehen in die Breite gegangenen Füße steckten in abgelatschten rosa Frotteepantoffeln. Ihr Haar sah aus, als hätte sie es mit einem Brenneisen in den zittrigen Händen selbst in Wellen gelegt. Es war zu einem pyramidenartigen Knoten zusammengebunden, der von einem zerrissenen Haarnetz gehalten, schräg in ihrem Nacken saß. Ihr Gesicht war eine Landkarte der Zeit, weder braun noch schwarz, sondern gräulich, überzogen von einer Galaxie von Falten und Fältchen und Tränensäcken. Ihr zahnloser Mund bearbeitete einen Zigarettenstummel, aus dem sie blaue Rauchwolken ausstieß, die wie kleine Bällchen über und hinter ihr in der Küche hingen. Sie schlurfte ständig hin und her und beschrieb so ein Dreieck aus Rauchwölkchen zwischen Tisch, Herd und Spülbecken. Ihre langen Strümpfe hatte sie bis zu den Knien heruntergerollt. Zwischen dem ausgefransten Saum ihres Baumwollkleides und den Strümpfen wölbten sich Krampfadern.

Die ganze Wohnung war von dem undefinierbaren Gestank jahrelang stehengebliebenen Abfalls erfüllt.

Im Schlafzimmer am anderen Ende schrie Cassie. Nach einer Weile hustete sie und war wieder einen Augenblick lang still. Bradley hatte ihm in einem Anflug von zorniger Scham erklärt, daß er sich nicht darum kümmern solle. Sie hatte Lungenkrebs. Beide Lungen waren inzwischen vollständig befallen, und die Krankheit breitete sich nach oben in ihre Kehle und nach unten in ihren Bauch aus. Sie war fünf Jahre alt.

Stacey war sofort wieder nach draußen verschwunden.

Während Richards sich mit Bradley unterhielt, stieg in der Küche langsam der aufreizende Duft von schmorendem Fleisch, Gemüse und Tomatensauce auf. Er drängte den Abfallgestank in die Ecken zurück und machte Richards bewußt, wie hungrig er war.

»Ich könnte dich töten, Mann. Ich könnte dich umbringen, dir all das Geld stehlen und dann die Leiche ausliefern. Weitere tausend dafür einkassieren und für lange Zeit ein gemachter Mann sein.«

»Ich glaube nicht, daß du das tun könntest«, antwortete Richards. »Ich weiß, daß ich es nicht könnte.«

»Warum machst du das überhaupt?«, fragte Bradley gereizt. »Warum spielst du den Trottel für sie? Bist du so aufs Geld versessen?«

»Meine kleine Tochter heißt Cathy«, antwortete Richards. »Sie ist noch jünger als Cassie. Lungenentzündung. Auch sie schreit die ganze Zeit.«

Bradley sagte nichts.

»Ihr kann noch geholfen werden. Es ist nicht so

schlimm... wie bei ihr da drin. Lungenentzündung ist nicht viel schlimmer als eine Erkältung. Aber man braucht einen Arzt und Medizin. Und das kostet Geld. Ich wollte mir das Geld beschaffen, und zwar auf die einzige Art, die mir geblieben ist.«

»Du bist trotzdem ein Trottel«, sagte Bradley mit flacher, beinahe unheimlicher Stimme. »Du lutschst der halben Welt am Schwanz rum, und jeden Abend um halb sieben wollen sie alle in deinen Mund. In dieser Welt wäre Cathy besser dran, wenn es ihr so ginge wie Cassie.«

»Das glaube ich nicht.«

»Dann bist du viel mutiger als ich, Mann. Ich hab' einen Kerl mit gebrochenen Knochen ins Krankenhaus geschafft. Einen reichen Schmarotzer. Die Polizei hat mich drei Tage lang gejagt. Aber du bist mutiger als ich.« Er nahm sich eine Zigarette und zündete sie an. »Vielleicht schaffst du den ganzen Monat. Eine Billion Dollar. Du müßtest dir einen ganzen verdammten Güterzug kaufen, um sie nach Hause zu schaffen.«

»Fluch nicht, lobe Gott«, murmelte die Alte vom Küchentisch her, an dem sie Karotten in Scheiben schnitt.

Bradley achtete nicht auf sie. »Du und deine Frau und deine kleine Tochter, ihr wärt dann aus der ganzen Scheiße raus. Du hast es immerhin schon zwei Tage geschafft.«

»Nein«, erwiderte Richards. »Die Spiele sind manipuliert. Erinnerst du dich an die zwei Umschläge, die ich Stacey mitgegeben habe, als er mit deiner Mutter einkaufen ging? Er sollte sie in einen Briefkasten werfen. Ich muß ihnen jeden Tag vor Mitternacht zwei solche Kassetten schicken.« Er erzählte Bradley von der Verfallklausel und von seinen Bedenken, daß sie ihn aufgrund des Poststempels bis nach Boston verfolgen könnten.

»Das ist leicht zu ändern.«

»Wie?«

»Kümmer dich nicht drum, das machen wir später. Wie willst du aus Boston rauskommen? Du bist ein verdammt heißes Eisen. Hat sie ganz schön auf hundert gebracht, daß du ihre Kollegen da unten im CVJM in die Luft gejagt hast. In der Free-Vee-Sendung heute abend haben sie nur darüber berichtet. He, diese Aufnahmen mit dem Kissenbezug überm Kopf, die waren stark. Ma!« unterbrach er sich gereizt. »Wann ist das Zeug denn endlich fertig? Wir fallen sonst noch vor deinen Augen auseinander!«

»Ist gleich soweit«, antwortete Ma. Sie stülpte einen Dekkel über die langsam vor sich hin brodelnde Masse und ging ins Schlafzimmer, um sich ein bißchen an Cassies Bett zu setzen.

»Ich weiß es nicht«, antwortete Richards auf Bradleys Frage. »Ich werd' wohl versuchen, einen Wagen aufzutreiben. Ich habe gefälschte Papiere, aber ich trau' mich nicht, sie zu benutzen. Ich werd' irgendwas tun – vielleicht eine Sonnenbrille aufsetzen – und aus der Stadt verschwinden. Ich hab' mir gedacht, daß ich nach Vermont rauffahre und von dort über die Grenze nach Kanada.«

Bradley grunzte und stand auf, um Teller auf den Tisch zu stellen. »Inzwischen haben sie jeden Highway, der aus Boston rausführt, gesperrt. Und ein Mann mit einer Sonnenbrille macht ganz von allein auf sich aufmerksam. Die haben, noch bevor du sechs Meilen gefahren bist, Hackfleisch aus dir gemacht.«

»Dann weiß ich auch nicht«, seufzte Richards. »Wenn ich hierbleibe, kriegen sie euch wegen Beihilfe dran.«

Bradley verteilte Bestecke auf dem Tisch. »Angenommen, wir kriegen ein Auto. Du hast die vielen Blauen. Ich hab' einen Namen, der nicht heiß ist. Ich kenne einen Typen in der Milk Street, der mir für dreihundert einen Wint verkaufen würde. Ich könnte einen Kumpel dazu bringen, ihn nach Manchester raufzufahren. Manchester ist für dich ganz cool, denn du sitzt ja angeblich hier in Boston fest. Ißt du mit uns, Ma?«

»Ja, und gelobt sei Gott.« Sie watschelte in die Küche. »Deine Schwester schläft ein bißchen.«

»Gut.« Er füllte die drei Teller und sah sich dann um. »Wo ist Stacey?«

»Er wollte noch mal schnell zum Drugstore«, sagte Ma selbstzufrieden und löffelte sich das Essen mit atemberaubender Geschwindigkeit in den zahnlosen Mund. »Er wollte Medizin holen.«

»Wenn er sich dabei erwischen läßt, versohl' ich ihm den Hintern«, knurrte Bradley und ließ sich auf seinen Stuhl fallen.

»Das wird er nicht«, beruhigte Richards ihn. »Er hat Geld.«

»Ja, aber vielleicht brauchen wir keine Almosen, Weißer.«

Richards lachte und salzte sich sein Essen. »Wenn er nicht gewesen wäre, wäre es jetzt wohl schon aus mit mir«, sagte er. »Ich würde sagen, daß er sich das Geld verdient hat.«

Bradley beugte sich vor und konzentrierte sich auf seinen Teller. Alle schwiegen, bis sie aufgegessen hatten. Richards und Bradley nahmen sich noch zweimal, die alte Frau sogar dreimal. Als sie sich ihre Zigaretten anzündeten, hörten sie, wie ein Schlüssel am Türschloß kratzte und saßen einen Augenblick wie erstarrt da. Stacey erschien mit ängstlichem, schuldbewußtem und aufgeregtem Gesicht. Er hielt eine braune Einkaufstüte in der Hand und überreichte Ma ein Medizinfläschchen.

»Das ist erstklassiges Zeug, Ma«, sagte er. »Der alte Curry hat mich gefragt, wo ich die zwei Dollar und fünfundsiebzig Cent herhab, um so gute Medizin zu kaufen. Ich hab' ihm gesagt, er soll in seinen Stiefel scheißen und die Scheiße fressen.«

»Fluch nicht, oder der Teufel wird dich in den Hintern pieken«, sagte Ma. »Hier hast du was zu essen.«

Die Augen des Jungen weiteten sich. »Jesus, da ist ja Fleisch drin.«

»Nein, wir haben bloß reingeschissen, damit es etwas dikker wird«, hänselte ihn sein Bruder. Stacey musterte ihn scharf, sah, daß er ihn bloß ärgern wollte, kicherte und machte sich über seinen Teller her.

»Wird der Drogist zur Polizei gehen?« fragte Richards ruhig.

»Curry? Nein. Jedenfalls nicht, wenn er merkt, daß es noch mehr von den Blauen in unserer Familie gibt. Er weiß, daß Cassie so starke Mittel braucht.«

»Was ist mit Manchester?«

»Ja... also, Vermont ist nicht gut. Zuwenig von unseren Leuten. Zu zähe Bullen. Ich werde einen Freund, vielleicht Rich Goleon, bitten, den Wint nach Manchester raufzufahren und dort in einem Parkhaus abzustellen. Ich fahr' dich dann in einem anderen Wagen hinterher.« Er drückte seine Zigarette aus. »Im Kofferraum. Auf den Seitenstraßen machen sie nur oberflächliche Routinekontrollen. Wir nehmen die 495.«

»Das ist ziemlich gefährlich für dich.«

»Oh, ich möchte es ja auch nicht umsonst machen. Wenn Cassie schon sterben muß, dann zumindest mit allem, was so dazugehört.«

»Gelobt sei Gott«, warf Ma dazwischen.

»Es ist trotzdem ziemlich gefährlich für dich.«

»Wenn irgendein Schwein Bradley anmacht, läßt er ihn in seinen Stiefel scheißen und die Scheiße fressen«, sagte Stacey und wischte sich den Mund ab. Stolz blickte er seinen Bruder an, und in seinen Augen blitzte ein Schimmer von Heldenverehrung auf.

»Du bekleckerst dein Hemd, Brüderchen«, erklärte Bradley und gab ihm eine liebevolle Kopfnuß. »Na, schaffst du deine Portion nicht? Bist wohl noch nicht groß genug?«

»Wenn sie uns dabei erwischen, dann ist es mit dir für lange Zeit aus«, gab Richards zu bedenken. »Wer kümmert sich dann um den Jungen?«

»Wenn etwas passiert, dann wird er sich um sich selbst kümmern«, sagte Bradley. »Er und Ma schaffen das schon. Er ist weder drogen- noch alkoholsüchtig, nicht wahr, Stace?«

Der Junge schüttelte heftig den Kopf.

»Er weiß genau, daß ich ihm das Gehirn rausprügeln werde, wenn ich auch nur einen Nadelstich an ihm entdecke. Nicht wahr, Stace?«

Stacey nickte.

»Außerdem können wir das Geld gut gebrauchen. Wir sind sehr arm. Also lassen wir das Thema. Ich denke, ich weiß, was ich tue.«

Richards rauchte seine Zigarette schweigend zu Ende, während Bradley das Arzneifläschchen nahm und zu Cassie ins Schlafzimmer ging.

... Minus 063 ... und der Countdown läuft ...

Es war immer noch dunkel, als er aufwachte, und seine innere Uhr sagte ihm, daß es ungefähr halb fünf Uhr morgens sein mußte. Cassie hatte wieder geschrien, und Bradley war deswegen aufgestanden. Sie schliefen alle in dem winzigen, zugigen Hinterzimmer. Richards und Stacey auf dem Fußboden; Ma hatte sich zu Cassie ins Bett gelegt.

Er hörte, wie Bradley aus dem Zimmer ging. In der Küche klapperte ein Löffel gegen das Spülbecken. Das Schreien des Mädchens ging in Stöhnen über; schließlich war nichts mehr zu hören. Richards spürte Bradleys Anwesenheit in der Küche. Er stand unbeweglich da und wartete, bis Cassie wieder eingeschlafen war. Dann kam er zurück, setzte sich aufs Bett und ließ einen fahren. Das Quietschen der Bettfedern ließ darauf schließen, daß er sich wieder hingelegt hatte.

»Bradley?«

»Was ist?«

»Stacey hat mir gesagt, daß sie erst fünf ist. Stimmt das?«

»Ja.« Er sprach zum erstenmal ohne Downtown-Akzent, was ihn wie eine unwirkliche Traumfigur erscheinen ließ.

»Wie kommt ein fünfjähriges Mädchen zu Lungenkrebs? Ich hab' nicht einmal gewußt, daß so junge Menschen schon Krebs haben können. Lungenentzündung vielleicht, aber keinen Lungenkrebs.«

Er hörte ein bitteres, gedämpftes Lachen aus dem Bett.

»Du kommst aus Harding, nicht wahr? Wie hoch ist die Luftverschmutzung bei euch?«

»Das weiß ich nicht«, antwortete Richards. »Sie geben die Angaben nicht mehr zusammen mit der Wettervorhersage durch. Das ist schon seit ... Donnerwetter, ich weiß es nicht mehr. Seit sehr langer Zeit ist das schon so.«

»In Boston haben sie 2020 damit aufgehört«, flüsterte Bradley. »Sie haben viel zuviel Schiß. Du hast keinen Nasenfilter, nicht wahr?«

»Sei nicht blöd«, erwiderte Richards gereizt. »Diese gottverdammten Dinger kosten über zweihundert Mäuse, sogar in den Billigläden. Ich habe im ganzen letzten Jahr keine zweihundert Dollar gesehen. Du vielleicht?«

»Nein«, antwortete Bradley leise. Er schwieg einen Augenblick. »Stacey hat einen. Ich habe ihn selbst gemacht. Auch Ma und Rich Goleon und noch ein paar andere haben welche.«

»Du willst mich wohl auf den Arm nehmen.«

»Nein, Mann.« Er überlegte. Richards merkte plötzlich, daß Bradley das, was er gerade gesagt hatte, gegen eine Menge anderer Dinge abwog, die er noch sagen könnte. Er fragte sich wahrscheinlich, wieviel davon zuviel wäre. Als er weitersprach, schien es ihm schwerzufallen, die Worte zu formulieren. »Wir haben eine Menge gelesen. Die Free-Vee-Scheiße ist nur für Hohlköpfe.«

Richards grunzte zustimmend.

»Ich bin in einer Bande, weißt du? Ein paar von den Typen sind einfach nur Rumtreiber. Nur daran interessiert, jeden Samstagabend auf die Weißen loszugehen. Aber ein paar von uns gehen regelmäßig in die Bibliothek. Seit wir zwölf sind oder so.«

»Lassen sie euch denn in Boston ohne Benutzerkarte rein?«

»Nee. Du kriegst keine Karte, wenn du nicht jemanden mit einem festen Jahreseinkommen von mindestens fünftausend Dollar in der Familie hast. Wir haben uns so ein dickärschiges Kind geschnappt und seine Karte geklaut. Wir wechseln uns ab. Die Bande besitzt einen Anzug, den jeweils der trägt, der reingeht.« Bradley schwieg eine Weile. »Wenn du mich jetzt auslachst, hau' ich dir eins über die Birne.«

»Ich lache nicht.«

»Anfangs haben wir nur Sexbücher gelesen. Dann, als Cassie krank wurde, habe ich mich sehr für diese Luftverschmutzungssache interessiert. Die ganzen Bücher über Umweltverschmutzung, Smogmessungen, Industrieabgase und Nasenfilter stehen in einer abgeschlossenen Abteilung. Wir haben uns mit einem Wachsabdruck einen Schlüssel nachmachen lassen. Mannomann, hast du gewußt, daß schon 2021 jedermann in Tokio so einen Nasenfilter tragen mußte?«

»Nein.«

»Rich und Dink Moran haben ein Meßgerät gebaut. Dink

hat die Konstruktionszeichnung aus einem Buch herausgerissen. Sie haben es aus Thermoskannen und irgendso 'nem Zeug, das sie aus Autos geklaut haben, zusammengebastelt. Es steht draußen in einer dieser Gassen versteckt. Damals, 1978, hatten sie eine Meßskala, die von eins bis zwanzig reichte, verstehst du?«

»Ja.«

»Wenn die Skala zwölf erreicht hatte, mußten alle Fabriken schließen, und alles, was die Luft verpestete, Autos und so weiter, durften nicht benutzt werden, bis das Wetter sich änderte. Das war Bundesgesetz bis 1987, als es vom neuen Kongreß abgeschafft wurde.« Der Schatten im Bett richtete sich auf und stützte sich auf seinen Ellenbogen. »Ich wette, du kennst eine Menge Leute mit Asthma, oder nicht?«

»Doch«, antwortete Richards vorsichtig. »Ich habe es selbst ein bißchen. *Das* kommt von der Luft. Heutzutage weiß doch jeder, daß man an heißen, bewölkten Tagen, wenn die Luft sich nicht bewegt, im Haus bleiben muß...«

»Temperaturinversion«, murmelte Bradley grimmig.

»... und da ist es ganz klar, daß viele Leute Atembeschwerden haben. Im August und September ist die Luft wie Sirup. Aber Lungenkrebs...«

»Wir sprechen hier nicht von Asthma«, unterbrach Bradley ihn. »Wir sprechen von Emphysemen.«

»Emphyseme?« Richards ließ sich das Wort durch den Kopf gehen. Er wußte nicht, was es bedeutet, aber es kam ihm irgendwie bekannt vor.

»Dein gesamtes Lungengewebe schwillt an«, erklärte Bradley. »Du keuchst und keuchst und keuchst und kriegst doch keine Luft. Sicher kennst du eine Menge Leute, die das haben?«

Richards dachte nach. Es stimmte. Er kannte eine Menge Leute, die daran gestorben waren.

»Darüber wird in der Öffentlichkeit nicht gesprochen«, fuhr Bradley fort, als hätte er Richards Gedanken gelesen. »Die Luftverschmutzungsrate in Boston erreicht heute schon an guten Tagen zwanzig Punkte auf der Skala. Das entspricht dem Dreck von vier Packungen Zigaretten, den du dir allein schon durchs Atmen in die Lunge ziehst. An schlechten Tagen geht die Skala rauf bis zweiundvierzig. In der ganzen Stadt fallen alte Leute auf der Straße tot um. Auf ihrem Totenschein steht dann Asthma. Aber es ist die Luft, die Luft und noch mal die Luft. Und trotzdem feuern sie die Scheiße zum Kamin hinaus, so schnell sie können. Die riesigen Schornsteine rauchen vierundzwanzig Stunden am Tag. Den großen Bossen gefällt das eben so.

Diese Zweihundert-Dollar-Filter taugen nichts. Das sind bloß zwei kleine Stücke Zellstoff mit einem Stück Menthol getränkter Baumwolle drin. Das ist alles. Die einzigen guten Filter sind die von General Atomics. Aber die können sich nur die großen Bosse leisten. Sie haben uns das Free-Vee gegeben, damit wir von der Straße wegbleiben und uns in aller Ruhe zu Hause totatmen können, ohne Schwierigkeiten zu machen. Wie findest du das? Der billigste G.A.-Filter kostet offiziell mindestens sechstausend neue Dollar. Wir haben für Stacey einen für zehn Dollar gebaut, mit Hilfe des Buches. Dazu haben wir uns einen winzigen atomisierten Filter, halb so groß wie der Halbmond deines Fingernagels, geholt. Wir haben uns einfach für sieben Dollar im Pfandleihgeschäft ein Hörgerät gekauft und ihn dort ausgebaut. Wir findest du das?«

Richards sagte nichts. Er war sprachlos.

»Glaubst du etwa, sie werden als Todesursache Krebs angeben, wenn Cassie stirbt? Scheiße, sie werden es wieder Asthma nennen. Sonst kriegen die Leute Angst. Sonst könnte sich nämlich noch jemand eine Bibliothekskarte klauen und nachlesen, daß die Fälle von Lungenkrebs seit 2015 um siebenhundert Prozent gestiegen sind.«

»Ist das wirklich wahr? Oder hast du dir das nur ausgedacht?«

»Ich habe es in einem Buch gelesen. Die bringen uns um, Mann. Das Free-Vee bringt uns um. Es ist wie ein Zauberer, der dich auf die aus der Bluse fallenden Brüste seiner Assistentin aufmerksam macht, um unterdesssen weiße Kaninchen aus der Hose zu ziehen und sie in seinem Zylinder zu verstecken.« Er schwieg einen Augenblick und fuhr dann träumerisch fort: »Manchmal denke ich, daß ich die ganze Sache auffliegen lassen könnte, wenn ich nur zehn Minuten Redezeit im Free-Vee bekäme. Ich würd's ihnen sagen, würd's ihnen zeigen. Jeder könnte so einen Nasenfilter haben, wenn die Fernsehanstalten es wollten.«

»Und ich helfe ihnen auch noch dabei«, sagte Richards leise.

»Das ist nicht deine Schuld. Du mußt es ja tun.«

Killians Gesicht und das von Arthur M. Burns stiegen vor Richards innerem Auge auf. Er wollte reinschlagen, sie zerstampfen, auf ihnen rumtrampeln. Besser noch, er wollte ihnen die Nasenfilter herausziehen und sie auf die Straße jagen.

»Die Leute sind wütend«, erklärte Bradley. »Sie haben schon seit dreißig Jahren eine Stinkwut auf diese weißen Scheißkerle. Sie bräuchten nur noch einen Anlaß. Einen Anlaß... einen Anlaß...«

Mit dieser Wiederholung in den Ohren schlief Richards wieder ein.

...Minus 062 ... und der Countdown läuft...

Richards blieb den ganzen Tag im Haus, während Bradley sich nach dem Wagen erkundigte und mit den anderen Bandenmitgliedern die Fahrt nach Manchester arrangierte.

Gegen sechs Uhr kamen Bradley und Stacey zurück. Bradley schaltete das Free-Vee ein. »Alles in Ordnung, Mann. Wir fahren heute nacht.«

»Jetzt gleich?«

Bradley lächelte säuerlich. »Willst du dich nicht mal als großen Star sehen?«

Richards stellte fest, daß es ihn tatsächlich interessierte; und als die Titelmelodie von *Menschenjagd* einsetzte, starrte er fasziniert auf den Bildschirm.

Bobby Thompson blickte mit unbeweglicher Miene in die Kamera. Er stand in einem Scheinwerferstrahl, der Rest des Studios lag im Dunkeln. »Seht her«, sagte er. »Dies ist einer der Wölfe, die des Nachts um eure Häuser schleichen.«

Auf der Leinwand erschien ein riesiges Photo, das nur Richards Gesicht zeigte. Es blieb eine Weile stehen und ging dann in eine Aufnahme von Richards in seiner John-Griffen-Springer-Verkleidung über.

Dann war wieder Thompson zu sehen, der einen besorgten Gesichtsausdruck aufgesetzt hatte. »Ich wende mich heute abend besonders an die Bevölkerung von Boston. Gestern nachmittag haben fünf Polizisten einen grausamen, schmerzvollen Tod im Keller des CVJM-Gebäudes gefunden. Durch die Hand dieses Ungeheuers, das ihnen eine schlaue, gnadenlose Falle gestellt hat. Wer ist es heute nacht? *Wo* ist es heute nacht? Seht hin! Seht es euch genau an!«

Thompson blendete das erste der beiden Videos ein, die Richards an diesem Vormittag aufgenommen hatte. Stacey hatte sie in der Commonwealth Avenue am anderen Ende der Stadt in den Briefkasten geworfen. Und Ma hatte die Kamera gehalten, nachdem er das Fenster und die Möbel im kleinen Hinterzimmer abgedeckt hatte.

»An alle, die ihr euch diese Sendung anseht«, sagte der Richards auf dem Videofilm langsam. »Ich meine nicht die Techniker oder die Reichen in ihren Penthäusern – an euch Schweine wende ich mich nicht. Aber ihr Leute in den Sozialwohnungen, in den Ghettos und den billigen Hochhäusern. Ihr jungen Kerle in den Motorradbanden. Ihr Leute ohne Arbeit. Ihr Kinder, die ihr wegen Rauschgift eingesperrt werdet, das ihr gar nicht haben könnt, und wegen Verbrechen bestraft werdet, die ihr nicht begangen habt, nur damit die Fernsehanstalt verhindert, daß ihr euch in Gruppen zusammentut und miteinander redet. Ich möchte euch von einer monströsen Verschwörung gegen euch erzählen. Man will euch eure Atemluft...«

Der Ton wurde plötzlich zu einem Piepsen, Blubbern und Gurgeln verzerrt. Einen Augenblick später war es still. Richards Lippen bewegten sich zwar noch, aber es kam kein Laut mehr über seine Lippen.

»Wir scheinen eine Tonstörung zu haben«, erklärte Bobby Thompsons Stimme gelassen. »Aber wir brauchen uns ja auch nichts mehr von diesen aufrührerischen, rebellischen Reden dieses Mörders anzuhören, nicht wahr? Wir wissen alle, mit wem wir es hier zu tun haben, oder?«

»Ja!«

»Was werdet ihr tun, wenn ihr ihn in *eurer* Straße seht?«

»WIR WERDEN IHN AUSLIEFERN!«

»Und was werden wir tun, wenn wir ihn finden?«

»IHN UMBRINGEN!«

Richards schlug mit der Faust auf die wackelige Lehne des einzigen in der Wohnküche vorhandenen Sessels. »Diese Schweine!« sagte er hilflos.

»Hast du etwa geglaubt, daß sie dich damit auf Sendung gehen lassen würden?« fragte Bradley spöttisch. »O nein, Mann. Ich bin schon überrascht, daß sie dir soviel durchgehen ließen.«

»Das hätte ich nicht erwartet«, sagte Richards kläglich.

»Nein, du vermutlich nicht«, antwortete Bradley.

Jetzt blendeten sie das zweite Video ein. Auf diesem hatte Richards die Leute aufgefordert, die Bibliotheken zu stürmen, sich Benutzerkarten zu erzwingen, die Wahrheit herauszufinden. Er hatte ihnen eine Liste von Büchern zum Thema Luft- und Wasserverschmutzung vorgelesen, die Bradley ihm zusammengestellt hatte.

Der Richards auf dem Film öffnete den Mund. »Ich scheiß' auf euch alle«, sagte er. Es war deutlich zu sehen, daß seine Lippen ganz andere Worte formten, aber welchem der rund zweihunderttausend Zuschauer vor den Bildschirmen würde das schon auffallen? »Nieder mit euch allen. Nieder mit der Spielekommission. Ich werde jeden von euch Schweinen, der mir vor die Augen kommt, töten. Ich werde...« So ging es immer weiter. Richards hätte sich am liebsten die Ohren zugehalten und wäre aus der Küche gerannt. Er konnte nicht erkennen, ob sie einen Synchronsprecher eingesetzt oder die Rede aus seinen Wortfetzen zusammengeschnitten hatten.

Auf dem Free-Vee erschien jetzt ein Doppelbild. Auf der einen Seite ein Foto von Richards, auf der anderen Bobby Thompsons Gesicht. »Merkt euch diesen Mann!« sagte Thompson. »Der Mann, der imstande ist, zu töten. Der Mann, der eine Meute von ebenso unzufriedenen Bürgern wie er selbst aufwiegeln wird. Sie werden durch die Straßen rennen, Leute überfallen, Autos umwerfen, Häuser in Brand setzen. Dieser Mann wird lügen, betrügen und morden. Er hat all dies schon getan.

Benjamin Richards!« rief er auf einmal mit kalter Befehlsstimme, in der so etwas wie alttestamentarischer Zorn mitschwang. »Siehst du uns gerade zu? Falls du uns siehst, laß dir gesagt sein, daß du dein schmutziges Blutgeld ausbezahlt bekommen hast. Einhundert Dollar für jede Stunde, die du in Freiheit verbracht hast – es sind mittlerweile fünfundvierzig Stunden. Und fünfhundert Dollar extra. Jeweils hundert Dollar für jeden dieser Männer.«

Die jungen, klaren Gesichter von fünf Polizeibeamten erschienen nacheinander auf dem Bildschirm. Die Fotos mußten bei der Abschlußfeier in der Polizeischule aufgenommen worden sein. Sie blickten alle hoffnungs- und erwartungsvoll in die Kamera und wirkten ungeheuer jung und verletzlich. Ganz leise spielte eine Trompete den letzten Zapfenstreich.

»Und das hier...« nun wurde Thompsons Stimme heiser vor Rührung, »...das hier sind ihre Familien.«

Hoffnungsvoll lächelnde Ehefrauen. Kinder, die man vor den Fotoapparat geschubst hatte. Viele Kinder. Richards senkte den Kopf und preßte die Hand gegen den Mund. Ihm war kalt und übel.

Bradleys warme, muskulöse Hand massierte seinen Nakken.

»He, Mann, nicht. Laß das. Das ist doch alles bloß Mache. Das haben die sich doch alles aus den Fingern gesogen. Vermutlich waren das fünf hundsgemeine alte Zugochsen, die...«

»Halt's Maul«, fuhr Richards ihn an. »Oh, laß mich in Ruhe. Bitte. Sei still.«

»Fünfhundert Dollar«, wiederholte Thompson mit tiefem Haß und Verachtung in der Stimme. Wieder tauchte Richards Bild auf, diesmal eine retouschierte Version, die ein hartes, kaltes Gesicht zeigte, dem jegliche Gefühlsregung abging. Nur in seinen Augen leuchtete so etwas wie Blut- oder Mordgier. »Fünf Polizisten, fünf Ehefrauen, neunzehn Kinder. Das läuft auf siebzehn Dollar und fünfzig Cent für jeden Ermordeten, jede trauernde Gattin, jedes vaterlose Kind hinaus. O ja, du arbeitest sehr billig, Ben Richards. Selbst Judas bekam für seinen Verrat dreißig Silberlinge. Du verlangst nicht mal das. Irgendwo da draußen muß jetzt eine weinende Mutter ihrem kleinen Jungen klarmachen, daß sein Daddy nie wieder abends nach Hause kommen wird, weil ein durch und durch verdorbener, habgieriger Mann mit einem Gewehr...«

»Mörder!« schrie eine Frauenstimme aufheulend dazwischen. »Dreckiger, gemeiner Mörder! Gott wird dich dafür bestrafen!«

»Schlagt ihn tot!« nahm das Publikum ihre Forderung auf. »Merkt euch diesen Mann! Er hat sein Blutgeld erhalten – doch wer das Schwert nimmt, wird durch das Schwert umkommen. Laßt jeden Mann seine Hand gegen Benjamin Richards erheben!«

Die gellenden Stimmen waren von Angst und Haß erfüllt. Die Schreie steigerten sich zu einem gleichmäßigen, rhythmischen Gebrüll. Nein, sie würden ihn nicht ausliefern, sie würden ihn an Ort und Stelle in Stücke reißen.

Bradley schaltete das Free-Vee aus und sah ihn an. »Das ist es, was jetzt auf dich zukommt, Mann. Wie fühlst du dich dabei?«

»Vielleicht werde ich sie alle umbringen«, antwortete Richards nachdenklich. »Vielleicht schaffe ich es noch, in ihr neunzehntes Stockwerk einzudringen, bevor ich sterbe, und die Schweine, die diesen Text verfaßt haben, umzubringen. Vielleicht jage ich sie auch alle zusammen in die Luft.«

»Hört auf damit!« rief Stacey plötzlich verzweifelt. »Hört auf, darüber zu reden!«

Im Nebenzimmer schlief Cassie ihren Todesschlaf.

...Minus 061 ... und der Countdown läuft...

Bradley hatte es nicht gewagt, Luftlöcher in den Kofferraumboden zu bohren. Richards hatte sich zu einer Kugel zusammengerollt und versuchte, Nase und Mund an das kleine Loch zu pressen, durch das ein wenig Licht und Luft hereinkam – das Schlüsselloch des Kofferraums. Bradley hatte zusätzlich die Abdichtung vom Kofferraumdeckel abgezogen, so daß wenigstens ein bißchen Luftzug herrschte.

Der Wagen fuhr mit einem Ruck an, und er knallte mit dem Hinterkopf an den Kofferraumdeckel. Bradley hatte ihm gesagt, daß die Fahrt mindestens anderthalb Stunden dauern würde, zwei Kontrollaufenthalte an den Straßensperren mitgerechnet. Vielleicht würde man sie noch öfter aufhalten. Bevor Bradley den Deckel zugeschlagen hatte, hatte er ihm noch einen Revolver hineingereicht.

»Sie halten jedes elfte oder zwölfte Auto an, um es genauer zu untersuchen«, hatte er erklärt. »Dann öffnen sie den Kofferraum und stochern darin herum. Das sind ganz gute Chancen, elf zu eins. Wenn es nicht klappt, hol dir wenigstens ein Stück Schweinefleisch.«

Der Wagen rumpelte über die löchrigen, buckeligen Straßen der Innenstadt. Einmal hörte er das höhnische Lachen eines Kindes und einen Asphaltbrocken, der gegen das Autoblech knallte. Dann wurde der Verkehr um sie herum stärker, und der Wagen mußte des öfteren vor einer Ampel halten.

Richards lag reglos im Dunkeln, hielt den Revolver locker in der rechten Hand und dachte daran, wie sehr sich Bradley durch den Bandenanzug verändert hatte. Es war ein geschäftsmäßig wirkender Dillon-Street-Zweireiher, mausgrau wie die Wände eines Bankgebäudes. Der Eindruck wurde durch einen kastanienbraunen Schlips und eine kleine goldende NAACP-Nadel abgerundet. Bradley hatte sich aus einem schmuddeligen Bandenmitglied (schwangere Frauen, paßt auf, unsereins frißt Fetusse!) in einen korrekten schwarzen Geschäftsmann verwandelt, der seine Onkel-Tom-Rolle perfekt beherrschte.

»Du siehst gut aus«, hatte Richards bewundernd festgestellt. »Donnerwetter, das macht unglaublich viel aus.«

»Gelobt sei Gott«, hatte Ma gesagt.

»Ich hatte mir schon gedacht, daß meine Verwandlung Ihnen gefallen würde, mein Lieber«, hatte Bradley mit herablassender Würde erwidert. »Gestatten Sie? Ich bin der Bezirksmanager von Raygon Chemicals. Wir betreiben ein aufblühendes Geschäft in dieser Gegend. Boston ist eine schöne Stadt. Ausgesprochen gesellig.«

Stacey hatte einen Lachanfall bekommen.

»Du hörst sofort auf zu lachen, Nigger«, hatte Bradley ihn gewarnt. »Sonst lasse ich dich in deinen Stiefel scheißen und die Scheiße fressen.«

»Du bist so verdammt gut als Onkel Tom, Bradley«, hatte Stacey gekichert, nicht im geringsten eingeschüchtert. »Das ist eine dolle Nummer.«

Der Wagen bog jetzt nach rechts auf eine asphaltierte Straße ein, die sich in einem großen Bogen nach oben wand. Sie befanden sich auf einer Auffahrtsrampe. Entweder zur 495 oder zu einer der Zubringerstraßen. Richards spürte die Spannung wie Kupferdrähte in seinen Beinen.

Eins zu elf. Das sind keine schlechten Chancen.

Bradley beschleunigte, legte einen höheren Gang ein, trat plötzlich auf die Bremse und bog aus der Fahrspur. Eine Stimme, die fürchterlich nahe klang, rief in monotonen Wiederholungen: »Bitte auf die Seite fahren... legen Sie Ihren Führerschein und die Wagenpapiere zurecht... bitte auf die Seite fahren... legen Sie...«

Jetzt schon. Es ging also jetzt schon los.

Du bist ein heißes Eisen, Mann.

Heiß genug, um jeden achten Wagen zu untersuchen? Oder jeden sechsten? Vielleicht sogar jeden?

Der Wagen hielt. Richards Augenlider flatterten wie bei einem Kaninchen, das in eine Falle geraten war. Er umklammerte den Revolvergriff fester.

...Minus 060 ... und der Countdown läuft...

»Steigen Sie bitte aus, Sir«, näselte die Beamtenstimme gelangweilt. »Ihren Führerschein und die Wagenpapiere bitte.«

Die Fahrertür wurde geöffnet und wieder geschlossen. Der Motor summte leise.

»...Bezirksmanager von Raygon Chemicals...«

Bradley mitten in seiner Vorstellung. Lieber Gott, wenn er nun nicht die richtigen Papiere hatte, um seine Aussage zu stützen? Wenn es Raygon Chemicals überhaupt nicht gab?

Die hintere Tür wurde aufgerissen, und jemand stocherte im Rücksitz herum. Es klang, als wolle der Bulle (oder war es etwa ein Beamter der Staatspolizei, fragte Richards sich, nur noch halb bei Sinnen) gleich zu ihm in den Kofferraum kriechen.

Die Tür wurde wieder zugeschlagen. Schritte gingen um das hintere Wagenende. Richards leckte sich über die Lippen und schloß seine Finger noch fester um den Revolvergriff. Er hatte plötzlich Visionen von den toten Polizisten. Er sah sie flirrend vor sich, mit ihren engelsgleichen toten Gesichtern und den unnatürlich verdrehten Körpern. Er fragte sich, ob der Bulle ihn mit einer Salve aus seiner Maschinenpistole niedermähen würde, sobald er den Deckel geöffnet und ihn hier drinnen, aufgerollt wie einen Salamander, entdeckt hätte. Was würde Bradley tun? Die Beine in die Hand nehmen und abhauen? Er mußte dringend pinkeln. Er hatte sich schon seit seiner Kindheit nicht mehr in die Hose gemacht, seit damals, als sein Bruder ihn so lange gekitzelt hatte, bis er es nicht mehr aushalten konnte. Ja, er spürte es, alle Muskeln da unten lösten sich. Er würde genau auf den Punkt zielen, wo die Nase in die Stirn überging, würde sein Gehirn und Schädelsplitter in häßlichen Luftschlangen gen Himmel jagen. Würde noch mehr Kinder zu Waisen machen. Ja, gut so. Jesus liebt mich, das sagt mir meine drückende Blase. Himmelherrgott, was macht der da hinten? Reißt er das ganze Polster raus? Oh, Sheila, ich liebe dich so sehr. Wie weit wirst du mit sechs Riesen kommen? Vermutlich reichen sie nur ein Jahr, wenn die dich nicht sowieso schon vorher töten. Dann mußt du wieder auf die Straße, auf und ab, Hüften schwingen, von einer Ecke zur nächsten, mit der leeren Brieftasche flirten. Hallo, Mister, ich mach's mit dem Mund, bin ein sauberes Mädchen, kann dir beibringen, wie...

Eine Hand schlug im Vorübergehen lässig auf den Kofferraumdeckel. Richards biß sich auf die Lippen, um einen Schrei zu unterdrücken. Staub drang in seine Nase, kitzelte ihn in der Kehle. Biologieunterricht in der Schule. Er saß ganz hinten und kritzelte seine und Sheilas Initialen auf den alten Holztisch: *Das Niesen entsteht durch eine unfreiwillige Funktion der vegetativen Muskeln.* Verdammt noch mal, ich platze gleich, aber wir sind sowieso am Ende, und ich kann ihm immer noch eine Kugel durch den Kopf jagen, bevor...

»Was ist im Kofferraum, Mister?«

Bradley antwortete mit scherzhaftem, leicht gelangweiltem Ton: »Ein überflüssiger Zylinder, der zudem nicht ganz in Ordnung ist. Ich habe den Schlüssel vorn an meinem Schlüsselbund. Warten Sie, ich hol' ihn schnell.«

»Ich hätte schon danach gefragt, wenn ich ihn sehen wollte.«

Die andere Tür wurde geöffnet; zugeschlagen.

»Fahrn Sie weiter.«

»Macht weiter so, Jungs. Ich hoffe, ihr schnappt ihn bald.«

»Fahrn Sie weiter, Mister. Setzen Sie Ihren Arsch in Bewegung.«

Der Motor sprang an. Der Wagen hob sich etwas und beschleunigte dann. Er fuhr noch einmal etwas langsamer, wurde dann aber vermutlich durchgewunken. Richards wurde ein bißchen durchgeschüttelt, als der Wagen wieder beschleunigte, ein wenig auf der Straße schwamm und dann vorwärtsschoß. Er atmete seufzend aus und stöhnte leise beim Einatmen. Jetzt mußte er nicht mehr niesen.

...Minus 059 ... und der Countdown läuft...

Die Fahrt kam ihm viel länger als anderthalb Stunden vor. Unterwegs wurden sie noch zweimal angehalten. Einmal schien es sich um eine reine Routinekontrolle zu handeln. Beim nächsten Mal hörte er, wie ein Polizist Bradley in schleppendem Tonfall erzählte, daß diese verdammten Kommunisten diesem Kerl Richards halfen und dem anderen vermutlich auch. Laughlin hatte noch niemanden getötet, aber es hieß, er habe in Topeka eine Frau vergewaltigt.

Danach begleitete ihn nur noch das monotone Säuseln des Fahrtwindes. Seine kalten, verkrampften Muskeln jagten Schmerzstiche durch seinen Körper. Er konnte nicht einschlafen, aber bald verfiel er in ein halbwaches Dösen. Gott sei Dank produzierten die Pneumoautos kein Kohlenmonoxid.

Jahrhunderte nach der letzten Straßensperre wurde der Wagen in einen niedrigeren Gang geschaltet. Langsam schlängelte er sich die Ausfahrtrampe hinunter. Richards blinzelte träge und fragte sich, ob er sich jetzt übergeben würde. Zum erstenmal in seinem Leben war ihm beim Autofahren schlecht geworden.

Es folgte eine schwindelerregende Serie von Kurven und steilen Abfahrten, und Richards vermutete, daß sie sich jetzt an der Kreuzung der Stadtautobahn befanden. Fünf Minuten später hörte er die typischen Geräusche des Stadtverkehrs. Er versuchte wiederholt, seinen Körper in eine andere Lage zu bringen, aber es war unmöglich. Schließlich gab er es auf und wartete nur noch stumpf darauf, daß es vorüberging. Sein rechter Arm, den er unter seinen Körper gezwängt hatte, war schon vor einer Stunde eingeschlafen. Jetzt fühlte er sich an wie ein Holzklotz. Wenn er ihn mit der Nasenspitze berührte, spürte er lediglich den Druck an seiner Nase.

Sie fuhren nach rechts, dann ein Stück geradeaus, und schließlich bogen sie noch einmal ab. Richards hatte das Gefühl, daß ihm der Magen in die Brust rutsche, als der Wagen plötzlich ein steiles Gefälle hinuntersauste. Das Echo des Motorengeräusches ließ darauf schließen, daß sie sich jetzt in einem geschlossenen Raum befanden. Sie hatten endlich die Garage erreicht.

Ein kleiner, hilfloser Seufzer der Erleichterung schlüpfte ihm über die Lippen.

»Haben Sie Ihre Scheckkarte, Mister?« fragte eine Stimme.

»Klar, hier ist sie, Kumpel.«

»Einfahrt fünf.«

»Danke.«

Sie bogen nach rechts ab. Der Wagen fuhr eine Steigung hinauf, blieb einen Augenblick stehen und bog dann nach links ein. Ganz sanft kam er zum Stehen und gab nur noch ein leises Puffen von sich, als der Motor ausgeschaltet wurde. Die Reise war zu Ende.

Einen Augenblick geschah gar nichts. Dann der hohle Klang der Fahrertür, als Bradley ausstieg; zuerst ging sie auf, dann schlug sie wieder zu. Seine Schritte näherten sich dem Kofferraum, und das Licht vor Richards Augen verschwand, als der Schlüssel ins Schloß gesteckt wurde.

»Bist du noch da, Bennie?«

»Nein«, krächzte er. »Du hast mich an der Staatsgrenze verloren. Mach dieses verdammte Ding auf.«

»Einen Augenblick. Es ist gerade niemand hier. Dein Wagen steht direkt neben uns, auf der rechten Seite. Kannst du schnell rüberlaufen?«

»Das weiß ich nicht.«

»Versuch es. Auf geht's.«

Der Kofferraumdeckel hob sich und ließ das dämmrige Garagenlicht hereinfallen. Richards erhob sich, stützte sich auf einen Arm und legte ein Bein über den Wagenrand. Weiter kam er nicht. Sein verkrampfter Körper brüllte vor Schmerzen. Bradley packte ihn am Arm und zog ihn heraus. Als Richards Knie einknickten, faßte Bradley ihn unter der Achsel, hob ihn halb über die Schulter und schleppte ihn schnell zum zerbeulten grünen Wint hinüber. Er zog die Beifahrertür auf, schob Richards hinein und knallte sie wieder zu. Einen Moment später schlüpfte er auf den Fahrersitz.

»Jesus«, sagte er leise. »Wir sind hier. Wir haben es geschafft.«

»Ja«, antwortete Richards. »Gehen Sie zurück zum Start. Ziehen Sie zweitausend Mark ein.«

Sie rauchten in aller Ruhe. Ihre Zigaretten glühten wie zwei Augen in der Dunkelheit. Eine Zeitlang schwiegen sie beide.

...Minus 058 ... und der Countdown läuft...

»Bei der ersten Straßensperre hätten sie uns fast erwischt«, sagte Bradley, während Richards sich den Arm massierte, um wieder etwas Gefühl zu bekommen. Es war, als würden tausend Phantomnadeln hineinstechen. »Dieser Bulle hätte fast den Kofferraum geöffnet. Fast.« Er stieß eine große Rauchwolke in die Luft. Richards sagte nichts.

»Wie fühlst du dich?« fragte Bradley nach einer Weile.

»Schon besser. Würdest du mir bitte mein Portemonnaie aus der Tasche ziehen? Ich kann meinen Arm noch nicht so richtig bewegen.«

Bradley winkte ab. »Später. Ich möchte dir erst mal erzählen, wie Rich und ich die Sache organisiert haben.«

Richards zündete sich am Stummel der ersten eine neue Zigarette an. Eine Horde Ameisen krabbelte langsam durch seinen Arm.

»Wir haben für dich ein Hotelzimmer in der Winthrop Street reserviert. Das Hotel heißt Winthrop House. Klingt ziemlich vornehm, ist es aber nicht. Du heißt jetzt Ogden Grassner. Kannst du dir den Namen merken?«

»Ja. Aber man wird mich sofort erkennen.«

Bradley langte auf den Rücksitz und holte eine Schachtel nach vorn, die er Richards auf den Schoß legte. Sie war länglich und braun und mit einer Schnur zusammengebunden. Richards kam sie wie die langen Kartons vor, in denen die geliehenen Examensgewänder ausgeteilt wurden. Er warf Bradley einen fragenden Blick zu.

»Mach ihn auf.«

Er öffnete den Karton und fand eine Brille mit dicken blau getönten Gläsern, die auf einem Haufen schwarzen Stoffs lag. Er legte die Brille vorsichtig aufs Armaturenbrett und zog das Gewand heraus. Ein Priestertalar. Auf dem Boden der Schachtel lagen ein Rosenkranz, eine Bibel und eine purpurne Stola.

»Als Priester?« krächzte er verblüfft.

»Genau. Du wirst dich gleich jetzt umziehen. Ich helfe dir dabei. Auf dem Rücksitz liegt auch noch ein Stock. Du bist nicht ganz blind, aber so gut wie. Du solltest ab und zu mal irgendwo anstoßen. Du bist hier in Manchester, um an einer Versammlung des Kirchenrates zur Eindämmung der Drogensucht teilzunehmen. Hast du kapiert?«

»Ja«, antwortete Richards und knöpfte sich zögernd das Hemd auf. »Sag mal, behalte ich eigentlich unter diesem Ding meine Hose an?«

Bradley brach in schallendes Gelächter aus.

Während sie durch die Stadt fuhren, redete Bradley hastig auf Richards ein.

»Wir haben dir eine Schachtel mit gummierten Adreßaufklebern in den Koffer gelegt«, erklärte er. »Er ist hinten im Kofferraum. Auf den Aufklebern steht: Nach fünf Tagen bitte an die Brickhill Manufacturing Company, Manchester, NH, zurücksenden. Rich hat sie mit einem anderen Typen zusammen gedruckt. Wir haben nämlich eine Druckerpresse in unserem Quartier in der Boylston Street. Du schickst mir also jeden Tag deine zwei Bänder nach Boston, und ich sende sie von dort an die Spielekommission weiter. Per Expreß. Das werden die niemals ausbaldowern.«

Der Wagen hielt sanft am Straßenrand vor dem Winthrop House. »Ich werde den Wagen wieder in der Garage abstellen. Versuch nicht, Manchester zu verlassen, ohne deine Verkleidung zu ändern. Du mußt jetzt ein Chamäleon sein, Mann.«

»Was glaubst du, wie lange werde ich hier sicher sein?« fragte Richards. Mein Gott, ich habe mich völlig in seine Hand gegeben, dachte er. Es schien, als könnte er nicht mehr vernünftig für sich selbst denken. Er konnte seine geistige Erschöpfung schon fast wie den eigenen Körpergeruch an sich wahrnehmen.

»Die Reservierung gilt für eine Woche. Das könnte hinkommen. Vielleicht aber auch nicht. Du mußt dich auf dein Gespür verlassen. Im Koffer ist auch noch ein Name und eine Adresse von einem Freund in Portland, Maine. Man wird dich dort ein oder zwei Tage lang verstecken. Es wird teuer werden, aber dafür ist es sicher. Ich muß weiter, Mann, das hier ist eine Fünf-Minuten-Parkzone. Zeit für die Abrechnung.«

»Wieviel?« fragte Richards ihn.

»Sechshundert.«

»Quatsch. Davon bezahlst du nicht mal deine Ausgaben.«

»Doch. Und es bleiben auch noch ein paar Mäuse für die Familie übrig.«

»Nimm tausend.«

»Nein, du brauchst deine Moneten, Mann. Ja, ja!«

Richards sah ihn hilflos an. »Himmel, Bradley...«

»Schick uns mehr, wenn du es geschafft hast. Schick uns eine Million. Hol uns aus der Scheiße raus.«

»Glaubst du, daß ich es schaffen werde?«

Bradley lächelte nachsichtig und antwortete nicht.

»Warum machst du das denn?« fragte Richards leise. »Warum hast du soviel für mich getan? Ich versteh' ja noch, daß du mich versteckt hast, das hätte ich auch getan, aber du mußt ja die ganze Bandenkasse geplündert haben.«

»Sie hatten nichts dagegen. Sie kennen das Motto.«

»Welches Motto?«

»Eine Hand wäscht die andere. Wenn wir nicht den Hals für unsere Leute hinhalten würden, hätten die uns schon lange gekriegt. Wir hätten keinen Grund, solange zu warten, bis die Luft uns umgebracht hat. Wir brauchten bloß eine Leitung vom Herd ins Wohnzimmer zu legen, uns vors Free-Vee zu setzen und zu warten.«

»Man wird dich umbringen«, sagte Richards düster. »Man wird dir an der Straßenecke auflauern, und du endest in irgendeinem Keller mit herausgeschlagenen Zähnen und kaputten Eingeweiden. Oder sie holen sich Stacey. Oder Ma.«

Bradleys Augen blitzten unheilverkündend. »Es kommt noch mal ein schlimmer Tag«, sagte er. »Ein sehr schlimmer Tag für dieses Gewürm mit den vollgefressenen Bäuchen. Ich sehe schon, wie ihr Mond sich langsam in Blut verwandelt. Ich sehe Fackeln und Gewehre. Ein sprechendes und gehendes Ungeheuer.«

»Diese Dinge haben manche Leute schon vor zweitausend Jahren gesehen.«

Die Fünf-Minuten-Uhr summte, und Richards langte nach dem Türgriff. »Danke«, sagte er schlicht. »Ich weiß nicht, wie ich es anders ausdrücken soll, aber...«

»Mach schon«, unterbrach Bradley ihn. »Bevor ich einen Strafzettel kriege.« Seine kräftige braune Hand griff nach der schwarzen Robe. »Und wenn sie dich erwischen, dann sieh zu, daß du ein paar mitnimmst.«

Richards öffnete den Kofferraum und holte seinen Koffer heraus. Bradley reichte ihm wortlos den Blindenstock.

Der Wagen ordnete sich reibungslos in den fließenden Verkehr ein. Richards blieb am Straßenrand stehen und blickte ihm nach. Er hoffte, daß er dabei recht kurzsichtig wirkte. Die Rücklichter blinkten noch einmal kurz auf, bevor der Wagen abbog und aus seinem Blickfeld verschwand. Er fuhr in die Parkgarage zurück, wo Bradley ihn gegen den anderen umtauschen und damit nach Boston zurückfahren würde.

Seltsamerweise empfand Richards Erleichterung. Er konnte sich ganz gut in Bradley hineinversetzen – der war sicher froh, daß er ihn endlich los war.

Er stolperte über die unterste Treppenstufe des Hoteleingangs, und der Portier eilte ihm sofort zu Hilfe.

... Minus 056 ... und der Countdown läuft ...

Zwei Tage waren vergangen.

Richards spielte seine Rolle ausgezeichnet – sozusagen, als ob sein Leben davon abhinge. An beiden Abenden hatte er sein Abendessen im Hotelzimmer eingenommen. Er stand morgens um sieben auf, las in der Halle seine Bibel und machte sich danach auf den Weg zu seiner ›Versammlung‹. Das Hotelpersonal behandelte ihn mit der leicht herablassenden Herzlichkeit, die man sich in einer Welt des legalisierten Mordes, des bakteriologischen Krieges in Ägypten und Südamerika und des berüchtigten Abtreibungsgesetzes in Nevada (hab eins, töte eins) für halbblinde, zerstreute Geistliche (die ihre Rechnungen bezahlten) bewahrt hatte. Der Papst war ein sabbelnder Greis von sechsundneunzig Jahren, dessen blödsinnige Äußerungen zu diesen Ereignissen in der Witzesendung nach den Neunzehn-Uhr-Nachrichten übertragen wurden.

Richards hielt seine ›Einmannsitzungen‹ in einer gemieteten Kabine der Stadtbibliothek ab. Hinter verschlossenen Türen las er Literatur zur Umweltverschmutzung. Es gab kaum jüngere Informationen als aus dem Jahr 2002. Was er fand, ließ sich kaum mit dem vereinbaren, was früher geschrieben worden war. Wie gewöhnlich hatte die Regierung etwas verspätet, aber deswegen nicht weniger wirkungsvoll die Tatsachen vertuscht.

Mittags ging er in ein kleines Restaurant an der Straßenecke, nicht weit von seinem Hotel entfernt. Er stieß unterwegs immer wieder mit Leuten zusammen und entschuldigte sich höflich. Einige quittierten dies mit einem freundlichen: »Aber das macht doch nichts, Pater.« Die meisten fluchten nur beiläufig und schoben ihn zur Seite.

Die Nachmittage verbrachte er in seinem Zimmer, und beim Abendessen sah er sich die *Menschenjagd* an. Er hatte die vier Kassetten morgens auf dem Weg zur Bibliothek in den Briefkasten geworfen, und die Weitersendung von Boston aus schien zu funktionieren.

Die Produzenten der Sendung hatten eine neue Taktik entwickelt, um seine Luftverschmutzungsbotschaften zu übertönen. (Er versuchte es mit grimmiger Entschlossenheit immer wieder – vielleicht konnte er wenigstens die Menschen erreichen, die von den Lippen lesen konnten.) Neuerdings wurde seine Stimme von auf Magnetbändern gespeicherten Publikumsreaktionen erstickt: Schreie, Jubelrufe, Obszönitäten und Schmähungen. Im Verlauf seiner Rede wurde das Gekreisch immer hysterischer, bis es den Punkt des kollektiven Wahnsinns erreichte.

Während dieser langen Nachmittage dachte Richards über die Veränderung nach, die er während der fünf Tage, die er nun auf der Flucht war, durchgemacht hatte. Das hatte Bradley ausgelöst – Bradley und das kleine Mädchen. Er war nicht mehr nur für sich selbst auf der Welt, ein einsamer Mann, der für seine Familie kämpfte und bald sterben würde. Er gehörte jetzt zu all den unterdrückten Menschen da draußen, die um ihre Atemluft kämpften – einschließlich seiner Familie.

Er war nie ein sozial engagierter Mensch gewesen. Im Gegenteil, er hatte diese Leute immer in selbstgefälliger Mißachtung gemieden. Er hatte sie für dumme Trottel gehalten, die offenbar zuviel Zeit und zuviel Geld hatten. Halbstarke College-Kinder mit bunten Aufklebern an ihren Wagen und protzige Neorockgruppen.

Sein Vater hatte sich bei Nacht und Nebel davongeschlichen, als Richards fünf Jahre alt gewesen war. Er war damals zu jung gewesen, um sich jetzt noch an ihn zu erinnern. Aber er hatte ihn deswegen nie gehaßt. Er konnte es sehr gut verstehen, daß ein Mann, der zwischen Stolz und Verantwortung wählen mußte, sich für seinen Stolz entschied – wenn die Verantwortung ihm seine Männlichkeit raubte. Ein Mann kann nicht einfach herumsitzen und mitansehen, wie seine Frau das tägliche Brot auf ihrem Rücken verdient. Wenn ihm nichts mehr bleibt, als sich von der Frau aushalten zu lassen, die er geheiratet hat, kann er ebensogut gleich aus dem Fenster springen.

Die Jahre zwischen sechs und sechzehn hatten sie sich mit Prostitution durchgebracht – er und sein Bruder Todd. Als er zehn war, war seine Mutter an Syphilis gestorben. Todd war damals sieben gewesen. Fünf Jahre später war auch er bei einem Unfall ums Leben gekommen. Er war von einem Zeitungslastwagen überfahren worden, dessen Bremsen sich gelöst hatten, während er ihn beladen hatte. Die Stadtbehörde hatte sowohl Todd als auch seine Mutter im städtischen Krematorium verbrennen lassen. Die Straßenkinder nannten es die Aschen- oder auch die Seifenfabrik. Sie wußten ja alle, daß sie höchstwahrscheinlich eines Tages auf dieselbe Weise die ohnehin schon verschmutzte Stadtluft noch mehr verpesten würden. Es machte sie bitter und zugleich hilflos. Mit sechzehn war Richards also ganz allein gewesen. Er arbeitete nach der Schule volle acht Stunden als Maschinenputzer. Trotz seines mörderischen Stundenplans hatte er noch Zeit, sich Gedanken zu machen. Er empfand eine permanente Angst, die von dem Gefühl herrührte, völlig verlassen und auf sich selbst gestellt zu sein. Manchmal schreckte er nachts um drei aus einem Alptraum hoch, roch den Abfallgestank seines Einzimmerapartments und verspürte tief in seinem Herzen nichts als Furcht und Entsetzen.

Also hatte er geheiratet. Sheila hatte die ersten fünf Ehejahre ruhig an seiner Seite gelebt, während ihre Freunde (und Richards Feinde; er hatte viele Freunde gegen sich aufgebracht, weil er sich weigerte, an den nächtlichen Streifzügen teilzunehmen und sich einer Rockerbande anzuschließen) auf ihre erste Schwangerschaft warteten. Als keine eintrat, flaute das Interesse ab. Sie lebten von da an in jener besonderen Art von Vorhölle, die Co-Op City für Jungvermählte darstellte. Wenig Freunde und ein begrenzter Bekanntenkreis, zu dem lediglich die Nachbarn im Häuserblock gehörten. Richards machte das nichts aus; es paßte ihm sogar ganz gut. Er stürzte sich mit grimmiger Entschlossenheit in seine Arbeit und machte Überstunden, wo es nur ging. Die Löhne waren schlecht; er hatte keinerlei Aussichten, irgendwann mal aufzusteigen, und die Inflation rannte ihnen davon – aber sie waren verliebt. Das änderte sich über die Jahre hinweg nicht – wieso auch? Richards gehörte zu der Art von Einzelgängern, die ihrer Frau tiefe Zuneigung und Liebe entgegenbringen und sie gleichzeitig psychisch dominieren konnten. Bis er Sheila getroffen hatte, waren seine Gefühle ja völlig unberührt geblieben. Während der elf Jahre ihrer Ehe hatten sie keinen nennenswerten Streit gehabt.

2018 kündigte er, weil die Chancen, ein Baby zu zeugen, sich mit jeder Schicht, die er hinter den undichten altmodischen Strahlenschutzschirmen von General Atomics verbrachte, verringerten. Er wäre ganz gut aus der Sache rausgekommen, wenn er die beleidigende Frage des Vormannes, warum er denn kündige, mit einer Lüge beantwortet hätte. Aber Richards hatte ihm ohne Umschweife erklärt, was er von General Atomics halte, und ihm noch geraten, er solle sich die Gammastrahlenschirme nehmen und sie den umgekehrten Weg in seinem Verdauungsapparat gehen lassen. Es endete mit einem kurzen, aber brutalen Kampf. Der Vormann war zäh und muskulös, aber Richards brachte ihn dazu, zu heulen wie ein kleines Kind.

Damit hatte der Abstieg begonnen. Er galt als gemeingefährlich. »Wenn Sie den Mann wirklich dringend brauchen, dann stellen Sie ihn ein, aber sehen Sie zu, daß Sie ihn spätestens nach einer Woche wieder loswerden!« Bei GA-Angestellten leuchtete beim Namen Richards die rote Signallampe auf.

Im Laufe der nächsten fünf Jahre belud er Lastwagen und fuhr die Zeitung aus. Aber die Jobs wurden immer weniger, und bald gab es gar keine mehr. Das Free-Vee hatte das gedruckte Wort aussterben lassen. Richards stand auf der Straße, wurde von der Polizei weggejagt, arbeitete ab und zu mal einen halben Tag oder ein paar Stunden.

Die großen Protestbewegungen dieses Jahrzehnts rauschten unbemerkt an ihm vorbei wie Geister an den Nichtgläubigen. Er wußte zum Beispiel nichts von dem Hausfrauenmassaker von 2024, bis seine Frau es ihm drei Wochen später erzählte. Zweihundert bewaffnete Polizisten waren mit Maschinenpistolen und Schlagstöcken auf eine Gruppe von Hausfrauen losgegangen, die sich auf einem Marsch zu den Lebensmittellagern im Südwesten der Stadt befanden. Sechzig Frauen waren dabei getötet worden. Er hatte auch nur eine ungefähre Ahnung davon, daß im mittleren Osten ein Nervengaskrieg geführt wurde. All das ging ihn nichts an. Mit Protest erreichte man sowieso nichts. Und Gewalt funktionierte auch nicht. Die Welt ist so, wie sie ist, und Ben Richards mühte sich durch sie hindurch, nahm alles hin und stellte keine Fragen, sondern suchte Arbeit. Er ergatterte hier und da mal einen Halbtagsjob, der miserabel bezahlt wurde. Er reinigte faulig stinkende Schlammlöcher unter den Hafenpiers und stand bis zur Hüfte im Dreck, während andere sich auf der Straße herumtrieben und ernsthaft glaubten, daß sie auf Arbeitssuche wären. Dabei taten sie nichts.

Geh weiter, du Wurm, sieh zu, daß du Land gewinnst. Hau ab. Nein, keine Arbeit. Raus hier. Wenn du nicht gleich verschwindest, reiß ich dir deinen Schrumpelkopf ab, Opa. Weitergehen.

Dann bekam er überhaupt keine Arbeit mehr. Es war schlichtweg unmöglich, welche zu finden. Ein betrunkener Reicher in einem seidenen Sporttrikot pöbelte ihn eines Abends auf der Straße an, als er mutlos nach einem fruchtlosen Tag nach Hause schlenderte. Er sagte, er würde ihm zehn neue Dollar geben, wenn Richards die Hosen runterziehen und ihn sehen lassen würde, ob die Straßenräuber tatsächlich ellenlange Schwänze hätten. Richards schlug ihn nieder und rannte weg.

Endlich, nachdem sie es neun Jahre lang immer wieder versucht hatten, wurde Sheila schwanger. »Er war Maschinenputzer«, flüsterten sich die Leute im Haus zu. »Nicht zu fassen, er ist über sechs Jahre lang Maschinenputzer gewesen, und jetzt hat er ihr ein Kind gemacht. Was kann dabei schon herauskommen? Ein Monster natürlich«, tratschten sie. »Es wird zwei Köpfe haben und keine Augen.« *Ja, ja, die Strahlungen, eure Kinder werden alle Ungeheuer sein –*

Aber es wurde kein Monster, sondern Cathy, ein pummeliges, vollkommenes, schreiendes Baby. Sie wurde von einer Hebamme aus der Nachbarschaft auf die Welt gebracht, die dafür fünfzig Cent und vier Dosen Bohnen verlangte.

Und jetzt war er zum erstenmal seit dem Tod seines Bruders wieder völlig unsicher, was er tun sollte. Aller Druck, im Augenblick sogar vorübergehend der Druck seiner Jäger, war von ihm gewichen.

Wütend dachte er an die Direktoren der Spieleorganisation, die ein riesiges und mächtiges, weltweites Kommunikationsnetz aufgebaut hatten. Dicke, fette Ärsche mit Nasenfiltern und Geld, um ihre Abende mit hübschen Nutten in Seidenhöschen zu verbringen. Sollte die Guillotine auf ihre Köpfe fallen. Und fallen. Und fallen. Aber es gab wohl keine Möglichkeit, ihnen an den Kragen zu gehen. Sie überschatteten die Welt und nahmen ihr das Licht wie das Spielegebäude der Stadt.

Aber weil er nun mal so war, wie er war, und weil er allein war und im Begriff, sich zu verändern, dachte er darüber nach. Er merkte nicht, daß sich auf seinem Gesicht ein grimmiges, wölfisches Grinsen ausgebreitet hatte. Es schien intensiv genug, die Menschen in Bewegung und Häuser in Brand zu setzen. Es war dasselbe Lächeln, das er an dem beinahe vergessenen Abend auf den Lippen gehabt hatte, als er einen Mann niedergeschlagen hatte und mit leeren Taschen und nichts als Wut im Bauch nach Hause gerannt war.

...Minus 055 ... und der Countdown läuft...

Der Montag war genau wie der Sonntag – die Arbeitswelt kannte schon lange keinen besonderen Tag in der Woche mehr, an dem man freihatte.

Abends um halb sieben ließ sich Pater Ogden Grassner einen ›Meatloaf Supreme‹ aufs Zimmer bringen und setzte sich damit gemütlich vors Free-Vee, um sich *Menschenjagd* anzusehen. (Die Hotelküche mochte für jeden, der mit besserer Nahrung als Hamburger und Konzentratpillen groß geworden war, ungenießbar sein, aber Richards fand das Essen köstlich.) Der erste Teil der Sendung, der sich mit ihm selbst befaßte, unterschied sich nicht sehr von den beiden vorherigen Abenden. Richards Rede wurde wieder von den Buhrufen des Publikums übertönt. Bobby Thompson gab sich wie immer weltmännisch und abgefeimt. In Boston wurde jetzt Haus für Haus durchsucht. Jeder, der den Flüchtling bei sich aufgenommen hatte, sollte sofort getötet werden. Richards lächelte freudlos, als die Werbespots eingeblendet wurden. Es war gar nicht so schlecht; auf gewisse Art fand er die Sendung sogar lustig. Er konnte alles vertragen, solange sie die verstorbenen Polizisten nicht brachten.

Der zweite Teil war jedoch bedeutend anders. Thompson hatte ein breites Lächeln aufgesetzt. »Nachdem wir nun die letzten Bänder gesehen haben, die uns das Monster, das sich Ben Richards nennt, geschickt hat, habe ich auch eine gute Nachricht für euch...«

Sie hatten Laughlin erwischt.

Er war am Freitag in Topeka gesehen worden, aber die intensive Suche nach ihm hatte weder am Sonnabend noch am Sonntag zu irgendwelchen Ergebnissen geführt. Richards hatte angenommen, daß Laughlin sich genau wie er durch die Linien geschlichen hatte und entkommen war. Doch Laughlin war am Nachmittag von zwei Kindern gesehen worden. Er hatte sich in einem Geräteschuppen der Straßenbaubehörde versteckt. Irgendwann auf der Flucht hatte er sich das rechte Handgelenk gebrochen.

Die beiden Kinder, Bobby und Mary Cowles, lächelten

strahlend in die Kamera. Bobby Cowles fehlte ein Zahn, und Richards fragte sich, ob ihm die Zahnfee über Nacht einen Quarter gebracht hatte. Die Bilder machten ihn ganz krank.

Thompson verkündete wichtigtuerisch, daß die beiden Kinder, ›Topekas Bürger Nr. 1‹, am nächsten Abend im Studio erscheinen würden, um eine Verdienstmedaille überreicht zu bekommen. Zusätzlich erhielten sie noch einen lebenslangen Gutschein für Frühstückscornflakes und jeder einen Scheck über tausend Dollar, den ihnen der Gouverneur von Kansas, Mr. Hizzoner, überreichen würde. Das Publikum reagierte mit gellendem Jubelgeschrei.

Die folgenden Bilder zeigten Polizisten, die Laughlins zerschossenen Körper aus dem Schuppen zerrten, der vorher zu einem schwelenden Haufen niedergebrannt war. Bravoschreie, gemischt mit Buhrufen und Pfiffen aus dem Publikum.

Richards wandte sich angeekelt ab. Dünne, unsichtbare Finger schienen sich gegen seine Schläfen zu pressen.

Wie aus weiter Entfernung hörte er, wie der Bericht weiterging. Laughlins Leiche war im Rundbau des Regierungsgebäudes von Kansas aufgebahrt worden. Es hatte sich schon eine riesige Schlange von Menschen gebildet, die neugierig an ihm vorbeidefilierten. Ein Polizist, der bei der Ergreifung dabeigewesen war, berichtete in einem Interview, daß Laughlin sich kaum zur Wehr gesetzt hätte.

Wie schön für euch, dachte Richards. Er erinnerte sich an Laughlins säuerliche Stimme, den direkten, spöttischen Blick seiner Augen.

Eine Freundin von mir aus unserer Fahrgemeinschaft.

Jetzt gab es nur noch eine große Show, und das war Ben Richards. Sein Abendessen schmeckte ihm nicht mehr.

...Minus 054 ... und der Countdown läuft...

In der Nacht hatte er einen schlechten Traum. Das war ungewöhnlich. Der alte Richards hatte nie geträumt. Noch ungewöhnlicher war, daß er als Person in dem Traum gar nicht existierte. Er war bloß ein unsichtbarer Beobachter.

Der Raum war nicht scharf abgegrenzt und zerfloß an den Rändern des Blickfelds in der Dunkelheit. Es kam ihm vor, als tropfe irgendwo Wasser. Richards hatte das Gefühl, sich tief unter der Erde zu befinden.

In der Mitte des Raumes saß Bradley auf einem Holzstuhl. Seine Arme und Beine waren mit Lederriemen gefesselt. Sein Kopf war geschoren wie der eines Strafgefangenen. Um ihn herum standen Gestalten mit schwarzen Kapuzen über den Köpfen. Die Jäger, dachte Richards mit klopfendem Herzen. Mein Gott, das sind die Jäger.

»Ich bin nicht der Mann«, sagte Bradley.

»Natürlich bist du es«, sagte einer der Kapuzenmänner freundlich, und stach eine Nadel durch Bradleys Wange. Bradley schrie.

»Na, bist du der Mann?«

»Du kannst mich mal.«

Eine Nadel stach geschmeidig in Bradleys Auge und wurde langsam wieder herausgezogen. Eine farblose Flüssigkeit tropfte auf Bradleys Wange. Sein Auge wirkte jetzt flach und ausdruckslos.

»Bist du der Mann?«

»Steck dir die Nadel in den Arsch.«

Der Kapuzenmann berührte Bradleys Nacken mit dem elektrischen Schlagstock. Bradley schrie auf, und die Haare standen ihm zu Berge. Jetzt sah er aus wie eine schwarze Zeichentrickkarikatur.

»Na, bist du jetzt der Mann, kleiner Bruder?«

»Von euren Nasenfiltern werdet ihr noch Krebs kriegen«, rief Bradley. »Ihr weißen Schweinehunde seid doch alle durch und durch verdorben.«

Sein zweites Auge wurde durchstochen. »Bist du der Mann?«

Der blinde Bradley lachte sie aus.

Einer der Kapuzenmänner gab den anderen ein Zeichen, und Bobby und Mary Cowles kamen fröhlich in den Raum gehüpft. Sie tanzten um Bradley herum und sangen: »Wer hat Angst vorm schwarzen Mann? Wer hat Angst vorm schwarzen Mann?«

Bradley schrie und wand sich auf dem Stuhl. Es sah aus, als wolle er seine Hände zu einer abwehrenden Geste heben. Der Gesang wurde lauter und lauter, bis er in einem Echo verhallte. Die Kinder verwandelten sich. Ihre Köpfe wurden länger und länger und färbten sich blutrot. Sie rissen die Mäuler auf, und statt Zähnen blitzten Rasierklingen in ihren Rachen.

»Ich sag's euch«, brüllte Bradley. »Ich werd's euch sagen. Ich bin nicht der Mann. Ben Richards ist der Mann. Ich sag's euch... Gott... oh, Gott...«

»Wo ist dieser Mann, kleiner Bruder?«

»Ich sag's euch. Ich sag's euch. Er ist...«

Aber seine Worte gingen im Gesang unter. Die Kapuzenmänner griffen gerade nach Bradleys hochgerecktem, sehnigem Hals, als Richards schweißgebadet aufwachte.

...Minus 053 ... und der Countdown läuft...

Er war in Manchester nicht mehr sicher.

Er wußte nicht, warum er plötzlich dieses Gefühl hatte, ob es an Laughlins brutalem Tod lag oder an dem Traum oder ob es tatsächlich eine Vorahnung war.

Am Dienstag ging er jedenfalls nicht in die Bibliothek, sondern blieb in seinem Zimmer. Er hatte das Gefühl, als wäre jede Minute, die er noch in Manchester verbrachte, eine Einladung für einen raschen Tod. Wenn er aus dem Fenster blickte, sah er in jedem alten Bettler, in jedem schlampigen Taxifahrer einen der Kapuzenmänner. Visionen von Scharfschützen, die sich leise den Hotelflur entlang auf seine Tür zu schlichen, quälten ihn. Es war, als hätte er eine große Uhr im Kopf, die seine Lebenszeit wegtickte.

Kurz nach elf Uhr hatte er seine Unentschlossenheit überwunden. Er konnte unmöglich bleiben. Er wußte, daß sie ihn gefunden hatten.

Er nahm seinen Blindenstock und stolperte tolpatschig zum Fahrstuhl, um in die Empfangshalle hinunterzufahren.

»Gehen Sie heute spazieren, Pater Grassner?« fragte der Tagesportier mit dem üblichen herablassenden Lächeln.

»Ja, ich habe heute frei«, erwiderte Richards. »Gibt es ein Kino in dieser Stadt?«

Er hatte inzwischen mindestens schon zehn Kinos gesehen, und in acht davon liefen 3-D-Pornofilme.

»Hm«, antwortete der Portier vorsichtig. »Es gibt eins in der Innenstadt. Ich glaube, da läuft ein Walt-Disney-Film...«

»Oh, das ist sehr schön«, erklärte Richards kurz angebunden und stolperte beim Hinausgehen über einen Blumentopf.

Zwei Häuserblocks vom Hotel entfernt ging er in einen Drugstore und besorgte sich eine Mullbinde und zwei billige Aluminiumkrücken. Der Verkäufer verpackte seine Einkäufe in einer langen Schachtel. An der nächsten Straßenecke erwischte er ein Taxi.

Der Wint stand an demselben Platz, an dem sie ihn vor ein paar Tagen vorgefunden hatten. Richards entdeckte nirgendwo einen Aufsichtsbeamten. Schnell stieg er in den Wagen und startete den Motor. Er zögerte kurz, als ihm einfiel, daß er keinen Führerschein auf seinen Namen besaß, der ihn nicht sofort verraten würde, aber er schob den Gedanken beiseite. Er glaubte nicht, daß seine neue Verkleidung ihn bei einer echten Kontrolle wirklich schützen würde. Sollte er auf eine Straßensperre stoßen, würde er einfach hindurchrasen. Man würde ihn zwar dafür erschießen, aber er würde ja sowieso sofort getötet werden, wenn man ihn erkannte.

Er warf die Ogden-Grassner-Brille ins Handschuhfach und fuhr los. Als er das Parkhaus verließ, winkte er dem Jungen am Schalter kurz zu, aber der blickte kaum von seiner Zeitschrift hoch.

Am Nordrand der Stadt hielt er bei einer Tankstelle, um den Wagen mit neuer Preßluft auffüllen zu lassen. Der Luftwart war ein pubertierender Knabe mit einem schlimmen

Aknebefall. Er wagte es kaum, Richards bei der Arbeit ins Gesicht zu sehen. So weit, so gut.

Er bog von der Route 91 auf die 17 ab und von dort auf eine Landstraße ohne Namen oder Nummer. Drei Meilen weiter fuhr er auf einen verlassenen Müllabladeplatz und stellte den Motor ab.

Er drehte den Rückspiegel so, daß er sein Gesicht sehen konnte, und wickelte sich schnell die Bandage um den Kopf, die er mit einem Clip befestigte. Auf einer trostlosen Ulme saß ein Vogel und zwitscherte aufgeregt.

Das Ergebnis war gar nicht mal schlecht. Wenn er in Portland genügend Zeit hätte, könnte er sich auch noch eine Halsstütze besorgen.

Er legte die Krücken auf den Beifahrersitz und fuhr wieder los. Vierzig Minuten später erreichte er das Autobahnkreuz Portsmouth. Auf der Route 95 nach Norden fahrend, langte er in seine Jackentasche und holte den zerknitterten Zettel heraus, den Bradley ihm gegeben hatte. Mit den sorgfältig gemalten Buchstaben eines Autodidakten hatte Bradley mit einem weichen Bleistift darauf geschrieben:

94 State Street, Portland
DIE BLAUE TÜR, GÄSTEHAUS
Elton Parrakis (& Virginia Parrakis)

Richards betrachtete den Zettel mit gerunzelter Stirn und sah dann wieder auf den Straßenverkehr. Ein schwarzgelbes Polizeiauto kreiste über dem Verkehr auf der Autobahn. Auf der Straße befand sich ein Kollege in einem schweren Bodenfahrzeug. Sie kreisten ihn einen Augenblick lang ein und sausten dann weiter, sich elegant durch den sechsspurigen Verkehr schlängelnd. Eine ganze normale Verkehrsüberwachung.

Während die Straße unter ihm wegsauste, spürte er allmählich eine leichte, fast Übelkeit verursachende Entspannung in seiner Brust. Er wußte nicht, ob er lachen oder sich übergeben sollte.

...Minus 052 ... und der Countdown läuft...

Die Fahrt nach Portland verlief ohne Zwischenfälle.

Als er den Stadtrand erreicht hatte, war das Gefühl der Erleichterung wieder verschwunden. Sie konnten überall sein. Vor oder hinter ihm, über und sogar unter ihm. Oder auch nirgendwo. Er fuhr durch reiche Wohnviertel mit breiten Straßen und großen Privatschulen, deren Gelände mit elektrischen Zäunen abgesichert waren.

Die State Street lag in einem öden Viertel mit alten Sandsteinbauten, nicht weit von einem ehemaligen Park entfernt, der inzwischen völlig überwuchert war – ein gutes Versteck für die Straßenräuber, Diebe, Drogensüchtigen und Verliebten dieser kleinen Stadt, dachte Richards. Hier würde nach Einbruch der Dunkelheit niemand mehr auf die Straße gehen, es sei denn, er führte einen Polizeihund an der Leine oder gehörte einer der Straßenbanden an.

Die Hausnummer 94 war ein verfallenes, rußgeschwärztes Gebäude, dessen Fenster mit ehemals grünen Holzläden verschlossen waren. Richards fand, es sah aus wie ein alter Mann, der mit blinden Augen gestorben war.

Er parkte den Wagen am Straßenrand und stieg aus. Auf der Straße lagen vereinzelte Wracks von Pneumoautos, schon so verrostet, daß ihre ehemalige Form kaum mehr zu erkennen war. Auf dem Parkstreifen entdeckte er einen umgekippten Studebaker, der wie ein toter Hund auf der Seite lag. Nein, dies war kein Polizeigebiet. Wenn er hier seinen Wagen unbewacht stehen ließ, würde er innerhalb einer Viertelstunde eine Traube von spuckenden, zankenden, schlitzäugigen Jungen anlocken. Und innerhalb einer halben Stunde würden diese Jungen sich Schraubenzieher, Zangen und Brecheisen beschaffen, die sie miteinander vergleichen, in die Luft werfen, gegen den Wagen schlagen und damit scheinbar Schwertkämpfe ausführen würden. Dann würden diese Jungen ihre Werkzeuge nachdenklich in die Luft halten, als ob sie das Wetter prüfen oder eine mysteriöse Radiobotschaft aus dem All empfangen wollten, und innerhalb einer Stunde wäre der Wagen bis auf den

Rumpf ausgeweidet. Luftkappen, Zylinder und das Lenkrad eingeschlossen.

Ein kleiner Junge kam auf Richards zu gerannt, als er sich gerade seine Krücken zurechtstellte. Ein Brand mußte ihm eine Gesichtshälfte zerstört haben. Er hatte dort keine Haare auf dem Kopf und wirkte mit den Runzeln und Brandnarben wie ein von Frankenstein höchst persönlich zusammengeflicktes Monster.

»Dope, Mister? Guter Stoff. Bringt Sie auf den Mond.« Er kicherte verschmitzt, wobei sich die zerfetzte Haut seiner kranken Gesichtshälfte zu einer grotesken Fratze verzog.

»Verpiß dich«, sagte Richards kurz angebunden.

Der Junge versuchte, mit dem Fuß eine Krücke wegzustoßen. Richards holte mit der anderen aus und schlug ihn damit auf den Hintern. Fluchend rannte der Junge weg.

Richards humpelte langsam die ausgetretenen Steinstufen hinauf und betrachtete die Haustür. Früher mußte sie einmal blau gestrichen gewesen sein, aber die Farbe war mit der Zeit abgeblättert und verblichen, so daß nur das müde Blaugrau des Regenhimmels übriggeblieben war. Es hatte wohl mal eine Türklingel gegeben, aber irgendein Vandale hatte sie mit einem Meißel herausgebrochen.

Richards klopfte und wartete. Nichts geschah. Er klopfte noch mal.

Es war schon spät am Nachmittag, und die Kälte kroch langsam über den Boden. Weit hinten im Park hörte er das leise Knistern der Zweige, die ihre Blätter schon verloren hatten.

Es war niemand zu Hause. Er sollte lieber gehen.

Er klopfte noch mal, überzeugt davon, daß sich *bestimmt* jemand im Hause befand.

Und diesmal wurde er mit dem schlurfenden Geräusch von Hausschuhen belohnt. Ein kurzer Augenblick Stille hinter der Tür. Und dann: »Wer ist da? Ich kaufe nichts. Verschwinden Sie.«

»Man hat mir gesagt, daß ich Sie aufsuchen solle«, rief Richards.

Ein Guckloch öffnete sich quietschend, und ein braunes Auge spähte hindurch. Das Guckloch wurde zugeknallt.

»Ich kenne Sie nicht.« Eine klare Antwort.

»Ich sollte nach Elton Parrakis fragen.«

Grunzend: »Ach so, Sie sind einer von denen...«

Hinter der Tür wurden Schlösser aufgeschlossen und Riegel zurückgeschoben. Eine Kette rasselte. Er hörte das Klikken eines Sicherheitsschlosses, dann noch eins. Eine schwere Querstange fiel zu Boden.

Endlich ging die Tür auf, und Richards sah eine dürre Frau ohne Brüste mit riesigen, knotigen Händen. Ihr Gesicht war faltenlos, beinahe engelsgleich. Es sah aus, als würde es von unzähligen unsichtbaren Klammern und Häkchen gehalten, die einen verzweifelten Kampf mit der Zeit führten. Vermutlich würde die Zeit gewinnen, aber diese Frau war nicht leicht zu schlagen. Sie war fast einen Meter neunzig groß, trotz ihrer flachen Hausschuhe, und ihre Knie waren von der Arthritis zu dicken Baumstümpfen angeschwollen. Das Haar hatte sie unter einen Handtuchturban gesteckt. Ihr braunen Augen saßen tief unter buschigen Brauen, die sich wie zerzauste Gebirgssträucher verzweifelt an ihre Stirn zu klammern schienen. Sie musterte ihn mit einem schlauen, aber auch wilden Blick, der von ihrer Angst oder aber ihrem Zorn herzurühren schien. Später erst begriff er, daß sie eine fürchterlich verängstigte, verwirrte Frau war, die sich am Rand des Wahnsinns befand.

»Ich bin Virginia Parrakis«, sagte sie tonlos. »Eltons Mutter. Kommen Sie rein.«

... Minus 051 ... und der Countdown läuft...

Sie erkannte ihn nicht, bis sie in der Küche standen, in der sie Tee aufbrühte.

Das Haus war alt und düster. Die Art von Möbeln kannte Richards aus seiner eigenen Wohnung: moderner Ramsch aus dem Billiggroßhandel.

»Elton ist nicht da«, erklärte sie, während sie am Gasherd darauf wartete, daß das Wasser in dem zerbeulten Aluminiumtopf heiß wurde. In der Küche war es etwas heller. Richards sah die braunen Wasserflecken auf der verschimmelten Tapete, die toten Fliegen auf der Fensterbank – eine Erinnerung an den Sommer –, den aufgewölbten, rissigen Linoleumbelag auf dem Fußboden, durchzogen von schwarzen Furchen. Das Abflußrohr war undicht. Unter dem Leck klemmte ein Stapel Packpapier, um die Tropfen aufzufangen. Die Küche roch nach Desinfektionsmitteln, die ihn an die Intensivstation im Krankenhaus erinnerten.

Sie durchquerte die Küche und durchwühlte auf der Suche nach Teebeuteln mit ihren gichtigen Fingern das Gerümpel auf einem Regal. Endlich hatte sie zwei gefunden, von denen einer schon benutzt war. Richards bekam den gebrauchten, was ihn allerdings nicht sonderlich überraschte.

»Er arbeitet«, sagte sie und betonte das ›er‹ so, daß der Satz wie ein Vorwurf klang. »Sie kommen von diesem Kerl in Boston, nicht wahr? Der, dem Elton immer diese Briefe über die Luftverschmutzung schreibt.«

»Ja, Mrs. Parrakis.«

»Sie haben sich in Boston kennengelernt. Mein Elton füllt nämlich Verkaufsautomaten auf.« Sie schien trotz allem stolz auf ihn zu sein. Langsam latschte sie über das gewellte Linoleum zum Herd zurück. »Ich hab' meinem Eltie gesagt, daß das, was dieser Bradley tut, gegen das Gesetz ist. Ich hab' ihm gesagt, daß er dafür ins Gefängnis kommt oder Schlimmeres. Aber auf *mich* hört er ja nicht. Er hört nicht mehr auf seine alte Mammie.« Sie lächelte bei dieser mißbilligenden Feststellung. »Eltie hat schon immer gebastelt, wissen Sie ... als er noch ein kleiner Junge war, hat er mal ein Baumhaus mit vier Zimmern gebaut. Das war, als die alte Ulme im Hinterhof noch nicht gefällt war. Aber dieser Nigger hatte die Idee, daß er so ein Gerät für Portland basteln sollte. Um die Luftverschmutzung zu messen, wissen Sie.«

Sie warf die Teebeutel in die Tassen und blieb, den Rücken zu Richards gekehrt, am Herd stehen, um sich die Hände über der Gasflamme zu wärmen. »Sie schreiben sich Briefe. Ich hab' zu meinem Eltie gesagt, die Post ist nicht sicher. Du kommst dafür ins Gefängnis oder noch was viel Schlimmeres. Aber Mam, hat er zu mir gesagt, wir schreiben einen Code. Er bittet mich um ein Dutzend Äpfel, ich schreib ihm, daß es meinem Onkel schlechter geht. Ich hab' gesagt: Eltie, glaubst du wirklich, daß die Polizei das nicht rauskriegen kann? Aber er hört ja nicht auf mich. Oh, früher war das anders. Früher war ich sein bester Freund. Aber das hat sich geändert. Seit seiner Pubertät hat sich alles verändert. Pornozeitschriften unter seinem Bett und all das. Und Sie hat man wohl auch dabei erwischt, was? Beim Messen von Smog und krebserzeugenden Sachen in der Luft. Und jetzt sind Sie auf der Flucht, nicht wahr?«

»Ich...«

»Macht nichts«, unterbrach sie ihn heftig und sah aus dem Fenster. Es ging auf den Hinterhof hinaus, der mit rostigem Blech, alten Autoreifen und sonstigem Gerümpel übersät war. Ein kleiner Sandkasten, der früher wohl mal dem kleinen Elton gehört hatte, war jetzt mit moderndem Herbstlaub gefüllt.

»Es macht nichts!« wiederholte sie. »Daran ist nur dieser Nigger schuld.« Sie drehte sich zu Richards um, und ihre Augen weiteten sich vor Zorn. »Ich bin jetzt fünfundsechzig, aber als das alles anfing, war ich ein frisches, junges Mädchen von neunzehn Jahren. Neunzehnhundertneunundsiebzig war das. Da hat alles angefangen. Plötzlich waren die Schwarzen überall! Überall! Ja, sie waren nicht mehr zu bremsen!« Sie schrie Richards an, als hätte er den Versuch gemacht, ihr zu widersprechen. »Überall. Sie haben diese Nigger zusammen mit den Weißen in die Schule gesteckt. Sie haben sie sogar an die Regierung gelassen. Radikale, Rebellen, Unruhestifter! Es ist ja nicht so, daß...«

Sie unterbrach sich mitten im Satz, als wären ihr die Worte im Mund zerplatzt. Entsetzt starrte sie Richards an, als hätte sie ihn vorher gar nicht gesehen.

»Liebergottseimirgnädig!« flüsterte sie.

»Mrs. Parrakis...«

»Nein!« kreischte sie heiser. »Nein, nein und nochmals ein!« Langsam schritt sie auf ihn zu und griff dabei nach einem langen, blinkenden Brotmesser, das in dem Durcheinander im Waschbecken lag. »Raus hier! Raus! Raus!« Richards stand auf und zog sich rückwärts aus der Küche zurück, Schritt für Schritt. Zuerst durch den dunklen Flur zwischen Küche und Wohnzimmer, dann durch das Wohnzimmer selbst.

Er bemerkte, daß an der Wand einer von den altmodischen Münzfernsprechern hing. Er stammte wahrscheinlich noch aus der Zeit, als dieses Haus ein echtes Hotel gewesen war. *Die blaue Tür, Gästehaus.* Wie lange war das wohl her? Zwanzig Jahre? Vierzig? Noch bevor die Schwarzen außer Rand und Band geraten waren oder erst danach?

Er bewegte sich schon rückwärts auf die Haustür zu, als er einen Schlüssel im Schloß klappern hörte. Beide erstarrten. Es sah aus, als hätte eine göttliche Hand den Film angehalten, um zu überlegen, was als nächstes folgen sollte.

Die Tür ging auf, und Elton Parrakis kam herein. Er war ein ungeheuer dicker junger Mann. Sein glanzloses blondes Haar war in grotesken Wellen aus der Stirn zurückgekämmt, und unter dieser Mähne hatte er ein rundes, unschuldiges Babygesicht, das einen Ausdruck ständiger Verwunderung zeigte. Er trug die blaugoldene Uniform seiner Automatenfirma und sah seine Mutter nachdenklich an.

»Leg das Messer weg, Mam.«

»Nein!« rief sie widerspenstig, aber der Ausdruck von Entschlossenheit verschwand langsam aus ihrem Gesicht.

Parrakis schloß die Haustür hinter sich und schritt auf seine Mutter zu. Sein ganzer Körper schwabbelte.

Sie zuckte zurück. »Du mußt ihn sofort wegschicken, Sohn. Es ist dieser Verrückte, dieser Richards. Wenn du ihn hierbehältst, kommst du ins Gefängnis. *Ich will nicht, daß du ins Gefängnis kommst!«* Sie fing an zu weinen, ließ das Messer fallen und warf sich ihrem Sohn in die Arme.

Er zog sie an sich und wiegte sie sanft wie ein kleines Baby. »Ich werde nicht ins Gefängnis kommen«, beruhigte er sie. »Schhh, schhh, Mam, wein nicht. Ich bitte dich, hör auf zu weinen.« Er lächelte Richards über ihre zuckenden Schultern hinweg zu und bedeutete ihm mit einer verlegenen Geste, daß ihm das alles sehr leid tue. Richards wartete.

»Na also«, sagte Elton zu seiner Mutter, als die Schluchzer in Schniefen übergegangen waren. »Mr. Richards ist ein guter Freund von Bradley Throckmorton, und er wird ein paar Tage bei uns bleiben.«

Sie fing an zu kreischen, und er hielt ihr den Mund zu, wobei er allerdings selbst zusammenzuckte. »Doch, Mam, er wird bei uns bleiben. Ich werde seinen Wagen gleich in den Park fahren und dort unter Strom setzen. Und du wirst morgen früh mit einem Paket zur Post gehen und es nach Cleveland schicken.«

»Boston«, korrigierte Richards automatisch. »Die Bänder gehen nach Boston.«

»Sie gehen ab jetzt nach Cleveland«, erklärte Elton ihm. »Bradley ist auf der Flucht.«

»O Gott.«

»Du wirst auch bald auf der Flucht sein«, fuhr Mrs. Parrakis ihren Sohn an. »Und dich werden sie kriegen. Du bist viel zu fett.«

»Ich führe Mr. Richards jetzt nach oben und zeige ihm sein Zimmer, Mam.«

»Mr. Richards? Mr. Richards? Warum nennst du ihn nicht bei seinem richtigen Namen? Satan!«

Er befreite sich mit einer sehr sanften Bewegung aus ihrer Umklammerung, und Richards folgte ihm gehorsam die dunkle Treppe hinauf. »Wir haben hier sehr viele Zimmer«, berichtete Elton freundlich und etwas außer Atem, während sein riesiger Hintern vor Richards Augen auf und ab wakkelte. »Vor vielen, vielen Jahren war dies mal ein Hotel – als ich noch ein Baby war. Sie können von Ihrem Zimmer aus die Straße beobachten.«

»Vielleicht sollte ich doch lieber gehen«, schlug Richards vor. »Wenn Bradley wirklich aufgeflogen ist, könnte Ihre Mutter recht haben.«

»Das ist Ihr Zimmer«, fuhr Elton fort, als hätte er Richards Einwand nicht gehört. Die Tür öffnete sich in ein feuchtes, staubiges Zimmer, das den Mief vieler Jahre gespeichert zu haben schien. »Es ist zwar nicht sehr gemütlich, leider, aber...« Er drehte sich mit einem Lächeln zu Richards um, das die Bitte ausdrückte, ihn doch zu mögen. »Sie können bleiben, solange Sie wollen. Bradley Throckmorton ist mein allerbester Freund.« Das Lächeln verdüsterte sich. »Er ist mein einziger Freund. Ich sehe mal nach Mam. Machen Sie sich keine Sorgen.«

Richards konnte nur leise sein Angebot wiederholen. »Es ist wohl besser, wenn ich gehe.«

»Nein, das können Sie nicht. Sie haben nicht mal Mam mit Ihrem Kopfverband getäuscht. Ich werde Ihren Wagen jetzt an einen sicheren Ort fahren, Mr. Richards. Wir sprechen später darüber.«

Er verließ das Zimmer mit eiligen Schritten. Richards sah, daß der Hosenboden seiner Uniform durchgesessen war. Als er draußen war, blieb eine unangenehme Atmosphäre der Unterwürfigkeit zurück.

Richards schob den Fensterladen auf und sah, wie er auf die Straße ging und in seinen Wagen stieg. Dann kam er wieder heraus und eilte die Stufen hinauf. Richards Herz setzte einen Schlag aus.

Schwere Schritte, die eilig die Treppe heraufstapften. Dann wurde die Zimmertür aufgestoßen. »Mam hat recht«, entschuldigte er sich. »Ich würde wirklich keinen guten Geheimagenten abgeben. Ich hab' die Autoschlüssel vergessen.«

Richards reichte sie ihm und versuchte es mit einem Scherz: »Ein halber Geheimagent ist besser als gar keiner.«

Entweder hatte er einen wunden Punkt bei Elton getroffen – oder gar keinen; der junge Mann trug sein Leiden zu deutlich zur Schau. Richards sah es fast vor sich: spottende Kinder, die hinter ihm her zogen wie kleine Küstenboote hinter einem Tanker.

»Vielen Dank«, sagte er leise.

Parrakis ging wieder hinunter und fuhr den kleinen grünen Wagen, der Richards aus New Hampshire hierhergebracht hatte, in den ehemaligen Stadtpark.

Richards zog die Tagesdecke vom Bett und legte sich hin. Die Arme hinter dem Kopf verschränkt, atmete er flach und starrte zur Decke hinauf. Das Bett schien ihn mit kalter Feuchtigkeit zu umfangen, der er noch durch die Decke und seine Kleider hindurch spürte. Ein schimmeliger Geruch drang ihm in die Nase.

Unten hörte er Mrs. Parrakis weinen.

...Minus 050 ... und der Countdown läuft...

Er döste ein wenig vor sich hin, aber er konnte nicht einschlafen. Es war schon fast dunkel, als er Eltons schwerfällige Schritte wieder auf der Treppe hörte. Er seufzte erleichtert auf und setzte sich auf.

Als Elton klopfte und eintrat, bemerkte Richards, daß er sich umgezogen hatte. Statt der Uniform trug er jetzt Jeans und darüber ein Zelt von einem Oberhemd.

»Ich hab' alles erledigt«, sagte er. »Der Wagen steht jetzt im Park.«

»Wird er da nicht ausgeraubt?«

»Nein«, beruhigte Elton ihn. »Ich habe eine besondere Vorrichtung angebracht. Eine elektrische Batterie mit zwei Krokodilklemmen. Wenn jemand den Wagen mit der Hand oder einer Brechstange berührt, kriegt er einen gewaltigen Schlag, und eine Sirene geht los. Funktioniert ganz gut, ich hab's mir selbst ausgedacht.« Mit einem tiefen Seufzer ließ er sich aufs Bett sinken.

»Was war das von wegen Cleveland?« wollte Richards wissen. (Er hatte festgestellt, daß Elton es einem sehr leicht machte, ihn herumzukommandieren.)

Parrakis zuckte die Achseln. »Oh, da lebt so ein Kerl wie ich. Ich habe ihn mal zusammen mit Bradley in der Bostoner Stadtbibliothek getroffen. Unser kleiner Luftverschmutzungsclub. Mam wird Ihnen vermutlich darüber erzählt haben.« Er rieb die Hände und lächelte unglücklich.

»Ja, sie hat so was erzählt«, bestätigte Richards.

»Sie ist... ein bißchen begriffsstutzig«, sagte Parrakis entschuldigend. »Sie hat nicht mehr so genau mitgekriegt, was in den letzten zwanzig Jahren passiert ist. Sie hat ständig Angst. Ich bin alles, was ihr noch geblieben ist.«

»Werden sie Bradley kriegen?«

»Ich weiß es nicht... Er hat sich ein ziemlich großes... hm, Netz aufgebaut.« Er wandte den Blick von Richards Gesicht ab.

»Sie...«

Die Tür ging auf, und Mrs. Parrakis stand im Eingang. Sie

hielt die Arme über der Brust verschränkt und lächelte, aber ihre Augen funkelten gehetzt. »Ich habe die Polizei angerufen«, sagte sie. »Jetzt müssen Sie verschwinden.«.

Eltons Gesicht wurde weiß. »Du lügst.«

Richards sprang auf und lauschte mit geneigtem Kopf.

Aus der Ferne vernahm er die näher kommenden Polizeisirenen.

»Nein, sie lügt nicht«, sagte er. Ein fürchterliches Gefühl von Vergeblichkeit übermannte ihn. Zurück zum Start. »Bringen Sie mich zu meinem Auto.«

»Sie lügt«, wiederholte Elton beharrlich. Er stand auf, um Richards am Arm zu fassen, zog dann aber schnell die Hand zurück, als sei Richards zu heiß. »Das sind Feuerwehrsirenen.«

»Bringen Sie mich zu meinem Wagen. Schnell.«

Die Sirenen kamen immer näher, ihr an- und abschwellendes Heulen wurde lauter. Das Geräusch erfüllte Richards mit Entsetzen. Da war er nun, eingesperrt mit diesen beiden Verrückten, während –

»Mutter...« Eltons Gesicht verzog sich flehend.

»Ich habe sie angerufen!« schrie sie und versuchte, ihn am Arm zu packen, als wolle sie ihn schütteln. »Ich mußte es tun! Für dich! Dieser Nigger hat dich völlig durcheinandergebracht. Wir sagen einfach, er ist hier eingebrochen und wollte mit dem Geld wegrennen...«

»Kommen Sie!« rief Elton Richards zu und versuchte, seine Mutter abzuschütteln.

Aber sie klammerte sich an ihn wie ein giftiger kleiner Terrier, der sich einem Riesen in den Weg stellt. »Ich mußte es tun! Du mußt mit dieser ganzen Sache aufhören, Eltie! Du mußt jetzt...«

»Eltie!« schrie er. *»Eltie!«* Er stieß sie von sich, so daß sie durch das ganze Zimmer schlitterte und auf das Bett fiel.

»Schnell«, sagte er mit entsetztem Gesicht zu Richards. »Kommen Sie schnell.«

Sie rasten die Treppe hinunter und stolperten durch die Haustür auf die Straße hinaus. Elton fiel in einen zittrigen, schwerfälligen Trott. Er fing schon jetzt an zu keuchen.

Durch die offene Tür und das obere, geschlossene Fenster

hörten sie Mrs. Parrakis' Schreie, die sich zu seinem Crescendo steigerten, das sich mit dem Heulen der näherkommenden Sirenen vermengte: »Ich habe es für diiiiich getaaaan...«

...Minus 049 ... und der Countdown läuft...

Ihre Schatten glitten den Hügel hinunter und auf den Park zu. Sie krümmten und streckten sich, je nachdem, ob sie sich den elektrischen G. A.-Straßenlampen näherten oder sich von dem Lichtkegel entfernten. Elton Parrakis schnaufte mittlerweile wie eine Lokomotive.

Sie rannten über die Straße und wurden plötzlich von zwei Scheinwerfern erfaßt, die ihre Silhouette scharf auf den Bürgersteig warfen. Flackerndes Blaulicht erhellte die Nacht, als der Polizeiwagen ungefähr einhundert Meter vor ihnen mit quietschenden Bremsen zum Stehen kam.

»RICHARDS! BEN RICHARDS!«

Eine dröhnende, durch Megaphon verstärkte Stimme.

»Ihr Wagen... da vorn... sehen Sie ihn?« keuchte Elton.

Richards konnte nur Umrisse erkennen. Elton hatte ihn unter einer Gruppe von Trauerbirken am Rand des Teiches gut versteckt.

Der Straßenkreuzer fuhr mit jaulendem Motor an; der heiße Gummi seiner Reifen hinterließ schwarze Spuren auf dem Asphalt. Der mit Benzin betriebene Motor heulte auf, als der Wagen über den Straßenrand auf das Hügelgelände jagte. Die Scheinwerfer stießen erst senkrecht in den Himmel; dann wippte die Motorhaube wieder herunter, und die beiden standen direkt im Lichtkegel.

Richards drehte sich um. Plötzlich überkam ihn eiskalte Ruhe. Er riß Bradleys Revolver aus der Tasche, während er Schritt für Schritt rückwärts ging. Die anderen Polizeiwagen waren noch nicht zu sehen. Nur dieser eine. Mit kreischendem Getriebe raste er über das weiche Gelände, wobei die Hinterreifen Grassoden und schwarze Erdklumpen aufrissen und hinter sich schleuderten.

Er feuerte zwei Schüsse auf die Windschutzscheibe ab. Sie klirrte zwar, zersplitterte aber nicht. In letzter Sekunde sprang er zur Seite und ließ sich ins Gras fallen. Er spürte es kalt an seinem Gesicht. Auf den Knien kauernd feuerte er dem Wagen zwei Schüsse hinterher, bevor dieser abrupt bremste und in einen großen Bogen schlitterte, um umzukehren. Das aufblitzende Blaulicht verwandelte die Nacht in einen verrückten, blau glitzernden Alptraum. Der Kreuzer war jetzt zwischen ihm und seinem Wagen, aber Elton war in der anderen Richtung gerannt und arbeitete schon fieberhaft an der Alarmvorrichtung, um den Wagen startklar zu kriegen.

Jemand lehnte zur Hälfte auf der Beifahrerseite aus dem Polizeiwagen, der sich jetzt wieder auf ihn zu bewegte. Ein donnerndes Stottern zerriß die Dunkelheit. Ein Maschinengewehr. Die Kugeln schlugen um ihn herum in den Boden und wühlten die Erde auf, die ihm gegen Stirn und Wangen spritzte.

Er kniete im Gras, als wolle er beten, und zielte nochmals auf die Windschutzscheibe. Diesmal schlug die Kugel durchs Glas.

Der Wagen war jetzt neben ihm –

Er sprang zur Seite, aber der Stoßdämpfer erwischte ihn am linken Fuß und zersplitterte seinen Knöchel. Richards stürzte kopfüber zu Boden.

Der Motor des Straßenkreuzers heulte erneut auf, als der Wagen wieder umkehrte. Jetzt waren die Scheinwerfer direkt auf ihn gerichtet, und er konnte kaum mehr etwas sehen. Er versuchte aufzustehen, aber der gebrochene Knöchel hinderte ihn daran.

Er schrie laut auf und beobachtete, wie der Wagen immer näher kam. Plötzlich nahm er alle Dinge irgendwie erhöht wahr, die Umgebung wurde surreal. Er durchlebte eine Art Adrenalindelirium und alles bewegte sich langsamer, bewußter, organisierter. Der heranfahrende Polizeiwagen war ein riesiger blinder Büffel.

Das Maschinengewehr ratterte wieder los, und eine Kugel traf ihn am linken Arm und riß ihn zur Seite. Der schwere Wagen steuerte auf ihn zu und versuchte, ihn zu erfassen.

Eine Sekunde lang sah er den Fahrer deutlich vor sich. Er drückte ab, und die Windschutzscheibe explodierte. Der Wagen bremste quietschend, rollte langsam auf die Seite, überschlug sich, landete krachend auf dem Dach und schlitterte noch ein Stück weiter. Der Motor soff ab, und in der plötzlichen Stille konnte man den Polizeifunk hören.

Richards konnte immer noch nicht aufstehen, deshalb kroch er auf den Wint zu. Parrakis saß schon hinterm Lenkrad und versuchte, den Motor zu starten, aber in seiner Panik hatte er wohl vergessen, die Sicherheitsventile zu öffnen. Jedesmal, wenn er den Schlüssel umdrehte, war nur das heisere Husten der leeren Luftkammern zu hören.

Die Nachtluft füllte sich mit dem Geheul heranrasender Sirenen.

Er war noch gut fünfzig Meter vom Wagen entfernt, als Elton plötzlich merkte, was er falsch machte, und den Ventilregler herunterstieß. Als er diesmal den Schlüssel umdrehte, sprang der Motor an, und der Wagen schwebte langsam auf Richards zu.

Er richtete sich auf, so gut er konnte, und riß die Beifahrertür auf, um sich erschöpft auf den Sitz fallen zu lassen. Elton bog nach links auf die Route 77, die oberhalb des Parks die State Street kreuzte. Der Wagen war kaum fünf Zentimeter über der Erde, als sie über den Randstein fuhren. Fast tief genug, um am Boden zu schleifen und sich zu überschlagen.

Elton keuchte angestrengt; er atmete die Luft so heftig aus, daß seine Lippen wie Fensterjalousien flatterten.

Zwei weitere Polizeiwagen kamen mit flackerndem Blaulicht und quietschenden Reifen um die Ecke gerast. Sie nahmen sofort die Jagd auf.

»Wir sind nicht schnell genug!« schrie Elton in Panik. Wir sind...«

»Sie fahren auf der Straße!« schrie Richards zurück. »Fahren Sie da über das leere Grundstück.«

Das Pneumoauto drehte abrupt nach links ab, und sie wurden mit Wucht nach oben gestoßen, als sie wieder den Randstein überquerten. Die angestaute Preßluft brachte das Auto schließlich in Fahrt.

Die Polizeiwagen blieben am Straßenrand stehen, aber

man schoß auf sie. Richards hörte, wie die Kugeln Löcher ins Autoblech schlugen. Das Rückfenster zersplitterte mit lautem Krachen, und beide wurden von Glassplittern übersät.

Schreiend steuerte Elton den Wagen mal nach links, mal nach rechts. Er wippte gefährlich in der Luft.

Eines der Polizeiautos verlor, als es über den Randstein donnerte, das Gleichgewicht. Es schlingerte heftig, wobei das Blaulicht mit grell zuckenden Blitzen die Dunkelheit zerfetzte, und landete krachend auf der Seite. Die Motorhaube schürfte einen tiefen Graben in den mit Abfall übersäten Morast. Als der Tank Feuer fing, explodierte der Wagen in einer großen, weiß glühenden Stichflamme.

Der zweite Straßenkreuzer fuhr ihnen auf der Straße nach. Elton hatte durch die Abkürzung einen guten Vorsprung gewonnen, aber der Straßenkreuzer würde sie bald wieder einholen. Die Benzinwagen fuhren gut viermal so schnell wir die Pneumoautos. Außerdem bestand die Gefahr, durch die Unebenheiten des Bodens aus dem Gleichgewicht zu geraten, wenn man zu weit von der Straße abwich. Das hatte Elton ja gerade vorhin bewiesen.

»Fahr nach rechts!« befahl Richards.

Parrakis fuhr wieder eine scharfe Kurve, so daß es Richards speiübel wurde. Sie waren jetzt auf der Route 1, und Richards entdeckte, daß sie weiter vorn nur noch auf den Zubringer zur Küstenautobahn gelangen konnten. Dort war kein Entkommen mehr möglich. Dort wartete der Tod.

»Bieg ab!« brüllte er. »Abbiegen, verdammt noch mal! Da rein, in die Sackgasse!« Einen Augenblick waren die Polizeiwagen nicht zu sehen. Sie befanden sich noch hinter der Kurve.

»NEIN!« schrie Parrakis entsetzt. »Nein!« Er zitterte am ganzen Körper. »Da sitzen wir wie die Ratten in der Falle.«

Richards beugte sich vor und riß das Steuer herum. Gleichzeitig schlug er Eltons Hand vom Antriebsknüppel weg. Der Wagen drehte sich beinahe neunzig Grad um sich selbst. Sie stießen an eine Hausecke auf der linken Gassenseite, und der Wagen trudelte zu Boden. Die Motorhaube rammte einen Abfallhaufen und eine Reihe von Mülltonnen. Dahinter befand sich nur festes Mauerwerk.

Richards wurde mit aller Wucht gegen das Armaturenbrett geschleudert, als der Wagen aufschlug. Bei dem plötzlichen Aufprall brach er sich die Nase, die sich sofort mit Blut füllte.

Das Pneumoauto lag schräg in der Gasse; einer der Zylinder hustete noch ein bißchen. Parrakis war nur noch ein stummer Haufen Fleisch über dem Lenkrad. Er hatte jetzt keine Zeit, sich um ihn zu kümmern.

Richards stemmte die Schulter gegen die verbogene Beifahrertür. Sie sprang auf, und er hüpfte auf einem Bein zu der Stelle, wo die Gasse in die Straße mündete. Dort lud er die Pistole neu; Bradley hatte ihm genügend Munition mitgeliefert. Die Patronen fühlten sich kalt und glitschig an. Ein paar ließ er fallen. Sein Arm hatte zu schmerzen angefangen. Er pochte wie ein kranker Zahn. Ihm war schwarz vor Augen.

Schweinwerfer beleuchteten die ruhige Ausfallstraße und machten die Nacht zu einem sonnenlosen Tag. Der Straßenkreuzer schlitterte um die Ecke; seine Reifen verbreiteten einen Gestank nach verbranntem Gummi und hinterließen schwarze Schlangenlinien auf dem Asphalt. Dann schoß er wieder vorwärts. Richards hielt die Pistole mit beiden Händen und stützte sich gegen die Wand des Gebäudes neben ihm. Gleich würden sie bemerken, daß sie keine Rücklichter mehr vor sich hatten. Der Polizist mit dem Maschinengewehr würde die Gasse entdecken und wissen –

Er zog das Blut durch die Nase hoch und feuerte. Das Ziel war so nahe, daß die Kugeln aufgrund ihrer Geschwindigkeit die kugelsichere Windschutzscheibe durchschlugen, als wäre sie aus Papier. Jeder Rückschlag dieser schweren Waffe fuhr ihm durch seinen verwundeten Arm, so daß er laut aufschrie.

Der Wagen donnerte über den Bürgersteig, flog ein kleines Stück durch die Luft und donnerte mit Karacho in die Hauswand auf der gegenüberliegenden Straßenseite. ECHO FREE-VEE REPARATUREN stand dort auf einem verblichenen Reklameschild. WIR REPARIEREN, SIE SEHEN! IM HUSCH, OHNE PFUSCH!

Beim Aufprall gegen die Mauer explodierte der Wagen.

Doch Richards hörte schon die nächsten kommen: es wurden immer mehr.

Keuchend rannte er zu seinem Auto zurück, auf seinem gesunden Bein humpelnd.

»Ich bin verletzt«, stöhnte Parrakis leise. »Ich bin schwer verletzt. Mam? Wo ist meine Mammie?«

Richards legte sich auf den Rücken und kroch unter den Wagen, wo er anfing, wie ein Verrückter Abfall und Unrat aus den Luftkammern zu ziehen. Das Blut aus seiner gebrochenen Nase lief ihm die Wangen hinunter und bildete kleine Pfützen neben seinen Ohren.

... Minus 048 ... und der Countdown läuft ...

Nur noch fünf der sechs Zylinder funktionierten. Er schaffte höchstens vierzig Kilometer pro Stunde, und das Auto hing schräg in der Luft, als wäre er betrunken.

Parrakis dirigierte ihn vom Beifahrersitz aus, auf den Richards ihn manövriert hatte, durch die Stadt. Der Antriebsknüppel hatte sich beim Aufprall wie eine Radspeiche in seinen Bauch gebohrt. Sein Blut klebte warm an Richards Händen, während er das Lenkrad bediente. Er war sicher, daß Parrakis sterben würde.

»Es ist alles meine Schuld«, stöhnte Parrakis. »Es tut mit so leid. Ich hätte es besser wissen müssen. Sie kann nicht mehr klar denken. Sie... ist...« Er hustete einen schwarzen Blutklumpen hoch und spuckte ihn teilnahmslos in seinen Schoß. Die Sirenen heulten immer noch durch die Nacht, doch waren sie jetzt weit entfernt und bewegten sich nach Westen. Sie waren auf dem Marginal Way stadtauswärts gefahren, und Parrakis hatte ihn auf Seitenstraßen gelotst. Jetzt befanden sie sich auf der Route 9 und fuhren nordwärts. Die Vorstädte von Portland gingen langsam in eine kahle Herbstlandschaft über. Der gesamte Waldbestand war hier schon vor langer Zeit gefällt worden. Die Holzfäller mußten hier gewütet haben wie ein Heuschreckenschwarm. Sie hatten nichts als armseliges Buschwerk und öde Flächen zurückgelassen.

»Haben Sie auch wirklich 'ne Ahnung, wohin Sie mich eigentlich lotsen?« fragte Richards. Sein Körper schmerzte von Kopf bis Fuß. Er war sicher, daß der Knöchel gebrochen war, und auch bei der Nase hatte er keine Zweifel. Er konnte kaum noch durch die Nase atmen.

»Ich kenne da hinten ein Versteck«, antwortete Elton und spuckte noch mehr Blut. »Sie hat immer zu mir gesagt, daß die Mutter der beste Freund eines Jungen wäre. Können Sie sich das vorstellen? Ich hab' ihr immer geglaubt. Was werden sie jetzt mit ihr machen? Wird sie ins Gefängnis gesteckt?«

»Nein«, antwortete Richards kurz, aber es wußte es natürlich auch nicht. Es war zwanzig vor acht. Als Elton und er *Die blaue Tür* verlassen hatten, war es gerade zehn nach sieben gewesen. Ihm kam es so vor, als wären inzwischen Jahrzehnte vergangen.

In weiter Ferne konnte er immer noch die Sirenen hören. *Der Unaussprechliche verfolgt den Unausstehlichen;* dachte er unzusammenhängend. *Wenn du die Hitze nicht verträgst, verschwinde aus der Küche.* Er hatte wieder zwei Polizeiwagen ausgeschaltet. Mit der linken Hand. Wieder ein Bonus für Sheila. Blutgeld. Und Cathy? Würde Cathy krank werden und an der Milch sterben, die mit solchem Geld bezahlt wurde? *Wie geht es dir, mein Schatz? Ich hab' dich lieb. Hier draußen, auf dieser verrückten kurvigen Landstraße, die nur für Wilddiebe und Liebespaare geeignet ist, die sich im Dunkeln verstecken, hier draußen möchte ich dir sagen, daß ich dich lieb habe und dir wünschen, daß du heute nacht gut träumst. Ich wünschte –*

»Die nächste links«, krächzte Elton.

Richards bog in eine geteerte Straße ein, die durch ein wirres Gestrüpp von Gerbersträuchen, Ulmen, Kiefern und Fichten führte, das noch nicht sehr hoch war. Er roch einen faulig nach Schwefel stinkenden Fluß, der mit Industrieabfällen angefüllt war. Kahle Zweige kratzten über das Autodach. Sie fuhren an einem Schild vorbei: SUPER-PINE-TREE-EINKAUFSZENTRUM – BAUSTELLE – BETRETEN VERBOTEN! – ELTERN HAFTEN FÜR IHRE KINDER!!

Sie kamen über eine Hügelkuppe, und da war es, das Super-Pine-Tree-Einkaufszentrum. Die Bauarbeiten sind bestimmt schon vor zwei Jahren eingestellt worden, dachte Richards, und auch da waren sie noch nicht sehr weit gewesen.

Die Baustelle war ein Chaos, ein von Ratten beherrschtes Gewirr von halb fertigen und halb schon wieder zerfallenen Läden und Geschäften, liegengelassenen Rohren, Brettern, Ziegelsteinen und eingestürzten Bauhütten, Geräteschuppen und Unkraut. Die Pflanzen hatten sich das Geländer zurückerorbert: struppige Wacholder- und Lorbeersträuche, Andelgras und Krüppelkiefern, Brombeere und Schwarzdorn, Teufelskraut und Goldrute. Es erstreckte sich über Meilen. Gähnende, ausgehöhlte Fundamente, so groß, als wären sie als Gräber für römische Götterstatuen gedacht, rostige Stahlgitter, die wie Skelette in die Luft ragten, mit Stahl vergitterte Zementmauern, die ein geheimes Kryptogramm in sich zu bergen schienen. Planierte und von Gras überwucherte Ebenen, die wahrscheinlich als Parkplätze gedacht gewesen waren.

Am Horizont begann eine Eule mit steifen, lautlosen Flügelschlägen ihre nächtliche Jagd.

»Helfen Sie mir ... in den ... Fahrersitz.«

»Sie sind nicht in der Verfassung, um zu fahren«, widersprach Richards und stieß an die Fahrertür, um sie zu öffnen.

»Es ist das mindeste ... was ich ... für Sie tun kann«, stöhnte Elton heiser, wobei er zwischendurch immer wieder Blut spuckte. »Ich werde sie ablenken ... fahren, so weit ich kann.«

»Nein.«

»Lassen Sie mich gehen!« schrie er Richards an. Sein dickes Babygesicht war nur noch eine groteske Maske. »Ich sterbe ... und Sie lassen mich besser al – al – al –, ah!« Er wurde von einem grauenhaften Hustenanfall geschüttelt, der wieder frisches Blut in seinen Schoß beförderte. Im Wagen roch es wie in einem Schlachthaus. »Helfen Sie mir«, flüsterte Elton. »Ich bin zu dick, um es allein zu schaffen. Mein Gott, so helfen Sie mir doch!«

Richards half ihm. Er hob und zog ihn zu sich herüber, und seine Hände spürten Eltons Wunden. Der Vordersitz war völlig durchnäßt. Und Elton (wer hätte gedacht, daß ein Mensch soviel Blut in sich hat?) hörte nicht auf zu bluten.

Endlich hatte er ihn hinter dem Lenkrad. Der Wagen hob sich wackelig in die Luft, wendete und zuckelte davon. Die

Bremslichter blinkten. Elton rammte ein paar Sträucher, bevor er die Straße fand und hinausfuhr.

Richards wartete darauf, das Krachen zu hören, wenn Elton gegen einen Baum raste, aber nichts derlei geschah. Nur das rhythmische *Humpa-humpa-humpa* der Luftzylinder, das immer leiser wurde, und das gleichmäßige Surren des kaputten Zylinders, der die anderen wohl in spätestens einer Stunde auch ausgebrannt haben würde. Und dann hörte er nur noch ein Flugzeug, das irgendwo hoch über ihm das Gebiet überflog. Zu spät fiel ihm ein, daß er die Krücken, die er zur Tarnung gekauft hatte, auf dem Rücksitz vergessen hatte.

Die Sterne blinkten verschwommen am Nachthimmel.

Er konnte seinen Atem sehen, der kleine gefrorene Kondensationswölkchen bildete. Heute nacht war es kälter.

Er stolperte von der Straße runter und hinkte in den Dschungel des Baugeländes.

...Minus 047 ... und der Countdown läuft...

In einem Kellerloch entdeckte er einen Haufen weggeworfenen Isoliermaterials und kletterte langsam hinunter, wobei er sich an den überhängenden Goldrutenzweigen festhielt. Er suchte sich einen Stock und stocherte damit in dem Haufen herum, um die Ratten zu vertreiben, doch es stieg nichts weiter als Fiberglasstaub auf, der ihn zum Niesen reizte. Er schrie auf, denn das Niesen schmerzte fürchterlich in der gebrochenen Nase. Keine Ratten. Die Ratten lebten alle in der Stadt. Er stieß ein heiseres, bitteres Lachen aus, das in dem großen, dunklen Raum hohl und geisterhaft klang.

Dann wickelte er sich in die Streifen des Isolationsmaterials, bis er aussah wie ein menschlicher Iglu – aber es war warm. Er lehnte sich an die Kellerwand und döste ein.

Als er aufwachte, hing eine schmale Mondsichel, nicht mehr als ein kleiner Streifen Licht, am östlichen Horizont. Er war immer noch allein. Keine Sirenen waren zu hören. Es mochte so gegen drei Uhr nachts sein.

Sein Arm tat weh, aber das Blut war inzwischen geronnen. Er zog ihn sanft aus dem Isoliermaterial und reinigte die Wunde sorgsam von den Glasfiberfusseln. Die Gewehrkugel hatte ihm ein ziemlich großes Stück Fleisch kurz über dem Ellbogen weggerissen. Er konnte von Glück sagen, daß sie ihm nicht den Knochen zertrümmert hatten. Dafür schmerzte sein Knöchel um so mehr. Der Fuß selbst war seltsam gefühllos, als gehöre er nicht mehr zu ihm. Er vermutete, daß der Knochen eigentlich genagelt werden müßte.

Mit diesen Gedanken schlief er wieder ein.

Als er endgültig erwachte, hatte er einen klaren Kopf. Der Mond stand hoch am Himmel, aber es gab noch keine Anzeichen der Morgendämmerung. *Er hatte etwas vergessen –*

Es war ein entsetzlicher Schock, als es ihm einfiel.

Er mußte bis zum Mittag zwei Kassetten aufgeben, wenn sie noch rechtzeitig in der Sechs-Uhr-dreißig-Sendung gezeigt werden sollten. Das bedeutete, daß er sein Versteck verlassen mußte, oder das Geld war flöten.

Aber Bradley war auf der Flucht, vielleicht schon gefaßt.

Und Elton Parrakis hatte keine Zeit gehabt, ihm die Cleveland-Adresse zu geben.

Und er hatte einen gebrochenen Knöchel.

Etwas Großes (ein Reh? Aber waren die im Osten nicht schon längst ausgerottet?) brach durch das Unterholz. Er zuckte vor Schreck zusammen. Die Isolationsstreifen glitten wie Schlangen von seinem Körper. Er versuchte, sie wieder um sich festzuzurren und schnaufte ungeduldig durch die verletzte Nase.

Da saß er also, ein Stadtbewohner auf einer verlassenen Baustelle, die wieder zu wilder Natur geworden war. Allein und verlassen. Und plötzlich wurde die Dunkelheit zu einem lebendigen Ungeheuer, bösartig und voll seltsamer Geräusche. Er hatte Angst.

Richards atmete tief durch den Mund ein und überdachte seine Möglichkeiten und deren Konsequenzen.

1. *Nichts tun:* Einfach sitzenbleiben und warten, bis die Lage sich wieder beruhigt hatte. Die Folge: Das Geld, das er sich Stunde um Stunde verdiente, würde ab heute abend sechs Uhr nicht mehr ausgezahlt werden. Er würde umsonst

sein Leben aufs Spiel setzen, und die Jagd auf ihn würde trotzdem weitergehen. Selbst wenn er die dreißig Tage schaffte, würde er dafür keinen Pfennig kriegen. Und er würde in jedem Fall eines Tages auf einer Bahre davongetragen werden.

2. *Die Kassetten nach Boston schicken.* Es konnte Bradley oder seiner Familie nicht mehr schaden, denn sie waren ja schon aufgeflogen. Die Folgen: (1) Die Bänder würden mit Sicherheit von den Jägern nach Harding weitergeschickt werden, die mittlerweile Bradleys Post überwachten. Aber sie würden ihn (2) auf diese Weise sofort in jeder Stadt aufstöbern, von der er sie ohne Zwischenadresse aufgab.

3. *Die Bänder direkt an die Spielekommission in Harding schikken. Die Folge: Die Jagd würde weitergehen, aber er würde vermutlich an jedem Ort erkannt werden, der groß genug war, um einen Briefkasten zu besitzen.*

Ziemlich miese Aussichten.

Ich danke Ihnen, Mrs. Parrakis. Vielen herzlichen Dank.

Er stand auf und schüttelte die restlichen Fetzen des Isoliermaterials aus seinen Kleidern. Dann nahm er die Kopfbinde ab und warf sie oben auf den Haufen. Nach kurzem Überlegen vergrub er sie unter dem Abfall.

Er machte sich auf die Suche nach einer Stütze (wobei er sich wieder der Ironie, die Krücken im Wagen vergessen zu haben, bewußt wurde), und als er ein Brett fand, das ihm ungefähr bis unter die Achsel reichte, warf er es auf den oberen Rand des Kellerlochs. Dann begann er seinen mühsamen Aufstieg, wobei die Goldrutenzweige wieder sehr nützlich waren.

Als er endlich zitternd und schwitzend oben stand, merkte er, daß er seine Hände sehen konnte. Das erste schwache Morgengrau hatte die Dunkelheit besiegt. Er sah sich noch einmal sehnsüchtig auf dem Gelände um und dachte, was für ein gutes Versteck das doch gewesen wäre.

Aber es ging nicht. Schließlich sollte er sich nicht verstekken, sondern fliehen. Das hielt die Einschaltquoten in der Höhe.

Bodennebel kroch wallend durch die kahlen Sträucher. Richards blieb einen Moment stehen, um sich zu orientieren, und humpelte dann zum Waldrand, der nördlich an das verfallene Baugelände stieß.

Unterwegs hielt er noch einmal an, um seinen Mantel über die Brettkante zu schlagen, dann verschwand er im Gebüsch.

...Minus 046 ... und der Countdown läuft...

Schon seit zwei Stunden war es heller Tag, und Richards war beinahe überzeugt davon, daß er die ganze Zeit im Kreis herumgelaufen war. Doch plötzlich drangen Autogeräusche durch das Unterholz.

Er schlich vorsichtig weiter, bis er, durch die Zweige spähend, eine zweispurige Schotterstraße entdeckte. Autos rauschten in regelmäßigem Abstand in beiden Richtungen vorbei. Ungefähr eine halbe Meile die Straße hinauf sah er eine Gruppe von Häusern, die entweder zu einer Tankstelle oder zu einem Kolonialwarenladen gehörte, vor dem zwei Zapfsäulen standen.

Er humpelte weiter durch das Gestrüpp und hielt sich dabei immer neben der Straße. Ab und zu stolperte er und fiel hin. Sein Gesicht und seine Hände waren von den dornigen Brombeerranken völlig zerkratzt, und seine Kleidung war über und über mit Kletten bedeckt. Er hatte es nach einer Weile aufgegeben, sie immer wieder abzuklauben. Kleine Bällchen von Wollgras flogen um seine Schultern; er sah aus, als hätte er gerade bei einer Kissenschlacht mitgemacht. Er war von Kopf bis Fuß durchnäßt; zweimal war es ihm gelungen, einen Bach zu überqueren, doch beim dritten Mal war die Behelfskrücke auf dem unebenen Bachgrund abgerutscht, und er war kopfüber ins Wasser gefallen. Die Kamera war natürlich unversehrt. Sie war sowohl wasserdicht als auch stoßsicher.

Allmählich wurde das Unterholz spärlicher. Richards kroch auf allen vieren vorwärts. Als er sich den Gebäuden so weit genähert hatte, daß er sie aus sicherer Entfernung deutlich sehen konnte, studierte er die Lage.

Er befand sich auf einem Hügel, einer Art Halbinsel in dem

dichten Buschgelände, durch das er gekommen war. Unter sich sah er die Straße und die Gruppe von ranchähnlichen Häusern. Die Tankstelle war tatsächlich so einer von der alten Kolonialwarenläden mit ein paar Zapfsäulen davor. Ein Wagen wurde gerade aufgefüllt. Der Fahrer, ein junger Mann in einer Wildlederjacke, unterhielt sich mit dem Tankwart. Neben dem Ladeneingang, hinter einer Reihe von Kaugummi- und einem Zigarettenautomaten, hing ein hübscher, blau-roter Briefkasten. Er war weniger als zweihundert Meter von ihm entfernt. Während er ihn betrachtete, dachte er bitter, daß er die Bänder vermutlich unbemerkt hätte einwerfen können, wenn er vor Tagesanbruch hier gewesen wäre.

Nichts zu machen.

Es war wie verhext.

Er zog sich wieder ins Unterholz zurück, so daß er die Kamera aufstellen und seine Aufnahmen machen konnte, ohne dabei gesehen zu werden.

»Hallo, ihr tollen Leute da draußen im Free-Vee-Land«, begann er. »Hier ist wieder euer lieber Freund Ben Richards auf seiner jährlichen Wanderung durch die unberührte Natur. Wenn ihr genau hinseht, könnt ihr vielleicht ein paar Rotkehlchen hinter mir entdecken oder einen gesprenkelten Kuckuck. Vielleicht sogar einen gelbbäuchigen Buchfinken oder auch zwei.« Er schwieg einen Augenblick. »Diesen Teil lassen sie vielleicht durchgehen, aber nicht den Rest. Wenn Sie taub sind und von den Lippen ablesen können, merken Sie sich, was ich jetzt sage. Sagen Sie es einem Freund weiter oder Ihren Nachbarn. Verbreiten Sie die Nachricht. Die Fernsehanstalt verpestet die Luft, die Sie alle atmen, und enthält Ihnen billige Schutzfilter vor, weil...«

Er nahm zwei Kassetten auf und steckte sie in seine Hosentasche. So weit, so gut. Und was nun? Die einzige Möglichkeit war wohl, mit vorgehaltener Pistole hinunterzugehen, die Bänder einzuwerfen und abzuhauen. Vielleicht einen Wagen zu klauen. Es war ja nicht so, daß sie nicht sehr bald herausfinden würden, wo er sich aufhielt.

Beiläufig fragte er sich, wie weit Parrakis wohl gekommen war, bevor sie ihn geschnappt hatten. Er hatte die Pistole gerade aus der Tasche gezogen, als er eine Stimme hörte, so nah und deutlich, als spräche sie in sein linkes Ohr: »Na los, Rolf!«

Er zuckte zusammen, als er lautes Hundegebell hörte, und hatte gerade noch soviel Zeit zu denken: *Polizeihunde! Himmel, sie hetzen Polizeihunde auf mich!* bevor etwas Großes, Dunkles aus dem Gebüsch hervorbrach und ihm an die Brust sprang.

Richards fiel auf den Rücken, und seine Pistole flog in die Büsche. Der Hund stand mit den Vorderpfoten auf seiner Brust, ein großer, allerdings nicht reinrassiger Schäferhund. Er leckte ihm übers Gesicht und spielte mit seinem Hemdkragen. Sein Schwanz wedelte freudig hin und her wie eine Signalflagge.

»Rolf! He, Rolf! Ro – oh, mein Gott!« Richards konnte ein Paar rennende Beine in Jeans sehen und dann einen Jungen, der den Hund am Halsband faßte und von ihm wegzog. »Jesus, tut mit leid, Mister. Himmel, aber der beißt nicht. Er ist viel zu dumm, um zu beißen. Er ist ein ganz freundlicher Hund, kein... Gott, Sie sehen aber zerzaust aus. Haben Sie sich verlaufen?«

Der Junge hielt Rolf am Halsband fest und musterte Richards mit offenem, interessierten Blick. Er war vielleicht elf Jahre alt, kräftig gebaut und hatte ein schönes Gesicht, das keineswegs so blaß und fleckig war wie das der Stadtkinder. In seinen Zügen lag etwas Fremdartiges und doch Vertrautes. Es dauerte einen Augenblick, bis Richards erkannte, was es war, Unschuld.

»Ja«, antwortete er trocken. »Ich habe mich verlaufen.«

»Donnerwetter, Sie müssen ein paarmal ganz schön gestolpert sein.«

»Das stimmt, mein Junge. Könntest du dir mal mein Gesicht etwas genauer ansehen, ob es sehr zerkratzt ist? Ich selbst kann es ja nicht.«

Der Junge beugte sich gehorsam über ihn und untersuchte sein Gesicht sorgfältig. Er schien Richards nicht zu erkennen, was diesen sehr beruhigte.

»Es ist ganz schön mitgenommen«, sagte er (er hatte einen leichten New-England-Akzent; nicht direkt von der Ostküste, aber doch irgendwie typisch: federnd und leicht herablassend). »Aber Sie werden's überleben.« Er runzelte die Augenbrauen. »Sind Sie aus Thomastown ausgebrochen? Ich weiß, daß Sie nicht aus Pineland kommen. Sie sehen nicht aus wie einer von denen, die hiergeblieben sind.«

»Ich bin nirgendwo ausgebrochen«, antwortete Richards, wobei er sich allerdings selbst nicht darüber klar war, ob dies eine Lüge oder die Wahrheit war. »Ich bin getrampt. Eine schlechte Angewohnheit, mein Freund. Du würdest das nie tun, oder?«

»Niemals«, sagte der Junge ernst. »Heutzutage fahren viele Verrückte auf der Straße. Das sagt wenigstens mein Vater.«

»Er hat vollkommen recht«, bestätigte Richards. »Aber weißt du, ich muß dringend zu dem... eh...« Er schnippte mit den Fingern und tat so, als wäre ihm der Name entfallen, »du weißt schon, zum Flughafen.«

»Ah, Sie meinen Voigt Field.«

»Ja, genau.«

»Jesus, das ist aber über hundert Meilen von hier, Mister. In Derry.«

»Ich weiß«, sagte Richards bedauernd und streichelte Rolfs Fell. Der Hund rollte sich sofort auf die Seite und spielte toter Mann. Richards unterdrückte ein düsteres Schmunzeln. »Ich bin an der Grenze von New Hampshire von drei Typen mitgenommen worden. Das waren echte Scheißkerle. Haben mich zusammengeschlagen, mir das Portemonnaie geklaut und mich dann einfach aus dem Auto geschmissen. Es war irgendwo da hinten bei einem verlassenen Einkaufszentrum...«

»Ja, das kenne ich. Jesus, Mister, wollen Sie nicht mit nach Hause kommen und erst mal frühstücken?«

»Das wäre ganz toll, Kamerad, aber ich hab' leider keine Zeit. Ich muß noch heute abend bei diesem Flughafen sein.«

»Wollen Sie etwa noch mal trampen?« fragte der Junge mit großen Augen.

»Ich muß.« Richards erhob sich mühsam, ließ sich dann aber wieder auf den Hintern fallen, als sei ihm gerade etwas Großartiges eingefallen. »Hör mal, kannst du mir einen Gefallen tun?«

»Ich glaube schon«, antwortete der Junge vorsichtig.

Richards zog die beiden Kassetten aus seiner Hosentasche. »Dies sind Kundenkreditkarten meiner Bank«, erklärte er leichthin. »Wenn du sie für mich in den Briefkasten werfen würdest, könnte meine Bank mir das Geld bis heute abend nach Derry schicken. Dann kann ich wieder normal reisen.«

»Ohne Adresse?«

»Sie gehen direkt an meine Bank.«

»Klar, natürlich. Gleich da unten ist ein Briefkasten, bei Jarrolds Laden.« Er stand auf. In seiner Unerfahrenheit wollte er Richards nicht zeigen, daß er ihm nicht glaubte. »Komm, Rolf.«

Richards ließ den Jungen fünfzehn Schritte weit gehen und rief ihn dann noch einmal zurück. »He, komm noch mal her.«

Der Junge drehte sich um und kam mit schleppenden Schritten auf Richards zu. Na klar, die Löcher in seiner Geschichte waren so groß, daß ein Lastwagen hindurchfahren konnte.

»Ich glaube, ich muß dir wohl die ganze Geschichte erzählen«, sagte Richards. »Das meiste, was ich dir gesagt habe, ist wahr, Kamerad. Siehst du, ich wollte nicht das Risiko eingehen, daß du zuviel herumerzählen könntest.«

Die Oktobersonne schien warm auf seinen Nacken und Rücken. Am liebsten hätte er sich ausgestreckt und wäre den ganzen Tag in der Wärme liegengeblieben, um sich mal richtig auszuschlafen. Er zog die Pistole aus dem Gebüsch und ließ sie vor sich ins Gras fallen. Der Junge riß die Augen auf.

»Ich bin von der Regierung«, erklärte Richards mit ruhiger Stimme.

»Jesus!« flüsterte der Junge. Rolf saß abwartend mit hechelnder Zunge neben ihm.

»Ich bin hinter ein paar Gewaltverbrechern her, mein Junge. Du siehst ja selbst, wie sie mich zugerichtet haben. Diese Umschläge, die du da in der Hand hältst, müssen *unbedingt* durchkommen.«

»Ich werde sie abschicken«, versprach der Junge atemlos. »Ich will es vorher nur meinem Vater erzählen.«

»Du wirst es niemandem erzählen!« befahl Richards. »Jedenfalls nicht innerhalb der nächsten vierundzwanzig Stunden. Sie könnten Vergeltungsmaßnahmen ergreifen«, fügte er geheimnisvoll hinzu. »Also. Bis morgen vormittag um dieselbe Zeit hast du mich nicht gesehen, verstanden?«

»Ja, natürlich!«

»Dann mal los. Und vielen Dank, Junge.« Er streckte seine Hand aus, und der Junge schüttelte sie ehrfurchtsvoll.

Richards beobachtete, wie die beiden den Hügel hinunter trotteten. Ein schönes Bild, der Junge in seinem rotkarierten Hemd und der Hund, der fröhlich neben ihm durch das Unterholz jagte. *Mein Gott, warum kann Cathy nie so etwas Schönes erleben?*

Sein Gesicht verzog sich in unkontrollierbarem Haß und Zorn, und er hätte Gott selbst in dem Augenblick verflucht, wenn er nicht eine bessere Adresse gehabt hätte, jemanden, der wie ein Schatten eines bösen Gottes über allem schwebte: die Spielekommission. Und darüber ein noch dunklerer Gott: die Fernsehanstalt.

Er blieb sitzen, bis er gesehen hatte, daß der Junge die beiden Kassetten in den Briefkasten geworfen hatte. Aus dieser Entfernung wirkte er ganz winzig.

Dann stand er ungeschickt auf, klemmte die Krücke unter seine Achsel und stolperte weiter durchs Gebüsch, immer entlang der Straße.

Zum Flughafen also. Und vielleicht würde noch jemand für ihn bezahlen, bevor das alles vorbei war.

...Minus 045 ... und der Countdown läuft...

Er hatte eine Meile weiter hinten eine Kreuzung gesehen und verließ den Wald an dieser Stelle. Ungeschickt rutschte er den kleinen Schotterabhang zwischen Waldrand und Straße hinunter.

Er setzte sich an den Straßenrand und ließ sich von der Sonne bescheinen. Er machte ganz den Eindruck eines Mannes, der das Trampen langsam satt hatte, da ja sowieso niemand anhielt, und statt dessen die Herbstsonne genoß. Die beiden ersten Wagen ließ er vorbeifahren. Es saßen jeweils zwei Männer drin, und er rechnete sich bei diesem Zahlenverhältnis keine sehr großen Chancen aus.

Doch als der dritte Wagen sich dem Stoppschild näherte, stand er auf. Er hatte wieder das quälende Gefühl, auf allen Seiten eingeschlossen zu sein. Die ganze Gegend war für ihn zu unsicher, egal, wie weit Parrakis gekommen war. Der nächste Wagen könnte eine Polizeistreife sein, und das wäre das Ende.

Eine Frau saß in dem Auto, und sie war allein. Sie vermied es, ihn anzusehen; Tramper waren unangenehme Zeitgenossen, und es war besser, man ignorierte sie. Er riß die Beifahrertür auf und es zog ihn in den Wagen hinein, als dieser abrupt anfuhr. Der plötzliche Schub warf ihn auf die Seite, und er konnte sich gerade noch mit einer Hand am Türgriff festhalten. Sein gesunder Fuß schleifte auf der Straße.

Dann folgte der nächste Ruck, als sie kräftig auf die Bremse trat. Das Pneumoauto schlingerte heftig in der Luft.

»Wer... was... Sie können doch nicht...«

Richards hielt ihr seine Pistole vor die Nase. Er war sich darüber im klaren, daß er aus der Nähe grotesk aussehen mußte – wie ein Mann, den man gerade durch den Fleischwolf gedreht hatte. Um so besser, dieses wilde Aussehen würde ihm helfen. Er zog seinen Fuß herein und schloß die Tür, wobei die Pistole keinen Zentimeter von der Stelle wich. Die Frau war für einen Einkaufsbummel angezogen und trug eine Sonnenbrille mit einem blauen Gestell. Soweit er das beurteilen konnte, sah sie ganz gut aus.

»Fahren Sie weiter«, befahl er.

Sie tat genau das, was vorherzusehen war. Sie trat mit beiden Füßen auf die Bremse und schrie. Richards wurde nach vorn geschleudert. Sein gebrochener Knöchel knirschte scheußlich. Das Pneumoauto schlitterte auf den Randstreifen und blieb circa fünfzig Meter hinter der Kreuzung stehen.

»Sie sind dieser... dieser... R–R–R–«

»Ben Richards. Nehmen Sie die Hände vom Steuer und legen Sie sie in den Schoß.«

Sie gehorchte widerstrebend und vermied es beharrlich, ihn anzusehen. Vermutlich aus Angst zu versteinern, dachte Richards.

»Wie heißen Sie, Madam?«

»A-Amelia Williams. Erschießen Sie mich nicht. Lassen Sie mich leben. Ich ... ich ... Sie können mein ganzes Geld haben, aber, *um Gottes Willen, töten Sie mich niiiiiii ...*«

»Schhhh«, versuchte Richards, sie zu beruhigen. »Schhhh, schhhh.« Als sie zu kreischen aufhörte, sagte er: »Ich werde nicht versuchen, Ihre Meinung über mich zu ändern, Mrs. Williams. Sie sind eine Mrs., nicht wahr?«

»Ja«, antwortete sie wie ein Automat.

»Und ich habe nicht die Absicht, Ihnen etwas anzutun. Haben Sie das verstanden?«

»Ja.« Auf einmal wurde sie sehr gesprächig. »Sie wollen den Wagen. Man hat Ihren Freund gefaßt, und jetzt brauchen Sie ein Auto. Sie können es haben ... es ist versichert ... ich würde Sie nicht einmal verraten. Ich schwöre es. Ich werde einfach sagen, daß man es mir auf dem Parkplatz gestohlen hat, und ...«

»Darüber sprechen wir später«, unterbrach Richards sie. »Fahren Sie jetzt. Fahren Sie die Route 1 hinauf, und dann sehen wir weiter. Haben Sie Straßensperren bemerkt?«

»N-ja. Hunderte. Sie werden Sie bald fangen.«

»Lügen Sie nicht, Mrs. Williams. Das hat gar keinen Sinn.«

Sie fuhr weiter, zuerst zitternd, aber mit der Zeit immer sicherer. Das Fahren schien sie zu beruhigen. Richards fragte sie noch einmal nach den Straßensperren.

»Bei Lewistown«, antwortete sie mit unglücklicher und ängstlicher Miene.

»Wie weit ist das von hier?«

»Dreißig Meilen, vielleicht auch mehr.«

Parrakis war weiter gekommen, als Richards es sich hätte träumen lassen.

»Werden Sie mich vergewaltigen?« fragte Amelia Williams unvermittelt, und Richards hätte beinahe lauthals gelacht.

»Nein«, antwortete er und fügte nüchtern hinzu: »Ich bin verheiratet.«

»Ja, ich habe sie gesehen«, bemerkte sie mit einem süffisant-zweideutigen Unterton, und Richards hatte große Lust, ihr ins Gesicht zu schlagen. *Du sollst deinen eigenen Abfall fres-*

sen, du Nutte. Töte erst mal eine Ratte. Töte du mal mit deinem Kehrbesen eine Ratte, die aus deinem Brotkasten huscht, und wir werden ja sehen, wie du dann über meine Frau reden wirst.

»Darf ich hier aussteigen?« fragte sie flehend, und er empfand so etwas wie Mitleid.

»Nein«, sagte er bestimmt. »Sie sind meine Geisel, Mrs. Williams. Ich muß nach Voigt Fields, einem Flughafen, der in Derry liegt, und Sie werden dafür sorgen, daß ich dort hinkomme.«

»Aber das sind über hundertfünfzig Meilen!« jammerte sie.

»Mir hat man gesagt, es wären nur hundert.«

»Das stimmt nicht. Sie werden niemals so weit kommen.«

»Es könnte klappen«, sagte er und sah ihr offen ins Gesicht. »Und Sie werden es auch schaffen, wenn Sie sich richtig verhalten.«

Sie fing wieder an zu zittern, sagte aber nichts. Sie wirkte wie eine Frau, die darauf wartet, aus einem Alptraum aufzuwachen.

...Minus 044 ... und der Countdown läuft...

Sie fuhren durch die Herbstlandschaft nach Norden. Das Herbstlaub glühte in der Sonne wie brennende Fackeln.

Hier waren die Bäume noch nicht von der Luftverschmutzung abgetötet wie in Portland, Manchester und Boston. Die Blätter leuchteten in allen Farbschattierungen: gelb, rot und strahlendes Purpur. Sie weckten in Richards eine schmerzliche Melancholie. Es war eine Empfindung, die er an sich nicht kannte und die er vor zwei Wochen noch für unmöglich gehalten hätte. In einem Monat würde die ganze Landschaft unter einer Schneedecke liegen.

Alles endete im Herbst.

Sie schien seine Stimmung zu spüren und schwieg. Das Motorengeräusch betonte die Stille und lullte sie ein. Bei Yarmouth überquerten sie einen Fluß; danach führte die Straße endlos durch den Wald. Unterwegs entdeckte er bloß ein paar Wohnwagen und Arme-Leute-Hütten, bei denen das Klo noch außen angebaut war. (Trotzdem konnte man bei jeder Klitsche die Free-Vee-Antenne sehen, entweder auf durchhängenden Fensterbänken, von denen die Farbe abgeblättert war, oder neben verrotteten Haustüren, wo sie in der Sonne blinkten.) Dann kamen sie nach Freeport.

Kurz vor der Stadt parkten drei Polizeiwagen am Straßenrand. Die Bullen hielten so etwas wie eine Straßenkonferenz ab. Die Frau versteifte sich wie eine Puppe und wurde blaß wie eine Wand. Richards blieb völlig ruhig.

Sie fuhren vorbei, ohne Aufsehen zu erregen, und die Frau sank in sich zusammen.

»Wenn sie tatsächlich den Verkehr kontrollieren würden, wären sie jetzt wie der Blitz hinter uns her«, brummte Richards. »Warum schreiben Sie sich nicht mit Leuchtfarbe BEN RICHARDS IST IN DIESEM AUTO auf die Stirn?«

»Warum lassen Sie mich nicht frei?« schrie sie auf, und im gleichen Atemzug: »Haben Sie einen Joint?«

Reiche Leute rauchen Dope. Bei dem Gedanken lachte er bitter und schüttelte den Kopf.

»Sie lachen mich aus?« fragte sie beleidigt. »Mann, Sie haben wirklich Nerven, Sie kleiner, fieser Mörder! Sie erschrekken mich halb zu Tode und haben wahrscheinlich vor, mich zu töten, genauso wie sie die armen Männer in Boston umgebracht haben...«

»Das waren keine armen Männern, sondern ausgewachsene Killer«, berichtigte Richards. »Sie wollten mich umbringen. Das ist ihr Job.«

»Töten für Geld. Sie würden doch alles für Geld tun. Sie wollen das Land in Aufruhr versetzen. Wissen Sie, warum Sie keine anständige Arbeit haben? Weil Sie zu faul dazu sind! Leute wie Sie spucken doch nur auf alles, was anständig ist.«

»Sind Sie denn anständig?« wollte Richards wissen.

»Ja!« rief sie heftig. »Das ist ja der Grund, warum Sie mich ausgesucht haben. Weil ich hilflos bin... und anständig. Damit Sie mich ausnutzen können, damit Sie mich in den Dreck ziehen und auslachen können, wenn ich genauso tief unten bin wie Sie.«

»Wenn Sie wirklich so anständig sind, wie kommt es denn, daß Sie sich einen Sechstausend-Dollar-Wagen leisten können, während meine kleine Tochter an einer Lungenentzündung sterben muß?«

»Was...« Sie sah ihn verblüfft an. Ihr Mund öffnete sich, um etwas zu entgegnen, aber dann klappte er wieder zu. »Sie sind ein Feind der Fernsehanstalt«, sagte sie nach einer Weile. »Das habe ich im Free-Vee gehört. Ich hab' ein paar von den häßlichen Dingen gesehen, die Sie getan haben.«

»Wollen Sie wissen, was häßlich ist?« fragte Richards und zündete sich eine Zigarette aus der Packung auf dem Armaturenbrett an. »Ich werd's Ihnen sagen. Es ist häßlich, wenn man auf die schwarze Liste gesetzt wird, nur weil man seine Arbeit bei General Atomics gekündigt hat, um nicht steril zu werden. Es ist häßlich, zu Hause rumsitzen und zusehen müssen, wie die eigene Frau mit Prostitution das Geld für die Familie verdient. Es ist häßlich zu wissen, daß die Fernsehanstalt Millionen Menschen tötet, indem sie die Luft verpestet und sich weigert, Nasenfilter zu produzieren, die nur sechs Dollar das Stück kosten würden.«

»Das ist eine Lüge«, rief sie. Die Knöchel ihrer Hand traten weiß hervor.

»Wenn das hier vorbei ist, können Sie wieder nach Haus«, erklärte er. »Dann können Sie sich in Ihr nettes Wohnzimmer setzen, einen Joint anzünden, sich die Birne vollknallen und sich darüber freuen, wie hübsch Ihr geputztes Silber in Ihrer Vitrine glänzt. Keine Nachbarsfrauen, die die Ratten mit dem Besen aus der Küche jagen müssen, keine Kinder, die neben die Toilette scheißen, weil die ständig verstopft ist. Ich hab' ein fünfjähriges Mädchen kennengelernt, das an Lungenkrebs stirbt. Na, ist das häßlich oder nicht? Was glau...«

»Hören Sie auf!« schrie sie. *»Sie reden unanständig!«*

»Das ist richtig«, sagte er und blickte aus dem Fenster auf die vorbeifliegende Landschaft. Hoffnungslosigkeit überkam ihn. Es gab keine Verständigungsmöglichkeit mit den herrlichen Auserwählten. Sie lebten ganz oben, wo die Luft fast zu dünn zum Atmen war. Plötzlich verspürte er den Drang, die Frau aus dem Wagen zu stoßen, ihr die Sonnenbrille aus dem Gesicht zu schlagen, so daß sie auf dem Asphalt zersplitterte, sie am Straßenrand durch den Dreck zu schleifen, sie zu vergewaltigen, sie den Staub schmecken zu lassen, auf ihr rumzutrampeln, ihr die Zähne auszuschlagen, sie nackt auszuziehen und dann zu fragen, ob sie langsam eine Vorstellung von dem Bild bekäme, das die Fernsehanstalten dieser Welt tagtäglich präsentierten, vierundzwanzig Stunden lang und ohne Nationalhymne am Anfang und Ende des Programms.

»Das ist richtig«, wiederholte er trocken. »Was bin ich doch für ein unanständiger Mensch.«

...Minus 043 ... und der Countdown läuft...

Sie kamen weiter, als sie nach Richards Ansicht hätten kommen dürfen. Sie erreichten eine hübsche kleine Stadt am Meer namens Camden. Sie war über hundert Meilen von dem Punkt entfernt, an dem Richards Amelia Williams angehalten hatte.

»Hören Sie«, hatte er ernst zu ihr gesagt, als sie in die Hauptstadt des Staates, Augusta, fuhren. »Es besteht die Möglichkeit, daß sie uns hier schnappen. Ich habe kein Interesse daran, Sie zu töten, kapiert?«

»Ja«, hatte sie mit haßerfüllter Stimme geantwortet. »Sie brauchen mich als Geisel.«

»Richtig. Wenn also ein Polizeiwagen hinter uns aufkreuzt, fahren Sie an den Straßenrand und halten. Sofort. Sie werden die Tür aufmachen und sich hinauslehnen. Aber nur hinauslehnen, ihr Hintern wird sich nicht vom Sitz lüften, verstanden?«

»Ja.«

»Dann rufen Sie laut: Ben Richards hält mich als Geisel fest. Wenn Sie uns nicht durchfahren lassen, wird er mich umbringen.«

»Und Sie glauben, *das* funktioniert?«

»Das sollte es besser«, antwortete er spöttisch. »Schließlich geht es um Ihren Hintern.«

Sie biß sich auf die Lippe und schwieg.

»Ich glaube schon, daß es klappen wird. Es werden sofort einige Leute mit Kameras da sein, um sich etwas Geld bei den Fernsehanstalten zu verdienen, vielleicht sogar den großen Preis zu gewinnen. Bei einer solchen Publicity können sie es sich nicht leisten, uns abzuschlachten. Tut mir leid, daß Sie keine Gelegenheit haben werden, uns beide im Kugelhagel sterben zu sehen und sich darüber zu freuen, wie das Free-Vee Sie, die heilige Amelia, Ben Richards letztes Opfer, nennen wird.«

»Warum reden Sie immer so?«

Er antwortete nicht, sondern rutschte so weit in den Sitz hinunter, daß er gerade noch über das Armaturenbrett sehen konnte, und wartete darauf, daß er das erste Blaulicht im Rückspiegel entdeckte. Aber es waren keine Blaulichter in Augusta zu sehen. Sie fuhren gut anderthalb Stunden weiter immer die Küsten entlang. Die Sonne neigte sich langsam gen Westen und malte kleine Blitze und Lichtflecken auf dem Wasser. Die Straße führte durch Felder und Wiesen, über Brücken und durch dichte Tannenwälder.

Es war ein paar Minuten nach zwei, als sie kurz vor der Stadtgrenze von Camden um eine Kurve kamen und plötzlich eine Straßensperre vor sich sahen. Zwei Polizeiwagen standen links und rechts am Straßenrand. Die beiden Polizisten hatten gerade einen Farmer in einem Unimog abgefertigt und winkten ihn durch.

»Fahren Sie noch zweihundert Meter weiter und halten Sie dann«, sagte Richards ruhig. »Machen Sie es genauso, wie ich es Ihnen gesagt habe.«

Sie war bleich geworden, hatte sich aber offenbar unter Kontrolle. Vielleicht hatte sie resigniert. Sanft trat sie auf die Bremse, und das Pneumoauto blieb gut fünfzig Meter vor den Polizisten stehen. Mitten auf der Straße.

Der Beamte mit einem Schreibblock in der Hand winkte sie mit einer herrischen Geste weiter. Als sie nicht weiterfuhr, sah er seinen Kollegen stirnrunzelnd an. Ein dritter Polizist, der mit den Füßen auf dem Armaturenbrett in einem der Wagen saß, griff zu seinem Mikrophon und sprach schnell hinein.

Jetzt geht's los, dachte Richards. *O mein Gott, jetzt geht's los.*

...Minus 042 ... und der Countdown läuft...

Der Tag war sonnig und hell (der Dauerregen von Harding schien Lichtjahre entfernt), und Richards sah alle Konturen scharf und deutlich. Die Schatten der Polizisten wirkten wie mit schwarzer Kreide auf die Straße gemalt. Sie knöpften ihre Pistolenhalfter auf.

Mrs. Williams öffnete die Tür und beugte sich hinaus. »Bitte nicht schießen!« rief sie, und Richards fiel jetzt erst auf, wie kultiviert ihre Stimme klang.

Abgesehen von den weißen Fingerknöcheln auf dem Lenkrad und dem aufgeregt hüpfenden Kehlkopf hätte sie eine elegante Lady in ihrem Salon sein können. Durch die offene Tür roch er den frischen, belebenden Duft der Fichten und des Timotheygrases.

»Kommen Sie mit den Händen über dem Kopf aus dem Wagen«, rief der Beamte mit dem Schreibblock. Er klang wie ein programmierter Roboter. General Atomics, Modell 6925-A9, dachte Richards. Der Hicksville-Polizist. 16-psm-Iridiumbatterien, im Preis inbegriffen. Nur in weißer Ausführung lieferbar. »Kommen Sie heraus, Sie und Ihr Beifahrer, Madam. Wir können ihn sehen.«

»Ich bin Amelia Williams«, sagte sie laut und deutlich. »Ich kann Ihren Anweisungen nicht folgen. Ben Richards hält mich als Geisel fest. Wenn Sie ihn nicht durchlassen, wird er mich töten.«

Die beiden Bullen sahen sich an, und zwischen ihnen lief etwas kaum Spürbares ab. Doch Richards Nerven waren so angespannt, daß er einen siebenten Sinn zu haben schien. Er spürte es.

»Fahren Sie los!« brüllte er.

Sie starrte ihn verblüfft an. »Aber sie werden doch nicht...«

Der Schreibblock fiel auf die Straße. Die beiden Bullen knieten sich hin und zogen die Pistolen heraus. Mit den linken Händen stützten sie ihre rechten Handgelenke ab und zielten. Einer auf jeder Seite des durchgehenden weißen Mittelstreifens.

Die Blätter des Schreibblocks flatterten im Wind.

Richards stellte seinen kaputten Fuß auf Amelia Williams rechten Schuh und zog eine fürchterliche Grimasse, als der Schmerz des gebrochenen Knöchels ihm durchs Bein fuhr. Der Wagen schnellte in die Luft.

Im nächsten Augenblick knallten zwei Kugeln mit einem hohen Geräusch durchs Autoblech. Der Wagen schlingerte.

Eine Sekunde später zersplitterte die Windschutzscheibe und übersäte sie mit Glassplittern. Sie schlug beide Hände vors Gesicht, um sich zu schützen, und Richards drängte sie heftig zur Seite, um das Steuer herumzureißen.

Sie rasten durch die Lücke zwischen den beiden Polizeiwagen, und Richards sah aus den Augenwinkeln, wie die Bullen sich umdrehten, um erneut zu zielen. Dann konzentrierte er sich auf die Straße.

Sie rasten einen kleinen Hügel hinauf und hörten erneut ein Krachen, als eine Kugel den Lufttank traf. Der Wagen brach hinten aus, und Richards versuchte, ihn abzufangen, indem er das Steuer kurz hin und herdrehte. Dumpf wurde ihm bewußt, daß Amelia Williams schrie.

»Lenken Sie!« brüllte er sie an. «Verdammt noch mal, nehmen Sie endlich das Steuer! Na los!«

Ihre Hände griffen automatisch nach dem Steuer und hielten es fest. Er ließ sich zurückfallen und erwischte dabei mit einem Arm ihre Sonnenbrille. Sie hing noch einen Augenblick an ihrem Ohr fest und fiel dann herunter.

»Halten Sie an!«

»Sie haben auf uns geschossen!« kreischte sie. »Sie haben auf uns geschossen. *Sie haben* . . .«

»Halten Sie an!«

Sirenengeheul wurde hinter ihnen laut.

Sie fuhr ungeschickt auf den Randstreifen, so daß der Wagen sich halb um sich selbst drehte und den Schotter in die Luft jagte.

»Ich hab' es ihnen gesagt, und sie haben trotzdem auf uns geschossen«, sagte sie verwundert. »Sie haben versucht, uns zu töten.«

Aber er war schon aus dem Wagen gesprungen und

humpelte mit vorgehaltener Pistole auf die Straße. Er stolperte und fiel hin, wobei er sich beide Knie aufschürfte.

Als der erste Straßenkreuzer über die Hügelkuppe schoß, kniete er am Straßenrand, die Pistole in Schulterhöhe krampfhaft umklammert. Der Wagen fuhr jetzt gut hundert und beschleunigte immer noch. Hinter dem Steuer saß ein Provinzcowboy, der auf seine Pferdestärken sehr stolz zu sein schien. In seinen Augen glänzte die Vorfreude auf den kommenden Ruhm. Konnte sein, daß er ihn gesehen hatte und anhalten wollte, aber es war zu spät. Die Reifen des Wagens waren nicht kugelsicher. Der vordere, der Richards am nächsten war, explodierte, als wäre er mit Dynamit gefüllt gewesen. Der Wagen segelte über die Straße wie ein schwerfälliger Schwan und raste dann den Abhang hinunter. Unten krachte er gegen den Stamm einer riesigen Ulme. Die Fahrertür sprang auf. Der Fahrer selbst flog durch die Windschutzscheibe und gut drei Meter durch die Luft, bevor er im Gebüsch landete.

Der zweite Wagen raste genauso schnell heran, und Richards mußte viermal schießen, bevor er einen Reifen traf. Sand und Steine wurden in seine Richtung geschleudert. Der Wagen schlitterte über den gegenüberliegenden Straßenrand und überschlug sich dreimal, wobei er Glassplitter und Metallteilchen in die Luft spritzte.

Richards rappelte sich auf und sah, daß sein Hemd sich über dem Hosengürtel zu verfärben begann. Er humpelte zum Wagen zurück und ließ sich aufs Gesicht fallen, als der zweite Straßenkreuzer explodierte.

Um ihn herum flogen die Einzelteile wie Schrapnells durch die Gegend.

Er richtete sich keuchend auf und stöhnte leise. Ein leicht pulsierender Schmerz breitete sich langsam in seiner Hüfte aus.

Sie hätte fliehen können, aber sie hatte keine Anstalten dazu gemacht. Gebannt starrte sie auf den brennenden Polizeiwagen. Als Richards einstieg, zuckte sie vor ihm zurück.

»Sie haben sie umgebracht. Sie haben all diese Männer umgebracht.«

»Sie haben versucht, mich umzubringen! Und Sie auch! Fahren Sie los, schnell!«

»SIE HABEN NICHT VERSUCHT, MICH UMZUBRINGEN!«

»Fahren Sie!«

Sie fuhr los.

Die Maske der wohlhabenden, unschuldigen Hausfrau, die gerade vom Einkaufen zurückkehrte, war zerbröckelt. Darunter kam etwas aus der Zeit der Höhlenmenschen zum Vorschein, etwas, das sich in rollenden Augen und zitternden Lippen ausdrückte. Vielleicht war das schon immer in ihr gewesen.

Sie fuhren ungefähr fünf Kilometer weit und trafen auf einen kleinen Laden mit einer Lufttankstation.

»Fahren Sie da hinein!« befahl Richards.

...Minus 041 ... und der Countdown läuft...

»Steigen Sie aus!«

»Nein!«

Er stieß ihr die Pistole unter die rechte Brust, und sie fing an zu weinen. »Bitte nicht.«

»Tut mir leid, aber jetzt ist nicht der richtige Zeitpunkt, um Primadonna zu spielen. Steigen Sie aus.«

Sie stieg aus, und er schlüpfte hinter ihr aus dem Wagen.

»Ich muß mich auf Sie stützen.«

Er legte ihr einen Arm um die Schultern und deutete mit der Pistole auf die Telefonzelle neben dem Speiseeisautomaten. Langsam schlurften sie auf die Telefonzelle zu, ein groteskes Zweimannteam in einer Clownnummer. Richards humpelte auf seinem gesunden Fuß. Er war entsetzlich müde. In seinem Kopf rollten immer wieder die Bilder der Ereignisse ab: der explodierende Wagen, der wie ein Torpedo durch die Luft jagende Körper, das gegen die Ulme krachende Auto. Wieder und wieder, wie ein nicht enden wollender Film.

Der Ladenbesitzer, ein alter weißhaariger Mann auf dünnen, krummen Beinen, die er hinter einer schmutzigen

Schlachterschürze versteckte, kam aus dem Haus und beobachtete sie besorgt.

»Guten Tag«, sagte er leise, »ich möchte, daß Sie wieder gehen. Ich habe eine Familie. Fahren Sie doch bitte weiter, ich möchte hier keine Schwierigkeiten haben.«

»Geh wieder rein, Alter«, sagte Richards, und der Mann drehte sich um.

Richards schlüpfte in die Telefonzelle und fischte fünfzig Cents aus der Hosentasche. Er atmete schwer durch den Mund, als er das Geld in den Schlitz warf. Den Hörer und die Pistole in einer Hand haltend, drückte er auf den Vermittlungsknopf.

»Vermittlung? In welchem Telefonnetz bin ich hier?«

»Rockland.«

»Verbinden Sie mich bitte mit dem Nachrichtensender von Rockland.«

»Sie können selbst durchwählen, Sir. Die Nummer ist...«

»Verbinden Sie mich.«

»Möchten Sie...«

»Verbinden Sie mich, verdammt noch mal!«

»Ja, Sir«, antwortete die Stimme ungerührt. Richards hörte ein Klicken in der Leitung. Sein Hemd hatte eine schmutzigrote Farbe angenommen. Er sah weg, weil ihm von dem Anblick schlecht wurde.

»Rockland-Nachrichten«, brüllte ihm eine laute Stimme ins Ohr. »Free-Vee-Tafel Nummer 6943.«

»Hier spricht Ben Richards.«

Langes Schweigen am anderen Ende. Dann: »Hör'n Sie mal, Sie Witzbold, ich kann einen Scherz genausogut gebrauchen wie jeder andere, aber ich habe einen langen, schweren Tag hinter mir, und ...«

»Halten Sie die Klappe! Sie werden Ihre Bestätigung innerhalb der nächsten zehn Minuten kriegen. Sie können sie sich auch schon jetzt holen, wenn Sie den Polizeifunk abhören.«

»Ich... einen Augenblick mal.« Er hörte, wie der Hörer am anderen Ende fallengelassen wurde, dann ein leiser Pfeifton. Als der Hörer wieder aufgenommen wurde, klang die Stimme kalt und geschäftsmäßig. Allerdings schwang auch etwas Aufregung darin mit.

»He, wo sind Sie? Die Hälfte aller Polizeiwagen von Maine ist soeben durch Rockland gebraust... mit hundertachtzig Sachen.«

Richards bog den Kopf zurück, um das Schild über dem Laden zu lesen. »Ich bin in einem kleinen Laden, der sich Gilly's Town Line Store & Airstop nennt. Er liegt an der U. S. 1. Kennen Sie den Ort?«

»Ja, aber...«

»Hör'n Sie zu, Mister, ich habe nicht angerufen, um Ihnen meine Lebensgeschichte zu erzählen. Schicken Sie sofort ein paar Kameraleute auf die Reise. Schnell. Sehen Sie zu, daß Sie folgende Nachricht so schnell wie möglich in den Äther bringen: Ich habe eine Geisel. Sie heißt Amelia Williams und ist aus...« Er sah sie fragend an.

»Falmouth«, flüsterte sie verstört.

»Aus Falmouth. Ich will freies Geleit, oder ich bringe sie um.«

»Jesus, ich rieche schon den Pulitzer-Preis.«

»Scheißen Sie sich von mir aus in die Hose!« sagte Richards. Er fühlte sich plötzlich leichtsinnig. »Sehen Sie nur zu, daß die Schlagzeilen rausgehen. Ich will, daß die Staatsbullen und auch sonst alle wissen, daß ich nicht allein bin. Vorhin an der Straßensperre haben drei von ihnen versucht, uns in die Luft zu jagen.«

»Was ist mit ihnen passiert?«

»Ich habe sie getötet.«

»Alle drei? Donnerwetter!« Die Stimme ging vom Hörer weg und rief in der Ferne: »Dicky! Halt das Hauptkabel frei!«

»Wenn man auf mich schießt, werde ich sie töten«, sagte Richards und versuchte, tiefen Ernst in seine Stimme zu legen. Er dachte an die Kriminalfilme, die er als kleiner Junge gesehen hatte. Dort hatten alle Gangster mit tiefer, ernsthafter Stimme geredet. »Wenn sie die Frau retten wollen, sollten sie mich lieber ungehindert durchlassen.«

»Wann...«

Richards legte auf und humpelte schwerfällig aus der Zelle. »Helfen Sie mir.«

Sie legte ihren Arm um ihn und verzog das Gesicht, als sie

das Blut bemerkte. »Da sehen Sie, worauf Sie sich eingelassen haben.«

»Ja.«

»Das ist doch Wahnsinn. Man wird Sie umbringen.«

»Fahren Sie nach Norden«, murmelte er. »Fahren Sie einfach immer weiter nach Norden.«

Er setzte sich schwer atmend ins Auto. Die Welt schwankte vor seinen Augen. Mal war sie ganz nah, dann weit, weit weg. In seinen Ohren summte ein hoher, unirdischer Ton. Sie fuhr den Wagen wieder auf die Straße. Sein Blut hatte ihre adrette, schwarz-grün gestreifte Bluse beschmiert. Der alte Mann, Gilly, schob die Ladentür auf und streckte eine uralte Polaroidkamera heraus. Er drückte auf den Auslöser, zog das Bild heraus und wartete. Sein Gesichtsausdruck war eine Mischung aus Entsetzen, Aufregung und Vorfreude.

In der Ferne hörten sie das an- und abschwellende Geheul der Polizeisirenen.

... Minus 040 ... und der Countdown läuft ...

Sie fuhren fünf Meilen weiter, und dann kamen die Leute allmählich aus ihren Häusern in die Vorgärten und betrachteten sie neugierig. Viele von ihnen hatten ihre Kameras dabei, und Richards entspannte sich etwas.

»An der Straßensperre haben sie nur auf die Luftkappen geschossen«, sagte sie vorwurfsvoll. »Es war ein Versehen. Ja, genau das war's, ein Versehen.«

»Wenn dieser Idiot auf die Luftkappen gezielt hat, als er unsere Windschutzscheibe rausgeblasen hat, dann möchte ich mal wissen, was der für ein Zielfernrohr gehabt hat.«

»Es war ein Versehen!«

Sie kamen jetzt durch weitläufige Vorstadtviertel, die vermutlich schon zu Rockland gehörten. Sommerhäuser und matschige Wege, die von der Straße zum Strand hinunterführten. Pensionen und Gästehäuser. *Privatstraße, betreten verboten. Elisabethsruh'. Unbefugten ist der Zutritt nicht gestat-*

tet. Auf Zuwiderhandelnde wird geschossen. Wolkenheim. Ein 5000-Volt-Zaun. *Vorsicht, bissige Hunde!*

Gesichter mit mißtrauischen Augen spähten hinter Bäumen und Büschen hervor wie Raubkatzen auf der Jagd. Durch die zersprungene Windschutzscheibe konnten sie das Geplärre der Free-Vee-Übertragung hören, das aus allen Häusern drang.

Das Ganze bewirkte eine Art Karnevalsstimmung.

»Diese Leute da«, sagte Richards und deutete nach draußen, »diese Leute haben nur eins im Sinn: Sie wollen jemanden bluten sehen. Je mehr Blut, desto besser. Dabei ist es ihnen vollkommen egal, ob Sie es sind oder ich es bin. Können Sie sich das vorstellen?«

»Nein.«

»Dann gratuliere ich Ihnen.«

Ein älterer Herr mit einem dichten silbernen Haarschopf und in Madras-Shorts, die ihm bis weit über die Knie reichten, rannte mit seiner Kamera zum Straßenrand. Es war ein monströses Gerät mit einem ellenlangen aufmontierten Teleobjektiv. Er fing an, wie wild Fotos zu schießen, mal kniend, dann wieder auf seinen Beinen stehend, die so blaß waren wie ein Fischbauch. Richards lachte plötzlich schallend, und Amelia zuckte erschrocken zusammen.

»Was...«

»Schaun Sie mal, er hat immer noch die Schutzkappe vor der Linse«, sagte Richards. »Er hat...« aber er konnte vor Lachen nicht weitersprechen.

An den Straßenrändern stauten sich die Autos, während sie einen langgestreckten Hügel hinaufkrochen und dann in die Innenstadt von Rockland hinunterfuhren. Vielleicht war es früher mal ein malerisches Fischerdorf gewesen, in dem sich mutige Männer in gelben Öljacken und hüfthohen Gummistiefeln mit kleinen Booten auf die See hinausgewagt hatten, um Hummer zu fangen. Aber das war schon lange her. Auf jeder Straßenseite standen riesige Einkaufszentren. Die Hauptstraße war von Jazzschuppen, Bars und Autoreparaturwerkstätten gesäumt. Im höher gelegenen Teil der Stadt standen adrette kleine Mittelklassehäuser, die von ihrer Warte aus das wachsende Slumviertel überblickten, welches sich zur Küste hin erstreckte. Der Strand war mit Abfall übersät. Nur weit draußen war die See unberührt. Sie glitzerte blau in der späten Nachmittagssonne, deren Strahlen ein tanzendes Lichternetz aufs Wasser warfen.

Am Fuße des Hügels standen zwei Polizeiwagen quer auf der Straße. Ihre flackernden Blaulichter warfen ein bizzares Muster auf die Straße. Sie blinkten nicht im Takt. Im rechten Winkel zum Straßenrand stand ein schwer armierter Wagen mit einem auf das Dach montierten Kanonenrohr, das genau auf sie zielte.

»Jetzt sind Sie fertig«, bemerkte sie leise, beinahe bedauernd. »Muß ich jetzt auch sterben?«

»Halten Sie fünfzig Meter vor der Straßensperre und ziehn Sie Ihre Show ab«, antwortete er und rutschte in den Sitz hinunter. Er hatte plötzlich ein nervöses Zucken in der Wange.

»Ich habe Angst«, flüsterte sie. »Ich habe solche Angst.«

»Sie werden nicht auf Sie schießen«, beruhigte er sie. »Es sind viel zu viele Leute da. Sie können keine Geisel töten, wenn so viele Zuschauer ihnen dabei zusehen, das geht nur im geheimen. So sind nun mal die Spielregeln.«

Sie sah ihn unsicher an, und plötzlich hatte er das Verlangen, mit ihr eine Tasse Kaffee trinken zu gehen. Einfach so. Er würde ihrem Geplauder zuhören und dabei echte Sahne in seinen schwarzen Kaffee rühren – natürlich auf ihre Rechnung. Dann könnten sie über die soziale Ungerechtigkeit diskutieren und darüber, daß einem die Socken immer von den Füßen rutschen, wenn man Gummistiefel trägt, und darüber, wie wichtig es ist, sein Leben ernsthaft zu leben.

»Nun mal los, Mrs. Williams«, sagte er spöttisch. »Die Augen der Welt sind auf Sie gerichtet.«

Sie beugte sich hinaus.

Sechs Polizeistreifen und ein weiterer armierter Wagen stellten sich etwa dreißig Meter hinter ihnen auf, um ihnen den Rückweg abzuschneiden.

Jetzt gibt es nur noch einen Ausweg, dachte er, *direkt in den Himmel.*

... Minus 039 ... und der Countdown läuft ...

»Ich heiße Amelia Williams. Ben Richards hält mich als Geisel fest. Wenn sie ihm nicht freies Geleit geben, wird er mich töten.«

Einen Augenblick lang herrschte Stille. Richards konnte das Tuten eines Yachthorns weit draußen auf dem Ozean hören.

Dann die geschlechtslose, plärrende Stimme eines elektronisch verstärkten Megaphons: »Wir wollen mit Ben Richards reden!«

»Nein«, antwortete Richards schnell.

»Er sagt, er will nicht.«

»Kommen Sie aus dem Wagen, Madam.«

»Aber dann wird er mich umbringen!« schrie sie entsetzt. »Hören Sie mir denn nicht zu? Vorhin haben schon ein paar Männer versucht, *uns zu erschießen*! Er sagt, es ist Ihnen egal, wen sie töten. *Hat er etwa recht?*«

Eine heisere Stimme aus der Menge brüllte: »Laßt sie durch!«

»Kommen Sie aus dem Wagen, oder wir schiessen!«

»Laßt sie durch! Laßt sie durch!« Die Menge hatte die Forderung in ihren Sing-Sang aufgenommen wie eifrige Fans bei einem Killer-Ball-Match.

»Kommen Sie heraus ...«

Die Menge übertönte das Megaphon. Von irgendwoher flog ein Stein. Die Windschutzscheibe eines Polizeiwagens zersplitterte.

Auf einmal das Geräusch von startenden Motoren, und die beiden Straßenkreuzer fuhren auseinander und machten einen schmalen Streifen in der Mitte der Straße frei. Die Menge applaudierte fröhlich und wurde dann wieder still, um abzuwarten, was als nächstes geschah.

»Alle Bürger verlassen bitte die unmittelbare Umgebung«, brüllte das Megaphon. »Es kann zu Schiessereien kommen. Alle Zivilpersonen verlassen sofort die Umgebung, oder sie werden wegen Widerstandes gegen die Staatsgewalt und illegaler Versammlung festgenom-

MEN. DIE STRAFEN FÜR DIESE VERGEHEN BETRAGEN MINDESTENS 10 JAHRE STAATSGEFÄNGNIS ODER EIN BUSSGELD VON ZEHNTAUSEND DOLLAR ODER AUCH BEIDES. RÄUMEN SIE DAS GEBIET. RÄUMEN SIE DAS GEBIET.«

»Klar, damit niemand sehen kann, wie Sie das Mädchen erschießen!« brüllte eine hysterische Stimme. »Zum Teufel mit euch Bullen!«

Die Menge stand wie ein Mann. Hinten war ein schwarzgelber Übertragungswagen herangefahren, und ein paar Techniker machten sich daran, eine Kamera aufzustellen. Zwei Polizisten rannten sofort auf sie zu, und es gab ein kleines Handgemenge um die Kamera. Schließlich konnte einer der Bullen sich befreien, packte das Stativ und schmetterte die Kamera auf die Straße. Einer der Techniker ging auf ihn los, wurde aber mit einem Knüppel zusammengeschlagen.

Ein kleiner Junge schoß aus der Menge hervor und warf dem Bullen einen Stein an den Hinterkopf. Der Mann fiel hintenüber und sein Blut spritzte auf die Straße. Ein halbes Dutzend Polizisten warf sich sofort auf den Jungen und schleppte ihn fort. Plötzlich war an den Straßenrändern eine wilde Schlägerei zwischen den elegant gekleideten Oberstadtbewohnern und den schlampig angezogenen Slumleuten im Gange. Eine Frau in einem zerrissenen, verblichenen Hauskleid kniete sich auf eine elegante, zu Boden gefallene Matrone und fing an, ihr die Haare auszureißen. Dann wälzten sich beide kratzend, beißend und kreischend auf der Straße.

»Mein Gott«, sagte Amelia angewidert.

»Was ist los?« wollte Richards wissen. Er wagte es nicht, über das Armaturenbrett hinauszugucken.

»Straßenkämpfe. Die Polizei schlägt auf die Leute ein. Ein Polizist hat eine Fernsehkamera zerschmettert.«

»GEBEN SIE AUF, RICHARDS. KOMMEN SIE HERAUS.«

»Fahren Sie weiter«, sagte Richards leise.

Das Pneumoauto bewegte sich schlingernd nach vorn. »Sie werden auf die Luftkappen schießen«, sagte sie. »Und dann brauchen sie nur noch zu warten, bis Sie aufgeben.«

»Nein, das werden sie nicht tun«, widersprach Richards.

»Warum nicht?«

»Sie sind zu dumm dazu.«

Und sie schossen tatsächlich nicht.

Langsam fuhren sie durch die Straßensperre und die Reihen der Gaffer hindurch. Unbewußt hatten diese sich in zwei Gruppen geteilt. Auf der rechten Straßenseite standen die Ober- und Mittelklassebürger, die feinen Damen, die sich die Haare in Schönheitssalons frisieren ließen, und die feinen Herren in ihren Seidenhemden und Wildlederschuhen. Männer in eleganten Uniformen, die ihre Firmennamen auf dem Rücken und ihre eigenen – in Gold gestickt – auf den Brusttaschen trugen. Frauen wie Amelia Williams, für einen Stadtbummel gekleidet. Ihre Gesichter glichen sich alle in einer Hinsicht: Sie waren auf seltsame Weise unvollständig. Wie Statuen, die statt Augen Löcher im Gesicht hatten, oder wie ein Puzzlespiel, in dem ein winziges Teilchen fehlt. Verzweiflung, abgrundtiefe Verzweiflung, dachte Richards. In ihren Bäuchen heulten keine Wölfe. Ihre Gedanken wurden nicht von wilden Träumen und zornigen Hoffnungen beherrscht. Sie hatten nichts, an das sie sich klammern konnten.

Diese Leute standen auf der rechten Straßenseite, der mit den kombinierten Marine- und Country-Clubs, an denen sie gerade vorbeifuhren.

Auf der anderen Straßenseite, der linken, standen die Armen. Die Menschen mit roten Nasen und geschwollenen Venen, mit flachen Bäuchen und hängenden Brüsten, strähnigen Haaren und schmutzigen Socken, offenen Wunden und Pickeln. Menschen, die hungerten.

Auf dieser Seite war ein großes Polizeiaufgebot, und es kamen immer mehr hinzu. Richards war nicht sonderlich überrascht über ihr schnelles Auftauchen und ihr brutales Vorgehen. Selbst hier, in der amerikanischen Wildnis, war man mit Schlagstöcken und Gewehren schnell zur Hand. Und die Hunde wurden in ihren Zwingern hungrig gehalten. Die Armen brechen in die im Herbst und Winter verriegelten Sommerhütten ein. Die Armen überfielen harmlose Teenager und schlagen sie zusammen. Die Armen, das weiß doch jeder, schmieren obszöne Sprüche auf die Schaufensterscheiben. Den Armen juckt es ständig in den Fingern, und der dauernde Anblick von chromblitzenden Autos, Zweihundert-Dollar-Anzügen und dicken Bäuchen hat schon einige in Aufruhr versetzt und mit Bitterkeit erfüllt. Die Armen brauchen ihre Jack Johnsons, Muhammed Alis und Clyde Browns. Sie standen da und guckten dumm aus der Wäsche.

Hier auf der rechten Seite haben wir die reichen Sommerfrischler, dachte Richards. Schaut genau hin, Leute. Sie sind dick, faul und gefräßig. Auf der linken Seite – wohl kaum ein Gegengewicht, aber dennoch wild entschlossene Kämpfer mit rollenden Augen – haben wir die hungrigen Wölfe. Ihre Politik ist der Hungertod; sie würden Christus selbst verraten, nur um ein Pfund Salami zu ergattern. Die Polarisierung hat jetzt auch West Sticksville erreicht. Aber nehmen Sie sich vor diesen Kandidaten in acht. Sie haben die schlechte Angewohnheit, bei den Boxkämpfen aus dem Ring zu fliegen und auf die Zehn-Dollar-Sitze zu fallen. Können wir vielleicht einen Sündenbock für beide Parteien finden?

Mit langsamen dreißig Stundenkilometern fuhr Ben Richards zwischen den beiden Gruppen hindurch.

... Minus 038 ... und der Countdown läuft ...

Eine Stunde verging. Es war vier Uhr nachmittags. Lange Schatten krochen über die Straße.

Richards war wieder in den Sitz hinuntergerutscht und kämpfte – allerdings nicht sehr erfolgreich – gegen eine Ohnmacht an. Er hatte sich mit ungeschickten Bewegungen das Hemd aus der Hose gezogen, um die neue Wunde zu untersuchen. Die Kugel hatte einen häßlichen Kanal in seine rechte Hüfte gerissen, und er hatte sehr viel Blut verloren. Im Augenblick war die Wunde zwar verschorft, doch sobald er sich heftig bewegen mußte, würde sie wieder anfangen zu bluten. Das machte nun auch nichts mehr. Sie würden ihn sowieso erwischen. Angesichts dieser Armee war sein Plan ein Witz. Er konnte bis zum Ende weitermachen, auf seine Stichworte reagieren, seine Rolle spielen, bis es einen ›Unfall‹ gab und das Pneumoauto in der Luft explodierte. Außer

Glassplittern und verbogenem Blech würde von ihnen nichts übrigbleiben. (... furchtbarer Unfall... der schuldige Polizeibeamte vom Dienst suspendiert... eine vollständige Untersuchung zur Klärung des Falles... wir bedauern den Verlust unschuldigen Lebens... und dieser Unsinn so ganz nebenbei zwischen dem Börsenbericht und den letzten Blähungen des Papstes!) Aber es war nur ein Reflex, eine vorübergehende Depression.

Er machte sich zunehmend Sorgen wegen Amelia Williams, der Hausfrau, die den Fehler begangen hatte, ausgerechnet am Mittwoch vormittag zum Einkaufen zu fahren.

»Da vorn stehen Panzer«, sagte sie plötzlich. Ihre Stimme klang überdreht, beinahe hysterisch. »Können Sie sich das vorstellen? Können Sie...« Sie fing an zu weinen.

Richards wartete einen Augenblick. Schließlich sagte er: »In welcher Stadt sind wir jetzt?«

»A-auf dem Schild steht W-W-Winterport. Oh, ich kann nicht mehr. Ich kann nicht mehr darauf warten, daß sie schießen. *Ich kann nicht!*«

»In Ordnung«, sagte er ruhig.

Sie blinzelte ihn verblüfft an und schüttelte heftig den Kopf, als wolle sie auf diese Weise Ordnung in ihre Gedanken bringen. »Wie bitte?«

»Halten Sie an. Steigen Sie aus.«

»Aber Sie werden Sie tö...«

»Ja. Aber es wird kein Blutvergießen mehr geben. Sie werden keinen Tropfen Blut zu sehen kriegen. Die haben da draußen genug Munition, um mich und den Wagen zu Staub zu schießen.«

»Sie lügen. Sie werden mich töten und dann...«

Die Pistole hing locker zwischen Richards Knien. Er ließ sie auf den Boden fallen. Sie erzeugte nur ein dumpfes Geräusch, als sie auf die Gummimatte fiel.

»Oh, ich brauche einen Joint«, stöhnte sie plötzlich. »Oh, Gott, ich wäre jetzt so gern high. Warum steigen Sie nicht aus und warten auf das nächste Auto, Himmelherrgott?«

Richards fing an zu lachen. Es war ein lautloses, keuchendes Lachen, und bei jedem Atemzug tat ihm die Hüfte weh. Er schloß die Augen und lachte, bis ihm die Tränen kamen.

»Es ist ziemlich kalt hier drinnen, jetzt, wo die Scheibe kaputt ist«, sagte sie trocken. »Machen Sie die Heizung an.«

Ihr Gesicht leuchtete bleich in der untergehenden Abendsonne.

... Minus 037 ... und der Countdown läuft ...

»Wir sind in Derry«, informierte sie ihn.

Die Straßen waren schwarz vor Menschen. Sie beugten sich aus den Fenstern oder saßen auf ihren Balkonen und Verandas, obwohl die Sommermöbel schon längst weggeräumt waren. Sie aßen Sandwiches oder Brathähnchen und machten sich über fetttriefende Pommes frites her.

»Sehen sie schon Hinweisschilder zum Flughafen?«

»Ja, ich folge ihnen. Sie werden einfach die Tore schließen.«

»Wenn sie das tun, drohe ich einfach wieder damit, Sie umzubringen.«

»Wollen Sie ein Flugzeug entführen?«

»Ich werd's versuchen.«

»Das schaffen Sie nicht.«

»Ich bin sicher, daß Sie recht haben.«

Sie bogen zuerst nach rechts ab, dann nach links. Die Menge auf der Straße wurde ununterbrochen durch ein Megaphon aufgefordert zurückzuweichen, besser noch, nach Hause zu gehen.

»Ist sie wirklich Ihre Frau? Ich meine die auf den Fotos.«

»Ja, sie heißt Sheila. Unser Baby, Cathy, ist gerade anderthalb Jahre alt. Es hat Lungenentzündung. Das heißt, vielleicht ist es jetzt schon besser. Aus diesem Grund bin ich in diese Sache hineingeraten.«

Ein Hubschrauber donnerte über sie hinweg und warf einen großen, spinnenähnlichen Schatten vor sie auf die Straße. Eine fürchterlich verzerrte Stimme forderte Richards auf, die Frau freizulassen. Als er weg war und sie sich wieder unterhalten konnten, sagte sie:

»Ihre Frau sieht wirklich wie eine kleine Schlampe aus. Könnte sie sich nicht ein bißchen besser pflegen?«

»Das Bild war retuschiert«, antwortete Richards tonlos.

»So was tun die?«

»Ja, so was tun die.«

»Da vorne ist der Flughafen. Wir fahren direkt darauf zu.«

»Sind die Tore geschlossen?«

»Ich kann es nicht sehen ... Moment ... sie sind offen, aber blockiert. Ein Panzer. Das Geschützrohr ist direkt auf uns gerichtet.«

»Fahren Sie bis auf dreißig Meter heran und bleiben sie dann stehen.«

Der Wagen kroch langsam die vierspurige Flughafeneinfahrt entlang, durch die Reihen der Polizeiwagen und der Zuschauer hindurch, die unablässig zu schreien und zu plappern schienen. Über der Straße hing ein riesiges Leuchtschild: VOIGT FIELD FLUGHAFEN. Amelia sah auf beiden Straßenseiten einen Starkstromzaun, der das weite Flughafenfeld abgrenzte. Vor ihr, auf einer Verkehrsinsel, befand sich eine Art kombinierte Informations- und Verkehrskontrollzelle. Dahinter war das große Haupttor, das im Augenblick von einem Panzer blockiert wurde, dessen Geschütz gut eine Viertelmegatonne Munition auf sie loslassen konnte. Weiter hinten entdeckte sie ein Gewirr von Fahr- und Parkspuren, die alle zum Flughafengebäude führten, das die Sicht zu den dahinter liegenden Start- und Landebahnen versperrte. Über allem thronte der riesige Kontrollturm, dessen Westfenster die leuchtende Abendsonne widerspiegelten, so daß sie aussahen, als stünde das ganze Gebäude in Flammen. Passagiere und Flughafenangestellte hatten das Gebäude verlassen und standen jetzt neugierig hinter den Parkplätzen, wo sie von der Polizei in Schach gehalten wurden. Amelia hörte plötzlich ein dröhnendes Heulen in der Luft und blickte auf. Über ihr erhob sich elegant eine stahlgraue Lockheed G/A Superbird in den Himmel.

»RICHARDS!«

Sie zuckte zusammen und sah ihn ängstlich an. Er winkte gelassen ab: Alles in Ordnung, Ma'm, ich sterbe gerade.

»SIE DÜRFEN DEN FLUGHAFEN NICHT BETRETEN!« warnte ihn

die verzerrte, dröhnende Stimme. »LASSEN SIE DIE FRAU FREI UND KOMMEN SIE HERAUS!«

»Was nun?« fragte sie. »Es ist hoffnungslos. Sie brauchen nur zu warten, bis Sie...«

»Wir wollen sie noch ein wenig provozieren«, sagte Richards. »Mal sehen, wie weit sie mit ihrem Bluff gehen. Beugen Sie sich hinaus. Sagen Sie ihnen, daß ich angeschossen und halb wahnsinnig sei. Sagen Sie ihnen, daß ich mich der Flughafenpolizei ergeben werde.«

»*Das* wollen Sie wirklich tun?«

»Die Flughafenpolizei ist weder staatlich noch dem Bundesland unterstellt. Seit den UN-Verträgen von 1995 ist sie international. Es gab mal das Gerücht, daß man so etwas wie Amnestie kriegen könne, wenn man sich ihr ausliefere. So was ähnliches wie freies Parken bei Monopoly. Das stimmt natürlich nicht. Sobald man in ihren Händen ist, übergibt sie einen den Jägern oder der Staatspolizei.«

Sie starrte ihn ungläubig an. »Vielleicht nehmen sie es mir ab, daß ich dieses Märchen glaube. Versuchen Sie's mal. Erzählen Sie ihnen, was ich gerade gesagt habe.«

Sie lehnte sich nach draußen, und Richards Körper spannte sich. Wenn es einen unglücklichen ›Unfall‹ geben sollte, dann war jetzt der richtige Augenblick dafür. Ihr Kopf und ihr ganzer Oberkörper waren schutzlos den Mündungen von über tausend Gewehren ausgesetzt. Ein winziges Zucken an einem Abzug, und die gesamte Farce war mit einem Schlag vorüber.

»Ben Richards will sich der Flughafenpolizei ausliefern!« rief sie. »Er ist schwer verletzt!« Sie warf einen ängstlichen Blick über die Schulter und rief dann mit lauter, klarer Stimme in die Stille, die sich plötzlich über den Flughafen gesenkt hatte: »Er ist schon seit einiger Zeit nicht mehr bei Verstand, und, o Gott, *ich habe solche Angst... bitte, helfen Sie mir...* BITTE!«

Die Kameras summten und zeichneten alles live auf. Innerhalb von wenigen Sekunden gelangten die Bilder in alle Haushalte Nordamerikas und der halben Welt. Gut so. Richards spürte wieder eine Spannung in sich, die seine Muskeln versteifte. Er hatte wieder angefangen zu hoffen.

Wieder herrschte einen Augenblick Stille; hinter der Verkehrsinsel fand eine kleine Konferenz statt.

»Sehr gut«, lobte er sie leise.

Sie funkelte ihn an. »Glauben Sie etwa, es fällt mir schwer, ängstlich zu klingen? Was immer Sie auch denken mögen, Mister, das hier ist nicht ›unsere‹ Sache. Ich möchte Sie nur endlich loswerden.«

Zum ersten Mal fiel Richards auf, wie vollkommen ihre Brüste sich unter der blutbefleckten, schwarz-grünen Bluse rundeten, wie wundervoll und kostbar sie aussahen.

Plötzlich zerriß ein donnerndes Getöse die Stille, und sie schrie laut auf.

»Das ist bloß der Panzer«, sagte er beruhigend. »Alles in Ordnung, bloß der Panzer.«

»Er fährt zurück«, rief sie verwundert. »Sie lassen uns durch.«

»RICHARDS! SIE FAHREN JETZT DIREKT ZU SCHALTER 16! DIE FLUGHAFENPOLIZEI WIRD SIE DORT IN EMPFANG NEHMEN!«

»Also gut«, sagte er tonlos. »Dann fahrn Sie mal los. Ungefähr einen halben Kilometer hinter dem Tor halten Sie wieder an.« »Die werden Sie erschießen«, sagte sie hoffnungslos und dann unsinnigerweise: »Ich muß dringend aufs Klo, und Sie sorgen dafür, daß ich umgebracht werde.«

Der Wagen hob sich gut vier Zentimeter in die Luft und fuhr langsam an. Als sie durch das Eingangstor kamen, duckte Richards sich in der Erwartung, voll unter Beschuß genommen zu werden, aber nichts geschah. Der Wagen bog in einer eleganten Kurve ab und bewegte sich aufs Hauptgebäude zu. Ein Schild über der Straße deutete mit einem Pfeil auf die Spuren 16–20.

Polizisten standen oder knieten hinter gelben Barrikaden. Richards wußte, daß man bei der nur im geringsten verdächtigen Bewegung schießen und den Wagen in der Luft explodieren lassen würde.

»Halten Sie jetzt an«, sagte er, und sie blieb stehen.

Die Reaktion kam prompt. »RICHARDS! FAHREN SIE SOFORT WEITER ZU SCHALTER 16!«

»Sagen Sie ihnen, daß ich ein Megaphon will«, befahl er leise. »Sie sollen es zwanzig Meter vor dem Wagen auf die Straße legen. Ich will mit ihnen reden.«

Sie rief seine Order zur Wagentür hinaus, und dann warteten sie. Einen Augenblick später lief ein Mann in einer blauen Uniform auf die Straße hinaus und legte ein Megaphon mit elektronischem Verstärker auf den Boden. Er blieb einen Moment stehen, in dem er sich vermutlich bewußt wurde, daß ihn jetzt über fünf Millionen Menschen beobachteten, dann verschwand er schnell wieder in die Anonymität hinter den Barrikaden.

»Na los, holen Sie's.«

Der Wagen kroch bis zum Megaphon vor, und als die Fahrertür sich mit ihm auf einer Höhe befand, öffnete sie die Tür und zog es schnell herein. Es war rot und weiß gestreift, und am Handgriff waren über einem Blitzsymbol die Initialen G und A eingraviert.

»Sehr gut«, lobte er. »Wie weit ist es noch bis zum Hauptgebäude?«

Sie kniff die Augen zusammen. »Ich schätze eine Viertelmeile.«

»Und wie weit bis Schalter 16?«

»Halb so weit.«

»Gut. Das ist sehr gut. Jaaa.« Er spürte, daß er sich nervös auf die Unterlippe biß, und versuchte, es zu unterlassen. Er hatte rasende Kopfschmerzen, und sein Körper verkrampfte sich durch die nervöse Anspannung immer mehr. »Fahren Sie jetzt zum Schalter 16 und halten Sie genau davor.«

»Und dann?«

Er lächelte unglücklich. »Das«, sagte er, »wird wohl der Ort sein, an dem Ben Richards seine letzte Tat begeht.«

... Minus 036 ... und der Countdown läuft ...

Als sie vor dem Schalter hielten, ertönte sogleich das Megaphon: »STEIGEN SIE AUS, BEN RICHARDS! DIE FLUGHAFENPOLIZEI ERWARTET SIE DRINNEN, WIE ABGEMACHT!«

Richards hob zum ersten Mal sein Megaphon vor den Mund. »ZEHN MINUTEN«, sagte er. »ICH MUSS NACHDENKEN.«

Schweigen.

»Merken Sie nicht, daß Sie sie direkt zwingen, auf Sie zu schießen?« fragte sie mit mühsamer Beherrschung.

Er stieß ein seltsames, dünnes Lachen aus, das wie das Pfeifen eines Teekessels klang. »Sie wissen, daß ich sie an der Nase herumführen werde. Sie wissen bloß noch nicht wie.«

»Das können Sie nicht«, rief sie. »Sehen Sie das denn immer noch nicht ein?«

»Vielleicht kann ich's doch«, sagte er.

... Minus 035 ... und der Countdown läuft ...

»Hören Sie:

Als die Fernsehanstalt mit den Spielen anfing, fanden alle, daß dies die besten Unterhaltungssendungen wären, die die Welt je gesehen hat, denn so etwas hat es angeblich vorher noch nie gegeben. Aber auf der Welt ist gar nichts neu. Schon die Gladiatoren in Rom haben dasselbe gemacht. Und es gibt noch so ein Spiel: Poker. Beim Poker ist das beste Blatt ein Royal Flush, das heißt eine große Straße in Kreuz. Und die spannendste Sache beim Poker ist ein Spiel, bei dem vier von den fünf Karten offen auf dem Tisch liegen, die fünfte aber verdeckt ist. Mit nur ein paar Pfennigen und Zehnern kann jeder dabei sein. Es kann einen vielleicht nur einen halben Dollar kosten, das Blatt des anderen zu sehen. Doch wenn man die Einsätze erhöht, dann wird diese verdeckte Karte immer wichtiger. Wenn dann, nach Dutzenden von Runden, deine Lebensversicherung, dein Haus und dein

Auto auf dem Spiel stehen, ist die Karte so hoch wie der Mount Everest. Bei der *Menschenjagd* ist es genauso, nur daß der Einsatz eben nicht Geld ist. Sie haben die Männer, die Waffen und viel Zeit. Und wir spielen mit ihren Karten, ihrem Geld und in ihrem Kasino. Wenn ich gefaßt werde, habe ich verloren. Aber vielleicht habe ich noch einen Trumpf im Ärmel. Ich habe den Nachrichtensender von Rockland informiert, das ist meine Kreuz-Zehn. Sie mußten mir freies Geleit geben, weil uns jeder zusehen konnte. Nach der ersten Straßensperre hatten sie keine Chance mehr, uns heimlich aus dem Weg zu räumen. Das ist irgendwie komisch, denn es ist ja gerade das Free-Vee, das der Fernsehanstalt ihren Nimbus verleiht. Wenn man etwas im Free-Vee gesehen hat, dann muß es wahr sein. Wenn nun das ganze Land gesehen hätte, wie die Jäger meine Geisel abknallen – eine wohlhabende Haus- und Ehefrau einfach abknallen –, wird jeder das für wahr halten, und das können sie sich nicht leisten. Das ganze System arbeitet mit einem großen Vertrauensvorschuß seitens des Publikums, und sie sind davon abhängig. Witzig, nicht wahr? Meine Leute stehen hier auf meiner Seite. Schon vorhin auf der Straße hat es Schwierigkeiten gegeben. Wenn die Polizisten und Jäger tatsächlich auf uns schießen, handeln sie sich eine Menge Ärger ein, und es kann etwas sehr Häßliches passieren. Ein Mann hat mir mal den Rat gegeben, mich immer an meine eigenen Leute zu halten. Er wußte gar nicht, wie recht er damit hatte. Ein Grund, warum sie mich bis jetzt mit Samthandschuhen angefaßt haben, liegt sicher darin, daß hier überall meine Leute rumstehen.

Meine Leute sind der Kreuz-Bube.

Die Kreuz-Dame bei der ganzen Geschichte sind Sie.

Und ich bin der König, der schwarzbärtige Mann mit den gekreuzten Schwertern.

Das sind die Karten, die offen auf dem Tisch liegen: die Medien, die Möglichkeit eines Aufruhrs, Sie und ich. Allein nützen sie gar nichts, schon ein Paar kann sie schlagen. Ohne das As sind sie ein Haufen Müll, aber mit dem As... unschlagbar.«

Er griff plötzlich nach ihrer Handtasche, eine Krokodillederimitation mit einem schmalen Silberkettchen, und stopfte sie unter seine Jacke, so daß diese an seinem Brustkorb eine deutlich sichtbare Ausbeulung aufwies.

»Ich habe kein As«, sagte er leise. »Wenn ich nur ein bißchen mehr nachgedacht hätte, dann hätte ich jetzt eins. Aber ich *habe* noch eine verdeckte Karte – eine, die sie nicht sehen können. Ich werde also bluffen.«

»Sie haben keine Chance«, erwiderte sie unnachsichtig. »Wie soll meine Handtasche Ihnen dabei helfen? Wollen Sie sie mit dem Lippenstift erschießen?«

»Ich glaube, daß sie ihr Betrügerspiel so lange weiterspielen werden, bis sie verlieren. Meiner Ansicht nach sind sie nämlich von Grund auf feige – und sie sitzen in der Klemme.«

»RICHARDS! DIE ZEHN MINUTEN SIND UM!«

Er hob wieder das Megaphon an die Lippen.

... Minus 034 ... und der Countdown läuft ...

»JETZT HÖREN SIE MIR GENAU ZU!« dröhnte seine Stimme über das Flughafengelände. Die Polizisten warteten gespannt. Die Menge bewegte sich unruhig hin und her. »ICH HABE ZWÖLF PFUND HOCHEXPLOSIVEN DYNACORE-SPRENGSTOFF UNTER MEINER JACKE STECKEN – DIE SORTE, DIE BLACK IRISH GENANNT WIRD. ZWÖLF PFUND SIND GENUG, UM IM UMKREIS VON EINER DRITTELMEILE ALLES UND JEDEN IN DIE LUFT ZU JAGEN, UND ES REICHT VERMUTLICH AUCH, UM DIE TREIBSTOFFTANKS AUF DEM FLUGHAFENGELÄNDE IN DIE LUFT ZU SPRENGEN. WENN SIE MEINEN ANWEISUNGEN NICHT BIS AUFS I-TÜPFELCHEN FOLGEN, WERDE ICH SIE ALLE ZUR HÖLLE JAGEN. ICH HABE EINEN GENERAL-ATOMICS-ZÜNDERRING IN DEN SPRENGSTOFF EINGEBAUT; DER ZÜNDER IST BIS ZUR HÄLFTE HERAUSGEZOGEN. EINE FALSCHE BEWEGUNG UND SIE KÖNNEN SICH ALLE AUF DEN BODEN KNIEN UND ZUM ABSCHIED IHREN HINTERN KÜSSEN.«

Aus der Menge ertönten Schreie, und sie zog sich wie die Wassermassen bei Ebbe zurück. Die Polizisten wußten auf einmal nicht mehr, wen sie eigentlich im Zaum halten sollten. Männer und Frauen rannten über Felder und Straßen, strömten durch die Flughafentore und stellte sich neugierig hinter dem Starkstromzaun wieder auf. Ihre Gesichter waren vor Angst und Schrecken leer und ausdruckslos.

Die Polizisten traten ratlos von einem Fuß auf den anderen. Auf keinem Gesicht konnte Amelia einen Ausdruck von Ungläubigkeit sehen.

»RICHARDS!« dröhnte die Megaphonstimme von neuem. »DAS IST EINE LÜGE! KOMMEN SIE HERAUS!«

»ICH KOMME HERAUS«, antwortete Richards, »ABER VORHER GEBE ICH IHNEN MEINE ANWEISUNGEN. ICH MÖCHTE EINE VOLLGETANKTE JETMASCHINE MIT DER UNBEDINGT NOTWENDIGEN CREW, NICHT MEHR. ES SOLL EINE LOCKHEED/GA ODER EINE DELTA SUPERSONIC MIT MINDESTENS ZWEITAUSEND MEILEN FLUGWEITE SEIN. DIE MASCHINE SOLL IN NEUNZIG MINUTEN BEREITSTEHEN.«

Kameras surrten und Blitzlichter flackerten auf. Der Presse war die ganze Sache ebenfalls unheimlich, aber die Reporter hatten fünf Millionen Zuschauer im Nacken, und das war real. Ihr Job war real. Doch Ben Richards zwölf Pfund Black Irish konnte nichts weiter als eine herrliche Einbildung seines wunderbar schöpferischen, kriminellen Geistes sein.

»RICHARDS?« Ein Mann in dunkler Hose und mit trotz der kühlen Herbstluft aufgerollten Hemdsärmeln trat hinter einer Reihe von Wagen hervor, die vor dem Schalter 16 parkten. Er hatte ein Megaphon bei sich, das größer als das von Ben Richards war, und trug eine kleine Brille auf der Nase, deren Gläser in den schrägen Strahlen der Abendsonne funkelten. Mehr konnte Amelia aus der Entfernung nicht erkennen.

»ICH BIN EVAN MCCONE.«

Den Namen kannte er natürlich. Er sollte ihm Angst einjagen; und Richards war nicht überrascht, als er feststellte, daß sein Herz tatsächlich schneller schlug. Evan McCone, der Chefjäger. Ein direkter Nachkomme von J. Edgar Hoover und Heinrich Himmler. Das Stahlgerüst, auf das die Spielekommission sich stützte. Ein Schreckgespenst, ein Name, mit dem man Kindern Angst machte. Wenn du nicht sofort aufhörst, mit den Streichhölzern zu spielen, Johnny, rufe ich Evan McCone, und der wird schon dafür sorgen.

Flüchtig erinnerte er sich an seinen Traum und hörte die Stimme wieder: *Bist du der Mann, kleiner Bruder?*

»Wir wissen, dass Sie lügen, Richards. Kein Mann ohne G. A.-Ausweis kann sich Dynacore beschaffen. Lassen Sie die Frau frei und kommen Sie heraus. Wir wollen nicht auch sie töten müssen.«

Amelia stieß ein leises, wimmerndes Geräusch aus.

Richards dröhnte: »Das können Sie Ihrer Grossmutter erzählen, Kleiner. Sie können sich an jeder zweiten Strassenecke Sprengstoff besorgen, wenn Sie nur genug Geld dafür hinlegen. Und ich habe Geld. Geld von der Spielekommission. Sie haben noch sechsundachtzig Minuten.«

»Kommt überhaupt nicht in Frage.«

»McCone?«

»Ja?«

»Ich schicke die Frau zu Ihnen raus. Sie hat die Bombe gesehen.« Amelia starrte ihn entsetzt an. »Inzwischen machen Sie sich lieber an die Arbeit. Fünfundachtzig Minuten. Merken Sie sich, Sie Arschloch, ich bluffe nicht. Eine Kugel, und wir werden alle zum Mond fliegen.«

»Nein«, flüsterte sie. Vor Ungläubigkeit stand ihr Mund offen. »Sie glauben doch nicht etwa, daß ich für Sie *lügen* werde!«

»Wenn Sie es nicht tun, bin ich ein toter Mann. Ich bin angeschossen, habe einen gebrochenen Knöchel, eine kaputte Nase und weiß kaum noch, was ich sage, aber soviel ist sicher: Dies ist meine einzige Chance, ob es nun so oder so ausgeht. Hören Sie zu: Dynacore ist weiß und fest und fühlt sich ein bißchen schleimig an. Es...«

»Nein! Nein! *Nein!*« Sie hielt sich die Hände vor die Ohren.

»Es sieht aus wie ein Stück Seife, aber es ist viel massiver. Ich beschreibe Ihnen jetzt den Zünderring. Er sieht aus wie...«

Sie fing an zu weinen. »Ich kann es nicht, *verstehen* Sie das denn nicht? Ich habe meine Pflichten als Bürger dieses Staates. Mein Gewissen. Ich habe...«

»Ja, und die finden vielleicht bald heraus, daß Sie lügen«, erwiderte er trocken. »Aber das glaube ich eben nicht. Wenn

Sie mich decken, werden sie nämlich nachgeben. Ich werde in dem großen Silbervogel davonfliegen.«

»Ich *kann* nicht!«

»RICHARDS: SCHICKEN SIE DIE FRAU RAUS!«

»Der Zünderring ist golden«, fuhr er hastig fort. »Er hat einen Durchmesser von circa fünf Zentimetern. Sieht aus wie ein Schlüsselring ohne Schlüssel. Daran ist ein kleiner Metallstift befestigt, der den G. A.-Zünder enthält. Der Zünder sieht aus wie das Radiergummiende von einem Bleistift.«

Sie wiegte sich langsam vor und zurück und wimmerte leise. Ihre Hände kneteten ihre Wangen durch, als wären sie aus Teig.

»Ich hab' ihnen erzählt, daß ich den Zünder zur Hälfte rausgezogen hätte. Das bedeutet, daß sie einen winzigen Ring genau über dem Sprengstoff sehen können. Kapiert?«

Er bekam keine Antwort. Sie jammerte und stöhnte und wiegte sich immerfort vor und zurück.

»Natürlich haben Sie das kapiert«, sagte er leise. »Sie sind ja ein intelligentes Mädchen, nicht wahr?«

»Ich werde nicht lügen«, antwortete sie bestimmt.

»Wenn die Sie nach weiteren Einzelheiten fragen, haben Sie keinen blassen Schimmer, verstanden? Sie haben es nicht so genau sehen können. Sie hatten zuviel Angst. Nur eins noch: Ich habe diesen Ring in der Hand, seit sie an der ersten Straßensperre auf uns geschossen haben. Sie haben nicht gewußt, was es war, aber ich hab's ständig in der Hand gehalten.«

»Töten Sie mich lieber gleich.«

»Gehn Sie los«, befahl er. »Steigen Sie aus.«

Sie starrte ihn mit zitternden Lippen an, ihre Augen waren nur noch dunkle Höhlen. Die hübsche, selbstsichere Vorstadthausfrau war völlig verschwunden. Sie hatte keine Maske mehr, um sich zu schützen. Er fragte sich, ob sie später wieder eine aufsetzen würde, aber er nahm es nicht an. Jedenfalls würde es ihr nicht mehr so ohne weiteres gelingen.

»Gehen Sie«, sagte er. »Na los, nun gehen Sie schon.«

»Ich... ich... *ooooh, Goooott*...«

Sie stieß die Wagentür auf und fiel halb hinaus, halb sprang sie. Sofort stand sie wieder auf den Beinen und rannte los. Ihr aufgelöstes Haar flatterte hinter ihr her, und sie wirkte wunderschön – wie eine Göttin. Sie rannte direkt in einen Sternenschauer von Millionen aufstrahlender Blitzlichter.

Gewehrläufe richteten sich auf sie, belauerten sie und senkten sich wieder, als sie von der Menge verschluckt wurde. Richards riskierte einen kurzen Blick über das Armaturenbrett, konnte aber nichts erkennen.

Er duckte sich wieder in den Sitz, sah auf seine Armbanduhr und wartete auf sein Ende.

...Minus 033 ... und der Countdown läuft...

Der rote Sekundenzeiger beschrieb zwei Kreise. Dann noch zwei und nochmal zwei.

»RICHARDS!«

Er hob das Megaphon an die Lippen: »NOCH NEUNUNDSIEBZIG MINUTEN, MCCONE!«

Konsequent bis zum Ende durchspielen. Die einzige Möglichkeit. Weitermachen bis zu dem Augenblick, in dem McCone das Feuer eröffnete. Es würde alles sehr schnell gehen. Und letztendlich war es ja doch scheißegal.

Nach einem nervenaufreibenden, ewig dauernden Schweigen: »WIR BRAUCHEN MEHR ZEIT. MINDESTENS DREI STUNDEN. WIR HABEN KEINE L/GA ODER DELTA ZUR VERFÜGUNG. SIE MUSS ERST EINGEFLOGEN WERDEN.«

Sie hatte es getan. Großer Gott, sie hatte es getan. Diese erstaunliche Frau hatte in den Abgrund geblickt und war hinübergesprungen. Ohne Netz und doppeltem Boden. Donnerwetter.

Natürlich würden sie ihr kein Wort glauben. Es gehörte zu ihrem Job, nichts und niemandem zu glauben. Jetzt, in diesem Augenblick würden sie sie in ein kleines Privatgemach im Flughafengebäude führen, wo sie von einem Dutzend Evan McCones erwartet wurde, welche ihr hart zusetzen würden. Und wenn sie einmal dort war, würde die Litanei beginnen: *Wir verstehen, daß Sie sehr aufgeregt sind, Mrs. Wil-*

liams, es ist nur für unsere Aufzeichnungen ... würde es Ihnen etwas ausmachen, die Sache noch einmal von vorne durchzugehen ... da ist noch eine Kleinigkeit, die uns nicht ganz klar ist ... sind Sie sicher, daß es nicht genau umgekehrt gewesen ist ... woher wissen Sie ... wieso ... was hat er Ihnen nun genau gesagt ...

Die einzige Möglichkeit, die ihnen jetzt noch blieb, war es, Zeit zu gewinnen, Richards mit dieser oder jener Entschuldigung hinzuhalten. Wir haben nicht genug Benzin, wir brauchen mehr Zeit. Im Augenblick befindet sich nicht die richtige Crew im Flughafen, wir brauchen mehr Zeit. Über der Startbahn 07 kreist eine fliegende Untertasse, wir brauchen mehr Zeit. Wir haben sie noch nicht zum Reden gebracht, wir brauchen mehr Zeit. Sie hat immer noch nicht ausgespuckt, daß Ihre hochexplosive Bombe nur aus einer kleinen Krokodillederhandtasche voller Kleenextücher, Kosmetika, Scheckkarten und Kleingeld besteht. Wir brauchen mehr Zeit.

Wir können es jetzt noch nicht riskieren, Sie einfach abzuknallen, wir brauchen mehr Zeit.

»RICHARDS?«

»NUN HÖRN SIE MAL ZU!« brüllte er durchs Megaphon. »SIE HABEN NOCH GENAU FÜNFUNDSIEBZIG MINUTEN, SONST FLIEGT HIER ALLES IN DIE LUFT!«

Keine Antwort.

Obwohl der Schatten des Jüngsten Gerichts drohend über dem Flughafen schwebte, kam die Zuschauermenge langsam wieder zurück. Die Augen der Leute waren weit aufgerissen und glänzten vor Neugier. In aller Eile hatte man ein paar Spotscheinwerfer montiert, die jetzt direkt den kleinen Wagen anstrahlten. Obwohl der Wagen in Licht badete, war nur die zerbrochene Windschutzscheibe zu sehen.

Richards versuchte, sich den kleinen Raum vorzustellen, in dem sie sie jetzt nach der Wahrheit löcherten, aber es gelang ihm nicht. Die Presse war natürlich ausgeschlossen. McCones Leute würden versuchen, ihr solche Angst einzujagen, daß nur noch ein Häufchen Elend, von ihr übrigblieb, und sie würden es auch schaffen. Aber wie weit würden sie bei einer Frau gehen, die nicht zum großen Heer der Asozialen, zur Masse der gesichtslosen Armen gehörte? Drogen. Richards wußte, daß es Drogen gab, die selbst einen Yaqui-Indianer dazu bringen würden, zu brabbeln wie ein Baby auf dem Arm seiner Mutter. Und McCone konnte sie ohne weiteres besorgen. Drogen, die einen Priester dazu veranlassen würden, sämtliche Beichtgeheimnisse wie eine Stenografiermaschine herunterzurasseln.

Oder ein bißchen Gewalt? Vielleicht die kleinen elektrischen Schlagstöcke, die beim Aufstand in Seattle im Jahr 2005 so wundervoll gewirkt hatten? Oder würden sie sie nur ständig mit ihren Fragen bombardieren?

All diese Gedanken führten zu nichts, aber er konnte sie nicht einfach abschalten. Hinter dem Flughafengebäude hörte er das unverwechselbare Aufheulen einer Lockheedmaschine, deren Motor aufgewärmt wird. Das war sein Vogel. Das Geräusch schwoll rhythmisch an und ab. Als es plötzlich aufhörte, wußte er, daß sie mit dem Auftanken begonnen hatten. Noch zwanzig Minuten, wenn sie sich beeilten.

Soweit waren sie also. Alle Karten lagen auf dem Tisch – bis auf eine.

McCone? Sind Sie schon weitergekommen, McCone? Haben Sie sie schon zum Reden gebracht?

Die Schatten auf dem Flughafengelände wurden länger. Alles wartete.

...Minus 032 ... und der Countdown läuft...

Richards stellte fest, daß das alte Klischee wieder mal nicht stimmte. Die Zeit schien *nicht* stillzustehen. In mancherlei Hinsicht wäre es besser gewesen, wenn es so gewesen wäre. Dann wäre jedenfalls nicht diese sinnlose Hoffnung gewesen.

Zweimal informierte ihn die megaphonverstärkte Stimme noch, daß er lüge. Er antwortete, daß sie lieber das Feuer eröffnen sollten, wenn dem wirklich so sei. Fünf Minuten später teilte man ihm mit, daß die Flügelklappen vereist seien und daß sie jetzt Zeit brauchten, um eine andere Maschine aufzutanken. Richards antwortete ihnen, daß das vollkommen in Ordnung sei, solange das Flugzeug vor Ablauf des Ultimatums starten würde.

Die Minuten krochen dahin. Noch sechsundzwanzig, fünfundzwanzig, zweiundzwanzig, zwanzig… *(war sie immer noch nicht zusammengebrochen? Mein Gott, vielleicht…)*, achtzehn, fünfzehn (der Flugzeugmotor heulte wieder auf, während die Crew das Treibstoffsystem überprüfte und alle Funktionen durchcheckte), dann noch zehn Minuten, acht…

»Richards?«

»Ja?«

»Wir brauchen einfach noch ein bisschen Zeit. Die Flügelklappen sind vollkommen vereist. Wir werden versuchen, das Eis mit flüssigem Wasserstoff zu schmelzen, aber das wird seine Zeit dauern.«

»Sie haben Zeit genug. Noch genau sieben Minuten. Danach werde ich auf das Flugfeld fahren. Ich werde die Versorgungsrampe benutzen. Mit einer Hand werde ich das Lenkrad halten, mit der anderen den Zünderring. Sie werden mir alle Tore öffnen. Und vergessen Sie nicht, dass ich dabei Ihren Benzintanks immer näher komme.«

»Sie scheinen nicht zu begreifen, dass wir…«

»Ich hab' genug von dem Gequassel, Leute. Sechs Minuten.«

Der Sekundenzeiger drehte seine gleichmäßigen Runden. Drei Minuten noch, dann zwei, dann eine. In dem kleinen Zimmer würden sie jetzt so drohend auf sie einreden, daß er es sich gar nicht vorstellen mochte. Er versuchte, sich an ihr Aussehen zu erinnern, aber es gelang ihm nicht. Vor seinem inneren Auge vermischte es sich sofort mit anderen Gesichtern aus seiner unmittelbaren Vergangenheit: Stacey, Bradley, Elton und Virginia Parrakis und der kleine Junge mit dem Hund. Er erinnerte sich nur noch daran, daß ihr Gesicht weich und hübsch ausgesehen hatte, die fantasielose Schönheit, die sich jede reiche Frau bei Margaret Astor, Revlon und Schönheitschirurgen kaufen konnte. Ja, weich hatte das Gesicht gewirkt, aber unter der Oberfläche hatte er auch eine gewisse Härte registriert. Wann bist du so hart geworden, schöne Wespenfrau? Und bist du auch hart genug? Oder vermasselst du jetzt gerade alles?

Er fühlte etwas Warmes in seinem Mundwinkel und stellte fest, daß er sich in die Lippe gebissen hatte. Nicht nur einmal, sondern mehrmals.

Er wischte sich zerstreut über den Mund, was einen tropfenförmigen Blutflecken auf seinem Jackenärmel hinterließ, und startete den Wagen. Der Wagen hob sich sanft, die Luftfilter surrten.

»RICHARDS! WENN SIE DEN WAGEN IN BEWEGUNG SETZEN, SCHIESSEN WIR! DIE FRAU HAT GEREDET! WIR WISSEN ALLES!«

Aber niemand gab einen Schuß ab.

Es war fast wie eine Antiklimax im Theater.

...Minus 031 ... und der Countdown läuft...

Die Versorgungsrampe führte in einem großen, ansteigenden Bogen um den futuristischen Glasbau des Flughafengebäudes. Der Weg war von Polizisten gesäumt, die jegliche Art Waffen – von Tränengaspistolen bis hin zu Maschinengewehren – auf ihn richteten. Ihre Gesichter waren flach, dumm und sahen alle gleich aus. Sie starrten Richards, der jetzt aufrecht hinter dem Steuer saß und langsam an ihnen vorbeifuhr, an wie Ochsen, die erstaunt vor einem Berg stehen. Ungefähr so glotzen wahrscheinlich Kühe ihren Bauern an, dachte Richards amüsiert, wenn er durchdreht und sich wie ein kleines Kind schreiend und um sich schlagend auf dem Stallboden wälzt.

Das Tor zum Rollfeld (VORSICHT – UNBEFUGTEN IST DER ZUTRITT VERBOTEN – BITTE NICHT RAUCHEN) war weit geöffnet, und Richards fuhr seelenruhig hindurch. Er kam an den großen Versorgungstanks vorbei, die alle mit hochexplosivem Treibstoff gefüllt waren. Kleine Privatmaschinen standen ordentlich aneinandergereiht auf ihren Dockplätzen. Dahinter entdeckte er eine Fahrbahn: eine weitläufige, ölig schwarze Asphaltstraße mit unzähligen Ausfahrten und Zubringern.

Dort stand seine Maschine, ein Jumbo-Jet mit zwölf Turbomotoren, die gemütlich vor sich hinsummten. Die Start- und Landebahnen erstreckten sich weit nach hinten in das Zwielicht und schienen sich alle an einem geheimen Punkt zu treffen. Die Gangway wurde gerade von vier mit Overalls bekleideten Männern zum Einstieg der Maschine gerollt. Richards kam es vor, als rolle man eine Treppe vor seinen Galgen.

Und, als wolle er das Bild vervollständigen, trat der Henker aus dem Schatten, den der riesige Flugzeugbauch auf das Rollfeld warf. Evan McCone.

Richards betrachtete ihn mit der Neugier, die jeder Normalbürger einem Menschen entgegenbringt, den er bisher nur auf dem Bildschirm gesehen hatte. Egal, wie oft man so eine Berühmtheit schon auf dreidimensionalen Fernsehbildern gesehen hatte, wenn sie einem zum erstenmal als eine Person aus Fleisch und Blut gegenüberstand, konnte man kaum glauben, daß es sich um einen realen Menschen handelte. Und hatte man sich das einmal klargemacht, kam einem plötzlich die Realität wie eine Halluzination vor, so als dürfe dieser Mensch nicht außerhalb des Fernsehers existieren.

McCone war ein kleiner Mann mit einer randlosen Brille. Unter seinem Maßanzug war ein kleiner Bauchansatz zu sehen. Es ging das Gerücht, daß er Schuhe mit hohen Absätzen trug, aber falls das zutraf, fiel es nicht besonders auf. An seinem Revers schimmerte eine kleine silberne Anstecknadel. Im großen und ganzen sah er überhaupt nicht wie das Ungeheuer aus, für das er gehalten wurde. Er wirkte nicht wie der verlängerte Arm des C. I. A. oder F. B. I., nicht wie ein Killer, der alle Register des Schreckens von Schlagstöcken bis hin zur Folterung beherrschte.

»Ben Richards?« Er gebrauchte jetzt kein Megaphon mehr, und seine Stimme klang sanft und kultiviert, nicht im mindesten affektiert.

»Ja.«

»Ich habe eine beeidigte Erklärung der Spieleföderation, der anerkannten Exekutive der Kommission der Fernsehanstalt, bei mir. Sie berechtigt mich, Sie sofort festzunehmen und zu exekutieren. Erkennen Sie dieses Formular an?«

»Braucht eine Henne einen Totenschein?«

»Ah.« McCone schien belustigt. »Ich tue lediglich den Formalitäten Genüge; ich halte nämlich sehr viel von Formalitäten, Sie nicht? Nein, natürlich tun Sie das nicht. Sie sind ein ziemlich informeller Kandidat gewesen. Deshalb sind Sie ja auch immer noch am Leben. Wissen Sie eigentlich, daß Sie vor zwei Stunden den *Menschenjagd*-Rekord von acht Tagen und fünf Stunden gebrochen haben? Nein, das können Sie nicht wissen. Also, es stimmt tatsächlich. Ja, ja. Und dann Ihre Flucht aus dem C. V. J. M. in Boston. Ausgezeichnet. Soweit ich unterrichtet bin, sind die Einschaltquoten um zwölf Prozent gestiegen.«

»Wunderbar.«

»Fast hätten wir Sie bei dieser Portlandgeschichte gefaßt. Das war Pech. Parrakis hat bis zum letzten Atemzug geschworen, daß Sie in Auburn über Bord gegangen wären. Wir haben ihm geglaubt; er war so offensichtlich ein fürchterlicher Angsthase.«

»Offensichtlich«, wiederholte Richards leise.

»Aber Ihr letztes Spiel ist einfach brillant. Ich gratuliere Ihnen. In gewisser Weise bin ich sogar traurig, daß es jetzt dem Ende zugeht. Ich nehme an, daß ich nie wieder gegen einen so einfallsreichen Kandidaten antreten werde.«

»Zu schade«, spottete Richards.

»Aber jetzt ist es vorbei«, fuhr McCone ungerührt fort. »Die Frau hat uns alles erzählt. Wir haben ihr Sodium Pentothal gegeben. Etwas altmodisch, aber zuverlässig.« Er zog eine kleine Automatikpistole aus seinem Anzug. »Steigen Sie aus, Mr. Richards. Ich werde Ihnen einen letzten Gefallen tun. Ich werde es gleich hier erledigen, in aller Stille und ohne Kameras. Ihr Tod wird sozusagen innerhalb unserer Privatsphäre stattfinden.«

»Na, denn mal los«, sagte Richards lächelnd.

Er öffnete die Wagentür und stieg aus. Die beiden Männer starrten sich über das leere Rollfeld hinweg an.

McCone brach das Schweigen als erster. Er warf den Kopf in den Nacken und lachte.

Sein Lachen klang sehr kultiviert, leise und samtweich. »Oh, Mr. Richards, Sie sind wirklich gut. Exzellent. Sie stellen eine Behauptung auf, widerrufen sie, und fangen wieder von vorne an. Ich muß Ihnen ein Kompliment machen, ehrlich: Die Frau hat noch nicht geredet. Sie besteht stur darauf, daß die Ausbuchtung, die ich unter Ihrer Jacke sehe, wirklich Black Irish sei. Wir können sie leider nicht mit S. A. P. behandeln, weil das deutliche Spuren hinterlassen würde. Ein einziges E. E. G. würde dann unser kleines Geheimnis ans Licht bringen. Aber wir sind dabei, drei Ampullen Canogyn aus New York einfliegen zu lassen. Das läßt sich organisch nicht nachweisen. Wir erwarten es in etwa vierzig Minuten. Selbstverständlich nicht rechtzeitig, um Ihr Ultimatum einzuhalten.

Aber sie *lügt*, das ist ganz offensichtlich. Wenn Sie mir eine Bemerkung vergeben wollen, die in Ihren Augen etwas elitär anmuten mag, ich habe die Beobachtung gemacht, daß Mittelklassemenschen nur in bezug auf Sex wirklich gut lügen können. Darf ich Ihnen noch eine Beobachtung mitteilen? Natürlich darf ich das, und ich werde es tun.« McCone lächelte. »Ich vermute, es handelt sich um ihre Handtasche. Uns ist aufgefallen, daß sie keine bei sich hatte, obwohl sie doch einkaufen wollte. Wie Sie sehen, sind wir sehr aufmerksam. Was ist wohl mit ihrer Handtasche geschehen, wenn Sie sie nicht da unter Ihrer Jacke haben, Richards?«

Er ging nicht auf das Spiel ein. »Wenn Sie so sicher sind, warum schießen Sie dann nicht?«

McCone breitete bedauernd die Hände aus: »Oh, wie gern ich das jetzt tun würde! Aber man setzt kein unschuldiges Menschenleben aufs Spiel. Nicht, wenn die Chancen fünfzig zu eins für Sie stehen. Es erinnert zu sehr an russisches Roulette. Das menschliche Leben ist in gewisser Weise ein *heiliges* Tabu. Die Regierung – *unsere* Regierung – respektiert das. Wir sind human, Mr. Richards.«

»So, so«, sagte Richards und lächelte verächtlich. McCone blinzelte.

»Sie verstehen also ...«

Richards riß sich zusammen. Der Mann hypnotisierte ihn. Die Minuten flogen dahin, ein Hubschrauber mit drei Ampullen dieser Plapperdroge war von Boston unterwegs (und wenn McCone vierzig Minuten sagte, meinte er zwanzig), und er stand einfach da und hörte sich das Geschwätz dieses Männekens an. Mein Gott, der Mann war wirklich ein Ungeheuer.

»Nun hören Sie mir mal zu«, unterbrach er ihn scharf. »Wir haben nicht viel miteinander zu bereden, Kleiner. Wenn Sie ihr die Droge verpassen, wird sie Ihnen genau dasselbe Liedchen vorsingen. Für Ihren Bericht: Ich habe das Zeug hier bei mir, kapiert?«

Er sah McCone fest in die Augen und ging langsam auf ihn zu.

»Wir sehen uns noch, Speichellecker!«

McCone trat zur Seite. Richards würdigte ihn keines Blikkes, als er an ihm vorbeiging. Ihre Jackenärmel berührten sich.

»Für Ihren Bericht: Mir ist gesagt worden, daß der Zünder circa drei Pfund zum Explodieren bringt, wenn er halb herausgezogen ist. Ich habe ihn jetzt zu drei Viertel herausgezogen. Sie können es glauben oder es bleiben lassen.«

Zu seiner Befriedigung hörte er, daß der Atem des Mannes ein kleines bißchen schneller ging.

»Richards?«

Er stand jetzt auf der Gangway und blickte über seine Schulter zurück. Der kleine Mann mußte zu ihm aufsehen, wobei seine randlosen Brillengläser wieder in der Abendsonne funkelten. »Sobald Sie in der Luft sind, holen wir Sie mit unseren Bodengeschützen wieder herunter. Die Öffentlichkeit wird dann erfahren, daß Ben Richards den Finger am Zünder nicht ruhig halten konnte. Mögen Sie in Frieden ruhen.«

»Das werden Sie nicht wagen!«

»Nein?«

Richards lächelte wieder und sagte ihm den Grund: »Wir

werden nämlich sehr niedrig über ein dicht besiedeltes Gebiet fliegen. Rechnen Sie zu den zwölf Pfund Dynamit noch zwölf volle Turbotanks hinzu, und Sie haben einen wunderschönen großen Knall. Etwas zu groß, würde ich meinen. O ja, Sie würden es schon riskieren, wenn Sie damit durchkämen, aber Sie werden damit nicht durchkommen.« Er schwieg einen Augenblick. »Sie sind ja so überaus schlau. Haben Sie erwartet, daß ich mit dem Fallschirm direkt vor Ihren Füßen lande?«

»Ja«, antwortete McCone ruhig. »Der Fallschirm wird vor Ihnen auf einem der Passagiersitze liegen. So ein alter Hut, Mr. Richards. Oder haben Sie etwa noch einen Trick auf Lager?«

»Sie sind doch nicht schlau genug, mich mit dem Fallschirm reinzulegen. Ich wette, Sie haben es vergessen.«

»O nein, das wäre wohl doch zu offensichtlich gewesen. Sie hätten diesen nichtexistierenden Zünderring sicher in dem Augenblick gezogen, in dem Sie es bemerkt hätten. Das Risiko wäre zu groß gewesen.«

»Wiedersehen, Kleiner.«

»Auf Wiedersehen, Mr. Richards. Und guten Flug.« Er schmunzelte. »Ja, ja, Sie sind wirklich aufrichtig. Deshalb werde ich Ihnen auch noch einen Trumpf aufdecken, aber nur einen. Wir werden warten, bis die Droge da ist, bevor wir etwas unternehmen. Und mit der Bodenkanone haben Sie absolut recht. Das war nur ein Bluff. Immer das alte Spiel, nicht wahr? Aber ich kann warten. Sehen Sie, ich irre mich nie. Niemals. Ich weiß, daß Sie bluffen. Also können wir es uns leisten zu warten. Ich werde auf der Hut sein. *Au revoir*, Mr. Richards.« Er winkte ihm nach.

»Wohl bald«, antwortete Richards, aber er sagte es so leise, daß McCone ihn nicht mehr hören konnte. Er lächelte still in sich hinein.

...Minus 029 ... und der Countdown läuft...

Das Erste-Klasse-Abteil war ziemlich groß und hatte einen geräumigen Mittelgang, der mit dickem weinrotem Teppichboden ausgelegt war. Die Wände waren mit echtem, im Lauf der Zeit nachgedunkelten Segovia-Holz getäfelt. Zwischen dem Gang zur zweiten Klasse und dem Erste-Klasse-Abteil hing eine große 3-D-Leinwand, die im Augenblick jedoch zur Seite geschoben war. Auf dem Passagiersitz Nummer 100 entdeckte er das große Fallschirmpaket. Als er durch den Gang lief, strich er flüchtig mit seiner Hand darüber. Jemand hatte sogar die Kaffeemaschine eingeschaltet.

Er trat durch die Tür hinter der Bordküche und stand in einem kleinen Korridor, der zum Cockpit führte. Zu seiner rechten saß der Funkoffizier, ein circa dreißigjähriger Mann mit einem von Sorgenfalten zerfurchten Gesicht. Er bedachte ihn mit einem bitteren Blick und wandte sich dann wieder seinen Instrumenten zu. Ein paar Schritte weiter links saß der Navigator vor seinen Schalttafeln und Monitorschirmen.

»He, Leute, der Kerl, der uns alle umbringen will, ist soeben an Bord gekommen«, informierte er seine Mannschaft durch das kleine Mikrofon, das an seinem Kopfhörer befestigt war. Er musterte Richards mit einem kühlen Blick.

Richards sagte nichts. Der Mann hatte ja höchstwahrscheinlich recht. Er humpelte nach vorn in die Nase des großen Donnervogels.

Der Pilot war gut fünfzig oder sogar ein paar Jahre älter. Ein altes Schlachtroß, dessen rotverfärbte Nase darauf schließen ließ, daß er ganz gerne ein Glas trank. Seine klaren, wachsamen Augen sagten Richards allerdings, daß er noch lange kein echter Alkoholiker war. Sein Kopilot war etwa zehn Jahr jünger. Unter seinem Kopfhörer wallte eine ungeheure rote Löwenmähne hervor.

»Hallo, Mr. Richards«, begrüßte der Pilot ihn. Bevor er ihm ins Gesicht sah, warf er rasch einen Blick auf Richards ausgebeulte Jacke. »Entschuldigen Sie, wenn ich Ihnen nicht die Hand gebe. Ich bin Flugkapitän Don Holloway, und dies ist mein Kopilot Wayne Dunninger.«

»Unter diesen Umständen bin ich nicht sehr erfreut, Sie kennenzulernen«, brummte Dunninger.

Richards verzog den Mund. »Lassen Sie mich in diesem Sinne hinzufügen, daß es mir leid tut, hier sein zu müssen. Kapitän Holloway, Sie stehen doch sicher mit McCone in Verbindung, nicht wahr?«

»Selbstverständlich. Unser Funkoffizier heißt Kippy Friedman.«

»Geben Sie mir so ein Ding, damit ich mit ihm reden kann.«

Mit unendlicher Vorsicht reichte Holloway ihm ein Mikrofon.

»Machen Sie ruhig mit Ihren Vorbereitungen weiter«, sagte Richards. »Sie haben noch fünf Minuten.«

»Wollen Sie, daß wir die Sprengriegel an den hinteren Luken laden lassen?« fragte Dunninger trocken.

»Kümmern Sie sich um Ihre eigenen Angelegenheiten«, antwortete Richards kühl. Es war Zeit, die Sache zu einem Ende zu bringen. Er mußte jetzt seine letzte Karte ausspielen. Sein Kopf war heiß, sein Gehirn arbeitete so angestrengt, daß er Angst hatte, es könnte plötzlich aussetzen. Provozieren und widerrufen, so lief das Spiel.

Jetzt werde ich den Bogen gewaltig überspannen, McCone.

»Mr. Friedman?«

»Ja?«

»Hier spricht Ben Richards. Ich möchte mit McCone reden.«

Eine halbe Minute Funkstille. Holloway und Dunninger beachteten ihn nicht weiter. Routinemäßig gingen sie ihre Checkliste durch, überprüften die Luftklappen, die Türen, sämtliche Schalter, lasen den Druck- und den Höhenmesser ab. Das auf- und abschwellende Motorengeräusch der Maschine hatte wieder eingesetzt, doch jetzt klang es wesentlich lauter. Als McCones Stimme sich endlich meldete, war sie im Vergleich zu dem ungeheuren Lärm sehr leise.

»Hier ist McCone.«

»Kommen Sie an Bord, Kleiner. Sie und die Frau werden jetzt eine kleine Flugreise unternehmen. Zeigen Sie sich innerhalb von drei Minuten in der Einstiegsluke, oder ich ziehe am Zünderring.«

Dunninger versteifte sich in seinem Sitz, als wäre er angeschossen worden. Als er wieder seine Zahlen durchsagte, klang seine Stimme ängstlich und unsicher.

Wenn er genug Mut hat, wird er die Sache jetzt platzen lassen. Nach der Frau zu fragen, das war eine ungeheure Provokation. Wenn er genug Mut hat...

Richards wartete.

In seinem Kopf tickte eine unbarmherzige Uhr.

... Minus 028 ... und der Countdown läuft...

Als McCone sich wieder meldete, hatte seine Stimme einen merkwürdigen, aufgeregten Unterton. Angst? Möglicherweise. Richards Herz pochte hart gegen seine Rippen. Jetzt mußte es zur Entscheidung kommen. Vielleicht.

»Richards, Sie sind wahnsinnig. Ich werde doch nicht...«

»Jetzt hören Sie mir mal gut zu«, fiel Richards ihm mit lauter, fester Stimme ins Wort. »Und denken Sie daran, daß man unsere Unterhaltung im Umkreis von sechzig Meilen auf jedem Funkgerät mithören kann. Die Nachricht wird sich schnell verbreiten. Sie arbeiten nicht mehr im Dunkeln, Kleiner. Sie stehen mitten im Scheinwerferlicht auf offener Bühne. Sie werden an Bord kommen, denn Sie haben viel zuviel Schiß davor, mich reinzulegen, wenn Sie selber dabei draufgehen könnten. Die Frau kommt mit, weil ich ihr gesagt habe, wohin ich fliegen will.«

Zu schwach. Du mußt ihn härter anfassen. Laß ihm keine Zeit zum Nachdenken.

»Und selbst wenn Sie überleben sollten, obwohl ich den Ring ziehe, werden Sie nicht mal mehr als Apfelverkäufer unterkommen.« Er umklammerte die Tasche unter seiner Jacke mit nervösem, krampfhaftem Griff. »Das war's, in drei Minuten sind Sie hier. Ende der Durchsage!«

»Richards, warten Sie...«

Er schaltete das Mikrofon und damit McCones Stimme ab. Dann überreichte er es Holloway, der es mit leicht zitternden Fingern wieder in Empfang nahm.

»Sie haben Mut«, sagte Holloway leise. »Das muß ich Ihnen lassen. Ich habe noch nie einen Mann mit soviel Mumm in den Knochen getroffen.«

»Hier werden mehr Knochen rumfliegen, als wir je gesehen haben, wenn er an dem Zünder da zieht«, warf Dunninger trocken ein.

»Machen Sie bitte mit Ihren Vorbereitungen weiter«, sagte Richards. »Ich gehe hinaus, um unsere Gäste zu begrüßen. In fünf Minuten starten wir.«

Er ging nach hinten und schob den Fallschirm unterwegs auf den Fenstersitz. Dann setzte er sich so in den Mittelgang, daß er die Verbindungstür zwischen der ersten und zweiten Klasse im Auge hatte. Bald würde er's wissen. Es konnte nicht mehr lange dauern.

Seine Hand knetete ununterbrochen, mit zunehmender Hilflosigkeit, Amelia Williams Handtasche.

Draußen war es inzwischen dunkel geworden.

...Minus 027 ... und der Countdown läuft...

Sie kamen genau fünfundvierzig Sekunden vor Ablauf der Frist die Gangway herauf. Amelia atmete schwer. Ihr Haar wurde vom Abendwind, der über das von Menschenhand geschaffene Ödland fegte, zu einer zerzausten Haube aufgetürmt. McCone schien äußerlich unverändert; er blieb bei allem ruhig und gelassen, man könnte sogar sagen unberührt, doch seine Augen funkelten vor Haß, der ans Psychopathische grenzte.

»Sie haben dadurch nichts, aber auch gar nichts gewonnen, Sie Wurm«, erklärte er betont ruhig. »Wir haben noch nicht einmal angefangen, unsere Trümpfe auszuspielen.«

»Freut mich, Sie wiederzusehen, Mrs. Amelia«, begrüßte Richards freundlich die Frau.

Als ob er ihr ein Signal gegeben oder eine geheime Feder in ihr gelöst hätte, fing sie plötzlich an zu weinen. Es war kein hysterisches Weinen; eher eine vollkommen hoffnungslose, stille Trauer, die tief aus ihrem Inneren hervorzusteigen schien. Von ihren Gefühlen überwältigt, stolperte sie und ließ sich auf den weichen Plüschteppich fallen, auf dem sie sich zusammenkrümmte und das Gesicht in beiden Händen versteckte. Richards Blut war auf ihrer Bluse getrocknet und hatte eine schmutzigbraune Spur hinterlassen. Ihr weiter Rock breitete sich über ihre Beine aus, so daß sie wie eine verwelkte Blume aussah.

Richards empfand Mitleid mit ihr. Es war ein schales Gefühl, aber das einzige, das er im Augenblick für sie aufbringen konnte.

»Mr. Richards?« Es war Holloways Stimme, die über die Bordsprechanlage kam.

»Ja?«

»Haben wir grünes Licht... ich meine, können wir starten?«

»Ja.«

»Gut, dann erteile ich der Bodencrew den Auftrag, die Gangway zurückzuziehen und die Luke zu schließen. Werden Sie ja nicht nervös mit diesem Ding da.«

»Alles in Ordnung, Kapitän, vielen Dank.«

»Sie haben sich selbst ans Messer geliefert, indem Sie nach der Frau gefragt haben«, sagte McCone ungerührt. »Und das wissen Sie auch, nicht wahr?« Er lächelte zwar zugleich vorwurfsvoll und nachsichtig, aber man spürte trotz allem seine fast paranoide Angst. Seine Hände ballten und streckten sich ununterbrochen.

»Ah, ist das so?« bemerkte Richards milde und fügte im selben Tonfall hinzu: »Und da Sie sich niemals irren, werden Sie mich vermutlich noch beseitigen, bevor die Maschine sich in die Luft erhebt. Auf diese Art geraten Sie aus der Gefahrenzone und kommen sauber und unschuldig aus der ganzen Sache heraus, hab' ich recht?«

McCones Lippen umspielte ein höhnisches Lächeln, aber er preßte sie gleich darauf zusammen, bis sie weiß wurden. Unbeweglich stand er vor seinem Gegner. Das Flugzeug fing leicht zu zittern an, als die Motoren ansprangen und sich bei zunehmender Drehzahl warmliefen.

Das Geräusch wurde abrupt leiser, als jemand die Verbindungstür zur zweiten Klasse zuschlug. Richards beugte sich über einen der Passagiersitze und spähte zu dem runden Fenster hinaus. Er sah, wie die Bodenmannschaft die Gangway wegrollte.

Jetzt stehen wir alle zusammen unter dem Galgen, dachte er.

... Minus 026 ... und der Countdown läuft...

Neben der zur Seite geschobenen Filmleinwand leuchtete das Signal BITTE ANSCHNALLEN UND DAS RAUCHEN EINSTELLEN auf. Das Flugzeug beschrieb einen weiten Bogen auf dem Rollfeld. Richards hatte sein gesamtes Wissen über Flugzeuge vom Free-Vee und aus den reißerischen Abenteuerromanen, die er früher mal gelesen hatte. Es war erst das zweite Mal, daß er an Bord so einer Maschine saß, und im Vergleich zu diesem Vogel war der Transporter, der ihn von Harding nach New York gebracht hatte, eine Badewanne gewesen. Die heftige Vibration unter seinen Fußsohlen verwirrte ihn.

»Amelia?«

Sie richtete sich langsam auf und hob ihm ihr tränenverschmiertes Gesicht entgegen. »Ja?« Ihre Stimme klang heiser und verwirrt, so als hätte sie vergessen, wo sie sich befand.

»Setzen Sie sich bitte, wir starten gleich.« Und zu McCone gewandt: »Setzen Sie sich, wohin Sie wollen. Sie können sich im ganzen Flugzeug frei bewegen, aber lassen Sie die Crew in Ruhe.«

McCone sagte nichts, sondern setzte sich gleich neben die Verbindungstür zwischen der ersten und zweiten Klasse. Dann schien er es sich anders überlegt zu haben. Abrupt stand er auf, marschierte durch die Tür und war ihren Blikken entschwunden.

Richards humpelte auf die Frau zu, wobei er sich an den Rückenlehnen aufstützte. »Ich würde gern am Fenster sitzen«, bat er leise. »Ich bin erst einmal geflogen.« Er versuchte zu lächeln, aber sie sah ihn nur dumpf und verständnislos an.

Er schlüpfte in seinen Sitz, und sie rutschte neben ihn. Sie schloß sogar den Sitzgurt für ihn, damit er die Hand nicht aus der Tasche zu nehmen brauchte.

»Sie sind ein Alptraum.«

»Es tut mir leid.«

»Ich habe ihnen nicht...« flüsterte sie, aber er legte ihr schnell die Hand auf den Mund und schüttelte den Kopf. Ihr ernst in die Augen sehend formte er mit den Lippen das Wort *Nein!*

Das Flugzeug hatte sich in einem schier endlosen Bogen gedreht, und jetzt heulten die Turbinen auf. Wie eine dicke, tolpatschige Ente, die auf das Teichufer zuwatschelte, bewegte die Maschine sich auf die Startbahn zu. Sie war so groß, daß Richards das Gefühl hatte, sie stünden still und die Erde zöge langsam unter ihnen hinweg.

Vielleicht ist alles bloß Einbildung, dachte er entsetzt. *Vielleicht haben sie vor den Fenstern zwei riesige 3-D-Leinwände angebracht, und...*

Er schob diese Gedanken beiseite.

Sie hatten das Ende der Startbahn erreicht, und der Jumbo wandte sich schwerfällig nach rechts. Im rechten Winkel fuhren sie an den Startbahnen zwei und drei vorbei. Vor der Startbahn eins blieb die Maschine noch einmal stehen.

Über die Bordsprechanlage informierte Holloway sie mit tonloser Stimme: »Wir starten jetzt, Mr. Richards.«

Das Flugzeug setzte sich sanft in Bewegung, langsam zuerst, und dann immer schneller werdend, bis es so gewaltig beschleunigte, daß Richards in das weiche Polster seines Sitzes gepreßt wurde. Er hätte vor Angst fast laut aufgeschrien.

Er lag regungslos in seinem Sitz und beobachtete, wie die Landelichter draußen mit atemberaubender Geschwindigkeit am Fenster vorbeiflitzten. Die zerrupften Büsche und abgestorbenen Bäume, die sich dunkel von dem flammend roten Horizont abhoben, rasten wie Ungeheuer auf ihn zu. Das Turbinengeheul wurde immer lauter und höher, und der Fußboden vibrierte immer stärker.

Plötzlich bemerkte er, daß Amelia Williams sich mit beiden Händen an seiner Schulter festklammerte; auch ihr Gesicht war eine von Angst und Entsetzen verzerrte Maske.

Lieber Gott, sie ist wohl auch noch nie geflogen!

»Wir fliegen«, sagte er leise. Er mußte den Satz immer wiederholen, war unfähig, damit aufzuhören. »Wir fliegen. Wir fliegen.«

»Wohin?« flüsterte sie leise.

Er konnte ihr nicht antworten. Er fing selber gerade erst an, es zu ahnen.

... Minus 025 ... und der Countdown läuft...

Die beiden Polizisten, die an der Straßensperre am Osteingang des Flughafens postiert waren, beobachteten, wie der silberne Vogel auf die Startbahn einbog und an Geschwindigkeit gewann. Seine Bordlichter blinkten grün und rot in der Dämmerung, und das anschwellende Turbinengeheul dröhnte ihnen in den Ohren.

»Er fliegt tatsächlich«, bemerkte der eine. »Himmel, er hat es geschafft.«

»Wohin?« wunderte sich der andere.

Sie sahen, wie der große Schatten sich vom Boden hob. Die Motoren hatten jetzt ein seltsam flaches Geräusch, wie der Artilleriebeschuß in ihren kalten morgendlichen Trainingsstunden. Er hob sich in einem steilen Winkel in den Himmel und wirkte dabei so real, so greifbar und prosaisch wie ein Stückchen Butter auf dem Frühstücksteller. Und doch schien es unwahrscheinlich, daß er flog.

»Glaubst du wirklich, daß er 'ne Bombe hat?«

»Teufel, woher soll ich das wissen?«

Das Motorengedröhn des Jets wurde allmählich leiser.

»Aber eins muß ich sagen«, brummte der erste, während er sich von den immer kleiner werdenden Lichtern abwandte und seinen Uniformkragen hochzog. »Ich bin heilfroh, daß er diesen Mistkerl McCone mitgenommen hat.«

»Darf ich dir mal 'ne persönliche Frage stellen?«

»Wenn ich sie nicht beantworten muß.«

»Würde es dir gefallen, wenn er die Bombe hochgehen ließe?«

Der Beamte schwieg eine lange Weile. Das Motorengeräusch wurde unterdessen schwächer und schwächer, bis das leise Summen nur noch eine Einbildung zu sein schien.

»Ja.«

»Glaubst du, daß er's tun wird?«

Ein unergründliches Lächeln in der Dunkelheit. »Mein Lieber, ich glaube, das wird einen großen Knall geben.«

... Minus 024 ... und der Countdown läuft ...

Die Erde war unter ihnen zurückgeblieben.

Richards starrte fasziniert aus dem Fenster und konnte sich nicht satt sehen. Es kam ihm vor, als hätte er auf dem ersten Flug geschlafen, um diesen in seiner Einmaligkeit genießen zu können. Der Himmel hatte eine tiefblaue Farbe angenommen, und das Flugzeug flog in Augenhöhe auf einer Linie zwischen samtenem Königsrot und tiefem Schwarz. Einige Sterne funkelten verstohlen am Abendhimmel.

Das verlöschende Sonnenlicht war nur mehr ein gelborangefarbener Streifen am westlichen Horizont, der nicht mehr die Kraft hatte, der Erde Licht zu spenden. Unter sich entdeckte er ein Gewirr von Lichtern; wahrscheinlich Derra.

»Mr. Richards?«

»Ja?« Erschrocken fuhr er von seinem Sitz auf, als hätte ihn jemand gestochen.

»Wir befinden uns jetzt in Warteposition. Das heißt, wir fliegen in einem großen Bogen über den Voigt-Field-Flughafen. Ihre Anweisungen?«

Richards dachte scharf nach. Es hatte keinen Sinn, sie zuviel wissen zu lassen.

»Was ist die niedrigste Höhe, in der Sie diese Maschine fliegen dürfen?«

Es folgte eine lange Beratungspause. »Wir können es in einer Höhe von sechshundert Metern wagen«, antwortete Holloway vorsichtig. »Das ist zwar gegen die Sicherheitsbestimmungen, aber...«

»Kümmern Sie sich nicht darum«, unterbrach Richards

ihn. »Ich muß mich bis zu einem gewissen Grad in Ihre Hände geben, Mr. Holloway. Ich habe nur sehr wenig Ahnung vom Fliegen, und ich bin sicher, daß man Sie darüber informiert hat. Denken Sie bitte daran, daß die Leute, die sich so voller Einfallsreichtum an die Aufgabe gemacht haben, mich hereinzulegen, alle auf dem Boden zurückgeblieben und außer Gefahr sind. Wenn ich also herausfinden sollte, daß Sie mich anlügen ...«

»Niemand hier an Bord wird Sie belügen«, antwortete Holloway barsch. »Wir sind nur daran interessiert, diesen Vogel wieder heil auf die Erde zu bringen.«

»Gut, sehr gut.« Er nahm sich Zeit, um nachzudenken. Amelia saß stumm und aufrecht neben ihm, die Hände brav im Schoß gefaltet.

»Fliegen Sie immer nach Westen«, sagte er plötzlich. »Bleiben Sie auf sechshundert Metern. Und geben Sie mir unterwegs bitte die Sehenswürdigkeiten durch.«

»Sehenswürdigkeiten?«

»Die Punkte, die wir überfliegen«, erklärte Richards. »Ich bin bisher nur einmal geflogen.«

»Ach so.« Holloway klang erleichtert.

Das Flugzeug legte sich schräg in die Luft, und die dunkle Horizontlinie über dem Sonnenuntergang sank unter ihnen hinweg. Richards schaute immer noch fasziniert aus dem Fenster. Auf einmal entdeckte er vereinzelt glitzernde Lichtstrahlen, die sich in dem massiven Fensterglas brachen.

Wir jagen der Sonne nach, dachte er aufgeregt. *Ist das nicht erstaunlich?*

Es war genau fünf Minuten nach halb sieben.

...Minus 023 ... und der Countdown läuft...

Die Rückenlehne des Sitzes vor ihm war eine reine Offenbarung. In einer kleinen Tasche steckte ein Handbuch mit den Sicherheitsvorschriften. Bei Luftturbulenzen bitte den Sicherheitsgurt festschnallen. Wenn der Luftdruck in der Kabine sinkt, bitte die Masken aus dem Fach direkt über Ihrem

Kopf nehmen. Bei Maschinenschaden wird die Stewardeß Ihnen weitere Anweisungen erteilen. Im Falle einer plötzlichen Explosion hoffen wir, daß Sie genug Zahnfüllungen haben, um hinterher identifiziert werden zu können.

Ein kleiner Free-Vee-Schirm war direkt in Augenhöhe vor ihm angebracht. Darunter war ein kleines Metallschild befestigt, mit dem der Zuschauer darüber in Kenntnis gesetzt wurde, daß die Übertragungen je nach Geschwindigkeit und Flughöhe in ihrer Qualität schwanken konnten. Für die ganz eifrigen Zuschauer gab es ein Kontrollsystem, das mit Sensorknöpfen bedient wurde.

Rechts unterhalb des Schirmes steckte ein Briefblock mit dem Emblem der Fluggesellschaft und einem Füller, der mit einer Kette daran befestigt war. Richards zog den Block heraus, legte ihn auf seine Knie und schrieb ungeschickt:

›Es steht 99 zu 1, daß man Sie mit einer Wanze ausgestattet hat. Sie steckt im Schuh oder in Ihrem Haar, vielleicht auch in Ihrem Blusenärmel. Ich wette, daß McCone uns belauscht und nur darauf wartet, daß Sie die Maske fallen lassen. Spielen Sie in ungefähr einer Minute einen hysterischen Anfall und flehen Sie mich an, den Zünder nicht zu betätigen. Das wird unsere Chancen erhöhen. Machen Sie mit?‹

Sie nickte. Richards zögerte einen Augenblick und kritzelte dann auf den Block: ›Warum haben Sie für mich gelogen?‹

Sie nahm ihm den Füller aus der Hand und ließ ihn einen Augenblick über dem Papier ruhen, bevor sie schrieb:

›Können Sie sich das nicht denken? Sie haben mich dazu gebracht, daß ich mich wie ein Mörder gefühlt habe. Und Ihre Frau. Sie kamen mir so...‹ Der Füller hielt inne, zitterte unschlüssig über dem Papier und kratzte dann weiter: ›...beklagenswert vor.‹

Richards zog die Augenbrauen in die Höhe und lächelte leicht – es tat weh. Er bot ihr noch einmal den Füller an, aber sie schüttelte nur stumm den Kopf. Da schrieb er: ›Fangen Sie in ungefähr fünf Minuten mit Ihrer Vorstellung an.‹

Sie nickte, und er knüllte das Papier zusammen, steckte es in den Aschenbecher in seiner Armlehne und zündete es an. Eine kleine, gelbe Stichflamme züngelte hoch und warf einen matten Widerschein auf das Bordfenster. Dann fiel der Brief zu Asche zusammen, in der Richards nachdenklich herumstocherte.

Knapp fünf Minuten später fing Amelia zu stöhnen an. Es klang so echt, daß Richards zuerst verwirrt auffuhr. Dann schoß es ihm plötzlich durch den Kopf, daß sie ihr Stöhnen tatsächlich nicht zu spielen brauchte.

»Bitte, nicht...«, jammerte sie. »Bitte lassen Sie das. Provozieren Sie den Mann doch nicht so... daß er sie töten muß. Ich habe Ihnen doch nichts getan. Ich möchte endlich nach Hause, zu meinem Mann und meiner Tochter. Auch ich habe eine Tochter. Sie ist sechs und wird sich jetzt fragen, wo ihre Mammie ist.«

Richards spürte, wie seine Augenlider zu zittern anfingen. Himmel, er hatte nicht gewollt, daß sie es so gut spielte. Nicht so verdammt gut.

»Er ist zwar ziemlich dumm«, beruhigte er sie, wobei er sich bemühte, ganz normal zu sprechen, als ob es keinen Zuhörer gäbe. »Aber ich halte ihn nicht für so blöd, daß er das tun würde. Es wird alles gut werden, Mrs. Williams, glauben Sie mir.«

»Sie können das leicht behaupten. Sie haben ja schließlich nichts zu verlieren.«

Er antwortete nicht darauf. Sie hatte ja so recht. Es gab wohl nichts, was er nicht schon verloren hatte.

»Zeigen Sie's ihm doch«, flehte sie. »Um Himmels willen, warum zeigen Sie ihm nicht einfach den Sprengstoff? Dann muß er ihnen ja glauben... dann wird er vielleicht die Bodenwachen zurückbeordern. Sie haben ihre Raketen auf uns gerichtet. Ich habe gehört, wie er es befohlen hat.«

»Ich kann es ihm nicht zeigen«, antwortete Richards. »Wenn ich es aus meiner Jacke herausziehe, muß ich entweder die Zündung sichern, oder, und das ist viel wahrscheinlicher, das Ding geht aus Versehen in die Luft. Außerdem«, fügte er mit spöttischer Stimme hinzu, »würde ich es ihn wohl auch dann nicht sehen lassen, wenn es mir möglich wäre. Schließlich ist er der erbärmliche Wurm, der dabei etwas zu verlieren hat. Soll er doch schwitzen.«

»Ich glaube, ich halte das nicht länger aus«, jammerte sie. »Ich habe das Gefühl, es wäre besser, wenn ich mich einfach auf Sie werfen und der Sache ein Ende machen würde. Es wird ja sowieso so ausgehen, nicht wahr?«

»Sie haben keine...« fing er an, doch in dem Moment wurde die Tür aufgestoßen, und McCone stürzte in den Mittelgang. Sein Gesicht wirkte ruhig, doch unter dieser Ruhe entdeckte Richards eine grimmige Anspannung, die er auf Anhieb erkannte. Es war die blanke Angst, weiß, wächsern und durchschimmernd.

»Mrs. Williams«, sagte er barsch. »Würden Sie bitte Kaffee machen? Für sieben Personen. Leider müssen Sie auf diesem Flug Stewardeß spielen.«

Sie stand auf, ohne einen von beiden anzublicken. »Wo?« fragte sie gelassen.

»Da vorn«, antwortete er in schmeichlerischem Ton. »Folgen Sie einfach Ihrer Nase.« Er stand da wie ein freundlich blinzelnder kleiner Mann, bereit, sich sofort auf sie zu stürzen, wenn sie auch nur eine Bewegung auf Richards zu machte.

Doch sie schritt ruhig durch den Mittelgang, ohne sich auch nur einmal umzublicken.

McCone fixierte Richards durch seine runden Brillengläser und fragte: »Würden Sie aufgeben, wenn ich Ihnen Amnestie gewähre, sobald wir gelandet sind, mein Freund?«

»Freund?« wiederholte Richards verwundert. »Das klingt ekelhaft aus Ihrem Mund.« Er streckte die Finger seiner freien Hand aus und betrachtete sie aufmerksam. Die Hand war schmutzig und mit Spuren getrockneten Bluts bedeckt. Überall waren Stiche und Kratzer von den Brombeerranken zu sehen, die ihm arg zugesetzt hatten auf dem Marsch durchs Unterholz im südlichen Maine, den er mit einem gebrochenen Knöchel bewältigt hatte. »Wirklich ekelhaft!« wiederholte er. »Wenn Sie es sagen, erinnert es an zwei Pfund fettiges Hamburgerfleisch, das in ranzigem Öl in einer Bratpfanne schwimmt. Die Art, wie man sie nur in den Billigstläden von Co-Op City kriegt.« Er warf einen Blick auf McCones gut verstecktes Rauschgiftpäckchen. »Aber das«, fuhr er fort, »das da erinnert eher an ein gutes Stück Rumpsteak, nicht wahr? Die besten Stücke enthalten überhaupt kein Fett bis auf den dünnen Rand auf der Außenseite, stimmt's?«

»Amnestie«, wiederholte McCone. »Wie hört sich das für Sie an?«

»Wie eine Lüge«, antwortete Richards lächelnd. »Wie eine dicke, fette Lüge. Glauben Sie etwa, ich wüßte nicht, daß Sie nichts weiter als eine bezahlte Hilfskraft sind, McCone?«

McCone wurde rot. Es war kein beschämtes Erröten, sondern ein wütendes Ziegelsteinrot. »Es wird mir gut tun, Sie wieder auf dem Boden zu wissen«, fauchte er. »Wir besitzen hochexplosive Geschosse, die Ihren Kopf in einen matschigen Pfirsich verwandeln werden, der vom obersten Stockwerk eines Wolkenkratzers auf die Straße gefallen ist. Sie sind mit Gas gefüllt und explodieren bei der geringsten Berührung. Wenn sie allerdings in den Bauch getroffen werden...«

Auf einmal brüllte Richards los: *»Jetzt reicht's! Ich ziehe jetzt an dem Ring!«*

McCone schrie auf und stolperte zwei Schritte rückwärts, fiel über die gepolsterte Sessellehne des Passagiersitzes Nummer 95 und ruderte wild mit den Armen durch die Luft, während er hintenüber in dem Sitz versank, als wären seine Füße mit einem Lasso eingefangen worden.

Er schlug die Hände mit gespreizten Fingern vors Gesicht und spähte entsetzt und vorsichtig hindurch, die Züge wie zu einer Totenmaske erstarrt, der jemand aus Spaß eine kleine, runde Brille aufgesetzt hatte.

Richards fing an zu lachen. Es klang zuerst etwas brüchig und heiser und selbst in seinen Ohren fremd und unvertraut. Wie lange war es her, daß er so richtig herzlich gelacht hatte, frei heraus, aus vollem Bauch und voller Kehle? Es kam ihm so vor, als wäre das sein ganzes graues, ödes und anstrengendes Leben lang noch nicht passiert. Aber jetzt genoß er es.

Sie Arschloch.

Er konnte McCones Stimme nicht hören, sondern las ihm das Wort vom Mund ab. McCones Gesicht war so traurig verzogen wie das eines alten, abgenutzten Teddybärs.

Richards lachte. Er hielt sich mit seiner freien Hand an der Sitzlehne fest und lachte und lachte und lachte.

... Minus 022 ... und der Countdown läuft ...

Als Holloway ihn über den Bordlautsprecher informierte, daß sie soeben die Grenze zwischen Kanada und Vermont überflogen (Richards nahm an, daß er sich in seinem Job auskannte; er selbst konnte unter sich nur Dunkelheit und ab und zu ein paar Lichter entdecken), stellte er vorsichtig seine Kaffeetasse ab und fragte:

»Würden Sie mir bitte eine Karte von Nordamerika geben, Kapitän Holloway?«

»Eine geographische oder eine politische Karte?« schaltete eine neue Stimme sich ein. Richards nahm an, daß sie dem Navigator gehörte. Jetzt mußte er sich vorsätzlich dumm stellen und durfte nicht wissen, welche Karte er wollte. Er wußte es tatsächlich nicht.

»Beides«, antwortete er tonlos.

»Werden Sie die Frau vorschicken, um sie zu holen?«

»Wie heißen Sie, Sportsfreund?«

Eine zögernde Pause. Der Mann hatte offenbar gemerkt, daß Richards ihn erkannt hatte. »Donahue.«

»Ich nehme an, Sie haben Beine, Donahue. Wie wär's, wenn Sie sie mal in Bewegung setzen und die Karten selbst nach hinten bringen würden?«

Donahue setzte seine Beine in Bewegung. Er hatte lange, fettige Haare, die streng nach hinten gekämmt waren, und seine Hose saß so eng, daß seine Geschlechtsteile darunter wie Golfbälle zu sehen waren. Die Karten steckten in einer Plastikhülle. Richards hatte keine Ahnung, worin Donahues Geschlechtsteile eingehüllt waren.

»Ich wollte nicht unhöflich sein«, sagte er widerwillig. Richards musterte ihn. Er hatte das Gefühl, den Mann sofort einordnen zu können. Wohlhabender Jüngling mit jeder Menge Freizeit, die er in den schäbigen Vergnügungsvierteln der großen Städte verbrachte, wo er sich mit einer Horde Gleichgesinnter herumtrieb, die die Gegend manchmal zu Fuß, meistens aber auch in teuren Luxuslimousinen unsicher machten. Die Schwulen. Schwule mußten selbstverständlich ausgerottet werden. Rettet unsere Toiletten für die Demokratie. Sie wagten sich selten aus der zwielichtigen Vergnügungszone in die echte Dunkelheit des Ghettos, und wenn sie es taten, wurden sie sofort aufgegriffen und zusammengeprügelt.

Donahue trat unter Richards' durchdringendem Blick unruhig von einem Fuß auf den anderen.

»Wünschen Sie noch etwas?«

»Sie sind schwul, nicht wahr, Sportsfreund?«

»Häh?«

»Nicht so wichtig. Gehen Sie zurück und helfen Sie denen da vorn.«

Donahue entfernte sich mit raschen Schritten.

Richards fand schnell heraus, daß die Karte, auf der die Staatsgrenzen eingezeichnet waren, die politische war. Er zog mit dem Finger eine Linie von Derry bis an die kanadische Grenze und rechnete so ihre ungefähre Position aus.

»Kapitän Holloway?«

»Ja?«

»Biegen Sie nach links ab.«

»Häh?« Holloway war offensichtlich verwirrt.

»Ich meine, fliegen Sie nach Süden. Immer direkt nach Süden, und denken Sie daran...«

»Ich denke dran«, sagte Holloway, »keine Sorge.«

Das Flugzeug drehte ab. McCone saß immer noch zusammengekrümmt in dem Sitz, in den er hineingestolpert war, und beobachtete ihn mit gierigen Augen.

...Minus 021 ... und der Countdown läuft...

Richards merkte, daß er immer wieder einnickte, und das machte ihm Angst. Das gleichmäßige Motorengeräusch wirkte einschläfernd, beinahe hypnotisierend. McCone bekam natürlich genau mit, was passierte, und seine Sitzhaltung wurde immer listiger. Auch Amelia merkte, was mit ihm los war. Sie saß geduckt in einem der Sitze vor ihm und beobachtete die beiden mit kläglicher Miene.

Richards trank noch zwei Tassen Kaffee, aber es nützte

nicht viel. Es fiel ihm immer schwerer, sich auf die Karte und auf Holloways regelmäßige Ortsangaben zu konzentrieren.

Schließlich stieß er sich mit der Faust in die Wunde, die die Kugel in seine Hüfte gerissen hatte. Der Schmerz war intensiv und plötzlich. Es war, als hätte er sich einen Eimer kaltes Wasser über den Kopf geschüttet. Ein halb geflüstertes, pfeifendes Stöhnen entwich ihm aus beiden Mundwinkeln – fast wie bei einer Stereoanlage. Frisches Blut durchnäßte sein Hemd und blieb an seiner Hand kleben.

Amelia stöhnte auf.

»Ruhig«, sagte Richards laut zu sich selbst. »Ganz ruhig bleiben, mein Junge.«

Gott, wird es nun bald vorbei sein? Ja, sehr bald.

Es war Viertel vor acht.

...Minus 020 ... und der Countdown läuft...

Es hätte ein schlechter Traum sein können, ein Alptraum, der aus der Dunkelheit in das ungesunde Dämmerlicht seines nur halb wachen Geistes aufgestiegen war – vielleicht war es doch eher eine Vision oder Halluzination. Sein Gehirn konzentrierte sich auf die Karte und die Navigation des Flugzeugs sowie auf die ständige Gefahr, die McCone darstellte. Gleichzeitig fand aber auch etwas nicht Greifbares, Dunkles statt. In dieser Dunkelheit bewegte sich etwas.

Wir haben seine Spur auf dem Radarschirm. Positiv.

Riesige, heulende Servomechanismen in der Dunkelheit. Sie bewegten sich durch die Nacht. Infrarotaugen, die unsichtbare Spektren durchdrangen. Blaßgrüne Linien auf dunklen Bildschirmen und sich drehende Radarschirme.

Da, wir haben ihn.

Lastwagen, die über holprige Landstraßen donnerten und über zweihundert Meilen hinweg in Funkverbindung miteinander standen, Mikrowellen, die durch die Nachtluft schwangen. Endlose Elektronenströme, ausgesandt von unsichtbaren Fledermausschwingen. Sie trafen auf und sandten das Echo zurück. Ein kräftiges *Bliep,* und dann der auf dem Schirm lauernde Punkt, bis der Vorgang sich wiederholte, und der Lichtpunkt in einer etwas südlicheren Position wieder auftauchte.

Sicher?

Ja. Zweihundert Meilen südlich von Newark. Könnte Newark sein.

Newark ist in der roten Zone. Ebenso Süd-New-York.

Stehen die Geschütze noch in Bereitschaft?

Klar.

Wir hätten ihn über Albany abknallen können.

Immer mit der Ruhe, Kamerad.

Lastwagen, die durch schlafende Städtchen donnern, in denen verschlafene Bewohner durch ihre mit Pappe abgesicherten Fensterscheiben spähen, ihre Augen voller Haß und Entsetzen. Wie prähistorische Ungeheuer dröhnt es durch die Nacht.

Öffnet die Löcher.

Riesige, röhrende Motoren schieben ungeheure Deckel beiseite und lassen sie auf dafür vorgesehenen Stahlschienen verschwinden. Kreisrunde Silos, die wie die Erdeingänge zu den unterirdischen Höhlen der Morlocks aussehen. Leichte Wasserstoffwolken entweichen in die Luft.

Da. Da ist er wieder. Newark.

Roger, hier ist Springfield. Haltet uns auf dem laufenden.

Betrunkene, die in den Gassen übernachten, öffnen beim Getöse der Lastwagen verschlafen die Augen und starren schweigend in die Fetzen des Nachthimmels, die durch die dicht an dicht gebauten Häuser zu sehen sind. Ihre Augen sind gelb unterlaufen und ausdruckslos. Aus ihren eingefallenen Mündern tropft der Speichel. Ihre Hände tasten nach Zeitungen, die sie vor der Nachtkälte schützen sollen, aber es gibt keine Zeitungen mehr. Die Fernsehanstalt hat sie alle kaputtgemacht. Free-Vee, das ist der Herrscher der Welt. Hallelujah. Reiche Leute rauchen Dope. Die blaßgelben Augen erhaschen ein hoch in der Luft blinkendes Licht. Grün, rot, grün, rot. Das Lastwagengetöse hat sich entfernt, es hallt nur noch in unregelmäßigen Abständen durch die Häuserschluchten, wie die unbarmherzige Faust der Vandalen. Die Betrunkenen legen sich wieder hin und schlafen weiter. Leise stöhnend.

Wir haben ihn. Westlich von Springfield.
Weitere Anweisungen in fünf Minuten.
Aus Harding?
Ja.
Er ist eingekreist.

Überall die unsichtbaren Fledermausschwingen, die ein flimmerndes Funknetz über die gesamte Nordostecke der Vereinigten Staaten ziehen. Die von GA-Computern gesteuerten Funksysteme arbeiten zuverlässig. Bodenraketen stehen an über tausend Stellen bereit und drehen sich je nach der Richtung, die die rot-grün blinkenden Bordlichter am Nachthimmel anzeigen. Es sind stählerne Klapperschlangen, in deren Mündern die ewige Verdammnis wartet.

Richards gab sich völlig dieser Vision hin, und trotzdem arbeitete sein Verstand weiter. Diese doppelte Funktionsfähigkeit seines Gehirns war auf gewisse Art tröstlich. Sie stellte eine Distanz zur Realität her, die an Wahnsinn grenzte. Langsam verfolgte er mit seinem blutverschorften Finger den Weg, den das Flugzeug nach Süden nahm. Jetzt waren sie südlich von Springfield, jetzt westlich von Hartford, und jetzt...

Wir haben ihn.

... Minus 019 ... und der Countdown läuft ...

»Mr. Richards?«

»Ja.«

»Wir befinden uns über Newark, New Jersey.«

»Ja«, antwortete Richards, »ich habe es mitverfolgt. Holloway?«

Holloway antwortete nicht, aber Richards wußte, daß er zuhörte.

»Sie verfolgen uns schon die ganze Zeit über den Radarschirm, nicht wahr?«

»Ja.«

Richards sah McCone in die Augen. »Ich frage mich, ob sie nicht genau hier beschließen, daß sie auf ihren Bluthund verzichten können. Stellen Sie sich mal vor, sie tun es tatsächlich. Schließlich ist es kein allzu großer Verlust. Sie brauchen ja nur einen neuen zu trainieren.«

McCone knurrte drohend. Richards hielt das für eine völlig unbewußte Reaktion, die man vermutlich durch die Reihen seiner Vorfahren hindurch bis zum Neandertaler zurückverfolgen konnte, der sich lieber mit einem großen Stein in der Hand von hinten an seine Beute heranschlich, statt sich ihr im ehrenvollen, offenen, aber auch unintelligenten Kampf zu stellen.

»Wann fliegen wir wieder über unbewohntes Gebiet, Kapitän?«

»Gar nicht. Jedenfalls nicht, wenn wir weiter genau nach Süden fliegen. Wir kommen allerdings ein Stück über die offene See, wenn wir die Bohrtürme von North Carolina hinter uns gelassen haben.«

»Dann gehört also alles, was südlich von hier liegt, zum Stadtgebiet von New York?«

»Ja, das entspricht ungefähr der Ausdehnung der Stadt.«

»Vielen Dank.«

Die Lichter von New York lagen unter ihnen verstreut wie eine Handvoll Juwelen, die jemand nachlässig auf den schwarzen Samt einer Schmuckkassette geworfen hat.

»Kapitän?«

Müde: »Ja?«

»Von jetzt ab fliegen Sie genau nach Westen.«

McCone fuhr auf, als wäre ihm ein Geist erschienen. Amelia räusperte sich trocken.

»Nach Westen?« fragte Holloway erstaunt. Er klang unglücklich und zum ersten Mal ängstlich. »Sie verlangen, daß wir nach Westen fliegen? Das wird uns über völlig freies Gebiet führen. Zwischen Harrisburg und Pittsburg ist Pennsylvania reines Farmland. Östlich von Cleveland gibt es keine größere Stadt mehr.«

»Wollen Sie meine Strategie für mich planen, Kapitän?«

»Nein, ich ...«

»Nach Westen«, unterbrach Richards kurz angebunden.

Newark verschwand unter ihnen.

»Sie sind verrückt«, brummte McCone. »Sie werden uns in der Luft zerfetzen.«

»Mit Ihnen und fünf weiteren unschuldigen Personen an Bord? In diesem ehrenvollen Lande?«

»Es wird ein Versehen sein«, erklärte McCone heiser. »Ein absichtliches Versehen.«

»Sehen Sie sich nie den *National Report* an?« fragte Richards lächelnd. »Wir machen keine Fehler. Schon seit 1950 haben wir keinen Fehler mehr gemacht.«

Die letzten Lichter von Newark waren unter der Tragfläche verschwunden und hatten eine tiefe Dunkelheit zurückgelassen.

»Sie lachen ja gar nicht mehr«, spottete Richards.

...Minus 018 ... und der Countdown läuft...

Eine halbe Stunde später meldete Holloway sich wieder. Es klang etwas aufgeregt.

»Richards, der Flughafen in Harding hat uns gerade informiert, daß sie eine direkte Funkleitung zu uns herüberstrahlen. Die Spielekommission hat sich gemeldet. Man hat mir gesagt, daß es ziemlich wertvoll für Sie sein könnte, Ihr Free-Vee einzuschalten.«

»Danke schön.«

Er betrachtete den Bildschirm nachdenklich und hätte ihn fast eingeschaltet, doch dann zog er die Hand schnell wieder zurück, als stünde der ganze Vordersitz unter Hochspannung. Eine seltsame Müdigkeit und das Gefühl, diese Szene schon einmal erlebt zu haben, erfaßte ihn. Es kam ihm vor, als würde alles jetzt noch einmal von vorne anfangen: Sheila mit ihrem mageren, abgearbeiteten Gesicht, der Geruch von Mrs. Jenners gedünstetem Kohl im Hausflur, das Geplärr des Free-Vee in der Küche. *Tretmühle zum Reichtum* und *Schwimm mit den Krokodilen*. Cathys Schreien. Sie würden nie ein zweites Kind haben. Selbst wenn er all dies rückgängig machen und noch mal ganz von vorne anfangen könnte, sie würden nie wieder ein Kind haben. Schon dieses Mädchen war ein Wunder.

»Schalten Sie ein«, forderte McCone ihn auf. »Vielleicht haben sie uns – Ihnen – einen Handel anzubieten.«

»Halten Sie die Klappe«, sagte Richards. Er wartete, und die Müdigkeit strömte durch seinen Körper wie lauwarmes Wasser. Er hatte eine seltsame Vorahnung. Seine Schmerzen setzten ihm jetzt sehr zu. Seine Wunde blutete ununterbrochen, und seine Beine fühlten sich schwach und völlig taub an. Er war sich fast sicher, daß er nicht mehr würde aufstehen können, wenn dieses Affentheater zu Ende war.

Grunzend beugte er sich auf einmal vor und betätigte den Einschaltknopf. Auf dem Bildschirm erschien sofort ein klares, scharfes Bild. Das geduldig wartende Gesicht, das er darauf entdeckte, war sehr schwarz und sehr vertraut. Dan Killian. Er saß an seinem nierenförmigen Mahagonischreibtisch, auf dessen Vorderseite das Spieleemblem aufgemalt war.

»Oh, hallo«, begrüßte Richards ihn leise.

Er wäre fast rückwärts aus dem Sitz gefallen, als Killian sich plötzlich aufrichtete, strahlend lächelte und: »Hallo, Mr. Richards« sagte.

...Minus 017 ... und der Countdown läuft...

»Ich kann Sie nicht sehen«, sagte Killian, »aber hören kann ich Sie. Die Bordsprechanlage ist durch die Funkstation im Cockpit mit unserem Haus verbunden. Man hat mir gesagt, daß Sie verwundet sind.«

»Ist nicht so schlimm, wie es aussieht«, wiegelte Richards ab. »Ich hab' mir im Wald ein paar Kratzer geholt.«

»Ach ja«, erwiderte Killian. »Ihr berühmter Marsch durchs Unterholz. Bobby Thompson hat ihn gerade vorhin gesendet – natürlich zusammen mit Ihrem gegenwärtigen Abenteuer. Morgen wird dieser Wald wohl voller Leute auf der Suche nach einem Ihrer Hemdfetzen oder vielleicht einer Patronenhülse sein.«

»Das ist aber schade«, sagte Richards. »Ich hab' nämlich Kaninchen gesehen.«

»Sie sind der großartigste Kandidat, den wir je hatten, Mr. Richards. Durch dieses Zusammenspiel von Glück und Können sind Sie eindeutig der Beste. Sie sind für uns gut genug, um Ihnen einen Handel vorzuschlagen.«

»Was für einen Handel? Ein Erschießungskommando?«

»Diese Flugzeugentführung ist das Spektakulärste, was bisher dagewesen ist, aber sie ist auch das Dümmste, was Ihnen einfallen konnte. Wissen Sie warum? Weil Sie sich zum erstenmal von Ihren Leuten getrennt haben. Als sie den Boden verlassen haben, haben Sie sie zurückgelassen. Das gilt auch für die Frau, die Sie angeblich beschützt. Sie mögen vielleicht glauben, daß Sie zu Ihnen gehört; vielleicht glaubt sie es sogar selbst. Aber dem ist nicht so. Da oben ist niemand mehr außer uns, Richards. Eigentlich sind Sie jetzt schon tot.«

»Das sagt man mir ständig, und trotzdem atme ich immer noch.«

»Die letzten zwei Stunden haben sie ausschließlich aufgrund der Großmütigkeit der Spielekommission überlebt. Ich habe es so gewollt. Ich bin auch derjenige, der es schließlich durchgesetzt hat, daß wir Ihnen diesen Handel anbieten können. Die alte Garde hat sich dem Vorschlag heftig widersetzt – schließlich ist etwas Derartiges noch nie vorgekommen –, aber ich werde es durchdrücken.

Sie haben mich mal gefragt, wen Sie umbringen könnten, wenn Sie mit dem Fahrstuhl bis ganz hinauf fahren würden. Einer der Männer, die Sie da erwischt hätten, bin ich. Überrascht Sie das?«

»Ich glaube, ja. Ich hatte Sie immer für den Hausneger gehalten.«

Killian warf den Kopf zurück und lachte – aber es klang ein bißchen gezwungen. Er schien viel aufs Spiel gesetzt zu haben und litt unter dem Druck, der nun auf ihm lastete.

»Hier nun unser Vorschlag, Richards. Fliegen Sie direkt nach Harding. Am Flughafen wird eine Spielelimousine für Sie bereitstehen. Man wird Sie natürlich exekutieren – aber nur fürs Fernsehen. Sie werden sich unserem Team anschließen.«

McCone stieß plötzlich ein wütendes Brummen aus: »Du gemeiner, schwarzer Bastard...«

Amelia guckte verständnislos in die Luft.

»Sehr gut«, lobte Richards. »Ich wußte ja, daß Sie nicht schlecht sind, aber das ist ausgezeichnet. Sie wären ein fantastischer Gebrauchtwagenhändler, Killian.«

»Hat McCone angedeutet, daß ich lügen würde?«

»McCone ist ein hervorragender Schauspieler. Der kleine Tanz mit Gesang, den er am Flughafen aufgeführt hat, war oskarreif.« Er wußte immer noch nicht, was er von der ganzen Sache halten sollte. McCone hatte Amelia schnell zum Kaffeekochen geschickt, als sie gedroht hatte, sich auf die Bombe zu stürzen; gleichzeitig seine haßerfüllte Feindseligkeit – all das paßte einfach nicht zusammen. Oder doch? Sein Gehirn arbeitete fieberhaft. »Vielleicht haben Sie ihm das angetan, ohne daß er davon wußte. Sie rechneten mit seiner Reaktion, damit Sie glaubwürdiger erscheinen.«

»Sie haben Ihren Tanz mit Musik und der Plastikbombe endgültig hinter sich, Richards. Wir wissen – wissen *wirklich* –, daß Sie bluffen. Aber ich habe hier einen kleinen roten Knopf an meinem Schreibtisch, und der ist kein Bluff. Zwanzig Sekunden, nachdem ich draufgedrückt habe, wird Ihr Flugzeug von Bodenraketen unter Beschuß genommen, die alle mit Atomsprengköpfen versehen sind.«

»Das Black Irish ist ebenfalls kein Bluff.« Aber er hatte, als er das sagte, einen schalen Geschmack im Mund. Das Spiel bekam ihm gar nicht.

»O doch, das ist es«, entgegnete Killian ruhig. »Sie wären nie mit einer Sprengstoffladung an Bord einer Lockheed-G/A-Maschine gekommen. Nicht, ohne den Alarm auszulösen. Im Flugzeug befinden sich vier getrennte Alarmsysteme, um Entführer sofort aufspüren zu können. Ein fünftes haben wir in Ihrem Fallschirm untergebracht. Ich kann Ihnen versichern, daß wir die Kontrollampen im Tower voller Interesse und Spannung beobachtet haben, als Sie an Bord gestiegen sind. Man war allgemein der Ansicht, daß Sie den Sprengstoff hätten. Sie haben sich die ganze Zeit so sicher und entschlossen verhalten, daß es nur natürlich war, erst mal davon auszugehen. Wir waren mehr als erleichtert, als keines der Lämpchen aufleuchtete. Ich nehme an, daß Sie gar keine Gelegenheit hatten, sich den Sprengstoff zu besorgen. Vielleicht ist es Ihnen einfach zu spät eingefallen. Wie dem auch sei, das tut nichts zur Sache. Es macht Ihre Position etwas schlechter, aber...«

McCone war plötzlich aufgesprungen und stand nun neben Richards. »Jetzt ist es aber genug«, sagte er grinsend. »Jetzt blase ich dir dein verdammtes Gehirn raus, du Esel.« Die Mündung seiner Pistole berührte Richards Schläfe.

...Minus 016 ... und der Countdown läuft...

»Wenn Sie das tun, sind Sie ein toter Mann«, sagte Killian ruhig.

McCone zögerte, trat schnell einen Schritt zurück und starrte ungläubig den Bildschirm an. Sein Mund fing an zu zittern, und seine Gesichtszüge verzerrten sich. Nur mit Mühe gelang es ihm, ein paar Worte zu artikulieren. Vor Haß und Zorn klangen sie ganz heiser.

»Ich kann ihn erledigen! Jetzt, sofort! Dann sind wir alle frei. Ich...«

Müde entgegnete Killian: »Sie sind doch schon lange in Sicherheit, Sie Narr. Außerdem hätte Donahue ihn schon längst festgenommen, wenn wir es gewollt hätten.«

»Dieser Mann ist ein Krimineller!« brüllte McCone los. »Er hat Polizeibeamte getötet! Er hat anarchistische Verbrechen begangen – bis hin zur Luftpiraterie! Er hat... er hat mich und meine Abteilung öffentlich beleidigt!«

»Setzen Sie sich«, wies Killian ihn an, und seine Stimme klang dabei so kalt wie der unendliche Raum zwischen den Planeten. »Es wird Zeit, daß Sie sich daran erinnern, wer für Ihr Gehalt aufkommt, Chefjäger.«

»Das werde ich vor den Ratsvorsitzenden bringen!« McCone war jetzt außer sich. Speichel tropfte von seinen Lippen, wenn er redete. »Wenn das hier vorbei ist, wirst du wieder auf die Baumwollfelder zurückgejagt, Nigger! Du gottverdammter, nichtsnutziger Sohn einer...«

»Werfen Sie bitte Ihre Pistole auf den Boden«, schaltete eine andere Stimme sich ein. Richards drehte sich verblüfft um und erkannte den Navigator Donahue. Sein Blick war genauso kalt und tödlich wie vorher. Sein fettiges Haar glänzte in der indirekten Bordbeleuchtung. Er hielt eine kleine Magnum/Springstun-Maschinenpistole in der Hand, deren Lauf genau auf McCone gerichtet war. »Ich bin Robert S. Donahue, Alter. Kontrollrat der Spielekommission. Werfen Sie die Waffe auf den Boden.«

... Minus 015 ... und der Countdown läuft ...

McCone starrte ihn eine schier endlose Sekunde lang an und ließ dann unbeholfen die Waffe auf den dicken Teppichboden fallen.

»Sie...«

»Ich denke, wir haben jetzt genug gehört«, unterbrach Donahue ihn. »Seien Sie ein braver Junge, gehen Sie nach hinten in die zweite Klasse und verhalten Sie sich ruhig.«

McCone ging ein paar Schritte rückwärts und schnaubte dabei wütend. Dabei sah er Richards gierig an – wie ein Vampir in den klassischen Filmen, der von einem Kruzifix in Schach gehalten wird.

Als er endlich verschwunden war, winkte Donahue Richards kurz mit seiner MP zu und erklärte grimmig lächelnd: »Der wird Sie nicht weiter belästigen.«

»Für mich sehen Sie immer noch wie ein Schwuler aus«, antwortete Richards gleichgültig.

Das Lächeln verschwand. Eine Sekunde lang blitzten Haß und Ablehnung in den Augen des Mannes auf, dann ging er schnell nach vorn.

Richards wandte seine Aufmerksamkeit wieder dem Bildschirm zu. Er stellte fest, daß sein Pulsschlag völlig ruhig geblieben war. Weder ging sein Atem kürzer, noch hatte er das Gefühl, daß seine Knie weich geworden wären. Der Gedanke an den Tod war zur Normalität geworden.

»Sind Sie noch da, Mr. Richards?« erkundigte Killian sich.

»Ja, ich bin hier.«

»Ist das Problem erledigt?«

»Ja.«

»Gut, dann lassen Sie uns zu dem zurückkehren, was wir vorhin besprochen haben.«

»Nur zu.«

Killian seufzte. »Ich sagte gerade, daß unsere Gewißheit darüber, daß Ihre Bombe ein reiner Bluff ist, Sie in die schwächere Position versetzt und gleichzeitig unsere Glaubwürdigkeit erhöht. Sehen Sie ein, warum?«

»Ja«, antwortete Richards gelassen. »Das heißt, daß Sie diesen Vogel jederzeit vom Himmel hätten holen können. Oder Sie hätten Holloway jederzeit landen lassen können. McCone hätte mich sofort erledigt.«

»Genau. Glauben Sie jetzt endlich, daß wir Ihren Trick durchschaut haben?«

»Nein. Aber Sie sind um einiges besser als McCone. Das mit Ihrem eingeschleusten Hausdiener da war ein geschickter Streich.«

Killian lachte. »Oh, Mr. Richards, Sie sind so ein seltener Vogel. So ein rares, schillerndes Exemplar.« Trotzdem klang er immer noch gezwungen, angespannt, unter Druck. Richards kam es so vor, als versuche er eine wichtige Information zurückzuhalten, die er auf keinen Fall preisgeben wollte.

»Wenn Sie die Bombe wirklich hätten, hätten Sie den Ring in dem Augenblick gezogen, in dem McCone Sie bedroht hat. Sie wissen ganz genau, daß er Sie getötet hätte. Aber Sie haben ganz ruhig dagesessen.«

Richards wußte, daß es vorbei war, und ihm war klar, daß sie es auch wußten. Er lächelte, weil er wußte, daß es Killian gefallen würde. Er war ein Mann mit einem klaren, ironischen Verstand. Gut, dann sollten sie eben dafür bezahlen, daß sie seine letzte Karte aufdeckten.

»Ich kaufe Ihnen den Mist nicht ab«, sagte er. »Wenn Sie weiter versuchen, mich in die Enge zu treiben, dann geht hier alles in die Luft.«

»Und Sie wären nicht der Mann, für den ich Sie halte, wenn Sie es nicht bis zum letzten Atemzug durchhalten würden. Mr. Donahue?«

»Ja, Sir?« Donahues kalte, gefühllose Stimme kam gleichzeitig aus dem Free-Vee und über die Bordanlage.

»Bitte gehen Sie zurück und holen Sie Mrs. Williams Handtasche aus Mr. Richards Jacke. Sie dürfen ihn dabei in keiner Weise verletzen.«

»Ja, Sir.« In Richards stieg eine unheimliche Erinnerung an den Computer in der Eingangshalle des Spielegebäudes hoch, der seinen ehemaligen Plastikausweis ausgedruckt hatte: *ratter, ratter, ratter.*

Donahue tauchte wieder in der Kabine auf und ging gelassen auf Richards zu. Sein Gesicht war glatt, kalt und leer. *Programmiert*, schoß es Richards durch den Kopf.

»Bleiben Sie auf der Stelle stehen, Sie Schönling!« befahl Richards scharf und bewegte seine Hand leicht unter seiner Jacke. »Der Mann da befindet sich in Sicherheit auf dem Boden. Sie sind es, der mit mir sterben wird.«

Einen winzigen Moment schien Donahue zu zögern, und für den Bruchteil einer Sekunde blitzte Unsicherheit in seinen Augen auf, doch dann schritt er unbeirrt weiter. Er hätte an der Côte d'Azur promenieren oder sich einem Artgenossen in einem luxuriösen Schwulenlokal nähern können.

Richards erwog kurz, den Fallschirm zu packen und damit zu fliehen. Hoffnungslos. Wohin hätte er denn fliehen sollen? Die Toilette am Ende des Mittelganges der dritten Klasse wäre seine Endstation.

»Wir sehen uns in der Hölle wieder«, sagte er leise drohend und machte eine Geste, als zöge er am Ring. Diesmal war die Reaktion besser. Nicht voll befriedigend, aber immerhin eine Reaktion. Donahue stöhnte leise auf und schlug die Hände vors Gesicht. Eine instinktive Geste, die so alt war wie die Menschheit. Als er seine Hände wieder runternahm und feststellte, daß er sich immer noch unter den Lebenden befand, blickte er verlegen und erbost um sich.

Richards zog Amelias Krokodillederhandtasche unter seiner verschmutzten, zerrissenen Jacke hervor und warf sie mit aller Kraft. Sie knallte Donahue an die Brust und landete dann mit einem dumpfen Geräusch auf dem Teppichboden, wo sie wie ein toter Vogel in sich zusammensank. Richards Hand war schweißnaß. Als sie endlich wieder auf seinem Knie lag, wirkte sie seltsam weiß und fremd. Donahue hob die Tasche auf, durchsuchte sie flüchtig und reichte sie dann Amelia. Richards empfand eine dumpfe Art von Trauer, als er ihm dabei zusah. Irgendwie hatte er einen alten, treuen Freund verloren.

»Bumm«, sagte er leise.

...Minus 014 ... und der Countdown läuft...

»Ihr Sklave ist nicht schlecht«, sagte Richards müde zum Bildschirm, nachdem Donahue sich wieder zurückgezogen hatte. »Ich hab' ihn immerhin dazu gebracht zusammenzuzucken, aber ich hatte gehofft, er würde sich in die Hose machen.« Ihm fiel auf, daß er anfing, alles doppelt zu sehen. Es kam und ging. Vorsichtig untersuchte er seine Wunde noch einmal. Sie war schon wieder fast verschorft. »Und was nun?« fragte er. »Haben Sie schon die Kameras aufgebaut, damit Sie das Ende des Desperados auch richtig mitfilmen können?«

»Kommen wir zu unserem Handel«, antwortete Killian leise. Sein Gesicht blieb ausdruckslos. Aber Richards spürte, daß die Nachricht, die er so verzweifelt zurückzuhalten versuchte, jetzt bis dicht unter die Oberfläche aufgetaucht war. Plötzlich erfaßte ihn wieder diese entsetzliche Müdigkeit. Am liebsten hätte er den Bildschirm abgeschaltet. Er wollte nichts mehr hören. Innerlich zitterte er auf einmal ganz fürchterlich – ein regelrechtes Erdbeben. Aber er konnte nicht abschalten. Immerhin war es umsonst.

»Weiche von mir, Satan«, stöhnte er heiser.

»Wie bitte?« Killian sah verwirrt aus.

»Ach nichts. Was wollen Sie mir sagen?«

Killian antwortete nicht. Er sah aufmerksam auf seine Hände hinunter und dann wieder in die Kamera. In einer unbekannten Kammer seines Gehirns meldete sich jetzt eine so starke Vorahnung, daß Richards sie nicht mehr unterdrükken konnte. Er hatte das Gefühl, als riefen die Geister der Armen und Namenlosen, die Seelen der Betrunkenen, die nachts in den verlassenen Gassen schliefen, seinen Namen.

»McCone hat ausgespielt«, sagte Killian leise. »Das wissen Sie selbst, denn Sie haben das zuwege gebracht. Sie haben ihn wie ein weiches Ei zerquetscht. Wir möchten, daß Sie seinen Platz einnehmen.«

Richards, der geglaubt hatte, daß ihn gar nichts mehr erschüttern könnte, stellte fest, daß er völlig ungläubig mit offenem Mund dasaß. Das war eine Lüge! Es mußte eine Lüge sein! Und trotzdem – Amelia hatte ja ihre Tasche zurück. Sie hatten keinen Grund mehr, zu lügen oder ihm etwas vorzumachen. Er war schwer verletzt und allein. Sowohl McCone als auch Donahue waren bewaffnet. Eine kleine Kugel, sauber hinter seinem Ohr durch den Kopf geschossen, hätte die Geschichte ohne Aufsehen beendet.

Also: Killian sagte die Wahrheit!

»Sie sind verrückt«, stotterte er.

»Nein. Sie sind der beste Kandidat, den wir je hatten. Und der beste Kandidat kennt auch die besten Verstecke. Machen Sie endlich mal die Augen auf und sehen Sie ein, daß die *Menschenjagd* weit mehr ist, als eine Massenunterhaltungssendung. Sie sorgt dafür, daß die Gesellschaft von gefährlichen Objekten befreit wird. Richards, die Fernsehanstalt ist auf der Suche nach neuen, unverbrauchten Talenten. Das muß sie sein.«

Richards versuchte, etwas zu sagen, brachte aber keinen Ton heraus. Die Müdigkeit hatte ihn immer noch fest im Griff; sie wurde immer schwerer, besitzergreifender.

»Es hat aber noch nie einen Chefjäger mit Familie gegeben«, sagte er steif. »Das sollten Sie doch wissen. Die Gefahr der Erpressung...«

»Ben«, unterbrach Killian ihn unendlich sanft, »Ihre Frau und Ihre Tochter sind tot. Sie sind schon vor zehn Tagen umgekommen.«

... Minus 013 ... und der Countdown läuft ...

Dan Killian sprach zu ihm, hatte wohl schon eine ganze Weile geredet, aber Richards hörte ihn nur aus weiter Ferne, und seine Stimme wurde von einem Echo in seinem Kopf verzerrt. Es war, als säße er in einem tiefen Brunnen und jemand riefe ständig zu ihm hinunter. In ihm war es mit einem Schlag dunkel geworden, und diese Dunkelheit diente als Hintergrund für eine Serie von Fotografien und Bildern, die nun an seinem inneren Auge vorbeizogen. Eine alte Kodakaufnahme von Sheila als Studentin an der Technischen Hochschule, wie sie mit einem Block unter dem Arm durch den Flur schlendert. Damals waren die Miniröcke gerade wieder in Mode gekommen. Eine eingerahmte Fotografie von ihnen beiden, wie sie auf einem Pier in der Bucht sitzen (freier Eintritt), wie sie händchenhaltend und mit dem Rükken zur Kamera aufs Wasser hinausschauen. Ein mit Sepiatusche nachgefärbtes Foto von einem jungen Mann in einem schlecht sitzenden Anzug und einer kleinen Frau, die sich das beste Kleid ihrer Mutter ausgeliehen hat. Beide stehen vor einem Standesbeamten, der eine dicke Warze auf der Nase hat. Sie hatten in der Hochzeitsnacht über diese Warze gekichert. Ein schwarzweißer Schnappschuß eines Jungen mit schweißbedecktem Oberkörper, der eine weiße Bleischürze umgebunden hat und in einem gruftartigen, mit Gaslampen erleuchteten Keller an den schweren Getrieben der GA-Maschinen arbeitet. Eine verblichene Farbfotografie (so verblichen, daß man die abgeblätterte Tapete kaum erkennt) von einer jungen Frau mit einem riesigen Bauch, die am Fenster steht, den Vorhang zur Seite schiebend, und auf die Straße hinaus nach ihrem Mann Ausschau hält. Das Licht spielt wie eine samtene Katzenpfote auf ihrer Wange. Das letzte Foto: wieder eine uralte Kodakaufnahme von einem dürren Kerl, der ein winziges Bündel von einem Baby hoch über den Kopf hält, auf seinem Gesicht ein Ausdruck von Triumph und Liebe, der sich in seinem strahlenden Lächeln widerspiegelt. Die Bilder rauschten immer schneller an ihm vorbei, wirbelten herum und verschwanden, aber sie brachten ihm weder Trost noch Erleichterung. Er spürte weder Trauer noch Angst über seinen Verlust, nur eine alles umfassende Taubheit.

Killian versicherte ihm, daß die Fernsehanstalt mit ihrem Tod nichts zu tun habe, es sei ein furchtbarer Unfall gewesen. Richards glaubte ihm – nicht nur, weil es alles viel zu fantastisch klang, um nicht wahr zu sein, sondern weil Killian wußte, daß sein erster Schritt, sollte er den Job als Chefjäger annehmen, nach Co-Op City führen würde, wo er innerhalb von einer Stunde erfahren würde, was sich tatsächlich ereignet hatte.

Herumtreiber, natürlich. Gleich drei auf einmal. (Oder sollten es Sheilas Kunden gewesen sein? fragte er sich plötzlich, schmerzlich berührt. Sheila hatte bei ihrem letzten Telefongespräch so geheimnisvoll getan, so, als hätte sie etwas zu verbergen gehabt.) Sie hatten sie in einer Seitenstraße überfallen. Vermutlich waren sie mit einer drohenden Bewegung auf Cathy zugegangen, und Sheila hatte versucht, das Kind zu schützen. Beide waren durch Messerstiche gestorben.

Das brachte ihn wieder zur Besinnung. »Speisen Sie mich nicht mit so einem Blödsinn ab!« brüllte er plötzlich los. Amelia zuckte zurück und verbarg ihr Gesicht in beiden Händen. »Was ist passiert? Ich will genau wissen, wie es passiert ist.«

»Mehr kann ich Ihnen auch nicht sagen. Ihre Frau ist von mindestens sechzig Messerstichen getötet worden.«

»Cathy«, sagte Richards leise, gedankenlos, und Killian zuckte zusammen.

»Ben, möchten Sie ein bißchen Zeit, um darüber nachzudenken?«

»Ja. Ja, das wäre gut.«

»Es tut mir sehr, sehr leid, mein Freund. Ich schwöre bei meiner Mutter, daß wir nichts damit zu tun hatten. Wir hatten uns vorgestellt, daß wir sie und Ihre Tochter von Ihnen trennen würden, aber Sie hätten sie heimlich besuchen können, für den Fall, daß Sie unseren Vorschlag angenommen hätten. Ein Mann arbeitet nicht freiwillig für die Leute, die seine Familie abgeschlachtet haben. Das ist uns klar.«

»Ich brauche Zeit, um nachzudenken.«

»Als Chefjäger«, fuhr Killian leise fort, »könnten Sie sich

diese Bastarde vorknöpfen und Hackfleisch aus ihnen machen. Und viele, viele andere, die genau wie diese sind.«

»Ich möchte nachdenken. Wiedersehen.«

»Ich…«

Richards schaltete das Free-Vee ab, so daß nur noch eine schwarze Fläche zu sehen war. Wie versteinert saß er in seinem Sitz. Seine Hände baumelten zwischen seinen Knien. Die Flugzeugmotoren summten gleichmäßig in der Dunkelheit.

So, dachte er, *jetzt hat der Knoten sich also gelöst.*

…Minus 012 … und der Countdown läuft…

Eine Stunde verging.

Die Zeit ist gekommen, sagte das Walroß, zu sprechen von manchen Dingen: von Segelschiff und Siegelwachs und… haben Schweine Schwingen?

Bilder flirrten vor ihm auf und versanken wieder. Stacey. Bradley. Elton Parrakis mit seinem Babygesicht. Der Alptraum seiner Flucht. Das Anzünden der Zeitungsstapel im Bostoner CVJM-Keller mit seinem allerletzten Streichholz. Das Quietschen der Bremsen und der Benzingestank der Polizeiwagen, die ihn verfolgten. Das sprühende Maschinengewehrfeuer. Laughlins säuerliche Stimme. Die Bilder von diesen beiden Kindern, den Junior-Gestapoagenten.

Warum eigentlich nicht?

Jetzt band ihn nichts mehr, schon gar nicht moralische Bedenken. Wie könnte Moral ein Thema für einen Mann sein, der, losgelöst von allem, frei im Kosmos trieb? Wie weise von Killian, ihm das so sanft und gleichzeitig brutal vor Augen zu halten. Ihm klarzumachen, wie allein er wieder war. Bradley und sein leidenschaftlicher Kampf gegen die Luftverschmutzung schienen meilenweit entfernt, irreal, unwichtig. Nasenfilter, ja. Es hatte eine Zeit gegeben, da war ihm der Kampf um Nasenfilter groß und wichtig vorgekommen. Das war vorbei.

Den Geruch der Armut wirst du immer mit dir rumschleppen.

Klar. Und Richards Lenden hatten einen Artgenossen für diese Killermaschine gezeugt. Die Armen würden sich wohl irgendwann mal an die Umweltbedingungen anpassen, würden mutieren. In zehn- oder fünfzigtausend Jahren würden ihre Lungen ihr eigenes Filtersystem entwickeln. Dann würden sie sich erheben und den Reichen die künstlichen Filter aus den Nasen reißen, würden zusehen, wie sie sich krank und stöhnend auf den Straßen wanden und langsam ihr Leben aushauchten, wie sie in einer Atmosphäre erstickten, in der Sauerstoff nur mehr eine geringe Rolle spielte. Und wie waren Ben Richards Zukunftsaussichten? Jämmerlich.

Eine Trauerzeit würde folgen. Sie würden das akzeptieren, ihn sogar dabei unterstützen. Es würde Augenblicke des Zornes geben, gefolgt von offener Auflehnung. Und wieder ein paar vergebliche Versuche, die Öffentlichkeit auf die bewußte Luftverschmutzung durch die Regierung aufmerksam zu machen? Vielleicht. Darum würden sie sich schon kümmern. Sie würden sich auch um ihn kümmern – in der Erwartung, daß er sich eines Tages um ihre Angelegenheiten kümmern würde. Instinktiv wußte er, daß er dazu fähig wäre. Er nahm an, daß er sogar eine gewisse geniale Veranlagung für diesen Job hatte. Sie würden ihm helfen, ihn zunächst mal verarzten. Drogen und Doktoren. Dann eine Gesinnungsänderung.

Danach Frieden.

Seine Streitsüchtigkeit würde wie Unkraut aus ihm herausgejätet werden.

Er sehnte sich nach Frieden wie ein Durstiger in der Wüste nach Wasser.

Amelia weinte in ihrem Sitz still vor sich hin. Im Grunde hätten all ihre Tränen schon getrocknet sein sollen. Er fragte sich beiläufig, was nun aus ihr werden würde. In ihrem gegenwärtigen Zustand konnte sie unmöglich zu ihrem Mann und ihrer Tochter zurückkehren. Sie war schlichtweg nicht mehr die Lady, die routinemäßig, den Kopf voller Kochrezepte und Termine für Wohltätigkeitsveranstaltungen, an einem Stoppschild gehalten hatte. Sie hatte in den Abgrund geblickt. Er nahm an, daß man sie einer Therapie unterziehen, vielleicht mit Medikamenten behandeln würde. Die

Kreuzung, an der beide Wege sich trennten, die Gründe, warum sie den falschen Weg gewählt hatte. Man würde in sie dringen und versuchen, das alles herauszufinden.

Plötzlich hatte er das Verlangen, auf sie zuzugehen und sie zu trösten. Ihr zu sagen, daß es ja gar nicht so schlimm um sie stünde und daß ein einfaches, psychotherapeutisches Pflaster sie schnell wieder gesundmachen würde. Und am Ende wäre dann alles viel besser als vorher.

Sheila. Cathy.

Ihre Namen kamen und gingen, krallten sich in seinem Gehirn fest und hinterließen einen Nachhall wie weit entfernte Sonntagsglocken, wie Worte, die man so lange wiederholt, bis sie keinen Sinn mehr ergeben. Sprich deinen Namen mehr als zweihundertmal aus, und du stellt fest, daß er keine Bedeutung mehr hat. Er konnte immer noch nicht trauern. Er spürte nur Verärgerung und Verlegenheit. Sie hatten ihn genommen und durch den Dreck geschleift, und nun sollte er als gemeines Arschloch daraus hervorgehen. Er mußte an einen kleinen Jungen aus seiner Highschool-Zeit denken, der sich eines Morgens geweigert hatte, den Schwur auf die Fahne zu sprechen. In dem Augenblick war ihm seine Hose runtergerutscht.

Das Flugzeug summte leise durch die Nacht. Er fiel in einen Halbschlaf, in dem ihn wieder die Bilder der vergangenen Ereignisse heimsuchten. Er empfand dabei nichts mehr.

Dann ein letztes Bild aus seinem Album: ein acht mal zehn Zentimeter großes Foto, vermutlich von einem Kaugummi kauenden Polizeibeamten aufgenommen. Unser Beweisstück C, meine Damen und Herren Schöffen. Ein verstümmelter, zerschnittener Babykörper in einem blutüberströmten Kinderwagen. Splitter und Risse an der billigen Pappwand dahinter. Das billige Spielzeugauto, daß er für einen Zehner erstanden hatte, auf dem Boden zertreten. Ein großer schmieriger Blutfleck auf dem abgewetzten einäugigen Teddybär.

Er schrak aus seinen Träumen auf und saß aufrecht im Sitz. Aus seinem Mund löste sich ein durchdringender Schrei. Der Druck seiner Lungen war so stark, daß seine Zunge wie ein Segel in seinem Mund flatterte. Jedes Ding in diesem Erste-

Klasse-Abteil stand plötzlich klar und überdeutlich vor ihm. Die Realität war überwältigend und furchtbar. Es war die bruchstückhafte, kurzgefaßte Realität eines Zeitungsausschnitts. Zum Beispiel das Bild, wie man Laughlin aus dem abgebrannten Geräteschuppen in Topeka gezogen hatte. Alles und jedes stand in voller Deutlichkeit und Technicolorfarben vor ihm.

Amelia schrie gleichzeitig mit ihm los. Ihre weit aufgerissenen Augen wirkten wie zerbrochene Porzellantürknöpfe, und sie versuchte, ihre Faust in den Mund zu stopfen.

Donahue kam in den Gang gerannt. Seine Augen glänzten vor Begeisterung wie kleine schwarze Perlen. »Was ist los? Was ist passiert? McCone?«

»Nein«, antwortete Richards. Sein Herzschlag beruhigte sich gerade so weit, daß er die Worte ohne Krächzen herausbringen konnte. »Nur ein schlechter Traum. Ich habe an meine kleine Tochter gedacht.«

»Oh«, sagte Donahue, und seine Augen spiegelten gespieltes Mitleid wider. Es gelang ihm nicht sehr gut. Vermutlich würde er sein ganzes Leben ein Idiot bleiben. Vielleicht würde er selbst das auch lernen. Er wandte sich um, um zu gehen.

»Donahue?«

Donahue drehte gelangweilt den Kopf.

»Ich hab' Ihnen einen ganz schönen Schrecken eingejagt, was?«

»Nein«, antwortete dieser kurzangebunden und verschwand. Sein Kopf war nach vorn gebeugt, und sein schmaler Hintern war so hübsch wie ein Mädchenpo.

»Ich kann Ihnen noch viel mehr Angst einjagen«, rief Richards ihm nach. »Ich könnte zum Beispiel drohen, Ihnen den Nasenfilter herauszureißen.«

Exit Donahue.

Richards schloß müde die Augen. Das Polizeifoto tauchte wieder auf. Er öffnete die Augen wieder, schloß sie erneut. Das Bild war verschwunden. Er wartete, und als er sicher war, daß es nicht wiederkommen würde, beugte er sich vor und schaltete das Free-Vee ein.

Dan Killian erschien beinahe sofort auf dem Bildschirm.

... Minus 011 ... und der Countdown läuft ...

»Richards?« Killian beugte sich vor und machte keinen Versuch, seine Spannung zu verbergen.

»Ich habe mich dazu entschlossen, Ihren Vorschlag anzunehmen«, erklärte Richards.

Killian lehnte sich in seinen Stuhl zurück. Nur seine Augen lächelten in seinem dunklen Gesicht. »Ich freue mich sehr«, sagte er.

... Minus 010 ... und der Countdown läuft ...

»Donnerwetter«, sagte Richards erstaunt. Er stand am Eingang zum Cockpit.

Holloway drehte sich um. »Oh, hallo.« Er hatte gerade mit etwas gesprochen, das er Detroit-VOR nannte. Dunninger trank Kaffee.

Die beiden Kontrollkonsolen arbeiteten ohne Aufsicht. Aber sie rasselten, blinkten und schalteten, als würden sie von Geisterhänden und -füßen bedient. Hebel bewegten sich. Lichter blinkten auf, eine ständige Kommunikation fand statt – die Frage war bloß, mit wem?

»Wer fliegt eigentlich diese Maschine?« fragte Richards fasziniert.

»Otto«, antwortete Dunninger.

»Otto?«

»Otto ist unser automatischer Pilot, verstehen Sie?« Dunninger lächelte plötzlich freundlich. »Ich freue mich, Sie in unserem Team willkommen zu heißen. Sie werden es nicht glauben, aber ein paar von uns haben Ihnen ziemlich fest die Daumen gedrückt.«

Richards nickte zerstreut.

Holloway gab sich ebenfalls Mühe, freundlich zu sein. »Dieser Otto erstaunt mich auch jedesmal wieder. Selbst noch nach zwanzig Jahren. Er ist todsicher. Und sehr klug. Er macht uns alte Hasen zu ... na, sagen wir mal: zu schäbigen Orangenkisten neben einem Chippendaleschreibtisch.«

»O tatsächlich?« Richards starrte in die Dunkelheit hinaus.

»Ja. Man gibt ihm einfach das AZ – Anflugsziel – ein, und alles weitere übernimmt Otto. Er wird auf dem ganzen Flug vom Radarfunk unterstützt. Der Pilot ist so ziemlich überflüssig, abgesehen von den Starts und Landungen. Und, natürlich, wenn es Schwierigkeiten geben sollte.«

»Was können Sie denn tun, wenn es Schwierigkeiten gibt?« erkundigte Richards sich.

»Beten«, antwortete Holloway. Vielleicht hatte er es als Scherz gemeint, aber das Wort hatte einen ernsthaften Unterton, der noch lange in der Kabine nachhallte.

»Steuern diese Knüppel tatsächlich das Flugzeug?« wollte Richards wissen.

»Nur nach oben oder unten«, erklärte Dunninger. »Für die Seitwärtsbewegungen sind die Pedale zuständig.«

»Klingt so einfach wie bei einer Seifenkiste.«

»Ein bißchen komplizierter ist es schon«, schränkte Holloway ein. »Man muß schon ein paar Knöpfe mehr drücken.«

»Was passiert, wenn Otto mal durchdreht?«

»Das passiert nie«, antwortete Dunninger lächelnd. »Wenn es vorkommt, darf man ihn einfach nicht beachten. Aber der Computer irrt sich nie.«

Richards wollte wieder gehen, aber der faszinierende Anblick der blinkenden Konsolen, der winzigen adjustierenden Knüppel- und Pedalbewegungen hielt ihn fest. Holloway und Dunninger hatten sich wieder ihrer Arbeit zugewandt. Unverständliche Zahlen und Namen flogen zwischen den beiden hin und her.

Holloway blickte sich noch einmal um und war überrascht, ihn immer noch da stehen zu sehen. Er lächelte ihm zu und deutete nach vorn in die Dunkelheit. »Bald können Sie da vorne Harding auftauchen sehen.«

»Wie lange dauert's noch?«

»In zirka fünf oder sechs Minuten werden Sie den erleuchteten Horizont über der Stadt sehen können.«

Als er sich das nächste Mal umdrehte, war Richards gegangen. »Ich bin froh, wenn wir den Kerl endlich auf der Erde abgesetzt haben«, sagte er zu Dunninger. »Es ist wie ein böser Spuk.«

Dunninger blickte düster auf seinen Kontrollschirm, der sein Gesicht in blaßgrünes Licht tauchte. »Hast du bemerkt, daß er Otto nicht leiden kann?«

»Ja, das habe ich«, antwortete Holloway.

...Minus 009 ... und der Countdown läuft...

Richards ging durch den engen Korridor zurück. Friedman, der Funkoffizier, blickte nicht auf. Auch Donahue achtete nicht auf ihn. Richards betrat die Stewardeßkombüse und blieb stehen.

Der Kaffee duftete stark und gut. Er goß sich einen Becher ein und setzte sich auf einen der Sitze, die die Stewardessen in ihrer Freizeit benutzten. Die Silex-Kaffeemaschine dampfte und blubberte.

In den Kühlschränken entdeckte er eine reichhaltige Ansammlung von gefrorenen Luxusmahlzeiten. Auch die Bar war mit Alkohol- und Saftflaschen gefüllt.

Ein Mann braucht ab und zu mal einen guten Suff, dachte er.

Er schlürfte seinen Kaffee. Er war stark und tat gut. Die Silex blubberte und dampfte.

Hier bin ich also, dachte er und nahm noch einen Schluck. Daran bestand kein Zweifel, da saß er also und schlürfte seinen Kaffee.

Töpfe und Pfannen waren alle ordentlich beiseite geräumt. Das rostfreie Stahlspülbecken strahlte in Hochglanz. Und die Silex auf der Wärmeplatte dampfte und blubberte leise vor sich hin. Sheila hatte sich immer eine Silex gewünscht. Eine Silex hält lange, hatte sie behauptet.

Er weinte.

Er sah eine kleine Toilette, die bisher nur von schmalen Stewardessenhintern benutzt worden war. Die Tür stand halb offen, und er entdeckte sogar das blaue, desinfizierte Wasser in der Kloschüssel. Verrichten Sie Ihr Geschäft in überwältigendem Luxus in fünftausend Fuß Höhe.

Er trank seinen Kaffee, lauschte auf die dampfende, blubbernde Silex und weinte. Die Tränen versiegten genau in dem Augenblick, in dem er den Becher leergetrunken hatte.

Er stand auf und stellte ihn in das funkelnde Spülbecken. Dann nahm er die Silex-Kanne, betrachtete sie einen Augenblick, während er sie an ihrem braunen Plastikgriff hielt, und schüttete den restlichen Kaffee in den Ausguß. Am oberen Rand der Kanne hatten sich winzige Kondenstropfen gebildet.

Er wischte sich mit dem Jackenärmel über die Augen und trat wieder in den engen Korridor. Mit der Kanne in der Hand stellte er sich hinter Donahue.

»Möchten Sie etwas Kaffee?« fragte er ihn.

»Nein«, antwortete Donahue kurz, ohne aufzublicken.

»Ich glaube doch«, sagte Richards und ließ die Kanne mit aller Kraft, die er noch hatte, auf Donahues gesenkten Kopf hinabsausen.

... Minus 008 ... und der Countdown läuft ...

Von der Anstrengung riß seine Wunde nun zum dritten Mal auf, aber die Kanne war nicht zerbrochen. Richards fragte sich, ob das Glas mit irgendeinem Material (Vitamin B 12 vielleicht) verstärkt worden war, damit es die Erschütterungen bei Luftturbulenzen aushielt. Am Boden entdeckte er einen großen Flecken, der von Donahues Blut stammte. Donahue fiel lautlos vornüber auf seine Karten. Ein dünner Blutfaden lief über eine der Plastikhüllen und tropfte langsam auf den Boden.

»Roger, Five-by, C-eins-neun-acht-vier«, ertönte eine helle Radiostimme.

Richards hielt immer noch die Silex-Kanne in der Hand. In dem Blut klebten Donahues Haare.

Er ließ die Kanne fallen, hörte aber keinen Aufprall. Auch hier war der Boden mit Teppich ausgelegt. Der Glasdeckel rollte ihm vor die Füße. Ein zwinkernder, blutunterlaufener Augapfel. Die Fotografie von der blutenden Cathy in ihrem

Kinderwagen tauchte wieder vor seinen Augen auf, und er fing an zu zittern.

Er zog Donahues toten Kopf an den Haaren hoch und durchwühlte seine blaue Uniformjacke. Da war ja die Pistole. Er wollte den Kopf schon wieder auf den Schreibtisch zurückfallen lassen, doch dann zögerte er und bog ihn noch weiter nach hinten. Donahues Mund stand offen, die blöde Fratze eines Idioten. Blut tropfte auf sein Kinn.

Richards wischte eines seiner Nasenlöcher sauber und spähte hinein.

Tatsächlich, da war's – ein winziges, unscheinbares Maschennetz.

»Melden Sie sich, E. T. A. C-eins-neun-acht-vier«, sagte die Radiostimme.

»He, das ist für Sie!« rief Friedman vom anderen Ende des Korridors. »Donahue...«

Richards humpelte durch den Gang. Er fühlte sich auf einmal sehr schwach. Friedman blickte hoch. »Würden Sie Donahue sagen, er soll seinen faulen Arsch in Bewegung setzen und...«

Richards zielte auf seine Oberlippe. Die Zähne flogen heraus wie die Perlen eines zerrissenen Colliers. Haar, Blut und Gehirn spritzten zu einem Rohrschachbild an die Wand hinter seinem Stuhl, an der ein 3-D-Pinupgirl seine unendlich langen Beine lasziv um einen polierten Mahagonibettpfosten schlang.

Aus dem Cockpit war ein unterdrückter Schrei zu hören, und Holloway machte einen verzweifelten Versuch, schnell die Tür zu verriegeln. Richards entdeckte eine winzige Narbe auf seiner Stirn. Sie hatte die Form eines Fragezeichens und konnte gut vom Sturz eines kleinen Jungen herrühren, der auf einem zu schmalen Baumast Pilot spielen wollte.

Er schoß ihm in den Bauch, und der Kapitän fiel mit einem erschrockenen Aufschrei vornüber: »Uuuuaaaahhh!« Seine Füße rutschten unter ihm weg, und er landete auf seinem Gesicht.

Dunninger drehte sich in seinem Sitz um. Sein Gesicht war rund wie der Mond. »He, Sie werden mich doch nicht erschießen«, sagte er. Er hatte nicht genug Luft in der Lunge, um seinen Worten Nachdruck zu verleihen.

»Doch«, antwortete Richards freundlich und drückte ab. Ein greller Blitz flammte kurz auf, und er hörte einen kurzen, heftigen Knall, als Dunninger hintenüberfiel.

Stille.

»Melden Sie sich, E. T. A. C-eins-neun-acht-vier«, wiederholte die Radiostimme.

Richards übergab sich und spie eine Pfütze Kaffee und Galle auf den Boden. Die krampfartige Muskelbewegung riß seine Wunde noch weiter auf, und er spürte jetzt einen stechenden Schmerz in seiner Seite.

Er humpelte zu den Konsolen hinüber, die immer noch unverändert in ihrem komplexen Tandemsystem weiterarbeiteten. So viele Schalter und Kontrollichter.

Gab es denn auf einem so wichtigen Flug keine offene Direktleitung? Doch, sicherlich.

»Roger«, sagte Richards im Plauderton.

»Haben Sie die Free-Vee-Übertragung empfangen, C-eins-neun-acht-vier? Wir hatten hier Schwierigkeiten. Ist alles in Ordnung?

»Alles in Ordnung«, antwortete Richards.

»Sagen Sie Dunninger, daß er mir ein Bier schuldet«, sagte die Stimme geheimnisvoll, und dann war nur noch das atmosphärische Rauschen zu hören.

Otto steuerte den Jumbo.

Richards ging nach hinten, um seine Sache zu beenden.

...Minus 007 ... und der Countdown läuft...

»Oh, mein Gott«, stöhnte Amelia Williams auf.

Richards blickte kurz an sich herunter. Seine rechte Seite war vom Brustkasten bis zur Hüfte von hellrotem Blut durchnäßt.

»Wer hätte gedacht, daß ein alter Mann soviel Blut hat?« sagte er.

McCone spähte durch die Verbindungstür. Er erfaßte mit

einem Blick, was los war, und zog seine Pistole. Sie schossen gleichzeitig.

McCone stürzte hinter die Verbindungstür zwischen erster und zweiter Klasse. Richards fiel hart auf seinen Hintern. Er war plötzlich sehr müde. In seinem Bauch klaffte ein riesiges Loch. Er konnte seine Gedärme sehen.

Amelia schrie jetzt ununterbrochen. Ihre Hände zerkratzten ihr Gesicht, das sich zu einer häßlichen Hexengrimasse verzerrt hatte.

McCone stolperte wieder in die erste Klasse zurück. Er lächelte. Die obere Hälfte seines Schädels war weggeschossen, aber er lächelte trotzdem.

Zwei Schüsse konnte er noch auf Richards abfeuern. Die erste Kugel pfiff über seinen Kopf. Die zweite traf ihn direkt unter seinem Schlüsselbein.

Richards schoß noch einmal. McCone drehte sich zweimal um sich selbst wie ein Clown in einem sinnlosen Kindertanz. Die Pistole fiel ihm aus der Hand. Er blickte verwundert an die Styropordecke, so als wolle er sie mit der in der zweiten Klasse vergleichen, dann fiel er vornüber. Der Geruch von verbranntem Fleisch und Pulver war so scharf und durchdringend wie der Duft von gärenden Äpfeln in einer Saftpresse.

Amelia hörte nicht auf zu schreien. Richards mußte denken, wie bemerkenswert zäh sie doch war.

... Minus 006 ... und der Countdown läuft ...

Richards richtete sich sehr langsam auf. Mit einer Hand hielt er die Gedärme in seinem Bauch fest.

Er schlich vornübergebeugt, die Hand ständig vor seinen Bauch gepreßt, durch den Mittelgang. Es sah aus, als würde er sich ständig verbeugen. Mit einer Hand griff er nach dem Fallschirm und schleifte ihn auf dem Boden hinter sich her. Zwischen seinen Fingern rutschte ein Stück grauer Wurst heraus, und er stopfte es zurück. Er hatte das Gefühl, als hätte jemand in seinem Bauch Streichhölzer angezündet.

Seine Gedärme zu berühren tat weh, und er konnte sich des Eindrucks nicht erwehren, daß er ziemlich bald in die Hose machen würde.

»Oh, Goooott«, stöhnte Amelia. »Gooott, ooooohhh, Goooott!«

»Nehmen Sie den Fallschirm«, sagte er zu ihr.

Sie wiegte sich unablässig vor und zurück und schien ihn gar nicht zu hören. Er ließ den Fallschirm fallen und schlug ihr ins Gesicht. Aber er hatte nicht mehr viel Kraft. Er ballte eine Faust und stieß sie ihr in die Seite. Sie sagte nichts mehr. Ihre Augen blickten starr geradeaus.

»Schnallen Sie sich den Fallschirm um«, wiederholte er. »Wie einen Rucksack, verstehen Sie? So.«

Sie nickte. »Ich... kann... nicht... springen... Angst.«

»Wir stürzen gleich ab. Sie müssen.«

»Kann nicht.«

»Na gut, dann muß ich Sie erschießen.«

Sie sprang plötzlich auf, stieß ihn zur Seite und riß den Fallschirm mit einer heftigen Bewegung an sich. Ihre Augen funkelten wild.

Während sie fahrig an den Schnüren und Schnallen herumfummelte, entfernte sie sich Schritt um Schritt von ihm.

»Nicht so. Das kommt nach unten.«

Sie brachte den Riemen in die richtige Position und wäre beinahe rückwärts über McCone gestolpert, während Richards sich ihr näherte. Aus seinem Mund tropfte Blut.

»Jetzt müssen Sie sich den Riemen um den Bauch schnallen, ja, so...«

Sie arbeitete mit zitternden Händen und weinte, als es ihr nicht auf Anhieb gelang. Die ganze Zeit starrte sie ihm entsetzt ins Gesicht. Sie glitt fast in McCones Blutlache aus; dann riß sie sich zusammen und stieg vorsichtig über ihn hinweg.

Auf diese Weise kamen sie langsam durch die zweite Klasse und in die dritte. Die Streichhölzer in seinem Bauch waren zu Flammenwerfern geworden.

Der Notausstieg war mit Riegeln blockiert, die nur vom Cockpit aus gelöst werden konnten.

Er gab ihr die Pistole. »Aufschießen. Ich... ich halte den Rückstoß nicht aus.«

Mit abgewandtem Gesicht und zusammengekniffenen Augen schoß sie zweimal auf die Tür. Dann war Donahues Magazin leer, aber die Tür blieb geschlossen. Richards überkam eine verzweifelte, Übelkeit erregende Schwäche. Amelia hielt die Reißleine des Fallschirms zwischen den Fingern und spielte nervös damit.

»Vielleicht...«, begann sie, doch da löste sich die Tür plötzlich von selbst aus ihren Angeln und verschwand in der Nacht. Amelia Williams wurde hinausgeschleudert.

...Minus 005 ... und der Countdown läuft...

Zusammengekrümmt stand Richards in diesem plötzlichen Hurrikan und hielt sich krampfhaft an der Rückenlehne eines Sitzes fest. Ganz langsam gelang es ihm, aus dem Zugwind herauszukommen. Wären sie noch höher geflogen, und wäre die Luftdruckdifferenz noch größer gewesen, hätte es ihn sofort hinausgerissen. So aber konnte er sich noch festhalten, und nur seine Gedärme wurden von dem Sog hinausgezogen, so daß sie auf dem Boden schleiften. Die dünne, scharfe Nachtluft schnitt ihm wie eiskaltes Wasser in die Eingeweide. In ihnen brannte es wie loderndes Feuer.

Durch die zweite Klasse. Hier ging es schon viel besser, der Sog war etwas schwächer. Jetzt über McCones Leiche (bitte die Füße heben) und dann durch die erste Klasse. Das Blut rann jetzt unablässig aus seinem Mund.

Vor dem Korridor zum Cockpit blieb er einen Augenblick stehen und sammelte seine Eingeweide wieder ein. Er wußte, daß es ihnen außerhalb seines Körpers nicht gutging. Das mochten sie gar nicht. Hier draußen wurden sie ganz schmutzig. Zu gern hätte er um seine armen, geschundenen Gedärme geweint, die nicht um dieses Abenteuer gebeten hatten.

Er konnte sie nicht wieder zurückstopfen, alles war durcheinandergeraten. Horrorvisionen aus seiner Schulzeit rauschten an ihm vorbei. Biologieunterricht. Allmählich dämmerte die unabwendbare Wahrheit in ihm auf: Dies war wirklich sein Ende. Er heulte jämmerlich auf und spuckte einen Mundvoll Blut aus.

Aus dem Flugzeug kam keine Antwort. Alle waren tot oder verschwunden. Er war mit Otto allein an Bord.

Alle Farbe schien aus der Welt zu fließen in gleichem Maße, wie ihm das Blut aus dem Körper strömte. Vornübergebeugt lehnte er am Türrahmen wie ein Betrunkener an einem Laternenpfahl und beobachtete, wie die Welt sich in öden Grautönen vor seinen Augen drehte.

Das war's dann. Ich sterbe.

Er schrie laut auf und erlangte wieder sein volles Bewußtsein. Noch nicht. Noch darf ich nicht.

Er stolperte durch den Korridor, seine in sich verschlungenen Gedärme hinter sich her schleifend. Erstaunlich, wieviel von dem Zeug man in sich hatte. Und wie rund, fest und griffig es war.

Er trat aus Versehen auf einen Teil, der aus ihm heraushing, und etwas in seinem Inneren zog fürchterlich. Der Schmerz war unglaublich, und er schrie aus vollem Halse, wobei das Blut aus seinem Mund an die Wand spritzte. Er verlor das Gleichgewicht und wäre beinahe hingefallen, wenn die Wand ihn nicht gehalten hätte.

Ein Schuß in die Eingeweide. Mein Gott, meine Eingeweide sind zerschossen.

Unsinnigerweise antwortete sein Gehirn darauf mit einem: *Ratter-ratter-ratter.*

Eins mußte er noch erledigen.

Ein Schuß in die Eingeweide galt als die schlimmste Todesart. In einer Mitternachtspause hatten sie einmal darüber diskutiert, welcher Tod der schlimmste sei. Er war damals noch Maschinenputzer gewesen. Gesund und munter, voller Blut, Urin und zeugungsfähiger Samen waren sie da noch gewesen, hatten ihre Pausenbrote gemampft und die verschiedenen Möglichkeiten verglichen: Strahlungstod, vergiftet werden, erfrieren, sich das Ge ick brechen, gefoltert werden, ertrinken. Und dann hatte jemand den Schuß in die Eingeweide erwähnt. Harris vielleicht, der Dicke, der während der Arbeit verbotenerweise Bier trank.

Es tut verdammt weh, hatte er gesagt. *Und es dauert lange.*

Und sie hatten alle zustimmend und feierlich genickt, hatten jedoch keine Ahnung gehabt, *wie* weh das tat.

Richards schleppte sich, beide Hände vor den Bauch gepreßt, durch den Korridor. Vorbei an Donahue. Vorbei an Friedman mit seiner radikalen Kieferoperation. Seine Arme waren taub, aber in seinem Bauch (in dem, was einmal sein Bauch gewesen war) brannte ein höllischer Schmerz. Und trotzdem bewegte er sich vorwärts, und sein zerfetzter Körper gehorchte den Befehlen, die ein wahnsinniger Napoleon in seinem Gehirn ausstieß.

Mein Gott, ist dies wirklich Ricos Ende?

Er hätte nie geglaubt, wie viele Todesklischees er in seinem Gehirn gespeichert hatte. Es war, als kehre sein Verstand sich jetzt gegen ihn, bemüht, ihn in seinen letzten, fiebernden Sekunden von innen her zu zerfressen.

Eine. Sache. Noch.

Er stolperte über Holloways Leiche und blieb vollkommen erschöpft liegen. Ein Schläfchen. Jaaah. Nur ein Viertelstündchen. Viel zu schwer, jetzt aufzustehen. Otto summt so schön, summt das Geburtstagskind in den Schlaf. Schhh, schhh, schhh. Schlaf, Kindlein schlaf, dein Vater ist ein Schaf...

Er hob den Kopf – eine enorme Anstrengung, er war eisen-, stahl-, bleischwer – und glotzte auf die beiden Zwillingskonsolen, die immer noch routinemäßig arbeiteten. Weit hinten konnte er durch die Plexiglasscheibe Harding erkennen.

Viel zu weit weg.

Dein' Mutter ist ein Trampeltier, was kann das arme Kind dafür...

...Minus 004 ... und der Countdown läuft...

Das Funksprechgerät krächzte: »C-eins-neun-acht-vier, bitte melden. Sie fliegen zu tief, C-eins-neun-acht-vier. Bitte, melden Sie sich. Bitte melden. Mel...«

»Halt die Klappe«, flüsterte Richards.

Schwerfällig kroch er auf den klappernden und blinkenden Kontrollschalter zu. Die Pedale bewegten sich langsam vor und zurück. Die Steuerknüppel drehten sich in winzigen Kreisen. Er schrie laut auf, als ihn ein neuerlicher Schmerz durchzuckte. Eine Darmschlinge hatte sich an Holloways Kinn festgehakt. Er kroch zurück, befreite sich und begann seinen beschwerlichen Weg von neuem.

Seine Arme rutschten unter ihm weg, und einen Augenblick lang schwebte er wie schwerelos in der Luft, die Nase tief in den weichen Teppichboden gepreßt. Er stieß sich mit aller Mühe hoch und kroch weiter. In den Pilotensitz zu klettern, glich der Besteigung des Mount Everest.

...Minus 003 ... und der Countdown läuft...

Da stand es vor ihm. Groß und quadratisch hob es sich dunkel gegen den erhellten Nachthimmel ab. Das Mondlicht verlieh ihm eine alabasterne Farbe.

Er tippte kurz an den Steuerknüppel. Der Boden fiel senkrecht nach links ab. Fast hätte es ihn aus Holloways Sitz geschleudert. Er schob den Knüppel zurück, doch seine Korrektur war zu stark, und das Flugzeug sackte nach rechts ab. Der Horizont neigte sich schräg über ihm.

Lieber die Pedale. Ja, das ging besser.

Ganz vorsichtig berührte er wieder den Knüppel. Der Höhenmesser vor seinen Augen sank von 2000 auf 1500 Fuß. Es dauerte nur den Bruchteil einer Sekunde. Er brachte den Knüppel in die alte Position. Er konnte kaum noch sehen. Das rechte Auge war total ausgefallen. Komisch, daß nicht beide gleichzeitig ihre Funktion aufgaben.

Wieder ruckte er an dem Knüppel. Es schien, als schwebte das Flugzeug nun schwerelos durch die Nacht. Der Höhenmesser fiel von 1500 auf 1200 und dann auf 900 Fuß. Er zog den Knüppel zurück.

»C-eins-neun-acht-vier!« Der Lotse klang jetzt aufgeregt. »Was ist los bei euch? Bitte melden!«

»Na rede schon, Junge!« krächzte Richards. »Wau! Wau!«

...Minus 002 ... und der Countdown läuft...

Der Silbervogel schoß nun wie ein Kristallpfeil durch den Nachthimmel, und Co-Op City lag unter ihm ausgebreitet wie eine riesige Spielzeugstadt.

Er flog direkt darauf zu. Es kam immer näher. Das Spielegebäude.

...Minus 001 ... und der Countdown läuft...

Der Jumbo überquerte jetzt den Kanal. Eine unsichtbare, mächtige Hand schien das dröhnende Monstrum in der Luft zu halten. Ein Drogensüchtiger starrte von einem Hauseingang verblüfft in den Himmel hinauf. Er hielt dies wohl für eine Halluzination seines letzten Trips. Der letzte Traum, der ihn aus seinem Elend heraus in den General-Atomics-Himmel führen sollte, in dem es umsonst zu essen gab und alle Atomkraftwerke nur aus absolut sicheren schnellen Brütern bestanden.

Das Motorengetöse trieb die Leute aus ihren Häusern auf die Straße; ihre Gesichter reckten sich blaß leuchtend dem Himmel entgegen. Die Schaufensterscheiben klirrten und zerbarsten. Kanaldeckel wurden von dem Sog mitgerissen und kullerten durch die Gassen. Ein Polizist ließ seinen Schlagstock fallen und preßte die Hände auf seine Ohren. Seinen Schrei konnte er selbst nicht hören.

Das Flugzeug verlor immer noch an Höhe; es raste jetzt wie

eine unheimliche Fledermaus über die Dachfirste. Eine Tragfläche verfehlte ein großes Warenhochhaus nur um wenige Meter.

Im gesamten Raum Harding fielen plötzlich die Free-Vee-Schirme aus. Die Leute starrten mit stiller Verblüffung und ungläubigen Augen auf die Bildstörung. Sie hatten Angst.

Donnergetöse erfüllte die Luft.

Killian blickte von seinem Schreibtisch auf und starrte entsetzt durch sein riesiges Bürofenster, das eine ganze Wand einnahm.

Die glitzernde Horizontlinie der Stadt war verschwunden. Die Sicht wurde von einem näher rasenden Lockheed-Jumbo-Jet verdeckt. Die Bordlichter blinkten gemächlich grün und rot, grün und rot, und eine wahnsinnige Sekunde lang, eine Sekunde voller Überraschung, Entsetzen und Ungläubigkeit, konnte er Richards blutüberströmtes Gesicht sehen, das ihn häßlich angrinste. Seine dunklen Augen leuchteten dämonisch.

Richards lächelte.

Und zeigte ihm den Mittelfinger.

»Jesus« war alles, was Killian noch herausbrachte.

... Minus 000 ... und der Countdown läuft ...

Leicht zur Seite geneigt donnerte die Maschine gegen das Spielegebäude. Sie hatte einen Gutteil des oberen Drittels erwischt. Die Tanks waren noch zu einem Viertel voll, und ihre Geschwindigkeit betrug noch immer etwas über fünfhundert Meilen pro Stunde.

Die Explosion war überwältigend. Die Nacht leuchtete auf wie das zornige Gesicht Gottes, und noch zwanzig Häuserblocks weiter regnete es Feuer vom Himmel.

RICHARD BACHMAN

SPRENGSTOFF

Zur Erinnerung an Charlotte Littlefield

Sprüche 31,10–28

PROLOG

Ich weiß nicht warum, Sie wissen nicht warum.
Höchstwahrscheinlich weiß Gott es auch nicht.
Das ist Sache der Regierung.

Straßeninterview zum
Vietnamkrieg, etwa 1967

Aber der Vietnamkrieg war vorbei, und das Leben ging weiter.

An einem heißen Augustnachmittag des Jahres 1972 parkte ein Übertragungswagen in Westgate, genau am Anfang der Stadtautobahn Route 784. Um ein hastig zusammengeschustertes Podium hatte sich eine kleine Menschenmenge versammelt. Das Podium war mit einer Plane aus Fahnentuch bedeckt, die wie eine dünne Haut das Skelett aus nackten Holzplanken überzog. Dahinter standen auf einem aufgeschüttetem Erdwall die Mauthäuschen für die neue Autobahn, und dahinter erstreckte sich das offene, unbebaute Marschland bis zum Randbezirk der Vorstädte.

Ein junger Reporter namens Dave Albert machte schnell noch ein paar Stegreifinterviews, während er und sein Team auf die Ankunft des Bürgermeisters und des Gouverneurs warteten, die feierlich den ersten Spatenstich tun sollten.

Er hielt das Mikrophon einem ältlichen Mann mit getönter Brille unter die Nase.

»Na ja«, sagte der Mann und blickte ängstlich in die Kamera. »Ich glaube, für die Stadt ist das eine großartige Sache. So etwas haben wir schon lange gebraucht. Es ist... eine großartige Sache für die Stadt.« Er schluckte nervös, als er merkte, daß er sich wiederholte, starrte aber weiter hin wie gebannt in die surrende Kamera, das Zyklopenauge, welches alles für die Nachwelt festhielt. »Großartig«, wiederholte er mit müder Stimme.

»Vielen Dank, Sir, ich danke Ihnen vielmals.«

»Glauben Sie, daß sie es bringen werden? Heute abend in den Nachrichten?«

Albert schenkte ihm ein bedeutungsloses, professionelles Lächeln. »Schwer zu sagen, Sir. Schon möglich.«

Sein Toningenieur deutete zu den Mauthäuschen hinüber, wo soeben der Chrysler Imperial des Gouverneurs vorgefahren war. Chrom und Lack glänzten in der strahlenden Sommersonne. Albert nickte und streckte seinen Zeigefinger in die Höhe. Dann ging er mit seinem Kameramann auf einen Mann in einem weißen Hemd mit aufgerollten Ärmeln zu, der mit düsterer Miene zu dem Podium hinaufblickte.

»Würde es Ihnen etwas ausmachen, uns Ihre Meinung mitzuteilen, Mr. . . .?«

»Dawes. Nein, durchaus nicht.« Er hatte eine weiche, angenehme Stimme.

»Klappe«, murmelte der Kameramann.

Der Mann im weißen Hemd sagte im gleichbleibend angenehmen Tonfall: »Ich finde, das ist eine ganz große Scheiße.«

Der Kameramann verzog das Gesicht. Albert nickte, bedachte den Hemdsärmeligen mit einem vorwurfsvollen Blick und machte mit dem Zeige- und Mittelfinger seiner rechten Hand eine Geste, als würde er etwas zerschneiden.

Der ältliche Herr hatte die Szene entsetzt beobachtet. Oben bei den Mauthäuschen machte der Gouverneur Anstalten, aus seinem Imperial zu steigen. Sein hellgrüner Schlips leuchtete in der Sonne.

Der Mann im weißen Oberhemd fragte höflich: »Werden Sie das Interview in den Sechs- oder Elf-Uhr-Nachrichten senden?«

»Ha-ha, Mister, Sie sind ein Revoluzzer«, antwortete Albert säuerlich und ging weg, um den Gouverneur zu interviewen. Der Kameramann trottete hinter ihm her. Der Mann im weißen Hemd betrachtete aufmerksam den Gouverneur, der jetzt vorsichtig den Grashang herunter kam.

Albert sollte den Mann mit den aufgerollten Hemdsärmeln siebzehn Monate später noch einmal treffen, aber da keiner von beiden sich an diese erste Begegnung erinnern konnte, hätte es ebensogut das erste Mal sein können.

Erster Teil

NOVEMBER

Gestern Nacht Schlug der Regen an mein Fenster
Ich ging durch das dunkle Zimmer und
glaubte im Licht der Straßenlampe
Den Geist unseres Jahrhunderts auf der
Straße zu sehen
Der uns sagte, daß wir alle am Rande
des Abgrunds stehen.

Al Steward

20. November 1973

Er tat immer wieder Dinge, über die nachzudenken er sich nicht gestattete. So war es sicherer. Es war, als hätte er eine Sicherung im Kopf, die immer dann heraussprang, wenn etwas in seinem Gehirn ihn fragten wollte: *Warum tust du das?* Dann wurde es sofort dunkel. He, Georgie, wer hat das Licht ausgeschaltet? Huch, das war ich. Wahrscheinlich ein Kurzschluß. Eine Sekunde, ich dreh' schnell die Sicherung wieder rein. Die Lichter gehen wieder an. Aber die Frage ist verschwunden. Alles in bester Ordnung. Machen wir weiter, Freddy – wo sind wir stehengeblieben?

Er ging gerade zur Bushaltestelle, als ihm das Schild in die Augen sprang:

Ammo Harveys Waffengeschäft Ammo
REMINGTON WINCHESTER COLT SMITH & WESSON
Jäger sind herzlich willkommen

Es schneite ein wenig, und der Himmel war grau. Es war der erste Schnee in diesem Jahr, und die Flocken fielen wie weißes Backpulver auf den Asphalt, wo sie sofort schmolzen. Ein kleiner Junge mit einer roten Pudelmütze ging mit weit geöffnetem Mund an ihm vorbei und versuchte, mit der Zunge eine Schneeflocke einzufangen. Sie wird sofort schmelzen, Freddy, dachte er, als er das Kind beobachtete, aber der Kleine bog den Kopf noch weiter in den Nacken und ging, mit dem Gesicht zum grauen Himmel weiter.

Vor dem Waffengeschäft blieb er stehen, zögerte aber einzutreten. Neben der Tür stand ein Zeitungsständer, in dem die Spätausgabe der Tageszeitung steckte. Die Schlagzeile lautete:

UNSICHERER WAFFENSTILLSTAND HÄLT AN

Auf dem Kasten mit den Zeitungen klebte ein schmuddeliges weißes Schildchen:

BITTE BEZAHLEN SIE IHRE ZEITUNG!
DER HÄNDLER MUSS FÜR SEINE VERLUSTE SELBST AUFKOMMEN!

Drinnen war es warm. Der Laden war ein langer, nicht sehr breiter Raum. Links neben der Tür stand eine Glasvitrine mit Munitionsschachteln. Die .22 Patronen erkannte er sofort wieder, denn er hatte als kleiner Junge in Connecticut ein .22-Kaliber-Gewehr besessen. Drei Jahre lang hatte er um das Gewehr gebettelt, und als er es endlich bekam, hatte er nicht mehr gewußt, was er damit anfangen sollte. Eine Weile lang hatte er damit auf Konservenbüchsen geschossen und dann auf einen Eichelhäher. Das war kein sauberer Schuß gewesen. Der Häher hatte, umgeben von einem rosaroten Blutfleck, im Schnee gesessen und langsam den Schnabel auf und zu gemacht. Danach hatte er das Gewehr an den Nagel gehängt, wo es weitere drei Jahre geblieben war, bis er es für neun Dollar und einen Karton Comichefte an einen Freund verkauft hatte.

Die andere Munition war ihm weniger vertraut. Dreiunddreißiger, sechsunddreißiger Kaliber und etwas, das wie Haubitzenpatronen aussah. Welche Tiere tötet man denn damit? fragte er sich. Tiger? Dinosaurier? Aber sie faszinierte ihn, wie sie da so in der Vitrine lag, wie Bonbons in den großen Glasbehältern eines Gemischtwarenladens.

Der Verkäufer oder Geschäftsinhaber unterhielt sich gerade mit einem dicken Mann in einer grünen Hose und einem grünen Flanellhemd. Das Hemd hatte zwei Brusttaschen mit dreieckigen Klappen. Sie verhandelten über eine Pistole, die in ihre Einzelteile zerlegt auf der Glasplatte einer weiteren Vitrine lag. Der Dicke hatte mit dem Daumen den Sicherheitshahn zurückgedrückt, und jetzt blinzelten beide mit zusammengekniffenen Augen in den geölten Pistolenlauf. Der Dicke ließ eine Bemerkung fallen, und der Verkäufer oder Geschäftsinhaber lachte.

»Was, Automatikpistolen klemmen immer? Das hast du von deinem Vater, Mac, gib's zu.«

»Harry, du steckst voller Blödsinn; bis zum Rand voller Blödsinn.«

Du steckst auch voller Blödsinn, Fred, bis zum Rand. Ist dir das klar, Fred?

Fred antwortete, daß ihm das klar sei.

An der rechten Wand stand ein Glasschrank, der die gesamte Länge des Ladens einnahm. Er war voller Pistolen und Gewehre, die fein säuberlich nebeneinander in den Regalen aufgereiht waren. Er kannte die doppelläufigen Flinten, aber alle anderen waren für ihn ein großes Geheimnis. Und doch gab es Menschen – zum Beispiel die beiden da hinten am Ladentisch –, die über diese geheimnisvollen Dinge mit der gleichen Selbstverständlichkeit sprachen, mit der er seine Buchführungskurse am College absolviert hatte.

Er ging weiter in den Raum hinein und betrachtete die Pistolen in der Glasvitrine. Er entdeckte ein paar Luftgewehre, einige .22er, eine .38er mit einem Holzschaft. Einige .45er und eine .44er Magnum, das Ding, mit dem Dirty Harry in dem gleichnamigen Film herumgelaufen war. Er hatte zugehört, wie Ron Stone und Vinnie Mason sich in der Wäscherei einmal über den Film unterhalten hatten. »Die würden einen Bullen doch niemals mit so einem Gewehr in der Stadt rumrennen lassen«, hatte Vinnie gesagt. »Mit so einem Ding kannst du einem Mann über eine Meile Entfernung ein Loch in den Bauch pusten.«

Der Dicke und der Verkäufer oder Geschäftsinhaber – Harry, wie in *Dirty Harry* – hatten die Pistole wieder zusammengesetzt.

»Ruf mich an, wenn die Menschler da ist«, sagte Mac.

»Mach' ich... aber dein Vorurteil gegenüber den Automatikpistolen ist einfach blöd«, antwortete Harry. (Harry mußte doch der Geschäftsinhaber sein. Ein Verkäufer hätte einen Kunden niemals blöd genannt.) »Mußt du die Cobra unbedingt schon nächste Woche haben?«

»Das wär mir sehr recht«, antwortete Mac.

»Ich kann nichts versprechen.«

»Das kannst du nie... aber du bist eben, verdammt noch mal, der beste Waffenhändler in der Stadt, und das weißt du auch.«

»Klar weiß ich das.«

Mac streichelte noch einmal die Pistole auf dem Ladentisch und wandte sich um, um zu gehen. Dabei rempelte er ihn an – *Paß auf, wenn du das tust, Mac, lächle!* – und verschwand durch die Ladentür. Unter seinem Arm klemmte eine Zeitung, und er las:

UNSICHERER WAF...

Harry wandte sich nun lächelnd und gleichzeitig kopfschüttelnd an ihn: »Kann ich Ihnen behilflich sein?«

»Ich hoffe es. Aber ich muß Sie im voraus warnen, ich habe von Gewehren keine Ahnung.«

Harry zuckte die Achseln. »Gibt es ein Gesetz, daß man die haben müßte? Soll es ein Geschenk für jemanden sein? Zu Weihnachten vielleicht?«

»Ja, genau das«, antwortete er, den Gedanken sofort aufgreifend. »Ich habe nämlich einen Cousin – er heißt Nick. Nick Adams. Er wohnt in Michigan, und er hat einen richtigen Gewehrfimmel. Sie kennen das sicher. Er ist ganz verrückt auf die Jagd, aber irgendwie steckt noch mehr dahinter. Es ist so etwas wie...«

»Ein Hobby?« fragte Harry und lächelte.

»Ja, genau.« Er hatte *Fetisch* sagen wollen. Er senkte den Blick, und seine Augen fielen auf einen Aufkleber, der an der Registrierkasse befestigt war:

WENN GEWEHRE UNGESETZLICH SIND
WERDEN NUR UNGESETZLICHE GEWEHRE TRAGEN

Er lächelte und sagte zu Harry: »Wissen Sie, das ist wirklich wahr.«

»Ja, sicher«, antwortete Harry. »Und Ihr Cousin...«

»Tja, das ist so eine Sache. Ich würde ihm gern eine Nasenlänge voraus sein. Er weiß, wie gern ich Boot fahre, und jetzt hat er mir doch tatsächlich letztes Jahr zu Weihnachten einen Evinrude-Motor geschenkt. Sechzig PS. Er hat ihn mir per Expreß geschickt. Und was habe ich ihm gegeben? Eine Jägerjacke. Ich bin mir vorgekommen wie ein Arschloch.«

Harry nickte mitfühlend.

»Vor ungefähr sechs Wochen habe ich dann einen Brief von ihm gekriegt. Er klingt so aufgeregt wie ein kleiner Junge, der eine Freikarte für den Zirkus bekommen hat. Sieht so aus, als hätte er sich mit ein paar Kumpels zusammengetan und eine Reise zu diesem Ort in Mexiko gebucht. Muß so eine Art freies Jagdgebiet sein...«

»Sie meinen, ein Reservat mit uneingeschränkter Jagderlaubnis?«

»Ja, so was.« Er schmunzelte. »Man kann dort soviel Wild abknallen, wie man will. Es wird dort gezüchtet, wissen Sie. Rehe, Antilopen, Bisons, Bären, einfach alles.«

»Boca Rio vielleicht?«

»Ich kann mich einfach nicht so recht erinnern. Aber ich glaube, der Name war etwas länger.«

Harrys Augen hatten einen verträumten Glanz angenommen. »Der Mann, der gerade hier war, und noch zwei andere und ich, wir sind 1965 in Boca Rio gewesen. Ich habe ein Zebra geschossen. Verdammt noch mal, ein Zebra! Ich hab' es ausstopfen lassen und zu Hause in meinem Hobbyraum aufgestellt. Das war die schönste Zeit, die ich je erlebt habe. Ich beneide Ihren Cousin.«

»Also, ich hab's mit meiner Frau besprochen«, sagte er. »Sie meint, wir sollten es so machen. Wir hatten ein sehr gutes Jahr in der Wäscherei. Ich arbeite in der Blue-Ribbon-Wäscherei drüben im Westend.«

»Ja, die kenne ich.«

Er hatte das Gefühl, als könnte er den ganzen Tag lang so

mit Harry plaudern. Bis zum Jahresende könnte er so weitermachen und Wahrheit und Lügen zu einem wunderschönen, glänzenden Teppich verweben. Sollte die Welt sich weiterdrehen. Scheiß auf die Ölkrise und die hohen Fleischpreise und den unsicheren Waffenstillstand. Laß uns hierbleiben und immer weiter über Cousins reden, die nie existiert haben, nicht wahr, Fred? Nur weiter so, Georgie.

»Wir haben dieses Jahr das Zentralkrankenhaus dazugekriegt und die Nervenheilanstalt und noch drei weitere Motels.«

»Gehört das Quality Motor Court an der Franklin Avenue zu den Firmen, für die Sie arbeiten?«

»Ja.«

»Da hab' ich ein paarmal übernachtet«, erzählte Harry. »Die Laken waren immer sehr sauber. Komisch, man macht sich nie Gedanken darüber, wer eigentlich die Wäsche wäscht, wenn man in einem Motel übernachtet.«

»Wir hatten also ein recht gutes Jahr, und da habe ich mir gedacht, daß ich Nick ein Gewehr und eine Pistole schenken könnte. Ich weiß, daß er sich schon immer eine .44er Magnum gewünscht hat, darüber habe ich ihn oft reden hören.«

Harry holte die Magnum heraus und legte sie behutsam auf die Glasvitrine. Er hob sie auf. Sie lag gut in seiner Hand. Es fühlte sich nach Geschäft an.

Er legte sie auf die Glasplatte zurück.

»Also, die Kammer in dieser Pistole...« fing Harry an.

Er lachte und hob abwehrend die Hand. »Sie brauchen sie nicht anzupreisen, ich bin schon überredet. Ein Ignorant läßt sich leicht überzeugen. Wieviel Munition werde ich wohl dafür brauchen?«

Harry zuckte die Achseln. »Zehn Schachteln vielleicht? Er kann sich ja dann selbst mehr besorgen. Der Preis beträgt zweihundertneunundachtzig plus Mehrwertsteuer, aber ich würde sie Ihnen für zweihundertachtzig einschließlich der Munition lassen. Wie wär's?«

»Super«, antwortete er und meinte es ernst. Und als ob

die Situation noch mehr erforderte, fügte er hinzu: »Es ist ein sehr schönes Stück.«

»Wenn er wirklich nach Boca Rio fährt, wird er sie gut gebrauchen können.«

»Und nun das Gewehr.«

»Was für eines hat er denn schon?«

Er zuckte mit den Schultern und breitete ratlos die Hände aus: »Tut mir leid, das weiß ich wirklich nicht. Zwei oder drei Flinten und etwas, das er einen automatischen Lader nennt.«

»Remington?« fragte Harry so eilig, daß er einen Schreck bekam. Es war, als wäre er durch hüfttiefes Wasser gewatet und nun plötzlich auf einem glatten Stein ausgerutscht.

»Ich glaube, das war's, aber ich kann mich auch täuschen.«

»Remington stellt die besten her«, erklärte Harry und nickte bedächtig, was ihn wieder etwas beruhigte. »Wieviel wollen Sie denn ausgeben?«

»Nun, ich will nicht lange drum herumreden. Der Motor hat ihn wahrscheinlich an die vierhundert gekostet. Ich möchte mindestens fünfhundert Dollar ausgeben. Sechshundert wären das höchste.«

»Sie verstehen sich wirklich gut mit Ihrem Cousin, was?«

»Wir sind zusammen aufgewachsen«, berichtete er mit aufrichtiger Miene. »Ich glaube, ich würde für Nick meinen rechten Arm hergeben, wenn er es von mir verlangte.«

»Ich werde Ihnen etwas zeigen«, sagte Harry einladend und suchte einen Schlüssel aus seinem schweren Schlüsselbund, während er auf einen der Glasschränke zuging. Er öffnete die Tür, kletterte auf einen Stuhl und nahm ein langes, schweres Gewehr von seinem Ständer. Der Schaft war mit eingelegtem Emaille verziert. »Die kommt zwar etwas teurer, als Sie sich vorgenommen haben, aber es ist ein wundervolles Gewehr.« Harry reichte es zu ihm hinunter.

»Was ist das?«

»Das ist eine vierhundertsechziger Weatherbee. Sie braucht stärkere Munition, als ich sie im Augenblick vorrätig habe, aber ich kann Ihnen ohne weiteres welche in Chicago bestellen. Soviel Sie wollen. Es wird höchstens eine Woche dauern. Ein fantastisch austariertes Gewehr. Die Mündungsenergie von dem Baby beträgt über achttausend Pond... das wäre soviel, wie wenn Sie jemanden mit einer Flughafenlimousine umfahren. Wenn Sie einen Bock damit am Kopf treffen, müssen Sie sich den Schwanz als Trophäe aufhängen.«

»Ich weiß nicht so recht«, wandte er ein, obwohl er schon beschlossen hatte, daß er dieses Gewehr wollte. »Ich weiß, daß Nick sehr viel an Trophäen liegt. Das gehört sozusagen dazu.«

»Natürlich«, antwortete Harry und nahm ihm die Weatherbee aus der Hand, um den Lauf aufzuklappen. Das Loch wirkte groß genug, um darin eine Brieftaube zu verstauen. »Niemand fährt nach Boca Rio, um seinen Fleischtopf aufzufüllen. Ihr Cousin schießt also in die Eingeweide. Mit diesem Baby brauchen Sie sich keine Sorgen mehr zu machen, daß das Wild sich zwölf Meilen weit durchs Hochland quält. Sie brauchen ihm nicht mehr lange nachzuspüren, um dann womöglich noch das Abendessen zu verpassen. Dieses Baby wird seine Eingeweide in einem Umkreis von zwanzig Metern verspritzen.«

»Wie weit?«

»Ich sag's Ihnen, wie's ist, ich kann das Ding hier in der Stadt nicht verkaufen. Wer braucht schon so ein Panzerabwehrgerät, wenn es weit und breit nichts anderes zu schießen gibt als Fasane? Und wenn man die auf den Tisch bringt, schmecken sie nur noch nach Abgasen. Im Einzelhandel kostet es neunhundertfünfzig, im Großhandel sechshundertdreißig Dollar. Ich könnte es Ihnen für siebenhundert geben.«

»Das macht dann... beinahe tausend Mäuse.«

»Bei Einkäufen über dreihundert geben wir zehn Prozent Rabatt. Dann wären es nur noch neunhundert.« Er zuckte die Achseln. »Wenn Sie Ihrem Cousin dieses Gewehr schenken, gehen Sie sicher, daß er noch keins von dieser Sorte besitzt. Das garantier' ich Ihnen. Und wenn er es doch schon haben sollte, kaufe ich es Ihnen für siebenhundertfünfzig wieder ab. Das gebe ich Ihnen schriftlich, so sicher bin ich mir da.«

»Ehrlich?«

»Absolut. Aber natürlich, wenn es Ihnen zu teuer ist – wir können uns noch ein paar andere Gewehre ansehen. Aber das hier ist einfach Spitze. Ich hab' sonst nichts da, was er nicht schon besitzen könnte.«

»Ich verstehe.« Er machte ein nachdenkliches Gesicht. »Haben Sie ein Telefon?«

»Klar, im Hinterzimmer. Wollen Sie noch einmal mit Ihrer Frau darüber reden?«

»Ich halte es fast für besser.«

»Natürlich, kommen Sie.«

Harry führte ihn in ein vollgestopftes Hinterzimmer. Er sah eine Bank und einen narbigen Holztisch, auf dem Waffenteile, Federn, Reinigungsflüssigkeit, Prospekte und diverse Fläschchen mit Bleikügelchen verstreut waren.

»Da ist das Telefon«, sagte Harry.

Er setzte sich, nahm den Hörer ab und wählte eine Nummer, während Harry in den Laden zurückging, um die Magnum einzupacken.

»Wir danken Ihnen für Ihren Anruf beim WDST-Wetterauskunftsdienst«, ertönte ein helle Tonbandstimme. »Leichte Schneefälle am heutigen Nachmittag, die am späten Abend in Schneeschauer übergehen.«

»Hallo, Mary?« rief er in den Hörer. »Ich bin gerade in einem Laden, der sich Harveys Waffengeschäft nennt. Ja, genau, wegen Nicky. Die Pistole hab' ich gekriegt, wie besprochen, das war kein Problem. Sie lag gleich im Schaukasten. Aber dann hat er mir ein Gewehr gezeigt.«

»... Aufklarung bis morgen nachmittag. Tiefsttemperaturen heute nacht um null, Tageshöchsttemperaturen um sieben Grad. Mit Niederschlägen heute nacht ist zu rechnen.«

»... also, was soll ich tun?« Harry stand hinter ihm in der Tür; er konnte seinen Schatten am Boden sehen.

»Ja«, sagte er, »das ist mir klar.«

»Wir danken Ihnen für Ihren Anruf beim WDST-Wetterauskunftsdienst. Beachten Sie bitte auch Bob Reynolds Nachrichtendienst an jedem Wochentag in den Sechs-Uhr-Nachrichten, um auf dem laufenden zu bleiben. Auf Wiederhören.«

»Meinst du wirklich? Ich weiß, es ist eine Menge Geld.«

»Wir danken Ihnen für Ihren Anruf beim WDST-Wetterauskunftsdienst. Leichte Schneefälle am heutigen Nachmittag.«

»Bist du sicher, Liebling?«

»... in Schneeschauer übergehen...«

»Na gut.« Er drehte sich auf der Bank und lächelte Harry zu, wobei er den Daumen und Zeigefinger seiner rechten Hand zu einem V spreizte. »Doch, das ist ein netter Kerl. Er hat mir versichert, daß Nick bestimmt noch kein solches Gewehr hat.«

»... bis morgen nachmittag. Tiefsttemperaturen heute nacht...«

»Ich hab' dich auch lieb, Mary, Wiedersehen.« Er legte auf. Jesus, Fred, das war 'ne tolle Nummer. Das war es, Georgie, das war's wirklich.

Er stand auf. »Sie sagt, ich soll's tun, wenn mir das Gewehr gefällt. Und es gefällt mir.«

Harry lächelte. »Was werden Sie tun, wenn er Ihnen einen Thunderbird schenkt?«

Er lachte. »Ich werde die Sendung ungeöffnet zurückschicken.«

Als sie in den Laden zurückgingen, fragte Harry: »Scheck oder bar?«

»American Express, wenn es Ihnen recht ist.«

»So recht wie Gold.«

Er holte seine Scheckkarte heraus. Auf dem Spezial-Streifen auf der Rückseite stand:

BARTON GEORGE DAWES

»Sind Sie sicher, daß die Patronen rechtzeitig hier eintreffen, so daß ich Fred alles zusammen schicken kann?«

Harry blickte von der Kreditkarte auf: »Fred?«

Er lächelte breit: »Nick ist Fred und Fred ist Nick«, erklärte er. »Nicholas Frederick Adams. Ein alter Scherz aus unserer Kindheit.«

»Oh.« Harry lächelte höflich, wie man es eben tut, wenn man einem Insiderwitz nicht versteht. »Würden Sie bitte hier unterschreiben?«

Er unterschrieb.

Harry holte ein dickes Buch unter dem Ladentisch hervor. Es war mit einer Stahlkette am Tisch befestigt, die durch die linke Ecke gezogen war. »Und hier bitte Ihren Namen und Ihre Adresse, für die Behörden.«

Seine Finger krampften sich um den Kugelschreiber. »Nun sehen Sie sich das an«, lachte er. »Zum ersten Mal in meinem Leben kaufe ich eine Waffe, und gleich drehe ich durch.« Er schrieb seinen Namen und seine Adresse ins Buch:

BARTON GEORGE DAWES, 1241 CRESTALLEN STREET WEST

»Die stecken ihre Nase aber auch in alles rein«, bemerkte er.

»Das ist noch gar nichts im Vergleich dazu, wie es früher war.«

»Ich weiß. Wissen Sie, was ich neulich in den Nachrichten gehört habe? Sie wollen jetzt ein Gesetz, daß Motorradfahrer einen Mundschutz tragen sollen. Einen *Mundschutz*, ich bitte Sie! Geht das die Regierung etwas an, wenn ein Kerl sich seine teuren Zahnbrücken ruinieren will?«

»Das hat mit meinem Buch nichts zu tun«, erwiderte Harry und legte es wieder unter den Ladentisch.

»Oder denken Sie nur an den neuen Autobahnanschluß, den sie drüben im Westend bauen. Kommt so ein hochnäsiger Landvermesser daher und beschließt: ›Hier wird gebaut‹, und die Regierung schickt einem dann jede Menge Briefe, in denen steht: ›Tut uns leid, wir werden die 784-Autobahn genau hierhin bauen. Sie müssen sich eine neue Bleibe suchen.‹«

»Ja, es ist eine gottverdammte Schande.«

»Genau das ist es. Was hat das Wort ›Staatsdomäne‹ schon für eine Bedeutung für jemanden, der über zwanzig Jahre in dem verdammten Haus gelebt hat? Der dort seine Frau geliebt, seine Kinder großgezogen hat und von jeder Reise dorthin zurückgekehrt ist? Das ist doch bloß ein Begriff aus dem Gesetzbuch, das sie nur erfunden haben, um einen besser reinlegen zu können.«

Aufpassen, aufpassen! Die Sicherung war ein bißchen zu niedrig eingestellt, und jetzt war einiges durchgesickert.

»Ist alles in Ordnung?« fragte Harry besorgt.

»Ja. Ich habe ein paar von diesen fürchterlichen italienischen Sandwiches zum Lunch gegessen; ich werd' einfach nicht klüger. Davon bekomme ich immer Blähungen.«

»Versuchen Sie mal eine von diesen«, sagte Harry und zog ein Tablettenröhrchen aus seiner Brusttasche. Auf dem Aufkleber stand:

ROLAIDS

»Danke.« Er nahm eine Tablette und steckte sie in den Mund. Sie schmeckte ein bißchen nach Pfefferminz. Seht her, ich bin in einem Werbespot. Ich konsumiere siebenundvierzigmal mein eigenes Gewicht an Tabletten gegen überhöhte Magensäure.

»Bei mir wirken sie immer«, erklärte Harry gutmütig.

»Zu den Patronen...«

»Ja, klar. Wird 'ne Woche dauern, höchstens zwei. Ich bestelle Ihnen siebzig Stück.«

»Sagen Sie, könnten Sie die Waffen hier für mich aufbewahren? Kleben Sie ein Schild mit meinem Namen drauf oder so. Ich bin wohl etwas überängstlich, aber ich hätte sie nicht gern bei mir zu Hause. Reichlich dumm, nicht wahr?«

»Jeder nach seinem Geschmack«, erwiderte Harry gleichmütig.

»Gut. Ich schreibe Ihnen meine Büronummer auf. Wenn die Kugeln da sind...«

»Patronen«, berichtigte Harry. »Patronen, nicht Kugeln.«

»Also gut, Patronen«, wiederholte er lächelnd. »Rufen Sie mich an, wenn sie da sind. Dann hole ich die Sachen ab und bereite alles vor, um sie zu verschicken. Mit der Post – das wird doch gehen, oder?«

»Selbstverständlich. Ihr Cousin wir nur den Empfang bestätigen müssen. Das ist alles.«

Er schrieb seinen Namen auf eine der Geschäftskarten, die folgendermaßen bedruckt war:

Harold Swinnerton 849-6330
HARVEYS WAFFENGESCHÄFT
Munition Antike Waffen

»Sagen Sie mal, wenn Sie Harold sind, wer ist dann Harvey?« fragte er.

»Harvey war mein Bruder. Er ist vor acht Jahren gestorben.«

»Oh, das tut mir leid.«

»Es hat uns allen sehr leid getan. Er kam eines Tages hierher, öffnete den Laden, schloß die Kasse auf und fiel tot um. Herzschlag. Er war der netteste Kerl, den man sich denken kann. Er erledigte einen Rehbock über zweihundert Meilen Entfernung.«

Er langte über den Ladentisch, und sie schüttelten sich die Hände.

»Ich werde anrufen«, versprach Harry.

»Passen Sie gut auf sich auf.«

Er ging wieder in den Schnee hinaus, vorbei an UNSICHERER WAFFENSTILLSTAND HÄLT AN. Es schneite jetzt stärker, und er hatte seine Handschuhe zu Hause gelassen.

Was hast du eigentlich da drinnen gemacht, George?

Päng, die Sicherung sprang raus.

Als er die Bushaltestelle erreicht hatte, war der Vorfall nur noch eine Erinnerung an etwas, das er irgendwo irgendwann einmal gelesen hatte. Weiter nichts.

Die Crestallen Street war eine lange, kurvige Straße, die einen Hügel hinab führte. Früher hatte man von dort eine schöne Aussicht auf den Park und einen herrlichen Blick auf den Fluß gehabt, bis der Fortschritt in Form von Hochhäusern alles kaputtgemacht hatte. Vor zwei Jahren hatte man die Westfield Avenue regelrecht damit zugekleistert.

Nummer 1241 war ein kleines Farmhaus mit einem Zwischenstock und einer Garage für einen Wagen. Der große Vorgarten war jetzt kahl und wartete auf den Schnee – richtigen Schnee –, der ihn bald bedecken sollte. Die Auffahrt war im letzten Frühjahr frisch asphaltiert worden.

Er ging hinein und hörte schon an der Tür den Fernseher, ein neues Modell, das sie sich im letzten Sommer angeschafft hatten. Auf dem Dach befand sich eine automatische Antenne, die er selbst dort oben installiert hatte. Sie war auf Grund dessen, was nun bald passieren würde, dagegen gewesen, aber er hatte darauf bestanden. Wenn sie dort oben angebracht werden konnte, so hatte er argumentiert, konnte man sie ebensogut wieder abbauen, wenn sie dann umzögen. Bart, sei nicht dämlich. Das sind doch bloß Sonderausgaben... und für dich ist es eine überflüssige Arbeit. Aber er war stur geblieben, und schließlich hatte sie nachgegeben. ›Um ihn bei Laune zu halten.‹ Das sagte sie immer bei den seltenen Gelegenheiten, bei denen ihm eine Sache wichtig genug war, daß er ihr Lamento über sich ergehen ließ. »Diesmal gebe ich nach, Bart, um dich bei Laune zu halten.«

Im Augenblick lauschte sie Merv Griffin, der sich mit irgendeiner Berühmtheit unterhielt. Es war Lorne Green, der sich über seine neue Polizeiserie *Griff* ausließ. Lorne versicherte Merv, wieviel Spaß ihm diese neue Arbeit machte. Bald würde eine schwarze Sängerin (nerviger Negersingsang, dachte er), von der noch nie jemand gehört hatte, auftreten und vermutlich »I left My Heart in San Francisco« singen.

»Hallo, Mary«, rief er.

»Hallo, Bart.«

Auf dem Tisch lag Post. Er blätterte sie durch. Ein Brief an

Mary von ihrer leicht verrückten Schwester in Baltimore. Eine Benzinrechnung – dreiundachtzig Dollar. Ein Kontoauszug: 49 Abhebungen, 9 Eingänge, Kontostand 954 Dollar und 47 Cents. Wie gut, daß er im Waffengeschäft mit seiner American-Express-Karte bezahlt hatte.

»Der Kaffee ist noch heiß«, rief Mary. »Oder möchtest du lieber einen Drink?«

»Einen Drink«, antwortete er. »Ich mach' ihn mir selber.«

Drei weitere Postsachen: eine Mahnung von der Stadtbibliothek, *Facing the Lions* von Tom Wicker. Wicker hatte vor einem Monat bei einem Mittagessen im Rotary Club einen Vortrag gehalten. Es war die beste Rede gewesen, die sie seit Jahren gehört hatten.

Eine persönliche Notiz von Stephan Ordner. Ordner war einer der hohen Tiere im Management von Amroco, der Gesellschaft, der das Blue Ribbon jetzt so gut wie ganz gehörte. Er lud ihn für Freitag abend ein, um das Waterford-Geschäft mit ihm zu besprechen – falls er nicht vorhabe, über Thanksgiving zu verreisen. Wenn dies der Fall sei, möge er bitte anrufen. Wenn er kommen könne, sollte er Mary mitbringen. Carla freue sich immer, Mary zu sehen und mit ihr ein wenig zu plaudern und blah-blah, etc., etc.

Und wieder ein Brief von der Straßenbaubehörde.

Er stand lange da und betrachtete ihn im fahlen Abendlicht, das durch die Fenster fiel. Dann legte er die gesamte Post auf die Kommode. Er machte sich einen Scotch on the Rocks und ging damit ins Wohnzimmer.

Merv plauderte immer noch mit Lorne. Die Farben auf ihrem neuen Zenith-Fernseher waren besser als gut; sie waren phantastisch. Wenn unsere Interkontinentalraketen so gut sind wie die Farben auf unserem Fernseher, wird es eines Tages einen riesigen Knall geben, dachte er. Lornes Haar schimmerte silbern, der unwahrscheinlichste Silberton, den man sich vorstellen konnte. *Junge, eines Tages erwische ich dich mit einer Glatze,* dachte er und schmunzelte. Das war ein Lieblingsspruch seiner Mutter gewesen. Er konnte selbst nicht sagen, warum ihm die Vorstellung eines glatzköpfigen Lorne

Greene so komisch vorkam. Vielleicht eine verspätete hysterische Reaktion auf die Episode im Waffengeschäft.

Mary blickte lächelnd zu ihm auf. »Ein Witz?« fragte sie.

»Nein, nichts«, antwortete er. »Bloß so ein Gedanke.«

Er setzte sich neben sie und kniff sie liebevoll in die Wange. Sie war eine hochgewachsene, mittlerweile achtunddreißigjährige Frau, bei der man noch nicht wußte, in welche Richtung sich die Schönheit ihrer Jugendjahre im mittleren Alter entwickeln würde. Ihre Haut war makellos und ihre Brüste klein und fest. Sie aß ziemlich viel, aber ihr aktiver Stoffwechsel hielt sie schlank. Sie würde noch lange nicht bei dem Gedanken zittern, sich im Badeanzug am öffentlichen Strand sehen zu lassen, egal, was die Götter sonst mit ihrer äußerlichen Erscheinung vorhatten. Er wurde sich plötzlich seines eigenen Bauchansatzes bewußt. Zum Teufel, Freddy, jeder Geschäftsmann hat heutzutage einen Bauchansatz. Das ist ein Erfolgssymbol, genau wie ein Delta 88. Du hast recht, George. Paß nur auf dein altes Herz auf und sieh zu, daß du keinen Krebs kriegst, dann wirst du achtzig Jahre alt.

»Wie war's heute?« erkundigte sie sich.

»Ganz gut.«

»Hast du dir die neue Fabrik in Waterford angesehen?«

»Heute nicht.«

Er war seit Ende Oktober nicht mehr draußen in Waterford gewesen. Ordner wußte das – ein kleiner Vogel mußte es ihm zugezwitschert haben –, daher die persönliche Notiz. Das Gelände für ihre neue Fabrik war eine verlassene alte Textilmühle, und der kleine, schlaue Makler rief ihn immer wieder deswegen an. Wir müssen den Handel endlich abschließen, lag er ihm in den Ohren. Schließlich seid ihr nicht die einzigen im Westend, die an dem Projekt interessiert sind. Ich tue, was ich kann, beschwichtigte er ihn immer wieder. Sie müssen sich schon gedulden.

»Was ist mit dem Haus in Crescent?« fragte sie. »Dem roten Ziegelgebäude?«

»Kommt für uns nicht in Frage«, antwortete er. »Die wollen dafür achtundvierzigtausend Dollar.«

»Für den Schuppen?« meinte sie entrüstet. »Das ist ja der reinste Nepp.«

»Ja, das ist es.« Er nahm einen großen Schluck Scotch. »Was schreibt die gute alte Bea aus Baltimore?«

»Das Übliche. Sie ist jetzt in einer bewußtseinserweiternden Hydrotherapiegruppe. Ist das nicht ein Ding? Bart...«

»Ja, das ist es wohl«, sagte er schnell.

»Bart, wir müssen in dieser Sache endlich was unternehmen. Der zwanzigste Januar rückt immer näher, und eines Tages stehen wir auf der Straße.«

»Ich tue ja, was ich kann«, sagte er gereizt. »Wir müssen uns einfach gedulden.«

»Das kleine Kolonialhaus an der Union Street...«

»...ist schon verkauft«, fiel er ihr ins Wort und trank sein Glas leer.

»Das ist es ja, was ich meine«, rief sie wütend. »Es wäre für uns beide gerade richtig gewesen. Mit dem Geld, das die Stadt uns für unser Haus und das Grundstück gibt, hätten wir es leicht bezahlen können.«

»Es hat mir nicht gefallen.«

»In letzter Zeit scheint dir überhaupt nicht mehr sehr viel zu gefallen«, bemerkte sie mit einem überraschend bitteren Unterton. »Es hat ihm nicht gefallen!« fuhr sie den Fernseher an. Der nervige Negersingsang hatte angefangen.

»Mary, ich tue wirklich, was ich kann.«

Sie wandte sich zu ihm um und sah ihm ernst in die Augen. »Bart, ich weiß, was dieses Haus dir bedeutet...«

»Nein, das weißt du nicht«, unterbrach er sie. »Du hast keine Ahnung!«

21. November 1973

Über Nacht hatte sich eine dicke Schneedecke auf der Erde gebildet, und als die Bustüren sich öffneten und er auf den Bürgersteig trat, konnte er die Spuren der Menschen verfolgen, die vor ihm dort entlanggegangen waren. Er bog um eine Ecke und ging die Fir Street hinunter, während er den Bus mit seinem leichten Tigerbrummen weiterfahren hörte. Johnny Walker fuhr an ihm vorbei. Er war auf dem Weg, seine zweite Wäscheladung an diesem Morgen abzuholen. Johnny winkte ihm aus der Kabine seines blauweißen Lieferwagens zu, und er grüßte zurück. Es war kurz nach acht.

Der Arbeitstag in der Wäscherei begann um sieben Uhr in der Frühe, wenn Ron Stone, der Meister und Dave Radner, der die Aufsicht im Waschraum hatte, eintrafen und die Boiler einschalteten. Die Mädchen, die die Hemden bügelten, trudelten gegen halb acht ein, und die Mädchen, die die Schnellbügler bedienten, kamen gegen acht. Er haßte das Untergeschoß mit der Wäscherei, in dem die stumpfsinnige Arbeit gemacht wurde, in dem die Ausbeutung stattfand, aber aus irgendeinem unverständlichen Grund mochten die Männer und Frauen, die hier arbeiteten, ihn gerne. Sie sprachen ihn mit seinem Vornamen an, und bis auf ein paar Ausnahmen konnte auch er sie gut leiden.

Er betrat das Gebäude durch den Lieferanteneingang und bahnte sich seinen Weg durch etliche Wäschekörbe, die noch vom letzten Abend rumstanden, weil die Wäsche noch nicht gebügelt war. Über alle Körbe war eine Plastikplane festgezurrt, um den Staub fernzuhalten. Weiter vorn befestigte Ron Stone gerade den Treibriemen einer altmodischen Waschmaschine, während Dave und sein neuer Gehilfe, ein gewisser Steve Pollack, der sein Studium abgebrochen hatte, die riesigen neuen Maschinen mit Hotelwäsche füllten.

»Hallo, Bart!« begrüßte Ron Stone ihn brüllend. Er brüllte immer, anstatt zu sprechen. Während der dreißig Jahre Unterhaltung über das Getöse von Trocknern, Büglern, Hemdenpressen und Waschmaschinen hinweg war ihm das Brüllen in Fleisch und Blut übergegangen. »Diese Scheißmaschine gibt bald ihren Geist auf. Das Programm ist jetzt so durcheinander, daß Dave sie mit der Hand bedienen mußte. Und die Schleuder fällt ständig aus.«

»Wir haben schon eine neue Kilgallon bestellt«, beschwichtigte er ihn. »Noch zwei Monate...«

»In der Waterford-Fabrik?«

»Na klar«, sagte er leichthin.

»Noch zwei solche Monate, und ich bin reif fürs Irrenhaus«, meinte Stone düster. »Und dieser Umzug... das wird schlimmer als eine polnische Armeeparade.«

»Ich nehme an, die Aufträge werden zurückgehen.«

»Zurückgehen! In den ersten drei Monaten werden wir nicht aus den roten Zahlen rauskommen. Und dann ist's schon Sommer.«

Er nickte, ohne näher auf das Thema einzugehen. »Was kommt heute als erstes dran?«

»Holiday Inn.«

»Packt jeweils hundert Pfund Handtücher in jede Ladung. Du weißt ja, wie die immer nach Handtüchern schreien.«

»Ja, sie schreien nach allem.«

»Wieviel ist es denn?«

»Sie haben sechshundert Pfund eingetragen. Das meiste kommt von den Shriners. Ist noch vom letzten Montag übriggeblieben. Die dreckigste Wäsche, die ich je gesehen habe. Die Laken starren vor Dreck.«

Er nickte zu dem neuen Gehilfen Pollack hinüber. »Wie macht der Junge sich?« Die Blue Ribbon hatte einen großen Verschleiß an Aushilfen im Waschraum. Dave nahm sie hart an die Kandare, und Rons Brüllerei machte sie zuerst nervös, dann wütend.

»Bis jetzt ganz gut«, antwortete Stone. »Kannst du dich noch an den letzten erinnern?«

Und ob er das konnte. Der Junge hatte es gerade drei Stunden ausgehalten.

»Ja. Wie hieß er doch gleich?«

Ron Stone zog die Augenbrauen zusammen. »Ich weiß es

nicht mehr. Baker? Barker? Irgend so etwas. Ich habe ihn letzten Freitag vor dem Supermarkt gesehen. Hat dort Flugblätter über einen Salatboykott verteilt. Das ist ein Ding, was? Wenn so ein Kerl es nicht an einer Stelle aushalten kann, zieht er gleich los und erzählt jedem, wie schlimm es sei, daß es in Amerika nicht so wie in Rußland sein kann. Es bricht mir das Herz.«

»Kommt als nächstes Howard Johnson dran?«

Stone warf ihm einen beleidigten Blick zu. »Den nehmen wir doch immer als erstes.«

»Um neun?«

»Da kannst du deinen Hintern drauf verwetten.«

Dave winkte ihm zu, und er grüßte zurück. Dann ging er nach oben, durch die chemische Reinigung, durch die Buchhaltung und in sein Büro. Er setzte sich auf seinen Drehsessel hinter seinem Schreibtisch und holte alle Papiere aus dem Eingangskorb, um sie durchzulesen. Auf dem Schreibtisch klebte eine Plakette:

DENK NACH!
Es könnte eine neue Erfahrung für dich sein.

Er mochte das Schild nicht besonders, aber er ließ es da, weil Mary es ihm geschenkt hatte. Wie lange war das jetzt her? Fünf Jahre? Er seufzte. Die Vertreter, die in sein Büro kamen, fanden es außerordentlich witzig und lachten sich halb tot. Aber wenn man einem Vertreter Bilder von verhungernden Kindern oder von Hitler beim Geschlechtsverkehr mit der heiligen Jungfrau zeigte, lachte er sich ebenfalls halb tot.

Vinnie Mason, der kleine Vogel, der zweifellos Steve Ordners Ohren vollgezwitschert hatte, hatte einen Aufkleber auf seinem Schreibtisch, auf dem

DEMK!

stand. Nun, was hatte das schon für eine Bedeutung? DEMK! Darüber würde nicht einmal ein Vertreter lachen, nicht wahr,

Fred? Richtig, George – kooo – rrrekt. Er hörte draußen vor dem Fenster einen schweren Dieselmotor vorbeidröhnen und drehte den Sessel, um hinauszuschauen. Die Straßenbauleute begannen ihren neuen Arbeitstag. Ein langer Tieflader mit zwei Bulldozern fuhr an der Wäscherei vorbei. Hinter ihm folgte eine Schlange ungeduldiger Autofahrer.

Vom dritten Stock aus, über der chemischen Reinigung, konnte man den Fortgang der Straßenbauarbeiten beobachten. Ein langer brauner Einschnitt zog sich durch die Geschäfts- und Wohnviertel des Westends wie eine tiefe Operationsnarbe, die mit Schlamm verpflastert worden war. Sie hatte schon die Guilder Street überquert und grub sich in den Park an der Hebner Avenue, in den er immer mit Charlie gegangen war, als er noch ganz klein ... eigentlich ein Baby ... gewesen war. Wie hieß dieser Park noch mal? Ich glaube, einfach nur Hebner Avenue Park, Fred. Es gab dort einen kleinen Fußballplatz und ein paar Wippen und einen kleinen Ententeich mit einem Vogelhaus in der Mitte. Im Sommer war das Dach des Häuschens immer voller Vogeldreck. Auch ein paar Schaukeln hat es dort gegeben. Charlie hat seine ersten Schaukelerfahrungen im Hebner Avenue Park gesammelt. Wie findest du das, Fred, altes Haus? Zuerst hat er fürchterliche Angst gehabt und geschrien wie am Spieß, und dann, als es Zeit war, nach Hause zu gehen, hat er geheult, weil ich ihn von der Schaukel runternehmen wollte. Auf dem Heimweg hat er dann den Vordersitz vollgepinkelt. War das alles wirklich schon vierzehn Jahre her?

Ein weiterer Tieflader fuhr mit einem Bagger vorbei.

Vor vier Monaten hatten sie den Garson Block abgerissen, der nur drei Häuserblocks von der Hebner Avenue entfernt stand. Ein paar Bürohäuser, in der einige Kreditanstalten untergebracht gewesen waren, einige Banken, Zahnärzte, Chiropraktiker und Fußärzte. Die waren ihm weniger wichtig, aber, Himmel, es hatte ihm weh getan, das alte Grand Theater in sich zusammenstürzen zu sehen. Dort hatte er sich Anfang der fünfziger Jahre seine Lieblingsfilme angesehen. *Dial M for Murder* mit Ray Milland oder *The Day the Earth Stood Still* mit Michael Rennie. Der war vor kurzem im Fernsehen wiederholt worden. Er hatte ihn sich unbedingt ansehen wollen, war dann aber vor dem blöden Fernseher eingeschlafen und erst bei der Nationalhymne wieder aufgewacht. Er hatte seinen Drink dabei verschüttet, und Mary hatte ihm am nächsten Morgen anständig den Marsch geblasen.

Das alte Grand, ja, das war noch etwas gewesen. Heute gab es ja nur noch diese neumodischen Filmtheater in den Vorstädten, diese aufgeplusterten Gebäude inmitten von riesigen Parkplätzen. Kino I, Kino II, Kino III, Vorführraum, Kino MCMXLVII. Er war mit Mary einmal zu so einem Palast nach Waterford hinausgefahren, um sich *The Godfather* anzusehen, und hatte sage und schreibe 2 Dollar 50 pro Karte bezahlt. Und drinnen hatte es dann ausgesehen wie in einer Bowlingbahn. Keine Empore. Das alte Grand hatte noch einen Marmorfußboden in der Eingangshalle gehabt, eine große Empore und einen liebenswerten, altmodischen, fettverschmierten Popcornautomaten, bei dem die große Pakkung nur einen Dime kostete. Der alte Mann an der Tür, der die Karten abgerissen hatte (die damals nur sechzig Cents kosteten), hatte eine rote Uniform getragen. Er hatte darin wie ein Portier ausgesehen und war mindestens sechshundert Jahre alt gewesen. Immer wieder hatte er denselben Satz vor sich hin gekrächzt: »Ich hoffe, daß Ihnen der Film gefällt.« Und drinnen sah man dann den großen Kronleuchter über dem Parkett. Niemand wollte direkt unter ihm sitzen, denn wenn er einmal runterfallen sollte, könnte man vermutlich nur noch mit einem Taschenmesser vom Boden abgekratzt werden. Das Grand war...

Er blickte schuldbewußt auf seine Armbanduhr. Jetzt hatte er schon fast vierzig Minuten vertrödelt. So ein Quatsch. Dabei hatte er noch gar nicht mal viel *nachgedacht*. Nur über den Park und das Grand Theater.

Ist etwas nicht in Ordnung mit dir, Georgie?

Könnte sein, Fred. Ich glaube, du hast recht.

Er rieb sich mit einem Finger über die Wange und die Augen und stellte fest, daß er naß war. Er hatte geweint.

Er ging nach unten, um mit Peter zu reden, der die Aufsicht über die Auslieferungen hatte. Die Wäscherei lief jetzt auf Hochtouren. Die Heißmangeln dampften und zischten, als die ersten von Howard Johnsons Laken hindurchgezogen wurden. Die Waschmaschinen stampften und ließen den Boden vibrieren, und die Hemdenpressen klapperten und säuselten, während Ethel und Rhonda die Oberhemden einlegten.

Peter berichtete ihm, daß die erste Ladung in ihrem Lastwagen Nr. 4 verstaut sei, und fragte ihn, ob er sie noch anschauen wolle, bevor sie ans Geschäft ausgeliefert würde. Das wollte er nicht, sondern fragte Peter statt dessen, ob die Holiday-Inn-Wäsche schon rausgegangen sei. Peter antwortete, daß sie gerade aufgeladen würde und daß der Dummkopf, der das Hotel leitete, schon zweimal angerufen und nach den Handtüchern gefragt hätte.

Er nickte und ging nach oben in die chemische Reinigung, um Vinnie Mason aufzusuchen. Phyllis erklärte ihm, daß Vinnie und Tom Granger in das neue deutsche Restaurant gegangen seien, um einen Auftrag wegen der Tischtücher zu ergattern.

»Würden Sie ihn bitte in mein Büro schicken, wenn er zurückkommt?«

»Das werde ich, Mr. Dawes. Ach ja, Mr. Ordner hat angerufen und bittet um Ihren Rückruf.«

»Danke, Phyllis.«

Er ging zurück in sein Büro und nahm die neuen Sachen aus dem Eingangskorb, um sie durchzugehen.

Eine Firma bot ihm ein neu entwickeltes Bleichmittel namens *Yello-Go* an. Wo hatten die bloß immer diese blöden Namen her, fragte er sich, und legte den Zettel für Ron zur Seite. Ron liebte es, Dave mit den neuen Produkten zu ärgern, besonders, wenn er dabei fünfhundert Pfund umsonst für Testläufe herausschlagen konnte.

Ein Dankesschreiben von ihrer Gewerkschaftskasse. Er legte es zur Seite, um es später am schwarzen Brett neben der Stechuhr auszuhängen.

Ein Werbeprospekt über eine Büromöbelgarnitur aus Fichtenholz. In den Papierkorb.

Ein Werbeprospekt über einen Anrufbeantworter, der Nachrichten weitergeben und eingehende Telefonanrufe bis zu dreißig Sekunden Dauer registrieren würde, wenn man nicht im Hause war. *Ich bin nicht da, Dummkopf. Leg auf!* In den Papierkorb.

Ein Beschwerdebrief von einer Dame, die sechs Hemden ihres Mannes in die Reinigung gegeben und zwei mit verbranntem Kragen zurückerhalten hatte. Seufzend legte er ihn auf den Stapel, um sich später darum zu kümmern. Ethel hatte ihr Mittagessen wohl wieder einmal getrunken.

Ein Wassertestbericht von der Universität. Den würde er mit Ron und Tom Granger nach dem Mittagessen durchgehen. Auf den Stapel.

Ein Werbeprospekt von einer Versicherungsgesellschaft. Ein Art Linkletter erzählte einem da, wie man achtzigtausend Dollar verdienen könnte. Alles, was man dafür tun müsse, sei zu sterben. In den Papierkorb.

Wieder ein Brief von dem kleinen, schlauen Makler, der die Waterford-Fabrik verkaufen wollte. Er schrieb, daß eine Schuhfabrik an dem Projekt interessiert sei, immerhin keine geringere als die Tom-McAn-Schuhfabrik, also kein kleiner Fisch, und er erinnerte daran, daß die neunzig Tage Bedenkzeit für das Blue Ribbon am sechsundzwanzigsten November ausliefen. *Aufgepaßt, kleiner Wäschereigeschäftsführer! Die Stunde naht!* In den Papierkorb.

Noch eine Vertreternotiz für Ron. Diesmal sollte eine neue Reinigungsmaschine mit dem verräterischen Namen *Swipe* an den Mann gebracht werden. Er legte sie zum *Yello-Go*.

Er drehte sich gerade wieder zum Fenster um, als seine Sprechanlage summte. Vinnie Mason war aus dem deutschen Restaurant zurückgekehrt.

»Schicken Sie ihn rein.«

Vinnie kam sofort hereinmarschiert. Er war ein hochgewachsener fünfundzwanzigjähriger Mann mit olivbrauner Haut und einer üppigen dunklen Haarmähne, die er wie immer zu salopper Unordentlichkeit zurechtgekämmt hatte. Er trug ein dunkelrotes Sportjackett und eine dunkelbraune Hose. Dazu eine Fliege. Sehr flott, findest du nicht auch, Fred? In der Tat, Georgie, in der Tat.

»Wie geht es dir, Bart?« fragte Vinnie.

»Gut«, antwortete er. »Was habt ihr in dem deutschen Restaurant erreicht?«

Vinnie lachte. »Du hättest dabei sein sollen. Der alte Kraut wäre vor Dankbarkeit fast auf die Knie gefallen, so glücklich war er, uns zu sehen. Wir werden die Universal ausschalten, wenn wir erst mal in der neuen Fabrik sind, Bart. Sie haben noch nicht mal einen Werbeprospekt hingeschickt, geschweige denn einen von ihren Leuten. Dieser Kerl kam gar nicht mehr damit zu Rande, die Tischtücher in seiner Küche zu waschen, glaube ich. Aber du solltest mal sehen, was für ein Lokal der hat. Eine richtige Bierhalle. Er wird die Konkurrenz vernichten. Dieses Aroma ... hmmmm!« Er wedelte mit seinen Händen vor dem Gesicht, um das Aroma anzudeuten, und holte dann eine Schachtel Zigaretten aus einem Sportjackett. »Wenn das Geschäft richtig angelaufen ist, werde ich Sharon mal dorthin ausführen. Mit zehn Prozent Rabatt natürlich.«

In einer seltsamen Art von Rückblende hörte er plötzlich Harry, den Waffengeschäftsinhaber, sagen: *Bei Einkäufen über dreihundert Dollar geben wir zehn Prozent Rabatt.*

Mein Gott, dachte er. Habe ich diese Gewehre gestern tatsächlich gekauft? Habe ich das wirklich getan?

Dieser Bereich seines Gehirns verdunkelte sich plötzlich.

He, Georgie, was hast du ...

»In welcher Größenordnung belaufen sich die Aufträge?« fragte er. Seine Stimme klang etwas belegt, und er räusperte sich.

»Vier- bis sechshundert Tischtücher pro Woche, wenn der Laden richtig läuft. Und die Servietten. Alles echt Leinen. Er möchte sie elfenbeinfarben. Ich hab' ihm gesagt, das sei kein Problem.«

Vinnie nahm jetzt eine Zigarette aus der Schachtel, langsam, so daß er das Etikett lesen konnte. Das war etwas, was er an Vinnie Mason nun wirklich nicht ausstehen konnte: seine Vorliebe für verflucht starke Zigaretten. Auf dem Etikett stand:

PLAYER'S NAVY CUT
ZIGARETTEN
MEDIUM

Also, wer um alles in der Welt außer Vinnie Mason rauchte Player's Navy Cut? Oder Kind Stano? Oder English Ovals? Oder Marvels oder Murads oder Twists? Wenn jemand eine neue Marke namens Scheiße-am-Stiel oder Schwarze Lunge auf den Markt brächte, Vinnie würde sie rauchen.

»Ich hab' ihm gesagt, daß wir jeweils zwei Tage für eine Ladung brauchen werden, solange wir noch in der alten Wäscherei sind«, sagte Vinnie und ließ ihn noch einen Blick auf die Zigarettenpackung werfen, bevor er sie wieder in seiner Jacke verstaute. »Wann ziehen wir nach Waterford um?«

»Darüber wollte ich gerade mit dir reden«, erwiderte er. Soll ich ihm den Marsch blasen, Fred? Klar, zeig's ihm, George.

»Tatsächlich?« Vinnie zündete sich mit einem schmalen vergoldeten Feuerzeug die Zigarette an und musterte ihn wie ein englischer Charakterschauspieler mit hochgezogenen Augenbrauen durch den aufsteigenden Rauch.

»Ich habe gestern einen Brief von Ordner erhalten. Er möchte, daß ich ihn am Freitag abend besuche, um ein bißchen über den Waterford-Handel zu plaudern.«

»Oh?«

»Und heute morgen bekam ich einen Anruf von Ordner, während ich kurz mal runtergegangen war, um etwas mit Peter Wasserman zu bereden. Mr. Ordner möchte, daß ich zurückrufe. Hört sich so an, als sei er fürchterlich gespannt darauf, etwas Neues zu erfahren, nicht wahr?«

»Das nehme ich an«, sagte Vinnie und setzte sein zweites

Lächeln – *Achtung, verschmutzte Fahrbahn! Fahren Sie vorsichtig!* – auf.

»Was ich gerne wissen möchte ist, warum Ordner auf einmal so verdammt neugierig geworden ist. Das würde ich gern mal erfahren.«

»Tja...«

»Laß das, Vinnie, spiel mir nicht das verschüchterte Zimmermädchen vor. Es ist schon zehn Uhr, und ich muß mit Ordner telefonieren. Ich muß mit Rone Stone reden und mit Ethel Gibbs, die mal wieder ein paar Hemdkragen verbrannt hat. Hast du etwa hinter meinem Rücken aus dem Nähkästchen geplaudert?«

»Na ja, Sharon und ich waren Sonntag abend bei St- bei Mr. Ordner zum Abendessen eingeladen und...«

»Und da hat es sich zufällig ergeben, daß du eine Bemerkung über Bart Dawes gemacht hast. Du hast ihm gesagt, daß Dawes die Waterford-Verhandlungen verzögert, während der Ausbau des 784-Zubringers immer näher rückt, nicht wahr?«

»Bart!« protestierte Vinnie. »Es war alles sehr nett. Es war...«

»Ich bin sicher, daß es sehr nett war. Auch sein Brief, der mich vor den Richterstuhl zitiert, ist sehr nett. Darum geht es nicht. Es geht darum, daß er dich und deine Frau in der Hoffnung, daß du etwas ausplaudern würdest, zum Abendessen eingeladen hat, und wie ich sehe, ist er nicht enttäuscht worden.«

»Bart...«

Er hob seinen Zeigefinger vor Vinnies Gesicht. »Hör mir mal gut zu, Vinnie. Wenn du noch mehr solche Fallen aufstellst, in die ich hineintappen soll, dann kannst du dich nach einem neuen Job umsehen. Das kannst du mir glauben.«

Vinnie saß wie versteinert da. Seine Zigarette qualmte unbeachtet zwischen seinen Fingern.

»Ich will dir mal etwas sagen, Vinnie«, fuhr er mit normaler Stimme fort. »Ich weiß, daß ein junger Kerl wie du schon tausend Vorträge von alten Kerlen wie ich darüber gehört hast, wie wir die Welt auf den Kopf gestellt haben, als wir noch so jung waren wie ihr. Aber diesen Anschiß hast du verdient.«

Vinnie öffnete den Mund, um zu protestieren.

»Ich glaube nicht, daß du mir in den Rücken fallen wolltest«, sagte er mit abwehrend erhobener Hand, um Vinnies Protest zuvorzukommen. »Wenn ich das angenommen hätte, hätte ich dich gleich zur Rede gestellt, als du hereinmarschiert bist. Ich glaube nur, du hast dich ziemlich dämlich benommen. Du bist in dieses großartige, eindrucksvolle Haus gekommen und hast vor dem Abendessen drei Drinks angeboten gekriegt, und dann hat es eine Suppe gegeben und einen Salat mit einer vorzüglichen Salatsauce und danach etwas Leckeres als Hauptgang, und all das ist von einem Dienstmädchen in einer schwarzen Uniform serviert worden, und Carla hat ihre Rolle als Hausdame gespielt – ohne dabei auch nur im geringsten herablassend zu sein –, und es hat Erdbeertörtchen oder Heidelbeerkompott mit frisch geschlagener Sahne zum Nachtisch gegeben und danach dann noch Kaffee mit Cognac oder Tia Marias, und dann hat sich deine Zunge wie von selbst gelöst. Ist es so gewesen?«

»Ja, so ähnlich war's«, flüsterte Vinnie. Sein Gesicht zeigte eine Mischung von drei Teilen Scham und zwei Teilen abgrundtiefen Hasses.

»Er begann mit der Frage, wie es Bart ginge. Du hast geantwortet, Bart ginge es gut. Er sagte, daß Bart ein verdammt guter Mann sei, aber ob es nicht schön wäre, wenn er sich endlich mal zusammenreißen und das Waterford-Geschäft etwas vorantreiben würde. Und du hast geantwortet, daß das in der Tat sehr schön wäre. Und er sagte, ach, übrigens, wie steht's denn damit? Und du hast geantwortet, alles, was ich weiß, ist, daß er den Handel noch nicht abgeschlossen hat. Ich hab' gehört, daß die Tom-McAn-Leute an dem Projekt interessiert sind, aber das ist vielleicht nur ein Gerücht. Daraufhin hat er gesagt, na ja, ich bin sicher, Bart weiß, was er tut, und du hast darauf erwidert, klar; und dann hat er dir noch einen Cognac angeboten und dich gefragt, ob du glaubst, daß die Mustangs es in dieser Play-off-Runde schaffen würden, und dann seid ihr wieder nach Hause gefahren, Sharon und du, und weißt du, wann er dich das nächste Mal einladen wird, Vinnie?«

Vinnie sagte nichts.

»Du wirst wieder eingeladen werden, wenn Steve Ordner den nächsten Hinweis braucht.«

»Es tut mir leid«, sagte Vinnie schmollend und wollte aufstehen.

»Ich bin noch nicht fertig.«

Vinnie setzte sich wieder und blickte zornig in eine Zimmerecke.

»Vor zwölf Jahren habe ich deinen Job ausgeführt, weißt du das eigentlich? Zwölf Jahre, das kommt dir wahrscheinlich sehr lange vor. Aber ich weiß kaum, wo die Jahre geblieben sind. Doch ich kenne den Job gut genug, um zu wissen, wie sehr es dir gefällt. Und ich weiß, daß du ihn gut machst. Die Neuorganisation der chemischen Reinigung... dieses neue Nummernsystem... das war ein Meisterstück.«

Vinnie starrte ihn verblüfft an.

»Ich habe vor zwanzig Jahren in der Wäscherei angefangen«, fuhr er fort. »1953, da war ich zwanzig Jahre alt. Meine Frau und ich waren jungverheiratet. Ich hatte gerade zwei Jahre Betriebswirtschaft studiert, und Mary und ich wollten eigentlich noch ein bißchen warten, aber wir haben die Interruptionsmethode angewandt. Eines Tages waren wir in der Stadt in einem Hotel, und unter uns hat jemand eine Tür zugeschlagen. Ich bekam einen Schreck und einen Orgasmus. Davon ist sie schwanger geworden. Immer wenn ich heute mal besonders schlaue Anwandlungen kriege, brauche ich mich bloß an diesen einen Türschlag zu erinnern und daran, daß er für meine heutige Position verantwortlich ist. Es ist demütigend. Damals gab es noch kein so freizügiges Abtreibungsgesetz. Wenn man ein Mädchen schwängerte, dann heiratete man es oder man ließ es sitzen. Man hatte keine andere Wahl. Ich hab' sie geheiratet und den ersten Job angenommen, der sich mir bot. Und das war hier in der Wäscherei. Waschraumaushilfe, genau der Job, den dieser Pollack-Junge da unten jetzt erledigt. Damals mußten wir noch alles mit der Hand machen. Wir mußten die nasse Wäsche aus den Maschinen zerren und sie in große Stonington-Schleudern packen, die fünfhundert Pfund von dem schweren Zeug faßten. Wenn man so eine Schleuder falsch belud, konnte sie einem den Fuß ausreißen. Nun ja, Mary hat das Kind im siebten Monat verloren, und der Arzt sagte, daß sie nie wieder eins haben könne. Ich machte den Aushilfejob drei Jahre lang und brachte für fünfundfünfzig Arbeitsstunden genau fünfundfünfzig Dollar pro Woche nach Hause. Dann hatte Ralph Albertson, der damals Aufseher im Waschraum war, einen Auffahrunfall und starb auf der Straße an einem Herzinfarkt, während er noch mit dem anderen Kerl seine Versicherungsnummer austauschte. Er war ein guter Mann gewesen. Zu seiner Beerdigung hatte der ganze Betrieb geschlossen. Nachdem er anständig begraben war, bin ich zu Ray Tarkington gegangen und hab' mich um seinen Job beworben. Ich war mir ziemlich sicher, daß ich ihn bekommen würde. Ich wußte alles, was man im Waschraum wissen mußte, denn Ralph hatte mir alles beigebracht.

Damals war das hier ein Familienbetrieb, Vinnie. Ray und sein Vater, Don Tarkington, haben ihn geleitet. Don hatte ihn von seinem Vater übernommen, der ihn 1926 gegründet hat. Die Arbeiter waren nicht in der Gewerkschaft organisiert, und ich nehme an, daß die Gewerkschaftsleute die drei Tarkingtons als patriarchalische Ausbeuter bezeichnet haben, die sich an ungebildeten Arbeitern und Arbeiterinnen bereicherten. Und das waren sie auch. Aber als Betty Keeson auf dem nassen Fußboden ausgerutscht war und sich den Arm gebrochen hatte, haben die Tarkingtons ihr die Krankenhausrechnung bezahlt und zehn Dollar Unterhaltskosten pro Woche, bis sie wieder arbeiten konnte. Und jedes Jahr Weihnachten haben sie in der Halle ein großes Weihnachtsbankett aufgebaut – der beste Huhnauflauf, den du je gegessen hast, mit Preiselbeeren und Brötchen und Pfefferminz- oder Schokoladenpudding zur Auswahl als Nachtisch. Don und Ray schenkten jeder Frau ein Paar Ohrringe, und wir Männer bekamen jeder eine neue Krawatte. Ich habe meine neun Krawatten immer noch bei mir zu Hause im Schrank hängen. Und als Don Tarkington im Jahre 1959 starb, habe ich eine davon auf seiner Beerdigung getragen. Sie paßte überhaupt nicht zum Anzug, und Mary hat mir deswegen die Hölle heiß gemacht, aber ich habe sie trotzdem getragen. Der Arbeitsplatz war dunkel, und die Stunden waren lang, und die Arbeit war eine stumpfsinnige Plackerei, aber damals haben die Chefs sich noch um uns gekümmert. Wenn die Schleuder zusammenbrach, dann standen Don und Ray zusammen mit uns anderen mit aufgerollten Hemdsärmeln im Waschraum und halfen, die Wäsche mit der Hand auswringen. So war das damals in einem Familienbetrieb, Vinnie.

Als Ralph also gestorben war und Ray Tarkington mir sagte, daß ich seinen Job nicht kriegen könne, weil er ihn schon jemand anderem gegeben hätte, da hatte ich keine Ahnung mehr, was eigentlich los war, und dann sagte Ray plötzlich zu mir: Mein Vater und ich möchten, daß du wieder aufs College gehst. Und ich sage, großartig – und wovon? Busmarken? Und er gibt mir einen Scheck über zweitausend Dollar. Ich schau' ihn mir an und kann kaum glauben, was ich sehe. Ich sage, was ist das? Und er antwortet, ich weiß, das reicht nicht, aber ich bezahle deine Studiengebühren, dein Zimmer und deine Bücher. Den Rest kannst du dir dann im Sommer hier verdienen, einverstanden? Und ich frage ihn, ob es eine Möglichkeit gibt, ihm dafür zu danken. Und er antwortet, ja, drei Möglichkeiten. Erstens den Kredit zurückzahlen, zweitens die Zinsen bezahlen, drittens das, was ich gelernt habe, wieder in den Betrieb einbringen. Ich habe den Scheck mit nach Hause genommen und Mary gezeigt, und sie hat geweint. Hat einfach die Hände vors Gesicht geschlagen und geweint.«

Vinnie sah ihn jetzt völlig verdutzt an.

»Also bin ich 1955 wieder auf die Schule gegangen und habe 1957 meinen Abschluß gemacht. Danach bin ich zurück in die Wäscherei, und Ray machte mich zum Chef der Fahrer.

Da habe ich dann neunzig Dollar die Woche verdient. Als ich meine erste Kreditrate abbezahlte, hab' ich ihn gefragt, wie hoch die Zinsen seien. Er antwortet, ein Prozent. *Was*? frage ich, und er sagt, du hast richtig gehört. Hast du nichts zu tun? Daraufhin sage ich, doch, ich glaube, ich gehe mal lieber in die Stadt und hole einen Arzt, um deinen Kopf untersuchen zu lassen. Ray bekommt einen Lachanfall und sagt, ich soll zusehen, daß ich aus seinem Büro verschwinde. Die letzte Rate habe ich 1960 bezahlt, und weißt du was, Vinnie? Er hat mir eine Uhr geschenkt. Diese Uhr hier.«

Er zog seine Manschette zurück und zeigte Vinnie seine Bulova mit einem goldenen Stretcharmband.

»Er nannte es ein verspätetes Geschenk zum Collegeabschluß. Ich habe nur zwanzig Dollar Zinsen für meine Ausbildung bezahlt, und der Teufelskerl schenkt mir eine Uhr im Werte von achtzig Dollar. Auf der Rückseite ist eine Gravur: *Die besten Wünsche von Don & Ray. Die Blue Ribbon Wäscherei.* Don war damals schon ein Jahr tot.

1963 hat Ray mir dann deinen Posten zugeteilt. Ich sollte ein Auge auf die chemische Reinigung haben, ein neues Buchhaltungssystem einführen und die Zweigstellen beaufsichtigen – doch damals waren es nur fünf, nicht elf. Das machte ich bis 1967, bis Ray mir meinen jetzigen Job gab. Vor vier Jahren mußte er dann verkaufen. Du kennst die Geschichte, du weißt, wie die Scheißkerle ihn unter Druck gesetzt haben. Es hat ihn zu einem alten Mann gemacht. Heute gehören wir also zu einer Gesellschaft, die außer uns noch ein Dutzend weitere Eisen im Feuer hat – Schnellimbißrestaurants, den Ponderosa-Golfclub, diese drei Schandflekken, die Discountsupermärkte, die Tankstellen und all dieser Mist. Und dieser Steve Ordner ist nichts weiter als ein hochgejubelter Vorarbeiter. Irgendwo in Chicago oder Gary gibt es einen Verwaltungsrat, der sich vielleicht eine Viertelstunde pro Woche mit dem Blue Ribbon befaßt. Denen ist es scheißegal, was es heißt, eine Wäscherei zu leiten. Sie haben nicht die geringste Ahnung davon. Alles, was sie verstehen, ist der Bericht des Buchhalters. Und dieser Bericht sagt ihnen, hört zu, Leute, der 784-Zubringer, der im Westend gebaut wird, führt direkt über die Wäscherei und die Hälfte des dortigen Wohnbezirks. Und die Direktoren antworten, ah, ja? Wieviel zahlt die Stadt für das Grundstück? Und das wär's dann. Himmel, wenn Don und Ray Tarkington noch am Leben wären, würden sie die verdammten Stadtabgeordneten vor Gericht zerren und ihnen so viele Beschränkungen auferlegen, daß sie erst im Jahr 2000 mit den Verhandlungen fertig sein könnten. Sie würden ihnen mächtig einheizen. Kann sein, daß sie ein paar gottverdammte, patriarchalische Bastarde gewesen sind, aber sie hatten wenigstens noch *Sinn für den Betrieb*, Vinnie. Und das kann man aus einem Buchhalterbericht nicht herauslesen. Wenn sie noch am Leben wären und jemand ihnen erzählte, daß die Straßenbaubehörde plant, eine achtspurige Asphaltwüste aus ihrer Wäscherei zu machen, dann hätten sie einen Schrei ausgestoßen, den man bis zum Rathaus gehört hätte.«

»Sie sind aber tot«, bemerkte Vinnie.

»Ja, sie sind tot.« Er fühlte sich plötzlich müde und frustriert. Was immer er Vinnie hatte klarmachen wollen, irgendwo war es im Wust seiner persönlichen Erinnerungen untergegangen. Er war verlegen. Sieh ihn dir an, Freddy, er versteht überhaupt nicht, wovon ich rede. Hat nicht die geringste Ahnung. »Gott sei Dank sind sie nicht hier, um das mitansehen zu müssen.«

Vinnie antwortete nichts.

Mit aller Kraft riß er sich zusammen. »Ich versuche die ganze Zeit, dir zu sagen, daß sich hier zwei Gruppen gegenüberstehen, Vinnie. Auf der einen Seite sind wir, die Wäschereileute. Das ist unser Geschäft. Auf der anderen sind die Buchhalter. Das ist ihr Geschäft. Sie schicken uns von oben ihre Befehle herunter, und wir haben sie auszuführen. Aber das ist auch *alles*, was wir zu tun haben. Hast du mich verstanden?«

»Klar, Bart«, sagte Vinnie, aber es war ihm anzusehen, daß er überhaupt nichts verstand. Er war sich nicht einmal sicher, ob er selbst noch wußte, worum es ging.

»In Ordnung«, sagte er, »ich werde mit Ordner reden. Nur zu deiner Information, Vinnie, die Waterford-Fabrik ist genauso gut wie unser jetziges Gebäude. Ich werde den Vertrag am kommenden Dienstag unter Dach und Fach bringen.«

Vinnie lächelte erleichtert. »Jesus, das ist großartig.«

»Ja, ich habe alles unter Kontrolle.«

Als Vinnie hinausging, rief er hinter ihm her: »Du sagst mir dann, wie das deutsche Restaurant ist, in Ordnung?«

Vinnie schenkte ihm sein Lächeln Nr. 1, breit und strahlend, volle Kraft voraus. »Aber natürlich, Bart!«

Dann war Vinnie verschwunden, und er betrachtete die geschlossene Tür. Ich hab's vermasselt, Fred. Ich finde, du warst gar nicht so schlecht, Georgie. Zum Schluß hast du ein bißchen den Faden verloren, aber es passiert nur in Büchern, daß man seine Rede gleich auf Anhieb richtig hinkriegt. Nein, ich habe Scheiße gebaut. Er ist mit dem Gedanken hier rausgegangen, daß bei Barton Dawes ein paar Schrauben locker sitzen. Verdammt noch mal, er hat recht. George, ich muß dich mal was fragen. Von Mann zu Mann sozusagen. Nein, schalte mich nicht gleich wieder ab. Warum hast du dir die Waffen gekauft, George? Warum hast du das getan?

Päng, die Sicherung sprang raus.

Er ging ins Erdgeschoß und gab Ron Stone die Vertretermappe. Als er zurückging, hörte er, wie Ron Dave zubrüllte, er solle mal rüberkommen, vielleicht sei etwas dabei, das sie brauchen könnten. Dave verdrehte die Augen. Natürlich war etwas dabei. Arbeit.

Er ging wieder in sein Büro und rief Ordner an in der Hoffnung, daß er schon zum Mittagessen sei. Doch heute gab es keine Mittagspause. Die Sekretärin stellte ihn sofort durch.

»Bart!« rief Steve Ordner. »Es ist immer schön, ein bißchen mit Ihnen zu plaudern.«

»Geht mir genauso. Ich habe heute vormittag ein bißchen

mit Vinnie Mason geplaudert. Er deutete an, daß Sie sich ein wenig Sorgen wegen der Waterford-Fabrik machen.«

»Großer Gott, nein. Aber ich denke, wir sollten uns vielleicht am Freitag abend über ein paar Dinge unterhalten.«

»Ja, deswegen rufe ich an. Mary kann leider nicht kommen.«

»Oh?«

»Sie hat eine Virusinfektion. Wagt sich keine fünf Meter vom Klo weg.«

»Sagen Sie ihr, wie leid mir das tut.«

Spar dir das, du billiger Heuchler.

»Der Arzt hat ihr Tabletten verschrieben, und es scheint ihr schon wieder besser zu gehen. Aber es könnte vielleicht ansteckend sein.«

»In Ordnung, Bart, wann können Sie kommen? Um acht?«

»Ja, acht paßt mir gut.«

Na klar, verdirb mir ruhig den Freitagabendkrimi, du Mistkerl. Was gibt's sonst noch?

»Wie kommen Sie mit dem Waterford-Geschäft voran, Bart?«

»Ich finde, darüber sollten wir lieber persönlich sprechen, Steve.«

»In Ordnung.« Eine Pause. »Carla läßt grüßen. Und sagen Sie Mary, daß wir beide, Carla und ich...«

Klar, natürlich. Blah, blah, blah.

22. November 1973

Er fuhr völlig verschreckt im Bett hoch und warf dabei das Kopfkissen auf den Boden. Er hatte Angst, daß er vielleicht laut geschrien hätte, aber Mary schlief ruhig weiter. Ein stiller Hügel im anderen Bett. Die Digitaluhr auf dem Nachttisch zeigte

4:23 Uhr.

Mit einem Klick fiel die Ziffer für die nächste Minute herunter. Die liebe alte Bea in Baltimore, die gerade eine bewußtseinserweiternde Hydrotherapie machte, hatte ihnen die Uhr letztes Jahr zu Weihnachten geschenkt. Er hatte nichts gegen sie, aber an das Klicken beim Minutenwechsel hatte er sich nie gewöhnen können. 4:24 *Klick,* 4:25 *Klick,* man könnte verrückt dabei werden.

Er ging nach unten auf die Toilette, schaltete das Licht ein und pinkelte. Sein Herz schlug heftig in seiner Brust. In letzter Zeit pochte sein Herz immer wie eine Trommel, wenn er pinkelte. Willst du mir damit vielleicht etwas sagen, lieber Gott?

Er ging wieder ins Schlafzimmer zurück und legte sich ins Bett, aber der Schlaf wollte nicht kommen. Im Traum hatte er sich herumgewälzt, und die Laken und Decken waren zu einem feindlichen Schlachtfeld geworden. Es gelang ihm nicht, sie wieder zurechtzuziehen. Auch schienen seine Arme und Beine vergessen zu haben, wie sie sich während des Schlafes plazieren sollten.

Den Traum konnte er sich leicht erklären. Keinen Schweißausbruch deswegen, Fred. Solange man wach war, konnte man den Sicherungstrick nur allzu leicht anwenden; man konnte ein Bild entwerfen, es Stück für Stück ausmalen und sich dabei vormachen, daß man das Gesamtbild einfach nicht sehen könne. Man konnte dieses Bild unter dem Boden seines Bewußtseins vergraben, aber dieser Boden hatte eine Falltür. Und wenn man schlief, sprang diese Falltür manchmal auf, und es krochen eigenartige Dinge aus der Dunkelheit hervor. *Klick*

4:42 Uhr.

Im Traum war er mit Charlie am Strand von Pierce gewesen. (Komisch, als er Vinnie Mason diesen kurzen Abriß seiner Autobiographie gegeben hatte, hatte er Charlie dabei einfach ausgelassen. Das ist doch komisch, nicht wahr, Fred? Nein, ich finde das gar nicht komisch, George. Ich auch nicht, Fred. Aber es ist spät. Oder, besser gesagt, es ist früh.)

Er war mit Charlie an dem langen weißen Strand gewesen, und sie hatten sich einen herrlichen Tag dafür ausgesucht – ein strahlend blauer Himmel, und die Sonne hatte wie einer dieser idiotischen Smiley-Buttons auf sie heruntergelächelt. Die Leute hatten auf bunten Decken gelegen und sich von ebenso bunten Sonnenschirmen beschatten lassen. Kleine Kinder waren mit ihren Plastikeimern durch die Brandung getrippelt. Auf einem vom Wasser ausgebleichten Holzturm hatte ein Rettungsschwimmer gesessen. Seine Haut war von der Sonne tief gebräunt, und seine Geschlechtsteile wurden von der knapp sitzenden weißen Badehose dermaßen betont, als wäre ihre Größe eine notwendige Voraussetzung für seine Aufgabe. Selbstsicher hatte er vor ihnen posiert, als wolle er jedermann wissen lassen, daß ihm nichts passieren könne, solange *er* da sei. Ein Transistorradio hatte geplärrt, und er konnte sich sogar jetzt noch an die Rock 'n' Roll-Melodie erinnern:

> Aber ich mag das schmutzige Wasser,
> Ohhh, Boston, du bist meine Heimat.

Zwei Mädchen waren in ihren Bikinis vorbeigeschlendert. Sie schienen sich in ihren hübschen, frühreifen Körpern, die nie für ihn, sondern immer nur für ihre imaginären Freunde bestimmt waren, wohl und sicher zu fühlen. Beim Vorbeigehen wirbelten sie mit ihren Zehen den feinen Sand auf.

Es war ganz seltsam, Fred, denn die Flut kam. Aber in Pierce gibt es keine Flut, denn der Ozean ist über neunhundert Meilen weit entfernt.

Er baute mit Charlie zusammen eine Sandburg. Aber sie hatten zu nahe an der Brandung mit ihrem Bau angefangen, und die Flutwellen kamen näher und näher.

Wir müssen die Burg nach hinten versetzen, Dad, hatte Charlie gesagt, aber er war stur geblieben und hatte weitergebaut. Als das Wasser den ersten Burgwall erreicht hatte, grub er mit den Fingern eine Mulde und spaltete den nassen Sand wie die Scheide einer Frau. Das Wasser stieg immer höher.

Verdammt noch mal! brüllte er das Wasser an.

Und dann baute er den Wall neu auf. Eine Welle zerstörte ihn wieder. Die Leute um ihn herum fingen an zu schreien. Einige rannten aufgeregt hin und her. Der scharfe Pfiff des Rettungsschwimmers zerschnitt die Luft wie ein silberner Pfeil. Er mußte die Burg retten. Aber das Wasser war nicht aufzuhalten, es umspülte seine Knöchel, brach einen Turm ein, dann das Dach, die Rückwand der Burg, schließlich fiel alles in sich zusammen. Als die letzte Welle zurückschwappte, ließ sie nur noch den blanken Sand zurück, flach und glatt, braun und schimmernd.

Er hörte noch mehr Schreie. Jemand weinte. Er blickte auf und sah, wie der Rettungsschwimmer Charlie von Mund zu Mund beatmete. Charlies Körper war naß und bleich bis auf seine Lippen und Augenlider. Die waren blau. Sein Brustkorb bewegte sich nicht mehr. Der Rettungsschwimmer gab seine Versuche auf. Er blickte zu ihm auf. Er lächelte.

Er hat bis über den Kopf im Wasser gestanden, sagte der Rettungsschwimmer lächelnd. *Wäre es nicht an der Zeit gewesen, daß Sie sich um ihn gekümmert hätten?*

Er schrie: *Charlie!*, und dann war er aufgewacht und hatte Angst gehabt, daß er vielleicht wirklich geschrien hätte.

Lange Zeit lag er im Dunkeln, lauschte auf das Klicken der Digitaluhr und versuchte, nicht an den Traum zu denken. Schließlich stand er auf und ging in die Küche, um ein Glas Milch zu trinken. Erst als er den Truthahn entdeckte, der auf einem Teller taute, fiel ihm wieder ein, daß heute Thanksgiving war und daß die Wäscherei geschlossen hatte. Er trank seine Milch im Stehen und betrachtete den ausgenommenen Truthahn nachdenklich. Seine Hautfarbe war ebenso bleich wie die Haut seines Sohnes vorhin im Traum. Aber Charlie war ja gar nicht ertrunken. Natürlich nicht.

Als er sich wieder ins Bett legte, murmelte Mary etwas, das er wegen ihrer schlaftrunkenen Stimme nicht verstand.

»Es ist nichts«, sagte er. »Schlaf weiter.«

Sie murmelte noch etwas.

»Schon gut«, sagte er in die Dunkelheit.

Sie schlief wieder ein.

Klick.

Es war jetzt fünf Uhr. Als er endlich einschlief, hatte die Morgendämmerung sich wie ein Dieb ins Zimmer geschlichen. Sein letzter Gedanke drehte sich um den Truthahn, der unter dem kalten Neonlicht auf dem Küchentisch lag und gedankenlos darauf wartete, daß man ihn verzehrte.

23. November 1973

Um fünf vor acht fuhr er seinen zwei Jahre alten LTD Stephan Ordners Auffahrt hinauf und parkte ihn hinter dessen flaschengrünem Delta 88. Das Haus war ein großzügig angelegtes Natursteingebäude, in gebührendem Abstand vom Henreid Drive. Es lag teilweise hinter einer hohen Ligusterhecke versteckt, von der allerdings jetzt, Ende Herbst, nur noch das Skelett übriggblieben war. Er war schon öfter hier gewesen und kannte sich drinnen ganz gut aus. Im Erdgeschoß befand sich ein riesiger, aus Feldsteinen gemauerter Kamin, und in den Schlafzimmern im Obergeschoß waren ein paar bescheidenere Feuerstellen, die alle funktionierten. Im Keller stand ein Brunswick-Billardtisch, und im Nebenraum hing eine große Leinwand für Steves Amateurfilme. Die Stereoanlage hatte er im letzten Jahr auf Quadrophonie ausbauen lassen. Fotos von Ordners Basketballteam aus seiner Collegezeit schmückten die Wände – er war einen Meter sechsundneunzig groß und hielt sich gut in Form. Wenn er durch die Türen ging, mußte Ordner den Kopf einziehen, und vermutlich war er insgeheim stolz darauf. Vielleicht hatte er sogar die Türrahmen absichtlich niedriger machen lassen, damit er sich ducken mußte. Der Eßzimmertisch bestand aus einer gut zwei Meter achtzig langen, auf Hochglanz polierten Eichenplatte. Dazu passend eine wurmstichige Eichenkommode, deren Oberfläche aufgrund von sechs oder acht Lackschichten strahlend glänzte. Am anderen Ende des Eßzimmers stand ein hoher Geschirrschrank, der – was meinst du, Fred? – gut zwei Meter hoch war. Ja, kommt ungefähr hin. Im Garten war ein Grill installiert, auf dem man gut und gerne einen unzerteilen Dinosaurier garen konnte. Und natürlich war da ein kleiner Golfplatz. Allerdings kein nierenförmiger Swimmingpool. Nierenförmige Swimmingspools galten mittlerweile als unmodern und waren ausschließlich der den Sonnengott Ra anbetenden Mittelklasse Kaliforniens vorbehalten. Die Ordners hatten keine Kinder, aber sie unterstützten ein koreanisches und ein südvietnamesisches Kind und bezahlten einem Studenten aus Uganda die Collegeausbildung als Elektroningenieur, so daß er in sein Heimatland zurückgehen und dort Elektrizitätswerke bauen konnte. Sie waren Demokraten, und sie waren es wegen Nixon.

Er ging über den Plattenweg zur Haustür und läutete. Das Dienstmädchen öffnete ihm.

»Mr. Dawes«, stellte er sich vor.

»Ja, natürlich, Sir. Geben Sie mir bitte Ihren Mantel, Mr. Ordner ist in seinem Arbeitszimmer.«

»Danke.«

Er gab ihr seinen Mantel und ging an der Küche und dem Eßzimmer vorbei durch die Halle. Unterwegs warf er schnell einen Blick auf den riesigen Eßtisch und die Stephan-Ordner-Gedenkkommode. Der Teppich, mit dem die Eingangshalle ausgelegt war, endete vor dem Flur, und seine Schritte hallten jetzt auf dem schwarz-weißen, gebohnerten Linoleumbelag wider.

Er erreichte die Tür zum Arbeitszimmer, die sich, wie erwartet, in dem Moment öffnete, als er nach dem Türknauf griff.

»Bart!« begrüßte Ordner ihn. Sie gaben sich die Hände. Ordner trug eine braune Cordjacke mit Lederflecken an den Ellenbogen, eine olivfarbene Hose und burgunderrote Halbschuhe. Keine Krawatte.

»Hallo, Steve, wie stehen die Finanzen?«

Ordner stöhnte theatralisch. »Fürchterlich. Haben Sie sich in der letzten Zeit mal den Börsenmarktbericht angesehen?« Er führte ihn ins Zimmer und schloß die Tür. Die Bürowände schmückten Bücherregale. Zu seiner Linken befand sich ein kleiner Kamin, in dem ein künstliches Feuer glimmte. In der Mitte des Raumes stand ein großer Schreibtisch, auf dem nur wenige Papiere lagen. Er wußte, daß sich irgendwo unter der Tischplatte eine elektrische IBM-Schreibmaschine verbarg, die per Knopfdruck wie ein schlüpfrig-schwarzes Torpedo an die Oberfläche gleiten würde.

»Wir rasen dem Abgrund zu«, sagte er.

Ordner verzog das Gesicht. »Das ist noch milde ausgedrückt. Daran ist nur Nixon schuld, Bart. Er findet für alles noch eine Verwendung. Als sie die Dominotheorie in Südostasien endlich zur Hölle geschickt haben, hat Nixon sie einfach übernommen und sie auf die amerikanische Wirtschaft übertragen. Was da drüben überhaupt nicht klappt, funktioniert hier großartig. Was trinken Sie?«

»Scotch on the Rocks.«

»Hab' ich hier.«

Er ging zu einer versenkbaren Bar hinüber und holte eine Scotchflasche hervor, für die man selbst im Billigmarkt nur eine Handvoll Kleingeld auf seinen Zehndollarschein zurückkriegte. Er goß den Whisky über zwei Eiswürfel in einem Stamper und reichte ihn Bart. »Setzen wir uns doch.«

Sie ließen sich in den beiden Ohrensesseln nieder, die vor den Kamin gezogen waren. *Wenn ich meinen Drink da reinschütte, fliegt das ganze Scheißding in die Luft*, dachte er und hätte es fast getan.

»Carla kann heute abend leider auch nicht hier sein«, sagte Ordner. »Eine ihrer Gruppen veranstaltet eine Modenschau. Sie wird dann weiter in irgend so ein Teenagercafé nach Norton gehen.«

»Ist die Modenschau da unten?«

Ordner war verwirrt. »In *Norton*? Himmel, nein, sie ist drüben in Russel. In diesen Slum würde ich Carla nicht einmal mit zwei Leibwächtern und einem Polizeihund gehen lassen. Es gibt dort einen Priester... Drake heißt er, glaube ich. Ein starker Trinker, aber die kleinen Negerkinder lieben ihn. Er ist eine Art Verbindungsmann, ein Straßenpriester.«

»Oh.«

»Ja.«

Eine Minute blickten sie schweigend ins elektrische Feuer. Er trank die Hälfte seines Scotch.

»Bei der letzten Aufsichtsratssitzung ist die Frage nach der Waterford-Fabrik aufgetaucht«, begann Ordner. »Mitte November. Ich muß gestehen, daß mir da ein wenig die Knie gezittert haben. Man hat mich... beauftragt herauszufinden, wie die Dinge stehen. Das ist keine Kritik an Ihrem Management, Bart...«

»Habe ich auch nicht angenommen«, unterbrach er ihn und nahm noch einen Schluck. Im Glas war nichts mehr übrig bis auf einen Rest Alkohol zwischen den Eiswürfeln. »Es ist mir immer ein Vergnügen, wenn unsere Arbeitsgebiete zusammenfallen, Steve.«

Ordner lächelte erfreut. »Also, wie sieht's aus? Vinnie Mason sagte mir, daß der Handel noch nicht abgeschlossen sei.«

»Vinnie Mason muß irgendwo zwischen seinem Kopf und seinen Füßen einen blinden Fleck haben.«

»Dann ist also alles perfekt?«

»Ich bin dabei. Ich denke, daß ich den Vertrag am nächsten Freitag unterzeichnen werde, wenn nichts dazwischen kommt.«

»Man hat mir zu verstehen gegeben, daß der Makler Ihnen ein ziemlich günstiges Angebot gemacht hat, das Sie aber ausgeschlagen haben.«

Er sah Ordner an, stand auf und goß sich noch etwas Scotch nach. »Das haben Sie aber nicht von Vinnie Mason, oder?«

»Nein.«

Er kehrte zum Ohrensesssel und dem künstlichen Feuer zurück. »Ich nehme an, Sie werden mir nicht sagen, woher Sie das haben?«

Ordner breitete die Hände aus. »Das gehört zum Geschäft, Bart. Wenn ich etwas höre, muß ich es nachprüfen – selbst wenn meine persönliche und berufliche Kenntnis eines Mannes mir sagt, daß das völlig unsinnig ist. Das ist lästig, aber kein Grund, ein großes Theater daraus zu machen.«

Freddy, außer mir und dem Makler hat kein Mensch davon gewußt. Sieht so aus, als ob der gute alte Geschäftsmann Ordner ein bißchen rumgeschnüffelt hat. Aber das ist kein Grund, daraus ein großes Theater zu machen nicht wahr? Richtig, George. Soll ich ihm meine Meinung geigen, Freddy? Bleib lieber cool, George. Und sei etwas vorsichtiger mit dem Feuerwasser.

»Das Angebot, das ich ausgeschlagen habe, belief sich auf vierhundertfünfzigtausend«, sagte er. »Nur der Ordnung halber, ist es das, was Sie gehört haben?«

»Ja, so ungefähr.«

»Und das ist für Sie ein vernünftiges Angebot?«

»Nun«, erwiderte Ordner und schlug die Beine übereinander, »ja, das ist es. Die Stadt hat die alte Wäscherei auf sechshunderttausend geschätzt, und die Heizkessel können direkt aus der Stadt versorgt werden. Natürlich haben wir da nicht viel Platz, um zu expandieren, aber die Jungs oben sind der Ansicht, daß die Hauptwäscherei sowieso schon ihre optimale Größe erreicht hat. Wir brauchen also keinen Extraplatz. Für mich sah es so aus, als würden wir unser Geld wieder herausbekommen, vielleicht sogar etwas Profit machen... aber das ist nicht die Hauptsache. Wir müssen einen neuen Standplatz finden, Bart, und das verdammt schnell.«

»Vielleicht haben Sie noch etwas anderes gehört?«

Ordner nahm die Beine wieder auseinander und seufzte. »Ja, das stimmt. Ich habe gehört, daß Sie die vierhundertfünfzigtausend ausgeschlagen hätten und daß Thom McAn daraufhin fünfhunderttausend geboten hätte.«

»Ein Angebot, das der Makler nicht guten Gewissens akzeptierten kann.«

»Noch nicht, aber unsere Option läuft am Dienstag aus. Das wissen Sie.«

»Ja, das weiß ich, Steve. Lassen Sie mich drei oder vier Dinge dazu sagen, in Ordnung?«

»Schießen Sie los.«

»Also erstens, Waterford ist über drei Meilen von unseren Vertragsfirmen entfernt – das ist eine Durchschnittszahl. Unsere Betriebskosten steigen dadurch in schwindelnde Höhen. All unsere Motels liegen draußen an der Staatsautobahn. Aber was noch schlimmer ist, unsere Lieferzeiten werden sich beträchtlich verzögern. Das Holiday Inn und Hojo sitzen uns heute schon ständig im Nacken, wenn wir nur fünfzehn Minuten zu spät liefern. Wie wird das erst aussehen, wenn die Wagen sich drei Meilen durch den dichten Stadtverkehr kämpfen müssen?«

Ordner schüttelte den Kopf. »Bart, sie *bauen* die Autobahn gerade aus. Das ist doch der Grund, warum wir umziehen müssen, erinnern Sie sich? Unsere Jungs sagen, daß es kaum zu Verzögerungen bei der Auslieferung kommen wird. Wenn die Ausbaustrecke erst mal fertig ist, wird es sogar noch schneller gehen. Außerdem haben die Motelgesellschaften schon einiges Land in Waterford und Russel erworben. Das ist genau dort, wo die neue Autobahn später sein wird. Wir werden unsere Position in Waterford eher verbessern als verschlechtern.«

Jetzt habe ich mir den Zeh angestoßen, Fred. Er sieht mich an, als ob ich völlig den Verstand verloren hätte. Das ist richtig, George. Kooo-rrreckt.

Er lächelte. »Na gut, den Punkt akzeptiere ich. Aber diese neuen Motels werden erst in einem, vielleicht erst in zwei Jahren fertig sein. Und wenn es mit der Energiekrise so weitergeht wie bisher...«

»Das ist eine politische Entscheidung, Bart«, unterbrach Ordner ihn matt. »Wir sind bloß die Fußsoldaten, die die Befehle ausführen.« Es kam ihm so vor, als wäre darin ein versteckter Vorwurf enthalten.

»Natürlich. Aber ich wollte auch meine Ansicht darlegen, der Vollständigkeit halber.«

»Gut. Aber Sie treffen keine politischen Entscheidungen,

Bart. Ich möchte, daß Ihnen das klar ist. Wenn die Ölpipelines wirklich austrocknen und die Motels demzufolge ausfallen, werden wir das genauso hinnehmen wie alle anderen auch. Aber bis dahin überlassen wir diese Sorge lieber den Jungs da oben und machen unsere Arbeit weiter.«

Das war ein Tadel, Fred. Ja, das war es, George.

»Also gut, und jetzt weiter. Ich schätze, wir werden zweihundertfünfzigtausend Dollar in die Renovierung von Waterford stecken müssen, bevor wir auch nur ein sauberes Laken aus einer unserer Waschmaschinen ziehen können.«

»*Was?*« Ordner setzte sein Glas hart auf den Tisch.

Aha, jetzt habe ich einen wunden Nerv getroffen, Fred.

»Die Wände sind voller Hausschwamm. Das Mauerwerk ist an der Nord- und Ostseite fast zu Staub zerfallen. Und die Fußböden sind so schlecht, daß die erste voll arbeitende Waschmaschine im Keller landen würde.«

»Ist das sicher? Ich meine die zweihundertfünfzigtausend?«

»Ja. Wir brauchen eine völlig neue Außenmauer. Die Fußböden müssen oben wie unten vollkommen erneuert werden. Wir werden mindestens fünf Elektriker brauchen, die gut zwei Wochen beschäftigt sein werden, um die Anschlüsse zu verlegen. Die Fabrik hat nur einen Stromkreis für zweihunderttausend Volt. Wir brauchen aber fünfhundertfünfzig. Und da wir uns genau am entferntesten Ende sämtlicher Zweigstellen der Stadtwerke befinden, werden unsere Strom- und Wasserrechnungen über zwanzig Prozent steigen, das verspreche ich Ihnen. Mit der Stromrechnung können wir leben, aber ich muß Ihnen nicht erst sagen, was ein Anstieg der Wasserkosten um zwanzig Prozent für eine Wäscherei bedeutet.«

Ordner sah ihn entgeistert an.

»Vergessen Sie das, was ich über die Steigerung der Betriebskosten gesagt habe, das fällt nicht unter die Renovierungen. Also, wo war ich stehengeblieben? Die Fabrik muß auf fünfhundertfünfzig Volt umgestellt werden. Wir werden eine gute Alarmanlage und eine vollkommene Fernsehüberwachung brauchen. Ein neues Dach und, ach ja, ein neues Drainagesystem. An der Fir Street befinden wir uns auf hohem, trockenem Grund, aber der Grundwasserspiegel an der Douglas Street ist sehr hoch. Wir liegen da direkt in einer Senke. Die neue Drainage wird uns allein zwischen vierzig- und siebzigtausend Dollar kosten.«

»Himmel, warum hat Tom Granger mir nichts davon gesagt?«

»Er ist nicht mit mir hinausgefahren, um die Fabrik zu inspizieren.«

»Warum nicht?«

»Ich hab' ihm gesagt, er solle in der Wäscherei bleiben.«

»Sie haben *was*?«

»An dem Tag war die Heizung ausgefallen«, erklärte er geduldig. »Bei uns stapelten sich die Aufträge, und wir hatten kein heißes Wasser. Tom mußte bleiben. Er ist der einzige, der mit diesem Boiler umgehen kann.«

»Verdammt noch mal, Bart, warum sind Sie dann nicht noch einmal an einem anderen Tag mit ihm hinausgefahren?«

Er trank sein Glas leer. »Ich hab' nicht eingesehen, wozu.«

»Sie haben nicht eingesehen...« Ordner konnte nicht zu Ende reden. Er knallte sein Glas auf den Tisch und schüttelte den Kopf, als hätte er einen Schlag in den Magen gekriegt. »Bart, ist Ihnen klar, was es für Sie bedeutet, wenn Ihre Einschätzung falsch war und wir die Wäscherei aufgeben müssen? Das wird Sie Ihren Job kosten. Mein Gott, wollen Sie es denn wirklich darauf ankommen lassen, mit Ihrem Kopf unterm Arm zu Mary nach Hause zu kommen? Wollen Sie das?«

Das würdest du nie verstehen, dachte er. Du würdest ja auch niemals einen Schritt tun, ohne mindestens sechsfach abgesichert zu sein und noch drei weitere Eisen im Feuer zu haben. Auf diese Art verschafft man sich vierhunderttausend Dollar in Aktien und Wertpapieren, einen Delta 88 und eine Schreibmaschine, die wie ein Kastenteufel aus dem

Schreibtisch hervorhüpft. Du dämlicher Mistkerl, ich könnte dich die nächsten zehn Jahre lang bescheißen. Vielleicht tu' ich das sogar.

Er lächelte Ordner ins genervte Gesicht. »Mein allerletzer Punkt, Steve. Der Grund, warum ich mir keine Sorgen mache.«

»Was meinen Sie damit?«

Fröhlich fing er an zu lügen: »Thom McAn hat den Makler bereits wissen lassen, daß er an dem Projekt nicht mehr interessiert sei. Er hatte seine Jungs zur Inspektion rausgeschickt, und die haben Zeter und Mordio geschrien. Ich gebe Ihnen mein Wort, die Fabrik ist keine vierhundertfünfzigtausend Dollar wert. Wir haben also eine Neunzig-Tage-Option, die am Dienstag ausläuft. *Und* wir haben einen kleinen, schlauen Makler namens Monohan, der versucht hat, uns brutal zu bluffen. Fast wär's ihm gelungen.«

»Was schlagen Sie vor?«

»Ich schlage vor, daß wir die Option auslaufen lassen. Wir werden uns bis Donnerstag ganz ruhig verhalten. Sie werden mit Ihren Jungs von der Buchhaltungsabteilung über die zwanzig Prozent Kostensteigerung reden. Ich rede mit Monohan. Wenn ich mit ihm fertig bin, wird er vor mir auf den Knien rutschen und mir die Fabrik für zweihunderttausend anbieten.«

»Bart, sind Sie sich da ganz sicher?«

»Natürlich bin ich das.« Er lächelte verkniffen. »Ich würde meinen Kopf doch nicht in die Schlinge stecken, wenn ich wüßte, daß jemand sie zuziehen wird.«

George, was machst du da???

Halt die Klappe, laß mich in Ruhe.

»Wir haben hier einen superklugen Makler ohne Käufer vor uns«, fuhr er fort. »Wir können es uns leisten, uns Zeit zu lassen. Jeder weitere Tag, den wir ihn in der Luft hängen lassen, wird uns einen Preisvorteil verschaffen, wenn wir dann wirklich kaufen.«

»In Ordnung«, sagte Ordner gedehnt. »Aber lassen Sie mich eins klarstellen, Bart. Wenn wir die Option nach Ihrem

Plan auslaufen lassen, und dann jemand *anderer* die Fabrik kauft, werde ich Sie aus dem Sattel schießen. Das ist nichts...«

»Ich weiß«, unterbrach Bart ihn. Er fühlte sich plötzlich sehr müde. »Das ist nichts Persönliches.«

»Bart, sind Sie sicher, daß Sie sich nicht Marys Virus aufgeschnappt haben? Sie sehen ein bißchen blaß aus.«

Du bist selber ganz schön blaß, Idiot.

»Mir wird es besser gehen, wenn ich das alles hinter mir habe. Es ist doch ein ganz schöner Streß.«

»Ja, sicher ist es das.« Ordner zauberte eine mitfühlende Miene auf sein Gesicht. »Fast hätte ich vergessen... Ihr Haus steht ja auch mitten in der Schußlinie.«

»Ja.«

»Haben Sie schon was Neues gefunden?«

»Na ja, wir haben so ein, zwei Häuser im Auge. Würde mich nicht überraschen, wenn ich den Waterford-Handel und meine persönliche Sache an ein und demselben Tag regeln würde.«

Ordner grinste. »Das wird wohl der erste Tag in Ihrem Leben sein, an dem Sie zwischen Sonnenauf- und -untergang über gut eine halbe Million Dollar verhandeln werden.«

»Tja, das wird ein ganz gewaltiger Tag werden.«

Auf dem Heimweg redete Freddy ununterbrochen auf ihn ein – er schrie ihn förmlich an –, und er mußte ständig die Sicherung raushauen. Gerade als er in die Crestallen Street einbog, brannte sie mit beißendem Gestank durch. All die lästigen Fragen überschwemmten ihn, und er trat mit beiden Füßen auf die Bremse. Der Wagen kam mit quietschenden Reifen in der Straßenmitte zum Stehen, und er wurde mit solcher Wucht in den Sicherheitsgurt geschleudert, daß es wie ein Schlag in den Magen war und er laut aufstöhnte.

Als er sich wieder unter Kontrolle hatte, ließ er den Wagen langsam an den Straßenrand rollen, schaltete den Motor ab und die Scheinwerfer aus, schnallte den Gurt ab und saß zitternd da. Seine Hände umklammerten das Lenkrad.

Von seinem Platz aus sah er, wie die Straße in einer sanften Kurve verlief und die Straßenlampen einen graziösen Bogen beschrieben. Es war eine hübsche Straße. Die meisten der Häuser waren in der Nachkriegsperiode zwischen 1946 und 1958 gebaut worden, aber auf wunderbare Weise dem eintönigen Baukastensyndrom der fünfziger Jahre entkommen und damit auch den Krankheiten, die dieser Baustil nach sich zog: abbröckelnde Fundamente, verblichene Rasenflächen, abblätternde Farbe, feuchte Garagen, Spielzeugeinrichtungen statt anständiger Möbel. Plastikrahmen für die Fenster.

Er kannte seine Nachbarn – warum auch nicht? Mary und er hatten über vierzehn Jahre in der Crestallen Street gewohnt. Das war eine lange Zeit. Die Upslingers in dem Haus neben ihnen; ihr Sohn Kenny hatte die Zeitung ausgetragen. Die Langs auf der gegenüberliegenden Straßenseite; die Hobarts, die zwei Häuser weiter wohnten (Linda Hobart war Charlies Babysitter gewesen, jetzt studierte sie Medizin im City College); die Stauffers; Hank Albert, dessen Frau vor vier Jahren an einem Lungenemphysem gestorben war; die Darbys und nur vier Häuser entfernt von der Stelle, an der er jetzt saß und zitterte, die Quinns. Und noch ein Dutzend weitere Familien, die Mary und er auf der Straße grüßten – meistens Familien mit kleinen Kindern.

Eine nette Straße, Fred. Und nette Nachbarn. Oh, ich weiß, wie sehr die Intellektuellen diese Vorstädte verhöhnen – es ist hier nicht so romantisch wie in den von Ratten verseuchten Altbauwohnungen und nicht so gesund wie auf dem Lande. Aber was soll dieses Zurück-zur-Natur-Zeug? In der Vorstadt gibt es keine großen Museen, keine großen Wälder, keine Herausforderung.

Aber wir haben hier schöne Zeiten erlebt. Ich weiß, was du denkst, Fred, was sind schon schöne Zeiten? Sie beinhalten keine großen Freuden, keine außergewöhnlichen Leiden, einfach so die kleinen Dinge. Grillpartys in der sommerlichen Abenddämmerung, jeder ein bißchen high, aber keiner wirklich betrunken oder ausfällig. Fahrgemeinschaften, um sich das Spiel der Mustangs anzusehen. Diese dämlichen Musties, die es nicht einmal geschafft haben, die Pats zu schlagen, als die am schwächsten waren. Leute aus der Nachbarschaft zum Abendessen einladen oder selber eingeladen werden. Golf spielen drüben auf dem Westside-Golfplatz oder die Frauen in den Wagen packen und mit ihnen nach Ponderos-Pines fahren, um dort Wettrennen mit den kleinen Go-Karts zu veranstalten. Erinnerst du dich noch, wie Bill Stauffer mit seinem Go-Kart direkt durch den Absperrzaun gedüst und beim Nachbarn in den Swimming-pool gefallen ist? Ja, ich erinnere mich, George, wir haben uns vor Lachen alle die Hosen naß gemacht. Aber, George...

Also her mit den Bulldozzern, Fred. Sollen sie das alles begraben. Bald, sehr bald, wird es eine neue Vorstadt geben, drüben in Waterford, wo bisher nur leeres, ödes Bauland zu finden ist. Der Lauf der Zeit. Fortschritt im Rückwärtsgang. Milliarden-Dollar-Projekte. Was findet man also, wenn man mal rüberfährt und sich die Sache anschaut? Einen Haufen Kräckerschachteln, die alle mit verschiedenen Farben angemalt sind. Plastikrohre, die jeden Winter einfrieren. Plastikholz. Alles aus Plastik. Und das nur, weil Moe vom Straßenbauausschuß mit Joe von Joes Tiefbaufirma gesprochen hat, und Sue, die in Joes Vorzimmer arbeitet, hat es Lou von Lous Tiefbaufirma erzählt, und nun geht der große Waterford-Bauboom los. Bald werden auf dem Ödland große Wohnanlagen entstehen, Hochhäuser werden sich auftürmen und riesige Einkaufszentren die Gegend verschandeln. Du kriegst ein Haus an der Lilac Lane, die sich im Norden mit der Spain Lane und im Süden mit der Dain Lane kreuzt. Aber du kannst dir auch die Ulmenstraße, die Eichenstraße, die Zypressenstraße oder die Pinienstraße aussuchen. Jedes Haus hat unten ein großes Badezimmer und ein kleines Bad im ersten Stock. Und natürlich gibt es an jeder Ostseite einen falschen Kamin. Wenn du abends betrunken heimkommst, kannst du nicht mal dein eigenes verdammtes Haus wiederfinden.

Aber, George...

Sei still, Fred, jetzt rede ich. Und wo sind deine Nachbarn

geblieben? Vielleicht war gar nicht soviel mit ihnen los, diesen Nachbarn, aber du wußtest wenigstens, wer sie waren. Du wußtest, bei wem du dir eine Tasse Zucker ausleihen konntest, wenn deiner mal ausgegangen war. Wo sind sie nun? Tony und Alicia Lang sind nach Minnesota gezogen, weil er eine Versetzung beantragt und auch bekommen hat. Die Hobarts sind nach Northside gezogen. Hank Albert hat ein neues Haus in Waterford gekriegt, das ist richtig, aber als er von der Vertragsunterzeichnung zurückkam, sah er aus, als hätte er sich eine fröhliche Maske aufgesetzt. Ich konnte es in seinen Augen sehen, Fred. Er wirkte wie ein Mann, dem man beide Beine abgeschnitten hat und der jetzt jedem vormacht, wie sehr er sich auf seine neuen Plastikbeine freut, weil die keine blauen Flecke mehr kriegen, wenn er sich irgendwo anstößt. Wir ziehen also um, und wo sind wir dann? Was sind wir dann? Zwei Fremde in einem fremden Haus inmitten von fremden Häusern. Genau das werden wir sein. Der Lauf der Zeit, Freddy. So ist das. Vierzig Jahre alt, warten auf die Fünfziger, warten auf die Sechziger. Warten auf ein nettes, sauberes Krankenhausbett und eine nette, saubere Krankenschwester, die einen netten, sauberen Katheter bei dir anbringt. Vierzig ist das Ende der Jugend, Freddy. Na ja, eigentlich ist dreißig das Ende der Jugend, aber mit vierzig hörst du auf, dir selber etwas vorzumachen. Ich will nicht in einem fremden Haus alt werden.

Er hatte wieder angefangen zu weinen. Er saß in seinem dunklen, kalten Wagen und weinte wie ein kleines Kind.

George, es ist doch mehr als nur die Autobahn, mehr als dieser Umzug. Ich weiß, was dir fehlt.

Halt die Klappe, Fred, ich warne dich.

Aber Fred wollte nicht mehr schweigen, und das war schlecht. Wenn er Freddy nicht mehr unter Kontrolle hatte, wie sollte er denn jemals Ruhe finden?

Es geht um Charlie, nicht wahr, George? Du willst ihn nicht noch ein zweites Mal beerdigen.

»Ja, es geht um Charlie«, sagte er laut, mit tränenerstickter Stimme. »Und es geht um mich. Ich kann nicht. Wirklich, ich kann nicht...«

Er senkte den Kopf und ließ den Tränen freien Lauf. Sein Gesicht verzerrte sich, und er preßte beide Fäuste auf die Augen wie ein kleiner Junge, der durch ein Loch in seiner Hosentasche seinen Bonbongroschen verloren hatte.

Als er endlich weiterfuhr, fühlte er sich völlig erledigt. Ausgetrocknet. Leer, hohl und vollkommen ruhig. Er konnte sogar die dunklen Häuser am Straßenrand betrachten, aus denen die Leute schon ohne großes Geschrei ausgezogen waren.

Wir wohnen jetzt auf einem Friedhof, dachte er. Mary und ich, wir leben auf einem Friedhof. Genau wie Richard Boone in *I Bury the Living*. Bei den Arlins brannte noch Licht, aber sie würden am fünften Dezember ausziehen. Die Hobarts waren am letzten Wochenende weggegangen. Leere Häuser.

Als er seine eigene Auffahrt hinauffuhr (Mary war schon oben im Schlafzimmer, er sah den schwachen Schein ihrer Leselampe), mußte er plötzlich an etwas denken, das Tom Granger vor ein paar Wochen zu ihm gesagt hatte. Er würde mit Tom darüber reden. Am Montag.

25. November 1973

Er saß vor dem neuen Farbfernseher und sah sich das Spiel Mustangs gegen Chargers an. Er hatte sich dazu seinen Privatdrink gemixt, Southern Comfort mit Seven-Up. Privatdrink deshalb, weil die Leute ihn auslachten, wenn er ihn in der Öffentlichkeit trank. Die Chargers hatten einen Vorsprung von 27 zu 3 im dritten Viertel. Rucker war dreimal abgefangen worden. Tolles Spiel, was Fred? Kann man wohl sagen, George, ich versteh' gar nicht, wie du die Spannung aushältst.

Mary war oben und schlief. Übers Wochenende war es

wieder wärmer geworden, und draußen fiel ein leichter Nieselregen. Er fühlte sich ebenfalls schläfrig. Er hatte schon drei Drinks gehabt.

Während der Spielpause zeigten sie einen Werbespot. Bud Wilkenson stand vor der Kamera und erzählte, daß die Energiekrise wirklich ein Unglück sei und daß jeder sein Dach abdichten, den Dachboden isolieren und die Luftklappe im Kamin immer geschlossen halten sollte, wenn er nicht gerade Marshmallows röstete oder Hexen verbrannte oder so was. Der Nachspann gab bekannt, welche Firma die Reklame finanziert hatte. Ein glücklicher Tiger blinzelte über das Firmenzeichen hinweg, auf dem

EXXON

stand. Eigentlich hätte jeder merken müssen, daß die mageren Zeiten anbrechen würden, als Esso seinen Namen in Exxon änderte, dachte er. Esso glitt einem leicht über die Lippen, ein Klang, der von einem in einer Hängematte ruhenden Mann stammen konnte. Exxon klang eher wie der Name eines Kriegsherren vom Planeten Yurir.

»Exxon fordert euch schwächliche Erdlinge auf, die Waffen fallen zu lassen«, sagte er. »Auf die Knie, ihr schwachen Erdlinge!« Er kicherte und mixte sich einen neuen Drink. Dazu brauchte er nicht aufzustehen; der Southern Comfort, die Limoflasche und ein Plastikschälchen mit Eiswürfeln standen auf einem Beistelltisch neben seinem Sessel.

Das Spiel ging weiter. Die Chargers schossen den Ball hoch. Hugh Fednach, der Fänger der Mustangs, erwischte ihn und rannte damit zum Außenrand des Spielfeldes. Hinter dem Rücken des stahläugigen Generals Hank Rucker, der die Heisman-Trophäe wohl bloß einmal in den Nachrichten gesehen hatte, gewannen die Mustangs sechs Meter. Gene Voreman schoß den Ball aus der Hand. Andy Crocker von den Chargers gab ihn an einen Spieler der Mustangs ab. Ja, so lief das, wie Kurt Vonnegut so raffiniert gesagt hatte. Er hatte alle Kurt-Vonnegut-Bücher gelesen. Sie gefielen ihm hauptsächlich, weil sie witzig waren. Letzte Woche hatte er einen

Bericht in den Nachrichten gesehen: Die Schulbehörde einer Stadt in North Dakota, Drake hieß sie wohl, hatte mehrere Ausgaben von Vonneguts *Slaughterhouse Five*, dem Roman über die Bombardierung von Dresden, verbrennen lassen. Wenn man darüber nachdachte, konnte man einen witzigen Zusammenhang sehen.

Fred, warum gehen diese Scheißkerle von der Straßenbaubehörde nicht nach Drake und bauen ihre blöde Autobahn da? Ich wette, das würde denen gefallen. Gute Idee, George, schreib doch mal einen Artikel darüber und schick ihn an den *Blade*! Ach laß mich in Ruhe, Fred!

Die Chargers punkteten und lagen jetzt mit 34 zu 4 vorn. Einige Cheerleaders tänzelten am Spielfeldrand und wackelten mit ihren Hintern. Er fiel in einen Halbschlaf, und als Fred jetzt über ihn fiel, konnte er ihn nicht mehr abschütteln.

George, da du dir nicht mehr darüber im klaren zu sein scheinst, was du tust, werde ich es dir sagen. Laß mich ein paar Punkte klarstellen, alter Freund. *(Hau ab, Fred!)* Erstens, das Vorkaufsrecht für die Waterford-Fabrik läuft aus. Das wird Dienstag um Mitternacht der Fall sein. Am Mittwoch wird Thom McAn seinen Handel mit diesem schleimigen Miststück von einem Makler, Patrick J. Monohan, abschließen. Mittwoch nachmittag, spätestens Donnerstag vormittag wird ein großes Schild an der Fabrik auftauchen: *VERKAUFT!* Wenn das einer von der Blue-Ribbon-Wäscherei sieht, kannst du das Unvermeidliche noch ein wenig hinauszögern, indem du lächelnd sagst: Klar, verkauft an uns. Aber sobald Ordner das nachprüft, bist du geliefert. Vermutlich wird er das nicht tun. Aber *(Freddy, laß mich in Ruhe!)* am Freitag wird ein neues Schild an der Fabrik hängen:

WIR BAUEN UNSER NEUES WATERFORDWERK AUS
THOM MCAN SCHUHE
AUF GEHT'S, WIR SIND WIEDER DA!!!

Am Montag, am strahlenden, frühen Montagmorgen, wirst du deinen Job verlieren. Ja, so wie ich das sehe, wirst du noch vor deiner Zehn-Uhr-Kaffeepause arbeitslos sein. Dann fährst du nach Hause und erzählst es Mary. Ich weiß nicht genau, wann das sein wird. Die Busfahrt dauert nur eine Viertelstunde. Du könntest also voraussichtlich innerhalb von einer halben Stunde zwanzig Jahre Ehe und zwanzig Jahre erfolgreicher beruflicher Laufbahn beenden. Nachdem du es Mary gesagt hast, folgt die große Erklärungsszene. Du kannst sie noch etwas hinausschieben, indem du dich betrinkst, aber früher oder später...

Fred, ich warne dich!

Oder du sagst ihr, was niemand besser weiß als du, George. Du sagst ihr, daß der Profitspielraum der Blue-Ribbon-Wäscherei in letzter Zeit so eng geworden ist, daß die Buchhaltung einfach nur die Hände über dem Kopf zusammenschlagen und sagen werden: Lassen wir das Ganze lieber, Jungs. Nehmen wir einfach das Geld von der Stadt und bauen wir einen neuen Supermarkt in Norton oder einen netten neuen Golfplatz draußen in Russel oder Crescent. Wir müssen sonst womöglich zuviel rote Tinte verbrauchen, nachdem dieser Hurensohn Dawes uns die Suppe nun mal so versalzen hat. Ja, das könntest du ihr erzählen.

Ach, fahr zu Hölle!

Aber das ist ja erst der erste Film, und leider sitzen wir in einer Doppelvorführung, nicht wahr? Teil zwei geht über die Leinwand, wenn du Mary erzählst, daß ihr kein Haus habt, in das ihr einziehen könnt, und daß es auch nie eins geben wird. Wie willst du ihr das eigentlich erklären?

Ich tu' doch gar nichts!

Das stimmt, George, du bist einfach irgend so ein Kerl, der in seinem Ruderboot eingeschlafen ist. Um Gottes willen, George, geh am Montag zu Monohan und mach ihn zu einem unglücklichen Mann. Setz deine Unterschrift auf die gestrichelte Linie. Du steckst sowieso schon in Schwierigkeiten, nachdem du Ordner am Freitag all diese Lügen aufgetischt hast. Aber du kannst noch mal davonkommen. Du hast dich, weiß Gott, doch auch früher schon oft genug aus der Scheiße gezogen.

Laß mich endlich in Ruhe, ich will schlafen!

Es ist Charlie, nicht wahr? Dies ist eine Art, Selbstmord zu begehen. Aber das ist nicht fair Mary gegenüber, George. Es ist niemandem gegenüber fair. Du bist...

Er fuhr senkrecht im Stuhl hoch und verschüttete seinen Drink. »Niemandem außer vielleicht mir selbst gegenüber.«

Und was ist mit den Gewehren, George? Was soll das?

Zitternd hob er das Glas auf und schenkte sich einen neuen Drink ein.

26. November 1973

Er war zum Mittagessen mit Tom Granger zu Nicky's gegangen, einem kleinen Restaurant, das drei Häuserblocks von der Wäscherei entfernt lag. Sie saßen in einer Nische, tranken Bier und warteten auf ihr Essen. Eine Jukebox spielte *Goodbye Yellow Brick Road* von Elton John.

Tom redete über das Mustang-Charger-Spiel, das die Chargers mit 37 zu 6 gewonnen hatten. Tom war in alle Sportteams der Stadt verliebt, und wenn eins verlor, konnte er sich furchtbar darüber aufregen. Eines Tages, dachte er, während er zuhörte, wie Tom das gesamte Mustang-Team Mann für Mann geißelte, eines Tages wird Tom Granger sich mit einer Rasierklinge ein Ohr abschneiden und es an den Generalmanager der Mannschaft schicken. Ein Verrückter würde sein Ohr wohl an den Trainer schicken, der sich darüber kaputtlachen und es am Kleiderspind oder am schwarzen Brett aufhängen würde. Aber nicht Tom, der würde es direkt an den Manager schicken, und der würde lange darüber nachgrübeln.

Eine Kellnerin in einem weißen Nylon-Hosenanzug brachte ihnen das Essen. Er schätzte ihr Alter auf dreihundert Jahre, eher noch dreihundertvier. Das gleiche galt für ihr Gewicht. Sie hatte ein kleines Schild über der linken Brusttasche:

GAYLE

Danke für Ihren Besuch

Nicky's Restaurant

Tom hatte Roastbeef bestellt, das in einer braunen Sauce auf dem Teller schwamm. Er zwei Cheeseburger, die nicht durchgebraten sein sollten; aber er wußte, daß sie es doch sein würden. Er hatte schon öfter bei Nicky's gegessen. Die 784-Autobahn verfehlte Nicky's Restaurant um einen halben Häuserblock.

Sie aßen. Tom beendete endlich seine Tirade über das gestrige Spiel und erkundigte sich, wie weit der Waterford-Handel gediehen und wie sein Gespräch mit Ordner verlaufen sei.

»Ich werde den Vertrag Donnerstag oder Freitag unterzeichnen«, sagte er.

»Ich dachte, die Option läuft am Dienstag aus?«

Er wiederholte noch mal die Geschichte von Thom McAn, der nun plötzlich doch nicht mehr an Waterford interessiert sei. Es machte keinen Spaß, Tom Granger zu belügen. Sie kannten sich schon seit siebzehn Jahren, und Tom war nicht besonders intelligent. Ihn zu belügen, war keine große Herausforderung.

»Oh«, sagte Tom nur, als er fertig war, und dann wurde über das Thema nicht mehr geredet. Tom schob sich ein Stück Roastbeef in den Mund und lächelte verschmitzt. »Warum essen wir eigentlich hier? Der Fraß ist fürchterlich, und nicht einmal der Kaffee schmeckt. Selbst meine *Frau* kann besseren Kaffee kochen.«

»Ich weiß auch nicht«, antwortete er und nutzte die Gelegenheit. »Erinnerst du dich noch an das neueröffnete italienische Restaurant? Wir sind mal mit Verna und Mary hingegangen.«

»Ja, das war im August. Verna schwärmt heute noch von dem Ricotta... nein Rigatoni. Ja, so heißt das, Rigatoni.«

»Kannst du dich auch noch an den Mann erinnern, der am Nebentisch saß? So ein großer, fetter Kerl.«

Tom kaute nachdenklich und versuchte, sich zu erinnern. »Groß... dick...« Er schüttelte den Kopf.

»Du hast gesagt, er wäre ein Verbrecher.«

»Ohhh.« Er riß die Augen auf, schob seinen Teller weg und zündete sich eine Herbert Tareyton an. Das Streichholz ließ er auf den Teller fallen, wo es in der Sauce schwamm. »Ja, richtig, Sally Magliore.«

»Heißt er so?«

»Ja, so heißt er. Großer Kerl mit dicken Brillengläsern. Ein neunfaches Kinn. Klingt wie die Spezialität eines italienischen Puffs, nicht wahr? Einäugiger Sally wurde er immer genannt, weil er auf einem Auge den grauen Star hatte. Er hat es vor drei oder vier Jahren in der Mayo-Klinik wegoperieren lassen... den Star, meine ich, nicht das Auge. Ja, mein Gott, er ist ein richtiger Gangster.«

»Was macht er so?«

»Was machen sie alle?« fragte Tom zurück und schnippte die Zigarettenasche auf seinen Teller. »Drogen, Mädchen, Glücksspiel, Schiebung, Kreditwucher. Und sie bringen sich gegenseitig um. Hast du es neulich in der Zeitung gelesen? Sie haben hinter einer Tankstelle eine Leiche im Kofferraum eines Wagens gefunden. Sechs Schüsse im Kopf und die Kehle durchgeschnitten. Das ist doch nun wirklich lächerlich. Wozu muß ich einem Kerl, dem ich sechs Löcher in den Kopf geschossen habe, noch die Kehle durchschneiden? Organisiertes Verbrechen, das ist es, was der einäugige Sally betreibt.«

»Hat er auch ein offizielles Geschäft?«

»Ja, ich glaube. Weit draußen im Industriegebiet hinter Norton. Er verkauft Gebrauchtwagen. *Magliores Garantiert Neuwertige Gebrauchtwagen.* In jedem Kofferraum liegt 'ne Leiche.« Tom lachte und schnippte noch mehr Asche auf seinen Teller. Gayle kam an ihren Tisch und fragte, ob sie noch mehr Kaffee haben wollten. Beide bestellten noch eine Tasse.

»Ich hab' heute die neuen Splinte für die Boilertür gekriegt«, sagte Tom. »Sie erinnern mich an mein Ding.«

»Oh, wirklich?«

»Ja, du solltest dir die Biester mal ansehen. Zwanzig Zentimeter lang und gut acht Zentimeter im Durchmesser.«

»Sag mal, du redest doch wohl nicht von meinem Ding, oder?« Sie lachten und redeten weiter übers Geschäft, bis es Zeit war zurückzugehen.

An diesem Nachmittag stieg er schon in der Barker Street aus dem Bus und ging zu Duncan's, einer kleinen, ruhigen Bar in der Nachbarschaft. Er bestellte ein Bier und hörte sich eine Weile Duncans Gejammer über das gestrige Mustang-Spiel an. Ein Mann kam aus dem Hinterzimmer und informierte Duncan, daß der Flipperautomat kaputt sei. Duncan ging nach hinten, um sich den Schaden anzusehen. Er blieb sitzen, schlürfte sein Bier und schaute in den Fernseher. Eine Seifenoper. Zwei Frauen unterhielten sich mit leiser Weltuntergangsstimme über einen Mann namens Hank. Hank sollte vom College nach Hause kommen, und eine der beide Frauen hatte gerade herausgefunden, daß Hank ihr Sohn war. Das Ergebnis eines eher katastrophalen Experiments, das vor mehr als zwanzig Jahren nach dem Highschool-Abschlußball stattgefunden hatte.

Freddy versuchte, etwas zu sagen, aber er drehte ihm sofort den Hahn ab. Die Sicherung arbeitete wieder perfekt. Schon den ganzen Tag hatte sie funktioniert.

Das stimmt, du idiotischer Schizo! brüllte Fred, und dann gab George ihm Saures. Kümmer dich um deine eigenen Angelegenheiten, Freddy. Du bist hier eine *persona non grata.*

»Natürlich werde ich es ihm nicht sagen«, flötete eine der Frauen im Kasten. »Wie kannst du von mir erwarten, daß ich es ihm mitteile?«

»Nun... sag's ihm einfach«, antwortete die andere.

»Warum sollte ich es ihm sagen? Warum soll ich wegen einer Sache, die vor mehr als zwanzig Jahren passiert ist, sein ganzes Leben auf den Kopf stellen?«

»Willst du ihn etwa anlügen?«

»Ich werde ihm überhaupt nichts sagen.«

»Du *mußt* es ihm sagen.«

»Sharon, ich kann es mir nicht leisten.«

»Wenn du es ihm nicht sagst, Betty, dann werde ich es tun.«

»Diese bescheuerte Maschine ist total im Eimer«, erklärte Duncan, der gerade aus dem Hinterzimmer zurückkam. »Immer derselbe Ärger, seit ich sie aufgestellt habe. Und was jetzt? Jetzt muß ich diese beschissene Automatenfirma anrufen und zwanzig Minuten warten, bis die bescheuerte Sekretärin mich mit der richtigen Stelle verbindet. Einem Langweiler zuhören, der mir erklärt, wie beschäftigt sie alle gerade sind und daß er versuchen wird, mir bis Mittwoch jemanden herauszuschicken. *Mittwoch!* Am Freitag taucht dann endlich so ein Kerl bei mir auf, der sein Gehirn zwischen den Arschbacken sitzen hat, säuft für vier Dollar Freibier und erklärt mir, daß ich den Leuten sagen soll, sie sollen mit dem Ding nicht so rabiat umgehen. Und während er den Schaden repariert, macht er ein oder zwei andere Sachen kaputt, damit er in zwei Wochen wieder kommen kann. Die alten Automaten waren viel besser, gingen selten einmal kaputt. Aber das hier ist der Fortschritt. Wenn ich 1980 noch hier bin, werden sie den Flipper rausnehmen und einen Fickautomat aufstellen. Willst du noch ein Bier?«

»Klar.«

Duncan ging, um das Bier zu zapfen. Er legte fünfzig Cents auf die Theke und schlenderte nach hinten zur Telefonzelle, die neben dem kaputten Automaten stand.

Er fand, was er suchte, in den gelben Seiten unter der Rubrik *Automobile, neu und gebraucht*. Der Eintrag lautete: MAGLIORES GEBRAUCHTWAGEN, Route 16, Norton, 892–4576.

Die Route 16 wurde zur Venner Avenue, wenn man nach Norton hineinfuhr. An diesem Abschnitt der Strecke konnte man alles finden, was die gelben Seiten nicht anboten.

Er steckte einen Zehner in den Schlitz und wählte die Nummer. Beim zweiten Läuten wurde der Hörer abgenommen, und er hörte eine Männerstimme: »Magliores Gebrauchtwagen.«

»Mein Name ist Dawes«, stellte er sich vor. »Barton Dawes. Kann ich Mr. Magliore sprechen?«

»Sal ist beschäftigt. Aber ich würde mich freuen, wenn ich Ihnen helfen kann. Pete Mansey.«

»Nein, ich muß mit Mr. Magliore sprechen, Mr. Mansey. Es geht um die beiden Eldorados.«

»Da haben Sie einen echten Ladenhüter«, wehrte Mansey ab. »Bis zum Jahresende nehmen wir keine großen Wagen mehr ab. Wegen der Energiekrise. Die verkaufen sich überhaupt nicht mehr. Also...«

»Ich will sie *kaufen*«, sagte er.

»Wie bitte?«

»Zwei Eldorados. Einer Jahrgang 70, der andere 72. Einer in gold der andere beige. Ich habe letzte Woche mit Mr. Magliore darüber gesprochen. Es ist eine geschäftliche Angelegenheit.«

»Oh, ja, richtig. Er ist im Augenblick wirklich nicht hier, Mr. Dawes. Um ehrlich zu sein, er ist in Chicago. Und er wird wohl kaum vor elf Uhr nachts zurück sein.«

Draußen hängte Duncan ein Schild an den Flipperautomaten:

AUSSER BETRIEB

»Wird er morgen da sein?«

»Ja, sicher. Geht es um eine Transaktion?«

»Nein, ich zahle bar.«

»Eine von unseren Spezialitäten?«

Er zögerte einen Moment: »Ja, genau. Wäre vier Uhr in Ordnung?«

»Ja, vier ist gut.«

»Vielen Dank, Mr. Mansey.«

»Ich sage ihm, daß Sie angerufen haben.«

»Ja, tun Sie das.« Er legte vorsichtig den Hörer auf. Seine Handflächen waren schweißnaß.

Merv Griffin plauderte wieder mit seinen Berühmtheiten, als

er nach Hause kam. Heute war nichts mit der Post gekommen; ihm fiel ein Stein vom Herzen. Er ging ins Wohnzimmer. Mary trank ein heißes Gebräu mit Rum aus einer Teetasse. Neben ihr lag eine Familienpackung Tempotücher, und das ganze Wohnzimmer roch nach Eukalyptus.

»Bist du krank?« fragte er besorgt.

»Gib mir keinen Kuß«, sagte sie, und ihre Stimme klang wie ein entferntes Nebelhorn. »Ich hab' mir 'ne Erkältung geholt.«

»Armes Kind.« Er gab ihr einen Kuß auf die Stirn.

»Ich hasse es, dich darum bitten zu müssen, Bart, aber würdest du wohl heute abend einkaufen gehen? Ich war mit Meg Carter verabredet, aber ich mußte ihr leider absagen.«

»Natürlich. Hast du Fieber?«

»Ich weiß nicht. Vielleicht. Ein bißchen.«

»Soll ich dir einen Termin bei Dr. Fontaine geben lassen?«

»Weiß nicht. Mach' ich morgen, wenn's mir nicht besser geht.

»Du hörst dich richtig verstopft an.«

»Ja. Die Tabletten haben 'ne Weile geholfen, aber jetzt...« Sie zuckte die Achseln und lächelte traurig. »Ich klinge wie Donald Duck.«

Er zögerte einen Moment und sagte dann: »Morgen abend komme ich etwas später nach Hause.«

»Oh?«

»Ich fahre nach Northside raus, um mir ein Haus anzusehen. Scheint mir ganz gut zu sein. Sechs Zimmer, kleiner Garten, nicht weit von den Hobarts entfernt.«

Freddy sagte laut und deutlich: *Na, hör mal, du gemeiner, dreckiger Hurensohn.*

Marys Gesicht hellte sich auf. »Das ist ja wundervoll. Darf ich mitkommen?«

»Besser nicht. Mit der Erkältung?«

»Ich bin schon in Ordnung.«

»Das nächste Mal«, sagte er fest.

»Na gut.« Sie lächelte ihm zu. »Gott, bin ich froh, daß du endlich was unternimmst. Ich hab' mir schon Sorgen gemacht.«

»Du brauchst dir keine Sorgen zu machen.«

»Ich weiß.«

Sie nahm einen Schluck von ihrem heißen Rumgetränk und kuschelte sich an ihn. Er konnte sie rasselnd ein- und ausatmen hören. Merv Griffin plauderte mit James Brolin über dessen neuen Film *Westworld*, der anscheinend bald bei allen Herrenfriseuren des Landes gezeigt werden sollte. Nach einer Weile stand Mary auf und schob das TV-Dinner in den Herd. Er stand ebenfalls auf und wechselte den Kanal, um sich eine Wiederholung von *F Troop* anzusehen. Er versuchte, nicht auf Freddy zu hören. Doch Freddy wechselte plötzlich das Thema.

Erinnerst du dich noch daran, wie ihr euren ersten Fernseher bekommen habt, Georgie?

Er lächelte und blickte durch Forrest Tucker auf dem Bildschirm hindurch. Und ob ich mich daran erinnere, Fred.

Sie waren eines Abends von den Upshaws nach Hause gekommen – das war gut zwei Jahre nach ihrer Heirat gewesen –, wo sie sich die Hitparade und *Dan Fortune* angesehen hatten. Mary hatte ihn gefragt, ob er nicht auch fände, daß Donna Upshaw ein wenig... na ja, ein wenig genervt gewirkt hätte. Heute abend, hier vor dem Fernseher sitzend, erinnerte er sich daran, wie schlank Mary damals gewesen war. Er hatte ihr zum Sommerbeginn ein Paar weiße Sandalen geschenkt, in denen sie auf bezaubernde Weise größer wirkte. Sie hatte weiße Shorts angehabt, und ihre langen, fohlengleichen Beine hatten so lang ausgesehen, als ob sie wirklich erst an ihrem Kinn enden würden. Es hatte ihn nicht weiter interessiert, ob Donna Upshaw nun genervt gewesen war oder nicht; er hatte mehr Interesse daran gehabt, Mary die Shorts vom Körper zu ziehen. Ja, das war ihm damals viel wichtiger gewesen – auch wenn das nicht sehr fein klingt.

»Vielleicht wird es ihr langsam ein bißchen zuviel, die

halbe Nachbarschaft mit Erdnüssen zu versorgen, nur weil sie die einzigen in der Straße sind, die einen Fernseher besitzen«, hatte er ihr geantwortet.

Er nahm an, daß er daraufhin die kleine Falte zwischen ihren Augenbrauen gesehen hatte – diese besondere Linie, die immer bedeutete, daß Mary etwas ausbrütete. Zu dem Zeitpunkt waren sie schon halb die Treppe hinaufgestiegen, und seine Hand hatte sich liebkosend auf Marys engsitzende Shorts gelegt – wie klein diese Shorts doch damals waren –, und erst viel später – danach – hatte sie zu ihm gesagt:

»Wieviel würde wohl so ein einfaches Tischmodell kosten, Bart?«

Im Halbschlaf hatte er geantwortet: »Hm, ich glaube, wir könnten einen Motorola für achtundzwanzig, vielleicht dreißig Dollar kriegen. Aber ein Philco –«

»Kein Radio. Einen Fernseher.«

Er hatte sich aufgesetzt, die Nachttischlampe angeknipst und sie fragend angesehen. Sie hatte nackt neben ihm gelegen, die Bettdecke um die Hüfte geschlungen, und obwohl sie ihn angelächelt hatte, war ihm klar gewesen, daß sie es völlig ernst meinte. Es war ein herausforderndes Lächeln gewesen.

»Mary, wir können uns keinen Fernseher leisten.«

»Wieviel kostet ein Tischmodell, Bart? Ein GE oder ein Philco?«

»Neu?«

»Neu.«

Er dachte darüber nach, während er das Licht- und Schattenspiel auf ihren sanft geschwungenen Brüsten betrachtete. Sie war damals so viel schlanker gewesen (aber sie ist auch heute kaum dick zu nennen, George, wies er sich vorwurfsvoll zurecht; hab' ich ja auch nie behauptet, Freddy, alter Junge), sie hatte viel lebendiger gewirkt. Sogar ihre Haare hatten vor Leben gesprüht und die Botschaft ausgesandt: *lebendig, wach, offen*...

»Um die siebenhundertfünfzig Dollar«, sagte er und

nahm an, daß das ihr Lächeln ersticken würde... aber das tat es nicht.

»Sieh mal«, sagte sie und setzte sich in Indianermanier mit untergeschlagenen Beinen im Bett auf.

»Ich sehe«, antwortete er schmunzelnd.

»*Das* doch nicht.« Aber sie hatte ebenfalls gelacht. Eine sanfte Röte hatte sich über ihr Gesicht und ihren Hals ausgebreitet (aber sie hatte die Bettdecke nicht hochgezogen, wie er sich jetzt erinnerte).

»Worüber denkst du nach?«

»Warum wünschen Männer sich einen Fernseher?« fragte sie. »Um sich die Sportsendungen am Wochenende anzusehen. Und warum möchten Frauen gern einen Fernseher haben? Für die Seifenopern am Nachmittag. Man kann sie nebenbei ansehen beim Bügeln oder beim Ausruhen nach der Hausarbeit. Nehmen wir mal an, daß wir beide eine Beschäftigung finden – eine, für die wir *bezahlt* werden –, mit der wir die Stunden ausfüllen können, in denen wir sonst nur rumsitzen...«

»Ein Buch lesen, zum Beispiel, oder Liebe machen«, schlug er vor.

»*Dafür* werden wir immer Zeit finden«, sagte sie lachend und wurde rot. Ihre Augen verdunkelten sich im warmen Lampenlicht, das nun einen halbrunden Schatten auf ihre Brüste warf, und er wußte, daß er ihr nachgeben würde, daß er ihr sogar einen Zenith für fünfzehnhundert Dollar versprochen hätte, wenn er jetzt nur mit ihr Liebe machen könnte, und bei dem Gedanken spürte er, wie er steif wurde, wie die Schlange zu Stein wurde – das hatte Marys mal gesagt, als sie auf der Silvesterparty bei den Ridpaths zu viel getrunken hatte. (Und auch jetzt, achtzehn Jahre später, wurde die Schlange wieder zu Stein – aufgrund einer Erinnerung.)

»Na gut«, hatte er eingewilligt. »Ich werde also an den Wochenenden arbeiten gehen, und du wirst dir an den Nachmittagen etwas verdienen. Aber was, meine liebe, gar-nicht-mehr-jungfräuliche Mary, werden wir tun?«

Sie hatte sich kichernd auf ihn geworfen, und ihre Brüste

hatten sich sanft an seinen Bauch gepreßt (schön flach damals noch, Freddy, noch keine Anzeichen von Fett). »Das ist der Trick bei der Sache«, hatte sie gesagt. »Was haben wir heute? Den achtzehnten Juni?«

»Ja, richtig.«

»Gut. Du suchst dir einen Wochendjob, und am achtzehnten Dezember werfen wir unser Geld zusammen und...«

»...kaufen uns einen Toaster.«

»...kaufen uns einen Fernseher«, beendete sie den Satz feierlich. »Ich bin sicher, daß wir es schaffen, Bart.« Dann kicherte sie wieder. »Und das Lustigste daran ist, daß wir uns gegenseitig nicht erzählen werden, was wir machen. Erst hinterher.«

»Gut, solange ich kein rotes Licht über der Tür sehe, wenn ich morgen nach Hause komme«, kapitulierte er.

Sie umarmte ihn, legte sich auf ihn, fing an, ihn zu kitzeln. Das Kitzeln ging in Liebkosungen über.

»Gib's mir, Bart«, flüsterte sie an seinem Hals, griff nach ihm und streichelte ihn mit sanftem, ungeheuer aufregendem Druck, führte ihn zu sich. »Schenk ihn mir, Bart.«

Später, als er im Dunkeln lag, die Hände hinter dem Kopf verschränkt, da fragte er nochmals: »Und wir werden uns nichts sagen, nicht wahr?«

»Nein.«

»Mary, wie sind wir eigentlich darauf gekommen? War es das, was ich über Donna Upshaw und ihre Unlust, an die halbe Nachbarschaft Erdnüssse zu verteilen, gesagt habe?«

In ihrer Stimme lag kein Lachen mehr, als sie antwortete. Sie klang eher gepreßt, ernst und ein kleines bißchen angsteinflößend: Ein schwacher Hauch von Winter in dieser warmen Juninacht in ihrer kleinen Wohnung im dritten Stock eines Altbaus ohne Fahrstuhl. »Ich mag nicht bei anderen Leuten schmarotzen, Bart. Und ich werde es nicht mehr tun. Nie wieder.«

Gut anderthalb Wochen hatte er sich Marys schrullige Idee durch den Kopf gehen lassen und sich gefragt, wie, zum Teufel, er seine Hälfte der siebenhundertfünfzig Dollar verdienen sollte (vermutlich sogar dreiviertel der Summe, wie er die Sache einschätzte), was er also während der nächsten zwanzig Wochenenden tun sollte. Er war ein bißchen zu alt dafür, in der Nachbarschaft für einen Vierteldollar den Rasen zu mähen. Und Mary hatte in letzter Zeit so einen bestimmten Blick – sie hatte sich sicher schon eine Arbeit besorgt oder war zumindest schon eifrig auf der Suche. Nimm lieber die Beine unter den Arm, Bart, hatte er zu sich gesagt und lauthals über sich selbst gelacht.

Das waren schöne Zeiten, nicht wahr, Fred? fragte er nun, während Forrest Tucker und die *F Troop* der Werbung wichen. Eine Cornflakes-Reklame, in der ein fröhlicher Hase allen Kindern predigte, daß diese Produkte nur für sie geschaffen seien. Das war es, George. Es waren verdammt schöne Zeiten.

Eines Tages, während er nach der Arbeit gerade seinen Wagen aufschließen wollte, fiel sein Blick auf den großen Fabrikschlot hinter der chemischen Reinigung, und da kam ihm die Idee.

Er steckte die Wagenschlüssel in die Tasche und ging noch einmal zurück, um mit Don Tarkington darüber zu reden. Don lehnte sich in seinem Stuhl zurück, musterte ihn unter seinen buschigen Augenbrauen, die damals schon weiß wurden (genau wie die Härchen, die in Büscheln aus seinen Ohren wuchsen und aus seinen Nasenlöchern hervorlugten) und verschränkte die Arme vor der Brust.

»Den Schornstein streichen«, sagte Don.

Er nickte.

»An den Wochenenden?«

Er nickte wieder.

»Paulschalpreis – dreihundert Dollar.«

Und wieder nickte er.

»Du bist verrückt.«

Er lachte lauthals.

Don lächelte sanft. »Nimmst du vielleicht Drogen, Bart?«

»Nein«, antwortete er. »Ich habe eine kleine Abmachung mit Mary.«

»Eine Wette?« Die buschigen Augenbrauen zogen sich in die Höhe.

»Ein bißchen eleganter als das. Sagen wir einfach, es ist eine Abmachung. Wie dem auch sei, Don, der Schornstein braucht Farbe, und ich brauche dreihundert Dollar. Was hältst du davon? Wenn du eine Firma engagierst, mußt du vierhundertfünfzig Dollar hinblättern.«

»Das hast du nachgeprüft?«

»Das habe ich nachgeprüft.«

»Du verrückter Kerl«, sagte Don und mußte nun auch herzlich lachen. »Du wirst dir den Hals dabei brechen.«

»Ja, das kann passieren«, antwortete er ebenfalls lachend (und heute, achtzehn Jahre danach, saß er vor seinem Fernseher, sah, wie der Werbehase den Nachrichten wich, und grinste wie ein Narr).

Und so kam es, daß er sich am Wochenende nach dem vierten Juli in zwanzig Meter Höhe mit einem Pinsel in der Hand und dem Hintern frei in der Luft hängend auf einem wackeligen Gerüst wiederfand. An einem Sonnabend nachmittag hatte dann ganz plötzlich ein Gewissersturm eingesetzt und mühelos, als handelte es sich um den Bindfaden einer Geschenkpackung, eins der Haltetaue gekappt. Fast wäre er abgestürzt, aber das Sicherheitsseil, das er sich um die Hüfte gebunden hatte, hatte ihn gehalten, und er hatte sich damit vorsichtig aufs Dach hinuntergleiten lassen. Sein Herz hatte geschlagen wie eine Trommel, und es war für ihn abgemacht, daß er nie wieder da hinaufklettern würde. Schon gar nicht für so einen lumpigen Fernseher. Aber er war wieder hinaufgestiegen. Nicht wegen des Fernsehers, sondern wegen Mary. Wegen des weichen Lampenlichtes auf ihren kleinen, aufwärts gebogenen Brüsten; wegen des herausfordernden Lächelns auf ihren Lippen und in ihren Augen – diesen dunklen Augen, die sich manchmal so wundervoll erhellten, die manchmal aber auch so dunkel wirkten wie der sommerliche Himmel vor einem Gewittersturm.

Anfang September war er mit seiner Arbeit fertig. Der Schornstein hob sich strahlend weiß vor dem blauen Himmel ab, ein Kreidestrich auf einer blauen Tafel, schlank und schön. Stolz betrachtete er sein Werk, als er sich die farbverschmierten Hände und Vorderarme mit Terpentin abschrubbte. Don Tarkington bezahlte ihn mit einem Scheck. »Keine schlechte Arbeit«, war sein einziger Kommentar, »wenn man bedenkt, welcher Stümper sie ausgeführt hat.«

Er verdiente sich weitere fünfzig Dollar, indem er Henry Chalmers Wohnzimmer mit Holz vertäfelte – Henry war damals Vorarbeiter in der Wäscherei – und Ralph Tremonts alten Bootsschuppen neu anstrich. Am achtzehnten Dezember setzten Mary und er sich wie zwei verfeindete, aber auf seltsame Art miteinander verbündete Pistolenhelden an ihren kleinen Eßzimmertisch, und er legte dreihundertneunzig Dollar in bar vor sie hin – er hatte das Geld auf einem Konto angelegt und noch Zinsen dazugewonnen.

Sie legte ganze vierhundertundsechzehn Dollar daneben, die sie umständlich aus ihrer Schürzentasche zog. Ihr Haufen war viel größer als seiner, denn er bestand hauptsächlich aus Ein- und Fünfdollarnoten.

Er riß die Augen auf und fragte verblüfft: »Himmel, Mary, wie hast du das geschafft?«

Lächelnd antwortete sie: »Ich habe sechsundzwanzig Kleider genäht, bei sechsundvierzig Kleidern den Saum rausgelassen, neunundvierzig Kleider kürzer gemacht; ich habe einunddreißig Röcke genäht; ich habe drei Mustertücher gehäkelt, vier Teppichbrücken geknüpft, fünf Pullover und zwei Decken gestrickt und ein vollständiges Set Leinentischtücher genäht; ich habe dreiundsechzig Taschentücher, zwölf Sets Handtücher und zwölf Sets Kopfkissenbezüge bestickt, und wenn ich schlafe, sehe ich immer noch all die Monogramme vor mir.«

Lachend streckte sie ihm ihre Hände entgegen, und zum ersten Mal bemerkte er die Hornhaut an ihren Fingerkuppen, die ihn an die harten Fingerkuppen eines Profigitarristen erinnerten.

»O Himmel, Mary«, sagte er heiser. »Sieh dir bloß mal deine Hände an.«

»Meinen Händen geht es gut«, sagte sie, und in ihren dunklen Augen tanzte ein fröhliches Licht. »Und du hast da oben auf deinem Gerüst unheimlich niedlich ausgesehen. Ich wollte mir schon eine Schleuder besorgen und mal sehen, ob es mir gelingt, dich auf den Hintern zu treffen...«

Er war brüllend aufgesprungen und hatte sie durchs Wohnzimmer ins Schlafzimmer gejagt. Wo wir dann den ganzen Nachmittag geblieben sind, wenn ich mich recht erinnere, Fred, alter Junge.

Sie stellten fest, daß sie nicht nur genug für ein Tischmodell zusammengebracht hatten; wenn sie vierzig Dollar drauflegten, konnten sie sich eine Fernsehtruhe leisten. Der Besitzer von John's Fernsehgeschäft in der Innenstadt erzählte ihnen, daß RCA in diesem Jahr den Anschluß verpaßt hätte und langsam auf den Bankrott zuschlidderte. (Das Geschäft lag jetzt auch schon lange unter der 784-Autobahn begraben, genauso wie das Grand und all die anderen schönen Gebäude.) Er würde ihnen die Truhe gerne überlassen, wenn sie zehn Dollar wöchentlich...

»Nein«, sagte Mary entschieden.

John sah sie gequält an. »Lady, es handelt sich nur um vier Wochen. Bei solch geringen Raten riskieren Sie wohl kaum Ihren Hals.«

»Einen Augenblick«, sagte Mary und führte ihn in die vorweihnachtliche Kälte hinaus, die von der Weihnachtsmusik sämtlicher benachbarter Läden erfüllt war.

»Mary, er hat recht«, sagte er. »Es ist ja nicht so, daß...«

»Bart, das erste, was wir uns auf Kredit anschaffen, wird unser eigenes Haus sein.« Die schmale Falte zwischen ihren Augenbrauen war wieder erschienen.

Sie waren in den Laden zurückgegangen, und er hatte John gebeten: »Können Sie ihn für uns zurückstellen?«

»Ich denke schon – für eine Weile. Aber denken Sie daran, dies ist unsere Hauptgeschäftszeit, Mr. Dawes. Wie lange?«

»Nur übers Wochenende. Wir kommen Montag abend wieder.«

Dieses Wochenende hatten sie auf dem Land verbracht, in

dicke Mäntel eingepackt, um sich gegen die Kälte und den Schnee, der dann doch nicht fiel, zu schützen. Sie waren langsam über die Feldwege gefahren, ein Sechserpack Bier für ihn und eine Flasche Wein für sie auf dem Rücksitz, hatten die Flaschen aufbewahrt und noch etliche mehr gesammelt, Säcke voller Bierflaschen, Sodaflaschen und so weiter. Die kleinen brachten zwei Cents, die großen jeweils einen Nickel ein. Das ist ein verdammt schönes Wochenende gewesen, dachte Bart jetzt – Mary hatte ihr langes Haar offen hängen lassen, und es flatterte über den Kragen ihres Mantels aus Lederimitation. Ihre Wangen waren herrlich gerötet gewesen. Er sah sie immer noch vor sich, wie sie durch einen Graben voller Herbstlaub stiefelte und auf der Suche nach leeren Flaschen die Bläter aufwirbelte. Es hörte sich an wie das Prasseln eines Buschfeuers... dann das Klick, wenn der Stiefel gegen eine Flasche stieß, die sie dann triumphierend in die Höhe hob, ihm damit über die Straße zuwinkte und fröhlich lachte wie ein kleines Mädchen.

Heute gibt es leider keine Pfandflaschen mehr, George. Heute heißt das Motto: Ex und hopp.

Am Montag haben sie dann Flaschen im Werte von einunddreißig Dollar zurückgegeben. Sie waren in vier verschiedene Supermärkte gegangen, um den Reichtum gerecht zu verteilen. Zehn Minuten vor Ladenschluß hatten sie dann wieder in Johns Geschäft gestanden.

»Ich habe immer noch neun Dollar zuwenig«, hatte er zu John gesagt.

John hatte schlicht einen Stempel BEZAHLT auf die Rechnung gedrückt und diese an die Fernsehtruhe geklebt. »Fröhliche Weihnachten, Mr. Dawes. Ich hol' nur schnell meinen Karren und helf' Ihnen, das Ding hinauszuschaffen.«

Sie waren nach Hause gefahren, und ein aufgeregter Dick Keller aus dem ersten Stock hatte ihnen geholfen, die Truhe nach oben zu tragen. Dann hatten sie die ganze Nacht vor dem Fernseher gesessen, bis auch auf dem letzten Kanal die Nationalhymne gespielt wurde, und danach hatten sie sich vor dem Testbild geliebt. Beide mit rasenden Kopfschmerzen, weil ihre Augen völlig überanstregt waren.

Fernsehen war seitdem nie wieder so schön gewesen.

Mary kam herein und sah ihn mit dem leeren Scotchglas dasitzen und auf den Bildschirm starren.

»Dein Abendessen ist fertig, Bart«, sagte sie. »Möchtest du hier drinnen essen?«

Er blickte zu ihr hoch und fragte sich, wann er eigentlich das letzte Mal dieses herausfordernde Lächeln auf ihren Lippen gesehen hatte... vor allem, seit wann diese schmale Falte zwischen ihren Augenbrauen sich als Dauergast eingestellt hatte, eine Runzel, eine Narbe, die ihr fortschreitendes Alter verkündete.

Man fragt sich ständig Dinge, deren Antwort man, um Himmels willen, niemals erfahren möchte, dachte er. Warum, zum Teufel, ist das so?

»Bart?«

»Gehen wir ins Eßzimmer«, sagte er, stand auf und schaltete den Fernseher ab.

»Gut.«

Sie setzten sich, und er blickte trübe auf das Essen in seiner Aluminiumschachtel. Sechs kleine Abteile, die jeweils mit einer zusammengepreßten Masse gefüllt waren. Das Fleischstück war mit Sauce bedeckt. Er hatte den Eindruck, daß das Fleisch von TV-Dinners immer mit Sauce bedeckt sein mußte. Ohne würde es sich wohl nackt fühlen, dachte er und erinnerte sich an den Witz über Lorne Green, der absolut unsinnig gewesen war: *Junge, eines Tages erwisch' ich dich mit einer Glatze.*

Aber diesmal amüsierte er ihn nicht. Er jagte ihm eher Angst ein.

»Worüber hast du vorhin im Wohnzimmer gelächelt, Bart?« fragte Mary. Ihre Augen waren gerötet und ihre Nase war von der Erkältung ganz wund.

»Ich weiß es nicht mehr«, antwortete er und dachte einen Augenblick lang: *Gleich werde ich schreien. Wegen all dieser ver-*

lorenen Dinge. Wegen deines Lächelns. Mary. Verzeih mir, wenn ich den Kopf in den Nacken werfe und lauthals schreie, weil ich nie wieder dein herausforderndes Lächeln sehen werde.

»Du hast sehr glücklich ausgesehen«, sagte sie.

Gegen seinen Willen – denn es war sein Geheimnis, und er glaubte, heute abend seine kleinen Geheimnisse zu brauchen, denn seine Gefühle waren so wund wie Marys Nase –, gegen seinen Willen erzählte er ihr also: »Ich dachte gerade daran, wie wir damals aufs Land gefahren sind und all die alten Flaschen aufgesammelt haben, um den Fernseher zu bezahlen. Die alte RCA-Truhe.«

»Ach das«, sagte Mary und schneuzte sich über ihrem Abendessen ins Taschentuch.

Im Supermarkt traf er zufällig Jack Hobart. Jacks Einkaufswagen war voller Konservendosen, eingefrorener Mahlzeiten und Bierflaschen. Eine Menge Bierflaschen.

»Jack!« sagte er. »Was machst du denn hier, so weit von zu Hause weg?«

Jack lächelte verlegen. »Ich habe mich noch nicht an den neuen Laden gewöhnt, deshalb dachte ich ... dachte ich ...«

»Wo ist Ellen?«

»Sie mußte nach Cleveland fliegen«, antwortete er. »Ihre Mutter ist gestorben.«

»Oh, das tut mir leid, Jack. Ging es so plötzlich?«

Sie standen im kalten Neonlicht inmitten der anderen Kunden, die einen Bogen um sie machen mußten. Aus versteckten Lautsprechern erklang sanfte Musik, altbekannte Schlager, die man doch nie richtig erkennen konnte. Eine Frau quetschte ihren vollen Einkaufswagen an ihnen vorbei. Sie zog ein schreiendes dreijähriges Kind in einem blauen Parka hinter sich her, dessen Ärmel mit Rotz und Tränen verschmiert war.

»Ja, ganz plötzlich«, sagte Jack Hobart. Er lächelte ausdruckslos und blickte in seinen Einkaufswagen hinab auf einen großen, gelben Sack mit der Aufschrift:

KATZENSTREU

Einmal gebrauchen und dann wegwerfen!
Hygienisch!

»Ja, ganz plötzlich. Sie hat sich schon lange ein bißchen schwach gefühlt, aber sie dachte, das käme noch von den Wechseljahren. Doch es war Krebs. Sie haben sie aufgeschnitten, einen Blick hineingeworfen, und sie gleich wieder zugenäht. Drei Wochen später war sie tot. Für Ellen ist das ganz schön hart. Ich meine, sie ist ja nur zwanzig Jahre jünger.«

»Ja.«

»Jetzt bleibt sie erst mal 'ne Weile in Cleveland.«

»Ja.«

»Ja, ja.«

Sie sahen sich an und lächelten betreten bei dem Gedanken an den Tod.

»Wie ist es denn so da draußen in Northside?« fragte er.

»Ach, ich will dir die Wahrheit sagen, Bart. Die Leute sind nicht gerade freundlich.«

»Nicht?«

»Du weißt doch, daß Ellen in der Bank arbeitet?«

»Ja, klar.«

»Na ja, die Mädchen hatten früher eine Fahrgemeinschaft – Ellen hat jeden Donnerstag meinen Wagen gekriegt, an dem Tag war sie mit Fahren dran. In Northside gibt es ebenfalls eine Fahrgemeinschaft, aber die Frauen gehören alle einem bestimmten Club an. Und Ellen darf diesem Club erst beitreten, wenn sie mindestens ein Jahr in Northside gewohnt hat.«

»Mensch, Jack, das hört sich ja verdammt nach Diskriminierung an.«

»Ach, ich scheiß' auf sie«, stieß Jack ärgerlich hervor. »Ellen würde diesem verdammten Club nicht beitreten, wenn sie auf Händen und Knien angekrochen kämen und sie darum bäten. Ich hab' ihr einen eigenen Wagen gekauft, einen gebrauchten Buick. Sie ist ganz begeistert davon. Hätte ich schon vor zwei Jahren tun sollen.«

»Und wie ist das Haus?«

»Ganz in Ordnung.« Jack seufzte. »Aber der Elektrizitätsverbrauch ist groß. Du solltest mal unsere Stromrechnung sehen. Gar nicht so leicht für Leute, die ein Kind auf dem College haben.«

Sie traten unruhig von einem Fuß auf den anderen. Jacks Ärger war verflogen, und das betretene Lächeln kroch wieder in sein Gesicht. Er spürte, daß Jack wahnsinnig froh darüber war, jemanden aus der alten Nachbarschaft getroffen zu haben, und den Augenblick so lange wie möglich auskosten wollte. Plötzlich stellte er sich vor, wie Jack allein in dem neuen Haus umherschlich und den Fernseher laut aufdrehte, um wenigstens eine Art von Gesellschaft zu haben, während seine Frau sich über tausend Meilen entfernt um die Beerdigung ihrer Mutter kümmern mußte.

»Hör mal, warum kommst du nicht auf einen Sprung zu mir nach Hause?« fragte er. »Wir könnten ein paar Bierdosen aufmachen und uns anhören, was Howard Cosell über die nationale Football-Liga zu meckern hat.«

»He, das wär' großartig.«

»Ich will nur schnell Mary Bescheid sagen, wenn wir hier rauskommen.«

Er rief Mary an, und sie war einverstanden. Sie wollte sogar einen gefrorenen Kuchen in den Ofen stellen und sich dann ins Bett legen, damit sie Jack nicht mit ihrer Erkältung ansteckte.

»Wie gefällt es ihm da draußen?« fragte sie.

»Och, ich glaube, ganz gut, Mary. Ellens Mutter ist gestorben. Sie ist zur Beerdigung nach Cleveland geflogen. Krebs.«

»Oh, *nein.*«

»Deshalb hab' ich mir gedacht, Jack könnte etwas Gesellschaft gebrauchen...«

»Ja, natürlich.« Sie zögerte einen Augenblick. »Hast du ihm gesagt, daß wir vielleicht bald wieder Nachbarn sein werden?«

»Nein«, antwortete er. »Das hab' ich ihm nicht gesagt.«

»Das solltest du tun. Wird ihn vielleicht etwas aufmuntern.«

»Du hast recht. Wiedersehen, Mary.«

»Wiedersehen.«

»Nimm ein Aspirin, bevor du dich hinlegst!«

»Ja, mach' ich.«

»Tschüs!«

»Tschüs! George.« Sie legte auf.

Er starrte auf das Telefon, und ein kalter Schauer lief ihm über den Rücken. George nannte sie ihn nur, wenn sie sehr zufrieden mit ihm war. Fred-und-George war eigentlich ein Spiel, das Charlie sich ausgedacht hatte.

Er fuhr mit Jack nach Hause, und sie sahen sich das Spiel an. Sie tranken eine Menge Bier, aber es schmeckte ihnen nicht so recht.

Als Jack um Viertel nach zwölf in seinen Wagen stieg, um wieder nach Hause zu fahren, lächelte er trostlos zu ihm auf und sagte: »Es ist diese verdammte Autobahn. Die hat das alles kaputtgemacht.«

»Ja, das hat sie.« Er bemerkte, daß Jack plötzlich sehr alt aussah, und es machte ihm angst. Jack war ungefähr so alt wie er.

»Wir bleiben in Verbindung, Bart.«

»Ja, machen wir.«

Sie lächelten sich traurig zu, ein wenig betrunken, ein wenig krank. Er sah Jacks Wagen nach, bis die Rücklichter hinter dem kurvigen Hügel verschwanden.

27. November 1973

Er fühlte sich unausgeschlafen und hatte einen kleinen Kater von seinem gestrigen Gelage mit Jack. Das Rattern der Wäscheschleudern hallte laut in seinen Ohren wider, und beim Zischen der Hemdenpressen zuckte er jedesmal zusammen.

Aber Freddy war noch schlimmer. Er setzte ihm heute zu wie der Teufel selbst.

Nun hör mir mal zu, mein Junge, sagte Freddy zu ihm. Heute ist deine letzte Chance. Du hast immer noch den ganzen Nachmittag Zeit, um Monohan in seinem Büro aufzusuchen. Aber wenn du bis fünf Uhr wartest, ist es natürlich zu spät.

Die Option läuft erst um Mitternacht aus.

Stimmt schon, aber gleich nach der Arbeit wird Monohan plötzlich das dringende Bedürfnis verspüren, einige Verwandte zu besuchen. In Alaska. Für ihn bedeutet das nämlich den Unterschied zwischen einer Fünfundvierzigtausend-Dollar-Kommission und fünfzigtausend Dollar sichere Einnahmen – der Preis für ein neues Auto. Für diese Art von leichtverdientem Geld braucht man keinen Taschenrechner. Für diese Art von Geld würde man plötzlich Verwandte im Abwässersystem von Bombay entdecken.

Aber das war nun auch egal. Alles hatte sich schon zu weit entwickelt. Er hatte die Maschine schon zu lange ohne seine Aufsicht laufen lassen. Gebannt wartete er auf die unvermeidliche Explosion, ja, er war ganz begierig darauf. In seinem Bauch brummte und gurgelte es.

Den größten Teil des Nachmittags verbrachte er unten im Waschraum und sah zu, wie Ron Stone und Dave neue Waschmittel testeten. Es war ungeheuer laut hier unten, und der Lärm setzte seinem zarten Schädel ganz schön zu, aber es hielt ihn davon ab, auf seine Gedanken zu hören.

Nach der Arbeit holte er seinen Wagen vom Parkplatz – Mary hatte ihm den Wagen für den einen Tag gern überlassen, da er sich ihr neues Haus in Northside ansehen wollte – und fuhr durch die Stadt hindurch nach Norton hinaus.

In Norton waren viele Schwarze auf der Straße, die in Gruppen vor den Bars und an den Ecken herumlungerten. Die Restaurants priesen verschiedene Arten von *Soul*-Essen an. Kinder hüpften und tanzten zwischen den Kreisen und Rechtecken hin und her, die sie mit Kreide auf den Bürgersteig gemalt hatten. Er beobachtete einen Protzwagen – einen riesigen, pinkfarbenen Eldorado –, der vor einem unauffälligen Apartmenthaus hielt. Der Mann, der ausstieg, war ein hochgewachsender Schwarzer mit einem weißen Pflanzerhut und einem weißen Anzug, der mit Perlmuttknöpfen geschmückt war. Dazu trug er flache schwarze Schuhe mit riesigen Goldschnallen an den Seiten, und in der Hand hielt er einen Malakka-Stock mit einem großen Elfenbeinknauf. Langsam und majestätisch schritt er um die Motorhaube seines Wagens herum, auf der ein Karibugeweih aufmontiert war. Er hatte einen kleinen Silberlöffel an einer Kette um den Hals hängen, der in der schwachen Herbstsonne aufblinkte. Im Rückspiegel beobachtete er, wie die Kinder auf diesen Mann zurannten, um Süßigkeiten zu erbetteln.

Neun Häuserblocks weiter wurde die Besiedelung dünner. Er fuhr an morastigen, unbebauten Feldern vorbei, wo der Boden immer noch weich und matschig war. Zwischen Erdhaufen standen ölige Pfützen, auf deren Oberfläche sich ein trüber Regenbogen widerspiegelte. Zu seiner Linken entdeckte er ein Flugzeug am Horizont, das gerade zur Landung ansetzte.

Jetzt befand er sich auf der Route 16, die durch die Außenbezirke zwischen Innenstadt und Stadtgrenze führte. Er kam an einem McDonalds vorbei, dann an Sheakey's und Nino's Steakhaus. Er kam an einer Eisdiele vorbei und am Noddy-Time-Motel, das für diese Saison schon geschlossen hatte. Dann folgte das Nortoner Autokino, dessen riesige Anzeigentafel verkündete:

Frei – Sam – Sonn

RASTLOSE FRAUENZIMMER
EINIGE KAMEN GERANNT PORNO
EIGHT-BALL

Er kam an einer Bowlingbahn vorbei und an einem Golfplatz, der ebenfalls schon geschlossen hatte. Tankstellen – zwei davon hatten Schilder aufgestellt:

TUT UNS LEID, KEIN BENZIN MEHR

Es dauerte noch vier Tage, bis sie ihre Dezemberrationen bekamen. Er empfand kein Mitleid für dieses Land als Ganzes, das in diese Science-fiction-artige Ölkrise geschliddert war – dieses Land hatte seine Benzinvorräte zu lange vergeudet, um von ihm noch Sympathie erwarten zu können –, aber die kleinen Leuten taten ihmn leid, die sich ihren Schwanz plötzlich in der großen Drehtür eingeklemmt hatten.

Eine Meile weiter fand er endlich Magliores Gebrauchtwagenhandlung. Er wußte nicht, was er erwartet hatte, aber irgendwie war er enttäuscht. Der Ort erinnerte ihn an miese Nacht-und-Nebel-Geschäfte. Die Wagen standen aufgereiht mit den Motorhauben zur Straße unter durchhängenden Leinen, an denen bunte Fähnchen – rot, gelb, blau, grün – im Wind flatterten. Die Leinen waren zwischen Laternenpfosten gespannt, die den Platz nachts beleuchteten. Die Windschutzscheiben waren mit den Preisen und Werbelogans beschmiert:

795$
LÄUFT NOCH GUT

UND

55$
GUTER TRANSPORTER!

und ein staubiger, alter Valiant mit flachen Reifen und zerbrochener Windschutzscheibe:

75$
Sonderangebot

Ein Verkäufer in einem graugrünen Overall stand vor einem Jungen mit einer roten Seidenjacke und nickte und lächelte unverbindlich, während der Kleine auf ihn einredete. Sie verhandelten über einen blauen Mustang, dessen Kotflügel von Krebs zerfressen war. Der Junge wurde heftig und schlug mit der flachen Hand gegen die Fahrertür. In kleinen Wolken wirbelten Staub und Rost auf. Der Verkäufer zuckte die Achseln und lächelte weiter unverbindlich. Der Mustang stand einfach da und wurde noch ein bißchen älter.

In der Mitte des Platzes befand sich eine Kombination von Garage und Büro. Er parkte den Wagen davor und stieg aus. In der Garage entdeckte er eine Hebebühne, auf der sich im Augenblick ein alter Dodge mit gigantischen Kotflügeln befand. Unter ihm trat gerade ein Mechaniker hervor, der vorsichtig den Auspuff in beiden ölverschmierten Händen hielt, als handelte es sich um einen Kelch.

»Mr., da können Sie nicht parken. Sie stehen direkt in der Ausfahrt.«

»Wo kann ich ihn dann abstellen?«

»Fahren Sie ihn ums Haus herum, wenn Sie ins Büro wollen.«

Er fuhr den LTD auf den Hinterhof, wobei er sich vorsichtig einen Weg zwischen der Wellblechwand der Garage und den abgestellten Wagen bahnte. Hinter der Garage schaltete er wieder den Motor ab und stieg aus. Ein kalter, scharfer Windstoß ließ ihn zusammenfahren. Er kniff die Augen zu sammen, um die Tränen zurückzuhalten.

Hier hinten befand sich der Autofriedhof. Er erstreckte sich meilenweit und bot einen merkwürdigen Anblick. Die meisten Wagen waren ausgeschlachtet und standen auf den nackten Radhalterungen oder auf ihren Achsen. Sie wirkten wie die Opfer einer schrecklichen Seuche, noch zu ansteckend, um in ein Massengrab geworfen zu werden. Die Fenster starrten ihn mit ihren leeren Scheinwerferfassungen verzückt an.

Er ging wieder nach vorn. Der Mechaniker baute gerade

den neuen Auspuff ein. Zu seiner Rechten balancierte eine offene Colaflasche auf einem Stapel Autoreifen.

Er rief dem Mechaniker zu: »Ist Mr. Magliore da?« Wenn er mit Werkstattleuten sprach, fühlte er sich immer wie ein Arschloch. Er hatte sich vor vierundzwanzig Jahren seinen ersten Wagen gekauft, und doch fühlte er sich immer noch wie ein pickeliger Teenager, wenn er mit Mechanikern verhandelte.

Der Mann blickte über seine Schulter, während er weiter mit dem Schraubenzieher hantierte: »Ja, Mansey und er. Sind beide im Büro.«

»Danke.«

»Bitte.«

Er ging ins Büro. Die Wände waren mit Fichtenholzimitation getäfelt, und der Boden war mit schmuddeligen, abwechselnd roten und weißen Linoleumplatten ausgelegt. Zwei alte Stühle standen herum, zwischen denen sich zerfledderte Zeitschriften stapelten – *Outdoor Life, Field and Stream, True Argosy*. Auf den Stühlen saß niemand. Er entdeckte eine weitere Tür, die vermutlich ins eigentliche Büro führte, und rechts daneben eine kleine Kabine, die wie eine Kinokasse aussah. Drinnen saß eine Sekretärin und arbeitete an einer Rechenmaschine. Sie hatte einen gelben Bleistift im Haar stecken, und vor ihrem flachen Busen baumelte eine Brille, die an einer Kette aus Rheinkieseln hing. Er ging auf sie zu. Mittlerweile war er nervös geworden und fuhr sich einmal mit der Zunge über die Lippen, bevor er sprach.

»Entschuldigung.«

»Ja, bitte?« Sie blickte auf.

Er spürte plötzlich eine verrückte Eingebung, einfach zu sagen: *Ich will den einäugigen Sally sprechen, Puppe, setz mal deinen süßen Arsch in Bewegung.*

Statt dessen sagte er: »Ich habe eine Verabredung mit Mr. Magliore.«

»So, haben Sie das?« Sie musterte ihn einen Augenblick mißtrauisch und durchwühlte dann einen Stapel von Zetteln neben ihrer Rechenmaschine. Einen der Zettel zog sie daraus hervor. »Heißen Sie Dawes? Barton Dawes?«

»Ja, richtig.«

»Sie können gleich reingehen.« Sie verzog kurz den Mund zu einem schiefen Lächeln und fing wieder an, auf die Maschine einzuhacken.

Jetzt war er sehr nervös. Bestimmt wußten sie längst, daß er sie angeschmiert hatte. Sie unterhielten hier ein zwielichtiges Geschäft mit nicht ganz astreinen Wagen, soviel hatte er schon der Art entnehmen können, wie Mansey gestern mit ihm am Telefon gesprochen hatte. Und sie wußten, daß er es wußte. Vielleicht wäre es doch das beste, wenn er auf dem Absatz kehrtmachte und schnurstracks zu Monohans Büro fuhr, bevor dieser dichtmachte und nach Alaska oder Timbuktu oder Gott weiß wohin fuhr.

Na endlich, schaltete Freddy sich ein. Der Mann wird langsam vernünftig.

Er überhörte Freddy, ging zur Tür, öffnete sie und betrat das innere Büro. Drinnen waren zwei Männer. Der eine, ein fetter Kerl mit dicken Brillengläsern, saß hinterm Schreibtisch. Der andere, dünn wie eine Bohnenstange, trug einen lachsfarbenen Sportanzug und erinnerte ihn an Vinnie Mason. Er beugte sich über den Schreibtisch. Die beiden betrachteten einen J.-C.-Whitney-Katalog.

Sie blickten zu ihm auf, und Mr. Magliore lächelte freundlich. Die dicken Brillengläser ließen seine Augen trübe und enorm groß wirken, sie sahen aus wie das Gelb von poschierten Eiern.

»Mr. Dawes?«

»Ja.«

»Schön, daß Sie vorbeikommen konnten. Würden Sie bitte die Tür schließen?«

»Natürlich.«

Er machte die Tür zu. Als er sich umdrehte, lächelte Magliore nicht mehr. Desgleichen Mansey. Sie sahen ihn einfach an, und die Zimmertemperatur schien um zwanzig Grad gesunken zu sein.

»Also gut«, sagte Magliore. »Was soll der Quatsch?«

»Ich wollte mit Ihnen reden.«

»Reden ist umsonst. Aber nicht für so kleine Schnüffler wie Sie einer sind. Sie haben Pete angerufen und ihm irgendeinen Mist über zwei Eldorados vorgequatscht.« Er sprach es wie ›Eldoreedos‹ aus. »Jetzt reden Sie mit mir, Mister. Jetzt werden Sie mir sagen, worauf Sie hinauswollen.«

Immer noch an der Tür stehend sagte er: »Ich habe gehört, daß Sie vielleicht etwas verkaufen.«

»Ja, das stimmt. Autos. Ich verkaufe Autos.«

»Nein«, erwiderte er kleinlaut. »Etwas anderes. Etwas, das...« Er betrachtete verlegen die falsche Holztäfelung. Gott mochte wissen, wie viele Agenturen dieses Büro heimlich abhörten. »Einfach etwas anderes«, beendete er seinen Satz, aber die Worte kamen auf Krücken heraus.

»Meinen Sie vielleicht Huren oder Drogen oder nicht angemeldete Pferdewetten? Oder wollen Sie vielleicht einen Totschläger, um Ihrer Frau oder Ihrem Chef damit eins überzubraten?« Magliore sah, daß er zusammenzuckte, und lachte heiser. »Gar nicht mal so schlecht, Mister, sogar ganz gut für so einen kleinen Schnüffler wie Sie. Das war die ›Und wenn das Büro nun abgehört wird?‹-Szene, nicht wahr? Die Lektion Nummer eins an der Polizeiakademie, wenn ich nicht irre?«

»Hör'n Sie, ich bin kein...«

»Halt's Maul!« unterbrach ihn Mansey. Er hielt den Katalog jetzt in der Hand, und er sah, daß er manikürte Fingernägel hatte. Er hatte noch nie bei einem Mann manikürte Fingernägel gesehen, abgesehen von den Fernsehreklamen, wenn Männer ein Röhrchen Aspirintabletten oder so was vor die Kamera hielten. »Wenn Sal will, daß du redest, wird er es dir schon sagen.«

Er blinzelte erschrocken und schloß den Mund. Es war wie in einem Alptraum.

»Ihr Typen werdet aber auch von Tag zu Tag dümmer«, fuhr Magliore fort. »Na ja, das ist ganz gut so. Ich verhandle gerne mit Idioten. Ich bin es *gewohnt*, mit ihnen zu verhandeln. Darin bin ich ganz gut. Also. Nicht, daß Sie das nicht genau wüßten, dieses Büro ist so sauber wie eine Kinderstube. Wir forsten es jede Woche durch. Zu Hause habe ich schon eine ganze Zigarrenkiste voller Wanzen stehen. Kontaktmikrophone, Knopfmikrophone, Druckmikrophone, sogar kleine Sony-Tonbänder, nicht größer als Ihr Handteller. Aber auch das versuchen sie heute schon gar nicht mehr. Heute schicken sie kleine Schnüffler wie Sie bei mir vorbei.«

Er hörte sich sprechen: »Ich bin kein Schnüffler.«

Auf Magliores Gesicht breitete sich ein Ausdruck verärgerter Überraschung aus. Er drehte sich zu Mansey um. »Hast du gehört, was er gesagt hat? Er sagte, er ist kein kleiner Schnüffler.«

»Ja, das habe ich gehört«, antwortete Mansey gedehnt.

»Findest du nicht, daß er wie ein Schnüffler aussieht?«

»Doch, das finde ich«, sagte Mansey.

»Redet sogar wie ein Schnüffler, nicht wahr?«

»Ganz gewiß.«

»Wenn Sie also kein Schnüffler sind«, fuhr Magliore wieder in seine Richtung, »was sind Sie dann?«

»Ich bin...« setzte er an, aber er wußte nicht so recht, was er sagen sollte. Was *war* er? Fred, wo steckst du, wenn ich dich brauche?

»Nun mal los«, forderte Magliore ihn auf. »Staatspolizei? Stadtpolizei? Steuerfahndung? FBI? Findest du nicht, daß er wie ein erstklassiger EFF-BIE-EI-Pimpf aussieht, Pete?«

»Doch«, antwortete Pete.

»Nicht einmal die Stadtpolizei würde uns solch einen kleinen Schnüffler wie Sie rausschicken, Mister. Sie müssen vom EFF-BIE-EI oder ein Privatdetektiv sein. Also, was von beidem ist es?«

Langsam wurde er wütend.

»Schmeiß ihn raus, Pete«, befahl Magliore, der das Interesse verloren hatte. Mansey machte ein paar Schritte auf ihn zu. Er hielt immer noch den Katalog in der Hand.

»Sie dämlicher Knallkopf!« brüllte er Magliore plötzlich an. »Sie sehen wohl schon Polizisten unter Ihrem Bett, so dämlich sind Sie! Sie denken wahrscheinlich, die Bullen sind bei Ihnen zu Hause und vögeln Ihre Frau, während Sie hier rumsitzen!«

Magliore sah ihn fasziniert mit geweiteten Augen an. Mansey erstarrte auf der Stelle und glotzte ihn ungläubig an.

»Knallkopf?« fragte Magliore und drehte das Wort im Mund um wie ein Handwerker ein Werkzeug, das er noch nie gesehen hat. »Hat er mich gerade einen Knallkopf genannt?«

Er war selbst verblüfft über das, was ihm da rausgerutscht war.

»Ich nehm' ihn mit nach hinten!« sagte Mansey und marschierte auf ihn zu.

»Wart mal einen Augenblick!« hielt Magliore ihn zurück. Er musterte ihn mit unverhohlener Neugierde. »Haben Sie mich wirklich gerade Knallkopf genannt?«

»Ich bin kein Bulle«, verteidigte er sich. »Und ich bin auch kein Verbrecher. Ich bin ein einfacher Mann, der gehört hat, daß Sie an Leute, die genug dafür bezahlen, etwas verkaufen. Ich habe Geld genug. Ich wußte nicht, daß man hier das Losungswort kennen oder das Geheimsiegel vorzeigen muß oder all das dumme Zeug. Ja, ich habe Sie Knallkopf genannt und ich entschuldige mich sogar dafür, wenn es diesen Kerl davon abhält, mich zusammenzuschlagen. Ich bin...« Er leckte sich über die Lippen und wußte beim besten Willen nicht, was er noch sagen konnte. Magliore und Mansey betrachteten ihn fasziniert, als hätte er sich direkt vor ihren Augen in eine griechische Marmorstatue verwandelt.

»Knallkopf«, wiederholte Magliore leise. »Filz ihn, Pete.«

Pete packte ihn an der Schulter und drehte ihn zur Wand um.

»Leg die Hände an die Wand«, sagte er direkt neben seinem Ohr. Er roch nach einem Desinfektionsmittel. »Spreiz die Beine, so wie in den Krimiserien.«

»Ich seh' mir keine Krimiserien an«, sagte er, aber er wußte, was Mansey meinte und stellte sich in die richtige Position, um sich durchsuchen zu lassen. Mansey fuhr mit den

Händen an seinen Beinen hoch, betastete sein Geschlecht mit der unpersönlichen Miene eines Arztes, schlüpfte mit einer Hand unter seinen Gürtel, klopfte seine Rippen ab und schlüpfte mit einem Finger unter seinen Kragen.

»Sauber«, sagte er.

»Drehen Sie sich um«, befahl Magliore.

Er drehte sich wieder um. Magliore musterte ihn immer noch fasziniert.

»Kommen Sie her!«

Er trat an den Schreibtisch.

Magliore tippte mit den Fingern auf die Glasplatte, unter der er mehrere Schnappschüsse entdeckte: eine dunkelhaarige Frau, die ihre Sonnenbrille in die drahtigen Haare hochgeschoben hatte und fröhlich in die Kamera lächelte, zwei braungebrannte Kinder in einem Swimmingpool, Magliore selbst in einer schwarzen Badehose am Strand mit einem Cockerspaniel an der Seite. Er sah aus wie König Farouk.

»Auspacken«, sagte er.

»Hä?«

»Alles, was Sie in den Taschen haben. Auspacken.«

Er wollte protestieren, aber dann fiel ihm Mansey ein, der bedrohlich nah hinter seinem Rücken stand. Er packte alles aus.

Aus den Manteltaschen kamen nur zwei abgerissene Kinokarten zum Vorschein. Er war vor kurzem mit Mary in einem Film gewesen. Viel Musik, aber er konnte sich nicht mehr an den Titel erinnern.

Er zog den Mantel aus. Aus der Anzugjacke zog er ein flaches Feuerzeug mit seinen Initialen – BGD. Eine Schachtel Feuersteine. Eine Zigarettenpackung, in der nur noch eine Zigarette war. Eine dünne Folie mit Bittersalztabletten. Eine Rechnung von der A&S-Reifenhandlung, bei der er seine Winterreifen hatte montieren lassen. Mansey betrachtete sie und sagte befriedigt: »Mann, da haben Sie sich ganz schön ausnehmen lassen.«

Dann zog er das Jackett aus. In der Hemdtasche hatte er nichts als ein kleines Stückchen Mull. Er holte seine Autoschlüssel und etwas Kleingeld aus seiner rechten vorderen Hosentasche. Circa vierzig Cents, hauptsächlich in Fünfcentmünzen. Er hatte nie begreifen können, warum er die Fünfcentstücke magnetisch an sich zog. Nie hatte er einen Zehner für die Parkuhr. Zum Schluß legte er seine Brieftasche zu den anderen Sachen auf die Glasplatte von Magliores Schreibtisch.

Magliore nahm sie und las das verblichene Monogramm – Mary hatte sie ihm vor vier Jahren zu ihrem Hochzeitstag geschenkt.

»Wofür steht das *G*?« erkundigte Magliore sich.

»George.«

Er öffnete die Brieftasche und breitete den Inhalt wie ein Pokerblatt vor sich aus.

Dreiundvierzig Dollar in zwei Zwanziger- und drei Eindollarscheinen.

Kreditkarten: Shell, Sunoco, Arco, Grant's, Sears, Carey's Department Store, American Express.

Führerschein, Sozialversicherungskarte, Blutspenderpaß, Blutgruppe A-positiv. Bibliotheksausweis. Einige Fotos in einer Plastikhülle, eine Fotokopie seiner Geburtsurkunde, einige alte Quittungen, die an den Rändern schon ganz ausgefranst waren, und ein paar alte Kontoauszüge, von denen einige noch bis in den Juni zurückdatierten.

»Mann, was ist denn mit Ihnen los?« fragte Magliore gereizt. »Misten Sie das Ding niemals aus? Es tut einer Brieftasche nicht gut, wenn man sie so vollstopft und dann das ganze Jahr mit sich herumschleppt.«

Er zuckte die Achseln. »Ich mag eben nichts wegwerfen.« Er fand es seltsam, daß er sich fürchterlich über Magliores Beschimpfungen geärgert hatte, daß ihm aber seine Kritik an seiner Brieftasche überhaupt nichts ausmachte.

Magliore sah sich die Fotos in der Plastikhülle an. Das erste zeigte eine schielende Mary, die der Kamera die Zunge entgegenstreckte. Ein altes Bild, sie war damals noch schlanker gewesen.

»Ihre Frau?«

»Ja.«

»Sieht bestimmt ganz nett aus, wenn sie nicht gerade vor der Kamera steht.«

Er nahm das nächste und lächelte.

»Ihr kleiner Sohn? Meiner ist auch gerade in dem Alter. Trifft er schon einen Baseball? Zack, Zack, ich glaube, er kann's schon.«

»Ja, das war mein Sohn. Er ist tot.«

»Oh, wie schade. Ein Unfall?«

»Gehirntumor.«

Magliore nickte und betrachtete die restlichen Fotos. Winzige Ausschnitte aus seinem Leben: das Haus in der Crestallen Street; Tom Granger und er im Waschraum; er selbst auf dem Podium bei der Versammlung der Wäschereibesitzer, die in diesem Jahr in ihrer Stadt stattgefunden hatte (er hatte den Hauptredner vorgestellt); eine Grillparty im Garten hinterm Haus, er mit einer hohen Chefkochmütze und einer Schürze, auf der stand: VATI KOCHT UND MAMMI GUCKT ZU.

Magliore legte die Fotos weg, stapelte die Kreditkarten zu einem Haufen und reichte sie Mansey hinüber. »Laß sie fotokopieren«, sagte er. »Und nimm auch ein paar von den Kontoauszügen mit. Seine Frau hält das Scheckbuch sicher genauso hinter Schloß und Riegel wie meine.« Er lachte.

Mansey warf ihm einen skeptischen Blick zu. »Wollen Sie vielleicht mit dem kleinen Schnüffler Geschäfte machen?«

»Nenn ihn nicht wieder Schnüffler, vielleicht sagt er dann auch nicht mehr Knallkopf zu mir.« Er brach in wieherndes Gelächter aus, das jedoch abrupt aufhörte. »Kümmer dich um deine Angelegenheiten, Pete, und überlaß mir meine.«

Mansey lachte zwar, aber er verließ das Büro mit stolzierenden Schritten.

Als die Tür hinter ihm zufiel, sah Magliore ihn aufmerksam an. Er schmunzelte und schüttelte den Kopf. »Knallkopf«, sagte er nochmals. »Und ich dachte, man hätte mich schon alles genannt.«

»Warum soll er meine Kreditkarten kopieren?«

»Wir besitzen einen Anteil an einem Computer. Er gehört niemandem ganz. Jeder kann ihn zeitweise benutzen. Wenn man den richtigen Code kennt, kann man die Bankcomputer und die Computer von über fünfzig Firmen anzapfen, die in dieser Stadt ihr Geschäft betreiben. Ich werde Sie überprüfen. Wir finden es sofort heraus, wenn Sie ein Bulle sind. Wir finden auch heraus, ob Ihre Kreditkarten echt sind. Wir können sogar feststellen, ob die Karten echt sind, aber nicht Ihnen gehören. Aber Sie haben mich eigentlich schon überzeugt. Ich glaube, Sie sind in Ordnung. Knallkopf.« Er schüttelte wieder den Kopf und lachte. »Was hatten wir gestern? Montag? Mister, Sie können von Glück sagen, daß Sie mich nicht an einem Montag Knallkopf genannt haben.«

»Darf ich Ihnen jetzt sagen, warum ich eigentlich hergekommen bin?«

»Sie dürften, selbst wenn Sie ein Bulle mit sechs Kassettenrecordern wären, dürften Sie, denn Sie könnten mir doch nichts anhaben. So was nennt man die Fallenstellerszene, nicht wahr? Aber ich will jetzt nichts davon hören. Kommen Sie morgen wieder – dieselbe Zeit, derselbe Ort –, und ich sage Ihnen dann, ob ich Sie anhören werde. Selbst wenn Sie in Ordnung sein sollten, werde ich Ihnen vielleicht nichts verkaufen. Und wissen Sie, warum?«

»Warum?«

Magliore lachte. »Weil ich Sie für einen Spinner halte. Sie fahren auf drei Rädern. Sie fliegen im Blindflug.«

»Warum? Weil ich Sie Knallkopp genannt habe?«

»Nein«, antwortete Magliore. »Aber Sie erinnern mich an eine Geschichte, die mir passiert ist, als ich so alt war wie mein Sohn heute. In der Gegend, in der ich aufgewachsen bin, gab es einen Hund in der Nachbarschaft, *Hell's Kitchen* in New York. Noch vor dem zweiten Weltkrieg während der Depression. Dort wohnte auch ein Mann namens Piazzi, und der hatte eine schwarze Hündin, eine Promenadenmischung, die er Andrea nannte. Aber jeder hat sie einfach nur Mr. Piazzis Hund genannt. Er hielt sie die ganze Zeit an der Kette, aber sie wurde niemals böse. Nicht bis zu diesem bestimmten Tag, ein heißer Tag im August. Könnte 1937 gewesen sein. Sie sprang einen kleinen Jungen an, der sie streicheln wollte; er mußte für einen ganzen Monat ins Krankenhaus. Sein Hals mußte mit siebenunddreißig Stichen genäht werden. Und ich hatte gewußt, daß das irgendwann einmal passieren würde. Dieser Hund stand den ganzen Tag lang in der Sonne und das jeden Tag, den ganzen Sommer lang. So um Mitte Juni rum hörte er auf, mit dem Schwanz zu wedeln, wenn die Kinder ihn streichelten. Dann fing er an, die Augen zu verdrehen. Ab Ende Juli knurrte er ganz tief hinten in der Kehle, wenn jemand sich ihm näherte. Als er damit anfing, hab' ich aufgehört, ihn zu streicheln. Die Leute haben gleich gefragt: ›Was ist los mit dir, Sal? Hast du etwa Schiß?‹ Und ich hab' gesagt: ›Nee, ich hab' keinen Schiß, aber ich bin auch nicht blöd. Der Hund da ist böse geworden.‹ Aber alle behaupteten: ›Stell dich nicht an, Sal. Mr. Piazzis Hund beißt nicht, der hat noch nie jemanden gebissen. Er würde nicht mal einem Baby etwas tun, das den Kopf in seinen Rachen steckt.‹ Und ich hab' gesagt: ›Streichelt ihn ruhig weiter, es gibt kein Gesetz, das das Streicheln von Hunden verbietet, aber ich werde es nicht tun.‹ Na, und dann sind sie herumgelaufen und haben überall erzählt: ›Sally ist ein Angsthase. Sally ist feige. Sally klammert sich an den Rockzipfel seiner Mutter, wenn er an Mr. Piazzis Hund vorbeigehen muß.‹ Sie wissen ja, wie Kinder sind.«

»Ich weiß«, sagte er. Mansey war mit seinen Kreditkarten zurückgekommen und an der Tür stehengeblieben, um zuzuhören.

»Der Junge, der am lautesten gebrüllt hat, den hat's dann schließlich erwischt. Luigi Bronticelli hat er geheißen. Ein kleiner Jude, genau wie ich.« Magliore lachte. »An einem Tag im August, es war so heiß, daß man ein Spiegelei auf dem Bürgersteig braten konnte, ist er zu Mr. Piazzis Hund gegangen und hat ihn gestreichelt. Und seitdem kann er nur noch flüstern. Er hat jetzt ein Herrenfriseurgeschäft in Manhattan, und alle Leute nennen ihn bloß noch den flüsternden Luigi.«

Magliore lächelte ihm zu.

»Sie erinnern mich an Mr. Piazzis Hund. Sie knurren zwar noch nicht, aber wenn jemand Sie streicheln will, verdrehen Sie die Augen. Und Sie haben schon vor langer Zeit aufgehört, mit dem Schwanz zu wedeln. Pete, gib ihm seine Sachen zurück!«

Mansey reichte ihm den Stapel herüber.

»Kommen Sie morgen wieder, und dann werden wir uns weiter unterhalten«, sagte Magliore und sah ihm dabei zu, wie er seine Habseligkeiten wieder in der Brieftasche verstaute. »Sie sollten wirklich mal Ihre Brieftasche ausmisten. Sie ruinieren sie ja sonst völlig.«

»Ja, vielleicht tue ich das«, antwortete er.

»Pete, bring ihn zu seinem Wagen!«

»Klar.«

Er war schon durch die Tür getreten, als Magliore ihm plötzlich nachrief: »Wissen Sie auch, was mit Mr. Piazzis Hund passiert ist, Mister? Man hat ihn vergast.«

Nach dem Abendessen, als John Chancellor ihnen klarmachte, daß die Geschwindigkeitsbeschränkung auf dem Jersey Turnpike vermutlich das Sinken der Unfallrate bewirkt habe, fragte Mary ihn nach dem Haus.

»Termiten«, antwortete er kurz angebunden.

Ihr Gesicht verdüsterte sich schlagartig. »Oh, das ist nicht so gut, wie?«

»Ich fahre morgen noch mal raus. Tom Granger kennt einen guten Kammerjäger, den ich mitnehmen werde. Ich will mir seine Expertenmeinung anhören. Vielleicht ist es ja nicht so schlimm, wie es aussieht.«

»Ich hoffe es sehr. Ein Garten und all das...« Sie verlor sich in ihre Wunschträume.

Na, du bist mir ja ein feiner Kerl, sagte Freddy plötzlich. Ein veritabler Prinz. Wie kommt es nur, daß du so gut zu deiner Frau bist, George? Bist du ein Naturtalent oder hast du das irgendwo gelernt?

»Halt's Maul!« sagte er.

Mary sah verblüfft auf. »Was?«

»Oh ... dieser Chancellor«, antwortete er schnell. »Ich hab' langsam die Nase voll von all diesen Beschwörungen und Drohungen von diesem Chancellor und Walter Cronkite und wie sie alle heißen.«

»Du solltest den Boten nicht wegen seiner Botschaft hassen«, sagte sie und warf einen zweifelnden, verwirrten Blick auf John Chancellor.

»Das sollte ich wohl nicht«, sagte er und dachte: *Freddy, du bist ein Scheißkerl.*

Freddy sagte ihm, daß er den Boten nicht wegen seiner Botschaft hassen solle.

Einen Augenblick sahen sie sich schweigend die Nachrichten an. Dann eine Reklame für eine Medizin gegen Erkältungen. Zwei Männer, deren Köpfe in zwei grüne Klötze aus Rotz eingefroren waren. Als einer von beiden die bestimmte Pille nahm, schmolz der grüne Klotz dahin.

»Deine Erkältung scheint heute abend schon besser zu sein«, bemerkte er.

»Ja. Bart, wie heißt eigentlich der Makler?«

»Monohan«, antwortete er automatisch.

»Nein, nicht der, der dir die Fabrik verkauft. Ich meine den von unserem Haus.«

»Olson«, sagte er prompt, den Namen aus seinem geistigen Mülleimer kramend.

Die Nachrichten gingen weiter. Es folgte ein Bericht über David Ben Gurion, der wohl bald mit Harry Truman im großen Sekretariat im Himmel zusammentreffen würde.

»Wie gefällt es Jack da draußen?« fragte sie beiläufig.

Er wollte ihr sagen, daß es Jack ganz und gar nicht gefiele, aber er hörte sich selber sagen: »Ich glaube, er findet es ganz in Ordnung.«

John Chancellor schloß mit einer Nachricht über fliegende Untertassen, die jemand in Ohio gesehen haben wollte.

Er ging um halb elf ins Bett. Der Alptraum mußte ihn gleich nach dem Einschlafen überfallen haben. Als er aufwachte, zeigte die Digitaluhr

23.22 Uhr.

Im Traum war er in Norton an einer Straßenecke gewesen – die Ecke Venner und Rice Street. Er hatte direkt unter dem Straßenschild gestanden. Etwas weiter die Straße runter hatte ein großer pinkfarbener Wagen mit einem Karibugeweih auf der Motorhaube vor einem Süßwarengeschäft gehalten. Die Kinder waren von den Hausterrassen und Veranden heruntergesprungen und auf ihn zugerannt.

Auf der gegenüberliegenden Straßenseite war ein großer, schwarzer Hund am Verandageländе eines Wohnhauses festgebunden. Ein kleiner Junge ging zutraulich auf ihn zu.

Er wollte laut schreien: *Streichel den Hund nicht! Geh und hol dir deine Bonbons!* Aber er brachte keinen Ton heraus. Wie in einer Zeitlupenbewegung hatte der protzige Schwarze in seinem weißen Anzug und mit seinem weißen Pflanzerhut sich nach ihm umgedreht. Er hatte beide Hände voller Bonbons. Auch die Kinder, die ihn umringten, drehten sich langsam nach ihm um. Die Kinder bei dem Mann waren alle schwarz. Nur der kleine Junge, der auf den Hund zuging, war ein Weißer.

Der Hund sprang ihn an. Er katapultierte sich auf seinen großen Hinterbeinen hoch wie ein stumpfer Pfeil. Der Junge schrie und stolperte zurück. Er hatte sich mit beiden Händen an den Hals gefaßt. Das Blut floß zwischen seinen Fingern hindurch. Als er sich umdrehte, erkannte er, daß es Charlie war.

Dann war er aufgewacht.

Diese Träume. Diese gottverdammten *Träume*.

Sein Sohn war schon seit drei Jahren tot.

Als er aufstand, schneite es, aber als er in der Wäscherei ankam, hatte es fast schon wieder aufgehört. Tom Granger kam ihm in Hemdsärmeln entgegengerannt. Sein Atem bildete kleine weiße Wölkchen in der kalten Luft. Er konnte schon an Toms Gesichtsausdruck ablesen, daß es ein mieser Tag werden würde.

»Wir haben Schwierigkeiten, Bart.«

»Schlimm?«

»Schlimm genug. Johnny Walker hatte heute auf seiner ersten Tour zum Holiday Inn einen Unfall. Ein Kerl in einem Pontiac hat an der Deakman Street das Rotlicht überfahren. Er hat ihn direkt in der Seite erwischt. *Bäng!*« Er schwieg und blickte hilflos zum Eingang der Wäscherei zurück, aber da stand niemand. »Die Bullen haben gesagt, Johnny ginge es sehr schlecht.«

»Heiliger Bimbam.«

»Ich bin zwanzig Minuten, nachdem es passiert war, rausgefahren. Du kennst die Kreuzung ja...«

»Ja, sie ist ziemlich gemein.«

Tom schüttelte den Kopf. »Wenn es nicht so verdammt schrecklich wäre, könnte man fast darüber lachen. Sieht aus, als hätte bei einer Waschfrau eine Bombe eingeschlagen. Überall liegen Handtücher und Bettwäsche vom Holiday Inn rum. Einige Leute haben sich gleich welche gestohlen, diese Arschlöcher. Man möchte kaum glauben, daß die Leute so was tun. Und der Lieferwagen... Bart, von der Fahrertür an ist nicht mehr viel von ihm übrig. Alles schrottreif. Johnny wurde rausgeschleudert.«

»Ist er im Zentralkrankenhaus?«

»Nein, im St. Mary's. Johnny ist katholisch, wußtest du das nicht?«

»Willst du mit mir rüberfahren?«

»Lieber nicht. Ron brüllt schon den ganzen Morgen, daß der Boiler nicht genug Druck hat.« Er zuckte verlegen die Achseln. »Du kennst Ron ja. Die Show muß weitergehen.«

»Schon in Ordnung.«

Er stieg wieder in seinen Wagen und fuhr zum St. Mary's-Krankenhaus. Verdammt noch mal, warum mußte das von allen Leuten auf der Welt ausgerechnet Johnny Walker passieren? Außer ihm war er der einzige, der schon seit 1953 in der Wäscherei arbeitete – Johnny hatte sogar schon 1946 dort angefangen. Der Gedanke schnürte ihm die Kehle zu. Es kam ihm vor wie ein schlimmes Omen. Aus der Zeitung wußte er, daß der Ausbau der 784-Autobahn gerade die gefährliche Deakman-Kreuzung ziemlich überflüssig machen würde.

Er hieß eigentlich gar nicht Johnny. Sein richtiger Name lautete Corey Everett Walker, er hatte ihn oft genug auf den Stechkarten gelesen, um das zu wissen. Aber schon seit zwanzig Jahren nannten sie ihn alle Johnny. Seine Frau war 1956 auf einer Reise nach Vermont gestorben. Seitdem lebte er mit seinem Bruder zusammen, der einen Lastwagen für die städtische Müllabfuhr fuhr. In der Wäscherei gab es Dutzende von Mitarbeitern, die Ron hinter seinem Rücken ›Stoneballs‹* nannten, aber Johnny war der einzige, der es gewagt hatte, es ihm offen ins Gesicht zu sagen, und es war ihm nichts passiert.

Er dachte: Wenn Johnny stirbt, dann bin ich der dienstälteste Mitarbeiter in der Wäscherei. Der einzige, der den Rekord von über zwanzig Jahren gebrochen hat. Na, ist das nicht ein Witz, Freddy?

Freddy fand das gar nicht lustig.

Im Wartezimmer der Unfallstation saß Johnnys Bruder, ein großgewachsener Mann, dessen Gesichtszüge Ähnlichkeit mit Johnny hatten. Sie hatten die gleichen hohen Wangenknochen. Er trug einen olivgrünen Overall und darüber eine dicke schwarze Stoffjacke. In den Händen, die hilflos zwischen seinen Knien hingen, drehte er eine olivgrüne Schirmmütze hin und her. Er blickte vor sich auf den Boden, aber als er Schritte hörte, sah er neugierig auf.

»Sind Sie von der Wäscherei?« fragte er.

* Schnapsnase. – Anm. d. Übers.

»Ja. Und Sie sind...« Er hatte nicht erwartet, daß ihm der Name wieder einfallen würde, doch er erinnerte sich. »Arnie Walker, nicht wahr?«

»Ja, Arnie Walker.« Er schüttelte langsam den Kopf. »Ich weiß nicht, Mr....?«

»Dawes.«

»Ich weiß nicht, Mr. Dawes, ich hab' ihn vorhin in einem der Untersuchungsräume gesehen. Er sah ziemlich angeschlagen aus. Er ist ja auch nicht mehr der jüngste. Es steht ziemlich schlimm.«

»Es tut mir sehr, sehr leid«, sagte er.

»Es ist eine schreckliche Kreuzung. Aber ich gebe dem anderen keine Schuld. Er ist einfach im Schnee ins Schleudern gekommen. Es war nicht sein Fehler. Sie sagen, daß er sich die Nase gebrochen hat, sonst nichts. Es ist schon komisch, wie solche Dinge laufen, wissen Sie?«

»Ja, ich weiß.«

»Ich mußte gerade daran denken, wie ich mal einen großen Sattelschlepper nach Hemingway gefahren habe. Das war Anfang der sechziger Jahre. Ich fuhr auf der Indiana-Autobahn, und da sah ich...«

Die Außentür wurde aufgestoßen, und ein Priester kam herein. Er stampfte ein paarmal mit den Füßen auf, um den Schnee abzutreten, und eilte dann den Korridor entlang, er rannte fast. Als Arnie Walker ihn sah, weiteten sich seine Augen und nahmen einen glasigen Ausdruck an, als hätte er einen Schock erlitten. Er stieß einen hohen, wimmernden Ton aus und wollte aufstehen. Er legte seinen Arm um Arnies Schultern und wollte ihn auf den Stuhl zurückdrücken.

»Jesus!« schrie Arnie auf. »Er hatte seine Hostien dabei, haben Sie es nicht gesehen? Er will ihm die letzte Ölung geben... vielleicht ist er sogar schon tot... *Johnny*...«

Es waren noch andere Leute in dem Warteraum: ein Teenager mit einem gebrochenen Arm, eine ältere Frau mit einer elastischen Binde ums Bein, ein Mann, dessen einer Daumen mit einem riesigen Verband umwickelt war. Sie sahen Arnie an und blickten dann verlegen auf ihre Zeitschriften hinunter.

»Beruhigen Sie sich doch«, sagte er tonlos.

»Lassen Sie mich gehn«, rief Arnie. »Ich muß nach meinem Bruder sehen.«

»Hören Sie...«

»Lassen Sie mich gehen!«

Er ließ ihn los. Arnie rannte um die Ecke und verschwand in die Richtung, in die der Priester gegangen war. Er setzte sich auf einen der Plastikstühle und wußte nicht, was er tun sollte. Eine Weile lang blickte er auf den Fußboden, der mit schwarzen, matschigen Fußspuren bedeckt war. Dann sah er zum Empfangsbüro hinüber, wo eine Krankenschwester die Telefonanlage überwachte. Er blickte aus dem Fenster und stellte fest, daß es nicht mehr schneite.

Plötzlich hörte er ein schluchzendes Geräusch auf dem Korridor. Es kam von den Untersuchungsräumen.

Alle blickten sie auf, und alle hatten sie einen ängstlichen Ausdruck in ihren Augen.

Noch ein Schrei, gefolgt von einem heiseren Ausruf der Trauer.

Alle blickten sie wieder in ihre Zeitschriften. Der Junge mit dem gebrochenen Arm schluckte trocken und erzeugte dadurch ein seltsames Geräusch in der Stille.

Er sprang auf und lief hinaus, ohne sich noch einmal umzusehen.

In der Wäscherei kamen alle auf ihn zugerannt, und Ron Stone hielt sie nicht davon ab. »Ich weiß nichts«, berichtete er ihnen. »Ich konnte nicht herausfinden, ob er noch lebt oder schon gestorben ist. Ihr werdet es bald erfahren. Ich weiß es nicht.«

Er floh in sein Büro. Er fühlte sich seltsam allein und von allem losgelöst.

»Wissen Sie, wie es Johnny geht, Mr. Dawes?« fragte Phyllis ihn. Zum ersten Mal fiel ihm auf, daß Phyllis trotz ihres leicht bläulich gefärbten Haares alt wirkte.

»Es geht ihm schlecht«, antwortete er. »Der Priester war vorhin da, um ihm die letzte Ölung zu geben.«

»Oh, was für eine Schande. Und das so kurz vor Weihnachten!«

»Ist jemand zur Kreuzung rausgefahren, um die Wäsche einzusammeln?«

Sie sah ihn ein bißchen vorwurfsvoll an. »Tom hat Harry Jones rausgeschickt. Er hat sie vor fünf Minuten hergebracht.«

»Gut«, sagte er, aber es war nicht gut. Es war schlecht. Am liebsten wäre er runtergegangen und hätte so viel Reinigungslösung in die Maschinen gepumpt, daß die Wäsche auseinandergefallen wäre – wenn Pollack dann nach dem Schleudergang die Tür öffnete, würde ihm nur ein Haufen eintönig grauer Filzmasse entgegenkommen. *Das* wäre gut.

Phyllis hatte etwas gesagt, aber er hatte nicht zugehört.

»Wie? Entschuldigen Sie bitte.«

»Ich sagte, daß Mr. Ordner angerufen hat. Er möchte, daß Sie ihn sofort zurückrufen. Und dann hat noch ein Mann namens Harold Swinnerton angerufen und gesagt, daß die Patronen eingetroffen wären.«

»Harold...?« Doch dann erinnerte er sich. Harvey's Waffengeschäft. Nur daß Harvey, genau wie Marley, so tot war wie ein Türnagel. »Ja, danke, in Ordnung.«

Er schloß die Bürotür hinter sich und ging an den Schreibtisch. Die Plakette auf der Tischplatte sagte immer noch:

DENK NACH!
Es könnte eine neue Erfahrung für dich sein

Er riß sie herunter und warf sie in den Papierkorb. Kling.

Dann setzte er sich in seinen Drehsessel, nahm alle Eingangspost aus dem Korb und warf sie ungelesen in den Papierkorb. Danach blickte er sich ziellos im Büro um. Die Wände waren holzgetäfelt. An der linken hingen zwei eingerahmte Zeugnisse: das eine war sein Collegediplom, das andere von Wäschereilehrgängen, an denen er 1969 und 1970 teilgenommen hatte. Hinter dem Schreibtisch hing eine Großaufnahme von ihm und Ray Tarkington auf dem Parkplatz der Wäscherei, der gerade frisch asphaltiert worden war. Sie schüttelten sich lachend die Hand. Hinter ihnen war die Wäscherei zu sehen, in deren Ladezone stolz drei Lastwagen standen. Und der Fabrikschlot sah immer noch strahlend weiß aus.

Seit 1967 saß er in diesem Büro, über sechs Jahre. Das war noch vor Woodstock, vor Kent State, vor der Ermordung von Robert Kennedy und Martin Luther King, ja noch vor Nixon. Jahre seines Lebens hatte er zwischen diesen vier Wänden verbracht. Millionen von Atemzügen und Millionen von Herzschlägen. Er sah sich um und fragte sich, ob er dabei etwas fühlte. Ein schwacher Anflug von Trauer. Das war alles.

Er räumte seinen Schreibtisch aus. Persönliche Aktennotizen und seine persönliche Buchhaltung warf er weg. Dann schrieb er seine Kündigung auf die Rückseite eines vorgedruckten Rechnungsformulars und steckte sie in einen Briefumschlag. Die unpersönlichen Bürosachen ließ er liegen – die Büroklammern, Tesafilm, die dicken Scheckbücher, den Stapel leerer Stechkarten, der mit einem Gummiband zusammengehalten wurde.

Er stand auf, nahm die beiden Zeugnisse von der Wand und warf sie in den Papierkorb. Die Glasplatte vom Rahmen des Collegediploms zersplitterte. Die Rechtecke, über denen die beiden Rahmen über Jahre hinweg gehangen hatten, waren etwas heller als die restliche Wand. Und das war alles.

Das Telefon klingelte, und er nahm den Hörer ab in der Erwartung, Stephan Ordner zu hören. Aber es war Ron, der ihn von unten anrief.

»Bart?«

»Ja?«

»Johnny ist vor einer halben Stunde gestorben. Ich glaube, er hatte von Anfang an keine Chance.«

»Das tut mir sehr leid. Ich möchte, daß du den Laden für den Rest des Tages schließt, Ron.«

Ron seufzte. »Ich glaube auch, das ist das beste. Aber

kriegst du dann nicht eine Menge Ärger mit deinen großen Bossen?«

»Ich arbeite nicht mehr für die großen Bosse. Ich habe gerade meine Kündigung unterschrieben.« So, jetzt war es draußen. Das machte es real.

Am anderen Ende herrschte einen Augenblick Schweigen. Er konnte die Waschmaschinen und das Gezische der Heißmangel hören. Den Würger nannten sie sie immer in Anbetracht dessen, was einem passierte, wenn sie einen erwischte.

»Ich hab' mich wohl gerade verhört«, sagte Ron. »Es hörte sich so an, als hättest du...«

»Genau das habe ich gesagt, Ron. Ich bin hier mit allem fertig. Es war sehr schön, mit dir und Tom zu arbeiten, und sogar mit Vinnie Mason, wenn er mal sein Maul halten konnte. Aber nun ist's vorbei.«

»He, hör mal, Bart, reg dich nicht so auf. Ich weiß, wie sehr dich das alles mitgenommen hat, aber...«

»Es ist nicht wegen Johnny«, unterbrach er ihn, aber er wußte selber nicht, ob das stimmte oder nicht. Vielleicht hätte er tatsächlich noch eine Anstrengung unternommen, sich zu retten. Sich und das Leben, das er die letzten zwanzig Jahre lang unter dem beschützenden Schirm der täglichen Routine geführt hatte. Aber als dieser Priester so rasch an ihm vorbeigelaufen, ja fast gerannt war, um noch rechtzeitig zu dem sterbenden Johnny Walker zu gelangen, der vielleicht schon tot war, als er den hohen, wimmernden Ton von Arnie Walker gehört hatte, da hatte er endgültig aufgegeben. Wie ein Autofahrer, der einen ins Schleudern geratenen Wagen steuert, oder sich jedenfalls einbildet, ihn zu steuern, und dann plötzlich die Hände vom Lenkrad reißt und das Gesicht darin verbirgt.

»Es ist nicht wegen Johnny«, wiederholte er.

»Bart... hör mal... hör mir zu...« Ron klang sehr aufgeregt.

»Ron, wir sprechen später darüber«, besänftigte er ihn, aber er wußte nicht, ob er das wirklich meinte. »Sorg dafür, daß der Laden dichtgemacht wird!«

»Na gut, aber...«

Er legte behutsam den Hörer auf die Gabel.

Dann holte er das Telefonbuch aus der Schublade und suchte in den Gelben Seiten eine Nummer unter WAFFEN. Er wählte Harvey's Waffengeschäft an.

»Hallo, Harvey's?«

»Hier ist Barton Dawes«, sagte er.

»Ah, ja. Die Patronen sind gestern am späten Nachmittag eingetroffen. Ich hab' Ihnen ja gesagt, daß ich sie noch lange vor Weihnachten bekommen würde. Zweihundert Schuß Munition.«

»Schön. Hören Sie, ich bin heute nachmittag sehr beschäftigt. Haben Sie heute abend noch auf?«

»Jeden Abend offen bis neun, und zwar noch bis Weihnachten.«

»Sehr gut. Ich versuche, so gegen acht bei Ihnen zu sein. Wenn nicht, komme ich bestimmt morgen nachmittag vorbei.«

»Ist recht. Sagen Sie, haben Sie herausgefunden, ob es Boca Rio ist?«

»Boca...?« Ach ja, Boca Rio, der Ort, wo sein Cousin bald zur Jagd gehen sollte. »Ja, ich glaube, das war's, Boca Rio.«

»Oh, wie ich ihn beneide. Es war die schönste Zeit in meinem ganzen Leben.«

»Unsicherer Waffenstillstand hält an«, murmelte er in den Hörer. Er hatte plötzlich eine Vision, wie Johnny Walkers Kopf als Trophäe über Stephan Ordners elektrischem Kaminfeuer hing, und darunter eine blankpolierte Bronzeplakette, auf der stand:

MENSCHLICHE WASCHMASCHINE
28. November, 1973
Erlegt an der Deakman-Kreuzung

»Wie bitte?« fragte Harry Swinnerton verwirrt.

»Ich sagte, ich beneide ihn auch«, sagte er und schloß die Augen. Eine Welle von Übelkeit übermannte ihn. *Ich drehe durch*, dachte er. *Das, was ich hier erlebe, nennt man durchdrehen.*

»Oh, eh, bis später dann.«

»Ja, bis später. Und vielen Dank noch mal, Mr. Swinnerton.«

Er legte auf, öffnete wieder die Augen und betrachtete sein nacktes Büro. Dann drückte er auf den Knopf seiner Sprechanlage.

»Phyllis?«

»Ja, Mr. Dawes?«

»Johnny ist gestorben. Wir machen zu für heute.«

»Ich hab' gesehen, wie die anderen weggegangen sind, und hab's mir schon gedacht.« Phyllis' Stimme klang, als hätte sie gerade geweint.

»Versuchen Sie bitte, ob Sie Mr. Ordner ans Telefon bekommen, bevor Sie gehen.«

»Ja, natürlich.«

Er schwang seinen Stuhl herum und sah aus dem Fenster. Draußen rumpelte eine Straßenwalze vorbei. Sie war hellorange gestrichen, und ihre riesigen Walzen stampften über den Asphalt. Es ist alles ihre Schuld, Freddy. Es hat alles ganz gut geklappt, bis diese Kerle von der Stadtverwaltung beschlossen haben, mein Leben zu zerstören. Es ging doch alles ganz gut, nicht wahr, Freddy?

Freddy?

Fred?

Das Telefon klingelte, und er nahm den Hörer ab. »Dawes.«

»Sie sind verrückt«, sagte Steve Ordner mit müder Stimme. »Sie müssen völlig den Verstand verloren haben.«

»Was wollen Sie damit sagen?«

»Ich will sagen, daß ich heute vormittag um halb zehn persönlich in Monohans Büro angerufen habe. Die McAn-Leute haben den Vertrag über die Waterfordfabrik pünktlich um neun Uhr unterzeichnet. Was, zum Teufel, ist da geschehen, Bart?«

»Ich finde, das sollten wir lieber persönlich besprechen.«

»Das finde ich auch. Und ich finde, daß Sie sich eine verdammt gute Entschuldigung ausdenken müssen, wenn Sie Ihren Job behalten wollen.«

»Hören Sie auf, mit mir zu spielen, Steve.«

»Was?«

»Sie haben überhaupt nicht die Absicht, mich zu behalten, nicht mal als Putzfrau. Ich habe schon meine Kündigung geschrieben. Ich hab' sie zwar versiegelt, aber ich kenne sie auswendig. ›Ich kündige. Unterzeichnet: Barton George Dawes.‹«

»Aber warum denn?« Es klang, als wäre er körperlich verletzt worden. Aber er wimmerte nicht so wie Arnie Walker. Er bezweifelte, ob Steve Ordner je seit seinem elften Geburtstag mal gejauchzt oder gewimmert hatte. Das war die letzte Zuflucht von Untertanen.

»Um zwei?« fragte er.

»Zwei paßt mir gut.«

»Auf Wiedersehen, Steve.«

Er legte auf und betrachtete ausdruckslos die gegenüberliegende Wand. Nach einer Weile steckte Phyllis noch mal ihren Kopf zur Tür herein. Unter ihrer sorgfältigen Altweiberfrisur wirkte sie verwirrt und unglücklich. Ihren Chef tatenlos in seinem kahlen Büro rumsitzen zu sehen, machte sie nicht gerade glücklicher.

»Mr. Dawes, soll ich wirklich gehen? Es würde mich freuen, wenn ich Ihnen...«

»Nein, nein, Phyllis, gehen Sie ruhig nach Hause.«

Sie kämpfte mit sich, ob sie noch etwas sagen sollte, aber er drehte den Stuhl zum Fenster um, um ihnen beiden die Peinlichkeit zu ersparen. Einen Augenblick später hörte er, wie hinter ihm ganz leise die Tür zugemacht wurde.

Unten jaulte der Boiler noch einmal auf und erstarb dann. Auf dem Parkplatz sprangen verschiedene Automotoren an.

Er saß in seinem leeren Büro in seiner leeren Wäscherei und wartete, bis es Zeit war, Ordner aufzusuchen. Er nahm seinen Abschied.

Ordners Büro befand sich in einem der Wolkenkratzer in der

Innenstadt, die die Energiekrise bald ziemlich überflüssig machen würde. Siebzig Stockwerke reine Glasfassade, schwer zu heizen im Winter, ein horrender Aufwand, sie im Sommer zu klimatisieren. Amrocos Büros befanden sich im fünfundvierzigsten Stock.

Er parkte seinen Wagen in der Tiefgarage, fuhr mit dem Fahrstuhl in die Eingangshalle hoch und marschierte dort sofort auf die Fahrstühle an der rechten Seite zu. Diesmal stand er mit einer Schwarzen im Fahrstuhl, die eine ausladende Afrofrisur trug. Sie hatte ein dunkles Jackett an und hielt einen Stenoblock unterm Arm.

»Mir gefällt Ihr Afro«, sagte er spontan ohne besonderen Anlaß.

Die Frau musterte ihn kühl und sagte nichts.

Stephen Ordners Vorzimmer war mit supermodernen Möbeln ausgestattet. Seine rothaarige Sekretärin saß unter einer Reproduktion von van Goghs ›Sonnenblumen‹. Auch sie trug ein dunkles Jackett, und ihre Haare waren mit einem goldenen Band zusammengebunden. Auf dem Fußboden lag ein austernfarbener Florteppich. Indirektes Licht und indirekte Musikberieselung. Mantovani.

Der Rotschopf lächelte ihm zu. »Mr. Dawes?«

»Ja.«

»Sie können gleich reingehen.«

Er öffnete die Tür und betrat Ordners Büro. Ordner saß an seinem Schreibtisch und schrieb irgendwas. Die Tischplatte hatte eine eindrucksvolle *Lucite*-Auflage. Eine riesige Fensterfront hinter Ordner gab den Blick auf den Westteil der Stadt frei. Ordner blickte auf und legte den Füller weg. »Hallo, Bart«, sagte er ruhig.

»Hallo.«

»Setzen Sie sich.«

»Dauert es so lange?«

Ordner fixierte ihn. »Am liebsten würde ich Ihnen eine kleben«, sagte er. »Wissen Sie das? Ich möchte Ihnen eine kleben, daß Sie quer durchs Büro fliegen. Nicht zusammenschlagen, nur eine einfache Ohrfeige.«

»Das weiß ich«, antwortete er, und das stimmte.

»Ich glaube nicht, daß Sie auch nur eine Ahnung haben, was Sie da heute weggeworfen haben«, fuhr Ordner fort. »Ich nehme an, daß die McAn-Leute sich an Sie rangemacht haben. Ich hoffe, sie haben Ihnen eine Menge dafür bezahlt. Denn ich hatte Sie persönlich für einen Posten als leitender Vize-Präsident in unserer Gesellschaft vorgesehen. Das hätte zu Anfang ein Jahresgehalt von fünfunddreißigtausend Dollar für Sie bedeutet. Ich hoffe, sie haben Ihnen mehr bezahlt als das.«

»Ich habe nicht einen Pfennig gekriegt.«

»Ist das wahr?«

»Ja.«

»Aber warum dann, Bart? Warum, in Gottes Namen, haben Sie ...«

»Warum sollte ich Ihnen das sagen, Steve?« Er setzte sich auf den Stuhl, der für ihn vorgesehen war, den Bittstellerstuhl auf der anderen Seite des riesigen Schreibtisches mit seiner teuren *Lucite*-Auflage.

Einen Augenblick lang wirkte Ordner verloren. Er schüttelte den Kopf wie ein Boxer, der einen überraschenden Schlag einstecken mußte.

»Weil Sie mein Angestellter sind. Wie ist das für den Anfang?«

»Das reicht nicht.«

»Was soll das bedeuten?«

»Steve, ich war Ray Tarkingtons Angestellter. Ray war ein wirklicher Mensch. Sie haben sich bestimmt nicht sonderlich für ihn interessiert, aber Sie müssen zugeben, daß er eine echte Persönlichkeit war. Manchmal hat er einen fahrenlassen, wenn man mit ihm sprach, oder gerülpst oder sich das Schmalz aus den Ohren gepopelt. Er hatte echte Probleme. Manchmal war ich auch eins für ihn. Einmal, als ich eine schlimme Fehlentscheidung bei einer Rechnung für das Motel draußen in Crager Plaza getroffen hatte, hat er mich einfach gegen die Tür geschmissen. Sie sind nicht so wie er. Für Sie ist die Blue-Ribbon-Wäscherei doch bloß Spielzeug,

Steve. Es ist Ihnen egal, was aus mir wird. Sie interessieren sich nur für Ihre eigene Karriere. Also quasseln Sie mir hier nicht den Mist mit der Sorge um die Angestellten vor. Tun Sie doch nicht so, als hätten Sie Ihren Schwanz in meinen Mund gesteckt, und ich hätte reingebissen.«

Ordners Gesicht war eine Fassade ohne Risse. Seine Züge gaben einen Ausdruck von gemäßigtem Kummer preis, mehr nicht.

»Glauben Sie das wirklich?«

»Ja. Sie kümmern sich nur um das Blue Ribbon, insofern es Ihre Aufstiegschancen innerhalb der Gesellschaft berührt. Also lassen wir den Quatsch. Hier.« Damit schob er ihm seine Kündigung zu.

Ordner schüttelte wiederum mit dem Kopf. »Und was ist mit den Leuten, die Sie dadurch geschädigt haben, Bart? Die kleinen Leute? Mal abgesehen von allem anderen, Sie haben immerhin einen verantwortungsvollen Posten bekleidet.« Er schien diese Floskel auszukosten. »Was geschieht mit den Leuten von der Wäscherei, die nun alle ihre Arbeit verlieren, weil es nun keinen neuen Betrieb geben wird, in dem sie weiterarbeiten können?«

Er lachte heiser und sagte: »Sie blöder Scheißkerl. Sie sitzen schon so hoch auf dem Roß, daß Sie gar nicht mehr runtergucken, nicht wahr?«

Ordner wurde rot. Vorsichtig zischte er: »Das erklären Sie mir besser, Bart!«

»Jeder einzelne Lohnverdiener in der Wäscherei, angefangen von Tom Granger bis runter zu Pollack im Waschraum, hat eine Arbeitslosenversicherung. Sie gehört ihnen. Sie *bezahlen* dafür. Wenn Ihnen diese simple Überlegung Schwierigkeiten bereitet, stellen Sie sich vor, es ginge auf Geschäftskosten. So wie ein Mittagessen für vier Personen bei Benjamin's.«

Verletzt sagte Ordner. »Das sind Sozialabgaben und das wissen Sie.«

Er sagte nur noch mal: »Sie blöder Scheißkerl.«

Ordner legte die Hände zusammen und ballte sie zu Fäusten. Er sah aus wie ein kleines Kind, dem man gerade eingebleut hat, wie es sein Vaterunser herunterbeten soll. »Bart, Sie gehen zu weit.«

»Nein, das tue ich nicht. Schließlich haben Sie mich hergebeten. Sie wollten eine Erklärung. Nun, was wollen Sie hören? Daß es mir leid tut, daß ich einen Fehler gemacht habe, daß ich es wieder gutmachen will? Das kann ich Ihnen nicht sagen. Es tut mir nicht leid, und ich will auch nichts wieder gutmachen. Und wenn ich etwas vermasselt habe, dann ist das eine Sache zwischen mir und Mary. Und sie wird es vielleicht nie erfahren, jedenfalls ist das nicht sicher. Wollen Sie mir etwa weismachen, ich hätte die Gesellschaft geschädigt? Ich glaube nicht mal, daß Sie zu so einer Lüge fähig wären. Wenn eine Gesellschaft mal eine bestimmte Größe erreicht hat, kann sie nichts mehr schädigen. Sie ist dann so mächtig wie Gott. Wenn die Dinge gut laufen, macht sie einen riesigen Profit, wenn die Zeiten schlecht stehen, macht sie eben einen kleinen Profit, und wenn alles zusammenbricht, kriegt sie Steuererleichterungen. Das wissen Sie doch selbst am besten.«

Ordner wählte seine Worte sehr sorgfältig. »Wie sieht es mit Ihrer eigenen Zukunft aus, Bart? Was ist mit Mary?«

»Das interessiert Sie doch einen Dreck. Das ist nur ein Hebel, den Sie bei mir ansetzen wollen. Ich will Sie mal was fragen, Steve. Werden Sie unter dieser Sache leiden? Wird man Ihnen deswegen das Gehalt kürzen? Oder Ihre jährliche Dividende? Oder Ihre Altersrente?«

Ordner schüttelte den Kopf. »Gehen Sie nach Hause, Bart. Sie sind heute nicht ganz bei Trost.«

»Warum? Weil ich von Ihnen und Ihren Kohlen rede?«

»Sie sind krank, Bart.«

»Sie haben ja keine Ahnung«, sagte er, stand auf und knallte seine Faust auf Ordners Schreibtisch. »Sie sind sauer auf mich, aber Sie wissen nicht, warum. Jemand hat Ihnen mal beigebracht, daß Sie in einer Situation wie dieser sauer werden müssen. Aber Sie wissen nicht, wieso.«

Ordner wiederholte langsam: »Sie sind krank, Bart.«

»Sie haben verdammt recht. Und was sind Sie?«

»Gehen Sie nach Hause, Bart.«

»Nein, aber ich werde Sie jetzt alleine lassen. Das ist es doch, was Sie wollen. Beantworten Sie mir nur noch eine Frage. Sein Sie mal für eine Sekunde lang nicht der Manager der Gesellschaft, und beantworten Sie mir diese eine Frage. Macht Ihnen das alles wirklich etwas aus? Hat das Ganze für Sie auch nur einen Funken von Bedeutung?«

Ordner sah ihn lange Zeit ruhig an. Die Stadt, die sich hinter ihm ausbreitete, wirkte wie ein Königreich von hohen Türmen, das in Nebel gehüllt war. Dann sagte er: »Nein.«

»Gut«, sagte er besänftigt. Er musterte Ordner ohne Feindseligkeit. »Ich hab' es nicht getan, um Sie in Schwierigkeiten zu bringen. Oder die Gesellschaft.«

»Warum dann? Ich habe Ihre Frage beantwortet, nun beantworten Sie mir auch meine. Sie hätten den Waterford-Vertrag ohne weiteres unterzeichnen können. Danach hätten Sie die Sorgen ruhig anderen überlassen können. Warum haben Sie das nicht getan?«

»Das kann ich Ihnen nicht erklären«, antwortete er. »Ich habe auf mich selbst gehört. Aber innerlich sprechen die Menschen immer eine andere Sprache. Wenn man es laut ausspricht, klingt es wie ein Haufen ungereimter Scheiße. Aber es war für mich das einzig Richtige.«

Ordner sah ihm in die Augen, ohne mit einer Wimper zu zucken. »Und Mary?«

Er schwieg.

»Gehen Sie nach Hause, Bart«, wiederholte Ordner.

»Was wollen Sie von mir, Steve?«

Ordner schüttelte ungeduldig den Kopf. »Wir sind miteinander fertig, Bart. Wenn Sie eine Seelenmassage brauchen, gehen Sie in die nächste Bar.«

»Was wollen Sie von mir?«

»Nur, daß Sie von hier verschwinden und endlich nach Hause gehen.«

»Was erwarten Sie eigentlich vom Leben? Was bedeutet Ihnen wirklich etwas?«

»Gehen Sie nach Hause, Bart.«

»*Antworten Sie mir!* Was erwarten *Sie?*« Er sah Ordner unverschämt ins Gesicht.

Ganz langsam antwortete Ordner: »Ich erwarte das, was jeder Mensch sich erwartet. Gehen Sie nach Hause, Bart.«

Er verließ das Büro, ohne sich noch einmal umzudrehen. Und er kam nie wieder dorthin zurück.

Als er zu Magliore hinausfuhr, schneite es stark, und die meisten entgegenkommenden Wagen hatten ihre Scheinwerfer eingeschaltet. Seine Scheibenwischer schlugen in gleichmäßigem Rhythmus hin und her und wischten den Schnee zur Seite, der aufgrund der Entfrostungsanlage sofort schmolz und in Schlieren die Scheibe entlangrann. Wie Tränen.

Er parkte wieder hinter dem Haus und ging nach vorne ins Büro. Bevor er eintrat, betrachtete er sein gespenstisches Spiegelbild in der Türscheibe und wischte sich einen rosa Belag von den Lippen. Die Auseinandersetzung mit Ordner hatte ihn mehr aufgeregt, als er erwartet hätte. Er hatte unterwegs vor einem Drugstore gehalten und sich eine Flasche Pepto-Bismol besorgt. Auf dem Weg hier raus hatte er schon die Hälfte davon runtergeschluckt. Jetzt werde ich wohl wochenlang nicht richtig aufs Klo können, Fred. Aber Freddy war nicht zu Hause. Vielleicht besuchte er Monohans Verwandte in Bombay.

Die Frau in der Kinokasse arbeitete wieder an der Rechenmaschine. Sie schenkte ihm ein nachdenkliches Lächeln und bedeutete ihm, er könne gleich hineingehen.

Magliore war allein und las im *Wallstreet Journal*. Als er eintrat, warf er die Zeitung quer über den Tisch und in den Papierkorb, wo sie mit einem Rascheln der Blätter landete.

»Wenn das so weitergeht, fahren wir direkt zur Hölle«, sagte er, als führe er einen inneren Dialog fort, der schon früher begonnen hatte. »Die Börsenmakler sind alte Waschweiber, da hat Paul Harvey ganz recht. Wird der Präsident zurücktreten? Wird er's nicht tun? Will er es überhaupt?

Wird *General Electric* an dieser Energiekrise bankrott gehen? Das geht mir alles auf die Nerven.«

»Ja«, sagte er, ohne zu wissen, worin er ihn bestätigte. Er fühlte sich unsicher, denn er wußte nicht so recht, ob Magliore sich überhaupt noch an ihn erinnerte. Was sollte er sagen? *Ich bin der Kerl, der Sie gestern einen Knallkopf genannt hat, erinnern Sie sich?* Das war wohl kaum ein guter Anfang.

»Schneit es immer noch drauen?«

»Ja, sogar ziemlich stark.«

»Ich mag keinen Schnee. Mein Bruder fährt jedes Jahr im November nach Puerto Rico und kommt erst am fünfzehnten April wieder zurück. Behauptet, daß er sich da um seine Investitionen kümmern muß. Quatsch. Der kann sich nicht mal um seinen eigenen Arsch kümmern. Was wollen Sie?«

»Hä?« Er zuckte zusammen und fühlte sich schuldig.

»Sie sind zu mir gekommen, damit ich Ihnen etwas besorge. Wie kann ich es Ihnen beschaffen, wenn ich nicht weiß, was es ist?«

Als er so brutal damit konfrontiert wurde, fiel es ihm schwer, darüber zu sprechen. Es war, als weigerten die Worte sich, ausgesprochen zu werden.

Ihm fiel eine Episode aus seiner Kindheit ein, und er lächelte zaghaft.

»Was ist denn so lustig?« fragte Magliore scharf, aber freundlich. »So, wie die Geschäfte im Augenblick laufen, könnte ich eine Aufheiterung vertragen.«

»Ich hab' mir mal, als ich noch ein Kind war, ein Jo-Jo in den Mund gesteckt«, antwortete er.

»Und das ist lustig?«

»Nein, aber ich bekam es nicht wieder heraus. *Das* ist lustig. Meine Mutter hat mich zum Arzt gebracht, und der hat es wieder herausgeholt. Er hat mir einfach einen Tritt in den Hintern gegeben, und als ich den Mund aufmachte, um zu schreien, hat er es schnell herausgezogen.«

»Ich werde Sie nicht in den Hintern treten«, bemerkte Magliore trocken. »Was wollen Sie von mir, Dawes?«

»Sprengstoff.«

Magliore starrte ihn an. Er verdrehte die Augen und schien etwas sagen zu wollen, aber statt dessen schlug er sich erst einmal gegen seine Hängebacke. »Sprengstoff?«

»Ja.«

»Ich hab's ja gewußt, daß er ein Spinner ist«, sagte Magliore zu sich selbst. »Ich hab's noch zu Pete gesagt, gestern, nachdem Sie gegangen waren. ›Dieser Kerl da wartet darauf, daß ein großer Unfall passiert.‹, hab' ich zu ihm gesagt.«

Er erwiderte nichts. Das Gerede vom Unfall erinnerte ihn an Johnny Walker.

»Also gut. Sagen Sie mir, wozu Sie Sprengstoff brauchen. Wollen Sie die ägyptische Handelsausstellung in die Luft jagen? Oder ein Flugzeug entführen? Oder wollen Sie einfach bloß Ihre Schwiegermutter damit in die Hölle schicken?«

»An die würde ich keinen Sprengstoff verschwenden«, antwortete er steif, und beide mußten lachen. Aber es löste die Spannung zwischen ihnen nicht.

»Also? Was ist es? Wen haben Sie auf dem Kieker?«

»Ich habe niemanden auf dem Kieker«, antwortete er. »Wenn ich jemanden umbringen wollte, würde ich mir ein Gewehr kaufen.« Dann fiel ihm ein, daß er sich ja schon ein Gewehr gekauft hatte. Zwei sogar. Sein mit Pepto-Bismol gefüllter Magen fing plötzlich an zu grollen.

»Und wozu brauchen Sie nun den Sprengstoff?«

»Ich möchte eine Straße in die Luft jagen.«

Magliore sah ihn ungläubig an. Seine Gefühle schienen ihn zu überwältigen. Sie kamen ihm plötzlich genauso vergrößert vor wie die durch die Lupenwirkung der Brille vergrößerten Augen. »Sie wollen also eine Straße in die Luft jagen. Welche Straße?«

»Sie ist noch nicht gebaut worden.« Langsam fand er einen perversen Gefallen an der Sache. Und natürlich zögerte dies die unvermeidliche Konfrontation mit Mary noch eine Weile hinaus.

»Sie wollen also eine Straße in die Luft sprengen, die noch gar nicht gebaut ist. Ich hab' Sie falsch eingeschätzt, Mister.

Sie sind kein Spinner, Sie sind ein Psychopath. Können Sie mal vernünftig mit mir reden?«

Er wählte seine Worte sorgfältig. »Sie bauen gerade an einer Straße, die als 784-Autobahnzubringer bezeichnet wird. Wennn sie fertig ist, wird die Staatsautobahn direkt durch die Stadt führen. Aus ganz bestimmten Gründen will ich nicht... kann ich nicht... diese Straße zerstört zwanzig Jahre meines Lebens. Sie ist...«

»Ist es, weil sie die Wäscherei, in der Sie arbeiten, und Ihr Haus aus dem Weg räumt?«

»Woher wissen Sie das?«

»Ich hab' Ihnen ja gesagt, daß ich Sie überprüfen lasse. Glauben Sie, ich hätte das nur so als Spaß gemeint? Ich wußte sogar, daß Sie Ihren Job verlieren würden. Vielleicht noch vor Ihnen.«

»Nein, ich weiß es schon seit einem Monat«, sagte er schnell, ohne sich die Worte zu überlegen.

»Und wie wollen Sie das bewerkstelligen? Werden Sie einfach ein paar Zündschnüre mit Ihrer Zigarre anstecken und die Dynamitstangen aus Ihrem Autofenster werfen?«

»Nein. Sie lassen die Maschinen an jedem Sonn- und Feiertag an der Baustelle stehen. Ich will sie alle in die Luft sprengen. Und die drei neuen Überführungen, die werde ich ebenfalls zerstören.«

Magliore musterte ihn erstaunt. Lange. Dann warf er plötzlich den Kopf in den Nacken und lachte. Sein riesiger Bauch wackelte, und seine Gürtelschnalle hüpfte darauf auf und ab wie ein Holzstück auf einem Wellenkamm. Sein Lachen war laut und voll und herzlich. Er lachte, bis ihm die Tränen über die Wangen kullerten, und dann zog er aus irgendeiner Tasche ein großes, reichlich komisch wirkendes Taschentuch und wischte sich damit die Augen ab. Er stand einfach da und sah zu, wie Magliore lachte, und plötzlich war er sich sicher, daß dieser fette Mann mit den dicken Brillengläsern ihm den Sprengstoff verkaufen würde. Ein kleines Lächeln huschte über sein Gesicht. Das Lachen machte ihm nichts aus. An einem Tag wie heute tat es sogar ganz gut.

»Mann, Sie sind mir vielleicht einer«, kicherte Magliore, als er sich wieder etwas beruhigt hatte. »Ich wünschte, Pete wäre da, um sich das anzuhören. Das wird er mir niemals glauben. Gestern noch haben Sie mich einen Knallkopf genannt und heute... heu-heute...« Und wieder brüllte er vor Lachen und wischte sich mit dem riesigen Taschentuch übers Gesicht.

Als der Anfall vorüber war, fragte er: »Und wie wollen Sie dieses kleine Abenteuer finanzieren, Mr. Dawes? Jetzt, da Sie nicht mehr erwerbstätig sind?«

Er fand das eine lustige Formulierung. *Nicht mehr erwerbstätig.* Wenn man es so ausdrückte, klang es richtig echt. Er war arbeitslos. Und das alles hier war kein Traum.

»Ich habe mir letzten Monat meine Lebensversicherung auszahlen lassen«, erklärte er. »Ich habe über zehn Jahre lang für eine Zehntausend-Dollar-Police gezahlt. Im Augenblick besitze ich um die dreitausend Dollar.«

»Tragen Sie diesen Plan wirklich schon so lange mit sich herum?«

»Nein«, antwortete er aufrichtig. »Als ich mir die Versicherung auszahlen ließ, wußte ich noch nicht so genau, was ich damit anfangen wollte.«

»Damals haben Sie sich wohl noch alle Möglichkeiten offengehalten, was? Sie haben sich gedacht, Sie könnten die Straße verbrennen oder sie mit einem Maschinengewehr zusammenschießen. Oder wollten Sie sie vielleicht erwürgen?«

»Nein. Ich wußte einfach nicht, was ich tun würde. Aber jetzt weiß ich's.«

»Na gut, aber ohne mich.«

»Was?« Er blinzelte und starrte Magliore verblüfft an. Das stand nicht in seinem Drehbuch. Magliore sollte es ihm schon schwermachen, auf eine gewisse väterliche Art, aber zuletzt sollte er ihm doch den Sprengstoff verkaufen. Und dann sollte er sich aus der Affäre ziehen, etwa folgendermaßen: *Wenn Sie sich erwischen lassen, werde ich leugnen, je von Ihnen gehört zu haben.*

»Was haben Sie gesagt?«

»Ich sagte nein. N-e-i-n – und das heißt nein.« Er beugte sich vor. In seinen Augen war keine Spur von Humor mehr zu sehen. Sie waren klar und wirkten trotz der Vergrößerung durch die Brillengläser plötzlich klein. Es waren nicht mehr die Augen eines fröhlichen neapolitanischen Weihnachtsmannes.

»Hören Sie«, sagte er zu Magliore. »Wenn man mich erwischt, werde ich leugnen, je von Ihnen gehört zu haben. Ich werde niemals Ihren Namen erwähnen.«

»Einen Dreck werden Sie tun. Sie werden Ihr ganzes Herz ausschütten, und man wird Sie für unzurechnungsfähig erklären. Und ich wäre für den Rest meines Lebens geliefert.«

»Nein, hören Sie ...«

»Nein, *Sie* hören mir jetzt mal zu«, sagte Magliore scharf. »Bis zu einem gewissen Punkt sind Sie ja ganz komisch, aber dieser Punkt ist jetzt erreicht. Ich habe nein gesagt, und ich meine nein. Keine Waffen, kein Sprengstoff, kein Dynamit, gar nichts. Warum? Weil Sie ein Spinner sind, und ich bin Geschäftsmann. Jemand hat Ihnen erzählt, daß Sie bei mir solches Zeug kriegen können. Das stimmt, ich kann eine Menge Dinge beschaffen. Ich habe schon viele Sachen für viele Leute besorgt. Aber ich habe mir dabei auch selbst etwas eingehandelt. 1946 bekam ich eine Zweihundertfünfzig-Dollar-Strafe wegen heimlichen Tragens einer Waffe aufgebrummt. Das waren zehn Monate Gefängnis. 1952 bekam ich eine Verschwörungsklage an den Hals, die ich abwenden konnte. 1955 eine Klage wegen Steuerhinterziehung. Ich kam auf Kaution frei. 1959 wurde ich wegen Hehlerei gefaßt, und diesmal kam ich nicht mit einer Kaution davon. Das bedeutete achtzehn Monate in Castleton, aber der Kerl, der mich an die Grand Jury verpfiffen hat, liegt jetzt unter der Erde. Seit 1959 habe ich noch dreimal vor Gericht gestanden. Zweimal wurde die Anklage fallengelassen, einmal kam ich mit einer Kaution frei. Die würden mich gerne wieder zu fassen kriegen, denn wenn sie mir was Richtiges anhängen können, gehe ich diesmal für zwanzig Jahre in den Knast. Keine vorzeitige Entlassung wegen guter Führung. Für einen Mann in meiner Verfassung heißt das, daß von mir höchstens noch die Nieren wieder rauskommen, die dann vielleicht irgendeinem Nigger in Norton eingepflanzt werden. Im Zuge des Wohlfahrtsprogramms für die Schwarzen. Für Sie mag das alles ein Spiel sein. Ein bißchen verrückt zwar, aber ein Spiel. Für mich ist es bitterer Ernst. Sie glauben zwar, Sie sagen die Wahrheit, wenn Sie behaupten, daß Sie den Mund halten würden. Aber Sie lügen. Sie belügen nicht mich, sondern sich selbst. Also, die Antwort heißt schlicht und einfach – nein.« Er warf die Hände hoch. »Wenn es sich um eine Mieze gehandelt hätte, mein Gott, ich hätte Ihnen gleich zwei besorgt, meinetwegen auch umsonst, wegen der Vorstellung, die Sie gestern hier abgezogen haben. Aber auf solche Sachen lasse ich mich nicht ein.«

»Schon gut«, flüsterte er. Sein Magen rebellierte. Er hatte das Gefühl, daß er sich gleich übergeben würde.

»Dieses Büro ist sauber«, fuhr Magliore fort. »Ich weiß, daß es sauber ist. Außerdem weiß ich, daß *Sie* sauber sind, aber Sie werden es wohl kaum bleiben, wenn Sie tatsächlich Ihren Plan durchführen wollen. Ich will Ihnen mal was erzählen. Vor ungefähr zwei Jahren kam einer von diesen Niggern hierher zu mir und verlangte Sprengstoff. Er wollte nicht so etwas Harmloses wie eine Straße in die Luft jagen, er hatte es gleich auf den staatlichen Gerichtshof abgesehen.«

Erzählen Sie mir nichts mehr, dachte er. Ich werde mich gleich übergeben. Sein Magen fühlte sich an, als wäre er voller Federn, die ihn fürchterlich kitzelten.

»Ich hab' ihm das Zeug verkauft«, sagte Magliore. »Ein bißchen hiervon, ein bißchen davon. Wir haben miteinander gefeilscht. Er hat mit seinen Leuten geredet, ich mit meinen. Geld wechselte die Hände. Viel Geld. Er nahm das Zeug mit. Die Bullen haben ihn und zwei von seinen Kumpanen geschnappt, bevor sie überhaupt in die Nähe des Gerichtshofs gekommen sind. Gott sei Dank. Aber ich habe lange Zeit kein Auge zugetan aus Sorge, was er den Bullen oder dem Staatsanwalt oder dem EFF-BIE-EI alles erzählen würde. Und wissen Sie warum? Weil er mit einem Haufen von Spinnern zusammen war, Negerspinnern, und das ist die schlimmste Sorte. Und wenn davon ein ganzer Haufen zusammen ist, ist das noch schlimmer. Ein einzelner Verrückter wie Sie kann nicht viel anrichten. Er brennt einfach aus wie 'ne Glühbirne. Aber wenn da dreißig Kerle zusammen sind und drei von ihnen geschnappt werden, versiegeln sie plötzlich alle ihre Lippen und schieben jemand anderem die Schuld in die Schuhe.«

»Schon gut«, sagte er wieder. Seine Augen brannten.

»Sehen Sie«, sagte Magliore etwas ruhiger, »mit dreitausend Dollar hätten Sie das Zeug sowieso nicht bezahlen können. Das hier ist so etwas wie ein Schwarzmarkt, verstehen Sie? Um die Menge Sprengstoff zu kaufen, die Sie benötigen, müssen Sie drei- bis viermal soviel ausgeben.«

Er schwieg. Er konnte nicht gehen, bevor Magliore ihn wegschickte. Es war wie in einem Alptraum, nur daß dies kein Alptraum war. Er mußte immer wieder an sich halten, um nicht vor Magliores Augen irgend etwas Dämliches zu tun. Zum Beispiel sich in den Arm kneifen, um wach zu werden.

»Dawes?«

»Was?«

»Es hätte auch gar keinen Sinn. Ist Ihnen das denn nicht klar? Sie können einen Menschen töten oder ein Denkmal in die Luft jagen oder ein wichtiges Kunstwerk zerstören wie dieser Kerl, der mit einem Hammer auf die Pietà losgegangen ist. Möge ihm die Nase deswegen verrotten. Aber Sie können keine Straße oder kein Gebäude in die Luft sprengen. Das ist es ja, was diese Nigger nicht kapieren wollen. Wenn sie den Gerichtshof in die Luft sprengen, wird der Staat zwei neue bauen – einen, um den alten zu ersetzen, und einen weiteren, um jedes einzelne von diesen schwarzen Arschlöchern zu verknacken, das seine Nase zur Tür hereinstreckt. Wenn man rumläuft und die Bullen abknallt, werden sie sechs neue Bullen für jeden getöteten anheuern. Und jeder dieser Bullen ist auf der Jagd nach schwarzer Haut. Sie können nicht gewinnen, Dawes. Ob weiß oder schwarz. Wenn Sie sich dieser

Straße in den Weg stellen, werden Sie mitsamt Ihrem Haus und Ihrer Wäscherei untergepflügt werden.«

»Ich muß jetzt gehen«, sagte er heiser.

»Ja, Sie sehen gar nicht gut aus. Sie müssen sich das aus dem Kopf schlagen. Ich kann Ihnen eine alte Hure beschaffen, wenn Sie wollen. Sie ist alt und dumm, und Sie können sie kräftig zusammenschlagen, wenn Ihnen das hilft. Werden Sie das Gift los. Irgendwie mag ich Sie, deshalb...«

Er rannte, rannte blindlings durch die Tür, durch das Vorzimmer und in den Schnee hinaus. Draußen stand er zitternd und atmete in großen Zügen die kalte Schneeluft ein. Er hätte Angst, daß Magliore plötzlich herausgerannt käme und ihn am Kragen wieder in sein Büro ziehen würde, um bis ans Ende aller Zeiten auf ihn einzureden. Wenn Gabriel in seine Posaune blies, würde er immer noch dastehen und ihm geduldig die Unverletzlichkeit des Systems und den Nutzen einer alten Hure erklären.

Als er nach Hause kam, lag der Schnee schon fast zwanzig Zentimeter hoch. Der Schneepflug war schon vorbeigefahren, und er mußte den Wagen durch einen Wall am Straßenrand steuern, um in seine Auffahrt zu gelangen. Der LTD schaffte das ohne Mühe. Es war ein guter, schwerer Wagen.

Das Haus war dunkel. Er öffnete die Tür und trat auf der Fußmatte den Schnee von den Schuhen. Drinnen war alles still. Merv Griffin plauderte heute abend nicht mit seinen Berühmtheiten.

»Mary?« rief er, erhielt aber keine Antwort. *»Mary?«*

Er hätte gern geglaubt, daß sie nicht zu Hause sei, doch da hörte er ihr unterdrücktes Schluchzen aus dem Wohnzimmer. Er zog seinen Mantel aus und hängte ihn auf einen Bügel in der Garderobe. Unter den Bügeln stand eine kleine Schachtel. Sie war leer. Mary stellte sie jeden Winter dort auf, um die Tropfen aufzufangen. Er hatte sich des öfteren gefragt, wem ein paar Tropfen in der Garderobe etwas ausmachen könnten. Heute fiel ihm die Antwort darauf ein, einfach und deutlich. Mary machte es etwas aus. Das genügte.

Er ging ins Wohnzimmer. Sie saß im Dunkeln vor dem blinden Bildschirm. Sie kauerte auf dem Sofa und weinte. Sie benutzte kein Taschentuch, und ihre Hände lagen ruhig in ihrem Schoß. Früher hatte sie nur heimlich geweint. Sie war entweder ins Schlafzimmer gerannt und hatte sich in ihrem Bett verkrochen, oder sie hatte das Gesicht in den Händen beziehungszweise in einem Taschentuch versteckt, wenn es sie überraschend traf. Als er sie jetzt so vor sich sah, kam ihm ihr Gesicht nackt und obszön vor. Das Gesicht des Opfers eines Flugzeugabsturzes. Es zerriß ihm das Herz.

»Mary«, sagte er leise.

Sie weinte vor sich hin und blickte nicht einmal zu ihm auf. Er setzte sich neben sie.

»Mary. So schlimm ist es doch gar nicht. Nichts kann so schlimm sein.« Aber da war er sich selbst nicht so sicher.

»Es ist das Ende«, schluchzte sie, und die Worte klangen verzerrt durch ihr Weinen. Seltsamerweise breitete sich gerade in diesem Augenblick des Zusammenbruchs eine Schönheit auf ihrem Gesicht aus, die es vorher nie gehabt hatte. Es leuchtete richtig. In diesem Augenblick der Katastrophe war sie eine begehrenswerte Frau.

»Wer hat es dir gesagt?«

»Jeder hat es mir gesagt!« rief sie. Sie sah ihn immer noch nicht an, aber sie ballte eine Hand zur Faust und schlug damit ziellos in die Luft. Dann ließ sie sie wieder in den Schoß fallen. »Tom Granger hat mich angerufen. Dann hat Ron Stones *Frau* bei mir angerufen. Danach hat Vincent Mason angerufen. Alle wollten wissen, was mit dir los ist. Und ich hab's nicht *gewußt*. Ich hatte keine Ahnung, daß etwas nicht in Ordnung war.«

»Mary«, sagte er und versuchte, ihre Hand zu fassen. Sie zog sie weg, als ob er eine ansteckende Krankheit hätte.

»Willst du mich bestrafen?« fragte sie und sah ihn nun endlich an. »Ist es das, was du vorhast? Willst du mich bestrafen?«

»Nein«, antwortete er bestürzt. »Oh, Mary, nein.« Am

liebsten hätte er auch geweint, aber das wäre falsch gewesen. Das wäre jetzt völlig fehl am Platz.

»Weil ich dir ein totes Kind geboren habe und danach ein Kind mit einem angeborenen Selbstzerstörungsmechanismus? Glaubst du, daß ich deinen Sohn umgebracht habe? Ist das der Grund?«

»Mary, es war *unser* Sohn...«

»Es war dein Sohn!« schrie sie ihn an.

»Nicht, Mary. Bitte nicht.« Er versuchte, sie zu umarmen, aber sie riß sich los.

»Faß mich nicht an!«

Sie starrten sich gegenseitig an, entsetzt, denn sie entdeckten beide zum ersten Mal, daß es zwischen ihnen mehr gab, als sie je vermutet hätten – riesige weiße Flecken auf ihrer inneren Landkarte.

»Mary, ich konnte nicht anders handeln. Bitte, glaube mir.« Aber das konnte auch eine Lüge sein. Trotzdem stürzte er sich in die Erklärung. »Vielleicht hatte es etwas mit Charlie zu tun. Ich habe ein paar Dinge getan, die ich selbst nicht verstehe. Ich... ich habe mir im Oktober meine Lebensversicherung auszahlen lassen. Das war das erste, meine erste *reale* Handlung, aber mir sind schon lange vorher solche Dinge durch den Kopf gegangen. Es kam mir eben einfacher vor, etwas zu tun, als darüber zu reden. Kannst du das verstehen, Mary? Kannst du es wenigstens versuchen?«

»Was wird nun aus mir, Barton? Ich habe nichts anderes gelernt, als deine Frau zu sein. Was soll nun aus mir werden?«

»Ich weiß es nicht.«

»Es ist, als ob du mich vergewaltigt hättest.« Sie fing wieder an zu weinen.

»Mary, bitte, hör auf. Bitte... versuch, damit aufzuhören.«

»Hast du auch nur ein einziges Mal an mich gedacht, als du all diese Dinge getan hast? Hast du einmal daran gedacht, daß ich von dir abhängig bin?«

Er konnte nicht antworten. Auf eine seltsame Art kam es ihm vor, als stünde Magliore wieder vor ihm und redete auf ihn ein. Es war, als hätte Magliore ihn nach Hause geschleift, sich mit Marys Kleidern verkleidet und sich ihre Maske aufgesetzt. Was kam als nächstes? Das Angebot mit der alten Hure?

Sie stand auf. »Ich geh' nach oben und leg' mich ins Bett.«

»Mary...« Sie fiel ihm nicht ins Wort, aber er stellte fest, daß er nichts mehr zu sagen wußte.

Sie ging aus dem Zimmer, und er hörte sie die Treppe hinaufgehen. Kurze Zeit darauf hörte er ihr Bett quietschen, als sie sich hinlegte. Danach hörte er sie wieder weinen.

Er stand auf, schaltete den Fernseher ein und drehte den Ton auf volle Lautstärke, um alles andere zu übertönen.

Merv Griffin plauderte wieder mit seinen Berühmtheiten.

Zweiter Teil

DEZEMBER

Ach, Geliebte, laß uns doch ehrlich
zueinander sein!
Diese Welt, die wie ein Land von Träumen
vor uns liegt,
so vielfältig, so neuartig und schön,
hat doch keine Liebe für uns, keine Freude
und kein Licht,
keine Gewißheit, keinen Frieden und
keinen Trost für unser Leid.
Wir sind wie auf einer finsteren Ebene,
heimgesucht von verwirrten Armeen
in Kampf und Flucht,
Armeen, die bei Nacht blind aufeinanderstoßen…

Matthew Arnold
Dover Beach

5. Dezember 1973

Er trank seinen Privatdrink, Seven-up und Southern Comfort, und sah sich eine Fernsehsendung an, deren Titel er vergessen hatte. Der Held war entweder ein V-Mann oder ein Privatdetektiv. Er hatte gerade eins über den Schädel gekriegt. Auf diese Art kam der V-Mann (oder Privatdetektiv) auf die Idee, daß er einer heißen Sache auf der Spur sei. Bevor er aber sagen konnte, um was es ging, wurde er von der Reklame unterbrochen. Der Reklamemensch stellte eine synthetische Bratensoße vor, die man nur mit warmem Wasser mischen mußte. Er fragte das Fernsehpublikum, ob die Masse in der roten Schüssel nicht genau wie Bratensoße aussähe. Barton George Dawes fand, daß sie eher wie Durchfall aussähe, den jemand in einen roten Hundenapf geschissen hätte. Dann ging der Film weiter. Der Privatdetektiv (oder V-Mann) fragte einen schwarzen Barkeeper aus, der eine Latte von Vorstrafen hatte. Der Barkeeper sagte *hau ab*. Der Barkeeper sagte *verpiß dich*. Der Barkeeper nannte ihn einen Idioten. Es war ein sehr salopper Barkeeper. Aber Barton George Dawes dachte, na gut, so hat der Privatdetektiv (oder V-Mann) wenigstens seinen Auftritt gehabt.

Er war ziemlich betrunken und saß nur in seiner Unterhose vor dem Fernseher. Im Haus war es sehr warm. Er hatte den Thermostat auf 28° hochgedreht, als Mary ihn verlassen hatte, und da war er seitdem geblieben. Energiekrise? Was für eine Energiekrise? Ich scheiß' auf dich, Dick. Und auf das Pferd, auf dem du immer angeritten kommst. Und ich scheiß' auch auf Checkers. Nachdem er auf die Autobahn eingebogen war, hatte er den Wagen auf hundert beschleunigt und allen Autofahrern, die ihn angehupt hatten, damit er langsamer fahre, bedeutet, sie sollten ihn sonstwo lecken. Die vom Präsidenten eingesetzte Verbraucherexpertin, eine Frau, die aussah, als wäre sie in den dreißiger Jahren einer von diesen

Kinderstars gewesen, bevor sie sich in eine hermaphroditische Politikerin verwandelt hatte, war vor zwei Abenden im Fernsehen erschienen und hatte über *die Möglichkeiten!!* gesprochen. DU & ICH können überall im Haus Elektrizität sparen!! Sie hieß Virginia Knauer und machte unheimlich viel Getue um die verschiedenen Möglichkeiten, wie DU & ICH Energie sparen könnten, denn die Krise sei ein schreckliches Unglück und wir seien alle davon betroffen. Als ihr Auftritt vorbei war, war er sofort in die Küche gegangen und hatte den elektrischen Mixer angestellt, denn Mrs. Knauer hatte gesagt, daß Küchenmixer die zweitgrößten Stromverschwender von allen Kleingeräten seien. Er hatte den Mixer die ganze Nacht laufen lassen, und als er am nächsten Morgen aufgewacht war – das war gestern morgen gewesen –, war der Motor durchgebrannt. Die größten Stromverschwender waren nach Mrs. Knauer diese kleinen elektrischen Heizgeräte. Leider hatte er keines, aber er spielte mit dem Gedanken, sich extra eines zu besorgen, damit er es Tag und Nacht laufen lassen könnte, bis auch da der Motor durchbrannte. Vielleicht verbrannte der ihn gleich mit, wenn er betrunken genug war, um die Besinnung zu verlieren. Das würde diesem ganzen unglückseligen Selbstmitleidtheater endlich ein Ende bereiten.

Er goß sich noch einen Drink ein und verfiel in ein trauriges Brüten über die alten Fernsehprogramme, die damals gelaufen waren, als er und Mary noch jungverheiratet waren und sich eine brandneue RCA-Fernsehtruhe geleistet hatten – der gute alte Schwarzweißfernseher. Da hatte es noch was zu glotzen gegeben. Das *Jack Benny Program* zum Beispiel, oder *Amos and Andy,* die beiden originellen, schlitzohrigen Nigger. Da gab es noch *Dragnet,* das originale *Dragnet* mit Ben Alexander als Joe Fridays Partner und nicht mit diesem neuen Typ, diesem Harry sonstwie. Da hatte es noch *Highway Patrol* gegeben mit Broderick Crawford, der in sein Automikrophon brummte, und alle Leute waren in den alten Buicks herumgefahren, die mit den Bullaugen an den Seiten. *Your Show of Shows. Your Hit Parade* mit Gisele MacKenzie, die damals solche Lieder wie *Green Door* und *Stranger in Paradise* gesungen hatte. Diese Sendung hatte der Rock 'n' Roll aus dem Weg geräumt. Und dann die alten Quizsendungen. Ja, was war damit? *Tic-Tac-Dough* und *Twenty One* jeden Montag abend mit Jack Berry als Quizmaster. Leute, die in schalldichte Kabinen geführt wurden, wo sie sich Kopfhörer wie bei den UNO-Versammlungen aufsetzten und unglaubliche Fragen gestellt bekamen, für die sie die Antworten vor der Sendung erfahren hatten. *The 64 000 Question* mit Hal March. Leute, die mit Armen voller Nachschlagewerke von der Bühne stolperten. *Dotto* mit Jack Narz. Und dann die Sonnabendvormittagssendungen wie *Annie Oakley*, die ihren kleineren Bruder Tag immer aus fürchterlichen Situationen retten mußte. Er hatte sich des öfteren gefragt, ob das Balg nicht in Wirklichkeit ihr Sohn wäre. Oder *Rin-Tin-Tin*, der vom Fort Apache aus operierte. *Sergeant Preston*, der vom Yukon aus operierte – er hatte so eine Art Späheraufgabe. *Range Rider* mit Jock Mahoney. *Wild Bill Hickok* mit Guy Mason und Andy Fevine als Jingles. Mary hatte immer zu ihm gesagt, Bart, wenn die Leute wüßten, daß du dir all diese Sendungen ansiehst, würden sie dich für schwachsinnig halten. Ehrlich, ein Mann in deinem Alter! Aber er hatte ihr darauf immer geantwortet, ich will mich mal mit meinen Kindern unterhalten können, Kindchen. Nur, daß es dann keine Kinder gegeben hatte – keine richtigen. Das erste war bloß ein toter Klumpen gewesen, und das zweite war Charlie, an den er lieber nicht denken sollte. Wir sehen uns später, wenn ich träume, Charlie. Er und sein Sohn trafen sich jetzt fast jede Nacht in dem einen oder anderen Traum. Barton George Dawes und Charles Frederick Dawes, wiedervereint durch die Wunder des persönlichen Unterbewußtseins. Und hier sind wir wieder, liebe Freunde, auf geht's zur neuesten Disney-World-Reise, ein Ausflug in das Land des Selbstmitleids. Sie können hier auf dem Kanal der Tränen gondeln, das Museum der Alten Schnappschüsse besuchen oder sich von Fred MacMurray in seinem wundervollen Nostalgiemobil durch die Gegend fahren lassen. Die letzte Station dieser Reise ist diese wunderbare Nachbildung der Crestallen Street West. Sie steckt gleich hier, in der Southern-Comfort-Flasche, wo sie für alle Zeiten aufbewahrt wird. Ja, so ist es richtig, Madam, Sie müssen den Kopf ein bißchen einziehen, wenn Sie durch den engen Hals schlüpfen, aber es wird gleich weiter. Und dies ist das Haus von Barton George Dawes, dem letzten Anwohner der Crestallen Street. Sie können gleich hier durchs Fenster gucken. Wart einen Augenblick, mein Sohn, ich heb' dich gleich hoch. Ja, genau, da sehen Sie George, wie er in Unterhosen vor seinem Farbfernseher sitzt, einen Drink kippt und heult. Er heult? Natürlich, was sollte er im Land des Selbstmitleids denn sonst tun? Er heulte die ganze Zeit. Sein Tränenstrom wird von unserem WELTBERÜHMTEN INGENIEURSTEAM gesteuert. Am Montag tröpfelt es nur ein bißchen, da ist hier nicht soviel los. Aber an den anderen Wochentagen heult er so richtig los. An den Wochenenden fließt er richtig über, und zu Weihnachten spülen wir ihn vielleicht ganz weg. Sicher, er ist vielleicht ein bißchen abstoßend, aber er ist einer der meistgefragten Einwohner im Selbstmitleidsland, gemeinsam mit unserer King-Kong-Nachbildung, die Sie gleich hier auf der Spitze des Empire-State-Gebäudes sehen. Er...

Er warf seinen Drink gegen den Fernseher.

Aber er verfehlte ihn. Das Glas prallte gegen die Wand, fiel auf den Boden und zersplitterte. Er brach erneut in Tränen aus.

Heulend dachte er: Seht mich an, seht mich doch an, Gott, was bin ich abscheulich. Ich bin ein solch verdammtes Arschloch, es ist kaum zu glauben. Ich hab' mir mein ganzes Leben zerstört und Marys noch dazu, und jetzt sitze ich auch noch hier rum und reiße Witze darüber. Ich bin ein gräßlicher Abfallhaufen. Jesus, Jesus, Jesus...

Er war schon auf dem halben Weg zum Telefon, als er sich gerade noch zurückhalten konnte. Gestern abend hatte er betrunken und heulend bei Mary angerufen und sie angefleht zurückzukommen. Er hatte solange gebettelt, bis sie anfing zu weinen und den Hörer auflegte. Er grinste verlegen und wand sich in seinem Sessel, als er daran dachte. Wie hatte er sich nur so verdammt dämlich benehmen können. Richtig peinlich.

Er ging in die Küche, holte sich Handfeger und Schaufel und ging damit ins Wohnzimmer zurück. Dort stellte er den Fernseher ab und fegte die Scherben auf. Er brachte sie leicht schwankend in die Küche und warf sie in den Mülleimer. Dann stand er da und fragte sich, was er als nächstes tun könnte.

Er lauschte auf das insektenartige Brummen des Kühlschranks. Es machte ihm angst. Er ging ins Bett. Und er träumte.

6. Dezember 1973

Es war halb vier Uhr nachmittags, und er raste mit hundert Sachen über die Autobahn nach Hause. Der Tag war strahlend klar und kalt, Temperaturen um den Gefrierpunkt. Er machte jetzt jeden Tag, seit Mary ihn verlassen hatte, einen Ausflug auf der Autobahn – es war so eine Art Ersatz für seine Arbeit geworden. Es beruhigte ihn. Wenn die Straße sich so unendlich vor ihm erstreckte, an beiden Seiten klar von den Schneewällen begrenzt, die die Räumfahrzeuge aufgehäuft hatten, mußte er nicht nachdenken und fühlte sich mit sich selbst im Einklang. Manchmal sang er auch lauthals die Lieder aus dem Radio mit. Oft dachte er sich, daß er einfach immer so weiterfahren könnte, immer der Straße nach. Unterwegs würde er sich Benzin auf Kreditkarten kaufen. Er würde immer nach Süden fahren, bis die Straßen oder das Land aufhörten. Ob man wohl bis zur Spitze von Südamerika durchfahren konnte? Er wußte es nicht.

Aber er kehrte immer wieder nach Hause zurück. Vorher aß er noch in irgendeinem Autobahnrestaurant ein paar Hamburger und Pommes frites, dann bog er in die Stadt ab und war jeweils bei Sonnenuntergang oder kurz danach zu Hause.

Er nahm jedesmal die Stanton Street, parkte den Wagen und sah sich die täglichen Fortschritte der 784-Autobahn an. Die Baufirma hatte extra eine Plattform für die Gaffer aufstellen lassen – hauptsächlich Rentner und Leute, die beim Einkaufen eine Minute übrig hatten –, und sie war den ganzen Tag voll besetzt. Sie reihten sich alle am Geländer auf wie Enten in der Schießbude, den weißen Dunst ihres Atems vor den Mündern, und glotzten auf die Bulldozer und Bagger, auf die Landvermesser mit ihren Sextanten und Dreifußstativen hinunter. Er hätte sie alle erschießen können!

Aber am Abend, wenn das Thermometer auf –10° sank, wenn der Sonnenuntergang einen schmutzig-orangen Streifen am westlichen Horizont bildete und die Sterne schon kalt am Himmel blinkten, konnte er die Baufortschritte allein und ungestört begutachten. Die Augenblicke, die er auf der Plattform verbrachte, wurden ihm immer wichtiger – er vermutete, daß sie ihm auf eine geheime Art Kraft gaben und ihn mit einer Welt verbanden, die wenigstens zur Hälfte noch gesund war. In diesen Augenblicken, bevor er in seine allabendliche Betrunkenheit versank, bevor er den unvermeidlichen Drang bekämpfte, Mary anzurufen, bevor die abendlichen Vorstellungen im Selbstmitleidsland wieder anfingen – war er vollkommen er selbst, fühlte er sich kalt und stocknüchtern. Er umklammerte das Eisengeländer mit bloßen Händen und starrte auf die Baustelle hinunter, bis seine Finger so gefühllos wie das Eisen wurden und er nicht mehr unterscheiden konnte, wo seine Welt – die Welt der menschlichen Dinge – endete und wo die Außenwelt der Bagger und Kräne und Aussichtsplattformen begann. In diesen Augenblicken mußte er nicht mehr flennen oder über die Katastrophe in der Vergangenheit nachgrübeln, die sein ganzes Leben durcheinandergebracht hatte. In diesem Augenblick spürte er, wie sein *Selbst* warm in der gleichgültigen Kälte des frühen Winterabends pulsierte, und er war ein wirklicher Mensch, vielleicht sogar ein gesunder.

Jetzt, als er mit hundert Stundenkilometern über die Autobahn raste, sah er plötzlich, noch gut vierzig Meilen von der Westgate-Zahlstelle entfernt, eine eingemummte Gestalt auf dem Seitenstreifen stehen, als er gerade die Ausfahrt 16 passiert. Sie hatte einen dicken Armeemantel an und eine schwarze Strickmütze auf dem Kopf, und sie hielt ein Schild in die Höhe, auf dem (erstaunlich, in all dem Schnee) LAS VEGAS stand. Darunter stand trotzig geschrieben: ODER VERPISS DICH!

Er trat auf die Bremse und spürte, wie der Sitzgurt ihm durch die abrupte Verlangsamung in die Seite schnitt. Dann ein hysterisches Kreischen seiner Räder auf dem Asphalt. Gut zwanzig Meter hinter der Gestalt hielt er am Straßenrand. Sie steckte schnell das Schild unter den Arm und kam auf ihn zugerannt. Etwas an der Art, wie sie rannte, sagte ihm, daß sein Anhalter ein Mädchen sei.

Sie öffnete die Beifahrertür und stieg ein.

»Hallo, danke schön.«

»Bitte.« Er warf einen Blick in den Rückspiegel und fuhr auf die rechte Spur. Schnell beschleunigte er wieder auf hundert. Die Straße erstreckte sich wie immer vor ihm. »Ziemlich langer Weg nach Las Vegas«, bemerkte er.

»Das kann man wohl sagen.« Sie warf ihm ein Lächeln zu, ihr Standardlächeln für alle Leute, die ihr sagten, wie weit es noch bis Las Vegas sei, und zog ihre dicken Handschuhe aus. »Haben Sie etwas dagegen, wenn ich rauche?«

»Nein, nein, rauchen Sie nur.«

Sie holte eine Schachtel Marlboro hervor. »Möchten Sie auch eine?«

»Nein, danke.«

Sie steckte sich die Zigarette in den Mund, kramte eine Schachtel Küchenstreichhölzer aus ihrer Manteltasche hervor, zündete ihre Zigarette an, nahm einen tiefen Zug und blies den Rauch aus, der für einen Augenblick die Windschutzscheibe vernebelte. Dann steckte sie die Marlboro-Schachtel und die Streichhölzer wieder weg, löste den blauen Wollschal um ihren Hals und sagte: »Ich bin Ihnen wirklich dankbar, daß sie mich mitnehmen. Ganz schön kalt da draußen.«

»Haben Sie lange gewartet?«

»Ungefähr eine Stunde. Der letzte Kerl war betrunken. Gott, war ich froh, aus seinem Wagen rauszukommen.«

Er nickte. »Ich nehme Sie bis zum Ende der Autobahn mit.«

»Ende?« Sie sah ihn verblüfft an. »Fahren Sie ganz bis nach Chicago?«

»Was? Oh, nein.« Er nannte ihr seine Stadt.

»Aber die Autobahn geht doch direkt durch Ihre Stadt.« Sie zog eine Straßenkarte aus ihrer anderen Manteltasche, die vom häufigen Gebrauch überall Eselsohren aufwies. »Jedenfalls steht das hier in der Karte.«

»Falten Sie sie noch mal auf und sehen Sie genau hin.«

Sie tat es.

»Welche Farbe hat der Autobahnabschnitt, auf dem wir gerade fahren?«

»Grün.«

»Und welche Farbe hat der Abschnitt, der durch die Stadt führt?«

»Grün gepunktet. Sie wird... ach, verdammt! Sie wird noch *gebaut*!«

»Richtig. Der weltberühmte 784-Autobahnausbau. Sie werden nie nach Las Vegas kommen, Kindchen, wenn Sie Ihre Karte nicht genau lesen.«

Sie beugte sich so weit über die Karte, daß ihre Nase fast das Papier berührte. Ihre Haut war sehr hell, vielleicht sogar milchig-weiß, aber im Augenblick hatte die Kälte ihr eine zarte Röte auf die Wangen und die Stirn getrieben. Ihre Nasenspitze war ganz rot, und neben dem linken Nasenloch hing ein Wassertropfen. Ihr Haar war kurzgeschnitten, aber es war ein schlechter Schnitt. Eine Pfuscharbeit. Es hatte eine schöne kastanienbraune Farbe. Viel zu schade, um es zu schneiden, schlimmer noch, es so schlecht schneiden zu lassen. Wie war noch mal diese Weihnachtsgeschichte von O'Henry? ›Das Geschenk der

Drei Weisen.‹ Für wen hast du eine Uhrkette gekauft, kleine Vagabundin?

»Die durchgehende grüne Linie fängt wieder an einem Ort an, der Landy heißt«, sagte sie. »Wie weit ist das von der Stelle entfernt, an der sie aufhört?«

»Zirka dreißig Meilen.«

»Verdammt.«

Sie beugte sich wieder über die Karte. Die Ausfahrt 15 flog an ihnen vorbei.

»Und wie ist die Umgehungsstraße?« fragte sie nach einer Weile. »Sie kommt mir ziemlich chaotisch vor.«

»Route 7 wird für Sie das beste sein«, antwortete er. »Es ist die letzte Ausfahrt, sie heißt Westgate.« Er zögerte. »Aber es wäre wohl am besten, wenn Sie's für heute abend aufgeben. Es gibt dort ein Holiday Inn. Wir werden kaum vor dem Dunkelwerden da sein, und Sie wollen doch bestimmt nicht im Dunkeln trampen.«

»Warum nicht?« Sie sah ihn an. Ihre Augen waren von einem verwirrenden Grün; eine Farbe, von der man mal liest, die man aber selten zu sehen bekommt.

»Es ist eine Stadtumgehung«, erklärte er und bog auf die linke Spur, um mehrere Wagen zu überholen, die nur sechzig fuhren. Einige hupten wütend. »Vier breite Spuren mit einem schmalen Mittelstreifen. Zwei führen westwärts nach Landy, zwei nach Osten in die Stadtmitte. Eine Menge Einkaufszentren, Hamburgerbuden, Bowlingbahnen und all das. Die Leute fahren nur kurze Strecken und halten gar nicht erst an.«

»Ja«, seufzte sie. »Fährt vielleicht ein Bus nach Landy?«

»Es gab da mal einen Bus, aber die Firma ist pleite gegangen. Vielleicht fährt der Greyhound.«

»Ach, Scheiße.« Sie knüllte die Karte zusammen und steckte sie in die Manteltasche zurück. Dann starrte sie müde und etwas besorgt vor sich auf die Straße.

»Können Sie sich kein Motelzimmer leisten?«

»Mister, ich hab' gerade dreizehn Dollar bei mir. Ich könnte mir nicht mal 'ne Hundehütte mieten.«

»Sie können bei mir übernachten, wenn Sie wollen.«

»Ja, und vielleicht lassen Sie mich gleich hier aussteigen.«

»Vergessen Sie's, ich ziehe das Angebot zurück.«

»Außerdem, was würde Ihre Frau davon halten?« Sie blickte herausfordernd auf den Ehering an seinem Finger. Der Blick schien anzudeuten, daß sie ihn für einen von den Kerlen hielt, die sich nachmittags in den Schulhöfen herumdrücken, wenn der Hausmeister gegangen ist.

»Meine Frau und ich leben getrennt.«

»Seit kurzem?«

»Ja. Seit dem ersten Dezember.«

»Und jetzt haben Sie all diese Komplexe, bei denen Sie Hilfe gebrauchen könnten«, sagte sie. In ihrer Stimme lag Verachtung, aber es war ein altes Gefühl, das sich nicht speziell gegen ihn richtete. »Besonders die von einem jungen Küken.«

»Ich habe nicht die Absicht, jemanden aufs Kreuz zu legen«, erwiderte er wahrheitsgemäß. »Ich glaube nicht mal, daß ich ihn hochkriegen würde.« Ihm fiel auf, daß er zwei Ausdrücke gebraucht hatte, die er noch nie in Gegenwart einer Frau gesagt hatte, aber es schien ganz in Ordnung zu sein. Weder gut noch schlecht, einfach ganz in Ordnung. Wie ein Gespräch über das Wetter.

»Soll das eine Herausforderung sein?« fragte sie und nahm einen tiefen Zug an ihrer Zigarette. Wieder vernebelte der Rauch die Scheibe.

»Nein«, antwortete er. »Es ist wohl eher eine Floskel, wenn Sie so wollen. Ich nehme an, daß ein Mädchen, das allein durch die Gegend trampt, ständig auf so was gefaßt ist.«

»Und jetzt kommt wohl Nummer drei«, sagte sie. Immer noch lag Feindseligkeit und Verachtung in ihrer Stimme, aber sie schien auch eine gewisse, müde Belustigung über ihn zu empfinden. »Wie kommt so ein nettes Mädchen wie Sie in einen Wagen wie diesen?«

»Ach, zum Teufel«, rief er. »Sie sind unmöglich.«

»Ja, das bin ich.« Sie drückte die Zigarette im Aschenbecher aus und rümpfte plötzlich die Nase. »Nun sehen Sie sich das an. Voller Bonbonpapier, Cellophan und was weiß ich noch alles. Warum besorgen Sie sich nicht eine Mülltüte?«

»Weil ich nicht rauche. Wenn Sie mich vorher angerufen und mit gesagt hätten, Bart, alter Junge, ich werde heute an der Autobahn stehen, du wirst mich doch sicher mitnehmen, oder? Und, übrigens, ich habe die Absicht zu rauchen, also leer vorher deinen Aschenbecher aus, klar? – dann hätte ich ihn sicher vorher geleert. Schmeißen Sie das Zeug doch einfach aus dem Fenster.«

Sie lächelte. »Sie haben einen netten Sinn für Humor.«

»Das liegt an meinem traurigen Leben.«

»Wissen Sie, wie lange es dauert, bis Zigarettenkippen biologisch abgebaut sind? Zweihundert Jahre. Bis dahin sind Ihre Enkelkinder schon tot.«

Er zuckte die Achseln. »Es macht Ihnen nichts aus, mir mit Ihren ausgeatmeten Krebserregern meine Lunge zu verderben, aber Sie wollen nicht einen einzigen Zigarettenfilter auf die Autobahn hinauswerfen. Mir soll's recht sein.«

»Was soll das denn nun wieder heißen?«

»Nichts.«

»Hören Sie, wollen Sie, daß ich aussteige?«

»Nein«, sagte er. »Lassen Sie uns einfach über neutrale Themen reden. Den Stand des Dollars. Den Zustand der Union. Den Staat Arkansas.«

»Ich würde lieber ein bißchen schlafen, wenn es Ihnen nichts ausmacht. Sieht so aus, als ob ich die ganze Nacht auf den Beinen sein werde.«

»Auch gut.«

Sie zog sich die Mütze über die Augen, verschränkte die Arme und wurde ruhig. Nach einer Weile hörte er ihre langen, gleichmäßigen Atemzüge. Er warf ihr immer wieder einen kurzen Blick zu und versuchte, sich ein Bild von ihr zu machen. Sie hatte enge Blue Jeans an. Sie waren verblichen und sehr dünn. Sie schmiegten sich so dicht an ihre Beine, daß er sehen konnte, daß sie keine langen Unterhosen oder noch eine Jeans drunter trug. Ihre Beine, die sie im Augenblick bequem unter dem Armaturenbrett verstaut hatte, waren lang und mußten jetzt krebsrot sein und fürchterlich jukken. Er wollte sie schon fragen, ob ihre Beine juckten, machte sich dann aber klar, daß sich das im Moment etwas seltsam anhören würde. Bei der Vorstellung, daß sie sich die ganze Nacht an der Route 7 rumtreiben, ab und zu eine kurze Mitfahrgelegenheit aufgabeln oder auch sitzenbleiben würde, fühlte er sich unwohl. Nacht, dünne Jeans, Temperaturen um minus zehn Grad. Na ja, das war ihre Sache. Wenn es ihr zu kalt wurde, konnte sie ja irgendwo hingehen und sich aufwärmen. Kein Problem.

Sie fuhren an den Ausfahrten 14 und 13 vorbei. Er hörte damit auf, sie immer wieder zu betrachten, und konzentrierte sich auf die Straße. Die Tachonadel blieb stur auf hundert, und er blieb stur immer auf der Überholspur. Des öfteren wurde er angehupt. Als sie an der Ausfahrt 12 vorbeikamen, hupte ein Kombiwagen mit einem ›FAHREN SIE IMMER 60‹-Aufkleber energisch und blinkte mit der Lichthupe. Er zeigte dem Fahrer den Mittelfinger.

Mit geschlossenen Augen sagte sie: »Sie fahren zu schnell. Deshalb hupen sie alle.«

»Ich weiß, warum sie das tun.«

»Und es ist Ihnen egal?«

»Ja.«

»Und wieder einer unserer besorgten Bürger, die ihren Teil dazu beitragen, Amerika aus der Energiekrise zu retten.«

»Ich scheiß' auf die Energiekrise.«

»Ja, ja, das behaupten sie alle.«

»Ich bin auf der Autobahn immer achtzig gefahren. Nicht mehr und nicht weniger. Das war für meinen Wagen die beste Verbrauchsgeschwindigkeit. Aber jetzt protestiere ich gegen diese Hundedressurethik. Darüber haben Sie doch sicher in Ihren Soziologiekursen gehört. Oder liege ich da falsch? Ich gehe davon aus, daß Sie Studentin sind.«

Sie setzte sich auf. »Das stimmt, ich habe Soziologie studiert. Eine Zeitlang jedenfalls. Aber von der Hundedressurethik habe ich nie etwas gehört.«

»Weil ich sie selbst erfunden habe.«

»Ach so, ein Aprilscherz.« Entrüstung. Sie rutschte in ihren Sitz zurück und zog die Mütze wieder über die Augen.

»Die Hundedressurethik, die Barton George Dawes Ende 1973 entwickelt hat, liefert uns eine vollständige Erklärung für solch mysteriöse Dinge wie die Finanzkrise, die Inflation, den Vietnamkrieg und die gegenwärtige Energiekrise. Nehmen wir die Energiekrise als Beispiel. Das amerikanische Volk wird dressiert wie Hunde. In diesem Fall wird es darauf dressiert, sich in große, Benzin fressende Fahrzeuge zu verlieben, als da sind Autos, Schneemobile, große Boote, Sandbuggies, Motorräder, Wohnmobile und vieles mehr. Zwischen den Jahren 1973 und 1980 wird das amerikanische Volk allerdings umdressiert, damit es dieses Spielzeug in Zukunft verachtet. Das amerikanische Volk liebt es geradezu, auf diese Art erzogen zu werden. Es wedelt mit dem Schwanz. Verbrauche möglichst viel Energie. Verbrauche überhaupt keine Energie. Geh und pinkel auf die Zeitung. Ich habe nichts dagegen, Energie zu sparen, aber ich bin gegen diese Dressur.«

Er mußte plötzlich an Mr. Piazzis Hund denken, der zuerst aufgehört hatte, mit dem Schwanz zu wedeln, dann angefangen hatte, mit den Augen zu rollen, und schließlich Luigi Bronticelli an die Kehle gesprungen war.

»Es ist wie bei Pawlows Hunden«, fuhr er fort. »Sie wurden darauf dressiert, beim Klingeln einer Glocke den Speichel laufen zu lassen. Und wir wurden darauf trainiert, daß uns beim Anblick von teuren Wagen oder eines Zenith-Farbfernsehers mit automatischer Antenne der Speichel im Mund zusammenlief. Ich hab' so einen Fernseher zu Hause. Er hat sogar einen kleinen Telecommander. Man kann bequem in seinem Sessel sitzen bleiben und die Programme wechseln, ihn laut oder leise stellen oder ihn abschalten. Ich hab' mir das Ding mal in den Mund gesteckt und auf einen der Knöpfe gedrückt, und der Kasten ist tatsächlich angesprungen. Das Signal ist direkt durch mein Gehirn gegangen, und es hat funktioniert. Technik ist doch eine wundervolle Sache.«

»Sie sind verrückt.«

»Ja, das bin ich wohl.« Sie kamen an der Ausfahrt 11 vorbei.

»Ich denke, ich schlafe jetzt weiter. Wecken Sie mich, wenn wir zum Autobahnende kommen.«

»Ist gut.«

Sie verschränkte wieder ihre Arme vor der Brust und schloß die Augen.

Sie kamen an der Ausfahrt 10 vorbei.

»Es ist nicht mal so sehr die Dressur, die mir etwas ausmacht«, redete er weiter. »Aber es macht mich rasend, daß die Dompteure alles geistige, moralische und seelische Idioten sind.«

»Sie versuchen doch nur, mit einer Menge Rhetorik Ihr schlechtes Gewissen zu beruhigen«, sagte sie mit geschlossenen Augen. »Fahren Sie doch einfach 60, und es wird Ihnen viel besser gehen.«

»Es wird mir nicht besser gehen!« Er spuckte die Worte so heftig aus, daß sie verblüfft auffuhr und ihn anstarrte.

»Fehlt Ihnen was?«

»Nein, mir fehlt nichts. Ich hab' nur meine Frau und meine Arbeit verloren, weil entweder ich oder die anderen verrückt geworden sind, und jetzt sitze ich hier mit einer Tramperin – einem neunzehnjährigen Kind, verdammt noch mal, eins von der Sorte, das sich daran gewöhnt haben sollte, daß die Welt verrückt geworden ist –, und was will es mir klarmachen? Daß die Welt vollkommen in Ordnung sei. Nicht mehr viel Öl, na ja, aber ansonsten ist alles vollkommen in Ordnung.«

»Ich bin einundzwanzig.«

»Wie schön für Sie«, entgegnete er bitter. »Wenn die Welt wirklich so in Ordnung ist, was suchen Sie dann hier draußen in der Kälte und fahren mitten im Winter nach Las Vegas? Warum wollen Sie die ganze Nacht an der Route 7 verbringen in der Hoffnung, daß jemand Sie mitnimmt? Sie werden Frostbeulen an den Beinen kriegen, weil Sie unter Ihrer Jeans nichts weiter anhaben.«

»Na, hör'n Sie mal, ich *habe* etwas unter meiner Jeans an. Wofür halten Sie mich?«

»Ich halte Sie für blöd!« brüllte er. »Sie werden sich den Arsch abfrieren!«

»Und dann werden Sie kein Stück mehr davon abkriegen, nicht wahr?« flötete sie mit süßer Stimme.

»Junge, Junge«, murmelte er kopfschüttelnd.

Sie rasten an einem Sedan vorbei, der stete 60 fuhr. Der Fahrer betätigte die Lichthupe. *»Fahr zur Hölle!«* schrie er.

»Lassen Sie mich bitte sofort aussteigen!« sagte sie ruhig.

»Vergessen Sie's. Ich werde schon keinen Unfall bauen. Schlafen Sie weiter.«

Sie sah ihn lange mißtrauisch an. Dann verschränkte sie wieder die Arme und machte die Augen zu. Sie fuhren an Ausfahrt 9 vorbei.

Um fünf nach vier erreichten sie Ausfahrt 2. Die Schatten auf der Straße waren länger geworden und hatten eine bestimmte blaue Färbung angenommen, die es nur während der Wintermonate zu geben schien. Venus stand schon am Osthimmel. In Stadtnähe wurde der Verkehr dichter.

Er blickte zu ihr hinüber und sah, daß sie sich aufgerichtet hatte und die auf der Gegenfahrbahn vorbeiflitzenden Wagen betrachtete. Der Wagen direkt vor ihnen hatte einen Weihnachtsbaum auf dem Dach. Die grünen Augen des Mädchens waren jetzt weit aufgerissen, und einen Augenblick versank er in ihnen. Für eine Sekunde überfiel ihn ein Gefühl vollkommenen Mitempfindens, dessen die Menschen nur manchmal, in gnädigen Momenten, fähig sind. Er stellte sich vor, was sie bei all diesen Autos empfinden mußte, die ein warmes Zuhause als Ziel hatten, die irgendwo hinfuhren, wo es Geschäfte zu erledigen oder Freunde zu begrüßen gab oder wo eine ganz normale Familie auf sie wartete. Er verstand ihre Gleichgültigkeit gegenüber all diesen Fremden. Und einen kurzen, glasklaren Augenblick lang begriff er, was Thomas Carlyle mit der großen, toten Lokomotive Welt gemeint hatte, die weiter und weiter stampfte.

»Sind wir bald da?« fragte sie.

»In fünfzehn Minuten.«

»Hören Sie, wenn ich unhöflich zu Ihnen war...«

»Nein, ich war sehr unhöflich zu Ihnen. Wissen Sie, ich habe heute abend nichts Bestimmtes vor. Ich fahr' Sie rüber nach Landy.«

»Nein...«

»Oder ich stecke Sie für die Nacht ins Holiday Inn. Ohne Gegenleistung. Einfach nur fröhliche Weihnachten und so.«

»Leben Sie wirklich von Ihrer Frau getrennt?«

»Ja.«

»Und erst so kurz?«

»Ja.«

»Hat sie die Kinder?«

»Wir haben keine Kinder.« Sie fuhren jetzt auf die Mautstelle zu. Zwei grüne Ampellichter blinkten gleichgültig im Zwielicht.

»Dann nehmen Sie mich mit nach Hause.«

»Sie müssen nicht. Ich meine, Sie müssen nicht...«

»Es wär' mir heute ganz recht, mit jemandem zusammenzusein«, unterbrach sie ihn. »Ich mag nicht gern bei Nacht trampen. Es ist irgendwie unheimlich.«

Er hielt neben dem Schalter und drehte das Fenster herunter. Kalte Luft strömte in den Wagen. Er reichte dem Kassierer seine Karte und einen Dollar neunzig und fuhr langsam weiter. Vor ihnen stand ein großes, reflektierendes Schild:

WIR DANKEN IHNEN FÜRS SICHERE FAHREN!

»In Ordnung«, sagte er vorsichtig. Er wußte, daß es vermutlich nicht richtig war, sie immer wieder zu beruhigen – es würde wahrscheinlich das Gegenteil bewirken –, aber er konnte nicht anders. »Sehen Sie, es ist nur, daß ich mich zu Hause recht einsam fühle. Wir können zusammen essen und uns dann mit Popcorn vor den Fernseher setzen. Sie schlafen oben im Schlafzimmer, und ich werde...«

Sie lachte leise, und er spähte vorsichtig zu ihr hinüber, während er die große Schleife der Ausfahrt hinunterfuhr. Aber er konnte sie im Dämmerlicht kaum mehr erkennen.

Sie war nur eine dunkle Gestalt. Sie hätte auch ein Traum sein können. Der Gedanke gefiel ihm gar nicht.

»Hören Sie, ich sag's ihnen lieber gleich«, begann sie. »Erinnern Sie sich an den betrunkenen Kerl, von dem ich erzählt habe? Ich hab' mit ihm die Nacht zusammen verbracht. Er hat mich bis Stilson gebracht. Das war sein Preis.«

Er hielt vor der roten Ampel am Fuß der Schleife.

»Meine Zimmernachbarin hat mich gewarnt, daß es so kommen würde, aber ich wollte ihr nicht glauben. Ich würde mich niemals quer durchs Land ficken, ich nicht.« Sie warf ihm einen flüchtigen Blick zu, aber er konnte ihren Gesichtsausdruck nicht erkennen. »Es ist nicht so, daß man von den Leuten dazu *gezwungen* wird«, fuhr sie fort. »Man fühlt sich so losgelöst von allem, als würde man im Weltraum herumspazieren. Man kommt in eine fremde Stadt und denkt an all die Leute, die darin leben, und man möchte am liebsten weinen. Ich weiß nicht warum, aber es ist so. Es kann so schlimm werden, daß man sogar mit einem Kerl voller Pickel mitgehen würde, nur damit man nachts jemanden neben sich atmen hört und damit man reden kann.«

»Es interessiert mich nicht, mit wem Sie geschlafen haben«, sagte er und fädelte sich in den Verkehr ein. Er war wieder automatisch auf die Grand Street abgebogen, um zur Baustelle zu fahren.

»Dieser Geschäftsmann«, erzählte sie weiter. »Er ist vierzehn Jahre lang verheiratet gewesen. Das hat er immer wieder gesagt, während er auf mir drauflag. Vierzehn Jahre, Sharon, hat er gesagt, vierzehn Jahre, vierzehn Jahre. Er ist schon nach vierzehn Sekunden gekommen.« Sie lachte kurz auf. Es klang traurig und reuevoll.

»Ist das Ihr Name?« fragte er. »Sharon?«

»Nein. Ich glaube, so hieß seine Frau.«

Er hielt am Straßenrand.

»Was machen Sie da?« fragte sie, wieder mißtrauisch geworden.

»Nichts besonderes«, antwortete er. »Es ist nur ein Teil

meines Heimwegs. Steigen Sie aus, wenn Sie wollen. Ich werde Ihnen etwas zeigen.«

Sie stiegen aus und gingen zur Aussichtsplattform hinüber, die jetzt verlassen dastand. Er legte wie immer seine bloßen Hände ums Geländer und sah nach unten. Sie hatten heute die Straße grundiert. Während der letzten drei Arbeitstage hatten sie das Bett mit Kies ausgefüllt, heute war die Grundierung drangekommen. Die verlassenen Baumaschinen – LKW's, Kräne, gelbe Bagger – standen reglos im Abendlicht wie Ausstellungsstücke in einem Naturkundemuseum. Dinosaurier. Hier haben wir den riesigen Vegetarier, den Stegosaurus, dort drüben den fleischfressenden Triceratops und da hinten den furchtbaren, Erde verschlingenden Dieselschaufelsaurier. *Bon appétit.*

»Was halten Sie davon?« fragte er sie.

»Soll ich etwas davon halten?« gab sie abwehrend zurück, unsicher, was die Situation zu bedeuten hatte.

»Sie müssen doch irgend etwas denken.«

Sie zuckte die Achseln. »Straßenbauarbeiten, was sonst? Man baut hier eine Straße in einer Stadt, die ich vermutlich nie wiedersehen werde. Was soll ich also davon halten? Ich finde es häßlich.«

»Häßlich«, wiederholte er erleichtert.

»Ich bin in Portland in Maine aufgewachsen«, erzählte sie. »Wir haben in einem riesigen Hochhaus gewohnt, und auf der gegenüberliegenden Straßenseite wurde ein großes Einkaufszentrum gebaut...«

»Haben sie dafür etwas abgerissen?«

»Hm?«

»Haben sie...«

»Oh. Oh, nein. Es war vorher ein leerer Platz mit einem großen Feld dahinter. Ich war damals gerade sechs oder sieben. Es kam mir so vor, als ob sie da in alle Ewigkeit den Boden aufreißen und umgraben und umpflügen würden. Und das einzige, was mir dazu einfiel... es ist schon komisch... das einzige, was ich damals dachte, war: Arme, alte Erde, sie geben dir einfach eine Klistierspritze, ohne dich zu fragen, ob du eine willst oder ob du überhaupt krank bist. Ich hatte in diesem Jahr eine Darminfektion und ich war Experte in bezug auf Klistierspritzen.«

»Oh«, sagte er.

»Wir sind mal an einem Sonntag, als sie nicht gearbeitet haben, rübergegangen und haben uns die Baustelle angesehen. Sie sah genauso aus wie diese hier. Sehr still, wie eine Leiche in einem Bett. Sie hatten das Fundament schon halb fertig, und es steckten überall so gelbe Metalldinger im Zement...«

»Verstrebungen.«

»Was auch immer. Und dann waren da noch eine Unmenge von Rohren und Drähten zu sehen, die in durchsichtige Plastikhüllen eingewickelt waren, und überall lag eine Menge von rohem Dreck rum. Das klingt komisch, denn gekochten Dreck gibt's wohl nicht, aber genau so hat es ausgesehen. Roh. Wir haben dort oft Verstecken gespielt, bis meine Mutter eines Tages rübergekommen ist und mich und meine Schwester entsetzlich ausgeschimpft hat. Meine kleine Schwester war erst vier Jahre alt und hat geheult wie ein Schloßhund. Komisch, jetzt nach all der langen Zeit daran zu denken. Können wir wieder ins Auto? Mir ist kalt.«

»Sicher«, sagte er, und sie gingen zurück.

Als sie weiterfuhren, sagte sie: »Ich hätte nie gedacht, daß aus dem Ganzen mal was anderes herauskommt als ein großes Chaos. Aber dann, eines Tages, stand das fertige Einkaufszentrum vor uns. Ich kann mich noch an den Tag erinnern, an dem sie den Parkplatz asphaltiert haben. Ein paar Tage später kam ein Mann mit einem kleinen Wägelchen vorbei und zog überall gelbe Linien. Dann veranstalteten sie eine große Party, und irgend so ein hohes Tier schnitt ein Band durch, und dann fingen alle an, dort einzukaufen. Es war so, als wäre es nie gebaut worden, als hätte es immer schon da gestanden. Es hatte auch einen Namen, sie nannten es *Mammoth Mart*, und meine Mutter ist ständig dorthin gegangen. Manchmal, wenn Angie und ich mit ihr dort einkaufen waren, mußte ich heimlich an all die gelben Metallstreben denken, die jetzt wohl irgendwo im Keller steckten. Es war so etwas wie mein Geheimnis.«

Er nickte. Er kannte sich in Geheimnissen aus.

»Was für eine Bedeutung hat es für Sie?« wollte sie wissen.

»Das versuche ich immer noch herauszufinden«, antwortete er.

Er wollte ihnen ein TV-Dinner warm machen, aber sie warf einen Blick in den Kühlschrank, entdeckte den Schweinebraten und schlug vor, ihn zuzubereiten, wenn er warten wolle, bis er gar sei.

»Klar«, antwortet er erfreut. »Ich wußte bloß nicht, wie lange man ihn braten muß oder bei welcher Temperatur.«

»Sie vermissen Ihre Frau, nicht wahr?«

»Ja, sehr.«

»Weil Sie nicht mal wissen, wie man einen Schweinebraten macht?« hakte sie nach, aber darauf antwortete er nicht. Sie buk noch ein paar Kartoffeln dazu und kochte den tiefgefrorenen Mais. Sie aßen in der Frühstücksecke, und sie langte kräftig zu. Sie schaffte vier dicke Fleischscheiben, zwei Kartoffeln und zwei Portionen Mais.

»Ich habe schon seit einem Jahr nicht mehr so gut gegessen«, erklärte sie dann, zündete sich eine Zigarette an und blickte zufrieden auf ihren leeren Teller. »Jetzt habe ich mich vermutlich überfressen.«

»Wovon haben Sie sich ernährt?«

»Erdnußflips.«

»Was?«

»Erdnußflips.«

»Ich dachte doch, daß ich das gehört hätte.«

»Sie sind billig«, verteidigte sie sich. »Und sie füllen den Magen. Außerdem haben sie auch Nährstoffe, das steht jedenfalls auf der Packung.«

»Nährstoffe, daß ich nicht lache! Davon kriegst du höchstens Pickel, Mädchen. Dafür bist du wirklich zu alt. Komm mit.«

Er führte sie ins Wohnzimmer und öffnete Marys Geschirrschrank. Dort holte er eine silberne Schüssel hervor und zog einen Haufen Geldscheine heraus. Sie riß die Augen auf.

»He, Mister, wen haben Sie überfallen?«

»Meine Versicherung. Ich hab' mir die Police auszahlen lassen. Hier sind zweihundert Dollar. Kaufen Sie sich was zu essen.«

Sie faßte das Geld nicht an. »Sie sind verrückt«, sagte sie. »Was wollen Sie für zweihundert Dollar bei mir erreichen?«

»Nichts.«

Sie lachte.

»Na gut.« Er legte das Geld auf die Kommode und stellte die Schüssel in den Schrank zurück. »Wenn Sie das Geld morgen früh nicht mitnehmen, spül' ich's die Toilette hinunter.« Aber er glaubte selbst nicht, daß er das tun würde.

Sie sah ihm forschend ins Gesicht. »Wissen Sie was? Ich glaube, dazu wären Sie fähig.«

Er schwieg.

»Wir werden sehen«, lenkte sie ein. »Morgen früh.«

»Morgen früh«, wiederholte er.

Er sah sich die Sendung *To Tell the Truth* an. Zwei Frauen erzählten einem Rateteam, daß sie beide Weltmeisterin im Mustang-Zureiten wären, aber nur eine sagte die Wahrheit. Das Rateteam, bestehend aus Soupy Sales, Bill Cullen, Arlene Dahl und Kitty Carlisle, mußte herausfinden, welche von beiden log. Garry Moore, der wohl einzige dreihundertjährige Quizmaster der Welt, lächelte, riß seine Witze und klingelte mit einem Glöckchen, wenn die Ratezeit eines Kandidaten vorbei war.

Das Mädchen stand am Fenster und sah hinaus. »Sagen Sie mal, wer wohnt hier eigentlich?« fragte sie ihn. »Die Häuser sind ja alle dunkel.«

»Die Dankmans und ich«, antwortete er. »Und die Dankmans ziehen am fünften Januar aus.«

»Warum?«

»Die Straße«, sagte er. »Wollen Sie einen Drink?«

»Was soll das heißen, die Straße?«

»Sie führt genau hier durch. Dieses Haus wird meiner Schätzung nach irgendwo im Mittelstreifen liegen.«

»Haben Sie mir deshalb die Baustelle gezeigt?«

»Ich glaube, ja. Ich habe früher in einer Wäscherei gearbeitet, die zwei Meilen von hier entfernt liegt. Die Blue-Ribbon-Wäscherei. Sie steht der Straße auch im Weg.«

»Und deshalb haben Sie Ihre Arbeit verloren? Weil die Wäscherei zugemacht hat?«

»Nein, nicht ganz. Ich sollte eine Option auf eine Fabrik außerhalb der Stadt unterschreiben. Die Waterford-Fabrik. Aber ich hab's nicht getan.«

»Warum nicht?«

»Ich konnte es nicht ertragen«, antwortete er schlicht. »Möchten Sie einen Drink?«

»Sie brauchen mich nicht betrunken zu machen.«

»Oh, nein!« er verdrehte die Augen. »Sie können wohl auch bloß in die eine Richtung denken, was?«

Einen Augenblick herrschte eine unangenehme Stille.

»Es gibt eigentlich nur einen Drink, den ich mag. Screwdrivers. Haben Sie Wodka und Orangensaft?«

»Ja.«

»Ich nehme an, Sie haben kein Hasch?«

»Nein, ich nehme nie welches.«

Er ging in die Küche und machte ihr einen Screwdriver. Sich selbst mixte er einen Southern Comfort mit Seven-up. Mit beiden Drinks kehrte er ins Wohnzimmer zurück. Sie spielte mit dem Telecommander und wechselte von Kanal zu Kanal, bis sie alle siebenunddreißig durchhatte: *To Tell the Truth,* Pfeffer und Salz, *I Dream of Jeannie, Gilligan's Island,* Pfeffer und Salz, *I Love Lucy,* Pfeffer und Salz, Julia Child, die etwas aus Avocados zubereitete, das an einen Haufen Hundeschiet erinnerte, *The New Price is Right,* Pfeffer und Salz, und dann zurück zu Gary Moore, der sein Rateteam jetzt fragte, wer von seinen drei Kandidaten der wirkliche Autor eines Buches sei, das darüber berichtete, wie man sich fühlte, wenn man einen Monat lang durch die Wälder von Saskatchewan geirrt ist.

Er gab ihr ihren Drink.

»Haben Sie unterwegs Käfer gegessen, Nummer zwei?« fragte Kitty Carlisle.

»Was ist eigentlich mit euch hier los?« wollte das Mädchen wissen. »Habt ihr kein *Raumschiff Enterprise*? Seid ihr Heiden?«

»Das kommt nachmittags um vier. Auf Kanal acht.«

»Sehen Sie sich das an?«

»Manchmal. Meine Frau sieht immer Merv Griffin.«

»Ich habe keine Käfer gesehen«, antwortete Nummer zwei. »Aber wenn ich sie gesehen hätte, hätte ich sie bestimmt gegessen.« Das Publikum lachte herzlich.

»Warum ist sie ausgezogen? Sie müssen es mir nicht erzählen, wenn Sie nicht wollen.« Sie sah ihn aufmerksam an, als wäre der Preis für sein Bekenntnis außerordentlich hoch.

»Derselbe Grund, warum man mich gefeuert hat«, antwortete er und setzte sich hin.

»Weil Sie keine neue Fabrik gekauft haben?«

»Nein, weil ich kein neues Haus gekauft habe.«

»Ich stimme für Nummer zwei«, erklärte Souply Sales. »Er sieht so aus, als ob er die Käfer wirklich gegessen hätte, wenn er sie gefunden hätte.« Das Publikum lachte herzlich.

»Sie haben... oooh. Ooooh.« Sie musterte ihn über ihr Glas hinweg, und ihre Augen bewegten sich nicht. In ihnen lag eine Mischung aus Staunen, Bewunderung und Entsetzen. »Und was werden Sie jetzt tun?«

»Ich weiß es nicht.«

»Sie arbeiten nicht?«

»Nein.«

»Was tun Sie dann den ganzen Tag?«

»Ich fahre auf der Autobahn.«

»Und abends sehen Sie fern?«

»Und ich trinke. Manchmal mache ich mir Popcorn. Nachher werde ich uns Popcorn machen.«

»Ich esse kein Popcorn.«

»Dann werde ich es essen.«

Sie drückte auf den AUS-Knopf des Telecommanders (er

bezeichnete ihn manchmal insgeheim als ›Modul‹, denn heutzutage war man geneigt zu glauben, daß alle Dinge, die etwas an- oder ausschalteten, Module sein müßten), und das Fernsehbild zog sich zu einem winzigen Punkt zusammen und verschwand schließlich ganz.

»Ich will mal sehen, ob ich das in eine Reihe kriege«, sagte sie. »Sie haben also Ihre Frau und Ihre Arbeit sausen lassen und ...«

»Nicht unbedingt in dieser Reihenfolge.«

»Ist ja egal. Sie haben Sie wegen dieser Straße verloren, ist das richtig?«

Er blickte unsicher auf den leeren Bildschirm. Obwohl er den Sendungen niemals konzentriert folgte, fühlte er sich doch äußerst unwohl, wenn der Kasten nicht lief. »Ich weiß nicht, ob das so richtig ist«, sagte er. »Man braucht eine Sache nicht immer gleich zu verstehen, nur weil man sie getan hat.«

»War es aus Protest?«

»Ich *weiß* es nicht. Wenn man gegen etwas protestiert, dann doch darum, weil man etwas anderes für besser hält. All diese Leute haben doch gegen den Krieg protestiert, weil sie den Frieden für viel besser halten. Die Leute protestieren gegen die Rauschgiftgesetze, weil sie denken, daß andere Rauschgiftgesetze fairer seien oder mehr Spaß brächten oder weniger Schaden anrichten würden oder ... ich weiß nicht. Machen Sie doch bitte den Fernseher wieder an.«

»Einen Augenblick noch.« Ihm wurde wieder bewußt, wie grün ihre Augen waren, durchdringend wie die einer Katze. »Haben Sie das getan, weil Sie die Straße hassen? Die technisierte Gesellschaft, die sie repräsentiert? Die dehumanisierende Wirkung der ...«

»Nein«, sagte er. Es war so schwierig, ehrlich zu sein, und er fragte sich, warum er sie nicht einfach mit einer Lüge abspeiste, die die Diskussion schnell beenden würde. Sie war genau wie all die anderen jungen Leute, wie Vinnie Mason, die alle glaubten, daß die Wahrheit in der Bildung läge. Sie wollte Propaganda mit Schaubildern und allem Drum und Dran, aber keine Antwort. »Ich habe die Leute mein ganzes

Leben lang Straßen und Häuser bauen sehen. Ich habe nie besonders darüber nachgedacht. Es war bloß immer ärgerlich, eine Umleitung benutzen oder auf der anderen Straßenseite gehen zu müssen, weil sie den Bürgersteig aufgerissen haben oder ein Gebäude abrissen oder ...«

»Aber als es Ihr Heim traf... *Ihr* Haus und Ihre Arbeit, da haben Sie plötzlich nein gesagt.«

»Ja, gut, ich habe nein gesagt.« Aber er wußte nicht, zu was er nein gesagt hatte. Oder hatte er nicht eher ja gesagt? Hatte er nicht endlich einem zerstörerischen Impuls nachgegeben, den er schon immer in sich herumgetragen hatte, genauso wie der eingebaute Selbstzerstörungsmechanismus von Charlies Gehirntumor? Er wünschte sich sehnlichst, daß Freddy sich mal wieder meldete. Freddy hätte ihr alles sagen können, was sie hören wollte. Aber Freddy hatte sich offenbar ganz zurückgezogen.

»Sie sind entweder verrückt oder eine wirklich bemerkenswerte Persönlichkeit«, sagte sie.

»Nur die Personen in Büchern sind bemerkenswert«, erwiderte er. »Machen Sie jetzt den Fernseher wieder an.«

Sie gehorchte. Er ließ sie das Programm wählen.

»Was trinken Sie da eigentlich?«

Es war Viertel vor neun. Er war ein bißchen beschwipst, aber lange nicht so betrunken, als wenn er jetzt allein gewesen wäre. Er stand in der Küche und machte Popcorn. Es gefiel ihm zuzusehen, wenn die Körner in der Glasschüssel aufgingen. Sie schoben sich mit einer Gewalt nach oben wie ein Schneesturm, der allerdings nicht von oben fiel sondern von unten hochstieg.

»Southern Comfort mit Seven-up«, antwortete er.

»*Was?*«

Er lachte verlegen.

»Darf ich das mal probieren?« Sie hielt ihm ihr leeres Glas hin und lächelte. Es war das erste völlig ungezwungene Lächeln, seit sie in sein Auto gestiegen war. »Sie mixen einen lausigen Screwdriver.«

»Ich weiß«, sagte er. »Southern Comfort und Seven-up ist mein Privatdrink. In der Öffentlichkeit trinke ich Scotch. Aber ich hasse Scotch.«

Das Popcorn war fertig, und er schüttete es in eine große Plastikschüssel.

»Kann ich einen haben?«

»Natürlich.«

Er mixte ihr einen Southern Comfort mit Seven-up und ließ dann ein großes Stück Butter über dem Popcorn schmelzen.

»Das wird Ihnen eine Menge Cholesterin in den Blutkreislauf jagen«, bemerkte sie. Sie lehnte sich an den Türrahmen zwischen Eßzimmer und Küche und nippte vorsichtig an ihrem Drink. »He, das *schmeckt* mir.«

»Selbstverständlich. Bewahren Sie es als Geheimnis, und Sie sind den anderen immer eine Nasenlänge voraus.«

Er salzte das Popcorn.

»Das Cholesterin blockiert Ihr Herz«, dozierte sie weiter. »Die Blutgefäße werden enger und enger und dann, eines Tages... *aaaarrrggghhh!*« Sie faßte sich dramatisch an die Brust und verschüttete dabei etwas von ihrem Drink.

»Mein Stoffwechsel arbeitet das alles auf«, beruhigte er sie und ging durch die Tür. Mit einem Arm streifte er ihren Busen (züchtig von einem BH verhüllt, wie er feststellte), als er an ihr vorbeikam. Er hatte eine Empfindung, die Marys Busen ihm schon seit Jahren nicht mehr gegeben hatte. Aber es war vielleicht nicht so gut, in diese Richtung weiterzudenken.

Sie aß das meiste von dem Popcorn.

Während der Elf-Uhr-Nachrichten, die sich hauptsächlich mit der Energiekrise und den Nixon-Tonbändern befaßten, fing sie an zu gähnen.

»Gehen Sie nach oben«, sagte er zu ihr. »Gehen Sie ins Bett.«

Sie warf ihm einen komischen Blick zu.

Aufgebracht sagte er: »Wir werden uns niemals richtig vertragen, wenn Sie nicht endlich aufhören, jedesmal wie ein gehetztes Reh zu gucken, wenn ich das Wort ›Bett‹ auch nur erwähne. Der wesentliche Zweck des Großen Amerikanischen Bettes ist der Schlaf, nicht der Geschlechtsverkehr.«

Darüber mußte sie lächeln.

»Wollen Sie nicht mal die Bettdecke aufschlagen?«

»Sie sind doch ein großes Mädchen.«

Sie sah ihn ruhig an. »Sie können mit mir raufkommen, wenn Sie möchten. Ich hab' das vor einer Stunde beschlossen.«

»Nein... aber Sie haben keine Ahnung, wie attraktiv diese Einladung für mich ist. Ich hab' in meinem ganzen Leben nur mit drei Mädchen geschlafen, und bei zweien ist es so lange her, daß ich mich kaum noch daran erinnern kann. Das war noch vor meiner Ehe.«

»Wollen Sie mich auf den Arm nehmen?«

»Ganz und gar nicht.«

»Hören Sie, es ist nicht, weil Sie mich mitgenommen haben oder mich hier übernachten lassen. Es ist auch nicht wegen des Geldes, das Sie mir angeboten haben.«

»Es ist nett von Ihnen, das zu sagen«, sagte er und stand auf. »Aber gehen Sie jetzt lieber nach oben.«

Sie blieb sitzen. »Sie sollten wissen, warum Sie es nicht tun.«

»Sollte ich das?«

»Ja. Wenn Sie etwas tun, was Sie sich nicht erklären können – so, wie Sie es vorhin geschildert haben –, mag das ganz in Ordnung sein, weil es sowieso geschehen würde. Aber bevor Sie sich entschließen, etwas nicht zu tun, sollten Sie wissen, warum.«

»Also gut«, willigte er ein und nickte zum Eßzimmer hinüber, wo das Geld immer noch auf der Kommode lag. »Es ist wegen des Geldes. Sie sind noch zu jung, um sich als Hure durchzuschlagen.«

»Ich werde es nicht nehmen«, antwortete sie prompt.

»Das weiß ich. Deshalb werde *ich* es auch nicht tun. Ich möchte, daß Sie das Geld nehmen.«

»Weil Sie dann netter sind als all die anderen Kerle?«

»Genau.« Er sah sie herausfordernd an.

Sie schüttelte ärgerlich den Kopf und stand auf. »Na gut. Aber Sie sind ein Burgeois, ist Ihnen das klar?«

»Ja.«

Sie kam auf ihn zu und küßte ihn auf den Mund. Er roch ihren Duft, und der war sehr angenehm. Er hatte sofort eine Erektion.

»Gehen Sie.«

»Wenn Sie es sich heute nacht noch anders überlegen sollten...«

»Das werde ich nicht.« Er sah ihr nach, wie sie barfüßig die Treppe hinaufstieg. »He?«

Sie drehte sich noch mal um und zog die Augenbrauen in die Höhe.

»Wie heißen Sie?«

»Olivia, wenn's gefällig ist. Ein dämlicher Name, nicht wahr? Wie Olivia de Havilland.«

»Nein, gar nicht. Ich finde ihn schön. Gute Nacht, Olivia.«

»Gute Nacht.«

Sie ging hinauf. Er hörte, wie sie das Licht einschaltete, genauso wie er es immer gehört hatte, wenn Mary vor ihm zu Bett gegangen war. Wenn er genau hinhörte, könnte er vielleicht sogar das erregende Knistern ihres Pullovers wahrnehmen, wenn sie ihn über den Kopf zog. Oder das Klicken ihrer Gürtelschnalle, die die Jeans über ihrer Hüfte zusammenhielt...

Sein Penis richtete sich vollends auf, und das war unangenehm. Er wölbte sich gegen den Schritt seiner Hose. Mary hatte das manchmal den Stein vieler Zeitalter genannt. Oder die Schlange, die plötzlich zu Stein wird. Das war, als sie noch jung waren und das Bett für sie nichts als eine Spielwiese bedeutet hatte. Er fummelte an seiner Unterhose herum, aber als es dadurch nicht besser wurde, stand er auf. Nach einer Weile ging die Erektion zurück, und er setzte sich wieder hin.

Als die Nachrichten vorbei waren, kam ein Spielfilm – John Agar in *Brain from Planet Arous*. Er schlief vor dem Fernseher ein, den Telecommander lose in einer Hand haltend. Kurze

Zeit später rührte sich etwas hinter seiner Hosenklappe, und die Erektion kehrte zurück, heimlich, wie ein Mörder, der den Ort eines früheren Verbrechens wieder aufsucht.

7. Dezember 1973

Er ging in dieser Nacht doch zu ihr.

Er hatte wieder von Mr. Piazzis Hund geträumt und war diesmal sicher gewesen, daß der zutrauliche Junge, der den Hund streicheln wollte, Charlie war. Er wußte es noch bevor der Hund aufsprang, und das machte es noch schlimmer. Als die Bestie an Charlies Kehle hing, rappelte er sich aus dem Schlaf hoch wie ein Mann, der sich aus einer flachen, sandigen Grube freizuschaufeln versucht.

Halb schlafend, halb wach griff er mit den Händen ins Leere und verlor schließlich das Gleichgewicht auf der Couch, auf der er sich letztendlich doch zusammengerollt hatte. Einen Augenblick hing er hin- und herschwankend über der Kante, desorientiert und entsetzt über den Tod seines Sohnes, der in seinen Träumen immer wieder sterben mußte.

Dann fiel er, schlug mit dem Kopf auf und verletzte sich an der Schulter. Doch nun war er wach genug, um festzustellen, daß er sich in seinem Wohnzimmer befand und daß der Traum vorbei war. Die Realität war elendig, aber nicht so beängstigend.

Was machte er hier? Ihn überkam eine realistische Vision von dem, was er mit seinem Leben getan hatte, und es war ein unheimlicher Anblick. Er hatte es wie einen alten Lumpen in der Mitte durchgerissen. Nichts war mehr in Ordnung. Er litt. Er hatte einen faulen Southern-Comfort-Geschmack im Mund und stieß plötzlich eine saure Magenflüssigkeit auf, die er angeekelt hinunterschluckte.

Dann fing er fürchterlich an zu zittern und umklammerte seine Knie, damit es aufhörte. Was machte er hier auf dem

Fußboden in seinem Wohnzimmer, seine Knie umklammernd und zitternd wie ein Alkoholiker in der Gosse? Oder ein Geisteskranker, ein bescheuerter Psychopath, das kam der Sache wohl näher. War er das wirklich? War er geisteskrank? Nicht so etwas Komisches und Harmloses wie ein Spinner oder ein Knallkopf oder einfach nur ein Verrückter, sondern ein wirklicher, echter Psychopath? Der Gedanke erfüllte ihn erneut mit Schrecken. War er wirklich zu einem Berufsverbrecher gegangen, um sich den Sprengstoff zu besorgen? Hatte er wirklich zwei Gewehre in seiner Garage versteckt, von denen eins groß genug war, um einen Elefanten zu töten? Ein hoher, wimmernder Ton entschlüpfte seiner Kehle, und er versuchte vorsichtig aufzustehen. Seine Knochen knackten wie die eines sehr alten Mannes.

Er torkelte die Treppen hinauf, wobei er sich jeden weiteren Gedanken verbot, und trat ins Schlafzimmer. »Olivia?« Es war volkommen lächerlich, wie in einem altmodischen Rudolph-Valentino-Film. »Bist du noch wach?«

»Ja«, antwortete sie, kein bißchen schläfrig. »Die Uhr hat mich nicht einschlafen lassen. Diese Digitaluhr. Sie hat ständig *klick* gemacht. Ich hab' den Stecker rausgezogen.«

»Das ist schon in Ordnung«, sagte er. Lächerlich, einfach lächerlich. »Ich habe schlecht geträumt.«

Die Bettdecke wurde zurückgeschlagen. »Komm«, sagte sie. »Komm zu mir.«

»Ich...«

»Willst du wohl den Mund halten.«

Er schlüpfte ins Bett. Sie war nackt. Sie liebten sich und danach schliefen sie ein.

Am nächsten Morgen herrschten draußen immer noch zehn Grad minus. Sie fragte, ob er eine Zeitung ins Haus bekäme.

»Früher mal«, antwortete er. »Kenny Upslinger hat sie immer ausgetragen. Seine Familie ist jetzt nach Iowa gezogen.«

»Iowa, immerhin«, bemerkte sie und drehte das Radio an. Sie hörten gerade noch den Wetterbericht. Es würde ein kalter, klarer Tag werden.

»Möchtest du ein Spiegelei?«

»Zwei, wenn du soviel hast.«

»Sicher. Hör mal, wegen gestern nacht...«

»Mach dir keine Sorgen deswegen. Ich bin gekommen. Das ist bei mir sehr selten. Es hat mir gefallen.«

Er war insgeheim stolz darauf, aber vielleicht wollte sie genau das erreichen. Er briet die Eier, zwei für sie und zwei für sich. Kaffee und Toast. Sie trank drei Tassen mit Zucker und Sahne.

»Was wirst du jetzt tun?« fragte sie, als sie beide ihr Frühstück beendet hatten.

»Ich bring' dich nach Landy«, antwortete er prompt.

Sie fuhr ungeduldig mit einer Hand durch die Luft. »Das meine ich nicht. Was fängst du mit deinem *Leben* an?«

Er grinste. »Das klingt verdammt ernst.«

»Nicht für mich«, entgegnete sie, »sondern für dich.«

»Ich hab' noch nicht darüber nachgedacht. Weißt du, ehe« – er betont das ›ehe‹ leicht, als wolle er damit andeuten, daß sein gesamtes Leben und alles, was dazugehörte, bis ans Ende der Welt weggesegelt war – »ehe dieses Beil auf mein Glück gefallen ist, habe ich mich wie ein zum Tode Verurteilter in der Todeszelle gefühlt. Nichts war mehr real. Ich kam mir vor wie in einem gläsernen Traum, der niemals aufhören würde. Aber letzte Nacht... das war sehr real.«

»Ich bin froh«, sagte sie und sie sah auch froh aus. »Aber was wirst du jetzt tun?«

»Ich weiß es wirklich nicht.«

»Ich finde es traurig«, sagte sie.

»Ist es das?« Es war eine ehrlichgemeinte Frage.

Sie saßen wieder im Wagen und fuhren auf der Route 7 nach Landy. Der Stadtverkehr war zähflüssig, die Leute waren auf dem Weg zu ihrer Arbeit. Als sie an der Baustelle vorbeikamen, fingen die täglichen Arbeiten dort gerade an. Männer mit gelben Sturzhelmen und grünen Gummistiefeln kletterten auf ihre Maschinen. In der Kälte hing ihr gefrorener Atem in weißen Wölkchen vor ihren Mündern. Der Motor eines orangefarbenen LKWs röhrte auf, blieb still, röhrte nochmals und sprang mit einem explosionsartigen Geräusch an. Dann hustete er wieder, bis er in ein ungleichmäßiges Tuckern fiel. Der Fahrer trat ein paarmal aufs Gaspedal, und der Auspuff ballerte los wie ein Maschinengewehr.

»Von hier oben sehen sie aus wie kleine Jungen, die mit ihren Lastern im Sandkasten spielen«, sagte sie.

Draußen vor der Stadt war der Verkehr nicht mehr so dicht. Sie hatte die zweihundert Dollar ohne Verlegenheit und ohne Zögern genommen – aber sie war dabei auch nicht besonders eifrig gewesen. Sie hatte eine Naht ihres Armeemantels aufgetrennt, die beiden Geldscheine hineingeschoben und sie dann mit einer Nadel und einem blauen Faden aus Marys Nähkästchen wieder zugenäht. Sein Angebot, sie zum Busbahnhof zu fahren, hatte sie mit der Begründung abgelehnt, daß das Geld länger reichen würde, wenn sie weiter trampte.

»Also, was macht denn nun so ein nettes Mädchen wie du in einem Auto wie diesem?« fragte er sie.

»Hä?« Sie sah ihn, aus ihren Gedanken gerissen, verwirrt an.

Er lächelte. »Warum du? Warum Las Vegas? Du lebst genau wie ich am Rande der Gesellschaft. Erzähl mir was von dir.«

Sie zuckte die Achseln. »Da gibt's nicht viel zu erzählen. Ich war Studentin an der Universität von New Hampshire in Durham. Das liegt in der Nähe von Portsmouth. Ich hab' im letzten Jahr dort angefangen und außerhalb des Campus mit einem Kerl zusammengewohnt. Wir sind da in eine schlimme Drogensache hineingeraten.«

»Meinst du etwa Heroin?«

Sie lachte belustigt. »Nein, ich hab' nie jemanden kennengelernt, der Heroin spritzt. Wir netten kleinen Mittelklassefixer bleiben lieber bei den Halluzinogenen. Lysergsäure, Meskalin, manchmal auch Peyote und LSD. Chemische Drogen eben. Zwischen September und November hatte ich so sechzehn oder achtzehn Trips.«

»Wie ist das denn so?« wollte er wissen.

»Meinst du damit, ob ich einige Horrortrips hatte?«

»Nein, das habe ich überhaupt nicht gemeint«, antwortete er abwehrend.

»Ich hatte einige schlechte Trips, aber die hatten auch schöne Teile. Und ich hatte einige gute Trips mit schlechten Phasen. Einmal habe ich mir eingebildet, ich hätte Leukämie. Das war unheimlich. Im großen und ganzen sind alle Trips seltsam. Aber ich habe nie Gott gesehen und wollte nie Selbstmord begehen und habe auch nie versucht, jemanden umzubringen.«

Sie dachte einen Augenblick lang nach. »Ich finde, daß die Leute in bezug auf chemische Drogen fürchterlich übertreiben. Die gutbürgerlichen wie Art Linkletter sagen, daß sie einen umbringen. Die Freaks wiederum behaupten, daß sie einem alle Türen öffnen, die man in sich öffnen muß. Als ob man in sich einen Tunnel zu seinem wahren Selbst finden könnte. Und als ob die Seele so etwas wie ein Schatz aus einem Roman von H. Rider Haggard sei. Hast mal was von ihm gelesen?«

»Ich hab' mal *She* gelesen, als ich noch ein Kind war. Ist das von ihm?«

»Ja. Glaubst du, daß die Seele so etwas ist wie ein Smaragd auf der Stirn irgend eines Götteridols?«

»Darüber hab' ich nie nachgedacht.«

»Ich glaube das nicht«, sagte sie. »Ich werde dir den besten und den schlechtesten Trip erzählen, den ich mit dem Zeug hatte. Der beste war, als ich einmal in unserer Wohnung ausgeflippt bin und die ganze Zeit die Tapete angeschaut habe. Sie hatte überall so kleine, runde Punkte, und für mich wurden sie plötzlich zu Schnee. Ich saß über eine Stunde im Wohnzimmer und beobachtete den Schneesturm an der Wand. Plötzlich sah ich, wie sich ein kleines Mädchen durch den Schnee kämpfte. Es hatte ein Taschentuch über dem Kopf, ein sehr großes Tuch wie aus Sackleinen, und sie hielt es etwa so...« Sie hob eine Faust unters Kinn, als würde sie das Tuch festhalten. »Ich dachte mir, daß es nach Hause wollte, und, *zack*, ich hab' tatsächlich eine richtige Straße an der Wand gesehen, die über und über mit Schnee bedeckt war. Das Mädchen stapfte die Straße entlang und verschwand dann in einem richtigen Haus. Das war der beste Trip. In unserem Wohnzimmer zu sitzen und Wandvision zu genießen. Jeff hat es später Kopfvision genannt.«

»Ist Jeff der Typ, mit dem du zusammengelebt hast?«

»Ja. Der schlimmste Trip war, als ich eines Tages das Abflußrohr von unserem Waschbecken reinigen wollte. Man kommt manchmal schon auf komische Ideen, wenn man auf einem Trip ist, aber in dem Augenblick kommt einem das völlig normal vor. Ich *mußte* dieses Abflußrohr unbedingt absaugen. Ich holte mir also den Sauger und fing damit an ... und dann stieg auf einmal all dieser Dreck hoch. Ich hab' heute noch keine Ahnung, wieviel ich mir davon nur eingebildet habe und wieviel echt war. Kaffeesatz. Ein alter Hemdfetzen. Große geronnene Fettklumpen. Eine rote Flüssigkeit, die wie Blut aussah. Und dann die Hand. Eine Männerhand.«

»Eine *was?*«

»Eine *Hand*. Ich rief sofort nach Jeff und wollte ihm sagen: ›He, da hat jemand einen Mann in unserem Abfluß runtergespült.‹ Aber Jeff war weggegangen, und ich stand ganz allein da. Ich habe wie der Teufel mit dem Sauger gearbeitet, bis ich den ganzen Arm draußen hatte. Die Hand lag jetzt im Waschbecken, völlig verdreckt mit Kaffeesatz und all dem Zeug, und der Arm steckte noch im Abflußrohr. Ich ging noch mal ins Wohnzimmer, um nachzusehen, ob Jeff endlich nach Hause gekommen war, und als ich in die Küche zurückkam, war die Hand und der Arm verschwunden. Es hat mich irgendwie beunruhigt. Heute träume ich manchmal noch davon.«

»Das ist verrückt«, sagte er und nahm das Gas weg, weil sie gerade über eine Brücke fuhren, an der gebaut wurde.

»Dieses Zeug macht einen verrückt«, erwiderte sie. »Manchmal ist es eine gute Sache. Aber meistens ist es das nicht. Jedenfalls steckten wir meiner Meinung nach zu tief drin. Hast du mal so ein Atommodell gesehen. Mit dem Kern in der Mitte und den Protonen und Elektronen, die drum herum kreisen?«

»Ja.«

»Mir kam es mit der Zeit so vor, als sei unsere Wohnung der Atomkern, und all die Leute, die dort ständig ein und aus gingen, seien die Protonen und Elektronen. Sie tauchten einfach auf und verschwanden wieder und hatten überhaupt keine Verbindung miteinander. Wie in *Manhattan Transfer*.«

»Das habe ich nicht gelesen.«

»Solltest du mal. Jeff hat immer gesagt, Dos Passos wäre *der* Subkulturjournalist. Ein ausgeflipptes Buch. Wie dem auch sei, wir saßen abends vor dem Fernseher, hatten den Ton abgeschaltet und dazu eine Platte laufen lassen, und knallten uns die Birne voll. Im Schlafzimmer lagen sie auf dem Bett und vögelten, und ich hatte nie eine Ahnung, wer, zum Teufel, all diese Leute waren. Verstehst du, was ich meine?«

Er dachte an die Partys, auf denen er betrunken und so verwirrt wie Alice im Wunderland herumgelaufen war, und sagte: »Ja.«

»An einem Abend lief die Bob-Hope-Spezialshow. Alle saßen sie um den Fernseher herum, alle waren sie high und lachten sich über seine blöden Witze halbtot. Alle hatten sie denselben dämlichen Gesichtsausdruck und machten ihre wohlwollenden Scherze über die machthungrigen Idioten in Washington. Sie saßen genauso da wie ihre alten Mammies und Daddies zu Hause, und ich dachte mir, dafür sind wir also durch den Vietnamkrieg gegangen, damit Bob Hope den Generationsunterschied ausgleicht. Es ist nur die Frage, auf welche Art man high wird.«

»Und du warst dafür zu ehrlich?«

»Ehrlich? Nein, das war nicht der Grund. Ich hab' nachgedacht und mir die letzten fünfzehn Jahre wie ein Monopolyspiel vorgestellt. Francis Gary Powers auf der Straße erschossen. Eine Runde aussetzen. Negeraufstand in Selma mit Wasserwerfern aufgelöst. Gehen Sie direkt ins Gefängnis. Friedensprotestler in Mississippi niedergeschossen, Märsche, Aufstände, Lester Maddox mit seinem Axtschaft, Kennedy in Dallas erschossen, Vietnam, wieder Friedensmärsche, Kent State, Studentenunruhen, Frauenbefreiungsbewegung, und wofür das alles? Damit so ein paar Idioten angeturnt in einer vergammelten Wohnung vor dem Fernseher sitzen und sich Bob Hope reinziehen? Nein! Deshalb bin ich abgehauen.«

»Und was ist mit Jeff?«

Sie zuckte die Achseln. »Er hat ein Stipendium und er ist ziemlich gut. Er sagt, er will nächsten Sommer Examen machen, aber ich werde nicht nach ihm suchen.« Ihr Gesicht nahm einen eigenartig enttäuschten Ausdruck an, so als empfinde sie innerlich eine abgestumpfte Nachsicht für ihn.

»Vermißt du ihn?«

»Jede Nacht.«

»Warum nach Las Vegas? Kennst du dort jemanden?«

»Nein.«

»Ich finde, das ist ein seltsamer Ort für eine Idealistin.«

»Hältst du mich für eine Idealistin?« fragte sie lachend und zündete sich eine Zigarette an. »Vielleicht bin ich das. Aber ich glaube nicht, daß ein Ideal eine bestimmte Umgebung braucht. Ich möchte mir die Stadt ansehen. Sie ist so verschieden von dem Rest dieses Landes, daß es bestimmt gut wird. Aber ich werde dort nicht spielen. Ich suche mir einfach 'ne Arbeit.«

»Und dann?«

Sie stieß den Rauch aus. Draußen flog ein Schild vorbei:

LANDY 5 MEILEN

»Ich werde versuchen, mir etwas zusammenzusparen. Ich werde mir keine Drogen mehr reinknallen und ich werde auch versuchen, damit aufzuhören.« Sie hielt die Zigarette in die Luft und beschrieb mit ihr einen unfreiwilligen Kreis. Es sah so aus, als ob ihre Zigarette es besser wüßte. »Ich werde damit aufhören, mir immer wieder vorzumachen, daß mein Leben noch gar nicht angefangen hätte. Es *hat* angefangen, und zwanzig Prozent davon sind schon vorüber. Ich habe den Rahm schon abgeschöpft.«

»Da vorne ist die Autobahnauffahrt.«

Er fuhr den Wagen an die Seite und hielt.

»Und was ist nun mit dir? Was wirst du in Zukunft tun?«

Vorsichtig antwortete er: »Mal sehen, wie sich das so entwickelt. Mir alle Möglichkeiten offenhalten.«

»Du bist in keiner guten Verfassung, wenn ich dir das mal so sagen darf.«

»Du darfst.«

»Hier, nimm das.« Sie hielt eine Kugel aus Aluminiumfolie zwischen Daumen und Zeigefinger ihrer rechten Hand.

Er nahm sie und betrachtete sie fragend. Die Folie reflektierte ein paar Sonnenstrahlen, die auf sein Gesicht fielen. »Was ist das?«

»Synthetisches Meskalin. Man nennt es Produkt Vier. Die sauberste und stärkste chemische Droge, die je hergestellt worden ist.« Sie zögerte einen Augenblick. »Vielleicht solltest du sie einfach in der Toilette hinunterspülen, wenn du nach Hause kommst. Aber sie könnte dir auch helfen. Ich hab' schon öfters gehört, daß es hilft.«

»Hast du es auch gesehen?«

Sie lächelte bitter. »Nein.«

»Würdest du mir einen Gefallen tun? Wenn du kannst?«

»Wenn ich kann.«

»Ruf mich am Heiligen Abend an.«

»Warum?«

»Du bist für mich wie ein Buch, das ich nicht ausgelesen habe. Ich möchte ein bißchen mehr darüber wissen, wie es ausgeht. Melde es als R-Gespräch an, hier, ich geb' dir schnell die Nummer.«

Er wollte schon sein Notizbuch aus der Tasche holen, aber sie sagte: »Nein.«

Er sah sie verwirrt und verletzt an. »Nein?«

»Ich kann mir die Nummer von der Auskunft geben lassen, wenn ich sie brauche. Aber vielleicht ist es das beste, wenn ich es nicht tue.«

»Warum?«

»Ich weiß nicht. Ich mag dich, aber es kommt mir so vor, als hätte dich jemand mit einem rätselhaften Leiden geschlagen. Ich kann das nicht weiter erklären. Ich habe das Gefühl, als würdest du bald etwas ganz Wahnsinniges tun.«

»Du hältst mich also für einen Spinner«, murmelte er. »Scheiße.«

Sie wurde steif und stieg aus dem Wagen. Er beugte sich hinüber. »Olivia ...«

»Vielleicht heiße ich gar nicht so.«

»Vielleicht aber doch. Bitte, ruf mich an.«

»Sei vorsichtig mit dem Zeug«, warnte sie ihn, auf das Aluminiumpäckchen zeigend. »Du spazierst ebenfalls frei im Weltraum herum.«

»Wiedersehen. Paß auf dich auf.«

»Aufpassen? Was ist das?« Wieder war das bittere Lächeln da. »Auf Wiedersehen, Mr. Dawes. Und vielen Dank. Sie sind verdammt gut im Bett, darf ich Ihnen das sagen? Es stimmt. Auf Wiedersehen.«

Sie knallte die Tür zu, überquerte die Route 7 und stellte sich am Fuß der Auffahrtsrampe auf. Er beobachtete, wie sie ein paar vorbeikommenden Wagen den Daumen entgegenstreckte. Keiner hielt. Dann war die Straße frei, und er kehrte den Wagen in einem großen Bogen. Als er wieder an ihr vorbeifuhr, hupte er noch mal kurz. Im Rückspiegel sah er ihre immer kleiner werdende Gestalt, die ihm nachwinkte.

Dumme Pute, lachte er. Total eingebildet und voll der seltsamsten Vorurteile in dieser Welt. Doch als er die Hand ausstreckte, um das Radio einzuschalten, merkte er, wie sie zitterte.

Er fuhr durch die Stadt zurück und wieder auf die Staatsautobahn, auf der er gut zweihundert Kilometer mit Tempo hundert dahinraste. Einmal hätte er das kleine Aluminiumpäckchen fast aus dem Fenster geworfen. Ein anderes Mal war er versucht, sich das Zeug in den Mund zu stecken. Schließlich ließ er es einfach in seine Manteltasche gleiten.

Als er nach Hause kam, war er müde und leer, er empfand keine Gefühle mehr für sie. Der Ausbau der 784 war diesen Tag zügig vorangegangen. In einer Woche war die Wäscherei dran. Sie hatten schon alle schweren Maschinen rausgeräumt. Tom Granger hatte es ihm bei einem seltsam gespreizten Telefongespräch vor drei Abenden erzählt. Er wollte rausfahren und den ganzen Tag dabei zusehen, wie sie sie einrissen. Er würde sich sogar ein Picknick mitnehmen.

Von Marys Bruder in Jacksonville war ein Brief gekommen. Dann wußte er also noch nichts von ihrer Trennung. Er legte ihn zerstreut auf den Stapel mit der anderen Post für Mary; er vergaß immer wieder, sie ihr nachzusenden.

Er schob sich ein TV-Dinner in den Herd und überlegte, ob er sich einen Drink machen sollte. Dann beschloß er, das heute abend nicht zu tun. Er wollte lieber an die sexuelle Begegnung mit dem Mädchen denken, sie noch einmal auskosten, die verschiedenen Nuancen erforschen. Wenn er sich dabei betrank, würde das Erlebnis die unnatürlichen, übertriebenen Farben eines Sexfilmes annehmen, und er wollte nicht in dieser Weise an sie denken.

Aber die Erinnerung wollte nicht kommen, jedenfalls nicht so, wie er sich das vorstellte. Er konnte das Gefühl ihrer festen Brüste nicht mehr empfinden, und auch der delikate Geschmack ihrer Brustwarzen fiel ihm nicht mehr ein. Er wußte nur noch, daß der eigentliche Akt des Geschlechtsverkehrs mit ihr schöner gewesen war als mit Mary. Olivias Scheide hatte ihn enger umfaßt, und einmal war er mit einem hörbaren Geräusch herausgerutscht, wie der Korken aus dem Hals einer Champagnerflasche. Er konnte aber nicht mehr genau sagen, was denn nun eigentlich schöner gewesen war. Statt sich hineinzufühlen, hatte er plötzlich das Bedürfnis, sich selbst zu befriedigen. Der Wunsch ekelte ihn an. Schlimmer noch, sein Ekel stieß ihn ab. Schließlich war sie keine Heilige, versicherte er sich, als er sich mit dem Essen vor den Fernseher setzte. Sie war nichts weiter als eine Tramperin unterwegs. Noch dazu nach Las Vegas. Er spürte in sich den Wunsch, den ganzen Vorfall durch Magliores zynische Augen sehen zu können, und das ekelte ihn am meisten.

Später am Abend betrank er sich doch, trotz seiner guten Vorsätze, und gegen zehn Uhr quälte ihn wieder der vertraute, sentimentale Drang, Mary anzurufen. Statt dessen masturbierte er vor dem Fernseher und kam in dem Augenblick, als ein Ansager dem Publikum klarmachte, daß Anacin mit Abstand das beste und stärkste Schmerzmittel von allen sei.

8. Dezember 1973

Am Samstag fuhr er nicht auf die Autobahn hinaus. Statt dessen wanderte er ziellos im Haus herum und schob alles vor sich her, was eigentlich dringend erledigt werden mußte. Schließlich rief er bei seinen Schwiegereltern an. Lester und Jean Calloway, Marys Eltern, gingen beide auf die Siebzig zu. Ein paar seiner früheren Anrufe hatte Jean (Charlie nannte sie immer ›Mamma Jean‹) beantwortet, und ihre Stimme war jedesmal zu Eis gefroren, wenn sie festgestellt hatte, daß er am anderen Ende war. Für sie und zweifellos auch für Lester war er so etwas wie ein wildes Tier, das plötzlich durchgedreht war und ihre Tochter gebissen hatte. Und jetzt rief dieses Tier immer wieder bei ihnen an, heulte ihnen betrunken etwas vor und wollte ihr kleines Mädchen zurück, damit es sie wieder beißen konnte.

Doch diesmal war Mary selbst am Telefon: »Hallo?«, und er war so erleichtert, daß er mit normaler Stimme sagen konnte:

»Mary? Ich bin's.«

»Oh, Bart. Wie geht es dir?« Ihre Stimme verriet ihm nichts.

»Einigermaßen.«

»Und? Reichen deine Southern-Comfort-Vorräte noch aus?«

»Mary, ich bin nicht betrunken.«

»Und, bist du da besonders stolz darauf?« Ihre Stimme war kalt, und das gab ihm einen Stich. In ihren Augen stand er denkbar schlecht da. Konnte ihm ein Mensch, den er so lange gekannt hatte und von dem er geglaubt hatte, ihn wirklich gut zu kennen, so schnell entgleiten?«

»Ich glaube, so ist es«, antwortete er gedehnt.

»Ich habe gehört, daß die Wäscherei schließen mußte«, sagte sie.

»Wahrscheinlich nur vorübergehend«, wandte er ein. Er hatte plötzlich das unangenehme Gefühl, als würde er sich mit einer Fremden in einem Fahrstuhl unterhalten, die seine Konversation ausgesprochen langweilig fand.

»Das ist aber nicht das, was Tom Grangers Frau mir erzählt hat.« Endlich, der Vorwurf. Vorwürfe waren besser als gar nichts.

»Für Tom ist das überhaupt kein Problem. Die Konkurrenz ist schon seit Jahren hinter ihm her. Die Brite-Kleen-Leute.«

Er glaubte, sie seufzen zu hören. »Warum hast du mich angerufen, Bart?«

»Ich finde, daß wir uns mal sehen sollten«, antwortete er vorsichtig. »Wir müssen endlich mal darüber sprechen, Mary.«

»Du meinst, über die Scheidung?« fragte sie. Ihre Stimme klang zwar ruhig, aber er vermeinte nun bei ihr einen Anflug von Panik zu hören.

»Willst du denn eine?«

»Ich weiß nicht, *was* ich will.« Ihre Ruhe war verschwunden, und sie klang plötzlich verärgert und ängstlich. »Ich hatte gedacht, alles wäre in Ordnung. Ich war glücklich, und ich dachte, du wärst es auch. Und dann, auf einmal, war alles verändert.«

»Du hast gedacht, alles wäre in Ordnung?« wiederholte er aufgebracht. Plötzlich war er wütend auf sie. »Dann mußt du ziemlich blöd gewesen sein. Hast du etwa geglaubt, ich schmeiße meine Arbeit einfach aus Spaß hin wie ein High-school-Junge, der eine Stinkbombe in die Schultoilette wirft?«

»Aber was war es dann, Bart? Was ist geschehen?«

Seine Wut fiel in sich zusammen wie ein schmutziger Schneehaufen im Frühling, und er entdeckte, daß sich darunter Tränen verbargen. Er kämpfte grimmig dagegen an und fühlte sich irgendwie betrogen. So etwas durfte nicht passieren, wenn er nüchtern war. Wenn man nüchtern war, sollte man, verdammt noch mal, in der Lage sein, sich zu beherrschen. Aber da stand er nun und hatte den einzigen Wunsch, ihr sein ganzes Leid zu klagen und sich in ihrem Schoß auszuheulen wie ein kleines Kind mit einem kaputten Rollschuh und einem aufgeschlagenen Knie. Er konnte ihr nicht sagen, was schiefgelaufen war, denn er wußte es ja selbst nicht, und ohne Grund zu heulen erweckte den Eindruck, daß er reif fürs Irrenhaus sei.

»Ich weiß es nicht«, antwortete er schließlich.

»War es Charlie?«

Hilflos erwiderte er: »Wenn das ein Teil davon war, wie konntest du dann nur so blind für den Rest sein?«

»Ich vermisse ihn auch, Bart. Immer noch. Jeden Tag.«

Wieder empfand er Auflehnung. *Dann hast du aber eine komische Art, es zu zeigen.*

»So hat es keinen Sinn«, sagte er endlich. Die Tränen rannen ihm die Wange hinunter, aber er versuchte krampfhaft, sich nichts anmerken zu lassen. *Meine Herren, ich glaube, wir haben die Sache im Griff*, dachte er und hätte fast darüber gelacht. »Nicht am Telefon. Ich wollte dir vorschlagen, daß wir uns am Montag zum Lunch treffen. Bei *Handy Andy's*?«

»Gut. Um welche Zeit?«

»Ist mir egal. Ich kann mir von der Arbeit freinehmen.« Der Witz verpuffte wirkungslos.

»Um eins?« schlug sie vor.

»Gut. Ich besorg' uns einen Tisch.«

»Laß lieber einen reservieren. Du brauchst nicht schon um elf dazusein und dich zu betrinken.«

»Das werde ich nicht«, entgegnete er demütig, aber wahrscheinlich würde er gerade das tun.

Eine Pause entstand. Offenbar gab es nichts mehr zu sagen. Im Rauschen des Äthers unterhielten sich geisterhafte Stimmen über geisterhafte Dinge. Und dann sagte sie etwas, das ihn vollkommen überraschte.

»Bart, du solltest zu einem Psychiater gehen.«

»Zu einem was?«

»Psychiater. Ich weiß, es klingt komisch, wenn ich dich einfach so damit überfalle, aber ich möchte dir sagen, daß ich nicht zu dir zurückkommen werde, egal, was wir beschließen, wenn du nicht bereit bist, einen aufzusuchen.«

»Wiedersehen Mary«, sagte er langsam. »Bis Montag.«

»Bart. Du brauchst Hilfe, die ich dir nicht geben kann.«

Darauf bedacht, ihr das Messer so schmerzhaft in die Brust zu stechen, wie es über zwei Meilen Entfernung möglich war, sagte er: »Das wußte ich sowieso schon, Mary. Auf Wiedersehen.«

Er legte auf, bevor er ihre Reaktion hören konnte, und er freute sich. Spiel, Satz, Sieg. Er warf einen Plastikbecher durch die Küche und bedauerte es, nichts Zerbrechliches erwischt zu haben. Er öffnete den Küchenschrank und schmiß die beiden ersten Gläser, die er zu fassen kriegte, auf den Boden. Sie zerbrachen.

Baby, du verdammtes, beschissenes Baby! schrie er sich selbst an. *Du Narr! Halt doch einfach die Luft an und warte, bis du endlich BLAU bist!*

Er schlug mit der Faust gegen die Wand, um die schreiende Stimme abzutöten, und schrie dann erst recht vor Schmerzen auf. Er hielt sich die verletzte Rechte mit der linken Hand und stand zitternd in der Küche. Als er sich wieder unter Kontrolle hatte, nahm er eine Schaufel und einen Besen und kehrte die Scherben zusammen. Er fühlte sich ängstlich, seiner selbst überdrüssig und verkatert.

Er bog auf die Autobahn ein, fuhr hundertfünfzig Meilen und kehrte wieder um. Er wagte es nicht weiterzufahren. Heute war der erste autofreie Sonntag, und alle Autobahntankstellen waren geschlossen. Und er hatte keine Lust zu laufen. Siehst du? sagte er sich. Auf diese Art kriegen sie auch so kleine Scheißer wie dich zu fassen, Georgie.

Fred? Bist du das wirklich? Was verschafft mir die Ehre deines Besuches, Freddy?

Ach, laß mich in Ruhe.

Auf dem Heimweg hörte er die Nachrichten im Radio:

›Sie machen sich also auch Sorgen wegen des Benzinmangels und Sie wollen sichergehen, daß Sie und Ihre Familie in diesem Winter nicht zu kurz kommen. Und jetzt sind Sie also auf dem Weg zu der nächsten Tankstelle in Ihrer Nachbarschaft und wollen sich Ihr Dutzend Zwanzigliterkanister auffüllen lassen. Wenn Sie sich wirklich Sorgen um Ihre Familie machen, dann kehren Sie lieber gleich wieder um und fahren Sie nach Hause zurück. Denn die unsachgemäße Lagerung von Benzin ist gefährlich. Sie ist außerdem illegal, aber das ist im Augenblick nicht so wichtig. Aber denken Sie daran: Wenn Benzindunst an die Luft kommt und sich mit ihr vermischt, wird er explosiv. Ein Zwanzigliterkanister Benzin hat die Explosionskraft von zwölf Stäben Dynamit. Denken Sie mal darüber nach, bevor sie die Kanister auffüllen lassen. Und denken Sie auch an Ihre Familie. Sie sehen also, wir wollen, daß Sie überleben.

Dies war eine Durchsage der WLDM. Die Musikfirma möchte Sie daran erinnern, die Benzinaufbewahrung denen zu überlassen, die etwas davon verstehen und die die richtige Ausrüstung dafür haben.‹

Er stellte das Radio ab, bremste den Wagen auf 60 Stundenkilometer ab und ordnete sich in die rechte Spur ein. »Zwölf Stäbe Dynamit«, sagte er. »Mann, das ist ja erstaunlich.«

Wenn er jetzt in den Rückspiegel geblickt hätte, hätte er gesehen, daß er grinste.

10. Dezember 1973

Er kam um kurz nach halb zwölf zu *Handy Andy's*, und der Oberkellner gab ihm einen Tisch neben den wie Fledermausflügel gestalteten Schwingtüren, die zum Hinterzimmer führten. Es war kein besonders guter Tisch, aber einer der wenigen, die noch frei waren. Das Restaurant war um diese Zeit ziemlich voll. *Handy Andy's* hatte sich auf Steaks, Koteletts und Andyburger spezialisiert, eine Art Hamburger, der mit einem ›Chefsalat‹ garniert zwischen zwei Sesambrötchenhälften steckte, die von einem Zahnstocher zusammengehalten wurden. Wie alle großen Restaurants im Geschäftsviertel der Stadt hatte auch dieses seine bestimmten ›In‹- und ›Out‹-Zeiten, die in undefinierbaren Zyklen wechselten. Er hätte vor zwei Monaten um die Mittagszeit hier aufkreuzen und sich den Tisch nach seinem Geschmack wählen können, und in zwei Monaten könnte es wieder genauso sein. Für ihn war es eins der kleineren Geheimnisse des Lebens wie die Ereignisse in den Büchern von Charles Fort oder wie der Instinkt der Schwalben, der sie immer wieder nach Capistrano zurückfliegen ließ.

Der Kellner stand sofort neben ihm. »Einen Drink, Sir?«

»Ja bitte, einen Scotch on the Rocks.«

»Sehr wohl, Sir.«

Er blieb bis zwölf beim ersten Drink, trank bis halb eins noch zwei weitere und bestellte sich dann aus reiner Sturheit einen Doppelten. Er war gerade beim letzten Tropfen angekommen, als er Mary entdeckte. Sie blieb im Windfang vor der Glastür zum Restaurant stehen und sah sich suchend nach ihm um. Einige Köpfe drehten sich nach ihr um, und er dachte: *Mary, du solltest mir eigentlich dankbar sein – du bist wunderschön*. Er hob die rechte Hand und winkte ihr zu.

Sie winkte zurück und kam an seinen Tisch. Sie hatte ein knielanges, graugemustertes Wollkleid an, und ihr Haar war zu einem Zopf geflochten, der ihr bis auf die Schulter reichte. Er hatte diese Frisur noch nie bei ihr gesehen (was wohl auch der Grund war, warum sie ihn heute trug). Sie wirkte viel jünger, und plötzlich durchzuckte ihn der Gedanke an Olivia, mit der er in dem Bett geschlafen hatte, das er so lange mit Mary geteilt hatte.

»Hallo, Bart«, begrüßte sie ihn.

»Hallo. Du siehst fantastisch aus.«

»Danke.«

»Möchtest du einen Drink?«

»Nein... nur einen Andyburger. Wie lange bist du schon hier?«

»Oh, nicht allzulange.«

Die meisten Mittagsgäste waren inzwischen gegangen, und so kam der Kellner sofort zu ihnen. »Möchten Sie jetzt bestellen, Sir?«

»Ja. Zwei Andyburger. Ein Glas Milch für die Dame und für mich noch einen Doppelten.« Er warf Mary einen kurzen Blick zu, aber ihr Gesicht blieb gleichgültig. Das war schlecht. Hätte sie protestiert, dann hätte er den zweiten Doppelten wohl sein lassen. Er hoffte, daß er nicht aufs Klo mußte, denn er war nicht sicher, ob er noch ohne zu schwanken gehen konnte. Das wäre natürlich ein gefundenes Fressen für die Alten zu Hause gewesen. Oh, bring mich nach Hause ins alte Virginia, dachte er und hätte fast gekichert.

»Nun, du bist noch nicht betrunken, aber du bist auf dem besten Wege dahin«, bemerkte sie, während sie ihre Serviette auseinanderfaltete.

»Das ist ein ziemlich guter Satz«, spottete er. »Hast du ihn geprobt?«

»Bart, laß uns nicht streiten.«

»Ist schon gut«, sagte er beschwichtigend.

Sie spielte mit ihrem Wasserglas, er mit seinem Pappuntersatz.

»Nun?« fragte sie schließlich.

»Was nun?«

»Du wolltest mir doch etwas sagen, als du angerufen hast. Also, da du dir ja genug Mut angetrunken hast, was ist es?«

»Deine Erkältung ist besser geworden«, sagte er dämlich und bohrte ein Loch in den Untersatz, ohne daß er das eigentlich wollte. Er konnte ihr das, was ihn gerade am meisten beschäftigte, nicht sagen: wie sehr sie sich verändert hatte, wie gepflegt und – gefährlich sie auf einmal auf ihn wirkte, wie eine Sekretärin auf Männersuche, die extra spät zum Lunch gekommen war und von keinem Mann einen Drink akzeptieren würde, der nicht mindestens einen Vierhundert-Dollar-Anzug trug, was sie sofort am Schnitt erkennen konnte.

»Was wirst du jetzt tun, Bart?«

»Ich werde zu einem Psychiater gehen, wenn du willst«, antwortete er leise.

»Wann?«

»Bald.«

»Du kannst dir noch heute nachmittag einen Termin geben lassen, wenn du willst.«

»Ich kenne keinen Seelenklemp- ich kenne keinen.«

»Schau auf den Gelben Seiten nach.«

»Das scheint mir eine reichlich blöde Art zu sein, sich einen Seelenklempner zu suchen.«

Sie sah ihn nur an und blickte dann peinlich berührt zur Seite.

»Du bist böse auf mich, nicht wahr?« fragte sie.

»Na ja, ich habe zur Zeit keine Arbeit. Fünfzig Dollar pro Stunde sind für einen arbeitslosen Angestellten viel Geld.«

»Was glaubst du eigentlich, wovon ich jetzt lebe?« fragte sie wütend. »Von der Wohltätigkeit meiner Eltern. Und die leben, wie du weißt, von ihrer Rente.«

»Soweit ich informiert bin, besitzt dein Vater genug Vermögen in Wertpapieren, um euch alle drei noch bis ins nächste Jahrhundert hinein gut zu versorgen.«

»Bart, das stimmt nicht.« Sie klang schockiert und beleidigt.

»Ach *Quatsch,* das stimmt nicht. Sie sind letztes Jahr im Winter nach Jamaika gefahren und im Jahr davor nach Miami ins Hotel Fountainbleau, darunter ging gar nichts, und *davor* waren sie in Honolulu. Das schafft keiner bloß vom Altersgeld eines Ingenieurs. Also hör auf mit dem Verarmungswahn, Mary ...«

»Bart, sei still! Du bist schon ganz grün vor Neid.«

»Ganz zu schweigen von ihren Cadillac Gran De Ville und ihrem Bonneville-Kombiwagen. Nicht schlecht. Mit welchem holen sie sich eigentlich ihre Lebensmittelmarken ab?«

»Sei still!« zischte sie ihn an. Ihre Lippen waren leicht zurückgezogen und gaben ihre kleinen, weißen Zähne preis, mit den Händen umklammerte sie die Tischkante.

»'tschuldigung«, flüsterte er.

»Da kommt das Essen.«

Ihre aufgebrachten Gemüter beruhigten sich etwas, während der Kellner ihnen die beiden Andyburger vorsetzte und das Gemüse, bestehend aus kleinen Erbsen und Silberzwiebeln, auf den Tisch stellte. Dann zog er sich diskret zurück. Sie aßen eine Weile schweigend und konzentrierten sich darauf, nichts von der Sauce auf ihr Kinn oder in den Schoß klekkern zu lassen. Ich frage mich, wie viele Ehen so ein Andyburger wohl schon gerettet hat, dachte er. Einfach durch die glückliche Fügung, daß man nicht weiterreden konnte, wenn man sich mit ihm beschäftigte.

Sie legte ihren halb verzehrten Andyburger auf den Teller zurück, wischte sich den Mund mit der Serviette ab und sagte: »Schmeckt immer noch so gut, wie ich es in Erinnerung habe. Bart, hast du überhaupt einen vernünftigen Vorschlag zu machen, was wir jetzt tun können?«

»Natürlich habe ich das«, antwortete er verletzt. Aber er hatte keine Ahnung, wie dieser Vorschlag aussehen sollte. Wenn er sich noch einen Doppelten hätte bestellen können, wäre ihm vielleicht etwas eingefallen.

»Willst du die Scheidung?«

»Nein.« Es schien einfach notwendig, etwas Positives zu sagen.

»Willst du, daß ich zu dir zurückkomme?«

»Willst du das denn?«

»Ich weiß es nicht«, antwortete sie. »Soll ich dir mal was sagen, Bart? Ich mache mir Sorgen um mich. Zum ersten Mal seit zwanzig Jahren habe ich Angst um mich selbst. Ich muß mich *allein* durchbringen.« Sie nahm den Andyburger in die Hand, um noch einen Bissen zu nehmen, legte ihn dann aber zurück. »Weißt du eigentlich, daß ich dich fast nicht geheiratet hätte? Ist dir dieser Gedanke eigentlich schon mal gekommen?«

Sein überraschtes Gesicht schien sie zu befriedigen.

»Das dachte ich mir doch. Ich war schwanger, also wollte ich dich natürlich heiraten. Aber irgend etwas in mir wollte es nicht. Es flüsterte mir immer wieder zu, daß das der größte Fehler in meinem Leben sein könnte. Ich habe drei Tage lang darüber nachgebrütet und mich jeden Morgen beim Aufwachen übergeben, und dafür habe ich *dich* gehaßt. Ich hab' mir alle Möglichkeiten überlegt: abhauen, eine Abtreibung, das Baby bekommen und zur Adoption freigeben, das Baby bekommen und es allein großziehen. Aber schließlich habe ich mich entschieden, das einzig Vernünftige zu tun. Das Vernünftige!« Sie lachte traurig. »Und dann habe ich es verloren.«

»Ja, das hast du«, murmelte er und wünschte insgeheim, daß sie sich über andere Dinge unterhalten könnten. Es war so, als öffnete man einen lange verschlossenen Schrank und müßte sich durch all den darin verborgenen Unrat wühlen.

»Aber ich bin glücklich mit dir gewesen, Bart.«

»Warst du das?« fragte er automatisch. Am liebsten wäre er davongelaufen. Die Sache mußte schiefgehen. Für ihn allemal.

»Ja. In einer Ehe geschieht etwas mit einer Frau, was einem Mann nie passiert. Kannst du dich noch daran erinnern, wie es war, als du ein Kind warst und dir nie über deine Eltern Gedanken gemacht hast. Du hast einfach erwartet, daß sie für dich da sind, und sie waren immer da, genauso wie das Essen und die Kleidung.«

»Ich glaube schon. Klar.«

»Und ich dumme Kuh hab' mich schwängern lassen. Und für drei Tage hat sich mir eine völlig neue Welt eröffnet.« Sie beugte sich mit glänzenden Augen vor, und er stellte erschrocken fest, daß diese Erinnerungen *wichtig* für sie waren. Das hatte für sie mehr Bedeutung gehabt als die Zusammenkünfte mit ihren kinderlosen Freundinnen oder die Entscheidung, welche Hose sie sich bei Banberry's kaufen sollte, oder die Frage, welche Gäste Merv Griffin wohl heute abend in seiner Sendung vorführen würde. Hatte sie wirklich zwanzig Jahre ihrer Ehe mit diesem einen, *wichtigen* Gedanken verbracht? Hatte sie das? Sie hatte ja fast so etwas gesagt. Oh, mein Gott. Ihm wurde auf einmal übel. In seiner Erinnerung gefiel ihm das Bild von dem fröhlichen Mädchen, das triumphierend auf der anderen Straßenseite mit der gefundenen Pfandflasche winkt, viel besser.

»Ich habe mich plötzlich als unabhängigen Menschen gesehen«, fuhr sie fort. »Ich brauchte niemandem mehr etwas zu erklären, mich niemandem mehr unterzuordnen. Niemand war mehr da, der versuchen würde, mich zu ändern, denn ich glaube, ich war sehr leicht zu beeinflussen. In der Hinsicht war ich schon immer schwach. Aber andererseits wäre dann auch niemand mehr dagewesen, auf den ich mich hätte verlassen können, wenn ich mal krank wäre oder Angst hätte oder wenn's mir schlecht ginge. Also habe ich mich für das Vernünftige entschieden. Wie meine Mutter und *ihre* Mutter und alle meine Freundinnen. Ich hatte es langsam satt, Brautjungfer zu spielen und immer wieder zu versuchen, den Brautstrauß einzufangen. Also sagte ich ja, wie du es erwartet hast, und alles war in Ordnung. Ich hatte keine Sorgen mehr, und als das Baby dann starb und danach Charlie, warst du immer für mich da. Und du warst gut zu mir. Das weiß ich zu schätzen. Aber ich lebte in einer völlig abgeschlossenen Umgebung. Ich hörte auf zu denken. Ich glaubte zwar, daß ich nachdachte, aber das stimmte nicht. Und jetzt tut das Nachdenken weh. Es tut *weh.*« Sie sah ihn eine Minute lang voller Ablehnung an, doch dann wurde ihr Gesicht weicher. »Ich bitte dich also, für mich mitzudenken, Bart. Was sollen wir jetzt tun?«

»Ich suche mir eine Arbeit«, log er.

»Eine Arbeit.«

»Und ich werde zu einem Psychiater gehen. Mary, es wird alles wieder gut, ehrlich. Ich war ein kleines bißchen aus der Bahn geworfen, aber jetzt ist es wieder gut. Ich werde...«

»Möchtest du, daß ich wieder zu dir nach Hause komme?«

»Klar, in ein paar Wochen. Ich muß mich nur noch ein bißchen fangen und dann...«

»Nach Hause? Wovon rede ich eigentlich? Sie reißen es ja bald ab. Was für ein Blödsinn – nach Hause!« Sie stöhnte auf. »Oh, was für ein Durcheinander. Wie konntest du mich nur in so ein Durcheinander hineinziehen, Bart?«

Er konnte sie so nicht ertragen. Es war überhaupt nicht mehr die Mary, die er kannte. »Vielleicht reißen sie es ja gar nicht ab, Mary«, sagte er und langte über den Tisch, um ihre Hand zu nehmen. »Vielleicht ändern sie ihre Meinung doch noch, wenn ich zu ihnen gehe und die Sache noch mal durchspreche, wenn ich ihnen die Situation erkläre...«

Sie entriß ihm ihre Hand und starrte ihn entsetzt an.

»Bart«, flüsterte sie.

»Was ist?« fragte er unsicher. Was hatte er gesagt? Was konnte es, um Gottes willen, gewesen sein, daß sie auf einmal so furchtbar bleich aussah?

»Du *weißt*, daß sie das Haus abreißen werden. Du hast es schon sehr lange gewußt. Und jetzt sitzen wir hier und drehen uns immer wieder im Kreis, und...«

»Nein, das tun wir nicht«, widersprach er. »Ganz und gar nicht. Wir... wir...« Aber *was* taten sie dann? Ihm erschien plötzlich alles so unwirklich.

»Bart, ich glaube, ich gehe jetzt lieber.«

»Ich suche mir eine Arbeit...«

»Wir reden später miteinander.« Sie stand hastig auf und stieß mit der Hüfte gegen die Tischkante. Die Teller klirrten.

»Ich gehe zu einem Psychiater, Mary, ich verspreche dir...«

»Mama wollte, daß ich noch etwas für sie einkaufe…«

»Dann hau doch ab, du blöde Ziege!« brüllte er los. Mehrere Köpfe drehten sich nach ihnen um. »Sieh zu, daß du hier rauskommst, du Hexe! Du hast alles von mir gekriegt, und was bleibt mir jetzt? Ein Haus, das die Stadt bald abreißen wird. Verschwinde!«

Sie floh. Im Restaurant herrschte eine furchtbare Stille, die eine Ewigkeit zu dauern schien. Dann wurden die Gespräche vereinzelt wieder aufgenommen. Er blickte zitternd auf seinen halbverzehrten Andyburger hinab und fürchtete, daß er sich gleich übergeben würde. Als der Anfall vorbei war, bezahlte er und verließ das Lokal, ohne sich umzublicken.

12. Dezember 1973

Er hatte in der letzten Nacht (betrunken) eine Liste mit Weihnachtsgeschenken zusammengestellt, und jetzt war er mit einer rigide gekürzten Version in der Stadt, um seine Einkäufe zu erledigen. Die vollständige Liste war umwerfend gewesen – über einhundertundzwanzig Namen, wobei er an alle nahen und entfernten Verwandten von Mary und sich gedacht hatte, an alle gemeinsamen Freunde und Bekannten, und ganz unten hatte er noch – Gott erhalte den König – Steve Ordner mitsamt seiner Frau und seinem *Dienstmädchen* draufgesetzt.

Die meisten Namen hatte er wieder ausgestrichen und dabei irritiert über sich selbst gelacht. Jetzt schlenderte er langsam an den Schaufenstern voller Weihnachtsgeschenke vorbei, die alle im Namen eines vor langer Zeit verstorbenen deutschen Diebes verteilt werden sollten, der durch den Kamin in die Häuser geklettert war und den Leuten alles gestohlen hatte, was sie besaßen. Mit einer Hand streichelte er einen Packen von fünfhundert Dollar in Zehndollarscheinen in seiner Manteltasche.

Er lebte jetzt ganz von seinem Versicherungsgeld, und die

ersten tausend Dollar waren mit erstaunlicher Geschwindigkeit ausgegeben. Er schätzte, daß das Geld, wenn er so weitermachte, höchstens bis Mitte März kommenden Jahres reichen würde, vermutlich nicht einmal so lange. Aber das bereitete ihm kein großes Kopfzerbrechen. Der Gedanke an den März und was er dann machen würde war ihm ebenso unverständlich wie Integralrechnungen.

Er betrat ein Juweliergeschäft und kaufte eine silberne Anstecknadel für Mary. Sie hatte die Form einer Eule, deren Augen aus kalt blinkenden Diamanten bestanden, und kostete ihn einhundertfünfzig Dollar plus Mehrwertsteuer. Die Verkäuferin gab sich überschwenglich. Sie sei sicher, daß seine Frau die Brosche lieben würde. Er lächelte ihr zu. Das waren mindestens drei Stunden bei Dr. Psycho, Freddy. Wie findest du das?

Freddy sprach wieder nicht mit ihm.

Er ging in ein großes Kaufhaus und fuhr mit dem Fahrstuhl zur Spielzeugabteilung hinauf, die von einer riesigen Anlage mit einer elektrischen Modelleisenbahn beherrscht wurde. Grüne Plastikhügel, die von Tunneln durchzogen und mit Unter- und Überführungen, Plastikbahnhöfen, Signalen und Weichen gespickt waren, und durch das Ganze kämpfte sich eine kleine Lokomotive, die synthetische graue Rauchfäden aus dem Schornstein stieß und eine Unmenge von Güterwagen hinter sich herzog: B & O, SOO LINE, GREAT NORTHERN, GREAT WESTERN, WARNER BROTHERS (WARNER BROTHERS ??), DIAMOND INTERNATIONAL, SOUTHERN PACIFIC. Kleine Jungen standen mit ihren Vätern am Zaun, der die Anlage umgab, und er spürte plötzlich eine Welle von warmherziger Zuneigung für sie, die nicht von Neidgefühlen getrübt war. Er wäre am liebsten auf sie zugegangen, um seine Liebe und Dankbarkeit auszudrücken, die er sowohl für sie als auch für die schöne Vorweihnachtszeit empfand. Und er hätte sie gewarnt, daß sie bloß vorsichtig sein sollten.

Er schlenderte durch die Puppenabteilung und wählte jeweils eine Puppe für seine drei Nichten aus: *Chatty Cathy* für

Tina, *Maisie,* die Akrobatin, für Cindy und eine *Barbie*-Puppe für Sylvia, die gerade elf geworden war. Danach kaufte er einen GI Joe für Bill und, nach einiger Überlegung, ein Schachspiel für Andy. Andy war jetzt zwölf und bereitete seinen Eltern in letzter Zeit ziemliche Sorgen. Die gute alte Bea aus Baltimore hatte Mary anvertraut, daß sie in letzter Zeit immer wieder nasse Flecken in Andys Bettwäsche entdeckte. War das möglich? So früh schon? Mary hatte ihr erklärt, daß die Kinder heutzutage immer frühreifer würden. Bea glaubte, daß es an der vielen Milch läge, die sie immer trinken würden, und natürlich an den Vitaminen, aber sie wünschte sich sehnlichst, daß Andy sich mehr für Sport interessieren würde oder fürs Sommerlager oder fürs Reiten oder was auch immer.

Mach dir nichts draus, Andy, dachte er und schob die Schachkassette unter seinen Arm. Ab jetzt übst du eben den Rösselsprung und Dame auf B-4, und masturbierst dabei unterm Tisch, wenn du das Verlangen danach hast.

Vor der Spielzeugabteilung stand ein großer Thron für den Weihnachtsmann, aber er war leer. Auf dem leeren Sitz lag ein Schild:

DER WEIHNACHTSMANN ISST GERADE
IN UNSEREM BERÜHMTEN GRILLRESTAURANT
LEISTEN SIE IHM DOCH GESELLSCHAFT!

Ein junger Mann in einer Jeansjacke stand mit den Armen voller Pakete vor dem Thron und betrachtete ihn nachdenklich. Als er sich umdrehte, erkannte er Vinnie Mason.

»Vinnie!« rief er.

Vinnie lächelte ihm zu und wurde ein bißchen rot, als ob er bei einem Streich erwischt worden wäre. »Hallo, Bart«, sagte er und kam zu ihm herüber. Sie brauchten sich über das Händeschütteln keine Gedanken zu machen, dazu waren sie beide zu bepackt.

»Machst du ein paar Weihnachtseinkäufe?« fragte er Vinnie.

»Ja.« Vinnie lachte verlegen. »Letzten Samstag habe ich Sharon und Bobbie – das ist meine kleine Tochter Roberta – hergebracht. Sie ist jetzt drei. Wir wollten, daß sie sich zusammen mit dem Weihnachtsmann fotografieren läßt, aber sie wollte nicht. Sie machen das immer samstags, weißt du, kostet nur einen Dollar. Jedenfalls hat sie geschrien wie am Spieß. Sharon war das etwas peinlich.«

»Na ja, das ist ja auch ein großer, fremder Mann mit einem unheimlichen Bart. Davor haben die Kleinen manchmal Angst. Vielleicht schafft ihr's nächstes Jahr.«

»Ja, vielleicht.« Vinnie lächelte kurz.

Er lächelte ebenfalls und dachte, daß es mit Vinnie jetzt viel leichter ging. Er hätte ihm gerne gesagt, daß er ihn nicht zu sehr hassen solle. Er wollte ihm sagen, daß es ihm leid tue, wenn er sein Leben zu sehr durcheinandergebracht hätte. »Und, was machst du jetzt so?« fragte er statt dessen.

Vinnie fing an zu strahlen. »Du wirst es kaum glauben, mir geht's ausgezeichnet. Ich bin jetzt Manager von einem Kino. Im nächsten Sommer kommen noch drei hinzu.«

»Etwa bei *Media Associates*?« Das war eine von Amrocos Firmen.

»Ja, genau. Wir gehören zu einer Kinokette. Der Verleih schickt uns alle Filme... alles Kassenschlager. Aber das Westfall-Kino leite ich ganz selbständig.«

»Und sie geben dir noch ein paar Kinos dazu?«

»Ja. Kino II und III im nächsten Sommer. Und dann noch das Beacon-Autokino, das übernehme ich auch.«

Er zögerte. »Vinnie, sag's mir, wenn ich zu weit gehen sollte, aber ich frage mich, wenn die Gesellschaft alle Filme auswählt und dir zuschickt... was hast du dann eigentlich noch zu tun?«

»Ich verwalte das Geld, was denn sonst? Und ich erledige alle Besorgungen. Weißt du, daß man allein von den Einnahmen des Bonbonkiosks die Miete für einen ganzen Abend bestreiten kann, wenn man's richtig macht? Dann sind da noch die Wartungsarbeiten und...« er schluckte vernehmlich »...die Personalverwaltung. Ich werde ganz schön zu tun haben. Sharon gefällt es, denn sie ist ein richtiger Kinofan. Für Paul Newman und Clint Eastwood schwärmt sie besonders. Und mit gefällt es, weil ich statt neuntausend nun elftausendfünfhundert Dollar verdiene.«

Er musterte Vinnie mürrisch und fragte sich, ob er es ihm sagen sollte. Das war also Ordners Preis. Braves Hündchen, komm her, hier ist dein Knochen.

»Sieh zu, daß du da raus kommst, Vinnie«, sagte er. »So schnell wie möglich.«

»Aber Bart?« Vinnie runzelte ehrlich verwirrt die Augenbrauen.

»Weißt du, was das Wort *Gofer* bedeutet, Vinnie?«

»*Gopher*? Na klar, das sind so kleine Erdhörnchen, die überall Löcher in die Erde buddeln...«

»Nicht mit ph, mit f. *G-o-f-e-r.*«

»Keine Ahnung, Bart. Ist das was Jüdisches?«

»Es bedeutet, ein niederer Angestellter zu sein. Einer, der Befehle ausführen muß. Ein Laufbursche. Geh, hol mir 'nen Kaffee! Bring mir ein paar Sandwiches! Geh doch kurz mal um den Block für mich!«

»Bart, wovon redest du eigentlich? Ich meine...«

»Ich meine, daß Steve Ordner sich deines Falles angenommen und ihn dem Aufsichtsrat – den Leuten, auf die es eigentlich ankommt – unterbreitet hat. Hört mal her, Leute, wir müssen was mit diesem Mason unternehmen, eine delikate Sache. Er hat uns gewarnt, daß dieser Dawes eine krumme Sache im Schilde führt. Er hat zwar nicht stark genug auf die Pauke gehauen, daß wir rechtzeitig hätten einschreiten können, bevor die Wäscherei kaputtging, aber wir sind ihm trotzdem etwas schuldig. Natürlich können wir ihm nicht zuviel Verantwortung überlassen. Und weißt du auch, warum, Vinnie?«

Vinnie sah ihn böse an. »Ich weiß, daß ich mir deinen Mist nicht mehr gefallen lassen muß, Bart. Das habe ich nicht mehr nötig.«

Er machte ein ernstes Gesicht. »Ich will dich nicht reinlegen, Vinnie. Was du tust oder läßt, geht mich nichts mehr an.

Aber, um Himmels willen, Vinnie, du bist noch jung. Ich kann nicht mitansehen, wie du dir dein Leben auf diese Weise vermiesen läßt. Der Job, den sie dir da gegeben haben, ist zwar auf kurze Sicht eine Riesenorange, aber auf lange Sicht wird er sich als Zitrone erweisen. Die verantwortungsvollste Entscheidung, die du je zu treffen haben wirst, wird sein, ob du mehr Pappbecher oder Milkyways für den Automaten bestellen sollst. Und Ordner wird dafür sorgen, daß es immer so bleibt. Jedenfalls solange du bei dieser Gesellschaft bleibst.«

Die Vorweihnachtsfreude, wenn es das überhaupt gewesen war, war aus Vinnies Augen verschwunden. Er umklammerte seine Pakete so fest, daß das Papier bei einigen zerriß, und seine Augen wurden grau vor Ärger. Das Bild eines jungen Mannes, der in freudiger Erwartung auf sein Mädchen das Haus verläßt und feststellen muß, daß jemand alle vier Reifen seines Wagens aufgeschlitzt hat. *Er hört mir gar nicht zu. Ich könnte es ihm immer wieder auf Tonband vorspielen, er würde nicht darauf hören.*

»Wie sich herausgestellt hat, hast du das Richtige getan«, fuhr er fort. »Ich weiß zwar nicht, was die Leute über mich reden...«

»Sie halten dich alle für verrückt, Bart«, zischte Vinnie mit spitzer, feindseliger Stimme.

»Ist ja auch egal. Jedenfalls hattest du recht. Aber in anderer Hinsicht hattest du auch wieder unrecht. Du hast mich verraten. Und Verrätern geben sie keine hohen Positionen, nicht einmal, wenn sie der Gesellschaft einen Dienst erwiesen haben, und auch dann nicht, wenn die Gesellschaft – falls sie geschwiegen hätten – besonders geschädigt worden wäre. Diese Leute in der vierzigsten Etage sind wie die Ärzte, Vinnie. Sie mögen es nicht, wenn über Interna geredet wird, genausowenig wie die Ärzte es leiden können, wenn man sich über einen Kollegen das Maul zerreißt, der im Suff einen Patienten falsch operiert hat.«

»Du hast dir allen Ernstes vorgenommen, mein Leben kaputtzumachen, nicht wahr?« fragte Vinnie ihn. »Aber ich arbeite nicht mehr für dich, Bart. Geh und verspritz dein Gift woanders.«

Der Weihnachtsmann kam vom Mittagessen zurück. Er trug einen riesigen Sack über der Schulter, lachte gutmütig und zog eine Reihe von kleinen Kindern wie eine bunte Papierschlange hinter sich her.

»Vinnie, sei doch nicht blind! Sie haben dir nur die bittere Pille versüßt. Klar, du verdienst jetzt elftausendfünfhundert im Jahr, und im nächsten, wenn die drei Kinos hinzukommen, werden es vielleicht vierzehntausend sein. Aber dabei wirst du dann auch die nächsten zwölf Jahre bleiben. Und dann kriegt man nicht mal mehr 'ne Cola für lausige dreißig Cents. Besorgen Sie uns einen neuen Teppich. Kümmern Sie sich um den Bezug der Sitze. Schicken Sie diese Filmrollen zurück, die sind nur aus Versehen hier gelandet. Willst du diesen Mist immer noch machen, wenn du vierzig bist? Ohne Zukunftsaussichten außer einer goldenen Uhr zum Firmenjubiläum?«

»Immer noch besser als das, was du tust.« Vinnie drehte sich abrupt um und wäre fast mit dem Weihnachtsmann zusammengestoßen, der unter seinem Bart gar nicht so freundlich murmelte: »Können Sie nicht aufpassen, Sie Idiot?«

Er lief hinter Vinnie her. Etwas an seinem Gesichtsausdruck hatte ihm verraten, daß er doch zu ihm durchgedrungen war, trotz seiner abweisenden Haltung. Lieber Gott, bitte, laß ihn mich anhören.

»Laß mich in Ruhe, Bart. Hau ab!«

»Gib den Job auf«, wiederholte er. »Wenn du bis zum nächsten Sommer wartest, könnte es schon zu spät sein. Der Arbeitsmarkt wird so eng wie ein Keuschheitsgürtel werden, wenn das mit der Energiekrise so weitergeht, Vinnie. Es könnte deine letzte Chance sein. Es...«

Vinnie fuhr herum. »Ich sage es dir zum letzten Mal, Bart!«

»Du spülst deine wertvolle Zukunft im Klo hinunter, Vinnie. Dazu ist das Leben zu kurz. Was wirst du deiner Tochter sagen, wenn du...«

Vinnie schlug ihn direkt aufs Auge. Ein greller Schmerz

durchzuckte ihn, und er stolperte mit rudernden Armen zurück. Die Kinder, die dem Weihnachtsmann gefolgt waren, fielen über die Spielsachen, die er gekauft hatte – Puppen, GI Joe, Schachspiel – und die jetzt in hohem Bogen durch die Luft flogen. Er fiel in ein Regal mit Spieltelefonen, die sich über den Boden verstreuten. Ein kleines Mädchen schrie auf wie ein verwundetes Tier, und er dachte: *Weine nicht, meine Kleine, es ist nur der alte George, der fällt auch zu Hause öfter mal um.* Jemand anderer, vielleicht der liebe, gute Weihnachtsmann, fluchte und rief nach dem Hausdetektiv. Dann lag er auf dem Boden inmitten von Plastikgehäusen, Telefondrähten, herausgefallenen Batterien und losen Hörern. Aus einem sagte eine Stimme wieder und wieder in sein Ohr: ›Möchtest du mit mir in den Zirkus gehen? Möchtest du mit mir in den Zirkus gehen? Möchtest du...‹

17. Dezember 1973

Das Schrillen des Telefons riß ihn aus einem unruhigen Mittagsschlaf. Er hatte geträumt, daß ein junger Wissenschaftler die Möglichkeit entdeckt hätte, durch eine Änderung der chemischen Zusammensetzung von Erdnüssen unbegrenzte Mengen von umweltfreundlichem Benzin zu erzeugen. Das schien sämtliche Probleme zu lösen, die nationalen wie die persönlichen, und der Traum hatte ihn in eine Stimmung von aufkeimender Freude versetzt. Das Telefon hatte allmählich einen Kontrapunkt dazu gebildet, der ihm immer mehr ins Bewußtsein gedrungen war, bis der Traum sich schließlich aufgelöst und der unwillkommenen Realität Platz gemacht hatte.

Er rappelte sich von der Couch auf, schlurfte zum Apparat hinüber und nahm den Hörer ab. Sein Auge tat nicht mehr weh, aber im Spiegel konnte er immer noch das Veilchen erkennen.

»Hallo?«

»Hallo Bart, hier ist Tom.«

»Oh, Tom. Wie geht es dir?«

»Ganz gut. Hör mal, Bart, ich dachte, du würdest es gern wissen. Sie reißen morgen das Blue Ribbon ab.«

Er riß die Augen weit auf. »Morgen? Das kann doch nicht sein. Sie... Himmel, es ist doch bald Weihnachten.«

»Gerade darum.«

»Aber sie sind doch noch gar nicht soweit.«

»Es ist das letzte Geschäftsgebäude, das ihnen noch im Weg steht. Sie wollen es noch wegräumen, bevor sie in die Weihnachtsferien gehen.«

»Bist du sicher?«

»Ja, sie habe es heute morgen in den lokalen Nachrichten gebracht.«

»Wirst du dir das ansehen?«

»Sicher. Ich hab' zu viele Jahre meines Lebens in den alten Mauern verbracht, um mir das entgehen zu lassen.«

»Dann sehe ich dich wohl morgen.«

»Das nehme ich an.«

Er zögerte einen Augenblick. »Hör mal, Tom, ich möchte mich bei dir entschuldigen. Ich glaube nicht, daß sie das Blue Ribbon wieder aufmachen werden, weder in Waterford noch sonstwo. Wenn ich dein Leben völlig durcheinandergeworfen habe...«

»Nein, nein, mir geht es gut. Ich bin jetzt Techniker bei den *Brite-Kleen*-Leuten. Kürzere Arbeitszeit, bessere Bezahlung. Ich hab' wohl die Rose auf dem Misthaufen gefunden.«

»Wie ist es da?«

Tom seufzte durch die Leitung. »Nicht sehr schön. Aber ich bin schon über fünfzig, da ist es schwierig, sich umzugewöhnen. In Waterford wäre es wohl dasselbe gewesen.«

»Tom, was ich getan habe...«

»Ich will nichts davon hören, Bart. Das ist eine Sache zwischen dir und Mary und geht mich nichts an.«

»In Ordnung.«

»Eh... kommst du zurecht?«

»Klar. Ich hab' da so einiges in Aussicht.«

»Freut mich zu hören.« Tom schwieg, bis die Stille belastend wurde, und er wollte ihm schon für den Anruf danken und auflegen, als Tom plötzlich weitersprach: »Steve Ordner hat mich deinetwegen angerufen. Direkt hier bei mir zu Hause.«

»Oh, tatsächlich? Wann?«

»Letzte Woche. Er ist verdammt sauer auf dich, Bart. Er hat immer wieder gefragt, ob einer von uns etwas davon gewußt hat, daß du das Waterford-Geschäft platzen lassen wolltest. Aber das war nicht alles. Er wollte alles mögliche wissen.«

»Was denn zum Beispiel?«

»Ob du mal was aus dem Geschäft mit nach Hause genommen hättest, Büromaterial oder was weiß ich. Ob du jemals Geld aus der Kasse genommen hast, ohne einen Beleg hineinzutun, oder ob du deine Privatwäsche auf Geschäftskosten gewaschen hast. Er hat mich sogar gefragt, ob du mit einigen Motels vielleicht Extraverträge gehabt hast.«

»Dieser Hurensohn«, sagte er nachdenklich.

»Wie ich schon sagte, dieser Mistkerl sucht nach einem dicken Kolben, mit dem er dir das Maul stopfen kann, Bart. Ich glaube, er hofft, dir was Kriminelles anhängen zu können, um dich dranzukriegen.«

»Das wird ihm nicht gelingen. Es bleibt alles in der Familie. Und die ist auseinandergebrochen.«

»Sie ist schon vor langer Zeit kaputtgegangen«, sagte Tom gelassen. »Als Ray Tarkington gestorben ist. Ich kenne sonst niemanden, der sauer auf dich ist, außer eben Ordner. Diese Kerle in der Verwaltung... für die zählen nur Dollars und Cents. Sie haben keinen blassen Schimmer vom Wäschereigeschäft, und sie wollen auch gar nichts davon wissen.«

Darauf fiel ihm nichts zu sagen ein.

»Also...« Tom seufzte. »Ich dachte, das solltest du wissen. Sag mal, hast du das von Johnny Walkers Bruder gehört?«

»Arnie? Nein, was ist mit ihm?«

»Er hat sich umgebracht.«

»Was?«

Tom machte ein Geräusch, als würde er Luft durch seine

Vorderzähne saugen. »Er hat einen Schlauch vom Auspuffrohr durch das Fenster seines Wagens geführt und alles dichtgemacht. Der Zeitungsjunge hat ihn gefunden.«

»Heiliger Jesus«, flüsterte er und dachte an Arnie, wie er auf dem Krankenhausstuhl gekauert und gezittert hatte. »Das ist ja schrecklich.«

»Ja...« Tom machte wieder dieses saugende Geräusch. »Wir sehen uns dann morgen, Bart.«

»Klar. Danke, daß du angerufen hast.«

»Bitte, bitte. Wiedersehen.«

Er legte langsam den Hörer auf und dachte immer noch an Arnie und an das hohe, wimmernde Weinen, in das Arnie ausgebrochen war, als er den Priester gesehen hatte.

Jesus, er hat seine Hostien dabei, haben Sie das gesehen?

»Das ist eine Schande«, sagte er ins leere Wohnzimmer, und die Worte hallten tot von den Wänden zurück. Dann ging er in die Küche und mixte sich einen Drink.

Selbstmord.

Das Wort hatte einen zischenden, bedrängenden Klang wie eine Schlange, die sich durch einen engen Spalt windet. Es schlüpfte wie ein entfliehender Sträfling zwischen der Zunge und dem Gaumen hervor.

Selbstmord.

Seine Hand zitterte, als er den Southern Comfort ins Glas schüttete, und der Flaschenhals klapperte gegen den Glasrand. Warum hat er das getan, Freddy? Sie waren doch nur zwei alte Kumpel, die eine gemeinsame Wohnung hatten. Jesus Christus, warum tut jemand so was?

Aber er glaubte, daß er den Grund kannte.

Er kam schon morgens um acht zur Wäscherei. Obwohl die Abbrucharbeiten nicht vor neun beginnen würden, stand schon eine ansehnliche Menschengruppe herum, die Hände tief in den Manteltaschen vergraben und den Atem in weißen Wölkchen vor den Mündern wie Sprechblasen. Tom Granger, Ron Stone, Ethel Diment, die Hemdenbüglerin, die sich während der Mittagspause meistens betrank und dann den ganzen Nachmittag über sämtliche Hemdenkrägen verbrannte, Gracie Floyd und ihre Cousine Maureen, die beide an den Heißmangeln gearbeitet hatten, und noch zehn oder fünfzehn andere.

Die Straßenbaubehörde hatte gelbe Sägeböcke und Warnblinker sowie große orangefarbene Schilder mit schwarzer Schrift aufstellen lassen:

UMLEITUNG

Die Schilder lenkten den Verkehr um den Block herum. Auch der Bürgersteig gegenüber der Wäscherei war abgesperrt.

Tom Granger grüßte ihn kurz mit einem Kopfnicken, kam aber nicht zu ihm herüber. Die anderen von der Wäscherei warfen ihm neugierige Blicke zu und steckten die Köpfe zusammen.

Verfolgungswahn, Freddy. Wer wird der erste sein, der auf mich zugeht und mir *j'accuse* ins Gesicht brüllt?

Aber Freddy sagte heute wieder nichts.

Um Viertel vor neun fuhr ein brandneuer Toyota Corolla vor, der das Zehn-Tage-Probefahrt-Schild noch im Rückfenster kleben hatte, und Vinnie Mason stieg aus. Er war elegant gekleidet, wirkte aber noch etwas unsicher in dem teuren Kamelhaarmantel und mit den Lederhandschuhen. Er warf ihm einen wütenden Blick zu, der selbst Stahlnägel verbogen hätte, und ging auf die Gruppe zu, in der Ron Stone, Dave und Pollack zusammenstanden.

Um zehn vor neun kam der Kran die Straße herauf. Die

große Stahlkugel baumelte wie eine riesige, vom Körper losgetrennte äthiopische Titte vom Kranhals herab. Der Kran rollte langsam und betulich auf seinen schweren, brusthohen Rädern daher, und das Dröhnen des Dieselmotors hämmerte wie der Meißel eines Bildhauers, der eine Skulptur aus einem unförmigen Block herausschlägt, in die kühle, silbrige Morgenluft.

Ein Mann mit einem gelben Sturzhelm lotste ihn über den Randstein auf den Parkplatz hinauf; oben in der Kabine konnte er einen zweiten Mann erkennen, wie er die Gänge wechselte und die Kupplung mit seinem großen, klobigen Fuß betätigte. Aus dem Schornstein pufften braune Rauchwolken empor.

Seit er seinen Wagen drei Blocks entfernt geparkt und hierhergelaufen war, hatte ihn ein eigenartiges, schleichendes Gefühl befallen, das er sich nicht ganz erklären konnte. Als er jetzt beobachtete, wie der Kran vor dem alten Ziegelsteinbau direkt in der früheren Ladezone hielt, wurde es ihm plötzlich klar. Es war, als käme man zum letzten Kapitel eines Romans von Ellery Queen, in dem alle Hauptpersonen versammelt sind, um den Hergang des Verbrechens erklärt zu bekommen, bis der Schurke entlarvt wird. Gleich würde jemand – höchstwahrscheinlich Steve Ordner – aus der Menge heraustreten, mit dem Finger auf ihn zeigen und *Der ist es! Bart Dawes! Er hat das Blue Ribbon umgebracht!* brüllen. Dann würde er seine Pistole ziehen, um den Rächer zum Schweigen zu bringen, statt dessen aber selbst von Polizeikugeln durchlöchert werden.

Die Vorstellung verwirrte ihn. Er blickte die Straße hinunter, um sich zu beruhigen, aber sein Magen sank einen Stock tiefer, als er plötzlich Ordners flaschengrünen Delta 88 entdeckte, der mit laufendem Motor direkt hinter der gelben Absperrung stand. Steve Ordner musterte ihn ruhig durch die polarisierten Gläser seiner Brille.

In diesem Augenblick schwang die Stahlkugel in einem flachen, kreischenden Bogen, und die Menge stieß einen Seufzer aus, als sie gegen die Ziegelmauer traf und mit dem hohlen, donnernden Detonationsgetöse einer Kanonenkugel hindurchschlug.

Um vier Uhr am Nachmittag war vom Blue Ribbon nur noch ein unordentlicher Haufen aus Glas und Ziegelbrocken übrig, aus dem die ehemaligen, jetzt zerschmetterten Stützbalken wie das Skelett eines ausgegrabenen Dinosauriers herausragten.

Was er später tat, geschah, ohne daß er sich Gedanken darüber machte, was für Folgen es haben könnte. Er befand sich dabei in einem ähnlichen Geisteszustand wie einen Monat zuvor, als er die Gewehre in Harveys Waffengeschäft gekauft hatte. Nur brauchte er jetzt nicht mehr die Sicherung herauszudrehen. Freddy sagte nichts mehr.

Er fuhr zur Tankstelle und ließ den LTD volltanken. Der Himmel hatte sich im Laufe des Tages bewölkt, und im Radio wurde ein Schneesturn angekündigt – fünfzehn bis zwanzig Zentimeter Neuschnee. Er kam nach Hause, stellte den Wagen in der Garage ab und ging in den Keller hinunter.

Unter der Treppe standen zwei große Kartons voller leerer Soda- und Bierflaschen, die mit einer zentimeterdicken Staubschicht bedeckt waren. Einige der Flaschen waren wohl schon über fünf Jahre alt. Selbst Mary mußte sie während des letzten Jahres vergessen haben, denn sie hatte aufgehört, ihn zu drängen, er solle sie endlich zum Laden zurückbringen. Die meisten Geschäfte nahmen heute ja sowieso keine Pfandflaschen mehr an. Gebrauchen und wegwerfen war die Devise. Zum Teufel damit.

Er stellte einen Karton auf den anderen und trug sie zur Garage hinauf. Als er in die Küche ging, um ein Messer, Marys Trichter und ihren Putzeimer zu holen, hatte es zu schneien angefangen.

Er drehte das Garagenlicht an und holte den grünen Gartenschlauch vom Nagel, wo er seit der dritten Septemberwoche gehangen hatte. Er schnitt die Düse ab, die mit einem unbedeutenden *Klick* auf den Zementfußboden fiel. Dann maß er zirka drei Fuß ab und schnitt ihn noch mal durch. Den Rest stieß er mit dem Fuß zur Seite und betrachtete das Stück, das er in der Hand hielt, einen Augenblick nachdenklich. Er schraubte die Benzinkappe vom Tank und ließ den Schlauch sanft wie ein zärtlicher Liebhaber hineingleiten.

Er hatte schon öfter beim Benzinabsaugen zugesehen und kannte das Prinzip, aber er hatte es noch nie selbst ausprobiert. Jetzt wappnete er sich innerlich gegen den Geschmack und sog dann an dem einen Schlauchende. Einen Augenblick spürte er nur eine unsichtbaren Widerstand, doch plötzlich füllte sein Mund sich mit einer so kalten und fremdartigen Flüssigkeit, daß er sich sehr beherrschen mußt, um nicht nach Luft zu schnappen und das Zeug aus Versehen runterzuschlucken. Er zog eine Grimasse und spuckte es aus, aber der Geschmack blieb wie ein lebensbedrohender Begleiter auf seiner Zunge. Er hängte das Schlauchende über den Rand von Marys Putzeimer und sah zu, wie ein dünner rötlicher Strahl auf den Eimerboden spritzte. Nach einer Weile tröpfelte der Strahl nur noch, und er hatte schon Angst, daß er das Ganze noch mal machen müßte, doch dann wurde er wieder dicker und floß beständig weiter. Es hörte sich an wie das Urinieren in einem öffentlichen Klo.

Er spuckte auf den Boden, spülte seinen Mund mit Speichel und spuckte nochmals. Nun hatte er fast jeden Tag in seinem Erwachsenenleben mit Benzin zu tun gehabt, aber so einen intimen Kontakt hatte er noch nie erlebt. Er hatte es nur einmal mit den Fingern berührt, als er den kleinen Tank seines Rasenmähers überfüllt hatte. Plötzlich war er froh, daß es geschehen war. Selbst der unangenehme Geschmack im Mund schien ganz in Ordnung zu sein.

Während der Eimer sich füllte, ging er wieder ins Haus (es schneite jetzt stärker) und holte ein paar Putzlumpen aus dem Schrank unter der Küchenspüle. Er nahm sie in die Garage mit und riß sie dort in Streifen, die er auf der Motorhaube des LTD ausbreitete.

Als der Eimer halb voll war, hängte er den Schlauch in den kleinen galvanisierten Stahleimer, in dem er normalerweise Asche und Schlacke aufbewahrte, um damit die glatte Auffahrt im Winter zu streuen. Während dieser sich füllte, stellte er die zwanzig Bier- und Sodaflaschen in vier ordentlichen Reihen auf und füllte sie mit Hilfe des Trichters dreiviertel voll Benzin. Danach zog er den Schlauch aus dem Stahleimer und schüttete den Inhalt in Marys Putzeimer um. Der Eimer war jetzt fast randvoll.

Er steckte einen Fetzen Stoff in jeden Flaschenhals, um sie dicht zu verschließen. Dann brachte er den Trichter ins Haus zurück. Der Schnee bedeckte jetzt in kleinen, schiefen Windverwehungen den Boden, und die Auffahrt war schon ganz weiß. In der Küche stellte er den Trichter ins Spülbekken und nahm den Plastikdeckel von Marys Eimer aus dem Schrank. Wieder in der Garage, deckte er den Eimer fest damit zu. Er öffnete den Kofferraum des LTD und stellte den Eimer hinten rein. Dann stellte er seine Molotowcocktails in einen der Kartons, dich nebeneinander, so daß sie nicht umkippen konnten und aufgereiht wie wachsame Soldaten dastanden. Den Karton stellte er in Reichweite auf den Beifahrersitz. Dann ging er ins Haus zurück, setzte sich in seinen Sessel und schaltete mit seinem Raumfahrtcommander den Fernseher ein. Der ›Dienstagabendfilm der Woche‹ war ein Western mit David Janssen in der Hauptrolle. Er fand, daß David Janssen einen ziemlich bescheuerten Cowboy abgab.

Als der Film vorbei war, behandelte Marcus Welby einen geistig gestörten Teenager auf Epilepsie. Der Teenager fiel immer wieder in der Öffentlichkeit in Ohnmacht. Marcus Welby heilte ihn natürlich. Danach folgten zwei Reklamespots, einer für Hundefutter und einer für ein Schallplattenalbum mit einundvierzig beliebten Spirituals. Dann die Nachrichten. Die Wettervorhersage kündigte an, daß es die ganze Nacht über und die Hälfte des nächsten Tages schneien würde. Die Bevölkerung wurde gebeten, möglichst zu Hause zu bleiben. Die Straßen wären gefährlich glatt, und die Räumfahrzeuge würden erst gegen zwei Uhr morgens mit ihrer Arbeit beginnen. Starke Winde sorgten für Schneeverwehungen, und alles in allem würden in den nächsten zwei Tagen die Straßenverhältnisse ziemlich schlecht sein.

Nach den Nachrichten kam Dick Cavett dran. Er sah sich die Sendung ungefähr eine halbe Stunde an und schaltete den Fernseher dann ab. Ordner wollte ihm also etwas Kriminelles anhängen, was? Nun, wenn er hinterher mit seinem LTD steckenblieb, konnte er das haben. Aber er glaubte, daß seine Chancen ganz gut standen. Der LTD war ein schwerer Wagen und hatte Spikes auf den Hinterrädern.

Er zog sich seinen Mantel, Hut und Handschuhe an und blieb dann zögernd in der Küchentür stehen. Er machte noch mal einen Rundgang durch das warme, erleuchtete Haus und sah sich alles an – den Küchentisch, den Herd, den Eßzimmerschrank mit den am oberen Regal aufgehängten Teetassen, das Alpenveilchen auf dem Kaminsims im Wohnzimmer – und eine heiße Woge von Zuneigung durchströmte ihn. Er wollte das alles beschützen. Er stellte sich vor, wie die Stahlkugel mit Getöse durchs Haus fahren, die Mauern einstürzen, die Fenster zersplittern, die Trümmer über die Fußböden verstreuen würde. Niemals. Das würde er nie zulassen. Auf diesen Böden war Charlie herumgekrochen. Im Wohnzimmer hatte er seine ersten Schritte gelernt. Er war einmal von den Stufen vor der Haustür heruntergefallen und hatte seine Eltern damit fast zu Tode erschreckt. Charlies Zimmer war jetzt eine Art Arbeitszimmer im ersten Stock, aber es war trotzdem noch der Raum, in dem er seine ersten Kopfschmerzen bekommen, in dem er zum ersten Mal doppelt gesehen und diese seltsamen Gerüche wahrgenommen hatte. Manchmal wie Schweinebraten, dann wie verbranntes Gras, manchmal auch die Schnipsel vom Spitzen eines Bleistifts. Als Charlie gestorben war, waren über hundert Leute kondolieren gekommen, und Mary hatte sie in diesem Wohnzimmer mit Kaffee und Kuchen bewirtet.

Nein, Charlie, dachte er, *nicht, wenn ich es verhindern kann.*

Er zog das Garagentor auf und stellte fest, daß schon gut zehn Zentimeter Schnee in der Auffahrt lagen, Pulverschnee. Er stieg in den LTD und ließ den Motor warmlaufen.

Der Tank war noch zu Dreiviertel voll. Während er in dem mysteriösen grünen Licht der Blinklämpchen vom Armaturenbrett saß, mußte er an Arnie Walker denken. Nur die Länge eines Gartenschlauchs, das war gar nicht so schlimm. Es wäre genauso, als würde man einschlafen. Er hatte mal irgendwo gelesen, daß eine Kohlenmonoxidvergiftung wie Einschlafen wäre. Es brachte einem sogar die Farbe ins Gesicht zurück, so daß man rosig und gesund aussah, voller Vitalität und Leben. Es...

Er schauerte zusammen, als wäre ihm sein eigener Geist begegnet. Er schaltete die Heizung ein. Als der Motor gleichmäßig lief und er zu zittern aufgehört hatte, legte er den Rückwärtsgang ein und setzte den Wagen zurück in den Schnee. Er konnte das Benzin in Marys Putzeimer glucksen hören, und das erinnerte ihn daran, daß er etwas vergessen hatte.

Er stellte den Wagen ab und ging noch mal ins Haus zurück. In der Schreibtischschublade fand er ein Paket Streichhölzer und packte seine Manteltaschen mit gut zwanzig Heftchen voll. Dann lief er wieder nach draußen.

Die Straße war sehr glatt.

An manchen Stellen befanden sich blanke Eisplatten unter dem Schnee, und als er vor der Ampel an der Crestallen-Garner-Kreuzung bremste, stellte der LTD sich quer. Als er den rutschenden Wagen abgefangen hatte, schlug sein Herz wie wild gegen seine Rippen. Das war wirklich ein verrücktes Unterfangen. Wenn er mit all dem Benzin einen Unfall baute, könnte man ihn nur noch mit einem Löffel von der Straße abkratzen und seine Überreste in einer Hundefutterschachtel begraben.

Besser als Selbstmord. Selbstmord ist eine Todsünde.

Reverenz an die Katholiken. Aber er glaubte nicht, daß es zu einem Unfall kommen würde. Es waren so gut wie keine Autos auf den Straßen, und er sah auch weit und breit keine Bullen. Die saßen wohl zusammengepfercht wie die Hühner in den Nebenstraßen in ihren Autos.

Er bog vorsichtig auf die Kennedy-Promenade ein, die für ihn wohl immer die Dumont Street bleiben würde. So hatte die Straße bis Januar 1964 geheißen, als der Stadtrat in einer Sondersitzung beschlossen hatte, sie umzubenennen. Die Dumont/Kennedy-Promenade führte vom Westend direkt in die Stadtmitte und lief gut zwei Meilen parallel zur neuen 784-Autobahn. Er blieb etwa eine Meile auf ihr und bog dann in die Grand Street ab. Eine halbe Meile weiter hörte die Straße plötzlich auf, ausgelöscht so wie das Grand Theatre selbst, möge es in Frieden ruhen. Im nächsten Sommer würde man die Grand wieder zum Leben erwecken, dann in Form einer Überführung (eine von den dreien, die er Magliore gegenüber erwähnt hatte), aber es würde nie wieder die alte Straße sein. Anstelle des Kinos sah man dann zur Rechten nur sechs – oder waren es acht? – dicht befahrene Fahrspuren unter sich. Er hatte sich durch das Fernsehen und die Tageszeitung eine Menge Informationen über die Baustelle angeeignet, aber nicht etwa bewußt, es war eher durch eine Art Osmose geschehen. Vielleicht sammelte er das Material ebenso instinktiv wie ein Eichhörnchen seinen Nußvorrat für den Winter. So wußte er zum Beispiel, daß die Baufirmen, die bei der Stadt unter Vertrag standen, ihre Hauptarbeiten für den Winter fast abgeschlossen hatten und daß sie alle notwendigen Demolierungen (das wär' doch mal ein Wort für dich, Freddy, *Demolierungen!* – aber Freddy nahm das Stichwort nicht auf) innerhalb der Stadtgrenzen bis Ende Februar beendet haben würden. Das schloß auch die Crestallen Street West mit ein. In gewisser Weise entbehrte die Sache nicht der Ironie. Wenn Mary und er nur eine Meile weiter außerhalb der Stadt gewohnt hätten, wäre ihr Haus nicht vor dem Frühling demoliert worden – vielleicht Ende Mai, Anfang Juni 1974. Und wenn Wünsche Pferde wären, würden alle Bettler hoch zu Roß daherkommen. Was er aber durch seine *bewußte* Beobachtung noch wußte, war, daß die meisten Baumaschinen genau an dem Punkt abgestellt worden waren, an dem sie die Grand Street gekillt hatten.

Beim Abbiegen scherte der Wagen hinten aus. Er steuerte

gegen und redete dem Wagen gut zu, der einen kleinen Satz machte und dann mit gleichmäßigem Surren wieder geradeaus durch den fast jungfräulichen Schnee fuhr – die Fahrspuren der Fahrzeuge, die vor ihm hier vorbeigekommen waren, waren verwischt und fast nicht mehr zu sehen. Bei dem Anblick von so viel Neuschnee fühlte er sich gleich wohler. Es war gut, in Bewegung zu sein, endlich etwas zu *tun*.

Als er langsam mit dreißig Stundenkilometern (er hatte keine große Eile) die Straße entlangfuhr, wanderten seine Gedanken zu Mary und zu der katholischen Auffassung von Sünde zurück. Läßliche Sünden und Todsünden. Mary war katholisch erzogen worden und als Kind in eine kirchliche Grundschule gegangen. Die meisten dieser religiösen Vorstellungen hatte sie – zumindest vom Verstand her – als Erwachsene aufgegeben, aber als sie sich damals begegnet waren, hatte das Zeug ihr noch tief in den Knochen gesteckt – das, was einem sozusagen mit der Muttermilch eingetrichtert wurde. Mary sagte immer, die Nonnen hätten ihr sechs Schichten Politur und drei Schichten Wachs aufgelegt. Nach ihrer Fehlgeburt hatte ihre Mutter ihr einen Pfarrer ins Krankenhaus geschickt, damit sie eine richtige Beichte ablegen könnte, und bei seinem Anblick war sie in Tränen ausgebrochen. Er hatte neben ihrem Bett gesessen, als der Pfarrer mit seinen Hostien ins Zimmer getreten war, und Marys Tränen hatten ihm das Herz zerrissen, was seitdem nur noch einmal wieder passiert war.

Er hatte sie einmal gebeten, ihm die Sünden zu nennen, und sie hatte ihm die ganze vollständige Liste heruntergeleiert, die läßlichen und die Todsünden. Obwohl sie ihren Katechismus vor zwanzig, fünfundzwanzig, ja dreißig Jahren gelernt hatte, war er ihr immer noch (wenigstens in seinen Augen) fehlerfrei und vollständig präsent. Es gab da eine Frage der Auslegung, die er nicht ganz verstehen konnte. Manchmal war eine Sache eine Todsünde, unter anderen Umständen aber läßlich. Es kam dabei wohl auf die geistige Verfassung des Sünders an. *Das Bewußtsein tut das Böse.* War das etwas, das sie damals während ihrer lange Diskussionen gesagt hatte, oder hatte Freddy ihm das gerade eingeflüstert? Der Gedanke bereitete ihm Sorgen. *Das Bewußtsein tut das Böse.*

Schließlich glaubte er verstanden zu haben, was die beiden größten Sünden waren, die beiden schweren, unwiderruflichen Todsünden: Mord und Selbstmord. Aber bei einer späteren Unterhaltung – war es mit Ron Stone gewesen? er glaubte ja – war ihm selbst dies nicht mehr ganz klar. Ron hatte gemeint, daß Mord manchmal auch nur eine läßliche Sünde sein könnte. (Sie hatten zusammen ein Bier getrunken, und es kam ihm so vor, als wäre es schon zehn Jahre her.) Oder unter gewissen Umständen auch gar keine. Wenn man einen Kerl kaltblütig ermordete, der die eigene Frau vergewaltigt hatte, könnte das sicher als läßliche Sünde gelten. Und wenn man jemanden in einem *gerechten Krieg* tötete – genau das waren Rons Worte gewesen, er konnte ihn noch genau wie damals hören, als hätte er eine Tonbandaufzeichnung im Gehirn –, dann galt das überhaupt nicht als Sünde. Ron glaubte, daß alle amerikanischen GIs, die Nazis und Japsen umgebracht hatten, am Tag des Jüngsten Gerichts gut dastehen würden.

Blieb noch Selbstmord. Dieses häßliche Wort.

Er kam jetzt zur Baustelle. Sie war mit schwarz-weißen Sägeböcken abgesperrt, auf denen orangefarbene Lampen blinkten. Große organgefarbene Schilder mit schwarzer Aufschrift leuchteten im Schein der Lampen auf. Auf einem stand:

DIE STRASSE ENDET VORÜBERGEHEND HIER

Auf dem nächsten:

UMLEITUNG – FOLGEN SIE DEN HINWEISSCHILDERN

Und auf einem anderen:

SPRENGGEBIET!

Er fuhr an die Seite, schaltete das Getriebe auf Leerlauf und die Warnblinkanlage ein und stieg aus dem Wagen. Dann ging er zur Absperrung hinüber. Die Schneeflocken wirkten in dem orangefarbenen Blinklicht irgendwie dicker und nahmen eine völlig absurde Farbe an.

Er wußte auch noch, daß die Frage der Absolution ihn verwirrt hatte. Zu Anfang hatte er das Ganze für ziemlich einfach gehalten: Wenn man eine Todsünde begangen hatte, war die Seele tödlich verwundet und für immer verdammt. Man konnte so viele Ave Marias beten, bis einem die Zunge rausfiel, man würde trotzdem zur Hölle fahren. Aber Mary sagte, daß es nicht unbedingt immer so sein müßte. Da gab es die Beichte und die Buße und den Segen und so weiter. Es war wirklich sehr verwirrend. Christus hatte zwar gesagt, daß ein Mörder niemals das ewige Leben erlangen könne, aber er hatte auch gesagt: ›Wer an mich glaubt, dem wird nichts mangeln.‹ Es kam ihm so vor, als gäbe es in der kirchlichen Dogmatik ebensoviele Fallstricke wie in einem Kaufvertrag eines Winkeladvokaten. Selbstmord natürlich ausgenommen. Man konnte Selbstmord nicht beichten oder bereuen oder sühnen, denn mit diesem Akt schnitt man das silberne Band durch und tauchte in andere Welten ein, welche das auch immer sein mochten. Und...

Aber warum dachte er überhaupt darüber nach? Er hatte nicht die Absicht, jemanden zu töten, und ganz bestimmt hatte er nicht vor, sich selbst umzubringen. Er hatte sich ja noch niemals Gedanken über Selbstmord gemacht. Jedenfalls nicht bis vor kurzem.

Er blickte über die Absperrung hinweg und fühlte sich plötzlich innerlich kalt und leer.

Da standen die mit einer Schneehaube bedeckten Baumaschinen unter der Herrschaft des riesigen Abbruchkrans. In seiner feindseligen Unbeweglichkeit wirkte er wie ein tyrannischer Schreckensherrscher. Der skelettartige Hals, der sich hoch in den dunklen Schneehimmel reckte, erinnerte ihn an eine Gottesanbeterin, die sich in unbekannte Gefilde zur Winterkontemplation zurückgezogen hat.

Er schob einen der Sägeböcke zur Seite. Er war sehr leicht. Dann ging er zum Wagen zurück, stieg ein und legte einen niedrigen Gang ein. Langsam ließ er den Wagen über den Randstein kriechen und den Abhang hinunterrollen. Das Gelände war von den schweren Baumaschinen ziemlich ausgefahren. Der Sand unter dem Schnee verringerte die Tendenz des LTD, unter ihm auszubrechen. Als er unten angekommen war, legte er wieder den Leerlauf ein und schaltete alle Lichter aus. Er kletterte den Hügel hinauf, ziemlich bald außer Atem, und stellte den Bock zurück an seinen Platz. Dann stieg er wieder nach unten.

Dort öffnete er den Kofferraum und holte Marys Putzeimer heraus. Er ging mit ihm um den Wagen herum, öffnete die Beifahrertür und stellte ihn neben den Karton mit seinen Feuerbomben auf den Boden. Er hob den Deckel ab und tauchte, leise vor sich hin summend, jeden Flaschendocht ins Benzin. Nachdem er das erledigt hatte, ging er mit dem Eimer zum Kran hinüber und kletterte vorsichtig, um nicht abzurutschen, in die unverschlossene Kabine. Er war jetzt aufgeregt, sein Herz schlug schnell und seine Kehle war vor bitterer Erregung wie zugeschnürt.

Er schüttete das Benzin über den Sitz, das Armaturenbrett, die Gangschaltung. Danach trat er auf das schmale Gitter, das die Motorhaube des Krans umrandete, und ließ den Rest des Benzins über die Maschine laufen. Benzindämpfe füllten die Luft. Seine Handschuhe waren völlig durchnäßt, und seine Hände wurde sofort taub. Er sprang hinunter, streifte die Handschuhe ab und steckte sie in die Manteltasche. Das erste Streichholzheft glitt ihm aus den Fingern, die so steif und gefühllos wie Holz waren. Er versuchte es mit dem zweiten Heft, aber der Wind blies sofort das erste Streichholz aus. Er drehte sich mit dem Rücken zum Wind, beugte sich schützend über die Streichhölzer, und endlich brannte eines. Er hielt es an die restlichen Hölzer, die zischend Feuer fingen. Das brennende Heftchen warf er in die Kabine.

Zuerst dachte er, daß sie doch wieder ausgegangen wären, denn es geschah nichts. Doch bald darauf hörte er ein leises, explosives *Wusch,* und das Feuer brach mit einer Wucht aus der Kabine, daß er unwillkürlich einige Schritte zurückwich. Er schirmte seine Augen vor der hell lodernden Blume ab, die da oben aufgeblüht war.

Eine Flamme züngelte aus der Kabine, erreichte die Motorhaube, zögerte einen Moment, als überlegte sie es sich noch einmal, und entzündete dann den Motor. Diesmal war die Explosion nicht so leise. *TSCHABUMM!* Die Motorhaube flog in die Luft, so hoch, daß sie kaum mehr zu sehen war, drehte sich wild und fiel irgendwo zu Boden. Etwas sauste an seinem Kopf vorbei.

Er brennt, dachte er. *Er brennt wirklich!*

In der flammenhellen Dunkelheit tanzte er einen Feuertanz, sein Gesicht vor Freude so verzerrt, daß seine Züge zu zersplittern und in tausend kleine, lächelnde Stücke zu zerfallen drohten. Seine Hände hatte er zu Fäusten geballt, mit denen er wild über seinem Kopf wedelte.

»Huuuraaahh!« schrie er laut in den Wind, und der Wind schrie zurück: *»Huuuraaahh! Verdammt noch mal, huuuraaahh!«*

Er raste um seinen Wagen herum, rutschte im Schnee und fiel auf den Bauch, und das rettete ihm vermutlich das Leben, denn in dem Augenblick explodierte der Benzintank, und der Kran zerbarst und verstreute seine Einzelteile in einem Umkreis von zwanzig Metern. Ein heißes Metallstückchen flog durch das rechte Rückfenster und schlug ein abgezirkeltes Loch in die Sicherheitsscheibe, von dem sich bald ein grobes Spinnennetz von Splissen ausbreitete.

Er stand auf, klopfte den Schnee ab, der die ganze Vorderseite seines Mantels bedeckte, und kletterte hinters Lenkrad. Dort zog er die Handschuhe wieder an – Fingerabdrücke! – aber das war auch die letzte Vorsichtsmaßnahme, an die er dachte. Er startete den Wagen mit klammen Fingern, die den Zündschlüssel kaum fühlten, und trat wie ein Wilder aufs Gaspedal. ›Sich in Sicherheit bringen‹ hatten sie das als Kinder genannt, als die Welt noch jung war. Der Wagen scherte hinten abwechselnd nach rechts und links aus. Der Kran brannte lichterloh, viel besser, als er sich das vorgestellt hatte. Die Kabine war ein einziges Inferno, die Windschutzscheibe schon lange fortgeflogen.

»Verdammte Scheiße!« brüllte er. »Oh, Freddy, siehst du das?«

Er rutschte vorne am Kran vorbei. Das Flammenmeer warf einen hellen Schimmer von Weltuntergangsfarben auf sein Gesicht. Nach dem dritten Versuch gelang es ihm, den Zigarettenanzünder reinzudrücken, nachdem er mit dem Zeigefinger immer wieder abgerutscht war. Die Baumaschinen standen nun zu seiner Linken. Er kurbelte das Fenster runter. Marys Putzeimer rollte auf dem Boden hin und her, und die Flaschenbomben klirrten hektisch, als der Wagen über den unebenen, gefrorenen Boden rumpelte.

Der Zigarettenanzünder sprang wieder heraus, und er trat mit beiden Füßen auf die Bremse. Der Wagen machte einen Satz und kam zum Stehen. Er zog den Anzünder aus seiner Halterung, nahm eine Flasche aus dem Karton und drückte den glühenden Kopf gegen den benzindurchtränkten Lappen. Eine Flamme züngelte hoch, und er warf die Flasche durchs Fenster. Sie zerschellte an der dreckbespritzten Haube eines Bulldozers, und die Flammen breiteten sich fröhlich züngelnd aus. Er drückte den Anzünder wieder rein, fuhr zwanzig Meter weiter und warf drei Molotowcocktails auf den dunklen Schatten eines Lastwagens. Einer flog vorbei. Der zweite landete auf dem Boden, und das Benzin versickerte im Schnee. Der dritte traf die Kabinenscheibe und flog in einem sauberen Bogen ins Innere.

»Verdammte, heilige Scheiße!« brüllte er.

Noch einen Bulldozer. Und einen kleinen Lastwagen. Dann erreichte er den aufgebockten Wohnwagen, in dem das Büro untergebracht war. Ein Schild an der Tür verkündete:

LANE CONSTRUCTION CO.
BAUSTELLENBÜRO
RAUCHEN ODER FEUER ANZÜNDEN VERBOTEN!

Er fuhr den Wagen direkt vor die Querseite des Büros und warf vier brennende Flaschen auf das große Fenster neben der Tür. Alle trafen. Die erste zersplitterte die Scheibe, wobei sie selbst zerschellte, und zog einen Schwanz heller Flammen hinter sich her.

Hinter dem Wohnwagen parkte ein Unimog. Er stieg aus und probierte, ob die Fahrertür abgeschlossen war. Sie war offen. Er entzündete eine weitere Flasche und warf sie hinein. Die Flammen fraßen sich hungrig in den Fahrersitz.

Als er zu seinem Wagen zurückkam, stellte er fest, daß nur noch vier Flaschen übrig waren. Er fuhr weiter, vor Kälte zitternd, nach Benzin stinkend, mit tropfender Nase – und grinsend. Ein Schaufelbagger. Er warf die letzten Flaschen auf ihn, richtete aber nur mit einer Schaden an, die den hinteren Reifen zerfetzte und von der Aufhängung riß.

Er griff wieder in den Karton, erinnerte sich, daß er jetzt leer sei, und blickte in den Rückspiegel.

»Hurenbock!« rief er. »O du heiliger, verdammter Hurenbock! Oh, Freddy, du alter Scheißkerl!«

Hinter sich sah er eine Reihe von vereinzelten Leuchtfeuern in der schneeverhangenen Dunkelheit, die wie Signalfeuer einer Landebahn wirkten. Hungrige Flammen züngelten aus den Fenstern des Bürowagens hervor. Der Unimog war nur noch ein Feuerball. Die Kabine des Lastwagens war ein orangefarbener Höllenschlund. Aber der Kran, das war sein Meisterstück. Der Kran war ein tosendes, hellgelbes Lichtermeer, eine aufrechte, lodernde Fackel inmitten der Baustelle.

»Demo-scheiß-lierungen!« brüllte er.

Doch dann meldete sich wieder ein Anflug von Vernunft. Er wagte es nicht, auf demselben Weg zurückzufahren, auf dem er gekommen war. Bald würde die Polizei hier auftauchen, vielleicht war sie sogar schon unterwegs. Und die Feuerwehr. Ob er weiter vorne rausfahren konnte, oder war er eingesperrt?

Heron Place. Er könnte es am Heron Place versuchen. Der Abhang hatte an dieser Stelle zwar fünfundzwanzig Prozent Steigung, vielleicht sogar dreißig, und er würde mit dem Wagen voll durch die Straßenabsperrung brechen müssen, aber wenigstens war das Schutzgeländer nicht mehr da. Er glaubte, daß er es schaffen würde. Ja, er *würde* es schaffen. Heute nacht gelang ihm alles.

Er lenkte den LTD rutschend und schliddernd durch das unfertige Straßenbett. Aus Vorsicht hatte er nur das Standlicht eingeschaltet. Als er rechts über sich die Straßenbeleuchtung des Heron Place entdeckte, gab er etwas mehr Gas und beobachtete die Tachonadel, die über vierzig kletterte, während er den steilen Abhang hinaufkroch. Sie stand auf fünfzig, als er die Kuppe anvisierte und hinaufschoß. Auf halbem Wege drehten die Hinterreifen durch und verloren den Bodenkontakt. Er schaltete einen niedrigeren Gang ein. Der Motor röhrte einmal auf, und der Wagen machte einen Satz nach vorn. Er war mit der Nase schon fast über den Randstein, als die Räder wieder durchdrehten und Schnee, Steine und gefrorene Erdklumpen hochwirbelten. Einen Augenblick hing er in der Luft, doch dann funktionierte der einfache Vorwärtsantrieb des LTD – vielleicht in Gemeinschaft mit purer Willenskraft – und trug ihn auf die Straße hinauf.

Mit der Stoßstange stieß er die schwarz-weiße Straßensperre zur Seite. Sie fiel in eine Schneewehe und wirbelte eine verträumte, kleine Schneewolke auf. Als er den Randstein hinter sich hatte, war er fast erschrocken, sich wieder auf einer normalen Straße zu befinden. Als ob gar nichts geschehen wäre. Er schaltete den normalen Fahrgang ein und fuhr mit ruhigen vierzig Stundenkilometern die Straße entlang.

Er wollte schon auf den Heimweg abbiegen, als ihm einfiel, daß er ja Spuren hinterließ, die der Schnee oder die Räumfahrzeuge frühestens in zwei Stunden beseitigen würden. Also folgte er, anstatt in die Crestallen Street einzubiegen, der Heron bis zur River Street und fuhr auf dieser weiter bis zur Route 7. Seit es zu schneien angefangen hatte, war nur wenig Verkehr auf den Straßen gewesen, aber es war noch genug, um die Schneedecke auf der Straße in eine rutschige Masse zu verwandeln.

Er reihte sich in die Spur der anderen Wagen ein, die nach Osten fuhren, und beschleunigte langsam auf sechzig.

Er fuhr gut zehn Meilen auf der Route 7, bevor er in die Stadt zurückkehrte und in die Crestallen einbog. Unterwegs traf er ein paar Schneepflüge, die sich wie gigantische orangefarbene Doggen mit glühenden gelben Augen durch die Nacht schaufelten. Ab und zu warf er einen Blick zur Baustelle hinüber, aber im wirbelnden Schneesturm konnte er dort nichts erkennen.

Auf halbem Weg nach Hause stellte er plötzlich fest, daß es im Wagen, obwohl die Heizung lief und alle Fenster hochgedreht waren, kalt war. Er sah sich um und entdeckte das Loch in der hinteren rechten Scheibe. Auf dem Rücksitz lagen Schnee und Glassplitter.

Wie ist denn das passiert? fragte er sich verwirrt. Er konnte sich beim besten Willen nicht erinnern.

Er kam von Norden in die Crestallen Street und fuhr direkt zu seinem Haus. Es stand noch genauso da, wie er es verlassen hatte. Das Küchenlicht, das er angelassen hatte, war das einzige Licht an der gesamten Straßenfront. Es standen keine Polizeiwagen vor dem Haus, aber die Garagentür war offen. So eine Dummheit. Man machte die Garagentür immer zu, wenn es schneite. Deshalb hatte man ja ein Tor, um seinen Besitz vor den Elementen zu schützen. Das hatte sein Vater immer zu ihm gesagt. Sein Vater war auch in der Garage gestorben, wie Johnnys Bruder, aber Ralph Dawes hatte sich nicht umgebracht. Es war ein Schlaganfall gewesen. Ein Nachbar hatte ihn gefunden. Er hatte noch seine Gartenschere in den steifen Fingern, und neben ihm auf dem Boden hatte ein Schleifstein gelegen. Ein gewöhnlicher Vorstadttod. O Lord, schicke seine weiße Seele in den Himmel, wo kein Unkraut wächst und die Nigger einen gebührenden Abstand wahren.

Er stellte den Wagen ab, zog das Garagentor herunter und

ging ins Haus. Er zitterte vor Erschöpfung und Aufregung. Es war Viertel nach drei. Er hängte seinen Mantel in die Garderobe, und als er schon die Tür schließen wollte, bekam er einen regelrechten Schock. Wie ein Schluck Whisky auf nüchternen Magen. Er fummelte wie wild in seinen Manteltaschen und stieß einen erleichterten Pfiff aus, als er seine Handschuhe fand. Sie waren immer noch mit Benzin durchtränkt und zu kleinen, zerknitterten Bällen gefroren.

Er überlegte, ob er sich einen Kaffee machen sollte, entschied sich dann aber dagegen. Er hatte leicht pochende Kopfschmerzen, die vermutlich vom Benzindunst herrührten und durch die angsterfüllte Nachtfahrt durch den Schnee noch verstärkt worden waren. Im Schlafzimmer zog er sich aus und warf die Kleider achtlos auf einen Stuhl, ohne sie erst zusammenzulegen. Er dachte, daß er sofort einschlafen würde, kaum daß er den Kopf aufs Kissen gelegt hätte, aber dem war nicht so. Jetzt, da er sich zu Hause in Sicherheit befand, überfiel ihn eine erbarmungslose Wachheit. Und mit ihr die Angst. Sie würden ihn schnappen und ins Gefängnis stecken. Sein Bild würde in allen Zeitungen erscheinen. Die Leute, die ihn kannten, würden mit dem Kopf schütteln und in den Kneipen und Kantinen über ihn tuscheln. Vinnie Mason würde zu seiner Frau sagen, er hätte schon immer gewußt, daß Dawes wahnsinnig sei. Marys Eltern würden Mary nach Reno schicken, wo sie sich zuerst eine Wohnung suchen und dann die Scheidung einreichen würde. Vielleicht fand sie auch jemanden, der sie fickte. Es würde ihn nicht überraschen.

Er lag hellwach im Bett und redete sich ein, daß sie ihn nicht finden würden. Er hatte seine Handschuhe angehabt. Keine Fingerabdrücke. Marys Eimer hatte er samt Deckel wieder mitgenommen. Er hatte seine Spuren verwischt und mögliche Verfolger wie ein Flüchtling abgeschüttelt, der die Bluthunde verwirrt, indem er ein Stück im Bach entlangwatet. Aber keiner dieser Gedanken spendete ihm Trost oder brachte ihm Schlaf. Sie würden ihn schnappen. Vielleicht hatte jemand seinen Wagen am Heron Place beobachtet und sich gefragt, warum er sich zu so später Stunde im Schneesturm auf der Straße befand. Vielleicht hatte sich sogar jemand seine Autonummer aufgeschrieben und wurde genau in diesem Augenblick von der Polizei beglückwünscht. Vielleicht hatte sein Wagen Lackspuren an der Straßenbarriere hinterlassen, und jetzt saßen sie schon vor dem Computer und versuchten, den Namen des Schuldigen herauszufinden. Vielleicht...

Er wälzte sich im Bett hin und her und wartete auf die blauen, tanzenden Sirenenlichter, auf das heftige Klopfen an der Tür, auf die geisterhafte, kafkaeske Stimme, die ›*Machen Sie auf!*‹ brüllen würde. Endlich schlief er ein, ohne es zu merken, denn seine Gedanken gingen weiter. Sie flossen so glatt vom Bewußtsein in die verschlüsselte Traumwelt des Unterbewußtseins über wie bei einem Auto, das man von einem höheren in einen tieferen Gang schaltet. Selbst im Traum hielt er sich immer noch für wach; er beging wieder und wieder Selbstmord: Er verbrannte sich; er prügelte sich zu Tode, indem er unter einem Amboß stand und immer wieder an der Schnur zog; er erhängte sich; er blies die Sicherheitsflamme seine Gasherds aus und drehte alle vier Flammen und das Backrohr weit auf; er erschoß sich; er sprang aus dem Fenster; er warf sich vor einen beschleunigenden Greyhound-Bus; er schluckte Tabletten; er trank ein scharfes Desinfektionsmittel zur Toilettenreinigung; er steckte sich eine Spraydose in den Mund, drückte auf den Knopf und atmete das Zeug so lange ein, bis sein Kopf sich so leicht fühlte wie ein Luftballon; er beging, in einer Kathedrale kniend und einem verdutzten Priester seinen Selbstmord beichtend, Harakiri, während seine Eingeweide sich wie Hackfleisch im Beichtstuhl ausbreiteten und er mit ersterbender Stimme in seinem Blut und den dampfenden Gedärmen liegend einen Akt der Reue vollzog. Aber am lebendigsten wiederholte sich immer wieder die Vorstellung, wie er in der geschlossenen Garage hinter dem Steuer seines LTD saß, den Motor laufen ließ, tief und regelmäßig einatmete, ein Exemplar des *National Geographic* in den Händen hielt, die lebensechten Bilder von Tahiti, Aukland und vom Karneval in New Orleans betrachtete und die Seiten immer langsamer umblätterte, bis das Geräusch des Motors immer leiser wurde, ein süßes, gleichmäßiges Rauschen der grünen Brandung im Südpazifik, das ihn allmählich einlullte, wie ein Baby wiegte und ihn endlich mit seinen silbernen Schaumarmen umfing.

19. Dezember 1973

Es war schon mittags um halb eins, als er aufwachte und aus dem Bett stieg. Er fühlte sich wie gerädert, hatte grauenhafte Kopfschmerzen, und seine Blase war so voll, daß sie schmerzte. Ein schaler, bitterer Geschmack füllte seinen Mund, und als er ein paar Schritte ging, schlug sein Herz wie eine Buschtrommel. Er konnte sich nicht den Luxus gönnen, auch nur eine Sekunde lang zu glauben, daß all die Erinnerungen an die letzte Nacht nur ein Traum gewesen seien. Der Benzingestank war tief in seine Haut eingedrungen und stieg in üblen Duftwolken aus seinem Kleiderhaufen hervor. Es hatte aufgehört zu schneien, der Himmel war klar, und seine Augen bettelten in dem grellen Sonnenlicht um Gnade.

Er ging ins Bad und setzte sich auf die Kloschüssel. Ein überwältigender Durchfall rauschte durch seine Därme wie ein Schnellzug durch einen verlassenen Bahnhof. Sein Abfall fiel in einer Serie von Blähungen und Krämpfen ins Wasser, und er stöhnte und hielt seinen Kopf in den Händen. Er pinkelte, ohne aufzustehen, während der widerliche, dicke Gestank seines Verdauungsendproduktes das Badezimmer füllte.

Er betätigte die Spülung, holte sich saubere Kleidung und wankte auf zittrigen Beinen nach unten. Er wollte warten, bis der entsetzliche Gestank sich verzogen hatte, um dann zu duschen. Wenn nötig den ganzen Nachmittag lang.

Er schluckte drei Excedrinpillen aus dem grünen Fläschchen auf dem Küchenregal, die er mit zwei großen Schlucken

Pepto-Bismol herunterspülte. Dann setzte er Wasser für Kaffee auf und zerbrach seine Lieblingstasse, als er sie vom Haken nehmen wollte. Er fegte die Scherben zusammen und nahm sich eine andere. Er schüttete etwas Pulverkaffee in die Tasse und ging dann ins Eßzimmer.

Dort drehte er das Radio an und suchte nach einem Sender, der Nachrichten brachte. Sie kamen, wie die Polizei, nie, wenn man sie brauchte. Popmusik. Landwirtschaftsberichte. Eine Quizsendung. Eine Talkshow, bei der man anrufen konnte. Der Börsenbericht. Paul Harvey, der für eine Lebensversicherung warb. Noch mehr Popmusik. Keine Nachrichten.

Das Kaffeewasser kochte. Er ließ die Popmusik laufen, holte sich seinen Kaffee ins Eßzimmer, setzte sich an den Tisch und trank ihn schwarz. Die beiden ersten Schlucke verursachten ihm Brechreiz, aber danach ging es besser.

Endlich kamen die Nachrichten, zuerst die nationalen, dann die lokalen.

> In den frühen Morgenstunden wurde ein Teil der 784-Autobahnbaustelle in der Nähe der Grand Street in Brand gesetzt. Lieutenant Henry King von der Ortspolizei gab an, daß die Brandstifter vermutlich Benzinbomben benutzt hätten, um einen Abbruchkran, zwei Lastwagen, zwei Bulldozer, einen Unimog und das Baustellenbüro zu zerstören, das völlig ausgebrannt ist.

Bei den Worten *völlig ausgebrannt* schnürte ihm Erregung, so bitter und schwarz wie der Kaffee, die Kehle zusammen.

> Nach Darstellung von Francis Lane, dessen Firma einen großen Teil der Bauarbeiten ausführt, sind die Schäden an den Lastwagen und Bulldozern eher gering, aber der Abbruchkran im Wert von 60000 Dollar wird wohl erst in zwei Wochen wieder einsatzfähig sein.

Zwei Wochen? War das alles?

Schlimmer ist, wie Lane sagte, der Schaden, der im ausgebrannten Baustellenbüro angerichtet worden sei, in dem man die Zeitpläne, Arbeitsberichte und die Kostenaufstellung für die letzten drei Monate aufbewahrt habe. ›Es wird verdammt schwierig, das wieder einzuarbeiten‹, sagte Lane. ›Das kann uns einen Monat oder mehr zurückwerfen.‹

Vielleicht waren das gute Neuigkeiten. Vielleicht war der Aufschub von einem Monat doch noch die ganze Mühe wert.

Laut Lieutenant King sind die Brandstifter in einem Kombiwagen von der Baustelle geflohen, vermutlich in einem alten Chevroletmodell. Er bittet jeden, der zu diesem Zeitpunkt einen solchen Wagen am Heron Place oder in der Umgebung gesehen hat, sich bei ihm zu melden. Francis Lane schätzt den Totalschaden auf der Baustelle auf 100000 Dollar.

Weitere Lokalnachrichten. Die Bundesabgeordnete Muriel Reston forderte wiederholt...

Er schaltete das Radio aus.

Jetzt, da er es bei Tageslicht gehört hatte, sah alles nicht mehr so schlimm aus. Er konnte die Dinge vernünftig betrachten. Natürlich brauchte die Polizei nicht alle Hinweise im Radio preiszugeben, doch wenn sie wirklich nach einem Chevrolet und nicht nach einem Ford suchten und wenn sie auf Augenzeugen angewiesen waren, durfte er sich sicher fühlen. Wenigstens für den Augenblick. Und wenn es tatsächlich einen Augenzeugen geben sollte, dann würde er es auch nicht dadurch ändern, daß er sich große Sorgen machte.

Er würde Marys Putzeimer mitsamt dem Deckel wegwerfen und die Garage kräftig lüften, um den Benzingestank zu vertreiben. Dann würde er sich eine Geschichte ausdenken, um das Loch im hinteren Wagenfenster zu erklären, falls ihn jemand danach fragte. Vor allem aber würde er sich innerlich auf den Besuch der Polizei vorbereiten. Als letzter Anwohner an der Crestallen Street West war es nur allzu natürlich, daß sie ihn zumindest überprüften. Und sie brauchten nicht lange in seiner Vorgeschichte rumzuwühlen, um herauszufinden, daß er sich in letzter Zeit ziemlich unberechenbar benommen hatte. Er hatte die Wäscherei ruiniert, seine Frau hatte ihn verlassen, und einer seiner früheren Angestellten hatte ihn in einem Kaufhaus niedergeschlagen. Und er besaß einen Kombiwagen. Zwar keinen Chevrolet, aber immerhin. Das sprach alles gegen ihn. Aber es war alles noch kein Beweis.

Und wenn sie dann doch noch einen Beweis ausgraben sollten, nun, dann würde er eben ins Gefängnis gehen. Es gab Schlimmeres. Das Gefängnis bedeutete nicht den Weltuntergang. Er würde dort Arbeit und genug zu essen kriegen und brauchte sich keine Sorgen mehr zu machen, was passierte, wenn das Versicherungsgeld zu Ende ging. Es gab wesentlich schlimmere Dinge als das Gefängnis. Selbstmord, zum Beispiel, das war gemeiner. Er ging nach oben und duschte.

Später am Nachmittag rief er Mary an. Ihre Mutter war am Telefon und ging Mary mit einem hochmütigen Schnauben holen; als sie dann selbst am Apparat war, klang sie ganz fröhlich.

»Hallo Bart. *Merry Christmas* im voraus.«

»Nein, *Mary Christmas*«, sagte er lachend. Es war ein alter Scherz zwischen ihnen, der mit der Zeit Tradition geworden war.

»Ja, sicher«, antwortete sie. »Was willst du, Bart?«

»Ich hab' hier ein paar Geschenke... nur ein paar Kleinigkeiten... für dich und deine Neffen und Nichten. Ich wollte fragen, ob wir uns irgendwo treffen können, damit ich sie dir geben kann. Die Geschenke für die Kinder hab' ich noch nicht eingepackt, aber...«

»Das mach' ich gern für dich. Aber das hättest du nicht tun sollen, Bart. Schließlich bist du ohne Arbeit.«

»Aber ich arbeite daran«, erwiderte er.

»Bart, hast du... hast du etwas in der Sache unternommen, über die wir gesprochen haben?«

»Du meinst – den Psychiater?«

»Ja.«

»Ich habe zwei angerufen. Der eine ist bis Juni ausgebucht. Der andere bleibt bis Ende Mai auf den Bahamas, aber er hat gesagt, danach würde er mich nehmen.«

»Wie heißen sie?«

»Wie sie heißen? Himmel, Liebling, da müßte ich noch mal im Telefonbuch nachsehen, um dir das sagen zu können. Ich glaube, einer hieß Adams. Nicholas Adams...«

»Bart!« sagte sie traurig.

»Es könnte auch Aarons gewesen sein«, fuhr er heftig fort.

»Bart.«

»Na gut. Glaub doch, was du willst. Das tust du ja sowieso.«

»Bart, wenn du doch nur...«

»Was ist nun mit den Geschenken? Ich habe wegen der Geschenke angerufen und nicht wegen dieses gottverdammten Seelendoktors.«

Sie seufzte. »Wie wär's, wenn du sie Freitag hierherbrächtest? Ich kann...«

»Was? Damit dein Vater und deine Mutter Charles Manson anheuern können, um mich an der Tür abzufangen? Treffen wir uns doch lieber auf neutralem Boden.«

»Sie werden nicht zu Hause sein«, erklärte sie. »Sie verbringen die Weihnachtsferien bei Joanna.« Joanna St. Claire war Jean Calloways Cousine, die in Minnesota lebte. Sie waren seit ihrer Kindheit enge Freundinnen (seit der Zeit zwischen dem Krieg von 1812 und der Konföderation, dachte er manchmal), und Joanna hatte im letzten Juli einen Schlaganfall erlitten. Sie erholte sich allmählich, aber Jean hatte ihm und Mary erzählt, die Ärzte wären der Ansicht, daß sie jederzeit sterben könnte. Muß lustig sein, dachte er, mit so einer Zeitbombe im Kopf zu leben. Hallo, Bombe, ist es heute soweit? Bitte nicht, Bombe, ich hab' meinen Victoria-Holt-Roman noch nicht ausgelesen.

»Bart? Bist du noch da?«

»Ja, ja. Ich hab' grad ein wenig geträumt.«

»Ist dir ein Uhr recht?«
»Ja, sicher.«
»Gut. Gibt es sonst noch was?«
»Nein, eigentlich nicht.«
»Also…«
»Paß gut auf dich auf, Mary.«
»Mach' ich. Wiedersehen, Bart.«
»Wiedersehen.«

Sie legten auf, und er ging in die Küche, um sich einen Drink zu mixen. Diese Frau, mit der er da gerade am Telefon gesprochen hatte, war nicht mehr dieselbe Frau, die noch vor einem Monat in Tränen aufgelöst auf der Wohnzimmercouch gesessen und ihn um eine Erklärung angefleht hatte, wieso auf einmal so ein großes Unglück über sie hereingebrochen sei und die Arbeit von zwanzig Jahren kaputtgemacht hätte. Es war erstaunlich. Er schüttelte den Kopf, wie er ihn bei der Nachricht geschüttelt hätte, daß Jesus vom Himmel herabgefahren wäre, um Präsident Nixon in einem Feuerwagen ins Paradies zu holen. Sie hatte sich erholt. Mehr als das, sie hatte eine Persönlichkeit wiedergefunden, die er kaum kannte, eine jugendliche Frau, an die er sich nicht erinnern konnte. Wie ein Archäologe hatte sie diese Frau wieder ausgegraben und gefunden; sie war zwar von der langen Lagerung ein bißchen steif in den Gelenken, aber sonst vollkommen brauchbar. Die Gelenke würden sich mit der Zeit lokkern, und die neue-alte Person würde eine gesunde Frau werden. Sie würde von der Aufregung zwar noch ein paar Narben zurückbehalten, aber sie war nicht ernstlich beschädigt. Er erkannte das vielleicht deutlicher, als sie glaubte. Allein ihr Tonfall hatte ihm gesagt, daß sie auf eine Scheidung lossteuerte. Sie wollte einen klaren Bruch mit der Vergangenheit… einen, der glatt heilen und kein Hinken zurücklassen würde. Sie war erst achtunddreißig. Das halbe Leben lag noch vor ihr. Und es gab keine Kinder, die unter dem Scheitern ihrer Ehe leiden könnten. Er würde ihr die Scheidung nicht vorschlagen, aber wenn sie es täte, würde er einwilligen. Er beneidete sie um die neue Persönlichkeit und um ihre neugewonnene Schönheit. Wenn sie ihre gemeinsame Ehe in zehn Jahren als einen dunklen Tunnel betrachtete, der sie ans Licht geführt hatte, würde er traurig sein, daß sie es so empfand, aber er würde es ihr nicht übelnehmen. Nein, er konnte es ihr nicht verdenken.

21. Dezember 1973

Er hatte ihr die Geschenke in Jean Calloways Wohnzimmer überreicht, das von einer laut tickenden Messinguhr beherrscht wurde, und die darauf folgende Unterhaltung war gespreizt und unnatürlich gewesen. Er war noch nie mit ihr allein in diesem Raum gewesen und hatte ständig das Gefühl, sie müßten die Situation ausnutzen und miteinander schmusen. Es war eine eingerostete, überholte Anwandlung, und er kam sich selbst wie eine schlechte Neuausgabe seines früheren College-Selbst vor.

»Hast du dir die Haare färben lassen?« fragte er.

»Nur ein bißchen.« Sie zuckte die Achseln.

»Sieht nett aus. Macht dich jünger.«

»Du wirst an den Schläfen ein bißchen grau, Bart. Das macht dich distinguierter.«

»Quatsch, es macht mich alt.«

Sie lachte – ein bißchen zu hoch – und betrachtete die Geschenke, die sie auf einem Beistelltisch abgelegt hatte. Er hatte nur die Eulenbrosche eingepackt, die Puppen und das Schachspiel überließ er ihr. Die Puppen blickten unbeteiligt an die Zimmerdecke, als warteten sie auf ein paar kleine Mädchenhände, die sie zum Leben erwecken würden.

Er sah Mary an. Ihre Blicke trafen sich einen Moment, und sie wirkte sehr ernst. Er dachte, daß sie drauf und dran sei, die unwiderruflichen Worte auszusprechen, und er hatte Angst. Doch in dem Augenblick sprang der Kuckuck aus der Uhr und verkündete, daß es halb zwei sei. Sie zuckten beide zusammen und lachten dann. Der Augenblick war vorüber.

Er stand auf, damit er nicht wiederkehren könnte. Von einem Kuckuck gerettet, dachte er. Das paßt.

»Ich muß gehen«, sagte er.

»Hast du eine Verabredung?«

»Ein Vorstellungsgespräch.«

»Wirklich?« fragte sie erfreut. »Eine Arbeit? Wann? Wo? Wieviel?«

Er schüttelte lachend den Kopf. »Es gibt mindestens ein Dutzend Bewerber, die ebenso gute Chancen haben wie ich. Ich werd's dir sagen, wenn ich sie gekriegt habe.«

»Du bist eingebildet.«

»Klar.«

»Bart, was machst du zu Weihnachten?« Sie sah ernst und feierlich drein, und plötzlich kam ihm der Gedanke, daß es eine Weihnachtseinladung und nicht der Vorschlag zur Scheidung im neuen Jahr gewesen war, was sie vorhin beschäftigt hatte. Mein Gott! Fast wäre er in Lachen ausgebrochen.

»Ich bleibe zu Hause.«

»Du kannst herkommen«, sagte sie. »Wir werden beide allein sein.«

»Nein«, sagte er zögernd und dann mit fester Stimme: »Nein. Zu Weihnachten geraten die Gefühle immer irgendwie außer Kontrolle. Lieber ein andermal.«

Sie nickte nachdenklich.

»Wirst du dann allein hier essen?« erkundigte er sich.

»Ich kann zu Bob und Janet gehen. Bist du wirklich sicher?«

»Ja.«

»Na, dann...« Aber sie wirkte erleichtert.

Sie gingen zur Haustür und gaben sich einen flüchtigen Kuß.

»Ich ruf' dich an«, sagte er.

»Ist gut.«

»Und grüß Bobby und Janet von mir.«

»Mach' ich.«

Er war schon halb die Auffahrt hinuntergegangen, da rief sie ihm nach: »Bart! Bart, warte noch einen Augenblick.«

Er drehte sich beinahe ängstlich um.

»Das hätte ich fast vergessen«, sagte sie. »Wally Hamner hat mich angerufen und uns zu Silvester eingeladen. Ich habe für uns beide zugesagt, aber wenn du nicht willst...«

»Wally?« Er runzelte die Stirn. Walter Hamner war so ziemlich der einzige Freund, den sie auf der anderen Seite der Stadt hatten. Er arbeitete für eine städtische Werbeagentur. »Weiß er denn gar nicht, daß wir uns getrennt haben?«

»Doch, aber du kennst ja Wally. Solche Dinge jucken ihn nicht sehr.«

Das stimmte allerdings. Beim bloßen Gedanken an Wally mußte er schon lächeln. Walter, der immer damit drohte, seinen Reklamejob aufzugeben und sich als ernsthafter Graphiker zu versuchen. Er wollte obszöne Limericks und noch obszönere Parodien auf die heutige Alltagswelt entwerfen. Er war zweimal geschieden und jedesmal fürchterlich ausgenommen worden. Wenn man dem Klatsch glaubte, war er jetzt impotent, und er glaubte fest, daß der Klatsch in diesem Fall stimmte. Wie lange hatte er ihn wohl nicht mehr gesehen? Vier Monate? Sechs? Auf jeden Fall viel zu lange.

»Das könnte ganz lustig werden«, sagte er, doch dann erschreckte ihn ein Gedanke.

Sie sah es ihm wie früher sofort am Gesicht an und sagte schnell: »Es werden keine Leute von der Wäscherei kommen.«

»Er und Steve Ordner kennen sich.«

»Ach so, *der*...« Sie zuckte die Achseln, um anzudeuten, wie unwahrscheinlich sie es fand, ausgerechnet *den* an Silvester dort zu treffen; unwillkürlich zog sie die Ellenbogen an und fing an zu zittern. Es war nur drei Grad unter Null.

»He, geh schnell ins Haus«, sagte er. »Du erfrierst mir ja, Dummchen.«

»Möchtest du hingehen?«

»Ich weiß es noch nicht. Ich werde darüber nachdenken.« Er gab ihr noch einen Kuß, diesmal einen festeren, und sie erwiderte ihn. In solchen Augenblicken hätte er alles bereuen können – aber die Reue war weit, weit weg, ein rein theoretisches Bedürfnis.

»Fröhliche Weihnachten, Bart.« Er sah, daß sie weinte.

»Nächstes Jahr wird alles besser«, tröstete er sie, auch wenn der Satz keinen Funken von Bedeutung hatte. »Geh rein, bevor du dir eine Lungenentzündung holst.«

Sie ging ins Haus, und er fuhr weg. Unterwegs dachte er über Wally Hamner und seine Silvesterparty nach. Er glaubte, daß er doch hingehen würde.

24. Dezember 1973

Er fand eine kleine Autowerkstatt in Norton, die die zerbrochene Fensterscheibe für neunzig Dollar reparieren würde. Als er den Mechaniker fragte, ob er auch noch einen Tag vor Weihnachten arbeiten würde, antwortete der hastig: »Teufel, ja! Wir nehmen alle Aufträge, die wir kriegen können.«

Auf dem Weg zur Werkstatt hielt er vor einem Waschsalon und stopfte zwei Maschinen voll. Automatisch überprüfte er die Trommeln, um festzustellen, in welchem Zustand sich die Federn befanden. Dann belud er sie sorgfältig, damit die Schleudern nicht wegen Überfüllung aus dem Rhythmus gerieten. Er lächelte über sich selbst. Man konnte einen Jungen aus der Wäscherei holen, aber man konnte die Wäscherei nicht aus dem Jungen rausholen. Nicht wahr, Fred? Fred? Ach, scheiß die Wand an.

»Das ist aber ein verdammt großes Loch«, sagte der Mechaniker, als er mit zusammengekniffenen Augen das Spinnennetz betrachtete.

»Ein Kind mit einem Schneeball«, erklärte er. »Der Schneeball hatte einen Stein in der Mitte.«

»Ah, ja«, sagte der Mechaniker. »So, so.«

Als das neue Fenster eingesetzt war, fuhr er zum Waschsalon

zurück, steckte seine Wäsche in den Trockner, den er auf mittlere Hitze einstellte, und warf dreißig Cents in den Schlitz. Dann setzte er sich hin und griff zu einer Zeitung, die gerade neben ihm lag. Außer ihm war nur noch eine müde aussehende junge Frau mit einer Nickelbrille im Salon. Sie hatte hell gebleichte Strähnen in ihrem schönen rotbraunen Haar und eine kleine Tochter bei sich. Das Mädchen hatte offenbar einen Wutanfall. »Ich will meine Flasche.«

»Verdammt noch mal, Rachel...«

»FLASCHE!«

»Daddy wird dich verhauen, wenn wir nach Hause kommen«, versprach ihr die junge Mutter grimmig. »Und keine Geschichte vor dem Zubettgehen.«

»FLAAAAASCHE!«

Warum muß eine so hübsche Frau sich das Haar bleichen lassen, fragte er sich und schlug die Zeitung auf. Die Schlagzeile lautete:

KLEINER MENSCHENAUFLAUF IN BETHLEHEM
PILGER BEFÜRCHTEN HEILIGEN TERROR

Unten auf der Seite fiel ihm eine kleinere Schlagzeile ins Auge, und er las sie sorgfältig:

WINTERBURGER SAGT, VANDALISMUS WIRD
IN ZUKUNFT NICHT MEHR TOLERIERT

(Eigener Bericht) Victor Winterburger, demokratischer Kandidat für die Nachfolge des kürzlich bei einem Autounfall ums Leben gekommene Donald P. Naish, erklärte gestern, daß solche Akte des Vandalismus, wie sich einer am frühen Mittwoch morgen an der 784-Baustelle im Westend zugetragen und einen Schaden von 100000 Dollar angerichtet hat, in Zukunft in einer ›zivilisierten amerikanischen Stadt‹ nicht mehr toleriert werden könnten. Winterburger hielt seine Rede bei einem Abendessen der American Legion und erhielt dafür eine stehende Ovation.

»Wir haben ja gesehen, was in den anderen Städten passiert ist«, sagte Winterburger. »Die beschmierten Busse, U-Bahnwagen und Gebäude in New York. Eingeworfene Fensterscheiben und sinnlos zerstörte Schulen in Detroit und San Francisco. Die Zerstörung von öffentlichen Einrichtungen, Museen und Galerien. Wir dürfen nicht zulassen, daß das größte Land der Welt von Hunnen und Barbaren überrannt wird.«

Die Polizei wurde in der Nacht zum Mittwoch zur Grand Street gerufen, als eine Serie von Explosionen...

(Fortsetzung Seite 5, Spalte 2)

Er faltete die Zeitung zusammen und legte sie auf einen Stapel von zerlesenen Zeitschriften. Die Waschmaschinen summten und summten, ein leises, einschläferndes Geräusch. Hunnen und Barbaren! Sie waren die Hunnen! Sie waren die Randalierer, die Zerstörer, die Verwüster, die die Leute aus ihren Häusern warfen und ihr Leben zerstörten, so wie ein kleiner Junge einen Ameisenhaufen achtlos mit den Füßen zertritt.

Die junge Frau zog ihre Tochter aus dem Waschsalon. Die Kleine brüllte immer noch nach ihrer Flasche. Er schloß die Augen und döste vor sich hin, während er seine Wäsche trocknete. Ein paar Minuten später fuhr er erschrocken hoch, weil er glaubte, eine Feuerglocke gehört zu haben. Aber es war nur ein Weihnachtsmann der Heilsarmee, der mit seiner Geldbüchse rasselte. Als er den Salon mit seinem vollen Wäschekorb verließ, warf er alles Kleingeld, das er in der Tasche finden konnte, in die Büchse.

»Gott segne Sie«, sagte der Weihnachtsmann.

Das Telefon weckte ihn am nächsten Morgen um zehn. Er fummelte nach dem Hörer auf dem Nachttisch und preßte ihn gegens Ohr. Die kristallklare Stimme der Telefonistin drang in seinen Schlaf ein: »Nehmen Sie ein R-Gespräch von Olivia Brenner an, Sir?«

Verwirrt stammelte er: »Wer? Was? Ich schlafe noch.«

Eine entfernte, leicht vertraute Stimme sagte: »Ach, verdammte Scheiße!« Und da fiel's ihm wieder ein.

»Ja«, sagte er. »Ich nehme das Gespräch an.« Oder hatte sie schon aufgelegt? Er stützte sich auf den Ellenbogen, um es herauszufinden. »Olivia? Bist du noch da?«

»Gut, dann sprechen Sie«, sagte die Telefonistin, ohne sich aus der Ruhe bringen zu lassen.

»Olivia? Bist du da?«

»Ja, ich bin hier.« Die Stimme klang brüchig und weit entfernt.

»Ich bin froh, daß du anrufst.«

»Ich dachte schon, du würdest den Anruf nicht annehmen.«

»Ich hab' noch geschlafen. Bist du angekommen? In Las Vegas?«

»Ja«, antwortete sie tonlos. Das Wort hatte einen seltsamen unterdrückten Beiklang wie ein Brett, das auf einen Holzboden fiel.

»Und? Wie ist es? Wie geht es dir?«

Ihr Seufzer war so bitter, daß er fast wie ein trockenes Schluchzen klang. »Nicht so gut.«

»Nein?«

»Ich hab' hier in der zweiten ... nein, in der dritten Nacht, nachdem ich angekommen war, einen Kerl getroffen. Wir sind zusammen auf 'ne Party gegangen, und ... oooooh, das war sooo beschissen ...«

»Drogen?« fragte er vorsichtig. Ihm war sehr bewußt, daß das hier ein Ferngespräch war und daß die Regierung ihre Ohren überall hatte.

»Drogen?« fragte sie ärgerlich zurück. »Natürlich waren es Drogen. Scheiße, ich war voll von dem Zeug und bin... ich glaube, ich bin vergewaltigt worden.«

Das klang so dramatisch, daß er verblüfft nachfragte: »Was?«

»VERGEWALTIGT!« schrie sie so laut, daß der Hörer zitterte. »Das ist, wenn so ein dämlicher Kerl sich großtut und den Feierabendhippie spielt, der mal kurz seine Salami verstecken will, während du völlig aus dem Häuschen bist und dein Gehirn hinter dir die Wand runterrennt! Vergewaltigung, hast du überhaupt eine Ahnung, was das ist?«

»Ja, das weiß ich.«

»Einen Dreck weißt du.«

»Brauchst du Geld?«

»Warum fragst du mich ausgerechnet das? Ich kann dich nicht übers Telefon ficken. Ich kann dich nicht mal fernbedienen.«

»Ich hab' etwas Geld übrig«, erklärte er. »Ich könnte es dir schicken, das ist alles. Das ist der einzige Grund.« Instinktiv sprach er ganz leise, nicht beruhigend, aber leise, damit sie sich konzentrieren und zuhören mußte.

»Ja, ja.«

»Hast du eine Adresse?«

»Postlagernd, das ist meine Adresse.«

»Hast du denn keine Wohnung?«

»Doch, doch. Ich hab' zusammen mit einer anderen traurigen Schachtel ein Zimmer gefunden. Die Briefkästen sind alle kaputt. Vergiß es und behalt dein Geld. Ich hab' hier einen Job. Scheiße, ich glaub', ich werd' ihn kündigen und zurückkommen. Fröhliche Weihnachten für mich.«

»Was ist das für ein Job?«

»Ich verkaufe Hamburger in einem Schnellimbiß. Die haben da ein paar Spielautomaten in der Halle stehen, und die Leute spielen die ganze Nacht daran und fressen ihre Hamburger. Kannst du dir das *vorstellen?* Das letzte, was wir tun müssen, bevor der Laden schließt, ist, sämtliche Automaten abzuwischen. Sie sind voller Senf und Mayonnaise und

Ketchup. Du solltest die Leute hier unten mal sehen! Sie sind alle fett und haben einen Sonnenbrand. Und wenn sie dich nicht gerade ficken wollen, betrachten sie dich als ein Möbelstück. Ich hab' schon von beiden Geschlechtern Angebote bekommen. Gott sei Dank, ist meine Zimmergenossin so sexy wie ein Wacholderstrauch. Ich... ach Scheiße, warum erzähl' ich dir das alles? Ich weiß nicht mal, warum ich dich eigentlich angerufen habe. Am Wochenende mach' ich hier die Fliege, wenn sie mich ausbezahlt haben.«

Er hörte sich selbst sagen: »Laß dir noch einen Monat Zeit.«

»*Was?*«

»Laß dich nicht ins Bockshorn jagen. Wenn du so schnell aufgibst, wirst du nie wissen, warum du dorthin gegangen bist.«

»Hast du in der Highschool Football gespielt? Ich wette, du hast.«

»Ich war nicht mal der Wasserträger.«

»Woher weißt du dann so gut übers Leben Bescheid, hä?«

»Ich denke daran, mich umzubringen.«

»Du hast ja nicht mal... was hast du gesagt?«

»Ich spiele mit dem Gedanken, mich umzubringen.« Er sagte es ganz ruhig. Er dachte nicht mehr daran, daß dies ein Ferngespräch war und daß es Leute gab, die das Gespräch aus Spaß, oder Gott weiß warum, abhören konnten – die Telefongesellschaft, das Weiße Haus, die CIA oder das FBI. »Ich hab' es immer wieder versucht, aber mir ist nichts geglückt. Ich glaube, ich bin schon zu alt, um die Dinge wieder in Ordnung zu bringen. Vor ein paar Jahren ist etwas in meinem Leben schiefgegangen, und ich wußte, daß es sehr schlimm war, aber ich wußte nicht, daß es für *mich* so schlimm werden würde. Ich dachte, daß es eben passiert sei und daß ich darüber hinwegkommen würde. Aber jetzt fällt ständig etwas in mir zusammen. Es macht mich ganz krank. Ich mache ständig Unsinn.«

»Hast du Krebs?« flüsterte sie.

»Ich glaube ja.«

»Dann geh ins Krankenhaus und laß...«

»Es handelt sich um Seelenkrebs.«

»Mann, du bist auf einem miesen Egotrip.«

»Kann schon sein«, sagte er. »Aber ist das so wichtig? Die Dinge sind so oder so schon entschieden und werden genauso laufen, wie sie wollen. Nur eins ärgert mich manchmal. Von Zeit zu Zeit habe ich das Gefühl, ich wäre die Hauptperson in einem Roman von einem schlechten Schriftsteller. Der hat schon längst beschlossen, wie mein Leben ausgehen wird und warum. Es ist einfacher, sich die Dinge so zu erklären, als Gott dafür die Schuld zu geben – wann hätte der auch je etwas für mich getan? Weder Gutes noch Schlechtes. Nein, nein, es ist dieser schlechte Schriftsteller, der hat an allem schuld. Er hat meinen Sohn getötet, indem er ihm einen Gehirntumor angedichtet hat. Das war das erste Kapitel. Und kurz vor dem Epilog kommt das Kapitel: Selbstmord oder kein Selbstmord. Es ist eine miese Geschichte.«

»Hör mal«, sagte sie unangenehm berührt, »wenn es in eurer Stadt eine Telefonseelsorge gibt, dann solltest du vielleicht mal dort anrufen...«

»Ich glaube kaum, daß die mir helfen können«, erwiderte er. »Aber das ist auch nicht so schlimm. Ich möchte *dir* helfen. Verdammt noch mal, sieh dich doch erst mal richtig um, bevor du dich unterkriegen läßt. Hör mit den Drogen auf, wie du es dir vorgenommen hattest. Wenn du dich das nächste Mal umsiehst, bist du vielleicht schon vierzig, und die meisten Chancen sind vertan.«

»Nein, ich halt' es hier nicht aus. An einem anderen Ort...«

»Es wird an jedem Ort dasselbe sein, wenn du deine Einstellung nicht änderst. Es gibt keine magischen Orte, an denen du dir den Kopf zurechtsetzen lassen kannst. Wenn du dich beschissen fühlst, ist alles, was du siehst, ebenfalls Scheiße. Ich *kenne* das. Alles, was ich lese, die Schlagzeilen oder sogar nur ein Straßenschild, sagt mir: Du hast recht, George, zieh den Stecker raus. Das hier ist alles zuviel für dich.«

»Hör mal...«

»Nein, jetzt hörst du mir zu. Wisch dir die Ohren sauber.

Altwerden ist wie durch Schnee zu fahren, der immer tiefer und tiefer wird. Wenn er erst mal über die Radkappen reicht, drehen die Räder durch. Du kannst machen, was du willst, du kommst nicht von der Stelle. So ist das Leben. Es gibt keine Schneepflüge, die dich wieder ausgraben. Dein Schiff wird niemals in einen Hafen einlaufen, Mädchen. Es gibt keine Lotsen, für niemanden. Und es gibt auch keine Kamera, die deinen Kampf für die Nachwelt aufzeichnet. Das ist alles! Alles! Mehr gibt es nicht!«

»Du hast keine Ahnung, *wie* es hier aussieht!« Sie weinte.

»Nein, aber ich weiß, wie es *hier* aussieht.«

»Du bist nicht für mein Leben verantwortlich.«

»Ich werde dir fünfhundert Dollar schicken – Olivia Brenner, postlagernd, Las Vegas.«

»Ich werde nicht mehr dasein. Sie werden sie zurückschikken.«

»Das können sie nicht. Ich werde keinen Absender angeben.«

»Dann wirf es lieber gleich weg.«

»Nimm's und such dir damit eine bessere Arbeit.«

»Nein.«

»Dann benutz es als Toilettenpapier«, sagte er kurz angebunden und legte auf. Seine Hände zitterten.

Fünf Minuten später klingelte das Telefon wieder. Die Telefonistin fragte: »Nehmen Sie ein R-Gespräch...«

Er sagte: »Nein«, und legte wieder auf.

Das Telefon klingelte an dem Tag noch zweimal, aber es war beide Male nicht Olivia.

Gegen zwei Uhr rief Mary ihn aus Bobby und Janet Prestons Wohnung an. Bob und Janet erinnerten ihn immer an Fred und Wilma Feuerstein. Wie es ihm ginge. Gut. Eine Lüge. Was er zum Abendessen vorhabe. Er würde ins Alte Zollhaus gehen und dort einen Truthahn mit allen Zutaten verspeisen. Eine Lüge. Ob er nicht statt dessen rüberkommen und mit ihnen essen wolle? Janet hätte eine Menge Reste, die sie gerne loswerden wolle. Nein, im Augenblick sei er wirklich nicht hungrig. Die Wahrheit. Er hatte schon ziemlich geladen und sagte ihr aus einer spontanen Laune heraus, daß er zu Wally Hamners Party kommen wolle. Sie klang sehr erfreut. Ob er wüßte, daß sie die Getränke selbst mitbringen sollten? Wann hätte Hamner je eine Party geschmissen, bei der es nicht so wäre? war seine Antwort, und sie lachten beide darüber. Dann legten sie auf, und er setzte sich mit einem Drink vor den Fernseher.

Um halb sieben klingelte das Telefon nochmals, und jetzt war er stinkbesoffen.

»-lo?«

»Dawes?«

»Hiersdawes, wersda?«

»Magliore, Dawes. Sal Magliore.«

Er blinzelte und spähte in sein Glas. Dann guckte er auf den Farbfernseher, der gerade einen Film mit dem Titel *Home for the Holidays* brachte. Es ging um eine Familie, die sich am Heiligen Abend im Haus ihres sterbenden Patriarchen versammelt hatte und nach und nach von einem Mörder umgebracht wurde. Sehr weihnachtlich.

»Mr. Magliore«, artikulierte er sorgfältig. »Frohe Weihnachten, Sir! Und ein besonders gutes neues Jahr!«

»Wenn Sie wüßten, wie sehr mir 1974 schon jetzt zum Hals raushängt«, jammerte Magliore. »Das wird das Jahr, in dem die Ölbarone die Macht ergreifen werden, Dawes. Sie werden es sehen. Wenn Sie mir nicht glauben, sollten Sie sich mal meine Einnahmen vom Dezember ansehen. Ich hab' neulich einen Chevy Impala verkauft. Der Wagen war blitzsauber. Und wissen Sie, was ich dafür gekriegt habe? *Tausend Dollar!* Können Sie sich das vorstellen? Das sind fünfundvierzig Prozent Verlust in nur einem Jahr! Aber ich kann alle '71-Vegas, die ich in die Hände kriege, für fünfzehn, sechzehnhundert Dollar loswerden. Nun frage ich Sie, was sind das für Autos?«

»Sie sind sehr klein?« fragte er vorsichtig.

»Das sind verdammte Maxwell-House-Kaffeekannen!« rief

Magliore aufgeregt. »Keksschachteln auf Rädern! Man braucht sie bloß mit schiefen Augen anzusehen und kurz zu husten, schon fällt der Motor raus oder der Auspuff runter oder das Lenkrad bricht ab. Pintos, Vegas, Gremlins, es ist alles dasselbe. Kleine Selbstmordkisten. Die kann ich so schnell verkaufen, wie ich sie reinkriege, aber so ein gutes, sauberes Auto wie einen Chevy Impala, den muß ich verschenken, um nicht darauf sitzenzubleiben. Und Sie wünschen mir ein gutes, neues Jahr! Jesus, Maria und Joseph, der Zimmermann!«

»Das paßt gut zur Jahreszeit«, kicherte er.

»Es ist sowieso nicht der Grund, warum ich angerufen habe«, fuhr Magliore fort. »Ich wollte ihnen gratulieren.«

»Gratuwas?« Er war ehrlich verdutzt.

»Sie wissen schon. Krach-Krach-Bumm-Bumm.«

»Oh, Sie meinen...«

»Psst, nicht am Telefon. Bleiben Sie cool, Dawes.«

»Klar. Krach-Krach-Bumm-Bumm. Das ist gut.« Er lachte.

»Das waren doch Sie, oder?«

»Ihnen würde ich nicht mal meinen zweiten Vornamen sagen.«

Magliore brüllte vor Lachen. »Das ist gut. Sie sind sehr gut, Mr. Dawes. Sie sind zwar ein Spinner, aber wenigstens ein intelligenter. Ich bewundere das.«

»Danke«, sagte er und schluckte ganz intelligent den Rest seines Drinks herunter.

»Ich wollte Ihnen auch noch mitteilen, daß da unten alles nach Plan weiterläuft. Froh und munter.«

»Was?«

Das Glas schlüpfte ihm aus den Fingern und rollte über den Teppich.

»Sie haben natürlich für alles Ersatzmaschinen, Dawes. Für manche Maschinen sogar doppelten Ersatz. Sie müssen ihre Leute bar ausbezahlen, bis die Bücher wieder in Ordnung sind, aber die Arbeit geht auch so weiter.«

»Sie spinnen.«

»Nein. Ich finde nur, Sie sollten es wissen. Ich hab's Ihnen ja gesagt, Dawes, manche Dinge können Sie einfach nicht beseitigen.«

»Sie Mistkerl, Sie lügen. Warum rufen Sie einen so armen Mann zu Weihnachten an und erzählen ihm Lügen?«

»Ich lüge nicht. Jetzt sind Sie wieder dran, Dawes. In diesem Spiel werden immer *Sie* am Drücker sein.«

»Ich glaube Ihnen nicht.«

»Sie armer Spinner.« Magliore schien wirklich Mitleid mit ihm zu haben, und das war das Schlimmste. »Ich glaube, das wird auch für Sie kein gutes Jahr werden«, sagte er und legte auf.

Das war Weihnachten.

26. Dezember 1973

Er fand einen Brief von IHNEN im Briefkasten (er hatte sich angewöhnt, an die Leute von der Stadtverwaltung nur noch in Personalpronomen zu denken, die er sich in Großbuchstaben, in riesigen, zerlaufenden Lettern gedruckt vorstellte, wie sie auf Plakaten von Horrorfilmen zu sehen waren), als wollten SIE ihm bestätigen, was Magliore ihm erzählt hatte.

Er nahm ihn in die Hand, betrachtete den steifen weißen Geschäftsumschlag und empfand dabei so ziemlich alle negativen Gefühle, zu denen der menschliche Geist fähig ist: Verzweiflung, Haß, Angst, Wut, Verlorenheit. Am liebsten hätte er ihn in tausend Stücke zerrissen und in den Schnee geworfen, aber ihm war klar, daß er das nicht tun konnte. Er öffnete ihn, wobei er den Umschlag beinahe in der Mitte durchriß, und stellte fest, daß er sich vor allem betrogen fühlte. Sie hatten ihn angeschmiert. Reingelegt. Er hatte ihre Maschinen und Geschäftsbücher zerstört, und sie waren einfach mit ihrem Ersatzzeug dahergekommen und hatten weitergearbeitet. Ebensogut könnte er versuchen, alleine gegen die chinesische Armee anzukämpfen.

Jetzt sind Sie wieder dran, Dawes. In diesem Spiel werden immer Sie am Drücker sein.

Die anderen Briefe waren alles vorgedruckte Formulare gewesen: *Lieber Freund, bald wird ein großer Kran bei Ihnen vorbeikommen und Ihr Haus einreißen. Bereiten Sie sich auf dieses aufregende Ereignis vor. WIR VERSCHÖNERN IHRE STADT!*

Aber dieser Brief war nicht von der Baubehörde, sondern vom Stadtrat, und er war ›persönlich‹:

Mr. Barton G. Dawes — 20. Dezember 1973
1241 Crestallen Street West
M--------, W--------

Sehr geehrter Mr. Dawes,

Wir haben in Erfahrung gebracht, daß Sie der letzte Anwohner in der Crestallen Street West sind, der noch nicht umgezogen ist. Wir hoffen, daß sich Ihnen bei der Bewältigung dieses Problems keine besonderen Schwierigkeiten stellen. In unseren Akten befindet sich zwar das Formular 19642-A (die Bestätigung, daß Sie vom Straßenbauprojekt 6983-426-73-74-HC informiert worden sind), aber Ihr Umzugsformular (6983-426-73-73-HC-9004) ist uns leider abgängig. Wie Sie sicher wissen, können wir Ihnen ohne dieses Formular keine Entschädigung überweisen. Aufgrund unserer Schätzung von 1973 hat das Anwesen an der Crestallen Street West, Nr. 1241, einen Wert von 63 500 Dollar. Wir sind überzeugt, daß Ihnen die Dringlichkeit dieser Angelegenheit ebenso bewußt ist wie uns. Nach dem Gesetz müssen Sie bis zum 20. Januar 1974 ausgezogen sein, dem Tag, an dem die Bauarbeiten an der Crestallen Street West planmäßig beginnen sollen.

Wir müssen Sie darauf hinweisen, daß Sie sich aufgrund des Enteignungsgesetzes (L. L. 19452-36) strafbar machen, sollten Sie Ihr Haus bis Mitternacht des 19. Januar 1974 nicht verlassen haben. Wir sind sicher, daß Sie sich darüber im klaren sind, weisen aber der Vollständigkeit halber nochmals darauf hin.

Sollten Sie mit dem Umzug Schwierigkeiten haben, rufen Sie mich doch bitte während der Bürostunden an, oder besser noch, kommen Sie vorbei, damit wir die Angelegenheit besprechen können. Ich bin sicher, daß sich alles regeln lassen wird. Wir sind gerne bereit, Ihnen in dieser Angelegenheit behilflich zu sein, und Sie werden vor allen Dingen feststellen, wie sehr wir zur Kooperation bereit sind. Inzwischen darf ich Ihnen ein frohes Fest und ein erfolgreiches neues Jahr wünschen.

Mit frdl. Grüßen
John T. Gordon
Für den Stadtrat

JTG/tk

»Nein«, stammelte er. »Das darfst du mir nicht wünschen. Du nicht.« Er zerriß den Brief und warf ihn in den Papierkorb.

An diesem Abend saß er vor dem Fernseher und mußte plötzlich an die Zeit zurückdenken, fast zweiundvierzig Monate war das jetzt her, in der Mary und er entdeckt hatten, daß Gott ein paar Straßenbauarbeiten am Gehirn ihres Sohnes geplant hatte.

Der Arzt hatte Younger geheißen. Hinter seinem Namen war eine Latte von Titeln auf dem Diplom zu lesen gewesen, das an der getäfelten Wand in seinem Büro gehangen hatte. Das einzige, was er mit Sicherheit verstanden hatte, war, daß Younger Neurologe war, ein Mann, der sich mit Gehirnkrankheiten befaßte.

Er und Mary waren an einem warmen Juninachmittag auf Youngers Bitte hin ins Krankenhaus gekommen, in dem Charlie damals schon seit neunzehn Tagen lag. Younger war ein gutaussehender Mann Mitte Vierzig, der sich mit Golfspielen – ohne einen elektrischen Buggy – fit gehalten hatte. Seine Haut war tief gebräunt. Aber vor allem hatten ihn die Hände des Arztes fasziniert. Sie wirkten groß und ungeschickt, doch wenn er sie über dem Schreibtisch bewegte – ab und zu einen Bleistift aufnehmend, durch seinen Terminkalender blätternd oder einfach mit dem silbernen Briefbeschwerer spielend –, besaßen sie eine geschmeidige Grazie, die ihn beinahe schon abgestoßen hatte.

»Ihr Sohn hat einen Gehirntumor«, hatte er gesagt. Er hatte es ausdruckslos und ohne besondere Betonung gesagt, aber seine Augen hatten sie dabei gemustert, als ob er soeben eine explosive Bombe auf sie losgelassen hätte.

»Tumor«, hatte Mary leise, verständnislos wiederholt.

»Wie schlimm ist es?« hatte er Younger gefragt.

Die Symptome hatten sich während der letzten acht Monate entwickelt. Zuerst die Kopfschmerzen, zu Anfang vereinzelt, dann immer häufiger. Dann sah er manchmal doppelt, was besonders nach den Turnstunden passierte. Und danach, für Charlie äußerst beschämend, das Bettnässen. Sie hatten ihn jedoch erst zum Arzt gebracht, als er auf dem linken Auge vorübergehend blind wurde. Das Auge war plötzlich rot wie ein Sonnenuntergang, der das klare Blau von Charlies Augen zerstörte. Das hatte sie entsetzt. Der Arzt hatte ein paar Tests mit ihm gemacht, und dann waren weitere Symptome gefolgt: Phantomgerüche von geschälten Orangen und gespitzten Bleistiften; vorübergehende Taubheit in der linken Hand; gelegentliche Ausbrüche von kindlichem Unsinn und Obszönitäten.

»Es steht sehr schlimm«, hatte Younger geantwortet. »Sie müssen auf das Schlimmste gefaßt sein. Es läßt sich nicht operieren.«

Läßt sich nicht operieren.

Die Worte hallten noch über Jahre hinweg in ihm nach. Er hätte nie geglaubt, daß Worte einen Geschmack besäßen, aber diese hatten einen. Einen ekelhaften, doch irgendwie saftigen Geschmack nach verdorbenem, rohem Hackfleisch.

Läßt sich nicht operieren.

Irgendwo tief in Charlies Gehirn, hatte Dr. Younger ihnen erklärt, befände sich eine Ansammlung von bösen Zellen, die ungefähr die Größe einer durchschnittlichen Walnuß besäße.

Wenn man diesen Zellenhaufen vor sich auf dem Schreibtisch hätte, könnte man ihn mit einem Handschlag zerstören. Aber er war leider nicht auf dem Tisch. Er befand sich in der Mitte von Charlies Kopf, wo er wohlgeborgen weiterwachsen und ihren Sohn mit der Krankheit erschlagen konnte.

Kurz nach der Visite bei dem Arzt hatte er Charlie in der Mittagspause im Krankenhaus besucht. Sie hatten sich über Baseball unterhalten und sich sogar vorgenommen, zu den Playoff-Spielen der American Baseball League zu gehen, wenn ihr Stadtteam gewinnen sollte.

Plötzlich hatte Charlie gesagt: »Ich glaube, wenn sie es mmmmmmm, mmmmmm, mmmmmmmmm wenn sie es mmmmmm nnn mmmmm schaffen mmmmmmm...«

Er hatte sich vorgebeugt. »Was ist los, Fred? Ich kann dich nicht verstehn.«

Charlie hatte nur noch die Augen verdreht.

»Fred?« hatte er geflüstert. »Freddy...?«

»Gottverdammtermutterfickendermmmmmnnnnmmmhurensohn!« hatte Charlie plötzlich in dem weißen Krankenhausbett losgebrüllt. *»Mösenleckendes, schwanzstreichelndes, arschleckendes Aaaaarschloch...«*

»Schwester!« hatte er gerufen, während Charlie in Ohnmacht fiel. *»O GOTT, SCHWESTER!«*

Es waren diese bösen Zellen, diese gemeinen kleinen Biester, die ihn so haben reden lassen. Ein Haufen von kleinen, bösen Gehirnzellen, nicht größer – so hatte man ihm gesagt – als eine Walnuß. Die Krankenschwester sagte ihm, daß Charlie eines Nachts über fünf Minuten lang das Wort *Buschland* geschrien hätte. Er hätte es wieder und wieder gebrüllt. Die bösen Zellen, wissen Sie. Nicht größer als die gewöhnliche Gartenwalnuß. Sie ließen ihn toben wie einen unflätigen Hafenarbeiter, ließen ihn ins Bett machen, verursachten seine Kopfschmerzen und nahmen ihm die Möglichkeit – so um die erste Juniwoche herum –, seine linke Hand zu bewegen.

»Sehen Sie mal her«, hatte Dr. Younger sie an diesem strahlenden Junitag, der zum Golfspielen gerade richtig war, aufgefordert und eine Papierrolle vor ihnen ausgebreitet. Es war eine Aufzeichnung von Charlies Gehirnwellen gewesen. Er hatte eine Aufzeichnung von gesunden Gehirnwellen zum Vergleich daneben gelegt, aber das wäre gar nicht nötig gewesen. Er hatte sich angesehen, was im Kopf seines Sohnes vor sich ging, und hatte wieder diesen ekelhaften Geschmack im Mund gespürt. Auf dem Papier war eine unregelmäßige Serie von Gebirgsspitzen und Tälern zu sehen gewesen, die wie eine Reihe von schlecht gezeichneten Dolchen gewirkt hatte.

Läßt sich nicht operieren.

Wenn sich dieser bösartige Zellenhaufen irgendwo am Rand von Charlies Gehirn befunden hätte, wäre es ein leichtes gewesen, ihn mit einer kleineren Operation zu entfernen. Kein Schweiß, kein Streß, keine Schmerzen am Herzen, wie sie als kleine Jungen immer gesagt hatten. Aber er war nun mal mitten im Gehirn entstanden und wuchs mit jedem Tag. Wenn sie es mit dem Messer oder dem Laserstrahl probierten oder versuchten, die Zellen durch Kälte zu zerstören, würde von ihrem Sohn nur ein gesundes, atmendes Stück Fleisch übrigbleiben. Wenn sie aber keins von diesen Dingen ausprobierten, würden sie ihn wohl bald in einen Sarg legen und begraben können.

Dr. Younger hatte ihnen das alles ausführlich erklärt und die Ausweglosigkeit der Situation mit einer Reihe von technischen Redewendungen zu kaschieren versucht, die den Schrecken zunächst etwas dämpften. Aber das hielt nicht lange vor. Mary hatte nur dagesessen und verwirrt den Kopf geschüttelt, aber er hatte alles ganz genau verstanden. Sein erster Gedanke, klar und deutlich und unverzeihlich, war: *Gott sei Dank, ist mir das nicht passiert.* Dann war dieser seltsame Geschmack zurückgekehrt, und er hatte angefangen, um seinen Sohn zu trauern.

Heute eine Walnuß und morgen die Welt. Das unheimliche Unbekannte. Was gab es da zu verstehen?

Charlie starb im Oktober. Er hinterließ keine dramatischen Abschiedworte. Er hatte vorher drei Wochen im Koma gelegen.

Er seufzte, ging in die Küche und machte sich einen Drink. Die Dunkelheit belagerte von außen die Küchenfenster. Das Haus wirkte jetzt, da Mary nicht mehr da war, entsetzlich leer. Ständig stolperte er über seine Sachen – alte Schnappschüsse, sein alter Jogginganzug im Schrank, ein paar alte Hausschuhe unter dem Schreibtisch im oberen Zimmer. Es war sehr, sehr schlimm, immer wieder daran erinnert zu werden.

Nach seinem Tod hatte er nie, nie wieder um Charlie geweint, nicht einmal auf seiner Beerdigung. Aber Mary hatte geweint. Wochenlang war sie mit geröteten Augen herumgelaufen. Und schließlich war sie langsam darüber hinweggekommen.

Charlies Tod hatte auch bei ihr Narben hinterlassen, das war nicht zu übersehen. Aber ihre Narben waren äußerlich. Es gab eine Mary davor und eine Mary danach. Die Mary davor hatte selten Alkohol zu sich genommen, höchstens mal bei den gesellschaftlichen Anlässen, die für seine Karriere wichtig waren. Sie ließ sich dann einen milden Screwdriver mixen und trug ihn den ganzen Abend mit sich herum. Das höchste war ein Grog vor dem Zubettgehen, wenn sie schwer erkältet war, aber das war auch alles. Die Mary danach trank einen Cocktail mit ihm, wenn er von der Arbeit nach Hause kam, und nahm auch oft vor dem Zubettgehen noch einen Drink. Gemessen an normalen Maßstäben war es kein ernsthaftes Trinken, sie trank nie so viel, daß ihr schlecht wurde und sie sich übergeben mußte, aber sie trank doch mehr als vorher. Ein kleiner, wärmespendender Schutzmantel. Genau das, was der Arzt ihr verordnet hätte. Vorher hatte sie selten geweint. Aber nachher weinte sie über die kleinsten Kleinigkeiten, doch nur, wenn sie allein war. Über ein angebranntes Abendessen, über einen Platten am Wagen und damals bei dem Wasserrohrbruch im Keller, als die Heizungsrohre eingefroren waren und der Ölofen ausging, da war sie untröstlich gewesen. Die Mary davor war ein Folkmusik-Fan gewesen – *White Folk* und *Blues*, Van Ronk, Gary Davis, Tom Rush, Tom Paxton, Spider John Koerner. Die Mary danach hatte schlichtweg alles Interesse daran verloren. Sie sang jetzt ihren eigenen Blues, klagte ihr Leid auf einer inneren Stereoanlage. Sie hörte auf, über ihre gemeinsame Reise nach England zu reden, die sie für den Fall seiner Beförderung geplant hatten. Sie fing an, ihr Haar zu Hause zu frisieren, und der Anblick einer mit Lockenwicklern vor dem Fernseher sitzenden Mary wurde alltäglich. Sie war es, die von ihren gemeinsamen Freunden bedauert wurde – und er fand das ganz in Ordnung. Er wollte sich selbst bemitleiden und tat es auch, aber insgeheim. Sie war fähig gewesen, ihre Bedürfnisse anzumelden und sich zu nehmen, was man ihr als Trost anbot, und das hatte sie gerettet. Es hatte sie vor den fürchterlichen Gedanken bewahrt, mit denen er sich nächtelang rumplagte. Nach ihrem Schlummertrunk war sie jede Nacht sanft eingeschlafen. Und während sie schlief, hatte er über die seltsame Welt nachgedacht, in der eine kleine Anzahl von bösartigen Gehirnzellen seinen Sohn zerstören und ihn für immer von ihm wegnehmen konnte.

Er hatte sie nie wegen ihrer Heilung gehaßt und sie nie um die Achtung beneidet, die ihr andere Frauen mit Recht entgegenbrachten. Sie betrachteten sie mit den Augen, mit denen ein junger Arbeiter auf den Ölfeldern die narbige, verbrannte Haut im Gesicht oder an den Händen eines alten Veteranen betrachten mochte – mit dem Respekt, den die Unverletzten den ehemals Verwundeten und nun Geheilten entgegenbrachten. Sie hatte ihre Zeit in der Hölle durchgemacht, und diese Frauen wußten das. Aber sie hatte es überwunden. Es hatte ein Davor gegeben, dann die Hölle und dann ein Danach. Und dann war die Zeit Danach-Danach gekommen, in der sie sich wieder zwei von ihren ehemals vier Frauenclubs angeschlossen hatte. Sie hatte wieder mit ihrem Makramee angefangen (er besaß einen Gürtel, den sie im letzten Jahr gearbeitet hatte, eine wundervoll geknüpfte Kreation mit einer schweren Silberschnalle und seinem Monogramm BGD in der Mitte) und sich nachmittags vor den Fernseher gesetzt und sich die Seifenopern und Merv Griffin im Gespräch mit seinen Berühmtheiten angesehen.

Und was war jetzt? fragte er sich, als er mit seinem Drink ins Wohnzimmer zurückging. Danach-Danach-Danach? Es kam ihm so vor. Eine neue Frau, eine schöne, gesunde Frau, die sich aus der Asche erhoben hatte, die er so ungestüm aufgewühlt hatte. Der alte Ölfeldarbeiter mit seinen Narben blieb zwar, aber er erlangte ein neues, gewinnendes Aussehen. War Schönheit nur so tief wie die Haut? Nein, Schönheit lag in den Augen des Betrachters, und sie konnte sehr, sehr tief sein.

Seine Narben waren alle innerlich. In den langen Nächten nach Charlies Tod hatte er jede seiner Wunden einzeln betrachtet, hatte sie mit der morbiden Faszination, mit der ein Mann seinen Stuhl auf Blutspuren untersucht, katalogisiert. Er hätte es so gern gesehen, daß Charlie im Baseballteam der Schule mitspielte. Er hätte seine Zeugnisse sehen und mit ihm darüber reden wollen. Er hätte ihm wieder und wieder sagen wollen, daß er endlich sein Zimmer aufräumen solle. Er hätte sich um die Mädchen Sorgen machen wollen, mit denen Charlie ausging, um die Freunde, die er sich aussuchte, um seine seelische Verfassung. Er hätte zu gerne gesehen, was aus seinem Sohn geworden wäre und ob sie immer Freunde geblieben wären. Und dann waren ein paar bösartige Zellen zwischen sie getreten, nicht größer als eine Walnuß, und hatten sie wie eine düstere, habgierige Frau voneinander getrennt.

Mary hatte gesagt: *Er war immer dein Sohn.*

Das stimmte. Sie hatten beide so gut zueinander gepaßt, daß Namen völlig überflüssig und daß Worte wie mein und dein fast ein bißchen anstößig waren. So waren sie zu Fred und George geworden, ein Komikerpaar, zwei Glorreiche Halunken gegen die ganze Welt.

Wenn eine Anhäufung von ein paar bösartigen Zellen nicht größer als eine Walnuß all das zerstören konnte, diese intimen Dinge, die man kaum richtig ausdrücken konnte, die so persönlich waren, daß man ihre Existenz kaum vor sich selbst einzugestehen wagte, was blieb dann noch übrig? Wie konnte man dann je das Vertrauen ins Leben zurückgewinnen? Wie konnte man dann glauben, daß sie mehr Bedeutung gehabt hatten als eine Autokarambolage am Wochenende?

All das war tief in ihm verborgen, und er war sich eigentlich nie dessen bewußt geworden, wie tief, wie unabänderlich diese Gedanken ihn verändert hatten. Und jetzt lag alles offen vor ihm, wie eine obszöne, ausgekotzte Masse auf dem Kaffeetisch, nach Verdauungssäften stinkend und voller unverdauter Nahrungsklumpen. Wenn die Welt tatsächlich nur eine Karambolage war, wieso hatte er dann kein Recht, einfach aus seinem Wagen zu steigen? Aber was kam danach? Das ganze Leben schien eine einzige Vorbereitung auf die Hölle zu sein.

Er bemerkte, daß er seinen Drink unbewußt in der Küche in den Ausguß gegossen hatte; er war mit einem leeren Glas ins Wohnzimmer gekommen.

31. Dezember 1973

Er war noch zwei Häuserblocks von Wally Hamners Haus entfernt, als er in seine Jackentasche griff, um nachzusehen, ob er noch ein paar Pfefferminzbonbons hatte. Statt dessen fand er eine kleine, zusammengeknüllte Aluminiumkugel, die im stumpfen, grünen Licht des Armarturenbrettes aufleuchtete. Er betrachtete sie mit einem kurzen, abwesenden Blick und wollte sie schon in den Aschenbecher werfen, als ihm wieder einfiel, was sie enthielt.

In Gedanken hörte er Olivias Stimme wieder: *Synthetisches Meskalin. Man nennt es Produkt Vier. Sehr starkes Zeug.* Er hatte es total vergessen.

Er steckte die Kugel in die Jackentasche zurück und bog in Walter Hamners Straße ein. Auf beiden Straßenseiten waren in langen Reihen Wagen geparkt. Das sah Walter ähnlich – er würde sich nie mit einer einfachen Party abgeben, wenn eine große Massenfummelei in Aussicht stand. Das Prinzip des

Freudenschubs nannte er das. Er behauptete immer, daß er dieses Prinzip eines Tages patentieren lassen und Handbücher herausgeben würde, wie man es anzuwenden hatte. Seine Idee, die dahintersteckte, lautete etwa folgendermaßen: Wenn man nur genug Leute auf engem Raum zusammenpferchte, waren sie gezwungen, sich zu vergnügen – sie wurden ›hineingeschoben‹. Als Walter diese Theorie einmal vor ihnen in einer Bar ausgeführt hatte, hatte er das mit einer lynchenden Menge verglichen. »Na seht ihr«, hatte Walter darauf ungerührt geantwortet. »Bart hat meine Theorie soeben bewiesen.«

Er fragte sich, was Olivia wohl gerade machte. Sie hatte nicht wieder versucht, ihn anzurufen, obwohl er wahrscheinlich schwach geworden wäre und den Anruf entgegengenommen hätte. Vielleicht war sie gerade so lange in Las Vegas geblieben, bis das Geld angekommen war, und hatte sich dann in einen Bus nach...? gesetzt. Nach Maine vielleicht? Würde sich jemand mitten im Winter in Las Vegas in einen Bus nach Maine setzen? Sicher nicht.

Man nennt es Produkt Vier. Sehr starkes Zeug.

Er parkte den Wagen hinter einem sportlichen roten GTX mit schwarzen Rennstreifen an den Seiten und stieg aus. Der Silvesterabend war klar und bitterkalt. Am Himmel hing eine kühle Mondsichel, die aussah, als hätten Kinder sie aus gelbem Papier ausgeschnitten. Die Sterne funkelten in verschwenderischer Fülle wie Pailletten. Sein Atem hing als helle Wolke in der dunklen Luft.

Als er noch drei Häuser von Wallys Wohnung entfernt war, hörte er schon die Baßtöne der Stereoanlage. Die spielten mal wieder verrückt. Wallys Partys hatten so etwas an sich, dachte er, Freudenschub oder nicht. Man konnte in der besten Absicht bei ihm aufkreuzen, nur auf einen Sprung hereinzuschauen, man blieb immer und betrank sich bei ihm, bis man silberne Glöckchen im Kopf klingeln hörte, die sich am nächsten Morgen in bleierne Kirchenglocken verwandelten. Die leidenschaftlichsten Rockmusik-Hasser tanzten letztendlich Boogie in seinem Wohnzimmer, wenn alle so betrunken waren, daß Wally die alten Gassenhauer aus den Fünfzigern und Sechzigern auskramte und sie in Nostalgie und Jugenderinnerungen versanken. Sie soffen und tanzten Boogie, tanzten Boogie und soffen, bis sie alle vor Erschöpfung hechelten wie kleine Hunde.

Auch heute würden sich diverse Ehehälften unterschiedlicher Paare in der Küche küssen, würde mancher Körper Zentimeter um Zentimeter erforscht werden, würde man die Mauerblümchen mit Gewalt aus ihren Ecken reißen, und manch einer, der sich normalerweise nie betrank, würde am Neujahrsmorgen mit einem fürchterlichen Kater aufwachen und sich entsetzt daran erinnern, wie er mit einem Lampenschirm auf dem Kopf durch die Menge getanzt war und dabei laut getönt hatte, er würde seinem Chef endlich mal die Meinung sagen. Wally schien die Leute zu solchen Sachen zu inspirieren, nicht mit bewußter Anstrengung, sondern einfach dadurch, daß er Wally war – und eine Silvesterparty war schließlich nicht irgendeine Party.

Er ertappte sich dabei, wie er die parkenden Wagenreihen nach Stephan Ordners grünem Delta 88 absuchte, konnte ihn aber nirgends entdecken.

Als er sich dem Haus näherte, vereinigte sich der Rest der Bandklänge mit den Baßtönen, und er hörte Mick Jagger kreischen:

Ooooh, children –
It's just a kiss away,
Kiss away, kiss away . . .

Das Haus war hell erleuchtet – Scheiß auf die Energiekrise –, abgesehen vom Wohnzimmer natürlich, in dem während der langsamen Nummern das große Schmusen stattfand. Durch das Dröhnen der voll aufgedrehten Lautsprecher konnte er gut über hundert in fünfzig Unterhaltungen verwickelte Stimmen hören, als sei der Turm von Babel eben erst eingestürzt.

Wenn es Sommer (oder wenigstens Herbst) gewesen wäre,

hätte es ihm wohl mehr Spaß gemacht, einfach draußen stehenzubleiben und dem ganzen Zirkus zuzuhören. Er hätte die Entwicklung bis zum Höhepunkt und den allmählichen Ausklang registriert. Plötzlich sah er sich selbst – eine schreckliche, angsteinflößende Vision – auf Wally Hamners Rasen stehen und eine EEG-Aufzeichnung in den Händen halten, die die unregelmäßige, gezackte Linie eines kranken Gehirns zeigte: die Monitoraufzeichnung eines gigantischen Partygehirntumors. Er schauerte und steckte die Hände in die Taschen, um sie zu wärmen.

Seine rechte Hand fand die Aluminiumkugel wieder, und er holte sie heraus. Neugierig wickelte er sie trotz der Kälte, die ihm mit stumpfen Zähnen in die Finger biß, aus. Es war eine kleine lilafarbene Pille, die auf den Nagel seines kleinen Fingers paßte, ohne die Ränder zu berühren. Viel kleiner als, sagen wir mal, eine Walnuß. Konnte ihn ein so kleines Etwas tatsächlich klinisch verrückt machen? Konnte es ihn Dinge sehen lassen, die nicht existierten, ihm Gedanken eingeben, die er noch nie gedacht hatte? Konnte es die Auswirkungen, die die tödliche Krankheit seines Sohnes bei ihm ausgelöst hatte, aufheben?

Beinahe zerstreut steckte er die Pille in den Mund. Sie schmeckte nach nichts. Er schluckte sie hinunter.

»BART!« schrie eine Frau. »BART DAWES!« Sie hatte ein schulterfreies schwarzes Abendkleid an und hielt einen Martini in der Hand. Ihre dunklen Haare waren zu einer Partyfrisur aufgetürmt und wurden von einem glitzernden, mit falschen Diamanten besetzten Band zusammengehalten.

Er hatte das Haus durch die Küchentür betreten. Die Küche war gesteckt voll. Es war erst halb neun, die Flutwelle hatte also noch nicht eingesetzt. Die Flutwelle war eine weitere von Wallys Partytheorien: wenn eine Party fortschritt, so glaubte er, verteilten die Leute sich in allen vier Ecken des Hauses. »Die Mitte trägt nicht«, hatte Wally weise lächelnd erklärt. »Das habe ich von T. S. Eliot.« Angeblich hatte Wally mal einen Gast oben auf dem Dachboden gefunden, achtzehn Stunden, nachdem die Party vorbei war.

Die Frau in dem schwarzen Abendkleid küßte ihn warmherzig auf die Lippen und preßte ihren massigen Busen sanft gegen seine Brust. Dabei verschüttete sie etwas Martini auf den Boden.

»Hi«, sagte er. »Wer sind Sie?«

»Tina *Howard,* Bart. Erinnerst du dich nicht mehr an unsere Klassenfahrt?« Sie fuchtelte ihm mit einem langen, dolchförmigen Fingernagel unter der Nase herum. »Du BÖSER Junge!«

»*Du* bist Tina? Bei Gott, du bist es!« Er verzog seinen Mund zu einem verdutzten Lächeln. Das war noch etwas, das Wallys Partys auszeichnete: es tauchten immer wieder Leute aus der eigenen Vergangenheit auf. Wie alte Fotografien. Der beste Freund aus dem Nachbarviertel (vor dreißig Jahren!); das Mädchen, das man im College beinahe mal aufs Kreuz gelegt hätte; der Typ, mit dem man vor achtzehn Jahren mal in den Ferien zusammen gearbeitet hatte.

»Aber ich heiße jetzt Tina Howard Wallace«, fuhr die Frau im schwarzen Abendkleid fort. »Mein Mann muß sich hier irgendwo rumtreiben...« Sie sah sich suchend um, verschüttete noch etwas Martini und trank den Rest schnell aus, bevor er ihr abhanden kam. »Ist das nicht SCHRECKLICH? Ich muß ihn verloren haben.«

Sie musterte ihn mit einem warmen, abschätzenden Blick, und er konnte es fast nicht glauben, daß diese Frau das Mädchen sein sollte, das ihn zum ersten Mal mit weiblichem Fleisch in Berührung gebracht hatte – die Klassenfahrt der Grover Cleveland Highschool hatte vor zirka hundertneun Jahren stattgefunden. Er hatte ihre Brust durch die weiße Baumwollbluse streicheln dürfen, als...

»Cotter's Stream«, sagte er laut.

Sie wurde rot und kicherte. »Ah, du erinnerst dich also.«

Sein Blick fiel in einem vollkommen unfreiwilligen Reflex auf ihren Busen, und sie jauchzte vor Vergnügen. Wieder lächelte er sie hilflos an. »Wie ich sehe, vergehen die Jahre schneller, als wir...«

»Bart!« rief Wally Hamner über das allgemeine Partygebrabbel hinweg. »He, alter Kumpel, ich bin richtig froh, daß du gekommen bist.«

Er kam in seinem ebenfalls zu patentierenden, gewandten Partyzickzack auf ihn zu, ein dünner, beinahe glatzköpfiger Mann in einem tadellos sitzenden gestreiften Hemd Jahrgang 1962 und mit einer Hornbrille auf der Nase. Er schüttelte Walters ausgestreckte Hand. Sein Händedruck war immer noch so fest, wie er ihn in Erinnerung hatte.

»Wie ich sehe, hast du Tina schon getroffen«, sagte Walter.

»Himmel, wir kennen uns schon seit Jahrzehnten«, antwortete er und lächelte Tina verlegen zu.

»Aber sag das ja nicht meinem Mann, du böser Junge«, kicherte Tina. »Entschuldigt mich bitte. Wir sehen uns ja noch, nicht wahr, Bart?«

»Klar«, sagte er.

Sie schlängelte sich um eine Gruppe, die sich um einen Tisch mit Partyhappen versammelt hatte, herum und verschwand im Wohnzimmer. Er nickte ihr noch einmal zu und fragte Walter: »Sag mal, wo gabelst du die Leute immer auf? Das war mein erstes Mädchen. Ich komme mir vor wie bei: ›Das war mein Leben‹.«

Walter zuckte bescheiden die Achseln. »Gehört alles zum Freudenschub, mein Junge.« Er deutete auf die braune Papiertüte unter seinem Arm. »Was hast du denn da in diesem schlichten braunen Beutel?«

»Southern Comfort. Ich hoffe, du hast etwas Ginger Ale da.«

»Natürlich«, antwortete Walter und verzog das Gesicht. »Willst du wirklich dieses widerliche Zeug trinken? Ich hatte dich immer für einen Scotchmann gehalten.«

»Insgeheim bin ich immer ein Southern-Comfort-Ginger-Ale-Mann gewesen. Jetzt bin ich endlich entlarvt.«

Walter lachte. »Mary treibt sich hier auch irgendwo rum. Sie hat vorhin nach dir Ausschau gehalten. Hol dir einen Drink, und dann gehen wir sie suchen, ja?«

»Guter Vorschlag.«

Er kämpfte sich durch die Küche und begrüßte Leute, die ihm irgendwie bekannt vorkamen, sich an ihn aber überhaupt nicht zu erinnern schienen, antwortete anderen, die ihn zuerst ansprachen, deren Gesichter er aber nicht kannte. Zigarettenrauch wälzte sich in majestätischen Schwaden durch den Raum. Gesprächsfetzen drangen in seine Ohren und verklangen ebenso rasch wieder wie diverse Radiostationen, wenn man auf der Suche nach einem bestimmten Sender war. Sie waren laut und bedeutungslos:

... Freddy und Jim hatten ihre Stundenpläne vergessen, also habe ich ...

... sagte vorhin, daß seine Mutter kürzlich gestorben ist, also kriegt er nachher bestimmt einen Weinkrampf, wenn er zuviel trinkt ...

... als er also die Farbe runtergekratzt hatte, stellte er fest, daß er ein wirklich schönes Stück erwischt hatte, vielleicht noch von vor der Revolution ...

... da kam doch tatsächlich dieser kleine Jude an die Tür und wollte mir Enzyklopädien verkaufen ...

... sehr chaotisch; er willigt wegen der Kinder nicht in die Scheidung ein und säuft wie ein Loch ...

... ein furchtbar schönes Kleid ...

... so betrunken, daß er voll über den Tisch gekotzt hat, als die Kellnerin die Rechnung brachte ...

Vor dem Herd und der Spüle stand ein langer Tisch, auf dem sich schon eine Unmenge von geöffneten Schnapsflaschen und Gläsern in verschiedenen Größen, manche halb ausgetrunken und abgestellt, befanden. Die Aschenbecher waren überfüllt. In der Spüle standen drei Eiskübel voller Eiswürfel. Über dem Herd hing ein großes Poster, das Richard Nixon mit Kopfhörern darstellte. Die Leitung der Kopfhörer steckte im Hinterteil eines Esels, der sich am Bildrand befand. Darunter stand in großen Buchstaben:

WIR HÖREN BESSER ZU!

Zu seiner Linken stand ein Mann mit weit ausgestellten Hosenbeinen, der in jeder Hand einen Drink hielt (ein Wasserglas voller Whisky in der Rechten, einen vollen Bierkrug in der Linken), und unterhielt eine gemischte Gruppe mit Witzen. »Dieser Typ kommt also in eine Bar und findet den Esel, der auf dem Hocker direkt neben ihm sitzt. Er bestellt ein Bier, und als es kommt, fragt er den Barkeeper: ›Wem gehört eigentlich dieser Esel? Süßes kleines Tierchen.‹ Und der Barkeeper sagt zu ihm: ›Oh, der Esel, der gehört dem Klavierspieler.‹ Da dreht er sich um und...«

Er mixte sich seinen Drink und sah sich nach Walt um, aber der war schon wieder zur Tür gegangen, um ein paar Neuankömmlinge zu begrüßen – ein junges Pärchen. Der Mann hatte eine altmodische Autokappe und eine alte Rennbrille aufgesetzt und trug einen abgenutzten Kittel mit der Aufschrift:

KEEP ON TRUCKIN'

Einige Leute lachten schallend, und Walter heulte gequält auf. Der Witz, den dieser Kerl gerade erzählte, mußte einen langen Bart haben.

...der Kerl geht also zum Klavierspieler rüber und sagt: ›Ist Ihnen klar, daß Ihr Esel gerade in mein Bier gepißt hat?‹ Und der Klavierspieler antwortet: ›Nein, aber wenn Sie mir ein paar Takte vorsummen, mache ich es ihm nach.‹« Mäßiges Gelächter. Der Mann mit den weit ausgestellten Hosenbeinen schluckte seinen Whisky und spülte ihn mit dem Bier herunter.

Er nahm seinen Drink und schlenderte ins verdunkelte Wohnzimmer, wobei er sorgfältig darauf achtete, an Tina Howard Wallaces Rücken vorbeizuschleichen, bevor sie ihn entdeckte und ihn in eine lange Konversation mit dem Tenor ›Wo sind die Jahre geblieben?‹ verwickelte. Sie gehörte genau zu der Kategorie von Leuten, die jedes Kapitel aus dem Leben ihrer früheren Klassenkameraden runterbeten konnte, besonders von denen, die gescheitert waren – Scheidung, Nervenzusammenbruch und Kriminalität würden ganz oben auf der Liste stehen. Und diejenigen, die es zu etwas gebracht hatten, würde sie als Unmenschen abstempeln.

Jemand hatte die unvermeidliche Rock'n'Roll-Platte aus den Fünfzigern aufgelegt, und zirka fünfzehn Paare twisteten begeistert und sehr schlecht über die Tanzfläche. Er entdeckte Mary, die mit einem großen, schlanken Mann tanzte, den er von irgendwoher kannte, aber nicht einordnen konnte. Jack? John? Jason? Der Name fiel ihm einfach nicht mehr ein. Sie trug ein Partykleid, das er noch nie an ihr gesehen hatte. Es hatte eine Knopfleiste auf der rechten Seite, und sie hatte genug Knöpfe offengelassen, um die sexy Rundung ihres Oberschenkels über dem Knie zu zeigen. Er wartete auf eine starke Empfindung bei dem Anblick – Neid oder Trauer oder ein bißchen Sehnsucht –, aber er spürte nichts. Nachdenklich nippte er an seinem Drink.

Sie wandte den Kopf um und entdeckte ihn. Er hob beiläufig eine Hand, um sie zu grüßen und ihr zu sagen, daß sie ruhig weitertanzen solle, aber sie nahm ihren Partner bei der Hand und kam zu ihm herüber.

»Ich bin so froh, daß du gekommen bist, Bart«, sagte sie. Sie sprach mit erhobener Stimme, um die Stereoanlage zu übertönen. »Erinnerst du dich noch an Dick Jackson?«

Bart reichte dem schlanken Mann die Hand, und er schüttelte sie. »Sie haben mal mit Ihrer Frau in unserer Straße gewohnt. Vor fünf... nein, sieben Jahren, nicht wahr?«

Jackson nickte. »Wir wohnen jetzt drüben in Willowood.«

Sozialer Wohnungsbau, dachte er. Seit einiger Zeit wußte er über sämtliche städtischen Baumaßnahmen und ihre geographische Lage sehr genau Bescheid.

»Nicht schlecht. Arbeiten Sie immer noch für Piels?«

»Nein, ich habe jetzt mein eigenes Geschäft. Ich besitze zwei Lastwagen. Riesige Transporter. Hören Sie, wenn Ihre Wäscherei irgendwelche Lieferungen braucht... Chemikalien oder so...«

»Ich arbeite nicht mehr in der Wäscherei«, sagte er und

bemerkte, wie Mary leicht zusammenzuckte, als hätte jemand an eine alte Wunde gerührt.

»Nicht? Was machen Sie denn jetzt?«

»Ich bin selbständig«, antwortete er und grinste. »Haben Sie an dem Streik der unabhängigen Lastwagenfahrer teilgenommen?«

Jacksons Gesicht, das vom Alkohol schon etwas gerötet war, wurde noch dunkler. »Und ob ich das habe! Ich habe mir sogar persönlich einen Kerl vorgenommen, der nicht einsehen wollte, wozu der Streik nützen sollte. Haben Sie eine Ahnung, was diese Mistkerle in Ohio heutzutage für Diesel verlangen? 31,9! Das verringert meinen Profit von zwölf auf neun Prozent! Und davon soll ich dann noch die ganzen Wartungskosten zahlen. Von diesen verdammten, halsabschneiderischen Geschwindigkeitsbegrenzungen ganz zu schweigen...«

Er ließ sich lang und breit über die Freuden und Gefahren eines selbständigen Transportunternehmens in einem Land aus, das plötzlich unter einem schlimmen Energiemangel litt, und Bart hörte zu, nickte an den richtigen Stellen und nahm ab und zu einen Schluck. Mary entschuldigte sich und ging in die Küche, um sich einen Punsch zu holen. Der Mann in dem alten Autokittel tanzte einen übertriebenen Charleston nach einer alten Everly-Brothers-Platte, und einige Umstehende lachten und applaudierten ihm fröhlich.

Jacksons Frau, ein stämmiges, muskulöses Persönchen mit einem karottenroten Haarschopf, kam auf sie zu und wurde ihm vorgestellt. Sie wirkte schon ziemlich angetrunken, und ihre Augen waren so stumpf wie die Blinklichter eines Flipperautomaten. Sie schenkte ihm ein gläsernes Lächeln, gab ihm die Hand und sagte zu ihrem Mann: »Liebling, ich glaube, ich muß mich übergeben. Wo ist das Badezimmer?«

Jackson führte sie weg. Er ging über die Tanzfläche und setzte sich auf einen der am Rand stehenden Stühle, wo er sein Glas leertrank. Mary ließ sich Zeit. Vermutlich hatte sie jemand in eine Unterhaltung verwickelt.

Er griff in seine Jackentasche, holte ein Päckchen Zigaretten heraus und zündete sich eine an. Er rauchte jetzt nur noch auf Partys. Das war ein großer Fortschritt im Vergleich zu früher, als er zu der Drei-Packungen-am-Tag-Krebsbrigade gehört hatte.

Als er die Zigarette halb aufgeraucht hatte, während er die Küchentür im Auge behielt, um Marys Rückkehr abzupassen, blickte er zufällig auf seine Hand und stellte fest, wie interessant sie plötzlich war. Es war außerordentlich interessant, wie sein Zeige- und Mittelfinger die Zigarette hielten, so selbstverständlich, als hätten sie sein Leben lang nichts anderes gemacht.

Der Gedanke war so komisch, daß er lachen mußte.

Es kam ihm so vor, als hätte er seine Finger schon eine ganze Weile studiert, als er plötzlich einen eigenartigen Geschmack im Mund bemerkte. Nicht schlecht, aber seltsam. Die Spucke schien viel dicker geworden zu sein. Und seine Beine... seine Beine waren ganz hippelig, als wollten sie den Takt der Musik mitschlagen, als wäre das das einzige, was sie entspannen könnte, damit sie sich wieder so leicht und normal wie Beine anfühlten...

Er bekam ein wenig Angst. Der Gedanke, der ganz gewöhnlich angefangen hatte, nahm plötzlich einen völlig anderen, geschraubten Weg, wie ein Mann, der sich in einem riesigen Haus verlaufen hat und jetzt eine große, *krrrrissstalllene* Wendeltreppe hinaufkletterte...

Da war es wieder. Es mußte an der Pille liegen, die er geschluckt hatte. Ja, es war Olivias Pille. Und was für eine komische Art, Kristall zu sagen. *Krrrrissstalll*. Ein aufregender, knisternder Klang, wie die Spannung, wenn die Stripteasetänzerin ihr Kostüm auszog.

Er lächelte angestrengt und betrachtete wieder seine Zigarette, die jetzt erstaunlich *weiß* und erstaunlich *rund* aussah, das erstaunliche Symbol für Amerikas Reichtum und Wohlstand. Nur in Amerika schmeckten die Zigaretten so gut. Er nahm einen Zug. Wundervoll. Er dachte an die Unmengen von Zigaretten, die von Amerikas Fließbändern quollen, in Winston-Salem und sonstwo, eine Unmenge von Zigaretten, ausgeschüttet wie aus einem Füllhorn. Es lag am Meskalin. Er war auf seinem Trip. Wenn die Leute wüßten, wie er das Wort Kristall dachte *(krrrrissstalll)*, sie würden die Köpfe zusammenstecken und über ihn tuscheln: *Ja, seht nur, er ist wirklich verrückt. Ein totaler Spinner!* Spinner, das war noch so ein schönes Wort. Plötzlich wünschte er sich, daß Sal Magliore hier wäre. Er und der Einäugige Sally würden sich zusammensetzen und alle Aspekte der Organisation von Hehlergeschäften durchdiskutieren. Sie würden über alte Huren und Explosionen reden. Vor seinem inneren Auge sah er sich und Sally Magliore in einem italienischen *ristorante* mit dunkelgetäfelten Wänden sitzen und an einem rissigen Holztisch Pizza essen, während im Hintergrund leise Violinenklänge aus dem Film *Der Pate* aus der Stereoanlage säuselten. Es war ein verschwenderischer Technicolorfilm, in den er sich hineinfallen ließ wie in ein warmes Schaumbad.

»Krrrrissstalll«, sagte er leise zu sich selbst und grinste. Es schien, als hätte er schon stundenlang so dagesessen und über diese Dinge nachgedacht, aber die Asche an seiner Zigarette war nicht einen Millimeter weitergewachsen. Es war erstaunlich. Er zog noch einmal.

»Bart?«

Er blickte auf. Es war Mary. Sie hatte ihm einen Happen zu essen mitgebracht. Er lächelte ihr zu. »Setz dich. Ist das für mich?«

»Ja.« Sie reichte ihm das Sandwich. Es war ein kleines, dreieckiges Stückchen Brot mit einem rosa Fleck in der Mitte. Ihm fiel plötzlich ein, daß Mary ängstlich, ja entsetzt reagieren würde, wenn sie wüßte, daß er sich auf einem Trip befand. Sie würde sofort den Notarzt rufen, die Polizei, Gott weiß wen. Er mußte sich also normal verhalten. Aber die Vorstellung von Normalität fand er ausgesprochen seltsam.

»Ich werde es später essen«, sagte er und steckte das Sandwich in seine Jackentasche.

»Bart? Bist du betrunken?«

»Nur ein bißchen«, antwortete er. Er konnte die Poren ihrer Gesichtshaut sehen. Er konnte sich nicht daran erinnern, sie jemals so klar und deutlich gesehen zu haben. So viele kleine Löcher, als ob Gott ein Bäcker und ihr Gesicht eine Kuchenkruste wäre. Er kicherte, und als sie die Stirn runzelte, sagte er verschwörerisch: »Erzähl's nicht weiter.«

»Was?« Sie war ehrlich verblüfft.

»Das mit dem Produkt Vier.«

»Bart, was, in Gottes Namen, hast du...«

»Ich muß mal aufs Klo«, sagte er. »Bin gleich zurück.« Er stand auf und ging weg, ohne sich noch einmal nach ihr umzublicken, aber er spürte die Strahlen ihrer Verwirrung hinter ihm hereilen wie die Hitzestrahlen eines Mikrowellenherdes. Wenn er sich nicht umdrehte, würde er sich möglicherweise nicht verraten. In dieser besten aller möglichen Welten war ja alles möglich, selbst krrristallene Wendeltreppen. Er lächelte selbstzufrieden. Das Wort war schon ein alter Freund geworden.

Der Trip zum Badezimmer war eine Odyssee, eine Safari. Der Partylärm hatte einen zyklischen Rhythmus angenommen, er schien regelmäßig ANZUSCHWELLEN und alle DREI SILBEN wieder ABZUSCHWELLEN, und selbst die STEREOANLAGE wurde immer wieder LAUTER und LEISER. Er murmelte ein paar Sätze zu Leuten, die er zu kennen glaubte, weigerte sich jedoch, an einer Unterhaltung teilzunehmen. Wenn man ihn ansprach, deutete er nur lächelnd auf seine Hosenklappe und ging vorbei. Fragende Gesichter sahen ihm nach. Warum gab es nie eine Party voller Fremder, wenn man so etwas brauchte? schimpfte er im stillen.

Das Klo war besetzt. Er wartete, wie es schien, stundenlang, und als er endlich drankam, konnte er nicht pinkeln, obwohl er glaubte, daß er es dringend nötig hätte. Er betrachtete die Wand hinter dem Klo und hatte das Gefühl, daß sie sich in gleichmäßigem Dreiertakt nach innen und nach außen wölbte. Obwohl er nichts gemacht hatte, spülte er für den Fall, daß draußen jemand stand und zuhörte. Das Wasser wirbelte in dunkelrosa Strudeln in der Kloschüssel. Es sah aus, als habe der letzte Besucher Blut abgelassen. Beunruhigend.

Er verließ das Badezimmer, und der Partylärm schlug ihm mit aller Wucht entgegen. Gesichter kamen näher und verschwanden wie segelnde Luftballons. Aber die Musik war sehr schön. Eine Elvis-Platte. Guter alter Elvis. Sing weiter, Elvis, sing weiter.

Marys Gesicht tauchte vor ihm auf, besorgt, verärgert. »Bart, was ist mit dir los?«

»Mit mir? Nichts.« Er war verwundert, äußerst verwundert. Die Worte kamen ihm in sichtbaren Musiknoten aus dem Mund. »Ich habe Halluzinationen«, sagte er laut, aber er sprach mehr zu sich selbst.

»Bart, was hast du eingenommen?« Sie sah jetzt wirklich ängstlich aus.

»Meskalin«, antwortete er.

»Mein Gott, Bart! Drogen? Warum?«

»Warum nicht?« erwiderte er, nicht, weil er flippig sein wollte, sondern weil ihm so schnell keine andere Antwort einfiel. Wieder flogen die Worte in Noten aus seinem Mund, einige davon hatten sogar kleine Fähnchen.

»Soll ich dich zu einem Arzt bringen?«

Er sah sie überrascht an und ließ sich den Vorschlag durch den Kopf gehen, um zu prüfen, ob er eine versteckte Nebenbedeutung haben könnte; freudianische Erinnerungen an die Klapsmühle. Er mußte wieder kichern, und sein Lachen schwebte in Notenlinien vor seinem Gesicht, in die Kristallnoten mit Notenschlüssel, Pausenzeichen und allem Drum und Dran eingezeichnet waren.

»Was soll ich bei einem Arzt?« fragte er, jedes Wort vorsichtig wählend. Das Fragezeichen war eine hochgestellte Viertelnote. »Es ist genauso, wie sie gesagt hat. Weder gut noch schlecht. Einfach interessant.«

»Wer hat das gesagt?« wollte sie wissen. »Wer, Bart? Von wem hast du das Zeug gekriegt?« Ihr Gesicht veränderte sich. Es wurde ganz spitz und nahm einen reptilienartigen Ausdruck an. Mary als billiger Schundromandetektiv, der seine Schreibtischlampe direkt auf die Augen des Verdächtigen richtet – *Na los, McGonigal, wie wollen Sie's haben, auf die sanfte oder auf die harte Tour?* Aber es kam noch schlimmer. Mary erinnerte ihn auf unangenehme Weise an die Geschichten von H. P. Lovecraft, die er als Kind gelesen hatte, besonders die Chtulu-Mythen, in denen vollkommen normale Menschen auf Verlangen des Ältestenrates in fischartige, kriechende Wesen verwandelt wurden. Ihre Gesichtshaut wurde auf einmal schuppig, und sie sah aus wie ein Aal.

»Nicht so wichtig«, antwortete er ängstlich. »Warum kannst du mich nicht in Ruhe lassen? Hör auf, mir auf die Nerven zu gehen; ich belästige dich ja schließlich auch nicht.«

Sie zuckte zusammen. Ihr Gesicht wurde wieder das alte Marygesicht, das ihn jetzt verletzt und mißtrauisch ansah. Sie tat ihm leid. Die Party brandete in lauten Wogen um sie herum. »Wie du willst, Bart«, sagte sie ruhig. »Du kannst dir auf jede Weise schaden, die dir gefällt, aber bring mich bitte nicht in Verlegenheit. Darf ich wenigstens das von dir verlangen?«

»Ja, natürlich, du k...«

Aber sie wartete seine Antwort nicht ab. Sie drehte sich um und ging in die Küche, ohne sich noch einmal nach ihm umzusehen. Es tat ihm leid, aber er war auch erleichtert. Doch was würde passieren, wenn jemand anderes sich mit ihm unterhalten wollte? Sie würden es ja alle sofort merken. Er konnte im Augenblick keine normale Unterhaltung führen. Er konnte den Leuten kaum vormachen, daß er nur betrunken sei.

»Rrrriet«, sagte er und rollte das R genüßlich zwischen Gaumen und Zunge. Diesmal kamen die Noten in einer Reihe von Achtelnoten, die mit ihren Fähnchen auf einer einzigen Notenlinie entlangeilten. Er konnte die ganze Nacht Noten produzieren und dabei glücklich sein, es würde ihm nichts ausmachen. Aber nicht hier, wo jeder, der gerade vorbeikam, ihn ansprechen konnte. Er brauchte einen ruhigen Ort, an dem er sich selbst denken hören konnte. In dem Partylärm hatte er das Gefühl, als stünde er hinter einem Wasserfall. Er war zu laut, um dagegen anzudenken. Er wollte sich lieber einen stillen Tümpel suchen, vielleicht bei einem Radio. Er hatte das Gefühl, daß Musik seine Gedanken beflügeln würde, und er mußte über eine Menge Dinge nachdenken. Ganze Bände von Dingen.

Außerdem war er sicher, daß die Leute ihn insgeheim beobachteten. Mary mußte die Nachricht verbreitet haben. *Ich mache mir Sorgen. Bart hat Meskalin geschluckt.* Sie wanderte jetzt von Gruppe zu Gruppe. Sie würden weiter so tun, als ob sie tanzten, tränken oder sich miteinander unterhielten, aber in Wirklichkeit beobachteten sie ihn heimlich und tuschelten hinter vorgehaltenen Händen. Er konnte es sehen. Es war *krrrristallklar.*

Ein Mann mit einem riesigen Drink kam mit leicht schwankenden Schritten an ihm vorbei. Er packte ihn an seiner Sportjacke und fragte mit heiserer Stimme: »He, was reden die da über mich?«

Der Mann lächelte betrunken und blies ihm seine warme Scotchfahne ins Gesicht. »Ich werd's Ihnen aufschreiben«, sagte er und ging weiter.

Endlich fand er Walters Bibliothek (er hatte keine Ahnung, wie lange das gedauert hatte), und als er die Tür hinter sich schloß, wurde der Lärm abgeschnitten. Gesegnete Ruhe. Er bekam große Angst. Der Trip hatte seinen Höhepunkt noch nicht erreicht; die Eindrücke wurden immer stärker. Er schien das Wohnzimmer im Laufe eines Lidschlages durchquert zu haben; nur einen weiteren Augenaufschlag hatte es gedauert, das Schlafzimmer zu untersuchen, in dem die Mäntel abgelegt waren; mit dem dritten Augenaufschlag war er durch den Flur gewandert. Die normale Kette der Ereignisse, wie man sie im Wachsein erlebt, war durchgeschnitten, und die Perlen der Realität waren in alle Richtungen verstreut. Es gab keine Kontinuität mehr, und sein Zeitgefühl war völlig zerstört. Wenn er nun niemals runterkam? Wenn es ewig so bleiben würde? Vielleicht sollte er sich auf dem Sofa zusammenrollen und den Trip ausschlafen, aber er war nicht sicher, ob er das könnte. Und wenn er es tat, Gott weiß, was für Träume er dann haben würde. Die leichtherzige, spontane Art, mit der er die Pille geschluckt hatte, stieß ihn jetzt ab. Dies war ganz anders als betrunken zu sein. Es gab keinen letzten nüchternen Zufluchtsort mehr, keinen inneren Kern in seiner Mitte, der niemals betrunken wurde. Er war durch und durch verrückt.

Aber hier drinnen war es besser. Vielleicht konnte er hier von selbst wieder die Kontrolle über sich gewinnen. Und wenn er ausflippen sollte, würde er wenigstens nicht...

»Guten Abend.«

Er zuckte vor Schreck zusammen und sah sich suchend um. Ein Mann saß in einem Ohrensessel neben Walters Bücherregal und hatte ein aufgeschlagenes Buch auf dem Schoß liegen. War das eigentlich ein Mann? Es gab nur eine Lichtquelle im Raum, eine kleine Lampe auf dem runden Tisch links von der Gestalt. Sie warf lange Schatten auf sein Gesicht, so daß ihre Züge sardonisch und bösartig wirkten. Einen Augenblick lang glaubte er, hier in Walters Bibliothek über den Satan persönlich gestolpert zu sein. Die Gestalt stand auf, und er sah, daß es sich wirklich nur um einen Mann handelte. Er war hochgewachsen, vielleicht sechzig Jahre alt, hatte blaue Augen, und seine Nase sah so aus, als hätte er mehrere Kämpfe mit der Flasche verloren. Aber er hielt keinen Drink in der Hand, und er konnte auch sonst nirgends einen entdecken.

»Noch ein unruhiger Wanderer, wie ich sehe«, sagte der Mann und streckte seine Hand aus. »Phil Drake.«

»Barton Dawes«, antwortete er, vor Angst immer noch ganz verwirrt. Sie schüttelten sich die Hand. Drakes Hand war wie verknotet und hatte eine dicke Narbe – eine Brandwunde vielleicht? Aber es war nicht unangenehm, sie anzufassen. *Drake*. Der Name kam ihm bekannt vor, aber er konnte sich nicht erinnern, wo er ihn schon mal gehört hatte.

»Geht es Ihnen gut?« fragte Drake besorgt. »Sie sehen ein bißchen...«

»Ich bin high«, sagte er schlicht. »Ich habe Meskalin genommen, und jetzt bin ich verdammt high.« Er betrachtete die Bücherregale, und sie schienen immer näher zu kommen und dann wieder zu verschwinden. Das gefiel ihm gar nicht. Es erinnerte ihn an ein riesiges, schlagendes Herz. Er hatte keine Lust mehr, die Dinge so zu sehen.

»Ich verstehe«, sagte Drake. »Setzen Sie sich, und erzählen Sie mir davon.«

Er sah Drake erstaunt an und spürte plötzlich eine ungeheure Erleichterung. Er setzte sich. »Kennen Sie sich mit Meskalin aus?« fragte er.

»Oh, ein bißchen. Ich habe ein kleines Kaffeehaus in der Stadt. Die Kinder wandern bei mir ein und aus ... die meisten davon sind rauschgiftsüchtig ... ist es ein guter Trip?« erkundigte er sich höflich.

»Gut und schlecht«, antwortete er. »Er ist ... *heavy*. Ich finde, das ist ein gutes Wort dafür.«

»Ja, das stimmt.«

»Ich hab' ein wenig Schiß bekommen«, gestand er und blcke zum Fenster hinaus, wo er eine hell erleuchtete Autobahn entdeckte, die quer über den düsteren Nachthimmel verlief. Er sah wieder zur Seite, als ob nichts wäre, mußte sich aber doch kurz über die Lippen lecken. »Sagen Sie mir ... wie lange dauert so ein Trip normalerweise?«

»Wann haben Sie sie eingeworfen?«

»Eingeworfen?« Das Wort fiel ihm in einzelnen Buchstaben aus dem Mund, landete auf dem Teppich und löste sich dort auf.

»Ich meine, wann haben Sie das Zeug eingenommen?«

»Oh ... so gegen halb neun.«

»Jetzt ist es ...« Er blickte auf seine Uhr. »Es ist Viertel vor zehn.«

»*Was*? Erst *Viertel vor zehn?* So früh?«

Drake lächelte. »Das Zeitgefühl wird zu Gummi, nicht wahr? Ich nehme an, daß Sie gegen halb zwei ziemlich *down* sein werden.«

»Wirklich?«

»Ja, das ist zu erwarten. Im Augenblick sind Sie auf dem Höhepunkt. Ist es ein visueller Trip?«

»Ja. Ein bißchen *zu* visuell.«

»Es gibt mehr Dinge zu sehen, als das menschliche Auge eigentlich wahrnehmen sollte«, bemerkte Drake und schenkte ihm ein seltsam verzerrtes Lächeln.

»Ja, so ist es. Genau so ist es.« Seine Erleichterung, mit diesem Mann zusammenzusein, wurde immer größer. Er fühlte sich geborgen. »Was tun Sie sonst noch, außer sich mit Männern im mittleren Alter zu unterhalten, die ins Mauseloch gefallen sind?«

Drake lachte. »Das ist sehr gut. Leute, die Meskalin oder LSD genommen haben, können sich normalerweise nicht mehr artikulieren. Meistens stammeln sie unzusammenhängendes Zeug. Ich verbringe fast alle meine Abende in der Telefonseelsorge. An den Wochentagen arbeite ich nachmittags im Kaffeehaus, das ich vorhin erwähnt habe, es heißt *Drop Down Mamma*. Die Kundschaft besteht hauptsächlich aus Straßenfreaks und Arbeitslosen. Morgens spaziere ich durch die Straßen und unterhalte mich mit meinen Gemeindemitgliedern, wenn sie schon auf sind. Und zwischendurch arbeite ich im Gefängnis.«

»Sind Sie ein Pfarrer?«

»Sie nennen mich einen Straßenpriester. Sehr romantisch. Malcolm Boyd, nimm dich in acht. Ich bin wirklich mal Priester gewesen.«

»Und jetzt nicht mehr?«

»Ich habe den Schoß der Mutter Kirche verlassen«, sagte er leise. Aber die Worte hatten einen grausamen, unwiderruflichen Klang. Es war, als könnte er die Eisentüren hören, die sich für immer hinter diesem Mann geschlossen hatten.

»Warum haben Sie das getan?«

Drake zuckte die Achseln. »Das tut nichts zur Sache. Was ist mit Ihnen? Wie sind Sie an das Meskalin herangekommen?«

»Ich hab's von einem Mädchen, das nach Las Vegas getrampt ist. Ich fand sie ganz nett. Sie hat mich zu Weihnachten angerufen.«

»Um Hilfe?«

»Ich glaube, ja.«

»Haben Sie ihr geholfen?«

»Ich weiß es nicht.« Er lächelte angestrengt. »Vater, erzählen Sie mir was über meine Seele.«

Drake zuckte zusammnen. »Ich bin nicht Ihr Vater.«

»Na gut, dann lassen Sie's.«

»Was wollen Sie über Ihre ›Seele‹ hören?«

Er sah auf seine Finger hinunter. Er konnte Blitze aus den Spitzen hervorschießen lassen, wenn er es wollte. Es verlieh ihm ein trunkenes Machtgefühl. »Ich will wissen, was mit ihr geschieht, wenn ich Selbstmord verübe.«

Drake rutschte unruhig im Sessel hin und her. »Sie sollten nicht an Selbstmord denken, wenn Sie sich auf einem Rauschgifttrip befinden. Es ist das Zeug, das aus Ihnen redet, nicht Sie selber.«

»*Ich* rede«, sagte er aufgebracht. »Antworten Sie mir.«

»Das kann ich nicht. Ich weiß nicht, was mit Ihrer Seele geschieht, wenn Sie Selbstmord begehen. Aber ich weiß, was aus Ihrem Körper wird. Er wird verrotten.«

Erschrocken schaute er wieder auf seine Hände hinunter. Als ob sie den Gedanken bestätigen wollten, schienen sie sich vor seinen Augen aufzulösen und zu verfaulen. Er mußte an eine Geschichte von Edgar Allan Poe denken: *The Strange Case of M. Valdemar.* Was für eine Nacht, Poe und Lovecraft! Möchte jemand einen A. Gordon Pym? Oder wie wär's mit dem verrückten Araber Abdul Allhazred? Beunruhigt blickte er wieder auf, aber er war noch nicht gänzlich entmutigt.

»Wie geht es Ihrem Körper?« erkundigte Drake sich.

»Häh?« Er runzelte die Stirn und versuchte, einen Sinn in der Frage zu entdecken.

»Es gibt immer zwei Trips«, erklärte Drake. »Einen im Kopf und einen im Körper. Ist Ihnen schlecht? Haben Sie Schmerzen? Fühlen Sie sich sonst irgendwie krank?«

Er befragte seinen Körper. »Nein«, antwortete er. »Ich fühle mich nur... aufgekratzt.« Er mußte über das Wort lachen, und Drake lächelte. Es beschrieb seinen Zustand ziemlich gut. Obwohl sein Körper in Ruhestellung war, schien er sehr aktiv zu sein. Sehr leicht, aber nicht ätherisch. Er hatte sein *Fleisch* noch nie so intensiv gespürt. Es war ihm nie bewußt gewesen, wie sehr die geistigen und körperlichen Prozesse miteinander verwoben waren. Untrennbar. Man konnte nicht einfach das eine aus dem anderen herausschälen. Du bist damit fest verwachsen, Baby. Integration. Entropie. Die Idee strahlte durch ihn hindurch wie ein rascher tropischer Sonnenaufgang. Er saß da und kaute sie in dem Licht seiner gegenwärtigen Situation durch, versuchte, ein System in dem Ganzen herauszufinden, wenn es eins gab. Aber...

»Aber da ist noch die Seele«, sagte er laut.

»Was ist mit Ihrer Seele?« fragte Drake freundlich.

»Wenn Sie das Gehirn töten, töten Sie den Körper und umgekehrt«, erklärte er. »Aber was geschieht mit der *Seele?* Das ist die verdeckte Karte, Va... Mr. Drake.«

»In diesem Schlaf des Todes, welche Träume mögen da kommen? *Hamlet*, Mr. Dawes.«

»Glauben Sie, daß die Seele weiterlebt? Gibt es ein Leben nach dem Tod?«

Drakes Augen wurden dunkel. »Ja«, sagte er. »Es gibt ein Leben nach dem Tod... in irgendeiner Form.«

»Und glauben Sie, daß Selbstmord eine Todsünde ist, die die Seele in die Hölle verdammt?«

Drake schwieg eine lange Weile. Dann sagte er: »Selbstmord ist falsch. Das glaube ich von ganzem Herzen.«

»Das beantwortet aber nicht meine Frage.«

Drake stand auf. »Ich habe nicht die Absicht, Ihre Frage zu beantworten. Ich habe mit der Metaphysik nichts mehr zu tun. Ich bin jetzt Laie. Möchten Sie auf die Party zurück?«

Er dachte an den Lärm und Trubel und schüttelte den Kopf.

»Möchten Sie nach Hause?«

»Ich könnte nicht fahren. Ich hätte Angst.«

»Ich werde Sie fahren.«

»Würden Sie das tun? Aber wie kommen Sie zurück?«

»Ich werde mir bei Ihnen ein Taxi rufen. In der Silvesternacht ist immer leicht ein Taxi zu kriegen.«

»Das wäre schön«, sagte er dankbar. »Ich glaube, ich wäre jetzt ganz gern allein. Ich möchte fernsehen.«

»Sind Sie sicher, daß Sie allein zu Hause sind?« fragte Drake ernst.

»Wer ist das schon?« fragte er genauso ernst zurück, und beide lachten.

»Na gut. Möchten Sie sich noch verabschieden?«

»Nein. Gibt es hier eine Hintertür?«

»Ich denke, wir werden eine finden.«

Auf dem Heimweg redeten sie nicht viel. Die vorbeifliegenden Straßenlichter regten ihn mehr auf, als er eigentlich ertragen konnte. Als sie an der Baustelle vorbeikamen, fragte er Drake, was er davon hielt.

»Sie bauen immer größere Straßen für benzinfressende Teufel, während die Kinder auf der Straße verhungern«, antwortete Drake grimmig. »Was ich davon halte? Ich finde, es ist ein gemeines Verbrechen.«

Er wollte Drake schon von seinen Benzinbomben, vom brennenden Kran und dem ausgebrannten Baustellenbüro erzählen, besann sich dann aber. Drake könnte es für eine von seinen Halluzinationen halten. Oder, schlimmer noch, er könnte es ihm glauben.

Der Rest des Abends blieb in seiner Erinnerung nicht ganz klar. Er lotste Drake zu seinem Haus. Drakes Kommentar war, daß wohl alle Anwohner außerhalb feierten oder sehr früh zu Bett gegangen seien. Dann bestellte er ein Taxi. Sie sahen zusammen fern, ohne sich weiter zu unterhalten – Guy Lombardo sang im Waldorf-Astoria, begleitet von den süßesten Sphärenklängen. In seinen Augen sah Guy Lombardo eindeutig wie ein Frosch aus.

Um Viertel vor zwölf kam das Taxi. Drake fragte ihn nochmals, ob er allein zurechtkomme.

»Ja, ich glaube, ich komme jetzt wieder runter.« Das stimmte. Die Halluzinationen wurden langsam weniger und verschwanden wieder in seinem Hinterkopf.

Drake öffnete die Haustür und schlug den Mantelkragen hoch. »Denken Sie nicht mehr an Selbstmord. Es ist feige.«

Er nickte lächelnd, diesen Rat weder abweisend noch annehmend. Er nahm ihn einfach hin wie alles in der letzten Zeit. »Ein gutes neues Jahr«, sagte er.

»Ihnen auch, Mr. Dawes.«

Das Taxi hupte ungeduldig.

Drake ging hinaus, und er folgte dem gelben Taxilicht mit den Augen, als es wegfuhr.

Dann ging er ins Wohnzimmer zurück und setzte sich wieder vor den Fernseher. Sie hatten jetzt von Guy Lombardo auf den Times Square umgeschaltet. Die leuchtende Kugel war schon oben auf dem Allis-Chalmers-Gebäude montiert und wartete darauf, ihr strahlendes Licht über das Jahr 1974 zu ergießen. Er war müde, ausgelaugt, schläfrig. Die Lichtkugel würde nun bald fallen, und er segelte mit einem verdammten Trip ins neue Jahr hinüber. Irgendwo in Amerika schob jetzt ein Neujahrsbaby seinen plazentaverschmierten Kopf aus dem Schoß seiner Mutter und begab sich damit in die beste aller möglichen Welten. Auf Walter Hamners Party würden alle Gäste jetzt ihr Glas erheben und langsam mitzählen. Man würde gute Vorsätze für das neue Jahr fassen, die sicher nicht nutzbringender als nasses Klopapier waren. Spontan faßte er seinen eigenen Vorsatz und sprang trotz seiner Müdigkeit auf die Füße. Sein Körper schmerzte, und seine Wirbelsäule fühlte sich an, als wäre sie aus Glas – das mußte schon der Kater sein. Er ging in die Küche und nahm den Hammer vom Regal. Als er damit ins Wohnzimmer zurückkam, rollte die Lichtkugel gerade den Pfahl hinunter. Der Bildschirm zeigte ein geteiltes Bild – auf der einen Seite war der Times Square zu sehen, auf der anderen die lustige Gesellschaft im Waldorf, die den Countdown mitsang: »Acht... sieben... sechs... fünf...« Eine fette Lady entdeckte sich selbst auf dem Monitor, lächelte verdutzt und winkte dann ihrem Lande zu.

Der Jahreswechel, dachte er. Absurd, aber er spürte plötzlich eine Gänsehaut auf seinen Armen.

Die Kugel war unten angekommen, und oben auf dem Allis-Chalmers-Gebäude flammten Leuchtziffern auf:

1974

Im selben Augenblick holte er mit dem Hammer aus, und der Bildschirm explodierte. Glassplitter spritzten auf den Teppich. Die heißen Drähte zischten, fingen aber kein Feuer. Um sicherzugehen, daß der Fernseher nicht in der Nacht aus Rache das Haus in Brand stecke, schlug er mit dem Fuß den Stecker raus.

»Frohes neues Jahr«, sagte er leise und ließ den Hammer fallen.

Dann legte er sich aufs Sofa und schlief fast augenblicklich ein. Er hatte das Licht angelassen. In dieser Nacht hatte er keine Träume.

Dritter Teil

JANUAR

Finde ich keinen Unterschlupf,
Oh, dann werde ich vergehen…

Rolling Stones

5. Januar 1974

Die Sache, die sich an diesem Tag im Supermarkt ereignete, schien das einzige in seinem Leben zu sein, das wirklich für ihn geplant, für ihn gedacht und nicht bloß zufällig war. Es war, als hätte ein unsichtbarer Finger eine Botschaft auf einen seiner Mitmenschen geschrieben, die ausdrücklich nur für ihn bestimmt war.

Er ging gerne einkaufen, es war eine beruhigende, gesunde Beschäftigung. Und seit seiner Begegnung mit dem Meskalin genoß er es außerordentlich, ganz normale, gesunde Dinge zu tun. Er war am Neujahrstag erst spät nachmittags aufgewacht und den Rest des Tages orientierungslos, so als befände er sich außerhalb von Raum und Zeit, ums Haus gewandert. Ab und zu hatte er einen Gegenstand aufgehoben und ihn betrachtet und dabei war er sich vorgekommen wie Jago, der Yoricks Schädel untersucht. Dieses Gefühl war, etwas abgeschwächt, auch am nächsten Tag noch geblieben, und selbst am übernächsten Tag war es noch nicht ganz verschwunden. Aber in anderer Hinsicht war die Wirkung gar nicht so schlecht. Sein Geist fühlte sich gereinigt und entstaubt, so als hätte eine sauberkeitsfanatische innere Putzfrau das Unterste zuoberst gekehrt und ihn bis in den letzten Winkel geschrubbt und gescheuert. Er betrank sich nicht und mußte demzufolge auch nicht heulen. Als Mary ihn – ganz vorsichtig – am Abend des ersten Januars anrief, hatte er ganz ruhig und vernünftig mit ihr gesprochen. Ihre Positionen schienen sich nicht sehr verändert zu haben. Sie spielten eine Art Schach, bei dem jeder von ihnen eine Figur darstellte, die darauf wartete, daß der andere den ersten Zug tat. Doch dann hatte sie sich gerührt und das Wort Scheidung fallenlassen. Nur die Andeutung einer Möglichkeit, ein winziger Fingerzeig, aber es war ein Zug. Doch das störte ihn nicht. Nein, was ihn während der Nachwehen seines Trips am meisten aufregte, war der eingeschlagene Bildschirm seines Zenith-Farbfernsehers. Er konnte nicht verstehen, warum er das getan hatte. Er hatte sich so viele Jahre lang einen Farbfernseher gewünscht, auch wenn seine Lieblingsfilme die alten, schwarzweißen waren. Es war auch nicht die Handlung selbst, die ihn so verstörte, sondern ihr übriggebliebener Beweis – die verstreuten Glassplitter und die offenliegenden Drähte. Sie schienen ihn vorwurfsvoll anzusehen: *Warum hast du mir das angetan? Ich habe dir treu gedient, und du hast mich einfach zerschlagen. Ich habe dir nichts getan, und trotzdem mußtest du mich kaputtmachen. Ich konnte mich nicht verteidigen.* Außerdem war es eine furchtbare Mahnung an das, was man bald seinem Haus antun würde. Schließlich holte er eine alte Decke und legte sie über die Trümmer. Das machte es sowohl besser als auch schlechter. Besser, weil er sie so nicht mehr sehen konnte, schlechter, weil er so das Gefühl hatte, eine verhüllte Leiche im Hause aufzubewahren. Den Hammer warf er weg, als wäre er eine Mordwaffe.

Aber hier im Supermarkt einzukaufen, das war eine gute Sache. So angenehm wie Kaffeetrinken in Benji's Grill oder den Wagen durch eine Autowaschanlage zu fahren oder kurz an Henry's Zeitungsstand in der Stadt zu halten, um sich eine *Times* zu kaufen. Der Supermarkt war riesig, mit breiten Neonröhren an der Decke und voller Frauen, die ihre Einkaufswagen durch die Gänge schoben, ihre Kinder schimpften und mit kritischem Blick die Tomaten musterten, die in durchsichtige Plastikfolie eingepackt waren, so daß man sie nicht richtig drücken konnte. Aus den Deckenlautsprechern tröpfelte diskrete Musik, die so leise und gleichmäßig ins Ohr eindrang, daß man sie kaum wahrnahm.

Heute, an einem Samstag, befand sich eine Menge Wochenendeinkäufer im Laden, und es waren mehr Männer darunter als gewöhnlich. Sie begleiteten ihre Frauen und machten sie mit ihren stümperhaften Einkaufsvorschlägen nervös. Er beobachtete diese Ehemänner, ihre Frauen und ihre diversen Arten von Partnerschaft mit gütigen Augen. Der Tag war strahlend klar, und das Sonnenlicht, das durch die großen Fensterscheiben fiel, warf warme quadratische Flecken auf die Registrierkassen und ließ ab und zu das Haar von der einen oder anderen Frau in der Warteschlange aufleuchten. Die Dinge wirkten nicht so ernst, wenn ein Tag schön war wie dieser, aber nachts wurde alles wieder schlimmer.

Sein Einkaufswagen war mit der normalen Auswahl von Lebensmitteln, die ein Mann, der sich ganz plötzlich allein versorgen muß, achtlos hineinwirft, gefüllt: Spaghetti, Fleischsoße im Glas, vierzehn TV-Dinners, ein Dutzend Eier und ein Netz Navel-Orangen, um sich vor Skorbut zu schützen.

Er befand sich im Mittelgang und wollte den Wagen gerade zur Kasse fahren, als Gott – vielleicht – zu ihm sprach. Vor ihm stand eine Frau in einer graublauen Hose und einem selbstgestrickten marinefarbenen Pullover. Ihr Haar war sehr blond. Sie mochte so um die fünfunddreißig sein, und ihr Gesicht hatte einen offenen, schönen Ausdruck. Plötzlich drang ein eigenartiges, krächzendes Geräusch aus ihrer Kehle und sie stolperte. Die Senftube, die sie in der Hand gehalten hatte, fiel auf den Boden und rollte weg, dabei eine rote Plakette mit der Aufschrift FRENCH'S zeigend.

»Ma'am?« Er lief auf sie zu. »Ist alles in Ordnung?«

Die Frau fiel hintenüber, und ihre linke Hand, mit der sie Halt gesucht hatte, fegte ein ganzes Regal mit Kaffeedosen leer, die auf den Boden kollerten. Auf jeder Dose stand:

MAXWELL HOUSE
Bis zum letzten Tropfen gut

Es ging alles so schnell, daß er gar nicht erst Angst bekam – um sich selbst sowieso nicht –, aber da war eine Sache, an die er später immer wieder denken mußte und die ihn bis in seine Träume verfolgte. Ihre Augen waren plötzlich völlig stumpf und ausdruckslos geworden, so wie Charlies Augen während seiner Anfälle.

Die Frau fiel zu Boden unb hustete schwach. Ihre Füße, die

in schweren Lederschuhen mit Salzrändern an den Hacken steckten, trommelten auf den Kachelfußboden. Eine Frau, die hinter ihm stand, schrie auf. Ein Angestellter, der gerade einige Suppendosen mit Preisschildern versah, ließ seinen Stempel fallen und rannte den Gang entlang. Zwei von den Kassenmädchen kamen zum Kopfende des Ganges und starrten mit weit aufgerissenen Augen zu ihnen herunter.

Er hörte sich sagen: »Ich glaube, sie hat einen epileptischen Anfall.«

Aber das stimmte nicht. Es war kein epileptischer Anfall, sondern eine Gehirnblutung, und der Arzt, der gerade mit seiner Frau einkaufen war, stellte ihren Tod fest. Der junge Arzt wirkte sehr ängstlich, so als hätte er gerade erst erfahren, daß sein Beruf ihn mit dem Tod in Verbindung brachte wie ein rachsüchtiges Horrormonster. Als er seine Untersuchung beendet hatte, hatte sich eine mittelgroße Menge um die Frau versammelt, die jetzt inmitten der heruntergefallenen Kaffeedosen lag, den letzten Dingen dieser Welt, mit denen sie in Berührung gekommen war. Jetzt war sie in eine andere Welt hineingetreten, und andere Menschen würden für sie handeln. Ihr Einkaufswagen war mit Vorräten für eine Woche angefüllt, und bei dem Anblick der Schachteln, Dosen und eingepackten Fleischwaren fuhr ihm plötzlich ein scharfer, schmerzvoller Stich des Entsetzens durch den Körper.

Er fragte sich, was nun wohl mit ihren Lebensmitteln passieren würde. Ob man sie einfach in die Regale zurückstellte? Oder würde man sie neben dem Büro des Abteilungsleiters aufbewahren, bis jemand sie bezahlte? Als Beweis dafür, daß die Dame des Hauses mitten aus dem Leben herausgerissen worden war?

Jemand hatte einen Polizisten gerufen, der sich jetzt durch die Menge bei den Kassen drängte. »Vorsicht«, rief er mit wichtigtuerischer Miene. »Machen Sie ihr Luft!« Als ob sie die noch brauchen könnte.

Er drehte sich um und wand sich aus der Menge heraus, wobei er sich mit den Schultern den Weg freibahnte. Die

Ruhe, die er während der letzten fünf Tage so genossen hatte, war dahin. Wahrscheinlich für immer. Hatte es je ein deutlicheres Omen gegeben? Sicher nicht. Aber was hatte es zu bedeuten? Was nur?

Als er nach Hause kam, schob er die TV-Dinners ins Gefrierfach und mixte sich einen starken Drink. Sein Herz pochte laut in seiner Brust. Den ganzen Weg vom Supermarkt nach Hause hatte er darüber nachdenken müssen, was sie damals mit Charlies Kleidern gemacht hatten.

Seine Spielsachen hatten sie zu einem Wohltätigkeitsladen in Norton gebracht, und die tausend Dollar von seinem Sparbuch – sein Collegegeld, sie hatten immer die Hälfte von all dem Geld, das er von den Verwandten zu Weihnachten und zu seinem Geburtstag bekommen hatte, trotz Heulens und Protesten seinerseits auf dieses Konto überwiesen – hatten sie auf ihr gemeinsames Konto umbuchen lassen. Sein Bett hatten sie auf Mamma Jeans Rat hin verbrannt. Er hatte damals nicht so ganz eingesehen, warum, aber er hatte nicht den Mut gehabt, sich dagegen aufzulehnen. Eine ganze Welt war um ihn zusammengebrochen, da sollte er um ein paar Sprungfedern und Matratzen kämpfen? Aber die Kleider, das war eine ganz andere Sache. Was hatten sie mit Charlies Kleidern gemacht?

Die Sache beschäftigte ihn den ganzen Nachmittag, bis er ganz nervös wurde. Beinahe hätte er Mary angerufen und sie danach gefragt, aber das wäre wohl das letzte Tüpfelchen auf dem i gewesen. Dann hätte sie nicht mehr raten müssen, in welcher geistigen Verfassung er sich befand.

Kurz vor Sonnenuntergang kletterte er auf den kleinen Dachboden hinauf, den man durch eine Falltür erreichte, welche in die Decke vom Ankleidezimmer des ehelichen Schlafzimmers eingelassen war. Er mußte sich auf einen Stuhl stellen und hochziehen. Schon seit ewigen Zeiten war er nicht mehr da oben gewesen, aber die Hundert-Watt-Birne brannte noch. Sie war dick mit Staub und Spinnweben bedeckt, aber sie brannte.

Er öffnete einen der verstaubten Kartons und entdeckte all seine Highschool- und College-Jahrbücher, die ordentlich darin verstaut waren. Auf jedem Highschool-Jahrbuch waren folgende Worte eingestanzt:

DER ZENTURIO
Bay High School...

Die College-Jahrbücher waren schwerer und besser gebunden. Auf ihrem Deckel war eingestanzt:

DAS PRISMA
Wir wollen uns erinnern...

Er schlug zuerst die Highschool-Jahrbücher auf und blätterte sie schnell bis zu den hinteren, signierten Seiten durch (›In der Oberstadt, in der Unterstadt und um die ganze Stadt herum, ich bin der Kerl, der euer Jahrbuch verdorben hat, hab' alles falsch herum geschrieben – A. F. A., Connie‹). Dann folgten die Fotografien ihrer ehemaligen Lehrer – lang, lang ist's her –, die steif hinter ihren Schreibtischen saßen oder neben der Tafel standen und vage in die Kamera lächelten. Danach die Fotos von Klassenkameraden, an die er sich kaum erinnerte. Darunter waren ihre außerschulischen Aktivitäten mit Noten aufgelistet (Rednerclub 1,2; Studentenbeirat 2,3,4; Poe-Gesellschaft, 4) zusammen mit ihren Spitznamen und einem kleinen Slogan. Von einigen kannte er das Schicksal (Armee, Tod bei einem Autounfall, stellvertretender Bankmanager), aber die meisten waren schon lange aus seinem Gesichtskreis verschwunden, und er hatte keine Ahnung, was aus ihnen geworden war.

Im letzten Jahrbuch seiner Abiturklasse stieß er auf das Foto eines jungen Barton George Dawes, der verträumt in die Zukunft blickt. Es war ein retouchiertes Bild, das sie damals im Atelier Cressey hatten machen lassen. Er war erschüttert, wie wenig dieser Junge noch von seiner Zukunft wußte und wie sehr er seinem Sohn ähnelte, dessen Spuren er ja eigentlich hier oben suchen wollte. Dieser Junge da auf dem Bild hatte noch nicht einmal den Samen produziert, aus dem später der Sohn werden sollte. Unter dem Bild stand:

BARTON G. DAWES
›Whizzer‹
(Wanderverein, 1, 2, 3, 4
Poe-Gesellschaft, 3, 4)

Bay High School
Bart, der Klassenclown, hat uns unsere schwere Last leichter gemacht!

Er packte die Jahrbücher in den Karton zurück und stöberte weiter auf dem Dachboden herum. Ein paar alte Vorhänge, die Mary vor fünf Jahren abgenommen hatte. Ein alter Lehnstuhl mit abgebrochenem Arm. Ein kaputter Radiowecker. Ein Hochzeitsfotoalbum, das er lieber nicht anguckte. Stapelweise Zeitschriften – *die muß ich mal raustragen,* dachte er. *Im Sommer ist das feuergefährlich.* Ein alter Waschmaschinenmotor, den er irgendwann mal von der Wäscherei mit nach Hause genommen und vergeblich daran herumgebastelt hatte. Und Charlies Kleider.

Sie waren in drei Pappkartons verstaut, die alle nach Mottenkugeln stanken. Charlies Pullover, Hemden und Hosen und sogar Charlies Unterwäsche. Er nahm alles einzeln heraus und betrachtete die Sachen aufmerksam, wobei er sich vorzustellen versuchte, daß Charlie sie tatsächlich getragen, sich daran bewegt, seine kleine Welt in ihnen erlebt hatte. Der Gestank der Mottenkugeln vertrieb ihn endlich vom Dachboden. Zitternd stieg er vom Stuhl und zog eine Grimasse. Er brauchte jetzt unbedingt einen Drink. Der Geruch von Dingen, die jahrelang ruhig und nutzlos da oben rumgelegen hatten, die keinen weiteren Zweck erfüllten, als weh zu tun. Er mußte den ganzen Abend an sie denken, bis er so betrunken war, daß er nicht mehr denken konnte.

Um Viertel nach zehn klingelte es an der Haustür, und als er sie öffnete, sah er einen Mann in Anzug und Mantel, der ein wenig gekrümmt vor ihm stand und ihn freundlich anblickte. Er war sauber rasiert und hatte eine schmale Aktentasche in der Hand. Zuerst glaubte er, daß es sich um einen Vertreter handelte, der seine Proben in der Aktentasche mit sich führte – Amway oder Zeitschriftenexemplare oder vielleicht sogar dieses verräterische Swipe –, und er war bereit, ihn freundlich hereinzubitten, seine Reklamerede aufmerksam anzuhören, Fragen zu stellen und vielleicht sogar etwas zu kaufen. Abgesehen von Olivia war es sein erster Besucher, seit Mary das Haus verlassen hatte.

Aber der Mann war kein Vertreter. Er war Rechtsanwalt, hieß Philip T. Fenner, und sein Klient war der Stadtrat. Er unterrichtete ihn von diesen Dingen mit einem scheuen Lächeln.

»Kommen Sie herein«, sagte er seufzend. Er dachte, daß dieser Kerl auf eine gemeine Weise tatsächlich ein Vertreter sei. Man könnte sogar sagen, daß er so etwas wie Swipe verkaufen wollte.

Fenner redete drauf los, er schaffte eine Meile pro Minute.

»Ein wunderschönes Haus haben Sie hier. Wirklich wunderschön. Man sieht es ihm doch gleich an, daß es sorgfältig instand gehalten wird. Ich werde Ihre Zeit nicht lange beanspruchen, Mr. Dawes, ich weiß, Sie sind ein beschäftigter Mann. Aber Gordon Jackson sagte mir, ich solle doch mal kurz reinschauen, da ich sowieso hier vorbeikäme, und Ihnen das Umzugsformular dalassen. Ich denke mir, daß Sie es schon schriftlich angefordert haben, aber in dem ganzen Weihnachtstrubel gehen solche Dinge leicht verloren. Natürlich stehe ich Ihnen auch zur Verfügung, wenn Sie Fragen haben.«

»Ja, ich habe eine Frage«, sagte er, ohne zu lächeln.

Die fröhliche Miene seines Besuchers verschwand für einen Augenblick, und er sah den echten Fenner, der hinter dieser Fassade lauerte, ein kalter, mechanischer Rechner wie eine Pulsar-Uhr. »Was für eine Frage, Mr. Dawes?«

Er lächelte. »Möchten Sie eine Tasse Kaffee?«

Und da war er wieder, der leutselige, fröhliche Stadtbote. »Oh, das wäre sehr nett. Draußen ist es doch ein bißchen kalt, nur um die zehn Grad. Ich finde, die Winter werden immer kälter, meinen Sie nicht auch, Mr. Dawes?«

»Da haben Sie recht.« Das Wasser war noch heiß vom Frühstück. »Ich hoffe, Sie haben nichts gegen Pulverkaffee. Meine Frau ist für eine Weile zu ihrer Familie gefahren, und deshalb muß ich mich selbst um alles kümmern.«

Fenner lachte gutmütig, und er stellte fest, daß dieser Mann genau über die Situation zwischen ihm und Mary unterrichtet war. Vermutlich kannte er sich auch genau in seinen Beziehungen zu anderen Personen oder Institutionen aus: Steve Ordner, Vinnie Mason, die Gesellschaft, Gott.

»Nein, nein, Pulverkaffee ist sehr gut. Ich trinke ihn immer. Ehrlich gesagt, ich kann da keinen großen Unterschied feststellen. Darf ich hier ein paar Papiere auf dem Tisch ausbreiten?«

»Nur zu. Nehmen Sie Sahne?«

»Nein, ich trinke ihn schwarz. Schwarz schmeckt er am besten.« Er knöpfte seinen Mantel auf, zog ihn aber nicht aus. Er strich ihn nur unter sich glatt, als er sich hinsetzte, so wie eine Frau ihren Rock glättet, damit er keine Falten bekommt. Bei einem Mann wirkte diese Geste ausgesprochen pingelig. Er öffnete die Aktentasche und zog ein gelochtes Formular daraus hervor, das wie eine Steuererklärung aussah. Er goß Fenner eine Tasse Kaffee ein und reichte sie ihm.

»Danke. Vielen Dank. Trinken Sie keinen?«

»Ich glaube, ich hole mir lieber einen Drink«, antwortete er.

»Aha«, sagte Fenner und lächelte gewinnend. Dann nippte er an seinem Kaffee. »Gut. Sehr gut. Genau das Richtige.«

Er mixte sich einen großen Drink und fragte Fenner:

»Würden Sie mich bitte einen Augenblick entschuldigen? Ich muß jemanden anrufen.«

»Aber natürlich, selbstverständlich.« Er trank einen weiteren Schluck Kaffee und schmatzte mit den Lippen.

Er ging zum Telefon im Flur und ließ die Tür offen. Er wählte die Nummer der Calloways, und Jean nahm den Hörer ab.

»Hier ist Bart«, sagte er. »Kann ich mit Mary sprechen, Jean?«

»Sie schläft.« Jeans Stimme war eisig.

»Dann weck sie bitte auf. Es ist sehr wichtig.«

»Das wette ich. Ich wette, daß es wichtig ist. Ich hab' neulich mit Lester darüber gesprochen. Es wird Zeit, daß wir uns eine geheime Telefonnummer besorgen, hab' ich zu ihm gesagt, und er war damit einverstanden. Wir finden beide, daß du völlig verrückt geworden bist, Bart, und das ist die ungeschminkte Wahrheit.«

»Tut mir leid, das zu hören. Aber ich muß jetzt wirklich...«

Oben im Schlafzimmer wurde der Hörer abgenommen, und Mary sagte: »Bart?«

»Ja. Mary, hat dich ein Rechtsanwalt namens Fenner aufgesucht? So ein kleiner Schleimscheißer, der versucht, sich wie James Stewart zu geben?«

»Nein«, antwortete sie. *Scheiße, daneben.* Dann fügte sie hinzu: »Er hat mich angerufen.« *Volltreffer!* Fenner stand jetzt mit dem Kaffee in der Tür und trank ihn in aller Seelenruhe. Der halb scheue, halb fröhliche, ach so gewinnende Ausdruck war jetzt völlig aus seinem Gesicht verschwunden. Er wirkte eher genervt.

»Mamma, geh aus der Leitung«, sagte Mary. Jean Calloway legte mit einem höhnischen Schnaufen den Hörer auf.

»Hat er nach mir gefragt?« fragte er Mary.

»Ja.«

»Hat er nach der Party mit dir gesprochen?«

»Ja, aber... ich habe ihm nichts darüber erzählt.«

»Du hast ihm wahrscheinlich mehr gesagt, als du weißt. Er kommt wie ein verschlafenes Hündchen angekrochen, doch in Wirklichkeit ist er die Bulldogge des Stadtrats.« Er warf Fenner ein süßes Lächeln zu. Fenner lächelte spitz zurück. »Hast du eine Verabredung mit ihm?«

»Eh... ja.« Sie klang überrascht. »Aber er will doch nur über das Haus mit dir reden. Bart...«

»Nein, das hat er dir nur vorgemacht. In Wirklichkeit will er etwas über mich erfahren. Ich habe den Verdacht, daß diese Kerle meine Zurechnungsfähigkeit überprüfen wollen.«

»Sie wollen... was?« Sie schien jetzt völlig durcheinander zu sein.

»Ich hab' ihr Geld nicht genommen, also muß ich komplett verrückt sein. Mary, erinnerst du dich noch daran, worüber wir bei Handy Andy's gesprochen haben?«

»Bart, ist dieser Mr. Fenner gerade bei dir?«

»Ja.«

»Der Psychiater«, sagte sie benommen. »Ich hab' ihm gesagt, daß du einen aufsuchen wolltest... oh, Bart, es tut mir so leid.«

»Das ist schon in Ordnung«, sagte er leise und meinte es auch so. »Es kommt alles in Ordnung, Mary, ich schwöre es dir. Vielleicht geht sonst alles schief, aber das hier nicht.«

Er legte auf und drehte sich zu Fenner um. »Soll ich Steve Ordner anrufen?« fragte er ihn. »Oder Vinnie Mason? Ron Stone oder Tom Granger brauche ich gar nicht erst zu belästigen, sie hätten so einen billigen Gauner wie Sie sofort erkannt, noch bevor Sie Ihren Aktenkoffer geöffnet hätten. Aber Vinnie ist zu dumm, und Steve Ordner würde Sie mit offenen Armen empfangen. Er hat es auf mich abgesehen.«

»Das ist nicht nötig«, antwortete Fenner. »Sie haben mich völlig mißverstanden, Mr. Dawes. Und Sie verstehen auch meine Klienten ganz offensichtlich falsch. Diese Sache ist überhaupt nicht persönlich. Es ist niemand darauf aus, Ihnen eins auszuwischen. Aber wir *haben* in letzter Zeit festgestellt, daß Sie eine Abneigung gegen die 784-Autobahn zu haben scheinen. Letzten August haben Sie einen Leserbrief an die Zeitung geschrieben...«

»Letzten August«, wiederholte er nachdenklich. »Ihr Kerle sammelt wohl alle Zeitungsausschnitte, was?«

»Selbstverständlich.«

Plötzlich beugte er sich vor, hielt sich den Bauch und verdrehte die Augen. »Mehr Zeitungsmeldungen! Mehr Rechtsanwälte. Ron, geh mal raus und seif die Reporter ein! Wir sind von Feinden umzingelt! Mavis, bring mir meine Pillen!« Er richtete sich wieder auf. »Verfolgungswahn? Scheiße, ich hab' schon gemerkt, daß ich nicht gut war.«

»Schließlich haben wir eine Presseabteilung«, sagte Fenner steif. »Wir verhandeln hier nicht über Pfennige und Fünfer, Mr. Dawes, es geht um ein Zehn-Millionen-Dollar-Projekt.«

Er schüttelte angewidert den Kopf. »Sie sollten die Leute von der Straßenbaubehörde auf ihre Zurechnungsfähigkeit überprüfen lassen und nicht mich.«

Fenner sagte: »Ich werde Ihnen alle meine Karten offen auf den Tisch legen, Mr. Dawes.«

»Wissen Sie, meiner Erfahrung nach ist dies genau der Zeitpunkt, an dem ein Kerl mit den kleinen Schwindeleien aufhört und anfägt, mir die richtig dicken Lügen aufzutischen.«

Fenner wurde rot. Endlich war er wütend. »Schließlich haben *Sie* an die Zeitung geschrieben. *Sie* haben die Verhandlungen um eine neue Fabrik für die Blue-Ribbon-Wäscherei verzögert und sind deswegen gefeuert worden...«

»Das stimmt nicht. Ich habe eine halbe Stunde, bevor sie mich an die Luft gesetzt haben, gekündigt.«

»...und *Sie* haben unseren gesamten Briefwechsel in bezug auf dieses Haus ignoriert. Wir sind uns darin einig, daß Sie vermutlich so etwas wie eine öffentliche Demonstration am zwanzigsten im Schilde führen. Die Zeitungen informieren, die Nachrichtensender anrufen werden, damit sie alle hier draußen sind, wenn's losgeht. Der heroische Hausbesitzer, der von den Gestapoleuten der Stadt schreiend und um sich schlagend von seinem Heim und Herd weggezerrt wird.«

»Und das macht Ihnen Kummer, nicht wahr?«

»Natürlich machen wir uns Sorgen! Die öffentliche Meinung ist sehr sprunghaft. Sie dreht sich im Wind wie eine Wetterfahne...«

»Und Ihre Klienten sind gewählte Volksvertreter.«

Fenner sah ihn ausdruckslos an.

»Also, was ist nun?« fragte er ungeduldig. »Machen Sie mir jetzt das große Angebot, das ich nicht ablehnen kann?«

Fenner seufzt. »Ich verstehe wirklich nicht, worüber wir hier streiten. Die Stadt hat ihnen sechzigtausend Dollar für das Haus angeboten und...«

»Es waren dreiundsechzigtausendfünfhundert.«

»Ja, gut. Die bekommen Sie für das Haus und das Grundstück. Eine Menge Leute haben wesentlich weniger gekriegt. Und was bekommen Sie für das Geld? Keinen Ärger, keine Schwierigkeiten, keinen Streß. Das Geld ist praktisch steuerfrei, denn Sie haben Vater Staat die Steuern ja schon von dem Geld bezahlt, mit dem Sie das Haus gekauft haben. Das einzige, was Sie versteuern müssen, ist der Wertanstieg. Nun, halten Sie dieses Angebot etwa nicht für fair?«

»Fair genug«, antwortete er und dachte an Charlie. »Soweit es die Dollars und Cents betrifft, ist es fair. Es ist vermutlich sogar mehr Geld, als ich auf dem offenen Markt dafür herausschlagen würde, wenn ich es selbst verkaufen wollte. So wie die Preise heutzutage stehen...«

»Also, *worüber* streiten wir uns dann?«

»Wir streiten ja gar nicht«, erwiderte er und nippte an seinem Drink. Doch, es stimmte, er hatte einen Vertreter im Haus. »Haben Sie ein eigenes Haus, Mr. Fenner?«

»Ja, natürlich«, antwortete Fenner prompt. »Ein sehr schönes Haus in Greenwood. Und wenn Sie mich jetzt fragen, was ich tun oder wie ich mich fühlen würde, wenn ich mich in Ihrer Lage befände, dann sage ich Ihnen frei heraus, ich würde die Stadt ausnehmen, so gut es nur geht, und auf dem Weg zur Bank würde ich mir ins Fäustchen lachen.«

»Ja, das würden Sie wohl«, sagte er und lachte leise. Dann mußte er an Don und Ray Tarkington denen. Sie würden den Stadtrat an seinen empfindlichsten Stellen treffen und ihnen den Fahnenmast der Stadtflagge möglichst weit in den Arsch rammen. »Dann glaubt ihr also wirklich, daß ich den Verstand verloren habe?«

Fenner antwortete vorsichtig: »Wir wissen es nicht. Aber Ihre Lösung für das Umzugsproblem der Wäscherei ist wohl kaum normal zu nennen.«

»Hören Sie, ich werde Ihnen mal was sagen. Ich hab' noch genug Verstand im Kopf, um mir selbst einen Rechtsanwalt zu nehmen, der mit dem Enteignungsgesetz des Staates gar nicht einverstanden ist – einer von der guten alten Sorte, die immer noch an das altmodische Sprichwort glauben, daß das Heim eines Menschen seine Burg ist. Er könnte erst mal einen Aufschub erwirken, so daß Ihnen für ein, vielleicht auch zwei Monate die Hände gebunden sind. Mit etwas Glück und den richtigen Richtern können wir die ganze Sache bis zum nächsten September verzögern.«

Fenner wirkte eher erfreut als beunruhigt, wie er es eigentlich erwartet hatte. Aber Fenner dachte nach. Das ist der Haken, Freddy, gefällt dir das? Ja, George, ich muß zugeben, es gefällt mir.

»Was wollen Sie?« fragte Fenner kurz.

»Wieviel dürfen Sie mir geben?«

»Wir erhöhen den Preis fürs Haus um fünftausend Dollar und keinen Cent mehr. Und niemand wird etwas von dem Mädchen erfahren.«

Alles stand still, war auf der Stelle wie tot.

»Wie bitte?« flüsterte er.

»Das *Mädchen*, Mr. Dawes. Das, mit dem Sie gebumst haben. Es hat vom sechsten auf den siebenten Dezember bei Ihnen übernachtet.«

Innerhalb von wenigen Sekunden wirbelte ihm ein Strudel von Gedanken durch den Kopf. Davon waren einige ganz vernünftig, aber die meisten waren mit einer grünen Patina aus Angst überzogen und daher unglaubwürdig. Doch hinter den vernünftigen Gedanken und seiner Furcht verspürte er eine unheimliche Wut. Am liebsten wäre er über den Tisch gesprungen, hätte diesen Tick-Tack-Mann am Kragen gefaßt und ihn so lange geschüttelt, bis ihm sein Uhrwerk zu den Ohren herausfiel. Aber das durfte er nicht tun; vor allem das nicht.

»Geben Sie mir eine Nummer«, sagte er.

»Nummer...?«

»Eine Telefonnummer. Ich rufe Sie heute nachmittag an und sage Ihnen, wie ich mich entschieden habe.«

»Es wäre aber viel besser, wenn wir die Dinge gleich jetzt erledigen könnten.«

Das könnte Ihnen so passen, wie? Schiedsrichter, verlängern Sie diese Runde bitte um dreißig Sekunden. Der Mann hängt schon in den Seilen.

»Nein, das finde ich nicht. Bitte, verlassen Sie mein Haus.«

Fenner zuckte gelassen die Achseln. »Hier ist meine Karte. Die Telefonnummer steht drauf. Ich werde zwischen halb drei und vier in meinem Büro zu erreichen sein.«

»Ich werde Sie anrufen.«

Fenner ging. Er beobachtete durch das kleine Seitenfenster neben der Haustür, wie er durch den Vorgarten ging, in seinen blauen Buick stieg und davonfuhr. Dann knallte er mit aller Wucht seine Faust gegen die Wand.

Er mixte sich noch einen Drink und setzte sich an den Küchentisch, um die Lage zu überdenken. Sie wußten also von Olivia. Und sie würden diese Information als Ansatzhebel benutzen. Als Ansatzhebel, um ihn aus dem Haus zu werfen, war er allerdings nicht sehr gut. Sie konnten damit zweifellos seine Ehe beenden, aber die war ja sowieso schon in Auflösung begriffen. Schlimmer war, daß sie ihn *ausspioniert* hatten.

Die Frage war bloß, wie?

Wenn ihn einige Männer unter Beobachtung hätten, dann hätten sie doch sicher auch von dem berühmten Krach-Krach-Bumm-Bumm gehört. Und wenn das der Fall wäre, dann hätten sie das doch schon längst gegen ihn verwendet. Warum sollten sie sich mit so einer schäbigen Ehebruchssache abgeben, wenn sie den aufsässigen Hausbesitzer gleich wegen Brandstiftung ins Gefängnis sperren konnten? Also hatten sie sein Telefon abgehört. Als ihm jetzt einfiel, daß er im Suff drauf und dran gewesen war, Magliore das Verbrechen am Telefon zu gestehen, traten ihm kleine, kalte Schweißperlen auf die Stirn. Gott sei Dank, hatte Magliore ihn sofort unterbrochen. Krach-Krach-Bumm-Bumm war schon schlimm genug.

Er wohnte also in einem Haus voller Wanzen, und die Frage war, wie er nun auf Fenners Angebot und Fenners Vertretermethoden reagieren sollte.

Er schob fürs Mittagessen ein TV-Dinner in den Herd und setzte sich mit einem weiteren Drink an den Tisch, um darauf zu warten. Sie hatten ihm also nachspioniert und versucht, ihn zu bestechen. Je mehr er darüber nachdachte, desto wütender wurde er.

Er holte sein TV-Dinner aus dem Herd und aß es. Dann wanderte er im Haus umher und betrachtete seine Habseligkeiten. Langsam nahm eine Idee in einem Kopf Gestalt an.

Um drei Uhr rief er Fenner an und sagte, er solle ihm das Formular schicken. Er würde es unterzeichnen, wenn Fenner die beiden Dinge erledigte, über die sie gesprochen hätten. Fenner klang sehr erfreut, ja beinahe erleichtert. Er sagte, er würde sich gern um diese Dinge kümmern und dafür sorgen, daß er das Formular spätestens am nächsten Tag im Haus hätte. Er sei sehr froh, daß er sich entschieden habe, Vernunft anzunehmen.

»Ich habe aber noch ein paar Bedingungen«, sagte er.

»Bedingungen?« wiederholte Fenner und klang sofort wieder mißtrauisch.

»Keine Angst, es ist nichts, womit Sie nicht fertig werden könnten.«

»Lassen Sie hören«, sagte Fenner. »Aber ich warne Sie, Dawes, Sie haben schon alles aus uns rausgepreßt, was möglich ist.«

»Sie schicken mir bis morgen das Formular ins Haus«, fuhr er ungerührt fort. »Ich bringe es Ihnen Mittwoch ins Büro zurück. Ich erwarte, daß Sie dann einen Scheck über achtundsechzigtausendfünfhundert Dollar für mich bereitliegen haben. Einen *Barscheck*. Ich gebe Ihnen dieses Formular nur gegen den Scheck.«

»Mr. Dawes, auf dieser Basis können wir keine Geschäfte machen...«

»Vielleicht dürfen Sie das nicht, aber Sie *können* es. Sie dürfen ja schließlich auch keine Wanzen in mein Telefon einbauen, und Gott weiß was noch alles. Kein Scheck, kein Formular. Dann gehe ich statt dessen zu meinem Rechtsanwalt.«

Fenner schwieg. Er konnte ihn beinahe denken hören.

»Also gut. Was noch?«

»Nach Mittwoch möchte ich von Ihnen nicht mehr belästigt werden. Ab dem zwanzigsten gehört das Haus Ihnen. Bis dahin bleibt es meins.«

»Gut«, sagte Fenner sofort, denn das war natürlich überhaupt keine Bedingung. Nach dem Gesetz blieb das Haus bis Mitternacht des neunzehnten in seinem Besitz, eine Minute später ging es unweigerlich in die Hände der Stadt über. Wenn er das Formular unterzeichnet und die Entschädigung der Stadt einkassiert hatte, konnte er sich die Lunge rausbrüllen, keine Zeitung und kein Nachrichtensender würde auch nur einen Funken von Mitleid für ihn aufbringen.

»Das ist alles.«

»Sehr schön«, sagte Fenner, der jetzt ausgesprochen fröhlich klang. »Ich bin froh, daß wir die Angelegenheit endlich auf eine vernünftige Weise regeln konnten, Mr....«

»Leck mich«, sagte er und legte auf.

Er war nicht zu Hause, als der Kurier den dicken braunen Umschlag mit dem 6983-73-74-Formular (blauer Aktenordner) durch seinen Briefschlitz warf. Er war in den finstersten Teil von Norton hinausgefahren, um mit Sal Magliore zu reden. Magliore war nicht gerade erfreut, ihn zu sehen, aber während er sprach, wurde er immer nachdenklicher.

Das Mittagessen wurde hereingebracht – Spaghetti, Fleischsauce, eine Flasche Rotwein. Ein wundervolles Mahl. Als er zu dem Punkt mit den fünftausend Dollar Bestechung und Fenners Information über Olivia kam, hob Magliore eine Hand. Er griff zum Telefonhörer und sprach kurz mit einem Mann am anderen Ende. Er gab ihm die Adresse der Crestallen Street West durch. »Nehmt den Lastwagen«, sagte er dann noch und legte wieder auf. Er wickelte noch mehr Spaghetti um seine Gabel und nickte ihm zu, damit er mit der Geschichte fortfahre.

Als er zu Ende erzählt hatte, sagte Magliore: »Haben Sie ein Glück, daß man Sie nicht beschattet hat. Sie säßen sonst schon längst im Knast.«

Er war so satt, daß er beinahe platzte; er konnte keinen Bissen mehr runterbringen. Seit fünf Jahren hatte er nicht mehr so gut gegessen. Das sagte er Magliore mit einem Kompliment. Magliore lächelte.

»Einige meiner Freunde essen keine Pasta mehr. Sie müssen ihr Image pflegen. Also essen sie jetzt nur noch in den Steakhäusern, französischen Restaurants, schwedischen Lokalen, oder was weiß ich. Und was haben sie davon? Magenschmerzen. Und warum das? Weil ein Mann nichts anderes sein kann, als er ist.« Er goß die Spaghettisauce aus dem fettigen Karton, in dem das Essen geliefert worden war, auf seinen Teller und wischte sie mit dem Knoblauchbrot auf. Dann hielt er inne und blickte ihn mit seinen eigenartig vergrößerten Augen über den Tisch hinweg an. »Sie bitten mich, Ihnen dabei zu helfen, eine Todsünde zu begehen«, sagte er ernst.

Er starrte ihn verdutzt an, unfähig, seine Überraschung zu verbergen.

Magliore lachte verärgert. »Ich weiß, was Sie denken. Ein Gauner wie ich dürfte eigentlich nicht über Sünde reden. Ich hab' Ihnen ja erzählt, daß ich einen Kerl umgebracht habe. Mehr als einen, wenn man's genau nimmt. Aber ich habe nie einen Menschen getötet, der es nicht verdient hätte. Ich sehe das so: Ein Kerl, der stirbt, bevor Gott es für ihn vorgesehen hatte, erlebt so etwas wie ein Fußballspiel, das wegen Regen abgebrochen wird. Die Sünden, die er begangen hat, zählen nicht. Gott muß ihn einfach zu sich ins Paradies lassen, denn der Kerl hatte ja gar nicht mehr die Zeit zu bereuen, so wie Er es für ihn geplant hatte. Wenn ich also einen umbringe, erspare ich ihm dadurch die Qualen der Hölle. Auf diese Art tue ich sogar mehr für ihn, als der Papst selbst es je tun könnte. Ich glaube, daß Gott das weiß. Aber das ist nicht meine Sache. Ich kann Sie gut leiden. Sie haben Mut. Für dieses Ding mit den Benzinbomben haben Sie eine Menge Mut gebraucht. Aber das hier, hmm, das ist etwas völlig anderes.«

»Ich bitte Sie ja nicht darum, irgend etwas zu tun. Es geschieht aus meinem eigenen, freien Willen.«

Magliore verdrehte die Augen. »Jesus! Maria! Und Joseph, der Zimmermann! Warum können Sie mich eigentlich nicht in Ruhe lassen?«

»Weil Sie das haben, was ich brauche.«

»Ich wünschte bei Gott, ich hätte es nicht.«

»Werden Sie mir helfen?«

»Ich weiß es nicht.«

»Ich hab' jetzt das Geld. Das heißt, ich werde es bald haben.«

»Es geht hier nicht ums Geld. Es geht ums Prinzip. Ich habe noch nie mit so einem Spinner wie Sie Geschäfte gemacht. Ich muß erst mal darüber nachdenken. Ich werde Sie anrufen.«

Er sah ein, daß es keinen Sinn hatte, ihn weiter zu bedrängen, und ging.

Magliores Männer kamen, als er gerade das Formular ausfüllte. Sie fuhren in dem weißen Lastwagen eines Fernsehgeschäftes vor. RAY'S FERNSEHGESCHÄFT UND REPARATUREN stand auf der Seite unter einem aufgemalten, tanzenden Fernseher mit einem lächelnden Gesicht als Bildschirm. Zwei Männer in grünen Arbeitsanzügen stiegen aus. Sie hatten beide einen großen, bauchigen Werkzeugkoffer in der Hand, der die gesamte Ausrüstung zur Fernsehreparatur und noch einige andere Werkzeuge enthielt. Sie sollten sein Haus ›reinigen‹. Es dauerte eine halbe Stunde. Sie fanden zwei Wanzen in seinem Telefon, eine im Schlafzimmeranschluß, die andere im Apparat, der im Eßzimmer stand. Gott sei Dank, keine in der Garage, was ihn außerordentlich erleichterte.

»Diese Scheißkerle«, sagte er, als er die Wanzen in der Hand hielt. Er ließ sie auf den Boden fallen und zertrat sie mit seinem Schuhabsatz.

Auf dem Weg nach draußen sagte einer der Mechaniker nicht ohne Anerkennung: »Donnerwetter, den Fernseher haben Sie aber ganz schön kleingekriegt. Wie oft mußten Sie da zuschlagen?«

»Nur einmal«, antwortete er.

Als sie in der kühlen Abendsonne davongefahren waren, fegte er die Wanzen auf eine Schaufel und warf ihre zertretenen, blinkenden Überreste in den Abfalleimer. Dann mixte er sich einen Drink.

9. Januar 1974

Nachmittags um halb drei befanden sich nur wenige Kunden in der Bank, und er ging mit seinem Barscheck von der Stadt direkt auf einen der in der Mitte stehenden Tische zu. Dort zog er hinten aus seinem Scheckbuch einen Einzahlungsschein heraus und füllte ihn auf die Summe von $34250 aus. Dann ging er zu einem der Kassenschalter und legte dort den Einzahlungsschein und den Barscheck vor.

Die Kassiererin war ein junges Mädchen mit schwarzen Haaren in einem sündhaft kurzen, roten Kleid. Ihre langen, in glatten Nylonstrümpfen steckenden Beine hätten selbst den Papst umgeworfen. Sie blickte mit gerunzelter Stirn abwechselnd auf ihn und auf den Scheck.

»Stimmt etwas mit dem Scheck nicht?« fragte er freundlich. Er mußte zugeben, daß er die Situation genoß.

»Nnnein... Sie wollen also $34250 einzahlen und $34250 in *bar?* Ist das so richtig?«

Er nickte.

»Einen Augenblick bitte, Sir.«

Er nickte lächelnd und ließ seinen Blick auf ihren Beinen ruhen, während sie zum Schreibtisch des Zweigstellenleiters hinüberging, der sich hinter einer Holzbarriere befand. Allerdings stand er nicht in einem Glaskäfig – als sollte damit angedeutet werden, daß auch der Chef ein Mensch wie du und ich ist... oder jedenfalls beinahe. Der Zweigstellenleiter war ein Mann mittleren Alters, der sich aber jünger kleidete. Sein Gesicht wirkte verhärmt und verklemmt, und als er zu der Kassiererin in ihrem roten Minikleid aufblickte, zog er eine Augenbraue in die Höhe.

Sie berieten sich über den Einzahlungsschein, über die Barauszahlung, die darin für die Bank enthaltenen Implikationen und vermutlich auch über das gesamte staatliche Buchungssystem. Das Mädchen hatte sich über den Tisch gebeugt, wodurch ihr Kleid sich am Rücken in die Höhe schob und einen malvenfarbenen Unterrock mit Spitzenrändern enthüllte. *Liebe, Liebe, ach du junge, sorglose Liebe,* dachte er. Komm mit mir nach Hause, und wir werden zusammen spielen, bis die Welt untergeht oder bis sie mein Haus demolieren, was immer zuerst kommen mag. Bei dem Gedanken mußte er lächeln. Er hatte eine Erektion... na, wenigstens eine halbe. Er wandte die Augen von ihr ab und blickte sich in der Schalterhalle um. Zwischen dem Safe und den Eingangstüren stand ein Wächter, vermutlich ein pensionierter Polizist. Eine alte Lady füllte mit weit ausholenden Gesten ihren blauen Sozialversicherungsscheck aus. An der linken Wand hing ein riesiges Poster, auf dem die Erde aus der Weltraumperspektive abgebildet war. Eine große, blaugrüne Kugel, die sich von einem schwarzen Hintergrund abhob. Über dem Planeten stand in groß gedruckten Buchstaben:

VERREISEN SIE

Und unter der Erdkugel in etwas kleineren Buchstaben:

MIT EINEM FERIENKREDIT DER FIRST BANK

Die schöne Kassiererin kam zu ihm zurück. »Ich muß es Ihnen in Fünfhundertern und Hundertern auszahlen«, erklärte sie.

»Das geht in Ordnung.«

Sie schrieb ihm eine Quittung für die Einzahlung aus und verschwand in den Gewölben der Bank. Als sie zurückkam, hielt sie einen kleinen Aktenkoffer in der Hand. Sie sprach kurz mit dem Wächter, und er kam mit ihr an den Schalter. Dort musterte er ihn mißtrauisch.

Sie zählte jeweils drei Stapel mit zehntausend Dollar ab, zwanzig Fünfhundertdollarscheine auf jedem Stapel. Dann band sie jeden Stapel zusammen und steckte jeweils einen Kassenbon zwischen die oberste Note und die Banderole. Auf jedem Kassenbon stand:

$10000

Danach zählte sie die zweiundvierzig Hunderter ab, wobei sie die Noten mit der Gummikappe auf ihrem rechten Zeigefinger flink durchblätterte. Auf diesen Stapel legte sie fünf Zehndollarscheine. Dann band sie auch diesen Stapel zusammen und steckte wiederum einen Kassenbon unter die Banderole, auf dem diesmal

$4250

stand.

Die vier Notenbündel lagen in einer Reihe auf dem Schalter, und alle drei betrachteten sie einen Augenblick nachdenklich. Es war Geld genug, um sich ein Haus zu kaufen oder fünf Cadillacs oder ein kleines Piper-Cub-Flugzeug oder beinahe hunderttausend Packungen Zigaretten.

Dann sagte sie etwas zaghaft: »Ich kann Ihnen eine Tasche mit Reißverschluß geben, wenn Sie ...«

»Nein, ich nehme es so.« Er griff mit beiden Händen nach dem Geld und ließ es in seine Manteltasche gleiten. Der Wächter beobachtete dieses Kavaliersdelikt am *raison d'être* mit großmütiger Gelassenheit; die schöne Kassiererin war fasziniert (da verschwand ihr Gehalt von mindestens fünf Jahren einfach so in einem ganz gewöhnlichen, von der Stange gekauften Mantel und hinterließ noch nicht einmal eine Ausbeulung). Der Zweigstellenleiter musterte ihn mit unverhohlener Abneigung, denn eine Bank war schließlich ein Tempel, in dem das Geld so diskret und ehrfürchtig wie Gott behandelt werden wollte.

»Sehr schön«, sagte er und stopfte das Scheckbuch zu den Tausendern in die Tasche. »Angenehmen Tag noch.«

Er ging, und sie blickten ihm alle nach. Die alte Lady schlurfte jetzt auf den Schalter zu, um ihren mittlerweile unterschriebenen Versicherungsscheck einzulösen. Die schöne Kassiererin zahlte ihr zweihundertfünfunddreißig Dollar und dreiundsechzig Cent aus.

Als er nach Hause kam, steckte er das Geld in einen staubigen Bierkrug, der oben auf dem Küchenregal stand. Mary hatte ihn ihm vor fünf Jahren aus Jux zum Geburtstag geschenkt. Er hatte sich nie besonders viel aus dem Geschenk gemacht, denn er trank Bier lieber aus der Flasche. An der Seite des Kruges war das Emblem der olympischen Fackel eingestanzt und darunter stand geschrieben:

U. S. SAUFTEAM

Er stellte den Krug mit seinem wertvollen Gebräu auf das Regal zurück und ging nach oben in Charlies Zimmer, in dem jetzt sein Schreibtisch stand. In der unteren Schublade fand er einen braunen, verstärkten Briefumschlag. Er setzte sich an den Schreibtisch und rechnete seinen neuen Kontostand aus. 35053 Dollar und 49 Cents befanden sich jetzt darauf. Er schrieb Marys neue Adresse auf den Umschlag, schob das Scheckbuch hinein und klebte ihn zu. Dann durchstöberte er den Schreibtisch, bis er ein halb aufgebrauchtes Heft mit Briefmarken fand. Er riß fünf Acht-Cent-Marken heraus und frankierte damit den Umschlag. Dann betrachtete er sein Werk eine Weile und schrieb

EINSCHREIBEN

unter die Adresse.

Den Umschlag ließ er auf dem Schreibtisch liegen, ging nach unten in die Küche und mixte sich einen Drink.

10. Januar 1974

Es war sehr spät, es schneite, und Magliore hatte noch nicht angerufen. Er saß mit einem Drink im Wohnzimmer und hörte sich Platten auf der Stereoanlage an, denn der Fernseher war immer noch zertrümmert. Am Nachmittag hatte er sich zwei Zehndollarscheine aus dem Bierkrug genommen, war in die Stadt gefahren und hatte sich vier Rock-Langspielplatten gekauft. Eine hieß ›*Let It Bleed*‹ und war von den Rolling Stones. Er hatte sie auf der Party gehört, und sie gefiel ihm besser als die drei anderen, die er etwas schmalzig fand. Eine LP mit Crosby, Stills, Nash und Young fand er sogar so schmalzig, daß er sie über seinem Knie zerbrochen hatte. Aber *Let It Bleed* war laut, anzüglich, kraftvoll. Eine einschlagende, klirrende Musik, die er sehr gern mochte. Sie erinnerte ihn an ›*Let's Make a Deal*‹, das Monte Hall einmal aufgenommen hatte. Im Augenblick sang Mick Jagger gerade:

Wir brauchen alle jemanden zum Ausweinen,
Und wenn du willst, kannst du dich bei mir ausweinen.

Er dachte über das Poster nach, das er in der Bank gesehen hatte. Die große, runde Erde, die aus dieser Perspektive so neuartig und anders wirkte, und darunter die Einladung an den Betrachter zu VERREISEN. Das erinnerte ihn an die Reise, die er am Silvesterabend unternommen hatte. Ja richtig, er war verreist. Sehr weit weg sogar.

Und hatte er es nicht auch genossen?

Der Gedanke ließ ihn einen Augenblick innehalten.

Die letzten zwei Monate war er wie ein Hund herumgelaufen, dessen Schwanz in der Tür eingeklemmt worden ist. Aber hatte es unterwegs nicht auch einige Entschädigungen gegeben? Er hatte Dinge getan, die er sonst nie hätte tun können. Die Fahrten auf der Autobahn, so gedankenlos und frei wie der Flug der Zugvögel. Das Mädchen und der Sex, das Gefühl ihrer Brüste, die so ganz anders waren als die von Mary. Das Gespräch mit einem Mann, der ein Verbrecher war. Und endlich von diesem Mann akzeptiert und ernst genommen zu werden. Das verbotene Hochgefühl, als er seine Benzinbomben geworfen hatte, und das traumatische Entsetzen, das Gefühl, als würde er ertrinken, als sein Wagen nicht über den Straßenrand zu kommen schien, um ihn von der Baustelle wegzubringen. Das waren intensive Gefühle gewesen, die wie eine finstere antike Religion aus den tiefen Schichten seiner Angestelltenseele aufgestiegen waren, als hätte ein Archäologe sie vorsichtig freigelegt. Er wußte jetzt, was es hieß: *am Leben zu sein.*

Aber es hatte auch schlimme Dinge gegeben. Zum Beispiel, daß er bei Handy Andy's die Selbstbeherrschung verloren und Mary angeschrien hatte. Und die nagende Einsamkeit in den ersten zwei Wochen, in denen er allein gewesen war, zum ersten Mal seit zwanzig Jahren allein und nur den furchtbaren, quälenden Schlag des eigenen Herzens zur Gesellschaft. Dann der Schlag, den Vinnie Mason – ausgerechnet Vinnie Mason! – ihm im Kaufhaus aufs Auge verpaßt hatte. Die fürchterliche Angst, die er am Morgen, nachdem er die Baustelle bombardiert hatte, durchmachen mußte. Die blieb in seiner Erinnerung am stärksten.

Aber selbst diese Erfahrungen, so schlimm sie auch gewesen sein mochten, waren etwas Aufregendes, Neues gewesen, so wie der Gedanke, daß er wahnsinnig geworden sei oder wenigstens auf dem besten Weg dazu. Die Spuren, denen er während der letzten zwei Monate durch seine innere Landschaft nachgewandert (oder gekrochen?) war, waren die einzigen, die es gab. Er hatte sich selbst erforscht, und wenn auch das meiste, was er dabei herausgefunden hatte, banal war, so hatte er auch aufregende und schöne Dinge entdeckt.

Seine Gedanken wanderten zu Olivia zurück, wie er sie mit ihrem Schild ›LAS VEGAS ... ODER VERPISS DICH!‹ an der Auffahrtrampe zur Autobahn gesehen hatte, das sie trotzig der kalten Gleichgültigkeit ihrer Umwelt entgegenhielt. Und dann dachte er wieder an das Poster in der Bank: VERREISEN SIE. Warum eigentlich nicht? Hier gab es nichts, was ihn hielt, abgesehen von seiner ekelhaften Manie. Keine Frau und nur das Gespenst eines Kindes, keine Arbeit und nur ein Haus, das in anderthalb Wochen keins mehr sein würde. Er hatte eine Menge Bargeld und ein Auto, das ganz und gar ihm gehörte. Warum stieg er nicht einfach ein und fuhr los?

Plötzlich erfaßte ihn Aufregung. Er sah sich schon alle Lichter im Haus ausschalten, in den LTD steigen und mit dem Geld in der Tasche nach Las Vegas abbrausen. Er würde Olivia suchen und *»LASS UNS ABHAUEN!«* zu ihr sagen. Dann würden sie nach Kalifornien fahren, den Wagen verkaufen und eine Reise in die Südsee buchen. Von dort nach Hongkong, weiter nach Saigon, Bombay und nach Athen, Madrid, Paris, London, New York. Und dann ...

Hierher zurück?

Die Welt war rund, und das war die furchtbare Wahrheit. So war es ja auch Olivia ergangen, die nach Nevada wollte, um endlich aus ihrer Scheiße rauszukommen. Und dann bekifft sie sich und läßt sich in der ersten Nacht auf dem neuen Gleis vergewaltigen! Denn das neue Gleis ist genau wie das alte, nein, es *ist* das alte, und es führt einen immer nur im Kreis herum, bis man eines Tages so tief drinsteckt, daß man den Absprung endgültig nicht mehr schafft. Dann ist es Zeit, die Garagentür hinter sich zuzumachen, den Zündschlüssel umzudrehen und zu warten... warten...

Der Abend zog sich hin, und seine Gedanken drehten sich immer mehr im Kreis wie eine Katze, die versucht, ihren Schwanz einzufangen und zu verschlucken. Schließlich schlief er auf der Couch ein und träumte von Charlie.

11. Januar 1974

Magliore rief ihn mittags um Viertel nach eins an.

»In Ordnung«, sagte er. »Wir kommen ins Geschäft, Sie und ich. Es wird Sie neuntausend Dollar kosten. Ich nehme an, daß das Ihre Meinung nicht ändern wird.«

»Bargeld?«

»Was denken Sie sich eigentlich? Glauben Sie wirklich, ich würde einen Scheck von Ihnen annehmen?«

»Natürlich nicht. Entschuldigung.«

»Kommen Sie morgen abend um zehn Uhr zur Revel-Lanes-Bowlingbahn. Wissen Sie, wo das ist?«

»Ja, an der Route 7, gleich hinter dem Skyview-Einkaufszentrum.«

»Richtig. Sie werden dort an der Bahn sechzehn zwei Männer in grünen Hemden finden. Auf den Hemdrücken ist in Gold der Name Marlin Avenue Firestone aufgestickt. Sie werden sich zu ihnen gesellen. Während Sie Bowling spielen, wird einer von den beiden Ihnen alles erklären, was Sie wissen müssen. Sie werden zwei oder drei Runden mitspielen, dann nach draußen gehen und die Straße bis zur Town Line Tavern hinunterfahren. Wissen Sie, wo das ist?«

»Nein.«

»Fahren Sie auf der 7 immer nach Westen. Es ist ungefähr zwei Meilen von der Bowlingbahn entfernt, auf derselben Straßenseite. Parken Sie hinter dem Gebäude. Meine Freunde werden sich neben Sie stellen. Sie fahren einen

Dodge-Lieferwagen. Blau. Sie werden eine Kiste aus dem Lieferwagen in Ihren Kombiwagen tragen. Dann geben Sie ihnen einen Umschlag. – Ich muß total verrückt geworden sein, wissen Sie das? Hirnverbrannt. Bei dieser Sache fliege ich höchstwahrscheinlich auf. Dann werde ich Zeit genug haben, darüber nachzudenken, warum, zum Teufel, ich mich darauf eingelassen habe.«

»Ich möchte Sie nächste Woche sprechen. Persönlich.«

»Nein. Absolut nicht. Ich bin nicht Ihr Beichtvater. Ich will Sie nie wieder sehen, auch nicht mit Ihnen sprechen. Um ehrlich zu sein, Dawes, ich möchte nicht mal was über Sie in der Zeitung lesen.«

»Es handelt sich um eine simple Geldsache.«

Magliore schwieg einen Augenblick.

Dann sagte er nochmals: »Nein.«

»Es ist eine Sache, mit der Sie niemand in Verbindung bringen kann«, erklärte er Magliore. »Ich möchte ein … ein Treuhandkonto für jemanden einrichten.«

»Für Ihre Frau?«

»Nein.«

»Kommen Sie am Dienstag vorbei«, willigte Magliore endlich ein. »Vielleicht empfange ich Sie. Vielleicht bin ich dann aber auch wieder bei Trost.«

Er legte auf.

Wieder im Wohnzimmer, dachte er an Olivia und an das Leben – die beiden schienen untrennbar zusammenzugehören. Er dachte ans VERREISEN. Er dachte an Charlie und konnte sich kaum noch an sein Gesicht erinnern, nur an seine Fotos. Wie konnte dies alles nur passieren?

Mit einem plötzlichen Entschluß stand er auf und ging zum Telefon. Er blätterte die Gelben Seiten nach den Reisebüros durch und wählte eine Nummer. Doch als sich am anderen Ende eine freundliche Frauenstimme meldete: »Reisebüro Arnold. Können wir Ihnen behilflich sein?« legte er schnell wieder auf und trat unsicher vom Telefon zurück. Auf dem Weg ins Wohnzimmer rieb er sich nervös die Hände.

12. Januar 1974

Die Revel-Lanes-Bowlingbahn war eine langgestreckte, von Neonröhren erleuchtete Halle, die von den unterschiedlichsten Geräuschen widerhallte. Leise Musik aus den Deckenlautsprechern, eine Jukebox, das stotternde Geklingel der Flipperautomaten, das Klicken der Billardkugeln und über allem das dumpfe Rumpeln, wenn die Bowlingkegel umfielen, und das dröhnende Rollen der schweren schwarzen Bowlingkugeln.

Er ging an einen Schalter und holte sich ein Paar rotweiß gestreifte Bowlingschuhe, die der Angestellte zeremoniell mit einem Fußdesinfektionsmittel einsprayte, bevor er sie ihm überließ. Dann ging er zu Bahn sechzehn. Die beiden Männer waren schon da. Der eine stand gerade mit einer Kugel in der Hand an der Bahn. Es war der Mechaniker, der am ersten Tag, an dem er Magliores Gebrauchtwagenhandlung aufgesucht hatte, in der Garage einen neuen Auspuff in einen Wagen eingebaut hatte. Der andere, der am Tisch saß und die Ergebnisse aufschrieb, war einer von den beiden, die mit dem Fernsehlastwagen zu seinem Haus gekommen waren. Er trank Bier aus einem Pappbecher. Als er auf sie zu ging, blickten sie beide auf.

»Ich bin Bart«, stellte er sich vor.

»Ich bin Ray«, antwortete der Mann am Tisch. »Und der da drüben« – der Mechaniker ließ jetzt die Kugel rollen – »ist Alan.«

Die Bowlingkugel glitt aus Alans Hand und donnerte die Bahn entlang. Die Kegel fielen in alle Richtungen, und Alan schnaufte verächtlich. Er hatte die Sieben und die Zehn nicht getroffen. Mit der nächsten Kugel versuchte er, beide auf einmal zu erwischen, indem er sie rechts rüberzog, aber die Kugel lief aus der Bahn und verschwand im Hintergrund. Alan schnaufte noch einmal verächtlich, als die Maschine die zehn Kegel wieder aufstellte.

»Du mußt nur auf einen gehen«, belehrte Ray ihn. »Immer nur auf einen. Für wen hältst du dich? Billy Welu?«

»Ich hatte nicht den richtigen Schwung drauf. Ein bißchen mehr Kraft und *Wumm*. Hallo, Bart.«

»Hallo.«

Sie schüttelten sich die Hände.

»Gut, daß du da bist«, sagte Alan und wandte sich dann an Ray. »Machen wir eine neue Runde und lassen Bart mitspielen. Bei dieser hier hast du mich ja sowieso schon in die Pfanne gehauen.«

»Klar.«

»Du bist als erster dran, Bart«, forderte Alan ihn auf.

Er hatte seit über fünf Jahren nicht mehr Bowling gespielt. Er suchte sich eine Zwölf-Pfund-Kugel aus, die sich in seiner Hand gerade richtig anfühlte, und warf sie prompt in die linke Rinne neben der Bahn. Während er ihr nachblickte, fühlte er sich wie ein Versager. Bei der nächsten Kugel warf er sorgfältiger, aber sie traf nur drei Kegel. Ray schaffte alle Zehne. Alan traf neun Kegel und warf mit der zweiten Kugel den letzten um.

Nach dem fünften Durchgang stand das Spiel 89 für Ray, 76 für Alan und 40 für Bart. Aber er genoß den Schweiß auf seinem Rücken und den Einsatz von Muskeln, die er sonst nur selten spürte.

Er war so in das Spiel vertieft, daß er zuerst gar nicht wußte, wovon Ray sprach, als dieser unvermittelt sagte: »Das Zeug nennt sich Malglinit.«

Er blickte stirnrunzelnd hoch, als er das Fremdwort hörte, doch dann verstand er. Alan stand mit der Kugel vor der Bahn und musterte kritisch Kegel vier und sechs. Er war vollkommen darauf konzentriert.

»Aha«, sagte er.

»Es wird in zehn Zentimeter langen Stäben geliefert. Insgesamt sind es vierzig Stäbe. Jeder hat ungefähr die sechzigfache Explosionskraft eines Dynamitstabes.«

»Oh«, sagte er und hatte plötzlich ein unangenehmes Gefühl in der Magengrube. Alan warf die Kugel und sprang vor Freude in die Luft, als er beide Kegel getroffen hatte.

Er spielte, traf sieben Kegel und setzte sich wieder hin. Ray warf alle zehne. Alan ging zum Kugelgestell, hob eine Kugel auf und blickte mit gerunzelter Stirn die polierte Bahn hinunter. Er grüßte den Spieler neben sich und nahm mit vier Schritten Anlauf.

»Es sind einhundertzwanzig Meter Zündschnur dabei. Sie brauchen eine große elektrische Ladung, um die Dinger zu zünden. Wenn Sie eine Lötlampe dranhalten, schmelzen sie nur. Es – *oh, gut! Sehr gut, Al!*«

Alan hatte einen Brooklynwurf gesetzt und alle Kegel getroffen.

Er stand auf, warf zwei Pudel und setzte sich wieder. Ray setzte einmal aus.

Als Alan wieder zur Bahn ging, fuhr Ray fort: »Sie brauchen eine Menge Elektrizität, einen Akkumulator. Haben Sie so etwas?«

»Ja«, antwortete er und blickte auf seinen Spielstand. 47. Sieben Punkte mehr als sein Alter.

»Sie können die Zündschnur auseinanderschneiden und zwei Stäbe zusammenbinden, um eine Simultanexplosion zu erreichen. Haben Sie mich verstanden?«

»Ja.«

Alan warf noch mal alle zehne.

Als er zum Tisch kam, sagte Ray lachend: »Du kannst dich nicht auf den Brooklynwurf verlassen, mein Junge. Du mußt mehr nach rechts rüberwerfen.«

»Spar dir deine Ratschläge. Ich bin nur noch acht Punkte zurück.«

Er spielte, warf sechs Kegel um und setzte sich wieder. Ray schaffte wieder alle zehne. Nach der siebten Runde lag er mit 116 Punkten vorn.

Als er sich wieder setzte, fragte er: »Haben Sie noch Fragen?«

»Nein. Können wir nach dieser Runde gehen?«

»Klar. Sie würden besser spielen, wenn Sie etwas mehr üben würden. Beim Abwerfen verdrehen Sie immer die Hand, das ist Ihr Fehler.«

Alan warf seinen Brooklyn noch einmal so wie vorher, und

ließ die Sieben und die Zehn stehen. Er schnaufte verächtlich. *Als ich gekommen bin, war es genauso,* dachte er.

»Ich hab' dir doch gesagt, du sollst dich nicht auf diesen blöden Wurf verlassen«, rief Ray ihm lachend zu.

»Halt die Klappe«, brummte Alan. Er versuchte es wieder mit beiden Kegeln zugleich und warf die Kugel ins Abseits.

»Einige Leute«, sagte Ray kopfschüttelnd, »einige Leute lernen es nie. Kennen Sie das? Einige Leute sind wie vernagelt.«

Die Town Line Tavern hatte eine große rote Neonreklame. Offenbar hatten die Besitzer noch nichts von der Energiekrise gehört. Sie flackerte mit gedankenloser Zuversicht immer wieder an und aus. Darunter hing ein weißes Schild mit der Ankündigung:

HEUTE ABEND BEI UNS
DIE FABULOUS OYSTERS
DIREKT AUS BOSTON

Rechts neben dem Gebäude befand sich ein planierter Parkplatz, der mit den Wagen der Samstagnacht-Schwärmer voll besetzt war. Er fuhr die Auffahrt entlang und entdeckte, daß der Platz sich L-förmig um die Taverne zog. Hinter dem Haus waren noch einige Plätze frei. Er stellte den Wagen so ab, daß neben ihm eine freie Lücke blieb, schaltete den Motor ab und stieg aus.

Die Kälte erfaßte ihn erbarmungslos. Es war eine dieser Nächte, in denen man die Kälte erst spürt, wenn sie einem die Ohren innerhalb weniger Sekunden an der Luft taubgefroren hat. Über ihm funkelten Millionen Sterne, die in der Kälte besonders klar strahlten. Durch die Rückwand der Taverne hörte er die Fabulous Oysters ›*After Midnight*‹ spielen. Das Lied hat J. J. Cale geschrieben, dachte er und wunderte sich, wo er diese nutzlose Information aufgegabelt hatte. Es war schon erstaunlich, mit wieviel Abfall sich das menschliche Gehirn im Laufe der Zeit füllte. Er konnte sich daran erinnern, wer ›*After Midnight*‹ geschrieben hatte, aber das Gesicht seines verstorbenen Sohnes fiel ihm nicht mehr ein. Das kam ihm sehr grausam vor.

Der blaue Lieferwagen fuhr neben seinen LTD; Alan und Ray stiegen aus. Beide hatten jetzt Geschäftsmienen aufgesetzt, sie trugen dicke Handschuhe und hatten schwere Armeeparkas an.

»Sie haben das Geld dabei?« fragte Ray.

Er zog den Umschlag aus seinem Mantel und reichte ihn hinüber. Ray machte ihn auf und blätterte die Noten durch. Er schien die Summe eher zu schätzen als zu zählen.

»In Ordnung. Machen Sie den Kofferraum auf.«

Er zog die hintere Wagenklappe hoch (in den Werbeprospekten von Ford wurde sie immer die ›Magische Tür‹ genannt), und die beiden schleppten eine schwere Holzkiste herüber und stellten sie hinten im Wagen ab.

»Die Zündschnur liegt auf dem Boden«, erklärte Ray und stieß weiße Atemwolken aus der Nase. »Denken Sie daran, Sie brauchen Saft. Sonst können Sie die Dinger gleich als Geburtstagskerzen verwenden.«

»Ich werde daran denken.«

»Sie sollten mehr Bowling spielen. Sie haben einen ganz schön kräftigen Wurf.«

Sie stiegen wieder in ihren Lieferwagen und fuhren los. Ein paar Minuten später fuhr er auch weg und überließ die Fabulous Oysters ihrem Schicksal. Seine kalten Ohren prikkelten, als sie in der Heizungsluft langsam auftauten.

Zu Hause angekommen, schleppte er die Kiste hinein und öffnete den Deckel mit einem Schraubenzieher. Das Zeug sah genauso aus wie Ray es ihm beschrieben hatte, wie graue Wachskerzen. Unter den Stäben und einer doppelten Lage Zeitungspapier fand er zwei dicke weiße Zündschnurrollen. Sie wurden von weißen Plastikclips zusammengehalten, die genauso wie diejenigen aussahen, mit denen er seine Müllbeutel verschloß.

Er stellte die Kiste in den Wohnzimmerschrank und versuchte, nicht mehr an sie zu denken. Aber sie schien eine bösartige Strahlung zu verbreiten, die, ausgehend vom Schrank, nach und nach das ganze Haus erfaßte. So, als ob vor langer Zeit in dem Schrank etwas Unrechtes geschehen wäre, das jetzt langsam, aber sicher alles im Haus verdarb.

13. Januar 1974

Er fuhr in die Innenstadt und klapperte auf der Suche nach Drakes Kaffeehaus alle Straßen ab. Alte, belegte Mietshäuser standen Schulter an Schulter am Straßenrand und sahen aus, als würden sie zusammenbrechen, wenn man ihre Nachbarn entfernte. Ein Wald von Fernsehantennen auf den Dächern, die sich wie zu Berge stehende Haare gegen den Himmel abhoben. Bars, die über Mittag geschlossen waren. Ein Autowrack in der Mitte einer Seitenstraße. Es hatte keine Reifen mehr, keine Scheinwerfer und kein Chrom. Es sah aus wie ein verblichenes Kuhskelett im Tal des Todes. In der Gosse glitzerten Glasscherben. Alle Pfandhäuser und Getränkemärkte hatten Schiebegitter vor den Schaufenstern. Das haben wir von den Rassenunruhen vor acht Jahren gelernt, dachte er. Wie wir uns vor Plünderungen schützen können. Als er die Venner Street halb hinuntergefahren war, entdeckte er ein kleines Ladenfenster mit einem Schild, auf dem in altenglischen Buchstaben stand:

DROP DOWN MAMMA KAFFEEHAUS

Er parkte den Wagen, schloß ihn ab und ging hinein. Drinnen waren nur zwei Kunden, ein junger Schwarzer in einer dicken Marinewolljacke, der vor sich hindöste, und ein alter weißer Säufer, der Kaffee aus einem weißen Porzellanbecher trank. Jedesmal, wenn er den Becher zum Mund hob, zitterten seine Hände hilflos. Seine Haut war ganz gelb, und in seinen Augen flackerte ein unheimliches Licht, als wäre dieser

Mann in einem stinkenden inneren Gefängnis gefangen. Er saß zu tief drin, um je wieder herauszukommen.

Drake saß hinter der Theke am anderen Ende des Raumes neben einem kleinen Herd mit zwei Kochplatten. Auf der einen stand eine Glaskanne mit heißem Wasser, auf der anderen eine mit schwarzem Kaffee. Auf der Theke war eine ausgediente Zigarrenkiste, die etwas Kleingeld enthielt. An der Wand hingen zwei Schilder aus Pappe, die mit Kreide beschrieben waren:

SPEISEKARTE:
KAFFEE 15c
TEE 15c
SODAWASSER 25c
BALOGNA 30c
PB&J 25c
HOT DOG 35c

Auf dem anderen Schild stand:

BITTE WARTEN SIE, BIS SIE BEDIENT WERDEN!
Alle Mitarbeiter des Drop In sind FREIWILLIGE HELFER, und wenn Sie sich selbst bedienen, fühlen sie sich nutzlos und überflüssig. Bitte warten Sie, und denken Sie daran, daß
GOTT SIE LIEBT!

Drake blickte von seiner Zeitschrift, einem zerfledderten *National Lampoon*, auf, und einen Augenblick lang legte sich ein Schatten über seine Augen, als ginge er mit einem geistigen Finger eine Namensliste in seiner Erinnerung durch, bis er auf den richtigen traf. Dann sagte er: »Mr. Dawes. Wie geht es Ihnen?«

»Danke, gut. Kann ich eine Tasse Kaffee haben?«

»Natürlich.« Er nahm einen der dicken Porzellanbecher von der aufgestapelten Pyramide hinter sich und goß Kaffee hinein. »Milch?«

»Ich trinke ihn schwarz.« Er gab Drake eine Vierteldollar und erhielt ein Zehncentstück aus der Zigarrenkiste zurück.

»Ich wollte Ihnen noch einmal für neulich nacht danken, und ich möchte Ihnen eine Spende geben.«

»Sie haben mir nichts zu danken.«

»O doch. Auf der Party habe ich mich ziemlich schlecht benommen.«

»Das kann bei synthetischen Drogen passieren. Nicht immer, aber manchmal. Letzten Sommer haben ein paar Jungen einen Freund hergebracht, der im Stadtpark LSD genommen hatte. Der Junge hatte einen Schreikrampf, weil er glaubte, daß die Tauben hinter ihm her seien, um ihn aufzufressen. Klingt wie eine *Reader's Digest*-Horrorstory, nicht wahr?«

»Das Mädchen, von dem ich das Meskalin hatte, hat mir erzählt, daß sie eines Tages eine Hand aus dem Abflußrohr in ihrer Küche gezogen hätte. Hinterher wußte sie nicht mehr, ob es wirklich so gewesen war oder nicht.«

»Wer war sie?«

»Das weiß ich nicht«, antwortete er wahrheitsgemäß. »Aber egal, hier.« Er legte einen Packen Geldscheine neben die Zigarrenkiste auf die Theke.

Drake betrachtete sie stirnrunzelnd, ohne sie zu berühren.

»Es ist für das Kaffeehaus«, erklärte er. Ihm war klar, daß Drake das wußte, aber er konnte sein Schweigen nicht ertragen.

Drake löste das Gummiband, mit dem die Banknoten zusammengebunden waren, indem er sie mit der linken Hand festhielt und mit der vernarbten Rechten umständlich herumhantierte. Dann lege er das Gummiband zur Seite und zählte die Scheine langsam.

»Das sind fünftausend Dollar«, sagte er.

»Ja.«

»Wären Sie beleidigt, wenn ich Sie fragen würde, woher...«

»...ich es habe? Nein, ich wäre nicht beleidigt. Ich habe mein Haus an die Stadt verkauft. Sie wollen die Straße direkt hindurchbauen.«

»Und Ihre Frau ist damit einverstanden?«

»Meine Frau hat in dieser Angelegenheit nichts zu sagen.

Wir leben getrennt und werden bald geschieden. Sie hat die Hälfte des Geldes bekommen und kann damit machen, was sie für richtig hält.«

»Ich verstehe.«

Der alte Säufer fing an zu summen. Es war keine Melodie, sondern einfach nur ein Summen.

Drake tippte mit seinem rechten Zeigefinger auf die Geldscheine und betrachtete sie nachdenklich. Sie bogen sich an den Rändern hoch, weil sie zusammengerollt gewesen waren. Schließlich sagte er: »Das kann ich nicht annehmen.«

»Warum nicht?«

»Erinnern Sie sich noch daran, worüber wir gesprochen haben?«

Er erinnerte sich. »Ich habe in der Richtung keine Pläne.«

»Ich glaube doch. Ein Mann, der mit beiden Füßen auf dem Boden steht, gibt so viel Geld nicht einfach aus einer Laune heraus weg.«

»Das ist keine Laune«, widersprach er fest.

Drake musterte ihn scharf. »Wie würden Sie es dann nennen? Eine Zufallsbekanntschaft?«

»Himmel, ich hab' schon Leuten Geld gegeben, die ich nie in meinem Leben gesehen habe. Der Krebsforschung. Dem Kinderhilfswerk. Einer Muskelschwundklinik in Boston. Ich bin noch nicht einmal in Boston gewesen.«

»So große Summen?«

»Nein.«

»Und noch dazu in bar, Mr. Dawes. Ein Mann, der für sein Geld noch Verwendung hat, will es nicht sehen, wenn er es ausgibt. Er bezahlt mit Schecks oder unterschreibt irgendwelche Papiere. Selbst beim Pokerspielen benutzt er Chips. Es ist sozusagen symbolischer. Ein Mann, der in unserer Gesellschaft keine Verwendung für sein Geld mehr hat, hat auch keine Verwendung mehr für sein Leben.«

»Das ist eine verdammt materialistische Einstellung für einen...«

»Einen Priester? Ich bin kein Priester mehr. Nicht mehr, seitdem das hier passiert ist.« Er hielt seine vernarbte rechte

Hand in die Höhe. »Soll ich Ihnen sagen, wie ich das Geld zusammenbringe, um das Kaffeehaus in Gang zu halten? Wir sind für diese Schaufensteraktionen der öffentlichen Wohltätigkeit zu spät gekommen. Für den sozialen Staatsfond genauso wie für die städtische Förderung. Die Leute, die hier arbeiten, sind nicht mehr berufstätig. Alte Leute, die die Kinder, die hierherkommen, zwar nicht verstehen, die aber auch nicht einfach nur ein Gesicht sein wollen, das sich im dritten Stock aus dem Fenster lehnt und den ganzen Tag die Straße beobachtet. Ich hab' hier ein paar Jugendliche auf Bewährung, die für jeden Freitag und Sonnabend eine Band aufgabeln. Die Bands spielen umsonst, aber sie haben so die Möglichkeit, sich der Öffentlichkeit vorzustellen. Wir lassen dann den Hut rumgehen. Aber die meisten Moneten kommen von den Reichen, den oberen Zehntausend. Ich gehe auf Tour, halte meine Reden auf den Teegesellschaften der reichen Ladys. Ich erzähle ihnen von den Kindern auf der Straße und den Rauschgiftsüchtigen, die nachts unter den Brücken schlafen und sich Lagerfeuer aus Zeitungspapier anzünden, um im Winter nicht zu erfrieren. Ich berichte ihnen von dem fünfzehnjährigen Mädchen, das schon seit 1971 auf der Straße lebt und eines Tages zu mir kam. Sie hatte dicke weiße Läuse auf dem ganzen Kopf und in ihrem Schamhaar. Ich erzähle ihnen von der Verbreitung der Geschlechtskrankheiten in Norton und von den Fischern. Das sind Männer, die sich in den Busbahnhöfen rumtreiben und Jungen auflesen, die von zu Hause weggelaufen sind und die sie dann als Strichjungen anheuern. Ich beschreibe ihnen genau, wie diese Jungen in den Kinotoiletten für zehn Dollar Männer mit dem Mund befriedigen. Wenn sie versprechen, den Samen zu schlucken, bekommen sie fünfzehn Dollar. Fünfzig Prozent sind für sie, fünfzig Prozent kriegen ihre Zuhälter. Und diese Frauen bekommen ganz nasse Augen und schmelzen dahin, und ich wette, ihre Schenkel werden ganz feucht und schlüpfrig, aber sie werden spendabel, und das ist die Hauptsache. Manchmal kann man sich an eine ranhängen, und es kommt mehr dabei heraus als nur eine Zehndollarspende.

Sie lädt dich dann zum Abendessen in ihr Haus in Crescent ein, stellt dich ihrer Familie vor und bittet dich, das Dankgebet zu sprechen, sobald das Hausmädchen den ersten Gang aufgetragen hat. Und du betest, egal wie bitter dir die Worte im Mund schmecken, und du streichst dem Kind des Hauses über den Kopf – es ist immer bloß ein Kind da, Mr. Dawes, nur eines. Sie vermehren sich nicht so wie die lästigen Kaninchen hier in Norton, die den ganzen Stall voller Kinder haben. – Und dann sagst du, was für einen prachtvollen jungen Mann wir doch da haben oder was für ein hübsches Mädchen, und wenn du Glück hast, hat die Lady ihre Freundinnen aus dem Bridgeclub oder aus dem Countryclub eingeladen, um sich so einen komischen Straßenpriester einmal anzusehen, der mit größter Wahrscheinlichkeit die Radikalen unterstützt und den Schwarzen Panthern und der Arabischen Befreiungsfront Gewehre liefert. Sie wollen sehen, wie er seine Pater-Brown-Rolle spielt, vielleicht noch ein bißchen vom alten Blarney hinzufügt und lächelt, bis ihm das Gesicht weh tut. Das Ganze nennt sich ›am Geldbaum schütteln‹, und es passiert in der vornehmsten Umgebung, aber wenn du nach Hause kommst, hast du das Gefühl, du hättest selbst den ganzen Tag in einer Kinotoilette gekniet und den hochangesehenen Geschäftsmännern den Schwanz geblasen. Aber was soll's, das gehört zu meinem Spiel. Es ist ein Teil von meiner ›Buße‹, wenn Sie mir das Wort verzeihen wollen, aber meine Buße umfaßt keine Nekrophilie. Und ich habe das Gefühl, Mr. Dawes, daß Sie mir genau das anbieten. Deshalb muß ich Ihr Geld ablehnen.«

»Wofür büßen Sie?«

»Das«, antwortete Drake mit einem verzerrten Lächeln, »ist eine Sache zwischen mir und Gott.«

»Warum wählen Sie dann diese Finanzierungsmethode, wenn sie Sie so sehr abstößt? Warum holen Sie nicht einfach...«

»Ich mache es so, weil mir nichts anderes übrigbleibt. Ich bin ein Gefangener.«

Mit einem plötzlichen, fürchterlichen Gefühl der Verzweiflung merkte er, daß Drake ihm gerade erklärt hatte, warum er hier arbeitete, warum er das alles tat.

»Geht es Ihnen gut, Mr. Dawes? Sie sehen ein bißchen ...«

»Mir fehlt nichts. Ich wünsche Ihnen viel Glück, selbst wenn Sie so nichts erreichen werden.«

»Ich mache mir keine Illusionen«, sagte Drake und lächelte. »Sie sollten sich noch einmal besinnen ... und nichts Dramatisches unternehmen. Es gibt Alternativen.«

»Gibt es die?« fragte er lächelnd zurück. »Machen Sie den Laden dicht. Gehen Sie mit mir raus, und wir beide machen zusammen ein Geschäft auf. Das ist ein ernsthafter Vorschlag.«

»Sie wollen mich auf den Arm nehmen.«

»Nein«, antwortete er. »Aber vielleicht gibt es da jemanden, der uns beide auf den Arm genommen hat.« Mit diesen Worten ergriff er die Geldscheine und rollte sie wieder fest zusammen. Der Junge in der Wolljacke war eingeschlafen. Der alte Säufer hatte seinen halbvollen Becher auf den Tisch gestellt und betrachtete ihn mit leerem Blick. Er summte immer noch vor sich hin. Als er an ihm vorbeiging, ließ er die Geldrolle in den Kaffeebecher fallen. Braune Brühe spritzte auf die Tischplatte. Mit schnellen Schritten verließ er das Kaffeehaus und schloß den Wagen auf. Insgeheim hoffte er, daß Drake ihm folgen würde, um zu protestieren, vielleicht, um ihn zu retten. Aber Drake kam nicht heraus. Vielleicht erwartete er von ihm, daß er zurückkäme und sich selbst rettete.

Aber er stieg in seinen Wagen und fuhr weg.

14. Januar 1974

Er fuhr in die Stadt und kaufte sich bei Sears eine Autobatterie und ein paar Starthilfekabel. Auf der Seite der Batterie stand mit gehöhten Plastikbuchstaben:

EIN ZÄHER BURSCHE

Als er wieder nach Hause kam, stellte er sie zu der Holzkiste im Wohnzimmerschrank. Er versuchte sich auszumalen, was wohl passieren würde, wenn die Polizei mit einem Hausdurchsuchungsbefehl hier auftauchte. Waffen in der Garage, Sprengstoff im Wohnzimmerschrank und eine Unsumme von Geld im Bierkrug auf dem Küchenregal. B. G. Dawes, der verzweifelte Revolutionär. Geheimagent X-9, von einem ausländischen Kartell beschäftigt, das zu geheim ist, um hier genannt zu werden. Er hatte ein *Reader's Digest*-Abonnement, und die Hefte waren voll von solchen Geschichten und von den endlosen Kreuzzügen: die Anti-Raucher-Kampagne, die Anti-Pornographie-Kampagne, die Anti-Kriminalitäts-Kampagne. Die Geschichten waren viel spannender, wenn der erwähnte Spion einer aus der Nachbarschaft in der Vorstadt, also *einer von uns* war. KGB-Agenten in Willmette oder Des Moines, die in den Drugstore-Leihbibliotheken Mikrofilme austauschten, in Autokinos den gewaltsamen Umsturz der Republik planten und ihre Big Macs mit einem hohlen Zahn kauten, in dem sie Blausäure aufbewahrten.

Ja, ein Hausdurchsuchungsbefehl, und sie würden ihn kreuzigen. Aber er hatte keine Angst mehr. Dazu waren die Dinge schon zu weit fortgeschritten.

15. Januar 1974

»Sagen Sie mir, was Sie wollen«, sagte Magliore müde.

Draußen regnete und schneite es zugleich; es wa ein grauer, trüber Tag. Ein Tag, an dem die Stadtbusse, wenn sie aus den verhangenen Nebelwolken auftauchten und eine Menge Wasser und Matsch hochspritzten, wie bösartige Ungeheuer aus den Fantasien eines manisch-depressiven Menschen wirkten. Ein Tag, an dem einem allein die Tatsache, daß man am Leben war, etwas psychopathisch vorkam.

»Mein Haus? Meinen Wagen? Meine Frau? Sie können alles haben, Dawes, wenn Sie mich nur meine letzten Jahre in Ruhe und Frieden lassen.«

»Sehen Sie«, antwortete er verlegen. »Ich weiß, daß ich eine Plage bin.«

»Er weiß, daß er eine Plage ist«, sagte Magliore zu den Wänden. Er hob seine Hände und ließ sie auf seine dicken Oberschenkel fallen. »Warum, in Gottes Namen, hören Sie denn nicht endlich auf damit?«

»Es ist meine letzte Bitte.«

Magliore verdrehte die Augen. »Das wäre zu schön«, erzählte er den Wänden. »Und? Was ist es?«

Er zog ein Bündel Geldscheine aus der Tasche und sagte: »Ich habe hier achtzehntausend Dollar. Dreitausend sind für Sie. Ein Finderlohn.«

»Und was soll ich für Sie finden?«

»Ein Mädchen in Las Vegas.«

»Sind die fünfzehntausend für sie?«

»Ja. Ich möchte, daß Sie sie in einem von Ihren Geschäften investieren, gut investieren, und ihr die Dividenden zukommen lassen.«

»Sollen es die legalen Geschäfte sein?«

»Etwas, bei dem große Dividenden rausspringen. Ich verlasse mich da ganz auf Ihr Urteil.«

»Er verläßt sich auf mein Urteil«, informierte Magliore die Wände. »Vegas ist eine große Stadt, Mr. Dawes. Es gibt dort eine Menge Durchreisende.«

»Haben Sie keine Kontakte dort?«

»Zufällig habe ich die. Aber wenn es sich um ein halbbakkenes Hippiemädchen handelt, das schon längst nach San Francisco oder Denver abgehauen ist...«

»Sie heißt Olivia Brenner. Ich glaube, daß sie sich immer noch in Las Vegas aufhält. Sie hat zuletzt in einem Schnellimbißrestaurant gearbeitet...«

»Wovon es in Las Vegas mindestens eine Million gibt«, unterbrach Magliore ihn. »Jesus! Maria! Und Joseph, der Zimmermann!«

»Sie hat zusammen mit einem anderen Mädchen eine Wohnung. Jedenfalls war es so, als ich das letzte Mal mit ihr gesprochen habe. Ich weiß aber nicht wo. Sie ist ungefähr einen Meter zweiundsiebzig groß, hatte dunkles Haar und grüne Augen. Gute Figur. Sie ist zwanzig Jahre alt, jedenfalls hat sie das gesagt.«

»Und wenn ich diese Bombenfigur nun nicht finde?«

»Dann investieren Sie das Geld trotzdem und behalten die Dividenden selbst. Nehmen Sie es als Belästigungsgeld.«

»Woher wollen Sie wissen, daß ich das nicht sowieso tue?«

Er stand auf und ließ das Geld liegen. »Das kann ich wohl nicht wissen. Aber Sie haben ein ehrliches Gesicht.«

»Hören Sie«, sagte Magliore, »ich werde Sie nicht reinlegen. Sie sind ein Mann, der schon zu oft reingelegt worden ist. Aber mir gefällt die Sache nicht. Es kommt mir so vor, als hätten Sie mich zu Ihrem Testamentsvollstrecker gemacht, der Ihren verdammten letzten Willen ausführen soll.«

»Sagen Sie nein, wenn's nicht geht.«

»Nein, nein, nein. Sie haben mich nicht verstanden. Wenn sie immer noch unter dem Namen Olivia Brenner in Las Vegas lebt, werde ich sie finden, und drei Riesen sind ein faires Angebot. Es schadet mir in keiner Weise, egal wie die Sache läuft. Aber Sie sind mir unheimlich, Mr. Dawes. Sie sind wirklich festgefahren.«

»Ja.«

Magliore runzelte die Stirn und blickte nachdenklich auf die Fotos von seiner Frau, seinen Kindern und sich unter der Glasplatte auf seinem Schreibtisch.

»In Ordnung«, sagte er schließlich. »Dieses letzte Mal tue ich es, Mr. Dawes. Aber dann ist Schluß. Danach werde ich mich einfach weigern. Wenn ich Sie je wieder sehen oder am Telefon mit Ihnen sprechen sollte, habe ich Sie vergessen. Das meine ich ernst. Ich hab' genug Probleme, auch ohne mich ständig um Ihre zu kümmern.«

»Diese Bedingung akzeptiere ich.«

Er streckte seine Hand aus, unsicher, ob Magliore sie ergreifen würde, doch Magliore schüttelte sie.

»Ich begreife Sie nicht«, sagte Magliore. »Warum sollte ich einen Kerl wie Sie mögen, der für mich absolut keinen Sinn ergibt?«

»Es ist eine sinnlose Welt«, antwortete er. »Wenn Sie daran zweifeln, denken Sie einfach an Mr. Piazzis Hund.«

»Ich denke oft an ihn«, erwiderte Magliore.

16. Januar 1974

Er brachte den braunen Umschlag mit dem Scheckbuch zum Briefkasten an der Straßenecke und warf ihn hinein. An diesem Abend ging er ins Kino und sah sich den *Exorzisten* an, weil Max von Sydow in dem Film mitspielte und er Max von Sydow schon immer bewundert hatte. In einer Filmszene kotzte ein kleines Mädchen einem katholischen Priester direkt ins Gesicht. Einige Leute in den hinteren Reihen lachten und applaudierten.

17. Januar 1974

Mary rief ihn an. Sie klang auf absurde Weise erleichtert, ja richtig fröhlich, und das machte alles viel leichter.

»Du hast das Haus verkauft«, stellte sie fest.

»Richtig.«

»Aber du wohnst immer noch dort.«

»Nur noch bis Sonnabend. Ich hab' mir ein großes Bauernhaus auf dem Land gemietet. Ich werd' erst mal rausziehen und versuchen, wieder zu mir selbst zu kommen.«

»Oh, Bart, das ist wunderbar. Ich bin so froh.« Ihm wurde plötzlich klar, warum alles so einfach war. Ihre Fröhlichkeit war nur aufgesetzt. Sie war weder froh noch unglücklich. Sie hatte aufgegeben. »Und das Scheckbuch ...«

»Ja?«

»Du hast das Geld genau geteilt, nicht wahr?«

»Ja, das habe ich. Wenn du es nachprüfen willst, kannst du Fenner anrufen.«

»Nein. Oh, nein, *das* habe ich nicht gemeint.« Er konnte fast sehen, wie sie abwehrend die Hände hob. »Ich wollte fragen... weil du das Geld so geteilt hast... bedeutet das...«

Sie verstummte bedeutungsvoll, und er dachte: *Aua, du Hexe, jetzt hast du mich erwischt. Volltreffer.*

»Ja, ich glaube, das bedeutet es«, antwortete er. »Die Scheidung.«

»Hast du daran gedacht?« fragte sie mit ernster Stimme. Es klang unecht. »Hast du *wirklich*...«

»Ich habe sehr viel darüber nachgedacht.«

»Ich auch. Es scheint das einzige zu sein, was wir noch tun können. Aber ich habe nichts gegen dich, Bart. Ich bin dir nicht böse.«

Mein Gott, sie hat all die billigen Romane gelesen. Als nächstes sagt sie mir, daß sie wieder aufs College gehen will. Seine Bitterkeit überraschte ihn. Er hätte gedacht, daß er schon längst darüber hinaus wäre.

»Was wirst du jetzt tun?«

»Ich werde wieder aufs College gehen«, antwortete sie, und jetzt klang ihre Stimme nicht mehr unecht, sondern aufgeregt und hell. »Ich habe meine alten Schulsachen ausgegraben; sie lagen immer noch zusammen mit meinen alten Kleidern auf Mutters Dachboden. Weißt du, daß ich nur noch drei oder vier Scheine für mein Diplom brauche, Bart? Das dauert kaum länger als ein Jahr!«

Er stellte sich vor, wie Mary auf dem Dachboden ihrer Mutter in den alten Sachen rumgekramt hatte, und das Bild überlagerte sich mit der eigenen Vorstellung, wie er verwirrt und unglücklich vor Charlies Kleidern gesessen hatte. Er verdrängte die Bilder.

»Bart? Bist du noch da?«

»Ja. Ich freue mich, daß dich dein Alleinsein so ausfüllt.«

»Bart«, sagte sie vorwurfsvoll.

Er hatte jetzt keinen Grund mehr, sie anzuschnauzen oder

zu verärgern oder ihr ein schlechtes Gewissen zu machen. Dazu war es zu spät. Mr. Piazzis Hund hatte zugebissen und suchte ein neues Opfer. Den Gedanken fand er komisch, und er kicherte.

»Bart, weinst du?« Sie klang zärtlich. Unecht, aber zärtlich.

»Nein«, antwortete er tapfer.

»Bart, kann ich irgend etwas für dich tun? Wenn ja, dann möchte ich dir gerne helfen.«

»Nein. Ich glaube, es kommt jetzt alles wieder in Ordnung. Und ich bin froh, daß du wieder aufs College gehst. Hör mal, diese Scheidung – wer soll sie einreichen? Du oder ich?«

»Ich glaube, es wäre besser, wenn ich das tue«, antwortete sie zögernd.

»Ja, ist gut.«

Eine Pause entstand. Plötzlich platzte sie in die Stille hinein, als wären die Worte ihr ohne ihr Wissen oder ihre Zustimmung entschlüpft: »Hast du mit einer anderen Frau geschlafen, seitdem ich dich verlassen habe?«

Er ließ sich die Frage durch den Kopf gehen und überdachte die verschiedenen Antworten: die Wahrheit, ein Lüge oder eine ausweichende Bemerkung, die sie in der kommenden Nacht nicht schlafen lassen würde.

»Nein«, antwortete er vorsichtig und fügte dann schnell hinzu: »Und du?«

»Natürlich nicht«, entgegnete sie, und es gelang ihr, dabei gleichzeitig schockiert und erfreut zu klingen. »So etwas würde ich nicht tun.«

»Letztendlich wohl doch.«

»Laß uns nicht über Sex reden, Bart.«

»Einverstanden«, sagte er bereitwillig, obwohl sie das Thema angeschnitten hatte. Er suchte angestrengt nach einer liebevollen Bemerkung. Er wollte ihr etwas Nettes sagen, an das sie sich erinnern sollte. Aber ihm fiel partout nichts ein, und außerdem war ihm gar nicht so klar, warum sie sich überhaupt an ihn erinnern sollte, so, wie die Dinge nun mal standen. Sie hatten ein paar gute Jahre zusammen verbracht. Es mußte so gewesen sein, denn er konnte sich nicht an viele

Dinge erinnern, die während ihrer Ehe passiert waren. Abgesehen vielleicht von dieser verrückten Fernsehwette.

Plötzlich hörte er sich sagen: »Erinnerst du dich noch an den Tag, an dem wir Charlie zum ersten Mal in den Kindergarten gebracht haben?«

»Ja. Er hat geweint, und du wolltest ihn wieder mit nach Hause nehmen. Du wolltest ihn nie loslassen, Bart.«

»Und du hast es getan.«

Sie stritt seine Behauptung in einem leicht verletzten Tonfall ab, aber er konnte sich noch sehr genau an die Szene erinnern. Die Frau, die den Kindergarten leitete, war eine Mrs. Ricker. Sie hatte ein Staatsdiplom, und sie servierte allen Kindern ein warmes Mittagessen, bevor sie sie um ein Uhr wieder nach Hause schickte. Die Kindergartenräume befanden sich in einem renovierten Kellergeschoß, und er kam sich wie ein Verräter vor, als sie Charlie zwischen sich die Treppe hinunterführten. Wie ein Bauer hatte er sich gefühlt, der seine Kuh streichelt und sie beruhigt, während er sie zur Schlachtbank führt. Sein Charlie war ein wunderschöner Junge gewesen. Blonde Haare, die später etwas dunkler wurden, blaue, wachsame Augen und geschickte Hände, mit denen er schon als kleines Kind viel anfangen konnte. Und da stand er nun stocksteif zwischen ihnen auf der untersten Treppenstufe und beobachtete die anderen Kinder, die durcheinanderschrien und rumrannten, Papier bekritzelten und mit stumpfen Scheren farbige Kartons ausschnitten. Und es waren *so viele*. Charlie hatte nie verletzlicher ausgesehen als in dem Augenblick, als er die anderen Kinder anstarrte. Es war weder Angst noch Freude in seinen Augen gewesen, nur diese Wachsamkeit, dieses Gefühl, ein *Außenseiter* zu sein, und er hatte sich nie so sehr als der Vater seines Sohnes empfunden wie in diesem Augenblick. Nie hatte er sich Charlie so nahe gefühlt. Dann war diese Mrs. Ricker auf sie zugekommen und hatte mit dem Lächeln eines Barrakudas zu ihm gesagt: »Wir werden hier viel Spaß miteinander haben, Chuck.« Woraufhin er am liebsten aufgeschrien hätte: »Das ist nicht sein Name!« Als sie dann ihre Hand nach ihm ausstreckte und Charlie sie nicht nahm, sondern sie nur anblickte, hatte sie einfach seine Hand genommen und ihn mit sich zu den anderen Kindern gezogen. Bereitwillig war Charlie zwei Schritte mitgegangen, doch dann war er stehengeblieben und hatte sich nach ihnen umgeblickt. »Gehen Sie nur«, hatte Mrs. Ricker mt ruhiger Stimme zu ihnen gesagt. »Er wird sich hier schon zurechtfinden.« Und dann hatte Mary ihn angestoßen und: »Nun komm schon, Bart!« zu ihm sagen müssen, denn er stand wie angewurzelt da und sah seinem Sohn in die Augen, deren Botschaft er nur allzu gut verstand: *Wirst du ihnen wirklich erlauben, mir das anzutun, George?* Und seine Augen hatten ihm geantwortet: *Ich glaube, das werde ich, Freddy.* Dann waren Mary und er die Treppe wieder hinaufgestiegen und hatten ihrem Sohn den Rücken gekehrt. Das war das Fürchterlichste, was man einem Kind in so einem Augenblick antun konnte, und Charlie hatte angefangen zu heulen. Aber Mary hatte nicht einmal gezögert, denn die Liebe einer Frau ist eigenartig und grausam und fast immer sehr scharfsichtig. Eine Liebe die voraussieht, ist immer entsetzlich. Mary wußte, daß Weggehen das einzig Richtige sei, und so war sie gegangen und hatte sein Geschrei als einen weiteren Teil seiner kindlichen Entwicklung überhört. Es gehörte dazu wie Bauchschmerzen und aufgeschürfte Knie. Doch er hatte einen scharfen Schmerz in seiner Brust gespürt, so stark, daß er ihn fast für einen Herzinfarkt gehalten hatte, aber bald darauf war er einfach verschwunden. Er war erschüttert und unfähig, sich den Schmerz zu erklären, aber heute wußte er, daß es sich um einen ganz prosaischen Abschied gehandelt hatte. Die Rücken von den Eltern waren nicht das Schlimmste auf dieser Welt. Viel schlimmer war die Geschwindigkeit, mit der die Kinder sich aus eigenem Antrieb abkehrten und sich ihren eigenen Angelegenheiten zuwandten – dem Spielen, dem neuen Puzzle, ihrem neuen Freund und schließlich ihrem Tod. Das waren die schrecklichsten Dinge, wie er in der Zwischenzeit erfahren hatte. Charlie hatte schon lange, bevor er krank wurde, zu sterben angefangen. Und es hatte keine Möglichkeit gegeben, dem Einhalt zu gebieten.

»Bart?« fragte sie jetzt. »Bist du noch da, Bart?«

»Ja, ich bin hier.«

»Was hast du davon, die ganze Zeit über Charlie nachzudenken? Es wird dich noch zerfressen. Du bist sein Gefangener.«

»Aber du bist frei«, erwiderte er. »Ja, das bist du.«

»Soll ich nächste Woche zum Rechtsanwalt gehen?«

»In Ordnung.«

»Es wird keine häßlichen Szenen geben, nicht wahr, Bart?«

»Nein, es wird sehr zivilisiert vor sich gehen.«

»Und du wirst deine Meinung nicht ändern und irgendwie Einspruch erheben?«

»Nein.«

»Ich ... ich werde dich wieder anrufen.«

»Du hast gewußt, daß es Zeit war, ihn allein zu lassen, und du hast es getan. Ich wünschte bei Gott, ich hätte deinen Instinkt gehabt.«

»Was?«

»Nichts. Auf Wiedersehen, Mary. Ich liebe dich.« Er stellte fest, daß er das erst gesagt hatte, nachdem der Hörer schon wieder auf der Gabel lag. Er hatte es ganz automatisch gesagt, ohne Gefühle oder besondere Betonung. Aber es war kein schlechtes Ende. Nein, das war es ganz und gar nicht.

18. Januar 1974

Die Stimme der Sekretärin fragte ihn: »Wen darf ich melden?«

»Bart Dawes.«

»Einen Augenblick bitte.«

»Ja, danke.«

Sie schaltete die Leitung um, und er stand mit dem Hörer am Ohr wartend da, tippte mit einem Fuß auf den Boden und blickte durch das Fenster auf die Geisterstadt an der Crestallen Street hinaus. Es war ein strahlend klarer, aber sehr kalter Tag. Die Temperaturen bewegten sich um fünf Grad herum, aber es blies ein kalter Wind, so daß man das Gefühl hatte, es wären fünf Grad minus. Der Wind trieb Schnee über die Straße auf das Haus der Hobarts zu, das in brütendem Schweigen an der Straße stand. Eine leere Hülle, die auf den Abbruchkran wartete. Sie hatten sogar die Fensterläden mitgenommen.

Ein Klicken in der Leitung, und er hörte Steve Ordners Stimme: »Hallo, Bart, wie geht es Ihnen?«

»Gut.«

»Was kann ich für Sie tun?«

»Ich habe nur angerufen, weil ich wissen wollte, was mit der Wäscherei passiert ist«, antwortete er. »Was hat die Gesellschaft denn nun in bezug auf den Umzug beschlossen?«

Ordner seufzte und sagte dann mit gutwilliger, aber reservierter Stimme: »Dazu ist es doch wohl ein wenig zu spät, oder?«

»Ich habe Sie nicht angerufen, um mich von Ihnen in die Pfanne hauen zu lassen, Steve.«

»Warum nicht? Schließlich habe Sie uns ja alle damit in die Pfanne gehauen. Aber vergessen wir das. Der Aufsichtsrat hat beschlossen, daß wir uns ganz aus dem industriellen Wäschereigeschäft zurückziehen. Die Waschsalons bleiben natürlich, sie laufen sehr gut. Wir werden den Namen der Kette ändern. In Zukunft heißt sie Handi-Wash. Wie finden Sie das?«

»Schrecklich«, antwortete er abweisend. »Warum schmeißen Sie Vinnie Mason nicht raus?«

»Vinnie?« fragte Ordner überrascht. »Vinnie macht seine Arbeit ausgezeichnet. Er entwickelt sich zu einem richtigen Mogul. Ich muß schon sagen, soviel Bitterkeit hätte ich bei Ihnen...«

»Na, hören Sie mal, Steve. Vinnies Job hat nicht mehr Zukunft als der Luftschacht einer Mietskaserne. Geben Sie ihm etwas, das sich für ihn wirklich lohnt, oder lassen Sie ihn gehen.«

»Ich glaube kaum, daß Sie das etwas angeht, Bart.«

»Sie haben ihm ein totes Hühnchen um den Hals gehängt; er hat es nur noch nicht bemerkt, weil es noch nicht angefangen hat zu faulen. Er hält es immer noch für sein Abendessen.«

»Soweit ich gehört habe, hat er Sie kurz vor Weihnachten ein wenig zusammengeschlagen.«

»Ich habe ihm die Wahrheit gesagt, und das hat ihm nicht gefallen.«

»Wahrheit ist ein sehr dehnbarer Begriff, Bart. Das sollten Sie doch wohl besser wissen als jeder andere, nach all den Lügen, die Sie mir aufgetischt haben.«

»Das ärgert Sie wohl immer noch, was?«

»Wenn man plötzlich entdecken muß, daß der Mann, den man für einen guten Angestellten gehalten hat, voller Scheiße steckt, ist es nur natürlich, daß einen das ärgert. Ja.«

»Daß einen das ärgert«, wiederholte er. »Wissen Sie was, Steve? Sie sind der einzige Mensch, den ich in meinem Leben kennengelernt habe, der sich so ausdrückt. Daß einen das ärgert! Das klingt so, als bekämen Sie Ihre Sprache in der Konservendose geliefert.«

»Sonst noch etwas, Bart?«

»Nein, eigentlich nicht. Ich wünschte, Sie würden Vinnie nicht mehr reinlegen. Er ist ein guter Mann. Sie verheizen ihn, und das wissen Sie verdammt genau.«

»Ich wiederhole es noch einmal: Warum sollte ich Vinnie ›reinlegen‹?«

»Weil Sie mich nicht in die Finger kriegen.«

»Sie leiden an Verfolgungswahn, Bart. Ich habe kein Verlangen danach, Ihnen etwas anzutun. Ich will Sie nur vergessen.«

»Ist das der Grund, warum Sie mich überprüfen lassen? Warum Sie nachfragen, ob ich meine Privatwäsche auf Geschäftskosten erledigt hätte oder Sonderverträge mit einigen Motels abgeschlossen hätte? Soweit ich gehört habe, haben

Sie sogar die Kassenbons der letzten fünf Jahre untersuchen lassen.«

»Wer hat Ihnen das gesagt?« bellte Ordner los. Er klang erschrocken, aus dem Gleichgewicht geworfen.

»Jemand aus Ihrer Organisation«, log er fröhlich. »Jemand, der Sie nicht ausstehen kann. Jemand, der die Kugel noch gerade rechtzeitig vor der nächsten Aufsichtsratssitzung ins Rollen bringen könnte.«

»Wer?«

»Wiederhören, Steve. Denken Sie über Vinnie Mason nach, und ich werde mir darüber Gedanken machen, mit wem ich als nächstes spreche – oder auch nicht.«

»Verdammt noch mal, hängen Sie nicht einfach ein! Hören Sie...«

Er legte auf und grinste. Dann hatte also selbst Steve Ordner seinen sprichwörtlichen Dreck am Stecken. An wen erinnerte ihn dieser Kerl eigentlich? Stahlkugeln. Geklaute Erdbeereiscreme. Herman Wouk. Captain Queeg. Ja genau, der war's. Humphrey Bogart hatte ihn in dem Film gespielt. Er lachte laut heraus und sang:

»Wir brauchen alle jemanden zum Aus-Queeg-en,
Und wenn du Lust hast, dann Queeg dich doch einfach bei mir aus.«

Ja, ja, es stimmt, ich bin verrückt, dachte er und lachte weiter. Aber das scheint gewisse Vorteile zu haben. Ihm kam der Gedanke, daß das beste Anzeichen für Verrücktheit wohl ein Mann ist, der ganz allein in einem leeren Haus an einer Straße voller leerer Häuser steht und in die tödliche Stille hineinlacht. Aber der Gedanke konnte seine gute Laune nicht trüben. Er lachte sogar noch lauter, stand neben dem Telefon, schüttelte den Kopf und grinste.

Nach dem Dunkelwerden ging er in die Garage und holte die Gewehre ins Haus. Vorsichtig lud er die Magnum, nachdem er die Anleitung sorgfältig durchgelesen und die Pistole ein paarmal ohne Ladung abgeschossen hatte. Die Rolling Stones dröhnten laut aus der Stereoanlage, sie besangen den *Midnight Rambler*. Er konnte es einfach nicht fassen, wie toll er diese Platte fand. Schon kam er sich selbst wie so ein Mitternachtswanderer vor, Barton George Dawes, nächtlicher Herumtreiber, Besuche nur nach Vereinbarung.

Die 460 Weatherbee faßte acht Patronen, die so groß wirkten, als würden sie in eine mittlere Haubitze passen. Nachdem er das Gewehr geladen hatte, betrachtete er es neugierig und fragte sich, ob es tatsächlich so gewaltig schoß, wie *Dirty Harry* Swinnerton behauptet hatte. Er beschloß, ganz einfach hinauszugehen und es auszuprobieren. Wer wohnte noch an der Crestallen Street, der die Polizei von nächtlichen Gewehrschüssen informieren würde?

Er zog sich seine Jacke über und stand schon an der Hintertür in der Küche, als er noch einmal umkehrte und sich ein kleines Sofakissen aus dem Wohnzimmer holte. Dann ging er nach draußen und schaltete die 200-Watt-Gartenbeleuchtung ein, die Mary und er im Sommer bei ihren Grillpartys immer benutzt hatten. Hier draußen lag der Schnee genau so, wie er ihn sich vor einer Woche vorgestellt hatte – unberührt, vollkommen jungfräulich. Kein dreckiger Fuß hatte ihn betreten. In den letzten Jahren hatte Don Upslingers Sohn Kenny seinen Hinterhof öfter mal als Abkürzung zu seinem Freund Ronny benutzt. Oder Mary hatte etwas auf der Wäscheleine aufgehängt (meist unaussprechliche Dinge), die er von der Hausecke zur Garage gespannt hatte. Zumindest an Tagen, die so warm waren, daß die Sachen nicht gefroren. Er selbst hatte immer den überdachten Durchgang zur Garage benutzt. Diese seltsame Unberührtheit traf ihn wie ein Schock – seit dem ersten Schneefall Ende November hatte niemand seinen Garten betreten. So wie es aussah, nicht mal ein Hund.

Er spürte plötzlich ein verrücktes Verlangen, in die Mitte seines Gartens hinauszurennen, zu der Stelle, auf der sie im Sommer immer ihren Holzkohlengrill aufgestellt hatten, und einen Schneemann zu bauen.

Statt dessen klemmte er sich das Kissen gegen die rechte Schulter, hielt es einen Augenblick mit dem Kinn fest, und preßte dann den Gewehrkolben der Weatherbee dagegen. Mit dem rechten Auge spähte er durch das Zielfernrohr, das linke hielt er fest geschlossen und versuchte, sich an die Ratschläge zu erinnern, welche die Schauspieler sich immer in den Kriegsfilmen gaben, kurz bevor die Marinesoldaten den Strand stürmten. Meistens war es ein hartgesottener Kriegsveteran, zum Beispiel Richard Widmark, der einem grünen Anfänger – Martin Milner vielleicht – sagte: *Du darfst den Abzugshahn nicht verziehen, mein Sohn – ganz langsam DRÜCKEN.*

Na gut, Fred, jetzt wollen wir mal sehen, ob ich meine Garage treffen kann.

Er drückte auf den Abzug.

Das Gewehr knallte nicht los. Es gab eine regelrechte Explosion. Zuerst hatte er ein Gefühl, als hätte es ihm beide Hände abgerissen. Doch als der Rückstoß ihn traf, wußte er, daß er noch lebte. Er kam mit solcher Wucht, daß er gegen die Küchentür zurückprallte. Der Knall verhallte in einem rollenden Donner in alle Richtungen. Er klang wie bei einem Düsenjet. Das Kissen fiel in den Schnee. Seine Schulter pochte.

»Donnerwetter, Fred!« sagte er, nach Luft schnappend.

Er blickte zur Garage hinüber und konnte kaum glauben, was er da sah. In die Seitenwand war ein so großes Loch gerissen, daß eine Teetasse hindurchgepaßt hätte.

Er lehnte das Gewehr gegen die Küchentür und stapfte durch den Schnee, ohne Rücksicht darauf, daß er nur seine Halbschuhe anhatte. Eine Minute lang untersuchte er das Loch, kratzte verwirrt mit dem rechten Zeigefinger einige Splitter weg und ging dann nach vorn zur Garagentür.

Drinnen sah er, daß das Austrittsloch noch wesentlich größer war. Er untersuchte seinen Kombiwagen. In der Beifahrertür befand sich ebenfalls ein Durchschlagsloch. Der Lack war abgesplittert, und um den Rand des Durchschlags kam das blanke Metall zum Vorschein. Er konnte zwei Finger hindurchstecken. Als er die Wagentür öffnete und über die Sitze blickte, entdeckte er, daß die Kugel auch die Fahrertür durchschlagen hatte. Das Loch befand sich direkt unter dem Türgriff.

Er ging um den Wagen herum und betrachtete die Stelle von außen. Kleine Metallsplitter ragten um den Lochrand vorwurfsvoll nach außen. Er drehte sich um und untersuchte die gegenüberliegende Garagenwand. Auch hier war die Kugel eingeschlagen und – tatsächlich – durchgegangen. So wie er die Sache einschätzte, flog sie immer noch weiter.

Er hörte wieder, wie Harry, der Waffenhändler, zu ihm sagte: *Ah, Ihr Neffe schießt also auf die Eingeweide ... na, mit diesem Baby wird er die Eingeweide zwanzig Meter in der Umgebung verstreuen*. Was würde es dann einem Menschen antun? Wahrscheinlich dasselbe. Ihm wurde plötzlich übel.

Er stapfte zur Küchentür zurück, blieb einen Augenblick stehen, um das Kissen aufzuheben, und ging wieder ins Haus. Automatisch trat er sich die Füße ab, um in Marys sauberer Küche keine Schmutzspuren zu hinterlassen. Im Wohnzimmer zog er sich das Oberhemd aus. Trotz des Kissens hatte der Kolben eine rote Stelle an seiner Schulter hinterlassen.

Er ging mit nacktem Oberkörper in die Küche, setzte eine Kanne Kaffee auf und machte sich ein TV-Dinner. Nach dem Essen kehrte er wieder ins Wohnzimmer zurück, legte sich auf die Couch und fing an zu weinen. Er steigerte sich in einen hysterischen Weinkrampf, hörte sich heulen und bekam Angst davor, aber er konnte sich nicht beherrschen. Endlich beruhigte er sich allmählich und fiel in einen schweren Schlaf. Er atmete unruhig. Im Traum sah er sich als alten Mann. Einige der Bartstoppeln auf seinen Wangen waren ganz weiß.

Er wachte auf und fuhr mit einem schuldbewußten Schrekken hoch, aus Angst, daß es schon früh am Morgen und viel zu spät sei. Sein Schlaf war düster und trübe wie abgestandener Kaffee gewesen. Es war diese Art von Schlaf, aus dem man völlig benommen und wie mit einem Brett vor dem Kopf aufwacht. Er sah auf seine Uhr und stellte fest, daß es erst Viertel nach zwei war. Das Gewehr stand noch genauso da, wie er es abgestellt hatte, gemütlich gegen seinen Sessel gelehnt. Die Magnum lag auf dem Tisch.

Er erhob sich, ging in die Küche und spritzte sich kaltes Wasser ins Gesicht. Dann ging er nach oben, um sich ein frisches Hemd anzuziehen. Während er die Treppe wieder hinunterlief, stopfte er sich das Hemd in die Hose. Unten sperrte er alle Türen ab, die nach draußen führten. Aus Gründen, über die er lieber nicht näher nachdenken wollte, wurde ihm das Herz jedesmal, wenn er den Schlüssel umdrehte, ein kleines bißchen leichter. Zum ersten Mal, seit diese verfluchte Frau im Supermarkt vor ihm zusammengebrochen war, fing er an, sich wieder mit sich selbst identisch zu fühlen. Er stellte die Weatherbee vor dem Wohnzimmerfenster auf den Boden und stapelte die Patronenschachteln neben ihr auf. Er öffnete jede Schachtel, bevor er sie hinlegte. Danach zog er den Sessel vors Fenster und legte ihn auf die Seite.

In der Küche verriegelte er alle Fenster. Er holte einen Stuhl aus dem Eßzimmer und klemmte ihn unter die Klinke der Küchentür. Dann goß er sich kalten Kaffee in einen Becher, trank abwesend einen Schluck, verzog das Gesicht und goß ihn in die Spüle. Statt dessen mixte er sich einen Drink.

Er ging wieder ins Wohnzimmer zurück und holte die Autobatterie aus dem Schrank. Er stellte sie hinter dem umgekippten Sessel ab, holte die Starthilfekabel und legte sie daneben.

Danach schleppte er ächzend und stöhnend die Sprengstoffkiste die Treppe hinauf. Oben angekommen, ließ er sie schwer auf den Boden fallen, richtete sich auf und atmete tief durch. Er war für diesen Quatsch einfach schon zu alt. Er hatte zwar noch viele Muskeln aus der Zeit, als er mit seinen Kollegen die vierhundert Pfund schweren Körbe mit der gemangelten Wäsche auf den Lieferwagen gehoben hatte, aber Muskeln oder keine Muskeln, ein vierzigjähriger Mann forderte mit einer solchen Plackerei sein Schicksal heraus. Mit vierzig war es Zeit, sich mit dem Gedanken an einen Herzinfarkt vertraut zu machen.

Er lief von Zimmer zu Zimmer und schaltete alle Lichter ein: Gästezimmer, Gästebad, Schlafzimmer und Arbeitszimmer, das früher Charlies Zimmer gewesen war. Dann stellte er einen Stuhl unter die Falltür zum Dachboden, kletterte nach oben und schaltete auch dort die verstaubte Glühbirne ein. Danach ging er wieder in die Küche hinunter, aus der er sich eine Rolle Isolierband, eine Schere und ein scharfes Messer holte.

Er nahm zwei Sprengstoffstäbe aus der Kiste (sie waren sehr weich, seine Finger hinterließen Dellen, als er sie drückte) und brachte sie auf den Dachboden hinauf. Er schnitt zwei lange Stücke von der Zündschnur ab und schälte mit Hilfe des Messers die weiße Plastikisolierung herunter, um die Kupferdrähte freizulegen. Dann steckte er die nackten Drähte jeweils in eine der Sprengstoffkerzen. Wieder im Umkleidezimmer, stellte er sich unter die Falltür, entfernte die Isolierung von den anderen Enden der Zündschnüre und klemmte vorsichtig zwei weitere Sprengstäbe daran fest. Er umwickelte sie fest mit Isolierband, damit die glatten Drähte sich nicht lösten.

Er summte jetzt vor sich hin, während er die Zündschnur vom Dachboden ins Schlafzimmer verlegte, wo er zwei Sprengstoffkerzen auf den Ehebetten deponierte. Von dort zog er die Zündschnur auf den Flur und installierte einen Sprengstoffstab im Gästebad. Das Gästeschlafzimmer bekam zwei. Als er damit fertig war, schaltete er die Lichter wieder aus. In Charlies Zimmer ließ er gleich vier Sprengstoffkerzen, die er zusammengebunden hatte. Er verlegte die Zündschnur sorgfältig durch die Tür und über den Boden und warf dann die ganze Rolle über das Treppengeländer nach unten. Dann lief er selbst die Treppe hinunter.

Vier Stäbe kamen auf die Küchentheke gleich neben seine Southern-Comfort-Flasche. Vier Stäbe fürs Wohnzimmer, vier fürs Eßzimmer und vier für den Flur.

Ein bißchen außer Atem ging er jetzt mit der Zündschnur ins Wohnzimmer. Aber er mußte noch einmal nach oben, um die Kiste zu holen, die jetzt allerdings beträchtlich leichter war. Es waren nur noch elf Stäbe übrig. In der Kiste waren früher mal Apfelsinen transportiert worden. Er sah es an der verblichenen Schrift auf der Seite:

POMONA

Neben dem Wort war eine Apfelsine mit einem grünen Blatt am Stengel aufgemalt.

Er trug die Kiste zur Garage hinaus, diesmal den überdachten Durchgang benutzend, und stellte sie auf dem Rücksitz seines Wagens ab. Dort verband er jeden der elf Stäbe mit einem kurzen Stück Zündschnur und wickelte dann alle elf Enden mit dem Isolierband an dem langen Zündkabel fest. Vorsichtig verlegte er das lange Kabel ins Haus zurück, wobei er es sorgfältig unter der Seitentür, die zum Durchgang führte, durchzog. Danach schloß er die Tür wieder ab.

Im Wohnzimmer schloß er das Hauskabel mit dem Garagenkabel zusammen. Er arbeitete jetzt sehr konzentriert, immer noch vor sich hin summend. Mit dem Messer schnitt er nochmals ein Stück Zündschnur von der Rolle und klebte sie mit seinem Isolierband an den beiden Kabelenden fest. Das andere Ende führte er zur Autobatterie hinüber, wo er ebenfalls die Isolierung herunterschälte.

Er pulte die Kupferdrähte auseinander und flocht die losen Enden zu zwei kleinen Zöpfen zusammen. Dann holte er das Starthilfekabel und brachte die schwarze Krokodilklemme an einem der beiden Zöpfe an. Der andere erhielt die rote Klemme. Mit den beiden anderen Klemmen ging er zur Batterie und schloß die schwarze an dem Pol, der mit

POS

markiert war, an. Die rote Klemme ließ er lose neben dem Pol

NEG

liegen. Dann stellte er seine Stereoanlage an und legte die Platte mit den Rolling Stones auf. Es war fünf Minuten nach vier. Er ging in die Küche, machte sich einen Drink und nahm ihn mit ins Wohnzimmer. Jetzt hatte er nichts mehr zu tun. Auf dem Kaffeetisch fand er eine Ausgabe der Zeitschrift *Good Housekeeping*. Sie enthielt einen Artikel über die Kennedy-Familie und ihre Probleme. Er las ihn. Danach folgte ein Artikel über Frauen und Brustkrebs, der von einer Ärztin geschrieben war.

Sie kamen kurz nach zehn Uhr. Die Glocken der fünf Häuserblocks entfernten Kongregationskirche hatten soeben die volle Stunde geschlagen, um ihre Gemeinde zur Morgenmesse zu rufen, oder wie das bei den Kongregationisten heißen mochte.

Er sah einen grünen Sedan und einen schwarzweißen Polizeiwagen. Sie parkten am Straßenrand, und aus dem Sedan stiegen drei Männer aus. Einer war Fenner. Die beiden anderen kannte er nicht. Alle drei hatten Aktenkoffer bei sich.

Aus dem schwarzweißen Polizeiwagen stiegen zwei Polizisten und lehnten sich lässig dagegen. An ihrer Haltung war abzulesen, daß sie keine Schwierigkeiten erwarteten. Sie unterhielten sich sorglos, an die Motorhaube ihres Wagens gelehnt, und ihre Worte kamen mit weißen Puffwölkchen aus ihren Mündern.

Dann blieb alles stehen.

also fred ich glaube jetzt ist's soweit jetzt wird geschossen oder das maul gehalten ja ich weiß in gewisser weise ist es schon zu spät das maul zu halten schließlich habe ich das ganze haus mit sprengstoff verziert wie mit einer geburtstagsdekoration habe ein gewehr in meiner hand und eine pistole im gürtel stecken ich komme mir vor wie john dillinger verdammt noch mal was sagst du denn dazu das ist meine letzte entscheidung als ob ich immer höher auf einen baum klettere erst diese astgabel besteige dann die nächste und noch eine und noch eine

(die männer draußen wie auf einer fotografie erstarrt ein paar sekunden stillstand fenner in einem grünen anzug circa fünfzig zentimeter vom bordstein entfernt gute schuhe in modische niedrige gamaschen eingehüllt wenn es so etwas wie modische gamaschen überhaupt gibt sein grüner mantel aufgeknöpft er sieht aus wie ein rechtsanwalt auf kreuzzug in einer fernsehserie sein kopf ist leicht nach hinten gedreht und zu dem mann hinuntergeneigt der hinter ihm steht der mann hat offenbar was gesagt und er hat den kopf geneigt um ihn besser zu verstehen der mann hat eine weiße wolke vor dem mund er trägt einen blauen blazer und eine dunkelbraune hose und sein mantel flattert ebenfalls offen im wind ein mantelschoß ist genau mitten im flattern festgehalten der dritte mann wendet sich gerade vom wagen weg und die bullen lehnen gegen die schwarzweiße motorhaube die köpfe einander zugewandt und unterhalten sich über alles mögliche ihre ehen oder einen zähen kriminalfall oder die miese saison die die mustangs dieses jahr hatten oder die verfassung ihrer geschlechtsteile und da bricht genau über ihren köpfen die sonne durch die grauen wolken und ein strahl trifft auf eine einzige patrone in dem gürtel der zur ausrüstung des einen polizisten gehört eine kleine patrone die in einer der vielen kleinen lederlaschen in diesem gürtel steckt und der andere bulle trägt eine sonnenbrille und die sonne spiegelt sich genau im rechten brillenglas er hat dicke sinnliche lippen die genau in dem moment festgehalten sind als sie zu lächeln beginnen: soweit die fotografie)

ich fange jetzt an freddy mein junge gibt es noch etwas das du mir zu diesem feierlichen anlaß gerne sagen würdest an diesem punkt an dem die dinge so weit fortgeschritten sind ja sagt fred du wirst so lange durchhalten bis die nachrichtenreporter eingetroffen sind nicht wahr darauf kannst du gift nehmen sagt george ich weiß daß die worte und die aufnahmen und die filme nur zur veranschaulichung dienen aber ist dir schon aufgefallen fred wie einsam es hier ist in der stadt und in der ganzen welt essen und scheißen die leute jetzt sie ficken sich und kratzen sich ihre ekzeme auf und tun all die dinge über die dann bücher geschrieben werden während wir das hier ganz allein erledigen müssen ja daran habe ich schon gedacht george und wenn du dich erinnerst habe ich auch schon versucht dich davor zu warnen aber wenn es dich tröstet kommt mir die sache jetzt genau richtig vor im augenblick scheint dies das wahre zu sein denn wenn du dich nicht mehr bewegen kannst kannst du ihnen ihre baustelle ruhig lassen aber bitte george bring niemanden um nein nein nicht mit absicht fred aber du verstehst wenigstens die lage in der ich mich befinde ja ich begreife und ich verstehe es aber george ich habe verdammt schiß ich habe solche angst hab keine angst fred ich werde die sache jetzt in die hand nehmen und ich habe mich völlig unter kontrolle

es geht los

20. Januar 1974

»Es geht los«, sagte er laut, und die Dinge gerieten wieder in Bewegung.

Er stemmte das Gewehr gegen die Schulter, zielte auf den rechten Vorderreifen des Polizeiwagens und drückte ab.

Der Kolben schmetterte mit voller Wucht gegen seine Schulter und die Mündung sprang nach oben, nachdem die

Kugel abgefeuert war. Das große Wohnzimmerfenster zersplitterte. Im Rahmen blieben nur einzelne Zacken wie impressionistische Glaspfeile hängen. Der Vorderreifen wurde nicht einfach flach; er explodierte mit einem lauten Knall. Der ganze Wagen zitterte wie ein Hund, den man im Schlaf getreten hat. Die Radkappe flog durch die Luft und kollerte dann ziellos über den gefrorenen Asphalt der Crestallen Street.

Fenner blieb wie angewurzelt stehen und starrte zum Haus hinüber. Auf seinem Gesicht spiegelte sich das blanke Entsetzen wider. Der Mann im blauen Blazer ließ seine Aktentasche fallen. Der dritte Typ schien bessere Reflexe zu haben – vielleicht war sein Selbsterhaltungstrieb besser entwickelt. Er machte auf dem Absatz kehrt, rannte geduckt hinter den grünen Sedan und verschwand aus dem Blickfeld.

Die beiden Bullen rannten links und rechts um ihren Wagen herum. Wenige Augenblicke später tauchte der mit der Sonnenbrille hinter der Motorhaube auf, den Revolver in beiden Händen, und schoß dreimal in seine Richtung. Im Vergleich zu dem massiven Knall der Weatherbee gab die Waffe nur ein harmloses Geknatter von sich. Er ließ sich hinter seinen Sessel fallen und hörte die Kugeln über seinen Kopf hinwegpfeifen – man konnte sie tatsächlich hören, wie sie mit einem *Ssssssitt* durch die Luft zischten. Sie schlugen über dem Sofa in die Wand ein. Das Geräusch erinnerte ihn an Faustschläge, die auf den schweren Ledersack im Boxerstudio treffen. Und er dachte: Genauso hört es sich wahrscheinlich an, wenn sie mich treffen.

Der Bulle mit der Sonnenbrille schrie Fenner und den anderen Typen an: »Geht in Deckung, verdammt noch mal! Geht in Deckung! Der Kerl hat eine gottverdammte Haubitze da drinnen!«

Er hob seinen Kopf ein wenig über den Sessel, um besser sehen zu können, aber der Bulle hatte ihn gleich entdeckt und feuerte zweimal auf ihn los. Die Kugeln donnerten in die Wand. Eine traf Marys Lieblingsbild, ›Hummerfischer‹

von Winslow Homer. Es fiel von der Wand, landete auf der Couch und rutschte auf den Fußboden. Das Glas zersplitterte.

Er hob wieder den Kopf; er mußte ja sehen, was da draußen vor sich ging (warum hatte er nicht daran gedacht, sich ein Kinderperiskop zu besorgen?). Er mußte feststellen, ob sie versuchten, um das Haus herumzuschleichen. Auf die Art nahmen Richard Widmark und Martin Milner – jedenfalls in den Spätfilmen – die kleinen japanischen Schachtelhäuser ein. Und wenn sie es versuchten, dann mußte er einen der Bullen anschießen. Aber die beiden befanden sich immer noch hinter ihrem Straßenkreuzer. Fenner und der andere Typ waren jetzt hinter den grünen Sedan gekrochen. Der Aktenkoffer des Mannes im blauen Blazer lag wie ein kleines totes Tier auf dem Bürgersteig. Er visierte ihn an, zuckte in Erwartung des Rückstoßes schon vorher zusammen und schoß.

KRRRACHH! Der Aktenkoffer zersprang in zwei Teile, wirbelte hoch in die Luft und entließ einen Stoß Papiere in den Wind, der sie mit einem unsichtbaren Finger durchblätterte.

Er schoß gleich noch mal, diesmal auf den rechten Vorderreifen des Sedan, der sofort explodierte. Hinter dem Wagen schrie einer der Männer in hohen, entsetzten Tönen auf.

Er blickte zum Polizeiwagen hinüber und entdeckte, daß die Fahrertür halb offenstand. Der Bulle mit der Sonnenbrille lehnte sich halb liegend auf den Vordersitz und bediente seine Funksprechanlage. Bald würden alle Partygäste hier eintreffen. Sie würden ihn auseinandernehmen, ein kleines Stückchen für jeden, der eins wollte, und die ganze Angelegenheit war dann nicht mehr seine persönliche Sache. Er empfand eine bittere Erleichterung. Egal, aus welchen Gründen er es getan hatte, welche krankhafte Trauer ihn hierher, auf den höchsten Ast dieses hohen Baumes getrieben hatte, jetzt war er nicht mehr allein. Jetzt war er nicht mehr der einsame Mann, der mit sich selbst sprach und insgeheim weinte. Er hatte sich selbst entlarvt und sich dem großen

Strom der Wahnsinnigen angeschlossen. Bald konnten sie ihn und seine Handlungen auf eine ungefährliche Schlagzeile reduzieren – UNSICHERER WAFFENSTILLSTAND IN DER CRESTALLEN STREET HÄLT AN.

Er legte das Gewehr hin und kroch auf Händen und Füßen über den Wohnzimmerboden, wobei er darauf achtete, sich nicht an den Glassplittern des Bilderrahmens zu verletzen. Er holte sich ein kleines Kissen von der Couch und kroch zum Fenster zurück. Der Bulle war nicht mehr im Wagen.

Er hob die Magnum auf und feuerte zwei Schüsse über die Straße. Die Pistole bockte heftig in seinen Händen, aber der Rückstoß war erträglich. Seine Schulter pochte wie ein kranker Zahn.

Einer der beiden Bullen, diesmal der ohne Sonnenbrille, tauchte hinter dem Kofferraum des Straßenkreuzers auf, um sein Feuer zu erwidern, aber er zielte zweimal auf die Rückscheibe, die zu einem verzerrten Spinnennetz von Splissen zersplitterte und dann nach innen fiel. Der Bulle duckte sich wieder, ohne einen Schuß abgefeuert zu haben.

»Hört auf damit!« brüllte Fenner. »Laßt mich mit ihm reden!«

»Nur zu!« rief einer der Bullen.

»Dawes!« schrie Fenner kreischend. Er hörte sich an wie ein Polizist in den letzten Szenen eines James-Cagney-Filmes. (Das Blaulicht flackert unruhig über die Vorderfront eines schäbigen Mietshauses im Slumviertel, in dem der ›verrückte Hund‹ Dawes mit einer rauchenden .45-Automatik in jeder Hand zu Boden gegangen ist. Der ›verrückte Hund‹ liegt hinter einem umgekippten Sessel, sein T-Shirt ist zerrissen, und er knurrt.) *»Dawes, können Sie mich hören?«*

(Der ›verrückte Hund‹ Dawes verzieht trotzig das Gesicht – obwohl seine Augenbrauen naß vor Schweiß sind – und brüllt hinaus:)

»Kommt doch rein und holt mich, ihr dreckigen Bullen!« Er lehnte sich über den Sessel und feuerte eine ganze Salve auf den grünen Sedan ab. Die gesamte Wagenlänge überzog sich mit einer Zickzacklinie von Einschußlöchern.

»Jesus!« schrie jemand. »Oh, Jesus, der Kerl ist wahnsinnig!«

»Dawes!« brüllte Fenner.

»Ihr werdet mich niemals lebend kriegen!« brüllte er närrisch vor Freude zurück. »Ihr dreckigen Scheißkerle habt meinen kleinen Bruder umgebracht! Bevor ihr mich kriegt, sehen wir uns in der *Hölle!«* Mit zitternden Fingern lud er die Magnum neu und füllte das Magazin der Weatherbee wieder auf.

»Dawes!« schrie Fenner wieder. *»Wie wär's mit einem Handel?«*

»Und wie wär's mit einer heißen Bleiladung, du Idiot!« rief er in Fenners Richtung zurück, aber er behielt den Polizeiwagen im Auge. Als der Bulle mit der Sonnenbrille vorsichtig seinen Kopf über die Motorhaube streckte, schickte er ihn mit zwei Schüssen sofort wieder auf Tauchstation. Eine Kugel zerschlug das Wohnzimmerfenster der Quinns, die in dem Haus auf der anderen Straßenseite gewohnt hatten.

»Dawes!« brüllte Fenner wichtigtuerisch.

»Ach, halten Sie doch das Maul!« schnauzte einer der Bullen ihn an. »Sie ermutigen ihn ja nur!«

Eine verlegene Stille entstand, in der noch weit entfernte Polizeisirenen zu hören waren. Er legte die Magnum weg und nahm wieder das Gewehr zur Hand. Die rasende Freude hatte ihn verlassen. Er fühlte sich nur noch müde, sein Körper schmerzte, und er mußte dringend aufs Klo.

Bitte, laß die Übertragungswagen schnell kommen, betete er. Laß sie bald mit ihren Fernsehkameras dasein.

Als der erste Polizeiwagen mit kreischenden Reifen um die Ecke raste, als probe er eine Aufnahme für *The French Connection*, war er bereit. Zuerst feuerte er zwei seiner Haubitzenkugeln auf den parkenden Kreuzer ab, damit die beiden unten blieben, dann nahm er den Kühlergrill des fahrenden Wagens aufs Korn und drückte wie der erfahrene Kriegsveteran Richard Widmark ab. Der Kühlergrill explodierte, und die Motorhaube flog durch die Luft. Der Wagen schlidderte circa vierzig Meter am Randstein entlang und knallte gegen einen Baum. Die Türen flogen auf, und vier Bullen stiegen mit gezogenen Pistolen und völlig verblüfften Mienen aus. In der Aufregung stießen zwei von ihnen zusammen. Dann eröffneten die beiden Bullen hinter dem Kreuzer (*seine* Bullen, dachte er mit einer Art von Besitzerstolz) das Feuer auf ihn, und er duckte sich hinter seinen Sessel, während die Kugeln über ihn hinwegsausten. Jetzt war es siebzehn Minuten vor elf. Er glaubte, daß sie bald versuchen würden, hinters Haus zu gelangen.

Er reckte den Kopf hoch, weil es einfach sein mußte, und eine Kugel zischte dicht an seinem Ohr vorbei. Von der anderen Seite der Crestallen Street rasten zwei weitere Polizeiwagen mit dröhnenden Sirenen und Blaulicht heran. Zwei der Bullen aus dem Unfallwagen versuchten, über den Staketenzaun um das Grundstück der Upslingers zu klettern, und er feuerte drei Schüsse auf sie ab. Er wollte sie nicht treffen, sie sollten nur zu ihrem Wagen zurückkehren, was sie auch taten. Holzsplitter von Wilbur Upslingers Zaun (der im Sommer mit Efeu überwachsen war) flogen in alle Richtungen. Ein Teil des Zaunes krachte tatsächlich zusammen und fiel in den Schnee.

Die eben herangekommenen Straßenkreuzer blieben stehen und bildeten ein V, um die Straße auf der Höhe von Jack Hobarts Haus zu blockieren. Die Polizisten verkrochen sich in dem V-Winkel der beiden Wagen. Einer sprach über sein Walkie-Talkie mit einem der Bullen aus dem demolierten Wagen. Kurz darauf gingen die Neuankömmlinge in Deckung und schossen, was das Zeug hielt. Er mußte sich wieder dukken. Kugeln schlugen in die Haustür und die Vorderfront des Hauses ein; sie trafen vor allem das Wohnzimmerfenster. Der Flurspiegel zerbarst in tausend kleine, glitzernde Stücke. Eine Kugel sauste durch die Decke über dem zertrümmerten Fernseher, und die Decke tanzte einen Augenblick in der Luft.

Er kroch wieder auf Händen und Knien durchs Wohnzimmer, richtete sich vor dem schmalen Fenster hinter dem Fernseher auf und spähte hinaus. Von dort konnte er genau in den Vorgarten der Upslingers sehen. Zwei Polizisten versuchten erneut, ihn von der Seite zu überfallen. Einer blutete aus der Nase.

Freddy, ich glaub', ich muß einen von ihnen erschießen, damit sie das bleiben lassen.

Tu das nicht, George, bitte, tu das nicht.

Er stieß mit dem Kolben der Magnum das Fenster ein und verletzte sich dabei an der Hand. Die beiden Bullen blickten bei dem Geräusch auf, entdeckten ihn und schossen. Er erwiderte das Feuer und sah, wie zwei Kugeln in die neue Aluminiumbeschichtung an Wilburs Hauswand einschlugen. (Ob die Stadt ihn wohl auch dafür entschädigt hatte?) Dann hörte er, wie die Kugeln in seine Hauswand einschlugen, hauptsächlich unterhalb und zu beiden Seiten des Fensters. Eine Kugel erfaßte pfeifend den Fensterrahmen, und Holzsplitter flogen ihm ins Gesicht. Er rechnete jeden Augenblick damit, daß eine Kugel ihm den Kopf rasieren würde. Er konnte nicht abschätzen, wie lange der Schußwechsel dauerte. Plötzlich schrie einer der Polizisten laut auf und griff sich an den Arm. Er ließ die Pistole fallen wie ein Kind, dem das Spiel zu langweilig geworden ist, und rannte ein paar Schritte im Kreis. Sein Kollege faßte ihn am Arm, und die beiden rannten zu ihrem kaputten Straßenkreuzer zurück. Der Unverletzte legte seinem Partner schützend den Arm um die Hüfte.

Er ließ sich wieder auf Hände und Knie fallen und kroch zu seinem Sessel zurück. Auf der Straße waren zwei weitere Polizeiwagen aus beiden Richtungen der Crestallen Street angekommen. Sie parkten vor dem Quinn-Haus, und acht Bullen stiegen aus, die sofort hinter den grünen Sedan und dem ersten Kreuzer in Deckung rannten.

Er duckte wieder den Kopf und kroch in den Flur. Das Haus stand jetzt unter schwerem Beschuß. Er wußte, daß er besser dran wäre, wenn er mit dem Gewehr nach oben ginge. Von dort hatte er einen viel besseren Schußwinkel und konnte sie vielleicht von ihren Wagen vertreiben, so daß sie in den Häusern Deckung suchen mußten. Aber er wagte es nicht, so weit von seinem Zündkabel und der Autobatterie wegzugehen. Die Fernsehleute konnten jetzt jeden Augenblick eintreffen.

Die Haustür steckte voller Gewehrkugeln. Der Lack war abgesplittert, und darunter kam das rohe Holz zum Vorschein. Er kroch weiter in die Küche. Hier waren alle Fensterscheiben eingeschlagen, und die Glassplitter lagen über den Linoleumfußboden verstreut. Ein Zufallstreffer hatte die Kaffeekanne vom Herd gefegt. Sie lag in einer braunen Kaffeepfütze. Er duckte sich unter das Fenster, wartete einen Augenblick, sprang dann auf und nahm die beiden im V aufgestellten Polizeiwagen unter Beschuß, bis die Magnum leergefeuert war. Der Gegenangriff konzentrierte sich sofort auf die Küche. Zwei Einschußlöcher zerstörten den weißen Emaillebelag seines Kühlschranks, und eine Kugel traf genau auf die Southern-Comfort-Flasche auf der Küchentheke. Sie explodierte und verbreitete Glassplitter und das einladende südliche Aroma um sich.

Als er ins Wohnzimmer zurückkroch, hatte er plötzlich das Gefühl, als hätte eine Wespe ihn in den rechten Oberschenkel direkt unterhalb der Pobacke gestochen. Er faßte mit einer Hand nach der Stelle, und als er sie zurückzog, war sie voll Blut.

Hinter dem Sessel lud er die Magnum und die Weatherbee. Vorsichtig lugte er über den Sessel und zog sofort den Kopf wieder ein. Die Wildheit, mit der das Gewehrfeuer jetzt auf ihn einprasselte, erschreckte ihn. Kugeln schlugen in die Wand, in die Couch und in den Fernseher, so daß die Decke wie verrückt hin und her tanzte. Wieder hob er vorsichtig den Kopf und schoß auf die Polizeiwagen auf der gegenüberliegenden Straßenseite. Bei einem zersplitterte die Fensterscheibe. Und dann sah er...

am oberen Straßenende einen weißen Kombiwagen und einen weißen Ford Lastwagen. Auf beiden war in blauer Schrift aufgemalt:

WHLM NACHRICHTEN

Keuchend kroch er zu dem Fenster hinüber, das auf den Vorgarten der Upslingers hinausging. Die beiden Fernsehwagen fuhren langsam und zögernd die Crestallen Street hinunter. Plötzlich schnitt ihnen ein neuer Polizeiwagen mit quietschenden Reifen den Weg ab und stellte sich genau vor sie. Ein Arm in blauer Uniform schob sich aus einem der hinteren Seitenfenster und winkte den Leuten zu, daß sie wegfahren sollten.

Eine Gewehrkugel prallte am Fenstersims ab und pfiff durchs Wohnzimmer.

Er kroch schnell zu seinem Sessel zurück, nahm die Magnum in seine blutige rechte Hand und schrie: *»Fenner!«*

Die Schüsse ließen ein wenig nach.

»Fenner!« brüllte er nochmals.

»Hört auf!« kreischte Fenner. *»Hört mal eine Minute lang auf zu schießen!«*

Noch ein paar vereinzelte Schüsse, dann war es ruhig.

»Was wollen Sie?« brüllte Fenner.

»Die Nachrichtenreporter! Die da hinten auf der anderen Straßenseite hinter dem Polizeiwagen! Ich will mit ihnen reden!«

Eine lange Pause.

Dann schrie Fenner zurück: *»Nein!«*

»Ich höre auf zu schießen, wenn ich mit ihnen reden kann!« Das stimmt wahrscheinlich, dachte er und blickte zweifelnd auf die Autobatterie.

»Nein!« wiederholte Fenner.

Scheißkerl, dachte er hilflos. Ist das wirklich so wichtig für dich? Für dich und Ordner und für die gesamte bürokratische Saubande?

Die Schüsse setzten wieder ein, zuerst vereinzelt, dann immer stärker. Und dann sah er etwas Unglaubliches. Ein Mann in Bluejeans und einem Flanellhemd lief geduckt den Bürgersteig entlang. Er hielt eine kleine Kamera wie eine Pistole vor sich.

»Das ist allerhand!« rief er Fenner zu. »Ich habe jedes Wort mitbekommen! Ich werd' mir Ihren Namen notieren, Mann! Er hat angeboten, mit der Schießerei aufzuhören, und Sie haben ...«

Ein Bulle schlug ihm mit voller Wucht gegen die Hüfte, und der Mann krümmte sich und ging zu Boden. Seine Kamera flog auf die Straße, und innerhalb von wenigen Sekunden hatten drei Kugeln sie in tausend kleine Stücke zerfetzt. Die Filmrolle löste sich aus den Überresten und wickelte sich faul von selbst ab. Dann hörte das Feuer wieder für einen Augenblick auf. Unsicherheit verbreitete sich.

»Fenner, lassen Sie sie ihre Ausrüstung aufbauen!« brüllte er zum Fenster hinaus. Sein Hals war rauh und schmerzte, wie sein gesamter Körper. Seine verletzte Hand pochte und von seinem Oberschenkel breitete sich ein tiefer, dumpfer Schmerz aus.

»Zuerst kommen Sie raus!« rief Fenner zurück. *»Dann können Sie ihnen Ihren Standpunkt erzählen!«*

Bei dieser unverschämten Lüge erfaßte ihn eine ungeheure Wut, die ihn wie eine rote Woge überspülte. »VERDAMMT NOCH MAL, ICH HAB' EIN RIESIGES GEWEHR HIER DRINNEN UND AB JETZT WERDE ICH AUF EURE BENZINTANKS SCHIESSEN, IHR SCHEISSKERLE! WENN ICH MIT EUCH FERTIG BIN, SEID IHR ALLE DURCHGEGRILLT!«

Erschrockene Stille.

Dann fragte Fenner ganz vorsichtig: »Was wollen Sie?«

»Schickt mir den Kerl herein, den ihr gerade zusammengeschlagen habt! Laßt sie ihre Kameras aufstellen!«

»Kommt gar nicht in Frage! Wir werden Ihnen keine Geisel zuschanzen, mit der Sie den ganzen Tag spielen können!«

Ein Bulle rannte geduckt zu dem grünen Sedan hinüber und verschwand dahinter. Eine Unterredung fand statt.

Dann brüllte eine neue Stimme: *»Hinter Ihrem Haus befinden sich dreißig von meinen Männern! Es sind Scharfschützen! Kommen Sie raus, oder ich schicke sie hinein!«* Jetzt war es wohl an der Zeit, seinen einzigen, miesen Trumpf auszuspielen. *»Das lassen Sie lieber bleiben! Ich hab' im ganzen Haus Sprengstoff verlegt!«*

Er hielt die rote Krokodilklemme vors Fenster.

»Können Sie das sehen?«

»Sie bluffen!« brüllte der Bulle zuversichtlich.

»Wenn ich dieses Ding an die Autobatterie anschließe, die hier neben mir steht, dann fliegt alles in die Luft!«

Schweigen. Wieder eine Beratung.

»He!« schrie plötzlich jemand. »He, schickt uns den Kerl her.« Er lugte vorsichtig über den Sessel und sah tatsächlich den Mann in der Jeans und dem Flanellhemd. Er lief direkt über die Straße, völlig schutzlos. Entweder war er in heroischer Weise von seinem Beruf überzeugt oder einfach nur verrückt. Er hatte langes, schwarzes Haar, das ihm auf den Kragen fiel, und einen dünnen, dunklen Schnurrbart.

Zwei Bullen erhoben sich und wollten um die beiden im V aufgestellten Straßenkreuzer herumschleichen, unterließen es dann aber, als er ihnen eine Kugel über die Köpfe jagte.

»Verdammt noch mal, was für ein Hurensohn!« schrie der eine von ihnen angewidert.

Der Mann im Flanellhemd befand sich jetzt in seinem Vorgarten; seine Schuhe wirbelten kleine Schneewolken auf. Etwas zischte an seinem Ohr vorbei. Dann hörte er einen Knall und bemerkte, daß sein Kopf sich immer noch außerhalb der Deckung befand. Er hörte, wie der Mann an seiner Haustür rüttelte und, als sie nicht aufging, dagegenhämmerte.

Wieder kroch er über den Fußboden, der jetzt mit Dreck und dem Putz von den Wänden übersät war. Sein rechtes Bein tat teuflisch weh, und als er an sich herunterblickte, sah er, daß das rechte Hosenbein vom Schenkel bis zum Knie durchgeblutet war. Er drehte den Schlüssel in der zerborstenen Tür um und schob den Riegel zur Seite.

»In Ordnung«, sagte er, und der Mann im Flanellhemd stürzte ins Haus.

Auch aus der Nähe wirkte er nicht ängstlich, obwohl er heftig keuchte. Er hatte eine kleine Wunde auf der Wange, wohl vom Schlag des Polizisten, und sein linker Hemdsärmel war zerrissen. Nachdem er den Mann hereingelassen hatte, kroch er schnell zu seinem Sessel zurück, nahm das Gewehr und feuerte blind zwei Schüsse durch das Fenster. Dann drehte er sich um. Der Mann stand in der Wohnzimmertür. Er wirkte unglaublich ruhig. Er hatte einen Notizblock aus seiner hinteren Hosentasche gezogen.

»Also gut, Mann«, sagte er. »Was für eine Scheiße geht hier eigentlich vor sich?«

»Wie heißen Sie?«

»Dave Albert.«

»Haben Sie noch mehr Filmmaterial in dem weißen Laster?«

»Ja.«

»Gehen Sie ans Fenster. Sagen Sie der Polizei, daß das Kamerateam sich auf dem Rasen der Quinns aufstellen soll. Das ist das Haus auf der anderen Straßenseite. Sagen Sie ihnen auch, daß Sie hier in Schwierigkeiten geraten, wenn die Sache nicht in fünf Minuten erledigt ist.«

»Tue ich das?«

»Sicher.«

Albert lachte. »Sie sehen nicht so aus, als kämen Sie gegen die Zeit an.«

»Reden Sie mit ihnen.«

Albert stellte sich ans zersplitterte Wohnzimmerfenster, das ihn für einen Augenblick einrahmte. Er schien die Situation zu genießen.

»Er sagt, mein Kamerateam soll sich auf Ihrer Straßenseite aufstellen!« brüllte er hinaus. *»Wenn Sie es nicht erlauben, will er mich umbringen!«*

»Nein!« brüllte Fenner wütend zurück. *»Nein, nein und noch...«*

Jemand hielt ihm offenbar den Mund zu. Einen Augenblick herrschte Schweigen.

»In Ordnung!« Das war wieder die Stimme von dem Bullen, der seinen Sprengstoff zuerst für einen Bluff gehalten hatte. *»Erlauben Sie, daß zwei meiner Männer hinübergehen und sie herholen?«*

Er überlegte einen Augenblick und nickte dem Reporter zu.

»Ja«, rief Albert über die Straße.

Eine kurze Pause, und dann rannten zwei Uniformierte unsicher die Straße entlang und auf die Fernsehwagen zu, die noch mit laufendem Motor wartend dastanden. Unterdessen waren zwei weitere Polizeiwagen eingetroffen, und als er sich ganz weit nach rechts beugte, konnte er sehen, daß die Crestallen Street am Fuß des Hügels abgesperrt worden war. Hinter den gelben Barrikaden hatte sich eine Menschenmenge versammelt.

»Na gut«, sagte Albert und setzte sich in die Hocke. »Jetzt haben wir eine Minute Zeit. Was verlangen Sie? Ein Flugzeug?«

»Flugzeug?« wiederholte er verständnislos.

Mit dem Notizblock in der Hand schlug Albert mit den Armen, als wären sie Flügel. »Um wegzufliegen, Mann. Weit, weit weg.«

»Oh.« Er nickte, um zu zeigen, daß er verstanden hätte. »Nein, ich will kein Flugzeug.«

»Was wollen Sie dann?«

»Ich möchte wieder zwanzig sein«, antwortete er vorsichtig. »Ich möchte alle meine Entscheidungen noch mal fällen dürfen.« Er interpretierte Alberts Blick richtig und fügte deshalb schnell hinzu: »Ja, ich weiß, daß das nicht geht. So verrückt bin ich nun auch wieder nicht.«

»Sie sind angeschossen.«

»Ja.«

»Ist das da das Ding, von dem Sie gesprochen haben?« Albert deutete auf die Batterie und die Zündschnur.

»Ja. Ich hab' die Kabel im ganzen Haus verlegt. Und in der Garage.«

»Woher haben Sie den Sprengstoff?« Alberts Stimme klang freundlich, aber sein Blick war äußerst wachsam.

»Den hab' ich unterm Weihnachtsbaum gefunden.«

Albert lachte. »He, das ist nicht schlecht. Ich werde es in meiner Story bringen.«

»Schön. Wenn Sie wieder rausgehen, sagen Sie den Bullen, daß sie sich lieber verziehen sollen.«

»Wollen Sie sich wirklich in die Luft sprengen?« fragte Albert. Er war nur interessiert, sonst zeigte er keine Regung.

»Ich denke darüber nach.«

»Wissen Sie was, Mann? Sie haben zu viele Filme gesehen.«

»Ich bin in letzter Zeit nicht mehr oft im Kino gewesen. Doch, ich habe den *Exorzisten* gesehen. Aber ich wünschte, ich wäre nicht hineingegangen. Wie weit sind Ihre Fernsehleute da draußen?«

Albert spähte aus dem Fenster. »Ziemlich weit. Aber wir haben noch eine Minute. Sie heißen Dawes?«

»Haben die Ihnen das gesagt?«

Albert kicherte verächtlich. »Die würden mir nicht mal sagen, wenn ich Krebs hätte. Ich hab's auf der Türklingel gelesen. Würde es Ihnen etwas ausmachen, mir zu sagen, warum Sie das alles tun?«

»Durchaus nicht. Es geht um die Baustelle.«

»Die Autobahnbaustelle?« Alberts Augen fingen an zu leuchten. Eifrig kritzelte er etwas auf seinen Block.

»Ja, genau die.«

»Sie haben Ihr Haus einkassiert?«

»Sie haben's versucht. Aber das werde ich jetzt selbst erledigen.«

Albert schrieb sich alles auf, klappte dann den Block wieder zu und steckte ihn in die Hosentasche zurück. »Das ist ziemlich dämlich, Mr. Dawes. Ist es schlimm, wenn ich Ihnen das so offen sage? Warum kommen Sie nicht einfach mit mir hinaus?«

»Sie haben doch schon Ihre Exklusivstory«, antwortete er müde. »Was wollen Sie noch? Den Pulitzerpreis?«

»Den würd' ich sofort nehmen, wenn man ihn mir anböte.« Er lächelte fröhlich, doch dann wurde er ernst. »Kommen Sie mit mir nach draußen, Mr. Dawes. Ich werde dafür sorgen, daß man sich auch Ihren Standpunkt anhört. Ich werde ...«

»Es gibt keinen Standpunkt.«

Albert runzelte die Stirn. »Wie bitte?«

»Ich habe keinen Standpunkt. Darum mache ich das hier ja.« Er spähte über den Sesselrand und blickte direkt in eine Kameralinse, die im Vorgarten der Quinns auf einem Dreifuß aufmontiert war. »Gehen Sie jetzt. Und sagen Sie ihnen, daß sie weggehen sollen.«

»Wollen Sie das Ding da tatsächlich zünden?«

»Ich weiß es wirklich noch nicht.«

Albert ging zur Wohnzimmertür und drehte sich dann noch einmal um. »Irgendwie kommen Sie mir bekannt vor. Warum habe ich bloß immerzu das Gefühl, ich würde Sie kennen?«

Er schüttelte den Kopf. Seiner Meinung nach hatte er Albert noch nie im Leben gesehen.

Während er den Nachrichtenreporter beobachtete, der leicht geduckt über die Straße lief, um das Blickfeld der Kamera nicht zu verstellen, fragte er sich, was Olivia wohl in diesem Augenblick machte.

Er wartete eine Viertelstunde. Die Schüsse waren wieder häufiger geworden, aber niemand hatte sein Haus von hinten überfallen. Der Beschuß sollte wohl nur ihren Rückzug in die Häuser auf der gegenüberliegenden Straßenseite decken. Das Kamerateam blieb die ganze Zeit an derselben Stelle stehen und drehte gelassen. Dann fuhr der weiße Ford-Laster in den Vorgarten der Quinns, und der Mann hinter der Kamera faltete den Dreifuß zusammen, verzog sich damit hinter den Laster und fing von dort wieder zu filmen an.

Dann flog ein röhrenförmiges, schwarzes Etwas durch die Luft, landete mitten in seinem Vorgarten und verströmte allmählich ein paar Gaswolken. Der Wind griff sie auf, blies sie die Straße hinunter ud verteilte sie gleichmäßig in der Luft. Eine zweite Bombe flog zu kurz, und eine weitere landete auf dem Dach. Als sie in Marys Begonien hinabfiel, atmete er ein paar Züge von dem Gas ein. Seine Augen und seine Nase füllten sich mit Krokodilstränen.

Noch einmal kroch er auf Händen und Knien durchs Wohnzimmer und betete zu Gott, daß er dem Nachrichtenmann, Albert, nichts gesagt hatte, das man ihm als tiefsinnig auslegen konnte. Auf dieser Welt gab es keinen Platz, an dem man seinen Standpunkt wirklich vertreten konnte. Nehmen wir zum Beispiel Johnny Walker, der bei einem sinnlosen Autounfall ums Leben gekommen war. Wozu war er gestorben? Damit die Wäsche rechtzeitig ausgeliefert wurde? Oder diese Frau im Supermarkt. Das, was man am Ende herauskriegte, lohnte nie den Einsatz.

Er schaltete die Stereoanlage ein, überrascht, daß sie noch funktionierte. Die Rolling-Stones-Platte lag immer noch auf dem Plattenteller. Er wollte die Nadel vor dem letzten Lied auflegen, traf aber das erste Mal daneben, als eine Kugel in die Decke über dem Fernseher einschlug.

Als er sie richtig aufgesetzt hatte und die letzten Akkorde von ›Monkey Man‹ im Nichts verklangen, lief er zu seinem umgekippten Sessel zurück und warf die Weatherbee aus dem Fenster. Dann hob er die Magnum auf und warf sie hinterher. Leb wohl, Nick Adams.

»Du kannst nicht alles kriegen, was du dir wünschst«, sangen die Rolling Stones, und er wußte, wie wahr das war. Aber das hielt einen nicht vom Wünschen ab. Eine Tränengasbombe flog im Bogen durchs Fenster und explodierte.

> »Aber wenn du es versuchst, dann findest du vielleicht heraus, daß du das kriegst, was du brauchst.«

Na gut, Fred, jetzt wollen wir mal sehen, wie das geht. Er griff nach der roten Krokodilklemme. Jetzt werden wir sehen, ob ich das kriege, was ich brauche.

»In Ordnung«, murmelte er laut und klemmte die rote Klammer am Negativpol fest.

Er schloß die Augen, und sein letzter Gedanke auf dieser Welt war, daß die Explosion nicht um ihn herum sondern in ihm selber stattfand, und obwohl sie verheerende Auswirkungen hatte, war sie nicht größer als eine mittelgroße Walnuß.

Dann wurde alles weiß.

EPILOG

Das WHLM-Nachrichtenteam gewann für seine fünfminütige Berichterstattung über – wie sie es nannten – ›Dawes letzte Aussage‹ in den Abendnachrichten und für eine halbstündige Dokumentation, die drei Wochen später gesendet wurde, den Pulitzer-Preis. Die Dokumentation hieß ›Straßenbau‹ und befaßte sich mit der Notwendigkeit – beziehungsweise der Überflüssigkeit – der 784-Autobahn. Das Team machte vor allem darauf aufmerksam, daß die Gründe für den Ausbau weder mit der Erweiterung des Straßennetzes noch mit der Verkehrsberuhigung zu tun hatten und daß auch sonst keine praktischen Absichten dahinterstünden. Die Stadtverwaltung mußte eine bestimmte Anzahl von Autobahnkilometern pro Jahr bauen, um die vom Staat dafür bewilligten Gelder zu verbrauchen. Andernfalls würde sie alle öffentlichen Zuwendungen für den Straßenbau verlieren. Also hatte die Stadt beschlossen zu bauen. Die Dokumentation wies ebenfalls darauf hin, daß die Stadt in aller Stille einen Prozeß gegen Barton George Dawes Witwe anstrengte, um von ihrem Entschädigungsgeld so viel wie möglich zurückzuerhalten. Aufgrund der allgemeinen Empörung in der Öffentlichkeit ließ sie die Anklage jedoch wieder fallen.

Die Bilder von der Explosion gingen durch die Presseagenturen, und die meisten Zeitungen im Lande veröffentlichten sie. In Las Vegas sah ein junges Mädchen, daß sich vor kurzem in einer Wirtschaftsschule eingeschrieben hatte, die Bilder während der Mittagspause und fiel in Ohnmacht.

Doch trotz der Berichterstattung in Worten und Bildern ging der Autobahnausbau weiter und wurde achtzehn Monate später, früher als geplant, beendet. Zu der Zeit hatten die meisten Menschen die ›Straßenbau‹-Dokumentation schon vergessen, und die Nachrichtenteams des Fernsehens einschließlich des Gewinners des Pulitzer-Preises, David Albert, hatten sich anderen Stories und neuen Kreuzzügen zugewandt. Aber nur wenige der Menschen, die noch am selben Abend den Originalbericht im Fernsehen gesehen hatten, konnten ihn wirklich vergessen. Sie erinnerten sich auch dann noch daran, als die Hintergründe und Tatsachen in ihrem Gedächtnis verwischt waren.

In den Nachrichten hatten sie zunächst ein einfaches, weißes Vorstadthaus gesehen, eine Art Farmhaus mit einer asphaltierten Auffahrt auf der rechten Seite, die zur Garage führte. In der Garage hatte nur ein Auto Platz. Das Haus sah nett aus, aber es war ein ganz gewöhnliches Haus. Man würde sich nicht danach umdrehen, wenn man an einem Sonntag zufällig daran vorbeifuhr. Auffällig war nur, daß die Scheibe des großen Fensters an der Front zerbrochen war. Zwei Waffen, eine Pistole und ein Gewehr, flogen durch dieses Fenster in den Vorgarten und blieben dort im Schnee liegen. Eine Sekunde lang konnte man die Hand sehen, die die Waffen hinausgeworfen hatte. Mit ihren schlaffen Fingern wirkte sie wie die Hand eines Ertrinkenden. Um das Haus steigt weißer Rauch auf, wahrscheinlich Tränengas. Und dann plötzlich eine große orangefarbene Stichflamme. Die Hauswände biegen sich nach außen, als wären sie aus Pappe. Eine riesige Detonation, und die Kamera zittert ein wenig, als hätte sie Angst. Beiläufig bekommt der Betrachter mit, daß die Garage mit einem einzigen Knall völlig zerstört wird. Und für den Bruchteil einer Sekunde sieht es so aus, als hätte das Dach wie eine Saturnrakete von den Mauern abgehoben. (Die Zeitlupe bestätigt später, daß der Eindruck, den das Auge in Sekundenschnelle erfaßt hat, richtig ist.) Dann fliegt das ganze Haus auseinander und in die Luft, Dachschindeln sausen durch die Gegend, Holzstücke wirbeln durcheinander, und allmählich senkt sich alles wieder auf den Boden. Es sieht aus, als legte sich eine schwere, gemächlich im Wind flatternde Decke wie ein Zauberteppich über die Erde. Die Trümmer landen mit einem grollenden, kontrapunktierenden Trommelwirbel.

Dann ist es völlig still.

Danach erscheint das entsetzte, tränenüberströmte Gesicht von Mary Dawes auf dem Bildschirm; sie blickt mit ihren von Beruhigungsmitteln und Angst geweiteten Pupillen auf den Wald von Mikrofonen, die man ihr vors Gesicht hält; und auf diese Art sind wir alle wieder sicher auf den Boden der Tatsachen zurückgekehrt.

Quellenverzeichnis

Richard Bachmann *Fluch*/Thinner. Copyright © 1984 by Richard Bachman. Copyright © 1985 der deutschen Ausgabe by Wilhelm Heyne Verlag GmbH & Co. KG, München. Aus dem Englischen von Nora Jensen. Der Titel erschien bereits in der Allgemeinen Reihe mit der Band-Nr. 01/6601 in der 19. Auflage.

Richard Bachmann *Menschenjagd*/Running Man. Copyright © 1982 by Richard Bachman. Copyright © 1986 der deutschen Ausgabe by Wilhelm Heyne Verlag GmbH & Co. KG, München. Aus dem Englischen von Nora Jensen. Der Titel erschien bereits in der Allgemeinen Reihe mit der Band-Nr. 01/6687 in der 21. Auflage.

Richard Bachmann *Sprengstoff*/Roadwork. Copyright © 1984 by Richard Bachman. Copyright © 1986 der deutschen Ausgabe by Wilhelm Heyne Verlag GmbH & Co. KG, München. Aus dem Englischen von Nora Jensen. Der Titel erschien bereits in der Allgemeinen Reihe mit der Band-Nr. 01/6762 in der 16. Auflage.